DICCIONARIO POCKET

FRANÇAIS ESPAGNOL

ESPAÑOL FRANCÉS

Grijalbo

primera edición/première édition 2003

HarperCollins Publishers
Westerhill Road, Bishopbriggs, Glasgow G64 2QT
Great Britain

www.collinsdictionaries.com

Grupo Editorial Random House Mondadori, S.L.
Travessera de Gràcia 47-49, 08021 Barcelona
www.diccionarioscollins.com
ISBN 84-253-3729-1

---

redactores/rédaction
Teresa Álvarez García • Jean-Benoît Ormal-Grenon
Christine Penman • Christian Salzedo

coordinación/coordination
Sharon J. Hunter

ayudante de redacción/secrétariat de rédaction
Emma Aeppli

informática/information éditoriale
John Podbielski

colección dirigida por/collection dirigée par
Lorna Sinclair Knight

Depósito legal: B. 47.714 - 2002

Fotocomposición/Photocomposition
Morton Word Processing Ltd., Scarborough

Impreso por/Imprimé par
Novoprint, S.A.
Energia 53, Sant Andreu de la Barca (Barcelona)

GC 3 7 2 9 1

TABLE DES MATIÈRES

ÍNDICE

ABRÉVIATIONS		ABREVIATURAS
abréviation	**abr**	abreviatura
adjectif	**adj**	adjetivo
administration	**ADMIN**	administración
adverbe	**adv**	adverbio
agriculture	**AGR**	agricultura
quelqu'un	**algn**	alguien
Amérique Latine	**AM**	América Latina
anatomie	**ANAT**	anatomía
Andes	**AND**	Andes
architecture	**ARQ, ARCHIT**	arquitectura
automobile	**AUTO**	automóvil
aviation	**AVIAT**	aviación
biologie	**BIO(L)**	biología
botanique	**BOT**	botánica
chimie	**CHIM**	química
cinéma	**CINE, CINÉ**	cine
commerce	**COM(M)**	comercio
conjonction	**conj**	conjunción
construction	**CONSTR**	construcción
Argentine, Chili et Uruguay	**CSUR**	Cono Sur
Cuba	**CU**	Cuba
cuisine	**CULIN**	cocina
économie	**ECON, ÉCON**	economía
électricité, électronique	**ELEC, ÉLEC**	electricidad, electrónica
enseignement	**ESCOL**	escolar
Espagne	**ESP**	España
surtout	**esp**	especialmente
exclamation	**excl**	exclamación
féminin	**f**	femenino
familier	**fam**	familiar
vulgaire	**fam!**	vulgar
chemins de fer	**FERRO**	ferrocarril
figuré	**fig**	figurado
finance	**FIN**	finanzas
physique	**FÍS**	física
photographie	**FOTO**	fotografía
en général, généralement	**gen, gén**	generalmente
géographie	**GEO, GÉO**	geografía
géométrie	**GEOM, GÉOM**	geometría
histoire	**HIST**	historia
industrie	**IND**	industria
informatique	**INFORM**	informática
invariable	**inv**	invariable
juridique	**JUR**	jurídico
linguistique	**LING**	lingüística
littérature	**LIT(T)**	literatura
masculin	**m**	masculino

ABRÉVIATIONS		ABREVIATURAS
mathématiques	**MAT, MATH**	matemáticas
médecine	**MED, MÉD**	medicina
météorologie	**MÉTÉO**	meteorología
Mexique	**MÉX, MEX**	México
domaine militaire	**MIL**	militar
musique	**MÚS, MUS**	música
nom	**n**	nombre
nautisme	**NÁUT, NAUT**	náutica
Panama	**PAN**	Panamá
Pérou	**PE**	Perú
péjoratif	**pey, péj**	peyorativo
photographie	**PHOTO**	fotografía
physique	**PHYS**	física
physiologie	**PHYSIOL**	fisiología
pluriel	**pl**	plural
politique	**POL**	política
participe passé	**pp**	participio de pasado
préfixe	**pref, préf**	prefijo
préposition	**prep, prép**	preposición
pronom	**pron**	pronombre
psychologie	**PSICO, PSYCH**	psicología
quelque chose	**qch**	algo
quelqu'un	**qn**	alguien
chimie	**QUÍM**	química
chemins de fer	**RAIL**	ferrocarril
religion	**REL**	religión
enseignement	**SCOL**	escolar
singulier	**sg**	singular
subjonctif	**subjun**	subjuntivo
sujet	**suj**	sujeto
aussi	**tb**	también
technique	**TEC(H)**	técnica, tecnología
télécommunications	**TELEC, TÉL**	telecomunicaciones
typographie	**TIP**	tipografía
télévision	**TV**	televisión
typographie	**TYPO**	tipografía
université	**UNIV**	universitario
verbe	**vb**	verbo
Venezuela	**VEN**	Venezuela
verbe intransitif	**vi**	verbo intransitivo
verbe pronominal	**vpr**	verbo pronominal
verbe transitif	**vt**	verbo transitivo
zoologie	**ZOOL**	zoología
marque déposée	®	marca registrada
indique une équivalence culturelle	≈	indica un equivalente cultural

LA PRONONCIATION DE L'ESPAGNOL

La prononciation de l'espagnol pose peu de problèmes au francophone, du moins lorsqu'il s'agit de se faire comprendre sans essayer de passer pour un hispanophone. Nous ne montrerons donc ici pour mémoire que la dizaine de lettres ou groupes de lettres qui correspondent à une pronconciation très différente de celle à laquelle le francophone pourrait s'attendre.

CONSONNES

ci, ce	le **c** se prononce comme le *th* anglais dans *thin*: on appelle ce son une dentale fricative sourde
ch	se prononcent *tch*
gi, ge, j	le son représenté ici par le **g** ou le **j** se prononce approximativement comme le *ch* de *nach* en allemand: on l'appelle une vélaire fricative sourde
ll	se prononcent approximativement comme le *lli* de *million*
ñ	se prononce comme le *gn* de *agneau*
r, rr	le **r** espagnol est roulé, le **rr** doublement roulé
v	se prononce approximativement comme *b* (un b prononcé de façon douce): on appelle ce son une bilabiale fricative sonore
z	se prononce comme le *th* anglais dans *thin*: on appelle ce son une dentale fricative sourde

VOYELLES

e	n'est jamais muet, mais se prononce toujours, comme un *é* ou *è*
u	se prononce comme le *ou* de *cou* (mais reste muet dans les groupes **gue, gui**)
an, en etc	il n'y a pas de nasales en espagnol: **tanto** se prononce *tann-to*, **viento** *bienne-to* etc

DIPHTONGUES

ai, ay	se prononcent *aille* comme dans *bataille*
ei, ey	se prononcent *eille* comme dans *bouteille*
oi, oy	se prononcent comme on prononcerait *oille*
eu	se prononcent *é-ou*: **deuda** *dé-ouda*
au	se prononcent *ao*: **causa** *kao-sa*

L'ACCENT TONIQUE

Il est très important pour être compris de placer correctement l'accent tonique. Voici les règles à observer:

a) mot se terminant par une voyelle (sauf *y*), par *n* ou *s:*
accent sur l'avant-dernière syllabe
aparta**men**to, ha**bla**mos, **co**men, **ma**dre

b) mot se terminant par *y,* par une consonne (sauf *n* ou *s*):
accent sur la dernière syllabe
ca**rey**, ciu**dad**, ha**blar**, desle**al**

c) Les exceptions sont signalées dans l'orthographe espagnole par un accent (aigu) marquant la syllable accentuée:
inte**rés**, co**mún**, dacti**ló**grafo, **glán**dula

TRANSCRIPCIÓN FONÉTICA DEL FRANCÉS

CONSONANTES

poupée poupe	**p**	**f**	*f*er *ph*are ga*ff*e para*ph*e
*b*om*b*e	**b**	**v**	*v*al*v*e
*t*en*te th*ermal	**t**	**l**	*l*ent sa*ll*e so*l*
*d*in*d*e	**d**	**R**	*rare* veni*r r*entre*r*
*coq qu*i *k*épi sac pastè*que*	**k**	**m**	*m*a*m*an fe*mm*e
*g*a*g g*are ba*gue* *g*rin*g*alet	**g**	**n**	*n*o*n* *nonne*
*s*ale *c*e *ç*a de*ss*ous na*t*ion pou*c*e tou*s*	**s**	ɲ	*gn*ôle a*gn*eau vi*gne*
		h	*h*op! (avec h aspiré)
*z*éro mai*s*on ro*se*	**z**	**j**	*y*eux pa*ille* pied *h*ier
*ch*at ta*che*	ʃ	**w**	n*ou*er *oui*
*g*ilet *j*u*ge*	ʒ	ɥ	*hu*ile l*ui*

VOCALES

*i*c*i* v*ie* l*y*re	**i**	**œ**	b*eu*rre p*eu*r
jou*er été* ferm*ée*	**e**	**ø**	p*eu* d*eu*x
l*ait* jou*et* merci	ɛ	ɔ	mort *o*r *h*omme
p*a*tte pl*at a*mour	**a**	**o**	geôle m*o*t dôme *eau* g*au*che chev*aux*
b*a*s pâte	ɑ	**u**	gen*ou* r*oue*
l*e* premier	ə	**y**	r*ue* vêt*u u*rne
mat*in* pl*ein* br*in*	ɛ̃	ɑ̃	v*ent* s*ang an* d*an*s
br*un*	œ̃	ɔ̃	b*on om*bre

DIVERSOS

para el francés: no hay enlace	ˈ	pour l'espagnol: précède la syllabe accentué

FRANÇAIS – ESPAGNOL
FRANCÉS – ESPAÑOL

A, a

a [a] *vb voir* **avoir**

MOT-CLÉ

à [a] (*à* + *le* = **au,** *à* + *les* = **aux**) *prép*
1 (*endroit, situation*) en; **être à Paris/au Portugal** estar en París/en Portugal; **être à la maison/à l'école/au bureau** estar en casa/en el colegio/en la oficina; **être à la campagne** estar en el campo; **c'est à 10 km/à 20 minutes (d'ici)** está a 10 km/a 20 minutos (de aquí); **à la radio/télévision** en la radio/televisión
2 (*direction*) a; **aller à Paris/au Portugal** ir a París/a Portugal; **aller à la maison/à l'école/au bureau** ir a casa/al colegio/a la oficina; **aller à la campagne** ir al campo
3 (*temps*) a; **à 3 heures/à minuit** a las tres/a medianoche; **à demain/lundi/la semaine prochaine!** ¡hasta mañana/el lunes/la semana que viene!; **au printemps/au mois de juin** en primavera/el mes de junio; **à cette époque là** en aquella época; **nous nous verrons à Noël** nos veremos por Navidad; **visites de 5 h à 6 h** visitas de 5 a 6
4 (*attribution, appartenance*) de; **le livre est à lui/à nous/à Paul** el libro es suyo/nuestro/de Pablo; **un ami à moi** un amigo mío; **donner qch à qn** dar algo a algn
5 (*moyen*): **se chauffer au gaz/à l'électricité** calentarse con gas/con electricidad; **à bicyclette** en bicicleta; **à pied** a pie; **à la main/machine** a mano/máquina; **pêcher à la ligne** pescar con caña
6 (*provenance*) de; **boire à la bouteille** beber de la botella
7 (*caractérisation, manière*): **l'homme aux yeux bleus/à la veste rouge** el hombre de ojos azules/de la chaqueta roja; **café au lait** café con leche; **à sa grande surprise** para su gran sorpresa; **à ce qu'il prétend** según pretende (él); **à l'européenne/la russe** a la europea/la rusa; **à nous trois nous n'avons pas su le faire** no hemos sabido hacerlo entre los tres
8 (*but, destination*: *de choses ou personnes*): **tasse à café** taza de café; **"à vendre"** "se vende"; **à bien réfléchir** pensándolo bien; **problèmes à régler** problemas *mpl* por solucionar
9 (*rapport, évaluation, distribution*): **100 km/unités à l'heure** 100 km/unidades por hora; **payé au mois/à l'heure** pagado por mes/por hora; **cinq à six** cinco a seis; **ils sont arrivés à quatre** llegaron cuatro

abaisser [abese] *vt* bajar; (*fig*) rebajar
abandon [abɑ̃dɔ̃] *nm* abandono; **être à l'~** estar abandonado(-a); **laisser à l'~** abandonar
abandonner [abɑ̃dɔne] *vt* abandonar ♦ *vi* (SPORT) abandonar; (INFORM) salir; **~ qch à qn** entregar algo a algn
abat-jour [abaʒuʀ] *nm inv* pantalla
abats [aba] *vb voir* **abattre** ♦ *nmpl* (CULIN) menudos *mpl*
abattement [abatmɑ̃] *nm* (*déduction*) deducción *f*; **~ fiscal** deducción fiscal
abattoir [abatwaʀ] *nm* matadero
abattre [abatʀ] *vt* (*arbre*) talar; (*mur, maison, avion*) derribar; (*tuer*) matar; (*déprimer*) desanimar; **s'~** *vpr* (*mât, malheur*) caerse; **s'~ sur** caer sobre; **~ du travail** (*ou* **de la besogne**) trabajar duro
abbaye [abei] *nf* abadía

abbé [abe] *nm* (*d'une abbaye*) abad *m*
abcès [apsɛ] *nm* absceso
abdiquer [abdike] *vi* abdicar ♦ *vt* (*pouvoir, dignité*) renunciar a
abdominal, e, -aux [abdɔminal, o] *adj* abdominal; **abdominaux** *nmpl* abdominales *mpl*; **faire des abdominaux** hacer abdominales
abeille [abɛj] *nf* abeja
aberrant, e [abeʀɑ̃, ɑ̃t] *adj* aberrante
aberration [abeʀasjɔ̃] *nf* aberración *f*
abîme [abim] *nm* abismo
abîmer [abime] *vt* estropear; **s'~** *vpr* estropearse; (*fig*) abismarse
aboiement [abwamɑ̃] *nm* ladrido
abolir [abɔliʀ] *vt* abolir
abominable [abɔminabl] *adj* abominable
abondance [abɔ̃dɑ̃s] *nf* abundancia
abondant, e [abɔ̃dɑ̃, ɑ̃t] *adj* abundante; **abonder** *vi* abundar
abonné, e [abɔne] *adj* (*à un journal*) suscrito(-a); (*au téléphone*) abonado(-a) ♦ *nm/f* (*au téléphone, à l'opéra*) abonado(-a); (*à un journal*) suscriptor(a)
abonnement [abɔnmɑ̃] *nm* (*à un journal*) suscripción *f*; (*transports en commun, théâtre*) abono
abonner [abɔne] *vt*: **~ qn à** (*revue*) suscribir a algn a; **s'~** *vpr*: **s'~ à** (*revue*) suscribirse a; (*téléphone*) abonarse a
abord [abɔʀ] *nm*: **être d'un ~ facile/difficile** ser de fácil/difícil acceso; **~s** *nmpl* (*d'un lieu*) alrededores *mpl*; **d'~** primero, en primer lugar; **de prime ~, au premier ~** a primera vista
abordable [abɔʀdabl] *adj* (*personne*) accesible; (*prix, marchandise*) asequible
aborder [abɔʀde] *vi* abordar ♦ *vt* abordar
aboutir [abutiʀ] *vi* tener éxito; **~ à/dans/sur** (*lieu*) dar a
aboyer [abwaje] *vi* ladrar
abréger [abʀeʒe] *vt* acortar
abreuver [abʀœve] *vt* abrevar; (*fig*): **~ qn de** (*injures*) colmar a algn de; **s'~** *vpr* (*fam*) beber hasta reventar; **abreuvoir** *nm* abrevadero
abréviation [abʀevjasjɔ̃] *nf* abreviatura
abri [abʀi] *nm* refugio; **à l'~** (*des intempéries, financièrement*) a cubierto; (*de l'ennemi*) a salvo; **à l'~ de** (*fig: erreur*) protegido(-a) contra
abricot [abʀiko] *nm* albaricoque *m*, damasco (AM)
abriter [abʀite] *vt* (*lieu*) resguardar; **s'~** *vpr* resguardarse
abrupt, e [abʀypt] *adj* abrupto(-a); (*personne, ton*) rudo(-a)
abruti, e [abʀyti] (*fam*) *nm/f* tonto(-a)
absence [apsɑ̃s] *nf* ausencia
absent, e [apsɑ̃, ɑ̃t] *adj, nm/f* ausente *m/f*; **absenter**: **s'absenter** *vpr* ausentarse
absolu, e [apsɔly] *adj* absoluto(-a); **absolument** *adv* (*oui*) sí, por supuesto
absorbant, e [apsɔʀbɑ̃, ɑ̃t] *adj* absorbente
absorber [apsɔʀbe] *vt* absorber; (*manger, boire*) tomar
abstenir [apstəniʀ]: **s'~** *vpr* abstenerse; **s'~ de qch/de faire** privarse de algo/de hacer
abstrait, e [apstʀɛ, ɛt] *adj* abstracto(-a)
absurde [apsyʀd] *adj* absurdo(-a)
abus [aby] *nm* abuso; **abuser** *vi* abusar; **abuser de** abusar de; **abusif, -ive** *adj* abusivo(-a)
académie [akademi] *nf* academia; (UNIV) ≃ distrito universitario

Académie française

La **Académie française** *fue fundada por el cardenal Richelieu en 1635 durante el reinado de Luis XIII. Consta de cuarenta eruditos y escritores electos a los que se conoce como "les Quarante" o "les Immortels". Una de las funciones de la Academia es regular el desarrollo de la lengua francesa y sus recomendaciones son con frecuencia objeto de encendido debate. Ha publicado varias ediciones de su* *conocido diccionario y concede diversos premios literarios.*

acajou [akaʒu] *nm* caoba
acariâtre [akaʀjɑtʀ] *adj* desabrido(-a)
accablant, e [akɑblɑ̃, ɑ̃t] *adj* (*témoignage, preuve*) abrumador(a); (*chaleur, poids*) agobiante
accabler [akɑble] *vt* (*physiquement*) agobiar; (*moralement*) abatir; (*suj: preuves, témoignage*) inculpar; **~ qn d'injures/de travail** colmar a algn de injurias/de trabajo
accalmie [akalmi] *nf* calma, tregua
accaparer [akapaʀe] *vt* acaparar
accéder [aksede]: **~ à** *vt ind* (*lieu*) tener acceso a; (*fig*) acceder a
accélérateur [akseleʀatœʀ] *nm* acelerador *m*
accélérer [akseleʀe] *vt, vi* acelerar
accent [aksɑ̃] *nm* acento; **mettre l'~ sur** (*fig*) hacer hincapié en; **~ aigu/circonflexe/grave** acento agudo/circunflejo/grave; **accentuer** *vt* acentuar; **s'accentuer** *vpr* acentuarse
acceptation [aksɛptasjɔ̃] *nf* aceptación *f*, admisión *f*
accepter [aksɛpte] *vt* aceptar; **~ de faire** aceptar hacer
accès [aksɛ] *nm* acceso ♦ *nmpl* (*routes, entrées*) accesos *mpl*; **~ de colère** arrebato; **accessible** *adj* accesible; (*prix, objet*) asequible; (*livre, sujet*): **accessible (à qn)** accesible (a algn)
accessoire [akseswaʀ] *adj* secundario(-a) ♦ *nm* accesorio
accident [aksidɑ̃] *nm* accidente *m*; (*événement fortuit*) incidente *m*; **par ~** por accidente; **accidenté, e** *adj* accidentado(-a); (*voiture*) estropeado(-a), dañado(-a); **accidentel, le** *adj* accidental; (*fortuit*) casual
acclamer [aklame] *vt* aclamar
acclimater [aklimate] *vt* aclimatar; **s'~** *vpr* aclimatarse
accolade [akɔlad] *nf* abrazo
accommoder [akɔmɔde] *vt* (*CULIN*) aliñar; **s'~** *vpr*: **s'~ de** contentarse con
accompagnateur, -trice [akɔ̃paɲatœʀ, tʀis] *nm/f* acompañante *m/f*
accompagner [akɔ̃paɲe] *vt* acompañar
accompli, e [akɔ̃pli] *adj* consumado(-a)
accomplir [akɔ̃pliʀ] *vt* cumplir
accord [akɔʀ] *nm* (*entente*) acuerdo; (*consentement, autorisation*) consentimiento; (*MUS*) acorde *m*; **se mettre d'~** ponerse de acuerdo; **être d'~ (pour faire/que)** estar de acuerdo (en hacer/en que); **d'~!** ¡de acuerdo!
accordéon [akɔʀdeɔ̃] *nm* acordeón *m*
accorder [akɔʀde] *vt* (*faveur, délai*) conceder; (*MUS*) afinar; **~ de l'importance/de la valeur à qch** dar importancia/valor a algo
accoster [akɔste] *vt* (*NAUT*) acostar ♦ *vi* acostar
accouchement [akuʃmɑ̃] *nm* parto
accoucher [akuʃe] *vi, vt* dar a luz
accouder [akude] *vb*: **s'~ à/sur** acodarse en/sobre; **accoudoir** *nm* brazo
accoupler [akuple] *vt* **s'accoupler** *vpr* aparearse
accourir [akuʀiʀ] *vi* precipitarse
accoutumance [akutymɑ̃s] *nf* (*au climat*) adaptación *f*
accoutumé, e [akutyme] *adj* acostumbrado(-a)
accoutumer [akutyme] *vb*: **s'~ à qch/à faire** acostumbrarse a algo/a hacer
accroc [akʀo] *nm* (*déchirure*) desgarrón *m*; **sans ~s** (*fig*) sin contratiempos
accrochage [akʀɔʃaʒ] *nm* (*accident*) choque *m*
accrocher [akʀɔʃe]: **~ à** *vt ind* (*vêtement, tableau*) colgar en; (*véhicule*) chocar con; (*déchirer: robe, pull*) rasgar; (*fig: regard, client*) atraer; **s'~** *vpr* (*MIL, se disputer*) pelearse; **s'~ à** (*agripper*) agarrarse a; (*personne*) pegarse a
accroissement [akʀwasmɑ̃] *nm* aumento

accroître [akRwatR]: **s'~** *vpr* acrecentarse

accroupir [akRupiR]: **s'~** *vpr* ponerse en cuclillas

accru, e [akRy] *adj* acrecentado(-a)

accueil [akœj] *nm* acogida; **centre/comité d'~** centro/comité *m* de recepción; **accueillir** *vt* (*recevoir, saluer*) acoger; (*loger*) alojar

accumuler [akymyle] *vt* acumular; **s'~** *vpr* acumularse

accusation [akyzasjɔ̃] *nf* acusación *f*; **l'~** (*JUR*) la acusación; **mettre qn en ~** iniciar causa en contra de algn

accusé, e [akyze] *adj, nm/f* acusado(-a); **~ de réception** *nm* acuse *m* de recibo

accuser [akyze] *vt* acusar; (*fig: souligner*) acentuar; **~ qn de qch** acusar a algn de algo; **~ réception de** acusar recibo de

acéré, e [aseRe] *adj* acerado(-a)

acharné, e [aʃaRne] *adj* encarnizado(-a)

acharner [aʃaRne] *vb*: **s'~ contre/sur** ensañarse con

achat [aʃa] *nm* compra; **faire des ~s** ir de compras

acheter [aʃ(ə)te] *vt* comprar; **~ qch à qn** comprar algo a algn; **acheteur, -euse** *nm/f* comprador(a)

achever [aʃ(ə)ve] *vt* acabar, finalizar; **s'~** *vpr* acabarse

acide [asid] *adj* ácido(-a) ♦ *nm* ácido; **acidulé** *adj* ácido(-a); **bonbons acidulés** caramelos *mpl* ácidos

acier [asje] *nm* acero; **~ inoxydable** acero inoxidable; **aciérie** *nf* acería

acné [akne] *nf* acné *f*

acompte [akɔ̃t] *nm* (*arrhes*) señal *f*; (*sur somme due*) adelanto

à-côté [akote] *nm* (*point accessoire*) cuestión *f* secundaria; (*argent: aussi pl*) dinero extra *inv*

à-coup [aku] *nm* **sans ~-~s** sin interrupción; **par ~-~s** a tirones

acoustique [akustik] *nf* acústica

acquéreur [akeRœR] *nm* comprador(a)

acquérir [akeRiR] *vt* comprar

acquis, e [aki, iz] *pp de* **acquérir** ♦ *nm* (*savoir, expérience*) conocimientos *mpl* ♦ *nmpl*: **les ~ sociaux** los logros sociales

acquitter [akite] *vt* (*accusé*) absolver

âcre [ɑkR] *adj* acre

acrobate [akRɔbat] *nm/f* acróbata *m/f*

acrobatie [akRɔbasi] *nf* acrobacia

acte [akt] *nm* (*THÉÂTRE, action*) acto; (*document*) acta; **~s** *nmpl* (*compte-rendu*) actas *fpl*; **faire ~ de candidature** presentar una candidatura

acteur, -trice [aktœR, tRis] *nm/f* actor (actriz)

actif, -ive [aktif, iv] *adj* activo(-a) ♦ *nm* activo; **l'~ et le passif** el activo y el pasivo

action [aksjɔ̃] *nf* acción *f*; (*déploiement d'énergie*) actividad *f*; **une bonne/mauvaise ~** una buena/mala acción; **actionnaire** *nm/f* accionista *m/f*; **actionner** *vt* accionar

activer [aktive]: **s'~** *vpr* (*se presser*) apresurarse; (*s'affairer*) trajinar

activité [aktivite] *nf* actividad *f*

actrice [aktRis] *nf voir* **acteur**

actualité [aktɥalite] *nf* actualidad *f*; **~s** *nfpl*: **les ~s** las noticias; **l'~ politique/sportive** la actualidad política/deportiva

actuel, le [aktɥɛl] *adj* actual; **actuellement** *adv* actualmente

acupuncture [akypɔ̃ktyR] *nf* acupuntura

adaptateur, -trice [adaptatœR, tRis] *nm* (*ÉLEC*) adaptador *m*

adapter [adapte] *vt*: **~ à** adaptar a; **s'~** *vpr* (*personne*): **s'~ (à)** adaptarse (a)

addition [adisjɔ̃] *nf* (*MATH*) adición *f*; (*au restaurant*) cuenta; **additionner** *vt* sumar

adepte [adɛpt] *nm/f* (*d'une religion*) adepto(-a); (*d'un sport*) partidario(-a)

adéquat, e [adekwa(t), at] *adj* adecuado(-a)

adhérent, e [adeRɑ̃, ɑ̃t] *adj* adherente ♦ *nm/f* miembro *m/f*

adhérer [adeRe] *vi* adherirse: **~ à** ♦

vt ind (*coller*) adherir a; (*devenir membre de*) afiliarse a; **adhésif, -ive** *adj* adhesivo(-a) ♦ *nm* adhesivo

adieu [adjø] *excl* ¡adiós! ♦ *nm* adiós *msg*; **dire ~ à qn** decir adiós a algn

adjectif, -ive [adʒɛktif, iv] *nm* adjetivo

adjoint, e [adʒwɛ̃, wɛ̃t] *nm/f* adjunto(-a); **directeur adjoint** director *m* adjunto; **~ au maire** teniente *m* alcalde

admettre [admɛtʀ] *vt* admitir; (*candidat*) admitir, aprobar; **admettons que ...** admitamos que ...

administrateur, -trice [administʀatœʀ, tʀis] *nm/f* administrador(a)

administration [administʀasjɔ̃] *nf* administración *f*

administrer [administʀe] *vt* administrar

admirable [admiʀabl] *adj* admirable

admirateur, -trice [admiʀatœʀ, tʀis] *nm/f* admirador(a)

admiration [admiʀasjɔ̃] *nf* admiración *f*

admirer [admiʀe] *vt* admirar

admis, e [admi, iz] *pp de* **admettre**

admissible [admisibl] *adj* (*candidat*) admitido(-a); (*comportement*: *gén nég*) admisible

ADN [adeɛn] *sigle m* (= *acide désoxyribonucléique*) ADN *m*

adolescence [adɔlesɑ̃s] *nf* adolescencia

adolescent, e [adɔlesɑ̃, ɑ̃t] *nm/f* adolescente *m/f*

adopter [adɔpte] *vt* (*projet de loi*) aprobar; (*politique, enfant*) adoptar; **adoptif, -ive** *adj* adoptivo(-a)

adorable [adɔʀabl] *adj* adorable

adorer [adɔʀe] *vt* adorar

adosser [adose] *vt*: **s'~ à/contre** respaldarse en/contra

adoucir [adusiʀ] *vt* suavizar; (*peine, douleur*) aliviar

adresse [adʀɛs] *nf* (*habileté*) habilidad *f*; (*domicile*) dirección *f*

adresser [adʀese] *vt* (*expédier*) enviar; (*écrire l'adresse sur*) poner la dirección en; (*injure, compliments*) dirigir; **s'~** *vpr*: **s'~ à** dirigirse a; (*suj*: *livre, conseil*) estar dirigido(-a) a; **~ la parole à qn** dirigir la palabra a algn

adroit, e [adʀwa, wat] *adj* hábil

adulte [adylt] *nm/f* adulto(-a)

adverbe [advɛʀb] *nm* adverbio

adversaire [advɛʀsɛʀ] *nm/f* adversario(-a)

aération [aeʀasjɔ̃] *nf* (*circulation de l'air*) ventilación *f*

aérer [aeʀe] *vt* (*pièce, literie*) ventilar

aérien, ne [aeʀjɛ̃, jɛn] *adj* aéreo(-a); **ligne ~ne** línea aérea

aéro... [aeʀɔ] *préfixe*: **aérogare** *nf* terminal *f*; (*en ville*) estación *f* terminal; **aéroglisseur** *nm* aerodeslizador *m*

aéronaval, e, -aux [aeʀonaval, o] *adj* aeronaval ♦ *nf*: **l'A~e** las Fuerzas aeronavales; **aérophagie** *nf* aerofagia; **aéroport** *nm* aeropuerto; **aérosol** *nm* aerosol *m*

affaiblir [afebliʀ] *vt* debilitar; **s'~** *vpr* debilitarse

affaire [afɛʀ] *nf* (*problème, question*) asunto; (*scandale*) escándalo; (*criminelle, judiciaire*) caso; (*entreprise, magasin*) negocio, empresa; (*marché, transaction*) negocio; (*occasion intéressante*) ganga; **~s** *nfpl* negocios *mpl*; (*objets, effets personnels*) cosas *fpl*; **ce sont mes/tes ~s** (*cela me/te concerne*) es asunto mío/tuyo; **ceci fera l'~** esto bastará; **avoir ~ à qn/qch** (*comme contact*) estar en relación con algn/algo; **c'est une ~ de goût/d'argent** es una cuestión de gusto/dinero; **les A~s étrangères** Asuntos Exteriores; **affairer**: **s'affairer** *vpr* afanarse

affamé, e [afame] *adj* hambriento(-a)

affecter [afɛkte] *vt* (*toucher, émouvoir*) conmover, afectar; (*feindre*) fingir

affectif, -ive [afɛktif, iv] *adj* afectivo(-a)

affection [afɛksjɔ̃] *nf* afecto, cariño; **affectionner** *vt* querer; **affectueux, -euse** *adj* afectuoso(-a)

affichage [afiʃaʒ] *nm* anuncio; (*électronique*) marcador *m*; **"~ interdit"** "se prohibe fijar carteles"

affiche [afiʃ] *nf* cartel *m*, afiche *m* (AM); (*officielle*) anuncio

afficher [afiʃe] *vt* anunciar; (*électroniquement*) marcar; (*fig, péj*) ostentar

affilée [afile]: **d'~** *adv* de un tirón

affirmatif, -ive [afiʀmatif, iv] *adj* (*réponse*) afirmativo(-a)

affirmer [afiʀme] *vt* afirmar

affligé, e [afliʒe] *adj* afligido(-a); **~ d'une maladie/tare** aquejado(-a) por una enfermedad/tara

affliger [afliʒe] *vt* afligir

affluence [aflyɑ̃s] *nf* afluencia; **heure/jour d'~** hora/día *m* de afluencia

affluent [aflyɑ̃] *nm* afluente *m*

affolant, e [afɔlɑ̃, ɑ̃t] *adj* enloquecedor(a)

affolement [afɔlmɑ̃] *nm* pánico

affoler [afɔle] *vt* asustar; **s'~** *vpr* asustarse

affranchir [afʀɑ̃ʃiʀ] *vt* (*lettre, paquet*) franquear; (*esclave*) libertar; **affranchissement** *nm* (POSTES) franqueo

affreux, -euse [afʀø, øz] *adj* horrible

affront [afʀɔ̃] *nm* afrenta; **affrontement** *nm* enfrentamiento

affronter [afʀɔ̃te] *vt* (*adversaire*) afrontar, hacer frente a; (*tempête, critiques*) afrontar

affût [afy] *nm*: **à l'~ (de)** al acecho (de)

afin [afɛ̃]: **~ que** *conj* a fin de que; **~ de faire** a fin de hacer, con el fin de hacer

africain, e [afʀikɛ̃, ɛn] *adj* africano(-a) ♦ *nm/f*: **A~, e** africano(-a)

Afrique [afʀik] *nf* África; **~ australe/du Nord/du Sud** África austral/del Norte/del Sur

agacer [agase] *vt* molestar

âge [ɑʒ] *nm* edad *f*; **quel ~ as-tu?** ¿qué edad tienes?; **troisième ~** tercera edad; **âgé, e** *adj* de edad; **âgé de 10 ans** de 10 años de edad; **les personnes âgées** los ancianos

agence [aʒɑ̃s] *nf* agencia; (*succursale*) sucursal *f*; **~ immobilière/matrimoniale** agencia inmobiliaria/matrimonial

agenda [aʒɛ̃da] *nm* agenda

agenouiller [aʒ(ə)nuje]: **s'~** *vpr* arrodillarse

agent [aʒɑ̃] *nm* (ADMIN) funcionario(-a); (*élément, facteur*) agente *m*, factor *m*; **~ (de police)** policía *m*, agente (AM); **~ immobilier** agente inmobiliario

agglomération [aglɔmeʀasjɔ̃] *nf* aglomeración *f*; **l'~ parisienne** el área metropolitana de París

aggraver [agʀave] *vt* agravar, empeorar; **s'~** *vpr* agravarse

agile [aʒil] *adj* ágil

agir [aʒiʀ] *vi* actuar; (*avoir de l'effet*) hacer efecto; **s'~** *vpr*: **il s'agit de faire** se trata de hacer; **il s'agit de** se trata de; **de quoi s'agit-il?** ¿de qué se trata?

agitation [aʒitasjɔ̃] *nf* agitación *f*

agité, e [aʒite] *adj* (*gén enfant*) revoltoso(-a); (*vie, personne*) agitado(-a); **une mer ~e** un mar agitado *ou* revuelto

agiter [aʒite] *vt* agitar; (*personne*) inquietar

agneau [aɲo] *nm* cordero

agonie [agɔni] *nf* agonía

agrafe [agʀaf] *nf* (MÉD, *de bureau*) grapa; **agrafer** *vt* (*des feuilles de papier*) grapar; **agrafeuse** *nf* grapadora

agrandir [agʀɑ̃diʀ] *vt* agrandar, ampliar; **s'~** *vpr* agrandarse; **agrandissement** *nm* (PHOTO) ampliación *f*

agréable [agʀeabl] *adj* agradable

agréé, e [agʀee] *adj*: **magasin/concessionnaire ~** establecimiento/concesionario autorizado

agréer [agʀee] *vt*: **veuillez ~ ...** le saluda ...

agrégation [agʀegasjɔ̃] *nf* oposición *f*; **agrégé, e** *nm/f* catedrático(-a)

agrément [agʀemɑ̃] *nm* (*accord*) consentimiento

agresser [agʀese] *vt* agredir; **agresseur** *nm* agresor(a); **agressif, -ive** *adj* agresivo(-a); (*couleur, toilette*) provocador(a)
agricole [agʀikɔl] *adj* agrícola; **agriculteur, -trice** *nm/f* agricultor(a); **agriculture** *nf* agricultura
agripper [agʀipe] *vt* agarrar; **s'~** *vpr*: **s'~ à** agarrarse a, aferrarse a
agro-alimentaire [agʀoalimɑ̃tɛʀ] (*pl* **~-~s**) *adj* agroalimenticio(-a)
agrumes [agʀym] *nmpl* agrios *mpl*
aguets [agɛ] *nmpl*: **être aux ~** estar al acecho
ai [ɛ] *vb voir* **avoir**
aide [ɛd] *nf* ayuda ♦ *nm/f* ayudante *m/f*; **à l'~ de** con (la) ayuda de; **appeler (qn) à l'~** pedir ayuda (a algn); **~ judiciaire** *nf* ayuda judicial; **aide-mémoire** *nm inv* memorándum *m*
aider [ede] *vt* ayudar; **s'~ de** *vpr* ayudarse de, servirse de; **~ à** (*faciliter, favoriser*) ayudar a; **aide-soignant, e** (*pl* **aides-soignants, es**) *nm/f* auxiliar *m/f* de enfermería
aie *etc* [ɛ] *vb voir* **avoir**
aïe [aj] *excl* ¡ay!
aigle [ɛgl] *nm* águila
aigre [ɛgʀ] *adj* agrio(-a); **aigre-doux, -douce** (*pl* **aigres-doux, -douces**) *adj* agridulce; **aigreur** *nf* acidez *f*; (*d'un propos*) acritud *f*; **aigreurs d'estomac** acidez de estómago
aigu, ë [egy] *adj* (*objet, arête*) afilado(-a); (*voix, note, douleur*) agudo(-a)
aiguille [egɥij] *nf* aguja; **~ à tricoter** aguja de tejer
aiguiser [egize] *vt* afilar; (*fig*) aguzar
ail [aj] *nm* ajo
aile [ɛl] *nf* ala; (*de voiture*) aleta; **ailier** *nm* extremo
aille *etc* [aj] *vb voir* **aller**
ailleurs [ajœʀ] *adv* en otra parte; **partout/nulle part ~** en cualquier/en ninguna otra parte; **d'~** además; **par ~** por otra parte
aimable [ɛmabl] *adj* amable
aimant, e [ɛmɑ̃, ɑ̃t] *adj* afectuoso(-a) ♦ *nm* imán *m*
aimer [eme] *vt* (*d'amour*) querer, amar; (*d'amitié, affection*) querer; (*chose, activité*) gustar; **bien ~ qn/qch** querer mucho a algn/algo; **j'aimerais autant** *ou* **mieux y aller maintenant** preferiría ir ahora
aine [ɛn] *nf* ingle *f*
aîné, e [ene] *adj* mayor ♦ *nm/f* primogénito(-a)
ainsi [ɛ̃si] *adv* (*de cette façon*) de este modo; (*ce faisant*) así ♦ *conj* entonces; **~ que** (*comme*) así como; (*et aussi*) y también; **et ~ de suite** y así sucesivamente
air [ɛʀ] *nm* aire *m*; (*expression, attitude*) aspecto; **prendre l'~** tomar el aire; **avoir l'~** parecer, verse (*AM*); **il a l'~ de manger/dormir/faire** parece que está comiendo/durmiendo/haciendo; **avoir l'~ d'un homme/clown** parecer un hombre/payaso
aisance [ɛzɑ̃s] *nf* (*facilité*) facilidad *f*
aise [ɛz] *nf* (*confort*) comodidad *f*; (*financière*) desahogo; **~s** *nfpl*: **prendre ses ~s** instalarse a sus anchas; **être à l'~** *ou* **à son ~** estar a gusto; (*pas embarrassé*) estar a sus anchas; (*financièrement*) estar desahogado(-a); **se mettre à l'~** ponerse a gusto; **être mal à l'~** *ou* **à son ~** estar a disgusto; **aisé, e** *adj* (*facile*) fácil; (*assez riche*) acomodado(-a)
aisselle [ɛsɛl] *nf* axila
ait [ɛ] *vb voir* **avoir**
ajonc [aʒɔ̃] *nm* aulaga
ajourner [aʒuʀne] *vt* (*débat, décision*) aplazar, postergar (*AM*)
ajouter [aʒute] *vt* añadir, agregar (*esp AM*)
alarme [alaʀm] *nf* (*signal*) alarma; **donner l'~** dar la alarma; **alarmer** *vt* alarmar; **s'alarmer** *vpr* alarmarse; **alarmiste** *adj* alarmista
album [albɔm] *nm* álbum *m*; **~ à colorier/de timbres** álbum para colorear/de sellos
albumine [albymin] *nf* albúmina; **avoir** *ou* **faire de l'~** tener albúmina
alcool [alkɔl] *nm*: **l'~** el alcohol; **un ~**

un licor; **~ à 90º** alcohol de 90º; **~ à brûler** alcohol de quemar; **alcoolique** *adj, nm/f* alcohólico(-a); **alcoolisé, e** *adj* alcoholizado(-a); **alcoolisme** *nm* alcoholismo; **alco(o)test** ® *nm* (*objet*) alcohómetro; (*épreuve*) prueba del alcohol; **faire subir l'alcootest à qn** hacer la prueba del alcohol a algn

aléatoire [aleatwar] *adj* aleatorio(-a)

alentour [alɑ̃tuʀ] *adv* alrededor; **~s** *nmpl* alrededores *mpl*; **aux ~s de** en los alrededores de

alerte [alɛʀt] *adj* vivo(-a) ♦ *nf* (*menace*) alerta; **alerter** *vt* alertar

algèbre [alʒɛbʀ] *nf* álgebra

Alger [alʒe] *n* Argel *m*

Algérie [alʒeʀi] *nf* Argelia; **algérien, ne** *adj* argelino(-a)

algue [alg] *nf* alga

alibi [alibi] *nm* coartada

aligner [aliɲe] *vt* alinear; (*idées*) ordenar; **s'~** *vpr* alinearse; **s'~ (sur)** (*POL*) estar alineado(-a) (con)

aliment [alimɑ̃] *nm* alimento; **alimentation** *nf* alimentación *f*; (*en eau, en électricité*) provisión *f*; **alimenter** *vt* alimentar; (*en eau, électricité*): **alimenter (en)** alimentar (con), abastecer (con)

allaiter [alete] *vt* (*femme*) dar el pecho a

alléchant, e [aleʃɑ̃, ɑ̃t] *adj* (*odeur*) atrayente; (*proposition etc*) tentador(a)

allécher [aleʃe] *vt* (*odeur*) atraer; **~ qn** engatusar a algn

allée [ale] *nf* (*de jardin, parc*) paseo, sendero; (*en ville*) avenida

allégé, e [aleʒe] *adj* (*yaourt etc*) bajo(-a) en contenido graso

Allemagne [almaɲ] *nf* Alemania; **allemand, e** *adj* alemán(-ana) ♦ *nm/f*: **Allemand, e** alemán(-ana)

MOT-CLÉ

aller [ale] *nm* ida; **aller (simple)** ida ♦ *vi* **1** ir; **aller à la chasse/pêche** ir a cazar/pescar, ir de caza/pesca; **aller au théâtre/au concert/au cinéma** ir al teatro/a conciertos/al cine; **aller à l'école** ir al colegio

2 (*situation, moteur, personne etc*) andar, estar; **comment allez-vous?** ¿qué tal está usted?; **comment ça va?** ¿qué tal?; **ça va? - oui, ça va/non, ça ne va pas** ¿qué tal? - bien/mal; **ça ne va pas très bien (au bureau)** las cosas no van muy bien (en la oficina); **ça va bien/mal** anda bien/mal; **ça va** (*approbation*) bien; **tout va bien** todo va bien; **il va bien/mal** está bien/mal; **il n'y est pas allé par quatre chemins** (*fig*) no se anduvo con rodeos; **tu y vas un peu (trop) fort** exageras un poco; **aller à** (*suj*: *forme, pointure etc*) adaptarse a; **cette robe te va très bien** este vestido te sienta muy bien; **cela me va** (*couleur, vêtement*) esto me sienta *ou* va bien; **aller avec** (*couleurs, style etc*) pegar con; **ça ira** (*comme ça*) está bien así; **se laisser aller** (*se négliger*) abandonarse; **aller jusqu'à Paris/100 F** (*limite*) llegar hasta París/100 francos; **ça va de soi** se cae por su propio peso; **ça va sans dire** ni qué decir tiene; **il va sans dire que ...** ni qué decir tiene que ...

3 (*fonction d'auxiliaire*): **je vais me fâcher/le faire** voy a enfadarme/hacerlo; **aller chercher/voir qn** ir a buscar/a ver a algn; **je vais m'en occuper demain** voy a ocuparme de ello mañana

4: **allons-y!** ¡vamos!; **allez!** ¡venga!; **allons donc!** ¡anda ya!; **aller mieux** ir mejor; **aller en empirant** ir empeorando; **allez, fais un effort** vamos, haz un esfuerzo; **allez, je m'en vais** bueno, me voy; **s'en aller** irse

allergique [alɛʀʒik] *adj* alérgico(-a); **~ à** alérgico(-a) a

alliance [aljɑ̃s] *nf* alianza

allier [alje] *vt* aliar; (*fig*) unir; **s'~** *vpr* aliarse

allô [alo] *excl* dígame, aló (*AM*)

allocation [alɔkasjɔ̃] *nf* asignación *f*; **~ (de) chômage** subsidio de desempleo; **~s familiales** ayuda *fsg* familiar

allonger [alɔ̃ʒe] *vt* (*objet, durée*) alargar; (*bras*) estirar; **s'~** *vpr* (*personne*) tumbarse
allumage [alymaʒ] *nm* encendido
allume-cigare [alymsigaʀ] *nm inv* encendedor *m*
allumer [alyme] *vt* encender, prender (AM); (*pièce*) alumbrar; **s'~** *vpr* encenderse
allumette [alymɛt] *nf* cerilla
allure [alyʀ] *nf* (*d'un véhicule*) velocidad *f*; (*d'un piéton*) paso; (*démarche, maintien*) presencia; (*aspect, air*) aspecto; **avoir de l'~** tener buena presencia; **à toute ~** a toda velocidad
allusion [a(l)lyzjɔ̃] *nf* (*référence*) referencia; (*sous-entendu*) alusión *f*; **faire ~ à** hacer referencia a; (*avec sous-entendu*) hacer alusión a

MOT-CLÉ

alors [alɔʀ] *adv* (*à ce moment-là*) entonces; **il habitait alors à Paris** vivía entonces en París
♦ *conj* (*par conséquent*) entonces; **tu as fini? alors je m'en vais** ¿has acabado? entonces, me voy; **et alors?** (*pour en savoir plus*) ¿entonces?; (*indifférence*) ¿y qué?; **alors que** *conj* **1** (*au moment où*) cuando; **il est arrivé alors que je partais** llegó cuando me iba
2 (*pendant que*) cuando, mientras; **alors qu'il était à Paris, il a visité ...** mientras estaba en París, visitó ...
3 (*tandis que, opposition*) mientras que; **alors que son frère travaillait dur, lui se reposait** mientras que su hermano trabajaba duro, él descansaba

alourdir [aluʀdiʀ] *vt* hacer pesado(-a)
Alpes [alp] *nfpl*: **les ~** los Alpes
alphabet [alfabɛ] *nm* alfabeto; **alphabétique** *adj* alfabético(-a); **par ordre alphabétique** por orden alfabético
alpinisme [alpinism] *nm* alpinismo, andinismo (AM); **alpiniste** *nm/f* alpinista *m/f*, andinista *m/f* (AM)
Alsace [alzas] *nf* Alsacia; **alsacien, ne** *adj* alsaciano(-a) ♦ *nm/f*: **Alsacien, ne** alsaciano(-a)
alternateur [altɛʀnatœʀ] *nm* alternador *m*
alternatif, -ive [altɛʀnatif, iv] *adj* alternativo(-a); **alternative** *nf* alternativa; **alterner** *vt* (*choses*) alternar ♦ *vi* alternar
altitude [altityd] *nf* (*par rapport à la mer*) altitud *f*
alto [alto] *nm* (*instrument*) viola ♦ *nf* (*chanteuse*) contralto *f*
aluminium [alyminjɔm] *nm* aluminio
amabilité [amabilite] *nf* amabilidad *f*
amaigrissant, e [amegrisɑ̃, ɑ̃t] *adj*: **régime ~** régimen *m* de adelgazamiento
amande [amɑ̃d] *nf* almendra; **amandier** *nm* almendro
amant [amɑ̃] *nm* amante *m*
amas [amɑ] *nm* montón *m*; **amasser** *vt* amontonar
amateur [amatœʀ] *nm* aficionado(-a); **en ~** (*péj*) como aficionado(-a)
ambassade [ɑ̃basad] *nf* embajada; **ambassadeur, -drice** *nm/f* (POL, *fig*) embajador(a)
ambiance [ɑ̃bjɑ̃s] *nf* ambiente *m*
ambigu, -uë [ɑ̃bigy] *adj* ambiguo(-a)
ambitieux, -euse [ɑ̃bisjø, jøz] *adj, nm/f* ambicioso(-a)
ambition [ɑ̃bisjɔ̃] *nf* ambición *f*
ambulance [ɑ̃bylɑ̃s] *nf* ambulancia; **ambulancier, -ière** *nm/f* conductor(a) de una ambulancia
âme [ɑm] *nf* (*spirituelle*) alma
amélioration [ameljɔʀasjɔ̃] *nf* mejoría
améliorer [ameljɔʀe] *vt* mejorar; **s'~** *vpr* mejorarse
aménager [amenaʒe] *vt* acondicionar; (*installer*) habilitar
amende [amɑ̃d] *nf* multa
amener [am(ə)ne] *vt* llevar; (*occasionner*) provocar; **s'~** (*fam*) *vpr* venirse; **~ qn à qch/à faire** incitar a algn a algo/a hacer
amer, amère [amɛʀ] *adj* amargo(-a)
américain, e [ameʀikɛ̃, ɛn] *adj*

americano(-a) ♦ *nm/f*: **A~, e** americano(-a)

Amérique [ameʀik] *nf* América; **~ centrale/du Nord/du Sud/latine** América central/del Norte/del Sur/latina

amertume [amɛʀtym] *nf* amargura

ameublement [amœbləmɑ̃] *nm* mobiliario

ami, e [ami] *nm/f* amigo(-a); (*amant/maîtresse*) amante *m/f*; **pays/groupe ~** país *m*/grupo aliado

amiable [amjabl] *adj* (*gén*) amistoso(-a); **à l'~** amistosamente

amiante [amjɑ̃t] *nm* amianto

amical, e, -aux [amikal, o] *adj* amistoso(-a); **amicalement** *adv* amistosamente; (*formule épistolaire*) cordialmente

amincir [amɛ̃siʀ] *vt* (*suj*: *vêtement*) hacer más delgado(-a); **s'~** *vpr* (*personne*) adelgazar

amincissant, e [amɛ̃sisɑ̃, ɑ̃t] *adj* adelgazante

amiral, -aux [amiʀal, o] *nm* almirante *m*

amitié [amitje] *nf* amistad *f*; **prendre en ~** tomar afecto a; **faire** *ou* **présenter ses ~s à qn** dar *ou* enviar recuerdos a algn; **~s** (*formule épistolaire*) cordialmente

amonceler [amɔ̃s(ə)le] *vt* (*objets*) amontonar; **s'~** *vpr* amontonarse; (*fig*) acumularse

amont [amɔ̃] *nm*: **en ~** (*d'un cours d'eau*) río arriba

amorce [amɔʀs] *nf* (*sur un hameçon*) cebo; **amorcer** *vt* (*hameçon, munition*) cebar; (*fig*: *négociations*) emprender

amortir [amɔʀtiʀ] *vt* (*choc, bruit*) amortiguar; (COMM) amortizar; **~ un abonnement** amortizar un abono; **amortisseur** *nm* amortiguador *m*

amour [amuʀ] *nm* (*sentiment, goût*) amor *m*; **faire l'~** hacer el amor; **amoureux, -euse** *adj* amoroso(-a) ♦ *nmpl* (*amants*) amantes *mpl*; **amour-propre** (*pl* **amours-propres**) *nm* amor *m* propio

ampère [ɑ̃pɛʀ] *nm* amperio

amphithéâtre [ɑ̃fiteɑtʀ] *nm* anfiteatro

ample [ɑ̃pl] *adj* amplio(-a); **amplement** *adv* ampliamente; **amplement suffisant** más que suficiente; **ampleur** *nf* amplitud *f*; (*de vêtement*) anchura

amplificateur [ɑ̃plifikatœʀ] *nm* amplificador *m*

amplifier [ɑ̃plifje] *vt* (*son, oscillation*) amplificar; (*importance, quantité*) acrecentar

ampoule [ɑ̃pul] *nf* (ÉLEC) bombilla, foco (AM), bombillo (AM); (*de médicament, aux mains*) ampolla

amusant, e [amyzɑ̃, ɑ̃t] *adj* divertido(-a)

amuse-gueule [amyzgœl] *nm pl* tapas *fpl*

amusement [amyzmɑ̃] *nm* diversión *f*

amuser [amyze] *vt* divertir; **s'~** *vpr* divertirse; (*péj*: *manquer de sérieux*) estar de juerga

amygdale [amidal] *nf* amígdala

an [ɑ̃] *nm* año; **le jour de l'~, le premier de l'~, le nouvel ~** el día de año nuevo, el año nuevo

analphabète [analfabɛt] *adj, nm/f* analfabeto(-a)

analyse [analiz] *nf* análisis *m inv*; **analyser** *vt* analizar

ananas [anana(s)] *nm* piña, ananá(s) *m* (AM)

anatomie [anatɔmi] *nf* anatomía

ancêtre [ɑ̃sɛtʀ] *nm/f* (*parent*) antepasado(-a)

anchois [ɑ̃ʃwa] *nm* anchoa

ancien, ne [ɑ̃sjɛ̃, jɛn] *adj* antiguo(-a), viejo(-a); (*de jadis, de l'antiquité*) antiguo(-a); (*précédent, ex-*) antiguo(-a), ex- ♦ *nm/f* anciano(-a); **un ~ ministre** un ex-ministro; **mon ~ne voiture** mi antiguo coche; **ancienneté** *nf* antigüedad *f*

ancre [ɑ̃kʀ] *nf* ancla; **jeter/lever l'~** echar/levar anclas; **ancrer** *vt* (*câble*) fijar

Andorre [ɑ̃dɔʀ] *nf* Andorra

andouille [ɑ̃duj] *nf especie de embutido*

âne [ɑn] *nm* burro

anéantir [aneɑ̃tiʀ] *vt* (*pays, récolte, espoirs*) aniquilar
anémie [anemi] *nf* anemia
anémique [anemik] *adj* anémico(-a)
anesthésie [anɛstezi] *nf* anestesia; **~ générale/locale** anestesia general/local
ange [ɑ̃ʒ] *nm* ángel *m*
angine [ɑ̃ʒin] *nf* angina; **~ de poitrine** angina de pecho
anglais, e [ɑ̃glɛ, ɛz] *adj* inglés(-esa) ♦ *nm* (LING) inglés *m* ♦ *nm/f*: **A~, e** inglés(-esa); **les A~** los ingleses
angle [ɑ̃gl] *nm* (*coin*) esquina; (GÉOM, *fig*) ángulo; **~ droit** ángulo recto
Angleterre [ɑ̃glətɛʀ] *nf* Inglaterra
anglophone [ɑ̃glɔfɔn] *adj, nm/f* anglófono(-a)
angoisse [ɑ̃gwas] *nf* angustia; **avoir des ~s** estar angustiado(-a); **angoissé, e** *adj* angustiado(-a)
anguille [ɑ̃gij] *nf* anguila
animal, e, -aux [animal, o] *adj* animal ♦ *nm* animal *m*; **~ domestique/sauvage** animal doméstico/salvaje
animateur, -trice [animatœʀ, tʀis] *nm/f* animador(a); (*de spectacle*) presentador(a)
animation [animasjɔ̃] *nf* animación *f*
animé, e [anime] *adj* (*rue, lieu*) animado(-a)
animer [anime] *vt* animar; **s'~** *vpr* animarse
anis [ani(s)] *nm* anís *m*
ankyloser [ɑ̃kiloze]: **s'~** *vpr* anquilosarse
anneau, x [ano] *nm* (*de rideau*) argolla; (*de chaîne*) anilla
année [ane] *nf* año
annexe [anɛks] *adj* (*problème*) anexo(-a); (*document*) adjunto(-a); (*salle*) contiguo(-a) ♦ *nf* anexo
anniversaire [anivɛʀsɛʀ] *nm* (*d'une personne*) cumpleaños *m inv*; (*d'un événement, bâtiment*) aniversario
annonce [anɔ̃s] *nf* anuncio; **les petites ~s** anuncios *mpl* por palabras
annoncer [anɔ̃se] *vt* anunciar; **s'~** *vpr*: **s'~ bien/difficile** presentarse bien/difícil
annuaire [anɥɛʀ] *nm* anuario; **~ téléphonique** guía telefónica
annuel, le [anɥɛl] *adj* anual
annulation [anylasjɔ̃] *nf* anulación *f*
annuler [anyle] *vt* anular
anonymat [anɔnima] *nm* anonimato; **garder l'~** mantener el anonimato
anonyme [anɔnim] *adj* anónimo(-a)
anorak [anɔʀak] *nm* anorak *m*
anormal, e, -aux [anɔʀmal, o] *adj* (*exceptionnel, inhabituel*) anormal; (*injuste*) injusto(-a); (*personne*) subnormal
ANPE [aɛnpe] *sigle f* (= *Agence nationale pour l'emploi*) ≃ INEM *m* (= *Instituto Nacional de Empleo*)
antarctique [ɑ̃taʀktik] *adj* antártico(-a) ♦ *nm*: **l'A~** la Antártida; **le cercle/l'océan ~** el círculo polar antártico/el océano Antártico
antenne [ɑ̃tɛn] *nf* antena; (*poste avancé, succursale, agence*) unidad *f*; **avoir l'~** estar en conexión; **prendre l'~** conectar, sintonizar
antérieur, e [ɑ̃teʀjœʀ] *adj* anterior
anti... [ɑ̃ti] *préf* anti...; **antialcoolique** *adj* antialcohólico(-a); **antibiotique** *nm* antibiótico; **antibrouillard** *adj*: **phare antibrouillard** faro antiniebla
anticipation [ɑ̃tisipasjɔ̃] *nf* anticipación *f*, previsión *f*; **livre/film d'~** libro/película de ciencia ficción
anticipé, e [ɑ̃tisipe] *adj* (*règlement, paiement*) por adelantado
anticiper [ɑ̃tisipe] *vt* (*événement, coup*) anticipar; (*en imaginant*) prever ♦ *vi*: **~ sur** anticiparse a
anti...: anticorps *nm* anticuerpo; **antidote** *nm* antídoto; **antigel** *nm* anticongelante *m*; **antihistaminique** *nm* antihistamínico
antillais, e [ɑ̃tijɛ, ɛz] *adj* antillano(-a) ♦ *nm/f*: **A~, e** antillano(-a)
Antilles [ɑ̃tij] *nfpl*: **les ~** las Antillas; **les grandes/petites ~** las grandes/pequeñas Antillas
antilope [ɑ̃tilɔp] *nf* antílope *m*
anti...: antimite(s) *adj, nm*: **(produit) antimite(s)** antipolilla *m*;

antipathique *adj* antipático(-a); **antipelliculaire** *adj* anticaspa
antiquaire [ɑ̃tikɛʀ] *nm/f* anticuario(-a)
antique [ɑ̃tik] *adj* (*gréco-romain, très vieux*) antiguo(-a); (*démodé*) anticuado(-a); **antiquité** *nf* (*objet ancien*) antigüedad *f*; **l'Antiquité** la Antigüedad; **magasin d'antiquités** tienda de antigüedades
anti...: antirabique *adj* antirrábico(-a); **antirouille** *adj inv*: **peinture/produit antirouille** pintura/producto antioxidante; **antisémite** *adj, nm/f* antisemita; **antiseptique** *adj* antiséptico(-a); **antivol** *nm* antirrobo
anxiété [ɑ̃ksjete] *nf* ansiedad *f*
anxieux, -euse [ɑ̃ksjø, jøz] *adj* ansioso(-a)
AOC *sigle f* (= *appellation d'origine contrôlée*) denominación *f* de origen

> **AOC**
>
> AOC *es la categoría más alta de los vinos franceses. Indica que cumple con los criterios más estrictos en lo referente a cepa de origen, tipo de uva cultivada, método de producción y volumen alcohólico.*

août [u(t)] *nm* agosto; *voir aussi* **juillet**
apaiser [apeze] *vt* tranquilizar; **s'~** *vpr* tranquilizarse
apercevoir [apɛʀsəvwaʀ] *vt* (*voir*) distinguir; (*constater, percevoir*) percibir; **s'~ de/que** darse cuenta de/de que
aperçu, e [apɛʀsy] *pp de* **apercevoir** ♦ *nm* visión *f* de conjunto; (*gén pl: intuition*) idea
apéritif, -ive [apeʀitif, iv] *adj* aperitivo(-a) ♦ *nm* aperitivo
à-peu-près [apøpʀɛ] (*péj*) *nm inv* aproximación *f*
apeuré, e [apœʀe] *adj* atemorizado(-a)
aphte [aft] *nm* afta
apitoyer [apitwaje] *vt* apiadar; **s'~ (sur qn/qch)** apiadarse (de algn/ algo)
aplatir [aplatiʀ] *vt* aplastar; **s'~** *vpr* aplastarse; (*fig*) tumbarse
aplomb [aplɔ̃] *nm* (*équilibre*) equilibrio; (*sang-froid*) aplomo; **d'~** (*en équilibre*) verticalmente; (CONSTR) aplomo
apostrophe [apɔstʀɔf] *nf* (*signe*) apóstrofe *m*
apparaître [apaʀɛtʀ] *vi* aparecer; (*avec attribut*) parecer
appareil [apaʀɛj] *nm* aparato; **~ digestif** aparato digestivo; **qui est à l'~?** ¿quién está al aparato?; **~ photographique, ~ photo** cámara de fotos; **appareiller** *vi* zarpar ♦ *vt* emparejar
apparemment [apaʀamɑ̃] *adv* aparentemente, dizque (AM)
apparence [apaʀɑ̃s] *nf* apariencia
apparent, e [apaʀɑ̃, ɑ̃t] *adj* (*visible*) aparente; (*évident*) evidente; (*illusoire, superficiel*) ilusorio(-a)
apparenté, e [apaʀɑ̃te] *adj*: **~ à** emparentado(-a) con
apparition [apaʀisjɔ̃] *nf* aparición *f*
appartement [apaʀtəmɑ̃] *nm* piso, departamento (AM)
appartenir [apaʀtəniʀ]: **~ à** *vt ind* pertenecer a
apparu, e [apaʀy] *pp de* **apparaître**
appât [apɑ] *nm* cebo
appel [apɛl] *nm* llamada, llamado (AM); (*nominal*) lista; (MIL) alistamiento a filas; **faire ~ à** (*invoquer*) apelar a; (*avoir recours à*) recurrir a; (*nécessiter*) necesitar; **faire ~** (JUR) apelar; **faire l'~** pasar lista; **~ d'offres** llamada a licitación; **~ (téléphonique)** llamada (telefónica)
appelé [ap(ə)le] *nm* (MIL) recluta *m*
appeler [ap(ə)le] *vt* llamar; (*nécessiter*) requerir; **s'~** *vpr* llamarse; **être appelé à** (*fig*) ser llamado a; **comment ça s'appelle?** ¿cómo se llama esto?
appendicite [apɛ̃disit] *nf* apendicitis *f*
appesantir [apəzɑ̃tiʀ]: **s'~ sur** *vpr* (*fig*) insistir en
appétissant, e [apetisɑ̃, ɑ̃t] *adj*

apetitoso(-a)

appétit [apeti] *nm* apetito; **bon ~!** ¡buen provecho!

applaudir [aplodiʀ] *vt, vi* aplaudir; **applaudissements** *nmpl* aplausos *mpl*

application [aplikasjɔ̃] *nf* aplicación *f*

appliquer [aplike] *vt* aplicar; **s'~** *vpr* aplicarse

appoint [apwɛ̃] *nm* (*fig*) ayuda; **chauffage/lampe d'~** calefacción *f*/lámpara suplementaria

apporter [apɔʀte] *vt* (*amener*) traer; (*soutien, preuve*) aportar; (*soulagement*) procurar

appréciable [apʀesjabl] *adj* apreciable

apprécier [apʀesje] *vt* apreciar

appréhender [apʀeɑ̃de] *vt* (*craindre*) temer; (JUR, *aborder*) aprehender; **appréhension** *nf* aprehensión *f*

apprendre [apʀɑ̃dʀ] *vt* aprender; (*nouvelle, résultat*) conocer; **~ qch à qn** (*informer*) informar de algo a algn; (*enseigner*) enseñar algo a algn; **~ à faire qch** aprender a hacer algo; **~ à qn à faire qch** enseñar a algn a hacer algo; **apprenti, e** *nm/f* aprendiz(a); **apprentissage** *nm* aprendizaje *m*

apprêter [apʀete]: **s'~ à faire qch** *vpr* disponerse a hacer algo

appris, e [apʀi, iz] *pp de* **apprendre**

apprivoiser [apʀivwaze] *vt* domesticar

approbation [apʀɔbasjɔ̃] *nf* (*autorisation*) aprobación *f*, conformidad *f*

approcher [apʀɔʃe] *vi* acercarse, aproximarse ♦ *vt* (*vedette, artiste*) relacionarse con; (*rapprocher*): **~ qch (de qch)** acercar algo (a algo); **s'~ de** *vpr* acercarse a; **~ de** (*but, moment*) acercarse a, estar más cerca de; (*nombre, quantité*) rozar

approfondir [apʀɔfɔ̃diʀ] *vt* (*sujet, question*) profundizar (en)

approprié, e [apʀɔpʀije] *adj* apropiado(-a), adecuado(-a)

approprier [apʀɔpʀije]: **s'~** *vpr* apropiarse de, adueñarse de

approuver [apʀuve] *vt* (*autoriser*) aprobar; (*être d'accord avec*) estar de acuerdo con

approvisionner [apʀɔvizjɔne] *vt* (*magasin, personne*) abastecer, proveer; (*compte bancaire*) cubrir; **s'~ en** proveerse de

approximatif, -ive [apʀɔksimatif, iv] *adj* aproximativo(-a)

appt *abr* = **appartement**

appui [apɥi] *nm* apoyo; (*soutien, aide*) apoyo, sostén *m*

appuyer [apɥije] *vt* (*personne, demande*) apoyar, respaldar; **~ qch sur/contre/à** apoyar algo en/contra/en

après [apʀɛ] *prép* después de ♦ *adv* después; **2 heures ~** 2 horas después; **~ qu'il est** *ou* **soit parti/avoir fait** después de que marchó/de haber hecho; **d'~** según; **~ coup** posteriormente; **~ tout** después de todo; **et (puis) ~!** ¿y qué?; **après-demain** *adv* pasado mañana; **après-midi** *nm ou nf inv* tarde *f*; **après-rasage** (*pl* **après-rasages**) *nm*: **lotion après-rasage** loción *f* para después del afeitado; **après-shampooing** *nm inv* acondicionador *m*; **après-ski** (*pl* **après-skis**) *nm* botas *fpl* "après-ski"

apte [apt] *adj*: **~ à qch/à faire qch** apto(-a) para algo/para hacer algo

aquarelle [akwaʀɛl] *nf* acuarela

aquarium [akwaʀjɔm] *nm* acuario

arabe [aʀab] *adj* árabe ♦ *nm* (LING) árabe *m* ♦ *nm/f*: **A~** árabe *m/f*

Arabie [aʀabi] *nf* Arabia; **l'~ saoudite** Arabia Saudita

arachide [aʀaʃid] *nf* (*plante*) cacahuete *m*; (*graine*) cacahuete, maní *m*

araignée [aʀeɲe] *nf* araña; **~ de mer** araña de mar

arbitraire [aʀbitʀɛʀ] *adj* arbitrario(-a)

arbitre [aʀbitʀ] *nm* (SPORT) árbitro; (JUR, TENNIS, CRICKET) juez *m*; **arbitrer** *vt* (SPORT) arbitrar

arbre [aʀbʀ] *nm* árbol *m*

arbuste [aʀbyst] *nm* arbusto

arc [aʀk] *nm* arco

arcade [aʀkad] *nf* (ARCHIT) arcada; **~s** *nfpl* (*d'une rue*) soportales *mpl*
arc-en-ciel [aʀkɑ̃sjɛl] (*pl* **~s-~-~**) *nm* arco iris *m*
arche [aʀʃ] *nf* arco; **~ de Noé** arca de Noé
archéologie [aʀkeɔlɔʒi] *nf* arqueología; **archéologue** *nm/f* arqueólogo(-a)
archet [aʀʃɛ] *nm* arco
archi- [arʃi] *préf* archi-
archipel [aʀʃipɛl] *nm* archipiélago
architecte [aʀʃitɛkt] *nm* arquitecto(-a)
architecture [aʀʃitɛktyʀ] *nf* arquitectura
archives [aʀʃiv] *nfpl* (*documents*) archivos *mpl*; (*local*) archivo *msg*
arctique [aʀktik] *adj* ártico(-a) ♦ *nm*: **l'A~** el Ártico
ardent, e [aʀdɑ̃, ɑ̃t] *adj* ardiente; (*feu, soleil*) ardiente, abrasador(a); (*prière*) fervoroso(-a)
ardoise [aʀdwaz] *nf* pizarra
ardu, e [aʀdy] *adj* arduo(-a)
arène [aʀɛn] *nf* arena
arête [aʀɛt] *nf* (*de poisson*) espina; (*d'une montagne*) cresta
argent [aʀʒɑ̃] *nm* (*métal, couleur*) plata; (*monnaie*) dinero; **~ de poche** dinero para gastos menudos; **~ liquide** dinero líquido; **argenterie** *nf* plata
argentin, e [aʀʒɑ̃tɛ̃, in] *adj* argentino(-a)
Argentine [aʀʒɑ̃tin] *nf* Argentina
argile [aʀʒil] *nf* arcilla
argot [aʀgo] *nm* argot *m*, jerga; **argotique** *adj* argótico(-a)
argument [aʀgymɑ̃] *nm* argumento
argumenter [aʀgymɑ̃te] *vi* argumentar
aride [aʀid] *adj* (*sol, pays*) árido(-a); (*texte, sujet*) árido(-a), aburrido(-a)
aristocratie [aʀistɔkʀasi] *nf* aristocracia; **aristocratique** *adj* aristocrático(-a)
arithmétique [aʀitmetik] *adj* aritmético(-a) ♦ *nf* aritmética
arme [aʀm] *nf* arma; **~ à feu/blanche** arma de fuego/blanca
armée [aʀme] *nf* ejército; (*fig*) nube *f*, ejército; **~ de l'air/de terre** ejército del aire/de tierra
armer [aʀme] *vt* armar; (*arme à feu, appareil photo*) montar
armistice [aʀmistis] *nm* armisticio; **l'A~** el armisticio
armoire [aʀmwaʀ] *nf* armario, closet *ou* clóset (AM); (*penderie*) ropero
armure [aʀmyʀ] *nf* armadura; **armurier** *nm* armero
arnaquer [aʀnake] *vt* (*fam*) timar
aromates [aʀɔmat] *nmpl* hierbas *fpl* aromáticas
aromatisé, e [aʀɔmatize] *adj* aromatizado(-a)
arôme [aʀom] *nm* aroma *m*
arracher [aʀaʃe] *vt* arrancar; (*clou, dent*) sacar, extraer; (*par explosion, accident*) desgarrar; **s'~** *vpr* (*personne, article très recherché*) disputarse
arrangement [aʀɑ̃ʒmɑ̃] *nm* (*compromis*) acuerdo
arranger [aʀɑ̃ʒe] *vt* (*appartement*) arreglar, disponer; (*voyage*) organizar; (*rendez-vous*) concertar; (*problème, difficulté*) arreglar, solucionar; **s'~** *vpr* (*se mettre d'accord*) ponerse de acuerdo; (*querelle, situation*) arreglarse; **je vais m'~** voy a arreglarme; **cela m'arrange** eso me conviene
arrestation [aʀɛstasjɔ̃] *nf* detención *f*
arrêt [aʀɛ] *nm* detención *f*, interrupción *f*; (JUR) fallo; **sans ~** (*sans interruption*) sin parar; (*très fréquemment*) continuamente; **~ de travail** permiso de trabajo
arrêter [aʀete] *vt* (*projet, maladie*) parar, interrumpir; (*voiture, personne*) detener, parar; (*chauffage*) parar; (*date, choix*) fijar, decidir; (*suspect, criminel*) detener; **s'~** *vpr* pararse; **~ de faire (qch)** dejar de hacer (algo)
arrhes [aʀ] *nfpl* arras *fpl*, señal *f*
arrière [aʀjɛʀ] *adj inv* (AUTO) trasero(-a) ♦ *nm* (*d'une voiture, maison*) parte *f* trasera; (SPORT) defensa; **siège ~** asiento trasero; **à l'~** detrás; **en ~** hacia atrás;

arrière-goût (*pl* **arrière-goûts**) *nm* regusto; **arrière-pays** *nm inv* interior *m*, tierra adentro; **arrière-pensée** (*pl* **arrière-pensées**) *nf* (*raison intéressée*) segunda intención *f*; **arrière-plan** (*pl* **arrière-plans**) *nm* segundo plano; **à l'arrière-plan** en segundo plano; **arrière-saison** (*pl* **arrière-saisons**) *nf* final *m* del otoño
arrimer [aʀime] *vt* estibar
arrivage [aʀivaʒ] *nm* arribada
arrivée [aʀive] *nf* (*de bateau*) arribada; (*concurrent, visites*) llegada, arribo (*esp* AM); (*ligne d'arrivée*) línea de llegada; **~ d'air/de gaz** entrada de aire/de gas
arriver [aʀive] *vi* (*événement, fait*) ocurrir, suceder; **~ à qch/faire qch** lograr algo/hacer algo; **il arrive à Paris à 8 h** llega a París a las 8; **il arrive que** ocurre que; **il lui arrive de faire** suele hacer
arrogance [aʀɔgɑ̃s] *nf* arrogancia, prepotencia (*esp* AM)
arrogant, e [aʀɔgɑ̃, ɑ̃t] *adj* arrogante, prepotente (*esp* AM)
arrondissement [aʀɔ̃dismɑ̃] *nm* distrito
arroser [aʀoze] *vt* regar; (*fig*) mojar; **arrosoir** *nm* regadera
arsenal, -aux [aʀsənal, o] *nm* arsenal *m*; (NAUT) arsenal, astillero
art [aʀ] *nm* arte *m*; (*expression artistique*): **l'~** el arte
artère [aʀtɛʀ] *nf* arteria
arthrite [aʀtʀit] *nf* artritis *f*
artichaut [aʀtiʃo] *nm* alcachofa
article [aʀtikl] *nm* artículo
articulation [aʀtikylasjɔ̃] *nf* articulación *f*
articuler [aʀtikyle] *vt* articular
artificiel, le [aʀtifisjɛl] *adj* artificial; (*jambe*) ortopédico(-a); (*péj*) artificial, fingido(-a)
artisan [aʀtizɑ̃] *nm* artesano(-a)
artisanal, e, -aux [aʀtizanal, o] *adj* artesanal; **artisanat** *nm* artesanía
artiste [aʀtist] *adj* artista ♦ *nm/f* artista *m/f*; **artistique** *adj* artístico(-a)
as [ɑs] *vb voir* **avoir** ♦ *nm* as *m*
ascenseur [asɑ̃sœʀ] *nm* ascensor *m*, elevador (AM)
ascension [asɑ̃sjɔ̃] *nf* ascensión *f*; **l'Ascension** (REL) la Ascensión

> **Ascension**
>
> *La* **fête de l'Ascension** *es una festividad francesa, que suele caer en Mayo. Como se celebra en jueves, muchos se toman el viernes libre para hacer puente y disfrutar de un largo fin de semana.*

asiatique [azjatik] *adj* asiático(-a) ♦ *nm/f*: **A~** asiático(-a)
Asie [azi] *nf* Asia
asile [azil] *nm* asilo
aspect [aspɛ] *nm* aspecto, apariencia; (*fig*) aspecto; **à l'~ de ...** a la vista de...
asperge [aspɛʀʒ] *nf* espárrago
asperger [aspɛʀʒe] *vt* rociar
asphalte [asfalt] *nm* asfalto
asphyxier [asfiksje] *vt* asfixiar
aspirateur [aspiʀatœʀ] *nm* aspiradora
aspirer [aspiʀe] *vt* aspirar; (*liquide*) absorber; **~ à qch** aspirar a algo
aspirine [aspiʀin] *nf* aspirina
assagir [asaʒiʀ]: **s'~** *vpr* sosegarse, aplacarse
assaisonnement [asɛzɔnmɑ̃] *nm* aliño; (*ingrédient*) condimento
assaisonner [asɛzɔne] *vt* aliñar, condimentar
assassin [asasɛ̃] *nm* asesino(-a); **assassiner** *vt* asesinar
assaut [aso] *nm* asalto; **prendre d'~** tomar por asalto
assécher [aseʃe] *vt* desecar
assemblage [asɑ̃blaʒ] *nm* ensamblaje
assemblée [asɑ̃ble] *nf* asamblea
assembler [asɑ̃ble] *vt* (TECH, *gén*) ensamblar, juntar; **s'~** *vpr* reunirse
asseoir [aswaʀ]: **s'~** *vpr* sentarse
assez [ase] *adv* (*suffisamment*) bastante; (*passablement*) suficientemente, bastante; **~ de pain** bastante pan; **~ de livres** bastantes libros; **vous en avez ~**

tiene bastante

assidu, e [asidy] *adj* asiduo(-a)

assied *etc* [asje] *vb voir* **asseoir**

assiérai *etc* [asjeʀe] *vb voir* **asseoir**

assiette [asjɛt] *nf* plato; **~ à dessert** plato de postre; **~ anglaise** plato de fiambres variados; **~ creuse** plato hondo; **~ plate** plato llano

assimiler [asimile] *vt* (*connaissances, idée*) asimilar; (*immigrants*) integrar; (*identifier*): **~ qch/qn à** equiparar algo/a algn con; **s'~** *vpr* integrarse

assis, e [asi, iz] *pp de* **asseoir** ♦ *adj* sentado(-a)

assistance [asistɑ̃s] *nf* (*public*) asistencia, público; (*aide*) asistencia

assistant, e [asistɑ̃, ɑ̃t] *nm/f* (SCOL) lector(a); (*d'un professeur, cinéaste*) ayudante *m/f*; **~e sociale** asistenta social

assisté, e [asiste] *adj* (AUTO) asistido(-a) ♦ *nm/f* beneficiario(-a) (de la ayuda del estado)

assister [asiste] *vt* ayudar; **~ à** *vt ind* asistir a

association [asɔsjasjɔ̃] *nf* asociación *f*

associé, e [asɔsje] *adj* asociado(-a)

associer [asɔsje] *vt* asociar; **s'~** *vpr* asociarse; (*un collaborateur*) asociarse con; **~ qch à** unir algo a

assoiffé, e [aswafe] *adj* sediento(-a)

assommer [asɔme] *vt* (*étourdir: personne*) dejar inconsciente de un golpe; (*étourdir, abrutir: médicament*) aturdir, atontar

Assomption [asɔ̃psjɔ̃] *nf*: **l'~** la Asunción

> **Assomption**
>
> *La* fête de l'Assomption *del 15 de agosto es una fiesta nacional francesa. Es costumbre que grandes cantidades de turistas realicen salidas en esta fecha y provoquen con frecuencia el caos circulatorio en las carreteras.*

assorti, e [asɔʀti] *adj* (*en harmonie*) combinado(-a); **fromages ~s** quesos *mpl* surtidos; **~ à** a juego con;

assortiment *nm* (*aussi* COMM) surtido

assortir [asɔʀtiʀ] *vt* combinar; **~ qch à** combinar algo con

assouplir [asupliʀ] *vt* (*membres, corps, aussi fig*) flexibilizar

assumer [asyme] *vt* asumir; (*poste, rôle*) desempeñar

assurance [asyʀɑ̃s] *nf* (*certitude*) certeza; (*confiance en soi*) seguridad *f*; (*contrat, secteur commercial*) seguro; **~ au tiers** seguro contra terceros; **~ tous risques** seguro a todo riesgo; **~s sociales** seguros *mpl* sociales; **assurance-vie** (*pl* **assurances-vie**) *nf* seguro de vida

assuré, e [asyʀe] *adj*: **~ de** seguro(-a) de ♦ *nm/f* asegurado(-a); **assurément** *adv* seguramente

assurer [asyʀe] *vt* asegurar; (*succès, victoire*) asegurar, garantizar; **~ (à qn) que** asegurar (a algn) que; **s'~** *vpr*: **s'~ (contre)** asegurarse (contra); **~ qn de son amitié** garantizar a algn su amistad; **~ qch à qn** (*emploi, revenu*) garantizar algo a algn; (*fait etc*) asegurar algo a algn; **s'~ de/que** asegurarse de/de que; **assureur** *nm* asegurador(a)

asthme [asm] *nm* asma

asticot [astiko] *nm* cresa

astre [astʀ] *nm* astro

astrologie [astʀɔlɔʒi] *nf* astrología

astronaute [astʀonot] *nm/f* astronauta *m/f*

astronomie [astʀɔnɔmi] *nf* astronomía

astuce [astys] *nf* astucia; (*plaisanterie*) picardía, broma; **astucieux, -euse** *adj* astucioso(-a)

atelier [atəlje] *nm* taller *m*; (*de peintre*) estudio; **~ de musique/poterie** taller de música/cerámica

athée [ate] *adj, nm/f* ateo(-a)

Athènes [atɛn] *n* Atenas

athlète [atlɛt] *nm/f* atleta *m/f*; **athlétisme** *nm* atletismo

atlantique [atlɑ̃tik] *adj* atlántico(-a) ♦ *nm*: **l'(océan) A~** el (océano) Atlántico

atlas [atlɑs] *nm* atlas *m*

atmosphère [atmɔsfɛʀ] *nf* atmósfera

atome [atom] *nm* átomo; **atomique** *adj* atómico(-a)
atomiseur [atɔmizœʀ] *nm* atomizador *m*
atout [atu] *nm* triunfo; (*fig*) triunfo, ventaja
atroce [atʀɔs] *adj* atroz; (*très désagréable, pénible*) atroz, terrible
attachant, e [ataʃɑ̃, ɑ̃t] *adj* (*persona*) atrayente; (*animal*) encantador(a)
attache [ataʃ] *nf* grapa; (*fig*) lazo
attacher [ataʃe] *vt* atar; (*bateau*) amarrar; (*étiquette à qch*) pegar, fijar ♦ *vi* (*poêle*) pegar; **s'~ à** encariñarse con; **~ qch à** atar algo a
attaque [atak] *nf* ataque *m*
attaquer [atake] *vt* atacar; (*entreprendre*) acometer ♦ *vi* atacar; **~ qn en justice** entablar una acción judicial contra algn
attarder [ataʀde]: **s'~** *vpr* (*sur qch, en chemin*) demorarse; (*chez qn*) entretenerse
atteindre [atɛ̃dʀ] *vt* alcanzar; (*cible, fig*) conseguir; (*blesser*) alcanzar, herir; **atteint, e** *pp de* **atteindre** ♦ *adj*: **être atteint de** estar aquejado(-a) de; **atteinte** *nf* (*à l'honneur, au prestige*) ofensa; (*gén pl*: *d'un mal*) ataque *m*; **hors d'atteinte** fuera de mi *etc* alcance; **porter atteinte à** atentar contra
attendant [atɑ̃dɑ̃] *adv*: **en ~** (*dans l'intervalle*) entretanto, mientras tanto; (*quoi qu'il en soit*) de todos modos
attendre [atɑ̃dʀ] *vt* esperar ♦ *vi* esperar; **s'~** *vpr*: **s'~ à (ce que)** esperarse (que); **~ un enfant** esperar un niño; **~ de faire/d'être** esperar hacer/ser; **~ qch de qn** *ou* **qch** esperar algo de algn *ou* algo; **~ que** esperar que ♦ *adv voir* **attendant**
attendrir [atɑ̃dʀiʀ] *vt* (*personne*) enternecer; **attendrissant, e** *adj* enternecedor(a)
attendu, e [atɑ̃dy] *pp de* **attendre** ♦ *adj* esperado(-a)
attentat [atɑ̃ta] *nm* atentado; **~ à la bombe/à la pudeur** atentado con bomba/contra el pudor
attente [atɑ̃t] *nf* espera; (*espérance*) espera, expectativa
attenter [atɑ̃te]: **~ à** *vt ind* atentar contra; **~ à la vie de qn** atentar contra la vida de algn
attentif, -ive [atɑ̃tif, iv] *adj* (*auditeur, élève*) atento(-a)
attention [atɑ̃sjɔ̃] *nf* atención *f*; (*prévenance*: *gén pl*) atenciones *fpl*; **à l'~ de** (*pour*) a la atención de; **attirer l'~ de qn sur qch** llamar la atención de algn sobre algo; **faire ~ à** (*remarquer, noter*) prestar atención a; (*prendre garde à*) tener cuidado con; **faire ~ que/à ce que** tener cuidado que; **~!** ¡cuidado!; **attentionné, e** *adj* atento(-a), solícito(-a)
atténuer [atenɥe] *vt* atenuar; (*douleur*) aliviar
atterrir [ateʀiʀ] *vi* aterrizar; **atterrissage** *nm* aterrizaje *m*
attestation [atɛstasjɔ̃] *nf* certificado; **~ de paiement** comprobante *m* de pago
attirant, e [atiʀɑ̃, ɑ̃t] *adj* atractivo(-a)
attirer [atiʀe] *vt* atraer; **~ qn dans un coin/vers soi** llevar a algn a un rincón/hacia sí; **~ l'attention de qn sur qch** llamar la atención de algn sobre algo; **s'~ des ennuis** acarrearse problemas
attitude [atityd] *nf* (*comportement*) actitud *f*, conducta; (*position du corps*) postura; (*état d'esprit*) actitud, disposición *f*
attraction [atʀaksjɔ̃] *nf* atracción *f*; (*de cabaret, cirque*) atracción, número
attrait [atʀɛ] *nm* (*de l'argent, de la gloire*) atractivo, incentivo
attraper [atʀape] *vt* (*saisir*) atrapar, coger, agarrar (AM); (*voleur, animal*) atrapar, agarrar; (*train, maladie, amende*) pillar; (*fam*: *réprimander*) reñir; (: *duper*) engañar
attrayant, e [atʀɛjɑ̃, ɑ̃t] *adj* atrayente
attribuer [atʀibɥe] *vt* (*prix*) otorgar; (*rôle, tâche*) asignar

attrister [atʀiste] *vt* entristecer
attroupement [atʀupmɑ̃] *nm* aglomeración *f*
attrouper [atʀupe]: **s'~** *vpr* aglomerarse, agolparse
au [o] *prép + dét voir* **à**
aubaine [obɛn] *nf* (*avantage inattendu*) suerte *f*; (*COMM*) ganga, chollo (*fam*)
aube [ob] *nf* alba, madrugada, amanecer *m*; **à l'~** al alba, de madrugada, al amanecer
aubépine [obepin] *nf* espino
auberge [obɛʀʒ] *nf* posada, mesón *m*; **~ de jeunesse** albergue *m* de juventud
aubergine [obɛʀʒin] *nf* berenjena
aucun, e [okœ̃, yn] *dét* ningún(-una) ♦ *pron* ninguno(-a), nadie; **il n'a ~ sens** no tiene ningún sentido, no tiene sentido alguno
audace [odas] *nf* audacia; (*péj*) descaro; **audacieux, -euse** *adj* audaz
au-delà [od(ə)la] *adv* más allá ♦ *nm inv*: **l'~-~** el más allá; **~-~ de** más allá de
au-dessous [odsu] *prép* abajo, debajo; **~-~ de** (*dans l'espace*) debajo de; (*dignité, condition, somme*) por debajo de
au-dessus [odsy] *adv* arriba, encima; **~-~ de** (*dans l'espace*) arriba de, encima de; (*limite, somme, loi*) por encima de
au-devant [od(ə)vɑ̃]: **~-~ de** *prép* al encuentro de; **aller ~-~ de** (*personne*) ir al encuentro de; (*danger*) hacer frente a; (*désirs de qn*) adelantarse a
audience [odjɑ̃s] *nf* (*auditeurs, lecteurs*) auditorio, público; (*entrevue, séance*) audiencia
audiovisuel, le [odjovizɥɛl] *adj* audiovisual ♦ *nm* (*techniques*) técnicas *fpl* audiovisuales; (*méthodes*) métodos *mpl* audiovisuales; **l'~** los medios audiovisuales
audition [odisjɔ̃] *nf* audición *f*; (*JUR*) audiencia; (*MUS, THÉÂTRE*) prueba, audición
auditoire [oditwaʀ] *nm* auditorio
augmentation [ɔgmɑ̃tasjɔ̃] *nf* (*action, résultat*) aumento; (*prix*) subida; **~ (de salaire)** aumento (del salario)
augmenter [ɔgmɑ̃te] *vt* aumentar; (*prix*) subir; (*employé, salarié*) subir el sueldo a ♦ *vi* aumentar
augure [ogyʀ] *nm*: **de bon/mauvais ~** de buen/mal augurio
aujourd'hui [oʒuʀdɥi] *adv* hoy; (*de nos jours*) hoy en día
aumônier [omonje] *nm* capellán *m*
auparavant [opaʀavɑ̃] *adv* antes
auprès [opʀɛ]: **~ de** *prép* al lado de, cerca de; (*en comparaison de*) comparado(-a) con
auquel [okɛl] *prép + pron voir* **lequel**
aurai *etc* [ɔʀe] *vb voir* **avoir**
aurons *etc* [orɔ̃] *vb voir* **avoir**
aurore [ɔʀɔʀ] *nf* aurora
ausculter [ɔskylte] *vt* auscultar
aussi [osi] *adv* también; (*de comparaison: avec adj, adv*) tan; (*si, tellement*) tan ♦ *conj* (*par conséquent*) por lo tanto; **~ fort/rapidement que** tan fuerte/rápidamente como
aussitôt [osito] *adv* enseguida, inmediatamente; **~ que** tan pronto como
austère [ostɛʀ] *adj* austero(-a)
austral, e [ɔstʀal] *adj* austral
Australie [ostʀali] *nf* Australia; **australien, ne** *adj* australiano(-a)
autant [otɑ̃] *adv* (*tant, tellement*) tanto; (*comparatif*): **~ (que)** tanto (como), tan (como); **~ (de)** tanto(-a), tantos(-as); **~ partir/ne rien dire** mejor marchar/no decir nada; **~ dire que ...** eso es tanto como decir que ...; **d'~ plus/moins/mieux (que)** tanto más/menos/mejor (cuanto que)
autel [otɛl] *nm* altar *m*
auteur [otœʀ] *nm* autor(a)
authenticité [otɑ̃tisite] *nf* autenticidad *f*
authentique [otɑ̃tik] *adj* auténtico(-a); (*récit, histoire*) auténtico(-a), cierto(-a)
auto [oto] *nf* coche *m*, carro (*AM*), auto (*esp AM*)
auto...: autobiographie *nf*

autobiografía; **autobus** *nm* autobús *m*, camión *m* (*MEX*); **autocar** *nm* autocar *m*

autochtone [ɔtɔktɔn] *adj, nm/f* autóctono(-a)

auto...: autocollant, e *adj* autoadhesivo(-a) ♦ *nm* autoadhesivo; **autocuiseur** *nm* olla a presión; **autodéfense** *nf* autodefensa; **groupe d'autodéfense** grupo de autodefensa; **autodidacte** *nm/f* autodidacta *m/f*; **auto-école** (*pl* **auto-écoles**) *nf* autoescuela; **autographe** *nm* autógrafo

automate [ɔtɔmat] *nm* autómata *m*

automatique [ɔtɔmatik] *adj* automático(-a); (*réflexe, geste*) automático(-a), mecánico(-a); **automatiquement** *adv* automáticamente

automne [ɔtɔn] *nm* otoño

automobile [ɔtɔmɔbil] *nf* coche *m*, automóvil *m*: **l'~** la industria automovilística; **automobiliste** *nm/f* automovilista *m/f*

autonome [ɔtɔnɔm] *adj* autónomo(-a); **autonomie** *nf* autonomía

autopsie [ɔtɔpsi] *nf* autopsia

autoradio [otoʀadjo] *nm* autorradio

autorisation [ɔtɔʀizasjɔ̃] *nf* (*permission*) autorización *f*, permiso; (*papiers*) licencia, permiso

autorisé, e [ɔtɔʀize] *adj* autorizado(-a)

autoriser [ɔtɔʀize] *vt* autorizar, permitir; (*justifier, permettre*) autorizar

autoritaire [ɔtɔʀitɛʀ] *adj* autoritario(-a)

autorité [ɔtɔʀite] *nf* autoridad *f*; **les ~s** las autoridades

autoroute [otoʀut] *nf* autopista

auto-stop [otostɔp] *nm inv*: **l'~-~** el autostop; **faire de l'~-~** hacer autostop; **auto-stoppeur, -euse** (*pl* **auto-stoppeurs, -euses**) *nm/f* autostopista *m/f*

autour [otuʀ] *adv* alrededor, en torno; **~ de** (*en cercle*) alrededor de, en torno de *ou* a

MOT-CLÉ

autre [otʀ] *adj* **1** (*différent*) otro(-a); **je préférerais un autre verre** preferiría otro vaso

2 (*supplémentaire*): **je voudrais un autre verre d'eau** querría otro vaso de agua

3 (*d'une paire, dans une dualité*) otro(-a); **autre chose** otra cosa; **penser à autre chose** pensar en otra cosa; **autre part** (*aller*) a otra parte; (*se trouver*) en otra parte; **d'autre part** (*en outre*) además; **d'une part ..., d'autre part ...** por una parte ..., por otra parte ...

♦ *pron*: **un autre** otro; **nous autres** nosotros(-as); **vous autres** vosotros(-as); (*politesse*) ustedes; **d'autres** otros(-as); **les autres** los (las) otros(-as); (*autrui*) los demás; **l'un et l'autre** uno y otro; **se détester l'un l'autre/les uns les autres** detestarse uno a otro/unos a otros; **d'une minute à l'autre** de un momento a otro; **entre autres** entre otros(-as); **j'en ai vu d'autres** (*indifférence*) estoy curado de espanto; **à d'autres!** ¡cuéntaselo a otro!; **ni l'un ni l'autre** ni uno ni otro; **donnez-m'en un autre** deme otro; **de temps à autre** de vez en cuando; *voir aussi* **part**; **temps**; **un**

autrefois [otʀəfwa] *adv* antaño, en otro tiempo

autrement [otʀəmɑ̃] *adv* (*d'une manière différente*) de otro modo; (*sinon*) si no, de lo contrario; **je n'ai pas pu faire ~** no he podido hacer otra cosa; **~ dit** en otras palabras

Autriche [otʀiʃ] *nf* Austria; **autrichien, ne** *adj* austríaco(-a)

autruche [otʀyʃ] *nf* avestruz *m*

aux [o] *prép +dét voir* **à**

auxiliaire [ɔksiljɛʀ] *adj* auxiliar ♦ *nm/f* auxiliar *m/f*

auxquelles [okɛl] *prép + pron voir* **lequel**

auxquels [okɛl] *prép + pron voir* **lequel**
avalanche [avalɑ̃ʃ] *nf* avalancha
avaler [avale] *vt* tragar; (*fig*) devorar; (*croire*) tragarse
avance [avɑ̃s] *nf* avance *m*; (*d'argent*) adelanto, anticipo; (*opposé à retard*) adelanto; **(être) en ~** (*sur l'heure fixée*) (estar) adelantado(-a); **à l'~, par ~** de antemano; **d'~** por anticipado; **payer d'~** pagar por adelantado
avancé, e [avɑ̃se] *adj* avanzado(-a); (*travail*) adelantado(-a)
avancement [avɑ̃smɑ̃] *nm* (*professionnel*) ascenso; (*de travaux*) progreso
avancer [avɑ̃se] *vi* avanzar; (*travail, montre, réveil*) adelantar ♦ *vt* adelantar; (*hypothèse, idée*) proponer, sugerir; **s'~** *vpr* (*s'approcher*) adelantarse, acercarse; (*se hasarder*) aventurarse
avant [avɑ̃] *prép* antes de ♦ *adj inv*: **siège ~** asiento delantero ♦ *nm* (*d'un véhicule, bâtiment*) delantera, frente *m*; (SPORT) delantero; **~ qu'il (ne) parte/de faire** antes de que marche/de hacer; **~ tout** ante todo; **à l'~** (*dans un véhicule*) en la delantera; **en ~** (*marcher, regarder*) hacia adelante; **en ~ de** (*en tête de, devant*) delante de
avantage [avɑ̃taʒ] *nm* (*supériorité*) ventaja; (*intérêt, bénéfice*) ventaja, beneficio; **~s sociaux** beneficios *mpl* sociales; **avantager** *vt* favorecer; **avantageux, -euse** *adj* ventajoso(-a); (*portrait, coiffure*) favorecedor(a)
avant...: avant-bras *nm inv* antebrazo; **avant-coureur** (*pl* **avant-coureurs**) *adj*: **signe avant-coureur** signo anunciador; **avant-dernier, -ière** (*pl* **avant-derniers, -ières**) *adj, nm/f* penúltimo(-a); **avant-goût** (*pl* **avant-goûts**) *nm* anticipo; **avant-hier** *adv* anteayer; **avant-première** (*pl* **avant-premières**) *nf* preestreno; **avant-veille** (*pl* **avant-veilles**) *nf*: **l'avant-veille** la antevíspera
avare [avaʀ] *adj, nm/f* avaro(-a)
avec [avɛk] *prép* con; (*contre*: *se battre*) con, contra; (*en plus de, en sus de*) además de
avenir [avniʀ] *nm*: **l'~** el porvenir, el futuro; **à l'~** en el futuro; **métier/politicien d'~** trabajo/político con futuro
aventure [avɑ̃tyʀ] *nf* aventura; **aventurer** *vt* aventurar, arriesgar; **s'aventurer à faire qch** arriesgarse a hacer algo; **aventureux, -euse** *adj* (*personne*) aventurado(-a), arriesgado(-a)
avenue [avny] *nf* avenida
avérer [aveʀe]: **s'~** *vpr* (*avec attribut*): **s'~ faux/coûteux** revelarse falso/costoso
averse [avɛʀs] *nf* aguacero, chaparrón *m*
averti, e [avɛʀti] *adj* entendido(-a)
avertir [avɛʀtiʀ] *vt*: **~ qn de qch/que** prevenir a algn de algo/de que; (*renseigner*) advertir; **avertissement** *nm* advertencia; (*blâme*) amonestación *f*; **avertisseur** *nm* bocina
aveu [avø] *nm* confesión *f*, declaración *f*
aveugle [avœgl] *adj, nm/f* ciego(-a)
aviation [avjasjɔ̃] *nf* aviación *f*
avide [avid] *adj* ávido(-a); (*péj*) codicioso(-a)
avion [avjɔ̃] *nm* avión *m*; **par ~** por avión; **aller (quelque part) en ~** ir (a algún sitio) en avión; **~ à réaction** avión de *ou* a reacción
aviron [aviʀɔ̃] *nm* remo; (*sport*): **l'~** el remo
avis [avi] *nm* (*point de vue*) opinión *f*; (*conseil*) opinión, consejo; (*notification*) aviso; **changer d'~** cambiar de opinión
aviser [avize] *vt* (*informer*): **~ qn de qch/que** avisar a algn de algo/de que ♦ *vi* (*réfléchir*) reflexionar
avocat, e [avɔka, at] *nm/f* abogado(-a) ♦ *nm* (BOT, CULIN) aguacate *m*, palta (AM); **~ général** fiscal *m*
avoine [avwan] *nf* avena

MOT-CLÉ

avoir [avwaʀ] *vt* **1** (*posséder*) tener; **elle a 2 enfants/une belle maison** tiene dos niños/una casa bonita; **il a les yeux gris** tiene los ojos grises; **vous avez du sel?** ¿tiene sal?; **avoir du courage/de la patience** tener valor/paciencia; **avoir du goût** tener gusto; **avoir horreur de** tener horror a; **avoir rendez-vous** tener una cita

2 (*âge, dimensions*) tener; **il a 3 ans** tiene 3 años; **le mur a 3 mètres de haut** la pared tiene 3 metros de alto; *voir aussi* **faim**; **peur** *etc*

3 (*fam: duper*) pegársela a algn; **on vous a eu!** ¡le han engañado!

4: **en avoir après** *ou* **contre qn** estar enojado(-a) con algn; **en avoir assez** estar harto; **j'en ai pour une demi-heure** tengo para media hora

5 (*obtenir: train, tickets*) coger, agarrar (*AM*)

♦ *vb aux* **1** haber; **avoir mangé/dormi** haber comido/dormido; **hier, je n'ai pas mangé** (*verbe au passé simple quand la période dans laquelle se situe l'action est révolue*) ayer no comí

2 (*avoir + à + infinitif*): **avoir à faire qch** tener que hacer algo; **vous n'avez qu'à lui demander** no tiene más que preguntarle; (*en colère*) pregúntele a él; **tu n'as pas à le savoir** no tienes porqué saberlo

♦ *vb impers* **1: il y a** (*+ sing, pl*) hay; **qu'y a-t-il?** ¿qué ocurre?; **qu'est-ce qu'il y a?** ¿qué pasa?; **il n'y a rien** no pasa nada; **qu'as-tu?** ¿qué tienes?; **qu'est-ce que tu as?** ¿qué te pasa?; **il doit y avoir une explication** tiene que haber una explicación; **il n'y a qu'à recommencer ...** no hay más que volver a empezar ...; **il ne peut y en avoir qu'un** no puede haber más que uno; **il n'y a pas de quoi** no hay de qué

2 (*temporel*): **il y a 8 ans** hace 8 años; **il y a 10 ans/longtemps que je le sais** hace 10 años/mucho tiempo que lo sé; **il y a 10 ans qu'il est arrivé** hace 10 años que llegó

♦ *nm* haber *m*

avortement [avɔʀtəmɑ̃] *nm* aborto

avouer [avwe] *vt* confesar, declarar ♦ *vi* (*se confesser*) confesar; (*admettre*) confesar, reconocer; **~ avoir fait/être/que** confesar haber hecho/ser/que

avril [avʀil] *nm* abril *m*; *voir aussi* **juillet**

poisson d'avril

La broma o inocentada típica del 1 de abril en Francia es pegarle en la espalda un pez de papel, **poisson d'avril**, *a alguien sin ser visto.*

axe [aks] *nm* eje *m*; (*fig*) orientación *f*; **~ routier** carretera general

ayons *etc* [ɛjɔ̃] *vb voir* **avoir**

azote [azɔt] *nm* nitrógeno

B, b

bâbord [bɑbɔʀ] *nm*: **à** *ou* **par ~** a babor

baby-foot [babifut] *nm inv* futbolín *m*

bac¹ [bak] *abr, nm* (*bateau*) transbordador *m*; (*récipient*) cubeta

bac² [bak] *nm* = **baccalauréat**

baccalauréat [bakalɔʀea] *nm título que se obtiene al finalizar BUP y COU*

baccalauréat

En Francia el **baccalauréat** *o* **bac** *es un título que se obtiene al terminar los estudios de enseñanza secundaria superior a la edad de diecisiete o dieciocho años y que permite el ingreso en la universidad. Se pueden escoger distintas combinaciones de asignaturas de entre un amplio plan de estudios.*

bâcler [bɑkle] *vt* hacer de prisa y

corriendo
baffe [baf] (*fam*) *nf* bofetada, torta
bafouiller [bafuje] *vi, vt* farfullar
bagage [bagaʒ] *nm* (*gén*: *bagages*) equipaje *m*; **~s à main** equipaje de mano
bagarre [bagaʀ] *nf* pelea; **bagarrer**: **se bagarrer** *vpr* pelearse
bagnole [baɲɔl] (*fam*) *nf* coche *m*; (*vieille*) cacharro
bague [bag] *nf* anillo, sortija; **~ de fiançailles** sortija de pedida; **~ de serrage** casquillo
baguette [bagɛt] *nf* (*bâton*) varilla; (*chinoise*) palillo; (*de chef d'orchestre*) batuta; (*pain*) barra; **~ magique** varita mágica
baie [bɛ] *nf* bahía; (*fruit*) baya; **~ (vitrée)** ventanal *m*
baignade [bɛɲad] *nf* baño
baigner [beɲe] *vt* bañar; **se ~** *vpr* bañarse; **baignoire** *nf* bañera, tina (*AM*)
bail [baj] (*pl* **baux**) *nm* (contrato de) arrendamiento
bâillement [bɑjmɑ̃] *nm* bostezo
bâiller [bɑje] *vi* bostezar
bain [bɛ̃] *nm* baño; **se mettre dans le ~** (*fig*) meterse en el asunto; **prendre un ~** tomar un baño; **~ de soleil** baño de sol; **~ moussant** baño de espuma; **bain-marie** (*pl* **bains-marie**) *nm* baño (de) María; **faire chauffer au bain-marie** calentar al baño (de) María
baiser [beze] *nm* beso ♦ *vt* besar; (*fam!*) tirarse a (*fam!*), coger (*fam!*) (*AM*)
baisse [bɛs] *nf* (*de température, des prix*) descenso, baja
baisser [bese] *vt* bajar ♦ *vi* (*niveau, température*) bajar, descender; **se ~** *vpr* inclinarse, agacharse
bal [bal] *nm* baile *m*; **~ costumé** baile de disfraces
balade [balad] *nf* (*à pied*) paseo, vuelta; **balader** *vt* pasear; **se balader** *vpr* pasearse; **baladeur** *nm* walkman *m* ®
balai [balɛ] *nm* escoba
balance [balɑ̃s] *nf* balanza; (*ASTROL*): **la B~** Libra; **être (de la) B~** ser Libra; **~ commerciale** balanza comercial
balancer [balɑ̃se] *vt* balancear; (*lancer*) arrojar; (*renvoyer, jeter*) despedir ♦ *vpr*: **se ~** balancearse, mecerse; **je m'en balance** (*fam*) me importa un pito; **balançoire** *nf* (*suspendue*) columpio; (*sur pivot*) balancín *m*, subibaja *m*
balayer [baleje] *vt* barrer; (*suj*: *radar, phares*) explorar; **balayeur, -euse** *nm/f* barrendero(-a)
balbutier [balbysje] *vi, vt* balbucear
balcon [balkɔ̃] *nm* balcón *m*; (*THÉÂTRE*) principal *m*
baleine [balɛn] *nf* ballena
balise [baliz] *nf* baliza; **baliser** *vt* balizar; (*fam*) tener miedo
balle [bal] *nf* (*de fusil*) bala; (*de tennis, golf*) pelota; **~s** *nfpl* (*fam*: *franc*) francos *mpl*
ballerine [bal(ə)ʀin] *nf* bailarina
ballet [balɛ] *nm* ballet *m*
ballon [balɔ̃] *nm* (*de sport*) balón *m*; (*AVIAT, jouet*) globo; **~ de football** balón de fútbol
balnéaire [balneɛʀ] *adj* termal, balneario(-a) (*AM*)
balustrade [balystʀad] *nf* balaustrada
bambin [bɑ̃bɛ̃] *nm* niño(-a), chiquillo(-a)
bambou [bɑ̃bu] *nm* bambú *m*
banal, e [banal] *adj* trivial; **banalité** *nf* trivialidad *f*
banane [banan] *nf* plátano, banana (*esp AM*)
banc [bɑ̃] *nm* banco; **~ d'essai** (*fig*) banco de prueba; **~ de sable** banco de arena
bancaire [bɑ̃kɛʀ] *adj* bancario(-a)
bancal, e [bɑ̃kal] *adj* cojo(-a)
bandage [bɑ̃daʒ] *nm* vendaje *m*
bande [bɑ̃d] *nf* banda; (*de tissu*) faja; (*pour panser*) venda; (*motif, dessin*) banda, franja; **une ~ de ...** (*copains, voyous*) una pandilla de ...; **faire ~ à part** hacer rancho aparte; **~ dessinée** (*dans un journal*) tira cómica, historieta; (*livre*) cómic *m*; **~ sonore** banda sonora

bande dessinée

La **bande dessinée** *o* **BD** *goza de gran cantidad de seguidores entre los niños y los adultos en Francia. Todos los años en enero se celebra en Angulema el Salón Internacional del Cómic. Astérix, Tintín, Lucky Luke y Gaston Lagaffe son algunos de los personajes de tebeo más famosos.*

bandeau [bɑ̃do] *nm* venda; (*autour du front*) cinta, venda, vincha (*AND, CSUR*)
bander [bɑ̃de] *vt* (*blessure*) vendar
bandit [bɑ̃di] *nm* bandido
bandoulière [bɑ̃duljɛʀ] *nf*: **en ~** en bandolera
banlieue [bɑ̃ljø] *nf* suburbio; **quartier de ~** barrio suburbano; **lignes/trains de ~** líneas *fpl*/trenes *mpl* de cercanías
banlieusard, e [bɑ̃ljøzaʀ, aʀd] *nm/f* habitante *m/f* de los suburbios
bannir [baniʀ] *vt* desterrar
banque [bɑ̃k] *nf* banco; (*activités*) banca; **~ d'affaires** banco de negocios
banquet [bɑ̃kɛ] *nm* banquete *m*
banquette [bɑ̃kɛt] *nf* banqueta
banquier [bɑ̃kje] *nm* banquero
banquise [bɑ̃kiz] *nf* banco de hielo, banquisa
baptême [batɛm] *nm* (*sacrement*) bautismo; **~ de l'air** bautismo del aire
baptiser [batize] *vt* bautizar
bar [baʀ] *nm* bar *m*, cantina (*esp AM*)
baraque [baʀak] *nf* barraca; (*fam*) casucha; **~ foraine** barraca de feria; **baraqué, e** (*fam*) *adj* plantado(-a)
barbare [baʀbaʀ] *adj, nm/f* bárbaro(-a)
barbe [baʀb] *nf* barba; **au nez et à la ~ de qn** en las barbas de algn; **quelle ~!** (*fam*) ¡qué lata!; **~ à papa** algodón *m* de azúcar
barbelé [baʀbəle] *nm* alambrada
barbiturique [baʀbityʀik] *nm* barbitúrico
barbouiller [baʀbuje] *vt* (*couvrir, salir*) embadurnar; **avoir l'estomac barbouillé** tener el estómago revuelto
barbu, e [baʀby] *adj* barbudo(-a)
barder [baʀde] *vi* (*fam*): **ça va ~** se va a armar la gorda ♦ *vt* enalbardar
barème [baʀɛm] *nm* (*des prix, des tarifs*) baremo, tabla
baril [baʀi(l)] *nm* barril *m*
bariolé, e [baʀjɔle] *adj* abigarrado(-a)
baromètre [baʀɔmɛtʀ] *nm* barómetro
baron [baʀɔ̃] *nm* barón *m*
baroque [baʀɔk] *adj* (*ART*) barroco(-a); (*fig*) estrambótico(-a)
barque [baʀk] *nf* barca
barquette [baʀkɛt] *nf* (*en aluminium*) envase *m*
barrage [baʀaʒ] *nm* pantano, embalse *m*
barre [baʀ] *nf* barra; (*NAUT*) timón *m*; (*écrite*) raya
barreau, x [baʀo] *nm* barrote *m*; (*JUR*): **le ~** el foro, la abogacía
barrer [baʀe] *vt* (*route*) obstruir; (*mot*) tachar; (*chèque*) cruzar; (*NAUT*) timonear; **se ~** (*fam*) *vpr* largarse, pirarse
barrette [baʀɛt] *nf* (*pour les cheveux*) prendedor *m*
barricader [baʀikade] *vt* (*rue*) levantar barricadas en; (*porte, fenêtre*) atrancar
barrière [baʀjɛʀ] *nf* barrera
barrique [baʀik] *nf* barrica, tonel *m*
bas, basse [bɑ, bɑs] *adj* bajo(-a); (*vue*) corto(-a); (*action*) bajo(-a), vil ♦ *nm* (*de femme*) media; (*partie inférieure*): **le ~ de ...** la parte de abajo de... ♦ *adv* bajo; **au ~ mot** por lo menos, por lo bajo; **en ~** abajo; **en ~ de** debajo de, en la parte baja de; **"à ~ la dictature/ l'école!"** "¡abajo la dictadura/la escuela!"
bas-côté [bakote] (*pl* **~-~s**) *nm* (*de route*) arcén *m*
basculer [baskyle] *vi* (*tomber*) volcar; (*benne*) bascular ♦ *vt* (*gén: faire basculer*) volcar
base [bɑz] *nf* base *f*; **jeter les ~s de**

sentar las bases de; **à la ~ de** (*fig*) en el origen de; **sur la ~ de** (*fig*) tomando como base; **principe/ produit de ~** principio/producto de base; **à ~ de café** a base de café; **~ de données** (*INFORM*) base de datos; **baser** *vt*: **baser qch sur** basar algo en; **se baser sur** basarse en

bas-fonds [bɑfɔ̃] *nmpl* (*fig*) bajos fondos *mpl*, hampa *fsg*

basilic [bazilik] *nm* albahaca

basket [baskɛt] *nm* = **basket-ball**

basket-ball [baskɛtbol] (*pl* **~-~s**) *nm* baloncesto

basque [bask] *adj, nm/f* vasco(-a)

basse [bɑs] *adj f voir* **bas** ♦ *nf* bajo; **basse-cour** (*pl* **basses-cours**) *nf* (*cour*) corral *m*

bassin [basɛ̃] *nm* (*pièce d'eau*) estanque *m*; (*de fontaine*) pila; (*GÉO*) cuenca; (*ANAT*) pelvis *f*

bassine [basin] *nf* balde *m*

basson [bɑsɔ̃] *nm* (*instrument*) fagot *m*

bat [ba] *vb voir* **battre**

bataille [batɑj] *nf* batalla

bateau, x [bato] *nm* barco ♦ *adj* (*banal, rebattu*) típico(-a); **bateau-mouche** (*pl* **bateaux-mouches**) *nm* golondrina

bâti, e [bɑti] *adj* (*terrain*) edificado(-a); **bien ~** (*personne*) bien hecho(-a), fornido(-a)

bâtiment [bɑtimɑ̃] *nm* edificio; (*NAUT*) navío

bâtir [bɑtiʀ] *vt* edificar, construir

bâtisse [bɑtis] *nf* construcción *f*

bâton [bɑtɔ̃] *nm* palo, vara

bats [ba] *vb voir* **battre**

battement [batmɑ̃] *nm* (*de cœur*) latido, palpitación *f*; (*intervalle*) intervalo; **10 minutes de ~** 10 minutos de intervalo; **~ de paupières** parpadeo

batterie [batʀi] *nf* batería; **~ de cuisine** batería de cocina

batteur [batœʀ] *nm* (*MUS*) batería *m/f*; (*appareil*) batidora

battre [batʀ] *vt* golpear; (*suj: pluie, vagues*) golpear, azotar; (*vaincre*) vencer, derrotar; (*tapis*) sacudir ♦ *vi* (*cœur*) latir; (*volets etc*) golpear; **se ~** *vpr* pelearse, luchar; **~ de**: **~ des mains** aplaudir; **~ la mesure** llevar el compás; **~ son plein** estar en su apogeo

baume [bom] *nm* bálsamo

bavard, e [bavaʀ, aʀd] *adj* parlanchín(-ina); **bavarder** *vi* charlar, platicar (*MEX*); (*indiscrètement*) charlatanear, irse de la lengua

baver [bave] *vi* babear; **en baver** (*fam*) pasar las de Caín, pasarlas negras

bavoir [bavwaʀ] *nm* babero

bavure [bavyʀ] *nf* rebaba, mancha; (*fig*) error *m*

bazar [bazaʀ] *nm* bazar *m*; (*fam*) leonera; **bazarder** (*fam*) *vt* liquidar

BCBG [besebeʒe] *sigle adj* (= *bon chic bon genre*): **une fille ~** ≃ una chica bien vestida

BD *sigle f* (= *bande dessinée*) *voir* **bande**; (= *base de données*) base *f* de datos

bd *abr* (= *boulevard*) Blvr. (= *bulevar*)

béant, e [beɑ̃, ɑ̃t] *adj* abierto(-a)

beau (bel), belle, beaux [bo, bɛl] *adj* (*gén*) bonito(-a); (*plus formel*) hermoso(-a), bello(-a), lindo(-a) (*esp AM*) (*fam*); (*personne*) guapo(-a) ♦ *nm*: **avoir le sens du beau** tener sentido estético ♦ *adv*: **il fait beau** hace buen tiempo; **le temps est au beau** el tiempo se anuncia bueno; **un beau geste** un gesto noble; **un beau salaire** un buen salario; **un beau gâchis/rhume** (*iro*) un buen despilfarro/resfriado; **en faire/dire de belles** hacerlas/decirlas buenas; **le beau monde** la buena sociedad; **un beau jour ...** un buen día ...; **de plus belle** más y mejor; **bel et bien** de verdad; **le plus beau c'est que ...** lo mejor es que ...; **"c'est du beau!"** "¡qué bonito!"; **on a beau essayer ...** por más que se intente ...; **faire le beau** (*chien*) ponerse en dos patas; **beau parleur** hombre *m* de labia

beaucoup [boku] *adv* mucho; **il boit ~** bebe mucho; **il ne rit pas ~** no ríe mucho; **il est ~ plus grand** es mucho más grande; **il en a ~** tiene mucho(s)(-a(s)); **~ trop de** demasiado(s)(-a(s)); **(pas) ~ de** (no) mucho(s)(-a(s)); **~ d'étudiants/de touristes** muchos estudiantes/ turistas; **~ de courage** mucho valor; **il n'a pas ~ d'argent** no tiene mucho dinero; **de ~** con mucho; **~ le savent** (*emploi nominal*) muchos lo saben

beau...: beau-fils (*pl* **beaux-fils**) *nm* yerno; **beau-frère** (*pl* **beaux-frères**) *nm* cuñado; **beau-père** (*pl* **beaux-pères**) *nm* suegro; (*remariage*) padrastro

beauté [bote] *nf* belleza; **en ~: finir en ~** terminar brillantemente

beaux-arts [bozaʀ] *nmpl* bellas artes *fpl*

beaux-parents [bopaʀɑ̃] *nmpl* suegros *mpl*

bébé [bebe] *nm* bebé *m*

bec [bɛk] *nm* pico; (*d'une clarinette etc*) boquilla; **~ de gaz** farola

bêche [bɛʃ] *nf* pala; **bêcher** *vt* (*terre*) cavar

bedaine [bədɛn] *nf* barriga

bedonnant, e [bədɔnɑ̃, ɑ̃t] *adj* barrigudo(-a)

bée [be] *adj*: **bouche ~** boquiabierto(-a)

bégayer [begeje] *vi, vt* tartamudear

beige [bɛʒ] *adj* beige

beignet [bɛɲɛ] *nm* buñuelo

bel [bɛl] *adj m voir* **beau**

bêler [bele] *vi* balar

belette [bəlɛt] *nf* comadreja

belge [bɛlʒ] *adj* belga ♦ *nm/f*: **B~** belga *m/f*

Belgique [bɛlʒik] *nf* Bélgica

bélier [belje] *nm* (ZOOL) carnero; (ASTROL): **le B~** Aries *m*

belle [bɛl] *adj f voir* **beau** ♦ *nf* (SPORT): **la ~** el desempate; **belle-fille** (*pl* **belles-filles**) *nf* nuera; (*remariage*) hijastra; **belle-mère** (*pl* **belles-mères**) *nf* suegra; (*remariage*) madrastra; **belle-sœur** (*pl* **belles-sœurs**) *nf* cuñada

belvédère [bɛlvedɛʀ] *nm* mirador *m*

bémol [bemɔl] *nm* bemol *m*

bénédiction [benediksjɔ̃] *nf* bendición *f*

bénéfice [benefis] *nm* (COMM) beneficio; (*avantage*) beneficio, provecho; **bénéficier** *vi*: **bénéficier de** (*jouir de, avoir, obtenir*) disfrutar de; (*tirer profit de*) beneficiarse de, aprovecharse de; **bénéfique** *adj* benéfico(-a)

bénévole [benevɔl] *adj* (*personne*) benévolo(-a); (*aide etc*) voluntario(-a)

bénin, -igne [benɛ̃, iɲ] *adj* benigno(-a)

bénir [beniʀ] *vt* bendecir; **bénit, e** *adj* bendito(-a); **eau bénite** agua bendita

benne [bɛn] *nf* (*de camion*) volquete *m*; (*de téléphérique*) cabina

béquille [bekij] *nf* muleta; (*de bicyclette*) soporte *m*

berceau, x [bɛʀso] *nm* cuna

bercer [bɛʀse] *vt* acunar, mecer; (*suj*: *musique*) mecer; **~ qn de** ilusionar a algn con; **berceuse** *nf* (*chanson*) canción *f* de cuna, nana

béret (basque) [beʀɛ (bask(ə))] *nm* boina

berge [bɛʀʒ] *nf* (*d'un cours d'eau*) ribera

berger, -ère [bɛʀʒe, ʒɛʀ] *nm/f* pastor(a)

berner [bɛʀne] *vt* estafar

besogne [bəzɔɲ] *nf* tarea, faena

besoin [bəzwɛ̃] *nm* necesidad *f*; (*pauvreté*): **le ~** la necesidad, la estrechez ♦ *adv*: **au ~** si es menester; **faire ses ~s** hacer sus necesidades; **avoir ~ de qch/de faire qch** tener necesidad de algo/ de hacer algo

bestiole [bɛstjɔl] *nf* bicho

bétail [betaj] *nm* ganado

bête [bɛt] *nf* (*gén*) animal *m*; (*insecte, bestiole*) bicho ♦ *adj* (*stupide*) tonto(-a), bobo(-a); **chercher la petite ~** ser un chinche; **~ noire** pesadilla, bestia negra; **~s sauvages** fieras *fpl*, animales *mpl* salvajes

bêtement [bɛtmɑ̃] *adv* tontamente; **tout ~** simplemente, sin rodeos

bêtise [betiz] *nf* (*défaut d'intelligence*) estupidez *f*, tontería; (*action,* *remarque*) tontería

béton [betɔ̃] *nm* hormigón *m*; **en ~** (*alibi, argument*) sólido(-a); **~ armé** hormigón armado

betterave [bɛtʀav] *nf* remolacha, betarraga (*CHI*)

Beur [bœʀ] *nm/f joven árabe nacido en Francia de padres emigrantes*

beurre [bœʀ] *nm* mantequilla, manteca (*AM*); **~ noir** mantequilla requemada; **beurrer** *vt* untar con mantequilla; **beurrier** *nm* mantequera

bi- [bi] *préf* bi-

biais [bjɛ] *nm* (*d'un tissu*) sesgo; (*moyen*) rodeo, vuelta; **en ~, de ~** (*obliquement*) al sesgo; (*fig*) con rodeos

bibelot [biblo] *nm* chuchería

biberon [bibʀɔ̃] *nm* biberón *m*

bible [bibl] *nf* biblia

biblio... [biblijo] *préfixe*: **bibliobus** *nm* biblioteca ambulante, bibliobús *m*; **bibliothécaire** *nm/f* bibliotecario(-a); **bibliothèque** *nf* biblioteca; **bibliothèque municipale** biblioteca municipal

bicarbonate [bikaʀbɔnat] *nm*: **~ (de soude)** bicarbonato (sódico)

biceps [bisɛps] *nm* bíceps *m inv*

biche [biʃ] *nf* cierva

bicolore [bikɔlɔʀ] *adj* bicolor

bicoque [bikɔk] (*péj*) *nf* casucha

bicyclette [bisiklɛt] *nf* bicicleta

bidet [bidɛ] *nm* bidé *m*

bidon [bidɔ̃] *nm* (*récipient*) bidón *m* ♦ *adj inv* (*fam*) amañado(-a)

bidonville [bidɔ̃vil] *nm* chabolas *fpl*

bidule [bidyl] *nm* trasto, chisme *m*

MOT-CLÉ

bien [bjɛ̃] *nm* **1** (*avantage, profit, moral*) bien *m*; **faire du bien à qn** hacer bien a algn; **faire le bien** hacer el bien; **dire du bien de qn/qch** hablar bien de algn/algo; **c'est pour son bien** es por su bien; **mener à bien** llevar a buen término; **je te veux du bien** te quiero bien

2 (*possession, patrimoine*) bien; **son bien le plus précieux** su bien más preciado; **avoir du bien** tener fortuna; **biens de consommation** bienes *mpl* de consumo

♦ *adv* **1** (*de façon satisfaisante*) bien; **elle travaille/mange bien** trabaja/come bien; **vite fait, bien fait** pronto y bien; **croyant bien faire, je ...** creyendo hacer bien, yo ...

2 (*valeur intensive*) muy, mucho; **bien jeune** muy joven; **bien mieux** mucho mejor; **bien souvent** muy a menudo; **c'est bien fait!** (*tu le mérites*) ¡te está bien empleado!; **j'espère bien y aller** sí espero poder ir; **je veux bien le faire** (*concession*) me parece bien hacerlo; **il faut bien le faire** hay que hacerlo; **il faut bien l'admettre** hay que admitirlo; **il y a bien 2 ans** hace 2 años largos; **Paul est bien venu, n'est-ce pas?** Paul sí ha venido, ¿verdad?; **tu as eu bien raison de dire cela** hiciste muy bien en decir eso; **j'ai bien téléphoné** sí llamé por teléfono; **se donner bien du mal** molestarse mucho; **où peut-il bien être passé?** ¿dónde se habrá metido?; **on verra bien** ya veremos

3 (*beaucoup*): **bien des gens** mucha gente

♦ *excl*: **eh bien?** bueno, ¿qué?

♦ *adj inv* **1** (*en bonne forme, à l'aise*): **être/se sentir bien** estar/sentirse bien; **je ne me sens pas bien** no me siento bien; **on est bien dans ce fauteuil** se está bien en este sillón

2 (*joli, beau*) bien; **tu es bien dans cette robe** estás bien con este vestido

3 (*satisfaisant, adéquat*) bien; **elle est bien, cette maison** está bien esta casa; **elle est bien, cette secrétaire** es buena esta secretaria; **c'est bien?** ¿está bien?; **mais non, c'est très bien** que no, está muy bien; **c'est très bien (comme ça)** está muy bien (así)

4 (*juste, moral, respectable*) bien *inv*; **ce n'est pas bien de ...** no está bien ...; **des gens bien** gente bien

5 (*en bons termes*): **être bien avec qn** estar a bien con algn; **si bien que** (*résultat*) de tal manera que; **tant bien que mal** así, así
6 **bien que** *conj* aunque
7 **bien sûr** *adv* desde luego

bien-aimé, e [bjɛ̃neme] *adj, nm/f* bienamado(-a)
bien-être [bjɛ̃nɛtʀ] *nm* bienestar *m*
bienfaisance [bjɛ̃fəzɑ̃s] *nf* beneficencia
bienfait [bjɛ̃fɛ] *nm* favor *m*; (*de la science*) beneficio
bienfaiteur, -trice [bjɛ̃fɛtœʀ, tʀis] *nm/f* bienhechor(a)
bien-fondé [bjɛ̃fɔ̃de] *nm* legitimidad *f*
bientôt [bjɛ̃to] *adv* pronto, luego; **à ~** hasta luego
bienveillant, e [bjɛ̃vɛjɑ̃, ɑ̃t] *adj* benévolo(-a)
bienvenu, e [bjɛ̃vny] *adj* bienvenido(-a); **bienvenue** *nf*: **souhaiter la bienvenue à** desear la bienvenida a; **bienvenue à** bienvenida a
bière [bjɛʀ] *nf* cerveza; (*cercueil*) ataúd *m*; **~ blonde/brune** cerveza dorada/negra; **~ (à la) pression** cerveza de barril
bifteck [biftɛk] *nm* bistec *m*, bisté *m*, bife *m* (*ARG*)
bigorneau, x [bigɔʀno] *nm* bígaro
bigoudi [bigudi] *nm* bigudí *m*
bijou, x [biʒu] *nm* joya, alhaja; **bijouterie** *nf* (*bijoux*) joyas *fpl*; (*magasin*) joyería; **bijoutier, -ière** *nm/f* joyero(-a)
bikini [bikini] *nm* biquini *m*
bilan [bilɑ̃] *nm* balance *m*; **faire le ~ de** hacer el balance de; **déposer son ~** declararse en quiebra
bile [bil] *nf* bilis *f*; **se faire de la ~** (*fam*) hacerse mala sangre
bilieux, -euse [biljø, jøz] *adj* bilioso(-a); (*fig*) bilioso(-a), colérico(-a)
bilingue [bilɛ̃g] *adj* bilingüe
billard [bijaʀ] *nm* billar *m*
bille [bij] *nf* bola; (*du jeu de billes*) canica
billet [bijɛ] *nm* billete *m*; (*de cinéma*) entrada; **~ aller retour** billete de ida y vuelta; **billetterie** *nf* emisión *f* y venta de billetes; (*distributeur*) taquilla; (*BANQUE*) cajero (automático)
billion [biljɔ̃] *nm* billón *m*
bimensuel, le [bimɑ̃sɥɛl] *adj* bimensual, quincenal
bio... [bjɔ] *préf* bio...; **biochimie** *nf* bioquímica; **biodiversité** *nf* biodiversidad *f*; **biographie** *nf* biografía; **biologie** *nf* biología; **biologique** *adj* biológico(-a); **biologiste** *nm/f* biólogo(-a)
Birmanie [biʀmani] *nf* Birmania
bis[1], e [bi, biz] *adj* pardo(-a)
bis[2] [bis] *adv*: **12 ~** 12 bis ♦ *excl* ¡otra! ♦ *nm* bis *m*
biscotte [biskɔt] *nf* biscote *m*
biscuit [biskɥi] *nm* (*gâteau sec*) galleta; (*gâteau, porcelaine*) bizcocho
bise [biz] *adj f voir* **bis 1** ♦ *nf* (*baiser*) beso; (*vent*) cierzo
bisou [bizu] (*fam*) *nm* besito
bissextile [bisɛkstil] *adj*: **année ~** año bisiesto
bistro(t) [bistʀo] *nm* bar *m*, café *m*, cantina (*esp AM*)
bitume [bitym] *nm* asfalto
bizarre [bizaʀ] *adj* raro(-a)
blague [blag] *nf* (*propos*) chiste *m*; (*farce*) broma; **"sans ~!"** (*fam*) "¡no me digas!"; **blaguer** *vi* bromear
blaireau, x [blɛʀo] *nm* (*ZOOL*) tejón *m*; (*brosse*) brocha de afeitar
blâme [blɑm] *nm* (*jugement*) reprobación *f*; (*sanction*) sanción *f*; **blâmer** *vt* (*réprouver*) reprobar
blanc, blanche [blɑ̃, blɑ̃ʃ] *adj* blanco(-a) ♦ *nm/f* blanco(-a) ♦ *nm* blanco; (*linge*): **le ~** la ropa blanca; (*aussi:* **~ d'œuf**) clara; (*aussi:* **~ de poulet**) pechuga; **à ~** (*chauffer*) al rojo vivo; (*tirer, charger*) con munición de fogueo; **chèque en ~** cheque *m* en blanco; **~ cassé** color *m* hueso; **blanche** *adj f voir* **blanc** ♦ *nf* (*MUS*) blanca; **blancheur** *nf* blancura
blanchir [blɑ̃ʃiʀ] *vt* (*gén, argent*) blanquear; (*linge*) lavar; (*CULIN*) escaldar; (*disculper*) rehabilitar ♦ *vi*

blanquear; (*cheveux*) blanquear, encanecer; **blanchisserie** *nf* lavandería
blason [blazɔ̃] *nm* blasón *m*
blasphème [blasfɛm] *nm* blasfemia
blazer [blazɛʀ] *nm* blázer *m*
blé [ble] *nm* trigo; **~ noir** trigo sarraceno
bled [blɛd] *nm* (*péj*) poblacho
blême [blɛm] *adj* pálido(-a)
blessant, e [blesɑ̃, ɑ̃t] *adj* hiriente
blessé, e [blese] *adj* herido(-a); (*offensé*) ofendido(-a) ♦ *nm/f* herido(-a)
blesser [blese] *vt* herir; (*suj*: *souliers*) hacer daño a; (*offenser*) ofender; **se ~** *vpr* herirse; **se ~ au pied** *etc* lastimarse el pie *etc*; **blessure** *nf* herida; (*fig*) herida, ofensa
bleu, e [blø] *adj* azul; (*bifteck*) poco hecho ♦ *nm* azul *m*; (*contusion*) cardenal *m*; (*vêtement*: *aussi*: **~s**) mono, overol *m* (AM); **~ marine** azul marino; **bleuet** *nm* aciano
bloc [blɔk] *nm* bloque *m*; (*de papier à lettres*) bloc *m*; (*ensemble*) montón *m*; **serré à ~** apretado a fondo; **en ~** en bloque; **~ opératoire** quirófano; **blocage** *nm* (*aussi* PSYCH) bloqueo; **bloc-notes** (*pl* **blocs-notes**) *nm* bloc *m* de notas
blond, e [blɔ̃, blɔ̃d] *adj* rubio(-a); (*sable, blés*) dorado(-a) ♦ *nm/f* rubio(-a); **~ cendré** rubio ceniciento
bloquer [blɔke] *vt* bloquear
blottir [blɔtiʀ]: **se ~** *vpr* acurrucarse
blouse [bluz] *nf* bata
blouson [bluzɔ̃] *nm* cazadora; **~ noir** (*fig*) gamberro
bluff [blœf] *nm* exageración *f*, farol *m*; **bluffer** *vi* exagerar, farolear ♦ *vt* engañar
bobine [bɔbin] *nf* (*de fil*) carrete *m*; (*de film*) carrete, rollo; (ÉLEC) bobina
bocal, -aux [bɔkal, o] *nm* tarro (de vidrio)
bock [bɔk] *nm* jarra (de cerveza)
body [bɔdi] *nm* body *m*; (SPORT) malla
bœuf [bœf] *nm* buey *m*; (CULIN) carne *f* de vaca
bof! [bɔf] (*fam*) *excl* ¡bah!
bohémien, ne [bɔemjɛ̃, jɛn] *nm/f* bohemio(-a)
boire [bwaʀ] *vt* beber, tomar (AM); **~ un coup** echar un trago
bois[1] [bwɑ] *vb voir* **boire**
bois[2] [bwa] *nm* (*substance*) madera; (*forêt*) bosque *m*; **de ~, en ~** de madera; **boisé, e** *adj* arbolado(-a)
boisson [bwasɔ̃] *nf* bebida
boîte [bwat] *nf* caja; (*de fer*) lata; **il a quitté sa ~** (*fam*: *entreprise*) ha dejado el curro (*fam*); **aliments en ~** alimentos *mpl* en lata; **~ à gants** guantera; **~ aux lettres** buzón *m*; **~ d'allumettes** caja de cerillas; **~ de conserves** lata de conservas; **~ (de nuit)** discoteca; **~ de vitesses** caja de cambios; **~ postale** apartado de correos
boiter [bwate] *vi* cojear, renguear (AM)
boîtier [bwatje] *nm* (*d'appareil-photo*) cuerpo
boive *etc* [bwav] *vb voir* **boire**
bol [bɔl] *nm* tazón *m*; **un ~ d'air** una bocanada de aire; **en avoir ras le ~** (*fam*) estar hasta la coronilla
bombarder [bɔ̃baʀde] *vt* (MIL) bombardear; **~ qn de** bombardear a algn con, acosar a algn con
bombe [bɔ̃b] *nf* bomba; (*atomiseur*) atomizador *m*

MOT-CLÉ

bon, bonne [bɔ̃, bɔn] *adj* **1** (*agréable, satisfaisant*) bueno(-a); (*avant un nom masculin*) buen; **un bon repas/restaurant** una buena comida/un buen restaurante; **vous êtes trop bon** es usted demasiado bueno; **avoir bon goût** tener buen gusto; **elle est bonne en maths** se le dan bien las matemáticas
2 (*bienveillant, charitable*): **être bon (envers)** ser bueno (con)
3 (*correct*) correcto(-a); **le bon numéro** el número correcto; **le bon moment** el momento oportuno
4 (*souhaits*): **bon anniversaire!** ¡feliz cumpleaños!; **bon voyage!** ¡buen viaje!; **bonne chance!** ¡(buena) suerte!; **bonne année!** ¡feliz año nuevo!; **bonne nuit!** ¡buenas

noches!
5 (*approprié, apte*): **bon à/pour** bueno(-a) para; **ces chaussures sont bonnes à jeter** estos zapatos están para tirarlos; **c'est bon à savoir** está bien saberlo
6 de bonne heure temprano; **bon marché** barato(-a); **bon sens** sentido común; **c'est un bon vivant** le gusta la buena vida
7 (*valeur intensive*) largo(-a); **ça m'a pris deux bonnes heures** me llevó dos horas largas
♦ *nm* **1** (*billet*) bono, vale *m*; **bon cadeau** vale regalo; **bon à rien** inútil *m/f*; **bon mot** ocurrencia
2: **avoir du bon** tener ventajas; **pour de bon** de verdad, en serio; **il y a du bon dans ce qu'il dit** lo que dice tiene sentido
♦ *adv*: **il fait bon** hace bueno; **sentir bon** oler bien; **tenir bon** resistir; **à quoi bon?** ¿para qué?; **juger bon de faire ...** juzgar oportuno hacer ...; **le bus/ton frère a bon dos** (*fig*) siempre es el autobús/tu hermano
♦ *excl*: **bon!** ¡bueno!; **ah bon?** ¿ah, sí?; **bon, je reste** bueno, me quedo; *voir aussi* **bonne**

bonbon [bɔ̃bɔ̃] *nm* caramelo
bond [bɔ̃] *nm* (*saut*) salto; (*d'une balle*) bote *m*; (*fig*) salto, avance *m*; **faire un ~** dar un salto
bondé, e [bɔ̃de] *adj* abarrotado(-a)
bondir [bɔ̃diʀ] *vi* saltar, brincar
bonheur [bɔnœʀ] *nm* felicidad *f*; **porter ~ (à qn)** dar buena suerte (a algn); **par ~** por fortuna
bonhomme [bɔnɔm] (*pl* **bonshommes**) *nm* hombre *m*; **~ de neige** muñeco de nieve
bonjour [bɔ̃ʒuʀ] *excl, nm* buenos días *mpl*
bonne [bɔn] *adj f voir* **bon** ♦ *nf* criada, mucama (*CSUR*), recamarera (*MEX*)
bonnet [bɔnɛ] *nm* gorro; (*de soutien-gorge*) copa; **~ de bain** gorro de baño
bonshommes [bɔ̃zɔm] *nmpl de* **bonhomme**
bonsoir [bɔ̃swaʀ] *excl, nm* buenas tardes; (*plus tard*) buenas noches
bonté [bɔ̃te] *nf* bondad *f*
bonus [bɔnys] *nm inv* (*ASSURANCE*) *descuento en la prima por poca siniestralidad*
bord [bɔʀ] *nm* (*de table, verre, falaise*) borde *m*; (*de lac, route*) orilla, borde; (*NAUT*): **à ~** a bordo; **monter à ~** subir a bordo; **jeter par-dessus ~** arrojar por la borda; **le commandant/les hommes du ~** el comandante/los hombres de a bordo; **au ~ de la mer/de la route** a orillas del mar/de la carretera; **être au ~ des larmes** (*fig*) estar a punto de llorar
bordeaux [bɔʀdo] *nm inv* (*vin*) burdeos *m inv* ♦ *adj inv* (*couleur*) burdeos *inv*, rojo violáceo *inv*
bordel [bɔʀdɛl] (*fam*) *nm* burdel *m*; (*fig*) follón *m* ♦ *excl* ¡joder! (*fam!*)
bordelais, e [bɔʀdəlɛ, ɛz] *adj* bordelés(-esa) ♦ *nm/f*: **B~, e** bordelés(-esa)
border [bɔʀde] *vt* (*être le long de*) orillar, bordear; (*personne, lit*) arropar; **~ qch de** (*garnir*) ribetear algo de
bordure [bɔʀdyʀ] *nf* borde *m*; **en ~ de** a orillas de
borne [bɔʀn] *nf* (*pour délimiter*) mojón *m*; (*gén*: *borne kilométrique*) mojón; **~s** *nfpl* (*fig*) límites *mpl*; **dépasser les ~s** pasarse de la raya
borné, e [bɔʀne] *adj* limitado(-a)
borner [bɔʀne] *vt*: **se ~ à faire** limitarse a hacer
bosquet [bɔskɛ] *nm* bosquecillo
bosse [bɔs] *nf* (*de terrain*) montículo; (*sur un objet*) protuberancia; (*enflure*) bulto; (*du bossu, du chameau*) joroba; **avoir la ~ des maths** ser ducho(-a) en matemáticas
bosser [bɔse] (*fam*) *vt* empollar
bossu, e [bɔsy] *adj, nm/f* jorobado(-a)
botanique [bɔtanik] *nf*: **la ~** la botánica ♦ *adj* botánico(-a)
botte [bɔt] *nf* bota; **~ d'asperges**

manojo de espárragos; **~ de radis** manojo de rábanos; **~s de caoutchouc** botas *fpl* de goma
bottin [bɔtɛ̃] *nm* anuario del comercio
bottine [bɔtin] *nf* botina
bouc [buk] *nm* (*animal*) macho cabrío; (*barbe*) perilla
boucan [bukɑ̃] *nm* jaleo
bouche [buʃ] *nf* boca; **faire du ~-à-~ à qn** hacer el boca a boca a algn; **~ de métro/d'incendie** boca de metro/de incendios
bouché, e [buʃe] *adj* (*flacon*) tapado(-a); (*temps, ciel*) encapotado(-a); (*personne, carrière*) cerrado(-a)
bouchée [buʃe] *nf* bocado; **~ à la reine** *pastel de hojaldre de pollo*
boucher [buʃe] *nm* carnicero; (*colmater*) rellenar; (*passage*) cerrar; (*porte*) obstruir; **se ~** *vpr* (*tuyau*) taponarse; **se ~ le nez** taparse la nariz; **boucherie** *nf* carnicería *m*
bouchon [buʃɔ̃] *nm* (*en liège*) corcho; (*autre matière*) tapón *m*; (*embouteillage*) atasco; (*PÊCHE*) flotador *m*
boucle [bukl] *nf* curva; (*objet*) argolla; (*de ceinture*) hebilla; **~ (de cheveux)** bucle; **~s d'oreilles** pendientes *mpl*, aretes *mpl* (*esp AM*)
bouclé, e [bukle] *adj* (*cheveux, personne*) ensortijado(-a)
boucler [bukle] *vt* (*ceinture etc*) cerrar, ajustar; (*affaire*) concluir; (*budget*) equilibrar; (*enfermer*) encerrar
bouder [bude] *vi* enojarse
boudin [budɛ̃] *nm* (*CULIN*) morcilla
boue [bu] *nf* barro, fango
bouée [bwe] *nf* (*de baigneur*) flotador *m*; **~ (de sauvetage)** salvavidas *m inv*
boueux, -euse [bwø, øz] *adj* fangoso(-a)
bouffe [buf] (*fam*) *nf* comilona
bouffée [bufe] *nf* bocanada
bouffer [bufe] *vi* (*fam*) jalar
bouffi, e [bufi] *adj* hinchado(-a)
bouger [buʒe] *vi* moverse; (*changer*) alterarse; (*agir*) agitarse ♦ *vt* mover
bougie [buʒi] *nf* vela; (*AUTO*) bujía
bouillabaisse [bujabɛs] *nf* sopa de pescado
bouillant, e [bujɑ̃, ɑ̃t] *adj* hirviendo
bouillie [buji] *nf* gachas *fpl*; (*de bébé*) papilla; **en ~** (*fig*) en papilla
bouillir [bujiʀ] *vi* hervir ♦ *vt* (*gén*: *faire bouillir*) hervir
bouilloire [bujwaʀ] *nf* hervidor *m*
bouillon [bujɔ̃] *nm* (*CULIN*) caldo; **bouillonner** *vi* borbotear
bouillotte [bujɔt] *nf* calentador *m*, bolsa de agua caliente
boulanger, -ère [bulɑ̃ʒe, ʒɛʀ] *nm/f* panadero(-a); **boulangerie** *nf* panadería
boule [bul] *nf* bola; (*pour jouer*) bolo; **~ de neige** bola de nieve
boulette [bulɛt] *nf* (*petite boule*) bolita
boulevard [bulvaʀ] *nm* bulevar *m*
bouleversant, e [bulvɛʀsɑ̃, ɑ̃t] *adj* (*émouvant*) conmovedor(a)
bouleversement [bulvɛʀsəmɑ̃] *nm* trastorno
bouleverser [bulvɛʀse] *vt* (*changer*) trastornar; (*émouvoir*) conmover; (*causer du chagrin à*) afectar
boulon [bulɔ̃] *nm* perno
boulot, te [bulo, ɔt] (*fam*) *nm* trabajo, curro
boum [bum] *nm* bum *m* ♦ *nf* fiesta
bouquet [bukɛ] *nm* (*de fleurs*) ramo, ramillete *m*
bouquin [bukɛ̃] (*fam*) *nm* libro; **bouquiner** (*fam*) *vi* leer; **bouquiniste** *nm/f* librero de viejo
bourdon [buʀdɔ̃] *nm* abejorro
bourg [buʀ] *nm* burgo
bourgeois, e [buʀʒwa, waz] *adj* (*souvent péj*) burgués(-esa); **bourgeoisie** *nf* burguesía
bourgeon [buʀʒɔ̃] *nm* brote *m*, yema
Bourgogne [buʀgɔɲ] *nf* Borgoña ♦ *nm*: **b~** (*vin*) vino de borgoña
bourguignon, ne [buʀgiɲɔ̃, ɔn] *adj*, *nm/f* borgoñón(-ona); **(bœuf) ~** encebollado de vaca
bourrasque [buʀask] *nf* borrasca
bourratif, -ive [buʀatif, iv] *adj* pesado(-a)

bourré, e [buʀe] *adj* (*fam*) trompa *inv*; **~ de** (*rempli*) cargado(-a) de
bourrer [buʀe] *vt* (*valise, poêle*) rellenar
bourru, e [buʀy] *adj* rudo(-a)
bourse [buʀs] *nf* (*subvention*) beca; (*porte-monnaie*) bolsa; **la B~** la Bolsa
boursier, -ière [buʀsje, jɛʀ] *adj* (*élève*) becario(-a); (COMM) bursátil ♦ *nm/f* becario(-a)
bous [bu] *vb voir* **bouillir**
bousculade [buskylad] *nf* (*précipitation*) atropello; **bousculer** *vt* empujar; (*presser*) meter prisa a
boussole [busɔl] *nf* brújula
bout[1] [bu] *vb voir* **bouillir**
bout[2] [bu] *nm* (*morceau*) trozo; (*extrémité*) punta; (*de table*) extremo; (*fin, rue*) final *m*; **au ~ de** (*après*) al cabo de, al final de; **pousser qn à ~** poner a algn al límite; **venir à ~ de qch** terminar algo; **venir à ~ de qn** poder con algn
bouteille [butɛj] *nf* botella; (*de gaz*) bombona
boutique [butik] *nf* tienda
bouton [butɔ̃] *nm* botón *m*; (*sur la peau*) grano; **boutonner** *vt* abotonar; **boutonnière** *nf* ojal *m*
bovin, e [bɔvɛ̃, in] *adj* bovino(-a); **~s** *nmpl* ganado *msg* bovino
bowling [buliŋ] *nm* juego de bolos; (*salle*) bolera
boxe [bɔks] *nf* boxeo, box *m* (AM); **boxeur, -euse** *nm/f* boxeador(a)
BP [bepe] *sigle f* (= *boîte postale*) Apdo. (= *Apartado de correos*), C.P. *f* (AM) (= *Casilla Postal*)
bracelet [bʀaslɛ] *nm* pulsera
braconnier [bʀakɔnje] *nm* cazador *m*/pescador *m* furtivo
brader [bʀade] *vt* vender a precio de saldo; **braderie** *nf* (*marché*) mercadillo
braguette [bʀagɛt] *nf* bragueta
braise [bʀɛz] *nf* brasas *fpl*
brancard [bʀɑ̃kaʀ] *nm* (*civière*) camilla; **brancardier** *nm* camillero
branche [bʀɑ̃ʃ] *nf* rama
branché, e [bʀɑ̃ʃe] (*fam*) *adj* (*personne*) a la última; (*boîte de nuit*) de moda
brancher [bʀɑ̃ʃe] *vt* enchufar
brandir [bʀɑ̃diʀ] *vt* (*arme*) blandir
braquer [bʀake] *vi* (AUTO) girar ♦ *vt* (*regard*) clavar; **~ qch sur qn** (*revolver*) apuntar a algn con algo
bras [bʀɑ] *nm* brazo; **~ droit** (*fig*) brazo derecho
brassard [bʀasaʀ] *nm* brazalete *m*
brasse [bʀas] *nf* braza; **~ papillon** braza mariposa
brassée [bʀase] *nf* brazada
brasser [bʀase] *vt* (*bière*) fabricar; (*remuer*) mezclar
brasserie [bʀasʀi] *nf* (*restaurant*) cervecería; (*usine*) fábrica de cerveza
brave [bʀav] *adj* (*courageux, aussi péj*) valiente; (*bon, gentil*) bueno(-a)
braver [bʀave] *vt* (*ordre*) desafiar; (*danger*) afrontar
bravo [bʀavo] *excl, nm* bravo
bravoure [bʀavuʀ] *nf* bravura
break [bʀɛk] *nm* (AUTO) ranchera
brebis [bʀəbi] *nf* oveja
bredouiller [bʀəduje] *vi, vt* farfullar
bref, brève [bʀɛf, ɛv] *adj* breve ♦ *adv* total
Brésil [bʀezil] *nm* Brasil *m*; **brésilien, ne** *adj* brasileño(-a) ♦ *nm/f*: **Brésilien, ne** brasileño(-a)
Bretagne [bʀətaɲ] *nf* Bretaña
bretelle [bʀətɛl] *nf* (*de vêtement*) tirante *m*; (*d'autoroute*) enlace *m*; **~s** *nfpl* (*pour pantalons*) tirantes *mpl*, suspensores *mpl* (AM)
breton, ne [bʀətɔ̃, ɔn] *adj* bretón(-ona)
brève [bʀɛv] *adj f voir* **bref**
brevet [bʀəvɛ] *nm* certificado; **~ (d'invention)** patente *f*; **breveté, e** *adj* (*invention*) patentado(-a)
bricolage [bʀikɔlaʒ] *nm* bricolaje *m*
bricoler [bʀikɔle] *vi* hacer chapuzas; (*passe-temps*) hacer bricolaje; **bricoleur, -euse** *nm/f* mañoso(-a), manitas *m/f inv*
bridge [bʀidʒ] *nm* (*jeu*) bridge *m*
brièvement [bʀijɛvmɑ̃] *adv* brevemente
brigade [bʀigad] *nf* (*gén*) cuadrilla; (POLICE, MIL) brigada; **brigadier** *nm* (MIL) cabo; (POLICE) jefe *m*

brillamment [bʀijamɑ̃] *adv* estupendamente
brillant, e [bʀijɑ̃, ɑ̃t] *adj* brillante; (*luisant*) reluciente ♦ *nm* brillante *m*
briller [bʀije] *vi* brillar
brin [bʀɛ̃] *nm* hebra; **un ~ de** (*fig*) una pizca de; **~ d'herbe** brizna de hierba
brindille [bʀɛ̃dij] *nf* ramita
brioche [bʀijɔʃ] *nf* bollo, queque *m* (*AM*); (*fam: ventre*) buche *m*
brique [bʀik] *nf* ladrillo ♦ *adj inv* (*couleur*) de color teja
briquet [bʀikɛ] *nm* mechero, encendedor *m*
brise [bʀiz] *nf* brisa
briser [bʀize] *vt* (*casser*) romper; (*fig*) arruinar, destrozar; (*grève*) romper; **se ~** *vpr* romperse
britannique [bʀitanik] *adj* británico(-a)
brocante [bʀɔkɑ̃t] *nf* (*objets*) baratillo; **brocanteur, -euse** *nm/f* chamarilero(-a)
broche [bʀɔʃ] *nf* (*bijou*) broche *m*; (*MÉD*) alambre *m*; **à la ~** (*CULIN*) al asador
broché, e [bʀɔʃe] *adj* (*livre*) en rústica
brochet [bʀɔʃɛ] *nm* lucio
brochette [bʀɔʃɛt] *nf* pincho, brocheta
brochure [bʀɔʃyʀ] *nf* folleto
broder [bʀɔde] *vt* bordar; **broderie** *nf* bordado
bronches [bʀɔ̃ʃ] *nfpl* bronquios *mpl*; **bronchite** *nf* bronquitis *f inv*
bronze [bʀɔ̃z] *nm* bronce *m*
bronzer [bʀɔ̃ze] *vi* broncearse; **se ~** *vpr* broncearse
brosse [bʀɔs] *nf* cepillo, escobilla (*AM*); **coiffé en ~** peinado al cepillo; **~ à cheveux** cepillo para el pelo; **~ à dents/à habits** cepillo de dientes/de (la) ropa; **brosser** *vt* (*nettoyer*) cepillar; (*fig*) bosquejar; **se brosser les dents** cepillarse los dientes
brouette [bʀuɛt] *nf* carretilla
brouillard [bʀujaʀ] *nm* niebla
brouiller [bʀuje] *vt* mezclar; (*embrouiller*) embarullar, enredar; (*rendre trouble, confus*) enturbiar; (*amis*) enemistar; **se ~** *vpr* (*vue*) nublarse; **se ~ (avec)** enfadarse (con)
brouillon, ne [bʀujɔ̃, ɔn] *adj* desordenado(-a) ♦ *nm* (*écrit*) borrador *m*, copia en sucio
broussailles [bʀusɑj] *nfpl* maleza *fsg*; **broussailleux, -euse** *adj* cubierto(-a) de maleza
brousse [bʀus] *nf* monte *m* bajo
brouter [bʀute] *vt* pacer
brugnon [bʀyɲɔ̃] *nm* nectarina
bruiner [bʀɥine] *vi*: **il bruine** llovizna
bruit [bʀɥi] *nm* ruido; (*rumeur*) rumor *m*; **sans ~** sin ruido; **~ de fond** ruido de fondo
brûlant, e [bʀylɑ̃, ɑ̃t] *adj* ardiente; (*liquide*) hirviendo
brûlé, e [bʀyle] *adj* (*démasqué*) descubierto(-a) ♦ *nm*: **odeur de ~** olor *m* a quemado
brûler [bʀyle] *vt* quemar; (*suj: eau bouillante*) escaldar; (*feu rouge, signal*) saltarse ♦ *vi* (*se consumer*) consumirse; (*jeu*): **tu brûles** caliente-caliente; **se ~** *vpr* (*accidentellement*) quemarse
brûlure [bʀylyʀ] *nf* (*lésion*) quemadura; **~s d'estomac** ardores *mpl* de estómago
brume [bʀym] *nf* bruma
brun, e [bʀœ̃, bʀyn] *adj* moreno(-a)
brushing [bʀœʃiŋ] *nm* marcado; **faire un ~** lavar y marcar
brusque [bʀysk] *adj* (*soudain*) repentino(-a); (*rude*) brusco(-a)
brut, e [bʀyt] *adj* bruto(-a); **(pétrole) ~** crudo
brutal, e, -aux [bʀytal, o] *adj* brutal; (*franchise*) rudo(-a)
Bruxelles [bʀysɛl] *n* Bruselas
bruyamment [bʀɥijamɑ̃] *adv* ruidosamente
bruyant, e [bʀɥijɑ̃, ɑ̃t] *adj* ruidoso(-a)
bruyère [bʀyjɛʀ] *nf* brezo
BTS [beteɛs] *sigle m* (= *brevet de technicien supérieur*) *diploma de enseñanza técnica*
bu, e [by] *pp de* **boire**
buccal, e, -aux [bykal, o] *adj*: **par**

voie ~e por vía oral
bûche [byʃ] *nf* leño; **~ de Noël** bizcocho de navidad
bûcher [byʃe] *vi, vt* (*fam*) empollar
budget [bydʒɛ] *nm* presupuesto
buée [bɥe] *nf* vaho
buffet [byfɛ] *nm* (*meuble*) aparador *m*; (*de réception*) buffet *m*; **~ (de gare)** cantina (de estación)
buis [bɥi] *nm* boj *m*
buisson [bɥisɔ̃] *nm* matorral *m*
bulbe [bylb] *nm* bulbo
Bulgarie [bylgaʀi] *nf* Bulgaria
bulle [byl] *nf* burbuja
bulletin [byltɛ̃] *nm* boletín *m*; (*papier*) folleto; **~ d'informations** boletín informativo; **~ (de vote)** papeleta
bureau, x [byʀo] *nm* (*meuble*) escritorio; (*pièce*) despacho; **~ de change/de poste** oficina de cambio/de correos; **~ de tabac** estanco
bureaucratie [byʀokʀasi] *nf* burocracia
bus1 [by] *vb voir* **boire**
bus2 [bys] *nm* autobús *m*, bus *m* (*esp* AM), camión *m* (MEX)
buste [byst] *nm* busto
but1 [by] *vb voir* **boire**
but2 [byt] *nm* (*cible*) meta; (*d'un voyage*) destino; (*d'une entreprise, d'une action*) objetivo; (FOOTBALL: *limites*) portería, arco (AM); **avoir pour ~ de faire** tener como objetivo hacer; **dans le ~ de** con el propósito de
butane [bytan] *nm* butano
butiner [bytine] *vt, vi* libar
buvais *etc* [byvɛ] *vb voir* **boire**
buvard [byvaʀ] *nm* secante *m*
buvette [byvɛt] *nf* puesto de bebidas

C, c

c' [s] *dét voir* **ce**
CA *sigle m* (= *chiffre d'affaires*) *voir* **chiffre**; (= *conseil d'administration*) *voir* **conseil**
ça [sa] *pron* (*proche*) esto; (*pour désigner*) eso; (*plus loin*) aquello; **~ va?** ¿qué tal?; (*d'accord?*) ¿vale?; **~ alors!** (*désapprobation*) ¡pero bueno!; (*étonnement*) ¡y entonces!
çà [sa] *adv*: **~ et là** aquí y allá
cabane [kaban] *nf* cabaña
cabaret [kabaʀɛ] *nm* cabaret *m*
cabillaud [kabijo] *nm* bacalao fresco
cabine [kabin] *nf* cabina; (*de bateau*) camarote *m*; (*de plage*) caseta; **~ d'essayage** probador *m*; **~ (téléphonique)** cabina (telefónica), locutorio
cabinet [kabinɛ] *nm* (*aussi* POL) gabinete *m*; (*de médecin*) gabinete, consulta; (*d'avocat, de notaire*) gabinete, despacho; **~s** *nmpl* servicios *mpl*; **~ de toilette** cuarto de aseo
câble [kɑbl] *nm* cable *m*
cacahuète [kakaɥɛt] *nf* cacahuete *m*, maní *m* (AM), cacahuate *m* (AM)
cacao [kakao] *nm* cacao
cache [kaʃ] *nf* (*cachette*) escondite *m*
cache-cache [kaʃkaʃ] *nm inv*: **jouer à ~-~** jugar al escondite
cachemire [kaʃmiʀ] *nm* cachemira, cachemir *m*
cacher [kaʃe] *vt* ocultar, esconder; **se ~** *vpr* esconderse, ocultarse; **~ qch à qn** ocultar algo a algn
cachet [kaʃɛ] *nm* (MÉD) pastilla
cachette [kaʃɛt] *nf* escondite *m*; **en ~** a escondidas
cactus [kaktys] *nm inv* cactus *m inv*
cadavre [kadɑvʀ] *nm* cadáver *m*
caddie [kadi] *nm* (*au supermarché*) carrito
cadeau, x [kado] *nm* regalo; **faire un ~ à qn** hacer un regalo a algn
cadenas [kadnɑ] *nm* candado
cadet, te [kadɛ, ɛt] *adj* (*plus jeune*) menor; (*le plus jeune*) menor, más pequeño(-a) ♦ *nm/f* (*de la famille*) benjamín(-ina)
cadran [kadʀɑ̃] *nm* (*de pendule, montre*) esfera; **~ solaire** reloj *m* de sol
cadre [kɑdʀ] *nm* marco ♦ *nm/f* (ADMIN) ejecutivo(-a), cuadro; **dans le ~ de** (*fig*) en el marco de
cafard [kafaʀ] *nm* cucaracha; **avoir**

le ~ (*fam*) estar melancólico(-a)
café [kafe] *nm* café *m*; **~ noir** café solo; **~ tabac** café-estanco; **cafetière** *nf* cafetera
cage [kaʒ] *nf* jaula
cageot [kaʒo] *nm* caja
cagoule [kagul] *nf* (*ski etc*) gorro
cahier [kaje] *nm* (*de classe*) cuaderno, libreta; **~ d'exercices** cuaderno de ejercicios; **~ de brouillon** cuaderno de sucio
caille [kaj] *nf* codorniz *f*
caillou, x [kaju] *nm* guijarro, piedra; **caillouteux, -euse** *adj* pedregoso(-a)
caisse [kɛs] *nf* caja; (*recettes*) caja, recaudación *f*; **~ d'épargne/de retraite** caja de ahorros/de jubilaciones; **caissier, -ière** *nm/f* cajero(-a)
cake [kɛk] *nm* plum-cake *m*
calandre [kalɑ̃dʀ] *nf* (AUTO) rejilla del radiador, calandra
calcaire [kalkɛʀ] *nm* caliza ♦ *adj* calcáreo(-a); (GÉO) calcáreo(-a), calizo(-a)
calcul [kalkyl] *nm* (*aussi fig*) cálculo; **~ (biliaire)** cálculo (biliar); **calculatrice** *nf* calculadora; **calculer** *vt* calcular; **calculette** *nf* calculadora de bolsillo
cale [kal] *nf* (*de bateau*) bodega; (*en bois*) cuña
calé, e [kale] *adj* (*fam*: *personne*) empollado(-a)
caleçon [kalsɔ̃] *nm* calzoncillos *mpl*
calendrier [kalɑ̃dʀije] *nm* calendario; (*programme*) calendario, programa *m*
calepin [kalpɛ̃] *nm* agenda
caler [kale] *vt* (*fixer*) calzar, fijar ♦ *vi* (*fig*: *ne plus pouvoir continuer*) rendirse; **~ (son moteur/véhicule)** calar (el motor/vehículo)
calibre [kalibʀ] *nm* (*d'une arme*) calibre *m*; (*fig*) calibre, envergadura
câlin, e [kɑlɛ̃, in] *adj* mimoso(-a)
calmant, e [kalmɑ̃, ɑ̃t] *adj, nm* calmante *m*
calme [kalm] *adj* tranquilo(-a); (*ville, mer, endroit*) tranquilo(-a), apacible ♦ *nm* (*d'un lieu*) tranquilidad *f*; **~ plat** (NAUT) calma chicha; **calmer** *vt* tranquilizar, calmar; (*douleur, colère*) calmar, sosegar; **se calmer** *vpr* calmarse; (*personne*) calmarse, tranquilizarse
calorie [kalɔʀi] *nf* caloría
camarade [kamaʀad] *nm/f* compañero(-a), amigo(-a); (POL, SYNDICATS) camarada *m/f*
cambriolage [kɑ̃bʀijɔlaʒ] *nm* robo (con efracción); **cambrioler** *vt* robar (con efracción); **cambrioleur, -euse** *nm/f* atracador(a), ladrón(-ona)
camelote [kamlɔt] *nf* (*fam*) baratija
caméra [kameʀa] *nf* cámara
caméscope [kameskɔp] *nm* cámara de vídeo
camion [kamjɔ̃] *nm* camión *m*; **camionnette** *nf* camioneta; **camionneur** *nm* (*chauffeur*) camionero(-a)
camomille [kamɔmij] *nf* manzanilla
camp [kɑ̃] *nm* (*militaire, d'expédition*) campo, campamento; (*réfugiés, prisonniers*) campamento; (*fig*) campo
campagnard, e [kɑ̃paɲaʀ, aʀd] *adj, nm/f* campesino(-a)
campagne [kɑ̃paɲ] *nf* campo; (MIL, POL, COMM) campaña; **à la ~** en el campo; **~ électorale** campaña electoral
camper [kɑ̃pe] *vi* acampar; **campeur, -euse** *nm/f* campista *m/f*
camping [kɑ̃piŋ] *nm* camping *m*; **(terrain de) ~** (terreno de) camping; **faire du ~** hacer camping; **camping-car** (*pl* **camping-cars**) *nm* coche caravana *m*
Canada [kanada] *nm* Canadá *m*; **canadien, ne** *adj* canadiense; **canadienne** *nf* (*veste*) cazadora
canal, -aux [kanal, o] *nm* (*rivière*) canal *m*; **canalisation** *nf* (*d'un cours d'eau*) canalización *f*; (*tuyau*) canalización, cañería
canapé [kanape] *nm* (*fauteuil*) canapé *m*, sofá *m*; (CULIN) canapé
canard [kanaʀ] *nm* pato
cancer [kɑ̃sɛʀ] *nm* (*aussi fig*) cáncer *m*; (ASTROL): **le C~** Cáncer *m*

candidat, e [kɑ̃dida, at] *nm/f* (*examen,* POL) candidato(-a); (*à un poste*) candidato(-a), aspirante *m/f*; **candidature** *nf* candidatura; **poser sa candidature** presentar su candidatura

cane [kan] *nf* pata

canette [kanɛt] *nf* (*de bière*) botellín *m*

canevas [kanvɑ] *nm* (COUTURE) cañamazo

caniche [kaniʃ] *nm* caniche *m*

canicule [kanikyl] *nf* canícula

canif [kanif] *nm* navaja

canne [kan] *nf* bastón *m*; **~ à pêche** caña de pescar; **~ à sucre** caña de azúcar

cannelle [kanɛl] *nf* canela

canoë [kanɔe] *nm* canoa; **~ (kayak)** (SPORT) piragüismo

canot [kano] *nm* (*bateau*) bote *m*, lancha; **~ de sauvetage** bote salvavidas; **~ pneumatique** bote neumático

cantatrice [kɑ̃tatʀis] *nf* cantante *f*

cantine [kɑ̃tin] *nf* (*réfectoire*) cantina

canton [kɑ̃tɔ̃] *nm* (*en France*) distrito; (*en Suisse*) cantón *m*

caoutchouc [kautʃu] *nm* caucho; (*bande élastique*) goma

CAP [seape] *sigle m* (= *certificat d'aptitude professionnelle*) ≃ título de FP1

cap [kap] *nm* (GÉO) cabo

capable [kapabl] *adj* (*compétent*) competente; **~ de faire** capaz de hacer; **il est ~ d'oublier** es capaz de olvidar

capacité [kapasite] *nf* capacidad *f*

cape [kap] *nf* capa

CAPES [kapes] *sigle m* (= *certificat d'aptitude au professorat de l'enseignement du second degré*) *título de profesor de enseñanza secundaria*

capitaine [kapitɛn] *nm* capitán *m*

capital, e, -aux [kapital, o] *adj, nm* capital *m*; **capitaux** *nmpl* (*fonds*) capitales *mpl*; **capitale** *nf* (*ville*) capital *f*; (*lettre*) mayúscula; **capitalisme** *nm* capitalismo; **capitaliste** *adj, nm/f* capitalista *m/f*

caporal, -aux [kapɔʀal, o] *nm* cabo

capot [kapo] *nm* capó

câpre [kɑpʀ] *nf* alcaparra

caprice [kapʀis] *nm* capricho, antojo; **capricieux, -euse** *adj* caprichoso(-a)

Capricorne [kapʀikɔʀn] *nm* (ASTROL) Capricornio

capsule [kapsyl] *nf* cápsula; (*de bouteille*) cápsula, chapa

capter [kapte] *vt* captar

captivant, e [kaptivɑ̃, ɑ̃t] *adj* cautivador(-a)

capturer [kaptyʀe] *vt* capturar, apresar

capuche [kapyʃ] *nf* capucha

capuchon [kapyʃɔ̃] *nm* capuchón *m*

car [kaʀ] *nm* autocar *m* ♦ *conj* pues, porque

carabine [kaʀabin] *nf* carabina

caractère [kaʀaktɛʀ] *nm* (*humeur, tempérament*) carácter *m*; (*de choses*) naturaleza; (*cachet*) carácter, personalidad *f*; **avoir bon/mauvais ~** tener buen/mal carácter; **en ~s gras** en negrita; **en ~s d'imprimerie** en letras mayúsculas

caractériser [kaʀakteʀize] *vt* caracterizar; **se ~ par** *vpr* caracterizarse por

caractéristique [kaʀakteʀistik] *adj* característico(-a) ♦ *nf* característica

carafe [kaʀaf] *nf* (*d'eau, de vin*) jarra

caraïbe [kaʀaib] *adj* caribeño(-a); **les C~s** *nfpl* el Caribe

caramel [kaʀamɛl] *nm* caramelo; (*bonbon*) caramelo blando

caravane [kaʀavan] *nf* caravana; **caravaning** *nm* (*camping*) camping *m* en caravana

carbone [kaʀbɔn] *nm* carbono; (*aussi: papier ~*) papel *m* carbón; **carbonique** *adj* carbónico(-a); **carbonisé, e** *adj* carbonizado(-a)

carburant [kaʀbyʀɑ̃] *nm* carburante *m*

carburateur [kaʀbyʀatœʀ] *nm* carburador *m*

cardiaque [kaʀdjak] *adj, nm/f* cardíaco(-a)

cardigan [kaʀdigɑ̃] *nm* rebeca

cardiologue [kaʀdjɔlɔg] *nm/f* cardiólogo(-a)

carême [karɛm] *nm*: **le C~** Cuaresma
carence [karɑ̃s] *nf* (*manque*) carencia
caresse [karɛs] *nf* caricia
caresser [karese] *vt* acariciar
cargaison [kargɛzɔ̃] *nf* carga, cargamento
cargo [kargo] *nm* carguero, buque *m* de carga
caricature [karikatyr] *nf* caricatura
carie [kari] *nf* caries *f inv*; **la ~ (dentaire)** la caries (dental)
carnaval [karnaval] *nm* carnaval *m*
carnet [karnɛ] *nm* libreta; (*de loterie etc*) taco; (*de timbres*) cuadernillo; **~ de chèques** talonario de cheques
carotte [karɔt] *nf* zanahoria
carré, e [kare] *adj* cuadrado(-a); **mètre/kilomètre ~** metro/kilómetro cuadrado
carreau, x [karo] *nm* (*par terre*) baldosa; (*de fenêtre*) cristal *m*; (*CARTES: couleur*) diamante *mpl*; (*carte*) diamante *m*; **papier/tissu à ~x** papel *m*/tela de cuadros
carrefour [karfur] *nm* encrucijada
carrelage [karlaʒ] *nm* (*sol*) embaldosado
carrelet [karlɛ] *nm* (*poisson*) platija, acedía
carrément [karemɑ̃] *adv* (*franchement*) francamente; (*sans détours, sans hésiter*) directamente; (*nettement*) verdaderamente
carrière [karjɛr] *nf* (*de craie, sable*) cantera; (*métier*) carrera; **militaire de ~** militar *m* de carrera
carrosserie [karɔsri] *nf* carrocería
carrure [karyr] *nf* (*d'une personne*) anchura de espalda; (*fig*) clase *f*
cartable [kartabl] *nm* cartera
carte [kart] *nf* mapa *m*; (*GÉO, au restaurant*) carta; (*CARTES*) carta, naipe *m*; (*d'abonnement etc*) abono; (*aussi:* **~ postale**) postal *f*; (*aussi:* **~ de visite**) tarjeta; **à la ~** a la carta; **~ bancaire/de crédit** tarjeta bancaria/de crédito; **~ de séjour** permiso de residencia; **~ d'identité** carnet de identidad, documento nacional de identidad, cédula (de identidad) (*AM*); **~ grise** documentación *f* de un automóvil; **~ routière** mapa de carreteras
carter [kartɛr] *nm* cárter *m*
carton [kartɔ̃] *nm* (*matériau, ART*) cartón *m*; (*boîte*) caja (de cartón)
cartouche [kartuʃ] *nf* (*de fusil*) cartucho; (*de stylo*) cartucho, recambio; (*de cigarettes*) cartón *m*
cas [kɑ] *nm* caso; **faire peu de ~/grand ~ de** hacer poco/mucho caso a; **le ~ échéant** llegado el caso; **en aucun ~** en ningún caso, bajo ningún concepto; **au ~ où** en caso de que, por si acaso; **en ~ de** en caso de; **en ~ de besoin** en caso de necesidad; **en tout ~** de todas maneras
case [kɑz] *nf* casilla; (*hutte*) choza; (*pour le courrier*) casillero
caser [kɑze] *vt* colocar
caserne [kazɛrn] *nf* cuartel *m*
casier [kɑzje] *nm* casillero; **~ judiciaire** antecedentes *mpl* penales
casino [kazino] *nm* casino
casque [kask] *nm* casco; (*chez le coiffeur*) secador *m*; (*pour audition*) casco, auricular *m*
casquette [kaskɛt] *nf* gorra
casse-croûte [kaskrut] *nm inv* tentempié *m*
casse-noix [kasnwa] *nm inv* cascanueces *m inv*
casse-pieds [kaspje] (*fam*) *adj, nm/f inv* pesado(-a)
casser [kɑse] *vt* (*verre etc*) romper; **se ~** *vpr* romperse; **~ les prix** romper los precios
casserole [kasrɔl] *nf* cacerola, cazuela
casse-tête [kɑstɛt] *nm inv* (*fig*) quebradero de cabeza
cassette [kasɛt] *nf* (*bande magnétique*) cassette *f*, casete *f*
cassis [kasis] *nm* grosellero negro, casis *m*
cassoulet [kasulɛ] *nm* guiso de alubias
catalogue [katalɔg] *nm* catálogo
catalytique [katalitik] *adj*: **pot ~** catalizador *m*
catastrophe [katastrɔf] *nf* catástrofe *f*
catéchisme [kateʃism] *nm* catecismo

catégorie [kategɔʀi] *nf* categoría; **catégorique** *adj* categórico(-a), tajante
cathédrale [katedʀal] *nf* catedral *f*
catholique [katɔlik] *adj, nm/f* católico(-a); **pas très ~** (*fig*) no muy católico(-a)
cauchemar [koʃmaʀ] *nm* pesadilla
cause [koz] *nf* causa; **à ~ de** (*gén*) debido a; **pour ~ de** por causa de, por; **(et) pour ~** claro está; **être en ~** (*personne*) tener parte de culpa; (*qualité, intérêts etc*) estar en juego; **mettre en ~** culpar; **remettre en ~** poner en tela de juicio; **causer** *vt* causar ♦ *vi* charlar
caution [kosjɔ̃] *nf* (*argent,* JUR) fianza; (*fig*) garantía, aval *m*; **libéré sous ~** libre bajo fianza
cavalier, -ière [kavalje, jɛʀ] *nm/f* (*à cheval*) jinete *m/f*; (*au bal*) pareja
cave [kav] *nf* sótano; (*réserve de vins*) bodega
CD [sede] *sigle m* (= *compact disc*) CD *m*
CD-Rom [sedeʀɔm] *sigle m* CD-Rom

MOT-CLÉ

ce, c', cette [sə, sɛt] (*devant nm commençant par voyelle ou h aspiré* **cet**) (*pl* **ces**) *dét* (*proche*) este (esta); (*intermédiaire*) ese (esa); (*éloigné: plus loin*) aquel(la); **cette maison(-ci/là)** esta casa/esa *ou* aquella casa; **cette nuit** esta noche ♦ *pron* **1: c'est** es; **c'est un peintre/ ce sont des peintres** (*métier*) es un pintor/son pintores; (*en désignant*) es un pintor/son unos pintores; **c'est le facteur** (*à la porte*) es el cartero; **qui est-ce?** ¿quién es?; **c'est toi qui le dis** lo dices tú; **c'est toi qui lui as parlé** eres tú quien le hablaste; **c'est petit/grand** es pequeño/grande
2: **ce qui, ce que** lo que; (*chose qui*): **il est bête, ce qui me chagrine** es tonto, lo cual me apena; **tout ce qui bouge** todo lo que se mueve; **tout ce que je sais** todo lo que sé; **ce dont j'ai parlé** eso de lo que hablé; *voir aussi* **-ci**; **est-ce que**; **n'est-ce pas**; **c'est-à-dire**

ceci [səsi] *pron* esto
céder [sede] *vi* ceder; **~ à** (*tentation etc*) ceder a
CEDEX [sedɛks] *sigle m* (= *courrier d'entreprise à distribution exceptionnelle*) *correo especial para empresas*
CEI [seəi] *sigle f* (= *Communauté des États indépendants*) CEI *f* (= *Comunidad de los Estados Independientes*)
ceinture [sɛ̃tyʀ] *nf* cinturón *m*; (*d'un pantalon, d'une jupe*) cintura, cinturilla; **~ de sécurité** cinturón de seguridad
cela [s(ə)la] *pron* eso; (*plus loin*) aquello; **quand ~?** ¿cuándo?
célèbre [selɛbʀ] *adj* famoso(-a), célebre; **célébrer** *vt* celebrar; (*louer*) celebrar, encomiar
céleri [sɛlʀi] *nm*: **~(-rave)** apio (nabo); **~ en branche** apio
célibataire [selibatɛʀ] *adj* soltero(-a)
celle, celles [sɛl] *pron voir* **celui**
cellulite [selylit] *nf* celulitis *f inv*
celui, celle [səlɥi, sɛl] (*pl* **ceux,** *f* **celles**) *pron*: **~-ci** éste/ése; **celle-ci** ésta/ésa; **~-là/celle-là** aquél/aquélla; **ceux-ci/celles-ci** éstos/éstas; **ceux-là/celles-là** ésos *ou* aquéllos/ésas *ou* aquéllas; **~ de mon frère** el de mi hermano; **~ du salon/du dessous** el del salón/de abajo; **~ qui bouge** (*pour désigner*) el que se mueve; **~ que je vois** el que veo; **~ dont je parle** (*personne*) ése del que hablo; (*chose*) eso de lo que hablo; **~ qui veut** (*valeur indéfinie*) el que quiera
cendre [sɑ̃dʀ] *nf* ceniza; **~s** *nfpl* cenizas *fpl*; **sous la ~** (CULIN) en las cenizas; **cendrier** *nm* cenicero
censé, e [sɑ̃se] *adj*: **je suis ~ faire 7 h par jour** se supone que hago 7 horas diarias
censeur [sɑ̃sœʀ] *nm* (*du lycée*) subdirector *m*; (POL, PRESSE, CINÉ) censor *m*
censure [sɑ̃syʀ] *nf* censura; **censurer** *vt* censurar

cent [sɑ̃] *adj* (*avant un nombre*) ciento; (*avant un substantif*) cien ♦ *nm* ciento; (*MATH*) cien *m inv*; **~ cinquante** ciento cincuenta; **~ francs** cien francos; **pour ~** por ciento; **centaine** *nf* centena; **une centaine (de)** un centenar (de); **plusieurs centaines (de)** varios centenares (de); **des centaines (de)** centenares (de); **centenaire** *adj, nm/f* centenario(-a) ♦ *nm* (*anniversaire*) centenario; **centième** *adj, nm/f* centésimo(-a); **un centième de seconde** una centésima de segundo; *voir aussi* **cinquantième**; **centigrade** *nm* centígrado; **centilitre** *nm* centilitro; **centime** *nm* céntimo; **centimètre** *nm* centímetro; (*ruban*) cinta métrica

central, e, -aux [sɑ̃tʀal, o] *adj* central; **centrale** *nf* (*prison*) central *f*; **centrale électrique/nucléaire** central eléctrica/nuclear

centre [sɑ̃tʀ] *nm* centro; **le ~** (*POL*) el centro; **~ commercial/culturel** centro comercial/cultural; **centre-ville** (*pl* **centres-villes**) *nm* centro de la ciudad

cèpe [sɛp] *nm* seta

cependant [s(ə)pɑ̃dɑ̃] *conj* sin embargo, no obstante

céramique [seʀamik] *nf* cerámica

cercle [sɛʀkl] *nm* círculo

cercueil [sɛʀkœj] *nm* ataúd *m*, féretro

céréale [seʀeal] *nf* cereal *m*

cérémonie [seʀemɔni] *nf* ceremonia

cerf [sɛʀ] *nm* ciervo

cerf-volant [sɛʀvɔlɑ̃] (*pl* **~s-~s**) *nm* cometa

cerise [s(ə)ʀiz] *nf, adj inv* cereza; **cerisier** *nm* cerezo

cerner [sɛʀne] *vt* (*armée, ville*) cercar; (*problème*) delimitar

certain, e [sɛʀtɛ̃, ɛn] *adj* (*indéniable*) cierto(-a), seguro(-a); (*personne*): **~ (de/que)** seguro(-a) (de/de que), convencido(-a) (de/de que) ♦ *dét*: **un ~ Georges** un tal Georges; **d'un ~ âge** de cierta edad; **un ~ temps** cierto tiempo; **certainement** *adv* (*probablement*) probablemente; (*bien sûr*) sin duda, por supuesto

certes [sɛʀt] *adv* (*bien sûr*) por supuesto

certificat [sɛʀtifika] *nm* certificado

certifier [sɛʀtifje] *vt* asegurar

certitude [sɛʀtityd] *nf* certeza

cerveau, x [sɛʀvo] *nm* cerebro

cervelas [sɛʀvəla] *nm salchicha corta y gruesa de carne y sesos*

cervelle [sɛʀvɛl] *nf* (*CULIN*) sesos *mpl*

CES [seəɛs] *sigle m* (= *collège d'enseignement secondaire*) ≃ Instituto de Enseñanza Media

ces [se] *dét voir* **ce**

cesse [sɛs]: **sans ~** *adv* sin parar; **n'avoir de ~ que** no descansar hasta que; **cesser** *vt* detener ♦ *vi* parar, cesar; **cesser de faire** dejar de hacer; **cessez-le-feu** *nm inv* alto el fuego

c'est-à-dire [sɛtadiʀ] *adv* es decir; (*manière d'excuse*) es decir que

cet, cette [sɛt] *dét voir* **ce**

ceux [sø] *pron voir* **celui**

chacun, e [ʃakœ̃, yn] *pron* cada uno(-a)

chagrin [ʃagʀɛ̃] *nm* pena; **avoir du ~** sentir pena

chahut [ʃay] *nm* jaleo; **chahuter** *vt* incordiar ♦ *vi* alborotar

chaîne [ʃɛn] *nf* cadena; (*TV*) cadena, canal *m*; **travail à la ~** trabajo en cadena; **~ (de fabrication)/(de montage)** cadena (de fabricación)/(de montaje); **~ (de montagnes)** cadena (de montañas), cordillera; **~ (hi-fi)** cadena (hi-fi) *ou* equipo de música; **~ stéréo** cadena *ou* equipo estéreo

chair [ʃɛʀ] *nf* carne *f*; **avoir la ~ de poule** tener la carne *ou* piel de gallina

chaise [ʃɛz] *nf* silla; **~ longue** tumbona, hamaca

châle [ʃɑl] *nm* chal *m*

chaleur [ʃalœʀ] *nf* calor *m*; **chaleureux, -euse** *adj* (*accueil, gens*) caluroso(-a)

chamailler [ʃamɑje]: **se ~** (*fam*) *vpr* reñir

chambre [ʃɑ̃bʀ] *nf* (*d'un logement*) habitación *f*, cuarto; (*TECH, POL, COMM*) cámara; **~ à air** cámara de aire; **~ à coucher** dormitorio; **~ à un lit/deux lits** (*à l'hôtel*) habitación individual/ doble; **~ d'amis** cuarto de invitados; **~ d'hôte** habitación de huéspedes; **~ meublée** habitación amueblada

chameau, x [ʃamo] *nm* camello

chamois [ʃamwa] *nm* gamuza

champ [ʃɑ̃] *nm* campo; **laisser le ~ libre à qn** dejar el campo libre a algn; **~ de courses** hipódromo

champagne [ʃɑ̃paɲ] *nm* champán *m*

champignon [ʃɑ̃piɲɔ̃] *nm* seta; (*BOT*) hongo; **~ de couche** *ou* **de Paris** champiñón

champion, ne [ʃɑ̃pjɔ̃, jɔn] *nm/f* (*SPORT*) campeón(-ona); (*d'une cause*) adalid *m/f*; **championnat** *nm* campeonato

chance [ʃɑ̃s] *nf* suerte *f*; (*occasion*) oportunidad *f*; **~s** *nfpl* (*probabilités*) posibilidades *fpl*; **bonne ~!** ¡buena suerte!; **je n'ai pas de ~** no tengo suerte

Chandeleur [ʃɑ̃dlœʀ] *nf*: **la ~** la Candelaria

change [ʃɑ̃ʒ] *nm* cambio

changement [ʃɑ̃ʒmɑ̃] *nm* cambio; **~ de vitesse** cambio de velocidades *ou* marchas

changer [ʃɑ̃ʒe] *vt* cambiar ♦ *vi* cambiar; **se ~** *vpr* cambiarse; **~ de** cambiar de; **~ de vitesse** (*AUTO*) cambiar de velocidad *ou* de marcha; **il faut ~ à Lyon** hay que cambiar en Lyon

chanson [ʃɑ̃sɔ̃] *nf* canción *f*

chant [ʃɑ̃] *nm* canto

chantage [ʃɑ̃taʒ] *nm* chantaje *m*; **faire du ~** chantajear *ou* hacer chantaje

chanter [ʃɑ̃te] *vt* cantar; (*louer*) alabar; **~ juste** cantar sin desafinar; **~ faux** desafinar; **si cela lui chante** (*fam*) si le apetece; **chanteur, -euse** *nm/f* cantante *m/f*

chantier [ʃɑ̃tje] *nm* obra; **~ naval** astillero

chantilly [ʃɑ̃tiji] *nf voir* **crème**

chantonner [ʃɑ̃tɔne] *vi, vt* canturrear

chapeau, x [ʃapo] *nm* sombrero; (*PRESSE*) entradilla; **~!** (*fam*) ¡bravo!

chapelle [ʃapɛl] *nf* capilla

chapitre [ʃapitʀ] *nm* capítulo; (*sujet*) tema

chaque [ʃak] *dét* cada; **c'est cinq francs ~** son cinco francos cada uno(-a)

char [ʃaʀ] *nm* carro

charbon [ʃaʀbɔ̃] *nm* carbón *m*; **~ de bois** carbón de leña

charcuterie [ʃaʀkytʀi] *nf* (*magasin*) charcutería; (*produits*) embutidos *mpl*; **charcutier, -ière** *nm/f* chacinero(-a)

chardon [ʃaʀdɔ̃] *nm* cardo

charge [ʃaʀʒ] *nf* carga; (*rôle, mission*) misión *f*; **~s** *nfpl* (*du loyer*) facturas *fpl*; **à la ~ de** a cargo de; **prendre en ~** hacerse cargo de; **~s sociales** cargas sociales

chargement [ʃaʀʒəmɑ̃] *nm* (*marchandises*) cargamento

charger [ʃaʀʒe] *vt* cargar ♦ *vi* cargar; **se ~ de** encargarse de

chariot [ʃaʀjo] *nm* carretilla; (*charrette*) carreta

charité [ʃaʀite] *nf* caridad *f*

charmant, e [ʃaʀmɑ̃, ɑ̃t] *adj* encantador(a)

charme [ʃaʀm] *nm* encanto; **charmer** *vt* (*plaire*) fascinar

charpente [ʃaʀpɑ̃t] *nf* (*d'un bâtiment*) esqueleto; **charpentier** *nm* albañil *m*

charrette [ʃaʀɛt] *nf* carreta

charter [ʃaʀtɛʀ] *nm* chárter *m*

chasse [ʃas] *nf* caza; **prendre en ~** perseguir, dar caza a; **tirer la ~ (d'eau)** tirar de la cadena; **~ à courre** caza a caballo; **~ gardée** (*aussi fig*) coto vedado; **chasse-neige** *nm inv* quitanieves *m inv*; **chasser** *vt* cazar; (*expulser*) echar; **chasseur, -euse** *nm/f* (*de gibier*) cazador(a)

chat [ʃa] *nm* gato

châtaigne [ʃɑtɛɲ] *nf* castaña; **châtaignier** *nm* castaño

châtain [ʃɑtɛ̃] *adj inv* castaño(-a)

château, x [ʃɑto] *nm* castillo; **~ fort** fortaleza, alcázar *m*

châtiment [satimɑ̃] *nm* castigo

chaton [ʃatɔ̃] *nm* (*ZOOL*) gatito

chatouiller [ʃatuje] *vt* hacer cosquillas
chatte [ʃat] *nf* gata
chaud, e [ʃo, ʃod] *adj* caliente; (*très chaud*) ardiente; (*vêtement*) abrigado(-a); (*couleur*) cálido(-a); (*félicitations*) ardiente, cálido(-a) ♦ *nm* calor *m*; **il fait ~** hace calor; **avoir ~** tener calor; **ça me tient ~** eso me abriga; **rester au ~** permanecer abrigado(-a)
chaudière [ʃodjɛʀ] *nf* caldera
chauffage [ʃofaʒ] *nm* calentamiento, calefacción *f*; (*appareils*) calefacción; **~ central** calefacción central
chauffe-eau [ʃofo] *nm inv* calentador *m* de agua
chauffer [ʃofe] *vt* calentar ♦ *vi* calentar; (*trop chauffer*) recalentar; **se ~** *vpr* (*aussi fig*) calentarse
chauffeur, -euse [ʃofœʀ, øz] *nm/f* chófer *m*, chofer *m* (*AM*); **chaumière** *nf* choza
chaussée [ʃose] *nf* calzada
chausser [ʃose] *vt* calzar; **~ du 38/42** calzar el 38/42
chaussette [ʃosɛt] *nf* calcetín *m*, media (*AM*)
chausson [ʃosɔ̃] *nm* zapatilla; (*de bébé*) patuco; **~ (aux pommes)** pastel *m* de manzana
chaussure [ʃosyʀ] *nf* zapato; **~s basses** zapatos *mpl* bajos; **~s de ski** botas *fpl* de esquí
chauve [ʃov] *adj* calvo(-a); **chauve-souris** (*pl* **chauves-souris**) *nf* murciélago
chauvin, e [ʃovɛ̃, in] *adj, nm/f* patriotero(-a)
chaux [ʃo] *nf* cal *f*; **blanchi à la ~** encalado
chef [ʃɛf] *nm* jefe *m*; **~ d'entreprise** empresario; **~ d'équipe** jefe de equipo; **~ d'État** jefe de estado; **~ d'orchestre** director *m* de orquesta; **~ de famille** cabeza de familia; **~ de gare** jefe de estación; **~ de rayon/de service** jefe de sección/de servicio; **chef-d'œuvre** (*pl* **chefs-d'œuvre**) *nm* obra maestra; **chef-lieu** (*pl* **chefs-lieux**) *nm* cabeza de distrito
chemin [ʃ(ə)mɛ̃] *nm* camino, sendero; (*itinéraire*) camino; (*trajet*) trayecto, camino; **en ~** por el camino; **les ~s de fer** (*organisation*) los ferrocarriles *mpl*
cheminée [ʃ(ə)mine] *nf* chimenea
chemise [ʃ(ə)miz] *nf* (*vêtement*) camisa; (*dossier*) carpeta
chemisier [ʃ(ə)mizje] *nm* blusa
chêne [ʃɛn] *nm* castaño
chenil [ʃ(ə)nil] *nm* perrera
chenille [ʃ(ə)nij] *nf* oruga
chèque [ʃɛk] *nm* cheque *m*, talón *m*; **~ de voyage** cheque de viaje; **~ sans provision** cheque sin fondos
chéquier [ʃekje] *nm* talonario de cheques
cher, chère [ʃɛʀ] *adj* (*aimé*) querido(-a); (*coûteux*) caro(-a) ♦ *adv*: **coûter ~** costar caro; **payer ~** pagar mucho dinero; **cela coûte ~** esto cuesta caro
chercher [ʃɛʀʃe] *vt* buscar; **~ des ennuis** buscarse problemas; **~ la bagarre** buscar pelea; **aller ~** ir a buscar; **~ à faire** tratar de hacer; **chercheur, -euse** *nm/f* investigador(a)
chéri, e [ʃeʀi] *adj* querido(-a); **(mon) ~** querido (mío)
cheval, -aux [ʃ(ə)val, o] *nm* caballo; **faire du ~** practicar equitación; **à ~** a caballo; **à ~ sur** (*mur etc*) a horcajadas en *ou* sobre; **~ de course** caballo de carreras
chevalier [ʃ(ə)valje] *nm* caballero
chevalière [ʃ(ə)valjɛʀ] *nf* (sortija de) sello
chevaux [ʃəvo] *nmpl voir* **cheval**
chevet [ʃ(ə)vɛ] *nm* presbiterio; **au ~ de qn** al lecho de algn; **lampe de ~** lámpara de noche
cheveu, x [ʃ(ə)vø] *nm* cabello, pelo; **~x** *nmpl* pelo *msg*; **avoir les ~x courts/en brosse** tener el pelo corto/de punta; **tiré par les ~x** (*histoire*) inverosímil
cheville [ʃ(ə)vij] *nf* (*ANAT*) tobillo
chèvre [ʃɛvʀ] *nf* cabra ♦ *nm* queso de cabra
chèvrefeuille [ʃɛvʀəfœj] *nm* madreselva

chevreuil [ʃəvʀœj] *nm* corzo
chez [ʃe] *prép* (*à la demeure de*) en casa de; (: *direction*) a casa de; (*auprès de, parmi*) entre ♦ *nm inv*: **~-moi/~-soi/~-toi** casa; **~ qn** en casa de algn; **~ moi** (*à la maison*) en mi casa; (*direction*) a mi casa; **~ ce poète** en este poeta; **~ les Français/les renards** entre los franceses/los zorros; **~ lui c'est un devoir** es un deber en él; **aller ~ le boulanger/le dentiste** ir a la panadería/al dentista; **il travaille ~ Renault** trabaja en la Renault
chic [ʃik] *adj inv* (*élégant*) elegante; (*généreux*) amable ♦ *nm* (*élégance*) elegancia; **avoir le ~ pour** tener el don de
chicorée [ʃikɔʀe] *nf* achicoria
chien [ʃjɛ̃] *nm* perro
chienne [ʃjɛn] *nf* perra
chiffon [ʃifɔ̃] *nm* trapo; **chiffonner** *vt* arrugar
chiffre [ʃifʀ] *nm* cifra, número; (*montant, total*) importe *m*; **~ d'affaires** volumen *m* de negocios; **chiffrer** *vt* (*dépense*) calcular; **se chiffrer à** *vpr* ascender a
chignon [ʃiɲɔ̃] *nm* moño
Chili [ʃili] *nm* Chile *m*; **chilien, ne** *adj* chileno(-a) ♦ *nm/f*: **Chilien, ne** chileno(-a)
chimie [ʃimi] *nf* química; **chimique** *adj* químico(-a); **produits chimiques** productos *mpl* químicos
chimpanzé [ʃɛ̃pɑ̃ze] *nm* chimpancé *m*
Chine [ʃin] *nf* China; **la république de ~** la república de China
chinois, e [ʃinwa, waz] *adj* chino(-a)
chiot [ʃjo] *nm* cachorro (de perro)
chips [ʃips] *nfpl* (*aussi*: **pommes ~**) patatas *fpl* fritas
chirurgie [ʃiʀyʀʒi] *nf* cirugía; **~ esthétique** cirugía estética; **chirurgien, ne** *nm/f* cirujano(-a)
chlore [klɔʀ] *nm* cloro
choc [ʃɔk] *nm* choque *m*; (*moral*) impacto; (*affrontement*) enfrentamiento
chocolat [ʃɔkɔla] *nm* chocolate *m*; (*bonbon*) bombón *m*; **~ à croquer** chocolate para crudo; **~ au lait** chocolate con leche
chœur [kœʀ] *nm* coro; **en ~** a coro
choisir [ʃwaziʀ] *vt* escoger, elegir; (*candidat*) elegir
choix [ʃwa] *nm* elección *f*; (*assortiment*) selección *f*, surtido; **avoir le ~ de/entre** tener la opción de/entre; **de premier ~** (*COMM*) de primera calidad; **au ~** a escoger
chômage [ʃomaʒ] *nm* paro, cesantía (*AM*); **mettre au ~** dejar en el paro; **être au ~** estar en paro; **chômeur, -euse** *nm/f* parado(-a)
choquer [ʃɔke] *vt* chocar
chorale [kɔʀal] *nf* coral *f*
chose [ʃoz] *nf* cosa; **c'est peu de ~** es poca cosa
chou, x [ʃu] *nm* col *f*, berza; **chou à la crème** pastelillo (de crema); **choucroute** *nf* chucrut *m*
chou-fleur [ʃuflœʀ] (*pl* **~x-~s**) *nm* coliflor *f*
chrétien, ne [kʀetjɛ̃, jɛn] *adj, nm/f* cristiano(-a)
Christ [kʀist] *nm*: **le ~** el Cristo; **christianisme** *nm* cristianismo
chronique [kʀɔnik] *adj* crónico(-a) ♦ *nf* crónica
chronologique [kʀɔnɔlɔʒik] *adj* cronológico(-a)
chrono(mètre) [kʀɔnɔ(mɛtʀ)] *nm* cronómetro; **chronométrer** *vt* cronometrar
chrysanthème [kʀizɑ̃tɛm] *nm* crisantemo
chuchotement [ʃyʃɔtmɑ̃] *nm* cuchicheo
chuchoter [ʃyʃɔte] *vt, vi* cuchichear
chut [ʃyt] *excl* ¡chitón!
chute [ʃyt] *nf* caída; (*déchet*) recorte *m*; **faire une ~ (de 10 m)** caerse (10 metros); **~ (d'eau)** salto de agua; **~ libre** caída libre; **~s de neige** nevadas *fpl*
Chypre [ʃipʀ] *n* Chipre *f*
ci-, -ci [si] *adv voir* **par**; **comme**; **ci-contre** *etc* ♦ *dét*: **ce garçon/cet homme-ci** este chico/este hombre; **ces hommes/femmes-ci** estos hombres/estas mujeres
cible [sibl] *nf* blanco; (*fig*) blanco,

objetivo
ciboulette [sibulɛt] *nf* cebolleta
cicatrice [sikatʀis] *nf* cicatriz *f*; **cicatriser** *vt* cicatrizar
ci-contre [sikɔ̃tʀ] *adv* al lado
ci-dessous [sidəsu] *adv* más abajo
ci-dessus [sidəsy] *adv* arriba
cidre [sidʀ] *nm* sidra
Cie *abr* (= *compagnie*) Cía (= *compañía*)
ciel [sjɛl] (*pl* **~s** *ou (litt)* **cieux**) *nm* cielo; **cieux** *nmpl* cielos *mpl*; **à ~ ouvert** a cielo abierto
cieux [sjø] *nmpl voir* **ciel**
cigale [sigal] *nf* cigarra
cigare [sigaʀ] *nm* cigarro, puro
cigarette [sigaʀɛt] *nf* cigarrillo, pitillo
ci-inclus, e [siɛ̃kly, yz] *adj* incluso(-a)
ci-joint, e [siʒwɛ̃, ɛ̃t] *adj* adjunto(-a)
cil [sil] *nm* pestaña
cime [sim] *nf* cima
ciment [simɑ̃] *nm* cemento
cimetière [simtjɛʀ] *nm* cementerio, camposanto
cinéaste [sineast] *nm/f* cineasta *m/f*
cinéma [sinema] *nm* cine *m*
cinq [sɛ̃k] *adj inv, nm inv* cinco *inv*; **avoir ~ ans** tener cinco años; **le ~ décembre** el cinco de diciembre; **à ~ heures** a las cinco; **nous sommes ~** somos cinco; **Henri V (cinq)** Enrique V (quinto); **cinquantaine** *nf*: **une cinquantaine (de)** una cincuentena (de); **cinquante** *adj inv, nm inv* cincuenta *inv*; *voir aussi* **cinq**; **cinquantenaire** *adj* (*institution*) cincuentenario(-a); (*personne*) cincuentón(-ona)
cinquantième [sɛ̃kɑ̃tjɛm] *adj, nm/f* quincuagésimo(-a); **son ~ anniversaire** su cincuenta cumpleaños; **vous êtes le ~** Usted es el (número) cincuenta; **cinquième** *adj, nm/f* quinto(-a); **un cinquième de la population** un quinto de la población; **trois cinquièmes** tres quintos
cintre [sɛ̃tʀ] *nm* percha
cintré, e [sɛ̃tʀe] *adj* (*chemise*) entallado(-a)
cirage [siʀaʒ] *nm* betún *m*
circonstance [siʀkɔ̃stɑ̃s] *nf* circunstancia; **~s atténuantes** circunstancias *fpl* atenuantes
circuit [siʀkɥi] *nm* circuito
circulaire [siʀkylɛʀ] *adj, nf* circular *f*
circulation [siʀkylasjɔ̃] *nf* circulación *f*; **bonne/mauvaise ~** (*du sang*) buena/mala circulación; **la ~** (AUTO) la circulación, el tráfico
circuler [siʀkyle] *vi* (*aussi fig*) circular; **faire ~** hacer circular
cire [siʀ] *nf* cera; **ciré, e** [siʀe] *adj* encerado(-a); **cirer** *vt* encerar
cirque [siʀk] *nm* circo
ciseaux [sizo] *nmpl* tijeras *fpl*
citadin, e [sitadɛ̃, in] *nm/f, adj* ciudadano(-a)
citation [sitasjɔ̃] *nf* (*d'auteur*) cita
cité [site] *nf* ciudad *f*; **~ universitaire** ciudad universitaria
citer [site] *vt* citar
citoyen, ne [sitwajɛ̃, jɛn] *nm/f* ciudadano(-a)
citron [sitʀɔ̃] *nm* limón *m*; **~ pressé** (*boisson*) zumo natural de limón; **~ vert** limón verde; **citronnade** *nf* limonada
citrouille [sitʀuj] *nf* calabaza
civet [sivɛ] *nm* encebollado
civière [sivjɛʀ] *nf* camilla
civil, e [sivil] *adj* civil; **dans le ~** en la vida civil; **mariage/enterrement ~** matrimonio/entierro civil
civilisation [sivilizasjɔ̃] *nf* civilización *f*
clair, e [klɛʀ] *adj* claro(-a) ♦ *nm*: **~ de lune** claro de luna; **y voir ~** (*comprendre*) verlo claro; **tirer qch au ~** sacar algo en claro; **mettre au ~** (*notes etc*) poner en limpio, pasar a limpio; **le plus ~ de son temps/argent** la mayor parte de su tiempo/dinero; **clairement** *adv* claramente
clairière [klɛʀjɛʀ] *nf* claro, calvero
clandestin, e [klɑ̃dɛstɛ̃, in] *adj* clandestino(-a); **passager ~** polizón *m*; **immigration ~e** inmigración *f* clandestina
claque [klak] *nf* bofetada; **claquer** *vi* (*coup de feu*) sonar; (*porte*) golpear

♦ *vt* (*doigts*) castañetear; **se claquer un muscle** distenderse un músculo; **claquettes** *nfpl* claquetas *fpl*
clarinette [klaʀinɛt] *nf* clarinete *m*
classe [klɑs] *nf* (*aussi fig*) clase *f*; (*local*) clase, aula; **aller en ~** ir a clase; **classement** *nm* clasificación *f*
classer [klɑse] *vt* clasificar; (JUR) archivar, cerrar; **se ~ premier/ dernier** clasificarse el primero/el último; **classeur** *nm* (*cahier*) clasificador *m*; (*meuble*) archivador *m*
classique [klasik] *adj* clásico(-a); (*habituel*) típico(-a)
clavecin [klav(ə)sɛ̃] *nm* clavicordio, clavecín *m*
clavicule [klavikyl] *nf* clavícula
clé [kle] *nf* = **clef**
clef [kle] *nf* llave *f*; (*fig*) clave *f*; **~ de contact** llave de contacto
clergé [klɛʀʒe] *nm* clero
cliché [kliʃe] *nm* cliché *m*
client, e [klijɑ̃, klijɑ̃t] *nm/f* cliente(-a); **clientèle** *nf* clientela
cligner [kliɲe] *vi*: **~ des yeux** (*rapidement*) parpadear; **~ de l'œil** guiñar (el ojo); **clignotant, e** [kliɲɔtɑ̃, ɑ̃t] *adj* intermitente ♦ *nm* (AUTO) intermitente *m*, direccional *m* (AM); **clignoter** *vi* parpadear
climat [klima] *nm* clima *m*
climatisation [klimatizasjɔ̃] *nf* climatización *f*; **climatisé, e** *adj* climatizado(-a)
clin d'œil [klɛ̃dœj] *nm* guiño; **en un ~ ~** en un abrir y cerrar de ojos
clinique [klinik] *adj* clínico(-a) ♦ *nf* clínica
clip [klip] *nm* clip *m*
clochard, e [klɔʃaʀ, aʀd] *nm/f* mendigo(-a)
cloche [klɔʃ] *nf* (*d'église*) campana; **clocher** *nm* campanario ♦ *vi* (*fam*) fallar, no andar bien
cloison [klwazɔ̃] *nf* tabique *m*
cloque [klɔk] *nf* ampolla
clôture [klotyʀ] *nf* (*des inscriptions*) cierre del plazo; (*barrière*) cercado, valla
clou [klu] *nm* clavo; **~s** *nmpl* paso de peatones; **~ de girofle** clavo de especia
clown [klun] *nm* payaso, clown *m*
club [klœb] *nm* club *m*
CNRS [seɛnɛʀɛs] *sigle m* (= *Centre national de la recherche scientifique*) ≃ CSIC *m* (= *Consejo Superior de Investigaciones Científicas*)
coaguler [kɔagyle] *vi* (*aussi:* **se ~**) coagularse
cobaye [kɔbaj] *nm* cobaya *m ou f*, conejillo de Indias; (*fig*) cobaya
coca [kɔka] *nm* coca
cocaïne [kɔkain] *nf* cocaína
coccinelle [kɔksinɛl] *nf* mariquita
cocher [kɔʃe] *vt* marcar (*con una cruz*)
cochon [kɔʃɔ̃] *nm* cerdo, cancho (AM) ♦ *nm/f* (*péj*) cerdo(-a) ♦ *adj* (*fam*: *livre, histoire, propos*) verde; **cochonnerie** (*fam*) *nf* porquería
cocktail [kɔktɛl] *nm* cóctel *m*, highball *ou* jaibol *m* (AM), daiquiri *ou* daiquirí *m* (AM)
cocorico [kɔkɔʀiko] *excl* ¡quiquiriquí!
cocotte [kɔkɔt] *nf* olla, cacerola; **~ (minute)** ® olla a presión
code [kɔd] *nm* código; (*conventions*) reglas *fpl*; **se mettre en ~(s)** (AUTO) poner las luces de cruce; **éclairage** *ou* **phares ~(s)** luz *f* de cruce; **~ à barres** código de barras; **~ civil** código civil; **~ de la route** código de la circulación; **~ pénal** código penal; **~ postal** código postal
cœur [kœʀ] *nm* corazón *m*; (CARTES: *couleur*) corazones *mpl*; (: *carte*) corazón; **avoir bon/du ~** tener buen corazón; **avoir mal au ~** tener náuseas; **opérer qn à ~ ouvert** operar a algn a corazón abierto; **parler à ~ ouvert** hablar con el corazón en la mano; **de tout son ~** de todo corazón; **avoir le ~ gros** *ou* **serré** estar acongojado; **en avoir le ~ net** saber a qué atenerse; **avoir le ~ sur la main** ser muy generoso; **par ~** de memoria; **de bon/grand ~** con toda el alma; **cela lui tient à ~** esto le apasiona; **prendre les choses à ~** tomar las cosas a pecho; **s'en donner à ~ joie** gozar; **être de (tout) ~ avec qn** apoyar a

algn, estar (moralmente) con algn
coffre [kɔfʀ] *nm* (*meuble*) arca; (*coffre-fort*) cofre *m*; (*d'auto*) maletero, baúl *m* (*AM*), maletera (*AND, CSUR*); **coffret** *nm* cofrecito
cognac [kɔɲak] *nm* coñac *m*
cogner [kɔɲe] *vt, vi* golpear
cohérent, e [kɔeʀɑ̃, ɑ̃t] *adj* coherente
coiffé, e [kwafe] *adj*: **bien/mal ~** bien/mal peinado(-a); **~ en brosse** peinado(-a) con el cepillo
coiffer [kwafe] *vt* peinar; **se ~** *vpr* peinarse; **coiffeur, -euse** *nm/f* peluquero(-a); **coiffeuse** *nf* (*table*) tocador *m*, coqueta; **coiffure** *nf* (*cheveux*) peinado; **la coiffure** la peluquería
coin [kwɛ̃] *nm* (*gén*) esquina; **l'épicerie du ~** el ultramarinos de la esquina; **dans le ~** por aquí
coincé, e [kwɛ̃se] *adj* (*tiroir, pièce mobile*) atascado(-a); (*fig*) corto(-a)
coincer [kwɛ̃se] *vt* calzar; (*fam*: *par une question, une manœuvre*) pillar; **se ~** *vpr* atascarse
coïncidence [kɔɛ̃sidɑ̃s] *nf* coincidencia
coing [kwɛ̃] *nm* membrillo
col [kɔl] *nm* cuello; (*de montagne*) puerto; **~ de l'utérus** cuello del útero; **~ roulé** cuello vuelto
colère [kɔlɛʀ] *nf* ira, cólera, enojo (*esp AM*); **être en ~ (contre qn)** estar enfadado(-a) *ou* enojado(-a) (*esp AM*) (con algn); **se mettre en ~** enfadarse, enojarse (*esp AM*); **coléreux, -euse** *adj* colérico(-a)
colin [kɔlɛ̃] *nm* merluza
colique [kɔlik] *nf* cólico
colis [kɔli] *nm* paquete *m*
collaborer [kɔ(l)labɔʀe] *vi* (*aussi POL*) colaborar; **~ à** colaborar en
collant, e [kɔlɑ̃, ɑ̃t] *adj* adherente; (*robe*) ajustado(-a); (*péj*: *personne*) pegajoso(-a) ♦ *nm* (*bas*) pantis *mpl*
colle [kɔl] *nf* (*à papier*) pegamento; (*à papiers peints*) cola; (*devinette*) pega
collecte [kɔlɛkt] *nf* colecta; **collectif, -ive** *adj* colectivo(-a) ♦ *nm* colectivo
collection [kɔlɛksjɔ̃] *nf* colección *f*; **collectionner** *vt* coleccionar; **collectionneur, -euse** *nm/f* coleccionista *m/f*
collectivité [kɔlɛktivite] *nf* colectivo; **~s locales** administraciones *fpl* locales
collège [kɔlɛʒ] *nm* colegio; **collégien, ne** [kɔleʒjɛ̃, jɛn] *nm/f* colegial *m/f*

> **collège**
>
> *El* **collège** *es un colegio público de educación secundaria para niños de entre once y quince años. Los alumnos siguen un currículum que consta de una serie de asignaturas comunes y varias optativas. Los colegios tienen libertad para elaborar sus propios horarios y escoger su propia metodología. Antes de que abandonen el* **collège**, *se evalúa el trabajo de los alumnos durante la etapa y se les examina para la obtención del* **brevet des collèges**.

collègue [kɔ(l)lɛg] *nm/f* colega *m/f*
coller [kɔle] *vt* pegar; (*papier peint*) encolar; (*SCOL*: *fam*) catear ♦ *vi* (*être collant*) pegarse; (*adhérer*) pegar
collier [kɔlje] *nm* collar *m*
colline [kɔlin] *nf* colina
collision [kɔlizjɔ̃] *nf* colisión *f*; **entrer en ~ (avec)** chocar (con)
collyre [kɔliʀ] *nm* colirio
colombe [kɔlɔ̃b] *nf* paloma
Colombie [kɔlɔ̃bi] *nf* Colombia
colonie [kɔlɔni] *nf* colonia; **~ (de vacances)** colonia (de vacaciones)
colonne [kɔlɔn] *nf* columna; **~ (vertébrale)** columna vertebral
colorant, e [kɔlɔʀɑ̃, ɑ̃t] *adj* colorante
colorer [kɔlɔʀe] *vt* colorear
colorier [kɔlɔʀje] *vt* colorear, pintar
coloris [kɔlɔʀi] *nm* colorido
colza [kɔlza] *nm* colza
coma [kɔma] *nm* coma *m*; **être dans le ~** estar en coma
combat [kɔ̃ba] *vb voir* **combattre** ♦

nm (*MIL*) combate *m*; (*fig*) lucha; **~ de boxe** combate de boxeo; **combattant** *vb voir* **combattre** ♦ *adj* combatiente ♦ *nm* combatiente *m*; (*d'une rixe*) contendiente *m*; **ancien combattant** antiguo combatiente; **combattre** *vt, vi* combatir

combien [kɔ̃bjɛ̃] *adv* (*interrogatif*) cuánto(-a); (*nombre*) cuántos(-as); (*exclamatif*: *comme, que*) cómo, qué; **~ de** cuántos(-as); **~ de temps** cuánto tiempo; **~ coûte/pèse ceci?** ¿cuánto cuesta/pesa esto?; **ça fait ~?** ¿cuánto es?

combinaison [kɔ̃binɛzɔ̃] *nf* combinación *f*; (*astuce*) plan *m*; (*vestido, SPORT*) traje *m*; (*bleu de travail*) mono, overol *m* (*AM*)

combiné [kɔ̃bine] *nm* (*aussi*: **~ téléphonique**) auricular *m*

comble [kɔ̃bl] *adj* abarrotado(-a) ♦ *nm* (*du bonheur, plaisir*) colmo; **c'est le ~!** ¡es el colmo!

combler [kɔ̃ble] *vt* (*trou*) llenar; (*fig*) llenar, cubrir; (*satisfaire*) colmar

comédie [kɔmedi] *nf* comedia; **~ musicale** comedia musical; **comédien, ne** *nm/f* (*THÉÂTRE, fig*) comediante(-a)

Comédie française

La **Comédie française**, *fundada en 1680 por Luis XIV, es el teatro nacional de Francia. Financiada con fondos públicos, la compañía actúa principalmente en el Palais Royal de París y pone en escena fundamentalmente teatro clásico francés.*

comestible [kɔmɛstibl] *adj* comestible

comique [kɔmik] *adj* cómico(-a) ♦ *nm* cómico(-a)

commandant [kɔmɑ̃dɑ̃] *nm* comandante *m*

commande [kɔmɑ̃d] *nf* (*COMM*) pedido; (*INFORM*) mando; **~s** *nfpl* mandos *mpl*; **passer une ~ (de)** cursar un pedido (de); **commander** *vt* (*COMM*) encargar, pedir; (*diriger, ordonner*) mandar; **commander à qn de faire qch** ordenar a algn que haga algo

MOT-CLÉ

comme [kɔm] *prép* **1** (*comparaison*) como; **tout comme son père** igual que su padre; **fort comme un bœuf** fuerte como un toro; **il est petit comme tout** es muy pequeño; **comme c'est pas permis** (*fam*) como él (ella) solo(-a)

2 (*manière*) **comme ça** así; **comme ci, comme ça** así, así; **faites comme cela** hágalo así; **on ne parle pas comme ça à ...** no se habla así a ...

3 (*en tant que*): **donner comme prix/heure** dar como precio/hora; **travailler comme secrétaire** trabajar de secretaria

♦ *conj* **1** (*ainsi que*) como; **elle écrit comme elle parle** escribe como habla; **comme on dit** como se dice; **comme si** como si; **comme quoi ...** (*disant que*) en el/la/los/las que dice *etc* que ...; (*d'où il s'ensuit que*) lo que demuestra que; **comme il faut** como es debido

2 (*au moment où, alors que*) cuando; **il est parti comme j'arrivais** se marchó cuando yo llegaba

3 (*parce que, puisque*) como; **comme il était en retard, ...** como se retrasaba, ...

♦ *adv* (*exclamation*): **comme c'est bon/il est fort!** ¡qué bueno está!/ ¡qué fuerte es!

commencement [kɔmɑ̃smɑ̃] *nm* comienzo

commencer [kɔmɑ̃se] *vt, vi* comenzar, empezar; **~ à** *ou* **de faire** comenzar *ou* empezar a hacer

comment [kɔmɑ̃] *adv* (*interrogatif*) cómo; **~?** ¿cómo?, ¿mande (usted)?; **et ~!** ¡pero cómo!

commentaire [kɔmɑ̃tɛʀ] *nm* (*gén pl*) comentario

commerçant, e [kɔmɛʀsɑ̃, ɑ̃t] *adj* (*rue, ville*) comercial ♦ *nm/f* comerciante *m/f*

commerce [kɔmɛʀs] *nm* (*activité*) comercio, negocio; (*boutique*) comercio, tienda; **~ en** *ou* **de gros** comercio al por mayor; **~ extérieur** comercio exterior
commercial, e, -aux [kɔmɛʀsjal, jo] *adj* (*aussi péj*) comercial; **commercialiser** *vt* comercializar
commissaire [kɔmisɛʀ] *nm* comisario; **commissariat** *nm* comisaría
commission [kɔmisjɔ̃] *nf* (*course*) encargo, recado; **~s** *nfpl* compras *fpl*
commode [kɔmɔd] *adj* cómodo(-a); (*personne*): **pas ~** difícil ♦ *nf* cómoda
commun, e [kɔmœ̃, yn] *adj* común, colectivo(-a); **en ~** en común; **d'un ~ accord** de común acuerdo
communauté [kɔmynote] *nf* comunidad *f*
commune [kɔmyn] *adj f voir* **commun** ♦ *nf* municipio
communication [kɔmynikasjɔ̃] *nf* comunicación *f*; **~s** *nfpl* comunicaciones *fpl*; **vous avez la ~** ya tiene la llamada; **mettre qn en ~ avec qn** (*en contact*) poner a algn en contacto con algn; (*au téléphone*) poner a algn en comunicación con
communier [kɔmynje] *vi* comulgar
communion [kɔmynjɔ̃] *nf* comunión *f*
communiquer [kɔmynike] *vt* comunicar; (*demande, dossier*) presentar; (*maladie, chaleur*) transmitir ♦ *vi* comunicarse; **se ~ à** *vpr* tra(n)smitirse a
communisme [kɔmynism] *nm* comunismo; **communiste** *adj, nm/f* comunista *m/f*
commutateur [kɔmytatœʀ] *nm* conmutador *m*
compact, e [kɔ̃pakt] *adj* compacto(-a)
compagne [kɔ̃paɲ] *nf* compañera
compagnie [kɔ̃paɲi] *nf* compañía; **tenir ~ à qn** hacer compañía a algn; **en ~ de** en compañía de; **~ aérienne** compañía aérea
compagnon [kɔ̃paɲɔ̃] *nm* compañero
comparable [kɔ̃paʀabl] *adj*: **~ (à)** comparable (a)
comparaison [kɔ̃paʀɛzɔ̃] *nf* comparación *f*
comparer [kɔ̃paʀe] *vt* comparar; **~ qch/qn à** *ou* **et** comparar algo/algn a *ou* con
compartiment [kɔ̃paʀtimɑ̃] *nm* (*de train*) compartim(i)ento
compas [kɔ̃pɑ] *nm* compás *m*
compatible [kɔ̃patibl] *adj*: **~ (avec)** compatible (con)
compatriote [kɔ̃patʀijɔt] *nm/f* compatriota *m/f*
compensation [kɔ̃pɑ̃sasjɔ̃] *nf* (*dédommagement*) compensación *f*
compenser [kɔ̃pɑ̃se] *vt* compensar
compétence [kɔ̃petɑ̃s] *nf* (*aussi* JUR) competencia
compétent, e [kɔ̃petɑ̃, ɑ̃t] *adj* competente
compétition [kɔ̃petisjɔ̃] *nf* competencia; (SPORT) competición *f*
complément [kɔ̃plemɑ̃] *nm* (*gén, aussi* LING) complemento; (*reste*) resto; **~ d'information** (ADMIN) suplemento (informativo); **complémentaire** *adj* complementario(-a)
complet, -ète [kɔ̃plɛ, ɛt] *adj* completo(-a) ♦ *nm* (*aussi:* **~-veston**) traje *m*; **complètement** *adv* completamente; **compléter** *vt* completar
complexe [kɔ̃plɛks] *adj* complejo(-a) ♦ *nm* complejo; **~ industriel/portuaire/hospitalier** complejo industrial/portuario/hospitalario; **complexé, e** *adj* acomplejado(-a)
complication [kɔ̃plikasjɔ̃] *nf* complicación *f*; **~s** *nfpl* (MÉD) complicaciones *fpl*
complice [kɔ̃plis] *nm/f* cómplice *m/f*
compliment [kɔ̃plimɑ̃] *nm* cumplido; **~s** *nmpl* (*félicitations*) enhorabuena *fsg*
compliqué, e [kɔ̃plike] *adj* complicado(-a)
comportement [kɔ̃pɔʀtəmɑ̃] *nm* comportamiento
comporter [kɔ̃pɔʀte] *vt* constar de; (*impliquer*) conllevar; **se ~** *vpr*

comportarse

composer [kɔ̃poze] *vt* componer; **se ~ de** componerse de; **~ un numéro** marcar *ou* discar (*AM*) un número; **compositeur, -trice** *nm/f* (*MUS*) compositor(a); **composition** *nf* composición *f*; (*SCOL*: *d'histoire, de math*) prueba

composter [kɔ̃pɔste] *vt* (*dater*) fechar; (*poinçonner*) picar, perforar

compote [kɔ̃pɔt] *nf* compota; **~ de pommes** compota de manzana

compréhensible [kɔ̃pʀeɑ̃sibl] *adj* (*aussi fig*) comprensible

compréhensif, -ive [kɔ̃pʀeɑ̃sif, iv] *adj* comprensivo(-a)

comprendre [kɔ̃pʀɑ̃dʀ] *vt* (*se composer de, être muni de*) comprender, constar de; (*sens, problème*) comprender, entender; (*point de vue*) entender

compresse [kɔ̃pʀɛs] *nf* compresa

comprimé, e [kɔ̃pʀime] *nm* comprimido, pastilla

compris, e [kɔ̃pʀi, iz] *pp de* **comprendre** ♦ *adj* (*inclus*) incluido(-a); **~ entre ...** (*situé*) situado(-a) entre ...; **y/non ~ la maison** inclusive la casa/sin incluir la casa; **100 F tout ~** 100 francos con todo incluido

comptabilité [kɔ̃tabilite] *nf* contabilidad *f*

comptable [kɔ̃tabl] *nm/f, adj* contable *m/f*, contador *m* (*AM*)

comptant [kɔ̃tɑ̃] *adv*: **payer/acheter ~** pagar/comprar al contado

compte [kɔ̃t] *nm* cuenta; **~s** *nmpl* (*comptabilité*) cuentas *fpl*; **rendre des ~s à qn** (*fig*) dar cuentas a algn; **en fin de ~** (*fig*) a fin de cuentas; **à bon ~** a buen precio; **avoir son ~** (*fig*: *fam*) tener su merecido; **pour le ~ de qn** por cuenta de algn; **travailler à son ~** trabajar por su cuenta; **rendre ~ (à qn) de qch** dar cuenta de algo (a algn); **tenir ~ de qch/que** tener en cuenta algo/que; **~ courant** cuenta corriente; **~ rendu** informe *m*; **compte-gouttes** *nm inv* cuentagotas *m inv*

compter [kɔ̃te] *vt* contar; (*facturer*) cobrar; (*comporter*) constar de ♦ *vi* contar; **~ parmi** figurar entre; **~ réussir/revenir** esperar aprobar/volver; **~ sur** (*se fier à*) contar con

compteur [kɔ̃tœʀ] *nm* (*d'auto*) cuentakilómetros *m inv*; (*à gaz, électrique*) contador *m*; **~ de vitesse** velocímetro

comptoir [kɔ̃twaʀ] *nm* (*de magasin*) mostrador *m*; (*de café*) barra

con, ne [kɔ̃, kɔn] (*fam!*) *adj, nm/f* gilipollas *m/f inv* (*fam!*)

concentré, e [kɔ̃sɑ̃tʀe] *adj* concentrado(-a) ♦ *nm* concentrado

concentrer [kɔ̃sɑ̃tʀe]: **se ~** *vpr* concentrarse

concerner [kɔ̃sɛʀne] *vt* concernir a; **en ce qui me concerne** en lo que a mí respecta

concert [kɔ̃sɛʀ] *nm* (*MUS*) concierto; (*fig*) coro; **se concerter** *vpr* ponerse de acuerdo, concertarse

concessionnaire [kɔ̃sesjɔnɛʀ] *nm/f* concesionario(-a)

concevoir [kɔ̃s(ə)vwaʀ] *vt* concebir; (*décoration etc*) imaginar; (*machine*) diseñar; **appartement bien/mal conçu** piso bien/mal diseñado

concierge [kɔ̃sjɛʀʒ] *nm/f* portero(-a); (*d'hôtel*) conserje *m*

concis, e [kɔ̃si, iz] *adj* conciso(-a)

conclure [kɔ̃klyʀ] *vt* (*terminer*) concluir, terminar; **conclusion** *nf* conclusión *f*

conçois *etc* [kɔ̃swa] *vb voir* **concevoir**

concombre [kɔ̃kɔ̃bʀ] *nm* pepino

concours [kɔ̃kuʀ] *nm* concurso; (*SCOL*) examen *m* eliminatorio; **~ de circonstances** cúmulo de circunstancias; **~ hippique** concurso hípico

concret, -ète [kɔ̃kʀɛ, ɛt] *adj* concreto(-a)

conçu, e [kɔ̃sy] *pp de* **concevoir**

concubinage [kɔ̃kybinaʒ] *nm* concubinato

concurrence [kɔ̃kyʀɑ̃s] *nf* competencia; **jusqu'à ~ de** hasta un total de

concurrent, e [kɔ̃kyʀɑ̃, ɑ̃t] *adj* (*société*) competidor(a) ♦ *nm/f* (*SPORT,*

ÉCON) competidor(a); (*SCOL*) candidato(-a)

condamner [kɔ̃dɑne] *vt* condenar; **~ qn à 2 ans de prison** condenar a algn a 2 años de prisión

condensation [kɔ̃dɑ̃sasjɔ̃] *nf* condensación *f*

condition [kɔ̃disjɔ̃] *nf* condición *f*; **~s** *nfpl* (*tarif, prix, circonstances*) condiciones *fpl*; **sans ~** *adj* sin condición

conditionnement [kɔ̃disjɔnmɑ̃] *nm* (*emballage*) embalaje *m*, envasado

condoléances [kɔ̃dɔleɑ̃s] *nfpl* pésame *m*

conducteur, -trice [kɔ̃dyktœʀ, tʀis] *adj* conductor(a) ♦ *nm* (*ÉLEC*) conductor *m* ♦ *nm/f* conductor(a)

conduire [kɔ̃dɥiʀ] *vt* conducir; (*passager*) llevar; (*diriger*) dirigir; **se ~** *vpr* comportarse, portarse; **~ vers/à** (*suj*: *route*) conducir a, llevar hacia/a; **~ à** (*suj*: *attitude, erreur*) llevar a; **~ qn quelque part** llevar a algn a algún sitio

conduite [kɔ̃dɥit] *nf* (*comportement*) conducta; (*d'eau, gaz*) conducto

confection [kɔ̃fɛksjɔ̃] *nf* confección *f*; **la ~** (*COUTURE*) la confección; **vêtement de ~** ropa de confección

conférence [kɔ̃feʀɑ̃s] *nf* conferencia; **~ de presse** conferencia de prensa

confesser [kɔ̃fese] *vt* confesar; **confession** *nf* confesión *f*

confiance [kɔ̃fjɑ̃s] *nf* confianza; **avoir ~ en** tener confianza en; **~ en soi** confianza en sí mismo

confiant, e [kɔ̃fjɑ̃, jɑ̃t] *adj* confiado(-a)

confidence [kɔ̃fidɑ̃s] *nf* confidencia; **confidentiel, le** *adj* confidencial

confier [kɔ̃fje] *vt* confiar; **~ à qn** (*en dépôt, garde*) confiar a algn; **se ~ à qn** confiarse a algn

confirmation [kɔ̃fiʀmasjɔ̃] *nf* confirmación *f*

confirmer [kɔ̃fiʀme] *vt* confirmar

confiserie [kɔ̃fizʀi] *nf* confitería; **~s** *nfpl* golosinas *fpl*

confisquer [kɔ̃fiske] *vt* (*JUR*) confiscar; (*à un enfant*) quitar

confit, e [kɔ̃fi, it] *adj*: **fruits ~s** frutas *fpl* confitadas; **~ d'oie** *nm* conserva de oca en su grasa

confiture [kɔ̃fityʀ] *nf* confitura, mermelada

conflit [kɔ̃fli] *nm* conflicto; (*fig*) choque *m*, conflicto

confondre [kɔ̃fɔ̃dʀ] *vt* confundir

conforme [kɔ̃fɔʀm] *adj*: **~ à** conforme a; **copie certifiée ~ (à l'original)** copia compulsada; **conformément** *adv*: **conformément à** conforme a, según; **conformer** *vb*: **se ~ à** adecuarse a, adaptarse a

confort [kɔ̃fɔʀ] *nm* confort *m*; **tout ~** con todas las comodidades; **confortable** *adj* confortable, cómodo(-a)

confronter [kɔ̃fʀɔ̃te] *vt* confrontar

confus, e [kɔ̃fy, yz] *adj* confuso(-a); **confusion** *nf* confusión *f*

congé [kɔ̃ʒe] *nm* (*vacances*) vacaciones *fpl*; (*arrêt de travail*) descanso; **en ~** de vacaciones; **semaine/jour de ~** semana/día *m* de vacaciones; **prendre ~ de qn** despedirse de algn; **donner son ~ à** despedir a; **~ de maladie** baja por enfermedad; **~ de maternité** baja maternal; **~s payés** vacaciones pagadas

congédier [kɔ̃ʒedje] *vt* despedir

congélateur [kɔ̃ʒelatœʀ] *nm* congelador *m*

congeler [kɔ̃ʒ(ə)le] *vt* congelar

congestion [kɔ̃ʒɛstjɔ̃] *nf* (*routière, postale*) congestión *f*; **~ cérébrale** derrame *m* cerebral

congrès [kɔ̃gʀɛ] *nm* congreso

conifère [kɔnifɛʀ] *nm* conífera

conjoint, e [kɔ̃ʒwɛ̃, wɛ̃t] *adj* conjunto(-a) ♦ *nm/f* (*époux*) cónyuge *m/f*

conjonctivite [kɔ̃ʒɔ̃ktivit] *nf* conjuntivitis *f inv*

conjoncture [kɔ̃ʒɔ̃ktyʀ] *nf* coyuntura

conjugaison [kɔ̃ʒygɛzɔ̃] *nf* conjugación *f*

conjuguer [kɔ̃ʒyge] *vt* (*LING*) conjugar

connaissance [kɔnɛsɑ̃s] *nf* (*savoir*)

conocimiento; (*personne connue*) conocido(-a); **être sans ~** (*MÉD*) estar sin conocimiento; **perdre/reprendre ~** perder/recobrar el conocimiento; **à ma/sa ~** por lo que sé/sabe

connaisseur, -euse [kɔnɛsœʀ, øz] *nm/f* conocedor(a), entendido(-a)

connaître [kɔnɛtʀ] *vt* conocer; (*adresse*) conocer, saber; **se ~** *vpr* conocerse; (*se rencontrer*) conocerse, encontrarse; **~ qn de nom/vue** conocer a algn de nombre/vista

connecter [kɔnɛkte] *vt* conectar

connerie [kɔnʀi] (*fam!*) *nf* gilipollez *f*

connu, e [kɔny] *pp de* **connaître** ♦ *adj* conocido(-a)

conquête [kɔ̃kɛt] *nf* conquista

consacrer [kɔ̃sakʀe] *vt* (*fig*) consagrar; **~ qch à** (*employer*) dedicar algo a

conscience [kɔ̃sjɑ̃s] *nf* conciencia; **avoir ~ de** ser consciente de, tomar conciencia de; **prendre ~ de** (*présence, situation*) darse cuenta de; (*responsabilité*) tomar conciencia de; **avoir qch sur la ~** tener el peso de algo en la conciencia; **perdre/reprendre ~** perder/recuperar el conocimiento; **avoir bonne/mauvaise ~** tener buena/mala conciencia; **consciencieux, -euse** *adj* concienzudo(-a); **conscient, e** *adj* consciente

consécutif, -ive [kɔ̃sekytif, iv] *adj* consecutivo(-a); **~ à** debido(-a) a

conseil [kɔ̃sɛj] *nm* consejo; **prendre ~ (auprès de qn)** consultar (a algn)

conseiller[1] [kɔ̃seje] *vt* aconsejar a; **~ à qn de faire qch** aconsejar a algn hacer algo

conseiller[2]**, -ère** [kɔ̃seje, ɛʀ] *nm/f* consejero(-a)

consentement [kɔ̃sɑ̃tmɑ̃] *nm* consentimiento

consentir [kɔ̃sɑ̃tiʀ] *vt*: **~ (à qch/à faire)** consentir (en algo/en hacer)

conséquence [kɔ̃sekɑ̃s] *nf* consecuencia; **~s** *nfpl* (*effet, répercussion*) consecuencias *fpl*; **en ~** (*donc*) en consecuencia, por consiguiente; (*de façon appropriée*) en consecuencia; **conséquent, e** *adj*: **par conséquent** por consiguiente

conservateur, -trice [kɔ̃sɛʀvatœʀ, tʀis] *adj* conservador(a) ♦ *nm/f* conservador(a)

conservatoire [kɔ̃sɛʀvatwaʀ] *nm* (*de musique*) conservatorio

conserve [kɔ̃sɛʀv] *nf* (*gén pl*: *aliments*) conserva; **en ~** en conserva

conserver [kɔ̃sɛʀve] *vt* conservar; (*habitude*) mantener, conservar

considérable [kɔ̃sideʀabl] *adj* considerable

considération [kɔ̃sideʀasjɔ̃] *nf* consideración *f*

considérer [kɔ̃sideʀe] *vt* considerar; **~ qch comme** considerar algo como

consigne [kɔ̃siɲ] *nf* (*de bouteilles*) importe *m* (del envase); (*ordre, instruction, de gare*) consigna; **~ automatique** consigna automática

consister [kɔ̃siste] *vi*: **~ en** *ou* **dans** consistir en; **~ à faire** consistir en hacer

consoler [kɔ̃sɔle] *vt* consolar

consommateur, -trice [kɔ̃sɔmatœʀ, tʀis] *nm/f* (*ÉCON*) consumidor(a); (*dans un café*) cliente *m/f*

consommation [kɔ̃sɔmasjɔ̃] *nf* consumición *f*; **la ~** (*ÉCON*) el consumo; **de ~** (*biens*) de consumo; **~ aux 100 km** (*AUTO*) consumo cada 100 km

consommer [kɔ̃sɔme] *vt* consumir ♦ *vi* (*dans un café*) consumir, tomar

consonne [kɔ̃sɔn] *nf* consonante *f*

constamment [kɔ̃stamɑ̃] *adv* constantemente

constant, e [kɔ̃stɑ̃, ɑ̃t] *adj* constante

constat [kɔ̃sta] *nm* (*d'huissier*) acta; (*après un accident*) atestado

constatation [kɔ̃statasjɔ̃] *nf* (*d'un fait*) constatación *f*

constater [kɔ̃state] *vt* (*remarquer*) advertir, observar; (*ADMIN, JUR*) testificar; (*dégâts*) constatar

consterner [kɔ̃stɛʀne] *vt* consternar

constipé, e [kɔ̃stipe] *adj* estreñido(-a)

constitué, e [kɔ̃stitɥe] *adj*: **~ de** constituido(-a) por, integrado(-a) por
constituer [kɔ̃stitɥe] *vt* constituir; (*équipe*) crear; (*dossier*) elaborar; (*collection*) reunir
constructeur [kɔ̃stʀyktœʀ] *nm* constructor *m*
constructif, -ive [kɔ̃stʀyktif, iv] *adj* constructivo(-a)
construction [kɔ̃stʀyksjɔ̃] *nf* construcción *f*
construire [kɔ̃stʀɥiʀ] *vt* construir
consul [kɔ̃syl] *nm* cónsul *m*; **consulat** *nm* consulado
consultant, e [kɔ̃syltɑ̃, ɑ̃t] *adj* consultor(a)
consultation [kɔ̃syltasjɔ̃] *nf* consulta; **heures de ~** (*MÉD*) horas *fpl* de consulta
consulter [kɔ̃sylte] *vt* consultar ♦ *vi* (*médecin*) examinar
contact [kɔ̃takt] *nm* contacto; **au ~ de** al contacto con; **mettre/couper le ~** (*AUTO*) encender *ou* poner/apagar *ou* quitar el contacto; **prendre ~ avec** ponerse en contacto con; **contacter** *vt* contactar con
contagieux, -euse [kɔ̃taʒjø, jøz] *adj* contagioso(-a)
contaminer [kɔ̃tamine] *vt* contaminar
conte [kɔ̃t] *nm* cuento; **~ de fées** cuento de hadas
contempler [kɔ̃tɑ̃ple] *vt* contemplar
contemporain, e [kɔ̃tɑ̃pɔʀɛ̃, ɛn] *adj, nm/f* contemporáneo(-a)
contenir [kɔ̃t(ə)niʀ] *vt* (*aussi fig*) contener; (*local*) tener una capacidad de *ou* para
content, e [kɔ̃tɑ̃, ɑ̃t] *adj* contento(-a); **~ de qn/qch** contento(-a) con algn/algo; **contenter**: **se contenter de** *vpr* contentarse con
contenu, e [kɔ̃t(ə)ny] *pp de* **contenir** ♦ *nm* contenido
conter [kɔ̃te] *vt* contar, relatar
contestable [kɔ̃tɛstabl] *adj* discutible
conteste [kɔ̃tɛst]: **sans ~** *adv* sin discusión; **contester** *vt* discutir, cuestionar ♦ *vi* discutir
contexte [kɔ̃tɛkst] *nm* contexto
continent [kɔ̃tinɑ̃] *nm* continente *m*
continu, e [kɔ̃tiny] *adj* continuo(-a) ♦ *nm* **(courant) ~** (corriente *f*) continua
continuel, le [kɔ̃tinɥɛl] *adj* (*qui se répète*) constante; (*continu*: *pluie etc*) continuo(-a)
continuer [kɔ̃tinɥe] *vt* continuar; (*voyage, études etc*) continuar, proseguir ♦ *vi* continuar; (*voyageur*) continuar, seguir; **~ à** *ou* **de faire** seguir haciendo
contourner [kɔ̃tuʀne] *vt* rodear, evitar
contraceptif, -ive [kɔ̃tʀasɛptif, iv] *adj* anticonceptivo(-a) ♦ *nm* anticonceptivo; **contraception** *nf* contracepción *f*
contracté, e [kɔ̃tʀakte] *adj* (*personne*) tenso(-a)
contracter [kɔ̃tʀakte] *vt* contraer; (*assurance*) contratar; **se ~** *vpr* (*métal, muscles*) contraerse
contractuel, le [kɔ̃tʀaktɥɛl] *nm/f* (*agent*) controlador(a) del estacionamiento
contradiction [kɔ̃tʀadiksjɔ̃] *nf* contradicción *f*; **en ~ avec** en contradicción con; **contradictoire** *adj* contradictorio(-a)
contraignant, e [kɔ̃tʀɛɲɑ̃, ɑ̃t] *vb voir* **contraindre** ♦ *adj* apremiante
contraindre [kɔ̃tʀɛ̃dʀ] *vt*: **~ qn à qch/à faire qch** forzar a algn a algo/a hacer algo; **contrainte** *nf* coacción *f*
contraire [kɔ̃tʀɛʀ] *adj* contrario(-a), opuesto(-a); **au ~** al contrario
contrarier [kɔ̃tʀaʀje] *vt* (*irriter*) contrariar; **contrariété** *nf* contrariedad *f*
contraste [kɔ̃tʀast] *nm* contraste *m*
contrat [kɔ̃tʀa] *nm* contrato
contravention [kɔ̃tʀavɑ̃sjɔ̃] *nf* (*amende*) multa
contre [kɔ̃tʀ] *prép* contra; (*en échange*) por; **par ~** en cambio
contrebande [kɔ̃tʀəbɑ̃d] *nf* contrabando

contrebas [kɔ̃tʀəbɑ]: **en ~** *adv* más abajo
contrebasse [kɔ̃tʀəbɑs] *nf* contrabajo
contre...: contrecœur: **à contrecœur** *adv* de mala gana, a regañadientes; **contrecoup** *nm* rebote *m*; **contredire** *vt* contradecir
contrefaçon [kɔ̃tʀəfasɔ̃] *nf* falsificación *f*
contre...: contre-indication (*pl* **contre-indications**) *nf* contraindicación *f*; **contre-indiqué, e** (*pl* **contre-indiqués, es**) *adj* contraindicado(-a)
contremaître [kɔ̃tʀəmɛtʀ] *nm* contramaestre *m*, capataz *m*
contre-plaqué [kɔ̃tʀəplake] (*pl* **~-~s**) *nm* contrachapado
contresens [kɔ̃tʀəsɑ̃s] *nm* contrasentido; **à ~** en sentido contrario
contretemps [kɔ̃tʀətɑ̃] *nm* contratiempo
contribuer [kɔ̃tʀibɥe]: **~ à** *vt ind* contribuir a
contribution [kɔ̃tʀibysjɔ̃] *nf* contribución *f*; **mettre à contribution** utilizar los servicios de
contrôle [kɔ̃tʀol] *nm* control *m*; **~ continu** (*SCOL*) evaluación *f* continua; **~ d'identité** control de identidad
contrôler [kɔ̃tʀole] *vt* controlar; (*vérifier*) comprobar; **contrôleur, -euse** *nm/f* revisor(a), inspector(a) de boletos (*AM*)
controversé, e [kɔ̃tʀɔvɛʀse] *adj* controvertido(-a)
contusion [kɔ̃tyzjɔ̃] *nf* contusión *f*
convaincre [kɔ̃vɛ̃kʀ] *vt*: **~ qn (de qch/de faire)** convencer a algn (de algo/para que haga); **~ qn de** (*JUR*) inculpar a algn de
convalescence [kɔ̃valesɑ̃s] *nf* convalecencia
convenable [kɔ̃vnabl] *adj* (*personne, manières*) decoroso(-a), correcto(-a); (*salaire, travail*) aceptable
convenir [kɔ̃vniʀ] *vi* convenir; **~ à** (*être approprié à*) ser apropiado(-a) para; **~ de** (*admettre*) admitir, reconocer; (*fixer*) convenir, acordar; **~ que** (*admettre*) admitir que; **comme convenu** como estaba acordado
convention [kɔ̃vɑ̃sjɔ̃] *nf* (*accord*) convenio; (*ART, THÉÂTRE*) reglas *fpl*; **~s** *nfpl* (*règles, convenances*) convenciones *fpl*; **conventionné, e** *adj* (*clinique*) concertado(-a); (*médecin, pharmacie*) *que tiene un acuerdo con la Seguridad Social*
convenu, e [kɔ̃vny] *pp, adj* (*heure*) acordado(-a)
conversation [kɔ̃vɛʀsasjɔ̃] *nf* conversación *f*
convertir [kɔ̃vɛʀtiʀ] *vt*: **~ qch en** transformar algo en, convertir algo en
conviction [kɔ̃viksjɔ̃] *nf* convicción *f*
convienne *etc* [kɔ̃vjɛn] *vb voir* **convenir**
convivial, e [kɔ̃vivjal, jo] *adj* sociable; (*INFORM*) fácil de usar
convocation [kɔ̃vɔkasjɔ̃] *nf* convocatoria
convoquer [kɔ̃vɔke] *vt* convocar
coopération [kɔɔpeʀasjɔ̃] *nf* cooperación *f*
coopérer [kɔɔpeʀe] *vi*: **~ (à)** cooperar (en)
coordonné, e [kɔɔʀdɔne] *adj* coordinado(-a); **~s** *nmpl* (*vêtements*) coordinados *mpl*
coordonner [kɔɔʀdɔne] *vt* coordinar
copain, copine [kɔpɛ̃, kɔpin] *nm/f* (*ami*) amigo(-a); (*de classe, de régiment*) compañero(-a)
copie [kɔpi] *nf* copia; (*feuille d'examen*) hoja de examen; **copier** *vt* copiar; **copier sur** copiar a; **copieur** *nm* copiadora
copieux, -euse [kɔpjø, jøz] *adj* (*repas*) copioso(-a), abundante; (*portion, notes, exemples*) abundante
copine [kɔpin] *nf voir* **copain**
coq [kɔk] *nm* gallo
coque [kɔk] *nf* (*de noix*) cáscara; (*de bateau, d'avion*) casco; (*mollusque*) berberecho; **à la ~** (*CULIN*) pasado por agua
coquelicot [kɔkliko] *nm* amapola
coqueluche [kɔklyʃ] *nf* (*MÉD*) tos *f* ferina

coquet, te [kɔkɛ, ɛt] *adj* (*qui veut plaire*) coqueto(-a); (*robe, appartement*) coquetón(-ona); (*somme*) bonito(-a)
coquetier [kɔk(ə)tje] *nm* huevera
coquillage [kɔkijaʒ] *nm* (*mollusque*) marisco; (*coquille*) concha
coquille [kɔkij] *nf* (*de mollusque*) concha; (*de noix, d'œuf*) cáscara; (*TYPO*) errata; **~ St Jacques** vieira
coquin, e [kɔkɛ̃, in] *adj* (*enfant, sourire, regard*) pícaro(-a)
cor [kɔʀ] *nm* (*MUS*) trompa; (*au pied*) callo
corail, -aux [kɔʀaj, o] *nm* coral *m*
Coran [kɔʀɑ̃] *nm*: **le ~** el Corán
corbeau, x [kɔʀbo] *nm* cuervo
corbeille [kɔʀbɛj] *nf* cesta; **~ à papiers** cesto de los papeles
corde [kɔʀd] *nf* (*gén*) cuerda; (*de violon, raquette*) cuerda; (*ATHLÉTISME, AUTO*) la cuerda; **~ à linge** tendedero; **~ à sauter** comba; **~s vocales** cuerdas *fpl* vocales
cordée [kɔʀde] *nf* cordada
cordialement [kɔʀdjalmɑ̃] *adv* cordialmente
cordon [kɔʀdɔ̃] *nm* cordón *m*
cordonnerie [kɔʀdɔnʀi] *nf* zapatería; **cordonnier** *nm* zapatero
Corée [kɔʀe] *nf* Corea; **la ~ du Sud/ du Nord** Corea del Sur/del Norte; **la République (démocratique populaire de) ~** la República (democrática popular de) Corea
coriace [kɔʀjas] *adj* correoso(-a)
corne [kɔʀn] *nf* cuerno
cornée [kɔʀne] *nf* córnea
corneille [kɔʀnɛj] *nf* corneja
cornemuse [kɔʀnəmyz] *nf* cornamusa, gaita
cornet [kɔʀnɛ] *nm* cucurucho
corniche [kɔʀniʃ] *nf* (*route*) carretera de cornisa
cornichon [kɔʀniʃɔ̃] *nm* pepinillo
corporel, le [kɔʀpɔʀɛl] *adj* corporal
corps [kɔʀ] *nm* cuerpo
correct, e [kɔʀɛkt] *adj* (*exact, bienséant*) correcto(-a); (*passable*) correcto(-a), pasable; **correcteur, -trice** *nm/f* (*d'examen*) examinador(a); (*TYPO*) corrector(a);
correction *nf* corrección *f*; (*coups*) paliza, golpiza (*AM*)
correspondance [kɔʀɛspɔ̃dɑ̃s] *nf* correspondencia; (*de train, d'avion*) empalme *m*; **cours par ~** curso por correspondencia; **vente par ~** venta por correo
correspondant, e [kɔʀɛspɔ̃dɑ̃, ɑ̃t] *adj* correspondiente; (*au téléphone*) interlocutor(a)
correspondre [kɔʀɛspɔ̃dʀ] *vi* corresponder; **~ à** corresponder a; **~ avec qn** cartearse con algn
corrida [kɔʀida] *nf* corrida
corridor [kɔʀidɔʀ] *nm* pasillo
corrigé [kɔʀiʒe] *nm* (*SCOL*) solución *f*
corriger [kɔʀiʒe] *vt* (*aussi MÉD*) corregir; (*punir*) castigar; **~ qn de qch** (*défaut*) corregir (algo) a algn
corrompre [kɔʀɔ̃pʀ] *vt* corromper
corruption [kɔʀypsjɔ̃] *nf* corrupción *f*
corse [kɔʀs] *adj* corso(-a) ♦ *nf*: **C~** Córcega ♦ *nm/f*: **C~** corso(-a)
corsé, e [kɔʀse] *adj* (*café etc*) fuerte; (*problème*) arduo(-a)
cortège [kɔʀtɛʒ] *nm* (*funèbre*) comitiva; (*de manifestants*) desfile *m*
cortisone [kɔʀtizɔn] *nf* cortisona
corvée [kɔʀve] *nf* faena
cosmétique [kɔsmetik] *nm* (*produit de beauté*) cosmético
cosmopolite [kɔsmɔpɔlit] *adj* cosmopolita
costaud, e [kɔsto, od] *adj* robusto(-a)
costume [kɔstym] *nm* traje *m*; (*de théâtre*) vestuario; **costumé, e** *adj* disfrazado(-a)
cote [kɔt] *nf* (*d'une valeur boursière*) cotización *f*; (*d'un candidat etc*) popularidad *f*
côte [kot] *nf* (*rivage*) costa; (*pente*) cuesta; (*ANAT, BOUCHERIE*) costilla; **~ à ~** uno al lado de otro; **la ~ (d'Azur)** la costa Azul
côté [kote] *nm* (*gén, GÉOM*) lado; (*du corps*) costado; (*feuille*) cara; (*de la rivière*) orilla; **de tous les ~s** por todos lados, por todas partes; **de quel ~ est-il parti?** ¿en qué dirección salió?; **de ce/de l'autre ~**

de este/del otro lado; **d'un ~ ... de l'autre ~** por una parte ... por otra; **du ~ de** (*provenance*) por el lado de; (*direction*) en dirección a; **du ~ de Lyon** (*proximité*) por Lyon; **de ~** (*marcher, regarder*) de lado; **laisser de ~** dejar de lado; **mettre de ~** poner a un lado; **de chaque ~ (de)** a cada lado (de), a ambos lados (de); **de mon ~** por mi parte; **à ~** al lado; **à ~ de** al lado de

côtelette [kotlɛt] *nf* chuleta

côtier, -ière [kotje, jɛʀ] *adj* costero(-a)

cotisation [kɔtizasjɔ̃] *nf* (*à un club, syndicat*) cuota; (*pour une pension, sécurité sociale*) cotización *f*

cotiser [kɔtize] *vi* (*à une assurance etc*): **~ (à)** cotizar; **se ~** *vpr* pagar a escote

coton [kɔtɔ̃] *nm* algodón *m*; **~ hydrophile** algodón hidrófilo

Coton-tige ® [kɔtɔ̃tiʒ] (*pl* **~s-~s**) *nm* bastoncillo

cou [ku] *nm* cuello

couchant [kuʃɑ̃] *adj*: **soleil ~** sol *m* poniente

couche [kuʃ] *nf* (*de bébé*) pañal *m*; (*gén*, GÉOLOGIE) capa; **~s sociales** capas *fpl* sociales

couché, e [kuʃe] *adj* tumbado(-a), tendido(-a); (*au lit*) acostado(-a)

coucher [kuʃe] *nm* (*du soleil*) puesta (de sol) ♦ *vt* (*mettre au lit*) acostar; (*étendre*) tumbar, tender; (*loger*) alojar; **se ~** *vpr* (*pour dormir*) acostarse; (*pour se reposer*) tumbarse, acostarse; (*soleil*) ponerse

couchette [kuʃɛt] *nf* litera

coucou [kuku] *nm* cuclillo ♦ *excl* ¡hola!

coude [kud] *nm* codo

coudre [kudʀ] *vt, vi* coser

couette [kwɛt] *nf* (*édredon*) edredón *m*

couffin [kufɛ̃] *nm* (*de bébé*) moisés *m*

couler [kule] *vi* (*fleuve*) fluir; (*liquide, sang*) correr; (*stylo*) perder tinta; (*récipient*) gotear; (*nez*) moquear; (*bateau*) hundirse ♦ *vt* colar; (*bateau*) hundir; (*entreprise*) hundir, arruinar

couleur [kulœʀ] *nf* color *m*; (CARTES) palo; **~s** *nfpl* (*du teint, dans un tableau*) colores *mpl*, colorido; **film/télévision en ~s** película/televisión *f* en color; **de ~** de color

couleuvre [kulœvʀ] *nf* culebra

coulisses [kulis] *nfpl* (THÉÂTRE) bastidores *mpl*; (*fig*): **dans les ~** entre bastidores

coup [ku] *nm* golpe *m*; (*avec arme à feu*) disparo; (*frappé par une horloge*) campanada; (*fam: fois*) vez *f*; (SPORT: *geste*) jugada; **en ~ de vent** como un rayo; **donner** *ou* **passer un ~ de balai (dans)** dar un barrido (a), pasar la escoba (por); **boire un ~** echar un trago; **être dans le/hors du ~** estar/no estar en el ajo; **du ~** así que; **d'un seul ~** (*subitement*) de repente; (*à la fois*) de un solo golpe; **du premier ~** al primer intento; **du même ~** al mismo tiempo; **à ~ sûr ...** seguro que ...; **après ~** después; **~ sur ~** uno(-a) tras otro(-a); **sous le ~ de** (*surprise etc*) afectado(-a) por; **~ d'envoi** saque *m* de centro; **~ d'État** golpe de estado; **~ d'œil** vistazo, ojeada; **~ de chance** golpe de suerte; **~ de coude** codazo; **~ de couteau** cuchillada; **~ de feu** disparo; **~ de frein** (AUTO) frenazo; **~ de maindonner un coup de main à qn** echar una mano a algn; **~ de pied** patada; **~ de poing** puñetazo; **~ de soleil** insolación *f*; **~ de sonnette** timbrazo; **~ de téléphone** telefonazo, llamado (AM); **~ de tête** (*fig*) cabezonada; **~ de tonnerre** trueno

coupable [kupabl] *adj, nm/f* culpable *m/f*

coupe [kup] *nf* corte *f*; (*verre*, SPORT) copa; (*à fruits*) frutero

couper [kupe] *vt* cortar; (*retrancher*) suprimir; (*eau, courant*) cortar, quitar; (*appétit, fièvre*) quitar; (*vin, liquide*) aguar ♦ *vi* cortar; (*prendre un raccourci*) atajar; **se ~** *vpr* cortarse; **~ la parole à qn** quitar la palabra a algn, interrumpir a algn

couple [kupl] *nm* pareja

couplet [kuplɛ] *nm* (*MUS*) copla, estrofa
coupole [kupɔl] *nf* cúpula
coupon [kupɔ̃] *nm* (*ticket*) cupón *m*, bono
coupure [kupyʀ] *nf* corte *m*; (*billet de banque*) billete *m* de banco; **~ de courant/d'eau** corte de corriente/de agua
cour [kuʀ] *nf* (*de ferme*) corral *m*; (*jardin, immeuble*) patio; (*JUR*) tribunal *m*; (*royale*) corte *f*; **faire la ~ à qn** hacer la corte a algn; **~ de récréation** patio
courage [kuʀaʒ] *nm* valor *m*; (*ardeur, énergie*) coraje *m*; **courageux, -euse** *adj* valiente, valeroso(-a)
couramment [kuʀamɑ̃] *adv* (*souvent*) frecuentemente; (*parler*) con soltura
courant, e [kuʀɑ̃, ɑ̃t] *adj* (*fréquent*) corriente, común; (*gén, COMM*) corriente; (*en cours*) en curso ♦ *nm* corriente *f*; **être au ~ (de)** estar al corriente (de); **mettre qn au ~ (de)** poner a algn al corriente (de); **se tenir au ~ (de)** mantenerse al corriente (de); **dans le ~ de** durante; **~ d'air** corriente de aire; **~ électrique** corriente eléctrica
courbature [kuʀbatyʀ] *nf* agotamiento; (*SPORT*) agujetas *fpl*
courbe [kuʀb] *adj* curvo(-a) ♦ *nf* curva
coureur, -euse [kuʀœʀ, øz] *nm/f* corredor(a)
courge [kuʀʒ] *nf* calabaza; **courgette** *nf* calabacín *m*
courir [kuʀiʀ] *vi* correr ♦ *vt* (*SPORT*) disputar; (*danger, risque*) correr; **~ les magasins** ir de compras, ir de tiendas
couronne [kuʀɔn] *nf* (*aussi fig*) corona
courons *etc* [kuʀɔ̃] *vb voir* **courir**
courrier [kuʀje] *nm* correo; (*rubrique*) prensa
courroie [kuʀwa] *nf* correa
courrons *etc* [kuʀɔ̃] *vb voir* **courir**
cours [kuʀ] *vb voir* **courir** ♦ *nm* clase *f*; (*série de leçons*) clases *fpl*, curso; (*établissement*) academia; (*des événements, d'une rivière*) curso; (*avenue*) avenida, paseo; (*COMM*) valor *m*, precio; **donner libre ~ à** dar rienda suelta a; **avoir ~** (*monnaie*) estar en circulación; (*fig*) estilarse; (*SCOL*) tener clase; **en ~** (*année*) en curso; (*travaux*) en curso, pendiente; **en ~ de route** en el camino; **au ~ de** durante, en el transcurso de; **le ~ du change** el cambio; **~ d'eau** río; **~ du soir** (*SCOL*) clase nocturna
course [kuʀs] *nf* (*gén, d'un taxi, du soleil*) carrera; **~s** *nfpl* compras *fpl*; **faire les** *ou* **ses ~s** ir de compras
court, e [kuʀ, kuʀt] *adj* (*temps*) corto(-a), breve; (*en longueur, distance*) corto(-a); (*en hauteur*) bajo(-a) ♦ *adv* corto ♦ *nm* (*de tennis*) pista, cancha; **à ~ de** escaso de; **court-circuit** (*pl* **courts-circuits**) *nm* cortocircuito
courtoisie [kurtwazi] *nf* cortesía
couru [kuʀy] *pp de* **courir**
cousais *etc* [kuzɛ] *vb voir* **coudre**
couscous [kuskus] *nm* cuscús *m*, alcuzcuz *m*
cousin, e [kuzɛ̃, in] *nm/f* primo(-a)
coussin [kusɛ̃] *nm* cojín *m*
cousu, e [kuzy] *pp de* **coudre**
coût [ku] *nm* (*d'un travail, objet*) coste *m*, precio; **le ~ de la vie** el coste de la vida
couteau, x [kuto] *nm* cuchillo
coûter [kute] *vt* costar ♦ *vi*: **~ à qn** costarle a algn; **combien ça coûte?** ¿cuánto cuesta?, ¿cuánto vale?; **coûte que coûte** a toda costa; **coûteux, -euse** *adj* costoso(-a)
coutume [kutym] *nf* costumbre *f*
couture [kutyʀ] *nf* costura; **couturier** *nm* modisto; **couturière** *nf* modista
couvent [kuvɑ̃] *nm* convento
couver [kuve] *vt* (*œufs, maladie*) incubar
couvercle [kuvɛʀkl] *nm* tapa
couvert, e [kuvɛʀ, ɛʀt] *pp de* **couvrir** ♦ *adj* (*ciel, coiffé d'un chapeau*) cubierto(-a) ♦ *nm* cubierto; **~s** *nmpl* cubiertos *mpl*; **mettre le ~** poner la mesa
couverture [kuvɛʀtyʀ] *nf* (*de lit*)

manta, frazada (*AM*), cobija (*AM*)
couvre-lit [kuvʀəli] (*pl* **~-~s**) *nm* colcha
couvrir [kuvʀiʀ] *vt* cubrir; (*d'ornements, d'éloges*): **~ qch/qn de** cubrir a algo/algn de; (*erreur*) ocultar; (*distance*) recorrer; **se ~** *vpr* cubrirse; **se ~ de** (*fleurs, boutons*) llenarse de
cow-boy [kobɔj] (*pl* **~-~s**) *nm* vaquero
crabe [kʀɑb] *nm* cangrejo (de mar)
cracher [kʀaʃe] *vi, vt* escupir
crachin [kʀaʃɛ̃] *nm* llovizna, garúa (*AM*)
craie [kʀɛ] *nf* (*substance*) greda; (*morceau*) tiza, gis *m* (*MEX*)
craindre [kʀɛ̃dʀ] *vt* temer; (*être sensible à*) no tolerar
crainte [kʀɛ̃t] *nf* temor *m*; **(de) ~ de/que** por temor a/a que; **craintif, -ive** *adj* temeroso(-a)
crampe [kʀɑ̃p] *nf* calambre *m*
crampon [kʀɑ̃pɔ̃] *nm* (*de semelle*) taco; (*ALPINISME*) crampón *m*; **cramponner** *vb*: **se cramponner (à)** agarrarse (a)
cran [kʀɑ̃] *nm* (*de courroie*) ojete *m*; (*courage*) agallas *fpl*
crapaud [kʀapo] *nm* sapo
craquement [kʀakmɑ̃] *nm* crujido
craquer [kʀake] *vi* (*bois, plancher*) crujir; (*fil, branche*) romperse; (*couture*) estallar; (*s'effondrer*) derrumbarse ♦ *vt* **je craque** (*enthousiasmé*) me vuelvo loco(-a)
crasse [kʀas] *nf* mugre *f*; **crasseux, -euse** *adj* mugriento(-a), mugroso(-a) (*AM*)
cravache [kʀavaʃ] *nf* fusta
cravate [kʀavat] *nf* corbata
crawl [kʀol] *nm* crol *m*
crayon [kʀɛjɔ̃] *nm* lápiz *m*; **~ à bille** bolígrafo; **~ de couleur** lápiz de color; **crayon-feutre** (*pl* **crayons-feutres**) *nm* rotulador *m*
création [kʀeasjɔ̃] *nf* creación *f*; (*nouvelle robe, voiture etc*) creación, diseño
crèche [kʀɛʃ] *nf* (*de Noël*) nacimiento, belén *m*; (*garderie*) guardería
crédit [kʀedi] *nm* (*confiance, autorité, ÉCON*) crédito; **~s** *nmpl* fondos *mpl*; **créditer** *vt*: **créditer un compte (de)** abonar en cuenta
créer [kʀee] *vt* crear; (*spectacle*) montar
crémaillère [kʀemajɛʀ] *nf* **pendre la ~** festejar el estreno de una casa
crème [kʀɛm] *nf* crema; (*du lait*) nata, crema ♦ *adj inv* crema; **un (café) ~** un café con leche; **~ à raser** crema de afeitar; **~ chantilly** nata Chantilly; **crémeux, -euse** *adj* cremoso(-a)
créneau, x [kʀeno] *nm* (*de fortification*) almena; (*fig*) hueco; (*COMM*) segmento de mercado; **faire un ~** (*AUTO*) aparcar hacia atrás
crêpe [kʀɛp] *nf* crêpe *f*, panqueque *m* (*AM*) ♦ *nm* (*tissu*) crespón *m*; **crêperie** *nf* crepería
crépuscule [kʀepyskyl] *nm* crepúsculo
cresson [kʀesɔ̃] *nm* berro
creuser [kʀøze] *vt* cavar; (*bois*) vaciar; (*problème, idée*) cavilar; **ça creuse** (*l'estomac*) eso abre el apetito; **se ~ la cervelle** *ou* **la tête** romperse la cabeza
creux, -euse [kʀø, kʀøz] *adj* hueco(-a) ♦ *nm* hueco; (*fig*) vacío; **heures creuses** (*transports*) horas *fpl* de menos tráfico; (*travail*) horas muertas
crevaison [kʀəvɛzɔ̃] *nf* pinchazo
crevé, e [kʀəve] *adj* (*pneu*) pinchado(-a); (*fam*): **je suis ~** estoy reventado(-a)
crever [kʀəve] *vt* estallar, explotar ♦ *vi* (*pneu, automobiliste*) pinchar; (*abcès, outre*) reventar; (*fam: mourir*) palmarla
crevette [kʀəvɛt] *nf*: **~ rose** gamba; **~ grise** quisquilla, camarón *m*
cri [kʀi] *nm* grito
criard, e [kʀijaʀ, kʀijaʀd] *adj* (*couleur*) chillón(-ona)
cric [kʀik] *nm* (*AUTO*) gato
crier [kʀije] *vi* gritar ♦ *vt* (*ordre*) dar a gritos; (*injure*) lanzar
crime [kʀim] *nm* crimen *m*; **criminel, le** *adj, nm/f* criminal *m/f*

crin [kʀɛ̃] *nm* crin *f*
crinière [kʀinjɛʀ] *nf* (*de cheval*) crines *fpl*; (*lion*) melena
crique [kʀik] *nf* cala
criquet [kʀikɛ] *nm* langosta
crise [kʀiz] *nf* crisis *f inv*; **~ cardiaque** ataque *m* cardíaco; **~ de foie** cólico biliar; **~ de nerfs** ataque de nervios, crisis nerviosa
cristal, -aux [kʀistal, o] *nm* cristal *m*; (*neige*) cristal, copo
critère [kʀitɛʀ] *nm* criterio
critiquable [kʀitikabl] *adj* discutible
critique [kʀitik] *adj* crítico(-a) ♦ *nf* crítica ♦ *nm* crítico
critiquer [kʀitike] *vt* criticar
Croatie [kʀɔasi] *nf* Croacia
crochet [kʀɔʃɛ] *nm* gancho; (*détour*) desvío, rodeo; (*TRICOT*) ganchillo
crocodile [kʀɔkɔdil] *nm* cocodrilo
croire [kʀwaʀ] *vt* creer; **se ~ fort** considerarse fuerte; **~ que** creer que; **~ à** *ou* **en** creer en
croîs [kʀwa] *vb voir* **croître**
croisade [kʀwazad] *nf* cruzada
croisement [kʀwazmɑ̃] *nm* (*carrefour, BIOL*) cruce *m*
croiser [kʀwaze] *vt* cruzar; (*personne, voiture*) cruzarse con, encontrar; **se ~** *vpr* cruzarse; **~ les jambes/les bras** cruzar las piernas/los brazos
croisière [kʀwazjɛʀ] *nf* crucero
croissance [kʀwasɑ̃s] *nf* desarrollo, crecimiento
croissant, e [kʀwasɑ̃, ɑ̃t] *vb voir* **croître** ♦ *adj* creciente ♦ *nm* (*gâteau*) croissant *m*
croître [kʀwatʀ] *vi* crecer
croix [kʀwa] *nf* cruz *f*; **en ~** *adj* en cruz; **la C~ Rouge** la Cruz Roja
croque-monsieur [kʀɔkməsjø] *nm inv sandwich de jamón y queso (tostado)*
croquer [kʀɔke] *vt* (*manger, fruit*) comer ♦ *vi* crujir; **chocolat à ~** chocolate *m* para comer
croquis [kʀɔki] *nm* croquis *m inv*, boceto
crotte [kʀɔt] *nf* caca; **crottin** *nm* (*petit fromage de chèvre*) *quesito redondo de cabra*
croustillant, e [kʀustijɑ̃, ɑ̃t] *adj* crujiente
croûte [kʀut] *nf* (*du fromage, pain*) corteza; (*MÉD*) costra, postilla; **en ~** (*CULIN*) en pastel
croûton [kʀutɔ̃] *nm* (*CULIN*) picatoste *m*; (*extrémité: du pain*) cuscurro
croyant, e [kʀwajɑ̃, ɑ̃t] *vb voir* **croire** ♦ *adj* (*REL*): **être/ne pas être ~** ser/no ser creyente
CRS [seɛʀɛs] *sigle fpl* (= *Compagnies républicaines de sécurité*)
cru, e [kʀy] *pp de* **croire** ♦ *adj* (*non cuit*) crudo(-a); (*lumière, couleur*) fuerte, vivo(-a); (*description, langage*) crudo(-a); (*grossier*) grosero(-a) ♦ *nm* (*vignoble*) viñedo; (*vin*) caldo
crû [kʀy] *pp de* **croître**
cruauté [kʀyote] *nf* crueldad *f*
cruche [kʀyʃ] *nf* cántaro
crucifix [kʀysifi] *nm* crucifijo
crudités [kʀydite] *nfpl* (*CULIN*) verduras *fpl* y hortalizas crudas
crue [kʀy] *adj f voir* **cru** ♦ *nf* crecida
cruel, le [kʀyɛl] *adj* (*personne, sort*) cruel; (*froid*) despiadado(-a)
crus *etc* [kʀy] *vb voir* **croire**
crûs *etc* [kʀy] *vb voir* **croître**
crustacés [kʀystase] *nmpl* crustáceos *mpl*
Cuba [kyba] *nm* Cuba; **cubain, e** *adj* cubano(-a) ♦ *nm/f*: **Cubain, e** cubano(-a)
cube [kyb] *nm* cubo; (*MATH*): **2 au ~ = 8** 2 al cubo = 8; **mètre ~** metro cúbico
cueillette [kœjɛt] *nf* recolección *f*, cosecha
cueillir [kœjiʀ] *vt* recoger; (*attraper*) pillar
cuiller, cuillère [kɥijɛʀ] *nf* cuchara; **~ à café** cucharilla; **~ à soupe** cuchara sopera; **cuillerée** *nf* cucharada
cuir [kɥiʀ] *nm* cuero
cuire [kɥiʀ] *vt* (*aliments, poterie*) cocer; (*au four*) asar ♦ *vi* cocerse; **bien cuit** (*viande*) bien hecho *ou* pasado; **trop cuit** demasiado hecho *ou* pasado; **cuit à point** hecho en su punto
cuisine [kɥizin] *nf* cocina; (*nourriture*) comida; **faire la ~** preparar la comida; **cuisiné, e** *adj*: **plat cuisiné**

plato cocinado; **cuisiner** *vt* cocinar; (*fam*) acribillar a preguntas a ♦ *vi* cocinar; **cuisinier, -ière** *nm/f* cocinero(-a); **cuisinière** *nf* (*poêle*) cocina

cuisse [kɥis] *nf* (ANAT) muslo; (*de poulet*) muslo; (*de mouton*) pierna

cuisson [kɥisɔ̃] *nf* cocción *f*

cuit, e [kɥi, kɥit] *pp de* **cuire** ♦ *adj* cocido(-a)

cuivre [kɥivʀ] *nm* cobre *m*; **les ~s** (MUS) los cobres

cul [ky] (*fam!*) *nm* culo (*fam!*)

culminant [kylminɑ̃] *adj*: **point ~** punto culminante

culot [kylo] *nm* (*effronterie*) desfachatez *f*, descaro

culotte [kylɔt] *nf* (*pantalon*) pantalón *m* corto; (*de femme*): **(petite) ~** bragas *fpl*, calzones *mpl* (AM)

culte [kylt] *nm* culto

cultivateur, -trice [kyltivatœʀ, tʀis] *nm/f* cultivador(a)

cultivé, e [kyltive] *adj* (*terre*) cultivado(-a); (*personne*) culto(-a)

cultiver [kyltive] *vt* cultivar

culture [kyltyʀ] *nf* cultivo; (*connaissances*) cultura; **~ physique** culturismo; **culturel, le** *adj* cultural

cumin [kymɛ̃] *nm* comino

cure [kyʀ] *nf* (MÉD) cura

curé [kyʀe] *nm* cura *m*, párroco

cure-dent [kyʀdɑ̃] (*pl* **~-~s**) *nm* palillo, mondadientes *m inv*

curieusement [kyʀjøzmɑ̃] *adv* curiosamente

curieux, -euse [kyʀjø, jøz] *adj* curioso(-a) ♦ *nmpl* curiosos *mpl*, mirones *mpl*; **curiosité** *nf* curiosidad *f*; (*objet, site*) singularidad *f*

curriculum vitae [kyʀikylɔmvite] *nm inv* curriculum vitae *m*

cutané, e [kytane] *adj* cutáneo(-a)

cuve [kyv] *nf* cuba; (*à mazout etc*) depósito, tanque *m*

cuvette [kyvɛt] *nf* (*récipient*) palangana; (*des w-c*) taza; (GÉO) hondonada

CV [seve] *sigle m* (= *cheval vapeur*) C.V. (= *caballos de vapor*); = *curriculum vitae*

cyclable [siklabl] *adj*: **piste ~** pista para ciclistas

cycle [sikl] *nm* (*vélo*) velocípedo; (*naturel, biologique*) ciclo; **cyclisme** *nm* ciclismo; **cycliste** *nm/f* ciclista *m/f* ♦ *adj*: **coureur cycliste** corredor *m* ciclista

cyclomoteur [siklomɔtœʀ] *nm* ciclomotor *m*

cyclone [siklon] *nm* ciclón *m*

cygne [siɲ] *nm* cisne *m*

cylindre [silɛ̃dʀ] *nm* cilindro; **cylindrée** *nf* cilindrada

cymbale [sɛ̃bal] *nf* platillo

cynique [sinik] *adj* cínico(-a)

cystite [sistit] *nf* cistitis *f*

D, d

d' [d] *prép voir* **de**

dactylo [daktilo] *nf* (*aussi:* **dactylographe**) mecanógrafa

dada [dada] *nm* tema *m* de siempre

daim [dɛ̃] *nm* (ZOOL) gamo; (*peau*) ante *m*; (*imitation*) piel *f* vuelta

dame [dam] *nf* señora; (CARTES, ÉCHECS) reina; **~s** *nfpl* (*jeu*) damas *nfpl*

Danemark [danmaʀk] *nm* Dinamarca

danger [dɑ̃ʒe] *nm*: **le ~** el peligro; **un ~** un peligro; **être/mettre en ~** estar/poner en peligro; **dangereux, -euse** *adj* peligroso(-a)

danois, e [danwa, waz] *nm* (LING, *chien*) danés *msg* ♦ *nm/f*: **D~, e** danés(-esa)

MOT-CLÉ

dans [dɑ̃] *prép* **1** (*position*) en; **dans le tiroir/le salon** en el cajón/el salón; **marcher dans la ville** andar por la ciudad; **je l'ai lu dans un journal** lo leí en un periódico; **monter dans une voiture/le bus** subir en un coche/el autobús; **dans la rue** en la calle; **être dans les premiers** ser de los primeros

2 (*direction*) a; **elle a couru dans le salon** corrió al salón

3 (*provenance*) de; **je l'ai pris dans le tiroir/salon** lo saqué del cajón/salón; **boire dans un verre** beber

en un vaso
4 (*temps*) dentro de; **dans 2 mois** dentro de dos meses; **dans quelques instants** dentro de unos momentos; **dans quelques jours** dentro de unos días; **il part dans quinze jours** se marcha dentro de quince días; **je serai là dans la matinée** estaré allí por la mañana
5 (*approximation*) alrededor de; **dans les 20 F/4 mois** alrededor de 20 francos/4 meses
6 (*intention*) con; **dans le but de faire qch** con objeto de hacer algo

danse [dɑ̃s] *nf* danza; **une ~** un baile; **danser** *vt, vi* bailar, danzar; **danseur, -euse** *nm/f* (*de ballet*) bailarín(-ina); (*cavalier*) pareja

date [dat] *nf* (*jour*) fecha; **de longue** *ou* **vieille ~** (*amitié*) viejo(-a); **~ limite** fecha límite; (*d'un aliment*: *aussi:* **date limite de vente**) fecha de caducidad; **~ de naissance** fecha de nacimiento; **dater** *vt* fechar ♦ *vi* estar anticuado(-a); **dater de** (*remonter à*) datar de; **à dater de** a partir de

datte [dat] *nf* dátil *m*

dauphin [dofɛ̃] *nm* delfín *m*

davantage [davɑ̃taʒ] *adv* más; (*plus longtemps*) más tiempo; **~ de** más

MOT-CLÉ

de, d' [də] (*de + le =* **du,** *de + les =* **des**) *prép* **1** (*appartenance*) de; **le toit de la maison** el tejado de la casa; **la voiture d'Élisabeth/de mes parents** el coche de Elisabeth/de mis padres
2 (*moyen*) con; **suivre des yeux** seguir con la mirada; **estimé de ses collègues** estimado por sus colegas
3 (*provenance*) de; **il vient de Londres** viene de Londres; **elle est sortie du cinéma** salió del cine
4 (*caractérisation, mesure*): **un mur de brique** un muro de ladrillo; **un verre d'eau** un vaso de agua; **un billet de 50 F** un billete de 50 francos; **une pièce de 2 m de large** *ou* **large de 2 m** una habitación de 2m de ancho; **un bébé de 10 mois** un bebé de 10 meses; **12 mois de crédit/travail** 12 meses de crédito/trabajo; **augmenter** *etc* **de 10 F** aumentar *etc* 10 francos; **3 jours de libres** 3 días libres; **de nos jours** en nuestros días; **être payé 20 F de l'heure** cobrar 20 francos por hora
5 (*rapport*): **de 14 à 18** de 14 a 18; **de Madrid à Paris** de Madrid a París; **voyager de pays en pays** viajar de país en país
6 de; (*cause*): **mourir de faim** morir(se) de hambre; **rouge de colère** rojo(-a) de ira
7 (*vb + de + infinitif*): **je vous prie de venir** le ruego que venga; **il m'a dit de rester** me dijo que me quedara
8: **cet imbécile de Pierre** el tonto de Pierre ♦ *dét* (*partitif*): **du vin/de l'eau/des pommes** vino/agua/manzanas; **des enfants sont venus** vinieron unos niños; **pendant des mois** durante meses; **il mange de tout** come de todo; **y a-t'il du vin?** ¿hay vino?; **il n'a pas de chance/d'enfants** no tiene suerte/niños

dé [de] *nm* (*aussi:* **~ à coudre**) dedal *m*; (*à jouer*) dado

déballer [debale] *vt* desembalar

débarcadère [debaʀkadɛʀ] *nm* desembarcadero

débardeur [debaʀdœʀ] *nm* (*maillot*) *camiseta corta sin mangas*

débarquer [debaʀke] *vt* desembarcar ♦ *vi* desembarcar; (*fam*) plantarse

débarras [debaʀɑ] *nm* trastero; (*placard*) armario trastero; **"bon ~!"** "¡anda y que te zurzan!"; **débarrasser** *vt* desalojar ♦ *vi* quitar la mesa; **se débarrasser** *vpr*: **se débarrasser de** desembarazarse de; (*habitude*) librarse de; **débarrasser la table** quitar la mesa; **débarrasser qn de qch** (*vêtements*) recogerle algo a algn; (*paquets*) ayudar a algn con algo

débat [deba] *nm* debate *m*; **~s** *nmpl* (POL) debate *msg*; **débattre** *vt*

(*question, prix*) debatir, discutir; **se débattre** *vpr* debatirse
débit [debi] *nm* (*fleuve*) caudal *m*; (*élocution*) cadencia; (*d'un magasin*) ventas *fpl*; (*bancaire*) débito; **~ de tabac** estanco
déblayer [debleje] *vt* despejar
débloquer [deblɔke] *vt* desbloquear
déboîter [debwate] *vi* (AUTO) salirse de la fila ♦ *vt*: **se ~** dislocarse
débordé, e [debɔʀde] *adj*: **être ~** estar desbordado(-a)
déborder [debɔʀde] *vi* (*rivière*) desbordarse; (*eau, lait*) derramarse; (*dépasser*): **~ (de) qch** rebosar de algo
débouché [debuʃe] *nm* (*gén pl*: *pour vendre un produit*) mercado; (*perspectives d'emploi*) posibilidades *fpl*
déboucher [debuʃe] *vt* (*évier, tuyau etc*) destapar; (*bouteille*) descorchar; **~ sur** desembocar en; **~ de** salir de
debout [d(ə)bu] *adv* (*personne, chose*) de pie; (*levé, éveillé*) levantado(-a); **être encore ~** (*fig*) estar todavía en pie; **se mettre ~** ponerse de pie; **se tenir ~** mantenerse en pie; **"~!"** "¡pie!"; (*du lit*) "¡arriba!"; **cette histoire/ça ne tient pas ~** esta historia/eso no se tiene en pie
déboutonner [debutɔne] *vt* desabrochar, desabotonar
débraillé, e [debʀɑje] *adj* (*tenue*) desaliñado(-a)
débrancher [debʀɑ̃ʃe] *vt* (*appareil électrique*) desenchufar; (*téléphone*) desconectar
débrayage [debʀɛjaʒ] *nm* (AUTO: *aussi action*) desembrague *m*; **débrayer** *vi* (AUTO) desembragar
débris [debʀi] *nm* trozo ♦ *nmpl* restos *mpl*
débrouillard, e [debʀujaʀ, aʀd] *adj* avispado(-a)
débrouiller [debʀuje] *vt* (*affaire, cas*) desembrollar; **se ~** *vpr* arreglárselas
début [deby] *nm* comienzo, principio; **débutant, e** *nm/f, adj* principiante *m/f*; **débuter** *vi* comenzar; (*personne*) debutar
décaféiné, e [dekafeine] *adj* descafeinado(-a)
décalage [dekalaʒ] *nm* desfase *m*; (*écart*) separación *f*; **~ horaire** diferencia de horario
décaler [dekale] *vt* (*changer de position*) desplazar; (*dans le temps*: *avancer*) adelantar; (: *retarder*) aplazar
décapotable [dekapɔtabl] *adj* descapotable
décapsuleur [dekapsylœʀ] *nm* abrebotellas *m inv*
décédé, e [desede] *adj* fallecido(-a)
décéder [desede] *vi* fallecer
décembre [desɑ̃bʀ] *nm* diciembre *m*; *voir aussi* **juillet**
décennie [deseni] *nf* decenio
décent, e [desɑ̃, ɑ̃t] *adj* decente
déception [desɛpsjɔ̃] *nf* decepción *f*
décès [desɛ] *nm* fallecimiento
décevant, e [des(ə)vɑ̃, ɑ̃t] *adj* decepcionante
décevoir [des(ə)vwaʀ] *vt* decepcionar; (*espérances, confiance*) defraudar
décharge [deʃaʀʒ] *nf* (*dépôt d'ordures*) vertedero; **décharger** *vt* descargar
déchausser [deʃose]: **se ~** *vpr* (*personne*) descalzarse; (*dent*) descarnarse
déchets [deʃɛ] *nmpl* (*ordures*) restos *mpl*, residuos *mpl*
déchiffrer [deʃifʀe] *vt* (*nouvelle*) leer; (*musique, partition*) ejecutar por primera vez; (*texte illisible*) descifrar
déchirant, e [deʃiʀɑ̃, ɑ̃t] *adj*
déchirement [deʃiʀmɑ̃] *nm* desgarrón *m*; (*chagrin*) desgarramiento
déchirer [deʃiʀe] *vt* (*vêtement, livre*) desgarrar; (*mettre en morceaux*) rasgar; (*pour ouvrir*) rasgar; (*arracher*) arrancar; (*fig*) destrozar; **se ~** *vpr* desgarrarse; (*fig*) destrozarse; **se ~ un muscle/tendon** desgarrarse un músculo/tendón
déchirure [deʃiʀyʀ] *nf* desgarrón *m*; **~ musculaire** desgarrón muscular
décidé, e [deside] *adj* decidido(-a); **c'est ~** está decidido; **décidément** *adv* decididamente

décider [deside] *vt*: **~ qch** decidir algo; **se ~** *vpr* (*personne*) decidirse; (*problème, affaire*) resolverse; **~ que** decidir que; **~ qn (à faire qch)** animar a algn (a hacer algo); **~ de faire** decidir hacer; **~ de qch** decidir algo; **se ~ à faire qch** decidirse a hacer algo; **se ~ pour qch** decidirse por algo

décimal, e, -aux [desimal, o] *adj* decimal

décimètre [desimɛtʀ] *nm* decímetro; **double ~** doble decímetro

décisif, -ive [desizif, iv] *adj* decisivo(-a)

décision [desizjɔ̃] *nf* decisión *f*

déclaration [deklaʀasjɔ̃] *nf* declaración *f*; **~ (d'amour)** declaración (de amor); **~ (de perte)** denuncia (de pérdida); **~ (de sinistre)** declaración (de siniestro); **~ (de vol)** denuncia (de robo)

déclarer [deklaʀe] *vt* declarar; (*vol etc: à la police*) denunciar; (*décès, naissance*) certificar; **se ~** *vpr* declararse

déclencher [deklɑ̃ʃe] *vt* activar; (*attaque*) lanzar; (*fig*) provocar; **se ~** *vpr* desencadenarse

décliner [dekline] *vi* (*jour, santé*) declinar

décoiffer [dekwafe] *vt* (*déranger la coiffure*) despeinar; **se ~** *vpr* despeinarse

déçois *etc* [deswa] *vb voir* **décevoir**

décollage [dekɔlaʒ] *nm* despegue *m*, decolaje *m* (AM)

décoller [dekɔle] *vt, vi* despegar, decolar (AM); **se ~** *vpr* despegarse

décolleté, e [dekɔlte] *adj* escotado(-a) ♦ *nm* escote *m*

décolorer [dekɔlɔʀe] *vt* decolorar; (*suj: âge, lumière*) descolorir; **se ~** *vpr* descolorirse

décommander [dekɔmɑ̃de] *vt* (*marchandise*) anular; **se ~** *vpr* (*invité etc*) excusarse

déconcerter [dekɔ̃sɛʀte] *vt* desconcertar

décongeler [dekɔ̃ʒ(ə)le] *vt* descongelar

déconner [dekɔne] (*fam*) *vi* (*en parlant*) decir pijadas

déconseiller [dekɔ̃seje] *vt*: **~ qch (à qn)** desaconsejar algo (a algn)

décontracté, e [dekɔ̃tʀakte] *adj* (*personne*) relajado(-a); (*ambiance*) distendido(-a)

décontracter [dekɔ̃tʀakte] *vt* descontraer; (*muscle*) relajar; **se ~** *vpr* (*personne*) relajarse

décor [dekɔʀ] *nm* (*d'un palais etc*) decoración *f*; (*paysage*) panorama *m*; (*gén pl*: THÉÂTRE, CINÉ) decorado; **décorateur, -trice** [dekɔʀatœʀ, tʀis] *nm/f* (*ouvrier*) decorador(a); (CINÉ) escenógrafo(-a); **décoration** *nf* decoración *f*; (*médaille*) condecoración *f*; **décorer** *vt* decorar; (*médailler*) condecorar

décortiquer [dekɔʀtike] *vt* (*riz*) descascarillar; (*amandes, crevettes*) pelar; (*fig*) desmenuzar

découdre [dekudʀ]: **se ~** *vpr* descoserse

découper [dekupe] *vt* recortar; (*volaille, viande*) trinchar; (*fig*) fragmentar; **se ~ sur** (*le ciel, fond*) perfilarse en

décourager [dekuʀaʒe] *vt* desanimar, desalentar; **se ~** *vpr* desanimarse

décousu, e [dekuzy] *pp de* **découdre** ♦ *adj* descosido(-a); (*fig*) deshilvanado(-a)

découvert, e [dekuvɛʀ, ɛʀt] *pp de* **découvrir** ♦ *adj* (*tête*) descubierto(-a) ♦ *nm* (*bancaire*) descubierto; **découverte** *nf* descubrimiento

découvrir [dekuvʀiʀ] *vt* descubrir; (*casserole*) destapar; (*apercevoir*) divisar

décrire [dekʀiʀ] *vt* describir

décrocher [dekʀɔʃe] *vt* descolgar; (*contrat etc*) conseguir; (*abandonner*) retirarse; (*perdre sa concentration*) desconectar

déçu, e [desy] *pp de* **décevoir** ♦ *adj* (*personne*) decepcionado(-a)

dédaigner [dedeɲe] *vt* desdeñar; **dédaigneux, -euse** *adj* desdeñoso(-a); **dédain** *nm* desdén

dedans [dədɑ̃] *adv* dentro, adentro

(*esp AM*) ♦ *nm* interior *m*; **là-~** ahí dentro; **au ~** (por) dentro; **en ~** por dentro
dédicacer [dedikase] *vt* dedicar
dédier [dedje] *vt*: **~ à** (*livre*) dedicar a; (*efforts*) consagrar a
dédommagement [dedɔmaʒmɑ̃] *nm* (*indemnité*) indemnización *f*
dédommager [dedɔmaʒe] *vt*: **~ qn (de)** indemnizar a algn (por)
dédouaner [dedwane] *vt* aduanar
déduire [dedɥiʀ] *vt*: **~ qch (de)** deducir algo (de)
défaillance [defajɑ̃s] *nf* desfallecimiento; (*technique*) fallo; **~ cardiaque** fallo cardíaco
défaire [defɛʀ] *vt* (*installation, échafaudage*) desmontar; (*paquet etc*) abrir; (*nœud*) desatar; (*vêtement*) descoser; (*déranger*) deshacer; (*cheveux*) despeinar; **se ~** *vpr* (*cheveux, nœud*) deshacerse
défait, e [defɛ, ɛt] *pp de* **défaire** ♦ *adj* deshecho(-a); (*nœud*) desatado(-a); (*visage*) descompuesto(-a); **défaite** *nf* (*MIL*) derrota; (*gén*: *échec*) fracaso
défaut [defo] *nm* (*moral*) defecto; (*d'étoffe, métal*) falla; **~ de** (*manque, carence*) falto de; **en ~** en falta; **faire ~** faltar; **à ~** al menos; **à ~ de** a falta de
défavorable [defavɔʀabl] *adj* desfavorable
défavoriser [defavɔʀize] *vt* desfavorecer
défectueux, -euse [defɛktɥø, øz] *adj* defectuoso(-a)
défendre [defɑ̃dʀ] *vt* defender; (*interdire*) prohibir; **se ~** *vpr* defenderse; **~ à qn qch/de faire** prohibir a algn algo/hacer; **il se défend** (*fig*) va defendiéndose; **ça se défend** (*fig*) esto se sostiene; **se ~ de/contre** (*se protéger*) protegerse de/contra; **se ~ de** (*se garder de*) evitar
défense [defɑ̃s] *nf* defensa; **"~ de fumer/cracher"** "prohibido fumar/escupir"
défi [defi] *nm* desafío, reto
déficit [defisit] *nm* (*COMM*) déficit *m*
défier [defje] *vt* desafiar
défigurer [defigyʀe] *vt* desfigurar
défilé [defile] *nm* (*GÉO*) desfiladero; (*soldats, manifestants*) desfile *m*
défiler [defile] *vi* desfilar
définir [definiʀ] *vt* definir
définitif, -ive [definitif, iv] *adj* definitivo(-a); (*décision, refus*) irrevocable; **définitive** *nf*: **en définitive** en definitiva; **définitivement** *adv* definitivamente
déformer [defɔʀme] *vt* deformar; **se ~** *vpr* deformarse
défouler [defule]: **se ~** *vpr* (*gén*) desahogarse
défunt, e [defœ̃, œ̃t] *nm/f* difunto(-a)
dégagé, e [degaʒe] *adj* (*ciel, vue*) despejado(-a); (*ton, air*) desenvuelto(-a)
dégager [degaʒe] *vt* liberar; (*exhaler*) desprender; (*désencombrer*) despejar; (*idée, aspect etc*) extraer; **se ~** *vpr* (*odeur*) desprenderse; (*passage bloqué, ciel*) despejarse
dégâts [degɑ] *nmpl*: **faire des ~** causar daños
dégel [deʒɛl] *nm* deshielo; **dégeler** *vi* deshelarse
dégivrer [deʒivʀe] *vt* (*frigo*) descongelar; (*vitres*) deshelar
dégonflé, e [degɔ̃fle] *adj* (*pneu*) desinflado(-a), deshinchado(-a)
dégonfler [degɔ̃fle] *vt* desinflar, deshinchar
dégouliner [deguline] *vi* chorrear
dégourdi, e [deguʀdi] *adj* espabilado(-a)
dégourdir [deguʀdiʀ]: **se ~** *vpr*: **se ~ (les jambes)** desentumecerse (las piernas)
dégoût [degu] *nm* asco; **dégoûtant, e** *adj* asqueroso(-a); **c'est dégoûtant!** (*injuste*) ¡no hay derecho!; **dégoûté, e** *adj* asqueado(-a); **dégoûté de** asqueado(-a) de; **dégoûter** *vt* asquear; **dégoûter qn de faire qch** quitarle a algn las ganas de hacer algo
dégrader [degʀade]: **se ~** *vpr* deteriorarse
degré [dəgʀe] *nm* grado; (*niveau,*

taux) punto; **alcool à 90 ~s** alcohol *m* de 90 grados
dégressif, -ive [degʀesif, iv] *adj* decreciente
dégringoler [degʀɛ̃gɔle] *vi* caer rodando; (*prix, Bourse etc*) hundirse
déguisement [degizmɑ̃] *nm* disfraz *m*
déguiser [degize]: **se ~** *vpr* disfrazarse
dégustation [degystasjɔ̃] *nf* degustación *f*; (*vin*) cata
déguster [degyste] *vt* degustar; (*vin*) catar; (*fig*) saborear
dehors [dəɔʀ] *adv* fuera, afuera (*esp* AM) ♦ *nm* exterior *m* ♦ *nmpl* (*apparences*) apariencias *fpl*; **mettre** *ou* **jeter ~** echar fuera; **au ~** (por) fuera; (*en apparence*) por fuera; **au ~ de** fuera de; **en ~** (*vers l'extérieur*) hacia afuera; **en ~ de** (*hormis*) fuera de
déjà [deʒa] *adv* ya
déjeuner [deʒœne] *vi* (*matin*) desayunar; (*à midi*) almorzar, comer ♦ *nm* (*petit déjeuner*) desayuno; (*à midi*) almuerzo, comida
delà [dəla] *prép, adv*: **par-~** (*plus loin que*) más allá de; (*de l'autre côté de*) al otro lado de; **en ~ (de)/au-~ (de)** más allá (de)
délacer [delase] *vt* desatar
délai [delɛ] *nm* plazo; (*sursis*) prórroga; **sans ~** sin demora; **à bref ~** en breve plazo; **dans les ~s** dentro de los plazos
délaisser [delese] *vt* abandonar
délasser [delɑse]: **se ~** *vpr* recrearse
délavé, e [delave] *adj* descolorido(-a)
délayer [deleje] *vt* diluir
delco ® [dɛlko] *nm* (AUT) delco
délégué, e [delege] *adj* delegado(-a) ♦ *nm/f* delegado(-a)
déléguer [delege] *vt* delegar
délibéré, e [delibeʀe] *adj* deliberado(-a); (*déterminé*) resuelto(-a)
délicat, e [delika, at] *adj* delicado(-a); (*attentionné*) atento(-a); **délicatement** *adv* delicadamente; (*subtilement*) con delicadeza
délice [delis] *nm* delicia
délicieux, -euse [delisjø, jøz] *adj* (*goût, femme*) delicioso(-a); (*sensation*) placentero(-a)
délimiter [delimite] *vt* delimitar
délinquant, e [delɛ̃kɑ̃, ɑ̃t] *adj, nm/f* delincuente *m/f*
délirer [deliʀe] *vi* delirar
délit [deli] *nm* (JUR, *gén*) delito
délivrer [delivʀe] *vt* (*prisonnier*) liberar; (*passeport, certificat*) expedir
deltaplane ® [dɛltaplan] *nm* ala delta
déluge [delyʒ] *nm* diluvio
demain [d(ə)mɛ̃] *adv* mañana; **~ matin/soir** mañana por la mañana/tarde; **~ midi** mañana a mediodía
demande [d(ə)mɑ̃d] *nf* petición *f*; (ADMIN, *formulaire*) instancia, solicitud *f*; **la ~** (ÉCON) la demanda; **~ d'emploi** solicitud de empleo; **"~s d'emploi"** "demandas *fpl* de empleo"
demandé, e [d(ə)mɑ̃de] *adj*: **très ~** muy solicitado(-a)
demander [d(ə)mɑ̃de] *vt* pedir; (*autorisation*) solicitar; (*médecin, plombier, infirmier*) necesitar; (*de l'habileté, du courage*) requerir; **~ qch à qn** preguntar algo a algn; **~ l'heure/son chemin** preguntar la hora/el camino; **~ à qn de faire** pedir a algn que haga; **se ~ si/pourquoi** *etc* preguntarse si/por qué *etc*; **on vous demande au téléphone** le llaman por teléfono; **il ne demande que ça/qu'à faire ...** (*iro*) justo lo que quería/lo que quería hacer ...; **je ne demande pas mieux que ...** no deseo otra cosa más que ...; **demandeur, -euse** *nm/f*: **demandeur d'emploi** demandante *m/f* de empleo
démangeaison [demɑ̃ʒɛzɔ̃] *nf* picor *m*
démanger [demɑ̃ʒe] *vi* picar
démaquillant, e [demakijɑ̃, ɑ̃t] *adj* desmaquillador(a)
démaquiller [demakije]: **se ~** *vpr* desmaquillarse
démarche [demaʀʃ] *nf* (*allure*) paso; (*intervention*) trámite *m*; (*intellectuelle*

etc) proceso; **faire** *ou* **entreprendre des ~s (auprès de qn)** hacer *ou* iniciar gestiones (ante algn)
démarrage [demaʀaʒ] *nm* (*d'une voiture, SPORT*) salida
démarrer [demaʀe] *vi* arrancar; (*travaux, affaire*) ponerse en marcha; **démarreur** *nm* (*AUTO*) botón *m* de arranque
démêlant, e [demɛlɑ̃, ɑ̃t] *adj*: **crème ~e** *ou* **baume ~** crema suavizante
démêler [demele] *vt* (*fil, cheveux*) desenredar; **démêlés** *nmpl* diferencias *fpl*
déménagement [demenaʒmɑ̃] *nm* mudanza; **entreprise/camion de ~** empresa/camión *m* de mudanzas
déménager [demenaʒe] *vt* mudar ♦ *vi* mudarse; **déménageur** *nm* encargado de mudanzas; (*entrepreneur*) empresario de mudanzas
démerder [demɛʀde] (*fam!*) *vi*: **se ~** arreglárselas
démettre [demɛtʀ]: **se ~** *vpr* (*épaule etc*) dislocarse
demeurer [dəmœʀe] *vi* (*habiter*) residir, vivir; (*séjourner*) permanecer; (*rester*) quedar, permanecer
demi, e [dəmi] *adj*: **~-rempli** medio lleno(-a) ♦ *nm* (*bière*) caña; (*FOOTBALL*) medio; **trois bouteilles et ~e** tres botellas y media; **il est deux heures et ~e** son las dos y media; **à ~** a medias; **à la ~e** (*heure*) a la media; **demi-douzaine** (*pl* **demi-douzaines**) *nf* media docena; **demi-finale** (*pl* **demi-finales**) *nf* semifinal *f*; **demi-frère** (*pl* **demi-frères**) *nm* medio hermano, hermanastro; **demi-heure** (*pl* **demi-heures**) *nf* media hora; **demi-journée** (*pl* **demi-journées**) *nf* media jornada; **demi-litre** (*pl* **demi-litres**) *nm* medio litro; **demi-livre** (*pl* **demi-livres**) *nf* media libra; **demi-pension** (*pl* **demi-pensions**) *nf* media pensión *f*
démis, e [demi, iz] *pp de* **démettre** ♦ *adj* (*épaule etc*) dislocado(-a)
demi-sœur [dəmisœʀ] (*pl* **~-~s**) *nf* media hermana, hermanastra
démission [demisjɔ̃] *nf* dimisión *f*; **donner sa ~** presentar la dimisión; **démissionner** *vi* dimitir
demi-tarif [dəmitaʀif] (*pl* **~-~s**) *nm* media tarifa
demi-tour [dəmituʀ] (*pl* **~-~s**) *nm* media vuelta; **faire ~-~** dar la vuelta
démocratie [demɔkʀasi] *nf* democracia; **démocratique** *adj* democrático(-a)
démodé, e [demɔde] *adj* pasado(-a) de moda
demoiselle [d(ə)mwazɛl] *nf* señorita; **~ d'honneur** dama de honor
démolir [demɔliʀ] *vt* (*bâtiment*) demoler
démon [demɔ̃] *nm* demonio; **le D~** el demonio
démonstration [demɔ̃stʀasjɔ̃] *nf* demostración *f*
démonter [demɔ̃te] *vt* desmontar
démontrer [demɔ̃tʀe] *vt* demostrar
démouler [demule] *vt* (*gâteau*) extraer del molde
démuni, e [demyni] *adj* pelado(-a)
dénicher [deniʃe] *vt* dar con
dénier [denje] *vt* negar
dénivellation [denivelasjɔ̃] *nf* desnivel *m*
dénombrer [denɔ̃bʀe] *vt* (*compter*) contar; (*énumérer*) enumerar
dénomination [denɔminasjɔ̃] *nf* (*nom*) denominación *f*
dénoncer [denɔ̃se] *vt* denunciar
dénouement [denumɑ̃] *nm* desenlace *m*
dénouer [denwe] *vt* desatar
denrée [dɑ̃ʀe] *nf* producto; **~s alimentaires** productos *mpl* alimenticios
dense [dɑ̃s] *adj* denso(-a); **densité** *nf* densidad *f*
dent [dɑ̃] *nf* diente *m*; **avoir une ~ contre qn** tener manía a algn; **en ~s de scie** dentado(-a); **~ de lait** diente de leche; **~ de sagesse** muela del juicio; **dentaire** *adj* dental
dentelle [dɑ̃tɛl] *nf* encaje *m*
dentier [dɑ̃tje] *nm* dentadura
dentifrice [dɑ̃tifʀis] *nm* dentífrico
dentiste [dɑ̃tist] *nm/f* dentista *m/f*

dentition [dɑ̃tisjɔ̃] *nf* (*dents*) dentadura; (*formation*) dentición *f*
dénué, e [denɥe] *adj*: **~ de** desprovisto(-a) de
déodorant [deɔdɔʀɑ̃] *nm* desodorante *m*
déontologie [deɔ̃tɔlɔʒi] *nf* deontología
dépannage [depanaʒ] *nm* reparación *f*; **service de ~** (*AUTO*) servicio de reparaciones
dépanner [depane] *vt* reparar; (*fig*) sacar de apuros; **dépanneuse** *nf* grúa
dépareillé, e [depaʀeje] *adj* (*collection, service*) descabalado(-a); (*gant, volume, objet*) desparejado(-a)
départ [depaʀ] *nm* partida, marcha; (*d'un employé*) despido; (*SPORT, sur un horaire*) salida; **à son ~** a su marcha; **au ~** al principio
département [depaʀtəmɑ̃] *nm* ≃ provincia; (*d'université*) departamento; (*de magasin*) sección *f*

département

Francia se halla dividida en 96 unidades administrativas denominadas **départements.** *Al frente de estas divisiones de la administración local se encuentra el* **préfet**, *nombrado por el gobierno, y su administración corre a cargo de un* **Conseil général** *electo.* **Los départements** *suelen tomar su nombre de algún hito geográfico importante, como un río o una cordillera; véase también* **DOM-TOM.**

dépassé, e [depɑse] *adj* pasado(-a) de moda; (*fig*) desbordado(-a)
dépasser [depɑse] *vt* (*véhicule, concurrent*) adelantar; (*endroit*) dejar atrás; (*somme, limite fixée, prévisions*) rebasar; (*fig*) superar; (*être en saillie sur*) sobresalir ♦ *vi* (*AUTO*) adelantarse; (*ourlet, jupon*) sobresalir; **se ~** *vpr* (*se surpasser*) superarse; **être dépassé** estar desbordado
dépaysé, e [depeize] *adj* extrañado(-a)
dépaysement [depeizmɑ̃] *nm* extrañamiento
dépêcher [depeʃe]: **se ~** *vpr* darse prisa, apresurarse, apurarse (*AM*)
dépendance [depɑ̃dɑ̃s] *nf* dependencia; (*MÉD*) adicción *f*
dépendre [depɑ̃dʀ] *vt* descolgar; **~ de** depender de
dépens [depɑ̃] *nmpl*: **aux ~ de** a expensas de
dépense [depɑ̃s] *nf* gasto; (*fig*) consumo; **dépenser** *vt* gastar; (*fig*) consumir; **se dépenser** *vpr* fatigarse
dépeupler [depœple]: **se ~** *vpr* despoblarse
dépilatoire [depilatwaʀ] *adj* depilatorio(-a)
dépister [depiste] *vt* (*MÉD*) identificar
dépit [depi] *nm* despecho; **en ~ de** a pesar de; **en ~ du bon sens** sin sentido común; **dépité, e** *adj* contrariado(-a)
déplacé, e [deplase] *adj* fuera de lugar *inv*
déplacement [deplasmɑ̃] *nm* traslado; (*voyage*) viaje *m*; **en ~** de viaje
déplacer [deplase] *vt* mover
déplaire [deplɛʀ] *vt* desagradar; **ceci me déplaît** esto me desagrada; **déplaisant, e** *vb voir* **déplaire** ♦ *adj* desagradable
dépliant [deplijɑ̃] *nm* folleto
déplier [deplije] *vt* desplegar
déposer [depoze] *vt* poner, dejar; (*à la banque*) ingresar; (*ADMIN, JUR*) presentar; (*JUR*): **~ (contre)** declarar (contra); **se ~** *vpr* depositarse; **dépositaire** *nm/f* (*COMM*) concesionario(-a); **déposition** *nf* (*JUR*) deposición *f*
dépôt [depo] *nm* (*d'argent*) ingreso; (*entrepôt*) depósito
dépourvu, e [depuʀvy] *adj*: **~ de** desprovisto(-a) de; **au ~**: **prendre qn au ~** coger a algn desprevenido(-a)
dépression [depʀesjɔ̃] *nf* depresión *f*; **~ (nerveuse)** depresión (nerviosa)

déprimant, e [depʀimɑ̃, ɑ̃t] *adj* deprimente

déprimer [depʀime] *vt* deprimir

depuis [dəpɥi] *prép* desde ♦ *adv* (*temps*) desde entonces; **~ que** desde que; **~ qu'il m'a dit ça** desde que me dijo eso; **~ combien de temps?** ¿cuánto tiempo hace?; **il habite Paris ~ 5 ans** vive en París desde hace 5 años, lleva 5 años viviendo en París; **~ quand le connaissez-vous?** ¿desde cuándo lo conoce usted?; **je le connais ~ 9 ans** lo conozco desde hace 9 años; **~ quand?** (*excl*) ¿desde cuándo?; **il a plu ~ Metz** ha estado lloviendo desde Metz; **elle a téléphoné ~ Valence** llamó por teléfono desde Valencia; **~ les plus petits jusqu'aux plus grands** desde los más pequeños hasta los más grandes; **je ne lui ai pas parlé ~** no he vuelto a hablar con él *ou* ella; **~ lors** desde entonces

député [depyte] *nm* (POL) diputado(-a)

dérangement [deʀɑ̃ʒmɑ̃] *nm* molestia; **en ~** averiado(-a)

déranger [deʀɑ̃ʒe] *vt* desordenar; (*personne*) molestar; (*projet*) desarreglar; **se ~** *vpr* molestarse

déraper [deʀape] *vi* (*voiture*) derrapar, patinar; (*personne, couteau*) resbalar

dérégler [deʀegle] *vt* (*mécanisme*) estropear; (*estomac*) indisponer

dérisoire [deʀizwaʀ] *adj* irrisorio(-a)

dérive [deʀiv] *nf* (NAUT) orza de quilla; **aller à la ~** (NAUT, *fig*) ir a la deriva

dérivé, e [deʀive] *nm* derivado

dermatologue [dɛʀmatɔlɔg] *nm/f* dermatólogo(-a)

dernier, -ière [dɛʀnje, jɛʀ] *adj* último(-a) ♦ *nm/f* último(-a) ♦ *nm* (*étage*) último piso; **lundi/le mois ~** el lunes/el mes pasado; **en ~** al final, por último; **ce ~/cette dernière** este último/esta última; **dernièrement** *adv* últimamente

dérogation [deʀɔgasjɔ̃] *nf* contravención *f*

dérouiller [deʀuje] *vt*: **se ~ les jambes** estirar las piernas

déroulement [deʀulmɑ̃] *nm* desenrollamiento

dérouler [deʀule] *vt* (*ficelle, papier*) desenrollar; **se ~** *vpr* (*avoir lieu*) desarrollarse

dérouter [deʀute] *vt* (*avion, train*) desviar; (*fig*) despistar

derrière [dɛʀjɛʀ] *prép* detrás de; (*fig*) tras, más allá de ♦ *nm* (*d'une maison*) trasera; (*postérieur*) trasero; **les pattes/roues de ~** las patas/ruedas traseras; **par ~** por detrás

des [de] *dét voir* **de** ♦ *prép + dét =* **de**

dès [dɛ] *prép* desde; **~ que** tan pronto como; **~ son retour** en cuanto vuelva; **~ lors** desde entonces

désaccord [dezakɔʀ] *nm* desacuerdo

désagréable [dezagʀeabl] *adj* desagradable

désagrément [dezagʀemɑ̃] *nm* desagrado

désaltérer [dezalteʀe]: **se ~** *vpr* beber

désapprobateur, -trice [dezapʀɔbatœʀ, tʀis] *adj* desaprobatorio(-a)

désapprouver [dezapʀuve] *vt* desaprobar

désarmant, e [dezaʀmɑ̃, ɑ̃t] *adj* conmovedor(a)

désastre [dezastʀ] *nm* desastre *m*; **désastreux, -euse** *adj* desastroso(-a)

désavantage [dezavɑ̃taʒ] *nm* (*handicap*) inferioridad *f*; (*inconvénient*) desventaja; **désavantager** *vt* desfavorecer

descendre [desɑ̃dʀ] *vt* bajar; (*abattre*) cargarse; (*boire*) pimplar, soplar ♦ *vi* bajar, descender; (*passager*) bajar(se); **~ à pied/en voiture** bajar a pie/en coche; **~ de** (*famille*) descender de; **~ du train/d'un arbre/de cheval** bajar(se) del tren/de un árbol/del caballo; **~ à l'hôtel** quedarse en un hotel

descente [desɑ̃t] *nf* bajada, descenso; (*route*) pendiente *f*; (SKI) descenso; **au milieu de la ~** en medio de la bajada

description [dɛskʀipsjɔ̃] *nf* descripción *f*

déséquilibre [dezekilibʀ] *nm* desequilibrio; **en ~** desequilibrado(-a)

désert, e [dezɛʀ, ɛʀt] *adj* desierto(-a) ♦ *nm* desierto; **désertique** *adj* desértico(-a)

désespéré, e [dezɛspeʀe] *adj, nm/f* desesperado(-a); **état ~** (*MÉD*) estado desesperado

désespérer [dezɛspeʀe] *vi* desesperar; **~ de qn/qch** perder la esperanza en algn/algo; **désespoir** *nm* desesperación *f*, desesperanza

déshabiller [dezabije] *vt* desvestir; **se ~** *vpr* desnudarse, desvestirse (*esp AM*)

déshydraté, e [dezidʀate] *adj* deshidratado(-a)

desiderata [dezideʀata] *nmpl* desiderata *fsg*

désigner [deziɲe] *vt* (*montrer*) enseñar; (*dénommer*) designar

désinfectant, e [dezɛ̃fɛktɑ̃, ɑ̃t] *adj* desinfectante ♦ *nm* desinfectante *m*

désinfecter [dezɛ̃fɛkte] *vt* desinfectar

désintéressé, e [dezɛ̃teʀese] *adj* desinteresado(-a)

désintéresser [dezɛ̃teʀese] *vt*: **se ~ (de qn/qch)** desinteresarse (por algn/algo), perder el interés (por algn/algo)

désintoxication [dezɛ̃tɔksikasjɔ̃] *nf* (*MÉD*) desintoxicación *f*; **faire une cure de ~** hacer una cura de desintoxicación

désinvolte [dezɛ̃vɔlt] *adj* impertinente

désir [deziʀ] *nm* deseo; **désirer** *vt* desear; **je désire ...** (*formule de politesse*) desearía ...

désister [deziste]: **se ~** *vpr* desistir

désobéir [dezɔbeiʀ] *vi*: **~ (à qn/qch)** desobedecer (a algn/algo); **désobéissant, e** *adj* desobediente

désodorisant, e [dezɔdɔʀizɑ̃, ɑ̃t] *adj* desodorante

désolé, e [dezɔle] *adj* desolado(-a); **je suis ~, il n'y en a plus** lo siento, ya no hay más

désordonné, e [dezɔʀdɔne] *adj* desordenado(-a)

désordre [dezɔʀdʀ] *nm* desorden *m*; **en ~** en desorden

désormais [dezɔʀmɛ] *adv* (de ahora) en adelante

desquelles [dekɛl] *prép + pron voir* **lequel**

desquels [dekɛl] *prép + pron voir* **lequel**

dessécher [deseʃe]: **se ~** *vpr* secarse

desserrer [deseʀe] *vt* aflojar; (*poings, dents*) abrir

dessert [desɛʀ] *vb voir* **desservir** ♦ *nm* (*moment du repas*) postres *mpl*; (*mets*) postre *m*

desservir [desɛʀviʀ] *vt* (*suj: moyen de transport*) cubrir el servicio de; (: *voie de communication*) comunicar

dessin [desɛ̃] *nm* dibujo; **~ animé** dibujos *mpl* animados; **~ humoristique** dibujo humorístico, viñeta

dessinateur, -trice *nm/f* dibujante *m/f*; **dessinateur industriel** delineante *m/f*; **dessiner** *vt* dibujar; (*concevoir*) diseñar

dessous [d(ə)su] *adv* debajo, abajo ♦ *nm* parte *f* inferior; (*de voiture*) bajos *mpl* ♦ *nmpl* (*fig*) secretos *mpl*; (*sous-vêtements*) ropa interior *fsg*; **en ~** (*sous*) debajo; (*plus bas*) por debajo; **par-~** *adv* por debajo; **par ~** *prép* por debajo de; **au-~** abajo, debajo; **au-~ de tout** incalificable; **avoir le ~** tener *ou* llevar la peor parte; **dessous-de-plat** *nm inv* salvamanteles *m inv*

dessus [d(ə)sy] *adv* encima, arriba ♦ *nm* parte *f* superior; **c'est écrit ~** está ahí; **par-~** *adv* por encima, por arriba ♦ *prép* por encima de, por arriba de; **au-~** encima, arriba; **avoir/prendre le ~** ir ganando; **reprendre le ~** recobrarse; **sens ~ dessous** patas arriba; **dessus-de-lit** *nm inv* colcha

destin [dɛstɛ̃] *nm* destino

destinataire [dɛstinatɛʀ] *nm/f* destinatario(-a)

destination [dɛstinasjɔ̃] *nf* destino;

(*usage*) función *f*; **à ~ de** con destino a

destiner [dɛstine] *vt*: **~ qch à qn** destinar a algn para algo; **se ~ à l'enseignement** pensar dedicarse a la enseñanza; **être destiné à** estar destinado(-a) a; (*usage*) ser para

détachant [detaʃɑ̃] *nm* quitamanchas *m inv*

détacher [detaʃe] *vt* (*ôter*) desprender; (*délier*) desatar, soltar; **se ~** *vpr* (*tomber, se défaire*) desprenderse; **se ~ sur** (*se dessiner*) destacarse en

détail [detaj] *nm* detalle *m*; **au ~** (COMM) al por menor; **en ~** en detalle; **détaillant, e** [detajɑ̃, ɑ̃t] *nm/f* minorista *m/f*; **détaillé, e** *adj* detallado(-a); **détailler** *vt* detallar

détecter [detɛkte] *vt* detectar; **détective** [detɛktiv] *nm*: **~ (privé/ privée)** detective *m/f*

déteindre [detɛ̃dʀ] *vi* desteñir

détendre [detɑ̃dʀ] *vt* aflojar; (*atmosphère etc*) relajar; **se ~** *vpr* (*ressort*) aflojarse; (*se reposer*) descansar

détenir [det(ə)niʀ] *vt* poseer; (*otage*) retener; (*prisonnier*) tener preso a; (*record*) ostentar; **~ le pouvoir** (POL) ostentar el poder

détente [detɑ̃t] *nf* distensión *f*, relajación *f*; (*politique, sociale*) distensión; (*loisirs*) esparcimiento, descanso

détention [detɑ̃sjɔ̃] *nf* posesión *f*; (*d'un otage*) retención *f*; (*d'un prisonnier*) encarcelamiento

détenu, e [det(ə)ny] *pp de* **détenir** ♦ *nm/f* (*prisonnier*) preso(-a)

détergent [detɛʀʒɑ̃] *nm* detergente *m*

détériorer [deteʀjɔʀe]: **se ~** *vpr* deteriorarse

déterminé, e [detɛʀmine] *adj* (*personne, air*) decidido(-a); (*but, intentions*) claro(-a)

déterminer [detɛʀmine] *vt* (*date etc*) determinar; **~ qn à faire qch** decidir a algn a hacer algo

détester [detɛste] *vt* (*haïr*) detestar, odiar; (*sens affaibli*) detestar

détour [detuʀ] *nm* rodeo; (*tournant, courbe*) curva, recodo; **sans ~** (*fig*) sin rodeos

détourné, e [detuʀne] *adj* (*sentier, chemin*) indirecto(-a); (*moyen*) dudoso(-a)

détourner [detuʀne] *vt* desviar; (*avion*: *par la force*) secuestrar; (*yeux*) apartar; (*tête*) volver; (*de l'argent*) malversar; **se ~** *vpr* (*tourner la tête*) apartar la cara

détraquer [detʀake] *vt* fastidiar, cargarse; (*santé, estomac*) estropear; **se ~** *vpr*: **ma montre s'est détraquée** se me ha fastidiado el reloj

détriment [detʀimɑ̃] *nm*: **au ~ de** en detrimento de

détroit [detʀwa] *nm* estrecho; **le ~ de Be(h)ring/de Gibraltar/de Magellan** el estrecho de Bering/de Gibraltar/de Magallanes

détruire [detʀɥiʀ] *vt* destruir

dette [dɛt] *nf* deuda

DEUG [døg] *sigle m* (= *diplôme d'études universitaires générales*) *diplomatura*

deuil [dœj] *nm* luto

deux [dø] *adj inv, nm inv* dos *m inv*; **les ~** los (las) dos, ambos(-as); **ses ~ mains** las dos manos; **~ points** (*ponctuation*) dos puntos *mpl*; *voir aussi* **cinq**; **deuxième** *adj, nm/f* segundo(-a); *voir aussi* **cinquième**; **deuxièmement** *adv* en segundo lugar; **deux-pièces** *nm inv* dos piezas *m inv*; (*appartement*) apartamento de dos habitaciones; **deux-roues** *nm inv* vehículo de dos ruedas

devais [dəvɛ] *vb voir* **devoir**

dévaluation [devalɥasjɔ̃] *nf* devaluación *f*

devancer [d(ə)vɑ̃se] *vt* adelantar; (*arriver avant, aussi fig*) adelantarse a

devant [d(ə)vɑ̃] *vb voir* **devoir** ♦ *adv* delante, adelante ♦ *prép* (*en face de*) delante de, frente a; (*passer, être*) delante de; (*en présence de*) ante; (*face à*) ante, delante de ♦ *nm* (*de maison*) fachada; (*vêtement, voiture*) delantera; **prendre les ~s**

adelantarse; **de ~** delantero(-a); **par ~** por delante; **aller au-~ de qn** ir al encuentro de algn; **aller au-~ de** (*désirs de qn*) anticiparse a
devanture [d(ə)vɑ̃tyʀ] *nf* (*étalage, vitrine*) escaparate *m*, vidriera (*AM*)
développement [dev(ə)lɔpmɑ̃] *nm* desarrollo; (*photo*) revelado; (*exposé*) exposición *f*; (*gén pl*) evolución *f*
développer [dev(ə)lɔpe] *vt* desarrollar; (*PHOTO*) revelar; **se ~** *vpr* desarrollarse; (*affaire*) evolucionar
devenir [dəv(ə)niʀ] *vt* volverse; **que sont-ils devenus?** ¿qué ha sido de ellos?; **~ médecin** hacerse médico
devez [dəve] *vb voir* **devoir**
déviation [devjasjɔ̃] *nf* desviación *f*; (*AUTO*) desvío
devienne *etc* [dəvjɛn] *vb voir* **devenir**
deviner [d(ə)vine] *vt* adivinar; (*apercevoir*) atisbar; **devinette** *nf* adivinanza
devins *etc* [dəvɛ̃] *vb voir* **devenir**
devis [d(ə)vi] *nm* presupuesto
devise [dəviz] *nf* (*formule*) lema *m*, divisa; (*ÉCON*) divisa; **~s** *nfpl* dinero *msg* extranjero
dévisser [devise] *vt* desatornillar
devoir [d(ə)vwaʀ] *nm* deber *m* ♦ *vt* deber; **il doit le faire** (*obligation*) debe hacerlo, tiene que hacerlo; **cela devait arriver** (*fatalité*) tenía que ocurrir (un día); **il doit partir demain** (*intention*) se va mañana; **il doit être tard** (*probabilité*) debe (de) ser tarde
dévorer [devɔʀe] *vt* devorar
dévoué, e [devwe] *adj* dedicado(-a)
dévouer [devwe] *vb*: **se ~ (pour)** sacrificarse (por); **se ~ à** dedicarse a
devrai [dəvʀe] *vb voir* **devoir**
diabète [djabɛt] *nm* (*MÉD*) diabetes *f inv*; **diabétique** *adj, nm/f* diabético(-a)
diable [djɑbl] *nm* diablo
diabolo [djabɔlo] *nm* (*boisson*) *mezcla de gaseosa y almíbar*
diagnostic [djagnɔstik] *nm* diagnóstico; **diagnostiquer** *vt* diagnosticar
diagonal, e, -aux [djagɔnal, o] *adj* diagonal; **diagonale** *nf* diagonal *f*
diagramme [djagʀam] *nm* diagrama *m*
dialecte [djalɛkt] *nm* dialecto
dialogue [djalɔg] *nm* diálogo
diamant [djamɑ̃] *nm* diamante *m*
diamètre [djamɛtʀ] *nm* diámetro
diapositive [djapozitiv] *nf* diapositiva
diarrhée [djaʀe] *nf* diarrea
dictateur [diktatœʀ] *nm* dictador *m*; **dictature** *nf* dictadura
dictée [dikte] *nf* dictado
dicter [dikte] *vt* (*aussi fig*) dictar
dictionnaire [diksjɔnɛʀ] *nm* diccionario
dièse [djɛz] *nm* sostenido
diesel [djezɛl] *nm* diesel *m*
diète [djɛt] *nf* dieta; **diététique** *adj* dietético(-a) ♦ *nf* dietética; **magasin diététique** tienda de dietética
dieu, x [djø] *nm* dios *msg*; **D~** Dios; **mon D~!** ¡Dios mío!
différemment [difeʀamɑ̃] *adv* de forma diferente
différence [difeʀɑ̃s] *nf* diferencia; **à la ~ de** a diferencia de; **différencier** *vt* diferenciar; **se différencier (de)** diferenciarse (de)
différent, e [difeʀɑ̃, ɑ̃t] *adj*: **~ (de)** distinto(-a) (de), diferente (de); **~s objets/personnages** varios objetos/personajes
différer [difeʀe] *vt* diferir, postergar (*AM*) ♦ *vi*: **~ (de)** diferir (de)
difficile [difisil] *adj* difícil; **difficilement** *adv* difícilmente
difficulté [difikylte] *nf* dificultad *f*; **en ~** en apuros
diffuser [difyze] *vt* emitir; (*nouvelle, idée*) difundir; (*COMM*) distribuir
digérer [diʒeʀe] *vt* digerir; **digestif, -ive** [diʒɛstif, iv] *adj* digestivo(-a) ♦ *nm* licor *m*; **digestion** *nf* digestión *f*
digne [diɲ] *adj* (*respectable*) digno(-a); **~ d'intérêt/d'admiration** digno de interés/de admiración; **~ de foi** digno de fe; **~ de qn/qch** digno de algn/algo; **dignité** *nf* dignidad *f*
digue [dig] *nf* dique *m*
dilemme [dilɛm] *nm* dilema *m*

diligence [diliʒɑ̃s] *nf* diligencia
diluer [dilɥe] *vt* diluir
dimanche [dimɑ̃ʃ] *nm* domingo; *voir aussi* **lundi**
dimension [dimɑ̃sjɔ̃] *nf* dimensión *f*; (*gén pl*: *cotes, coordonnées*) dimensiones *fpl*
diminuer [diminɥe] *vt* disminuir; (*dénigrer*) desacreditar ♦ *vi* disminuir; **diminutif** *nm* (*surnom*) diminutivo cariñoso
dinde [dɛ̃d] *nf* pava
dindon [dɛ̃dɔ̃] *nm* pavo
dîner [dine] *nm* cena, comida (AM) ♦ *vi* cenar
dingue [dɛ̃g] (*fam*) *adj* chalado(-a)
dinosaure [dinɔzɔʀ] *nm* dinosaurio
diplomate [diplɔmat] *nm/f* diplomático(-a); **diplomatie** *nf* diplomacia
diplôme [diplom] *nm* diploma *m*, título; (*examen*) examen *m* de diplomatura; **diplômé, e** *adj, nm/f* titulado(-a), diplomado(-a)
dire [diʀ] *vt* decir; (*suj*: *horloge*) decir, marcar; (*ordre, invitation*): **~ à qn qu'il fasse** *ou* **de faire qch** decir a algn que haga algo; (*objecter*): **n'avoir rien à ~ (à)** no tener nada que decir (a); (*penser*): **que dites-vous de ...?** ¿qué opina usted de ...?; (*se prétendre*): **se ~ malade** *etc* pretenderse enfermo(-a) *etc*; **ça se dit ... en anglais** se dice ... en inglés; **~ quelque chose/ce qu'on pense** decir algo/lo que uno piensa; **~ la vérité/l'heure** decir la verdad/la hora; **on dirait que** parece que; **ça ne me dit rien** no me apetece; (*rappeler qch*) no me suena; **pour ainsi ~** por decirlo así; **cela va sans ~** ni qué decir tiene; **dis donc!/dites donc!** (*pour attirer attention*) ¡oye!/¡oiga!; (*agressif*) ¡oye!/¡oiga Vd!; **et ~ que ...** y pensar que ...; **ceci** *ou* **cela dit** a pesar de todo; (*à ces mots*) dicho esto; **il n'y a pas à ~** realmente
direct, e [diʀɛkt] *adj* directo(-a); (*personne*) franco(-a); **en ~** en directo; **directement** *adv* directamente
directeur, -trice [diʀɛktœʀ, tʀis] *nm/f* director(a)
direction [diʀɛksjɔ̃] *nf* dirección *f*; **"toutes ~s"** (AUTO) "todas las direcciones"
dirent [diʀ] *vb voir* **dire**
dirigeant, e [diʀiʒɑ̃, ɑ̃t] *adj, nm/f* dirigente *m/f*
diriger [diʀiʒe] *vt* dirigir; **se ~** *vpr* orientarse; **~ sur** (*regard*) dirigir hacia; **se ~ vers** *ou* **sur** dirigirse hacia
dis [di] *vb voir* **dire**
discerner [disɛʀne] *vt* (*apercevoir*) divisar
discipline [disiplin] *nf* disciplina; **discipliner** *vt* disciplinar
discontinu, e [diskɔ̃tiny] *adj* discontinuo(-a)
discontinuer [diskɔ̃tinɥe] *vi*: **sans ~** sin interrupción
discothèque [diskɔtɛk] *nf* discoteca
discours [diskuʀ] *nm* discurso
discret, -ète [diskʀɛ, ɛt] *adj* discreto(-a); **discrétion** *nf* discreción *f*
discrimination [diskʀiminasjɔ̃] *nf* discriminación *f*; **sans ~** sin discriminación
discussion [diskysjɔ̃] *nf* discusión *f*
discutable [diskytabl] *adj* discutible
discuter [diskyte] *vt, vi* discutir
dise [diz] *vb voir* **dire**
disjoncteur [disʒɔ̃ktœʀ] *nm* (ÉLEC) interruptor *m*
disloquer [dislɔke]: **se ~** *vpr* **se ~ l'épaule** dislocarse el hombro
disons [dizɔ̃] *vb voir* **dire**
disparaître [dispaʀɛtʀ] *vi* desaparecer; **faire ~ qch/qn** hacer desaparecer algo/a algn
disparition [dispaʀisjɔ̃] *nf* desaparición *f*
disparu, e [dispaʀy] *pp de* **disparaître** ♦ *nm/f* (*dont on a perdu la trace*) desaparecido(-a)
dispensaire [dispɑ̃sɛʀ] *nm* dispensario
dispenser [dispɑ̃se] *vt* (*soins etc*) prestar; (*exempter*): **~ qn de qch/faire qch** dispensar a algn de algo/hacer algo

disperser [dispɛʀse] *vt* dispersar
disponible [dispɔnibl] *adj* disponible
disposé, e [dispoze] *adj* dispuesto(-a); **bien/mal ~** de buen/mal humor; **être bien/mal ~ pour** *ou* **envers qn** estar bien/mal dispuesto(-a) hacia algn; **~ à** dispuesto(-a) a
disposer [dispoze] *vt* disponer ♦ *vi*: **~ de** disponer de; **se ~ à faire qch** disponerse a hacer algo
dispositif [dispozitif] *nm* dispositivo
disposition [dispozisjɔ̃] *nf* disposición *f*; (*arrangement*) distribución *f*; (*gén pl*: *mesures*) medidas *fpl*; (: *préparatifs*) preparativos *mpl*; **à la ~ de qn** a disposición de algn
disproportionné, e [dispʀɔpɔʀsjɔne] *adj* desproporcionado(-a)
dispute [dispyt] *nf* riña, disputa; **disputer**: **se disputer** *vpr* reñir
disqualifier [diskalifje] *vt* descalificar
disque [disk] *nm* disco; **~ compact** disco compacto; **~ d'embrayage** (*AUTO*) disco de embrague; **~ laser** disco láser; **disquette** *nf* (*INFORM*) diskette *m*
dissertation [disɛʀtasjɔ̃] *nf* (*SCOL*) redacción *f*
dissimuler [disimyle] *vt* disimular, ocultar
dissipé, e [disipe] *adj* (*indiscipliné*) distraído(-a)
dissolvant [disɔlvɑ̃] *nm* (*CHIM*) disolvente *m*
dissuader [disɥade] *vt*: **~ qn de faire qch/de qch** disuadir a algn de hacer algo/de algo
distance [distɑ̃s] *nf* distancia; **une ~ de 10 km** una distancia de 10 km; **distancer** *vt* (*concurrent*) distanciarse de
distant, e [distɑ̃, ɑ̃t] *adj* distante; **~ de 5 km** distante 5km
distillerie [distilʀi] *nf* destilería
distinct, e [distɛ̃(kt), ɛ̃kt] *adj* distinto(-a); **distinctement** *adv* (*voir*) con nitidez; (*parler*) con claridad; **distinctif, -ive** *adj* distintivo(-a)
distingué, e [distɛ̃ge] *adj* distinguido(-a)
distinguer [distɛ̃ge] *vt* distinguir
distraction [distʀaksjɔ̃] *nf* distracción *f*
distraire [distʀɛʀ] *vt* distraer; (*amuser*) distraer, entretener; **se ~** *vpr* distraerse; **distrait, e** *pp de* **distraire** ♦ *adj* distraído(-a)
distrayant, e [distʀɛjɑ̃, ɑ̃t] *vb voir* **distraire** ♦ *adj* distraído(-a), entretenido(-a)
distribuer [distʀibɥe] *vt* repartir; (*CARTES*) dar; **distributeur** *nm*: **distributeur (automatique)** máquina (expendedora)
dit [di] *pp de* **dire**
dites [dit] *vb voir* **dire**
divan [divɑ̃] *nm* sofá *m*
divers, e [divɛʀ, ɛʀs] *adj* (*varié*) diverso(-a), vario(-a); (*différent*) variado(-a) ♦ *dét* (*plusieurs*) varios(-as), diversos(-as); **(frais) ~** gastos *mpl* varios
diversité [divɛʀsite] *nf* diversidad *f*
divertir [divɛʀtiʀ]: **se ~** *vpr* divertirse; **divertissement** *nm* diversión *f*
diviser [divize] *vt* dividir; **division** *nf* división *f*
divorce [divɔʀs] *nm* divorcio; **divorcé, e** *adj, nm/f* divorciado(-a); **divorcer** *vi* divorciarse; **divorcer de** *ou* **d'avec qn** divorciarse de algn
divulguer [divylge] *vt* divulgar
dix [dis] *adj inv, nm inv* diez *m inv*; *voir aussi* **cinq**
dix-huit [dizɥit] *adj inv, nm inv* dieciocho *m inv*; *voir aussi* **cinq**
dix-huitième [dizɥitjɛm] *adj, nm/f* decimoctavo(-a) ♦ *nm* (*partitif*) dieciochoavo; *voir aussi* **cinquantième**; **dixième** *adj, nm/f* décimo(-a) ♦ *nm* décimo; *voir aussi* **cinquième**
dix-neuf [diznœf] *adj inv, nm inv* diecinueve *m inv*; *voir aussi* **cinq**
dix-neuvième [diznœvjɛm] *adj, nm/f* decimonoveno(-a) ♦ *nm* (*partitif*) diecinueveavo; *voir aussi* **cinquantième**

dix-sept [disɛt] *adj inv, nm inv* diecisiete *m inv; voir aussi* **cinq**
dix-septième [disɛtjɛm] *adj, nm/f* decimoséptimo(-a) ♦ *nm (partitif)* diecisieteavo; *voir aussi* **cinquantième**
dizaine [dizɛn] *nf (unité)* decena; **une ~ de ...** unos(-as) diez ...
do [do] *nm inv (MUS)* do
docile [dɔsil] *adj* dócil
dock [dɔk] *nm* dique *m*; **docker** *nm* estibador *m*
docteur [dɔktœʀ] *nm (médecin)* médico, doctor(a); **doctorat** *nm (aussi:* **doctorat d'État**) doctorado
doctrine [dɔktʀin] *nf* doctrina
document [dɔkymɑ̃] *nm* documento; **documentaire** *nm*: **(film) documentaire** documental *m*; **documentaliste** *nm/f* documentalista *m/f*; **documentation** *nf* documentación *f*; **documenter** *vb*: **se documenter (sur)** documentarse (sobre)
dodo [dodo] *nm*: **aller faire ~** ir a la cama
dogue [dɔg] *nm* (perro) dogo
doigt [dwa] *nm* dedo; **être à deux ~s de** estar a dos dedos de
doit *etc* [dwa] *vb voir* **devoir**
dollar [dɔlaʀ] *nm* dólar *m*
domaine [dɔmɛn] *nm* dominio
domestique [dɔmɛstik] *adj* doméstico(-a) ♦ *nm/f* doméstico(-a), sirviente(-a), criado(-a)
domicile [dɔmisil] *nm* domicilio; **à ~** a domicilio; **domicilié, e** *adj*: **être domicilié à** estar domiciliado(-a) en
dominant, e [dɔminɑ̃, ɑ̃t] *adj* dominante
dominer [dɔmine] *vt* dominar; *(passions etc)* dominar, controlar; *(surpasser)* sobrepasar a ♦ *vi* dominar
domino [dɔmino] *nm* dominó *m*
dommage [dɔmaʒ] *nm* daño, perjuicio; *(gén pl: dégâts, pertes)* daños *mpl*, pérdidas *fpl*; **c'est ~ de faire/que ...** es una lástima hacer/que ...; **~s matériels** daños materiales
dompter [dɔ̃(p)te] *vt* domar; **dompteur, -euse** *nm/f* domador(a)
DOM-TOM [dɔmtɔm] *sigle m ou mpl (= départements) d'outre-mer/territoire(s) d'outre-mer) provincias y territorios franceses de ultramar*
don [dɔ̃] *nm (cadeau)* regalo; *(charité)* donativo; *(aptitude)* don *m*; **avoir des ~s pour** tener don *ou* tener gracia para
donc [dɔ̃k] *conj (en conséquence)* por tanto; *(après une digression)* así pues
donné, e [dɔne] *adj (convenu)*: **prix/jour ~** precio/día *m* determinado; **c'est ~** es tirado, está regalado; **étant ~ que ...** puesto *ou* dado que ...; **donnée** *nf* dato
donner [dɔne] *vt* dar; *(offrir)* regalar; *(maladie)* pegar; *(film, spectacle)* echar, poner ♦ *vi (fenêtre, chambre)*: **~ sur** dar a; **se ~** *vpr*: **se ~ à fond (à son travail)** entregarse a fondo (a su trabajo); **~ qch à qn** dar algo a algn

MOT-CLÉ

dont [dɔ̃] *pron rel* **1** *(complément d'un nom sujet)* cuyo(-a), cuyos(-as); **une méthode dont je ne connais pas les résultats** un método cuyos resultados desconozco; **c'est le chien dont le maître habite en face** es el perro cuyo dueño vive enfrente

2 *(complément de verbe ou adjectif)*: **le voyage dont je t'ai parlé** el viaje del que te hablé; **le pays dont il est originaire** el país del que es originario; **la façon dont il l'a fait** la forma en que lo hizo

3 *(parmi lesquel(le)s)*: **2 livres, dont l'un est gros** 2 libros, uno de los cuales es gordo; **il y avait plusieurs personnes, dont Gabrielle** había varias personas, entre ellas Gabriela; **10 blessés, dont 2 grièvement** 10 heridos, 2 de ellos de gravedad

doré, e [dɔʀe] *adj* dorado(-a)
dorénavant [dɔʀenavɑ̃] *adv* en adelante, en lo sucesivo
dorer [dɔʀe] *vt* dorar ♦ *vi (CULIN: poulet)*: **(faire) ~** dorar

dorloter [dɔʀlɔte] *vt* mimar
dormir [dɔʀmiʀ] *vi* dormir; (*être endormi*) dormir, estar dormido(-a)
dortoir [dɔʀtwaʀ] *nm* dormitorio
dos [do] *nm* espalda; (*d'un animal, de livre*) lomo; (*d'un chèque etc*) dorso; **voir au ~** véase al dorso; **de ~** de espaldas; **~ à ~** de espaldas uno a otro
dosage [dozaʒ] *nm* dosificación *f*
dose [doz] *nf* dosis *f inv*; **doser** *vt* (*aussi fig*) dosificar
dossier [dosje] *nm* expediente *m*; (*chemise, enveloppe*) carpeta; (*de chaise*) respaldo; (PRESSE) dossier *m*
douane [dwan] *nf* aduana; (*taxes*) arancel *m*; **douanier, -ière** *adj, nm/f* aduanero(-a)
double [dubl] *adj* doble ♦ *adv*: **voir ~** ver doble ♦ *nm* (*autre exemplaire*) copia; (*sosie*) doble; **le ~ (de)** el doble (de); **~ messieurs/mixte** (TENNIS) dobles *mpl* masculinos/ mixtos; **en ~** por duplicado
doubler [duble] *vt* duplicar; (*vêtement, chaussures*) forrar; (*voiture etc*) adelantar; (*film*) doblar; (*acteur*) doblar a ♦ *vi* duplicarse
doublure [dublyʀ] *nf* (*de vêtement*) forro; (*acteur*) doble *m*
douce [dus] *adj voir* **doux**; **douceâtre** *adj* dulzón(-ona); **doucement** *adv* (*délicatement*) con cuidado; (*à voix basse*) bajo; (*lentement*) despacio; **douceur** *nf* suavidad *f*; (*d'une personne, saveur etc*) dulzura; (*de gestes*) delicadeza
douche [duʃ] *nf* ducha; **~s** *nfpl* (*salle*) duchas *fpl*; **prendre une ~** ducharse; **doucher**: **se doucher** *vpr* ducharse
doué, e [dwe] *adj* dotado(-a); **~ de** (*possédant*) dotado(-a) de
douille [duj] *nf* (ÉLEC) casquillo
douillet, te [dujɛ, ɛt] *adj* (*péj*) delicado(-a)
douleur [dulœʀ] *nf* dolor *m*; **douloureux, -euse** *adj* doloroso(-a)
doute [dut] *nm* duda; **sans ~** seguramente; **mettre en ~** poner en duda; **douter** *vt* dudar; **douter de** dudar de; **se douter de qch/que** sospechar algo/que; **je m'en doutais** me lo figuraba; **douteux, -euse** *adj* dudoso(-a); (*discutable*) discutible; (*péj*) de aspecto dudoso
doux, douce [du, dus] *adj* suave; (*personne, saveur*) dulce; (*climat, région*) templado(-a); (*eau*) blando(-a)
douzaine [duzɛn] *nf* docena; **une ~ (de)** unos(-as) doce
douze [duz] *adj inv, nm inv* doce *m inv*; *voir aussi* **cinq**; **douzième** *adj, nm/f* duodécimo(-a) ♦ *nm* duodécimo; *voir aussi* **cinquième**
dragée [dʀaʒe] *nf* peladilla
draguer [dʀage] *vt* (*rivière*) dragar; (*fam: filles*) ligar con ♦ *vi* ligar
dramatique [dʀamatik] *adj* dramático(-a) ♦ *nf* (TV) teledrama *m*
drame [dʀam] *nm* drama *m*
drap [dʀa] *nm* sábana; (*tissu*) paño
drapeau, x [dʀapo] *nm* bandera
drap-housse [dʀaus] (*pl* **~s-~s**) *nm* sábana ajustable
dresser [dʀese] *vt* levantar; (*liste*) redactar; (*animal domestique*) entrenar; (*animal de cirque*) amaestrar; **se ~** *vpr* (*église, falaise*) erguirse; (*obstacle*) presentarse
drogue [dʀɔg] *nf* droga; **drogué** *nm/f* drogadicto(-a); **droguer** *vt* drogar; **se droguer** *vpr* drogarse; **droguerie** *nf* droguería; **droguiste** *nm/f* droguero(-a)
droit, e [dʀwa, dʀwat] *adj* derecho(-a), recto(-a); (*opposé à gauche*) derecho(-a); (*fig*) recto(-a) ♦ *adv* derecho ♦ *nm* derecho; **avoir le ~ de** tener el derecho de; **avoir ~ à** tener derecho a; **être dans son ~** estar en su derecho; **de quel ~?** ¿con qué derecho?; **~s d'auteur** derechos de autor; **~s d'inscription** matrícula; **droite** *nf* (*direction*) derecha; (MATH) recta; (POL): **la droite** la derecha; **à droite (de)** a la derecha (de); **de droite** (POL) de derechas; **droitier, -ière** *adj, nm/f* diestro(-a)
drôle [dʀol] *adj* gracioso(-a); (*bizarre*) raro(-a)

dromadaire [dʀɔmadɛʀ] *nm* dromedario
du [dy] *prép + dét voir* **de**
dû, e [dy] *pp de* **devoir** ♦ *adj* (*somme*) debido(-a); **~ à** debido a
dune [dyn] *nf* duna
duplex [dyplɛks] *nm* (*appartement*) dúplex *m*
duquel [dykɛl] *prép + pron voir* **lequel**
dur, e [dyʀ] *adj* duro(-a); (*problème*) difícil; (*fam*) almidonado(-a) ♦ *adv* (*travailler, taper etc*) duramente, mucho
durant [dyʀɑ̃] *prép* durante; **~ des mois, des mois ~** durante meses enteros
durcir [dyʀsiʀ] *vt, vi* endurecer; **se ~** *vpr* endurecerse
durée [dyʀe] *nf* duración *f*
durement [dyʀmɑ̃] *adv* (*très*) fuertemente; (*traiter*) severamente, duramente
durer [dyʀe] *vi* durar
dureté [dyʀte] *nf* dureza
durit ® [dyʀit] *nm* durita
dus *etc* [dy] *vb voir* **devoir**
duvet [dyvɛ] *nm* plumón *m*; **(sac de couchage) ~** saco de dormir (de plumón)
dynamique [dinamik] *adj* dinámico(-a); **dynamisme** *nm* dinamismo
dynamo [dinamo] *nf* dinamo *f* (*m en AM*)
dysenterie [disɑ̃tʀi] *nf* disentería
dyslexie [dislɛksi] *nf* dislexia

E, e

eau, x [o] *nf* agua; **prendre l'~** (*chaussure etc*) dejar pasar el agua; **tomber à l'~** (*fig*) fracasar; **~ courante/douce/salée** agua corriente/dulce/salada; **~ de Cologne/de toilette** agua de Colonia/de olor; **~ de javel** lejía; **~ oxygénée** agua oxigenada; **~ plate/minérale/gazeuse** agua natural (del grifo)/mineral/con gas; **eau-de-vie** (*pl* **eaux-de-vie**) *nf* aguardiente *m*
ébène [ebɛn] *nf* ébano; **ébéniste** *nm* ebanista *m/f*
éblouir [ebluiʀ] *vt* deslumbrar
éboueur [ebwœʀ] *nm* basurero
ébouillanter [ebujɑ̃te] *vt* escaldar
éboulement [ebulmɑ̃] *nm* derrumbamiento
ébranler [ebʀɑ̃le] *vt* (*vitres, immeuble*) estremecer; (*résolution, personne*) hacer vacilar
ébullition [ebylisjɔ̃] *nf* ebullición *f*; **en ~** en ebullición
écaille [ekɑj] *nf* (*de poisson*) escama; (*de coquillage*) concha; (*matière*) concha, carey *m*; (*de peinture*) desconchón *m*; **écailler** *vt* (*poisson*) escamar; **s'écailler** *vpr* (*peinture*) desconcharse
écart [ekaʀ] *nm* (*de temps*) lapso; (*dans l'espace*) separación *f*; (*de prix etc*) diferencia; (*embardée, mouvement*) desvío brusco; **à l'~** (*éloigné*) alejado(-a), apartado(-a)
écarté, e [ekaʀte] *adj* (*isolé*) apartado(-a); (*ouvert*) abierto(-a); **les jambes ~es** las piernas abiertas; **les bras ~s** los brazos abiertos
écarter [ekaʀte] *vt* (*éloigner*) alejar; (*personnes*) separar; (*ouvrir*) abrir; (*CARTES, candidat, possibilité*) descartar; **s'~** *vpr* (*parois, jambes*) abrirse; **s'~ de** alejarse de
échafaudage [eʃafodaʒ] *nm* (*CONSTR*) andamiaje *m*
échalote [eʃalɔt] *nf* chalote *m*, chalota
échange [eʃɑ̃ʒ] *nm* intercambio; **échanger** *vt* intercambiar; **échanger qch (contre)** (*troquer*) canjear algo (por)
échantillon [eʃɑ̃tijɔ̃] *nm* muestra
échapper [eʃape]: **~ à** *vt ind* escapar de; (*punition, péril*) librarse de; **s'~** *vpr* escaparse; **~ à qn** escapársele a algn; **l'~ belle** escapar por los pelos
écharpe [eʃaʀp] *nf* (*cache-nez*) bufanda; **avoir un bras en ~** tener un brazo en cabestrillo
échauffer [eʃofe]: **s'~** *vpr* (*SPORT*) calentarse
échéance [eʃeɑ̃s] *nf* (*date*)

vencimiento; **à brève/longue ~** *adj, adv* a corto/largo plazo
échéant [eʃeɑ̃]: **le cas ~** *adv* llegado el caso
échec [eʃɛk] *nm* fracaso; **~s** *nmpl* (*jeu*) ajedrez *msg*; **~ et mat/au roi** jaque mate/al rey
échelle [eʃɛl] *nf* (*de bois*) escalera de mano; (*fig*) escala
échelon [eʃ(ə)lɔ̃] *nm* (*d'échelle*) escalón *m*; (ADMIN) escalafón *m*; (SPORT) categoría; **échelonner** *vt* escalonar
échiquier [eʃikje] *nm* tablero
écho [eko] *nm* eco; (*potins*) cotilleo; **échographie** *nf* ecografía
échouer [eʃwe] *vi* (*tentative*) fracasar; (*candidat*) suspender; (*bateau*) encallar; **s'~** *vpr* embarrancarse
éclabousser [eklabuse] *vt* salpicar
éclair [eklɛʀ] *nm* (*d'orage*) relámpago; (*de génie, d'intelligence*) chispa
éclairage [eklɛʀaʒ] *nm* iluminación *f*
éclaircie [eklɛʀsi] *nf* escampada
éclaircir [eklɛʀsiʀ] *vt* aclarar; **s'~** *vpr* (*ciel*) despejarse; **éclaircissement** *nm* (*gén pl*: *explication*) aclaración *f*
éclairer [ekleʀe] *vt* (*suj*: *lampe, lumière*) iluminar; (*avec une lampe de poche*) alumbrar ♦ *vi*: **~ bien/mal** iluminar bien/mal
éclat [ekla] *nm* (*de bombe, verre*) fragmento; (*du soleil, d'une couleur*) brillo; **~ de rire** carcajada; **~s de voix** subidas *fpl* de tono
éclatant, e [eklatɑ̃, ɑ̃t] *adj* (*couleur*) brillante; (*lumière*) resplandeciente; (*succès*) clamoroso(-a)
éclater [eklate] *vi* estallar; **~ de rire/en sanglots** reventar de risa/en llanto
écluse [eklyz] *nf* esclusa
écœurant [ekœʀɑ̃] *adj* asqueroso(-a)
écœurer [ekœʀe] *vt* (*suj*: *gâteau, goût*) dar asco; (*personne, attitude*) desagradar; (*démoraliser*) destrozar
école [ekɔl] *nf* escuela; **aller à l'~** ir a la escuela; **~ maternelle** escuela de párvulos; **~ élémentaire, ~ primaire** escuela primaria; **~ privée/publique/secondaire** escuela privada/pública/secundaria; **écolier, -ière** *nm/f* escolar *m/f*

> **école maternelle**
>
> *En Francia la escuela infantil (***l'école maternelle***) está financiada por el estado y, pese a no ser obligatoria, la mayoría de los niños de entre dos y seis años acuden a ella. La educación obligatoria comienza con la educación primaria (***l'école primaire***) que abarca desde los seis hasta los diez u once años.*

écologie [ekɔlɔʒi] *nf* ecología; **écologique** *adj* ecológico(-a); **écologiste** *nm/f* ecologista *m/f*
économe [ekɔnɔm] *adj* ahorrador(a)
économie [ekɔnɔmi] *nf* economía; (*vertu*) ahorro; **~s** *nfpl* ahorros *mpl*; **économique** *adj* económico(-a); **économiser** *vt* ahorrar, economizar
écorce [ekɔʀs] *nf* corteza; (*de fruit*) piel *f*
écorcher [ekɔʀʃe] *vt* (*animal*) desollar; (*égratigner*) arañar; **écorchure** *nf* arañazo
écossais, e [ekɔsɛ, ɛz] *adj* escocés(-esa)
Écosse [ekɔs] *nf* Escocia
écouter [ekute] *vt* escuchar; (*fig*) hacer caso de *ou* a, escuchar a; **s'~** *vpr* (*s'apitoyer*) hacerse caso; **si je m'écoutais** (*suivre son impulsion*) si por mí fuera; **écouteur** *nm* (*téléphone*) auricular *m*
écran [ekʀɑ̃] *nm* pantalla; **le petit ~** la pequeña pantalla
écrasant, e [ekʀɑzɑ̃, ɑ̃t] *adj* (*responsabilité, travail*) agobiante
écraser [ekʀɑze] *vt* (*broyer*) aplastar; (*suj*: *voiture, train etc*) atropellar; (*ennemi, équipe adverse*) aplastar; **s'~ (au sol)** (*avion*) estrellarse (contra el suelo)
écrevisse [ekʀəvis] *nf* cangrejo de río
écrire [ekʀiʀ] *vt, vi* escribir; **s'~** *vpr* (*réciproque*) escribirse; (*mot*): **ca s'écrit comment?** ¿cómo se escribe

eso?; **écrit, e** [ekʀi, it] *pp de* **écrire** ♦ *adj*: **bien/mal écrit** bien/mal escrito(-a) ♦ *nm* escrito; **par écrit** por escrito
écriteau, x [ekʀito] *nm* letrero
écriture [ekʀityʀ] *nf* escritura; **l'É~ (sainte)** la (sagrada) Escritura
écrivain [ekʀivɛ̃] *nm* escritor(a)
écrou [ekʀu] *nm* tuerca
écrouler [ekʀule]: **s'~** *vpr* (*mur*) derrumbarse; (*personne, animal*) desplomarse; (*projet etc*) venirse abajo
écru [ekʀy] *adj* crudo(-a)
écu [eky] *nm* (*monnaie de la* CE) ecu *m*
écume [ekym] *nf* espuma
écureuil [ekyʀœj] *nm* ardilla
écurie [ekyʀi] *nf* cuadra
eczéma [ɛgzema] *nm* eczema *m*
EDF [ədeɛf] *sigle f* = *Électricité de France*
éditer [edite] *vt* editar; **éditeur, -trice** *nm/f* editor(a); **édition** *nf* edición *f*; **l'édition** (*industrie du livre*) la edición
édredon [edʀədɔ̃] *nm* edredón *m*
éducateur, -trice [edykatœʀ, tʀis] *nm/f* educador(a)
éducatif, -ive [edykatif, iv] *adj* educativo(-a)
éducation [edykasjɔ̃] *nf* educación *f*; **bonne/mauvaise ~** buena/mala educación; **~ physique** educación física
éduquer [edyke] *vt* educar
effacer [efase] *vt* borrar
effarant, e [efaʀɑ̃, ɑ̃t] *adj* espantoso(-a)
effectif [efɛktif] *adj* efectivo(-a) ♦ *nm* (MIL, COMM: *gén pl*) efectivos *mpl*; **effectivement** *adv* efectivamente; (*réellement*) realmente
effectuer [efɛktɥe] *vt* efectuar; (*mouvement*) realizar
effervescent, e [efɛʀvesɑ̃, ɑ̃t] *adj* efervescente
effet [efɛ] *nm* efecto; **faire de l'~** (*médicament, menace*) hacer efecto; **en ~** en efecto
efficace [efikas] *adj* eficaz; **efficacité** *nf* eficacia
effondrer [efɔ̃dʀe]: **s'~** *vpr* (*mur, bâtiment*) desmoronarse; (*prix, marché*) hundirse
efforcer [efɔʀse]: **s'~ de** *vpr* esforzarse por; **s'~ de faire** esforzarse por hacer
effort [efɔʀ] *nm* esfuerzo; **faire un ~** hacer un esfuerzo
effrayant, e [efʀɛjɑ̃, ɑ̃t] *adj* horroroso(-a), espantoso(-a)
effrayer [efʀeje] *vt* asustar; **s'~ (de)** *vpr* asustarse (de)
effréné, e [efʀene] *adj* desenfrenado(-a)
effronté, e [efʀɔ̃te] *adj* descarado(-a)
effroyable [efʀwajabl] *adj* espantoso(-a)
égal, e, -aux [egal, o] *adj* (*gén*) igual; (*vitesse, rythme*) regular ♦ *nm/f* igual *m/f*; **être ~ à** ser igual a; **ça lui/nous est ~** le/nos da igual; **sans ~** sin igual; **d'~ à ~** de igual a igual; **également** *adv* (*partager etc*) en partes iguales; (*en outre, aussi*) igualmente; **égaler** *vt* igualar; **égaliser** *vt* igualar ♦ *vi* (SPORT) empatar; **égalité** *nf* igualdad *f*; **être à égalité (de points)** estar empatados(-as) (en tantos)
égard [egaʀ] *nm* consideración *f*; **~s** *nmpl* (*marques de respect*) atenciones *fpl*; **à cet ~/certains ~s/tous ~s** a este respecto/ en ciertos aspectos/ por todos los conceptos; **en ~ à** en consideración a; **par/sans ~ pour** por/sin consideración para; **à l'~ de** con respecto a
égarer [egaʀe] *vt* (*perdre*) perder; (*personne*) echar a perder; **s'~** *vpr* perderse; (*objet*) extraviarse
églefin [egləfɛ̃] *nm* abadejo
église [egliz] *nf* iglesia; **aller à l'~** (*être pratiquant*) ir a la iglesia
égoïsme [egɔism] *nm* egoísmo; **égoïste** *adj, nm/f* egoísta *m/f*
égout [egu] *nm* alcantarilla
égoutter [egute] *vt* escurrir ♦ *vi* gotear; **s'~** *vpr* escurrirse; **égouttoir** *nm* escurridero
égratignure [egʀatiɲyʀ] *nf* rasguño
Égypte [eʒipt] *nf* Egipto; **égyptien,**

ne *adj* egipcio(-a) ♦ *nm/f*: **Egyptien, ne** egipcio(-a)
eh [e] *excl* ¡eh!; **~ bien!** (*surprise*) ¡pero bueno!; **~ bien?** (*attente, doute*) ¿y bien?
élaborer [elabɔʀe] *vt* elaborar
élan [elɑ̃] *nm* (*ZOOL*) alce *m*; (*mouvement, lancée*) impulso; (*fig*) arrebato; **prendre de l'~** tomar carrerilla; **prendre son ~** tomar impulso
élancer [elɑ̃se]: **s'~** *vpr* lanzarse
élargir [elaʀʒiʀ] *vt* (*porte, route*) ensanchar; (*vêtement*) sacar a; **s'~** *vpr* ensancharse
élastique [elastik] *adj* elástico(-a) ♦ *nm* (*de bureau*) elástico, goma; (*pour la couture*) goma
élection [elɛksjɔ̃] *nf* elección *f*; **~s** *nfpl* (*POL*) elecciones *fpl*
électricien, ne [elɛktʀisjɛ̃, jɛn] *nm/f* electricista *m/f*
électricité [elɛktʀisite] *nf* electricidad *f*; **allumer/éteindre l'~** encender/apagar la luz
électrique [elɛktʀik] *adj* eléctrico(-a); (*fig*) tenso(-a)
électrocuter [elɛktʀɔkyte] *vt* electrocutar
électroménager [elɛktʀomenaʒe] *adj*: **appareils ~s** aparatos *mpl* electrodomésticos; **l'~** (*secteur commercial*) el sector de electrodomésticos
électronique [elɛktʀɔnik] *adj* electrónico(-a) ♦ *nf* electrónica
élégance [elegɑ̃s] *nf* elegancia
élégant, e [elegɑ̃, ɑ̃t] *adj* elegante
élément [elemɑ̃] *nm* elemento; **élémentaire** *adj* elemental
éléphant [elefɑ̃] *nm* elefante *m*
élevage [el(ə)vaʒ] *nm* (*de bétail, de volaille etc*) cría; (*activité, secteur économique*) ganadería
élevé, e [el(ə)ve] *adj* elevado(-a); **bien/mal ~** bien/mal educado(-a)
élève [elɛv] *nm/f* alumno(-a)
élever [el(ə)ve] *vt* (*enfant, animaux, vin*) educar, criar; (*hausser*) subir; (*monument, âme, esprit*) elevar; **s'~** *vpr* (*avion, alpiniste*) ascender; (*clocher, montagne*) alzarse; (*protestations*) levantar; (*cri*) oírse; (*niveau*) subir; (*température*) ascender; **s'~ contre qch** rebelarse contra algo; **s'~ à** (*frais, dégâts*) elevarse a; **éleveur, -euse** *nm/f* (*de bétail*) ganadero(-a)
éliminatoire [eliminatwaʀ] *adj* eliminatorio(-a) ♦ *nf* eliminatoria
éliminer [elimine] *vt* eliminar
élire [eliʀ] *vt* (*POL etc*) elegir
elle [ɛl] *pron* ella; **Marie est-~ grande?** ¿María es grande?; **c'est à ~** es suyo(-a), es de ella; **ce livre est à ~** ese libro es suyo; (*après préposition*) sí misma; **avec ~** (*réfléchi*) consigo; **elle-même** ella misma
éloigné, e [elwaɲe] *adj* (*gén*) alejado(-a); (*date, échéance, parent*) lejano(-a)
éloigner [elwaɲe] *vt* (*échéance, but*) retrasar; (*soupçons, danger*) ahuyentar; **s'~** *vpr* alejarse; (*fig*) distanciarse; **~ qch (de)** alejar algo (de); **~ qn (de)** distanciar a algn (de)
élu, e [ely] *pp de* **élire** ♦ *nm/f* (*POL*) elegido(-a), electo(-a)
Élysée [elize] *nm*: **l'~, le palais de l'~** el Elíseo, el palacio del Elíseo
émail, -aux [emaj, o] *nm* esmalte *m*
émanciper [emɑ̃sipe] *vt* (*JUR*) emancipar; (*gén: aussi moralement*) liberar; **s'~** *vpr* (*fig*) liberarse
emballage [ɑ̃balaʒ] *nm* embalaje *m*; (*d'un cadeau*) envoltura
emballer [ɑ̃bale] *vt* (*gén, moteur*) embalar; (*cadeau*) envolver; (*fig: fam*) apetecer; **s'~** *vpr* (*moteur, personne*) embalarse; (*cheval*) desbocarse; (*fig*) propasarse
embarcadère [ɑ̃baʀkadɛʀ] *nm* embarcadero
embarquement [ɑ̃baʀkəmɑ̃] *nm* embarque *m*
embarquer [ɑ̃baʀke] *vt, vi* embarcar; **s'~** *vpr* embarcarse; **s'~ dans** (*affaire, aventure*) embarcarse en
embarras [ɑ̃baʀa] *nm* (*gén pl: obstacle*) inconveniente *m*; (*confusion*) turbación *f*
embarrassant, e [ɑ̃baʀasɑ̃, ɑ̃t] *adj*

molesto(-a)
embarrasser [ɑ̃baʀase] *vt* (*encombrer*) estorbar; (*gêner*) molestar; (*troubler*) turbar
embaucher [ɑ̃boʃe] *vt* contratar
embêtement [ɑ̃bɛtmɑ̃] *nm* (*gén pl*) contratiempo
embêter [ɑ̃bete] *vt* (*importuner*) molestar, embromar (AM); (*ennuyer*) aburrir; (*contrarier*) fastidiar; **s'~** *vpr* aburrirse
emblée [ɑ̃ble]: **d'~** *adv* de golpe
embouchure [ɑ̃buʃyʀ] *nf* (GÉO) desembocadura
embourber [ɑ̃buʀbe]: **s'~** *vpr* atascarse
embouteillage [ɑ̃butɛjaʒ] *nm* embotellamiento
embranchement [ɑ̃bʀɑ̃ʃmɑ̃] *nm* (*routier*) bifurcación *f*; (SCIENCE) tipo
embrasser [ɑ̃bʀase] *vt* (*étreindre*) abrazar; (*donner un baiser*) besar
embrayage [ɑ̃bʀɛjaʒ] *nm* embrague *m*
embrouiller [ɑ̃bʀuje] *vt* enredar; **s'~** *vpr* enredarse
embruns [ɑ̃bʀœ̃] *nmpl* salpicaduras *fpl*
embué, e [ɑ̃bɥe] *adj* empañado(-a)
émeraude [em(ə)ʀod] *nf, adj inv* esmeralda
émerger [emɛʀʒe] *vi* emerger; (*fig*) surgir
émeri [em(ə)ʀi] *nm*: **papier ~** papel *m* de esmeril
émerveiller [emɛʀveje] *vt* maravillar; **s'~** *vpr*: **s'~ (de qch)** maravillarse (de algo)
émettre [emɛtʀ] *vt, vi* emitir
émeus *etc* [emø] *vb voir* **émouvoir**
émeute [emøt] *nf* motín *m*
émigrer [emigʀe] *vi* emigrar
émincer [emɛ̃se] *vt* (*viande*) trinchar; (*oignons etc*) cortar en rodajas finas
émission [emisjɔ̃] *nf* emisión *f*
emmêler [ɑ̃mele] *vt* enmarañar; **s'~** *vpr* enmarañarse
emménager [ɑ̃menaʒe] *vi* mudarse; **~ dans** instalarse en
emmener [ɑ̃m(ə)ne] *vt* llevar; (*comme otage, capture, avec soi*) llevarse; **~ qn au cinéma/restaurant** llevar a algn al cine/restaurante
emmerder [ɑ̃mɛʀde] (*fam!*) *vt* dar el coñazo (*fam!*), fregar (AM) (*fam!*); **s'~** *vpr* aburrirse la hostia (*fam!*)
émotif, -ive [emɔtif, iv] *adj* (*troubles etc*) emocional; (*personne*) emotivo(-a)
émotion [emosjɔ̃] *nf* emoción *f*
émouvoir [emuvwaʀ] *vt* (*troubler*) turbar; (*attendrir*) conmover; **s'~** *vpr* (*se troubler*) turbarse; (*s'attendrir*) conmoverse
empaqueter [ɑ̃pakte] *vt* empaquetar
emparer [ɑ̃paʀe]: **s'~ de** *vpr* apoderarse de; (MIL) adueñarse de
empêchement [ɑ̃pɛʃmɑ̃] *nm* impedimento
empêcher [ɑ̃peʃe] *vt* impedir; **~ qn de faire qch** impedir a algn que haga algo; **il n'empêche que** lo que no quiere decir que; **il n'a pas pu s'~ de rire** no pudo evitar reírse
empereur [ɑ̃pʀœʀ] *nm* emperador *m*
empiffrer [ɑ̃pifʀe]: **s'~** *vpr* (*péj*) atracarse
empiler [ɑ̃pile] *vt* apilar
empire [ɑ̃piʀ] *nm* imperio; (*fig*) dominio
empirer [ɑ̃piʀe] *vi* empeorar
emplacement [ɑ̃plasmɑ̃] *nm* emplazamiento
emplettes [ɑ̃plɛt] *nfpl*: **faire des ~** ir de tiendas
emploi [ɑ̃plwa] *nm* empleo; **l'~** (COMM, ÉCON) el empleo; **offre/demande d'~** oferta/demanda de empleo; **~ du temps** horario
employé, e [ɑ̃plwaje] *nm/f* empleado(-a); **~ de bureau** oficinista *m/f*
employer [ɑ̃plwaje] *vt* emplear;
employeur, -euse *nm/f* patrón(-ona), empresario(-a)
empoigner [ɑ̃pwaɲe] *vt* empuñar
empoisonner [ɑ̃pwazɔne] *vt* (*volontairement*) envenenar; (*accidentellement, empester*) intoxicar; (*fam: embêter*): **~ qn** fastidiar a algn
emporter [ɑ̃pɔʀte] *vt* llevar; (*en dérobant, enlevant*) arrebatar; (*suj: courant, vent, avalanche, choc*) arrastrar; (*gagner,* MIL) lograr; **s'~** *vpr*

enfurecerse; **boissons/plats chauds à ~** bebidas *fpl*/comidas *fpl* calientes para llevar

empreinte [ɑ̃pʀɛ̃t] *nf* huella; **~s (digitales)** huellas *fpl* (dactilares)

empressé, e [ɑ̃pʀese] *adj* solícito(-a)

empresser [ɑ̃pʀese]: **s'~** *vpr* apresurarse; **s'~ de faire** apresurarse a hacer

emprisonner [ɑ̃pʀizɔne] *vt* encarcelar

emprunt [ɑ̃pʀœ̃] *nm* (*gén,* FIN) préstamo

emprunter [ɑ̃pʀœ̃te] *vt* (*gén,* FIN) pedir *ou* tomar prestado; (*route, itinéraire*) seguir

ému, e [emy] *pp de* **émouvoir** ♦ *adj* (*de joie, gratitude*) emocionado(-a)

MOT-CLÉ

en [ɑ̃] *prép* **1** (*endroit, pays*) en; (*direction*) a; **habiter en France/en ville** vivir en Francia/en la ciudad; **aller en France/en ville** ir a Francia/a la ciudad

2 (*temps*) en; **en 3 jours/20 ans** en 3 días/20 años; **en été/juin** en verano/junio

3 (*moyen*) en; **en avion/taxi** en avión/taxi

4 (*composition*) de; **c'est en verre/bois** es de cristal/madera; **un collier en argent** un collar de plata

5 (*description, état*): **une femme en rouge** una mujer de rojo; **peindre qch en rouge** pintar algo de rojo; **en T/étoile** en forma de T/en estrella; **en chemise/chaussettes** en camisa/calcetines; **en soldat** de soldado; **en deuil** de luto; **cassé en plusieurs morceaux** roto en varios pedazos; **en réparation** en reparación; **partir en vacances** marcharse de vacaciones; **le même en plus grand** el mismo en tamaño más grande; **expert/licencié en ...** experto/licenciado en ...; **fort en maths** fuerte en matemáticas; **être en bonne santé** estar bien de salud; **en deux volumes/une pièce** en dos volúmenes/una pieza; (*pour locutions avec 'en'*) *voir* **tant**; **croire** *etc*

6 (*en tant que*): **en bon chrétien** como buen cristiano; **je te parle en ami** te hablo como amigo

7 (*avec gérondif*): **en travaillant/dormant** al trabajar/dormir, trabajando/durmiendo; **en apprenant la nouvelle/sortant, ...** al saber la noticia/al salir, ...; **sortir en courant** salir corriendo

♦ *pron* **1** (*indéfini*): **j'en ai ...** tengo ...; **en as-tu?** ¿tienes?; **en veux-tu?** ¿quieres?; **je n'en veux pas** no quiero; **j'en ai 2** tengo dos; **j'en ai assez** (*fig*) tengo bastante; (*j'en ai marre*) estoy harto de eso; **combien y en a-t-il?** ¿cuántos hay?; **où en étais-je?** ¿dónde estaba?

2 (*provenance*) de allí; **j'en viens/sors** vengo/salgo (de allí)

3 (*cause*): **il en est malade/perd le sommeil** está enfermo/pierde el sueño (por ello)

4 (*complément de nom, d'adjectif, de verbe*): **j'en connais les dangers/défauts** conozco los peligros/defectos de eso; **j'en suis fier** estoy orgulloso de ello; **j'en ai besoin** lo necesito

encadrer [ɑ̃kɑdʀe] *vt* (*tableau, image*) enmarcar; (*fig: entourer*) rodear; (*personnel*) formar

encaisser [ɑ̃kese] *vt* (*chèque, argent*) cobrar; (*coup, défaite*) encajar

en-cas [ɑ̃kɑ] *nm inv* tentempié *m*

enceinte [ɑ̃sɛ̃t] *adj f*: **~ (de 6 mois)** encinta *ou* embarazada (de 6 meses) ♦ *nf* (*mur*) muralla; (*espace*) recinto; **~ (acoustique)** bafle *m*

encens [ɑ̃sɑ̃] *nm* incienso

enchaîner [ɑ̃ʃene] *vt* encadenar ♦ *vi* proseguir

enchanté, e [ɑ̃ʃɑ̃te] *adj* encantado(-a); **~ de faire votre connaissance** encantado(-a) de conocerle

enchère [ɑ̃ʃɛʀ] *nf* oferta; **mettre/vendre aux ~s** sacar/vender en subasta

enclencher [ɑ̃klɑ̃ʃe] *vt* (*mécanisme*) enganchar; **s'~** *vpr* ponerse en marcha

encombrant, e [ɑ̃kɔ̃bʀɑ̃, ɑ̃t] *adj* voluminoso(-a); **encombrement** *nm* (*de circulation*) embotellamiento; (*des lignes téléphoniques*) saturación *f*
encombrer [ɑ̃kɔ̃bʀe] *vt* (*couloir, rue*) obstruir; (*personne*) estorbar; **s'~ de** *vpr* (*bagages etc*) cargarse de *ou* con

MOT-CLÉ

encore [ɑ̃kɔʀ] *adv* **1** (*continuation*) todavía; **il travaille encore** trabaja todavía; **pas encore** todavía no
2 (*de nouveau*): **elle m'a encore demandé de l'argent** me ha vuelto a pedir dinero; **encore!** (*insatisfaction*) ¡otra vez!; **encore un effort** un esfuerzo más; **j'irai encore demain** iré también mañana; **encore une fois** una vez más; **encore deux jours** dos días más
3 (*intensif*): **encore plus fort/mieux** aún más fuerte/mejor; **hier encore** todavía ayer; **non seulement ... , mais encore** no sólo ... sino también
4 (*restriction*) al menos; **encore pourrais-je le faire, si j'avais de l'argent** si al menos tuviera dinero, podría hacerlo; **si encore** si por lo menos; **(et puis) quoi encore?** ¿y qué más?; **encore que**
♦ *conj* aunque

encourager [ɑ̃kuʀaʒe] *vt* (*personne*) animar
encourir [ɑ̃kuʀiʀ] *vt* exponerse a
encre [ɑ̃kʀ] *nf* tinta
encyclopédie [ɑ̃siklɔpedi] *nf* enciclopedia
endetter [ɑ̃dete]: **s'~** *vpr* endeudarse
endive [ɑ̃div] *nf* endibia
endormi, e [ɑ̃dɔʀmi] *pp de* **endormir** ♦ *adj* dormido(-a)
endormir [ɑ̃dɔʀmiʀ] *vt* adormecer, dormir; (MÉD) anestesiar; **s'~** *vpr* dormirse
endroit [ɑ̃dʀwa] *nm* lugar *m*, sitio; (*opposé à l'envers*) derecho; **à l'~** (*vêtement*) al derecho
endurance [ɑ̃dyʀɑ̃s] *nf* resistencia
endurant, e [ɑ̃dyʀɑ̃, ɑ̃t] *adj* resistente
endurcir [ɑ̃dyʀsiʀ]: **s'~** *vpr* endurecerse
endurer [ɑ̃dyʀe] *vt* aguantar
énergétique [enɛʀʒetik] *adj* energético(-a)
énergie [enɛʀʒi] *nf* energía; **énergique** *adj* enérgico(-a)
énervant, e [enɛʀvɑ̃, ɑ̃t] *adj* irritante
énerver [enɛʀve] *vt* poner nervioso, enervar; **s'~** *vpr* ponerse nervioso, enervarse
enfance [ɑ̃fɑ̃s] *nf* (*âge*) niñez *f*
enfant [ɑ̃fɑ̃] *nm/f* (*garçon, fillette*) niño(-a); (*fils, fille*) hijo(-a); **enfantin, e** *adj* infantil
enfer [ɑ̃fɛʀ] *nm* infierno
enfermer [ɑ̃fɛʀme] *vt* (*à clef etc*) encerrar
enfiler [ɑ̃file] *vt* (*perles*) ensartar; (*aiguille*) enhebrar; **~ qch** (*vêtement*) ponerse algo
enfin [ɑ̃fɛ̃] *adv* (*pour finir*) finalmente; (*en dernier lieu, pour conclure*) por último; (*de restriction, résignation*) en fin
enflammer [ɑ̃flɑme] *vt* inflamar; **s'~** *vpr* inflamarse
enflé, e [ɑ̃fle] *adj* hinchado(-a)
enfler [ɑ̃fle] *vi* (MÉD) inflamar, hincharse
enfoncer [ɑ̃fɔ̃se] *vt* (*clou*) clavar; (*forcer, défoncer, faire pénétrer*) hundir ♦ *vi* (*dans la vase etc*) hundirse; **s'~** *vpr* hundirse; **s'~ dans** hundirse en
enfouir [ɑ̃fwiʀ] *vt* (*dans le sol*) enterrar; (*dans un tiroir, une poche*) meter en el fondo
enfuir [ɑ̃fɥiʀ]: **s'~** *vpr* huir
engagement [ɑ̃gaʒmɑ̃] *nm* compromiso
engager [ɑ̃gaʒe] *vt* (*embaucher*) contratar; (*débat*) iniciar; (: *négociations*) entablar; (*lier*) comprometer; (*impliquer, entraîner*) implicar; **s'~** *vpr* (*s'embaucher*) incorporarse; (MIL) alistarse; (*politiquement, promettre*) comprometerse; (*négociations*) entablarse; **~ qch dans** (*faire pénétrer*) meter algo en; **s'~ à faire**

qch comprometerse a hacer algo; **s'~ dans** (*rue, passage*) enfilar; (*voie, carrière, discussion*) meterse en
engelures [ɑ̃ʒlyʀ] *nfpl* sabañones *mpl*
engin [ɑ̃ʒɛ̃] *nm* máquina; (*péj*) artefacto
engloutir [ɑ̃glutiʀ] *vt* tragar
engouement [ɑ̃gumɑ̃] *nm* apasionamiento
engouffrer [ɑ̃gufʀe] *vt* engullir; **s'~ dans** *vpr* (*suj: vent, eau*) penetrar en
engourdir [ɑ̃guʀdiʀ] *vt* (*membres*) entumecer; (*esprit*) entorpecer; **s'~** *vpr* entumecerse; entorpecerse
engrais [ɑ̃gʀɛ] *nm* abono
engraisser [ɑ̃gʀese] *vt* (*animal*) cebar ♦ *vi* (*péj: personne*) forrarse
engrenage [ɑ̃gʀənaʒ] *nm* engranaje *m*
engueuler [ɑ̃gœle] (*fam*) *vt*: **~ qn** cabrearse con algn
enhardir [ɑ̃aʀdiʀ]: **s'~** *vpr* envalentonarse
énigme [enigm] *nf* enigma *m*
enivrer [ɑ̃nivʀe] *vt* embriagar, emborrachar
enjamber [ɑ̃ʒɑ̃be] *vt* franquear
enjeu, x [ɑ̃ʒø] *nm* apuesta; (*d'une élection, d'un match*) lo que está en juego
enjoué, e [ɑ̃ʒwe] *adj* alegre
enlaidir [ɑ̃lediʀ] *vt* afear ♦ *vi* afearse
enlèvement [ɑ̃lɛvmɑ̃] *nm* (*rapt*) rapto
enlever [ɑ̃l(ə)ve] *vt* quitar; (*ordures, meubles à déménager*) recoger; (*kidnapper*) raptar; (*prix, victoire*) conseguir; **~ qch à qn** (*possessions, espoir*) quitar algo a algn
enliser [ɑ̃lize]: **s'~** *vpr* hundirse
enneigé, e [ɑ̃neʒe] *adj* (*pente, col*) nevado(-a)
ennemi, e [ɛnmi] *adj, nm/f* enemigo(-a)
ennui [ɑ̃nɥi] *nm* (*lassitude*) aburrimiento; (*difficulté*) problema *m*; **avoir/s'attirer des ~s** tener/buscarse problemas; **ennuyer** *vt* (*importuner, gêner*) molestar; (*contrarier*) fastidiar; (*lasser*) aburrir; **s'ennuyer** *vpr* (*se lasser*) aburrirse; **s'ennuyer de qch/qn** (*regretter*) echar de menos algo/a algn; **ennuyeux, -euse** *adj* (*lassant*) aburrido(-a); (*contrariant*) molesto(-a)
énorme [enɔʀm] *adj* enorme; **énormément** *adv* (*avec vb*) muchísimo; **énormément de neige/gens** muchísima nieve/gente
enquête [ɑ̃kɛt] *nf* (*judiciaire, administrative, de police*) investigación *f*; (*de journaliste, sondage*) encuesta; **enquêter** *vi* (*gén, police*) investigar; (*journaliste, sondage*) hacer una encuesta
enragé, e [ɑ̃ʀaʒe] *adj* (MÉD) rabioso(-a); (*passionné*) apasionado(-a)
enrageant, e [ɑ̃ʀaʒɑ̃, ɑ̃t] *adj* irritante
enrager [ɑ̃ʀaʒe] *vi* dar rabia
enregistrement [ɑ̃ʀ(ə)ʒistʀəmɑ̃] *nm* (*d'un disque*) grabación *f*; (*d'un fichier, d'une plainte*) registro; **~ des bagages** facturación *f*
enregistrer [ɑ̃ʀ(ə)ʒistʀe] *vt* (MUS, INFORM) grabar; (ADMIN, COMM, *fig*) registrar; (*aussi:* **faire ~**: *bagages*) facturar
enrhumer [ɑ̃ʀyme]: **s'~** *vpr* acatarrarse, constiparse, resfriarse
enrichir [ɑ̃ʀiʃiʀ] *vt* enriquecer; **s'~** *vpr* enriquecerse
enrouer [ɑ̃ʀwe]: **s'~** *vpr* enronquecer
enrouler [ɑ̃ʀule] *vt* enrollar; **s'~** *vpr* enrollarse; **~ qch autour de** enrollar algo alrededor de
enseignant, e [ɑ̃sɛɲɑ̃, ɑ̃t] *adj, nm/f* docente *m/f*
enseignement [ɑ̃sɛɲ(ə)mɑ̃] *nm* enseñanza
enseigner [ɑ̃seɲe] *vt* (*suj: professeur*) enseñar, dar clase de; **~ qch à qn** enseñar algo a algn
ensemble [ɑ̃sɑ̃bl] *adv* (*l'un avec l'autre*) juntos(-as); (*en même temps*) juntos(-as) ♦ *nm* conjunto; **l'~ du/de la** la totalidad del/de la; **aller ~** (*être assorti*) combinarse; **dans l'~** (*en gros*) en conjunto
ensoleillé, e [ɑ̃sɔleje] *adj* soleado(-a)

ensuite [ɑ̃sɥit] *adv* (*dans une succession: après*) a continuación; (*plus tard*) después; **~ de quoi** después de lo cual

entamer [ɑ̃tame] *vt* (*pain, bouteille*) empezar; (*hostilités, pourparlers*) iniciar

entasser [ɑ̃tɑse] *vt* (*empiler*) amontonar; **s'~** *vpr* amontonarse; hacinarse

entendre [ɑ̃tɑ̃dʀ] *vt* oír; (*comprendre*) entender; (*vouloir dire*) querer decir; **s'~** *vpr* (*sympathiser*) entenderse; (*: se mettre d'accord*) ponerse de acuerdo; **j'ai entendu dire que** he oído que; **~ parler de** oír hablar de; **je m'entends** sé lo que (me) digo; **laisser ~ que, donner à ~ que** dar a entender que

entendu, e [ɑ̃tɑ̃dy] *pp de* **entendre** ♦ *adj* (*affaire*) concluido(-a); (*air*) entendido(-a); **(c'est) ~!** ¡de acuerdo!, ¡entendido!; **c'est ~** (*concession*) entendido; **bien ~!** ¡por supuesto!

entente [ɑ̃tɑ̃t] *nf* (*entre amis, pays*) entendimiento; (*accord, traité*) acuerdo

enterrement [ɑ̃tɛʀmɑ̃] *nm* entierro

enterrer [ɑ̃teʀe] *vt* enterrar

entêtant, e [ɑ̃tɛtɑ̃, ɑ̃t] *adj* (*odeur, atmosphère*) mareante

entêté, e [ɑ̃tete] *adj* obstinado(-a), cabezota

en-tête [ɑ̃tɛt] (*pl* **~-~s**) *nm* membrete *m*; **enveloppe/papier à ~-~** sobre *m*/papel *m* con membrete

entêter [ɑ̃tete]: **s'~** *vpr* obstinarse, empeñarse; **s'~ (à faire)** empeñarse (en hacer)

enthousiasme [ɑ̃tuzjasm] *nm* entusiasmo; **enthousiasmer** *vt* entusiasmar; **s'enthousiasmer** *vpr*: **s'enthousiasmer (pour qch)** entusiasmarse (con algo); **enthousiaste** *adj, nm/f* entusiasta *m/f*

entier, -ère [ɑ̃tje, jɛʀ] *adj* entero(-a); (*en totalité*) entero(-a), completo(-a); **en ~** por completo; **lait ~** leche *f* entera; **entièrement** *adv* enteramente

entonnoir [ɑ̃tɔnwaʀ] *nm* (*ustensile*) embudo

entorse [ɑ̃tɔʀs] *nf* esguince *m*

entourage [ɑ̃tuʀaʒ] *nm* (*personnes proches*) allegados *mpl*; (*ce qui enclôt*) cerco

entourer [ɑ̃tuʀe] *vt* (*par une clôture etc*) cercar; (*faire cercle autour de*) rodear; (*apporter son soutien à*) atender; **s'~ de** *vpr* (*collaborateurs*) rodearse de; **~ qch de** rodear algo con

entracte [ɑ̃tʀakt] *nm* entreacto

entraide [ɑ̃tʀɛd] *nf* ayuda mutua

entrain [ɑ̃tʀɛ̃] *nm* ánimo; **avec ~** con entusiasmo

entraînement [ɑ̃tʀɛnmɑ̃] *nm* entrenamiento

entraîner [ɑ̃tʀene] *vt* (*tirer*) arrastrar; (*charrier*) acarrear; (*moteur, poulie*) accionar; (*emmener*) llevarse; (*joueurs, soldats*) guiar; (*SPORT*) entrenar; (*influencer*) influenciar; (*impliquer, causer*) ocasionar; **s'~** *vpr* (*SPORT*) entrenarse; **~ qn à/à faire qch** (*inciter*) arrastrar a algn a/a hacer algo; **s'~ à qch/à faire qch** (*s'exercer*) ejercitarse en algo/en hacer algo; **entraîneur, -euse** *nm/f* (*SPORT*) entrenador(a); (*HIPPISME*) picador(a)

entre [ɑ̃tʀ] *prép* entre; **l'un d'~ eux/nous** uno de ellos/nosotros; **~ autres (choses)** entre otras (cosas); **~ nous, ...** entre nosotros, ...; **ils se battent ~ eux** se pelean entre sí; **entrecôte** *nf* entrecot(e) *m*

entrée [ɑ̃tʀe] *nf* entrada; **~ en vigueur** entrada en vigor

entre...: entrefilet *nm* noticia breve; **entremets** *nm* postre *m*

entrepôt [ɑ̃tʀəpo] *nm* almacén *m*, galpón *m* (*CSUR*)

entreprendre [ɑ̃tʀəpʀɑ̃dʀ] *vt* emprender

entrepreneur [ɑ̃tʀəpʀənœʀ] *nm* empresario; **~ (en bâtiment)** contratista *m/f* (de obras)

entreprise [ɑ̃tʀəpʀiz] *nf* empresa

entrer [ɑ̃tʀe] *vi* entrar ♦ *vt* (*INFORM*) meter; **(faire) ~ qch dans** (*objet*) meter algo en; **~ dans** entrar en;

(*entrer en collision avec*) chocar con; **~ au couvent/à l'hôpital** ingresar en el convento/en el hospital; **faire ~** hacer pasar

entre-temps [ɑ̃tʀətɑ̃] *adv* entretanto

entretenir [ɑ̃tʀət(ə)niʀ] *vt* mantener

entretien [ɑ̃tʀətjɛ̃] *nm* (*d'une maison, d'une famille, service*) mantenimiento; (*discussion*) conversación *f*; (*audience*) entrevista

entrevoir [ɑ̃tʀəvwaʀ] *vt* entrever; (*solution, problème*) vislumbrar

entrevue [ɑ̃tʀəvy] *nf* entrevista

entrouvert, e [ɑ̃tʀuvɛʀ, ɛʀt] *adj* entreabierto(-a)

énumérer [enymeʀe] *vt* enumerar

envahir [ɑ̃vaiʀ] *vt* invadir; **envahissant, e** *adj* (*péj*: *personne*) avasallador(a)

enveloppe [ɑ̃v(ə)lɔp] *nf* sobre *m*; **envelopper** *vt* envolver

enverrai *etc* [ɑ̃veʀe] *vb voir* **envoyer**

envers [ɑ̃vɛʀ] *prép* hacia ♦ *nm*: **l'~** (*d'une feuille*) el dorso; (*d'un vêtement*) el revés; **à l'~** al revés

envie [ɑ̃vi] *nf* envidia; **avoir ~ de qch/de faire qch** tener ganas de algo/de hacer algo; **avoir ~ que** tener ganas de que; **ça lui fait ~** le da envidia; **envier** *vt* envidiar; **envieux, -euse** *adj, nm/f* envidioso(-a)

environ [ɑ̃viʀɔ̃] *adv* aproximadamente; **3 h/2 km ~** 3 h/2 km aproximadamente

environnant, e [ɑ̃viʀɔnɑ̃, ɑ̃t] *adj* cercano(-a)

environnement [ɑ̃viʀɔnmɑ̃] *nm* medioambiente

environs [ɑ̃viʀɔ̃] *nmpl* alrededores *mpl*; (*fig*: *temps, somme*) alrededor de

envisager [ɑ̃vizaʒe] *vt* considerar; (*avoir en vue*) prever

envoler [ɑ̃vɔle]: **s'~** *vpr* (*oiseau*) echarse a volar; (*papier, feuille*) volarse; (*espoir, illusion*) esfumarse

envoyé, e [ɑ̃vwaje] *nm/f* (*POL*) enviado(-a)

envoyer [ɑ̃vwaje] *vt* enviar; (*projectile, ballon*) lanzar; **~ chercher qch/qn** mandar a buscar algo/a algn

épagneul, e [epaɲœl] *nm/f* podenco(-a)

épais, se [epɛ, ɛs] *adj* espeso(-a); **épaisseur** *nf* (*v adj*) espesor *m*, grosor *m*

épanouir [epanwiʀ]: **s'~** *vpr* (*fleur*) abrirse; (*visage*) iluminarse; (*fig*) florecer

épargne [epaʀɲ] *nf* ahorro

épargner [epaʀɲe] *vt* ahorrar; (*ennemi, récolte, région*) perdonar ♦ *vi* ahorrar; **~ qch à qn** evitarle algo a algn

éparpiller [epaʀpije] *vt* esparcir; (*pour répartir*) diseminar; **s'~** *vpr* esparcirse; (*fig*: *étudiant, chercheur etc*) dispersarse los esfuerzos

épatant, e [epatɑ̃, ɑ̃t] (*fam*) *adj* estupendo(-a)

épater [epate] (*fam*) *vt* impresionar

épaule [epol] *nf* (*ANAT*) hombro; (*CULIN*) espaldilla

épave [epav] *nf* restos *mpl*

épée [epe] *nf* espada

épeler [ep(ə)le] *vt* deletrear

éperon [epʀɔ̃] *nm* (*de botte*) espuela

épervier [epɛʀvje] *nm* (*ZOOL*) gavilán *m*; (*PÊCHE*) esparavel *m*

épi [epi] *nm* (*de blé*) espiga

épice [epis] *nf* especia

épicé, e [epise] *adj* picante

épicer [epise] *vt* condimentar

épicerie [episʀi] *nf* (*magasin*) tienda de ultramarinos, boliche *m* (*AM*); **~ fine** ultramarinos *mpl* finos; **épicier, -ière** *nm/f* tendero(-a)

épidémie [epidemi] *nf* epidemia

épiderme [epidɛʀm] *nm* epidermis *f inv*

épier [epje] *vt* (*personne*) espiar; (*arrivée, occasion*) estar pendiente de

épilepsie [epilɛpsi] *nf* epilepsia

épiler [epile] *vt* depilar

épinards [epinaʀ] *nmpl* espinacas *fpl*

épine [epin] *nf* espina

épingle [epɛ̃gl] *nf* alfiler *m*; **~ de nourrice** *ou* **de sûreté** imperdible *m*

épisode [epizɔd] *nm* episodio; **film en trois ~s** película en tres episodios; **épisodique** *adj* episódico(-a)

épluche-légumes [eplyʃlegym] *nm inv* pelador *m*, mondador *m*
éplucher [eplyʃe] *vt* (*fruit, légumes*) pelar; (*fig*: *texte*) examinar minuciosamente; **épluchures** *nfpl* mondas *fpl*
éponge [epɔ̃ʒ] *nf* esponja ♦ *adj*: **tissu ~** tela de felpa; **éponger** *vt* (*liquide, fig*) enjugar; (*surface*) pasar una esponja por; **s'éponger le front** enjugarse la frente
époque [epɔk] *nf* época; **d'~** (*meuble etc*) de época
épouse [epuz] *nf* esposa; **épouser** *vt* casarse con
épousseter [epuste] *vt* limpiar el polvo de
épouvantable [epuvɑ̃tabl] *adj* horroroso(-a); (*bruit, vent etc*) espantoso(-a)
épouvantail [epuvɑ̃taj] *nm* espantapájaros *m inv*
épouvante [epuvɑ̃t] *nf* espanto; **film/livre d'~** película/novela de terror; **épouvanter** *vt* (*terrifier*) horrorizar; (*sens affaibli*) espantar
époux, épouse [epu, uz] *nm/f* esposo(-a) ♦ *nmpl*: **les ~** los esposos
épreuve [epʀœv] *nf* prueba; (*SCOL*) examen *m*; **mettre à l'~** poner a prueba
éprouvant, e [epʀuvɑ̃, ɑ̃t] *adj* duro(-a)
éprouver [epʀuve] *vt* (*fatigue, douleur*) sufrir, padecer; (*sentiment*) sentir; (*difficultés etc*) encontrar
épuisé, e [epɥize] *adj* agotado(-a); **épuisement** *nm* agotamiento
épuiser [epɥize] *vt* agotar; **s'~** *vpr* agotarse
épuisette [epɥizɛt] *nf* (*PÊCHE*) salabre *m*
équateur [ekwatœʀ] *nm* ecuador *m*; **Équateur** Ecuador *m*
équation [ekwasjɔ̃] *nf* ecuación *f*
équerre [ekɛʀ] *nf* (*pour dessiner, mesurer*) escuadra
équilibre [ekilibʀ] *nm* equilibrio; **être/mettre en ~** estar/poner en equilibrio; **garder/perdre l'~** guardar/perder el equilibrio; **équilibré, e** *adj* equilibrado(-a); **équilibrer** *vt* equilibrar
équipage [ekipaʒ] *nm* (*de bateau, d'avion*) tripulación *f*
équipe [ekip] *nf* (*de joueurs*) equipo; (*de travailleurs*) cuadrilla
équipé, e [ekipe] *adj* equipado(-a)
équipement [ekipmɑ̃] *nm* equipo; (*d'une cuisine*) instalación *f*
équiper [ekipe] *vt* equipar
équipier, -ière [ekipje, jɛʀ] *nm/f* compañero(-a) de equipo
équitation [ekitasjɔ̃] *nf* equitación *f*
équivalent, e [ekivalɑ̃, ɑ̃t] *adj* equivalente
équivaloir [ekivalwaʀ]: **~ à** *vt ind* equivaler a
érable [eʀabl] *nm* arce *m*
érafler [eʀɑfle] *vt* arañar; **éraflure** *nf* rasguño, arañazo
ère [ɛʀ] *nf* era; **en l'an 1050 de notre ~** en el año 1050 de nuestra era
érection [eʀɛksjɔ̃] *nf* erección *f*
éroder [eʀɔde] *vt* erosionar; (*suj*: *acide*) corroer
érotique [eʀɔtik] *adj* erótico(-a)
errer [eʀe] *vi* vagar
erreur [eʀœʀ] *nf* error *m*; **par ~** por error; **faire ~** equivocarse
éruption [eʀypsjɔ̃] *nf* erupción *f*; (*de joie, colère*) arrebato
es [ɛ] *vb voir* **être**
ès [ɛs] *prép*: **licencié ~ lettres/sciences** licenciado en letras/ciencias
escabeau, x [ɛskabo] *nm* (*tabouret*) escabel *m*; (*échelle*) escalera de tijera
escalade [ɛskalad] *nf* escalada; **escalader** *vt* escalar
escale [ɛskal] *nf* escala; **faire ~ (à)** hacer escala (en)
escalier [ɛskalje] *nm* escalera; **dans l'~** *ou* **les ~s** en la escalera *ou* las escaleras; **~ roulant** *ou* **mécanique** escalera mecánica
escapade [ɛskapad] *nf* escapada
escargot [ɛskaʀgo] *nm* caracol *m*
escarpé, e [ɛskaʀpe] *adj* escarpado(-a)
esclavage [ɛsklavaʒ] *nm* esclavitud *f*
esclave [ɛsklav] *nm/f* esclavo(-a)
escompte [ɛskɔ̃t] *nm* descuento

escrime [ɛskʀim] *nf* esgrima
escroc [ɛskʀo] *nm* estafador(a)
escroquer [ɛskʀɔke] *vt*: **~ qn (de qch)** timar a algn (con algo); **~ qch (à qn)** estafar algo (a algn); **escroquerie** *nf* estafa
espace [ɛspas] *nm* espacio
espacer [ɛspase] *vt* espaciar; **s'~** *vpr* espaciarse
espadon [ɛspadɔ̃] *nm* pez *m* espada *inv*, emperador *m*
espadrille [ɛspadʀij] *nf* alpargata
Espagne [ɛspaɲ] *nf* España; **espagnol, e** *adj* español(a) ♦ *nm* (LING) español *m*, castellano (*esp* AM) ♦ *nm/f*: **Espagnol, e** español(a)
espèce [ɛspɛs] *nf* especie *f*; **~s** *nfpl* (COMM) metálico; (*sorte, genre*) clases *fpl*; **une ~ de** una especie de; **~ de maladroit/de brute!** ¡pedazo de *ou* so inútil/bruto!; **payer en ~s** pagar en metálico
espérance [ɛspeʀɑ̃s] *nf* esperanza; **~ de vie** esperanza de vida
espérer [ɛspeʀe] *vt* esperar; **j'espère (bien)** eso espero; **~ que/faire** esperar que/hacer; **~ en qn/qch** confiar en algn/algo
espiègle [ɛspjɛgl] *adj* travieso(-a)
espion, ne [ɛspjɔ̃, jɔn] *nm/f* espía *m/f*; **espionnage** *nm* espionaje *m*; **espionner** *vt* espiar
espoir [ɛspwaʀ] *nm* esperanza; **dans l'~ de/que** con la esperanza de/de que; **reprendre ~** recuperar la esperanza
esprit [ɛspʀi] *nm* espíritu *m*; **faire de l'~** hacerse el gracioso; **reprendre ses ~s** recuperar el sentido; **avoir bon/mauvais ~** tener buenas/malas intenciones
esquimau, de, x [ɛskimo, od] *adj* esquimal; (*glace*) pingüino ♦ *nm/f*: **E~, de** esquimal *m/f*
essai [esɛ] *nm* (*d'une voiture, d'un vêtement*) prueba; (*tentative, aussi* SPORT) intento; (RUGBY, LITT) ensayo; **à l'~** a prueba; **~ gratuit** prueba gratuita
essaim [esɛ̃] *nm* enjambre *m*
essayer [eseje] *vt* probar ♦ *vi* intentar, tratar de; **~ de faire qch** intentar hacer algo, tratar de hacer algo
essence [esɑ̃s] *nf* (*carburant*) gasolina, nafta (ARG), bencina (CHI); (*d'une plante, fig*) esencia; (*espèce: d'arbre*) especie *f*
essentiel, le [esɑ̃sjɛl] *adj* esencial; **c'est l'~** es lo esencial; **l'~ de** la mayor parte de
essieu, x [esjø] *nm* eje *m*
essor [esɔʀ] *nm* (*de l'économie etc*) auge *m*
essorer [esɔʀe] *vt* escurrir; (*à la machine*) centrifugar; **essoreuse** *nf* (*à rouleaux*) escurridor *m*; (*à tambour*) secadora
essouffler [esufle] *vt* sofocar; **s'~** *vpr* sofocarse
essuie-glace [esɥiglas] *nm inv* limpiaparabrisas *m inv*
essuyer [esɥije] *vt* secar; (*épousseter*) limpiar; **s'~** *vpr* secarse; **~ la vaisselle** secar los platos
est[1] [ɛ] *vb voir* **être**
est[2] [ɛst] *nm* este *m* ♦ *adj inv* este *inv*; **à l'~** (*situation*) al este; (*direction*) hacia el este; **à l'~ de** al este de; **les pays de l'E~** los países del Este
est-ce que [ɛskə] *adv*: **~-~ ~ c'est cher/c'était bon?** ¿es caro?/¿estaba bueno?; **quand est-ce qu'il part?** ¿cuándo se marcha?
esthéticienne [ɛstetisjɛn] *nf* (*d'institut de beauté*) esteticista
esthétique [ɛstetik] *adj* estético(-a)
estimation [ɛstimasjɔ̃] *nf* valoración *f*
estime [ɛstim] *nf* estima; **estimer** *vt* (*personne, qualité*) estimar, apreciar; (*expertiser: bijou etc*) valorar; (*évaluer: prix, distance*) calcular; **estimer que/être ...** (*penser*) estimar que/ser ..., considerar que/ser ...
estival, e, -aux [ɛstival, o] *adj* estival
estivant, e [ɛstivɑ̃, ɑ̃t] *nm/f* veraneante *m/f*
estomac [ɛstɔma] *nm* estómago
estragon [ɛstʀagɔ̃] *nm* estragón *m*
estuaire [ɛstɥɛʀ] *nm* estuario
et [e] *conj* y; **~ aussi/lui** y también/él;

~ alors *ou* **(puis) après?** (*qu'importe!*) ¿y qué?; (*ensuite*) ¿y entonces?

étable [etabl] *nf* establo

établi, e [etabli] *adj* (*en place, solide*) establecido(-a) ♦ *nm* banco

établir [etabliʀ] *vt* establecer; (*facture*) hacer, realizar; (*liste, programme*) establecer, fijar; (*installer*: *entreprise, camp*) establecer, instalar; (*relations, liens d'amitié*) entablar, establecer; **s'~** *vpr* establecerse; (*colonie*) asentarse; **s'~ (à son compte)** establecerse (por su cuenta)

établissement [etablismɑ̃] *nm* establecimiento; **~ scolaire** establecimiento escolar

étage [etaʒ] *nm* (*d'immeuble*) piso, planta; **habiter à l'~/au deuxième ~** vivir en el primer/segundo piso

étagère [etaʒɛʀ] *nf* estante *m*

étai [etɛ] *nm* puntal *m*

étain [etɛ̃] *nm* estaño

étais *etc* [etɛ] *vb voir* **être**

étaler [etale] *vt* (*carte, nappe*) extender, desplegar; (*beurre, liquide*) extender; (*paiements, dates*) escalonar; (*richesses, connaissances*) ostentar; **s'~** *vpr*: **s'~ sur** (*suj*: *travaux, paiements*) repartirse en

étalon [etalɔ̃] *nm* (*cheval*) semental *m*

étanche [etɑ̃ʃ] *adj* impermeable

étang [etɑ̃] *nm* estanque *m*

étant [etɑ̃] *vb voir* **être**; **donné**

étape [etap] *nf* etapa

état [eta] *nm* estado; **en bon/ mauvais ~** en buen/mal estado; **être en ~ (de marche)** funcionar; **remettre en ~** volver a poner en condiciones, arreglar; **être en ~/ hors d'~ de faire qch** estar/no estar en condiciones de hacer algo; **être dans tous ses ~s** estar fuera de sí; **être en ~ d'arrestation** (JUR) quedar arrestado(-a), estar detenido(-a); **~ civil** (ADMIN) estado civil; **~ des lieux** estado del inmueble; **États-Unis** *nmpl*: **les États-Unis** los Estados Unidos

etc. [ɛtseteʀa] *abr* (= *et c(a)etera*) etc.

et c(a)etera [ɛtseteʀa] *adv* etcétera

été [ete] *pp de* **être** ♦ *nm* verano

éteindre [etɛ̃dʀ] *vt* apagar; (*incendie*) extinguir, apagar; **s'~** *vpr* apagarse; **éteint, e** *pp de* **éteindre** ♦ *adj* apagado(-a)

étendre [etɑ̃dʀ] *vt* extender; (*carte, tapis*) extender, desplegar; (*lessive, linge*) tender, colgar; (*blessé, malade*) tender; **s'~** *vpr* extenderse; **s'~ (sur)** (*personne*) tenderse (sobre *ou* en); (*fig*: *sujet, problème*) extenderse (en); **s'~ jusqu'à/d'un endroit à un autre** extenderse hasta/de un sitio a otro

étendu, e [etɑ̃dy] *adj* (*terrain*) extenso(-a); (*connaissances, pouvoirs etc*) amplio(-a)

éternel, le [etɛʀnɛl] *adj* eterno(-a); (*habituel*) inseparable

éternité [etɛʀnite] *nf* eternidad *f*

éternuement [etɛʀnymɑ̃] *nm* estornudo

éternuer [etɛʀnɥe] *vi* estornudar

êtes [ɛt(z)] *vb voir* **être**

étiez [etjɛ] *vb voir* **être**

étinceler [etɛ̃s(ə)le] *vi* resplandecer

étincelle [etɛ̃sɛl] *nf* chispa, fulgor *m*

étiquette [etikɛt] *nf* etiqueta; **l'~** (*protocole*) la etiqueta; **sans ~** (POL) sin etiqueta

étirer [etiʀe] *vt* estirar; **s'~** *vpr* estirarse; (*convoi, route*): **s'~ sur plusieurs kilomètres** extenderse por varios kilómetros

étoile [etwal] *nf* estrella; (*signe*) asterisco; **à la belle ~** al sereno, al aire libre; **~ de mer** estrella de mar; **~ filante** estrella fugaz

étonnant, e [etɔnɑ̃, ɑ̃t] *adj* (*surprenant*) asombroso(-a), sorprendente; (*valeur intensive*) sorprendente

étonnement [etɔnmɑ̃] *nm* asombro, estupefacción *f*; **à mon grand ~ ...** con gran asombro mío ...

étonner [etɔne] *vt* asombrar, sorprender; **s'~ que/de** asombrarse de que/de; **cela m'étonnerait (que)** me sorprendería (que)

étouffer [etufe] *vt* (*personne*) ahogar; (*bruit*) acallar; (*nouvelle, scandale*) ocultar, tapar ♦ *vi* ahogarse; (*avoir* *trop chaud*) sofocarse, ahogarse; **s'~** *vpr* (*en mangeant*) atragantarse

étourderie [etuʀdəʀi] *nf* descuido

étourdi, e [etuʀdi] *adj* aturdido(-a), distraído(-a)

étourdir [etuʀdiʀ] *vt* (*assommer*) aturdir, atontar; (*griser*) aturdir; **étourdissement** *nm* aturdimiento

étrange [etʀɑ̃ʒ] *adj* extraño(-a), raro(-a)

étranger, -ère [etʀɑ̃ʒe, ɛʀ] *adj* (*d'un autre pays*) extranjero(-a), gringo(-a) (AM); (*pas de la famille*) extraño(-a) ♦ *nm/f* (*d'un autre pays*) extranjero(-a); (*inconnu*) extraño(-a); **de l'~** del extranjero

étrangler [etʀɑ̃gle] *vt* (*intentionnellement*) estrangular; (*accidentellement*) ahogar; **s'~** *vpr* (*en mangeant etc*) atragantarse

MOT-CLÉ

être [ɛtʀ] *vb + attribut, vi* **1** (*qualité essentielle, permanente, profession*) ser; **il est fort/intelligent** es fuerte/inteligente; **être journaliste** ser periodista

2 (*état temporaire, position, + adj/pp*) estar; **comme tu es belle!** ¡qué guapa estás!; **être marié** estar casado; **il est à Paris/au salon** está en París/en el salón; **je ne serai pas ici demain** no estaré aquí mañana; **ça y est!** ¡ya está!

3: **être à** (*appartenir*) ser de; **le livre est à Paul** el libro es de Pablo; **c'est à moi/eux** es mío(-a)/suyo(-a) *ou* de ellos

4 (*+de: provenance, origine*): **il est de Paris** es de París; (: *appartenance*): **il est des nôtres** es de los nuestros; **être de Genève/de la même famille** ser de Ginebra/de la misma familia

5 (*date*): **nous sommes le 5 juin** estamos a 5 de junio

♦ *vb aux* **1** haber; **être arrivé/allé** haber llegado/ido; **il est parti** (él) se ha marchado; **il est parti hier** (*verbe au passé simple quand la période dans laquelle se situe l'action est révolue*) se marchó ayer

2 (*forme passive*) ser; **être fait par** ser hecho por; **il a été promu** ha sido ascendido

3 (*+à: obligation*): **c'est à faire/réparer** está por hacer/reparar; **c'est à essayer** está por ensayar; **il est à espérer/souhaiter que** es de esperar/desear que

♦ *vb impers* **1: il est** *+adjectif* es; **il est impossible de le faire** es imposible hacerlo; **il serait facile de/souhaitable que** sería fácil/deseable que

2 (*heure, date*): **il est 10 heures** son las 10

3 (*emphatique*): **c'est moi** soy yo; **c'est à lui de le faire/de décider** tiene que hacerlo/decidirlo él

♦ *nm* ser *m*; **être humain** ser humano

étrennes [etʀɛn] *nfpl* (*cadeaux*) regalos *mpl*

étrier [etʀije] *nm* estribo

étroit, e [etʀwa, wat] *adj* (*gén, fig*) estrecho(-a); **à l'~** con estrechez

étude [etyd] *nf* estudio; (*SCOL: salle de travail*) sala de estudio; **~s** *nfpl* (SCOL) estudios *mpl*; **faire des ~s de droit/médecine** cursar estudios de *ou* estudiar derecho/medicina

étudiant, e [etydjɑ̃, jɑ̃t] *nm/f* (UNIV) estudiante *m/f*, universitario(-a)

étudier [etydje] *vt, vi* estudiar

étui [etɥi] *nm* (*à lunettes*) funda, estuche *m*

eu, eue [y] *pp de* **avoir**

euh [ø] *excl* ¡ee!

Europe [øʀɔp] *nf* Europa; **européen, ne** *adj* europeo(-a)

eus *etc* [y] *vb voir* **avoir**

eux [ø] *pron* ellos

évacuer [evakɥe] *vt* evacuar

évader [evade]: **s'~** *vpr* evadirse

évaluer [evalɥe] *vt* evaluar, calcular

évangile [evɑ̃ʒil] *nm* evangelio; (*texte de la Bible*): **É~** Evangelio

évanouir [evanwiʀ]: **s'~** *vpr* desmayarse, desvanecerse; (*fig*) desvanecerse, desaparecer; **évanouissement** *nm* (MÉD) desmayo, desvanecimiento

évaporer [evapɔʀe]: **s'~** *vpr*

evaporarse
évasion [evazjɔ̃] *nf* evasión *f*
éveillé, e [eveje] *adj* despierto(-a)
éveiller [eveje] *vt* despertar; **s'~** *vpr* despertarse
événement [evɛnmɑ̃] *nm* acontecimiento; **~s** *nmpl* (*POL etc*: *situation générale*) acontecimientos *mpl*
éventail [evɑ̃taj] *nm* abanico
éventualité [evɑ̃tɥalite] *nf* eventualidad *f*; **dans l'~ de** en la eventualidad de
éventuel, le [evɑ̃tɥɛl] *adj* eventual; **éventuellement** *adv* eventualmente
évêque [evɛk] *nm* obispo
évidemment [evidamɑ̃] *adv* evidentemente; **~!** ¡claro!
évidence [evidɑ̃s] *nf* evidencia; **de toute ~** a todas luces; **en ~** en evidencia; **mettre en ~** (*problème, détail*) poner de manifiesto; **évident, e** *adj* evidente
évier [evje] *nm* fregadero
éviter [evite] *vt* evitar; (*fig*: *problème, question*) evitar, eludir; (*importun, raseur*: *fuir*) rehuir, evitar; (*coup, projectile, obstacle*) esquivar; **~ de faire/que qch ne se passe** evitar hacer/que algo suceda; **~ qch à qn** evitar algo a algn
évoluer [evɔlɥe] *vi* evolucionar; **évolution** *nf* evolución *f*
évoquer [evɔke] *vt* evocar
ex- [ɛks] *préf*: **ex-ministre/président** ex-ministro/ -presidente; **son ex-mari/ -femme** su ex-marido/-mujer
ex. *abr* (= *exemple*) ej (= *ejemplo*)
exact, e [ɛgza(kt), ɛgzakt] *adj* (*précis*) exacto(-a); (*personne*: *ponctuel*) puntual; **l'heure ~e** la hora exacta; **exactement** *adv* exactamente
ex aequo [ɛgzeko] *adv* iguales
exagéré, e [ɛgzaʒeʀe] *adj* exagerado(-a)
exagérer [ɛgzaʒeʀe] *vt* exagerar ♦ *vi* (*abuser*) abusar; (*déformer les faits, la vérité*) exagerar
examen [ɛgzamɛ̃] *nm* examen *m*; **~ médical** examen *ou* reconocimiento médico
examinateur, -trice [ɛgzaminatœʀ, tʀis] *nm/f* examinador(a)
examiner [ɛgzamine] *vt* examinar
exaspérant, e [ɛgzaspeʀɑ̃, ɑ̃t] *adj* exasperante
exaspérer [ɛgzaspeʀe] *vt* exasperar
exaucer [egzose] *vt* (*vœu*) otorgar
excéder [ɛksede] *vt* (*dépasser*) exceder, sobrepasar; (*agacer*) crispar
excellent, e [ɛkselɑ̃, ɑ̃t] *adj* excelente
excentrique [ɛksɑ̃tʀik] *adj* excéntrico(-a)
excepté, e [ɛksɛpte] *adj*: **les élèves ~s/dictionnaires ~s** excepto los alumnos/los diccionarios ♦ *prép*: **~ les élèves** salvo los alumnos; **~ si/quand ...** salvo si/cuando ...
exception [ɛksɛpsjɔ̃] *nf* excepción *f*; **à l'~ de** con excepción de; **exceptionnel, le** *adj* excepcional; **exceptionnellement** *adv* excepcionalmente
excès [ɛksɛ] *nm* exceso ♦ *nmpl* (*abus*) excesos *mpl*; **~ de vitesse** exceso de velocidad; **excessif, -ive** *adj* excesivo(-a)
excitant [ɛksitɑ̃] *adj, nm* excitante *m*; **excitation** *nf* excitación *f*
exciter [ɛksite] *vt* excitar; **s'~** *vpr* excitarse
exclamer [ɛksklame]: **s'~** *vpr* exclamar
exclure [ɛksklyʀ] *vt* excluir; (*d'une salle, d'un parti*) expulsar, excluir; **exclusif, -ive** *adj* exclusivo(-a); **exclusion** *nf* expulsión *f*, exclusión *f*; **à l'exclusion de** con exclusión de; **exclusivité** *nf* exclusividad *f*; **en exclusivité** en exclusiva
excursion [ɛkskyʀsjɔ̃] *nf* excursión *f*
excuse [ɛkskyz] *nf* excusa; **~s** *nfpl* (*expression de regret*) disculpas *fpl*; **excuser** *vt* excusar, disculpar; **s'excuser** *vpr* (*par politesse*) disculparse, excusarse; **s'excuser (de)** disculparse (de), excusarse (por); **"excusez-moi"** (*en passant devant qn*) "discúlpeme"; (*pour attirer l'attention*) "perdón"
exécuter [ɛgzekyte] *vt* (*INFORM, MUS,*

prisonnier) ejecutar; (*opération, mouvement*) efectuar, realizar
exemplaire [ɛgzɑ̃plɛʀ] *adj* ejemplar ♦ *nm* ejemplar *m*
exemple [ɛgzɑ̃pl] *nm* ejemplo; **par ~** por ejemplo; (*valeur intensive*) ¡no es posible!; **donner l'~** dar ejemplo; **prendre ~ sur qn** tomar ejemplo de algn
exercer [ɛgzɛʀse] *vt* ejercer; (*former: personne*) acostumbrar; (*animal*) adiestrar; (*faculté, partie du corps*) ejercitar ♦ *vi* (*médecin*) ejercer; **s'~** *vpr* (*sportif*) entrenarse; (*musicien*) practicar; **s'~ (sur/contre)** (*pression, poussée*) ejercerse (sobre/contra)
exercice [ɛgzɛʀsis] *nm* ejercicio
exhiber [ɛgzibe] *vt* exhibir; **s'~** *vpr* exhibirse
exhibitionniste [ɛgzibisjɔnist] *nm/f* exhibicionista *m/f*
exigeant, e [ɛgziʒɑ̃, ɑ̃t] *adj* exigente
exiger [ɛgziʒe] *vt* exigir
exil [ɛgzil] *nm* exilio; **exiler**: **s'exiler** *vpr* exiliarse
existence [ɛgzistɑ̃s] *nf* existencia
exister [ɛgziste] *vi* existir; **il existe une solution/des solutions** existe una solución/existen soluciones
exorbitant, e [ɛgzɔʀbitɑ̃, ɑ̃t] *adj* exorbitante
exotique [ɛgzɔtik] *adj* exótico(-a)
expédier [ɛkspedje] *vt* (*lettre*) expedir; (*troupes, renfort*) enviar; (*péj: faire rapidement*) despachar; **expéditeur, -trice** *nm/f* remitente *m/f*; **expédition** *nf* (*d'une lettre*) envío; (*MIL, scientifique*) expedición *f*
expérience [ɛkspeʀjɑ̃s] *nf* experiencia; **une ~** (*scientifique*) un experimento
expérimenté, e [ɛkspeʀimɑ̃te] *adj* experimentado(-a)
expérimenter [ɛkspeʀimɑ̃te] *vt* experimentar
expert, e [ɛkspɛʀ, ɛʀt] *adj*: **~ en** experto(-a) en ♦ *nm* experto(-a), perito(-a); **expert-comptable** (*pl* **experts-comptable**) *nm* perito contable
expirer [ɛkspiʀe] *vi* (*passeport, bail*) vencer, expirar; (*respirer*) espirar
explication [ɛksplikasjɔ̃] *nf* explicación *f*; (*discussion*) discusión *f*
explicite [ɛksplisit] *adj* explícito(-a)
expliquer [ɛksplike] *vt* explicar; **s'~** *vpr* explicarse
exploit [ɛksplwa] *nm* hazaña; **exploitant** *nm* (*AGR*) agricultor(a), labrador(a); **exploitation** *nf* explotación *f*; **exploitation agricole** explotación agrícola; **exploiter** *vt* explotar; (*tirer parti de: faiblesse de qn*) aprovecharse de
explorer [ɛksplɔʀe] *vt* (*pays, grotte*) explorar
exploser [ɛksploze] *vi* (*bombe*) explotar, estallar; (*joie, colère*) estallar; **explosif** *adj* explosivo(-a); **explosion** *nf* explosión *f*
exportateur, -trice [ɛkspɔʀtatœʀ, tʀis] *adj, nm/f* exportador(a)
exportation [ɛkspɔʀtasjɔ̃] *nf* exportación *f*
exporter [ɛkspɔʀte] *vt* exportar
exposant [ɛkspozɑ̃] *nm* (*personne*) expositor *m*
exposé, e [ɛkspoze] *adj* (*orienté*) orientado(-a) ♦ *nm* (*écrit*) informe *m*; (*oral*) charla; (*SCOL*) exposición *f*; **~ à l'est/au sud** orientado(-a) al este/al sur; **bien ~** bien orientado(-a)
exposer [ɛkspoze] *vt* exponer; (*orienter: maison*) orientar; **exposition** *nf* exposición *f*
exprès[1], expresse [ɛkspʀɛs] *adj* expreso(-a) ♦ *adj inv*: **lettre/colis ~** carta/paquete *m* urgente
exprès[2] [ɛkspʀɛ] *adv* (*délibérément*) a propósito, adrede; (*spécialement*) expresamente
express [ɛkspʀɛs] *adj, nm*: **(café) ~** (café) exprés *m*; **(train) ~** (tren) expreso
expressif, -ive [ɛkspʀesif, iv] *adj* expresivo(-a)
expression [ɛkspʀesjɔ̃] *nf* expresión *f*
exprimer [ɛkspʀime] *vt* (*sentiment, idée*) expresar; **s'~** *vpr* expresarse
expulser [ɛkspylse] *vt* expulsar; (*locataire*) echar
exquis, e [ɛkski, iz] *adj* (*personne,*

élégance, parfum) exquisito(-a)
extasier: s'~ *vpr*: **s'~ sur** extasiarse ante
exténuer [ɛkstenɥe] *vt* extenuar
extérieur, e [ɛksterjœr] *adj* exterior; (*pressions, calme*) externo(-a) ♦ *nm* exterior *m*; **à l'~** (*dehors*) fuera, afuera (*AM*); (*à l'étranger*) en el exterior
externat [ɛkstɛrna] *nm* externado
externe [ɛkstɛrn] *adj* externo(-a) ♦ *nm/f* externo(-a); (*étudiant en médecine*) alumno(-a) en prácticas
extincteur [ɛkstɛ̃ktœr] *nm* extintor *m*
extinction [ɛkstɛ̃ksjɔ̃] *nf* extinción *f*; **~ de voix** afonía
extra [ɛkstra] *adj inv, préf* extra ♦ *nm* extra *m*
extraire [ɛkstrɛr] *vt* extraer; **~ qch de** extraer algo de; **extrait** *pp de* **extraire** ♦ *nm* extracto; (*de film, livre*) pasaje *m*; **extrait de naissance** partida de nacimiento
extraordinaire [ɛkstraɔrdinɛr] *adj* extraordinario(-a)
extravagant, e [ɛkstravagɑ̃, ɑ̃t] *adj* extravagante
extraverti, e [ɛkstravɛrti] *adj* extravertido(-a), extrovertido(-a)
extrême [ɛkstrɛm] *adj* extremo(-a); **extrêmement** *adv* extremadamente; **Extrême-Orient** *nm* Extremo Oriente *m*
extrémité [ɛkstremite] *nf* extremo; (*d'un doigt, couteau*) punta
exubérant, e [ɛgzyberɑ̃, ɑ̃t] *adj* exuberante

F, f

F [ɛf] *abr* = **franc**; (*appartement*): **un F2/F3** un piso de 2/3 habitaciones
fa [fɑ] *nm inv* fa *m*
fabricant [fabrikɑ̃] *nm* fabricante *m/f*
fabrication [fabrikasjɔ̃] *nf* fabricación *f*
fabrique [fabrik] *nf* fábrica; **fabriquer** *vt* (*produire*) producir; (*construire*) fabricar; **qu'est-ce qu'il fabrique?** (*fam*) ¿qué está tramando?
fac [fak] (*pl* **fam**) *abr f* = **faculté**
façade [fasad] *nf* fachada
face [fas] *nf* (*visage*) cara, rostro; (*côté*) cara; (*d'un problème, sujet*) aspecto ♦ *adj*: **le côté ~** cara; **en ~ de** enfrente de; (*fig*) frente a; **de ~** de frente; **~ à** frente a, ante; **faire ~ à qn/qch** hacer frente *ou* cara a algn/algo; **~ à ~** *adv* frente a frente ♦ *nm inv* debate *m*
fâché, e [fɑʃe] *adj* enfadado(-a)
fâcher [fɑʃe] *vt* enfadar; **se ~** *vpr*: **se ~ (contre** *ou* **avec qn)** enfadarse (con algn)
facile [fasil] *adj* (*aussi péj*) fácil; (*accommodant*) sencillo(-a); **facilement** *adv* con facilidad, fácilmente; (*au moins*) por lo menos; **facilité** *nf* facilidad *f*; **faciliter** *vt* facilitar
façon [fasɔ̃] *nf* modo, manera; **~s** *nfpl* (*péj*) modales *mpl*; **de quelle ~ l'a-t-il fait/construit?** ¿cómo lo ha hecho/construido?; **sans ~** *adv* simplemente; **de ~ à faire/à ce que** de modo que haga/de modo que; **de (telle) ~ que** de tal forma que; **de toute ~** de todos modos
facteur, -trice [faktœr, tris] *nm/f* cartero(-a) ♦ *nm* (*MATH, fig*) factor *m*
facture [faktyr] *nf* factura
facultatif, -ive [fakyltatif, iv] *adj* facultativo(-a)
faculté [fakylte] *nf* facultad *f*; **~s** *nfpl* (*moyens intellectuels*) facultades *fpl*
fade [fad] *adj* soso(-a), insípido(-a)
faible [fɛbl] *adj* débil; (*sans volonté*) apático(-a); (*rendement, revenu*) bajo(-a) ♦ *nm*: **le ~ de qn/qch** el punto flaco de algn/algo; **faiblesse** *nf* debilidad *f*; (*défaillance*) desmayo; **faiblir** *vi* debilitarse; (*vent*) amainar
faïence [fajɑ̃s] *nf* loza
faignant, e [fɛɲɑ̃, ɑ̃t] *nm/f, adj* = **fainéant**
faillir [fajir] *vi*: **j'ai failli tomber/lui dire** estuve apunto de caer/decirle
faillite [fajit] *nf* (*échec*) fracaso; **être en/faire ~** (*COMM*) estar en/hacer quiebra

faim [fɛ̃] *nf* hambre *f*; **avoir ~** tener hambre

fainéant, e [fɛneɑ̃, ɑ̃t] *adj, nm/f* holgazán(-ana), flojo(-a) (AM)

MOT-CLÉ

faire [fɛʀ] *vt* **1** (*fabriquer, être l'auteur de*) hacer; (*blé, soie*) producir; **faire du vin/une offre/un film** hacer vino/una oferta/una película; **faire du bruit** hacer ruido; **fait à la main/la machine** hecho a mano/máquina

2 (*effectuer: travail, opération*) hacer; **que faites-vous?** ¿qué hace?; (*quel métier etc*) ¿a qué se dedica (usted)?; **faire la lessive** hacer la colada; **faire la cuisine/le ménage/les courses** hacer la cocina/la limpieza/las compras; **faire les magasins/l'Europe** ir de tiendas/por Europa

3 (*étudier, pratiquer*): **faire du droit/du français** hacer derecho/francés; **faire du sport/rugby** hacer deporte/rugby; **faire du cheval** montar a caballo; **faire du ski/du vélo** ir a esquiar/en bicicleta; **faire du violon/piano** tocar el violín/piano

4 (*simuler*): **faire le malade/l'ignorant** hacerse el enfermo/el ignorante

5 (*transformer, avoir un effet sur*): **faire de qn un frustré/avocat** hacer de algn un frustrado/abogado; **ça ne me fait rien** *ou* **ni chaud ni froid** no me importa nada; **ça ne fait rien** no importa

6 (*calculs, prix, mesures*): **2 et 2 font 4** 2 y 2 son 4; **9 divisé par 3 fait 3** 9 entre 3 es 3; **ça fait 10 m/15 F** son 10 m/15 francos; **je vous le fais 10 F** (*j'en demande 10 F*) se lo dejo en 10 francos; *voir* **mal**; **entrer**; **sortir**

7: **qu'a-t-il fait de sa valise/de sa sœur?** ¿qué ha hecho con su maleta/con su hermana?; **que faire?** ¿qué voy *etc* a hacer?; **tu fais bien de me le dire** haces bien en decírmelo

8: **ne faire que**: **il ne fait que critiquer** no hace más que criticar

9 (*dire*) decir; **"vraiment?" fit-il** "¿de verdad?" dijo

10 (*maladie*) tener; **faire du diabète/de la tension/de la fièvre** tener diabetes/tensión/fiebre

♦ *vi* **1** (*agir, s'y prendre*) hacer; (*faire ses besoins*) hacer sus necesidades; **il faut faire vite** hay que darse prisa; **comment a-t-il fait?** ¿cómo ha hecho?; **faites comme chez vous** está en su casa

2 (*paraître*): **tu fais jeune dans ce costume** este traje te hace joven; **ça fait bien** queda bien

♦ *vb substitut* hacer; **je viens de le faire** acabo de hacerlo; **ne le casse pas comme je l'ai fait** no lo rompas como he hecho yo; **je peux le voir? - faites!** ¿puedo verlo? - desde luego

♦ *vb impers* **1: il fait beau** hace bueno; *voir aussi* **jour**; **froid** *etc*

2 (*temps écoulé, durée*): **ça fait 5 ans/heures qu'il est parti** hace 5 años/horas que se fue; **ça fait 2 ans/heures qu'il y est** hace 2 años/horas que está allí

♦ *vb semi-aux*: **faire** + *infinitif* hacer + *infinitivo*; **faire tomber/bouger qch** hacer caer/mover algo; **cela fait dormir** esto hace dormir; **faire réparer qch** llevar algo a arreglar; **que veux-tu me faire croire/comprendre?** ¿qué quieres hacerme creer/comprender?; **il m'a fait ouvrir la porte** me hizo abrir la puerta; **il m'a fait traverser la rue** me ayudó a cruzar la calle; **se faire**

♦ *vi* **1** (*vin, fromage*) hacerse

2: **cela se fait beaucoup** eso se hace mucho; **cela ne se fait pas** eso no se hace

3: **se faire** + *nom ou pron*: **se faire une jupe** hacerse una falda; **se faire des amis** hacer amigos; **se faire du souci** inquietarse; **il ne s'en fait pas** no se preocupa; **se faire des illusions** hacerse ilusiones; **se faire beaucoup d'argent** hacer mucho dinero

4: **se faire** + *adj* (*devenir*): **se faire vieux** hacerse viejo; (*délibérément*): **se faire beau** ponerse guapo
5: **se faire à** (*s'habituer*) acostumbrarse a; **je n'arrive pas à me faire à la nourriture/au climat** no acabo de acostumbrarme a la comida/al clima
6: **se faire** +*infinitif*: **se faire opérer/examiner la vue** operarse/examinarse la vista; **se faire couper les cheveux** cortarse el pelo; **il va se faire tuer/punir** le van a matar/castigar; **il s'est fait aider par qn** le ha ayudado algn; **se faire faire un vêtement** hacerse un vestido; **se faire ouvrir (la porte)** hacerse abrir (la puerta); **je me suis fait expliquer le texte par Anne** Anne me explicó el texto
7 (*impersonnel*): **comment se fait-il que ...?** ¿cómo es que ...?; **il peut se faire que ...** puede ocurrir que ...

faire-part [fɛʀpaʀ] *nm inv*: **~-~ de mariage** participación *f* de boda; **~-~ de décès** esquela de defunción

faisan, e [fəzɑ̃] *nm/f* faisán(-ana)

faisons [fəzɔ̃] *vb voir* **faire**

fait[1] [fɛ] *vb voir* **faire** ♦ *nm* hecho; **le ~ que ...** el hecho de que ...; **le ~ de manger/travailler** el hecho de comer/trabajar; **être au ~ de** estar al corriente de; **au ~** a propósito; **aller droit au ~** ir al grano; **en venir au ~** pasar a los hechos; **de ~** *adj* (*opposé à*: *de droit*) de hecho ♦ *adv* (*en fait*) en realidad; **du ~ que** por el hecho de que; **du ~ de** a causa de; **de ce ~** por esto; **en ~** de hecho; **en ~ de repas/vacances** a guisa de comida/vacaciones; **c'est un ~** es un hecho, es verdad; **prendre qn sur le ~** coger a algn con las manos en la masa; **les ~s et gestes de qn** todos los movimientos de algn; **~ divers** suceso

fait[2]**, e** [fɛ, fɛt] *pp de* **faire** ♦ *adj* (*fromage*) curado(-a); (*melon*) maduro(-a); **c'en est ~ de lui** es su fin; **c'en est ~ de notre tranquillité** se acabó la tranquilidad; **tout(e) fait(e)** (*préparé à l'avance*) ya listo(-a), ya preparado(-a); **c'est bien ~ pour lui!** ¡le está bien empleado!

faites [fɛt] *vb voir* **faire**

falaise [falɛz] *nf* acantilado

falloir [falwaʀ] *vb impers* (*besoin*): **il va ~ 100 F** se necesitarán 100 francos; **il doit ~ du temps pour ...** se necesitará tiempo para ...; **il faut faire les lits** (*obligation*) hay que hacer las camas; **il me faut/faudrait 100 F/de l'aide** necesito/necesitaría 100 francos/ayuda; **nous avons ce qu'il (nous) faut** tenemos lo necesario; **il faut que je fasse les lits** tengo que hacer las camas; **il a fallu que je parte** tuve que irme; **comme il faut** *adj, adv* (*bien, convenable*) como Dios manda; **s'en ~**: **il s'en faut/s'en est fallu de 5 minutes/100 F (pour que ...)** faltan/faltaron 5 minutos/100 francos (para que ...); **il ne fallait pas** (*pour remercier*) no era necesario; **il faudrait que ...** convendría que ...; **il s'en est fallu de peu que ...** faltó poco para que ...

famé, e [fame] *adj*: **mal ~** de mala fama

fameux, -euse [famø, øz] *adj* (*illustre*) famoso(-a), ilustre; (*bon*) excelente

familial, e, -aux [familjal, jo] *adj* familiar

familiarité [familjaʀite] *nf* familiaridad *f*; **~s** *nfpl* familiaridades *fpl*, confianzas *fpl*

familier, -ière [familje, jɛʀ] *adj* (*connu*) familiar; (*rapports*) de confianza; (LING) familiar, coloquial ♦ *nm* asiduo(-a); **tu es un peu trop ~ avec lui** (*cavalier, impertinent*) te tomas demasiadas confianzas con él

famille [famij] *nf* familia; **il a de la ~ à Paris** tiene familia en París

famine [famin] *nf* hambruna

fanatique [fanatik] *adj, nm/f* fanático(-a); **~ de rugby/de voile** (*sens affaibli*) entusiasta *m/f* del

rugby/de la vela
faner [fane]: **se ~** *vpr* (*fleur*) marchitarse
fanfare [fɑ̃faʀ] *nf* fanfarria, charanga; (*musique*) fanfarria
fantaisie [fɑ̃tezi] *nf* fantasía; (*caprice*) capricho ♦ *adj*: **bijou/pain ~** joya/pan *m* de fantasía
fantasme [fɑ̃tasm] *nm* fantasma *m*
fantastique [fɑ̃tastik] *adj* fantástico(-a)
fantôme [fɑ̃tom] *nm* fantasma *m*
faon [fɑ̃] *nm* cervatillo
farce [faʀs] *nf* (*viande*) relleno; (*THÉÂTRE*) farsa; **faire une ~ à qn** gastar una broma a algn; **farcir** *vt* (*viande*) rellenar
farder [faʀde] *vt* maquillar
farine [faʀin] *nf* harina
farouche [faʀuʃ] *adj* (*animal*) arisco(-a); (*personne*) esquivo(-a)
fart [faʀt] *nm* (*SKI*) cera
fascination [fasinasjɔ̃] *nf* (*fig*) fascinación *f*
fasciner [fasine] *vt* fascinar
fascisme [faʃism] *nm* fascismo
fasse *etc* [fas] *vb voir* **faire**
fastidieux, -euse [fastidjø, jøz] *adj* fastidioso(-a)
fatal, e [fatal] *adj* mortal; (*inévitable*) fatal; **fatalité** *nf* fatalidad *f*
fatidique [fatidik] *adj* fatídico(-a)
fatigant, e [fatigɑ̃, ɑ̃t] *adj* fatigante; (*agaçant*) pesado(-a)
fatigue [fatig] *nf* fatiga, cansancio; **fatigué, e** *adj* fatigado(-a); **fatiguer** *vt* (*personne, membres*) fatigar, cansar; (*moteur etc*) forzar; (*importuner*) cansar ♦ *vi* (*moteur*) forzarse; **se fatiguer** *vpr* fatigarse, cansarse
fauché, e [foʃe] (*fam*) *adj* pelado(-a)
faucher [foʃe] *vt* (*aussi fig*) segar; (*herbe*) segar, cortar; (*fam*: *voler*) birlar
faucon [fokɔ̃] *nm* halcón *m*
faudra [fodʀa] *vb voir* **falloir**
faufiler [fofile] *vt* hilvanar; **se ~** *vpr*: **se ~ dans/parmi/entre** deslizarse en/entre
faune [fon] *nf* (*fig, péj*) fauna
fausse [fos] *adj voir* **faux²**; **faussement** *adv* (*accuser*) en falso
fausser [fose] *vt* (*serrure, objet*) torcer; (*résultat, données*) falsear
faut [fo] *vb voir* **falloir**
faute [fot] *nf* (*de calcul*) error *m*; (*SPORT, d'orthographe*) falta; (*REL*) pecado, culpa; **c'est de sa/ma ~** es culpa suya/mía; **être en ~** hacer mal; (*être responsable*) tener la culpa; **~ de** por falta de; **~ de mieux ...** a falta de algo mejor ...; **sans ~** (*à coup sûr*) sin falta; **~ de frappe** error de máquina; **~ professionnelle** error profesional
fauteuil [fotœj] *nm* sillón *m*; **~ d'orchestre** (*THÉÂTRE*) butaca de patio; **~ roulant** sillón de ruedas
fautif, -ive [fotif, iv] *adj* (*incorrect*) erróneo(-a); (*responsable*) culpable
fauve [fov] *nm* fiera
faux¹ [fo] *nf* (*AGR*) guadaña
faux², fausse [fo, fos] *adj* falso(-a); (*inexact*) erróneo(-a); (*rire, personne*) falso(-a), hipócrita; (*barbe, dent*) postizo(-a); (*MUS*) desafinado(-a); (*opposé à bon, correct*: *numéro, clé*) confundido(-a) ♦ *adv*: **jouer/chanter ~** tocar/cantar desafinadamente ♦ *nm* (*peinture, billet*) falsificación *f*; **le ~** (*opposé au vrai*) lo falso; **faire fausse route** ir por mal camino; **faire ~ bond à qn** fallarle a algn; **fausse alerte** falsa alarma; **fausse couche** aborto; **fausse note** (*MUS, fig*) nota discordante; **~ frais** *nmpl* gastos *mpl* menudos; **~ mouvement** movimiento en falso; **~ pas** (*aussi fig*) paso en falso; **~ témoignage** (*délit*) falso testimonio; **faux-filet** (*pl* **faux-filets**) *nm* solomillo bajo
faveur [favœʀ] *nf* favor *m*; **à la ~ de** (*la nuit, une erreur*) aprovechando; **en ~ de qn/qch** en favor de algn/algo
favorable [favɔʀabl] *adj* favorable
favori, te [favɔʀi, it] *adj* favorito(-a) ♦ *nm/f* (*SPORT*) favorito(-a)
favoriser [favɔʀize] *vt* favorecer
fécond, e [fekɔ̃, ɔ̃d] *adj* fértil, fecundo(-a); **féconder** *vt* fecundar
féculents [fekylɑ̃] *nmpl* féculas *fpl*
fédéral, e, -aux [fedeʀal, o] *adj*

federal
fée [fe] *nf* hada
feignant, e [fɛɲɑ̃, ɑ̃t] *adj, nm/f* = **fainéant**
feindre [fɛ̃dʀ] *vt, vi* fingir
fêler [fele] *vt* (*verre, assiette*) resquebrajar
félicitations [felisitasjɔ̃] *nfpl* felicidades *fpl*
féliciter [felisite] *vt* felicitar; **~ qn (de qch/d'avoir fait qch)** felicitar a algn (por algo/por haber hecho algo)
félin [felɛ̃] *nm* felino
femelle [fəmɛl] *nf* hembra
féminin, e [feminɛ̃, in] *adj* femenino(-a); (*vêtements etc*) de mujer ♦ *nm* (LING) femenino
féministe [feminist] *adj, nm/f* feminista *m/f*
femme [fam] *nf* mujer *f*; **~ au foyer** ama de casa; **~ de chambre** doncella; **~ de ménage** asistenta
fémur [femyʀ] *nm* fémur *m*
fendre [fɑ̃dʀ] *vt* hender; **se ~** *vpr* henderse
fenêtre [f(ə)nɛtʀ] *nf* ventana
fenouil [fənuj] *nm* hinojo
fente [fɑ̃t] *nf* (*fissure*) grieta, hendidura; (*de boîte à lettres*) ranura
fer [fɛʀ] *nm* hierro; (*de cheval*) herradura; **santé/main de ~** salud *f*/mano de hierro; **~ à cheval** herradura; **~ (à repasser)** plancha; **~ forgé** hierro forjado
ferai *etc* [fəʀe] *vb voir* **faire**
fer-blanc [fɛʀblɑ̃] (*pl* **~s-~s**) *nm* hojalata
férié, e [feʀje] *adj*: **jour ~** día *m* festivo
ferions *etc* [fəʀjɔ̃] *vb voir* **faire**
ferme [fɛʀm] *adj* firme; (*chair*) prieto(-a) ♦ *adv*: **travailler ~** trabajar mucho ♦ *nf* granja
fermé, e [fɛʀme] *adj* (*aussi fig*) cerrado(-a); (*gaz, eau*) cortado(-a)
fermenter [fɛʀmɑ̃te] *vi* fermentar
fermer [fɛʀme] *vt* cerrar; (*rideaux*) correr; (*eau, électricité, route*) cortar ♦ *vi* cerrar; **se ~** *vpr* cerrarse; **~ à clef** cerrar con llave
fermeté [fɛʀməte] *nf* firmeza; (*des muscles*) dureza
fermeture [fɛʀmətyʀ] *nf* cierre *m*, cerradura; (*dispositif*) cerradura; **~ éclair** ® cierre relámpago
fermier, -ière [fɛʀmje, jɛʀ] *adj*: **beurre/cidre ~** mantequilla/sidra de granja ♦ *nm/f* (*locataire*) granjero(-a), colono; **fermière** *nf* (*femme de fermier*) granjera
féroce [feʀɔs] *adj* feroz
ferons [fəʀɔ̃] *vb voir* **faire**
ferrer [feʀe] *vt* (*cheval*) herrar; (*poisson*) enganchar con el anzuelo
ferroviaire [feʀɔvjɛʀ] *adj* ferroviario(-a)
ferry(-boat) [fɛʀe(bot)] (*pl* **ferry-boats** *ou* **ferries**) *nm* ferry *m*, transbordador *m*
fertile [fɛʀtil] *adj* fértil
fervent, e [fɛʀvɑ̃, ɑ̃t] *adj* ferviente
fesse [fɛs] *nf* nalga; **fessée** *nf* nalgada
festin [fɛstɛ̃] *nm* festín *m*
festival [fɛstival] *nm* festival *m*
festivités [fɛstivite] *nfpl* fiestas *fpl*
fêtard, e [fɛtaʀ, aʀd] (*péj*) *nm/f* juerguista *m/f*
fête [fɛt] *nf* fiesta; (*kermesse*) romería; (*d'une personne*) santo; **faire la ~** irse de juerga *ou* de farra (AM); **faire ~ à qn** festejar a algn; **les ~s (de fin d'année)** las fiestas (de fin de año); **salle/comité des ~s** sala/comité *m* de fiestas; **la ~ des Mères/des Pères** el día de la madre/del padre; **la F~ Nationale** *aniversario de la revolución francesa*; **~ foraine** feria; **fêter** *vt* (*personne*) festejar; (*événement, anniversaire*) festejar, celebrar
feu, x [fø] *nm* fuego; (*signal lumineux*) luz *f*; (*fig*) fuego, ardor *m*; **~x** *nmpl* (*éclat, lumière*) destello *msg*; (AUTO: *de circulation*) semáforo *msg*; **au ~!** ¡fuego!; **à ~ doux/vif** a poco fuego/fuego vivo; **à petit ~** a fuego lento; (*fig*) lentamente; **ne pas faire long ~** (*fig*) no durar mucho; **prendre ~** (*maison*) incendiarse; (*vêtements, rideaux*) prender fuego; **mettre le ~ à** meterle fuego a; **faire du ~** hacer fuego; **avez-vous du ~?**

¿tiene fuego?; **~ arrière** (*AUTO*) luz *f* trasera, piloto trasero; **~ d'artifice** fuegos *mpl* de artificio; **~ de joie** fogata; **~ orange/rouge/vert** (*AUTO*) disco ámbar/rojo/verde; **~x de brouillard/de croisement/de position/de stationnement** (*AUTO*) luces *fpl* de niebla/de cruce/de posición/intermitentes; **~x de route** (*AUTO*) luces largas *ou* de carretera

feuillage [fœjaʒ] *nm* follaje *m*

feuille [fœj] *nf* hoja; **~ de maladie** informe *m* médico; **~ (de papier)** hoja (de papel); **~ de paye** aviso de pago; **~ volante** hoja suelta

feuillet [fœjɛ] *nm* pliego, página

feuilleté, e [fœjte] *adj* (*CULIN*) hojaldrado(-a)

feuilleter [fœjte] *vt* (*livre*) hojear

feuilleton [fœjtɔ̃] *nm* (*aussi TV, RADIO*) serial *m*

feutre [føtʀ] *nm* fieltro; (*chapeau*) sombrero de fieltro; (*stylo*) rotulador *m*; **feutré, e** *adj* (*tissu*) afelpado(-a); (*pas, voix, atmosphère*) amortiguado(-a)

fève [fɛv] *nf* haba; (*dans la galette des Rois*) sorpresa

février [fevʀije] *nm* febrero; *voir aussi* **juillet**

fiable [fjabl] *adj* fiable

fiançailles [fjɑ̃saj] *nfpl* noviazgo

fiancé, e [fjɑ̃se] *nm/f* novio(-a)

fiancer [fjɑ̃se]: **se ~** *vpr*: **se ~ (avec)** prometerse (con)

fibre [fibʀ] *nf* fibra; (*de bois*) veta

ficeler [fis(ə)le] *vt* atar

ficelle [fisɛl] *nf* cordón; (*pain*) violín *m*; **~s** *nfpl* (*procédés cachés*) artificios *mpl*

fiche [fiʃ] *nf* ficha; (*formulaire*) ficha, impreso; (*ÉLEC*) enchufe *m*

ficher [fiʃe] *vt* (*pour un fichier*) anotar en fichas; (*suj: police, personne*) fichar; **il ne fiche rien** (*fam*) no da golpe; **fiche(-moi) le camp** (*fam*) lárgate; **fiche-moi la paix** (*fam*) déjame en paz; **se ~ de** *vpr* (*fam*) tomar el pelo a

fichier [fiʃje] *nm* fichero

fichu, e [fiʃy] *pp de* **ficher** ♦ *adj* (*fam: fini, inutilisable*) estropeado(-a) ♦ *nm* (*foulard*) pañoleta; **être mal ~** (*fam: santé*) estar fastidiado(-a); **bien/mal ~** (*fam: habillé*) bien/mal arreglado(-a); **~ temps/caractère** tiempo/carácter *m* pajolero

fictif, -ive [fiktif, iv] *adj* ficticio(-a); (*promesse, nom*) falso(-a)

fiction [fiksjɔ̃] *nf* ficción *f*

fidèle [fidɛl] *adj* fiel; (*loyal*) fiel, leal ♦ *nm/f* (*REL, fig*) devoto(-a); **les ~s** (*REL*) los fieles; **fidélité** *nf* fidelidad *f*

fier¹ [fje] *vb*: **se ~ à** fiarse de

fier², fière [fjɛʀ] *adj* orgulloso(-a); (*hautain, méprisant*) arrogante, altivo(-a); **~ de qch/qn** orgulloso(-a) de algo/algn; **fierté** *nf* orgullo; arrogancia

fièvre [fjɛvʀ] *nf* (*aussi fig*) fiebre *f*; **avoir de la ~/39 de ~** tener fiebre/39 de fiebre; **fiévreux, -euse** *adj* febril

figer [fiʒe]: **se ~** *vpr* (*sang*) coagularse; (*personne, sourire*) petrificarse

fignoler [fiɲɔle] *vt* dar el último toque a

figue [fig] *nf* higo; **figuier** *nm* higuera

figurant, e [figyʀɑ̃, ɑ̃t] *nm/f* figurante *m/f*

figure [figyʀ] *nf* (*visage*) cara; (*illustration, dessin*) figura, ilustración *f*

figuré, e [figyʀe] *adj* figurado(-a)

figurer [figyʀe] *vi* figurar ♦ *vt* representar, figurar; **se ~ qch/que** imaginarse algo/que

fil [fil] *nm* hilo; (*du téléphone*) cable *m*; (*tranchant*) filo; **au ~ des heures/des années** a lo largo *ou* con el correr de las horas/de los años; **le ~ d'une histoire/de ses pensées** el hilo de una historia/de sus pensamientos; **au ~ de l'eau** a favor de la corriente; **donner/recevoir un coup de ~** dar/recibir un telefonazo; **~ à coudre** hilo de coser; **~ à pêche** sedal *m*; **~ de fer** alambre *m*; **~ de fer barbelé** alambre de espino; **~ électrique** cable eléctrico

file [fil] *nf* (*de voitures*) fila; (*de*

clients) cola; **prendre la ~ de droite** (*AUTO*) coger el carril de la derecha; **à la ~** (*d'affilée*) seguidos(-as); (*l'un derrière l'autre*) en fila; **à la** *ou* **en ~ indienne** en fila india; **~ (d'attente)** cola

filer [file] *vt* hilar; (*prendre en filature*) seguir los pasos a ♦ *vi* (*bas, maille*) correrse, hacerse una carrera; (*aller vite*) pasar volando; (*fam*: *partir*) largarse; **~ qch à qn** (*fam*: *donner*) dar algo a algn

filet [filɛ] *nm* red *f*; (*de poisson*) filete *m*; (*viande*) solomillo; (*d'eau, sang*) hilo; **~ (à provisions)** bolsa (de la compra)

filiale [filjal] *nf* filial *f*, sucursal *f*

filière [filjɛʀ] *nf* escalafón *m*

fille [fij] *nf* chica; (*opposé à fils*) hija; **vieille ~** solterona; **fillette** *nf* chiquilla

filleul, e [fijœl] *nm/f* ahijado(-a)

film [film] *nm* película; (*couche*) capa

fils [fis] *nm* hijo; **~ à papa** (*péj*) niño de papá

filtre [filtʀ] *nm* filtro; **filtrer** *vt* filtrar; (*candidats, nouvelles*) hacer una criba de ♦ *vi* filtrarse

fin[1] [fɛ̃] *nf* final *m*; (*d'un projet, d'un rêve*: *aussi mort*) final, fin *m*; **~s** *nfpl* (*desseins*) fines *mpl*; **prendre ~** terminar, acabar; **mettre ~ à qch** poner fin a algo; **à la ~** finalmente; **sans ~** sin fin, interminable; (*sans cesse*) sin cesar

fin[2]**, e** [fɛ̃, fin] *adj* fino(-a); (*taille*) delgado(-a); (*effilé*) afilado(-a); (*subtil*) agudo(-a) ♦ *adv* fino; **avoir la vue ~e/l'ouïe ~e** tener vista aguda/buen oído; **vin ~** vino selecto; **~es herbes** hierbas *fpl* aromáticas

final, e [final] *adj* último(-a) ♦ *nm* (*MUS*) final *m*; **quart/8èmes/16èmes de ~e** cuarto/octavos/dieciseisavos de final; **finale** *nf* (*SPORT*) final *f*; **finalement** *adv* finalmente; (*après tout*) al final, después de todo

finance [finɑ̃s] *nf*: **la ~** las finanzas; **~s** *nfpl* (*d'un club, pays*) fondos *mpl*; (*activités et problèmes financiers*) finanzas; **financer** *vt* financiar; **financier, -ière** *adj* financiero(-a)

finesse [finɛs] *nf* finura; delgadez *f*; afilamiento; agudeza; **~s** *nfpl* (*subtilités*) sutilezas *fpl*

fini, e [fini] *adj* terminado(-a), acabado(-a); (*MATH, PHILOSOPHIE*) finito(-a) ♦ *nm* (*d'un objet manufacturé*) perfección *f*; **bien/mal ~** (*travail, vêtement*) bien/mal terminado(-a), bien/mal rematado(-a)

finir [finiʀ] *vt* acabar, terminar; (*être placé en fin de*: *période, livre*) finalizar ♦ *vi* terminarse, acabarse; **~ de faire qch** (*terminer*) acabar de hacer algo; **~ par qch/par faire qch** (*gén*) acabar con algo/haciendo *ou* por hacer algo; **il finit par m'agacer** acaba molestándome; **~ en tragédie** acabar en tragedia; **en ~ (avec qn/qch)** acabar (con algn/algo); **cela/il va mal ~** eso/él acabará mal

finition [finisjɔ̃] *nf* acabado, último toque *m*

finlandais, e [fɛ̃lɑ̃dɛ, ɛz] *adj* finlandés(-esa) ♦ *nm/f*: **F~, e** finlandés(-esa)

Finlande [fɛ̃lɑ̃d] *nf* Finlandia

firme [fiʀm] *nf* firma

fis [fi] *vb voir* **faire**

fisc [fisk] *nm*: **le ~** el fisco

fiscal, e, -aux [fiskal, o] *adj* fiscal; **fiscalité** *nf* (*système*) régimen *m* tributario; (*charges*) cargas *fpl* fiscales

fissure [fisyʀ] *nf* fisura; **fissurer**: **se fissurer** *vpr* agrietarse

fit [fi] *vb voir* **faire**

fixation [fiksasjɔ̃] *nf* fijación *f*; **~ (de sécurité)** (*de ski*) fijación (de seguridad)

fixe [fiks] *adj* fijo(-a) ♦ *nm* (*salaire de base*) sueldo base; **à date/heure ~** en fecha/hora fijada; **menu à prix ~** menú *m* de precio fijo

fixé, e [fikse] *adj*: **être ~ (sur)** saber a qué atenerse (respecto a)

fixer [fikse] *vt* fijar; (*poser son regard sur*) fijar la mirada en; **se ~ quelque part** establecerse en algún sitio; **se ~ sur** (*suj*: *regard, attention*) fijarse en

flacon [flakɔ̃] *nm* frasco

flageolet [flaʒɔlɛ] *nm* (*MUS*) chirimía; (*CULIN*) frijol *m*

flagrant, e [flagʀɑ̃, ɑ̃t] *adj* flagrante; **prendre qn en ~ délit** coger a algn en flagrante delito

flair [flɛʀ] *nm* olfato; **flairer** *vt* olfatear

flamand, e [flamɑ̃, ɑ̃d] *adj* flamenco(-a) ♦ *nm* (*LING*) flamenco ♦ *nm/f*: **F~, e** flamenco(-a); **les F~s** los flamencos

flamant [flamɑ̃] *nm* (*ZOOL*) flamenco

flambant [flɑ̃bɑ̃] *adv*: **~ neuf** nuevo flamante

flambé, e [flɑ̃be] *adj*: **banane/crêpe ~e** plátano/crêpe *m* flameado

flambée [flɑ̃be] *nf* llamarada

flamber [flɑ̃be] *vi* llamear

flamboyer [flɑ̃bwaje] *vi* (*aussi fig*) resplandecer

flamme [flɑm] *nf* llama; (*fig*) pasión *f*; **en ~s** en llamas

flan [flɑ̃] *nm* flan *m*

flanc [flɑ̃] *nm* (*ANAT*) costado; (*montagne*) ladera

flancher [flɑ̃ʃe] *vi* flaquear

flanelle [flanɛl] *nf* franela

flâner [flɑne] *vi* callejear, deambular

flanquer [flɑ̃ke] *vt* flanquear; **~ qch sur/dans** (*fam*: *mettre*) tirar algo a/ en; **~ par terre** (*fam*) arrojar al suelo; **~ à la porte** (*fam*) echar a la calle

flaque [flak] *nf* charco

flash [flaʃ] (*pl* **~es**) *nm* (*PHOTO*: *dispositif*) flash *m*; **~ d'information** flash informativo

flatter [flate] *vt* (*personne*) halagar, adular; **flatteur, -euse** *adj* (*photo, profil*) halagüeño(-a); (*éloges*) halagador(a) ♦ *nm/f* (*personne*) adulador(a)

flèche [flɛʃ] *nf* flecha; (*de clocher*) aguja; (*de grue*) aguilón *m*; **monter en ~** (*fig*) subir como una flecha; **fléchettes** *nfpl* (*jeu*) dardos *mpl*

flétrir [fletʀiʀ]: **se ~** *vpr* (*fleur*) marchitarse; (*peau, visage*) ajarse

fleur [flœʀ] *nf* flor *f*; **être en ~** estar en flor

fleuri, e [flœʀi] *adj* florido(-a)

fleurir [flœʀiʀ] *vi* florecer ♦ *vt* poner flores en

fleuriste [flœʀist] *nm/f* florista *m/f*

fleuve [flœv] *nm* río

flexible [flɛksibl] *adj* flexible

flic [flik] (*fam*: *péj*) *nm* poli *m*

flipper[1] [flipœʀ] *nm* flíper *m*

flipper[2] [flipe] *vi* (*fam*) amargarse

flirter [flœʀte] *vi* flirtear

flocon [flɔkɔ̃] *nm* copo

flore [flɔʀ] *nf* flora

florissant, e [flɔʀisɑ̃, ɑ̃t] *vb voir* **fleurir** ♦ *adj* (*entreprise, commerce*) floreciente, próspero(-a)

flot [flo] *nm* (*fig*) oleada; (*de paroles, etc*) río; **~s** *nmpl* (*de la mer*) olas *fpl*, mar *fsg*; **à ~s** a raudales

flottant, e [flɔtɑ̃, ɑ̃t] *adj* (*vêtement*) de vuelo, ancho(-a); (*non fixe*) fluctuante

flotte [flɔt] *nf* flota; (*fam*: *eau*) agua; (: *pluie*) lluvia

flotter [flɔte] *vi* flotar; (*drapeau, cheveux*) ondear; (*vêtements*) volar; (*ÉCON*) fluctuar ♦ *vb impers* (*fam*): **il flotte** llueve; **flotteur** *nm* (*d'hydravion etc*) flotador *m*; (*de canne à pêche*) boya

flou, e [flu] *adj* borroso(-a); (*idée*) vago(-a)

fluide [flɥid] *adj* fluido(-a)

fluor [flyɔʀ] *nm* flúor *m*

fluorescent, e [flyɔʀesɑ̃, ɑ̃t] *adj* fluorescente

flûte [flyt] *nf* flauta; (*verre*) copa; (*pain*) *barra pequeña de pan*; **~!** ¡caramba!; **~ à bec/traversière** flauta dulce/travesera

flux [fly] *nm* flujo; **le ~ et le reflux** el flujo y el reflujo

FM [ɛfɛm] *sigle f* (= *fréquence modulée*) FM *f* (= *frecuencia modulada*)

foc [fɔk] *nm* foque *m*

foi [fwa] *nf* fe *f*; **avoir ~ en** tener fe en; **digne de ~** fidedigno(-a); **être de bonne/mauvaise ~** actuar con buena/mala fe; **ma ~!** ¡lo juro!

foie [fwa] *nm* hígado

foin [fwɛ̃] *nm* heno

foire [fwaʀ] *nf* mercado; (*fête foraine*)

feria, romería; **faire la ~** (*fig*: *fam*) irse de juerga *ou* de farra (*AM*); **~ (exposition)** feria de muestras

fois [fwa] *nf*: **une/deux ~** una vez/ dos veces; **2 ~ 2** 2 por 2; **deux/ quatre ~ plus grand (que)** dos/ cuatro veces mayor (que); **une (bonne) ~ pour toutes** de una vez por todas; **une ~ que c'est fait** una vez que esté hecho; **à la ~** (*ensemble*) a la vez; **des ~** a veces; **chaque ~ que** cada vez que

fol [fɔl] *adj voir* **fou**

folie [fɔli] *nf* locura; **faire des ~s** hacer locuras, gastar a lo loco

folklorique [fɔlklɔʀik] *adj* folklórico(-a); (*péj*) estrambótico(-a)

folle [fɔl] *adj f, nf voir* **fou**; **follement** *adv* (*amoureux*) locamente; (*drôle, intéressant*) tremendamente; **avoir follement envie de** tener unos celos tremendos de

foncé, e [fɔ̃se] *adj* oscuro(-a)

foncer [fɔ̃se] *vt* oscurecer; (*fam*: *aller vite*) ir volando; **~ sur** (*fam*) arremeter contra

fonction [fɔ̃ksjɔ̃] *nf* función *f*; (*profession*) profesión *f*; (*poste*) cargo; **~s** *nfpl* (*activité, pouvoirs*) competencias *fpl*; **entrer en/ reprendre ses ~s** tomar posesión de/reincorporarse a su cargo; **voiture/maison de ~** coche *m*/casa oficial; **être ~ de** depender de; **en ~ de** dependiendo de; **faire ~ de** (*suj*: *personne*) hacer las veces de; (*chose*) servir para; **la ~ publique** la función pública; **fonctionnaire** *nm/f* funcionario(-a); **fonctionner** *vi* funcionar

fond [fɔ̃] *nm* fondo; **un ~ de verre/ bouteille** el resto del vaso/de la botella; **le ~** (*SPORT*) el fondo; **au ~ de** (*récipient*) en el fondo de; (*salle*) al fondo de; **sans ~** (*très profond*) sin fondo; **toucher le ~** (*aussi fig*) tocar fondo; **à ~** a fondo; (*soutenir*) a capa y espada; **à ~ (de train)** (*fam*) a todo correr, a toda marcha; **dans le ~, au ~** en resumidas cuentas; **de ~ en comble** de arriba a abajo; **~ de teint** maquillaje *m* de fondo; **~ sonore** fondo sonoro

fondamental, e, -aux [fɔ̃damɑ̃tal, o] *adj* fundamental

fondant, e [fɔ̃dɑ̃, ɑ̃t] *adj*: **la neige/ glace ~e** la nieve/el hielo que se derrite

fondation [fɔ̃dasjɔ̃] *nf* fundación *f*; **~s** *nfpl* (*d'une maison*) cimientos *mpl*

fondé, e [fɔ̃de] *adj* fundado(-a)

fondement [fɔ̃dmɑ̃] *nm*: **sans ~** sin fundamento

fonder [fɔ̃de] *vt* fundar; **~ qch sur** (*fig*) basar algo en; **se ~ sur qch** (*personne*) basarse en algo

fonderie [fɔ̃dʀi] *nf* fundición *f*

fondre [fɔ̃dʀ] *vt* (*neige, glace*) fundir, derretir; (*métal*) fundir; (*dans l'eau*: *sucre*) disolver; (*mélanger*) mezclar ♦ *vi* fundirse, derretirse; (*métal*) fundirse; (*argent, courage*) esfumarse; **~ sur** (*se précipiter*) abatirse sobre; **faire ~** derretir; (*sucre*) disolver; **~ en larmes** deshacerse en lágrimas

fonds [fɔ̃] *nm* fondo ♦ *nmpl* (*argent*) fondos *mpl*; **~ (de commerce)** fondo de comercio

fondu, e [fɔ̃dy] *adj* (*beurre*) derretido(-a); (*neige*) fundido(-a), derretido(-a); (*métal*) fundido(-a); **fondue** *nf*: **fondue (savoyarde)/ bourguignonne** fondue *f* (saboyana)/burguiñona

font [fɔ̃] *vb voir* **faire**

fontaine [fɔ̃tɛn] *nf* fuente *f*

fonte [fɔ̃t] *nf* (*de la neige*) deshielo

foot(ball) [fut(bol)] *nm* fútbol *m*; **footballeur, -euse** *nm/f* futbolista *m/f*

footing [futiŋ] *nm*: **faire du ~** hacer footing

forain, e [fɔʀɛ̃, ɛn] *adj* ferial ♦ *nm/f* (*marchand*) feriante *m/f*

forçat [fɔʀsa] *nm* forzado

force [fɔʀs] *nf* fuerza; (*d'une armée*) potencia; (*intellectuelle, morale*) fortaleza; **~s** *nfpl* (*MIL, physiques*) fuerzas *fpl*; **ménager ses/reprendre des ~s** ahorrar/recuperar fuerzas; **être à bout de ~** estar agotado(-a); **à ~ de critiques/de le critiquer/de**

faire a fuerza de críticas/de criticarlo/de hacer; **de ~** (*prendre, enlever*) a la fuerza; **être de ~ à faire qch** ser capaz de hacer algo; **les ~s de l'ordre** las fuerzas del orden; **c'est une ~ de la nature** (*personne*) es un sansón

forcé, e [fɔʀse] *adj* (*rire, attitude*) forzado(-a); (*bain, atterrissage*) forzoso(-a); **forcément** *adv* (*obligatoirement*) forzosamente; (*bien sûr*) como es lógico

forcer [fɔʀse] *vt* forzar; (*AGR*) impulsar el crecimiento de ♦ *vi* esforzarse; **~ qn à qch/à faire qch** obligar a algn a algo/a hacer algo; **se ~ à qch/faire qch** obligarse a algo/a hacer algo; **~ la main à qn** apretarle los tornillos a algn

forestier, -ière [fɔʀɛstje, jɛʀ] *adj* forestal

forêt [fɔʀɛ] *nf* bosque *m*

forfait [fɔʀfɛ] *nm* (*COMM*) ajuste *m*; (*crime*) crimen *m*; **déclarer ~** (*SPORT*) retirarse; **travailler à ~** trabajar a destajo; **forfaitaire** *adj* concertado(-a)

forge [fɔʀʒ] *nf* forja; **forgeron** *nm* herrero

formaliser [fɔʀmalize]: **se ~** *vpr* molestarse; **se ~ de qch** molestarse por algo

formalité [fɔʀmalite] *nf* requisito, trámite *m*; **simple ~** mera formalidad *f*

format [fɔʀma] *nm* formato; **formater** *vt* formatear

formation [fɔʀmasjɔ̃] *nf* formación *f*; (*apprentissage*) educación *f*; **la ~ permanente/continue** la formación permanente/continua; **la ~ professionnelle/des adultes** la formación profesional/de adultos

forme [fɔʀm] *nf* forma; (*type*) tipo; **~s** *nfpl* (*manières*) formas *fpl*; **en ~ de poire** con forma de pera; **être en (bonne/pleine) ~** estar en (buena/plena) forma; **avoir la ~** estar en forma

formel, le [fɔʀmɛl] *adj* (*preuve, décision*) categórico(-a); (*logique*) formal; **formellement** *adv* absolutamente

former [fɔʀme] *vt* formar; **se ~** *vpr* formarse

formidable [fɔʀmidabl] *adj* (*important*: *excellent*) estupendo(-a)

formulaire [fɔʀmylɛʀ] *nm* impreso

formule [fɔʀmyl] *nf* fórmula; (*de vacances, crédit*) sistema *m*; **~ de politesse** fórmula de cortesía

fort, e [fɔʀ, fɔʀt] *adj* (*aussi fig*) fuerte; (*gros*) grueso(-a); (*quantité*) importante; (*soleil*) intenso(-a) ♦ *adv* (*frapper, serrer, sonner*) con fuerza; (*parler*) alto; (*beaucoup*) mucho; (*très*) muy ♦ *nm* (*édifice, fig*) fuerte *m*; **être ~ (en)** (*doué*) ser bueno(-a) (en); **au plus ~ de** en lo más álgido de; **forteresse** *nf* fortaleza

fortifiant [fɔʀtifjɑ̃] *adj* fortificante

fortune [fɔʀtyn] *nf* fortuna; **faire ~** hacer fortuna; **de ~** improvisado(-a); **fortuné, e** *adj* afortunado(-a)

fosse [fos] *nf* fosa

fossé [fose] *nm* zanja

fossette [fosɛt] *nf* hoyuelo

fossile [fosil] *nm* fósil *m*

fou (fol), folle [fu, fɔl] *adj* loco(-a); (*fam*: *extrême*) inmenso(-a) ♦ *nm/f* loco(-a) ♦ *nm* (*d'un roi*) bufón *m*; **être fou de** estar loco(-a) por; **faire le fou** hacer el tonto *ou* el indio; **avoir le fou rire** tener un ataque de risa; **ça prend un temps fou** (*fam*) esto lleva mucho tiempo; **il a eu un succès fou** (*fam*) tuvo un éxito loco

foudre [fudʀ] *nf* rayo

foudroyant, e [fudʀwajɑ̃, ɑ̃t] *adj* fulminante

fouet [fwɛ] *nm* látigo, fuete (*AM*), rebenque (*AM*); (*CULIN*) batidor *m*; **de plein ~** (*heurter*) de frente; **fouetter** *vt* dar latigazos a

fougère [fuʒɛʀ] *nf* helecho

fougue [fug] *nf* fogosidad *f*; **fougueux, -euse** *adj* fogoso(-a)

fouille [fuj] *nf* (*v vt*) cacheo, registro; **~s** *nfpl* (*archéologiques*) excavaciones *fpl*; **fouiller** *vt* (*suspect*) cachear; (*local, quartier*) registrar; (*creuser*) excavar; (*approfondir*) ahondar en; **fouillis** *nm* revoltijo

foulard [fulaʀ] *nm* pañuelo

foule [ful] *nf*: **la ~** la muchedumbre, el gentío; **une ~ de** una multitud de

foulée [fule] *nf* (*SPORT*) zancada

fouler [fule] *vt* (*écraser*) prensar; **se ~** *vpr* (*fam*) matarse trabajando; **se ~ la cheville/le bras** torcerse el tobillo/el brazo; **foulure** *nf* esguince *m*

four [fuʀ] *nm* horno; (*échec*) fracaso

fourche [fuʀʃ] *nf* horca

fourchette [fuʀʃɛt] *nf* tenedor *m*; (*STATISTIQUE*) gama

fourgon [fuʀgɔ̃] *nm* furgón *m*; **fourgonnette** *nf* furgoneta

fourmi [fuʀmi] *nf* hormiga; **avoir des ~s dans les jambes/mains** (*fig*) tener un hormigueo en las piernas/manos; **fourmilière** *nf* hormiguero; **fourmiller** *vi* (*gens*) hormiguear

fourneau, x [fuʀno] *nm* horno

fourni, e [fuʀni] *adj* (*barbe, cheveux*) tupido(-a), poblado(-a); **bien/mal ~ (en)** bien/mal equipado(-a) (en)

fournir [fuʀniʀ] *vt* proporcionar; (*effort*) realizar; (*chose*) dar, proporcionar; **fournisseur, -euse** *nm/f* proveedor(a); **fournitures** *nfpl* material *msg*

fourrage [fuʀaʒ] *nm* forraje *m*

fourré, e [fuʀe] *adj* (*bonbon*) relleno(-a); (*manteau, botte*) forrado(-a) ♦ *nm* maleza

fourrer [fuʀe] (*fam*) *vt*: **~ qch dans** meter algo en; **se ~** *vpr*: **se ~ dans/sous** meterse en/bajo

fourrière [fuʀjɛʀ] *nf* (*pour chiens*) perrera; (*voitures*) depósito de coches

fourrure [fuʀyʀ] *nf* piel *f*; **manteau/col de ~** abrigo/cuello de piel

foutre [futʀ] (*fam!*) *vt* = **ficher**; **foutu, e** (*fam!*) *adj* = **fichu**

foyer [fwaje] *nm* hogar *m*; (*fig*) foco

fracassant, e [fʀakasɑ̃, ɑ̃t] *adj* (*fig*) estrepitoso(-a)

fraction [fʀaksjɔ̃] *nf* fracción *f*; (*MATH*) fracción, quebrado

fracture [fʀaktyʀ] *nf* (*MÉD*) fractura; **fracturer** *vt* (*coffre, serrure*) forzar; **se fracturer la jambe/le crâne** fracturarse la pierna/el cráneo

fragile [fʀaʒil] *adj* (*aussi fig*) frágil; (*santé, personne*) delicado(-a); **fragilité** *nf* fragilidad *f*

fragment [fʀagmɑ̃] *nm* (*d'un objet*) fragmento, trozo; (*d'un discours*) fragmento

fraîche [fʀɛʃ] *adj voir* **frais**; **fraîcheur** *nf* (*voir frais*) frescor *m*, frescura; lozanía; frialdad *f*; **fraîchir** *vi* refrescar; (*vent*) levantarse

frais, fraîche [fʀɛ, fʀɛʃ] *adj* fresco(-a); (*teint*) lozano(-a); (*accueil*) frío(-a) ♦ *adv*: **il fait ~** hace *ou* está fresco ♦ *nm*: **mettre au ~** poner en el frigorífico ♦ *nmpl* (*COMM, dépenses*) gastos *mpl*; **à boire/servir ~** beber/servir frío; **légumes/fruits ~** verduras *fpl*/frutas *fpl* frescas; **prendre le ~** tomar el fresco; **faire des ~** hacer gasto; **~ de scolarité** gastos de matrícula; **~ généraux** gastos generales

fraise [fʀɛz] *nf* (*BOT, TECH*) fresa, frutilla (*AM*); **~ des bois** fresa silvestre

framboise [fʀɑ̃bwaz] *nf* frambuesa

franc, franche [fʀɑ̃, fʀɑ̃ʃ] *adj* franco(-a); (*refus, couleur*) claro(-a); (*coupure*) limpio(-a); (*intensif*) auténtico(-a) ♦ *adv*: **à parler ~** francamente ♦ *nm* (*monnaie*) franco; **~ de port** porte pagado

français, e [fʀɑ̃sɛ, ɛz] *adj* francés(-esa) ♦ *nm* (*LING*) francés *m* ♦ *nm/f*: **F~, e** francés(-esa); **les F~** los franceses

France [fʀɑ̃s] *nf* Francia

franche [fʀɑ̃ʃ] *adj f voir* **franc**; **franchement** *adv* francamente; (*tout à fait*) realmente

franchir [fʀɑ̃ʃiʀ] *vt* (*aussi fig*) salvar; (*seuil*) franquear

franchise [fʀɑ̃ʃiz] *nf* franqueza; (*douanière, ASSURANCE*) franquicia; (*COMM*) licencia

franc-maçon [fʀɑ̃masɔ̃] (*pl* **~-~s**) *nm* francmasón(-ona)

franco [fʀɑ̃ko] *adv* (*COMM*): **~ (de port)** porte pagado

francophone [fʀɑ̃kɔfɔn] *adj, nm/f* francófono(-a)

franc-parler [fʀɑ̃paʀle] *nm inv*

franqueza

frange [fʀɑ̃ʒ] *nf* fleco, franja; (*de cheveux*) flequillo; (*fig*) franja

frangipane [fʀɑ̃ʒipan] *nf* crema almendrada

frappant, e [fʀapɑ̃, ɑ̃t] *adj* sorprendente

frappé, e [fʀape] *adj* (*vin, café*) helado(-a); **~ de** *ou* **par qch** impresionado(-a) por algo

frapper [fʀape] *vt* golpear; (*fig*) impresionar; (*malheur, impôt*) afectar; (*monnaie*) acuñar; **~ dans les mains** golpear con las manos; **~ du poing sur** dar un puñetazo en

fraternel, le [fʀatɛʀnɛl] *adj* fraterno(-a); **fraternité** *nf* fraternidad *f*

fraude [fʀod] *nf* fraude *m*; **passer qch en ~** pasar algo fraudulentamente

frayeur [fʀɛjœʀ] *nf* pavor *m*

fredonner [fʀədɔne] *vt* tararear

freezer [fʀizœʀ] *nm* congelador *m*

frein [fʀɛ̃] *nm* freno; **sans ~** sin freno; **~s à disques** frenos *mpl* de disco; **~ à main** freno de mano; **~s à tambours** frenos de tambor; **freiner** *vi* frenar ♦ *vt* frenar, parar

frêle [fʀɛl] *adj* frágil

frelon [fʀəlɔ̃] *nm* abejón *m*

frémir [fʀemiʀ] *vi* estremecerse; (*eau*) empezar a hervir

frêne [fʀɛn] *nm* fresno

fréquemment [fʀekamɑ̃] *adv* frecuentemente, seguido (*AM*)

fréquent, e [fʀekɑ̃, ɑ̃t] *adj* frecuente; (*opposé à rare*) corriente

fréquentation [fʀekɑ̃tasjɔ̃] *nf* frecuentación *f*, trato; **~s** *nfpl* (*relations*): **de bonnes ~s** buenas relaciones

fréquenté, e [fʀekɑ̃te] *adj*: **très ~** muy concurrido(-a); **mal ~** frecuentado(-a) por gente indeseable

fréquenter [fʀekɑ̃te] *vt* frecuentar; (*personne*) tratar, frecuentar; (*courtiser*) salir con; **se ~** *vpr* tratarse, frecuentarse

frère [fʀɛʀ] *nm* hermano

fresque [fʀɛsk] *nf* fresco; (*LITT*) retrato

fret [fʀɛ(t)] *nm* flete *m*

friand, e [fʀijɑ̃, fʀijɑ̃d] *adj*: **~ de** entusiasta de

friandise [fʀijɑ̃diz] *nf* golosina

fric [fʀik] (*fam*) *nm* pasta

friche [fʀiʃ]: **en ~** *adj, adv* inculto(-a)

friction [fʀiksjɔ̃] *nf* fricción *f*

frigidaire ® [fʀiʒidɛʀ] *nm* nevera, frigorífico

frigo [fʀigo] *nm* = **frigidaire**

frigorifique [fʀigɔʀifik] *adj* frigorífico(-a)

frileux, -euse [fʀilø, øz] *adj* friolero(-a); (*fig*) encogido(-a)

frimer [fʀime] (*fam*) *vi* chulear

fringale [fʀɛ̃gal] *nf*: **avoir la ~** tener un hambre canina

fringues [fʀɛ̃g] (*fam*) *nfpl* trapos *mpl*

fripé, e [fʀipe] *adj* arrugado(-a)

frire [fʀiʀ] *vt* (*aussi:* **faire ~**) freír

frisé, e [fʀize] *adj* rizado(-a)

frisson [fʀisɔ̃] *nm* escalofrío, estremecimiento; **frissonner** *vi* tiritar, estremecerse; (*fig*) temblar

frit, e [fʀi, fʀit] *pp de* **frire** ♦ *adj* frito(-a); **(pommes) ~es** patatas *fpl* *ou* papas *fpl* (*AM*) fritas; **frite** *nf* patata frita; **friteuse** *nf* freidora; **friture** *nf* (*huile*) aceite *m*; (*RADIO*) ruido de fondo; **friture (de poissons)** fritura (de pescado)

froid, e [fʀwa, fʀwad] *adj* frío(-a); **il fait ~** hace frío; **avoir/prendre ~** tener/coger frío; **à ~** en frío; **jeter un ~** (*fig*) provocar el asombro; **être en ~ avec qn** estar enfadado(-a) con algn; **froidement** *adv* con frialdad

froisser [fʀwase] *vt* arrugar; (*fig*) ofender; **se ~** *vpr* arrugarse; **se ~ un muscle** distendérsele a algn un músculo

frôler [fʀole] *vt* rozar

fromage [fʀɔmaʒ] *nm* queso; **~ blanc** queso fresco, requesón *m*

froment [fʀɔmɑ̃] *nm* trigo

froncer [fʀɔ̃se] *vt* fruncir; **~ les sourcils** fruncir el ceño

front [fʀɔ̃] *nm* frente *f*; **de ~** de frente; (*rouler*) al lado; (*simultanément*) al mismo tiempo;

faire ~ à hacer frente a; **~ de mer** paseo marítimo
frontalier, -ière [fʀɔ̃talje, jɛʀ] *adj* fronterizo(-a) ♦ *nm/f*: **(travailleurs) ~s** (trabajadores *mpl*) fronterizos *mpl*
frontière [fʀɔ̃tjɛʀ] *nf* frontera
frotter [fʀɔte] *vi* frotar ♦ *vt* frotar; (*pour nettoyer*) frotar, estregar; **~ une allumette** encender una cerilla
fruit [fʀɥi] *nm* fruta; **~s de mer** mariscos *mpl*; **~s secs** frutos secos; **fruité, e** *adj* afrutado(-a); **fruitier, -ière** *adj*: **arbre fruitier** árbol *m* frutal
frustrer [fʀystʀe] *vt* frustrar
fuel(-oil) [fjul(ɔjl)] (*pl* **fuels(-oils)**) *nm* fuel(-oil) *m*
fugace [fygas] *adj* fugaz
fugitif, -ive [fyʒitif, iv] *adj* (*lueur, amour*) efímero(-a); (*prisonnier etc*) fugitivo(-a) ♦ *nm/f* fugitivo(-a)
fugue [fyg] *nf*: **faire une ~** fugarse
fuir [fɥiʀ] *vt* huir ♦ *vi* huir; (*gaz, eau*) escapar; (*robinet*) perder agua
fuite [fɥit] *nf* huida; (*des capitaux etc*) fuga; (*d'eau*) escape *m*; (*divulgation*) filtración *f*; **être en ~** ser un(a) prófugo(-a); **mettre en ~** ahuyentar
fulgurant, e [fylgyʀɑ̃, ɑ̃t] *adj* fulgurante
fumé, e [fyme] *adj* ahumado(-a); **fumée** *nf* humo
fumer [fyme] *vi* echar humo; (*personne*) fumar ♦ *vt* (*cigarette, pipe*) fumar
fûmes [fym] *vb voir* **être**
fumeur, -euse [fymœʀ, øz] *nm/f* fumador(a)
fumier [fymje] *nm* estiércol *m*
funérailles [fyneʀɑj] *nfpl* funeral *msg*
fur [fyʀ]: **au ~ et à mesure** *adv* poco a poco; **au ~ et à mesure que** a medida que, conforme
furet [fyʀɛ] *nm* (ZOOL) hurón *m*
fureter [fyʀ(ə)te] (*péj*) *vi* husmear, fisgonear
fureur [fyʀœʀ] *nf* furia, cólera; **faire ~** estar en boga, hacer furor
furie [fyʀi] *nf* furia; **en ~** desencadenado(-a); **furieux, -euse** *adj* furioso(-a)
furoncle [fyʀɔ̃kl] *nm* forúnculo
furtif, -ive [fyʀtif, iv] *adj* furtivo(-a)
fus [fy] *vb voir* **être**
fusain [fyzɛ̃] *nm* (BOT) bonetero; (ART) carboncillo
fuseau, x [fyzo] *nm* (*pantalon*) fuso; (*pour filer*) huso; **~ horaire** huso horario
fusée [fyze] *nf* cohete *m*
fusible [fyzibl] *nm* fusible *m*
fusil [fyzi] *nm* (*de guerre, à canon rayé*) fusil *m*; (*de chasse, à canon lisse*) escopeta; **fusillade** *nf* (*bruit*) tiroteo; **fusiller** *vt* fusilar
fusionner [fyzjɔne] *vi* fusionarse
fût[1] [fy] *vb voir* **être**
fût[2] [fy] *nm* (*tonneau*) tonel *m*, barril *m*; (*de canon*) caña
futé, e [fyte] *adj* ladino(-a)
futile [fytil] *adj* fútil
futur, e [fytyʀ] *adj* futuro(-a) ♦ *nm*: **le ~** (LING) el futuro; (*avenir*) el futuro, el porvenir
fuyard, e [fɥijaʀ, aʀd] *nm/f* fugitivo(-a)

G, g

gâcher [gɑʃe] *vt* arruinar, estropear; (*vie*) arruinar; (*argent*) malgastar; **gâchis** *nm* (*gaspillage*) despilfarro
gaffe [gaf] *nf* (*instrument*) bichero; (*fam: erreur*) metedura de pata; **faire ~** (*fam*) tener cuidado
gage [gaʒ] *nm* (*dans un jeu, comme garantie*) prenda; (*fig: de fidélité*) prueba; **mettre en ~** empeñar
gagnant, e [gaɲɑ̃, ɑ̃t] *adj*: **billet/numéro ~** billete *m*/número premiado
gagne-pain [gɑɲpɛ̃] *nm inv* medio de vida
gagner [gaɲe] *vt* ganar; (*suj: maladie, feu*) extenderse a; (*envahir*) invadir ♦ *vi* (*être vainqueur*) ganar; **~ du temps/de la place** ganar tiempo/espacio; **~ sa vie** ganarse la vida; **~ du terrain** (*aussi fig*) ganar terreno
gai, e [ge] *adj* alegre; **gaiement** *adv* alegremente; (*de bon cœur*) con entusiasmo; **gaieté** *nf* alegría; **de gaieté de cœur** de buena gana

gain [gɛ̃] *nm* (*revenu*) ingreso; (*bénéfice*: *gén pl*) ganancias *fpl*; **avoir ~ de cause** (*fig*) ganar, tener razón
gala [gala] *nm* gala
galant, e [galɑ̃, ɑ̃t] *adj* galante; (*entreprenant*) galanteador(a)
galerie [galʀi] *nf* galería; (*THÉÂTRE*) palco; (*de voiture*) baca; (*fig*: *spectateurs*) público, galería; **~ de peinture** galería de arte; **~ marchande** centro comercial, galería comercial
galet [galɛ] *nm* guijarro; (*TECH*) arandela
galette [galɛt] *nf* (*gâteau*) roscón *m*; (*crêpe*) crepe *f*, panqueque *m* (*AM*)
galipette [galipɛt] *nf*: **faire des ~s** hacer piruetas
Galles [gal] *nfpl*: **le pays de ~** el país de Gales; **gallois, e** *adj* galés(-esa) ♦ *nm* (*LING*) galés *m* ♦ *nm/f*: **Gallois, e** galés(-esa)
galon [galɔ̃] *nm* galón *m*
galop [galo] *nm* galope *m*; **galoper** *vi* galopar
gambader [gɑ̃bade] *vi* brincar
gamin, e [gamɛ̃, in] *nm/f* chiquillo(-a), chamaco(-a) (*CAM, MEX*), pibe(-a) (*ARG*), cabro(-a) (*AND, CHI*)
gamme [gam] *nf* (*MUS*) escala; (*fig*) gama
gang [gɑ̃g] *nm* banda
gant [gɑ̃] *nm* guante *m*; **~ de toilette** manopla de baño
garage [gaʀaʒ] *nm* garaje *m*; **garagiste** *nm/f* (*propriétaire*) dueño(-a) de un garaje; (*mécanicien*) mecánico(-a)
garantie [gaʀɑ̃ti] *nf* garantía; **(bon de) ~** (bono de) garantía
garantir [gaʀɑ̃tiʀ] *vt* garantizar; **~ de qch** proteger contra *ou* de algo
garçon [gaʀsɔ̃] *nm* niño; **mon/son ~** (*fils*) mi/su hijo; (*célibataire*) soltero; **~ de café** camarero; **~ manqué** medio chico
garde [gaʀd(ə)] *nm* guardia *m*; (*de domaine etc*) guarda *m* ♦ *nf* guardia *f*; **de ~** *adj, adv* de guardia; **mettre en ~** poner en guardia; **prendre ~ (à)** tener cuidado (con); **être sur ses ~s** estar en guardia; **monter la ~** montar guardia; **~ à vue** *nf* (*JUR*) detención *f* provisional; **~ champêtre** *nm* guarda rural; **~ d'enfants** *nf* niñera; **~ des Sceaux** *nm* ≃ ministro de Justicia; **~ du corps** *nm* guardaespaldas *m inv*, guarura *m* (*MEX*) (*fam*); **garde-boue** *nm inv* guardabarros *m inv*; **garde-chasse** (*pl* **gardes-chasse(s)**) *nm* guarda *m* de caza
garder [gaʀde] *vt* (*conserver*: *personne*) mantener; (: *sur soi*: *vêtement, chapeau*) quedarse con; (*surveiller*: *enfants*) cuidar; (: *prisonnier, lieu*) vigilar; **se ~** *vpr* (*aliment*) conservarse; **~ le lit** guardar cama; **~ la chambre** permanecer en la habitación; **se ~ de faire qch** abstenerse de hacer algo; **pêche/chasse gardée** coto de pesca/caza
garderie [gaʀdəʀi] *nf* guardería
garde-robe [gaʀdəʀɔb] (*pl* **~-~s**) *nf* (*meuble*) ropero; (*vêtements*) guardarropa *m*
gardien, ne [gaʀdjɛ̃, jɛn] *nm/f* (*garde*) vigilante *m/f*; (*de prison*) oficial *m/f*; (*de domaine, réserve, cimetière*) guarda *m/f*; (*de musée etc*) guarda, vigilante; (*de phare*) farero; (*fig*: *garant*) garante *m/f*; (*d'immeuble*) portero(-a); **~ de but** portero, arquero (*esp AM*); **~ de la paix** guardia *m* del orden público; **~ de nuit** vigilante de noche
gare [gaʀ] *nf* estación *f* ♦ *excl*: **~ à ...** cuidado con ...; **~ à toi** cuidado con lo que haces; **~ routière** estación de autobuses
garer [gaʀe] *vt* aparcar; **se ~** *vpr* (*véhicule, personne*) aparcar; (*pour laisser passer*) apartarse
garni, e [gaʀni] *adj* (*plat*) con guarnición ♦ *nm* (*appartement*) piso amueblado
garniture [gaʀnityʀ] *nf* (*CULIN*: *légumes*) guarnición *f*; (*décoration*) adorno; (*protection*) revestimiento; **~ de frein** (*AUTO*) forro de freno
gars [gɑ] *nm* (*fam*: *garçon*) chico; (*homme*) tío
Gascogne [gaskɔɲ] *nf* Gasconia

gas-oil [gazwal] *nm* gas-oil *m*
gaspiller [gaspije] *vt* derrochar, malgastar
gastronome [gastʀɔnɔm] *nm/f* gastrónomo(-a); **gastronomie** *nf* gastronomía; **gastronomique** *adj*: **menu gastronomique** menú *m* gastronómico
gâteau, x [gɑto] *nm* pastel *m*; **~ sec** galleta
gâter [gɑte] *vt* (*personne*) mimar; (*plaisir, vacances*) estropear; **se ~** *vpr* (*dent, fruit*) picarse; (*temps, situation*) empeorar
gauche [goʃ] *adj* izquierda; (*personne, style*) torpe ♦ *nf* izquierda; **à ~** a la izquierda; **gaucher, -ère** *adj, nm/f* zurdo(-a); **gauchiste** *adj, nm/f* izquierdista *m/f*
gaufre [gofʀ] *nf* (*pâtisserie*) gofre *m*
gaufrette [gofʀɛt] *nf* barquillo
gaulois, e [golwa, waz] *adj* galo(-a) ♦ *nm/f*: **G~, e** galo(-a)
gaz [gɑz] *nm inv* gas *m*; **avoir des ~** tener gases
gaze [gɑz] *nf* gasa
gazette [gazɛt] *nf* gaceta
gazeux, -euse [gɑzø, øz] *adj* gaseoso(-a); **eau/boisson gazeuse** agua/bebida con gas
gazoduc [gɑzodyk] *nm* gaseoducto
gazon [gɑzɔ̃] *nm* césped *m*
geai [ʒɛ] *nm* arrendajo
géant, e [ʒeɑ̃, ɑ̃t] *adj* gigante ♦ *nm/f* gigante(-a)
geindre [ʒɛ̃dʀ] *vi* gemir
gel [ʒɛl] *nm* (*temps*) helada; (*de l'eau*) hielo; (*fig*) congelación *f*; (*produit de beauté*) gel *m*
gélatine [ʒelatin] *nf* gelatina
gelée [ʒ(ə)le] *nf* (CULIN) gelatina; (MÉTÉO) helada
geler [ʒ(ə)le] *vt* (*sol, liquide*) helar ♦ *vi* (*sol, personne*) helarse; **il gèle** hiela
gélule [ʒelyl] *nf* gragea
Gémeaux [ʒemo] *nmpl* (ASTROL): **les ~** Géminis *mpl*
gémir [ʒemiʀ] *vi* gemir
gênant, e [ʒɛnɑ̃, ɑ̃t] *adj* (*aussi fig*) molesto(-a)
gencive [ʒɑ̃siv] *nf* encía
gendarme [ʒɑ̃daʀm] *nm* gendarme *m*, ≃ guardia *m* civil; **gendarmerie** *nf* ≃ Guardia Civil; (*caserne, bureaux*) ≃ cuartel *m* de la Guardia Civil
gendre [ʒɑ̃dʀ] *nm* yerno
gêné, e [ʒene] *adj* embarazoso(-a)
gêner [ʒene] *vt* (*incommoder*) molestar; (*encombrer*) estorbar; **~ qn** (*embarrasser*) violentar a algn; **se ~** *vpr* molestarse
général, e, -aux [ʒeneʀal, o] *adj, nm* general; **en ~** en general; **généralement** *adv* (*communément*) al nivel general; (*habituellement*) generalmente; **généraliser** *vt, vi* generalizar; **se généraliser** *vpr* generalizarse; **généraliste** *nm* médico general
génération [ʒeneʀasjɔ̃] *nf* generación *f*
généreux, -euse [ʒeneʀø, øz] *adj* generoso(-a)
générique [ʒeneʀik] *adj* genérico(-a) ♦ *nm* (CINÉ, TV) ficha técnica
générosité [ʒeneʀozite] *nf* generosidad *f*
genêt [ʒ(ə)nɛ] *nm* retama
génétique [ʒenetik] *adj* genético(-a)
Genève [ʒ(ə)nɛv] *n* Ginebra
génial, e, -aux [ʒenjal, jo] *adj* (*aussi fam*) genial
génie [ʒeni] *nm* genio
genièvre [ʒənjɛvʀ] *nm* (BOT, CULIN) enebro
génisse [ʒenis] *nf* ternera
génital, e, -aux [ʒenital, o] *adj* genital
génoise [ʒenwaz] *nf* bizcocho
genou, x [ʒ(ə)nu] *nm* rodilla; **à ~x** de rodillas
genre [ʒɑ̃ʀ] *nm* género; (*allure*) estilo; **avoir bon/mauvais ~** (*allure*) tener buena/mala presencia
gens [ʒɑ̃] *nmpl, parfois nfpl* gente *f*
gentil, le [ʒɑ̃ti, ij] *adj* (*aimable*) amable; (*enfant*) bueno(-a); (*endroit etc*) agradable; **gentillesse** *nf* (*v adj*) amabilidad *f*; bondad *f*; lo agradable; encanto; **gentiment** *adv* con amabilidad
géographie [ʒeɔgʀafi] *nf* geografía
géologie [ʒeɔlɔʒi] *nf* geología

géomètre [ʒeɔmɛtʀ] *nm/f*: **(arpenteur-)~** agrimensor(a)
géométrie [ʒeɔmetʀi] *nf* geometría; **géométrique** *adj* geométrico(-a)
géranium [ʒeʀanjɔm] *nm* geranio
gérant, e [ʒeʀɑ̃, ɑ̃t] *nm/f* gerente *m/f*
gerbe [ʒɛʀb] *nf* (*de fleurs*) ramo
gercé, e [ʒɛʀse] *adj* agrietado(-a)
gerçure [ʒɛʀsyʀ] *nf* grieta
gérer [ʒeʀe] *vt* administrar
germain, e [ʒɛʀmɛ̃, ɛn] *adj voir* **cousin**
germe [ʒɛʀm] *nm* germen *m*; (*pousse*) brote *m*; **germer** *vi* germinar
geste [ʒɛst] *nm* gesto
gestion [ʒɛstjɔ̃] *nf* gestión *f*
gibier [ʒibje] *nm* caza
gicler [ʒikle] *vi* brotar
gifle [ʒifl] *nf* bofetada; **gifler** *vt* abofetear
gigantesque [ʒigɑ̃tɛsk] *adj* gigantesco(-a)
gigot [ʒigo] *nm* pierna
gigoter [ʒigɔte] *vi* patalear
gilet [ʒilɛ] *nm* (*de costume*) chaleco; (*tricot*) chaqueta (de punto); (*sous-vêtement*) camiseta; **~ de sauvetage** chaleco salvavidas
gin [dʒin] *nm* ginebra
gingembre [ʒɛ̃ʒɑ̃bʀ] *nm* jenjibre *m*
girafe [ʒiʀaf] *nf* jirafa
giratoire [ʒiʀatwaʀ] *adj*: **sens ~** sentido giratorio
girofle [ʒiʀɔfl] *nf*: **clou de ~** clavo
girouette [ʒiʀwɛt] *nf* veleta
gitan, e [ʒitɑ̃, an] *nm/f* gitano(-a)
gîte [ʒit] *nm* (*maison*) morada; **~ rural** casa de turismo rural
givre [ʒivʀ] *nm* escarcha; **givré, e** *adj*: **citron/orange givré(e)** limón *m* escarchado/naranja escarchada
glace [glas] *nf* hielo; (*crème glacée*) helado; (*verre*) cristal *m*; (*miroir*) espejo; (*de voiture*) ventanilla
glacé, e [glase] *adj* helado(-a); (*fig*) frío(-a)
glacer [glase] *vt* (*lac, eau*) helar; (*CULIN, papier, tissu*) glasear
glacial, e [glasjal] *adj* glacial
glacier [glasje] *nm* (*GÉO*) glaciar *m*; (*marchand*) heladero
glacière [glasjɛʀ] *nf* nevera
glaçon [glasɔ̃] *nm* témpano; (*pour boisson*) cubito de hielo
glaïeul [glajœl] *nm* gladiolo
glaise [glɛz] *nf* greda
gland [glɑ̃] *nm* (*de chêne*) bellota; (*décoration*) borla
glande [glɑ̃d] *nf* glándula
glissade [glisad] *nf* (*par jeu*) deslizamiento; (*chute*) resbalón *m*; **faire des ~s** deslizarse
glissant, e [glisɑ̃, ɑ̃t] *adj* resbaladizo(-a)
glissement [glismɑ̃] *nm* (*aussi fig*) deslizamiento; **~ de terrain** corrimiento de tierra
glisser [glise] *vi* resbalar; (*patineur, fig*) deslizarse ♦ *vt* (*introduire*: *erreur, citation*) deslizar; (*mot, conseil*) decir discretamente; **se ~ dans/entre** (*personne*) deslizarse *ou* escurrirse en/entre
global, e, -aux [glɔbal, o] *adj* global
globe [glɔb] *nm* globo
globule [glɔbyl] *nm* glóbulo
gloire [glwaʀ] *nf* gloria; (*mérite*) mérito; (*personne*) celebridad *f*
glousser [gluse] *vi* (*rire*) reír ahogadamente
glouton, ne [glutɔ̃, ɔn] *adj* glotón(-ona)
gluant, e [glyɑ̃, ɑ̃t] *adj* pegajoso(-a)
glucose [glykoz] *nm* glucosa
glycine [glisin] *nf* glicina
GO [ʒeo] *sigle fpl* (*= grandes ondes*) OL
goal [gol] *nm* portero, guardameta *m*
gobelet [gɔblɛ] *nm* cubilete *m*
goéland [gɔelɑ̃] *nm* gaviota
goélette [gɔelɛt] *nf* goleta
goinfre [gwɛ̃fʀ] *adj, nm/f* tragón(-ona)
golf [gɔlf] *nm* golf *m*
golfe [gɔlf] *nm* golfo
gomme [gɔm] *nf* (*à effacer*) goma (de borrar); **gommer** *vt* borrar
gonflé, e [gɔ̃fle] *adj* hinchado(-a); **être ~** (*fam*) tener jeta
gonfler [gɔ̃fle] *vt* hinchar ♦ *vi* hincharse; (*CULIN, pâte*) inflarse

gonzesse [gɔ̃zɛs] (*fam*) *nf* tía (*fam*)
gorge [gɔʀʒ] *nf* garganta; (*poitrine*) pecho; (*GÉO*) garganta, desfiladero
gorgée [gɔʀʒe] *nf* trago
gorille [gɔʀij] *nm* gorila
gosse [gɔs] *nm/f* chiquillo(-a), chamaco(-a) (*CAM, MEX*), pibe(-a) (*ARG*), cabro(-a) (*AND, CHI*)
goudron [gudʀɔ̃] *nm* alquitrán *m*; **goudronner** *vt* alquitranar
gouffre [gufʀ] *nm* sima, precipicio; (*fig*) abismo
goulot [gulo] *nm* cuello; **boire au ~** beber a morro
goulu, e [guly] *adj* glotón(-ona)
gourde [guʀd] *nf* (*récipient*) cantimplora; (*fam*) zoquete *m/f*
gourdin [guʀdɛ̃] *nm* porra
gourmand, e [guʀmɑ̃, ɑ̃d] *adj* goloso(-a)
gourmandise [guʀmɑ̃diz] *nf* gula
gourmet [guʀmɛ] *nm* gastrónomo(-a)
gousse [gus] *nf* vaina; **~ d'ail** diente *m* de ajo
goût [gu] *nm* gusto, sabor *m*; (*fig*) gusto; **de bon/mauvais ~** de buen/mal gusto; **prendre ~ à** aficionarse a
goûter [gute] *vt* (*aussi:* **~ à**: *essayer*) probar; (*apprécier*) apreciar ♦ *vi* merendar ♦ *nm* merienda
goutte [gut] *nf* gota; **goutte-à-goutte** *nm inv* bomba de perfusión
gouttière [gutjɛʀ] *nf* canalón *m*
gouvernail [guvɛʀnaj] *nm* timón *m*
gouvernement [guvɛʀnəmɑ̃] *nm* gobierno
gouverner [guvɛʀne] *vt* gobernar
grâce [gʀɑs] *nf* gracia; (*JUR*) indulto; **de bonne/mauvaise ~** de buena/mala gana; **faire ~ à qn de qch** perdonar algo a algn; **demander ~** pedir perdón; **~ à** gracias a; **gracieux, -euse** *adj* elegante
grade [gʀad] *nm* grado; **monter en ~** ascender de grado
gradin [gʀadɛ̃] *nm* grada; **~s** *nmpl* (*de stade*) gradas *fpl*
gradué, e [gʀadɥe] *adj* graduado(-a); (*exercices*) progresivo(-a)
graduel, le [gʀadɥɛl] *adj* gradual
graduer [gʀadɥe] *vt* graduar; (*effort*) dosificar
graffiti [gʀafiti] *nmpl* grafiti *mpl*
grain [gʀɛ̃] *nm* grano; (*averse*) aguacero; **~ de beauté** lunar *m*; **~ de café/de poivre** grano de café/de pimienta; **~ de poussière** mota de polvo; **~ de raisin** uva
graine [gʀɛn] *nf* semilla
graissage [gʀɛsaʒ] *nm* engrase *m*
graisse [gʀɛs] *nf* grasa; **graisser** *vt* engrasar; (*tacher*) manchar de grasa; **graisseux, -euse** *adj* grasiento(-a); (*ANAT*) adiposo(-a)
grammaire [gʀa(m)mɛʀ] *nf* gramática
gramme [gʀam] *nm* gramo
grand, e [gʀɑ̃, gʀɑ̃d] *adj* grande; (*avant le nom*) gran; (*haut*) alto(-a); (*fil, voyage, période*) largo(-a) ♦ *adv*: **~ ouvert** abierto de par en par; **un ~ homme/artiste** un gran hombre/artista; **au ~ air** al aire libre; **~ blessé/brûlé** herido/quemado grave; **~ ensemble** gran barriada; **~e personne** persona mayor; **~es écoles** *universidades de élite francesas*; **~es lignes** líneas *fpl* principales; **~e surface** hipermercado; **~es vacances** vacaciones *fpl* de verano; **~ magasin** grandes almacenes *mpl*; **grand-chose** *nm/f inv*: **pas grand-chose** poca cosa; **Grande-Bretagne** *nf* Gran Bretaña; **grandeur** *nf* tamaño; (*mesure, quantité, aussi fig*) magnitud *f*; (*gloire, puissance*) grandeza; **grandeur nature** *adj* tamaño natural; **grandiose** *adj* grandioso(-a); **grandir** *vi* (*enfant, arbre*) crecer; **grand-mère** (*pl* **grand(s)-mères**) *nf* abuela; **grand-peine**: **à grand-peine** *adv* a duras penas; **grand-père** (*pl* **grands-pères**) *nm* abuelo; **grands-parents** *nmpl* abuelos *mpl*
grange [gʀɑ̃ʒ] *nf* granero
granit [gʀanit] *nm* granito
graphique [gʀafik] *adj* gráfico(-a) ♦ *nm* gráfico
grappe [gʀap] *nf* (*BOT*) racimo; **~ de raisin** racimo de uvas

gras, se [gʀɑ, gʀɑs] *adj* (*viande, soupe*) graso(-a); (*personne*) gordo(-a); (*surface, cheveux*) grasiento(-a); (*toux*) flemático(-a); (*rire*) ordinario(-a); (*crayon*) grueso(-a); (TYPO) en negrita ♦ *nm* (CULIN) gordo; **faire la ~se matinée** levantarse tarde; **grassement** *adv*: **grassement payé** largamente pagado

gratifiant, e [gʀatifjɑ̃, jɑ̃t] *adj* gratificante

gratin [gʀatɛ̃] *nm* gratín *m*; **gratiné, e** *adj* gratinado(-a); (*fam*) espantoso(-a)

gratis [gʀatis] *adv, adj* gratis

gratitude [gʀatityd] *nf* gratitud *f*

gratte-ciel [gʀatsjɛl] *nm inv* rascacielos *m inv*

gratter [gʀate] *vt* (*frotter*) raspar; (*enlever*) quitar, borrar; (*bras, bouton*) rascar; **se ~** *vpr* rascarse

gratuit, e [gʀatɥi, ɥit] *adj* gratuito(-a)

grave [gʀav] *adj* grave; (*sujet, problème*) grave, serio(-a); **gravement** *adv* gravemente

graver [gʀave] *vt* grabar; **~ qch dans son esprit/sa mémoire** (*fig*) grabar algo en su alma/su memoria

gravier [gʀavje] *nm* grava; **gravillons** *nmpl* gravilla

gravir [gʀaviʀ] *vt* subir

gravité [gʀavite] *nf* (*aussi* PHYS) gravedad *f*

graviter [gʀavite] *vi* (*aussi fig*): **~ autour de** gravitar alrededor de

gravure [gʀavyʀ] *nf* grabado *m*

gré [gʀe] *nm*: **à son ~** a su gusto; **contre le ~ de qn** contra la voluntad de algn; **de son (plein) ~** por su propia voluntad; **de ~ ou de force** por las buenas o por las malas; **il faut le faire bon ~ mal ~** hay que hacerlo, queramos o no

grec, grecque [gʀɛk] *adj* griego(-a) ♦ *nm/f*: **G~, Grecque** griego(-a)

Grèce [gʀɛs] *nf* Grecia

greffe [gʀɛf] *nf* (AGR) injerto; (MÉD) tra(n)splante *m* ♦ *nm* (JUR) archivo; **~ du rein** transplante de riñón; **greffer** *vt* (*tissu*) injertar; (*organe*) transplantar

grêle [gʀɛl] *adj* flaco(-a) ♦ *nf* granizo; **grêler** *vb impers*: **il grêle** graniza; **grêlon** *nm* granizo

grelot [gʀəlo] *nm* cascabel *m*

grelotter [gʀəlɔte] *vi* tiritar

grenade [gʀənad] *nf* granada; **grenadine** *nf* granadina

grenier [gʀənje] *nm* (*de maison*) desván *m*, altillo (AM), entretecho (AM)

grenouille [gʀənuj] *nf* rana

grès [gʀɛ] *nm* (*roche*) arenisca; (*poterie*) gres *msg*

grève [gʀɛv] *nf* huelga; (*plage*) playa; **se mettre en/faire ~** declararse en/hacer huelga; **~ de la faim** huelga de hambre; **~ sur le tas** huelga de brazos caídos

gréviste [gʀevist] *nm/f* huelguista *m/f*

grièvement [gʀijɛvmɑ̃] *adv* gravemente

griffe [gʀif] *nf* garra; (*fig: d'un couturier, parfumeur*) marca; **griffer** *vt* arañar

grignoter [gʀiɲɔte] *vt* roer; (*argent, temps*) consumir

gril [gʀil] *nm* parrilla; **grillade** *nf* carne *f* a la parrilla, asado (AM)

grillage [gʀijaʒ] *nm* (*treillis*) reja; (*clôture*) alambrada

grille [gʀij] *nf* reja; (*fig*) red *f*

grille-pain [gʀijpɛ̃] *nm inv* tostador *m* de pan

griller [gʀije] *vt* (*aussi*: **faire ~**: *pain, café*) tostar; (: *viande*) asar; (*ampoule, résistance*) fundir; (*feu rouge*) saltar

grillon [gʀijɔ̃] *nm* grillo

grimace [gʀimas] *nf* mueca; **faire des ~s** hacer muecas

grimper [gʀɛ̃pe] *vt* trepar a *ou* por ♦ *vi* empinarse; (*prix, nombre*) subir; (SPORT) escalar

grincer [gʀɛ̃se] *vi* (*porte, roue*) chirriar; (*plancher*) crujir; **~ des dents** rechinar los dientes

grincheux, -euse [gʀɛ̃ʃø, øz] *adj* cascarrabias

grippe [gʀip] *nf* gripe *f*; **grippé, e** *adj*: **être grippé** estar griposo(-a);

(*moteur*) estar gripado(-a)
gris, e [gʀi, gʀiz] *adj* gris *inv*; (*ivre*) alegre
grisaille [gʀizɑj] *nf* gris *msg*
griser [gʀize] *vt* (*fig*) embriagar
grive [gʀiv] *nf* tordo
Groenland [gʀɔɛnlɑ̃d] *nm* Groenlandia
grogner [gʀɔɲe] *vi* gruñir; (*personne*) gruñir, refunfuñar; **grognon, ne** *adj* gruñón(-ona)
grommeler [gʀɔm(ə)le] *vi* mascullar
gronder [gʀɔ̃de] *vi* (*canon, tonnerre*) retumbar; (*fig*) amenazar con estallar ♦ *vt* regañar
gros, se [gʀo, gʀos] *adj* (*personne*) gordo(-a); (*paquet, problème, fortune*) gran, grande; (*travaux, dégâts*) importante; (*commerçant*) acaudalado(-a); (*orage, bruit*) fuerte; (*trait, fil*) grueso(-a) ♦ *adv*: **risquer/gagner ~** arriesgar/ganar mucho ♦ *nm* (*COMM*): **le ~** el por mayor; **en ~** en líneas generales; **prix de/vente en ~** precio/venta al por mayor; **par ~ temps** con temporal; **par ~se mer** con mar gruesa; **le ~ de** (*troupe, fortune*) el grueso de; **~ lot** premio gordo; **~ mot** palabrota; **~ œuvre** (*CONSTR*) obra bruta; **~ plan** (*PHOTO*) primer plano; **~se caisse** (*MUS*) bombo; **~ sel** sal *f* gorda; **~ titre** (*PRESSE*) titular *m*
groseille [gʀozɛj] *nf* grosella; **~ à maquereau** grosella espinosa
grosse [gʀos] *adj voir* **gros**; **grossesse** *nf* embarazo; **grosseur** *nf* (*d'une personne*) gordura; (*d'un paquet*) tamaño; (*d'un trait*) grosor *m*; (*tumeur*) bulto
grossier, -ière [gʀosje, jɛʀ] *adj* (*vulgaire*) grosero(-a); (*travail, finition*) tosco(-a); (*erreur*) burdo(-a), craso(-a); **grossièrement** *adv* groseramente; toscamente; (*en gros, à peu près*) aproximadamente; **il s'est grossièrement trompé** ha cometido un craso error
grossièreté [gʀosjɛʀte] *nf* grosería
grossir [gʀosiʀ] *vi* engordar; (*fig*) aumentar; (*rivière, eaux*) crecer ♦ *vt* (*suj*: *vêtement*): **~ qn** hacer gordo a algn; (*nombre, importance*) aumentar; (*histoire, erreur*) exagerar
grossiste [gʀosist] *nm/f* (*COMM*) mayorista *m/f*
grotesque [gʀɔtɛsk] *adj* grotesco(-a)
grotte [gʀɔt] *nf* gruta
groupe [gʀup] *nm* grupo; **~ électrogène** grupo electrógeno; **~ sanguin/scolaire** grupo sanguíneo/escolar; **grouper** *vt* agrupar; **se grouper** *vpr* agruparse
grue [gʀy] *nf* grúa; (*ZOOL*) grulla
guépard [gepaʀ] *nm* guepardo
guêpe [gɛp] *nf* avispa
guère [gɛʀ] *adv* (*avec adjectif, adverbe*): **ne ... ~** poco; (*avec verbe*) poco, apenas; **tu n'es ~ raisonnable** eres poco razonable; **il ne la connaît ~** apenas la conoce; **il n'y a ~ de** apenas hay; **il n'y a ~ que toi qui puisse le faire** apenas hay otro que puede hacerlo más que tú
guérilla [gerija] *nf* guerrilla
guérillero [gerijero] *nm* guerrillero
guérir [geriʀ] *vt* curar ♦ *vi* (*personne, chagrin*) curarse; **guérison** *nf* curación *f*; **guérisseur, -euse** *nm/f* curandero(-a)
guerre [gɛʀ] *nf* guerra; **~ atomique/de tranchées/d'usure** guerra atómica/de trincheras/de desgaste; **en ~** en guerra; **faire la ~ à** hacer la guerra a; **guerrier, -ière** *adj, nm/f* guerrero(-a)
guet [gɛ] *nm*: **faire le ~** estar al acecho
guet-apens [gɛtapɑ̃] *nm inv* emboscada; **guetter** *vt* (*pour épier, surprendre*) acechar; (*attendre*) aguardar
gueule [gœl] *nf* (*d'animal*) hocico; (*fam*: *visage*) jeta; **ta ~!** (*fam*) ¡cierra el pico!; **~ de bois** (*fam*) resaca; **gueuler** (*fam*) *vi* chillar
gui [gi] *nm* muérdago
guichet [giʃɛ] *nm* (*d'un bureau, d'une banque*) ventanilla
guide [gid] *nm* guía *m*; (*livre*) guía *f*; **guider** *vt* guiar
guidon [gidɔ̃] *nm* manillar *m*
guillemets [gijmɛ] *nmpl*: **entre ~** entre comillas

guindé, e [gɛ̃de] *adj* estirado(-a)
guirlande [giʀlɑ̃d] *nf* guirnalda
guise [giz] *nf*: **à votre ~** como guste; **en ~ de** (*en manière de, comme*) a guisa de; (*à la place de*) en lugar de
guitare [gitaʀ] *nf* guitarra
gymnase [ʒimnɑz] *nm* gimnasio; **gymnaste** *nm/f* gimnasta *m/f*; **gymnastique** *nf* gimnasia
gynécologie [ʒinekɔlɔʒi] *nf* ginecología; **gynécologique** *adj* ginecológico(-a); **gynécologue** *nm/f* ginecólogo(-a)

H, h

habile [abil] *adj* hábil
habileté [abilte] *nf* habilidad *f*
habillé, e [abije] *adj* vestido(-a); (*robe, costume*) elegante
habiller [abije] *vt* vestir; **s'~** *vpr* vestirse; (*mettre des vêtements chic*) vestir bien, ir bien vestido(-a)
habit [abi] *nm* traje *m*; **~s** *nmpl* (*vêtements*) ropa; **~ (de soirée)** traje de etiqueta
habitant, e [abitɑ̃, ɑ̃t] *nm/f* habitante *m/f*; (*d'une maison*) ocupante *m/f*; (*d'un immeuble*) vecino(-a)
habitation [abitasjɔ̃] *nf* (*fait de résider*) habitación *f*; **~s à loyer modéré** *viviendas oficiales de bajo alquiler*
habiter [abite] *vt* vivir en; (*suj*: *sentiment, envie*) anidar ♦ *vi*: **~ à** *ou* **dans** vivir en
habitude [abityd] *nf* costumbre *f*; **avoir l'~ de faire/qch** tener la costumbre de hacer/algo; **d'~** normalmente; **comme d'~** como de costumbre
habitué, e [abitɥe] *adj*: **être ~ à** estar acostumbrado(-a) a ♦ *nm/f* (*d'une maison*) amigo(-a); (*client*: *d'un café etc*) parroquiano(-a)
habituel, le [abitɥɛl] *adj* habitual
habituer [abitɥe] *vt*: **~ qn à qch/faire** acostumbrar a algn a algo/hacer; **s'~ à** acostumbrarse a
ˈ**hache** [ˈaʃ] *nf* hacha
ˈ**hacher** [ˈaʃe] *vt* (*viande, persil*) picar; (*entrecouper*) cortar; ˈ**hachis** *nm* picadillo
ˈ**haie** [ˈɛ] *nf* seto; (*SPORT*) valla
ˈ**haillons** [ˈɑjɔ̃] *nmpl* harapos *mpl*, andrajos *mpl*
ˈ**haine** [ˈɛn] *nf* odio
ˈ**haïr** [ˈaiʀ] *vt* odiar
ˈ**hâlé, e** [ˈɑle] *adj* bronceado(-a)
haleine [alɛn] *nf* aliento; **hors d'~** sin aliento; **tenir en ~** tener en vilo
ˈ**haleter** [ˈalte] *vi* jadear
ˈ**hall** [ˈol] *nm* vestíbulo
ˈ**halle** [ˈal] *nf* mercado; **~s** *nfpl* (*marché principal*) mercado central
hallucination [alysinasjɔ̃] *nf* alucinación *f*
ˈ**halte** [ˈalt] *nf* alto; (*excl*) ¡alto!; **faire ~** hacer un alto, pararse
haltère [altɛʀ] *nm* pesa; **~s** *nmpl* (*activité*): **faire des ~s** hacer pesas; **haltérophilie** *nf* halterofilia
ˈ**hamac** [ˈamak] *nm* hamaca
ˈ**hameau, x** [ˈamo] *nm* aldea
hameçon [amsɔ̃] *nm* anzuelo
ˈ**hanche** [ˈɑ̃ʃ] *nf* cadera
ˈ**handball** [ˈɑ̃dbal] (*pl* **~s**) *nm* balonmano
ˈ**handicapé, e** [ˈɑ̃dikape] *adj, nm/f* disminuido(-a); **~ mental** disminuido(-a) psíquico; **~ moteur** paralítico(-a); **~ physique** minusválido(-a) *ou* disminuido(-a) físico(-a)
hangar [ˈɑ̃gaʀ] *nm* cobertizo, galpón *m* (*CSUR*); (*AVIAT*) hangar *m*
ˈ**hanneton** [ˈantɔ̃] *nm* abejorro
ˈ**hanter** [ˈɑ̃te] *vt* (*suj*: *fantôme*) aparecer en
ˈ**hantise** [ˈɑ̃tiz] *nf* obsesión *f*
ˈ**haras** [ˈaʀɑ] *nm* acaballadero
ˈ**harceler** [ˈaʀsəle] *vt* (*MIL*) hostigar; (*CHASSE, fig*) acosar
ˈ**hardi, e** [ˈaʀdi] *adj* audaz
ˈ**hareng** [ˈaʀɑ̃] *nm* arenque *m*
ˈ**hargne** [ˈaʀɲ] *nf* saña; ˈ**hargneux, -euse** *adj* arisco(-a), hosco(-a); (*critiques*) acerbo(-a)
ˈ**haricot** [ˈaʀiko] *nm* (*BOT*) judía; **~ blanc/rouge** alubia blanca/pinta; **~ vert** judía verde
harmonica [aʀmɔnika] *nm* armónica

harmonie [aʀmɔni] *nf* armonía; **harmonieux, -euse** *adj* armonioso(-a)

'**harpe** ['aʀp] *nf* arpa

'**hasard** ['azaʀ] *nm* azar *m*; **un ~** una casualidad; **au ~** al azar; (*à l'aveuglette*) a ciegas; **par ~** por casualidad; **à tout ~** por si acaso

'**hâte** ['ɑt] *nf* prisa; **à la ~** de prisa; **en ~** rápidamente; **avoir ~ de** tener prisa por; '**hâter** *vt* apresurar; **se hâter** *vpr* apresurarse; '**hâtif, -ive** *adj* precipitado(-a); (*fruit, légume*) temprano(-a)

'**hausse** ['os] *nf* alza; (*température*) en aumento; '**hausser** *vt* subir; '**hausser les épaules** encogerse de hombros

'**haut, e** ['o, 'ot] *adj* alto(-a); (*température, pression*) elevado(-a), alto(-a) ♦ *adv*: **être/monter/lever ~** estar/subir/levantar en alto ♦ *nm* alto; **de 3 m de ~** de 3 m de alto *ou* altura; **des ~s et des bas** altibajos *mpl*; **en ~ lieu** en las altas esferas; **à ~e voix, tout ~** en voz alta; **du ~ de** desde lo alto de; **de ~ en bas** (*regarder*) de arriba abajo; **plus ~** más alto; (*dans un texte*) más arriba; **en ~** arriba; **en ~ de** (*être situé*) por encima de; **"~ les mains!"** "¡arriba las manos!"; **~e fidélité** (*ÉLEC*) alta fidelidad *f*

'**hautain, e** ['otɛ̃, ɛn] *adj* altanero(-a)

'**hautbois** ['obwɑ] *nm* oboe *m*

'**hauteur** ['otœʀ] *nf* altura; (*noblesse*) grandeza; **à la ~ de** al nivel de; **à la ~** (*fig*) a la altura

'**haut-parleur** ['opaʀlœʀ] (*pl* **~-~s**) *nm* altavoz *m*

hebdomadaire [ɛbdɔmadɛʀ] *adj* semanal

hébergement [ebɛʀʒəmɑ̃] *nm* alojamiento, hospedaje *m*

héberger [ebɛʀʒe] *vt* alojar, hospedar; (*réfugiés*) alojar

hébreu, x [ebʀø] *adj* hebreo(-a)

hectare [ɛktaʀ] *nm* hectárea

'**hein** ['ɛ̃] *excl* (*comment?*) ¿eh?; **tu m'approuves, ~?** ¿estás de acuerdo, eh?

'**hélas** ['elɑs] *excl* ¡ay! ♦ *adv* desgraciadamente

'**héler** ['ele] *vt* llamar

hélice [elis] *nf* hélice *f*

hélicoptère [elikɔptɛʀ] *nm* helicóptero

helvétique [ɛlvetik] *adj* helvético(-a)

hématome [ematom] *nm* hematoma *m*

hémisphère [emisfɛʀ] *nm*: **~ nord/sud** hemisferio norte/sur

hémorragie [emɔʀaʒi] *nf* hemorragia

hémorroïdes [emɔʀɔid] *nfpl* almorranas *fpl*, hemorroides *fpl*

'**hennir** ['eniʀ] *vi* relinchar

hépatite [epatit] *nf* hepatitis *f*

herbe [ɛʀb] *nf* hierba; **en ~** en cierne; **herbicide** *nm* herbicida *m*; **herboriste** *nm/f* herbolario(-a)

héréditaire [eʀeditɛʀ] *adj* hereditario(-a)

'**hérisson** [eʀisɔ̃] *nm* erizo

héritage [eʀitaʒ] *nm* herencia

hériter [eʀite] *vi*: **~ qch (de qn)** heredar algo (de algn) ♦ *vt*: **il a hérité 2 millions de son oncle** heredó 2 millones de su tío

héritier, -ière [eʀitje, jɛʀ] *nm/f* heredero(-a)

hermétique [ɛʀmetik] *adj* hermético(-a); (*étanche*) impermeable

hermine [ɛʀmin] *nf* armiño

'**hernie** ['ɛʀni] *nf* hernia

héroïne [eʀɔin] *nf* heroína

héroïque [eʀɔik] *adj* heroico(-a)

'**héron** ['eʀɔ̃] *nm* garza

'**héros** ['eʀo] *nm* héroe *m*

hésitant, e [ezitɑ̃, ɑ̃t] *adj* vacilante, indeciso(-a)

hésitation [ezitasjɔ̃] *nf* indecisión *f*, vacilación *f*

hésiter [ezite] *vi*: **~ (à faire)** vacilar *ou* dudar (en hacer)

hétérosexuel, le [eteʀɔsɛksɥɛl] *adj* heterosexual

'**hêtre** ['ɛtʀ] *nm* haya

heure [œʀ] *nf* hora; (*SCOL*) clase *f*; **c'est l'~** es la hora; **quelle ~ est-il?** ¿qué hora es?; **2 ~s (du matin)** las 2 (de la mañana); **être à l'~** ser puntual; (*montre*) estar en hora;

mettre à l'~ poner en hora; **à toute ~** a todas horas; **24 ~s sur 24** 24 horas al día; **à l'~ qu'il est** a esta hora; **sur l'~** inmediatamente; **d'~ en ~** cada hora; **de bonne ~** de madrugada; **~ de pointe** hora punta; **~s supplémentaires/de bureau** horas *fpl* extraordinarias/de oficina

heureusement [œʀøzmɑ̃] *adv* afortunadamente

heureux, -euse [œʀø, øz] *adj* feliz; (*caractère*) optimista

'**heurt** ['œʀ] *nm* choque *m*; **~s** *nmpl* (*fig*: *bagarre*) choques *mpl*

'**heurter** ['œʀte] *vt* (*mur, porte*) chocar con *ou* contra; (*personne*) tropezar con; (*fig*: *personne, sentiment*) chocar (con); **se ~ à** (*fig*) enfrentarse a

hexagone [ɛgzagɔn] *nm* hexágono; (*la France*) Francia

hiberner [ibɛʀne] *vi* hibernar

'**hibou, x** ['ibu] *nm* búho

'**hideux, -euse** ['idø, øz] *adj* horrendo(-a)

hier [jɛʀ] *adv* ayer; **~ matin/soir/midi** ayer por la mañana/por la tarde/al mediodía; **toute la journée/la matinée d'~** todo el día/toda la mañana de ayer

'**hiérarchie** ['jeʀaʀʃi] *nf* jerarquía

hindou, e [ɛ̃du] *adj* hindú ♦ *nm/f*: **H~, e** hindú *m/f*

hippique [ipik] *adj* hípico(-a); **hippisme** *nm* hipismo

hippodrome [ipɔdʀom] *nm* hipódromo

hippopotame [ipɔpɔtam] *nm* hipopótamo

hirondelle [iʀɔ̃dɛl] *nf* golondrina

'**hisser** ['ise] *vt* izar

histoire [istwaʀ] *nf* historia; (*chichis*: *gén pl*) lío; **~s** *nfpl* (*ennuis*) problemas *mpl*; **historique** *adj* histórico(-a)

hiver [ivɛʀ] *nm* invierno

hivernal, e, -aux [ivɛʀnal, o] *adj* invernal; **hiverner** *vi* invernar

HLM ['aʃɛlɛm] *sigle m ou f* (= *habitations à loyer modéré*) *viviendas oficiales de bajo alquiler*

'**hobby** ['ɔbi] *nm* hobby *m*

'**hocher** ['ɔʃe] *vt*: **~ la tête** cabecear; (*signe négatif ou dubitatif*) menear la cabeza

'**hockey** ['ɔkɛ] *nm*: **~ (sur glace/gazon)** hockey *m* (sobre hielo/hierba)

'**hold-up** ['ɔldœp] *nm inv* atraco a mano armada

'**hollandais, e** ['ɔlɑ̃dɛ, ɛz] *adj* holandés(-esa) ♦ *nm* (LING) holandés *msg* ♦ *nm/f*: **H~, e** holandés(-esa); **les H~** los holandeses

'**Hollande** ['ɔlɑ̃d] *nf* Holanda

'**homard** ['ɔmaʀ] *nm* bogavante *m*

homéopathique [ɔmeɔpatik] *adj* homeopático(-a)

homicide [ɔmisid] *nm* homicidio; **~ involontaire** homicidio involuntario

hommage [ɔmaʒ] *nm* homenaje *m*; **rendre ~ à** rendir homenaje a

homme [ɔm] *nm* hombre *m*; (*individu de sexe masculin*) hombre, varón *m*; **l'~ de la rue** el hombre de la calle; **~ d'affaires** hombre de negocios; **~ d'État** estadista *m*

homo...: homogène *adj* homogéneo(-a); **homologue** *nm/f* homólogo(-a); **homologué, e** *adj* homologado(-a); **homonyme** *nm* (LING) homónimo; (*d'une personne*) tocayo(-a); **homosexuel, le** *adj* homosexual

'**Hongrie** ['ɔ̃gʀi] *nf* Hungría; '**hongrois, e** *adj* húngaro(-a) ♦ *nm* (LING) húngaro ♦ *nm/f*: **Hongrois, e** húngaro(-a)

honnête [ɔnɛt] *adj* (*intègre*) honrado(-a), honesto(-a); (*juste, satisfaisant*) justo(-a), razonable; **honnêtement** *adv* honestamente; (*équitablement*) justamente; **honnêteté** *nf* honestidad *f*

honneur [ɔnœʀ] *nm* honor *m*; (*mérite*) **"j'ai l'~ de ..."** "tengo el honor de ..."; **en l'~ de** (*personne*) en honor de; (*événement*) en celebración de; **faire ~ à** (*engagements*) cumplir con; (*famille, professeur*) hacer honor a; (*repas*) hacer los honores a

honorable [ɔnɔʀabl] *adj* honorable;

(*suffisant*) satisfactorio(-a)
honoraire [ɔnɔʀɛʀ] *adj* honorario(-a); **~s** *nmpl* honorarios *mpl*
honorer [ɔnɔʀe] *vt* honrar; (*estimer*) respetar; (*COMM*: *chèque, dette*) pagar
'**honte** ['ɔ̃t] *nf* vergüenza; **avoir ~ de** tener vergüenza de; **faire ~ à qn** avergonzar a algn; '**honteux, -euse** *adj* avergonzado(-a); (*conduite, acte*) vergonzoso(-a)
hôpital, -aux [ɔpital, o] *nm* hospital *m*
'**hoquet** ['ɔkɛ] *nm* hipo; **avoir le ~** tener hipo
horaire [ɔʀɛʀ] *adj* por hora ♦ *nm* horario; **~s** *nmpl* (*conditions, heures de travail*) horario *msg*; **~ souple** *ou* **flexible** horario flexible
horizon [ɔʀizɔ̃] *nm* horizonte *m*; (*paysage*) panorama *m*
horizontal, e, -aux [ɔʀizɔ̃tal, o] *adj* horizontal
horloge [ɔʀlɔʒ] *nf* reloj *m*; **horloger, -ère** *nm/f* relojero(-a)
'**hormis** ['ɔʀmi] *prép* excepto
horoscope [ɔʀɔskɔp] *nm* horóscopo
horreur [ɔʀœʀ] *nf* horror *m*; **avoir ~ de qch** sentir horror por algo; **horrible** *adj* horrible, horrendo(-a); (*laid*) horroroso(-a); **horrifier** *vt* horrorizar
'**hors** ['ɔʀ] *prép* salvo; **~ de** fuera de; **~ de propos** fuera de lugar; **être ~ de soi** estar fuera de sí; **~ pair** fuera de serie; **~ service/d'usage** fuera de servicio/de uso; '**hors-bord** *nm inv* fuera borda *m inv*; '**hors-d'œuvre** *nm inv* entremés *m*; '**hors-la-loi** *nm inv* forajido; '**hors-taxe** *adj* libre de impuestos
hortensia [ɔʀtɑ̃sja] *nm* hortensia
hospice [ɔspis] *nm* (*de vieillards*) asilo
hospitalier, -ière [ɔspitalje, jɛʀ] *adj* hospitalario(-a)
hospitaliser [ɔspitalize] *vt* hospitalizar
hospitalité [ɔspitalite] *nf* hospitalidad *f*
hostie [ɔsti] *nf* (*REL*) hostia
hostile [ɔstil] *adj* hostil; **~ à** contrario(-a) a; **hostilité** *nf* hostilidad *f*; **hostilités** *nfpl* (*MIL*) hostilidades *fpl*
hôte [ot] *nm* (*maître de maison*) anfitrión *m* ♦ *nm/f* (*invité*) huésped *m/f*; **~ payant** huésped de pago
hôtel [otɛl] *nm* hotel *m*; **aller à l'~** ir a un hotel; **~ de ville** ayuntamiento; **~ (particulier)** palacete *m*; **hôtellerie** *nf* (*profession*) hostelería
hôtesse [otɛs] *nf* (*maîtresse de maison*) anfitriona; (*dans une agence, une foire*) azafata, recepcionista; **~ (de l'air)** azafata (de aviación), aeromoza (*AM*); **~ (d'accueil)** azafata (de recepción)
'**houblon** ['ublɔ̃] *nm* lúpulo
'**houille** ['uj] *nf* hulla; **~ blanche** hulla blanca
'**houle** ['ul] *nf* marejada; '**houleux, -euse** *adj* (*mer*) encrespado(-a); (*discussion*) agitado(-a)
'**hourra** ['uʀa] *nm* hurra *m* ♦ *excl* ¡hurra!
'**housse** ['us] *nf* funda
'**houx** ['u] *nm* acebo
'**hublot** ['yblo] *nm* portilla
'**huche** ['yʃ] *nf*: **~ à pain** artesa
'**huer** ['ɥe] *vt* abuchear
huile [ɥil] *nf* aceite *m*; (*ART*) óleo; (*fam*) pez *m* gordo
huissier [ɥisje] *nm* ordenanza *m*; (*JUR*) ujier *m*
'**huit** ['ɥi(t)] *adj inv, nm inv* ocho *m inv*; **samedi en ~** el sábado en ocho días; *voir aussi* **cinq**; '**huitaine** *nf*: **une huitaine de** unos ocho; '**huitième** *adj, nm/f* octavo(-a) ♦ *nm* (*partitif*) octavo; *voir aussi* **cinquième**
huître [ɥitʀ] *nf* ostra
humain, e [ymɛ̃, ɛn] *adj* humano(-a) ♦ *nm* humano; **humanitaire** *adj* humanitario(-a); **humanité** *nf* humanidad *f*
humble [œ̃bl] *adj* humilde
'**humer** ['yme] *vt* aspirar, oler
humeur [ymœʀ] *nf* (*momentanée*) humor *m*; (*tempérament*) carácter *m*; (*irritation*) mal humor; **de bonne/mauvaise ~** de buen/mal humor
humide [ymid] *adj* húmedo(-a)

humilier [ymilje] *vt* humillar
humilité [ymilite] *nf* humildad *f*
humoristique [ymɔʀistik] *adj* humorístico(-a)
humour [ymuʀ] *nm* humor *m*; **avoir de l'~** tener sentido del humor; **~ noir** humor negro
'**huppé, e** ['ype] (*fam*) *adj* encopetado(-a)
'**hurlement** ['yʀləmɑ̃] *nm* aullido, alarido
'**hurler** ['yʀle] *vi* (*animal*) aullar; (*personne*) dar alaridos
'**hutte** ['yt] *nf* choza
hydratant, e [idʀatɑ̃, ɑ̃t] *adj* hidratante
hydraulique [idʀolik] *adj* hidráulico(-a)
hydravion [idʀavjɔ̃] *nm* hidroavión *m*
hydrogène [idʀɔʒɛn] *nm* hidrógeno
hydroglisseur [idʀɔglisœʀ] *nm* hidroplano
hyène [jɛn] *nf* hiena
hygiénique [iʒenik] *adj* higiénico(-a)
hymne [imn] *nm* himno
hypermarché [ipɛʀmaʀʃe] *nm* hipermercado
hypermétrope [ipɛʀmetʀɔp] *adj* hipermétrope
hypertension [ipɛʀtɑ̃sjɔ̃] *nf* hipertensión *f*
hypnose [ipnoz] *nf* hipnosis *fsg*; **hypnotiser** *vt* hipnotizar
hypocrisie [ipɔkʀizi] *nf* hipocresía; **hypocrite** *adj, nm/f* hipócrita *m/f*
hypothèque [ipɔtɛk] *nf* hipoteca
hypothèse [ipɔtɛz] *nf* hipótesis *f inv*
hystérique [isteʀik] *adj* histérico(-a)

I, i

iceberg [ajsbɛʀg] *nm* iceberg *m*
ici [isi] *adv* aquí; **jusqu'~** hasta aquí; (*temporel*) hasta ahora; **d'~ là** para entonces; (*en attendant*) mientras tanto; **d'~ peu** dentro de poco
idéal, e, -aux [ideal, o] *adj* ideal ♦ *nm* (*modèle, type parfait*) ideal *m*; **idéaliste** *adj, nm/f* idealista *m/f*
idée [ide] *nf* idea; **~s noires** pensamientos *mpl* negros; **~s reçues** ideas preconcebidas
identifier [idɑ̃tifje] *vt* identificar; **s'~ avec** *ou* **à qch/qn** identificarse con algo/algn
identique [idɑ̃tik] *adj* idéntico(-a); **~ à** idéntico a
identité [idɑ̃tite] *nf* (*d'une personne*) identidad *f*
idiot, e [idjo, idjɔt] *adj* (*péj: personne*) idiota, estúpido(-a); (*film, réflexion*) estúpido(-a) ♦ *nm/f* idiota *m/f*
idole [idɔl] *nf* (*aussi fig*) ídolo
if [if] *nm* (BOT) tejo
ignoble [iɲɔbl] *adj* (*individu, procédé*) ruin, innoble
ignorant, e [iɲɔʀɑ̃, ɑ̃t] *adj, nm/f* ignorante *m/f*
ignorer [iɲɔʀe] *vt* (*loi, faits*) ignorar; (*personne, demande*) no hacer caso a, ignorar a; (*être sans expérience de: plaisir, guerre*) desconocer
il [il] *pron* él; **~s** ellos; **~ fait froid** hace frío; **~ est midi** es mediodía; **Pierre est-~ arrivé?** ¿ha llegado Pedro?; *voir aussi* **avoir**
île [il] *nf* isla
illégal, e, -aux [i(l)legal, o] *adj* ilegal
illimité, e [i(l)limite] *adj* ilimitado(-a); (*confiance*) infinito(-a)
illisible [i(l)lizibl] *adj* (*indéchiffrable*) ilegible
illogique [i(l)lɔʒik] *adj* ilógico(-a)
illuminer [i(l)lymine] *vt* iluminar
illusion [i(l)lyzjɔ̃] *nf* ilusión *f*; **se faire des ~s** hacerse ilusiones; **faire ~** dar el pego
illustration [i(l)lystʀasjɔ̃] *nf* ilustración *f*
illustré, e [i(l)lystʀe] *adj* ilustrado(-a) ♦ *nm* (*périodique*) revista ilustrada; (*pour enfants*) tebeo
illustrer [i(l)lystʀe] *vt* ilustrar
ils [il] *pron voir* **il**
image [imaʒ] *nf* imagen *f*; **~ de marque** (*d'un produit*) imagen de marca; (*d'une personne, d'une entreprise*) reputación *f*; **imagé, e** *adj* rico(-a) en imágenes
imaginaire [imaʒinɛʀ] *adj*

imaginario(-a)
imagination [imaʒinasjɔ̃] *nf* imaginación *f*
imaginer [imaʒine] *vt* imaginar; (*inventer*) idear; **s'~** *vpr* (*scène*) imaginarse; **~ que** suponer que; **j'imagine qu'il a voulu plaisanter** me figuro que habrá querido bromear; **s'~ que** imaginarse que; **s'~ à 60 ans/en vacances** imaginarse a los 60 años/en vacaciones; **il s'imagine pouvoir faire ...** se imagina que va a poder hacer ...; **ne t'imagine pas que** no te imagines que
imbécile [ɛ̃besil] *adj, nm/f* imbécil *m/f*
imbu, e [ɛ̃by] *adj*: **~ de** imbuido(-a) de
imitateur, -trice [imitatœʀ, tʀis] *nm/f* imitador(a)
imitation [imitasjɔ̃] *nf* imitación *f*
imiter [imite] *vt* imitar; (*ressembler à*) imitar a
immangeable [ɛ̃mɑ̃ʒabl] *adj* incomible
immatriculation [imatʀikylasjɔ̃] *nf* (*Auto*) matrícula; (*á l'université*) inscripción *f*
immatriculer [imatʀikyle] *vt* matricular; **se faire ~** matricularse, inscribirse
immédiat, e [imedja, jat] *adj* inmediato(-a) ♦ *nm*: **dans l'~** por ahora; **immédiatement** *adv* inmediatamente
immense [i(m)mɑ̃s] *adj* inmenso(-a); (*succès, influence, avantage*) enorme
immerger [imɛʀʒe] *vt* sumergir; **s'~** *vpr* (*sous-marin*) sumergirse
immeuble [imœbl] *nm* (*bâtiment*) edificio; **~ locatif** edificio de alquiler
immigration [imigʀasjɔ̃] *nf* inmigración *f*
immigré, e [imigʀe] *nm/f* inmigrado(-a)
imminent, e [iminɑ̃, ɑ̃t] *adj* inminente
immobile [i(m)mɔbil] *adj* inmóvil
immobilier, -ière [imɔbilje, jɛʀ] *adj* inmobiliario(-a) ♦ *nm*: **l'~** (COMM) el sector inmobiliario
immobiliser [imɔbilize] *vt* inmovilizar; (*file, circulation*) detener; **s'~** *vpr* (*personne*) inmovilizarse; (*machine, véhicule*) pararse
immoral, e, -aux [i(m)mɔʀal, o] *adj* inmoral
immortel, -elle [imɔʀtɛl] *adj* inmortal
immunisé, e [im(m)ynize] *adj*: **~ contre** inmunizado(-a) contra
immunité [imynite] *nf* inmunidad *f*
impact [ɛ̃pakt] *nm* impacto
impair, e [ɛ̃pɛʀ] *adj* impar ♦ *nm* (*gaffe*) torpeza
impardonnable [ɛ̃paʀdɔnabl] *adj* imperdonable
imparfait, e [ɛ̃paʀfɛ, ɛt] *adj* (*guérison, connaissance*) incompleto(-a); (*imitation*) deficiente ♦ *nm* (LING) (pretérito) imperfecto
impartial, e, -aux [ɛ̃paʀsjal, jo] *adj* imparcial
impasse [ɛ̃pɑs] *nf* callejón *m* sin salida
impassible [ɛ̃pasibl] *adj* impasible
impatience [ɛ̃pasjɑ̃s] *nf* impaciencia
impatient, e [ɛ̃pasjɑ̃, jɑ̃t] *adj* impaciente; **~ de faire qch** impaciente por hacer algo; **impatienter: s'~** *vpr* impacientarse
impeccable [ɛ̃pekabl] *adj* impecable; (*employé*) impecable, intachable; (*fam: formidable*) fenomenal
impensable [ɛ̃pɑ̃sabl] *adj* (*inconcevable*) impensable
imper [ɛ̃pɛʀ] *nm* = **imperméable**
impératif, -ive [ɛ̃peʀatif, iv] *adj* imperioso(-a) ♦ *nm* (LING): **l'~** el imperativo
impératrice [ɛ̃peʀatʀis] *nf* emperatriz *f*
imperceptible [ɛ̃pɛʀsɛptibl] *adj* imperceptible
impérial, e, -iaux [ɛ̃peʀjal, jo] *adj* imperial
impérieux, -ieuse [ɛ̃peʀjø, jøz] *adj* (*air, ton*) imperioso(-a); (*pressant*) imperioso(-a), urgente
impérissable [ɛ̃peʀisabl] *adj* imperecedero(-a)
imperméable [ɛ̃pɛʀmeabl] *adj* impermeable ♦ *nm* impermeable *m*
impertinent, e [ɛ̃pɛʀtinɑ̃, ɑ̃t] *adj*

impertinente
impitoyable [ɛ̃pitwajabl] *adj* despiadado(-a)
implanter [ɛ̃plɑ̃te] *vt* (*usine*) instalar; (*MÉD, usage, mode*) implantar; (*idée*) inculcar
impliquer [ɛ̃plike] *vt*: **~ qn (dans)** implicar a algn (en); (*supposer, entraîner*) implicar, suponer
impoli, e [ɛ̃pɔli] *adj* descortés
impopulaire [ɛ̃pɔpylɛʀ] *adj* impopular
importance [ɛ̃pɔʀtɑ̃s] *nf* importancia; **sans ~** sin importancia; **quelle ~?** ¿qué más da?; **d'~** de importancia
important, e [ɛ̃pɔʀtɑ̃, ɑ̃t] *adj* importante; (*péj*: *airs, ton*) de importancia ♦ *nm*: **l'~ (est de/ est que)** lo importante (es/es que)
importateur, -trice [ɛ̃pɔʀtatœʀ, tʀis] *adj, nm/f* importador(a)
importation [ɛ̃pɔʀtasjɔ̃] *nf* (*de marchandises, fig*) importación *f*
importer [ɛ̃pɔʀte] *vt* (*COMM*) importar; (*maladies, plantes*) importar, introducir ♦ *vi* (*être important*) importar; **peu m'importe** (*je n'ai pas de préférence*) ¡me da igual!; (*je m'en moque*) ¡a mí qué me importa!; **peu importe!** ¡qué importa!
importun, e [ɛ̃pɔʀtœ̃, yn] *adj* (*curiosité, présence*) importuno(-a); (*visite, personne*) inoportuno(-a) ♦ *nm/f* inoportuno(-a); **importuner** *vt* importunar; (*suj*: *insecte, bruit*) molestar
imposant, e [ɛ̃pozɑ̃, ɑ̃t] *adj* imponente
imposer [ɛ̃poze] *vt* (*taxer*) gravar; (*faire accepter par force*) imponer; **s'~** *vpr* imponerse; (*montrer sa prééminence*) destacar; (*être importun*) molestar; **~ qch à qn** imponer algo a algn; **en ~ à qn** impresionar a algn
impossible [ɛ̃pɔsibl] *adj* (*irréalisable, improbable*) imposible; (*enfant*) insoportable, inaguantable; (*absurde, extravagant*) increíble; **il m'est ~ de le faire** me resulta imposible hacerlo; **faire l'~** hacer lo imposible
imposteur [ɛ̃pɔstœʀ] *nm* impostor(a)
impôt [ɛ̃po] *nm* (*taxe*) impuesto; **~s** *nmpl* (*contributions*) impuestos *mpl*; **~ direct/foncier/indirect** impuesto directo/sobre la propiedad/ indirecto; **~s locaux** impuestos municipales; **~ le revenu** impuesto sobre el capital/la renta
impotent, e [ɛ̃pɔtɑ̃, ɑ̃t] *adj* (*personne*) impedido(-a), inválido(-a)
impraticable [ɛ̃pʀatikabl] *adj* (*projet, idée*) impracticable; (*piste, chemin, sentier*) intransitable, impracticable
imprécis, e [ɛ̃pʀesi, iz] *adj* (*contours, renseignement*) impreciso(-a); (*souvenir*) impreciso(-a), borroso(-a)
imprégner [ɛ̃pʀeɲe] *vpr*: **s'~ de** impregnarse de
imprenable [ɛ̃pʀənabl] *adj* (*forteresse, citadelle*) inexpugnable; **vue ~** vista panorámica asegurada
impression [ɛ̃pʀesjɔ̃] *nf* (*sentiment, sensation*: *d'étouffement etc*) sensación *f*; (*PHOTO, d'un ouvrage*) impresión *f*; (*d'un tissu, papier peint*) imprimación *f*; **faire bonne/ mauvaise ~** causar buena/mala impresión; **faire/produire une vive ~** (*émotion*) causar/producir una viva impresión; **donner l'~ d'être ...** dar la impresión de ser ...; **impressionnant, e** *adj* impresionante; **impressionner** *vt* impresionar
imprévisible [ɛ̃pʀevizibl] *adj* imprevisible
imprévu, e [ɛ̃pʀevy] *adj* (*événement, succès*) imprevisto(-a); (*dépense, réaction, geste*) inesperado(-a) ♦ *nm*: **l'~** lo imprevisto; **en cas d'~** en caso de imprevisto
imprimante [ɛ̃pʀimɑ̃t] *nf* (*INFORM*) impresora
imprimé, e [ɛ̃pʀime] *adj* (*motif, tissu*) estampado(-a); (*livre, ouvrage*) impreso(-a) ♦ *nm* impreso; (*tissu*) estampado
imprimer [ɛ̃pʀime] *vt* imprimir; (*tissu*) estampar; **imprimerie** *nf* imprenta; (*technique*) tipografía; **imprimeur** *nm* impresor *m*

impropre [ɛ̃pʀɔpʀ] *adj* (*incorrect*) incorrecto(-a), impropio(-a); **~ à** (*suj*: *personne*) inepto(-a) para

improviser [ɛ̃pʀɔvize] *vt, vi* improvisar; **s'~** *vpr* improvisarse; **s'~ cuisinier** improvisarse como *ou* de cocinero

improviste [ɛ̃pʀɔvist]: **à l'~** *adv* de improviso

imprudence [ɛ̃pʀydɑ̃s] *nf* imprudencia

imprudent, e [ɛ̃pʀydɑ̃, ɑ̃t] *adj, nm/f* imprudente *m/f*

impuissant, e [ɛ̃pɥisɑ̃, ɑ̃t] *adj* impotente; (*effort*) inútil, vano(-a); **~ à faire qch** incapaz de hacer algo

impulsif, -ive [ɛ̃pylsif, iv] *adj* impulsivo(-a)

impulsion [ɛ̃pylsjɔ̃] *nf* impulso

inabordable [inabɔʀdabl] *adj* (*cher, exorbitant*) exorbitante

inacceptable [inaksɛptabl] *adj* inaceptable

inaccessible [inaksesibl] *adj* (*endroit*) inaccesible; (*obscur*) incomprensible; (*personne*) inaccesible, inabordable

inachevé, e [inaʃ(ə)ve] *adj* inacabado(-a)

inactif, -ive [inaktif, iv] *adj* inactivo(-a)

inadapté, e [inadapte] *adj, nm/f* inadaptado(-a)

inadéquat, e [inadekwa(t), kwat] *adj* inadecuado(-a)

inadmissible [inadmisibl] *adj* inadmisible

inadvertance [inadvɛʀtɑ̃s]: **par ~** *adv* por inadvertencia, por descuido

inanimé, e [inanime] *adj* inanimado(-a)

inanition [inanisjɔ̃] *nf*: **tomber/mourir d'~** caer/morir de inanición

inaperçu, e [inapɛʀsy] *adj*: **passer ~** pasar desapercibido(-a)

inapte [inapt] *adj*: **~ à qch/faire qch** incapaz para *ou* de algo/hacer algo

inattendu, e [inatɑ̃dy] *adj* inesperado(-a)

inattentif, -ive [inatɑ̃tif, iv] *adj* (*lecteur, élève*) desatento(-a); **~ à** (*dangers, détails matériels*) despreocupado(-a) de; **inattention** *nf*: **faute** *ou* **erreur d'inattention** despiste *m*; **une minute d'inattention** un momento de despiste

inauguration [inogyʀasjɔ̃] *nf* inauguración *f*, descubrimiento; **discours/cérémonie d'~** discurso/ceremonia de inauguración

inaugurer [inogyʀe] *vt* inaugurar; (*statue*) descubrir; (*politique*) inaugurar, estrenar

inavouable [inavwabl] *adj* inconfesable

incalculable [ɛ̃kalkylabl] *adj* incalculable

incapable [ɛ̃kapabl] *adj* incapaz; **~ de faire qch** incapaz de hacer algo

incapacité [ɛ̃kapasite] *nf* (*incompétence*) incapacidad *f*; **je suis dans l'~ de vous aider** (*impossibilité*) me resulta imposible ayudarle

incarcérer [ɛ̃kaʀseʀe] *vt* encarcelar

incassable [ɛ̃kɑsabl] *adj* irrompible

incendie [ɛ̃sɑ̃di] *nm* incendio; **~ criminel/de forêt** incendio doloso/forestal; **incendier** *vt* incendiar

incertain, e [ɛ̃sɛʀtɛ̃, ɛn] *adj* incierto(-a); (*éventuel, douteux*) inseguro(-a), incierto(-a); (*temps*) inestable; (*indécis, imprécis*) indefinido(-a); **incertitude** *nf* (*d'un résultat, d'un fait*) incertidumbre *f*; (*d'une personne*) indecisión *f*

incessamment [ɛ̃sesamɑ̃] *adv* inmediatamente

incident, e [ɛ̃sidɑ̃, ɑ̃t] *adj* (JUR: *accessoire*) incidental ♦ *nm* incidente *m*; **~ de parcours** (*fig*) pequeño contratiempo; **~ technique** dificultad *f* técnica

incinérer [ɛ̃sineʀe] *vt* incinerar

incisive [ɛ̃siziv] *nf* incisivo

inciter [ɛ̃site] *vt*: **~ qn à (faire) qch** incitar a algn a (hacer) algo

inclinable [ɛ̃klinabl] *adj* reclinable

inclination [ɛ̃klinasjɔ̃] *nf* inclinación *f*; **~ de (la) tête** inclinación de (la) cabeza

incliner [ɛ̃kline] *vt* inclinar ♦ *vi*: **~ à qch/à faire** tender a algo/a hacer; **s'~** *vpr* (*personne, toit*) inclinarse;

(*chemin, pente*) bajar, descender; **~ la tête** *ou* **le front** (*pour saluer*) inclinar la cabeza; **s'~ devant (qn/qch)** (*rendre hommage à*) inclinarse (ante algn/algo); **s'~ (devant qch)** (*céder*) ceder (ante algo)
inclure [ɛ̃klyʀ] *vt* incluir; (*joindre à un envoi*) adjuntar
incognito [ɛ̃kɔɲito] *adv* de incógnito ♦ *nm*: **garder l'~** mantener el incógnito
incohérent, e [ɛ̃kɔeʀɑ̃, ɑ̃t] *adj* incoherente
incollable [ɛ̃kɔlabl] *adj* (*riz*) que no se pega
incolore [ɛ̃kɔlɔʀ] *adj* incoloro(-a); (*style*) insulso(-a)
incommoder [ɛ̃kɔmɔde] *vt* incomodar
incomparable [ɛ̃kɔ̃paʀabl] *adj* (*inégalable*) incomparable
incompatible [ɛ̃kɔ̃patibl] *adj* incompatible
incompétent, e [ɛ̃kɔ̃petɑ̃, ɑ̃t] *adj* (*ignorant*): **~ (en)** incompetente (en); (*incapable*) incapaz
incomplet, -ète [ɛ̃kɔ̃plɛ, ɛt] *adj* incompleto(-a)
incompréhensible [ɛ̃kɔ̃pʀeɑ̃sibl] *adj* incomprensible
incompris, e [ɛ̃kɔ̃pʀi, iz] *adj* incomprendido(-a)
inconcevable [ɛ̃kɔ̃s(ə)vabl] *adj* inconcebible
inconfortable [ɛ̃kɔ̃fɔʀtabl] *adj* (*aussi fig*) incómodo(-a)
incongru, e [ɛ̃kɔ̃gʀy] *adj* (*attitude, remarque*) improcedente; (*visite*) intempestivo(-a), inoportuno(-a)
inconnu, e [ɛ̃kɔny] *adj* desconocido(-a); (*joie, sensation*) desconocido(-a), extraño(-a) ♦ *nm/f* desconocido(-a); (*étranger, tiers*) extraño(-a) ♦ *nm*: **l'~** lo desconocido; **inconnue** *nf* (MATH, *fig*) incógnita
inconsciemment [ɛ̃kɔ̃sjamɑ̃] *adv* inconscientemente
inconscient, e [ɛ̃kɔ̃sjɑ̃, jɑ̃t] *adj* inconsciente ♦ *nm* (PSYCH): **l'~** el inconsciente ♦ *nm/f* inconsciente *m/f*; **il est ~ de ...** (*conséquences*) no es consciente de ...
inconsidéré, e [ɛ̃kɔ̃sideʀe] *adj* desconsiderado(-a)
inconsistant, e [ɛ̃kɔ̃sistɑ̃, ɑ̃t] *adj* inconsistente; (*caractère, personne*) débil
inconsolable [ɛ̃kɔ̃sɔlabl] *adj* inconsolable
incontestable [ɛ̃kɔ̃tɛstabl] *adj* indiscutible
incontinent, e [ɛ̃kɔ̃tinɑ̃, ɑ̃t] *adj* (MÉD) incontinente
incontournable [ɛ̃kɔ̃tuʀnabl] *adj* inevitable
incontrôlable [ɛ̃kɔ̃tʀolabl] *adj* (*invérifiable*) no comprobable
inconvénient [ɛ̃kɔ̃venjɑ̃] *nm* inconveniente *m*, desventaja; (*d'un remède, changement*) inconveniente; **~s** inconvenientes *mpl*
incorporer [ɛ̃kɔʀpɔʀe] *vt* incorporar; **~ (à)** (*mélanger*) incorporar (a); **~ (dans)** (*insérer*) insertar (en)
incorrect, e [ɛ̃kɔʀɛkt] *adj* incorrecto(-a)
incorrigible [ɛ̃kɔʀiʒibl] *adj* incorregible
incrédule [ɛ̃kʀedyl] *adj* (*personne, moue*) incrédulo(-a), escéptico(-a)
incroyable [ɛ̃kʀwajabl] *adj* increíble
incruster [ɛ̃kʀyste] *vt*: **~ qch dans** (ART) incrustar algo en; **s'~** *vpr*: **s'~ dans** incrustarse en; (*invité*) instalarse en, aposentarse en
inculpé, e [ɛ̃kylpe] *nm/f* inculpado(-a), acusado(-a)
inculper [ɛ̃kylpe] *vt*: **~ (de)** inculpar (de), acusar (de)
inculquer [ɛ̃kylke] *vt*: **~ qch à qn** inculcar algo a *ou* en algn
Inde [ɛ̃d] *nf* India
indécent, e [ɛ̃desɑ̃, ɑ̃t] *adj* indecente, indecoroso(-a); (*inconvenant, déplacé*) desconsiderado(-a)
indéchiffrable [ɛ̃deʃifʀabl] *adj* (*aussi fig*) indescifrable; (*pensée, personnage*) inescrutable
indécis, e [ɛ̃desi, iz] *adj* (*paix, victoire*) dudoso(-a); (*temps*) dudoso(-a), inestable; (*personne*) indeciso(-a)

indéfendable [ɛ̃defɑ̃dabl] *adj* (*aussi fig*) indefendible
indéfini, e [ɛ̃defini] *adj* indefinido(-a); (*nombre*) ilimitado(-a); (*LING*: *article*) indeterminado(-a); **passé ~** perfecto; **indéfiniment** *adv* indefinidamente; **indéfinissable** *adj* indefinible
indélébile [ɛ̃delebil] *adj* indeleble
indélicat, e [ɛ̃delika, at] *adj* (*grossier*) falto(-a) de delicadeza; (*malhonnête*) deshonesto(-a)
indemne [ɛ̃dɛmn] *adj* indemne; **indemniser** *vt* indemnizar; **indemniser qn de qch** indemnizar a algn por algo
indemnité [ɛ̃dɛmnite] *nf* (*dédommagement*) indemnización *f*; (*allocation*) subsidio; **~ de licenciement** indemnización por despido
indépendamment [ɛ̃depɑ̃damɑ̃] *adv* independientemente; **~ de** (*en faisant abstraction de*) independientemente de; (*par surcroît, en plus*) además de
indépendance [ɛ̃depɑ̃dɑ̃s] *nf* independencia
indépendant, e [ɛ̃depɑ̃dɑ̃, ɑ̃t] *adj* independiente; **travailleur ~** trabajador autónomo
indescriptible [ɛ̃dɛskʀiptibl] *adj* indescriptible
indésirable [ɛ̃deziʀabl] *adj* indeseable
indestructible [ɛ̃dɛstʀyktibl] *adj* indestructible
indéterminé, e [ɛ̃detɛʀmine] *adj* indeterminado(-a)
index [ɛ̃dɛks] *nm* índice *m*
indicateur, -trice [ɛ̃dikatœʀ, tʀis] *nm/f* (*de la police*) confidente *m/f* ♦ *adj*: **poteau ~** indicador, señal *f* de orientación; **panneau ~** panel *m* informativo
indicatif [ɛ̃dikatif] *nm* (*LING*) indicativo; (*RADIO*) sintonía; (*téléphonique*) prefijo ♦ *adj*: **à titre ~** a título informativo
indication [ɛ̃dikasjɔ̃] *nf* indicación *f*; **~s** *nfpl* (*directives*) indicaciones *fpl*, instrucciones *fpl*
indice [ɛ̃dis] *nm* indicio; (*POLICE*) indicio, pista; (*ÉCON, SCIENCE, TECH, ADMIN*) índice *m*
indicible [ɛ̃disibl] *adj* (*joie, charme*) inefable; (*peine*) indecible
indien, ne [ɛ̃djɛ̃, jɛn] *adj* indio(-a), hindú ♦ *nm/f*: **I~, ne** (*d'Amérique*) indio(-a)
indifféremment [ɛ̃difeʀamɑ̃] *adv* indiferentemente, indistintamente
indifférence [ɛ̃difeʀɑ̃s] *nf* indiferencia
indifférent, e [ɛ̃difeʀɑ̃, ɑ̃t] *adj* indiferente; **~ à qn/qch** indiferente a algn/algo
indigène [ɛ̃diʒɛn] *adj, nm/f* indígena, criollo(-a) (*AM*)
indigeste [ɛ̃diʒɛst] *adj* indigesto(-a)
indigestion [ɛ̃diʒɛstjɔ̃] *nf* indigestión *f*
indigne [ɛ̃diɲ] *adj* indigno(-a); **~ de** indigno(-a) de
indigner [ɛ̃diɲe] *vt* indignar; **s'~** *vpr*: **s'~ (de qch/contre qn)** (*se fâcher*) indignarse (por *ou* con algo/contra *ou* con algn)
indiqué, e [ɛ̃dike] *adj* (*date, lieu*) indicado(-a), acordado(-a); (*adéquat*) indicado(-a), adecuado(-a); **ce n'est pas très ~** no es muy adecuado
indiquer [ɛ̃dike] *vt* indicar; (*heure, solution*) indicar, informar; (*déterminer*) señalar, fijar; **~ qch/qn du doigt/du regard** (*désigner*) indicar *ou* señalar algo/a algn con el dedo/con la mirada; **à l'heure indiquée** a la hora acordada; **pourriez-vous m'~ les toilettes/ l'heure?** ¿puede indicarme dónde están los servicios/decirme la hora?
indiscipliné, e [ɛ̃disipline] *adj* (*écolier, troupes*) indisciplinado(-a)
indiscret, -ète [ɛ̃diskʀɛ, ɛt] *adj* indiscreto(-a)
indiscutable [ɛ̃diskytabl] *adj* indiscutible
indispensable [ɛ̃dispɑ̃sabl] *adj* (*garanties, précautions, condition*) indispensable; (*objet, connaissances, personne*) imprescindible

indisposé, e [ɛ̃dispoze] *adj* indispuesto(-a)

indistinct, e [ɛ̃distɛ̃(kt), ɛ̃kt] *adj* (*objet*) indistinto(-a); **indistinctement** *adv* indistintamente; **tous les Français indistinctement** todos los franceses sin distinción

individu [ɛ̃dividy] *nm* individuo; **individuel, le** *adj* individual; (*opinion*) personal; (*cas*) particular; **chambre/maison individuelle** habitación *f*/casa individual

indolore [ɛ̃dɔlɔʀ] *adj* indoloro(-a)

Indonésie [ɛ̃dɔnezi] *nf* Indonesia

indu, e [ɛ̃dy] *adj*: **à des heures ~es** (*travailler*) tarde

indulgent, e [ɛ̃dylʒɑ̃, ɑ̃t] *adj* indulgente

industrialiser [ɛ̃dystʀijalize] *vt* industrializar; **s'~** *vpr* industrializarse

industrie [ɛ̃dystʀi] *nf* industria; **industriel, le** *adj, nm/f* industrial *m/f*

inébranlable [inebʀɑ̃labl] *adj* inquebrantable; (*personne, certitude*) firme

inédit, e [inedi, it] *adj* inédito(-a)

inefficace [inefikas] *adj* ineficaz; (*machine, employé*) ineficiente

inégal, e, -aux [inegal, o] *adj* desigual; (*partage, part*) desproporcionado(-a); (*humeur*) variable; **inégalable** *adj* inigualable; **inégalé, e** *adj* inigualado(-a); **inégalité** *nf* desigualdad *f*

inépuisable [inepɥizabl] *adj* inagotable; **il est ~ sur** es inagotable en

inerte [inɛʀt] *adj* inerte

inespéré, e [inɛspeʀe] *adj* inesperado(-a)

inestimable [inɛstimabl] *adj* inestimable

inévitable [inevitabl] *adj* inevitable; (*hum*: *rituel*) consabido(-a)

inexact, e [inɛgza(kt), akt] *adj* inexacto(-a); (*non ponctuel*) impuntual

inexcusable [inɛkskyzabl] *adj* inexcusable

inexplicable [inɛksplikabl] *adj* inexplicable

in extremis [inɛkstʀemis] *adv* de milagro ♦ *adj* (*préparatifs, sauvetage*) en el último momento

infaillible [ɛ̃fajibl] *adj* infalible

infarctus [ɛ̃faʀktys] *nm*: **~ (du myocarde)** infarto (de miocardio)

infatigable [ɛ̃fatigabl] *adj* infatigable, incansable

infect, e [ɛ̃fɛkt] *adj* pestilente; (*goût*) asqueroso(-a); (*personne*) odioso(-a)

infecter [ɛ̃fɛkte] *vt* (*atmosphère, eau*) contaminar; (*personne*) contagiar; **s'~** *vpr* infectarse; **infection** *nf* (MÉD) infección *f*

inférieur, e [ɛ̃feʀjœʀ] *adj* inferior; **~ à** inferior a

infernal, e, -aux [ɛ̃fɛʀnal, o] *adj* infernal; (*satanique*) diabólico(-a); **tu es ~!** (*fam*: *enfant*) ¡eres un diablo!

infidèle [ɛ̃fidɛl] *adj* infiel

infiltrer [ɛ̃filtʀe] *vb*: **s'~ dans** infiltrarse en

infime [ɛ̃fim] *adj* ínfimo(-a)

infini, e [ɛ̃fini] *adj* infinito(-a); (*précautions*) extremo(-a) ♦ *nm*: **l'~** (MATH, PHOTO) el infinito; **à l'~** (MATH) al infinito; (*discourir*) interminablemente; (*agrandir, varier*) ampliamente; **infiniment** *adv* infinitamente; **infinité** *nf*: **une infinité de** una infinidad de

infinitif, -ive [ɛ̃finitif, iv] *nm* (LING) infinitivo

infirme [ɛ̃fiʀm] *adj, nm/f* inválido(-a)

infirmerie [ɛ̃fiʀməʀi] *nf* enfermería

infirmier, -ière [ɛ̃fiʀmje, jɛʀ] *nm/f* enfermero(-a), A.T.S. *m/f* ♦ *adj*: **élève ~** alumno(-a) de enfermería; **infirmière chef** enfermera jefe; **infirmière visiteuse** enfermera domiciliaria

infirmité [ɛ̃fiʀmite] *nf* invalidez *f*

inflammable [ɛ̃flamabl] *adj* inflamable

inflation [ɛ̃flasjɔ̃] *nf* inflación *f*

influençable [ɛ̃flyɑ̃sabl] *adj* influenciable

influence [ɛ̃flyɑ̃s] *nf* influencia; (*d'une drogue*) efecto; (POL) predominio; **influencer** *vt* influir; **influent, e** *adj* influyente

informaticien, ne [ɛ̃fɔʀmatisjɛ̃, jɛn] *nm/f* informático(-a)
information [ɛ̃fɔʀmasjɔ̃] *nf* información *f*; **~s** *nfpl* (*RADIO*) noticias *fpl*
informatique [ɛ̃fɔʀmatik] *nf* informática; **informatiser** *vt* informatizar
informer [ɛ̃fɔʀme] *vt*: **~ qn (de)** informar a algn (de); **s'~** *vpr*: **s'~ (sur)** informarse (sobre)
infos [ɛ̃fo] *nfpl voir* **information**
infraction [ɛ̃fʀaksjɔ̃] *nf* infracción *f*; **être en ~** haber cometido una infracción
infranchissable [ɛ̃fʀɑ̃ʃisabl] *adj* infranqueable; (*fig*) insalvable
infrarouge [ɛ̃fʀaʀuʒ] *adj* infrarrojo(-a) ♦ *nm* infrarrojo
infrastructure [ɛ̃fʀastʀyktyʀ] *nf* infraestructura; **~s** *nfpl* (*d'un pays etc*) infraestructuras *fpl*; **~ touristique/hôtelière/routière** infraestructura turística/hotelera/viaria
infuser [ɛ̃fyze] *vt* (*aussi:* **faire ~**) dejar reposar; **infusion** *nf* infusión *f*
ingénier [ɛ̃ʒenje]: **s'~** *vpr*: **s'~ à faire qch** ingeniárselas para hacer algo
ingénierie [ɛ̃ʒeniʀi] *nf* ingeniería
ingénieur [ɛ̃ʒenjœʀ] *nm* ingeniero; **~ agronome/du son** ingeniero agrónomo/de sonido
ingénieux, -ieuse [ɛ̃ʒenjø, jøz] *adj* ingenioso(-a)
ingrat, e [ɛ̃gʀa, at] *adj* (*personne, travail*) ingrato(-a); (*sol*) estéril; (*visage*) poco agraciado(-a) ♦ *nm/f* ingrato(-a); **~ envers** ingrato con
ingrédient [ɛ̃gʀedjɑ̃] *nm* ingrediente *m*
inhabité, e [inabite] *adj* (*régions*) despoblado(-a); (*maison*) deshabitado(-a)
inhabituel, le [inabitɥɛl] *adj* inhabitual
inhibition [inibisjɔ̃] *nf* inhibición *f*
inhumain, e [inymɛ̃, ɛn] *adj* (*barbare*) inhumano(-a)
inimaginable [inimaʒinabl] *adj* inimaginable
ininterrompu, e [inɛ̃teʀɔ̃py] *adj* ininterrumpido(-a); (*flot, vacarme*) continuo(-a)
initial, e, -aux [inisjal, jo] *adj, nf* inicial; **~es** *nfpl* iniciales *fpl*
initiation [inisjasjɔ̃] *nf* iniciación *f*
initiative [inisjativ] *nf* (*aussi POL*) iniciativa; **de sa propre ~** por propia iniciativa
initier [inisje] *vt* iniciar; **s'~** *vpr*: **s'~ à** iniciarse en; **~ qn à** iniciar a algn en
injecter [ɛ̃ʒɛkte] *vt* inyectar; **injection** *nf* inyección *f*; **injection intraveineuse/sous-cutanée** inyección intravenosa/subcutánea; **à injection** (*moteur, système*) de inyección
injure [ɛ̃ʒyʀ] *nf* insulto; **injurier** *vt* insultar; **injurieux, -ieuse** *adj* injurioso(-a)
injuste [ɛ̃ʒyst] *adj* injusto(-a); **~ (avec** *ou* **envers qn)** injusto(-a) (con algn); **injustice** *nf* injusticia
inlassable [ɛ̃lɑsabl] *adj* incansable, infatigable
inné, e [i(n)ne] *adj* innato(-a)
innocent, e [inɔsɑ̃, ɑ̃t] *adj* inocente; (*jeu, plaisir*) inofensivo(-a); **innocenter** *vt* disculpar
innombrable [i(n)nɔ̃bʀabl] *adj* incontable
innover [inɔve] *vt* innovar ♦ *vi*: **~ en art/en matière d'art** innovar en arte/en temas de arte
inoccupé, e [inɔkype] *adj* desocupado(-a)
inodore [inɔdɔʀ] *adj* inodoro(-a)
inoffensif, -ive [inɔfɑ̃sif, iv] *adj* inofensivo(-a); (*plaisanterie*) inocente
inondation [inɔ̃dasjɔ̃] *nf* inundación *f*
inonder [inɔ̃de] *vt* inundar; (*envahir*) invadir; **~ de** inundar de
inopportun, e [inɔpɔʀtœ̃, yn] *adj* inoportuno(-a)
inoubliable [inublijabl] *adj* inolvidable
inouï, e [inwi] *adj* inaudito(-a)
inox [inɔks] *adj, nm abr* acero inoxidable
inquiet, -ète [ɛ̃kjɛ, ɛ̃kjɛt] *adj* inquieto(-a); **inquiétant, e** *adj* inquietante, preocupante;

inquiéter *vt* inquietar, preocupar; **s'inquiéter** *vpr* inquietarse, preocuparse; **s'inquiéter de** preocuparse por; **inquiétude** *nf* inquietud *f*, preocupación *f*

insaisissable [ɛ̃sezisabl] *adj* (*nuance*) imperceptible

insalubre [ɛ̃salybʀ] *adj* insalubre

insatisfait, e [ɛ̃satisfɛ, ɛt] *adj* insatisfecho(-a)

inscription [ɛ̃skʀipsjɔ̃] *nf* inscripción *f*; (*à une institution*) inscripción, matrícula

inscrire [ɛ̃skʀiʀ] *vt* escribir, inscribir; (*renseignement*) anotar; (*nom: sur une liste etc*) anotar, apuntar; **s'~** *vpr* (*pour une excursion etc*) apuntarse, inscribirse; **~ qn à** matricular *ou* apuntar a algn a; **s'~ (à)** (*un club, parti*) apuntarse (a), matricularse (en); (*l'université, un examen*) matricularse (en)

insecte [ɛ̃sɛkt] *nm* insecto; **insecticide** *adj* insecticida ♦ *nm* insecticida *m*

insensé, e [ɛ̃sɑ̃se] *adj* insensato(-a)

insensible [ɛ̃sɑ̃sibl] *adj* insensible; (*pouls, mouvement*) imperceptible; **~ aux compliments/à la chaleur** insensible a los halagos/al calor

inséparable [ɛ̃sepaʀabl] *adj* inseparable

insigne [ɛ̃siɲ] *nm* emblema *m*

insignifiant, e [ɛ̃siɲifjɑ̃, jɑ̃t] *adj* insignificante

insinuer [ɛ̃sinɥe] *vt* insinuar; **s'~** *vpr*: **s'~ dans** (*odeur, humidité*) filtrarse en

insipide [ɛ̃sipid] *adj* insípido(-a), insulso(-a)

insister [ɛ̃siste] *vi* insistir; **~ sur** insistir en

insolation [ɛ̃sɔlasjɔ̃] *nf* insolación *f*

insolent, e [ɛ̃sɔlɑ̃, ɑ̃t] *adj* insolente, descarado(-a)

insolite [ɛ̃sɔlit] *adj* extraño(-a)

insomnie [ɛ̃sɔmni] *nf* insomnio

insouciant, e [ɛ̃susjɑ̃, jɑ̃t] *adj* despreocupado(-a); (*imprévoyant*) dejado(-a)

insoupçonnable [ɛ̃supsɔnabl] *adj* insospechable

insoupçonné, e [ɛ̃supsɔne] *adj* insospechado(-a)

insoutenable [ɛ̃sut(ə)nabl] *adj* (*argument, opinion*) insostenible; (*lumière, chaleur, spectacle*) insoportable; (*effort*) insufrible

inspecter [ɛ̃spɛkte] *vt* inspeccionar; (*personne*) dar un repaso a; (*maison*) revisar; **inspecteur, -trice** *nm/f* inspector(a); **inspecteur (de police)** inspector (de policía); **inspecteur des Finances** *ou* **des impôts** inspector de hacienda; **inspection** *nf* inspección *f*

inspirer [ɛ̃spiʀe] *vt* inspirar ♦ *vi* inspirar; **s'~** *vpr*: **s'~ de qch** inspirarse en algo; **~ qch à qn** sugerir algo a algn; (*crainte, horreur*) inspirar algo a algn; **ça ne m'inspire pas beaucoup/vraiment pas** eso no me dice mucho/nada

instable [ɛ̃stabl] *adj* inestable

installation [ɛ̃stalasjɔ̃] *nf* instalación *f*; **~s** *nfpl* (*équipement*): **~s portuaires** instalaciones *fpl* portuarias; **une ~ provisoire** *ou* **de fortune** un alojamiento provisional; **l'~ électrique** la instalación eléctrica

installer [ɛ̃stale] *vt* instalar; **s'~** *vpr* instalarse; (*à un emplacement*) acomodarse; (*maladie, grève*) arraigarse; **s'~ à l'hôtel/chez qn** alojarse en el hotel/en casa de algn

instance [ɛ̃stɑ̃s] *nf*: **être en ~ de divorce** estar en trámites de divorcio

instant [ɛ̃stɑ̃] *nm* instante *m*; **en** *ou* **dans un ~** en un instante; **à l'~**: **je l'ai vu à l'~** lo he visto hace nada; **à chaque** *ou* **tout ~** a cada instante; **pour l'~** por el momento; **par ~s** por momentos; **de tous les ~s** constante

instantané, e [ɛ̃stɑ̃tane] *adj* instantáneo(-a) ♦ *nm* (PHOTO) instantánea

instar [ɛ̃staʀ]: **à l'~ de** *prép* a semejanza de

instaurer [ɛ̃stɔʀe] *vt* implantar; **s'~** *vpr* establecerse

instinct [ɛ̃stɛ̃] *nm* instinto; **instinctivement** *adv*

instintivamente
instituer [ɛ̃stitɥe] *vt* establecer; (*un organisme*) fundar
institut [ɛ̃stity] *nm* instituto; **~ de beauté** instituto de belleza; **I~ universitaire de technologie (IUT)** ≃ Escuela Politécnica
instituteur, -trice [ɛ̃stitytœʀ, tʀis] *nm/f* maestro(-a)
institution [ɛ̃stitysjɔ̃] *nf* institución *f*; (*collège*) colegio privado
instructif, -ive [ɛ̃stʀyktif, iv] *adj* instructivo(-a)
instruction [ɛ̃stʀyksjɔ̃] *nf* (*enseignement*) enseñanza; (*savoir*) cultura; (JUR, INFORM) instrucción *f*; **~s** *nfpl* (*directives, mode d'emploi*) instrucciones *fpl*
instruire [ɛ̃stʀɥiʀ] *vt* (*élèves*) enseñar; (MIL, JUR) instruir; **s'~** *vpr* instruirse; **instruit, e** *pp de* **instruire** ♦ *adj* instruido(-a), culto(-a)
instrument [ɛ̃stʀymɑ̃] *nm* herramienta; **~ à cordes/à percussion/à vent/de musique** instrumento de cuerda/de percusión/de viento/musical
insu [ɛ̃sy] *nm*: **à l'~ de qn** a espaldas de algn; **à son ~** a sus espaldas
insuffisant, e [ɛ̃syfizɑ̃, ɑ̃t] *adj* insuficiente
insulaire [ɛ̃sylɛʀ] *adj* insular; (*attitude*) cerrado(-a)
insuline [ɛ̃sylin] *nf* insulina
insulte [ɛ̃sylt] *nf* insulto; **insulter** *vt* insultar
insupportable [ɛ̃sypɔʀtabl] *adj* insoportable
insurmontable [ɛ̃syʀmɔ̃tabl] *adj* insuperable; (*angoisse, aversion*) invencible
intact, e [ɛ̃takt] *adj* intacto(-a)
intarissable [ɛ̃taʀisabl] *adj* inagotable; **il est ~ sur ...** es incansable cuando habla de ...
intégral, e, -aux [ɛ̃tegʀal, o] *adj* total; (*édition*) completo(-a); **intégralement** *adv* totalmente, completamente; **intégralité** *nf* totalidad *f*; **dans son intégralité** en su totalidad; **intégrant, e** *adj*: **faire partie intégrante de qch** formar parte integrante de algo
intègre [ɛ̃tɛgʀ] *adj* íntegro(-a)
intégrer [ɛ̃tegʀe] *vt* (*personnes*) integrar; (*théories, paragraphe*) incorporar; **s'~** *vpr*: **s'~ à** *ou* **dans qch** integrarse en algo
intégrisme [ɛ̃tegʀism] *nm* integrismo
intellectuel, le [ɛ̃telɛktɥɛl] *adj, nm/f* intelectual *m/f*
intelligence [ɛ̃teliʒɑ̃s] *nf* inteligencia; (*compréhension*) comprensión *f*
intelligent, e [ɛ̃teliʒɑ̃, ɑ̃t] *adj* inteligente
intelligible [ɛ̃teliʒibl] *adj*: **parler de façon peu ~** hablar de forma poco clara
intempéries [ɛ̃tɑ̃peʀi] *nfpl* tiempo inclemente
intenable [ɛ̃t(ə)nabl] *adj* inaguantable, insoportable
intendant, e [ɛ̃tɑ̃dɑ̃, ɑ̃t] *nm/f* (MIL) intendente *m*; (SCOL, *régisseur*) administrador(a)
intense [ɛ̃tɑ̃s] *adj* intenso(-a); **intensif, -ive** *adj* intensivo(-a)
intenter [ɛ̃tɑ̃te] *vt*: **~ un procès/une action contre** *ou* **à qn** entablar proceso/una acción contra algn
intention [ɛ̃tɑ̃sjɔ̃] *nf* intención *f*; (*but, objectif*) intención *f*, propósito; **avoir l'~ de faire qch** tener la intención de hacer algo; **à l'~ de qn** para algn; (*film, ouvrage*) dedicado(-a) a algn; **intentionné, e** *adj*: **être bien/mal intentionné** tener buena/mala intención
interactif, -ive [ɛ̃tɛʀaktif, iv] *adj* (*aussi* INFORM) interactivo(-a)
intercepter [ɛ̃tɛʀsɛpte] *vt* interceptar; (*lumière etc*) impedir el paso de
interchangeable [ɛ̃tɛʀʃɑ̃ʒabl] *adj* intercambiable
interdiction [ɛ̃tɛʀdiksjɔ̃] *nf* interdicción *f*, prohibición *f*
interdire [ɛ̃tɛʀdiʀ] *vt* prohibir; (ADMIN, REL: *personne*) inhabilitar; **~ à qn de faire qch** prohibir a algn hacer algo; (*suj*: *chose*) impedir que algn

haga algo
interdit, e [ɛ̃tɛʀdi, it] *pp de* **interdire** ♦ *nm* pauta; **film ~ aux moins de 18/13 ans** película prohibida a los menores de 18/13 años; **sens/stationnement ~** dirección *f*/estacionamiento prohibido(-a); **~ de séjour** expulsado(-a)
intéressant, e [ɛ̃teʀesɑ̃, ɑ̃t] *adj* interesante
intéressé, e [ɛ̃teʀese] *adj* interesado(-a)
intéresser [ɛ̃teʀese] *vt* (*élèves etc*) interesar; (*ADMIN: mesure, loi*) concernir; **ce film m'a beaucoup intéressé** he encontrado muy interesante esta película; **ça n'intéresse personne** eso no interesa a nadie; **s'~ à qn/à ce que fait qn/qch** interesarse por algn/por lo que hace algn/algo
intérêt [ɛ̃teʀɛ] *nm* interés *msg*; **il a ~ à acheter cette voiture** le interesa comprar ese coche; **tu aurais ~ à te taire!** ¡más te vale callarte!
intérieur, e [ɛ̃teʀjœʀ] *adj* interior ♦ *nm* interior *m*; **ministère de l'I~** ministerio del Interior; **un ~ bourgeois/confortable** una decoración burguesa/confortable; **à l'~ (de)** en el interior *ou* dentro *ou* adentro (*esp AM*) (de); (*fig*) dentro (de); **intérieurement** *adv* por dentro
intérim [ɛ̃teʀim] *nm* interinidad *f*; **faire de l'~** hacer sustituciones
intérimaire [ɛ̃teʀimɛʀ] *adj, nm/f* interino(-a)
interlocuteur, -trice [ɛ̃tɛʀlɔkytœʀ, tʀis] *nm/f* interlocutor(a)
intermédiaire [ɛ̃tɛʀmedjɛʀ] *adj* intermedio(-a) ♦ *nm/f* intermediario(-a); **par l'~ de** por mediación de
interminable [ɛ̃tɛʀminabl] *adj* interminable
intermittence [ɛ̃tɛʀmitɑ̃s] *nf*: **par ~** (*travailler*) con intermitencias
internat [ɛ̃tɛʀna] *nm* internado
international, e, -aux [ɛ̃tɛʀnasjɔnal, o] *adj* internacional ♦ *nm/f* (*SPORT*) jugador(a) internacional
internaute [ɛ̃tɛʀnot] *nmf* internauta *mf*
interne [ɛ̃tɛʀn] *adj* interno(-a) ♦ *nm/f* (*élève*) interno(-a); (*MÉD*) médico(-a) interno(-a)
Internet [ɛ̃tɛʀnɛt] *nm* Internet *m*
interpeller [ɛ̃tɛʀpəle] *vt* interpelar; (*police*) detener
interphone [ɛ̃tɛʀfɔn] *nm* interfono; (*d'un appartement*) portero automático
interposer [ɛ̃tɛʀpoze] *vt* interponer; **s'~** *vpr* interponerse
interprète [ɛ̃tɛʀpʀɛt] *nm/f* intérprete *m/f*
interpréter [ɛ̃tɛʀpʀete] *vt* interpretar
interrogatif, -ive [ɛ̃teʀɔgatif, iv] *adj* interrogativo(-a)
interrogation [ɛ̃teʀɔgasjɔ̃] *nf* interrogación *f*; **~ écrite/orale** (*SCOL*) control *m* escrito/oral
interrogatoire [ɛ̃teʀɔgatwaʀ] *nm* interrogatorio
interroger [ɛ̃teʀɔʒe] *vt* interrogar; (*données*) consultar; (*candidat*) examinar
interrompre [ɛ̃teʀɔ̃pʀ] *vt* interrumpir; (*circuit électrique, communications*) cortar; **s'~** *vpr* interrumpirse; **interrupteur** *nm* interruptor *m*; **interruption** *nf* interrupción *f*; **sans interruption** sin interrupción; **interruption (volontaire) de grossesse** interrupción (voluntaria) del embarazo
intersection [ɛ̃tɛʀsɛksjɔ̃] *nf* intersección *f*
intervalle [ɛ̃tɛʀval] *nm* intervalo; **dans l'~** mientras tanto
intervenir [ɛ̃tɛʀvəniʀ] *vi* (*survenir*) ocurrir, tener lugar; **~ dans** intervenir en; **~ (pour faire qch)** intervenir (para hacer algo); **~ auprès de qn/en faveur de qn** interceder ante algn/en favor de algn; **intervention** *nf* intervención *f*; **intervention (chirurgicale)** intervención (quirúrgica)
interview [ɛ̃tɛʀvju] *nf* interviú *f*, entrevista

intestin, e [ɛ̃tɛstɛ̃, in] *nm* intestino
intime [ɛ̃tim] *adj* íntimo(-a); (*convictions*) profundo(-a) ♦ *nm/f* íntimo(-a)
intimider [ɛ̃timide] *vt* intimidar
intimité [ɛ̃timite] *nf* intimidad *f*; **dans l'~** en la intimidad; (*sans formalités*) informalmente
intolérable [ɛ̃tɔleʀabl] *adj* (*chaleur*) insoportable; (*inadmissible*) intolerable
intoxication [ɛ̃tɔksikasjɔ̃] *nf* intoxicación *f*; **~ alimentaire** intoxicación alimenticia
intoxiquer [ɛ̃tɔksike] *vt* intoxicar; (*fig aussi*) contaminar
intraitable [ɛ̃tʀɛtabl] *adj* despiadado(-a); **~ (sur)** intransigente (en)
intransigeant, e [ɛ̃tʀɑ̃ziʒɑ̃, ɑ̃t] *adj* intransigente; (*morale, passion*) firme
intrépide [ɛ̃tʀepid] *adj* intrépido(-a)
intrigue [ɛ̃tʀig] *nf* intriga; **intriguer** *vi, vt* intrigar
introduction [ɛ̃tʀɔdyksjɔ̃] *nf* introducción *f*, incorporación *f*
introduire [ɛ̃tʀɔdɥiʀ] *vt* introducir; **~ qn auprès de qn** conducir a algn ante algn; **~ qn dans un club** introducir a algn en un club; **s'~ dans** introducirse en
introuvable [ɛ̃tʀuvabl] *adj* (*personne*) ilocalizable; (*COMM: rare: édition, livre*) imposible de encontrar
intrus, e [ɛ̃tʀy, yz] *nm/f* intruso(-a)
intuition [ɛ̃tɥisjɔ̃] *nf* intuición *f*
inusable [inyzabl] *adj* duradero(-a)
inutile [inytil] *adj* inútil; (*superflu*) innecesario(-a); **inutilement** *adv* inútilmente; **inutilisable** *adj* inutilizable
invalide [ɛ̃valid] *adj, nm/f* inválido(-a); **~ de guerre** inválido de guerra
invariable [ɛ̃vaʀjabl] *adj* invariable
invasion [ɛ̃vazjɔ̃] *nf* (*aussi fig*) invasión *f*; (*de sauterelles, rats*) plaga, invasión
inventaire [ɛ̃vɑ̃tɛʀ] *nm* inventario
inventer [ɛ̃vɑ̃te] *vt* inventar; (*moyen*) idear; **inventeur, -trice** [ɛ̃vɑ̃tœʀ, tʀis] *nm/f* inventor(a); **inventif, -ive** *adj* inventivo(-a); **invention** *nf* invención *f*
inverse [ɛ̃vɛʀs] *adj* (*ordre*) inverso(-a) ♦ *nm*: **l'~** lo contrario; **dans l'ordre ~** en orden inverso; **dans le sens ~ des aiguilles d'une montre** en sentido contrario a las agujas del reloj; **en** *ou* **dans le sens ~** en sentido contrario; **à l'~** al contrario; **inversement** *adv* inversamente; **inverser** *vt* invertir
investir [ɛ̃vɛstiʀ] *vt* (*argent, capital*) invertir; **investissement** *nm* inversión *f*
invisible [ɛ̃vizibl] *adj* invisible
invitation [ɛ̃vitasjɔ̃] *nf* invitación *f*
invité, e [ɛ̃vite] *nm/f* invitado(-a)
inviter [ɛ̃vite] *vt* invitar; **~ qn à faire qch** (*engager, exhorter*) invitar a algn a hacer algo
invivable [ɛ̃vivabl] *adj* insoportable
involontaire [ɛ̃vɔlɔ̃tɛʀ] *adj* involuntario(-a)
invoquer [ɛ̃vɔke] *vt* invocar; (*excuse, argument*) invocar, alegar
invraisemblable [ɛ̃vʀɛsɑ̃blabl] *adj* (*histoire*) inverosímil
iode [jɔd] *nm* yodo
irai *etc* [iʀe] *vb voir* **aller**
Irak [iʀak] *nm* Irak *m*; **irakien, ne** *adj* iraquí ♦ *nm/f*: **Irakien, ne** iraquí *m/f*
Iran [iʀɑ̃] *nm* Irán *m*; **iranien, ne** *adj* iraní ♦ *nm* (*LING*) iraní *m* ♦ *nm/f*: **Iranien, ne** iraní *m/f*
irions *etc* [iʀjɔ̃] *vb voir* **aller**
iris [iʀis] *nm* (*BOT*) lirio; (*ANAT*) iris *m inv*
irlandais, e [iʀlɑ̃dɛ, ɛz] *adj* irlandés(-esa) ♦ *nm* (*LING*) irlandés *m* ♦ *nm/f*: **I~, e** irlandés(-esa); **les I~** los irlandeses
Irlande [iʀlɑ̃d] *nf* Irlanda; **la mer d'~** el mar de Irlanda; **~ du Nord/Sud** Irlanda del Norte/Sur
ironie [iʀɔni] *nf* ironía; **~ du sort** ironía del destino; **ironique** *adj* irónico(-a); **ironiser** *vi* ironizar
irons *etc* [iʀɔ̃] *vb voir* **aller**
irradier [iʀadje] *vi* irradiar ♦ *vt* irradiar, difundir
irraisonné, e [iʀɛzɔne] *adj*

irrazonable
irrationnel, le [iʀasjɔnɛl] *adj* irracional
irréalisable [iʀealizabl] *adj* irrealizable
irrécupérable [iʀekypeʀabl] *adj* irrecuperable
irréel, le [iʀeɛl] *adj* irreal
irréfléchi, e [iʀefleʃi] *adj* irreflexivo(-a)
irrégularité [iʀegylaʀite] *nf* irregularidad *f*; **~s** *nfpl* irregularidades *fpl*
irrégulier, -ière [iʀegylje, jɛʀ] *adj* irregular; (*développement, accélération*) irregular, desigual
irrémédiable [iʀemedjabl] *adj* irremediable
irremplaçable [iʀɑ̃plasabl] *adj* irremplazable; (*personne*) irremplazable, insustituible
irréparable [iʀepaʀabl] *adj* (*aussi fig*) irreparable
irréprochable [iʀepʀɔʃabl] *adj* (*personne, vie*) irreprochable, intachable; (*tenue, toilette*) intachable
irrésistible [iʀezistibl] *adj* irresistible; (*concluant: logique*) contundente; (*qui fait rire*) graciosísimo(-a)
irrésolu, e [iʀezɔly] *adj* irresoluto(-a)
irrespectueux, -euse [iʀɛspɛktɥø, øz] *adj* irrespetuoso(-a)
irresponsable [iʀɛspɔ̃sabl] *adj, nm/f* irresponsable *m/f*
irriguer [iʀige] *vt* irrigar
irritable [iʀitabl] *adj* irritable
irriter [iʀite] *vt* irritar
irruption [iʀypsjɔ̃] *nf* irrupción *f*; **faire ~ dans un endroit/chez qn** irrumpir en un lugar/en casa de algn
Islam [islam] *nm*: **l'~** el Islam; **islamique** *adj* islámico(-a)
Islande [islɑ̃d] *nf* Islandia
isolant, e [izɔlɑ̃, ɑ̃t] *adj, nm* aislante *m*
isolation [izɔlasjɔ̃] *nf*: **~ acoustique/thermique** aislamiento acústico/térmico
isolé, e [izɔle] *adj* aislado(-a); (*éloigné*) apartado(-a)
isoler [izɔle] *vt* aislar; **s'~** *vpr* (*pour travailler*) aislarse
Israël [isʀaɛl] *nm* Israel *m*; **israélien, ne** *adj* israelí ♦ *nm/f*: **Israélien, ne** israelí *m/f*; **israélite** *adj* (REL) israelita ♦ *nm/f*: **Israélite** israelita *m/f*
issu, e [isy] *adj*: **~ de** descendiente de; (*fig*) resultante de; **issue** *nf* salida; (*solution*) salida, solución *f*; **à l'issue de** al concluir; **chemin/rue sans issue** camino/calle *f* sin salida
Italie [itali] *nf* Italia; **italien, ne** *adj* italiano(-a) ♦ *nm* (LING) italiano ♦ *nm/f*: **Italien, ne** italiano(-a)
italique [italik] *nm*: **(mettre un mot) en ~(s)** (poner una palabra) en cursiva
itinéraire [itineʀɛʀ] *nm* itinerario
IUT *sigle m* (= *Institut universitaire de technologie*) *voir* **institut**
IVG *sigle f* (= *interruption volontaire de grossesse*) interrupción *f* voluntaria del embarazo
ivoire [ivwaʀ] *nm* marfil *m*
ivre [ivʀ] *adj* (*saoul*) ebrio(-a), beodo(-a); **~ de colère/de bonheur** ebrio(-a) de ira/de felicidad; **ivrogne** *nm/f* borracho(-a)

J, j

j' [ʒ] *pron voir* **je**
jacinthe [ʒasɛ̃t] *nf* jacinto
jadis [ʒɑdis] *adv* antaño
jaillir [ʒajiʀ] *vi* (*liquide*) brotar; (*fig*) surgir
jais [ʒɛ] *nm* azabache *m*
jalousie [ʒaluzi] *nf* celos *mpl*; (*store*) celosía
jaloux, -se [ʒalu, uz] *adj* (*envieux*) envidioso(-a)
jamais [ʒamɛ] *adv* nunca, jamás; (*sans négation*) alguna vez; **ne ... ~** no ... nunca; **si ~ ...** si alguna vez ...; **à (tout) ~, pour ~** para siempre
jambe [ʒɑ̃b] *nf* (ANAT) pierna; (*d'un pantalon*) pernil *m*
jambon [ʒɑ̃bɔ̃] *nm* jamón *m*
jante [ʒɑ̃t] *nf* llanta
janvier [ʒɑ̃vje] *nm* enero; *voir aussi* **juillet**

Japon [ʒapɔ̃] *nm* Japón *m*; **japonais, e** *adj* japonés(-esa) ♦ *nm* (LING) japonés *m* ♦ *nm/f*: **Japonais, e** japonés(-esa)

jardin [ʒaʀdɛ̃] *nm* jardín *m*; **jardinage** *nm* jardinería; **jardiner** *vi* cuidar el jardín; **jardinier, -ière** *nm/f* jardinero(-a); **jardinière** *nf* (*de fenêtre*) jardinera; **jardinière (de légumes)** (CULIN) menestra

jargon [ʒaʀgɔ̃] *nm* jerga

jarret [ʒaʀɛ] *nm* (ANAT) corva; (CULIN) morcillo

jauge [ʒoʒ] *nf* (*instrument*) aspilla, varilla graduada

jaune [ʒon] *adj* amarillo(-a) ♦ *nm* amarillo; (*aussi:* **~ d'œuf**) yema ♦ *nm/f* (*péj*): **J~** (*de race jaune*) amarillo(-a); **jaunir** *vt* amarillear; **jaunisse** *nf* ictericia

Javel [ʒavɛl] *nf voir* **eau**

javelot [ʒavlo] *nm* jabalina

je [ʒ] *pron* yo

jean [dʒin] *nm* (TEXTILE) tela vaquera

Jésus-Christ [ʒezykʀi(st)] *n* Jesucristo

jet[1] [dʒɛt] *nm* (*avion*) jet *m*, avión *m* a reacción

jet[2] [ʒɛ] *nm* (*lancer*) lanzamiento; (*jaillissement, tuyau*) chorro; **du premier ~** a la primera; **~ d'eau** chorro de agua

jetable [ʒ(ə)tabl] *adj* desechable

jetée [ʒəte] *nf* (*digue*) escollera

jeter [ʒ(ə)te] *vt* (*lancer*) lanzar, botar (AM); (*se défaire de*) tirar; (*passerelle, pont*) construir, tender; (*bases, fondations*) establecer, sentar; (*lumière, son*) dar; **~ un coup d'œil (à)** echar un vistazo (a); **~ qch à qn** lanzar algo a algn; **~ un sort à qn** echar una maldición a algn; **se ~ dans** (*suj*: *fleuve*) desembocar en; **se ~ à l'eau** (*fig*) lanzarse a hacer algo

jeton [ʒ(ə)tɔ̃] *nm* ficha

jette *etc* [ʒɛt] *vb voir* **jeter**

jeu, x [ʒø] *nm* juego; (*interprétation*) actuación *f*, interpretación *f*; (MUS) interpretación; (TECH) juego, holgura; (*défaut de serrage*) holgura; **être/remettre en ~** (FOOTBALL) estar/poner en juego; **entrer/mettre en ~** (*fig*) entrar/poner en juego; **se piquer** *ou* **se prendre au ~** cegarse por el juego; **~ de cartes** juego de naipes; **~ de clés/d'aiguilles** (*série*) juego de llaves/de agujas; **~ d'échecs** ajedrez *m*; **~ de hasard/de mots** juego de azar/de palabras

jeudi [ʒødi] *nm* jueves *m inv*; **~ saint** jueves santo; *voir aussi* **lundi**

jeun [ʒœ̃]: **à ~** *adv* en ayunas

jeune [ʒœn] *adj* joven; (*récent*) joven, reciente; **~ fille** muchacha, chica; **~ homme** muchacho, chico; **~s gens** jóvenes *mpl*

jeûne [ʒøn] *nm* ayuno

jeunesse [ʒœnɛs] *nf* juventud *f*

joaillier, -ière [ʒɔaje, jɛʀ] *nm/f* joyero(-a)

joie [ʒwa] *nf* (*bonheur intense*) alegría, gozo; (*vif plaisir*) alegría

joindre [ʒwɛ̃dʀ] *vt* juntar, unir; **~ qch à** (*ajouter*) adjuntar algo a; **~ qn** (*réussir à contacter*) dar con algn, localizar a algn; **~ les deux bouts** (*fig*) llegar a final de mes; **se ~ à** (*s'unir*) unirse a

joint, e [ʒwɛ̃, ɛ̃t] *pp de* **joindre** ♦ *adj* junto(-a) ♦ *nm* (*articulation, assemblage*) junta, empalme *m*

joli, e [ʒɔli] *adj* bonito(-a), lindo(-a) (AM) (*fam*); **une ~e somme/situation** una buena suma/un buen puesto; **c'est du ~!** (*iron*) ¡muy bonito!; **c'est bien ~ mais ...** está muy bien pero ...

jonc [ʒɔ̃] *nm* (BOT) junco

jonction [ʒɔ̃ksjɔ̃] *nf* (*action*) unión *f*; **(point de) ~** (*de routes*) empalme *m*, enlace *m*

jongleur, -euse [ʒɔ̃glœʀ, øz] *nm/f* malabarista *m/f*

jonquille [ʒɔ̃kij] *nf* junquillo

Jordanie [ʒɔʀdani] *nf* Jordania

joue [ʒu] *nf* mejilla

jouer [ʒwe] *vt* jugar; (*pièce de théâtre*) representar; (*film, rôle*) interpretar; (*simuler*) fingir; (*morceau de musique*) ejecutar, tocar ♦ *vi* jugar; (CINÉ, THÉÂTRE) actuar; (*bois, porte*) combarse; **~ au héros** dárselas de héroe; **~ sur** (*miser*) jugar con; **~ de** (*instrument*) tocar; **~**

à (*jeu, sport*) jugar a; **~ avec** (*sa santé etc*) jugar con; **se ~ de** (*difficultés*) pasar por alto; **~ un tour à qn** jugar una mala pasada a algn; **à toi/nous de ~** (*fig*) te toca a ti/ nos toca a nosotros

jouet [ʒwɛ] *nm* juguete *m*

joueur, -euse [ʒwœʀ, øz] *nm/f* jugador(a); **être beau/mauvais ~** (*fig*) ser un buen/mal perdedor

jouir [ʒwiʀ]: **~ de** *vt ind* (*avoir*) gozar de; (*savourer*) disfrutar de

jour [ʒuʀ] *nm* día *m;* (*clarté*) luz *f;* (*ouverture*) hueco, vano; **de nos ~s** hoy en día; **sous un ~ favorable/ nouveau** (*fig*) bajo el aspecto más favorable/nuevo; **de ~** de día; **au ~ le ~, de ~ en ~** día a día; **il fait ~** es de día; **au grand ~** (*fig*) a todas luces, de forma evidente; **mettre au ~** (*découvrir*) sacar a la luz; **être/ mettre à ~** estar/poner al día; **donner le ~ à** dar a luz a; **voir le ~** salir a la luz; **~ férié** día festivo

journal, -aux [ʒuʀnal, o] *nm* periódico; (*personnel*) diario; **~ télévisé** diario televisado, telediario

journalier, -ière [ʒuʀnalje, jɛʀ] *adj* diario(-a)

journalisme [ʒuʀnalism] *nm* periodismo; **journaliste** *nm/f* periodista *m/f*

journée [ʒuʀne] *nf* día *m;* (*travail d'une journée*) jornada; **la ~ continue** la jornada continua

joyau, x [ʒwajo] *nm* joya

joyeux, -euse [ʒwajø, øz] *adj* feliz, alegre; **~ Noël!** ¡feliz Navidad!; **~ anniversaire!** ¡feliz cumpleaños!

jubiler [ʒybile] *vi* regocijarse

judas [ʒyda] *nm* mirilla

judiciaire [ʒydisjɛʀ] *adj* judicial

judicieux, -euse [ʒydisjø, jøz] *adj* juicioso(-a), sensato(-a)

judo [ʒydo] *nm* judo

juge [ʒyʒ] *nm* juez *m/f;* **~ d'instruction/de paix** juez de instrucción/de paz

jugé [ʒyʒe]: **au ~** *adv* a bulto

jugement [ʒyʒmɑ̃] *nm* (*JUR*) sentencia; (*gén*) juicio

juger [ʒyʒe] *vt* juzgar; (*JUR*) juzgar, sentenciar; **~ bon de faire ...** juzgar oportuno hacer ...; **~ de qch** juzgar algo

juif, -ive [ʒɥif, ʒɥiv] *adj* judío(-a) ♦ *nm/f*: **J~, -ive** judío(-a)

juillet [ʒɥijɛ] *nm* julio; **le premier ~** el uno de julio; **le deux/onze ~** el dos/once de julio; **début/fin ~** a primeros/finales de julio; **le 14 ~** el 14 de julio (*la fiesta nacional francesa*)

> **14 juillet**
>
> *En Francia,* **le 14 juillet** *es una fiesta nacional en conmemoración del asalto a la Bastilla durante la Revolución Francesa, celebrada con desfiles, música, baile y fuegos artificiales. En París tiene lugar un desfile militar por los Champs-Élysées en presencia del Presidente.*

juin [ʒɥɛ̃] *nm* junio; *voir aussi* **juillet**

jumeau, -elle, x [ʒymo, ɛl] *adj, nm/f* gemelo(-a)

jumeler [ʒym(ə)le] *vt* (*TECH*) acoplar; (*villes*) hermanar

jumelle [ʒymɛl] *vb voir* **jumeler** ♦ *adj, nf voir* **jumeau**; **~s** *nfpl* (*instrument*) gemelos *mpl*

jument [ʒymɑ̃] *nf* yegua

jungle [ʒœ̃gl] *nf* jungla, selva

jupe [ʒyp] *nf* falda, pollera (*AM*)

jupon [ʒypɔ̃] *nm* enaguas *fpl*

juré [ʒyʀe] *nm* jurado

jurer [ʒyʀe] *vt* jurar ♦ *vi* jurar; **~ (avec)** (*couleurs etc*) chocar (con), desentonar (con); **~ de faire/que** jurar hacer/que; **~ de qch** jurar algo, responder de algo

juridique [ʒyʀidik] *adj* jurídico(-a)

juron [ʒyʀɔ̃] *nm* juramento

jury [ʒyʀi] *nm* (*JUR*) jurado

jus [ʒy] *nm* jugo, zumo (*Esp*); (*de viande*) jugo; **~ de fruits** jugo *ou* zumo (*Esp*) de frutas

jusque [ʒysk]: **jusqu'à** *prép* hasta; **jusqu'au matin/soir** hasta la mañana/la tarde; **jusqu'à ce que** hasta que; **jusqu'à présent** *ou* **maintenant** hasta ahora; **~ sur/dans**

hasta arriba de/en; (*y compris*) hasta, incluso
justaucorps [ʒystokɔʀ] *nm* malla
juste [ʒyst] *adj* justo(-a); (*légitime*) justo(-a), legítimo(-a); (*étroit*) ajustado(-a); (*insuffisant*) escaso(-a) ♦ *adv* (*avec exactitude, précision*) con precisión; (*étroitement*) apretado; (*chanter*) afinado; **~ assez/au-dessus** bastante/hasta por encima de; **au ~** exactamente; **le ~ milieu** el término medio; **à ~ titre** con razón; **justement** *adv* justamente; **c'est justement ce qu'il fallait faire** es precisamente lo que había que hacer; **justesse** *nf* (*exactitude, précision*) precisión *f*, exactitud *f*; (*d'une remarque*) propiedad *f*; (*d'une opinion*) rectitud *f*; **de justesse** por poco
justice [ʒystis] *nf* justicia
justificatif, -ive [ʒystifikatif, iv] *adj* justificativo(-a)
justifier [ʒystifje] *vt* justificar; **~ de** probar; **justifié à droite/gauche** justificado a la derecha/izquierda
juteux, -euse [ʒytø, øz] *adj* jugoso(-a); (*fam*) jugoso(-a), sustancioso(-a)
juvénile [ʒyvenil] *adj* juvenil

K, k

K [kɑ] *abr* (= *kilooctet*) K
kaki [kaki] *adj inv* caqui
kangourou [kɑ̃guʀu] *nm* canguro
karaté [kaʀate] *nm* kárate *m*
kascher [kaʃɛʀ] *adj inv de acuerdo con las normas dietéticas de la ley hebraica*
kayak [kajak] *nm* kayak *m*
képi [kepi] *nm* quepis *m*
kermesse [kɛʀmɛs] *nf* romería
kidnapper [kidnape] *vt* secuestrar
kilo [kilo] *nm* kilo
kilo...: kilogramme *nm* kilogramo; **kilométrage** *nm* kilometraje *m*; **kilomètre** *nm* kilómetro; **kilométrique** *adj* kilométrico(-a)
kinésithérapeute [kineziteʀapøt] *nm/f* kinesiólogo(-a)
kiosque [kjɔsk] *nm* (*de jardin, à journaux*) kiosco *ou* quiosco
kir [kiʀ] *nm* kir *m* (*vino blanco con licor de grosella negra*)
kiwi [kiwi] *nm* kiwi *m*
klaxon [klaksɔn] *nm* bocina, claxon *m*; **klaxonner** *vi* tocar la bocina *ou* el claxon
km *abr* (= *kilomètre(s)*) km. (= *kilómetro(s)*)
km/h *abr* (= *kilomètres/heure*) km/h.
K.-O. [kao] *adj inv* K.O.
kyste [kist] *nm* quiste *m*

L, l

l' [l] *dét voir* **le**
la [la] *nm* (*MUS*) la *m inv* ♦ *dét, pron voir* **le**
là [la] *adv* (*plus loin*) ahí, allí; (*ici*) aquí; (*dans le temps*) entonces; **elle n'est pas ~** no está; **c'est ~ que** ahí *ou* allí es donde; (*ici*) aquí es donde; **~ où** allí donde; **par ~** (*fig*) con eso; **tout est ~** todo está ahí; **là-bas** *adv* allí
laboratoire [labɔʀatwaʀ] *nm* laboratorio
laborieux, -ieuse [labɔʀjø, jøz] *adj* laborioso(-a)
labourer [labuʀe] *vt* labrar
labyrinthe [labiʀɛ̃t] *nm* laberinto
lac [lak] *nm* lago
lacet [lasɛ] *nm* (*de chaussure*) cordón *m*
lâche [lɑʃ] *adj* (*poltron*) cobarde; (*desserré, pas tendu*) flojo(-a) ♦ *nm/f* cobarde *m/f*
lâcher [lɑʃe] *vt* soltar; (*SPORT: distancer*) despegarse de ♦ *vi* soltar; **~ les chiens** (*contre*) soltar los perros
lacrymogène [lakʀimɔʒɛn] *adj* lacrimógeno(-a)
lacune [lakyn] *nf* laguna
là-dedans [ladədɑ̃] *adv* ahí dentro
là-dessous [ladsu] *adv* ahí debajo; (*fig*) detrás de eso
là-dessus [ladsy] *adv* ahí encima; (*fig*) luego; (*à ce sujet*) al respecto
lagune [lagyn] *nf* laguna
là-haut [lao] *adv* allí arriba

laid, e [lɛ, lɛd] *adj* feo(-a); **laideur** *nf* fealdad *f*
lainage [lɛnaʒ] *nm* (*vêtement*) jersey *m ou* chaqueta de lana
laine [lɛn] *nf* lana; **pure ~** pura lana
laïque [laik] *adj, nm/f* laico(-a)
laisse [lɛs] *nf* (*de chien*) correa; **tenir en ~** tener atado(-a); (*fig*) manejar a su antojo
laisser [lese] *vt* dejar; **~ qch quelque part** dejar algo en algún sitio; **se ~ aller** abandonarse; **laisse-toi faire** déjate hacer; **rien ne laisse penser que ...** nada permite pensar que ...; **laisser-aller** *nm inv* (*péj*) desaliño; **laissez-passer** *nm inv* salvoconducto
lait [lɛ] *nm* leche *f*; **frère/sœur de ~** hermano/hermana de leche; **~ concentré/condensé** leche concentrada/condensada; **~ de beauté** leche de belleza; **laitage** *nm* producto lácteo; **laiterie** *nf* lechería; **laitier, -ière** *adj* (*produit, industrie*) lácteo(-a); **vache laitière** vaca lechera
laiton [lɛtɔ̃] *nm* latón *m*
laitue [lety] *nf* lechuga
lambeau, x [lɑ̃bo] *nm* jirón *m*; **en ~x** hecho(-a) jirones
lame [lam] *nf* (*de couteau etc*) hoja; (*de parquet etc*) lámina; (*vague*) ola; **~ de fond** mar *m* de fondo; **~ de rasoir** cuchilla de afeitar; **lamelle** *nf* laminilla
lamentable [lamɑ̃tabl] *adj* lamentable
lamenter [lamɑ̃te] *vb*: **se ~ (sur)** quejarse (de)
lampadaire [lɑ̃padɛʀ] *nm* lámpara de pie
lampe [lɑ̃p] *nf* lámpara; **~ de chevet/halogène** lámpara de mesa/ halógena; **~ à pétrole** lámpara de petróleo, quinqué *m*; **~ à souder** soplete *m*; **~ de poche** linterna
lance [lɑ̃s] *nf* lanza; **~ d'incendie/ d'arrosage** manguera de incendios/de riego
lancée [lɑ̃se] *nf*: **être/continuer sur sa ~** aprovechar el impulso inicial
lancement [lɑ̃smɑ̃] *nm* lanzamiento
lance-pierres [lɑ̃spjɛʀ] *nm inv* tirachinas *m inv*
lancer [lɑ̃se] *nm* lanzamiento ♦ *vt* lanzar; (*emprunt*) emitir; **~ qch à qn** lanzar algo a algn; (*de façon agressive*) arrojar algo a algn; **~ un appel** lanzar un llamamiento; **se ~** *vpr* lanzarse; **se ~ sur** *ou* **contre** lanzarse sobre *ou* contra; **se ~ dans** lanzarse en; **~ du poids** lanzamiento de peso
landau [lɑ̃do] *nm* coche *m ou* carro de niño
lande [lɑ̃d] *nf* landa
langage [lɑ̃gaʒ] *nm* lenguaje *m*
langouste [lɑ̃gust] *nf* langosta; **langoustine** *nf* cigala
langue [lɑ̃g] *nf* lengua; **~ de terre** franja de tierra; **tirer la ~ (à)** sacar la lengua (a); **de ~ française** de lengua francesa; **~ maternelle** lengua materna; **~ vivante** lengua viva
langueur [lɑ̃gœʀ] *nf* languidez *f*
languir [lɑ̃giʀ] *vi* languidecer; **faire ~ qn** hacer esperar a algn
lanière [lanjɛʀ] *nf* tralla
lanterne [lɑ̃tɛʀn] *nf* linterna; (*de voiture*) luz *f* de población; **~ rouge** (*fig*) farolillo rojo
laper [lape] *vt* beber a lengüetadas
lapidaire [lapidɛʀ] *adj* lapidario(-a)
lapin [lapɛ̃] *nm* conejo
Laponie [lapɔni] *nf* Laponia
laps [laps] *nm*: **~ de temps** lapso
laque [lak] *nm ou f* laca
laquelle [lakɛl] *pron voir* **lequel**
larcin [laʀsɛ̃] *nm* ratería
lard [laʀ] *nm* tocino
lardon [laʀdɔ̃] *nm* (CULIN) torrezno
large [laʀʒ] *adj* ancho(-a); **~ d'esprit** de mentalidad abierta ♦ *adv*: **calculer ~** calcular por lo alto; **voir ~** ver con amplitud ♦ *nm*: **5 m de ~** 5m de ancho; **le ~** alta mar; **au ~ de** a la altura de; **largement** *adv* ampliamente; (*au minimum*) al menos; (*sans compter*) generosamente; **largesse** *nf* esplendidez *f*, largueza; **largesses** *nfpl* (*dons*) regalos *mpl* espléndidos; **largeur** *nf* anchura; (*impression*

visuelle, fig) amplitud *f*

larguer [larɡe] *vt* (*fam*) pasar de; **~ les amarres** soltar amarras

larme [larm] *nf* lágrima; **une ~ de** (*fig*) una gota de; **en ~s** llorando; **larmoyer** *vi* (*yeux*) lagrimear

larvé, e [larve] *adj* larvado(-a)

laryngite [larɛ̃ʒit] *nf* laringitis *f inv*

las, lasse [lɑ, lɑs] *adj* fatigado(-a)

laser [lazɛr] *nm*: **(rayon) ~** (rayo) láser *m*; **disque ~** disco láser

lasse [lɑs] *adj f voir* **las**

lasser [lɑse] *vt* (*ennuyer*) cansar; **se ~ de** *vpr* cansarse de

latéral, e, -aux [lateral, o] *adj* lateral

latin, e [latɛ̃, in] *adj* latino(-a)

latitude [latityd] *nf* latitud *f*

lauréat, e [lɔrea, at] *nm/f* galardonado(-a)

laurier [lɔrje] *nm* laurel *m*

lavable [lavabl] *adj* lavable

lavabo [lavabo] *nm* lavabo

lavage [lavaʒ] *nm* lavado; **~ de cerveau** lavado de cerebro

lavande [lavɑ̃d] *nf* lavanda

lave [lav] *nf* lava

lave-linge [lavlɛ̃ʒ] *nm inv* lavadora

laver [lave] *vt* lavar; **se ~** *vpr* lavarse; **se ~ les dents/les mains** lavarse los dientes/las manos; **s'en ~ les mains** (*fig*) lavarse las manos con respecto a algo; **laverie** *nf*: **laverie (automatique)** lavandería; **lavette** *nf* estropajo; (*fig: péj*) calzonazos *m inv*; **laveur, -euse** *nm/f* (*de carreaux*) lavacristales *m inv*; (*de voitures*) lavacoches *m/f inv*; **lave-vaisselle** *nm inv* lavaplatos *m inv*; **lavoir** *nm* lavadero

laxatif, -ive [laksatif, iv] *adj, nm* laxante *m*

layette [lɛjɛt] *nf* canastilla

MOT-CLÉ

le [lə], **l', la** (*pl* **les**) *art déf* **1** (*masculin*) el; (*féminin*) la; (*pluriel*) los (las); **la pomme/l'arbre** la manzana/el árbol; **les étudiants/femmes** los estudiantes/las mujeres

2 (*indiquant la possession*): **avoir les yeux gris** tener los ojos grises

3 (*temps*): **travailler le matin/le soir** trabajar por la mañana/la tarde; **le jeudi** (*d'habitude*) los jueves; (*ce jeudi-là*) el jueves; **le lundi je vais toujours au cinéma** los lunes voy siempre al cine

4 (*distribution, évaluation*) el (la); **10 F le mètre/la douzaine** 10 francos el metro/la docena; **le tiers/quart de** el tercio/cuarto de

♦ *pron* **1** (*masculin*) lo; (*féminin*) la; (*pluriel*) los (las); **je le/la/les vois** lo/la/los(las) veo

2 (*remplaçant une phrase*): **je ne le savais pas** no lo sabía; **il était riche et ne l'est plus** era rico y ya no lo es

lécher [leʃe] *vt* lamer; **~ les vitrines** mirar los escaparates; **lèche-vitrines** *nm inv*: **faire du lèche-vitrines** mirar escaparates

leçon [l(ə)sɔ̃] *nf* clase *f*; (*fig*) lección *f*; **faire la ~** dar la lección; **~s de conduite** clases de conducir

lecteur, -trice [lɛktœr, tris] *nm/f* lector(a) ♦ *nm* (TECH): **~ de cassettes** cassette *m*; (INFORM): **~ de disquette(s)** *ou* **de disque** lector *m* de disquete(s) *ou* de disco

lecture [lɛktyr] *nf* lectura

légal, e, -aux [legal, o] *adj* legal; **légaliser** *vt* legalizar; **légalité** *nf* legalidad *f*

légendaire [leʒɑ̃dɛr] *adj* legendario(-a)

légende [leʒɑ̃d] *nf* leyenda; (*d'une photo*) pie *m*

léger, -ère [leʒe, ɛr] *adj* ligero(-a); (*erreur, retard*) leve; (*peu sérieux, personne*) superficial; (*volage*) frívolo(-a); **à la légère** a la ligera; **légèrement** *adv* ligeramente, suavemente; **légèreté** *nf* ligereza; (*d'une personne*) superficialidad *f*

Légion d'honneur

Creada por Napoleón en 1802 para premiar los servicios prestados al estado, **la Légion d'honneur** *es una prestigiosa orden encabezada* *por el Presidente de la República, el "Grand Maître". Sus miembros reciben una paga anual libre de impuestos.*

législatif, -ive [leʒislatif, iv] *adj* legislativo(-a); **législatives** *nfpl* elecciones *fpl* legislativas
légitime [leʒitim] *adj* legítimo(-a); **en (état de) ~ défense** (*JUR*) en (estado de) legítima defensa
legs [lɛg] *nm* (*JUR, fig*) legado
léguer [lege] *vt*: **~ qch à qn** legar algo a algn
légume [legym] *nm* verdura
lendemain [lɑ̃dmɛ̃] *nm*: **le ~** el día siguiente; **le ~ matin/soir** el día siguiente por la mañana/por la noche; **le ~ de** el día después de; **sans ~** sin futuro, sin porvenir
lent, e [lɑ̃, lɑ̃t] *adj* lento(-a); **lentement** *adv* lentamente; **lenteur** *nf* lentitud *f*
lentille [lɑ̃tij] *nf* (*OPTIQUE*) lente *f*; **~s de contact** lentillas *fpl*
léopard [leɔpaʀ] *nm* leopardo
lèpre [lɛpʀ] *nf* lepra
lequel, laquelle [ləkɛl, lakɛl] (*pl* **lesquels,** *f* **lesquelles**) (*à + lequel =* **auquel,** *de + lequel =* **duquel** *etc*) *pron* (*interrogatif*) cuál; (*relatif: personne*) el/la cual, que; (: *après préposition*) el/la cual; **laquelle des chambres est la sienne?** ¿cuál de las habitaciones es la suya?; **un homme sur la compétence duquel on ne peut compter** un hombre con cuya competencia no se puede contar ♦ *adj*: **il prit un livre, ~ livre ...** cogió un libro, el cual ...
les [le] *dét voir* **le**
lesbienne [lɛsbjɛn] *nf* lesbiana
lesdits, lesdites [ledi, ledit] *dét voir* **ledit**
léser [leze] *vt* perjudicar
lésiner [lezine] *vi*: **~ (sur)** escatimar (en)
lésion [lezjɔ̃] *nf* lesión *f*
lesquels, lesquelles [lekɛl] *pron voir* **lequel**
lessive [lesiv] *nf* detergente *m*; (*linge*) colada; (*opération*) lavado; **lessiver** *vt* lavar
lest [lɛst] *nm* lastre *m*
leste [lɛst] *adj* ágil, ligero(-a); (*osé*) atrevido(-a)
lettre [lɛtʀ] *nf* carta; (*TYPO*) letra; **~s** *nfpl* (*ART, SCOL*) letras *fpl*; **à la ~** (*fig*) al pie de la letra; **en toutes ~s** por extenso, sin abreviar; **~ morte: rester ~ morte** quedarse en papel mojado; **~ ouverte** (*POL, de journal*) carta abierta
leucémie [løsemi] *nf* leucemia
leur [lœʀ] *adj possessif* su ♦ *pron* (*objet indirect*) les; (: *après un autre prénom à la troisième personne*) se; **~ maison** su casa; **~s amis** sus amigos; **à ~ avis** en su opinión; **à ~ approche** al acercarse ellos; **à ~ vue** al verles; **je ~ ai dit la vérité** les dije la verdad; **je le ~ ai donné** se lo di; **le(la) ~, les ~s** (*possessif*) el (la) suyo(-a), los (las) suyos(-as)
leurs [lœʀ] *adj voir* **leur**
levain [ləvɛ̃] *nm* levadura
levé, e [ləve] *adj*: **être ~** estar levantado(-a); **au pied ~** de forma improvisada; **levée** *nf* (*POSTES*) recogida; (*CARTES*) baza; **levée de boucliers** (*fig*) levantamiento de protestas
lever [l(ə)ve] *vt* levantar; (*vitre*) subir; (*impôts*) recaudar; (*armée*) reclutar; **se ~** *vpr* levantarse; (*soleil*) salir ♦ *vi* (*CULIN*) levantarse; (*semis, graine*) brotar ♦ *nm*: **au ~** al amanecer; **~ de soleil/du jour** amanecer *m*; **~ du rideau** subida del telón
levier [ləvje] *nm* palanca
lèvre [lɛvʀ] *nf* labio; **du bout des ~s** (*manger*) con desgana
lévrier [levʀije] *nm* galgo
levure [l(ə)vyʀ] *nf* levadura
lexique [lɛksik] *nm* glosario
lézard [lezaʀ] *nm* lagarto
lézarde [lezaʀd] *nf* grieta
liaison [ljɛzɔ̃] *nf* (*rapport*) relación *f*; (*RAIL, AVIAT, PHONÉTIQUE*) enlace *m*; (*relation amoureuse*) relaciones *fpl*; (*hum*) lío; **entrer/être en ~ avec** entrar/estar en comunicación con
liane [ljan] *nf* liana
liasse [ljas] *nf* fajo

Liban [libɑ̃] *nm* Líbano; **libanais, e** *adj* libanés(-esa) ♦ *nm/f*: **Libanais, e** libanés(-esa)
libeller [libele] *vt*: **~ (au nom de)** extender (a la orden de)
libellule [libelyl] *nf* libélula
libéral, e, -aux [libeʀal, o] *adj, nm/f* liberal *m/f*; **les professions ~es** las profesiones liberales
libérer [libeʀe] *vt* liberar; (*de prison*) poner en libertad; **se ~** *vpr* (*de rendez-vous*) escaparse
liberté [libɛʀte] *nf* libertad *f*; **mettre/être en ~** poner/estar en libertad; **en ~ provisoire/surveillée/conditionnelle** en libertad provisional/vigilada/condicional; **~ d'association/de la presse/syndicale** libertad de asociación/de prensa/sindical; **~s individuelles** libertades individuales
libraire [libʀɛʀ] *nm/f* librero(-a)
librairie [libʀeʀi] *nf* librería
libre [libʀ] *adj* libre; (*propos, manières*) atrevido(-a); (*ligne téléphonique*) desocupado(-a); (SCOL) privado(-a); **~ de qch/de faire** libre de algo/de hacer; **en vente ~** de venta libre; **~ arbitre** libre albedrío; **libre-échange** *nm* librecambio; **libre-service** (*pl* **libres-services**) *nm* autoservicio
Libye [libi] *nf* Libia
licence [lisɑ̃s] *nf* licencia; (*diplôme*) ≃ licenciatura
licencié, e [lisɑ̃sje] *nm/f*: **~ ès lettres/en droit** ≃ licenciado(-a) en letras/derecho; (SPORT) poseedor(a) de licencia
licenciement [lisɑ̃simɑ̃] *nm* despido
licencier [lisɑ̃sje] *vt* despedir
licite [lisit] *adj* lícito(-a)
lie [li] *nf* heces *fpl*
lié, e [lje] *adj*: **être très ~ avec qn** (*fig*) tener mucha confianza con algn; **être ~ par** (*serment, promesse*) estar comprometido(-a) por
liège [ljɛʒ] *nm* corcho
lien [ljɛ̃] *nm* ligadura; (*rapport affectif, culturel*) vínculo; **~ de parenté** lazo de parentesco
lier [lje] *vt* (*attacher*) atar; (*joindre*) unir, ligar; (*fig*) unir; (*moralement*) vincular; (*sauce*) espesar; **se ~ (avec qn)** relacionarse (con algn); **~ qch à** (*attacher*) atar algo a; **~ amitié (avec)** trabar amistad (con); **~ conversation (avec)** entablar conversación (con); **~ connaissance (avec)** entablar relación (con), trabar conocimiento (con)
lierre [ljɛʀ] *nm* hiedra
lieu, x [ljø] *nm* (*position*) lugar *m*, sitio; (*endroit*) lugar; **~x** *nmpl* (*habitation, salle*): **vider** *ou* **quitter les ~x** desalojar el lugar; (*d'un accident, manifestation*) **arriver/être sur les ~x** llegar al/estar en el lugar; **en ~ sûr** en lugar seguro; **en haut ~** en altas esferas; **en premier/dernier ~** en primer/último lugar; **avoir ~** tener lugar, suceder; **donner ~ à** dar lugar a; **au ~ de** en lugar de, en vez de; **~ commun** lugar común; **~ public** lugar público; **lieu-dit** (*pl* **lieux-dits**) *nm* aldea
lieutenant [ljøt(ə)nɑ̃] *nm* teniente *m*
lièvre [ljɛvʀ] *nm* liebre *f*
ligament [ligamɑ̃] *nm* ligamento
ligne [liɲ] *nf* línea; **entrer en ~ de compte** entrar en cuenta; **~ de conduite** línea de conducta
lignée [liɲe] *nf* linaje *m*
ligoter [ligɔte] *vt* (*bras, personne*) amarrar
ligue [lig] *nf* (*association*) liga, asociación *f*
lilas [lilɑ] *nm* lila
limace [limas] *nf* babosa
limande [limɑ̃d] *nf* gallo
lime [lim] *nf* lima; **~ à ongles** lima de uñas; **limer** *vt* limar
limitation [limitasjɔ̃] *nf* limitación *f*; **~ de vitesse** limitación de velocidad
limite [limit] *nf* límite *m*; **à la ~** (*au pire*) como mucho; **vitesse/charge ~** velocidad *f*/carga límite; **cas ~** caso límite; **date ~ de vente/consommation** fecha límite de venta/consumo; **limiter** *vt* (*délimiter*) delimitar; **limitrophe** *adj* limítrofe
limoger [limɔʒe] *vt* destituir

limon [limɔ̃] *nm* limo
limonade [limɔnad] *nf* gaseosa
lin [lɛ̃] *nm* lino
linceul [lɛ̃sœl] *nm* mortaja
linge [lɛ̃ʒ] *nm* (*serviettes etc*) ropa blanca; (*pièce de tissu*) lienzo; (*aussi:* **~ de corps**) ropa interior; (*lessive*) colada; **lingerie** *nf* lencería
lingot [lɛ̃go] *nm* lingote *m*
linguistique [lɛ̃gɥistik] *adj* lingüístico(-a) ♦ *nf* lingüística
lion, ne [ljɔ̃, ɔn] *nm/f* león (leona); **lionceau, x** *nm* cachorro de león
liqueur [likœʀ] *nf* licor *m*
liquidation [likidasjɔ̃] *nf* liquidación *f*
liquide [likid] *adj* líquido(-a) ♦ *nm* líquido; **en ~** (COMM) en líquido; **liquider** *vt* liquidar
lire [liʀ] *nf* (*monnaie italienne*) lira ♦ *vt, vi* leer
lis [lis] *vb voir* **lire** ♦ *nm* = **lys**
lisible [lizibl] *adj* legible
lisière [lizjɛʀ] *nf* (*d'une forêt*) lindero, linde *m ou f*
lisons [lizɔ̃] *vb voir* **lire**
lisse [lis] *adj* liso(-a)
liste [list] *nf* lista; **faire la ~ de** hacer la lista de; **~ de mariage** lista de boda; **~ électorale/noire** lista electoral/negra; **listing** *nm* (INFORM) listado
lit [li] *nm* cama; (*de rivière*) lecho; **faire son ~** hacerse la cama; **aller/se mettre au ~** ir a/meterse en la cama; **~ d'enfant** cuna; **~ de camp** cama de campaña; **~ simple/double** cama sencilla/de matrimonio
literie [litʀi] *nf* ropa de cama
litige [litiʒ] *nm* litigio
litre [litʀ] *nm* litro
littéraire [liteʀɛʀ] *adj* literario(-a)
littéral, e, -aux [liteʀal, o] *adj* literal
littérature [liteʀatyʀ] *nf* literatura
littoral, e, -aux [litɔʀal, o] *adj, nm* litoral *m*
livide [livid] *adj* lívido(-a)
livraison [livʀɛzɔ̃] *nf* entrega, reparto
livre [livʀ] *nm* libro ♦ *nf* (*poids, monnaie*) libra; **~ d'or** libro de oro; **~ de bord** diario de navegación; **~ de poche** libro de bolsillo
livré, e [livʀe] *adj*: **~ à** (*soumis à*) sometido(-a) a; **~ à soi-même** abandonado a sí mismo
livrer [livʀe] *vt* (*marchandises, otage, complice*) entregar; (*plusieurs colis etc*) repartir; (*secret, information*) revelar; **se ~ à** *vpr* entregarse a
livret [livʀɛ] *nm* (*petit livre*) librito; (*d'opéra*) libreto; **~ de caisse d'épargne** libreta de ahorros; **~ de famille** libro de familia; **~ scolaire** libro escolar
livreur, -euse [livʀœʀ, øz] *nm/f* repartidor(a)
local, e, -aux [lɔkal, o] *adj* local ♦ *nm* local *m*; **locaux** *nmpl* (*d'une compagnie*) locales *mpl*; **localité** *nf* localidad *f*
locataire [lɔkatɛʀ] *nm/f* inquilino(-a)
location [lɔkasjɔ̃] *nf* alquiler *m*; (*par le propriétaire*) arriendo, alquiler; **"~ de voitures"** "alquiler de coches"
locomotive [lɔkɔmɔtiv] *nf* locomotora
locution [lɔkysjɔ̃] *nf* (LING) locución *f*
loge [lɔʒ] *nf* (*d'artiste*) camerino; (*de spectateurs*) palco; (*de concierge*) portería, conserjería; (*de franc-maçon*) logia
logement [lɔʒmɑ̃] *nm* alojamiento; (*maison, appartement*) vivienda; **chercher un ~** buscar una vivienda; **~ de fonction** alojamiento de servicio
loger [lɔʒe] *vt* alojar ♦ *vi* vivir; **se ~** *vpr*: **trouver à se ~** encontrar dónde alojarse *ou* vivir; **logeur, -euse** *nm/f* casero(-a)
logiciel [lɔʒisjɛl] *nm* (INFORM) software *m*
logique [lɔʒik] *adj* lógico(-a) ♦ *nf* lógica
logo [lɔgo] *nm* (COMM) logotipo
loi [lwa] *nf* ley *f*; **faire la ~** dictar la ley
loin [lwɛ̃] *adv* lejos; **au ~** a lo lejos; **de ~** de lejos; (*de beaucoup*) con mucho; **il revient de ~** (*fig*) ha vuelto a nacer; **~ de là** ni mucho menos
lointain, e [lwɛ̃tɛ̃, ɛn] *adj* lejano(-a)

loir [lwaʀ] *nm* lirón *m*
loisir [lwaziʀ] *nm*: **heures de ~** horas *fpl* de ocio; **~s** *nmpl* tiempo libre *msg*; (*activités*) diversiones *fpl*
londonien, ne [lɔ̃dɔnjɛ̃, jɛn] *adj* londinense ♦ *nm/f*: **L~, ne** londinense *m/f*
Londres [lɔ̃dʀ] *n* Londres
long, longue [lɔ̃, lɔ̃g] *adj* largo(-a) ♦ *adv*: **en dire/savoir ~** decir/saber mucho ♦ *nm*: **de 5 mètres de ~** de 5 metros de largo; **au ~ cours** (*NAUT*) de altura; **de longue date** de antiguo; **longue durée** larga duración; **(tout) le ~ de** (*rue, bord*) a lo largo de; **tout au ~ de** (*année, vie*) a lo largo de; **de ~ en large** de un lado a otro
longer [lɔ̃ʒe] *vt* bordear, costear
longiligne [lɔ̃ʒiliɲ] *adj* longilíneo(-a)
longitude [lɔ̃ʒityd] *nf* longitud *f*
longtemps [lɔ̃tɑ̃] *adv* mucho tiempo; **avant ~** dentro de poco; **pour/pendant ~** para/durante mucho tiempo; **mettre ~ à faire qch** costarle mucho tiempo a algn *ou* algo hacer algo; **elle/il en a pour ~ (à le faire)** le va a llevar un buen rato (hacerlo); **il y a ~ que je n'ai pas travaillé** llevo mucho tiempo sin trabajar
longue [lɔ̃g] *adj f voir* **long** ♦ *nf*: **à la ~** a la larga; **longuement** *adv* mucho tiempo, largamente
longueur [lɔ̃gœʀ] *nf* longitud *f*; **en ~** a lo largo; **tirer en ~** alargarse demasiado; **à ~ de journée** durante todo el día
loquet [lɔkɛ] *nm* picaporte *m*
lorgner [lɔʀɲe] *vt* mirar de reojo
lors [lɔʀ]: **~ de** *prép* durante
lorsque [lɔʀsk] *conj* cuando
losange [lɔzɑ̃ʒ] *nm* rombo
lot [lo] *nm* lote *m*; (*de loterie*) premio; **~ de consolation** premio de consolación
loterie [lɔtʀi] *nf* (*tombola*) lotería, rifa
lotion [losjɔ̃] *nf* loción *f*
lotissement [lɔtismɑ̃] *nm* (*de maisons, d'immeubles*) urbanización *f*
loto [lɔto] *nm* lotería; (*jeu de hasard*) loto

> **Loto**
>
> *La* **Loto** *es un sorteo nacional de lotería que distribuye grandes sumas de dinero. Los apostantes escogen 7 números de entre 49. Cuantos más números acertados, mayor es el premio. El sorteo se televisa dos veces a la semana.*

lotte [lɔt] *nf* (*de mer*) rape *m*
louanges [lwɑ̃ʒ] *nfpl* (*compliments*) elogios *mpl*, alabanzas *fpl*
loubard [lubaʀ] *nm* macarra *m*
louche [luʃ] *adj* sospechoso(-a) ♦ *nf* cucharón *m*; **loucher** *vi* bizquear
louer [lwe] *vt* alquilar; (*réserver*) reservar; **"à ~"** "se alquila"
loup [lu] *nm* lobo; (*poisson*) róbalo, lubina
loupe [lup] *nf* (*OPTIQUE*) lupa; **~ de noyer** (*MENUISERIE*) nudo de nogal; **à la ~** (*fig*) con lupa
louper [lupe] (*fam*) *vt* (*train etc*) perder; (*examen*) catear
lourd, e [luʀ, luʀd] *adj* pesado(-a); (*chaleur, temps*) bochornoso(-a); (*responsabilité*) importante; **~ de** (*conséquences, menaces*) lleno(-a) de; **lourdaud, e** (*péj*) *adj* torpe, tosco(-a); **lourdement** *adv*: **marcher/tomber lourdement** andar con paso pesado/caer como un plomo; **se tromper lourdement** equivocarse burdamente
loutre [lutʀ] *nf* nutria
louveteau, x [luv(ə)to] *nm* (*ZOOL*) lobezno; (*scout*) joven scout *m*
louvoyer [luvwaje] *vi* (*NAUT*) bordear; (*fig*) andar con rodeos
loyal, e, -aux [lwajal, o] *adj* leal; (*fair-play*) legal; **loyauté** *nf* lealtad *f*
loyer [lwaje] *nm* alquiler *m*
lu [ly] *pp de* **lire**
lubie [lybi] *nf* capricho, antojo
lubrifiant [lybʀifjɑ̃] *nm* lubrificante *m*
lubrifier [lybʀifje] *vt* lubrificar
lubrique [lybʀik] *adj* lúbrico(-a)
lucarne [lykaʀn] *nf* tragaluz *m*
lucide [lysid] *adj* lúcido(-a)

lucratif, -ive [lykʀatif, iv] *adj* lucrativo(-a); **à but non ~** sin ánimo de lucro

lueur [lɥœʀ] *nf* resplandor *m*; (*fig: de désir, colère*) señal *f*; (*d'espoir*) rayo, chispa

luge [lyʒ] *nf* trineo (*pequeño*)

lugubre [lygybʀ] *adj* lúgubre; (*lumière, temps*) lóbrego(-a)

lui [lɥi] *pron* (*objet indirect*) le; (*: après un autre pronom à la troisième personne*) se; (*sujet, objet direct: aussi forme emphatique*) él; **je ~ ai donné de l'argent** le di dinero; **je le ~ donne** se lo doy; **elle est riche, ~ est pauvre** ella es rica, él es pobre; **~, il est à Paris** él está en París; **c'est ~ qui l'a fait** lo hizo él; **à ~** (*possessif*) suyo(-a), suyos(-as), de él; **cette voiture est à ~** ese coche es suyo; **je la connais mieux que ~** la conozco mejor que él; **~-même** él mismo; **il a agi de ~-même** obró por sí mismo

luire [lɥiʀ] *vi* brillar, relucir

lumière [lymjɛʀ] *nf* luz *f*; (*personne*) lumbrera; **~s** *nfpl* (*d'une personne*) luces *fpl*; **mettre qch en ~** (*fig*) poner algo en claro, sacar algo a la luz; **~ du jour/du soleil** luz del día/ del sol

luminaire [lyminɛʀ] *nm* luminaria

lumineux, -euse [lyminø, øz] *adj* luminoso(-a)

lunatique [lynatik] *adj* lunático(-a)

lundi [lœ̃di] *nm* lunes *m inv*; **on est ~** estamos a lunes; **le(s) lundi(s)** (*chaque lundi*) el (los) lunes; **"à ~"** "hasta el lunes"; **~ de Pâques** lunes de Pascua

lune [lyn] *nf* luna; **être dans la ~** estar en la luna; **~ de miel** luna de miel

lunette [lynɛt] *nf*: **~s** *nfpl* gafas *fpl*, anteojos *mpl* (AM); **~ arrière** (AUTO) ventanilla trasera; **~s noires/de soleil** gafas negras/de sol

lustre [lystʀ] *nm* araña; (*éclat*) brillo; **lustrer** *vt* lustrar

luth [lyt] *nm* laúd *m*

lutin [lytɛ̃] *nm* duende *m*

lutte [lyt] *nf* lucha; **lutter** *vi* luchar

luxe [lyks] *nm* lujo; **de ~** de lujo

Luxembourg [lyksɑ̃buʀ] *nm* Luxemburgo

luxer [lykse] *vt*: **se ~ l'épaule/le genou** luxarse el hombro/la rodilla

luxueux, -euse [lyksɥø, øz] *adj* lujoso(-a)

lycée [lise] *nm* instituto, liceo (AM); **lycéen, ne** *nm/f* alumno(-a) de instituto

lyophilisé, e [ljɔfilize] *adj* liofilizado(-a)

lyrique [liʀik] *adj* lírico(-a)

lys [lis] *nm* (BOT) lirio; (*emblème*) lis *m*

M, m

M *abr* (= *Monsieur*) Sr. (= *Señor*)

m' [m] *pron voir* **me**

ma [ma] *dét voir* **mon**

macaron [makaʀɔ̃] *nm* mostachón *m*

macaroni [makaʀɔni] *nm* macarrones *mpl*

macédoine [masedwan] *nf*: **~ de fruits** macedonia de frutas

macérer [maseʀe] *vi, vt* macerar

mâcher [mɑʃe] *vt* masticar; **ne pas ~ ses mots** no tener pelos en la lengua

machin [maʃɛ̃] (*fam*) *nm* chisme *m*

machinal, e, -aux [maʃinal, o] *adj* maquinal; **machinalement** *adv* mecánicamente

machination [maʃinasjɔ̃] *nf* maquinación *f*

machine [maʃin] *nf* máquina; **~ à coudre/à écrire/à tricoter** máquina de coser/de escribir/de tricotar; **~ à laver** lavadora; **~ à sous** máquina tragaperras *inv*

mâchoire [mɑʃwaʀ] *nf* mandíbula

mâchonner [mɑʃɔne] *vt* mordisquear

maçon [masɔ̃] *nm* albañil *m*; **maçonnerie** *nf* albañilería; (*murs*) muros *mpl*

Madame [madam] (*pl* **Mesdames**) *nf*: **~ X** la señora X; **occupez-vous de ~/de Monsieur/de Mademoiselle** atienda a la señora/al señor/a la señorita; **bonjour ~/Monsieur/**

Mademoiselle (*ton déférent*) buenos días señora/señor/señorita; **~/ monsieur** (*pour appeler*) ¡(oiga) señora/señor!; **~/Monsieur/ Mademoiselle** (*sur lettre*) Señora/ Señor/Señorita; **chère ~/cher Monsieur/chère Mademoiselle** estimado(-a) Señora/Señor/Señorita; **Mesdames** Señoras

madeleine [madlɛn] *nf* (*gâteau*) magdalena

Mademoiselle [madmwazɛl] (*pl* **Mesdemoiselles**) *nf* Señorita; *voir aussi* **Madame**

madère [madɛʀ] *nm* madeira *m*

magasin [magazɛ̃] *nm* tienda; (*entrepôt*) almacén *m*

magazine [magazin] *nm* revista; (*radiodiffusé, télévisé*) magazine *m*

Maghreb [magʀɛb] *nm* Magreb *m*

magicien, ne [maʒisjɛ̃, jɛn] *nm/f* mago(-a)

magie [maʒi] *nf* magia; **magique** *adj* mágico(-a)

magistral, -aux [maʒistʀal, o] *adj* magistral; **cours ~** (*ex cathedra*) clase *f* teórica

magistrat [maʒistʀa] *nm* magistrado

magnétique [maɲetik] *adj* magnético(-a)

magnétophone [maɲetɔfɔn] *nm* magnetófono; **~ (à cassettes)** cassette *m*

magnétoscope [maɲetɔskɔp] *nm* magnetoscopio

magnifique [maɲifik] *adj* magnífico(-a)

magret [magʀɛ] *nm*: **~ de canard** filete *m* de pechuga de pato

mai [mɛ] *nm* mayo; *voir aussi* **juillet**

> **mai**
>
> **Le premier mai** *es una fiesta oficial en Francia que marca las movilizaciones sindicales de 1886 en Estados Unidos para conseguir la jornada laboral de ocho horas. Es costumbre intercambiar y llevar puestas ramitas de lirio de los valles.* **Le 8 mai** *es una fiesta oficial en Francia para conmemorar la rendición del ejército alemán ante Eisenhower el 7 de mayo de 1945. En la mayoría de las poblaciones se hacen desfiles de veteranos de guerra. La agitación social que tuvo lugar en mayo y junio de 1968, con manifestaciones estudiantiles, huelgas y disturbios, se conoce genéricamente como "les événements de* **mai 68**". *El gobierno de De Gaulle resistió, aunque se vio abocado a realizar reformas educativas y a avanzar hacia la descentralización.*

maigre [mɛgʀ] *adj* (*après nom: personne, animal*) delgado(-a), flaco(-a); (*: viande, fromage*) magro(-a); (*fig: avant nom: repas, salaire, profit*) escaso(-a); **maigreur** *nf* delgadez *f*, flaqueza; **maigrir** *vi* adelgazar

maille [mɑj] *nf* (*boucle*) eslabón *m*; (*ouverture: dans un filet etc*) punto; **avoir ~ à partir avec qn** andar en dimes y diretes con algn; **~ à l'endroit/à l'envers** punto del derecho/del revés

maillet [majɛ] *nm* (*outil*) mazo

maillon [mɑjɔ̃] *nm* (*d'une chaîne*) eslabón *m*

maillot [majo] *nm* malla; (*de sportif*) camiseta; **~ (de corps)** camiseta; **~ de bain** traje *m* de baño, bañador *m*

main [mɛ̃] *nf* mano *f*; **à la ~** a mano; **se donner la ~** darse la mano; **donner** *ou* **tendre la ~ à qn** dar *ou* tender la mano a algn; **serrer la ~ à qn** estrechar la mano a algn; **sous la ~** a mano; **haut les ~s** arriba las manos; **attaque à ~ armée** ataque *m* a mano armada; **à remettre en ~s propres** a entregar en mano; **mettre la dernière ~ à qch** dar el último toque a algo; **mettre la ~ à la pâte** poner manos a la obra; **forcer la ~ à qn** obligar a algn; **s'en laver les ~s** (*fig*) lavarse las manos; **se faire la ~** entrenarse; **perdre la ~** estar desentrenado(-a); **en un tour de ~** (*fig*) en un periquete; **~ courante** pasamanos *m inv*; **main-d'œuvre** (*pl* **mains-d'œuvre**) *nf* mano *f* de obra; **mainmise** *nf* (*fig*): **avoir la mainmise sur** tener control sobre

maint, e [mɛ̃, mɛ̃t] *adj* varios(-as); **à ~es reprises** en repetidas ocasiones

maintenant [mɛ̃t(ə)nɑ̃] *adv* ahora; (*ceci dit*) ahora bien

maintenir [mɛ̃t(ə)niʀ] *vt* mantener; **se ~** *vpr* mantenerse

maintien [mɛ̃tjɛ̃] *nm* mantenimiento; (*attitude, allure, contenance*) compostura

maire [mɛʀ] *nm* alcalde *m*, intendente *m* (CSUR), regente *m* (MEX); **mairie** *nf* ayuntamiento

mais [mɛ] *conj* pero; **~ non!** ¡que no!; **~ enfin!** ¡pero bueno!; **~ encore** sino que

maïs [mais] *nm* maíz *m*

maison [mɛzɔ̃] *nf* casa ♦ *adj inv* (CULIN) casero(-a); **~ de repos** casa de reposo; **~ de santé** centro de salud; **~ des jeunes** casa de la juventud

> maisons des jeunes et de la culture
>
> **Maisons des jeunes et de la culture** *son centros juveniles que organizan una amplia gama de actividades deportivas y culturales y, asimismo, realizan trabajo social. Están parcialmente financiados por el estado.*

maître, maîtresse [mɛtʀ, mɛtʀɛs] *nm/f* (*chef*) jefe(-a); (SCOL) maestro(-a) ♦ *nm* (*peintre etc*) maestro; (JUR): **M~** *título que se da en Francia a abogados, procuradores y notarios* ♦ *adj* maestro(-a); **être ~ de** dominar; **une ~sse femme** toda una mujer; **~ chanteur** chantajista *m*; **~ d'hôtel** (*d'hôtel*) jefe de comedor, maître *m*; **~ nageur** monitor(a) de natación; **maîtresse** *nf* (*amante*) amante *f*; (SCOL) maestra; **maîtresse de maison** (*hôtesse*) señora *ou* dueña de la casa

maîtrise [metʀiz] *nf* (*aussi:* **~ de soi**) dominio de sí mismo; (*habileté, virtuosité*) maestría; (*suprématie*) dominio; (*diplôme*) ≃ licenciatura; **maîtriser** *vt* dominar; **se maîtriser** *vpr* dominarse

majestueux, -euse [maʒɛstɥø, øz] *adj* majestuoso(-a)

majeur, e [maʒœʀ] *adj* mayor; (JUR: *personne*) mayor de edad; (*préoccupation*) principal ♦ *nm/f* (JUR) mayor *m/f* de edad ♦ *nm* (*doigt*) corazón *m*; **en ~e partie** en su mayor parte

majorer [maʒɔʀe] *vt* recargar

majoritaire [maʒɔʀitɛʀ] *adj* mayoritario(-a)

majorité [maʒɔʀite] *nf* mayoría; (JUR) mayoría de edad; **en ~** en su mayoría; **avoir la ~** tener la mayoría

majuscule [maʒyskyl] *adj, nf*: **(lettre) ~** (letra) mayúscula

mal, maux [mal, mo] *nm* (*tort, épreuve, malheur*) desgracia; (*douleur physique*) dolor *m*; (*maladie*) mal *m*; (*difficulté*) dificultad *f* ♦ *adv* mal ♦ *adj m*: **c'est ~ (de faire)** está mal (hacer); **être ~** (*mal installé*) estar incómodo(-a); **se sentir/se trouver ~** sentirse/encontrarse mal; **il a ~ compris** ha entendido mal; **~ tourner** ir mal; **dire du ~ de qn** hablar mal de algn; **penser du ~ de qn** pensar mal de algn; **ne voir aucun ~ à** no ver ningún mal en; **faire du ~ à qn** hacer daño a algn; **se donner du ~ pour faire qch** tomarse trabajo para hacer algo; **se faire ~** hacerse daño; **ça fait ~** duele; **j'ai ~ (ici)** me duele (aquí); **j'ai ~ au dos** me duele la espalda; **avoir ~ à la tête/aux dents** tener dolor de cabeza/de muelas; **avoir ~ au cœur** tener náuseas; **j'ai du ~ à faire...** me cuesta hacer...; **avoir le ~ du pays** tener morriña; **~ en point** *adj inv* bastante mal

malade [malad] *adj* enfermo(-a); (*poitrine, jambe*) malo(-a) ♦ *nm/f* enfermo(-a); **tomber ~** caer enfermo(-a); **être ~ du cœur** estar enfermo(-a) del corazón; **~ mental** enfermo mental; **maladie** *nf*

enfermedad *f*; **maladif, -ive** *adj* enfermizo(-a)
maladresse [maladʀɛs] *nf* torpeza
maladroit, e [maladʀwa, wat] *adj* torpe
malaise [malɛz] *nm* malestar *m*
malaria [malaʀja] *nf* malaria
malaxer [malakse] *vt* amasar
malchance [malʃɑ̃s] *nf* mala suerte; **par ~** por desgracia; **malchanceux, -euse** *adj* desafortunado(-a)
mâle [mɑl] *nm* macho ♦ *adj* macho; (*enfant*) varón; (*viril*) varonil, viril; **prise** *f* **~** (*ÉLEC*) clavija
malédiction [malediksjɔ̃] *nf* maldición *f*
mal...: malentendant, e *nm/f*: **les malentendants** las personas con defectos de audición; **malentendu** *nm* malentendido; **malfaçon** *nf* defecto; **malfaisant, e** *adj* (*bête*) dañino(-a); (*être*) malo(-a); (*idées, influence*) nocivo(-a); **malfaiteur** *nm* malhechor *m*; (*voleur*) ladrón *m*; **malfamé, e** *adj* de mala fama
malgache [malgaʃ] *adj* malgache ♦ *nm* (*LING*) malgache *m* ♦ *nm/f*: **M~** malgache *m/f*
malgré [malgʀe] *prép* (*contre le gré de*) contra la voluntad de; (*en dépit de*) a pesar de; **~ tout** a pesar de todo
malheur [malœʀ] *nm* desgracia; **faire un ~** (*fam*) explotar; **malheureusement** *adv* desgraciadamente; **malheureux, -euse** *adj* (*triste*: *personne*) infeliz, desdichado(-a); (*existence, accident*) desgraciado(-a), desdichado(-a); (*malchanceux*: *candidat*) derrotado(-a); (*insignifiant*) miserable ♦ *nm/f* desgraciado(-a); **la malheureuse femme/victime** la desdichada mujer/víctima; **les malheureux** los desamparados
malhonnête [malɔnɛt] *adj* deshonesto(-a); **malhonnêteté** *nf* falta de honradez
malice [malis] *nf* malicia; **malicieux, -ieuse** *adj* malicioso(-a)
malin, -igne [malɛ̃, maliɲ] *adj* (*f gén maline*) astuto(-a); (*MÉD*) maligno(-a)
malingre [malɛ̃gʀ] *adj* enteco(-a)
malle [mal] *nf* baúl *m*; **mallette** *nf* maletín *m*
malmener [malməne] *vt* maltratar; (*fig*: *adversaire*) dejar maltrecho(-a)
malodorant, e [malɔdɔʀɑ̃, ɑ̃t] *adj* maloliente
malpoli, e [malpɔli] *nm/f* maleducado(-a)
malsain, e [malsɛ̃, ɛn] *adj* malsano(-a); (*esprit, curiosité*) morboso(-a)
malt [malt] *nm* malta
Malte [malt] *nf* Malta
maltraiter [maltʀete] *vt* maltratar
malveillance [malvɛjɑ̃s] *nf* mala intención *f*; (*JUR*) malevolencia
malversation [malvɛʀsasjɔ̃] *nf* malversación *f*
maman [mamɑ̃] *nf* mamá
mamelle [mamɛl] *nf* teta
mamelon [mam(ə)lɔ̃] *nm* pezón *m*
mamie [mami] (*fam*) *nf* abuelita, nana
mammifère [mamifɛʀ] *nm* mamífero
mammouth [mamut] *nm* mamut *m*
manche [mɑ̃ʃ] *nf* manga; (*d'un jeu, tournoi*) partida; (*GÉO*): **la M~** Canal *m* de la Mancha; **faire la ~** tocar en la calle ♦ *nm* mango; **~ à balai** *nm* palo de escoba
manchette [mɑ̃ʃɛt] *nf* (*de chemise*) puño; (*coup*) *golpe dado con el antebrazo*; (*PRESSE*) cabecera, titular *m*
manchot, e [mɑ̃ʃo, ɔt] *adj* manco(-a) ♦ *nm* (*ZOOL*) pingüino
mandarine [mɑ̃daʀin] *nf* mandarina
mandat [mɑ̃da] *nm* (*postal*) giro; (*d'un député, président*) mandato; (*POLICE*) orden *f*; **~ d'arrêt** orden de arresto; **mandataire** *nm/f* mandatario(-a)
manège [manɛʒ] *nm* (*école d'équitation*) picadero; (*à la foire*) tiovivo; (*fig*: *manœuvre*) maniobra
manette [manɛt] *nf* palanca
mangeable [mɑ̃ʒabl] *adj* comible
mangeoire [mɑ̃ʒwaʀ] *nf* pesebre *m*
manger [mɑ̃ʒe] *vt* comer; (*ronger*: *suj*: *rouille etc*) carcomer ♦ *vi* comer
mangue [mɑ̃g] *nf* mango

maniable [manjabl] *adj* manejable
maniaque [manjak] *adj* maniático(-a) ♦ *nm/f* (*obsédé, fou*) maníaco(-a)
manie [mani] *nf* manía
manier [manje] *vt* manejar
manière [manjɛʀ] *nf* manera; **~s** *nfpl* (*attitude*) modales *mpl*; (*chichis*) melindres *mpl*; **de ~ à** con objeto de; **de telle ~ que** de tal manera que; **de cette ~** de esta manera; **d'une ~ générale** en general; **de toute ~** de todas maneras; **d'une certaine ~** en cierto sentido
maniéré, e [manjeʀe] *adj* amanerado(-a)
manifestant, e [manifɛstɑ̃, ɑ̃t] *nm/f* manifestante *m/f*
manifestation [manifɛstasjɔ̃] *nf* manifestación *f*; (*fête, réunion etc*) acto
manifeste [manifɛst] *adj* manifiesto(-a) ♦ *nm* manifiesto; **manifester** *vt* manifestar ♦ *vi* (POL) manifestarse; **se manifester** *vpr* manifestarse; (*témoin*) presentarse
manigancer [manigɑ̃se] *vt* tramar
manipulation [manipylasjɔ̃] *nf* manipulación *f*; **~ génétique** manipulación genética
manipuler [manipyle] *vt* manipular
manivelle [manivɛl] *nf* manivela
mannequin [mankɛ̃] *nm* (COUTURE) maniquí *m*; (MODE) modelo
manœuvre [manœvʀ] *nf* maniobra ♦ *nm* obrero; **fausse ~** maniobra falsa; **manœuvrer** *vt* maniobrar; (*levier, personne*) manejar ♦ *vi* maniobrar
manoir [manwaʀ] *nm* casa solariega
manque [mɑ̃k] *nm* falta; **~s** *nmpl* (*lacunes*) lagunas *fpl*
manqué, e [mɑ̃ke] *adj* fracasado(-a), fallido(-a)
manquer [mɑ̃ke] *vi* faltar; (*échouer*) fallar, fracasar ♦ *vt* (*coup, objectif*) fallar; (*cours, réunion*) faltar a ♦ *vb impers*: **il (nous) manque encore 100 F** nos faltan todavía 100 francos; **il manque des pages** faltan páginas; **~ à qn**: **il/cela me manque** le/lo echo de menos; **~ à** (*ses responsabilités etc*) faltar a; **~ de** carecer de; **~ (de) faire**: **il a manqué (de) se tuer** por poco se mata
mansarde [mɑ̃saʀd] *nf* buhardilla; **mansardé, e** *adj* abuhardillado(-a)
manteau, x [mɑ̃to] *nm* abrigo
manucure [manykyʀ] *nf* manicura
manuel, le [manɥɛl] *adj* manual ♦ *nm* (*livre*) manual *m*
manufacture [manyfaktyʀ] *nf* manufactura; **manufacturé, e** *adj* manufacturado(-a)
manuscrit, e [manyskʀi, it] *adj* manuscrito(-a) ♦ *nm* manuscrito
manutention [manytɑ̃sjɔ̃] *nf* manipulación *f*
mappemonde [mapmɔ̃d] *nf* mapamundi *m*
maquereau, x [makʀo] *nm* (ZOOL) caballa; (*fam*: *proxénète*) chulo
maquette [makɛt] *nf* maqueta
maquillage [makijaʒ] *nm* maquillaje *m*
maquiller [makije] *vt* maquillar; **se ~** *vpr* maquillarse
maquis [maki] *nm* (GÉO) monte *m* bajo; (MIL) maquis *m inv*
maraîcher, -ère [maʀeʃe, ɛʀ] *adj*: **cultures maraîchères** cultivos *mpl* de huerta ♦ *nm/f* hortelano(-a)
marais [maʀɛ] *nm* pantano
marasme [maʀasm] *nm* marasmo
marathon [maʀatɔ̃] *nm* maratón *m*
marbre [maʀbʀ] *nm* mármol *m*
marc [maʀ] *nm* (*de raisin, pommes*) orujo
marchand, e [maʀʃɑ̃, ɑ̃d] *nm/f* comerciante *m/f*; (*au marché*) vendedor(a) ♦ *adj*: **valeur ~e** valor *m* comercial; **~ de fruits** frutero(-a); **~ de journaux** vendedor de periódicos; **~ de légumes** verdulero(-a); **~ de poisson** pescadero(-a); **marchander** *vt, vi* regatear; **marchandise** *nf* mercancía
marche [maʀʃ] *nf* marcha; (*d'escalier*) escalón *m*; **ouvrir/fermer la ~** abrir/cerrar la marcha; **dans le sens de la ~** (RAIL) en el sentido de la marcha; **monter/prendre en ~** subir/coger en marcha; **mettre en ~**

poner en marcha; **se mettre en ~** ponerse en marcha; **~ à suivre** pasos *mpl* a seguir; (*sur notice*) método; **~ arrière** (*AUTO*) marcha atrás; **faire marche arrière** (*AUTO*) dar marcha atrás

marché [maʀʃe] *nm* mercado; (*accord, affaire*) trato; **par dessus le ~** por añadidura; **~ aux puces** rastro, mercadillo; **~ noir** mercado negro

marcher [maʀʃe] *vi* andar; (*se promener*) caminar; (*fonctionner*) funcionar; **d'accord, je marche** (*fam*) bueno, me parece bien; **~ sur** (*mettre le pied sur*) pisar; **~ dans** (*herbe etc*) caminar por; **faire ~ qn** (*pour rire*) tomar el pelo a algn; **marcheur, -euse** *nm/f* andarín(-ina)

mardi [maʀdi] *nm* martes *m inv*; **M~ gras** martes de Carnaval; *voir aussi* **lundi**

mare [maʀ] *nf* charco

marécage [maʀekaʒ] *nm* ciénaga; **marécageux, -euse** *adj* cenagoso(-a)

maréchal, -aux [maʀeʃal, o] *nm* mariscal *m*

marée [maʀe] *nf* marea; **~ basse/haute** marea baja/alta; **~ montante/descendante** flujo/reflujo; **~ noire** marea negra

marelle [maʀɛl] *nf* rayuela

margarine [maʀgaʀin] *nf* margarina

marge [maʀʒ] *nf* margen *m*; **en ~ (de)** al margen (de); **~ bénéficiaire** (*COMM*) margen de beneficios

marginal, e, -aux [maʀʒinal, o] *adj* marginal

marguerite [maʀgəʀit] *nf* margarita

mari [maʀi] *nm* marido

mariage [maʀjaʒ] *nm* matrimonio; (*noce*) boda; (*fig*: *de mots, couleurs*) combinación *f*; **~ blanc** matrimonio no consumado; **~ civil/religieux** matrimonio civil/religioso

marié, e [maʀje] *adj* casado(-a) ♦ *nm/f* novio(-a); **les ~s** los novios

marier [maʀje] *vt* casar; (*fig*: *couleur*) combinar; **se ~ (avec)** casarse (con)

marin, e [maʀɛ̃, in] *adj* marino(-a) ♦ *nm* marino; (*matelot*) marinero

marine [maʀin] *adj f voir* **marin** ♦ *nf* marina; **~ marchande/de guerre** marina mercante/de guerra

mariner [maʀine] *vt, vi* escabechar

marionnette [maʀjɔnɛt] *nf* marioneta

maritalement [maʀitalmɑ̃] *adv* maritalmente

maritime [maʀitim] *adj* marítimo(-a)

mark [maʀk] *nm* marco

marmelade [maʀməlad] *nf* mermelada

marmite [maʀmit] *nf* (*récipient*) marmita

marmonner [maʀmɔne] *vt* mascullar

marmotter [maʀmɔte] *vt* mascullar

Maroc [maʀɔk] *nm* Marruecos *msg*

Marocain, e [maʀɔkɛ̃, ɛn] *adj* marroquí ♦ *nm/f*: **M~, e** marroquí *m/f*

maroquinerie [maʀɔkinʀi] *nf* marroquinería

marquant, e [maʀkɑ̃, ɑ̃t] *adj* destacado(-a); (*personnalité*) especial

marque [maʀk] *nf* marca; **de ~** *adj* (*COMM*: *produit*) de marca; (*fig*) destacado(-a); **~ déposée** marca registrada

marquer [maʀke] *vt* marcar; (*inscrire*) anotar; (*suj*: *chose*: *laisser une trace sur*) dejar una marca en; (*fig*: *impressionner*) impresionar; (*assentiment, refus*) manifestar ♦ *vi* (*SPORT*) marcar; **~ le pas** (*fig*) marcar el paso

marqueterie [maʀkɛtʀi] *nf* marquetería

marquis, e [maʀki, iz] *nm/f* marqués(-esa)

marraine [maʀɛn] *nf* madrina

marrant, e [maʀɑ̃, ɑ̃t] (*fam*) *adj* divertido(-a); **ce n'est pas ~** no tiene gracia

marre [maʀ] (*fam*) *adv*: **en avoir ~ de** estar harto(-a) de

marrer [maʀe]: **se ~** (*fam*) *vpr* desternillarse de risa

marron, ne [maʀɔ̃, ɔn] *nm* castaña ♦ *adj inv* (*couleur*) marrón *inv*; **marronnier** *nm* castaño

mars [maʀs] *nm* marzo; *voir aussi*

juillet
Marseille [maʀsɛj] *n* Marsella

Marseillaise

La Marseillaise *es el himno nacional francés desde 1879. La letra del "Chant de guerre de l'armée du Rhin", título original de la canción, fue escrita en 1792 por el capitán del ejército Rouget de Lisle con una melodía anónima. Adoptada más tarde como marcha militar por el batallón de Marsella, terminó conociéndose como la Marsellesa.*

marsouin [maʀswɛ̃] *nm* marsopa
marteau [maʀto] *nm* martillo; **marteau-piqueur** (*pl* **marteaux-piqueurs**) *nm* martillo neumático
marteler [maʀtəle] *vt* martillear
martien, ne [maʀsjɛ̃, jɛn] *adj* marciano(-a)
martyr, e [maʀtiʀ] *nm/f* mártir *m/f*; **martyre** *nm* martirio; **martyriser** *vt* martirizar
marxiste [maʀksist] *adj, nm/f* marxista *m/f*
mascara [maskaʀa] *nm* rímel *m*
masculin, e [maskylɛ̃, in] *adj* masculino(-a) ♦ *nm* masculino
masochiste [mazɔʃist] *adj, nm/f* masoquista *m/f*
masque [mask] *nm* máscara; **~ de plongée** gafas *fpl* de bucear; **masquer** *vt* ocultar
massacre [masakʀ] *nm* matanza; **massacrer** *vt* matar, exterminar
massage [masaʒ] *nm* masaje *m*
masse [mas] *nf* masa; (*maillet*) maza; **la ~** (*péj*: *peuple*) la masa; **les ~s laborieuses** las masas trabajadoras; **en ~** juntos(-as); (*plus nombreux*) en masa
masser [mase] *vt* (*personne, jambe*) dar masaje a; **se ~** *vpr* (*se regrouper*) concentrarse; **masseur, -euse** *nm/f* masajista *m/f*
massif, -ive [masif, iv] *adj* (*porte, silhouette, or*) macizo(-a); (*dose, déportations*) masivo(-a) ♦ *nm* macizo
massue [masy] *nf* maza
mastic [mastik] *nm* masilla
mastiquer [mastike] *vt* masticar
mat, e [mat] *adj* mate *inv*; (*son*) sordo(-a); **être ~** (ÉCHECS) ser mate
mât [mɑ] *nm* (NAUT) mástil *m*; (*poteau*) poste *m*
match [matʃ] *nm* partido; **~ aller/retour** partido de ida/de vuelta; **faire match nul** empatar
matelas [mat(ə)lɑ] *nm* colchón *m*; **~ pneumatique** colchón de aire
matelot [mat(ə)lo] *nm* marinero
mater [mate] *vt* (*personne*) someter; (*révolte*) dominar
matérialiser [mateʀjalize]: **se ~** *vpr* materializarse
matérialiste [mateʀjalist] *adj, nm/f* materialista *m/f*
matériau [mateʀjo] *nm* material *m*
matériel, le [mateʀjɛl] *adj* material ♦ *nm* material *m*; (*de camping*) equipo; (*de pêche*) aparejos *mpl*; (INFORM) soporte *m* físico
maternel, le [matɛʀnɛl] *adj* (*amour*) maternal; (*par filiation*: *grand-père etc*) materno(-a); **maternelle** *nf* (*aussi*: **école maternelle**) escuela de párvulos
maternité [matɛʀnite] *nf* maternidad *f*
mathématiques [matematik] *nfpl* matemáticas *fpl*
maths [mat] (*fam*) *nfpl* matemáticas *fpl*, mates *fpl* (*fam*)
matière [matjɛʀ] *nf* (PHYS) materia; (COMM, TECH) material *m*; (*d'un livre etc*) tema *m*; (SCOL) asignatura; **en ~ de** en materia de; (*en ce qui concerne*) en cuanto a; **~ grise** materia gris; **~s grasses** grasas *fpl*; **~s premières** materias primas

hôtel Matignon

L'hôtel Matignon *es el despacho y residencia del primer ministro francés en París. Por extensión, el término "Matignon" se emplea frecuentemente para designar al primer ministro o a su equipo.*

matin [matɛ̃] *nm* mañana; **le ~** por la mañana; **dimanche ~** el domingo por la mañana; **le lendemain ~** a la mañana siguiente; **hier/demain ~** ayer/mañana por la mañana; **du ~ au soir** de la mañana a la noche; **une heure du ~** la una de la mañana; **à demain ~!** ¡hasta mañana por la mañana!; **de grand** *ou* **bon ~** de madrugada
matinal, e, -aux [matinal, o] *adj* (*toilette, gymnastique*) matutino(-a), matinal; (*de bonne heure*) tempranero(-a); **être ~** (*personne*) ser madrugador(a); **matinée** *nf* mañana; (*spectacle*) función *f* de tarde, vermú *m* (*AM*)
matou [matu] (*fam*) *nm* gato
matraque [matʀak] *nf* (*de malfaiteur*) cachiporra; (*de policier*) porra
matricule [matʀikyl] *nf* matrícula ♦ *nm* (*MIL*) número de registro
matrimonial, e, -aux [matʀimɔnjal, jo] *adj* matrimonial
maudit, e [modi, it] *adj* maldito(-a)
maugréer [mogʀee] *vi* refunfuñar
maussade [mosad] *adj* (*personne*) malhumorado(-a); (*ciel, temps*) desapacible
mauvais, e [mɔvɛ, ɛz] *adj* malo(-a); (*placé avant le nom*) mal; (*rire*) perverso(-a) ♦ *adv*: **il fait ~** hace malo; **sentir ~** oler mal; **la mer est ~e** el mar está agitado; **~ joueur** mal jugador *m*; **~ pas** mal paso; **~e herbe** mala hierba; **~e langue** lengua viperina; **~e tête** terco(-a)
mauve [mov] *nm* malva ♦ *adj* malva *inv*
maux [mo] *nmpl voir* **mal**
maximum [maksimɔm] *adj* máximo(-a) ♦ *nm* máximo; **au ~** *adv* (*le plus possible*) al máximo; (*tout au plus*) como máximo
mayonnaise [majɔnɛz] *nf* mayonesa
mazout [mazut] *nm* fuel-oil *m*
me [mə] *pron* me; **il m'a donné un livre** me ha dado un libro
mec [mɛk] (*fam*) *nm* tío
mécanicien, ne [mekanisjɛ̃, jɛn] *nm/f* mecánico(-a)
mécanique [mekanik] *adj* mecánico(-a) ♦ *nf* mecánica; **s'y connaître en ~** saber de mecánica; **ennui ~** problema *m* mecánico
mécanisme [mekanism] *nm* mecanismo
méchamment [meʃamɑ̃] *adv* cruelmente
méchanceté [meʃɑ̃ste] *nf* maldad *f*, malicia
méchant, e [meʃɑ̃, ɑ̃t] *adj* (*personne*) malvado(-a); (*sourire*) malicioso(-a); (*animal*) malo(-a); (*avant le nom: affaire, humeur*) mal; (*: intensif*) malísimo(-a)
mèche [mɛʃ] *nf* mecha; (*de cheveux: coupés*) mechón *m*; **vendre la ~** irse de la lengua; **être de ~ avec qn** estar conchabado(-a) con algn
méchoui [meʃwi] *nm* cordero asado
méconnaissable [mekɔnɛsabl] *adj* irreconocible
méconnaître [mekɔnɛtʀ] *vt* (*ignorer*) desconocer; (*méjuger*) infravalorar
mécontent, e [mekɔ̃tɑ̃, ɑ̃t] *adj*: **~ (de)** descontento(-a) (con); **mécontentement** *nm* descontento
médaille [medaj] *nf* medalla
médaillon [medajɔ̃] *nm* medallón *m*
médecin [med(ə)sɛ̃] *nm* médico(-a); **~ généraliste/légiste/traitant** médico general/forense/de cabecera
médecine [med(ə)sin] *nf* medicina; **~ légale/préventive** medicina legal/preventiva
médiatique [medjatik] *adj* mediático
médical, e, -aux [medikal, o] *adj* médico(-a)
médicament [medikamɑ̃] *nm* medicamento
médiéval, e, -aux [medjeval, o] *adj* medieval
médiocre [medjɔkʀ] *adj* mediocre
méditer [medite] *vt* meditar; (*préparer*) planear
Méditerranée [meditɛʀane] *nf*: **la (mer) ~** el (mar) Mediterráneo; **méditerranéen, ne** *adj* mediterráneo(-a) ♦ *nm/f*: **Méditerranéen, ne** mediterráneo(-a)
méduse [medyz] *nf* medusa
méfait [mefɛ] *nm* (*faute*) fechoría; **~s**

nmpl (*ravages*) daños *mpl*

méfiance [mefjɑ̃s] *nf* desconfianza, recelo

méfiant, e [mefjɑ̃, jɑ̃t] *adj* desconfiado(-a), receloso(-a)

méfier [mefje]: **se ~** *vpr* desconfiar; **se ~ de** desconfiar de; (*faire attention*) tener cuidado con

mégarde [megaʀd] *nf*: **par ~** por descuido; (*par erreur*) por equivocación

mégère [meʒɛʀ] (*péj*) *nf* arpía, bruja

mégot [mego] *nm* colilla

meilleur, e [mɛjœʀ] *adj* mejor; (*superlatif*): **le ~ (de)** (*personne*) el mejor (de); (*chose*) lo mejor (de) ♦ *nm*: **le ~** (*personne*) el mejor; (*chose*) lo mejor ♦ *nf*: **la ~e** la mejor; **le ~ des deux** el mejor de los dos; **c'est la ~e!** ¡es el colmo!; **~ marché** más barato

mélancolie [melɑ̃kɔli] *nf* melancolía; **mélancolique** *adj* melancólico(-a)

mélange [melɑ̃ʒ] *nm* mezcla; **mélanger** *vt* mezclar; **vous mélangez tout!** ¡usted lo mezcla todo!

mêlée [mele] *nf* (*bataille*) pelea, contienda; (RUGBY) melé *f*

mêler [mele] *vt* mezclar; **se ~** *vpr* mezclarse; **se ~ à** mezclarse con; **se ~ de** entrometerse en; **~ qn à une affaire** implicar a algn en un asunto

mélodie [melɔdi] *nf* melodía; **mélodieux, -euse** *adj* melodioso(-a)

melon [m(ə)lɔ̃] *nm* melón *m*

membre [mɑ̃bʀ] *nm* miembro ♦ *adj* miembro *inv*

mémé [meme] (*fam*) *nf* abuelita

MOT-CLÉ

même [mɛm] *adj* **1** (*avant le nom*) mismo(-a); **en même temps** al mismo tiempo; **ils ont les mêmes goûts** tienen los mismos gustos; **la même chose** lo mismo

2 (*après le nom*: *renforcement*): **il est la loyauté même** es la lealtad misma; **ce sont ses paroles mêmes** son sus mismas palabras

♦ *pron*: **le(la) même** el (la) mismo(-a)

♦ *adv* **1** (*renforcement*): **il n'a même pas pleuré** ni siquiera lloró; **même lui l'a dit** incluso él lo dijo; **ici même** aquí mismo

2: **à même**: **à même la bouteille** de la botella misma; **à même la peau** junto a la piel; **être à même de faire** estar en condiciones de hacer

3: **de même**: **faire de même** hacer lo mismo; **lui de même** también él; **de même que** lo mismo que; **de lui-même** por sí mismo; **il en va de même pour** lo mismo va para

4: **même si** *conj* aunque (+*subjonctif*)

mémoire [memwaʀ] *nf* memoria; **à la ~ de** en memoria de, en recuerdo de ♦ *nm* (ADMIN, JUR, SCOL) memoria; **~s** *nmpl* (*souvenirs*) memorias *fpl*; **pour ~** *adv* a título de información; **de ~** *adv* de memoria; **mettre en ~** (INFORM) guardar en memoria; **~ morte/vive** memoria ROM/RAM

mémorable [memɔʀabl] *adj* memorable

menace [mənas] *nf* amenaza; **menacer** *vt* amenazar

ménage [menaʒ] *nm* quehaceres *mpl* domésticos, limpieza; (*couple*) matrimonio; **faire le ~** hacer la limpieza; **ménagement** *nm* deferencia

ménager[1] [menaʒe] *vt* (*personne*) tratar con deferencia; (*monture*) no fatigar; (*ouverture*) instalar; **se ~** *vpr* cuidarse

ménager[2], -ère [menaʒe, ɛʀ] *adj* doméstico(-a); **ménagère** *nf* ama de casa

mendiant, e [mɑ̃djɑ̃, jɑ̃t] *nm/f* mendigo(-a), pordiosero(-a)

mendier [mɑ̃dje] *vt, vi* mendigar

mener [m(ə)ne] *vt* dirigir; (*enquête, vie, affaire*) llevar ♦ *vi* (SPORT) estar a la cabeza, ir en cabeza; **~ à/dans/chez** (*emmener*) llevar a/en/a casa de; **~ qch à bonne fin/à terme/à bien** llevar algo a buen fin/a término/a buen término; **~ à rien/à tout** llevar *ou* conducir a nada/a

todas partes
meneur, -euse [mənœʀ, øz] *nm/f* dirigente *m/f*; (*péj*: *agitateur*) cabecilla *m/f*
méningite [menɛ̃ʒit] *nf* meningitis *f*
ménopause [menopoz] *nf* menopausia
menottes [mənɔt] *nfpl* esposas *fpl*
mensonge [mɑ̃sɔ̃ʒ] *nm* mentira; **mensonger, -ère** *adj* falso(-a)
mensualité [mɑ̃sɥalite] *nf* mensualidad *f*
mensuel, le [mɑ̃sɥɛl] *adj* mensual
mensurations [mɑ̃syʀasjɔ̃] *nfpl* medidas *fpl*
mental, e, -aux [mɑ̃tal, o] *adj* mental; **mentalité** *nf* mentalidad *f*
menteur, -euse [mɑ̃tœʀ, øz] *nm/f* mentiroso(-a), embustero(-a)
menthe [mɑ̃t] *nf* menta
mention [mɑ̃sjɔ̃] *nf* mención *f*; (*SCOL, UNIV*): **~ passable/assez bien/bien/très bien** aprobado/bien/notable/sobresaliente; **"rayer la ~ inutile"** (*ADMIN*) "tache lo que no proceda"; **mentionner** *vt* mencionar
mentir [mɑ̃tiʀ] *vi* mentir
menton [mɑ̃tɔ̃] *nm* (*ANAT*) mentón *m*, barbilla
menu, e [məny] *adj* menudo(-a); (*voix*) débil; (*frais*) módico(-a) ♦ *adv*: **couper/hacher ~** cortar/picar en trocitos ♦ *nm* menú *m*
menuiserie [mənɥizʀi] *nf* carpintería; **menuisier** *nm* carpintero
méprendre [mepʀɑ̃dʀ]: **se ~** *vpr* equivocarse, confundirse; **se ~ sur** confundirse en, equivocarse en
mépris [mepʀi] *pp de* **méprendre** ♦ *nm* desprecio, menosprecio; **au ~ de** a despecho de; **méprisable** *adj* despreciable; **méprisant, e** *adj* despreciativo(-a); **méprise** *nf* equivocación *f*; **mépriser** *vt* despreciar, menospreciar
mer [mɛʀ] *nf* mar *m*; **en ~** en el mar; **prendre la ~** hacerse a la mar; **en haute/pleine ~** en alta mar
mercenaire [mɛʀsənɛʀ] *nm* mercenario
mercerie [mɛʀsəʀi] *nf* mercería
merci [mɛʀsi] *excl* gracias ♦ *nf* merced *f*; **à la ~ de qn/qch** a merced de algn/algo; **~ de/pour** gracias por
mercredi [mɛʀkʀədi] *nm* miércoles *m inv*; **~ des cendres** miércoles de Ceniza; *voir aussi* **lundi**
mercure [mɛʀkyʀ] *nm* mercurio
merde [mɛʀd] (*fam!*) *nf* mierda (*fam!*) ♦ *excl* ¡mierda! (*fam!*); (*surprise, impatience*) ¡joder! (*fam!*), ¡coño! (*fam!*)
mère [mɛʀ] *nf* madre *f*; (*fam*) tía; **~ célibataire/de famille** madre soltera/de familia
merguez [mɛʀgɛz] *nf salchicha muy condimentada*
méridional, e, -aux [meʀidjɔnal, o] *adj* meridional; (*du midi de la France*) del Sur de Francia ♦ *nm/f* nativo(-a) *ou* habitante *m/f* del Sur de Francia
meringue [məʀɛ̃g] *nf* merengue *m*
mérite [meʀit] *nm* mérito; (*valeur*) mérito, valor *m*; **mériter** *vt* merecer, ameritar (*AM*)
merle [mɛʀl] *nm* mirlo
merveille [mɛʀvɛj] *nf* maravilla; **faire ~/des ~s** hacer maravillas; **à ~** a las mil maravillas; **merveilleux, -euse** *adj* maravilloso(-a)
mes [me] *dét voir* **mon**
mésange [mezɑ̃ʒ] *nf* herrerillo
mésaventure [mezavɑ̃tyʀ] *nf* infortunio
Mesdames [medam] *nfpl voir* **Madame**
Mesdemoiselles [medmwazɛl] *nfpl voir* **Mademoiselle**
mesquin, e [mɛskɛ̃, in] *adj*: **esprit ~/personne ~e** espíritu ruin/persona mezquina; **mesquinerie** *nf* mezquindad *f*
message [mesaʒ] *nm* mensaje *m*; **messager, -ère** *nm/f* mensajero(-a)
messe [mɛs] *nf* misa; **aller à la ~** ir a misa; **~ de minuit** misa del gallo
Messieurs [mesjø] *nmpl voir* **Monsieur**
mesure [m(ə)zyʀ] *nf* (*dimension, étalon*) medida; (*évaluation*) medición *f*; (*MUS*) compás *msg*;

(*modération, retenue*) mesura, comedimiento; **sur ~** a la medida; **dans la ~ de/où** en la medida de/ en que; **à ~ que** a medida que; **en ~** (*MUS*) al compás; **être en ~ de** estar en condiciones de

mesurer [məzyʀe] *vt* medir; **se ~ avec/à qn** medirse con algn; **il mesure 1 m 80** mide 1 m 80

métal, -aux [metal, o] *nm* metal *m*; **métallique** *adj* metálico(-a)

météo [meteo] *nf* (*bulletin*) tiempo; (*service*) servicio meteorológico

météorologie [meteɔʀɔlɔʒi] *nf* meteorología

méthode [metɔd] *nf* método

méticuleux, -euse [metikylø, øz] *adj* meticuloso(-a)

métier [metje] *nm* oficio; (*technique, expérience*) práctica; (*aussi:* **~ à tisser**) telar *m*

métis, se [metis] *adj, nm/f* mestizo(-a), cholo(-a) (*AND*)

métrage [metʀaʒ] *nm*: **long/moyen/ court ~** (*CINÉ*) largometraje/ mediometraje/cortometraje *m*

mètre [mɛtʀ] *nm* metro; **métrique** *adj*: **système métrique** sistema métrico

métro [metʀo] *nm* metro, subterráneo (*AM*)

métropole [metʀɔpɔl] *nf* metrópoli *f*, metrópolis *f inv*

mets [mɛ] *vb voir* **mettre** ♦ *nm* plato

metteur [metœʀ] *nm*: **~ en scène** (*THÉÂTRE*) director *m* escénico; (*CINÉ*) director

MOT-CLÉ

mettre [mɛtʀ] *vt* **1** poner; **mettre en bouteille** embotellar; **mettre en sac** poner en sacos; **mettre en pages** compaginar; **mettre en examen** detener (*para ser interrogado*); **mettre à la poste** echar al correo

2 (*vêtements: revêtir*) poner; (*: soi-même*) ponerse; (*installer*) poner; **mets ton gilet** ponte el chaleco

3 (*faire fonctionner: chauffage, réveil*) poner; (*: lumière*) dar; (*installer: gaz, eau*) poner; **faire mettre le gaz/ l'électricité** poner gas/electricidad; **mettre en marche** poner en marcha

4 (*consacrer*): **mettre du temps/2 heures à faire qch** tardar tiempo/ dos horas en hacer algo

5 (*noter, écrire*) poner; **qu'est-ce que tu as mis sur la carte?** ¿qué has puesto en la postal?; **mettre au pluriel** poner en plural

6 (*supposer*): **mettons que ...** pongamos que ...

7: **y mettre du sien** (*dans une affaire*) poner de su parte

se mettre *vpr*: **vous pouvez vous mettre là** puede ponerse allí; **où ça se met?** ¿dónde se pone eso?; **se mettre au lit** meterse en la cama; **se mettre de l'encre sur les doigts** mancharse los dedos de tinta; **se mettre en maillot de bain** ponerse en bañador; **n'avoir rien à se mettre** no tener nada que ponerse; **se mettre à faire qch** ponerse a hacer algo; **se mettre au travail** ponerse a trabajar; **se mettre au régime** ponerse a régimen; **allons, il faut s'y mettre!** ¡venga, vamos a ponernos a trabajar!

meuble [mœbl] *nm* mueble *m*; (*ameublement, mobilier*) mobiliario; **meublé, e** *adj*: **chambre meublée** habitación *f* amueblada; **meubler** *vt* amueblar

meugler [møgle] *vi* mugir

meule [møl] *nf* muela; (*AGR*) almiar *m*; (*de fromage*) rueda grande de queso

meunier, -ière [mønje, jɛʀ] *nm/f* molinero(-a)

meurs *etc* [mœʀ] *vb voir* **mourir**

meurtre [mœʀtʀ] *nm* asesinato; **meurtrier, -ière** *nm/f* asesino(-a) ♦ *adj* mortal; (*arme, instinct*) asesino(-a)

meurtrir [mœʀtʀiʀ] *vt* magullar; (*fig*) herir

meus *etc* [mœ] *vb voir* **mouvoir**

meute [møt] *nf* jauría

mexicain, e [mɛksikɛ̃, ɛn] *adj* mexicano(-a), mejicano(-a) ♦ *nm/f*: **M~, e** mexicano(-a), mejicano(-a)

Mexico [mɛksiko] *n* México, Méjico

Mexique [mɛksik] *nm* México, Méjico

Mgr *abr* (= *Monseigneur*) Mons. (= *Monseñor*)

mi [mi] *nm inv* (*MUS*) mi *m* ♦ *préf* medio; **à la ~-janvier** a mediados de enero; **à ~-jambes** a media pierna; **à ~-hauteur/-pente** a media altura/pendiente

miauler [mjole] *vi* maullar

miche [miʃ] *nf* hogaza

mi-chemin [miʃmɛ̃]: **à ~-~** *adv* a medio camino

mi-clos, e [miklo, kloz] (*pl* **~-~, es**) *adj* entornado(-a)

micro [mikʀo] *nm* micrófono; (*INFORM*) micro

microbe [mikʀɔb] *nm* microbio

micro...: micro-onde (*pl* **micro-ondes**) *nf*: **four à micro-ondes** horno microondas; **micro-ordinateur** (*pl* **micro-ordinateurs**) *nm* microordenador *m*; **microscope** *nm* microscopio; **microscopique** *adj* microscópico(-a); (*opération*) con microscopio

midi [midi] *nm* mediodía *m*; **le M~ (de la France)** el sur de Francia; **à ~** a mediodía

mie [mi] *nf* miga

miel [mjɛl] *nm* miel *f*; **mielleux, -euse** (*péj*) *adj* meloso(-a)

mien, ne [mjɛ̃, mjɛn] *adj* mío(-a) ♦ *pron*: **le ~, la ~ne, les ~s** el mío, la mía, los míos

miette [mjɛt] *nf* migaja; **en ~s** hecho añicos

MOT-CLÉ

mieux [mjø] *adv* **1** (*d'une meilleure façon*): **mieux (que)** mejor (que); **elle travaille/mange mieux** trabaja/come mejor; **elle va mieux** va mejor; **j'aime mieux le cinéma** me gusta más el cine; **j'attendais mieux de vous** esperaba algo más de usted; **de mieux en mieux** cada vez mejor

2 (*de la meilleure façon*) mejor; **ce que je sais le mieux** lo que mejor sé; **les livres les mieux faits** los libros mejor hechos

♦ *adj* **1** (*plus à l'aise, en meilleure forme*) mejor; **se sentir mieux** encontrarse mejor

2 (*plus satisfaisant, plus joli*) mejor; **c'est mieux ainsi** es mejor así; **c'est le mieux des deux** es el mejor de los dos; **le(la) mieux, les mieux** el (la) mejor, los (las) mejores; **demandez-lui, c'est le mieux** pregúntele, es lo mejor; **il est mieux sans moustache** está mejor sin bigote; **il est mieux que son frère** es mejor que su hermano

3: **au mieux** en el mejor de los casos; **être au mieux avec** llevarse muy bien con; **tout est pour le mieux** todo va de maravilla

♦ *nm* **1** (*amélioration, progrès*) mejoría; **faute de mieux** a falta de algo mejor

2: **faire de son mieux** hacer cuanto se pueda; **du mieux qu'il peut** lo mejor que puede

mignon, ne [miɲɔ̃, ɔn] *adj* mono(-a)

migraine [migʀɛn] *nf* jaqueca

mijoter [miʒɔte] *vt* (*plat*) cocer a fuego lento; (*affaire*) tramar ♦ *vi* cocer a fuego lento

milieu, x [miljø] *nm* medio; (*social, familial*) medio, entorno; **au ~ de** en medio de; **au beau** *ou* **en plein ~ (de)** justo en medio *ou* mitad (de); **le ~** (*pègre*) el hampa

militaire [militɛʀ] *adj, nm* militar *m*

militant, e [militɑ̃, ɑ̃t] *adj, nm/f* militante *m/f*

militer [milite] *vi* militar; **~ pour/contre** militar a favor de/en contra de

mille [mil] *adj inv, nm inv* mil ♦ *nm*: **~ marin** milla marina; **mettre dans le ~** dar en el blanco; **millefeuille** *nm* milhojas *m inv*; **millénaire** *nm* milenio ♦ *adj* milenario(-a); **mille-pattes** *nm inv* ciempiés *m inv*

millet [mijɛ] *nm* mijo

milliard [miljaʀ] *nm* mil millones *mpl*; **milliardaire** *adj, nm/f* multimillonario(-a)

millier [milje] *nm* millar *m*; **un ~ (de)** un millar (de); **par ~s** por miles, a

millares
milligramme [miligRam] *nm* miligramo
millimètre [milimɛtR] *nm* milímetro
million [miljɔ̃] *nm* millón *m*; **deux ~s de** dos millones de; **millionnaire** *adj, nm/f* millonario(-a)
mime [mim] *nm/f* mimo; **mimer** *vt* mimar; (*singer*) imitar
minable [minabl] *adj* penoso(-a)
mince [mɛ̃s] *adj* delgado(-a); (*étoffe, filet d'eau*) fino(-a); (*fig*) escaso(-a) ♦ *excl*: **~ alors!** ¡caramba!; **minceur** *nf* delgadez *f*; **mincir** *vi* adelgazar
mine [min] *nf* mina; (*physionomie*) cara, aspecto; **avoir bonne/mauvaise ~** tener buena/mala cara; **tu as bonne ~!** (*iron*: *aspect*) ¡vaya pinta que tienes!; **faire grise ~** poner mala cara; **faire ~ de faire qch** simular hacer algo; **ne pas payer de ~** tener mala pinta; **~ de rien** como quien no quiere la cosa, como si nada
miner [mine] *vt* minar
minerai [minRɛ] *nm* mineral *m*
minéral, e, -aux [mineRal, o] *adj, nm* mineral *m*
minéralogique [mineRalɔʒik] *adj* **numéro ~** número de matrícula
minet, te [minɛ, ɛt] *nm/f* gatito(-a), minino(-a); (*péj*) chuleta *m/f*
mineur, e [minœR] *adj* (*souci*) secundario(-a) ♦ *nm/f* (JUR) menor *m/f* ♦ *nm* (*travailleur*) minero
miniature [minjatyR] *adj, nf* miniatura
minibus [minibys] *nm* microbús *msg*
minier, -ière [minje, jɛR] *adj* minero(-a)
mini-jupe [miniʒyp] (*pl* **~-~s**) *nf* minifalda
minime [minim] *adj* mínimo(-a)
minimiser [minimize] *vt* minimizar
minimum [minimɔm] *adj* mínimo(-a) ♦ *nm* mínimo; **au ~** como mínimo
ministère [ministɛR] *nm* ministerio; **~ public** (JUR) ministerio público
ministre [ministR] *nm* ministro
Minitel ® [minitɛl] *nm* Minitel *m* ®

> **Minitel**
>
> **Minitel** *es un terminal informático personal facilitado de forma gratuita por la compañía France-Télécom a los abonados. Hace las veces de guía telefónica informatizada y de vía de acceso a distintos servicios, tales como horarios de trenes, información bursátil y oferta de empleo. A los servicios se accede marcando un número de teléfono y su utilización se factura a cada abonado.*

minoritaire [minɔRitɛR] *adj* minoritario(-a)
minorité [minɔRite] *nf* minoría; **être en ~** estar en minoría
minuit [minɥi] *nm* medianoche *f*
minuscule [minyskyl] *adj* minúsculo(-a) ♦ *nf*: **(lettre) ~** (letra) minúscula
minute [minyt] *nf* minuto; **d'une ~ à l'autre** de un momento a otro; **minuter** *vt* cronometrar; **minuterie** *nf* interruptor *m* (de la luz)
minutieux, -ieuse [minysjø, jøz] *adj* minucioso(-a)
mirabelle [miRabɛl] *nf* ciruela mirabel
miracle [miRɑkl] *nm* milagro
mirage [miRaʒ] *nm* espejismo
mire [miR] *nf*: **point/ligne de ~** punto/línea de mira
miroir [miRwaR] *nm* espejo
miroiter [miRwate] *vi*: **faire ~ qch à qn** seducir a algn con algo
mis, e [mi, miz] *pp de* **mettre** ♦ *adj* puesto(-a)
mise [miz] *nf* (*argent*) apuesta; (*tenue*) porte *m*; **~ à jour** puesta al día; **~ au point** (PHOTO) enfoque *m*; (*fig*) aclaración *f*; **~ en plis** marcado; **~ en scène** (THÉÂTRE, CINÉ) dirección *f*
miser [mize] *vt* apostar; **~ sur** apostar a; (*fig*) contar con
misérable [mizeRabl] *adj* miserable ♦ *nm/f* miserable *m/f*
misère [mizɛR] *nf* miseria; **~s** *nfpl* (*malheurs, peines*) desgracias *fpl*;

salaire de ~ salario de miseria
missile [misil] *nm* misil *m*
mission [misjɔ̃] *nf* misión *f*; (*fonction, vocation*) función *f*; **missionnaire** *nm/f* misionero(-a)
mité, e [mite] *adj* apolillado(-a)
mi-temps [mitɑ̃] *nf inv* (SPORT: *période*) tiempo; (: *pause*) descanso; **à ~-~** *adv* media jornada
miteux, -euse [mitø, øz] *adj* mísero(-a)
mitigé, e [mitiʒe] *adj* moderado(-a)
mitoyen, ne [mitwajɛ̃, jɛn] *adj* medianero(-a)
mitrailler [mitʀɑje] *vt* ametrallar; **mitraillette** *nf* metralleta; **mitrailleuse** *nf* ametralladora
mi-voix [mivwa]: **à ~-~** *adv* a media voz
mixage [miksaʒ] *nm* (CINÉ) mezcla *f* de sonido
mixer, mixeur [miksœʀ] *nm* (CULIN) batidora
mixte [mikst] *adj* mixto(-a)
mixture [mikstyʀ] *nf* mixtura; (*péj*) mejunje *m*
Mlle (*pl* **~s**) *abr* (= *Mademoiselle*) Srta. (= *Señorita*)
MM *abr* (= *Messieurs*) ≃ Srs. (= *Señores*); *voir aussi* **Monsieur**
Mme (*pl* **~s**) *abr* (= *Madame*) ≃ Sra. (= *Señora*)
mobile [mɔbil] *adj* móvil, movible ♦ *nm* móvil *m*
mobilier, -ière [mɔbilje, jɛʀ] *adj* mobiliario(-a) ♦ *nm* mobiliario
mobiliser [mɔbilize] *vt* movilizar
mocassin [mɔkasɛ̃] *nm* mocasín *m*
moche [mɔʃ] (*fam*) *adj* feo(-a)
modalité [mɔdalite] *nf* modalidad *f*
mode [mɔd] *nf* moda; **à la ~** de moda ♦ *nm* modo; **~ d'emploi** instrucciones *fpl*; **~ de paiement** forma de pago; **~ de vie** modo de vida
modèle [mɔdɛl] *nm* modelo; (*qualités*): **un ~ de fidélité/générosité** un modelo de fidelidad/generosidad; **~ déposé** (COMM) modelo patentado *ou* registrado; **~ réduit** modelo reducido ♦ *adj* modelo; **modeler** *vt* modelar
modem [mɔdɛm] *nm* (INFORM) modem *m*, módem *m*
modéré, e [mɔdeʀe] *adj, nm/f* moderado(-a)
modérer [mɔdeʀe] *vt* moderar; **se ~** *vpr* moderarse
moderne [mɔdɛʀn] *adj* moderno(-a) ♦ *nm* (ART) arte *m* moderno; **moderniser** *vt* modernizar
modeste [mɔdɛst] *adj* modesto(-a); **modestie** *nf* modestia
modifier [mɔdifje] *vt* modificar; **se ~** *vpr* modificarse
modique [mɔdik] *adj* módico(-a)
module [mɔdyl] *nm* módulo
moelle [mwal] *nf* médula
moelleux, -euse [mwalø, øz] *adj* esponjoso(-a)
mœurs [mœʀ(s)] *nfpl* costumbres *fpl*; **~ simples/bohèmes** costumbres sencillas/bohemias; **passer dans les ~** entrar en las costumbres; **contraire aux bonnes ~** contrario a las buenas costumbres
moi [mwa] *pron* (*sujet*) yo; (*objet direct/indirect*) me ♦ *nm* (PSYCH) yo *m*; **c'est ~** soy yo; **c'est ~ qui l'ai fait** lo hice yo; **c'est ~ que vous avez appelé?** ¿me ha llamado a mí?; **apporte-le-~** tráemelo; **donnez m'en un peu** deme un poco; **à ~** (*possessif*) mío (mía), míos (mías); **le livre est à ~** ese libro es mío; **avec ~** conmigo; **sans ~** sin mí; **~, je ...** (*emphatique*) yo, ...; **plus grand que ~** más grande que yo; **moi-même** *pron* yo mismo
moindre [mwɛ̃dʀ] *adj* menor; **le/la ~, les ~s** el/la menor, los/las menores; **c'est la ~ des choses** es lo mínimo
moine [mwan] *nm* monje *m*, fraile *m*
moineau, x [mwano] *nm* gorrión *m*

MOT-CLÉ

moins [mwɛ̃] *adv* **1** (*comparatif*): **moins (que)** menos (que); **il a 3 ans de moins que moi** tiene 3 años menos que yo; **moins intelligent que** menos inteligente que; **moins je travaille, mieux je me porte**

cuanto menos trabajo, mejor me encuentro
2 (*superlatif*): **le moins** el (lo) menos; **c'est ce que j'aime le moins** es lo que menos me gusta; **le moins doué** el menos dotado; **pas le moins du monde** en lo más mínimo; **au moins, du moins** por lo menos, al menos
3: **moins de** (*quantité, nombre*) menos; **moins de sable/d'eau** menos arena/agua; **moins de livres/de gens** menos libros/gente; **moins de 2 ans/100 F** menos de 2 años/100 francos
4: **de/en moins**: **100 F/3 jours de moins** 100 francos/3 días menos; **3 livres en moins** 3 libros menos; **de l'argent en moins** menos dinero; **le soleil en moins** sin el sol; **de moins en moins** cada vez menos; **en moins de deux** en un santiamén
5: **à moins de/que** *conj* a menos que, a no ser que; **à moins de faire** a no ser que se haga *etc*; **à moins que tu ne fasses** a menos que hagas; **à moins d'un accident** a no ser por un accidente
♦ *prép*: **4 moins 2** 4 menos 2; **il est moins 5** son menos 5; **il fait moins 5** hay cinco grados bajo cero

mois [mwa] *nm* mes *msg*

moisi, e [mwazi] *nm* moho; **odeur/goût de ~** olor *m*/gusto a moho; **moisir** *vi* enmohecerse; **moisissure** *nf* moho

moisson [mwasɔ̃] *nf* siega, cosecha; **moissonner** *vt* segar, cosechar; **moissonneuse** *nf* segadora

moite [mwat] *adj* (*peau*) sudoroso(-a); (*atmosphère*) húmedo(-a)

moitié [mwatje] *nf* mitad *f*; **la ~** la mitad; **la ~ du temps/des gens** la mitad del tiempo/de la gente; **~ moins grand** la mitad de grande; **à ~** a medias; **de ~** en la mitad

molaire [mɔlɛʀ] *nf* molar *m*

molester [mɔlɛste] *vt* maltratar

molle [mɔl] *adj f voir* **mou**; **mollement** *adv* débilmente; (*péj*) desganadamente

mollet [mɔlɛ] *nm* pantorrilla

molletonné, e [mɔltɔne] *adj* forrado(-a) de muletón

mollir [mɔliʀ] *vi* flaquear

mollusque [mɔlysk] *nm* (*ZOOL*) molusco

môme [mom] (*fam*) *nm/f* chiquillo(-a); (*fille*) chavala

moment [mɔmɑ̃] *nm* momento; **ce n'est pas le ~** no es el mejor momento; **à un certain ~** en cierto momento; **à un ~ donné** en un momento dado; **au même ~** en el mismo momento; **pour un bon ~** un buen rato; **en avoir pour un bon ~** tener para rato; **pour le ~** por el momento; **au ~ de** en el momento de; **au ~ où** en el momento en que; **à tout ~** a cada momento *ou* rato; **en ce ~** en este momento; **sur le ~** al principio; **par ~s** por momentos; **d'un ~ à l'autre** de un momento a otro; **du ~ que** siempre que; **momentané, e** *adj* momentáneo(-a); **momentanément** *adv* momentáneamente

momie [mɔmi] *nf* momia

mon, ma [mɔ̃, ma] (*pl* **mes**) *dét* mi; (*pl*) mis

Monaco [mɔnako] *nm*: **(la principauté de) ~** (el principado de) Mónaco

monarchie [mɔnaʀʃi] *nf* monarquía

monastère [mɔnastɛʀ] *nm* monasterio

mondain, e [mɔ̃dɛ̃, ɛn] *adj* mundano(-a)

monde [mɔ̃d] *nm* mundo; **beaucoup/peu de ~** mucha/poca gente; **mettre au ~** dar a luz; **tout le ~** todo el mundo; **pas le moins du ~** de ninguna manera; **homme/femme du ~** hombre *m*/mujer *f* de mundo

mondial, e, -aux [mɔ̃djal, jo] *adj* mundial; **mondialement** *adv* mundialmente

monégasque [mɔnegask] *adj* monegasco(-a) ♦ *nm/f*: **M~** monegasco(-a)

monétaire [mɔnetɛʀ] *adj* monetario(-a)
moniteur, -trice [mɔnitœʀ, tʀis] *nm/f* monitor(a)
monnaie [mɔnɛ] *nf* moneda; **avoir de la ~** (*petites pièces*) tener cambio; **avoir/faire la ~ de 20 F** tener cambio de/cambiar 20 francos; **rendre à qn la ~ (sur 20 F)** darle la vuelta a algn (de 20 francos)
monologue [mɔnɔlɔg] *nm* monólogo; **monologuer** *vi* monologar
monopole [mɔnɔpɔl] *nm* monopolio
monospace [mɔnɔspas] *nm* monovolumen *m*
monotone, e [mɔnɔtɔn] *adj* monótono(-a)
Monsieur [məsjø] (*pl* **Messieurs**) *nm* (*titre*) señor, don; **un/le m~** un/el señor; *voir aussi* **Madame**
monstre [mɔ̃stʀ] *nm* monstruo ♦ *adj* (*fam*) monstruo *inv*; **un travail ~** un trabajo monstruo; **monstrueux, -euse** *adj* monstruoso(-a)
mont [mɔ̃] *nm*: **par ~s et par vaux** por todas partes
montage [mɔ̃taʒ] *nm* montaje *m*
montagnard, e [mɔ̃taɲaʀ, aʀd] *adj, nm/f* montañés(-esa)
montagne [mɔ̃taɲ] *nf* montaña; **~s russes** montaña *fsg* rusa; **montagneux, -euse** *adj* montañoso(-a)
montant, e [mɔ̃tɑ̃, ɑ̃t] *adj* ascendente ♦ *nm* importe *m*
monte-charge [mɔ̃tʃaʀʒ] *nm inv* montacargas *m inv*
montée [mɔ̃te] *nf* subida; (*côte*) cuesta; **au milieu de la ~** en medio de la cuesta *ou* de la subida
monter [mɔ̃te] *vi* subir; (*à cheval*): **~ bien/mal** montar bien/mal ♦ *vt* montar; (*escalier, valise etc*) subir; (*tente, échafaudage, machine*) armar; **~ dans un train/avion/taxi** subir en un tren/avión/taxi; **~ sur/à un arbre/une échelle** subir a un árbol/una escalera; **~ à cheval/bicyclette** montar a caballo/en bicicleta; **~ à pied/en voiture** subir a pie/en coche; **~ à bord** subir a bordo; **~ à la tête de qn** subírsele a la cabeza de algn
montre [mɔ̃tʀ] *nf* reloj *m*; **~ en main** reloj en mano; **contre la ~** contra reloj
montrer [mɔ̃tʀe] *vt* mostrar, enseñar; **~ qch à qn** mostrar algo a algn; **~ à qn qu'il a tort** demostrar a algn que está equivocado; **~ à qn son affection/amitié** demostrar su afecto/amistad a algn
monture [mɔ̃tyʀ] *nf* (*bête*) montura
monument [mɔnymɑ̃] *nm* monumento; **~ aux morts** monumento a los caídos
moquer [mɔke]: **se ~ de** *vt* burlarse de; (*mépriser*) importarle a algn muy poco; **se ~ de qn** burlarse de algn
moquette [mɔkɛt] *nf* moqueta
moqueur, -euse [mɔkœʀ, øz] *adj* burlón(-ona)
moral, e, -aux [mɔʀal, o] *adj, nm* moral *f*; **avoir le ~ à zéro** tener la moral por los suelos; **morale** *nf* moral *f*; (*d'une fable etc*) moraleja; **faire la morale à qn** echarle un sermón a algn; **moralité** *nf* moralidad *f*; (*conclusion*) moraleja
morceau, x [mɔʀso] *nm* trozo, pedazo; (MUS, *œuvre littéraire*) fragmento; (CULIN: *de viande*) tajada; **couper en/déchirer en ~x** cortar en/rasgar en trozos; **mettre en ~x** hacer pedazos
morceler [mɔʀsəle] *vt* parcelar
mordant, e [mɔʀdɑ̃, ɑ̃t] *adj* (*ironie*) mordaz; (*froid*) cortante
mordiller [mɔʀdije] *vt* mordisquear
mordre [mɔʀdʀ] *vt* morder ♦ *vi* (*poisson*) picar; **~ sur** (*fig*) sobrepasar; **~ à l'hameçon** morder el anzuelo
mordu, e [mɔʀdy] *pp de* **mordre** ♦ *nm/f*: **un ~ de voile/de jazz** un loco de la vela/del jazz
morfondre [mɔʀfɔ̃dʀ]: **se ~** *vpr* aburrirse esperando
morgue [mɔʀg] *nf* depósito de cadáveres
morne [mɔʀn] *adj* (*personne, regard*)

apagado(-a); (*temps*) desapacible
morose [mɔʀoz] *adj* taciturno(-a)
mors [mɔʀ] *nm* bocado
morse [mɔʀs] *nm* (*ZOOL*) morsa; (*TÉL*) morse *m*
morsure [mɔʀsyʀ] *nf* picadura
mort, e [mɔʀ, mɔʀt] *pp de* **mourir** ♦ *adj, nm/f* muerto(-a) ♦ *nf* muerte *f*; (*fig*) fin *m* ♦ *nm*: **il y a eu plusieurs ~s** hubo varios muertos; **~ ou vif** vivo o muerto; **~ de peur/fatigue** muerto(-a) de miedo/cansancio
mortalité [mɔʀtalite] *nf* mortalidad *f*
mortel, le [mɔʀtɛl] *adj, nm/f* mortal *m/f*
mort-né, e [mɔʀne] (*pl* **~-~s, es**) *adj* nacido(-a) muerto(-a)
mortuaire [mɔʀtɥɛʀ] *adj*: **cérémonie ~** ceremonia fúnebre; **couronne ~** corona mortuoria
morue [mɔʀy] *nf* bacalao
mosaïque [mɔzaik] *nf* mosaico
Moscou [mɔsku] *n* Moscú
mosquée [mɔske] *nf* mezquita
mot [mo] *nm* palabra; **mettre/écrire/recevoir un ~** (*message*) poner/escribir/recibir unas líneas; **~ à ~** *adj, adv* palabra por palabra; **sur/à ces ~s** después de/con estas palabras; **en un ~** en una palabra; **~ pour ~** palabra por palabra; **~ de passe** contraseña, santo y seña; **~s croisés** crucigrama *msg*
motard [mɔtaʀ] *nm* motociclista *m*; (*de la police*) motorista *m*
motel [mɔtɛl] *nm* motel *m*
moteur, -trice [mɔtœʀ, tʀis] *adj* (*ANAT*) motor(a); (*TECH*) motor (motriz); (*AUTO*): **à 4 roues motrices** con 4 ruedas motrices ♦ *nm* motor *m*; **à ~** a motor
motif [mɔtif] *nm* motivo; **~s** *nmpl* (*JUR*) alegato; **sans ~** sin motivo
motivation [mɔtivasjɔ̃] *nf* motivación *f*
motiver [mɔtive] *vt* motivar
moto [moto] *nf* moto *f*; **motocycliste** *nm/f* motociclista *m/f*
motorisé, e [mɔtɔʀize] *adj* motorizado(-a)
motrice [mɔtʀis] *adj f voir* **moteur**
motte [mɔt] *nf*: **~ de terre** terrón *m*; **~ de beurre** pella de mantequilla
mou, molle [mu, mɔl] *adj* blando(-a); (*péj*: *visage*) insulso(-a); (: *résistance*) débil ♦ *nm* bofe *m*; **avoir du ~** estar flojo(-a)
mouche [muʃ] *nf* mosca
moucher [muʃe]: **se ~** *vpr* sonarse
moucheron [muʃʀɔ̃] *nm* mosca pequeña
mouchoir [muʃwaʀ] *nm* pañuelo; **~ en papier** pañuelo de papel
moudre [mudʀ] *vt* moler
moue [mu] *nf* mueca; **faire la ~** poner cara de asco
mouette [mwɛt] *nf* gaviota
moufle [mufl] *nf* manopla
mouillé, e [muje] *adj* mojado(-a)
mouiller [muje] *vt* mojar; (*NAUT*) fondear ♦ *vi* (*NAUT*) fondear; **se ~** *vpr* mojarse
moulant, e [mulɑ̃, ɑ̃t] *adj* ceñido(-a)
moule [mul] *nf* mejillón *m* ♦ *nm* molde *m*; (*modèle plein*) modelo; **~ à gâteaux** molde para pasteles
mouler [mule] *vt* moldear, vaciar; (*suj*: *vêtement, bas*) ceñir, ajustar
moulin [mulɛ̃] *nm* molino; **~ à café/à poivre** molinillo de café/de pimienta; **~ à légumes** pasapurés *m inv*; **~ à paroles** cotorra
moulinet [mulinɛ] *nm* carrete *m*; **faire des ~s avec un bâton/les bras** hacer molinetes con un palo/los brazos
moulinette ® [mulinɛt] *nf* pequeño pasapurés *m*
moulu, e [muly] *pp de* **moudre** ♦ *adj* molido(-a)
mourant, e [muʀɑ̃, ɑ̃t] *vb voir* **mourir** ♦ *adj* moribundo(-a)
mourir [muʀiʀ] *vi* morir(se); **~ de faim/de froid/d'ennui** morir(se) de hambre/de frío/de aburrimiento; **~ d'envie de faire** morirse de ganas de hacer; **à ~**: **s'ennuyer à ~** morirse de aburrimiento
mousse [mus] *nf* (*BOT*) musgo; (*écume*) espuma; (*CULIN*) mousse *f*; (*en caoutchouc etc*) gomaespuma; **~ à raser** espuma de afeitar; **~ carbonique** espuma de gas carbónico ♦ *nm* grumete *m*

mousseline [muslin] *nf* (*TEXTILE*) muselina; **pommes ~** (*CULIN*) puré *m* de patatas
mousser [muse] *vi* espumar, hacer espuma; **mousseux, -euse** *adj* (*chocolat*) cremoso(-a) ♦ *nm*: **(vin) mousseux** (vino) espumoso
mousson [musɔ̃] *nf* monzón *m*
moustache [mustaʃ] *nf* bigote *m*; **~s** *nfpl* (*d'animal*) bigotes *mpl*; **moustachu, e** *adj* bigotudo(-a)
moustiquaire [mustikɛʀ] *nf* mosquitero
moustique [mustik] *nm* mosquito
moutarde [mutaʀd] *nf, adj inv* mostaza
mouton [mutɔ̃] *nm* (*ZOOL*) carnero; (*peau*) piel *f* de carnero; (*CULIN*) cordero
mouvement [muvmɑ̃] *nm* movimiento; (*geste*) gesto; **en ~** en movimiento; **~ révolutionnaire/syndical** movimiento revolucionario/sindical; **mouvementé, e** *adj* accidentado(-a); (*agité*) agitado(-a)
mouvoir [muvwaʀ] mover; **se ~** *vpr* moverse
moyen, ne [mwajɛ̃, jɛn] *adj* medio(-a); (*élève, résultat*) regular ♦ *nm* medio; **~s** *nmpl* (*capacités*) medios *mpl*; **au ~ de** por medio de; **par tous les ~s** por todos los medios; **par ses propres ~s** por sus propios medios; **M~ Âge** Edad *f* Media; **~ d'expression** forma de expresión
moyennant [mwajɛnɑ̃] *prép* al precio de; **~ quoi** mediante lo cual
moyenne [mwajɛn] *nf* media, promedio; (*MATH, STATISTIQUE*) media; (*SCOL*) nota media; **en ~** por término medio; **~ d'âge** edad *f* media
Moyen-Orient [mwajɛnɔʀjɑ̃] *nm* Medio Oriente *m*
moyeu, x [mwajø] *nm* cubo
MST [ɛmɛste] *sigle f* (= *maladie sexuellement transmissible*)
mû, mue [my] *pp de* **mouvoir**
muer [mɥe] *vi* mudar; (*jeune garçon*): **il mue** está mudando la voz; **se ~** *vpr*: **se ~ en** convertirse en
muet, te [mɥɛ, mɥɛt] *adj, nm/f* mudo(-a); (*fig*): **~ d'admiration/d'étonnement** mudo(-a) de admiración/de extrañeza
mufle [myfl] *nm* hocico; (*goujat*) patán *m*
mugir [myʒiʀ] *vi* mugir; (*sirène*) sonar
muguet [mygɛ] *nm* muguete *m*, lirio del valle
mule [myl] *nf* mula; **~s** *nfpl* (*pantoufles*) chinelas *fpl*
mulet [mylɛ] *nm* mulo
multinationale [myltinasjɔnal] *nf* multinacional *f*
multiple [myltipl] *adj* múltiple ♦ *nm* múltiplo; **multiplication** *nf* multiplicación *f*; **multiplier** *vt* multiplicar; **se multiplier** *vpr* multiplicarse
municipal, e, -aux [mynisipal, o] *adj* municipal; **municipalité** *nf* municipalidad *f*, ayuntamiento
munir [myniʀ] *vt*: **~ qn de** proveer a algn de; **~ qch de** dotar algo de
munitions [mynisjɔ̃] *nfpl* municiones *fpl*
mur [myʀ] *nm* muro; (*cloison*) pared *f*; **~ d'incompréhension/de haine** (*obstacle*) muro de incomprensión/de odio; **~ du son** barrera del sonido
mûr, e [myʀ] *adj* maduro(-a)
muraille [myʀɑj] *nf* muralla
mural, e, -aux [myʀal, o] *adj* mural
mûre [myʀ] *nf* (*de la ronce*) zarzamora
muret [myʀɛ] *nm* muro bajo
mûrir [myʀiʀ] *vt, vi* madurar
murmure [myʀmyʀ] *nm* murmullo; **~ d'approbation/d'admiration/de protestation** murmullo de aprobación/de admiración/de protesta; **murmurer** *vi* murmurar
muscade [myskad] *nf*: **noix de ~** nuez *f* moscada
muscat [myska] *nm* uva moscatel
muscle [myskl] *nm* músculo; **musclé, e** *adj* musculoso(-a); (*fig: politique, régime*) duro(-a)
museau, x [myzo] *nm* hocico
musée [myze] *nm* museo

museler [myz(ə)le] *vt* poner un bozal a; **muselière** *nf* bozal *m*
musette [myzɛt] *adj inv*: **orchestre/valse ~** orquesta/vals *msg* popular
musical, e, -aux [myzikal, o] *adj* musical
music-hall [myzikol] (*pl* **~-~s**) *nm* music-hall *m*
musicien, ne [myzisjɛ̃, jɛn] *adj* músico(-a)
musique [myzik] *nf* música; **~ de chambre/de fond** música de cámara/de fondo
musulman, e [myzylmɑ̃, an] *adj, nm/f* musulmán(-ana)
mutation [mytasjɔ̃] *nf* (ADMIN) traslado; (BIOL) mutación *f*
muter [myte] *vt* (ADMIN) trasladar
mutilé, e [mytile] *nm/f* mutilado(-a)
mutiler [mytile] *vt* mutilar
mutin, e [mytɛ̃, in] *adj* (*enfant*) travieso(-a); (*air, ton*) pícaro(-a) ♦ *nm/f* (MIL) amotinado(-a); **mutinerie** *nf* motín *m*
mutisme [mytism] *nm* mutismo
mutuel, le [mytɥɛl] *adj* mutuo(-a); **mutuelle** *nf* mutualidad *f*, mutua
myope [mjɔp] *adj, nm/f* miope *m/f*
myosotis [mjɔzɔtis] *nm* nomeolvides *m inv*
myrtille [miʀtij] *nf* arándano
mystère [mistɛʀ] *nm* misterio; **mystérieux, -euse** *adj* misterioso(-a)
mystifier [mistifje] *vt* mistificar
mythe [mit] *nm* mito
mythologie [mitɔlɔʒi] *nf* mitología

N, n

n' [n] *adv voir* **ne**
nacre [nakʀ] *nf* nácar *m*
nage [naʒ] *nf* natación *f*; **traverser/s'éloigner à la ~** atravesar/alejarse a nado; **en ~** bañado(-a) en sudor; **nageoire** *nf* aleta; **nager** *vi* nadar; **nageur, euse** *nm/f* nadador(-a)
naïf, -ïve [naif, naiv] *adj* ingenuo(-a)
nain, e [nɛ̃, nɛn] *adj, nm/f* enano(-a)
naissance [nɛsɑ̃s] *nf* nacimiento; **donner ~ à** (*enfant*) dar a luz a; (*fig*) originar; **lieu de ~** lugar de nacimiento
naître [nɛtʀ] *vi* nacer; **il est né en 1960** ha nacido en 1960
naïve [naiv] *adj voir* **naïf**
naïveté [naivte] *nf* ingenuidad *f*
nana [nana] (*fam*) *nf* chica
nappe [nap] *nf* mantel *m*; **napperon** *nm* tapete *m*
naquit *etc* [naki] *vb voir* **naître**
narguer [naʀge] *vt* provocar
narine [naʀin] *nf* ventana (de la nariz)
natal, e [natal] *adj* natal; **natalité** *nf* natalidad *f*
natation [natasjɔ̃] *nf* natación *f*
natif, -ive [natif, iv] *adj* nativo(-a)
nation [nasjɔ̃] *nf* nación *f*
national, e, -aux [nasjɔnal, o] *adj* nacional; **nationaux** *nmpl* nacionales *mpl*; **nationale** *nf*: **(route) nationale** (carretera) nacional *f*; **nationaliser** *vt* nacionalizar; **nationalisme** *nm* nacionalismo; **nationalité** *nf* nacionalidad *f*
natte [nat] *nf* (*tapis*) estera; (*cheveux*) coleta
naturaliser [natyʀalize] *vt* naturalizar
nature [natyʀ] *nf* naturaleza; (*tempérament*) temperamento; **payer en ~** pagar en especie; **~ morte** naturaleza muerta, bodegón *m*; **naturel, le** *adj* natural; **naturellement** *adv* naturalmente
naufrage [nofʀaʒ] *nm* naufragio; (*fig*) ruina
nausée [noze] *nf* náusea, asco
nautique [notik] *adj* náutico(-a)
naval, e [naval] *adj* naval
navet [navɛ] *nm* nabo; (*péj*: *film*) tostón *m*
navette [navɛt] *nf* lanzadera; (*en car etc*) recorrido; **faire la ~ (entre)** ir y venir (entre)
navigateur [navigatœʀ] *nm* navegante *m/f*
navigation [navigasjɔ̃] *nf* navegación *f*
naviguer [navige] *vi* navegar
navire [naviʀ] *nm* buque *m*
navrer [navʀe] *vt* afligir; **je suis**

navré lo siento en el alma; **je suis navré que** siento muchísimo que
ne [n(ə)] *adv* no; **je ~ le veux pas** no lo quiero; **je crains qu'il ~ vienne** temo que venga; **je ~ veux que ton bonheur** sólo quiero tu felicidad; *voir* **jamais**; **pas**; **plus**
né, e [ne] *pp de* **naître**; **~ en 1960** nacido(-a) en 1960; **~e Dupont** de soltera Dupont
néanmoins [neɑ̃mwɛ̃] *adv* no obstante
néant [neɑ̃] *nm* nada; **réduire à ~** reducir a la nada
nécessaire [nesesɛʀ] *adj* necesario(-a) ♦ *nm*: **faire le ~** hacer lo necesario; **nécessité** *nf* necesidad *f*; **nécessiter** *vt* necesitar
nectar [nɛktaʀ] *nm* néctar *m*
néerlandais, e [neɛʀlɑ̃dɛ, ɛz] *adj* neerlandés(-esa) ♦ *nm* (LING) neerlandés *m* ♦ *nm/f*: **N~, e** neerlandés(-esa)
nef [nɛf] *nf* nave *f*
néfaste [nefast] *adj* nefasto(-a)
négatif, -ive [negatif, iv] *adj* negativo(-a) ♦ *nm* (PHOTO) negativo
négligé, e [negliʒe] *adj* descuidado(-a)
négligeable [negliʒabl] *adj* despreciable
négligent, e [negliʒɑ̃, ɑ̃t] *adj* (*personne*) descuidado(-a); (*geste, attitude*) negligente
négliger [negliʒe] *vt* descuidar; (*avis, précautions*) ignorar, no hacer caso; **~ de faire qch** olvidarse de hacer algo
négociant, e [negɔsjɑ̃, jɑ̃t] *nm/f* negociante *m/f*
négociation [negɔsjasjɔ̃] *nf* negociación *f*
négocier [negɔsje] *vt* negociar
nègre [nɛgʀ] (*péj*) *nm* (*aussi écrivain*) negro
neige [nɛʒ] *nf* nieve *f*; **battre les œufs en ~** (CULIN) batir los huevos a punto de nieve; **neiger** *vi* nevar
nénuphar [nenyfaʀ] *nm* nenúfar *m*
néon [neɔ̃] *nm* neón *m*
néo-zélandais, e [neoʒelɑ̃dɛ, ɛz] (*pl* **~-~, es**) *adj* neocelandés(-esa) ♦ *nm/f*: **N~-~, e** neocelandés(-esa)
nerf [nɛʀ] *nm* nervio; **~s** *nmpl* nervios *mpl*; **être à bout de ~s** estar al borde de un ataque de nervios; **nerveux, -euse** *adj* nervioso(-a); **nervosité** *nf* nerviosismo
n'est-ce pas [nɛspɑ] *adv*: **"c'est bon, ~-~ ~?"** "está bueno, ¿verdad?"
Net [nɛt] *nm* (*fam*): **le ~** Internet *m o f*, la Red; **surfer sur le ~** navegar por Internet
net, nette [nɛt] *adj* (*évident, sans équivoque*) evidente; (*distinct, propre, sans tache*) limpio(-a); (*photo, film*) nítido(-a); (COMM) neto(-a) ♦ *adv*: **s'arrêter ~** pararse en seco ♦ *nm*: **mettre au ~** poner en limpio; **nettement** *adv* claramente; **nettement mieux/meilleur** mucho mejor; **netteté** *nf* (*v adj*) limpieza; nitidez *f*
nettoyage [netwajaʒ] *nm* limpieza; **~ à sec** limpieza en seco
nettoyer [netwaje] *vt* limpiar
neuf[1] [nœf] *adj inv, nm inv* nueve *m inv*; *voir aussi* **cinq**
neuf[2]**, neuve** [nœf, nœv] *adj* nuevo(-a) ♦ *nm* **remettre à ~** dejar como nuevo; **quoi de ~?** ¿qué hay de nuevo?
neutre [nøtʀ] *adj* neutro(-a); (POL) neutral ♦ *nm* neutro
neuve [nœv] *adj voir* **neuf**[2]
neuvième [nœvjɛm] *adj, nm/f* noveno(-a) ♦ *nm* (*partitif*) noveno; *voir aussi* **cinquième**
neveu, x [n(ə)vø] *nm* sobrino
nez [ne] *nm* nariz *f*; **avoir du ~** tener olfato; **~ à ~ avec** cara a cara con; **à vue de ~** a ojo de buen cubero
ni [ni] *conj*: **~ l'un ~ l'autre ne sont ...** ni uno ni otro son ...; **il n'a rien vu ~ entendu** no ha visto ni oído nada
niche [niʃ] *nf* (*du chien*) perrera; (*dans un mur*) hornacina, nicho; **nicher** *vi* anidar
nid [ni] *nm* nido
nièce [njɛs] *nf* sobrina
nier [nje] *vt* negar
Nil [nil] *nm*: **le ~** el Nilo
n'importe [nɛ̃pɔʀt] *adv*: **~ qui**

cualquiera; ~ **quoi** cualquier cosa; ~ **où** a *ou* en cualquier sitio; ~ **lequel/laquelle d'entre nous** cualquiera de nosotros(-as); ~ **quel/quelle** cualquier/cualquiera; ~ **quand** en cualquier momento; ~ **comment** de cualquier manera

niveau, x [nivo] *nm* nivel *m*; **au ~ de** a nivel de; **le ~ de la mer** el nivel del mar; **~ de vie** (*ÉCON*) nivel de vida

niveler [niv(ə)le] *vt* nivelar

noble [nɔbl] *adj, nm/f* noble *m/f*; **noblesse** *nf* nobleza

noce [nɔs] *nf* boda; **faire la ~** (*fam*) ir de juerga

nocif, -ive [nɔsif, iv] *adj* nocivo(-a)

nocturne [nɔktyʀn] *adj* nocturno(-a)

Noël [nɔɛl] *nm* Navidad *f*

nœud [nø] *nm* nudo; (*ruban*) lazo; (*fig: liens*) vínculo; **~ papillon** pajarita

noir, e [nwaʀ] *adj* negro(-a); (*obscur, sombre*) oscuro(-a); (*roman*) policíaco(-a) ♦ *nm/f* (*personne*) negro(-a) ♦ *nm* negro; (*obscurité*): **dans le ~** en la oscuridad: **au ~** ilegalmente; **il fait ~** está oscuro; **noircir** *vi* ennegrecer ♦ *vt* ensombrecer; **noire** *nf* (*MUS*) negra

noisette [nwazɛt] *nf* avellana

noix [nwa] *nf* nuez *f*; (*CULIN*): **une ~ de beurre** una nuez de mantequilla; **~ de coco** coco; **~ muscade** nuez moscada

nom [nɔ̃] *nm* nombre *m*; **~ de famille** apellido; **~ de jeune fille** apellido de soltera

nomade [nɔmad] *adj, nm/f* nómada *m/f*

nombre [nɔ̃bʀ] *nm* número; **venir en ~** venir muchos; **ils sont au ~ de 3** son 3; **nombreux, -euse** *adj* (*avec nom pl*) numerosos(-as); **un public nombreux** mucho público; **peu nombreux** poco numeroso(-a)

nombril [nɔ̃bʀi(l)] *nm* ombligo

nommer [nɔme] *vt* nombrar; (*baptiser*) llamar; **se ~** *vpr*: **il se nomme Jean** se llama Jean

non [nɔ̃] *adv* no; **~ (pas) que ...** no porque ...; **~ plus**: **moi ~ plus** yo tampoco; **~ seulement** no sólo

non alcoolisé, e [nɔ̃alkɔɔlize] *adj* sin alcohol

nonante [nɔnɑ̃t] *adj, nm* (*Belgique, Suisse*) noventa

nonchalant, e [nɔ̃ʃalɑ̃, ɑ̃t] *adj* indolente

non-fumeur, -euse [nɔ̃fymœʀ, øz] (*pl* **~-~s, euses**) *nm/f* no fumador(a)

non-sens [nɔ̃sɑ̃s] *nm* disparate *m*

nord [nɔʀ] *nm* norte *m*; (*région*): **le N~** el Norte ♦ *adj inv* norte; **au ~** (*situation*) al norte; (*direction*) hacia el norte; **au ~ de** al norte de; **nord-est** *nm inv* nordeste *m*; **nord-ouest** *nm inv* noroeste *m*

normal, e, -aux [nɔʀmal, o] *adj* normal; **normale** *nf*: **la normale** la normalidad; **normalement** *adv* normalmente

normand, e [nɔʀmɑ̃, ɑ̃d] *adj* normando(-a) ♦ *nm/f*: **N~, e** normando(-a)

Normandie [nɔʀmɑ̃di] *nf* Normandía

norme [nɔʀm] *nf* norma

Norvège [nɔʀvɛʒ] *nf* Noruega; **norvégien, ne** *adj* noruego(-a) ♦ *nm* (*LING*) noruego ♦ *nm/f*: **Norvégien, ne** noruego(-a)

nos [no] *dét voir* **notre**

nostalgie [nɔstalʒi] *nf* nostalgia; **nostalgique** *adj* nostálgico(-a)

notable [nɔtabl] *adj, nm/f* notable *m/f*

notaire [nɔtɛʀ] *nm* notario

notamment [nɔtamɑ̃] *adv* particularmente, especialmente

note [nɔt] *nf* nota; (*facture*) cuenta; **~ de service** nota de servicio

noter [nɔte] *vt* (*écrire*) anotar, apuntar; (*remarquer*) señalar, notar

notice [nɔtis] *nf* nota; (*brochure*): **~ explicative** folleto explicativo

notifier [nɔtifje] *vt*: **~ qch à qn** notificar algo a algn

notion [nosjɔ̃] *nf* noción *f*

notoire [nɔtwaʀ] *adj* notorio(-a)

notre [nɔtʀ] *dét* nuestro(-a)

nôtre, nos [notʀ, nos] *adj* nuestro(-a) ♦ *pron*: **le ~** el *ou* lo nuestro; **la ~** la nuestra; **les ~s** los (las) nuestros(-as); **soyez des ~s** únase a nosotros

nouer [nwe] *vt* anudar, atar; (*fig: amitié*) trabar; (*: alliance*) formar
noueux, -euse [nwø, øz] *adj* nudoso(-a)
nourrice [nuʀis] *nf* nodriza
nourrir [nuʀiʀ] *vt* alimentar; (*fig: espoir*) mantener; (*: haine*) guardar; **logé, nourri** alojamiento y comida; **nourrissant, e** *adj* alimenticio(-a); **nourriture** *nf* alimento, comida
nous [nu] *pron* nosotros(-as); (*objet direct, indirect*) nos; **c'est ~ qui l'avons fait** lo hicimos nosotros; **~ les Marseillais** nosotros los marselleses; **il ~ le dit** nos lo dice; **il ~ en a parlé** nos habló de eso; **à ~** (*possession*) nuestro(-a), nuestros(-as); **ce livre est à ~** ese libro es nuestro; **avec/sans ~** con/sin nosotros; **plus riche que ~** más rico que nosotros; **~ mêmes** nosotros(-as) mismos(-as)
nouveau (nouvel), -elle, -aux [nuvo, nuvɛl] *adj* nuevo(-a) ♦ *nm/f* nuevo(-a), novato(-a); **de ~, à ~** de nuevo, otra vez; **Nouvel An** año nuevo; **nouveau venu** recién llegado; **nouvelle venue** recién llegada; **nouveau-né, e** (*pl* **nouveau-nés, es**) *adj, nm/f* recién nacido(-a); **nouveauté** *nf* novedad *f*
nouvel [nuvɛl] *adj m voir* **nouveau**
nouvelle [nuvɛl] *adj f voir* **nouveau** ♦ *nf* noticia; (LITT) cuento; **Nouvelle-Calédonie** *nf* Nueva Caledonia; **nouvellement** *adv* (*arrivé etc*) recién; **Nouvelle-Zélande** *nf* Nueva Zelanda, Nueva Zelandia (AM)
novembre [nɔvɑ̃bʀ] *nm* noviembre *m*; *voir aussi* **juillet**
noyade [nwajad] *nf* ahogamiento
noyau, x [nwajo] *nm* núcleo; (*de fruit*) hueso
noyer [nwaje] *nm* nogal *m* ♦ *vt* ahogar; (*fig: submerger*) sumergir; **se ~** *vpr* ahogarse
nu, e [ny] *adj* desnudo(-a) ♦ *nm* (ART) desnudo; **mettre à ~** desnudar
nuage [nɥaʒ] *nm* nube *f*; **nuageux, -euse** *adj* nuboso(-a), nublado(-a)
nuance [nɥɑ̃s] *nf* matiz *m*; **il y a une ~ (entre ...)** hay una leve diferencia (entre ...); **nuancer** *vt* matizar
nucléaire [nykleɛʀ] *adj* nuclear
nudiste [nydist] *nm/f* nudista *m/f*
nuée [nɥe] *nf*: **une ~ de** una nube de
nuire [nɥiʀ] *vi* perjudicar; **~ à qn/qch** ser perjudicial para algn/algo; **nuisible** *adj* perjudicial; **animal nuisible** animal dañino
nuit [nɥi] *nf* noche *f*; **il fait ~** es de noche; **cette ~** esta noche; **de ~** por la noche; **~ blanche** noche en blanco *ou* en vela
nul, nulle [nyl] *adj* (*aucun*) ninguno(-a); (*minime, non valable, péj*) nulo(-a) ♦ *pron* nadie; **résultat ~, match ~** (SPORT) empate *m*; **~le part** en ningún sitio; (*aller etc*) a ningún sitio; **nullement** *adv* de ningún modo
numéro [nymeʀo] *nm* número; **~ de téléphone** número de teléfono; **~ vert** número verde; **numéroter** *vt* numerar
nuque [nyk] *nf* nuca
nu-tête [nytɛt] *adj inv* cabeza descubierta
nutritif, -ive [nytʀitif, iv] *adj* nutritivo(-a)
nylon [nilɔ̃] *nm* nylon *m*

O, o

oasis [ɔazis] *nf ou m* oasis *m inv*
obéir [ɔbeiʀ] *vi* obedecer; **~ à** obedecer a; (*loi*) acatar; **obéissance** *nf* obediencia; **obéissant, e** *adj* obediente
obèse [ɔbɛz] *adj* obeso(-a); **obésité** *nf* obesidad *f*
objecter [ɔbʒɛkte] *vt* (*prétexter*) pretextar; **objecteur** *nm*: **objecteur de conscience** objetor *m* de conciencia
objectif, -ive [ɔbʒɛktif, iv] *adj* objetivo(-a) ♦ *nm* objetivo
objection [ɔbʒɛksjɔ̃] *nf* objeción *f*; **objectivité** *nf* objetividad *f*
objet [ɔbʒɛ] *nm* objeto; **être** *ou* **faire**

l'~ de ser objeto de; **(bureau des) ~s trouvés** (oficina de) objetos perdidos; **~ d'art** objeto de arte
obligation [ɔbligasjɔ̃] *nf* obligación *f*; (*gén pl*: *devoir*) compromisos *mpl*; **obligatoire** *adj* obligatorio(-a); **obligatoirement** *adv* (*nécessairement*) obligatoriamente; (*fatalement*) a la fuerza
obligé, e [ɔbliʒe] *adj* obligado(-a)
obliger [ɔbliʒe] *vt* obligar
oblique [ɔblik] *adj* oblicuo(-a)
oblitérer [ɔbliteʀe] *vt* matar
obnubiler [ɔbnybile] *vt* obsesionar
obscène [ɔpsɛn] *adj* obsceno(-a)
obscur, e [ɔpskyʀ] *adj* oscuro(-a); **obscurcir** *vt* oscurecer; **obscurité** *nf* oscuridad *f*; **dans l'obscurité** en la oscuridad
obsédé, e [ɔpsede] *nm/f*: **un ~ de** un obseso de; **~ sexuel** obseso sexual
obséder [ɔpsede] *vt* obsesionar
obsèques [ɔpsɛk] *nfpl* exequias *fpl*
observateur, -trice [ɔpsɛʀvatœʀ, tʀis] *adj, nm/f* observador(a)
observation [ɔpsɛʀvasjɔ̃] *nf* observación *f*; (*d'un règlement etc*) cumplimiento; **faire une ~ à qn** (*reproche*) criticarle a algn; **en ~** (*MÉD*) en observación
observatoire [ɔpsɛʀvatwaʀ] *nm* observatorio
observer [ɔpsɛʀve] *vt* observar; (*remarquer*) notar; **faire ~ qch à qn** hacer ver algo a algn
obsession [ɔpsesjɔ̃] *nf* obsesión *f*
obstacle [ɔpstakl] *nm* obstáculo
obstiné, e [ɔpstine] *adj* (*caractère*) obstinado(-a); (*effort*) tenaz
obstiner [ɔpstine]: **s'~** *vpr* obstinarse; **s'~ à faire qch** empeñarse en hacer algo; **s'~ sur qch** obcecarse con algo
obstruer [ɔpstʀye] *vt* obstruir
obtenir [ɔptəniʀ] *vt* conseguir, obtener; **~ de pouvoir faire qch** conseguir poder hacer algo; **~ de qn qu'il fasse** conseguir que algn haga
obturateur [ɔptyʀatœʀ] *nm* (*PHOTO*) obturador *m*
obus [ɔby] *nm* obús *msg*
occasion [ɔkazjɔ̃] *nf* ocasión *f*, oportunidad *f*, chance *m ou f* (*AM*); (*acquisition avantageuse*) ganga; (*circonstance*) ocasión; **à plusieurs ~s** en varias ocasiones; **être l'~ de** ser el momento para; **à l'~ de** con motivo de; **d'~** de segunda mano, de ocasión; **occasionnel, le** *adj* (*fortuit*) ocasional; (*non régulier*) eventual
occasionner [ɔkazjɔne] *vt* ocasionar, causar
occident [ɔksidɑ̃] *nm* (*POL*): **l'O~** Occidente *m*
occidental, e, -aux [ɔksidɑ̃tal, o] *adj* occidental
occupation [ɔkypasjɔ̃] *nf* ocupación *f*
occupé, e [ɔkype] *adj* ocupado(-a); (*ligne téléphonique*) comunicando
occuper [ɔkype] *vt* ocupar; **s'~** *vpr* ocuparse; **s'~ de** (*être responsable de*) encargarse de; (*clients etc*) ocuparse de
occurrence [ɔkyʀɑ̃s] *nf*: **en l'~** en este caso
océan [ɔseɑ̃] *nm* océano
octet [ɔktɛ] *nm* (*INFORM*) byte *m*, octeto
octobre [ɔktɔbʀ] *nm* octubre *m*; *voir aussi* **juillet**
oculiste [ɔkylist] *nm/f* oculista *m/f*
odeur [ɔdœʀ] *nf* olor *m*
odieux, -euse [ɔdjø, jøz] *adj* abominable
odorant, e [ɔdɔʀɑ̃, ɑ̃t] *adj* oloroso(-a)
odorat [ɔdɔʀa] *nm* olfato
œil [œj] (*pl* **yeux**) *nm* ojo; **à l'~** (*fam*) por la cara; **à l'~ nu** a simple vista; **avoir l'~** estar ojo avizor; **avoir l'~ sur qn** no quitar ojo a algn; **voir qch d'un bon/mauvais ~** ver algo con buenos/malos ojos; **à mes/ses yeux** para mí/él; **de ses propres yeux** con sus propios ojos; **fermer les yeux (sur)** (*fig*) hacer la vista gorda (a); **ne pas pouvoir fermer l'~** no pegar ojo; **les yeux fermés** a ciegas
œillères [œjɛʀ] *nfpl* anteojeras *fpl*;

avoir des ~ (*fig*: *péj*) ser de miras muy estrechas
œillet [œjɛ] *nm* (*BOT*) clavel *m*; (*trou, bordure rigide*) ojete *m*
œuf [œf] *nm* huevo, blanquillo (*MEX*); **étouffer qch dans l'~** cortar algo de raíz; **~ à la coque/au plat/dur** huevo cocido/al plato/duro; **~ de Pâques** huevo de Pascua; **~ mollet** huevo pasado por agua; **~ poché** huevo escalfado; **~s brouillés** huevos *mpl* revueltos
œuvre [œvʀ] *nf* trabajo; (*art*) obra; (*organisation charitable*) obra benéfica ♦ *nm* (*d'un artiste*) obra; (*CONSTR*): **le gros ~** el armazón; **être/se mettre à l'~** estar/ponerse manos a la obra; **mettre en ~** poner en práctica
offense [ɔfɑ̃s] *nf* ofensa, agravio; **offenser** *vt* ofender
offert, e [ɔfɛʀ, ɛʀt] *pp de* **offrir**
office [ɔfis] *nm* (*charge*) cargo; (*bureau, agence*) oficina; (*messe*) oficio; **d'~** automáticamente; **~ du tourisme** oficina de turismo
officiel, le [ɔfisjɛl] *adj* oficial
officier [ɔfisje] *nm* oficial *m/f* ♦ *vi* (*REL*) oficiar; **~ de l'état-civil** teniente *m* (alcalde)
officieux, -euse [ɔfisjø, jøz] *adj* oficioso(-a)
offrande [ɔfʀɑ̃d] *nf* regalo
offre [ɔfʀ] *vb voir* **offrir** ♦ *nf* oferta; (*ADMIN*: *soumission*) licitación *f*; **"~s d'emploi"** "ofertas *fpl* de empleo"; **~ publique d'achat** oferta pública de compra
offrir [ɔfʀiʀ] *vt* regalar, ofrecer; **s'~** *vpr* (*vacances*) tomarse; (*voiture*) regalarse; **~ (à qn) de faire qch** proponer (a algn) hacer algo; **~ à boire à qn** ofrecer de beber a algn
OGM *sigle m* (= *organisme génétiquement modifié*) OMG *m* (= *organismo modificado genéticamente*)
oie [wa] *nf* ganso, oca
oignon [ɔɲɔ̃] *nm* cebolla; (*de tulipe etc*) bulbo
oiseau, x [wazo] *nm* ave *f*, pájaro; **~ de proie** ave de rapiña
oisif, -ive [wazif, iv] *adj* ocioso(-a) ♦ *nm/f* (*péj*) holgazán(-ana)
oléoduc [ɔleɔdyk] *nm* oleoducto
olive [ɔliv] *nf* aceituna, oliva; **olivier** *nm* olivo
OLP [ɔɛlpe] *sigle f* (= *Organisation de libération de la Palestine*) OLP *f* (= *Organización para la Liberación de Palestina*)
olympique [ɔlɛ̃pik] *adj* olímpico(-a)
ombragé, e [ɔ̃bʀaʒe] *adj* (*coin*) con sombra; (*colline*) umbrío(-a)
ombre [ɔ̃bʀ] *nf* sombra; **il n'y a pas l'~ d'un doute** no hay la menor sombra de duda; **donner/faire de l'~** dar/hacer sombra; **dans l'~** en la sombra; **~ à paupières** sombra de ojos
omelette [ɔmlɛt] *nf* tortilla
omettre [ɔmɛtʀ] *vt* omitir
omoplate [ɔmɔplat] *nf* omóplato, omoplato

MOT-CLÉ

on [ɔ̃] *pron* **1** (*indéterminé*): **on peut le faire ainsi** se puede hacer así; **on frappe à la porte** llaman a la puerta
2 (*quelqu'un*): **on les a attaqués** les atacaron; **on vous demande au téléphone** le llaman por teléfono
3 (*nous*) nosotros(-as); **on va y aller demain** vamos a ir (allí) mañana
4 (*les gens*): **autrefois, on croyait ...** antes, se creía ...; **on dit que ...** dicen que ..., se dice que ...
5: **on ne peut plus** *adv*: **il est on ne peut plus stupide** no puede ser más estúpido

oncle [ɔ̃kl] *nm* tío
onctueux, -euse [ɔ̃ktɥø, øz] *adj* cremoso(-a)
onde [ɔ̃d] *nf* onda; **sur les ~s** en antena; **~s courtes** onda *fsg* corta
ondée [ɔ̃de] *nf* chaparrón *m*
on-dit [ɔ̃di] *nm inv* rumor *m*
onduler [ɔ̃dyle] *vi* ondular; (*route*) serpentear
onéreux, -euse [ɔneʀø, øz] *adj* oneroso(-a)
ongle [ɔ̃gl] *nm* uña
ont [ɔ̃] *vb voir* **avoir**

ONU [ɔny] *sigle f* (= *Organisation des Nations unies*) ONU *f* (= *Organización de las Naciones Unidas*)
onze ['ɔ̃z] *adj inv, nm inv* once *m inv*; *voir aussi* **cinq**; **onzième** *adj, nm/f* undécimo(-a) ♦ *nm* (*partitif*) onceavo; *voir aussi* **cinquième**
OPA [ɔpea] *sigle f* (= *offre publique d'achat*) OPA *f* (= *Oferta Pública de Adquisición*)
opaque [ɔpak] *adj* opaco(-a)
opéra [ɔpeʀa] *nm* ópera
opérateur, -trice [ɔpeʀatœʀ, tʀis] *nm/f* operador(a)
opération [ɔpeʀasjɔ̃] *nf* operación *f*
opératoire [ɔpeʀatwaʀ] *adj* operatorio(-a)
opérer [ɔpeʀe] *vt* operar; (*faire, exécuter*) realizar ♦ *vi* (*agir*) hacer efecto; (MÉD) operar; **s'~** *vpr* realizarse; **se faire ~** operarse
opérette [ɔpeʀɛt] *nf* opereta
opiner [ɔpine] *vi*: **~ de la tête** asentir con la cabeza
opinion [ɔpinjɔ̃] *nf* opinión *f*; **~s** *nfpl* convicciones *fpl*, ideas *fpl*; **l'~(publique)** la opinión pública
opportun, e [ɔpɔʀtœ̃, yn] *adj* oportuno(-a); **opportuniste** *adj, nm/f* oportunista *m/f*
opposant, e [ɔpozɑ̃, ɑ̃t] *adj, nm/f* opositor(a)
opposé, e [ɔpoze] *adj* opuesto(-a) ♦ *nm*: **l'~** (*contraire*) lo opuesto; **être ~ à** ser opuesto a; **à l'~** (*direction*) en dirección contraria; **à l'~ de** al otro lado de; (*contrairement à*) al contrario de
opposer [ɔpoze] *vt* (*personnes etc*) enfrentar; (*suj*: *conflit*) dividir; **s'~** *vpr* oponerse; **s'~ à** oponerse a; (*tenir tête*) enfrentarse a
opposition [ɔpozisjɔ̃] *nf* oposición *f*; **par ~ à** a diferencia de; **être en ~ avec** estar en contra de; **faire ~ à un chèque** bloquear un cheque
oppressant, e [ɔpʀesɑ̃, ɑ̃t] *adj* agobiante
oppresser [ɔpʀese] *vt* (*chaleur*) agobiar; **oppression** *nf* opresión *f*
opprimer [ɔpʀime] *vt* oprimir
opter [ɔpte] *vi*: **~ pour/entre** optar por/entre
opticien, ne [ɔptisjɛ̃, jɛn] *nm/f* óptico(-a)
optimisme [ɔptimism] *nm* optimismo; **optimiste** *adj, nm/f* optimista *m/f*
option [ɔpsjɔ̃] *nf* opción *f*
optique [ɔptik] *adj* óptico(-a) ♦ *nf* óptica; (*fig*) enfoque *m*
or [ɔʀ] *nm* oro ♦ *conj* ahora bien; **en ~** de oro
orage [ɔʀaʒ] *nm* tormenta; **orageux, -euse** *adj* tormentoso(-a)
oral, e, -aux [ɔʀal, o] *adj* oral; **par voie ~e** (MÉD) por vía oral
orange [ɔʀɑ̃ʒ] *nf* naranja ♦ *adj inv* naranja *inv* ♦ *nm* (*couleur*) naranja *m*; **orangé, e** *adj* anaranjado(-a), naranja *inv*; **orangeade** *nf* naranjada; **oranger** *nm* naranjo
orateur [ɔʀatœʀ] *nm* orador(a)
orbite [ɔʀbit] *nf* (ANAT, PHYS) órbita
orchestre [ɔʀkɛstʀ] *nm* orquesta; (*de jazz, danse*) orquesta, grupo; (THÉÂTRE, CINÉ: *places*) patio de butacas
orchidée [ɔʀkide] *nf* orquídea
ordinaire [ɔʀdinɛʀ] *adj* ordinario(-a) ♦ *nm* (*menus*): **l'~** lo corriente ♦ *nf* (*essence*) normal *f*; **d'~** por lo general, corrientemente; **à l'~** de costumbre
ordinateur [ɔʀdinatœʀ] *nm* ordenador *m*
ordonnance [ɔʀdɔnɑ̃s] *nf* (MÉD) receta, prescripción *f*
ordonné, e [ɔʀdɔne] *adj* ordenado(-a)
ordonner [ɔʀdɔne] *vt* ordenar; (MÉD) recetar, prescribir; **~ à qn de faire** ordenar *ou* mandar a algn que haga
ordre [ɔʀdʀ] *nm* orden *m*; **~s** *nmpl* (REL): **être/entrer dans les ~s** pertenecer/entrar en las órdenes; **mettre en ~** poner en orden; **avoir de l'~** tener orden, ser ordenado(-a); **rentrer dans l'~** volver a la normalidad; **être aux ~s de qn/sous les ~s de qn** estar a las órdenes de algn; **jusqu'à nouvel ~** hasta nuevo aviso; **payer à l'~ de** (COMM) pagar a la orden de; **dans le même ~/un autre ~ d'idées** en el

mismo orden/en otro orden de cosas; ~ **du jour** orden del día; ~ **public** orden público
ordure [ɔʀdyʀ] *nf* basura; **~s ménagères** basura
oreille [ɔʀɛj] *nf* oreja; **avoir de l'~** tener oído
oreiller [ɔʀeje] *nm* almohada
oreillons [ɔʀɛjɔ̃] *nmpl* paperas *fpl*
ores [ɔʀ]: **d'~ et déjà** *adv* desde ahora, de aquí en adelante
orfèvrerie [ɔʀfɛvʀəʀi] *nf* orfebrería
organe [ɔʀgan] *nm* órgano
organigramme [ɔʀganigʀam] *nm* organigrama *m*
organique [ɔʀganik] *adj* orgánico(-a)
organisateur, -trice [ɔʀganizatœʀ, tʀis] *nm/f* organizador(a)
organisation [ɔʀganizasjɔ̃] *nf* organización *f*; **O~ des Nations unies** Organización de Naciones Unidas
organiser [ɔʀganize] *vt* organizar; **s'~** *vpr* (*personne*) organizarse
organisme [ɔʀganism] *nm* organismo
organiste [ɔʀganist] *nm/f* organista *m/f*
orgasme [ɔʀgasm] *nm* orgasmo
orge [ɔʀʒ] *nf* cebada
orgue [ɔʀg] *nm* (*MUS*) órgano
orgueil [ɔʀgœj] *nm* orgullo, soberbia; **orgueilleux, -euse** *adj* orgulloso(-a)
oriental, e, -aux [ɔʀjɑ̃tal, o] *adj* oriental
orientation [ɔʀjɑ̃tasjɔ̃] *nf* orientación *f*; **avoir le sens de l'~** tener sentido de la orientación; ~ **professionnelle** orientación profesional
orienté, e [ɔʀjɑ̃te] *adj*: **bien/mal ~** (*appartement*) bien/mal orientado(-a); ~ **au sud** orientado(-a) al sur
orienter [ɔʀjɑ̃te] *vt* orientar, colocar; **s'~** *vpr* orientarse; **(s')~ vers** (*recherches*) orientar(se) *ou* dirigir(se) hacia
origan [ɔʀigɑ̃] *nm* orégano
originaire [ɔʀiʒinɛʀ] *adj* originario(-a)
original, e, -aux [ɔʀiʒinal, o] *adj* original ♦ *nm/f* (*fam: excentrique*) excéntrico(-a), extravagante *m/f* ♦ *nm* (*document*) original *m*
origine [ɔʀiʒin] *nf* origen *m*; **originel, le** *adj* original
orme [ɔʀm] *nm* olmo
ornement [ɔʀnəmɑ̃] *nm* adorno
orner [ɔʀne] *vt* adornar
ornière [ɔʀnjɛʀ] *nf* carril *m*
orphelin, e [ɔʀfəlɛ̃, in] *adj, nm/f* huérfano(-a); **orphelinat** *nm* orfanato
orteil [ɔʀtɛj] *nm* dedo del pie
orthographe [ɔʀtɔgʀaf] *nf* ortografía
ortie [ɔʀti] *nf* ortiga
os [ɔs] *nm* hueso
osciller [ɔsile] *vi* oscilar; ~ **entre** vacilar *ou* dudar entre
osé, e [oze] *adj* (*tentative*) osado(-a); (*plaisanterie*) atrevido(-a)
oseille [ozɛj] *nf* (*BOT*) acedera
oser [oze] *vt, vi* osar, atreverse; ~ **faire qch** atreverse a hacer algo
osier [ozje] *nm* mimbre *m*; **d'~, en ~** de mimbre
osseux, -euse [ɔsø, øz] *adj* óseo(-a); (*main, visage*) huesudo(-a)
otage [ɔtaʒ] *nm* rehén *m*; **prendre qn comme** *ou* **en ~** tomar *ou* coger a algn de *ou* como rehén
OTAN [ɔtɑ̃] *sigle f* (= *Organisation du traité de l'Atlantique Nord*) OTAN *f* (= *Organización del Tratado del Atlántico Norte*)
otarie [ɔtaʀi] *nf* león *m* marino, otaria
ôter [ote] *vt* quitar; (*soustraire*) quitar, restar; ~ **qch de** quitar algo de; ~ **qch à qn** quitar algo a algn
otite [ɔtit] *nf* otitis *f inv*
ou [u] *conj* o, u; **l'un ~ l'autre** una u otra

MOT-CLÉ

où [u] *pron rel* **1** (*lieu*) donde, en que; **la chambre où il était** la habitación en que *ou* donde estaba; **le village d'où je viens** el pueblo de donde vengo; **les villes par où il est passé** las ciudades por donde pasó

2 (*direction*) adonde; **la ville où je me rends** la ciudad adonde me dirijo
3 (*temps, état*) (en) que; **le jour où il est parti** el día (en) que se marchó; **au prix où c'est** al precio que está
♦ *adv* **1** (*interrogatif*) ¿dónde?; **où est-il?** ¿dónde está?; **par où?** ¿por dónde?
2 (*direction*) (a)dónde; **où va-t-il?** ¿(a)dónde va?
3 (*relatif*) donde; **je sais où il est** sé donde está; **où que l'on aille** vayamos donde vayamos, dondequiera que vayamos

ouate ['wat] *nf* algodón *m*, guata
oubli [ubli] *nm* olvido; **l'~** el olvido
oublier [ublije] *vt* olvidar
ouest [wɛst] *nm* oeste *m* ♦ *adj inv* oeste; **à l'~ (de)** al oeste (de)
ouf ['uf] *excl* ¡uf!
oui ['wi] *adv* sí
ouï-dire ['widiʀ] *nm inv*: **par ~-~** de oídas
ouïe [wi] *nf* oído; **~s** *nfpl* (*de poisson*) agallas *fpl*
ouragan [uʀagɑ̃] *nm* huracán *m*
ourlet [uʀlɛ] *nm* (COUTURE) dobladillo
ours [uʀs] *nm inv* oso; **~ blanc/brun** oso blanco/pardo; **~ (en peluche)** oso de peluche
oursin [uʀsɛ̃] *nm* erizo de mar
ourson [uʀsɔ̃] *nm* osezno(-a)
ouste [ust] *excl* ¡fuera!, ¡largo de aquí!
outil [uti] *nm* herramienta, instrumento; **outiller** *vt* equipar de herramienta *ou* de maquinaria
outrage [utʀaʒ] *nm* ultraje *m*; **~ à la pudeur** (JUR) ultraje al pudor
outrance [utʀɑ̃s] *adv*: **à ~** a ultranza
outre [utʀ] *nf* odre *m*; **passer ~ à** hacer caso omiso a; **en ~** además, por añadidura; **~ mesure** sin medida, desmesuradamente; **outre-Atlantique** *adv* al otro lado del Atlántico; **outre-mer** *adv* ultramar
ouvert, e [uvɛʀ, ɛʀt] *pp de* **ouvrir** ♦ *adj* abierto(-a); **ouvertement** *adv* (*agir*) abiertamente; **ouverture** *nf* apertura; (*orifice*, MUS) obertura; **ouverture d'esprit** apertura de ideas, amplitud *f* de ideas
ouvrable [uvʀabl] *adj*: **jour ~** día *m* laborable
ouvrage [uvʀaʒ] *nm* obra
ouvre-boîte(s) [uvʀəbwat] *nm inv* abrelatas *m inv*
ouvre-bouteille(s) [uvʀəbutɛj] *nm inv* abrebotellas *m inv*
ouvreuse [uvʀøz] *nf* acomodadora
ouvrier, -ière [uvʀije, ijɛʀ] *nm/f* obrero(-a) ♦ *adj* obrero(-a); **classe ouvrière** clase *f* obrera
ouvrir [uvʀiʀ] *vt* abrir ♦ *vi* abrir; **s'~** *vpr* abrirse; **s'~ à qn** confiarse a algn
ovaire [ɔvɛʀ] *nm* ovario
ovale [ɔval] *adj* oval, ovalado(-a)
OVNI [ɔvni] *sigle m* (= *objet volant non identifié*) OVNI *m* (= *objeto volante no identificado*)
oxyder [ɔkside]: **s'~** *vpr* oxidarse
oxygène [ɔksiʒɛn] *nm* oxígeno
oxygéné, e [ɔksiʒene] *adj*: **eau ~e** agua oxigenada
ozone [ozon] *nm* ozono

P, p

pacifique [pasifik] *adj* pacífico(-a) ♦ *nm*: **le P~, l'océan P~** el (Océano) Pacífico
pack [pak] *nm* pack *m*
pacotille [pakɔtij] (*péj*) *nf* pacotilla
pacte [pakt] *nm* pacto
pagaille [pagaj] *nf* (*désordre*) follón *m*, desbarajuste *m*
page [paʒ] *nf* página ♦ *nm* paje *m*; **être à la ~** (*fig*) estar al día
paiement [pɛmɑ̃] *nm* pago
païen, ne [pajɛ̃, pajɛn] *adj, nm/f* pagano(-a)
paillasson [pajasɔ̃] *nm* felpudo
paille [pɑj] *nf* paja; (*défaut*) defecto
paillettes [pɑjɛt] *nfpl* lentejuelas *fpl*
pain [pɛ̃] *nm* pan *m*; **petit ~** panecillo; **~ complet** pan integral; **~ d'épice(s)** alfajor *m*; **~ de mie** pan de molde; **~ grillé** pan tostado

pair, e [pɛʀ] *adj* par; **paire** *nf* par *m*
paisible [pezibl] *adj* apacible; (*ville, lac*) tranquilo(-a)
paix [pɛ] *nf* paz *f*; (*fig: tranquillité*) paz, sosiego; **faire la ~ avec** hacer las paces con; **avoir la ~** tener paz
Pakistan [pakistɑ̃] *nm* Paquistán *m*
palais [palɛ] *nm* palacio; (ANAT) paladar *m*
pâle [pɑl] *adj* pálido(-a); **bleu/vert ~** azul/verde pálido
Palestine [palɛstin] *nf* Palestina
palette [palɛt] *nf* paleta; (*plateau de chargement*) plataforma
pâleur [pɑlœʀ] *nf* palidez *f*
palier [palje] *nm* (*d'escalier*) rellano; **par ~s** gradualmente
pâlir [pɑliʀ] *vi* palidecer
pallier [palje] *vt* paliar
palme [palm] *nf* palma; **palmé, e** *adj* palmeado(-a)
palmier [palmje] *nm* palmera
pâlot, e [pɑlo, ɔt] *adj* paliducho(-a)
palourde [paluʀd] *nf* almeja
palper [palpe] *vt* palpar
palpitant, e [palpitɑ̃, ɑ̃t] *adj* palpitante
palpiter [palpite] *vi* palpitar
paludisme [palydism] *nm* paludismo
pamphlet [pɑ̃flɛ] *nm* panfleto
pamplemousse [pɑ̃pləmus] *nm* pomelo
pan [pɑ̃] *nm* (*d'un manteau, rideau*) faldón *m*; (*côté*) cara ♦ *excl* ¡pum!
panache [panaʃ] *nm* penacho; **avoir du ~** (*fig*) tener caballerosidad
panaché, e [panaʃe] *nm* clara, cerveza con gaseosa
pancarte [pɑ̃kaʀt] *nf* cartel *m*, pancarta
pancréas [pɑ̃kʀeɑs] *nm* páncreas *m inv*
pané, e [pane] *adj* empanado(-a)
panier [panje] *nm* cesta; **~ à provisions** cesta de la compra; **panier-repas** (*pl* **paniers-repas**) *nm* almuerzo
panique [panik] *nf* pánico; **paniquer** *vt* aterrorizar ♦ *vi* aterrorizarse, espantarse
panne [pan] *nf* avería; **être/tomber en ~** tener una avería, descomponerse/estar descompuesto (*esp* MEX); **tomber en ~ d'essence** *ou* **sèche** quedarse sin gasolina; **~ d'électricité** *ou* **de courant** corte *m* eléctrico
panneau, x [pano] *nm* panel *m*; **~ d'affichage** tablón *m* de anuncios; **~ de signalisation** señal *f* de tráfico; **~ indicateur** panel indicador
panoplie [panɔpli] *nf* panoplia
panorama [panɔʀama] *nm* panorama *m*
panse [pɑ̃s] *nf* panza
pansement [pɑ̃smɑ̃] *nm* venda, apósito; **~ adhésif** tirita, curita (AM)
pantalon [pɑ̃talɔ̃] *nm* pantalón *m*
panthère [pɑ̃tɛʀ] *nf* pantera
pantin [pɑ̃tɛ̃] *nm* pelele *m*
pantoufle [pɑ̃tufl] *nf* zapatilla
paon [pɑ̃] *nm* pavo real
papa [papa] *nm* papá *m*
pape [pap] *nm* papa *m*
paperasse [papʀas] (*péj*) *nf*: **des ~s** *ou* **de la ~** papelotes *mpl*; **paperasserie** (*péj*) *nf* papelorio
papeterie [papɛtʀi] *nf* papelería
papi [papi] (*fam*) *nm* abuelito
papier [papje] *nm* papel *m*; **~s** *nmpl* (*aussi:* **~s d'identité**) documentación *f*, papeles *mpl*; **~ à lettres** papel de cartas; **~ (d')aluminium** papel de aluminio; **~ d'emballage** papel de envolver; **~ de verre** papel de lija; **~ hygiénique** papel higiénico; **~ peint** papel pintado
papillon [papijɔ̃] *nm* mariposa
papillote [papijɔt] *nf* papillote *m*
papoter [papɔte] *vi* parlotear
paquebot [pak(ə)bo] *nm* paquebote *m*
pâquerette [pɑkʀɛt] *nf* margarita
Pâques [pɑk] *nfpl* (*fête*) Pascua *fsg* ♦ *nm* (*période*) Semana Santa
paquet [pakɛ] *nm* paquete *m*; **paquet-cadeau** (*pl* **paquets-cadeaux**) *nm* paquete *m* regalo *inv*

MOT-CLÉ

par [paʀ] *prép* **1** (*agent, cause*) por; **par amour** por amor; **peint par un grand artiste** pintado por un gran artista

2 (*lieu, direction*) por; **passer par Lyon/la côte** pasar por Lyon/la costa; **par la fenêtre** (*jeter, regarder*) por la ventana; **par le haut/bas** por arriba/abajo; **par ici** por aquí; **par où?** ¿por dónde?; **par là** por allí; **par-ci, par-là** aquí y allá; **être/jeter par terre** estar en el/tirar al suelo
3 (*fréquence, distribution*) por; **3 fois par semaine** 3 veces por *ou* a la semana; **3 par jour/par personne** 3 al día/por persona; **par centaines** a cientos, a centenares; **2 par 2** (*marcher, entrer, prendre etc*) de 2 en 2
4 (*moyen*) por; **par la poste** por correo
5 (*manière*): **prendre par la main** coger *ou* agarrar de la mano; **prendre par la poignée** coger *ou* agarrar por el asa; **finir** *etc* **par** terminar *etc* por; **le film se termine par une scène d'amour** la película termina con una escena de amor; **Pau commence par la lettre 'p'** Pau empieza por 'p'

parabolique [paʀabɔlik] *adj* parabólico(-a)
parachute [paʀaʃyt] *nm* paracaídas *m inv*; **parachutiste** *nm/f* paracaidista *m/f*
parade [paʀad] *nf* (*MIL*) desfile *m*
paradis [paʀadi] *nm* paraíso
paradoxe [paʀadɔks] *nm* paradoja
paraffine [paʀafin] *nf* parafina
parages [paʀaʒ] *nmpl* (*NAUT*) aguas *fpl*; **dans les ~ (de)** en los alrededores (de)
paragraphe [paʀagʀaf] *nm* párrafo
paraître [paʀɛtʀ] *vb + attribut* parecer, verse (*AM*) ♦ *vi* (*apparaître*) aparecer; (*PRESSE, ÉDITION*) publicarse; (*sembler*) parecer; **il paraît que** parece que; **~ en justice** comparecer ante la justicia
parallèle [paʀalɛl] *adj* paralelo(-a) ♦ *nm* paralelo ♦ *nf* (*droite, ligne*) paralela
paralyser [paʀalize] *vt* paralizar
paramédical, e, -aux [paʀamedikal, o] *adj*: **personnel ~** personal *m* paramédico
paraphrase [paʀafʀɑz] *nf* paráfrasis *f inv*
parapluie [paʀaplɥi] *nm* paraguas *m inv*
parasite [paʀazit] *nm* parásito ♦ *adj* parásito(-a); **~s** *nmpl* (*TÉL*) parásitos *mpl*
parasol [paʀasɔl] *nm* quitasol *m*
paratonnerre [paʀatɔnɛʀ] *nm* pararrayos *m inv*
parc [paʀk] *nm* parque *m*; **~ de stationnement** aparcamiento
parcelle [paʀsɛl] *nf* (*d'or, de vérité*) partícula; (*de terrain*) parcela
parce que [paʀs(ə)kə] *conj* porque
parchemin [paʀʃəmɛ̃] *nm* pergamino
parcmètre [paʀkmɛtʀ] *nm* parquímetro
parcourir [paʀkuʀiʀ] *vt* recorrer; (*journal, article*) echar un vistazo a
parcours [paʀkuʀ] *vb voir* **parcourir** ♦ *nm* (*trajet, itinéraire*) trayecto; (*SPORT*) recorrido
par-dessous [paʀd(ə)su] *prép* por debajo de ♦ *adv* por debajo
pardessus [paʀdəsy] *nm* abrigo
par-dessus [paʀd(ə)sy] *prép* por encima de; **~-~ le marché** para colmo
par-devant [paʀd(ə)vɑ̃] *prép* ante ♦ *adv* por delante
pardon [paʀdɔ̃] *nm* perdón *m* ♦ *excl* ¡perdón!, ¡disculpe!; **demander ~ à qn (de ...)** pedir perdón a algn (por ...); **pardonner** *vt* perdonar; **pardonner qch à qn** perdonar algo a algn
pare...: pare-brise *nm inv* parabrisas *m inv*; **pare-chocs** *nm inv* parachoques *m inv*
pareil, le [paʀɛj] *adj* igual; (*similaire*) parecido(-a); **faire ~** hacer lo mismo; **~ à** parecido(-a) a; **sans ~** sin igual
parent, e [paʀɑ̃, ɑ̃t] *nm/f* pariente(-a); **~s** *nmpl* (*père et mère*) padres *mpl*; (*famille, proches*) parientes *mpl*; **parenté** *nf* (*rapport, lien*) parentesco
parenthèse [paʀɑ̃tɛz] *nf* paréntesis

m inv
paresse [paʀɛs] *nf* pereza, holgazanería; **paresseux, -euse** *adj* perezoso(-a), flojo(-a) (*AM*)
parfait, e [paʀfɛ, ɛt] *pp de* **parfaire** ♦ *adj* perfecto(-a); **parfaitement** *adv* perfectamente ♦ *excl* ¡seguro!, ¡desde luego!
parfois [paʀfwa] *adv* a veces
parfum [paʀfœ̃] *nm* perfume *m*; (*de tabac, vin*) aroma *m*; (*de glace etc*) sabor *m*; **parfumé, e** *adj* perfumado(-a); **parfumé au café** aromatizado(-a) con café, con sabor a café; **parfumer** *vt* perfumar; (*crème, gâteau*) aromatizar; **parfumerie** *nf* perfumería
pari [paʀi] *nm* apuesta; **parier** *vt* apostar
Paris [paʀi] *n* París; **parisien, ne** *adj* (*personne, vie*) parisino(-a); (*GÉO, ADMIN*) parisiense ♦ *nm/f*: **Parisien, ne** parisiense *m/f*
parjure [paʀʒyʀ] *nm* perjurio
parking [paʀkiŋ] *nm* aparcamiento
parlant, e [paʀlɑ̃, ɑ̃t] *adj* vivo(-a), elocuente; (*CINÉ*) sonoro(-a)
parlement [paʀləmɑ̃] *nm* parlamento; **parlementaire** *adj* parlamentario(-a) ♦ *nm/f* (*député*) parlamentario(-a)
parler [paʀle] *nm* habla ♦ *vi* hablar; **~ de qch/qn** hablar de algo/algn; **~ (à qn) de** hablar (a algn) de; **~ affaires/politique** hablar de negocios/de política; **~ en dormant** hablar en sueños; **tu parles!** ¡ya ves!
parloir [paʀlwaʀ] *nm* locutorio; (*d'un hôpital*) sala de visitas
parmi [paʀmi] *prép* entre, en medio de
paroi [paʀwa] *nf* pared *f*
paroisse [paʀwas] *nf* parroquia
parole [paʀɔl] *nf* palabra; **~s** *nfpl* (*d'une chanson*) letra *fsg*; **tenir ~** cumplir con su palabra; **avoir/prendre la ~** tener/tomar la palabra; **sur ~**: **croire qn sur ~** confiar en la palabra de algn; **prisonnier sur ~** preso bajo palabra
parquet [paʀkɛ] *nm* (*plancher*) parqué *m*; **le ~** (*JUR*) el tribunal de justicia
parrain [paʀɛ̃] *nm* padrino; **parrainer** *vt* apadrinar; (*suj: entreprise*) patrocinar
pars [paʀ] *vb voir* **partir**
parsemer [paʀsəme] *vt* cubrir; **~ qch de** sembrar algo de
part [paʀ] *vb voir* **partir** ♦ *nf* parte *f*; (*de gâteau, fromage*) trozo, pedazo; (*titre*) acción *f*; **prendre ~ à** (*débat etc*) tomar parte en; **pour ma ~** por mi parte; **à ~ entière** de pleno derecho; **de la ~ de** de parte de; **de ~ et d'autre** a *ou* en ambos lados; **de ~ en ~** de parte a parte; **d'une ~ ... d'autre ~** por una parte ... por otra; **nulle/autre/quelque ~** en ninguna/en otra/en alguna parte; **à ~** *adv* aparte ♦ *prép*: **à ~ cela** aparte de eso, excepto eso
partage [paʀtaʒ] *nm* reparto
partager [paʀtaʒe] *vt* repartir; **se ~** *vpr* repartirse; **~ un gâteau en quatre/une ville en deux** dividir un pastel en cuatro/una ciudad en dos; **~ la joie de qn/la responsabilité d'un acte** compartir la alegría de algn/la responsabilidad de un acto
partenaire [paʀtənɛʀ] *nm/f* compañero(-a)
parterre [paʀtɛʀ] *nm* (*de fleurs*) parterre *m*, arriate *m*; (*THÉÂTRE*) patio de butacas
parti [paʀti] *nm* partido; **un beau/riche ~** un buen partido; **tirer ~ de** sacar partido de; **prendre le ~ de faire qch** tomar la decisión de hacer algo; **prendre ~ (pour qn)** tomar partido (por algn); **~ pris** prejuicio
partial, e, -aux [paʀsjal, jo] *adj* parcial
participant, e [paʀtisipɑ̃, ɑ̃t] *nm/f* participante *m/f*; (*à un concours*) concursante *m/f*
participation [paʀtisipasjɔ̃] *nf* participación *f*; **la ~ aux frais** la contribución a los gastos
participer [paʀtisipe]: **~ à** *vt ind* participar en
particularité [paʀtikylaʀite] *nf* particularidad *f*

particulier, -ière [paʀtikylje, jɛʀ] *adj* particular; (*entretien, conversation*) privado(-a); **avec un soin ~** con un cuidado especial; **~ à** propio(-a) de; **en ~** (*précisément*) en concreto; (*en privé*) en privado; (*surtout*) especialmente; **particulièrement** *adv* principalmente

partie [paʀti] *nf* parte *f*; (*de cartes, tennis*) partida; **en ~** en parte; **faire ~ de qch** formar parte de algo; **en grande/majeure ~** en gran/la mayor parte; **~ civile** (JUR) parte civil

partiel, le [paʀsjɛl] *adj, nm* parcial *m*

partir [paʀtiʀ] *vi* (*gén*) partir; (*train, bus etc*) salir; (*s'éloigner*) marcharse; **~ de** (*lieu*) salir de; (*suj: personne, route*) partir de; **~ pour/à** (*lieu, pays*) salir para/hacia; **à ~ de** a partir de

partisan, e [paʀtizɑ̃, an] *nm/f* seguidor(a), partidario(-a) ♦ *adj* partidario(-a)

partition [paʀtisjɔ̃] *nf* (MUS) partitura

partout [paʀtu] *adv* por todas partes; **~ où il allait** por dondequiera que iba; **trente/quarante ~** (TENNIS) iguales a treinta/a cuarenta, empate *m* a treinta/a cuarenta

paru, e [paʀy] *pp de* **paraître**

parution [paʀysjɔ̃] *nf* aparición *f*, publicación *f*

parvenir [paʀvəniʀ]: **~ à** *vt ind* llegar a, arribar a (AM); **~ à ses fins** alcanzar sus fines; **~ à faire qch** conseguir hacer algo; **faire ~ qch à qn** hacer llegar algo a algn

pas[1] [pa] *nm* paso; **~ à ~** paso a paso; **marcher à grands ~** andar dando zancadas; **rouler au ~** (AUTO) ir a paso lento; **au ~ de gymnastique/de course** a paso ligero/a la carrera; **à ~ de loup** con paso sigiloso; **faire les cent ~** ir y venir, ir de un lado para otro; **faire les premiers ~** dar los primeros pasos; **retourner** *ou* **revenir sur ses ~** volver sobre sus pasos; **sur le ~ de la porte** en el umbral (de la puerta); **le ~ de Calais** (*détroit*) el paso *ou* estrecho de Calais

MOT-CLÉ

pas[2] [pɑ] *adv* **1** (*avec ne, non etc*): **ne ... pas** no; **je ne vais pas à l'école** no voy a la escuela; **je ne mange pas de pain** no como pan; **il ne ment pas** no miente; **ils n'ont pas de voiture/d'enfants** no tienen coche/niños; **il m'a dit de ne pas le faire** me ha dicho que no lo haga; **non pas que ...** no es que ...; **je n'en sais pas plus** no sé más; **il n'y avait pas plus de 200 personnes** no había más de 200 personas; **je ne reviendrai pas de sitôt** tardaré en volver

2 (*sans ne etc*): **pas moi** yo no; (*renforçant l'opposition*): **elle travaille, (mais) lui pas** *ou* **pas lui** ella trabaja, (pero) él no; (*dans des réponses négatives*): **pas de sucre, merci!** ¡sin azúcar, gracias!; **une pomme pas mûre** una manzana que no está madura; **je suis très content - moi pas** *ou* **pas moi** yo estoy muy contento - yo no; **pas du tout** (*réponse*) en absoluto; **ça ne me plaît pas du tout** no me gusta nada; **ils sont 4 et non (pas) 3** son 4 y no 3; **pas encore** todavía no

3: **pas mal** no está mal; **ça va? - pas mal** ¿qué tal? - bien; **pas mal de** (*beaucoup de*): **ils ont pas mal d'argent** no andan mal de dinero

passage [pɑsaʒ] *nm* paso; (*extrait*) pasaje *m*; **"laissez/n'obstruez pas le ~"** "dejen/no impidan el paso"; **de ~** (*touristes*) de paso; **au ~** (*en passant*) al paso, de paso; **~ à niveau** paso a nivel

passager, -ère [pɑsaʒe, ɛʀ] *adj* pasajero(-a) ♦ *nm/f* pasajero(-a); **~ clandestin** polizón *m*

passant, e [pɑsɑ̃, ɑ̃t] *adj* transitado(-a) ♦ *nm/f* transeúnte *m/f*

passe [pɑs] *nf* pase *m*

passé, e [pɑse] *adj* pasado(-a) ♦ *prép*: **~ 10 heures/7 ans/ce poids** después de las 10/de 7 años/a partir de ese peso ♦ *nm* pasado; **~**

de mode pasado(-a) de moda; **~ simple/composé** perfecto simple/ pretérito perfecto
passe-partout [paspaʀtu] *nm inv* llave *f* maestra
passeport [paspɔʀ] *nm* pasaporte *m*
passer [pase] *vi* pasar; (*air*) correr; (*liquide, café*) filtrarse, colarse; (*couleur, papier*) decolorarse ♦ *vt* pasar; (*obstacle*) pasar, superar; (*frontière, rivière etc*) cruzar; (*examen*) hacer; (*film, émission, disque*) poner; (*vêtement*) ponerse; (*café*) filtrar; **se ~** *vpr* (*scène, action*) transcurrir; (*s'écouler*) pasar; (*arriver*): **que s'est-il passé?** ¿qué ha pasado?; **~ par** pasar por; **~ chez qn** pasar por la casa de algn; **~ qch à qn** pasar algo a algn; **~ devant/derrière qn/qch** pasar delante/detrás de algn/algo; **~ avant qch/qn** estar antes de algo/ de algn; **laisser ~** dejar pasar; **~ directeur/président** ascender a director/a presidente; **~ en seconde/troisième** (AUTO) meter segunda/tercera; **~ à l'action** pasar a la acción; **~ outre (à qch)** hacer caso omiso (de algo); **~ pour un imbécile** pasar por un imbécil; **~ à table** sentarse a la mesa; **je passe mon tour** paso; **~ l'aspirateur** pasar la aspiradora; **je vous passe M. X** le pongo *ou* comunico (AM) con el Sr. X; **~ commande** hacer un pedido; **~ un marché/accord** concertar un negocio/acuerdo; **se ~ de l'eau sur le visage** echarse agua por la cara; **se ~ de qch** (*s'en priver*) pasarse sin algo
passerelle [pasʀɛl] *nf* pasarela
passe-temps [pastɑ̃] *nm inv* pasatiempo
passif, -ive [pasif, iv] *adj* pasivo(-a)
passion [pasjɔ̃] *nf* pasión *f*; **passionnant, e** *adj* apasionante; **passionné, e** *adj* apasionado(-a); **passionner** *vt* apasionar; **se passionner pour qch** apasionarse por algo
passoire [paswaʀ] *nf* colador *m*
pastèque [pastɛk] *nf* sandía
pasteur [pastœʀ] *nm* pastor *m*
pasteuriser [pastœʀize] *vt* pasteurizar
pastille [pastij] *nf* pastilla
patate [patat] *nf* patata, papa (AM); **~ douce** batata, camote *m* (AM)
patauger [patoʒe] *vi* chapotear
pâte [pɑt] *nf* pasta; **~s** *nfpl* (*macaroni etc*) pastas *fpl*; **~ à modeler** plastilina; **~ brisée** pasta quebrada; **~ d'amandes** pasta de almendra; **~ de fruits** fruta escarchada; **~ feuilletée** masa de hojaldre
pâté [pɑte] *nm* (CULIN) paté *m*; **~ de maisons** manzana de casas; **~ en croûte** paté empanado
pâtée [pɑte] *nf* cebo
paternel, le [patɛʀnɛl] *adj* paterno(-a)
pâteux, -euse [pɑtø, øz] *adj* pastoso(-a)
pathétique [patetik] *adj* patético(-a)
patience [pasjɑ̃s] *nf* paciencia; (CARTES) solitario
patient, e [pasjɑ̃, jɑ̃t] *adj, nm/f* paciente *m/f*; **patienter** *vi* esperar
patin [patɛ̃] *nm* patín *m*; **~s (à glace)** patines *mpl* (de cuchilla); **~s à roulettes** patines de ruedas
patinage [patinaʒ] *nm* patinaje *m*
patiner [patine] *vi* patinar; **patineur, -euse** *nm/f* patinador(a); **patinoire** *nf* pista de patinaje
pâtir [pɑtiʀ] *vi*: **~ de** padecer de
pâtisserie [pɑtisʀi] *nf* pastelería; (*à la maison*) repostería; **~s** *nfpl* (*gâteaux*) pasteles *mpl*; **pâtissier, -ière** *nm/f* pastelero(-a)
patois [patwa] *nm* dialecto
patrie [patʀi] *nf* patria
patrimoine [patʀimwan] *nm* patrimonio
patriotique [patʀijɔtik] *adj* patriótico(-a)
patron, ne [patʀɔ̃, ɔn] *nm/f* (*chef*) jefe(-a), patrón(-ona); (REL) patrono(-a) ♦ *nm* (COUTURE) patrón *m*; **patronat** *nm* empresariado; **patronner** *vt* (*personne, entreprise*) patrocinar
patrouille [patʀuj] *nf* patrulla
patte [pat] *nf* pata
pâturage [pɑtyʀaʒ] *nm* pasto

paume [pom] *nf* palma (de la mano)
paumé, e [pome] (*fam*) *adj* marginado(-a)
paupière [popjɛʀ] *nf* párpado
pause [poz] *nf* (*arrêt, halte*) parada; (*en parlant*) pausa; (*MUS*) silencio
pauvre [povʀ] *adj, nm/f* pobre *m/f*; **pauvreté** *nf* pobreza
pavé, e [pave] *adj* pavimentado(-a) ♦ *nm* (*bloc de pierre*) adoquín *m*; (*pavage, pavement*) pavimento
pavillon [pavijɔ̃] *nm* pabellón *m*; (*maisonnette, villa*) chalet *m*
payant, e [pɛjɑ̃, ɑ̃t] *adj* (*hôte, spectateur*) que paga; **c'est ~** hay que pagar
paye [pɛj] *nf* paga
payement [pɛjmɑ̃] *nm* = **paiement**
payer [peje] *vt* pagar ♦ *vi* (*métier*) dar dinero; (*effort, tactique*) dar fruto; **il me l'a fait ~ 10 F** me ha cobrado 10 francos; **~ qch à qn** pagar algo a algn; **se ~ la tête de qn** (*fam*) burlarse de algn, tomar el pelo a algn
pays [pei] *nm* país *msg*
paysage [peizaʒ] *nm* paisaje *m*
paysan, ne [peizɑ̃, an] *nm/f* campesino(-a)
Pays-Bas [peiba] *nmpl*: **les ~-~** los Países Bajos
PC [pese] *sigle m* (= *Parti communiste*) *partido comunista*; (= *personal computer*) OP (= *ordenador personal*)
PDG [pedeʒe] *sigle m* (= *président directeur général*) *voir* **président**
péage [peaʒ] *nm* peaje *m*
peau, x [po] *nf* piel *f*; **être bien/mal dans sa ~** encontrarse/no encontrarse bien consigo mismo; **~ de chamois** gamuza
péché [peʃe] *nm* pecado
pêche [pɛʃ] *nf* pesca; (*fruit*) melocotón *m*, durazno (*AM*); **~ à la ligne** pesca con caña
pécher [peʃe] *vi* pecar
pêcher [peʃe] *nm* melocotonero ♦ *vi* ir de pesca ♦ *vt* pescar
pécheur, -eresse [peʃœʀ, peʃʀɛs] *nm/f* pecador(a)
pêcheur [pɛʃœʀ] *nm* pescador *m*
pédagogie [pedagɔʒi] *nf* pedagogía; **pédagogique** *adj* pedagógico(-a)
pédale [pedal] *nf* pedal *m*
pédalo [pedalo] *nm* barca a pedal
pédant, e [pedɑ̃, ɑ̃t] (*péj*) *adj, nm/f* pedante *m/f*
pédestre [pedɛstʀ] *adj*: **randonnée ~** excursión *f* a pie
pédiatre [pedjatʀ] *nm/f* pediatra *m/f*
pédicure [pedikyʀ] *nm/f* pedicuro(-a)
pègre [pɛgʀ] *nf* hampa
peigne [pɛɲ] *nm* peine *m*; **peigner** *vt* peinar; **se peigner** *vpr* peinarse; **peignoir** *nm*: **peignoir de bain** *ou* **de plage** albornoz;*m*
peindre [pɛ̃dʀ] *vt* pintar
peine [pɛn] *nf* pena; (*effort, difficulté*) trabajo; (*JUR*) condena; **faire de la ~ à qn** hacer sufrir a algn; **prendre la ~ de faire** tomarse la molestia de hacer; **ce n'est pas la ~ de faire/que vous fassiez** no vale la pena hacer/que haga; **à ~** apenas, recién (*AM*); **à ~ était-elle sortie qu'il se mit à pleuvoir** apenas salió se puso a llover; **défense d'afficher sous ~ d'amende** prohibido fijar carteles bajo multa; **~ capitale** *ou* **de mort** pena capital *ou* de muerte; **peiner** *vi* cansarse ♦ *vt* apenar
peintre [pɛ̃tʀ] *nm* pintor(a); **~ en bâtiment** pintor (de brocha gorda)
peinture [pɛ̃tyʀ] *nf* pintura; **"~ fraîche"** "recién pintado"
péjoratif, -ive [peʒɔʀatif, iv] *adj* peyorativo(-a), despectivo(-a)
pêle-mêle [pɛlmɛl] *adv* en desorden
peler [pəle] *vt* pelar
pèlerin [pɛlʀɛ̃] *nm* peregrino
pèlerinage [pɛlʀinaʒ] *nm* peregrinación *f*; (*lieu*) centro de peregrinación
pelle [pɛl] *nf* pala
pellicule [pelikyl] *nf* (*couche fine*) película; (*PHOTO*) rollo, carrete *m*; (*CINÉ*) cinta; **~s** *nfpl* (*MÉD*) caspa *fsg*
pelote [p(ə)lɔt] *nf* (*de fil, laine*) ovillo; (*d'épingles, d'aiguilles*) acerico; (*balle, jeu*): **~ (basque)** pelota (vasca)
peloton [p(ə)lɔtɔ̃] *nm* pelotón *m*; **~ d'exécution** pelotón de ejecución
pelotonner [p(ə)lɔtɔne]: **se ~** *vpr* acurrucarse

pelouse [p(ə)luz] *nf* césped *m*
peluche [p(ə)lyʃ] *nf*: **animal en ~** muñeco de peluche
pelure [p(ə)lyʀ] *nf* piel *f*
pénal, e, -aux [penal, o] *adj* penal; **pénalité** *nf* penalidad *f*
penchant [pɑ̃ʃɑ̃] *nm* inclinación *f*
pencher [pɑ̃ʃe] *vi* inclinarse ♦ *vt* inclinar; **se ~** *vpr* inclinarse; (*se baisser*) agacharse; **se ~ sur** inclinarse sobre; (*fig*) examinar; **se ~ au dehors** asomarse; **~ pour** (*fig*) inclinarse por
pendant [pɑ̃dɑ̃] *prép* durante; **~ que** mientras
pendentif [pɑ̃dɑ̃tif] *nm* colgante *m*
penderie [pɑ̃dʀi] *nf* ropero
pendre [pɑ̃dʀ] *vt* colgar; (*personne*) ahorcar ♦ *vi* colgar; **se ~ (à)** (*se suicider*) ahorcarse (de); **~ à** colgar de; **~ qch à** colgar algo de
pendule [pɑ̃dyl] *nf* (*horloge*) reloj *m* péndulo ♦ *nm* péndulo
pénétrer [penetʀe] *vi* penetrar ♦ *vt* entrar; (*suj*: *projectile, mystère, secret*) penetrar; **~ dans/à l'intérieur de** penetrar en/en el interior de
pénible [penibl] *adj* penoso(-a); **péniblement** *adv* penosamente; (*tout juste*) a duras penas
péniche [peniʃ] *nf* chalana
pénicilline [penisilin] *nf* penicilina
péninsule [penɛ̃syl] *nf* península
pénis [penis] *nm* pene *m*
pénitence [penitɑ̃s] *nf* penitencia; **pénitencier** *nm* (*prison*) penitenciaría
pénombre [penɔ̃bʀ] *nf* penumbra
pensée [pɑ̃se] *nf* pensamiento
penser [pɑ̃se] *vi* pensar ♦ *vt* pensar; (*concevoir*: *problème, machine*) pensar, idear; **~ à** pensar en; **~ (à) faire qch** pensar (en) hacer algo; **faire ~ à** hacer pensar en, recordar; **pensif, -ive** *adj* pensativo(-a)
pension [pɑ̃sjɔ̃] *nf* pensión *f* de jubilación; (*prix du logement, hôtel*) pensión; (*école*) internado; **mettre en ~** (*enfant*) meter interno; **~ complète** pensión completa; **~ de famille** casa de huéspedes; **pensionnaire** *nm/f* (*d'un hôtel*) huésped *m*; (*d'école*) interno(-a); **pensionnat** *nm* pensionado
pente [pɑ̃t] *nf* pendiente *f*
Pentecôte [pɑ̃tkot] *nf*: **la ~** Pentecostés *msg*
pénurie [penyʀi] *nf* penuria
pépé [pepe] (*fam*) *nm* abuelo
pépin [pepɛ̃] *nm* (BOT) pepita; (*fam*: *ennui*) lío
pépinière [pepinjɛʀ] *nf* vivero
perçant, e [pɛʀsɑ̃, ɑ̃t] *adj* (*vue, regard, yeux*) perspicaz; (*cri, voix*) agudo(-a)
percepteur [pɛʀsɛptœʀ] *nm* (ADMIN) recaudador(a) de impuestos
perception [pɛʀsɛpsjɔ̃] *nf* percepción *f*; (*d'impôts etc*) recaudación *f*; (*bureau*) oficina de recaudación
percer [pɛʀse] *vt* (*métal etc*) perforar; (*coffre-fort*) abrir; (*pneu*) pinchar; (*abcès*) reventar; (*trou etc*) abrir; (*mystère, énigme*) penetrar; (*suj*: *bruit*: *oreilles, tympan*) traspasar ♦ *vi* (*artiste*) abrirse camino; **perceuse** *nf* taladradora, perforadora
percevoir [pɛʀsəvwaʀ] *vt* percibir
perche [pɛʀʃ] *nf* (ZOOL) perca; (*pièce de bois, métal*) vara; (SPORT) pértiga
percher [pɛʀʃe]: **se ~** *vpr* (*oiseau*) encaramarse; **perchoir** *nm* percha
perçois *etc* [pɛʀswa] *vb voir* **percevoir**
perçu, e [pɛʀsy] *pp de* **percevoir**
percussion [pɛʀkysjɔ̃] *nf* percusión *f*
percuter [pɛʀkyte] *vt* percutir; (*suj*: *véhicule*) chocar
perdant, e [pɛʀdɑ̃, ɑ̃t] *nm/f* perdedor(a)
perdre [pɛʀdʀ] *vt* perder; (*argent*) gastar ♦ *vi* perder; **se ~** *vpr* perderse
perdrix [pɛʀdʀi] *nf* perdiz *f*
perdu, e [pɛʀdy] *pp de* **perdre** ♦ *adj* perdido(-a); **à vos moments ~s** en sus ratos libres
père [pɛʀ] *nm* padre *m*; **~ de famille** padre de familia; **le ~ Noël** el papa Noel
perfection [pɛʀfɛksjɔ̃] *nf* perfección *f*; **à la ~** a la perfección; **perfectionné, e** *adj* perfeccionado(-a); **perfectionner**

vt perfeccionar
perforatrice [pɛʀfɔʀatʀis] *nf* perforadora, taladradora
perforer [pɛʀfɔʀe] *vt* perforar
performant, e [pɛʀfɔʀmɑ̃, ɑ̃t] *adj* (*ÉCON*) competitivo(-a)
perfusion [pɛʀfyzjɔ̃] *nf* perfusión *f*; **être sous ~** tener puesto el gotero
péril [peʀil] *nm* peligro
périmé, e [peʀime] *adj* (*conception, idéologie*) pasado(-a) de moda; (*passeport, billet*) caducado(-a)
périmètre [peʀimɛtʀ] *nm* perímetro; (*zone*) superficie *f*
période [peʀjɔd] *nf* periodo; **périodique** *adj* periódico(-a) ♦ *nm* periódico
périphérique [peʀifeʀik] *adj* periférico(-a) ♦ *nm* (*INFORM*) periférico; (*AUTO*): **(boulevard) ~** carretera de circunvalación
périr [peʀiʀ] *vi* perecer
périssable [peʀisabl] *adj* perecedero(-a)
perle [pɛʀl] *nf* perla; (*de verre etc*) cuenta; (*de rosée, sang, sueur*) gota; (*erreur*) gazapo
permanence [pɛʀmanɑ̃s] *nf* permanencia; (*local*) guardia; **assurer une ~** (*service public, bureaux*) estar abierto(-a); **être de ~** estar de guardia; **en ~** permanentemente
permanent, e [pɛʀmanɑ̃, ɑ̃t] *adj* permanente; (*spectacle*) continuo(-a); **permanente** *nf* permanente *f*
perméable [pɛʀmeabl] *adj* permeable
permettre [pɛʀmɛtʀ] *vt* permitir; **~ à qn de faire qch** permitir a algn hacer algo; **se ~ (de faire) qch** permitirse (hacer) algo; **permettez!** ¡perdone!
permis, e [pɛʀmi, iz] *pp de* **permettre** ♦ *nm* permiso; **~ de chasse/pêche** licencia de caza/pesca; **~ de conduire** carnet *m* de conducir; **~ de séjour/de travail** permiso de residencia/de trabajo
permission [pɛʀmisjɔ̃] *nf* permiso; **en ~** (*MIL*) de permiso; **avoir la ~ de faire qch** tener permiso para hacer algo
Pérou [peʀu] *nm* Perú *m*
perpétuel, le [pɛʀpetɥɛl] *adj* perpetuo(-a); **perpétuité**: **à perpétuité** *adj* a perpetuidad ♦ *adv* perpetuamente; **être condamné à perpétuité** estar condenado a cadena perpetua
perplexe [pɛʀplɛks] *adj* perplejo(-a)
perquisitionner [pɛʀkizisjɔne] *vi* registrar
perron [peʀɔ̃] *nm* escalinata
perroquet [peʀɔkɛ] *nm* loro
perruche [peʀyʃ] *nf* cotorra
perruque [peʀyk] *nf* peluca
persécuter [pɛʀsekyte] *vt* perseguir
persévérer [pɛʀseveʀe] *vi* perseverar
persil [pɛʀsi] *nm* perejil *m*
Persique [pɛʀsik] *adj*: **le golfe ~** el Golfo pérsico
persistant, e [pɛʀsistɑ̃, ɑ̃t] *adj* persistente
persister [pɛʀsiste] *vi* persistir; **~ à faire qch** empeñarse en hacer algo
personnage [pɛʀsɔnaʒ] *nm* personaje *m*
personnalité [pɛʀsɔnalite] *nf* personalidad *f*
personne [pɛʀsɔn] *nf* persona ♦ *pron* nadie; **~s** *nfpl* personas *fpl*; **il n'y a ~** no hay nadie; **10 F par ~** 10 francos por persona; **en ~** en persona; **~ âgée** persona mayor; **personnel, le** *adj* personal ♦ *nm* (*domestiques*) servidumbre *f*; (*employés*) plantilla; **personnellement** *adv* personalmente
perspective [pɛʀspɛktiv] *nf* perspectiva
perspicace [pɛʀspikas] *adj* perspicaz; **perspicacité** *nf* perspicacia
persuader [pɛʀsɥade] *vt*: **~ qn (de qch/de faire qch)** persuadir a algn (de algo/de hacer algo)
persuasif, -ive [pɛʀsɥazif, iv] *adj* persuasivo(-a)
perte [pɛʀt] *nf* pérdida; (*morale*) perdición *f*; **~s** *nfpl* (*personnes tuées*) bajas *fpl*; **~s blanches** flujo *msg*
pertinent, e [pɛʀtinɑ̃, ɑ̃t] *adj*

pertinente

perturbation [pɛʀtyʀbasjɔ̃] *nf* perturbación *f*

perturber [pɛʀtyʀbe] *vt* perturbar

pervers, e [pɛʀvɛʀ, ɛʀs] *adj, nm/f* perverso(-a)

pervertir [pɛʀvɛʀtiʀ] *vt* pervertir

pesant, e [pəzɑ̃, ɑ̃t] *adj* pesado(-a)

pèse-personne [pɛzpɛʀsɔn] (*pl* **~-~(s)**) *nm* báscula

peser [pəze] *vt* pesar ♦ *vi* pesar; (*fig*) tener peso; **~ sur** (*fig*) abrumar

pessimiste [pesimist] *adj, nm/f* pesimista *m/f*

peste [pɛst] *nf* (*MÉD*) peste *f*

pétale [petal] *nm* pétalo

pétanque [petɑ̃k] *nf* petanca

> **pétanque**
>
> **Pétanque**, *que tiene sus orígenes en el sur de Francia, es una versión del juego de* **boules** *practicada en diversos tipos de terreno. De pie y con los pies juntos, los jugadores lanzan bolas de acero hacia un boliche de madera.*

pétard [petaʀ] *nm* petardo, cohete *m*

péter [pete] (*fam*) *vi* (*sauter*) estallar; (*casser*) romperse; (*fam!*) tirarse pedos

pétillant, e [petijɑ̃, ɑ̃t] *adj* (*eau*) con gas

pétiller [petije] *vi* (*champagne*) burbujear; (*yeux*) chispear

petit, e [p(ə)ti, it] *adj* pequeño(-a), chico(-a) (*esp AM*); (*personne, cri*) bajo(-a); **~s** *nmpl*: **les tout-~s** los pequeñitos; **~ à ~** poco a poco; **~(e) ami(e)** novio(-a); **~ déjeuner** desayuno; **~ four** pastelillo; **~ pain** panecillo; **~s pois** guisantes *mpl*, arvejas *fpl* (*AM*), chícharos *mpl* (*MEX*); **les ~es annonces** anuncios *mpl* por palabras; **petite-fille** (*pl* **petites-filles**) *nf* nieta; **petit-fils** (*pl* **petits-fils**) *nm* nieto

pétition [petisjɔ̃] *nf* petición *f*

petits-enfants [pətizɑ̃fɑ̃] *nmpl* nietos *mpl*

pétrin [petʀɛ̃] *nm* artesa; (*fig*): **être dans le ~** estar en un apuro

pétrir [petʀiʀ] *vt* (*argile, cire*) moldear; (*pâte*) amasar

pétrole [petʀɔl] *nm* petróleo; **pétrolier, -ière** *adj* petrolero(-a) ♦ *nm* petrolero

MOT-CLÉ

peu [pø] *adv* **1** poco; **il boit peu** bebe poco; **il est peu bavard** es poco hablador; **peu avant/après** poco antes/después; **depuis peu** desde hace poco

2 (*modifiant nom*): **peu de** poco(-a), pocos(-as); (*quantité*): **peu d'espoir** pocas esperanzas; **il y a peu d'arbres** hay pocos árboles; **pour peu de temps** por poco tiempo; **c'est (si) peu de chose** eso es (muy) poca cosa

3: **peu à peu** poco a poco; **à peu près** *adv* más o menos; **à peu près 10 kg/10 F** unos 10 kg/10 francos, como 10 kg/10 francos (*AM*)

♦ *nm* **1: le peu de gens qui** los pocos que; **le peu de courage qui nous restait** el poco valor que nos quedaba

2: **un peu** un poco; **un petit peu** un poquito; **un peu d'espoir** cierta esperanza; **essayez un peu !** ¡mire a ver!; **un peu plus/moins de** un poco más/menos de; **un peu plus et il ratait son train** un poco más y pierde el tren; **pour peu qu'il travaille, il réussira** a poco que trabaje, aprobará

♦ *pron*: **peu le savent** pocos lo saben; **avant** *ou* **sous peu** dentro de poco; **de peu**: **il a gagné de peu** ganó por poco; **il s'en est fallu de peu (qu'il ne le blesse)** faltó muy poco (para que lo hiriese); **éviter qch de peu** evitar algo por poco

peuple [pœpl] *nm* pueblo; **peupler** *vt* poblar

peuplier [pøplije] *nm* álamo

peur [pœʀ] *nf* miedo; **avoir ~ (de qn/qch/de faire qch)** tener miedo (de *ou* a algn/algo/de hacer algo);

avoir ~ que temer que; **faire ~ à qn** asustar a algn; **de ~ de/que** por miedo a/a que; **peureux, -euse** *adj* (*personne*) miedoso(-a); (*regard*) atemorizado(-a)

peut [pø] *vb voir* **pouvoir**

peut-être [pøtɛtʀ] *adv* quizá(s), a lo mejor; **~-~ bien (qu'il fera/est)** puede (que haga/sea); **~-~ que** quizá(s), a lo mejor

phare [faʀ] *nm* faro; **se mettre en ~s, mettre ses ~s** poner la luz larga

pharmacie [faʀmasi] *nf* farmacia; (*produits, armoire*) botiquín *m*; **pharmacien, ne** *nm/f* farmacéutico(-a)

phénomène [fenɔmɛn] *nm* fenómeno; (*personne*) bicho raro

philosophe [filɔzɔf] *adj, nm/f* filósofo(-a)

philosophie [filɔzɔfi] *nf* filosofía

phobie [fɔbi] *nf* fobia

phoque [fɔk] *nm* foca

phosphorescent, e [fɔsfɔʀesɑ̃, ɑ̃t] *adj* fosforescente

photo [fɔto] *nf* (*abr de photographie*) foto *f* ♦ *adj* (*abr de photographique*): **appareil/pellicule ~** máquina/carrete *m* de fotos; **prendre (qn) en ~** hacer una foto (a algn); **faire de la ~** hacer fotografía; **~ d'identité** foto de carnet; **photocopie** *nf* fotocopia; **photocopier** *vt* fotocopiar; **photocopieuse** *nf* fotocopiadora; **photographe** *nm/f* fotógrafo(-a); **photographie** *nf* fotografía; **photographier** *vt* fotografiar

phrase [fʀɑz] *nf* frase *f*

physicien, ne [fizisjɛ̃, jɛn] *nm/f* físico(-a)

physique [fizik] *adj* físico(-a) ♦ *nm* físico ♦ *nf* física; **physiquement** *adv* físicamente

pianiste [pjanist] *nm/f* pianista *m/f*

piano [pjano] *nm* piano; **pianoter** *vi* teclear; (*tapoter*) tamborilear

pic [pik] *nm* pico; (ZOOL) pájaro carpintero; **à ~** escarpado(-a); (*fig*): **arriver/tomber à ~** venir/caer de perilla

pichet [piʃɛ] *nm* jarro

picorer [pikɔʀe] *vt* picotear

pie [pi] *nf* (ZOOL) urraca

pièce [pjɛs] *nf* pieza; (*d'un logement*) habitación *f*; (THÉÂTRE) obra; (*de monnaie*) moneda; (COUTURE) parche *m*; **dix francs ~** diez francos la unidad; **vendre à la ~** vender por unidades; **travailler/payer à la ~** trabajar/cobrar a destajo; **maillot une ~** bañador *m*; **un deux-~s cuisine** apartamento con dos habitaciones y cocina; **~ à conviction** prueba de convicción; **~ d'identité: avez-vous une ~ d'identité?** ¿tiene usted algún documento de identidad?; **~ de rechange** pieza de recambio; **~s détachées** piezas *fpl* de repuesto; **~s justificatives** comprobante *msg*

pied [pje] *nm* pie *m*; (ZOOL, *d'un meuble, d'une échelle*) pata; **à ~** a pie; **à ~ sec** a pie enjuto; **au ~ de la lettre** al pie de la letra; **avoir ~** hacer pie; **perdre ~** (*fig*) perder pie; **être sur ~ dès cinq heures** estar en pie desde las cinco; **mettre sur ~** (*entreprise*) poner en pie; **~ de vigne** cepa; **pied-noir** (*pl* **pieds-noirs**) *nm/f francés nacido en Argelia*

piège [pjɛʒ] *nm* trampa; **prendre au ~** coger en la trampa; **piéger** *vt* coger en la trampa; **lettre/voiture piégée** carta/coche *m* bomba *inv*

pierre [pjɛʀ] *nf* piedra; **~ tombale** lápida sepulcral; **pierreries** *nfpl* pedrería

piétiner [pjetine] *vi* patalear; (*fig*) estancarse, atascarse ♦ *vt* (*aussi fig*) pisotear

piéton, ne [pjetɔ̃, ɔn] *nm/f* peatón *m/f*; **piétonnier, -ière** *adj* peatonal

pieu, x [pjø] *nm* estaca

pieuvre [pjœvʀ] *nf* pulpo

pieux, -euse [pjø, pjøz] *adj* piadoso(-a)

pigeon [piʒɔ̃] *nm* palomo

piger [piʒe] (*fam*) *vt, vi* pillar

pigiste [piʒist] *nm/f* (*journaliste*) periodista *m/f* que trabaja por líneas

pignon [piɲɔ̃] *nm* piñón *m*; (*d'un mur*) aguilón *m*

pile [pil] *nf* pila ♦ *adv* (*net,*

brusquement) en seco; **à deux heures ~** a las dos en punto; **jouer à ~ ou face** jugar a cara o cruz

piler [pile] *vt* machacar

pilier [pilje] *nm* (*colonne, support,* RUGBY) pilar *m*

piller [pije] *vt* saquear

pilote [pilɔt] *nm* piloto; **~ d'essai/de chasse/de course/de ligne** piloto de pruebas/de caza/de carreras/civil ♦ *adj*: **appartement-~** piso-piloto; **piloter** *vt* pilotar

pilule [pilyl] *nf* píldora; **prendre la ~** tomar la píldora

piment [pimɑ̃] *nm* pimiento, ají *m* (AM); (*fig*) sal y pimienta; **pimenté, e** *adj* salpimentado(-a)

pin [pɛ̃] *nm* pino

pinard [pinaʀ] (*fam*) *nm* vino

pince [pɛ̃s] *nf* pinza; (*outil*) pinzas *fpl*; **~ à épiler** pinza de depilar; **~ à linge** pinza de la ropa

pincé, e [pɛ̃se] *adj* (*air*) forzado(-a)

pinceau, x [pɛ̃so] *nm* pincel *m*

pincée [pɛ̃se] *nf*: **une ~ de sel/poivre** una pizca de sal/pimienta

pincer [pɛ̃se] *vt* (*personne*) pellizcar; (MUS: *cordes*) puntear

pinède [pinɛd] *nf* pinar *m*

pingouin [pɛ̃gwɛ̃] *nm* pingüino

ping-pong [piŋpɔ̃g] (*pl* **~-~s**) *nm* ping-pong *m*

pinson [pɛ̃sɔ̃] *nm* pinzón *m*

pintade [pɛ̃tad] *nf* pintada

pion, ne [pjɔ̃, ɔn] *nm* (ÉCHECS) peón *m*; (DAMES) ficha

pionnier [pjɔnje] *nm* pionero(-a)

pipe [pip] *nf* pipa

piquant, e [pikɑ̃, ɑ̃t] *adj* punzante; (*saveur*) picante ♦ *nm* (*épine*) espina; (*fig*): **le ~** lo picante

pique [pik] *nf* pica; (*parole blessante*): **envoyer** *ou* **lancer des ~s à qn** tirar *ou* lanzar indirectas a algn ♦ *nm* (CARTES) picas *fpl*, ≃ espadas *fpl*

pique-nique [piknik] (*pl* **~-~s**) *nm* picnic *m*; **pique-niquer** *vi* ir de picnic

piquer [pike] *vt* picar; (*fam: voler*) birlar ♦ *vi* (*oiseau, avion*) bajar en picado

piquet [pikɛ] *nm* estaca; **~ de grève** piquete *m* de huelga

piqûre [pikyʀ] *nf* (*gén*) picadura; (MÉD) inyección *f*; **faire une ~ à qn** poner una inyección a algn

pirate [piʀat] *nm* pirata *m/f* ♦ *adj*: **émetteur ~** emisora pirata

pire [piʀ] *adj* (*comparatif*) peor; (*superlatif*): **le (la) ~** el/lo (la) peor ♦ *nm*: **le ~ (de)** lo peor (de)

pis [pi] *nm* (*de vache*) ubre *f*; (*pire*): **le ~** lo peor ♦ *adj, adv* peor

piscine [pisin] *nf* piscina; **~ couverte/en plein air/olympique** piscina cubierta/al aire libre/olímpica

pissenlit [pisɑ̃li] *nm* cardillo

pistache [pistaʃ] *nf* pistacho

piste [pist] *nf* pista, rastro; (*sentier*) camino; (*d'un magnétophone*) banda; **~ cyclable** pista para ciclistas

pistolet [pistɔlɛ] *nm* pistola; **pistolet-mitrailleur** (*pl* **pistolets-mitrailleurs**) *nm* pistola ametralladora

piston [pistɔ̃] *nm* (TECH) pistón *m*; (*fig*) enchufe *m*; **pistonner** *vt* enchufar

piteux, -euse [pitø, øz] *adj* (*résultat*) deplorable; (*air*) lastimoso(-a)

pitié [pitje] *nf* piedad *f*; **faire ~** dar pena *ou* lástima; **il me fait ~** me da lástima; **avoir ~ de qn** compadecerse de algn

pitoyable [pitwajabl] *adj* lamentable

pittoresque [pitɔʀɛsk] *adj* pintoresco(-a)

PJ [peʒi] *sigle f* (= *police judiciaire*) *voir* **police**

placard [plakaʀ] *nm* (*armoire*) armario (empotrado)

place [plas] *nf* plaza; (*espace libre*) sitio; (*siège*) asiento; (*prix: au cinéma etc*) entrada; (UNIV, *emploi*) puesto; **en ~** en su sitio; **sur ~** en el sitio; **faire de la ~** hacer sitio; **faire ~ à qch** dar paso a algo; **ça prend de la ~** ocupa sitio; **à votre ~ ...** en su lugar ...; **à la ~ de** en lugar de; **il y a 20 ~s assises/debout** hay 20 plazas de asiento/de pie

placé, e [plase] *adj* (HIPPISME)

clasificado(-a); **haut ~** (*fig*) bien situado(-a); **être bien/mal ~** (*objet*) estar bien/mal colocado(-a); (*spectateur*) estar bien/mal situado(-a); (*concurrent*) tener buena/mala posición; **être bien/mal ~ pour** estar en una buena/mala posición para

placement [plasmɑ̃] *nm* (*emploi*) colocación *f*; (FIN) inversión *f*

placer [plase] *vt* (*convive, spectateur*) acomodar; (*chose*) colocar; (*capital*) invertir

plafond [plafɔ̃] *nm* techo

plage [plaʒ] *nf* playa

plaider [plede] *vi* (*avocat*) pleitear; (*plaignant*) litigar ♦ *vt* (*cause*) defender; **~ coupable/non coupable** declararse culpable/inocente; **plaidoyer** *nm* (JUR, *fig*) alegato

plaie [plɛ] *nf* herida

plaignant, e [plɛɲɑ̃, ɑ̃t] *vb voir* **plaindre** ♦ *adj, nm/f* demandante *m/f*

plaindre [plɛ̃dʀ] *vt* compadecer; **se ~** *vpr* quejarse

plaine [plɛn] *nf* llanura

plain-pied [plɛ̃pje]: **de ~-~** *adv* al mismo nivel

plainte [plɛ̃t] *nf* queja; (*gémissement*) lamento; (JUR): **porter ~** poner una denuncia

plaire [plɛʀ] *vi* gustar; **se ~** *vpr* (*quelque part*) estar a gusto; **~ à**: **cela me plaît** eso me gusta; **s'il vous plaît** por favor

plaisance [plɛzɑ̃s] *nf* (*aussi:* **navigation de ~**) navegación *f* de recreo

plaisant, e [plɛzɑ̃, ɑ̃t] *adj* agradable

plaisanter [plɛzɑ̃te] *vi* bromear; **plaisanterie** *nf* broma

plaisir [pleziʀ] *nm*: **le ~** el placer; **faire ~ à qn** complacer a algn; (*suj: cadeau, nouvelle*) agradar a algn; **j'ai le ~ de ...** tengo el gusto de ...; **pour le** *ou* **par** *ou* **pour son ~** por gusto

plaît [plɛ] *vb voir* **plaire**

plan, e [plɑ̃, an] *adj* plano(-a) ♦ *nm* plano; (*projet,* ÉCON) plan *m*; **au premier/second ~** en primer/segundo plano; **sur tous les ~s** (*aspect*) en todos los aspectos; **à l'arrière ~** en segundo plano; **laisser/rester en ~** dejar/quedar en suspenso; **~ d'eau** estanque *m*

planche [plɑ̃ʃ] *nf* tabla; **~s** *nfpl*: **les ~s** (THÉÂTRE) las tablas; **~ à repasser** tabla de planchar; **~ (à roulettes)** monopatín *m*; **~ à voile** (*objet*) tabla de windsurfing; (SPORT) windsurfing *m*

plancher [plɑ̃ʃe] *nm* suelo

planer [plane] *vi* (*oiseau*) cernerse; (*avion*) planear; **~ sur** cernerse sobre

planète [planɛt] *nf* planeta *m*

planeur [planœʀ] *nm* planeador *m*

planifier [planifje] *vt* planificar

planning [planiŋ] *nm* programación *f*; **~ familial** planificación *f* familiar

plant [plɑ̃] *nm* planta joven

plante [plɑ̃t] *nf* planta; (ANAT): **~ du pied** planta del pie

planter [plɑ̃te] *vt* plantar; (*pieu*) clavar; (*tente*) montar; (*: abandonner*): **~ là** dejar plantado(-a)

plaque [plak] *nf* placa; (*d'ardoise, de verre*) hoja; **~ chauffante** placa calientaplatos; **~ minéralogique/d'immatriculation** placa mineralógica/de matrícula; **~ de cuisson** quemador *m*

plaqué, e [plake] *nm* (*métal*): **~ or/argent** chapado en oro/plata

plaquer [plake] *vt* (*bijou*) chapar; (RUGBY) hacer un placaje a; (*fam: laisser tomber*) dejar plantado(-a); (*aplatir*): **~ qch sur/contre** aplastar algo sobre/contra

plaquette [plakɛt] *nf* (*de chocolat, pilules*) tableta

plastique [plastik] *adj* plástico(-a) ♦ *nm* plástico; **plastiquer** *vt* volar con goma dos

plat, e [pla, at] *adj* llano(-a); (*ventre, poitrine*) plano(-a); (*banal*) anodino(-a) ♦ *nm* (CULIN: *mets*) plato; (*: récipient*) fuente *f*; **à ~** *adv* a lo largo ♦ *adj* (*pneu*) desinflado(-a); **à ~ ventre** boca abajo; **batterie à ~** batería descargada; **talons ~s** zapatos *mpl* planos

platane [platan] *nm* plátano

plateau, x [plato] *nm* bandeja; (GÉO) meseta; (CINÉ, TV) plató; **~ à fromage** tabla de quesos
plate-bande [platbɑ̃d] (*pl* **~s-~s**) *nf* arriate *m*
plate-forme [platfɔʀm] (*pl* **~s-~s**) *nf* plataforma
platine [platin] *nm* platino ♦ *nf* platina ♦ *adj inv*: **cheveux/blond ~** cabello/rubio platino *inv*
plâtre [plɑtʀ] *nm* yeso; (MÉD, *statue*) escayola; **avoir un bras dans le ~** tener un brazo escayolado
plein, e [plɛ̃, plɛn] *adj* lleno(-a); (*journée*) ocupado(-a); (*porte, roue*) macizo(-a); (*joues, formes*) relleno(-a); (*chienne, jument*) preñada ♦ *prép*: **avoir de l'argent ~ les poches** tener los bolsillos llenos de dinero ♦ *nm*: **faire le ~ (d'essence)** llenar el depósito (de gasolina); **à ~es mains** a manos llenas; **à ~ régime** al máximo; **à ~ temps, à temps ~** a tiempo completo; **en ~ air** al aire libre; **en ~ soleil** a pleno sol; **en ~e mer** en altamar; **en ~e rue** en medio de la calle; **en ~ milieu** en medio; **en ~ jour/~e nuit** en pleno día/plena noche; **en ~ sur** de lleno sobre; **en avoir ~ le dos** (*fam*) estar hasta la coronilla; **~s pouvoirs** plenos poderes *mpl*
pleurer [plœʀe] *vt, vi* llorar; **~ sur** llorar por
pleurnicher [plœʀniʃe] *vi* lloriquear
pleurs [plœʀ] *nmpl*: **en ~** deshecho(-a) en lágrimas
pleut [plø] *vb voir* **pleuvoir**
pleuvoir [pløvwaʀ] *vb impers*: **il pleut** llueve ♦ *vi* (*fig*) llover; **il pleut des cordes** *ou* **à verse/à torrents** llueve a cántaros/torrencialmente
pli [pli] *nm* pliegue *m*; (*d'une jupe*) tabla; (*d'un pantalon*) raya; (*aussi:* **faux ~**) arruga; (ADMIN) carta; (CARTES) baza
pliant, e [plijɑ̃, plijɑ̃t] *adj* plegable ♦ *nm* silla de tijera
plier [plije] *vt* doblar; (*pour ranger*) recoger; (*genou, bras*) flexionar ♦ *vi* curvarse; (*céder*) ceder; **se ~ à** *vpr* doblegarse a
plisser [plise] *vt* arrugar; (*jupe*) hacerle tablas a, plisar
plomb [plɔ̃] *nm* plomo; (*d'une cartouche*) perdigón *m*; (ÉLEC) fusible *m*
plomberie [plɔ̃bʀi] *nf* fontanería, plomería (AM); (*installation*) cañería
plombier [plɔ̃bje] *nm* fontanero, plomero (AM), gasfíter *m* (CHI)
plonge [plɔ̃ʒ] (*fam*) *nf*: **faire la ~** fregar los platos
plongeant, e [plɔ̃ʒɑ̃, ɑ̃t] *adj* (*vue*) desde arriba; (*décolleté*) pronunciado(-a)
plongée [plɔ̃ʒe] *nf* inmersión *f*; (SPORT: *sans bouteilles*) buceo; **~ (sous-marine)** submarinismo
plongeoir [plɔ̃ʒwaʀ] *nm* trampolín *m*
plongeon [plɔ̃ʒɔ̃] *nm* zambullida
plonger [plɔ̃ʒe] *vi* (*personne*) zambullirse; (*sous-marin*) sumergirse; (*oiseau, avion*) lanzarse en picado; (FOOTBALL) hacer una estirada ♦ *vt* sumergir; **plongeur, -euse** *nm/f* buceador(a); (*avec bouteilles*) submarinista *m/f*; (*de restaurant*): **travailler comme plongeur** fregar los platos
plu [ply] *pp de* **plaire**; **pleuvoir**
pluie [plɥi] *nf* lluvia; **une ~ de** (*fig*) una lluvia de
plume [plym] *nf* pluma
plupart [plypaʀ]: **la ~** *pron* la mayor parte; **la ~ du temps** la mayoría de las veces; **dans la ~ des cas** en la mayoría de los casos; **pour la ~** en su mayoría
pluriel [plyʀjɛl] *nm* plural *m*

MOT-CLÉ

plus [ply] *adv* **1** (*forme négative*): **ne ... plus** ya no; **je n'ai plus d'argent** ya no tengo dinero; **il ne travaille plus** ya no trabaja
2 [plys] (*comparatif*) más; **plus intelligent (que)** más inteligente (que); **plus d'intelligence/de possibilités (que)** más inteligencia/posibilidades (que); (*superlatif*): **le plus** el más; **c'est lui qui travaille le plus** es él quien más trabaja; **le**

plus grand el más grande; **(tout) au plus** a lo sumo, a lo más
3 (*davantage*) más; **il travaille plus (que)** trabaja más (que); **plus il travaille, plus il est heureux** cuanto más trabaja, más feliz es; **il était plus de minuit** era más de medianoche; **plus de 3 heures/4 kilos** más de 3 horas/4 kilos; **3 heures/kilos de plus que** 3 horas/kilos más que; **il a 3 ans de plus que moi** tiene 3 años más que yo; **de plus** (*en supplément*) de más; (*en outre*) además; **de plus en plus** cada vez más; **plus de pain** más pan; **sans plus** sin más; **3 kilos en plus** 3 kilos de más; **en plus de cela ...** además de eso ...; **d'autant plus que** tanto más cuando, más aún cuando; **qui plus est** y lo que es más; **plus ou moins** más o menos; **ni plus ni moins** ni más ni menos
♦ *prép*: **4 plus 2** 4 más 2

plusieurs [plyzjœʀ] *dét, pron* varios(-as); **ils sont ~** son varios
plus-value [plyvaly] (*pl* **~-~s**) *nf* (*ÉCON*) plusvalía
plutôt [plyto] *adv* más bien; **je ferais ~ ceci** haría más bien esto; **fais ~ comme ça** haz mejor así; **~ que (de) faire qch** en lugar de hacer algo; **~ grand/rouge** más bien grande/rojo
pluvieux, -euse [plyvjø, jøz] *adj* lluvioso(-a)
PME [peɛmə] *sigle fpl* (= *petites et moyennes entreprises*) ≃ PYME *fsg* (= *pequeña y mediana empresa*)
PMU [peɛmy] *sigle m* (= *pari mutuel urbain*) *voir* **pari**
PNB [peɛnbe] *sigle m* (= *produit national brut*) PNB *m* (= *producto nacional bruto*)
pneu, x [pnø] *nm* neumático, llanta (*AM*)
pneumonie [pnømɔni] *nf* neumonía
poche [pɔʃ] *nf* bolsillo; **de ~** de bolsillo
pochette [pɔʃɛt] *nf* (*de timbres*) sobre *m*; (*d'aiguilles etc*) estuche *m*; (*sur veste*) pañuelo; **~ de disque** funda de discos
poêle [pwal] *nm* estufa ♦ *nf*: **~ (à frire)** sartén *f (m en AM)*
poème [pɔɛm] *nm* poema *m*
poésie [pɔezi] *nf* poesía
poète [pɔɛt] *nm* poeta *m*
poids [pwa] *nm* peso; (*pour peser*) pesa; (*SPORT*) pesas *fpl*; **vendre qch au ~** vender algo al peso; **prendre/perdre du ~** coger/perder peso; **~ lourd** peso pesado; (*camion*: *aussi*: **PL**) camión *m* de carga pesada
poignant, e [pwaɲɑ̃, ɑ̃t] *adj* conmovedor(a)
poignard [pwaɲaʀ] *nm* puñal *m*; **poignarder** *vt* apuñalar
poigne [pwaɲ] *nf* fuerza; (*fig*) firmeza
poignée [pwaɲe] *nf* puñado; (*de couvercle, valise*) asa; (*tiroir*) tirador *m*; (*porte*) picaporte *m*; **~ de main** apretón *m* de manos
poignet [pwaɲɛ] *nm* muñeca; (*d'une chemise*) puño
poil [pwal] *nm* pelo; (*de pinceau, brosse*) cerda; **à ~** (*fam*: *tout nu*) en pelota; **au ~** (*parfait*) estupendo; **être de bon/mauvais ~** (*fam*) estar de buenas/malas; **poilu, e** *adj* peludo(-a)
poinçonner [pwɛ̃sɔne] *vt* (*billet, ticket*) picar
poing [pwɛ̃] *nm* puño
point [pwɛ̃] *nm* punto; (*COUTURE, TAPISSERIE*) puntada; **faire le ~** (*NAUT*) determinar la posición; (*fig*) recapitular; **en tout ~** de todo punto; **sur le ~ de faire qch** a punto de hacer algo; **au ~ que** hasta el punto que; **mettre au ~** poner a punto; (*appareil de photo*) enfocar; (*affaire*) precisar; **à ~** (*CULIN*) en su punto; **à ~ nommé** en el momento oportuno; **~ d'eau** punto de agua; **~ d'exclamation/d'interrogation** signo de exclamación/de interrogación; **~ de repère** punto de referencia; **~ de vente** punto de venta; **~ de vue** (*fig*) punto de vista; **~ faible** punto débil; **~ mort** punto muerto; **~s de**

suspension puntos suspensivos
pointe [pwɛ̃t] *nf* punta; (*fig*): **une ~ d'ail** una pizca de ajo; **être à la ~ de qch** estar en la vanguardia de algo; **sur la ~ des pieds** de puntillas; **en ~** *adv, adj* en punta; **de ~** (*industries etc*) de vanguardia; (*vitesse*) tope; **heures/jours de ~** horas *fpl*/días *mpl* punta
pointer [pwɛ̃te] *vt* puntear; (*employés, ouvriers*) fichar; (*canon, doigt*) apuntar ♦ *vi* (*ouvrier, employé*) fichar
pointillé [pwɛ̃tije] *nm* línea de puntos
pointilleux, -euse [pwɛ̃tijø, øz] *adj* puntilloso(-a)
pointu, e [pwɛ̃ty] *adj* puntiagudo(-a); (*son, voix, fig*) agudo(-a)
pointure [pwɛ̃tyʀ] *nf* número
point-virgule [pwɛ̃viʀgyl] (*pl* **~s-~s**) *nm* punto y coma *m*
poire [pwaʀ] *nf* pera
poireau, x [pwaʀo] *nm* puerro
poirier [pwaʀje] *nm* peral *m*
pois [pwɑ] *nm* guisante *m*; (*sur une étoffe*) lunar *m*; **à ~** de lunares
poison [pwazɔ̃] *nm* veneno
poisseux, -euse [pwasø, øz] *adj* pegajoso(-a)
poisson [pwasɔ̃] *nm* pez *m*; (*CULIN*) pescado; (*ASTROL*): **P~s** Piscis *msg*; **~ d'avril** inocentada; **~ rouge** pez de colores; **poissonnerie** *nf* pescadería; **poissonnier, -ière** *nm/f* pescadero(-a)
poitrine [pwatʀin] *nf* pecho
poivre [pwavʀ] *nm* pimienta
poivron [pwavʀɔ̃] *nm* pimiento morrón
polaire [pɔlɛʀ] *adj* polar
polar [pɔlaʀ] (*fam*) *nm* novela policial *ou* policíaca
pôle [pol] *nm* (*GÉO, ÉLEC*) polo
poli, e [pɔli] *adj* (*personne*) educado(-a), elegante
police [pɔlis] *nf*: **la ~** la policía; (*ASSURANCE*): **~ d'assurance** póliza de seguros; **~ judiciaire** policía judicial; **~ secours** servicio urgente de policía; **policier, -ière** *adj* policial, policiaco(-a) ♦ *nm* policía *m/f*, agente *m* (*AM*); (*aussi:* **roman policier**) novela policiaca
polio(myélite) [pɔljɔ(mjelit)] *nf* poliomielitis *f inv*
polir [pɔliʀ] *vt* pulir
politesse [pɔlitɛs] *nf* cortesía
politicien, ne [pɔlitisjɛ̃, jɛn] *nm/f* político(-a); (*péj*) politicastro(-a)
politique [pɔlitik] *adj, nm/f* político(-a) ♦ *nf* política
pollen [pɔlɛn] *nm* polen *m*
polluant, e [pɔlɥɑ̃, ɑ̃t] *adj* contaminante; **produit ~** producto contaminante
polluer [pɔlɥe] *vt* contaminar; **pollution** *nf* polución *f*
polo [pɔlo] *nm* polo
Pologne [pɔlɔɲ] *nf* Polonia; **polonais, e** *adj* polaco(-a) ♦ *nm* (*LING*) polaco ♦ *nm/f*: **Polonais, e** polaco(-a)
poltron, ne [pɔltʀɔ̃, ɔn] *adj* cobarde
polycopier [pɔlikɔpje] *vt* multicopiar
Polynésie [pɔlinezi] *nf* Polinesia; **la ~ française** la Polinesia francesa
polyvalent, e [pɔlivalɑ̃, ɑ̃t] *adj* polivalente
pommade [pɔmad] *nf* pomada
pomme [pɔm] *nf* manzana; (*pomme de terre*): **un steak (~s) frites** un filete con patatas (fritas); **tomber dans les ~s** (*fam*) darle a algn un patatús; **~ d'Adam** nuez *f* de Adán; **~ de pin** piña; **~ de terre** patata, papa (*AM*)
pommette [pɔmɛt] *nf* pómulo
pommier [pɔmje] *nm* manzano
pompe [pɔ̃p] *nf* (*appareil*) bomba; (*faste*) pompa; **~ (à essence)** surtidor *m* (de gasolina); **~s funèbres** pompas *fpl* fúnebres; **pomper** *vt* bombear
pompeux, -euse [pɔ̃pø, øz] (*péj*) *adj* pomposo(-a)
pompier [pɔ̃pje] *nm* bombero
pompiste [pɔ̃pist] *nm/f* encargado(-a) de una gasolinera
poncer [pɔ̃se] *vt* alisar con un abrasivo
ponctuation [pɔ̃ktɥasjɔ̃] *nf* puntuación *f*

ponctuel, le [pɔ̃ktɥɛl] *adj* puntual
pondéré, e [pɔ̃deʀe] *adj* ponderado(-a)
pondre [pɔ̃dʀ] *vt* (*œufs*) poner; (*fig: fam*) parir
poney [pɔnɛ] *nm* poney *m*, poni *m*
pont [pɔ̃] *nm* puente *m*; (NAUT) cubierta; **pont-levis** (*pl* **ponts-levis**) *nm* puente *m* levadizo
pop [pɔp] *adj inv* pop *inv*
populaire [pɔpylɛʀ] *adj* popular
popularité [pɔpylaʀite] *nf* popularidad *f*
population [pɔpylasjɔ̃] *nf* población *f*
populeux, -euse [pɔpylø, øz] *adj* populoso(-a)
porc [pɔʀ] *nm* (ZOOL) cerdo, chancho (AM); (CULIN) carne *f* de cerdo
porcelaine [pɔʀsəlɛn] *nf* porcelana
porc-épic [pɔʀkepik] (*pl* **~s-~s**) *nm* puerco espín
porche [pɔʀʃ] *nm* porche *m*
porcherie [pɔʀʃəʀi] *nf* porqueriza
pore [pɔʀ] *nm* poro
porno [pɔʀno] *adj* (*abr de pornographique*) porno *inv*
port [pɔʀ] *nm* porte *m*; (NAUT) puerto; **~ d'arme** (JUR) tenencia de armas
portable [pɔʀtabl] *adj* (*vêtement*) ponedero(-a); (*ordinateur etc*) portátil
portail [pɔʀtaj] *nm* portal *m*
portant, e [pɔʀtɑ̃, ɑ̃t] *adj*: **être bien/mal ~** (*personne*) tener buena/mala salud
portatif, -ive [pɔʀtatif, iv] *adj* portátil
porte [pɔʀt] *nf* puerta; **mettre qn à la ~** poner a algn en la calle; **faire du ~ à ~** (COMM) vender de puerta en puerta, vender a domicilio; **porte-avions** *nm inv* portaaviones *m inv*; **porte-bagages** *nm inv* portaequipajes *m inv*; **porte-bonheur** *nm inv* amuleto; **porte-clefs** *nm inv* llavero; **porte-documents** *nm inv* cartera de mano, portafolio(s) *m* (AM)
porté, e [pɔʀte] *adj*: **être ~ sur qch** darle a algo; **portée** *nf* alcance *m*; (*d'une chienne etc*) camada; (MUS) pentagrama *m*; **à (la) portée (de)** al alcance (de); **hors de portée (de)** fuera del alcance (de); **à portée de la main** al alcance de la mano; **à portée de voix** a poca distancia
porte...: portefeuille *nm* cartera; (POL) cartera (ministerial); **portemanteau, x** *nm* perchero; **porte-monnaie** *nm inv* monedero; **porte-parole** *nm inv* portavoz *m*, vocero(-a) (AM)
porter [pɔʀte] *vt* llevar; (: *responsabilité*) cargar con; (*suj: jambes*) sostener ♦ *vi* (*fig*) surtir efecto; **se ~** *vpr*: **se ~ bien/mal** encontrarse bien/mal; **~ sur** tratar de; **~ secours/assistance à qn** prestar socorro/asistencia a algn; **~ bonheur à qn** traer buena suerte a algn; **~ une somme sur un registre** asentar una cantidad en un registro; **~ atteinte à (l'honneur/la réputation de qn)** atentar contra (el honor/la reputación de algn); **se faire ~ malade** declararse enfermo(-a); **~ son attention/regard/effort sur** fijar su atención/mirada/esfuerzo sobre; **~ à croire** llevar a pensar
porteur, -euse [pɔʀtœʀ, øz] *nm* (*de bagages*) mozo de equipaje; (COMM: *d'un chèque*) portador *m*
porte-voix [pɔʀtəvwa] *nm inv* megáfono
portier [pɔʀtje] *nm* portero
portière [pɔʀtjɛʀ] *nf* puerta
portion [pɔʀsjɔ̃] *nf* (*part*) ración *f*; (*partie*) parte *f*
porto [pɔʀto] *nm* oporto
portrait [pɔʀtʀɛ] *nm* retrato; **portrait-robot** (*pl* **portraits-robots**) *nm* retrato robot
portuaire [pɔʀtɥɛʀ] *adj* portuario(-a)
portugais, e [pɔʀtygɛ, ɛz] *adj* portugués(-esa) ♦ *nm* (LING) portugués *m* ♦ *nm/f*: **P~, e** portugués(-esa)
Portugal [pɔʀtygal] *nm* Portugal *m*
pose [poz] *nf* (*de moquette*) instalación *f*; (*de rideau, papier peint*) colocación *f*; (*position*) postura; **(temps de) ~** (PHOTO) (tiempo de)

exposición *f*
posé, e [poze] *adj* comedido(-a)
poser [poze] *vt* poner; (*moquette, carrelage*) instalar; (*rideaux, papier peint*) colocar; (*question*) hacer; (*problème*) plantear; **se ~** *vpr* (*oiseau, avion*) posarse; (*question*) plantearse
positif, -ive [pozitif, iv] *adj* positivo(-a)
position [pozisjɔ̃] *nf* posición *f*; (*posture*) postura; (*métier*) cargo; **être dans une ~ difficile/délicate** estar en una situación difícil/ delicada; **prendre ~** tomar posiciones
posologie [pozɔlɔʒi] *nf* posología
posséder [pɔsede] *vt* poseer; (*qualité*) estar dotado(-a) de; (*métier, langue*) dominar, conocer a fondo; **possession** *nf* posesión *f*
possibilité [pɔsibilite] *nf* posibilidad *f*; **~s** *nfpl* (*moyens*) medios *mpl*; (*potentiel*) posibilidades *fpl*
possible [pɔsibl] *adj* posible; (*projet*) realizable ♦ *nm*: **faire (tout) son ~** hacer (todo) lo (que sea) posible; **il est ~ que** es posible que; **le plus/ moins de livres ~** el mayor/menor número de libros posible; **le plus/ moins d'eau ~** la mayor/menor cantidad de agua posible; **aussitôt** *ou* **dès que ~** en cuanto sea posible
postal, e, -aux [pɔstal, o] *adj* postal
poste [pɔst] *nf* (*service*) correo; (*administration*) correos *mpl*; (*bureau*) oficina de correos ♦ *nm* (*MIL*) puesto; (*charge*) cargo; (*de radio, télévision*) aparato; (*TÉL*) extensión *f*; **~s** *nfpl*: **agent/employé des ~s** agente *m*/ empleado de correos; **mettre à la ~** echar al correo; **~ (de police)** *nm* puesto (de policía); **~ restante** *nf* lista de correos
poster[1] [pɔste] *vt* (*lettre*) echar al correo
poster[2] [pɔstɛʀ] *nm* póster *m*
postérieur, e [pɔsteʀjœʀ] *adj* posterior ♦ *nm* (*fam*) trasero
postuler [pɔstyle] *vt* solicitar
pot [po] *nm* (*récipient*) cacharro; (*en métal*) bote *m*; (*fam*: *chance*): **avoir du ~** tener potra; **boire** *ou* **prendre un ~** (*fam*) tomar una copa; **~ d'échappement** (*AUTO*) silenciador *m*
potable [pɔtabl] *adj* potable
potage [pɔtaʒ] *nm* sopa; **potager, -ère** *adj* hortícola; **(jardin) potager** huerto
pot-au-feu [pɔtofø] *nm inv* cocido
pot-de-vin [podvɛ̃] (*pl* **~s-~-~**) *nm* gratificación *f*
pote [pɔt] (*fam*) *nm* amigo, compadre *m* (*AM*), manito (*MEX*)
poteau, x [pɔto] *nm* poste *m*; **~ indicateur** poste indicador
potelé, e [pɔt(ə)le] *adj* rollizo(-a)
potentiel, le [pɔtɑ̃sjɛl] *adj, nm* potencial *m*
poterie [pɔtʀi] *nf* (*fabrication*) alfarería; (*objet*) objeto de barro, cerámica
potier [pɔtje] *nm* alfarero
potiron [pɔtiʀɔ̃] *nm* calabaza
pou, x [pu] *nm* piojo
poubelle [pubɛl] *nf* cubo *ou* bote *m* (*AM*) de la basura
pouce [pus] *nm* pulgar *m*
poudre [pudʀ] *nf* polvo; (*fard*) polvos *mpl*; (*explosif*) pólvora; **en ~**: **lait en ~** leche *f* en polvo; **poudreuse** *nf* nieve *f* en polvo; **poudrier** *nm* polvera
pouffer [pufe] *vi*: **~ (de rire)** partirse de risa
poulailler [pulaje] *nm* (*aussi THÉÂTRE*) gallinero
poulain [pulɛ̃] *nm* potro; (*fig*) pupilo
poule [pul] *nf* gallina
poulet [pulɛ] *nm* pollo; (*fam*) poli *m*
poulie [puli] *nf* polea
pouls [pu] *nm* pulso; **prendre le ~ de qn** tomar el pulso a algn
poumon [pumɔ̃] *nm* pulmón *m*
poupée [pupe] *nf* muñeca

MOT-CLÉ

pour [puʀ] *prép* **1** (*destination, temps*): **elle est partie pour Paris** se ha ido a París; **le train pour Séville** el tren para *ou* a Sevilla; **j'en ai pour une heure** tengo para una hora; **il faut le faire pour après les vacances** hay que hacerlo para después de vacaciones; **pour toujours** para

siempre
2 (*au prix de, en échange de*) por; **il l'a acheté pour 5 F** lo compró por 5 francos; **donnez-moi pour 200 F d'essence** deme 200 francos de gasolina; **je te l'échange pour ta montre** te lo cambio por tu reloj
3 (*en vue de, intention, en faveur de*): **pour le plaisir** por gusto; **pour ton anniversaire** para tu cumpleaños; **je le fais pour toi** lo hago por ti; **pastilles pour la toux** pastillas *fpl* para la tos; **pour que** para que; **pour faire** para hacer; **pour quoi faire?** ¿para qué?; **je suis pour la démocratie** estoy por la democracia
4 (*à cause de*): **fermé pour (cause de) travaux** cerrado por obras; **c'est pour cela que je le fais** por eso lo hago; **être pour beaucoup dans qch** influir mucho en algo; **ce n'est pas pour dire, mais ...** (*fam*) no es por nada pero ...; **pour avoir fait** por haber hecho
5 (*à la place de*): **il a parlé pour moi** habló por mí
6 (*rapport, comparaison*): **mot pour mot** palabra por palabra; **ça fait un an jour pour jour** hoy hace justamente un año; **10 pour cent** diez por ciento; **pour un Français, il parle bien suédois** para ser francés, habla bien el sueco
7 (*comme*): **la femme qu'il a eue pour mère** la mujer que tuvo por madre
8 (*point de vue*): **pour moi, il a tort** para mí que se equivoca; **pour ce qui est de ...** por lo que se refiere a ...; **pour autant que je sache** que yo sepa
♦ *nm*: **le pour et le contre** los pros y los contras

pourboire [puRbwaR] *nm* propina
pourcentage [puRsɑ̃taʒ] *nm* porcentaje *m*
pourchasser [puRʃase] *vt* perseguir
pourparlers [puRpaRle] *nmpl* negociaciones *fpl*
pourpre [puRpR] *adj* púrpura
pourquoi [puRkwa] *adv, conj* por qué ♦ *nm*: **le ~ (de)** el porqué (de)
pourri, e [puRi] *adj* podrido(-a)
pourrir [puRiR] *vi* podrirse ♦ *vt* pudrir; (*fig*: *corrompre*: *personne*) corromper; **pourriture** *nf* podredumbre *f*
poursuite [puRsɥit] *nf* persecución *f*
poursuivre [puRsɥivR] *vt* perseguir; (*mauvais payeur*) acosar, perseguir; (*obséder*) obsesionar, perseguir; (*continuer*: *voyage, études*) proseguir ♦ *vi* proseguir; **se ~** *vpr* seguirse; **~ qn en justice** demandar a *ou* querellarse contra algn
pourtant [puRtɑ̃] *adv* sin embargo; **c'est ~ facile** sin embargo es fácil
pourtour [puRtuR] *nm* (*d'un quadrilatère*) perímetro
pourvoir [puRvwaR] *vt* (COMM): **~ qn en** proveer a algn de, suministrar a algn ♦ *vi*: **~ à** ocuparse de; (*emploi*) atender a; **~ qn de qch** proporcionar algo a algn; **~ qch de** equipar algo con; **pourvu, e** *pp de* **pourvoir** ♦ *adj*: **~ de** provisto(-a) de; **~ que** (*à condition que*) con tal que; **~ qu'il soit là!** (*espérons que*) ¡ojalá que esté!
pousse [pus] *nf* brote *m*; (*bourgeon*) botón *m*, yema
poussée [puse] *nf* (*pression, attaque*) empuje *m*; (*coup*) empujón *m*; (MÉD) acceso
pousser [puse] *vt* empujar; (*acculer*): **~ qn à qch/à faire qch** arrastrar *ou* empujar a algn a algo/a algn a hacer algo; (*cri*) lanzar, exhalar ♦ *vi* crecer; **se ~** *vpr* echarse a un lado; **faire ~** (*plante*) sembrar, plantar
poussette [pusɛt] *nf* cochecito de niño
poussière [pusjɛR] *nf* (*la poussière*) polvo; (*une poussière*) mota; **poussiéreux, -euse** *adj* sucio(-a) de polvo; (*route*) polvoriento(-a)
poussin [pusɛ̃] *nm* pollito
poutre [putR] *nf* viga
pouvoir [puvwaR] *nm* poder *m*; **le ~** el poder; **les ~s public** los poderes públicos; **~ calorifique** poder calorífico; **~ d'achat** poder adquisitivo ♦ *vt, vb semi-aux, vb*

impers poder ♦ *vi*: **il se peut que** puede ser que; **je me porte on ne peut mieux** me encuentro perfectamente; **je ne peux pas le réparer** no puedo arreglarlo; **tu ne peux pas savoir!** ¡no puedes imaginarte!; **je n'en peux plus** no puedo más; **je ne peux pas dire le contraire** no puedo decir lo contrario; **j'ai fait tout ce que j'ai pu** hice todo lo que pude; **qu'est-ce que je pouvais bien faire?** ¿qué iba a *ou* podía hacer yo?; **il aurait pu le dire!** ¡podría haberlo dicho!; **vous pouvez aller au cinéma** podéis ir al cine; **il a pu avoir un accident** pudo haber un accidente; **il peut arriver que ...** puede suceder que ...; **il pourrait pleuvoir** puede que llueva

prairie [pReRi] *nf* pradera

praline [pRalin] *nf* (*bonbon*) garapiñado

praticable [pRatikabl] *adj* (*chemin*) transitable

pratiquant, e [pRatikɑ̃, ɑ̃t] *adj* practicante

pratique [pRatik] *nf* práctica ♦ *adj* práctico(-a); **pratiquement** *adv* (*dans la pratique*) de una manera práctica; (*à peu près*) prácticamente; **pratiquer** *vt* practicar; (*métier*) ejercer; (*intervention*) efectuar, realizar

pré [pRe] *nm* prado

préalable [pRealabl] *adj* previo(-a) ♦ *nm*: **au ~** de antemano

préambule [pReɑ̃byl] *nm* preámbulo; **sans ~** sin preámbulos

préau, x [pReo] *nm* (*d'une cour d'école*) cobertizo

préavis [pReavi] *nm*: **~ (de licenciement)** notificación *f* (de despido); **communication avec ~** (*TÉL*) llamada con aviso

précaution [pRekosjɔ̃] *nf* precaución *f*; (*prudence*) atención *f*; **avec/sans ~** con/sin precaución; **par ~** por precaución

précédemment [pResedamɑ̃] *adv* anteriormente

précédent, e [pResedɑ̃, ɑ̃t] *adj* precedente, anterior ♦ *nm* precedente *m*; **sans ~** sin precedentes; **le jour ~** el día antes

précéder [pResede] *vt* preceder; **elle m'a précédé de quelques minutes** llegó unos minutos antes que yo

prêcher [pReʃe] *vt* (*REL*): **~ l'Evangile** predicar el Evangelio

précieux, -euse [pResjø, jøz] *adj* precioso(-a); (*temps, qualités*) valioso(-a), importante; (*littérature, style*) preciosista

précipice [pResipis] *nm* precipicio

précipitamment [pResipitamɑ̃] *adv* precipitadamente

précipitation [pResipitasjɔ̃] *nf* (*hâte*) precipitación *f*; **~s** *nfpl* (*MÉTÉO*): **~s (atmosphériques)** precipitaciones *fpl*

précipité, e [pResipite] *adj* (*respiration*) jadeante; (*démarche, entreprise*) precipitado(-a)

précipiter [pResipite] *vt* (*faire tomber*) arrojar, tirar; (*événements*) precipitar; **se ~** *vpr* (*événements*) precipitarse; **se ~ sur/vers** lanzarse sobre/hacia

précis, e [pResi, iz] *adj* conciso(-a); (*vocabulaire*) conciso(-a), preciso(-a); (*heure*) preciso(-a), exacto(-a); (*tir, mesures*) exacto(-a) ♦ *nm* compendio; **précisément** *adv* (*avec précision*) de manera precisa; (*dans une réponse*) exactamente; **préciser** *vt* precisar; **se préciser** *vpr* precisarse, concretarse; **précision** *nf* precisión *f*; (*détail*) exactitud *f*

précoce [pRekɔs] *adj* precoz

préconçu, e [pRekɔ̃sy] (*péj*) *adj* preconcebido(-a)

préconiser [pRekɔnize] *vt* preconizar

prédécesseur [pRedesesœR] *nm* predecesor *m*

prédilection [pRedilɛksjɔ̃] *nf*: **avoir une ~ pour qn/qch** tener predilección por algn/algo; **de ~** favorito(-a), preferido(-a)

prédire [pRediR] *vt* (*événement improbable*) predecir, vaticinar

prédominer [pRedɔmine] *vi* predominar

préface [pRefas] *nf* prólogo

préfecture [pRefɛktyR] *nf*

prefectura, ≃ gobierno civil; (*ville*) capital *f* de departamento; **~ de police** dirección *f* general de policía de París

préférable [pʀefeʀabl] *adj* preferible

préféré, e [pʀefeʀe] *adj* preferido(-a) ♦ *nm/f* favorito(-a)

préférence [pʀefeʀɑ̃s] *nf* preferencia; **de ~** preferentemente

préférer [pʀefeʀe] *vt*: **~ qch/qn (à)** preferir algo/a algn (a); **~ faire qch** preferir hacer algo; **je préférerais du thé** preferiría té

préfet [pʀefɛ] *nm* prefecto, ≃ gobernador *m* civil

préhistorique [pʀeistɔʀik] *adj* prehistórico(-a)

préjudice [pʀeʒydis] *nm* perjuicio; **porter ~ à qch/à qn** perjudicar algo/a algn

préjugé [pʀeʒyʒe] *nm* prejuicio; **avoir un ~ contre qn/qch** tener prejuicios contra algn/algo

prélasser [pʀelɑse]: **se ~** *vpr* relajarse

prélèvement [pʀelɛvmɑ̃] *nm* extracción *f*, toma; **faire un ~ de sang** hacer una extracción de sangre

prélever [pʀel(ə)ve] *vt* (*échantillon*) tomar, sacar; **~ (sur)** (*retirer*) sacar (de); (*déduire*) descontar (de), deducir (de)

prématuré, e [pʀematyʀe] *adj* prematuro(-a) ♦ *nm/f* prematuro(-a)

premier, -ière [pʀəmje, jɛʀ] *adj* primero(-a); (*avant un nom masculin*) primer ♦ *nm* (*premier étage*) primero ♦ *nf* (*vitesse, classe*) primera; (SCOL) *sexto año de educación secundaria en el sistema francés;* (THÉÂTRE, CINÉ) estreno; **le ~ venu** el primero que venga; **le ~ de l'an** el primero de año, el día de año nuevo; **P~ ministre** primer(-a) ministro(-a); **premièrement** *adv* primeramente

prémonition [pʀemɔnisjɔ̃] *nf* premonición *f*

prenant, e [pʀənɑ̃, ɑ̃t] *vb voir* **prendre**

prénatal, e [pʀenatal] *adj* prenatal

prendre [pʀɑ̃dʀ] *vt* coger, agarrar (AM); (*aller chercher*) recoger; (*emporter avec soi*) llevar; (*poisson*) pescar; (*place*) ocupar; (ÉCHECS, *aliment*) comer; (*boisson*) beber; (*médicament, notes, mesures*) tomar; (*bain, douche*) darse; (*moyen de transport, route*) tomar, coger; (*essence*) echar; (*passager, personnel, élève*) coger, tomar (AM); (*photographie*) sacar; (*engagement*) aceptar; (*attitude*) adoptar; (*de la valeur*) adquirir, ganar; (*vacances, repos*) tomar(se); (*coûter: temps*) requerir, llevar; (*: efforts, argent*) requerir ♦ *vi* (*pâte, peinture*) espesar; (*ciment*) fraguar; (*semis, vaccin*) agarrar; (*feu, incendie*) comenzar; (*bois, allumette*) prender; **~ la fuite** emprender la huida; **~ qn en sympathie/horreur** coger *ou* agarrar simpatía/odio a algn; **~ qn à témoin** poner a algn por testigo; **~ à gauche** coger *ou* tomar a la izquierda; **s'en ~ à** emprenderla con; **se ~ pour** creerse; **se ~ d'affection pour qn** cobrar afecto a algn; **s'y ~ bien/mal** hacerlo bien/mal

preneur [pʀənœʀ] *nm*: **je suis ~** estoy dispuesto a comprar; **trouver ~** encontrar comprador

prénom [pʀenɔ̃] *nm* nombre *m* (de pila)

préoccupation [pʀeɔkypasjɔ̃] *nf* preocupación *f*

préoccuper [pʀeɔkype] *vt* (*personne*) preocupar, inquietar

préparatifs [pʀepaʀatif] *nmpl* preparativos *mpl*

préparation [pʀepaʀasjɔ̃] *nf* preparación *f*

préparer [pʀepaʀe] *vt* preparar; **se ~** *vpr* prepararse; **se ~ (à qch/à faire qch)** prepararse (para algo/para hacer algo)

prépondérant, e [pʀepɔ̃deʀɑ̃, ɑ̃t] *adj* preponderante

préposé, e [pʀepoze] *adj*: **~ (à qch)** encargado(-a) (de algo) ♦ *nm/f* encargado(-a)

préposition [pʀepozisjɔ̃] *nf*

preposición *f*

près [pʀɛ] *adv* cerca; **~ de** (*lieu*) cerca de; (*temps, quantité*) alrededor de; **de ~** de cerca; **à 5 m/5 kg ~** 5 m/5 kg más o menos; **à cela ~ que** salvo que, excepto que

présage [pʀezaʒ] *nm* presagio

presbyte [pʀɛsbit] *adj* présbita, hipermétrope

presbytère [pʀɛsbitɛʀ] *nm* casa parroquial

prescription [pʀɛskʀipsjɔ̃] *nf* (*MÉD*) prescripción *f* facultativa, receta

prescrire [pʀɛskʀiʀ] *vt* (*remède*) recetar

présence [pʀezɑ̃s] *nf* presencia; (*au bureau etc*) presencia, asistencia

présent, e [pʀezɑ̃, ɑ̃t] *adj, nm* presente *m*; **~s** *nmpl*: **les ~s** (*personnes*) los presentes; **à ~ que** ahora que

présentation [pʀezɑ̃tasjɔ̃] *nf* presentación *f*

présenter [pʀezɑ̃te] *vt* presentar; (*billet, pièce d'identité*) enseñar; (*remettre: note*) entregar; (*condoléances, félicitations, remerciements*) dar ♦ *vi*: **~ mal/bien** tener buena/mala presencia; **se ~** *vpr* presentarse; (*solution, doute*) surgir; **se ~ bien/mal** (*affaire*) presentarse bien/mal; **se ~ à l'esprit** venir a la cabeza

préservatif [pʀezɛʀvatif] *nm* preservativo

préserver [pʀezɛʀve] *vt*: **~ qch/qn de** (*protéger*) preservar *ou* proteger algo/a algn de

président [pʀezidɑ̃] *nm* presidente *m*; **~ directeur général** director *m* gerente; **présidentielles** *nfpl* (*élections*) elecciones *fpl* presidenciales

présider [pʀezide] *vt* presidir; **~ à qch** presidir algo

presque [pʀɛsk] *adv* casi; **~ tous/rien** casi todos/nada; **il n'a ~ pas d'argent** casi no tiene dinero, apenas tiene dinero

presqu'île [pʀɛskil] *nf* península

pressant, e [pʀesɑ̃, ɑ̃t] *adj* apremiante; (*besoin*) acuciante

presse [pʀɛs] *nf* prensa

pressé, e [pʀese] *adj* (*personne*) apresurado(-a), apurado(-a) (*AM*); (*lettre, besogne*) urgente; **orange ~e** zumo de naranja

pressentiment [pʀesɑ̃timɑ̃] *nm* presentimiento

pressentir [pʀesɑ̃tiʀ] *vt* presentir

presse-papiers [pʀɛspapje] *nm inv* pisapapeles *m inv*

presser [pʀese] *vt* (*fruit*) exprimir; (*éponge*) escurrir; (*interrupteur, bouton*) pulsar ♦ *vi* (*être urgent*) urgir, correr prisa; **se ~** *vpr* (*se hâter*) darse prisa, apurarse (*AM*); **le temps presse** el tiempo apremia; **rien ne presse** no hay prisa; **~ le pas** *ou* **l'allure** aligerar (el paso)

pressing [pʀesiŋ] *nm* (*magasin*) tintorería

pression [pʀesjɔ̃] *nf* presión *f*; (*bouton*) automático; **faire ~ sur qn/qch** ejercer presión sobre algn/algo; **sous ~** a presión; (*fig*) presionado(-a); **~ artérielle** tensión *f* arterial

prestataire [pʀɛstatɛʀ] *nm/f* beneficiario(-a); **~ de services** (*COMM*) prestador *m* de servicios

prestation [pʀɛstasjɔ̃] *nf* (*allocation*) prestación *f*, ayuda; (*d'une entreprise*) contribución *f*; (*d'un joueur, artiste, homme politique*) actuación *f*

prestidigitateur, -trice [pʀɛstidiʒitatœʀ, tʀis] *nm/f* prestidigitador(a)

prestige [pʀɛstiʒ] *nm* prestigio; **prestigieux, -euse** *adj* prestigioso(-a)

présumer [pʀezyme] *vt*: **~ que** presumir que

prêt, e [pʀɛ, pʀɛt] *adj* listo(-a), presto(-a) ♦ *nm* préstamo; **prêt-à-porter** (*pl* **prêts-à-porter**) *nm* prêt-à-porter *f*

prétendre [pʀetɑ̃dʀ] *vt* (*avoir la ferme intention de*) pretender; (*affirmer*): **~ que** mantener que; **~ à** aspirar a; **prétendu, e** *adj* supuesto(-a)

prétentieux, -euse [pʀetɑ̃sjø, jøz]

adj presuntuoso(-a)

prétention [pʀetɑ̃sjɔ̃] *nf* pretensión *f*

prêter [pʀete] *vt* (*livres, argent*): **~ qch (à)** prestar algo (a) ♦ *vi*: **~ à**: **~ aux commentaires/à équivoque/à rire** prestarse a comentarios/a equívoco/a risa; **se ~ à qch** prestarse a algo; **~ assistance à** prestar socorro a; **~ attention/serment** prestar atención/juramento; **~ l'oreille** aguzar el oído

prétexte [pʀetɛkst] *nm* pretexto; **sous aucun ~** bajo ningún pretexto; **prétexter** *vt* poner el pretexto de

prêtre [pʀɛtʀ] *nm* sacerdote *m*

preuve [pʀœv] *nf* prueba; **faire ~ de** dar pruebas de; **faire ses ~s** dar prueba de sus aptitudes

prévaloir [pʀevalwaʀ] *vi* prevalecer

prévenant, e [pʀev(ə)nɑ̃, ɑ̃t] *adj* atento(-a)

prévenir [pʀev(ə)niʀ] *vt* prevenir; (*besoins, etc*) anticiparse a; **~ qn (de qch)** (*avertir*) prevenir a algn (de algo)

préventif, -ive [pʀevɑ̃tif, iv] *adj* preventivo(-a)

prévention [pʀevɑ̃sjɔ̃] *nf* prevención *f*; **~ routière** seguridad *f* vial

prévenu, e [pʀev(ə)ny] *nm/f* preso(-a) ♦ *adj*: **être ~ contre qn** estar prevenido(-a) contra algn

prévision [pʀevizjɔ̃] *nf*: **~s** previsión *f*; **en ~ de l'orage** en caso de que haya tormenta; **~s météorologiques** previsión meteorológica

prévoir [pʀevwaʀ] *vt* prever; **prévu pour 4 personnes** con cabida para 4 personas; **prévu pour 10 h** previsto para las 10; **prévoyant, e** *vb voir* **prévoir** ♦ *adj* prevenido(-a), precavido(-a)

prévu [pʀevy] *pp de* **prévoir**

prier [pʀije] *vi* rezar ♦ *vt* rogar; (REL) rezar; **se faire ~** hacerse rogar; **je vous en prie** (*allez-y*) pase por favor; (*de rien*) de nada; **prière** *nf* oración *f*; **"prière de faire/ne pas faire ..."** "se ruega hacer/no hacer ..."

primaire [pʀimɛʀ] *adj* primario(-a); (*péj*) primitivo(-a) ♦ *nm* (SCOL: *aussi:* **enseignement ~**): **le ~** ≃ primera etapa de la educación primaria

prime [pʀim] *nf* (*bonification,* ASSURANCE, BOURSE) prima; (*subside*) ayuda; (COMM: *cadeau*) bonificación *f* ♦ *adj*: **de ~ abord** de entrada; **primer** *vt* (*récompenser*) premiar ♦ *vi* primar

primeurs [pʀimœʀ] *nfpl* (*fruits, légumes*) frutos *mpl* tempranos

primevère [pʀimvɛʀ] *nf* primavera

primitif, -ive [pʀimitif, iv] *adj* primitivo(-a)

primordial, e, -aux [pʀimɔʀdjal, jo] *adj* primordial

prince [pʀɛ̃s] *nm* príncipe *m*; **princesse** *nf* princesa

principal, e, -aux [pʀɛ̃sipal, o] *adj* principal ♦ *nm* (SCOL) director *m*

principe [pʀɛ̃sip] *nm* principio; **pour le ~** por principios; **de/en/par ~** de/en/por principio

printemps [pʀɛ̃tɑ̃] *nm* primavera

priorité [pʀijɔʀite] *nf* prioridad *f*; **~ à droite** prioridad a la derecha

pris, e [pʀi, pʀiz] *pp de* **prendre** ♦ *adj* (*place, journée*) ocupado(-a); (*billets*) sacado(-a); **avoir le nez ~/la gorge ~e** (MÉD) tener la nariz/la garganta irritada

prise [pʀiz] *nf* (*d'une ville*) toma; (PÊCHE, CHASSE) presa; (ÉLEC) conexión *f*; (*fiche*) enchufe *m*; **être aux ~s avec qn** enfrentarse con algn; **~ de courant** conexión; **~ de sang** toma de sangre; **~ de terre** toma de tierra; **~ de vue** (PHOTO) toma de vista; **~ en charge** (*par un taxi*) bajada de bandera; **~ multiple** ladrón *m*

priser [pʀize] *vt* (*tabac*) inhalar; (*estimer*) apreciar

prison [pʀizɔ̃] *nf* cárcel *f*, prisión *f*; (MIL) prisión militar; **faire de/risquer la ~** estar en/correr el riesgo de ir a la cárcel; **prisonnier, -ière** *nm/f* preso(-a); (*soldat, otage*) prisionero(-a)

privé, e [pʀive] *adj* privado(-a); **~ de** privado(-a) de; **en ~** en privado

priver [pʀive] *vt* privar; **se ~** *vpr*: **(ne pas) se ~ (de)** (no) privarse (de)

privilège [pRivilɛʒ] *nm* privilegio
prix [pRi] *nm* precio; (*récompense*) premio; **au ~ fort** al precio más alto; **acheter qch à ~ d'or** comprar algo a precio de oro; **hors de ~** carísimo(-a); **à aucun ~** por nada del mundo; **à tout ~** cueste lo que cueste
probable [pRɔbabl] *adj* probable; **probablement** *adv* probablemente
problème [pRɔblɛm] *nm* problema *m*
procédé [pRɔsede] *nm* proceso; (*comportement*) proceder *m*
procéder [pRɔsede] *vi* proceder; **~ à** (*JUR*) pasar a
procès [pRɔsɛ] *nm* (*JUR*) juicio; **être en ~ avec qn** estar en pleito con algn
processus [pRɔsesys] *nm* proceso
procès-verbal [pRɔsɛvɛRbal] (*pl* **~-verbaux**) *nm* (*constat*) atestado; (*aussi:* **P.V.**) multa; (*d'une réunion*) acta
prochain, e [pRɔʃɛ̃, ɛn] *adj* próximo(-a) ♦ *nm* prójimo; **la ~e fois** la próxima vez; **la semaine ~e** la semana que viene; **prochainement** *adv* pronto; (*au cinéma*) próximamente
proche [pRɔʃ] *adj* (*ami*) cercano(-a), próximo(-a); **~s** *nmpl* (*parents*) familiares *mpl*; **être ~ (de)** estar cerca (de); (*fig: parent*) estar unido(-a) a
proclamer [pRɔklame] *vt* declarar; (*la république, son innocence*) proclamar
procuration [pRɔkyRasjɔ̃] *nf* poder *m*
procurer [pRɔkyRe] *vt* (*fournir*) proporcionar; (*causer*) dar; **se ~** *vpr* conseguir; **procureur** *nm*: **procureur (de la République)** ≃ fiscal *m*
prodige [pRɔdiʒ] *nm* prodigio; **prodiguer** *vt* prodigar
producteur, -trice [pRɔdyktœR, tRis] *adj, nm/f* productor(a)
productif, -ive [pRɔdyktif, iv] *adj* productivo(-a)
production [pRɔdyksjɔ̃] *nf* producción *f*
productivité [pRɔdyktivite] *nf* productividad *f*
produire [pRɔdɥiR] *vt* producir; (*ADMIN, JUR: documents, témoins*) presentar
produit, e [pRɔdɥi, it] *pp de* **produire** ♦ *nm* producto; (*profit*) rendimiento; **~ d'entretien** producto de limpieza
prof [pRɔf] *abr* (= *professeur*) prof. (= *profesor*)
proférer [pRɔfeRe] *vt* proferir
professeur [pRɔfesœR] *nm* profesor(a); (*titulaire d'une chaire*) catedrático(-a)
profession [pRɔfesjɔ̃] *nf* profesión *f*; **"sans ~"** "sin profesión"; **professionnel, le** *adj* profesional ♦ *nm/f* profesional *m/f*
profil [pRɔfil] *nm* perfil *m*; **de ~** de perfil
profit [pRɔfi] *nm* (*avantage*) provecho; (*COMM, FIN*) beneficio; **au ~ de qn/qch** en beneficio de algn/algo; **tirer** *ou* **retirer ~ de qch** sacar provecho de algo; **profitable** *adj* provechoso(-a); **profiter**: **profiter de** *vt ind* aprovecharse de; (*lecture*) sacar provecho de; (*occasion*) aprovechar
profond, e [pRɔfɔ̃, ɔ̃d] *adj* profundo(-a); (*trou, eaux*) hondo(-a); **profondément** *adv* profundamente; **profondeur** *nf* profundidad *f*
programme [pRɔgRam] *nm* programa *m*; **programmer** *vt* programar; **programmeur, -euse** *nm/f* (*INFORM*) programador(a)
progrès [pRɔgRɛ] *nm* progreso, avance *m*; **faire des/être en ~** hacer progresos; **progresser** *vi* (*mal etc*) avanzar; (*élève, recherche*) progresar; **progressif, -ive** *adj* progresivo(-a)
proie [pRwɑ] *nf* presa
projecteur [pRɔʒɛktœR] *nm* (*de théâtre, cirque*) foco; (*de films, photos*) proyector *m*
projectile [pRɔʒɛktil] *nm* proyectil *m*
projection [pRɔʒɛksjɔ̃] *nf* proyección *f*
projet [pRɔʒɛ] *nm* proyecto; **~ de loi**

proyecto de ley; **projeter** *vt* proyectar; (*jeter*) lanzar; (*envisager*) planear

prolétaire [pʀɔletɛʀ] *nm* proletario(-a)

prolongement [pʀɔlɔ̃ʒmɑ̃] *nm* prolongación *f*

prolonger [pʀɔlɔ̃ʒe] *vt* prolongar; (*délai*) prorrogar; **se ~** *vpr* prolongarse

promenade [pʀɔm(ə)nad] *nf* paseo; **faire une ~** dar un paseo

promener [pʀɔm(ə)ne] *vt* dar un paseo a; (*doigts, main*) recorrer; **se ~** *vpr* pasearse

promesse [pʀɔmɛs] *nf* promesa

promettre [pʀɔmɛtʀ] *vt, vi* prometer; **~ à qn de faire qch** prometer a algn hacer algo

promiscuité [pʀɔmiskɥite] *nf* promiscuidad *f*

promontoire [pʀɔmɔ̃twaʀ] *nm* promontorio

promoteur, -trice [pʀɔmɔtœʀ, tʀis] *nm/f*: **~ (immobilier)** promotor (inmobiliario)

promotion [pʀɔmosjɔ̃] *nf* promoción *f*; (*avancement*) ascenso; **article en ~** artículo en oferta

promouvoir [pʀɔmuvwaʀ] *vt* (*à un grade, poste*) ascender a; (*recherche etc*) promover

prompt, e [pʀɔ̃(pt), pʀɔ̃(p)t] *adj* rápido(-a)

prôner [pʀone] *vt* (*préconiser*) preconizar

pronom [pʀɔnɔ̃] *nm* pronombre *m*

prononcer [pʀɔnɔ̃se] *vt* pronunciar; (*souhait, vœu*) formular; **se ~** *vpr* pronunciarse; **se ~ sur qch** pronunciarse sobre algo; **prononciation** *nf* pronunciación *f*

pronostic [pʀɔnɔstik] *nm* pronóstico

propagande [pʀɔpagɑ̃d] *nf* propaganda

propager [pʀɔpaʒe] *vt* propagar; **se ~** *vpr* propagarse

prophète, prophétesse [pʀɔfɛt, pʀɔfɛtɛs] *nm/f* profeta (profetisa)

prophétie [pʀɔfesi] *nf* (*d'un prophète*) profecía; (*d'une cartomancienne*) predicción *f*

propice [pʀɔpis] *adj* propicio(-a)

proportion [pʀɔpɔʀsjɔ̃] *nf* proporción *f*; (*relation, pourcentage*) relación *f*; **toute(s) ~(s) gardée(s)** manteniendo las proporciones

propos [pʀɔpo] *nm* (*paroles*) palabras *fpl*; (*intention*) propósito; **à ~ de** a propósito de; **à tout ~** a cada momento; **à ce ~** a ese respecto; **à ~** a propósito

proposer [pʀɔpoze] *vt* proponer; **se ~ (pour faire qch)** ofrecerse (para hacer algo); **se ~ de faire qch** proponerse hacer algo; **proposition** *nf* propuesta; (*offre*) oferta; (LING) proposición *f*

propre [pʀɔpʀ] *adj* limpio(-a); (*net*) pulcro(-a); (*fig: honnête*) intachable; (*intensif possessif, sens*) propio(-a) ♦ *nm*: **le ~ de** lo propio de; **~ à** (*particulier*) propio(-a) de; **mettre** *ou* **recopier au ~** pasar a limpio; **~ à rien** *nm/f* (*péj*) inútil *m/f*; **proprement** *adv* (*manger etc*) correctamente; **à proprement parler** a decir verdad; **le village proprement dit** el pueblo propiamente dicho; **propreté** *nf* limpieza

propriétaire [pʀɔpʀijetɛʀ] *nm/f* propietario(-a); (*pour le locataire*) casero(-a)

propriété [pʀɔpʀijete] *nf* propiedad *f*; (*villa, terres*) casa de campo

propulser [pʀɔpylse] *vt* (*missile, engin*) propulsar; (*projeter*) lanzar

prose [pʀoz] *nf* prosa

prospecter [pʀɔspɛkte] *vt* prospectar; (COMM) estudiar el mercado de

prospectus [pʀɔspɛktys] *nm* prospecto

prospère [pʀɔspɛʀ] *adj* próspero(-a); **prospérer** *vi* prosperar

prosterner [pʀɔstɛʀne]: **se ~** *vpr* prosternarse

prostituée [pʀɔstitɥe] *nf* prostituta

prostitution [pʀɔstitysjɔ̃] *nf* prostitución *f*

protecteur, -trice [pʀɔtɛktœʀ, tʀis] *adj* protector(a) ♦ *nm/f* protector(a)

protection [pʀɔtɛksjɔ̃] *nf* protección

f

protéger [pRɔteʒe] *vt* proteger; **se ~ de/contre qch** protegerse de/contra algo

protéine [pRɔtein] *nf* proteína

protestant, e [pRɔtɛstɑ̃, ɑ̃t] *adj, nm/f* protestante *m/f*

protestation [pRɔtɛstasjɔ̃] *nf* protesta

protester [pRɔtɛste] *vi* protestar

prothèse [pRɔtɛz] *nf* prótesis *f inv*; **~ dentaire** prótesis dental

protocole [pRɔtɔkɔl] *nm* protocolo

proue [pRu] *nf* proa

prouesse [pRuɛs] *nf* proeza

prouver [pRuve] *vt* probar; (*montrer*) demostrar

provenance [pRɔv(ə)nɑ̃s] *nf* procedencia; (*d'un mot, d'une coutume*) origen *m*; **en ~ de** procedente de

provenir [pRɔv(ə)niR] *vi*: **~ de** proceder de; (*résulter de*) derivarse de

proverbe [pRɔvɛRb] *nm* proverbio

province [pRɔvɛ̃s] *nf* provincia

proviseur [pRɔvizœR] *nm* director(a) de instituto

provision [pRɔvizjɔ̃] *nf* provisión *f*; (*acompte, avance*) anticipo; (COMM) provisión de fondos; **~s** *nfpl* (*vivres*) provisiones *fpl*

provisoire [pRɔvizwaR] *adj* provisional, provisorio(-a) (AM); **provisoirement** *adv* provisionalmente

provocant, e [pRɔvɔkɑ̃, ɑ̃t] *adj* (*agressif*) provocante; (*excitant*) provocativo(-a)

provoquer [pRɔvɔke] *vt* provocar; (*curiosité*) despertar

proxénète [pRɔksenɛt] *nm* proxeneta *m*

proximité [pRɔksimite] *nf* (*dans l'espace*) cercanía; (*dans le temps*) proximidad *f*; **à ~ (de)** cerca (de)

prudemment [pRydamɑ̃] *adv* con prudencia

prudence [pRydɑ̃s] *nf* prudencia; **avec ~** con prudencia; **par (mesure de) ~** como medida de precaución

prudent, e [pRydɑ̃, ɑ̃t] *adj* prudente; (*sage, conseillé*) sensato(-a); **soyez ~!** ¡tened cuidado!

prune [pRyn] *nf* ciruela

pruneau, x [pRyno] *nm* ciruela pasa

prunier [pRynje] *nm* ciruelo

PS [peɛs] *sigle m = Parti socialiste*; (= *post-scriptum*) PD

pseudonyme [psødɔnim] *nm* seudónimo; (*de comédien*) nombre *m* artístico

psychanalyse [psikanaliz] *nf* (p)sicoanálisis *m inv*

psychiatre [psikjatR] *nm/f* (p)siquiatra *m/f*; **psychiatrique** *adj* (p)siquiátrico(-a)

psychique [psiʃik] *adj* (p)síquico(-a)

psychologie [psikɔlɔʒi] *nf* (p)sicología; **psychologique** *adj* (p)sicológico(-a); **psychologue** *nm/f* (p)sicólogo(-a)

pu [py] *pp de* **pouvoir**

puanteur [pɥɑ̃tœR] *nf* pestilencia

pub [pyb] *nf* (*fam: publicité*) publicidad *f*

public, -ique [pyblik] *adj* público(-a) ♦ *nm* público; **en ~** en público

publicitaire [pyblisitɛR] *adj* publicitario(-a)

publicité [pyblisite] *nf* publicidad *f*; **une ~** un anuncio

publier [pyblije] *vt* publicar

publique [pyblik] *adj f voir* **public**

puce [pys] *nf* pulga; (INFORM) pulgada; **marché aux ~s** mercadillo

pudeur [pydœR] *nf* pudor *m*

pudique [pydik] *adj* (*chaste*) pudoroso(-a); (*discret*) recatado(-a)

puer [pɥe] (*péj*) *vi, vt* apestar (a)

puéricultrice [pɥeRikyltRis] *nf* puericultora

puéril, e [pɥeRil] *adj* pueril

puis [pɥi] *vb voir* **pouvoir** ♦ *adv* (*ensuite*) después, luego; (*en outre*): **et ~** y además, y encima

puiser [pɥize] *vt*: **~ (dans)** sacar (de)

puisque [pɥisk] *conj* ya que, como

puissance [pɥisɑ̃s] *nf* potencia; (*pouvoir*) poder *m*

puissant, e [pɥisɑ̃, ɑ̃t] *adj* poderoso(-a); (*moteur*) potente; (*éclairage, drogue, vent*) fuerte

puits [pɥi] *nm* pozo
pull [pyl], **pull-over** [pylɔvɛʀ] (*pl* **~-overs**) *nm* jersey *m*
pulluler [pylyle] *vi* pulular
pulpe [pylp] *nf* pulpa
pulvériser [pylveʀize] *vt* pulverizar; (*fig*: *adversaire*) machacar
punaise [pynɛz] *nf* (ZOOL) chinche *f*; (*clou*) chincheta
punch [pœnʃ] *nm* (*boisson*) ponche *m*; (*fig*) vitalidad *f*
punir [pyniʀ] *vt* castigar; **punition** *nf* castigo
pupille [pypij] *nf* (ANAT) pupila
pupitre [pypitʀ] *nm* (SCOL) pupitre *m*; (REL, MUS) atril *m*
pur, e [pyʀ] *adj* puro(-a); (*intentions*) bueno(-a); **en ~e perte** en balde
purée [pyʀe] *nf* puré *m*
purement [pyʀmɑ̃] *adv* puramente
purgatoire [pyʀgatwaʀ] *nm* purgatorio
purger [pyʀʒe] *vt* purgar; (*vidanger*) limpiar
pur-sang [pyʀsɑ̃] *nm inv* pura sangre *m*
pus [py] *vb voir* **pouvoir** ♦ *nm* pus *m*
putain [pytɛ̃] (*fam!*) *nf* puta; **~!** ¡joder!
puzzle [pœzl] *nm* rompecabezas *m inv*
PV [peve] *sigle m* (= *procès-verbal*) multa
pyjama [piʒama] *nm* pijama *m*, piyama *m ou f* (AM)
pyramide [piʀamid] *nf* pirámide *f*
Pyrénées [piʀene] *nfpl*: **les ~** los Pirineos

Q, q

QI [kyi] *sigle m* (= *quotient intellectuel*) C.I. *m* (= *coeficiente intelectual*)
quadragénaire [k(w)adʀaʒenɛʀ] *nm/f* (*de quarante à cinquante ans*) cuarentón(-ona); **les ~s** los mayores de cuarenta años
quadruple [k(w)adʀypl] *adj* cuádruple ♦ *nm*: **le ~ de** el cuádruplo de; **quadruplés, -ées** *nm/fpl* cuatrillizos(-as)
quai [ke] *nm* (*d'un port*) muelle *m*; (*d'une gare*) andén *m*; (*d'un cours d'eau, canal*) orilla; **être à ~** (*navire*) estar atracado; (*train*) estar en el andén
qualification [kalifikasjɔ̃] *nf* (*aptitude*) capacitación *f*
qualifier [kalifje] *vt* calificar; **se ~** *vpr* (SPORT) calificarse
qualité [kalite] *nf* calidad *f*; **rapport ~-prix** relación *f* calidad-precio
quand [kɑ̃] *conj* cuando; (*chaque fois que*) cada vez que; (*alors que*) cuando, mientras; **~ je serai riche, j'aurai une belle maison** cuando yo sea rico, tendré una casa bonita; (*tout de même*): **tu exagères ~ même** desde luego te pasas
quant [kɑ̃]: **~ à** *prép* en cuanto a; **~ à moi, ...** en cuanto a mí ..., por lo que se refiere a mí ...
quantité [kɑ̃tite] *nf* cantidad *f*; (*grand nombre*): **une** *ou* **des ~(s) de** una cantidad *ou* cantidades de
quarantaine [kaʀɑ̃tɛn] *nf* (*isolement*) cuarentena; (*nombre*): **une ~ (de)** unos cuarenta; (*âge*): **avoir la ~** estar en la cuarentena; **mettre en ~** poner en cuarentena
quarante [kaʀɑ̃t] *adj inv, nm inv* cuarenta *m inv*; *voir aussi* **cinq**
quarantième [kaʀɑ̃tjɛm] *adj, nm/f* cuadragésimo(-a); *voir aussi* **cinquantième**
quart [kaʀ] *nm* cuarto ♦ *nm* (NAUT, *surveillance*) guardia; **le ~ de** la cuarta parte de; **un ~ de l'héritage** un cuarto de la herencia; **un ~ de fromage** un cuarto (de kilo) de queso; **un kilo un** *ou* **et ~** un kilo y cuarto; **~s de finale** (SPORT) cuartos *mpl* de final; **~ d'heure** cuarto de hora
quartier [kaʀtje] *nm* cuarto; (*d'une ville*) barrio; (*d'orange*) gajo; **cinéma de ~** cine *m* de barrio; **ne pas faire de ~** no dar cuartel; **~ général** cuartel general
quartz [kwaʀts] *nm* cuarzo
quasi [kazi] *adv* casi ♦ *préf*: **~-certitude/totalité** cuasicerteza/cuasitotalidad *f*; **quasiment** *adv*

casi

quatorze [katɔʀz] *adj inv, nm inv* catorce *m inv*; *voir aussi* **cinq**

quatorzième [katɔʀzjɛm] *adj, nm/f* decimocuarto(-a); *voir aussi* **cinquantième**

quatre [katʀ] *adj inv, nm inv* cuatro *m inv*; **à ~ pattes** a cuatro patas; **être tiré à ~ épingles** estar hecho un maniquí; **se mettre en ~ pour qn** desvivirse por algn; **monter/descendre (l'escalier) ~ à ~** subir/bajar (los escalones) de cuatro en cuatro; *voir aussi* **cinq**; **quatre-vingt-dix** *adj inv, nm inv* noventa *m inv*; *voir aussi* **cinq**; **quatre-vingt-dixième** *adj, nm/f* nonagésimo(-a); *voir aussi* **cinquantième**; **quatre-vingtième** *adj, nm/f* octogésimo(-a); *voir aussi* **cinquantième**; **quatre-vingts** *adj inv, nm inv* ochenta *m inv*; *voir aussi* **cinq**; **quatrième** *adj, nm/f* cuarto(-a) ♦ *nf* (AUTO) cuarta; (SCOL) *tercer año de educación secundaria en el sistema francés*; *voir aussi* **cinquième**

quatuor [kwatɥɔʀ] *nm* cuarteto

MOT-CLÉ

que [kə] *conj* **1** (*introduisant complétive*) que; **il sait que tu es là** sabe que estás allí; **je veux que tu acceptes** quiero que aceptes; **il a dit que oui** dijo que sí

2 (*reprise d'autres conjonctions*): **quand il rentrera et qu'il aura mangé** cuando vuelva y haya comido; **si vous y allez ou que vous lui téléphonez** si usted va (allí) o le llama por teléfono

3 (*en tête de phrase*: *hypothèse, souhait etc*): **qu'il le veuille ou non** quiera o no quiera; **qu'il fasse ce qu'il voudra!** ¡que haga lo que quiera!

4 (*après comparatif*): **aussi grand que** tan grande como; **plus grand que** más grande que; *voir aussi* **plus**

5 (*temps*): **elle venait à peine de sortir qu'il se mit à pleuvoir** acababa justo de salir cuando se puso a llover; **il y a 4 ans qu'il est parti** hace 4 años que se marchó

6 (*attribut*): **c'est une erreur que de croire ...** es un error creer ...

7 (*but*): **tenez-le qu'il ne tombe pas** sujételo (para) que no se caiga

8 (*seulement*): **ne ... que** sólo, no más que; **il ne boit que de l'eau** sólo bebe agua, no bebe más que agua

♦ *adv* (*exclamation*): **qu'est-ce qu'il est bête!** ¡qué tonto es!; **qu'est-ce qu'il court vite!** ¡cómo corre!; **que de livres!** ¡cuántos libros!

♦ *pron* **1** (*relatif*): **l'homme que je vois** el hombre que veo; (*temps*): **un jour que j'étais ...** un día en que yo estaba ...; **le livre que tu lis** el libro que lees

2 (*interrogatif*): **que fais-tu?, qu'est-ce que tu fais?** ¿qué haces?; **que préfères-tu, celui-ci ou celui-là?** ¿cuál prefieres, éste o ése?; **que fait-il dans la vie?** ¿a qué se dedica?; **qu'est-ce que c'est?** ¿qué es?; **que faire?** ¿qué se puede hacer?; *voir aussi* **aussi**; **autant** *etc*

Québec [kebɛk] *nm* Quebec *m*

MOT-CLÉ

quel, quelle [kɛl] *adj* **1** (*interrogatif*: *avant un nom*) qué; (*avant un verbe*: *personne*) quién; (: *chose*) cuál; **sur quel auteur va-t-il parler?** ¿sobre qué autor va a hablar?; **quels acteurs préférez-vous?** ¿(a) qué actores prefiere?; **quel est cet homme?** ¿quién es este hombre?; **quel livre veux-tu?** ¿qué libro quieres?; **quel est son nom?** ¿cuál es su nombre?

2 (*exclamatif*): **quelle surprise/coïncidence!** ¡qué sorpresa/coincidencia!; **quel dommage qu'il soit parti!** ¡qué pena que se haya marchado!

3: **quel que soit** (*personne*) sea quien sea, quienquiera que sea; (*chose*) sea cual sea, cualquiera que sea; **quel que soit le coupable** sea quien sea el culpable; **quel que soit votre avis** sea cual sea su opinión

♦ *pron interrog*: **de tous ces enfants, quel est le plus intelligent?** de todos esos niños, ¿cuál es el más inteligente?

quelconque [kɛlkɔ̃k] *adj* cualquier(a); (*sans valeur*) mediocre; **pour une raison ~** por cualquier razón

MOT-CLÉ

quelque [kɛlk] *adj* **1** (*suivi du singulier*) algún(-una); (*suivi du pluriel*) algunos(-as); **cela fait quelque temps que je ne l'ai (pas) vu** hace algún tiempo que no lo he visto; **il a dit quelques mots de remerciement** dijo algunas palabras de agradecimiento; **les quelques enfants qui ...** los pocos niños que ...; **il habite à quelque distance d'ici** vive a cierta distancia de aquí; **20 kg et quelque(s)** 20 kg y pico

2: **quelque ... que**: **quelque livre qu'il choisisse** cualquier libro que elija

3: **quelque chose** *pron* algo; **quelque chose d'autre** otra cosa; **y être pour quelque chose** tener algo que ver; **ça m'a fait quelque chose!** (*fig*) ¡sentí una cosa!; **puis-je faire quelque chose pour vous?** ¿puedo hacer algo por usted?; **c'est déjà quelque chose** algo es algo; **quelque part** (*position*) en alguna parte; (*direction*) a alguna parte; **en quelque sorte** (*pour ainsi dire*) en cierto modo

♦ *adv* **1** (*environ, à peu près*): **une route de quelque 100 km** una carretera de unos 100 km

2: **quelque peu** algo

quelquefois [kɛlkəfwa] *adv* a veces

quelques-uns, —unes [kɛlkəzœ̃, yn] *pron* algunos(-as)

quelqu'un [kɛlkœ̃] *pron* alguien; (*entre plusieurs*) alguno(-a); **~ d'autre** otro(-a); **être ~** (*de valeur*) ser alguien

qu'en dira-t-on [kɑ̃diʀatɔ̃] *nm inv*: **le ~ ~-~-~** el qué dirán

querelle [kəʀɛl] *nf* pelea; **quereller**: **se quereller** *vpr* pelearse

qu'est-ce que [kɛskə] *voir* **que**

qu'est-ce qui [kɛski] *voir* **que**; **qui**

question [kɛstjɔ̃] *nf* (*gén*) pregunta; (*problème*) cuestión *f*, problema *m*; **il a été ~ de** se trató de; **de quoi est-il ~?** ¿de qué se trata?; **il n'en est pas ~** ni hablar, ni mucho menos; **en ~** en cuestión; **hors de ~** fuera de lugar; **(re)mettre en ~** poner en tela de juicio; **questionnaire** *nm* cuestionario; **questionner** *vt* preguntar

quête [kɛt] *nf* (*collecte*) colecta; (*recherche*) búsqueda; **faire la ~** (*à l'église*) pasar la bandeja; (*artiste*) pasar la gorra

quetsche [kwɛtʃ] *nf* ciruela damascena

queue [kø] *nf* cola; (*d'un fruit, d'une feuille*) rabillo; **faire la ~** hacer cola; **~ de cheval** cola de caballo

MOT-CLÉ

qui [ki] *pron* **1** (*interrogatif*) quién; (: *pluriel*) quiénes; (: *objet*): **qui (est-ce que) j'emmène?** ¿a quién llevo?; **je ne sais pas qui c'est** no sé quién es; **à qui est ce sac?** ¿de quién es este bolso?; **à qui parlais-tu?** ¿con quién hablabas?

2 (*relatif*) que; (: *après prép*) quien, el (la) que; (: *plural*) quienes, los (las) que; **l'ami de qui je vous ai parlé** el amigo de quien *ou* del que le hablé; **la personne avec qui je l'ai vu** la persona con quien lo vi

3 (*sans antécédent*): **amenez qui vous voulez** traiga a quien quiera; **qui que ce soit** quienquiera que sea

quiconque [kikɔ̃k] *pron* quienquiera que; (*n'importe qui*) cualquiera

quille [kij] *nf* bolo; (*d'un bateau*) quilla

quincaillerie [kɛ̃kɑjʀi] *nf* (*magasin*) ferretería

quinquagénaire [kɛ̃kaʒenɛʀ] *nm/f* quincuagenario(-a)

quinte [kɛ̃t] *nf*: **~ (de toux)** golpe *m* de tos

quintuple [kɛ̃typl] *nm*: **le ~ de** el quíntuplo de; **quintuplés, -ées** *nm/fpl* quintillizos(-as)
quinzaine [kɛ̃zɛn] *nf* quincena; **une ~ (de jours)** una quincena (de días)
quinze [kɛ̃z] *adj inv, nm inv* quince *m inv*; **dans ~ jours** dentro de quince días; *voir aussi* **cinq**
quinzième [kɛ̃zjɛm] *adj, nm/f* decimoquinto(-a); *voir aussi* **cinquantième**
quiproquo [kipʀɔko] *nm* malentendido
quittance [kitɑ̃s] *nf* (*reçu*) recibo
quitte [kit] *adj*: **être ~ envers qn** estar en paz con algn; **je resterai ~ à attendre pendant 3 heures** me quedaré aunque tenga que esperar 3 horas
quitter [kite] *vt* dejar; (*vêtement*) quitarse; **se ~** *vpr* (*couples, interlocuteurs*) separarse; **~ la route** (*véhicule*) salir de la carretera; **ne quittez pas** (*au téléphone*) no se retire
qui-vive [kiviv] *nm inv*: **être sur le ~-~** estar alerta

MOT-CLÉ

quoi [kwa] *pron interrog* **1** (*interrogation directe*) qué; **quoi de plus beau que ...?** ¿hay algo más hermoso que ...?; **quoi de neuf?** ¿qué hay de nuevo?; **quoi encore?** ¿y ahora, qué?; **et puis quoi encore!** ¡y qué más!; **quoi?** (*qu'est-ce que tu dis?*) ¿qué?
2 (*interrogation directe avec prép*) qué; **à quoi penses-tu?** ¿en qué piensas?; **de quoi parlez-vous?** ¿de qué habláis?; **en quoi puis-je vous aider?** ¿en qué puedo ayudarle?; **à quoi bon?** ¿para qué?
3 (*interrogation indirecte*) qué; **dis-moi à quoi ça sert** dime para qué sirve; **je ne sais pas à quoi il pense** no sé en qué piensa
♦ *pron rel* **1** que; **ce à quoi tu penses** lo que piensas; **de quoi écrire** algo para escribir; **il n'a pas de quoi se l'acheter** no tiene con qué comprarlo; **il y a de quoi être fier** es para estar orgulloso; **merci - il n'y a pas de quoi** gracias - no hay de qué
2 (*locutions*): **après quoi** después de lo cual; **sans quoi, faute de quoi** si no; **comme quoi** (*déduction*) así que; **un message comme quoi il est arrivé** un mensaje en el que dice que ha llegado
3: **quoi qu'il arrive** pase lo que pase; **quoi qu'il en soit** sea lo que sea; **quoi qu'elle fasse** haga lo que haga; **si vous avez besoin de quoi que ce soit** si necesita cualquier cosa
♦ *excl* qué

quoique [kwak(ə)] *conj* aunque
quotidien, ne [kɔtidjɛ̃, jɛn] *adj* cotidiano(-a) ♦ *nm* (*journal*) diario; **quotidiennement** *adv* diariamente

R, r

R [ɛʀ] *abr* (= *route*) ctra. (= *carretera*); (= *rue*) C (= *calle*)
rabais [ʀabɛ] *nm* rebaja; **rabaisser** *vt* (*prétentions, autorité*) bajar, reducir; (*personne, mérites*) rebajar
rabattre [ʀabatʀ] *vt* (*couvercle, siège*) bajar
rabbin [ʀabɛ̃] *nm* rabino
rabougri, e [ʀabugʀi] *adj* mustio(-a)
raccommoder [ʀakɔmɔde] *vt* (*vêtement, linge*) remendar; **se ~ avec** (*fam*) reconciliarse con
raccompagner [ʀakɔ̃paɲe] *vt* acompañar
raccord [ʀakɔʀ] *nm* (TECH) racor *m*, empalme *m*; **raccorder** *vt* (*tuyaux, fils électriques*) empalmar
raccourci [ʀakuʀsi] *nm* atajo
raccourcir [ʀakuʀsiʀ] *vt* acortar
raccrocher [ʀakʀɔʃe] *vt* (*tableau, vêtement*) volver a colgar; (*récepteur*) colgar ♦ *vi* (TÉL) colgar; **se ~ à** *vpr* (*branche*) agarrarse a; (*fig*) aferrarse a
race [ʀas] *nf* raza
rachat [ʀaʃa] *nm* (*v vt*) compra; redención *f*

racheter [ʀaʃ(ə)te] *vt* volver a comprar; (*part, firme: aussi d'occasion*) comprar; (*mauvaise conduite, oubli, défaut*) compensar; **se ~** *vpr* (*REL*) redimirse
racial, e, -aux [ʀasjal, jo] *adj* racial
racine [ʀasin] *nf* raíz *f*; **~ carrée/cubique** raíz cuadrada/cúbica
raciste [ʀasist] *adj, nm/f* racista *m/f*
racket [ʀakɛt] *nm* chantaje *m*
raclée [ʀɑkle] (*fam*) *nf* paliza
racler [ʀɑkle] *vt* raspar
racontars [ʀakɔ̃taʀ] *nmpl* habladurías *fpl*
raconter [ʀakɔ̃te] *vt*: **~ (à qn)** contar (a algn)
radar [ʀadaʀ] *nm* radar *m*
rade [ʀad] *nf* rada
radeau, x [ʀado] *nm* balsa
radiateur [ʀadjatœʀ] *nm* radiador *m*
radiation [ʀadjasjɔ̃] *nf* radiación *f*
radical, e, -aux [ʀadikal, o] *adj* radical; (*moyen, remède*) infalible
radieux, -ieuse [ʀadjø, jøz] *adj* radiante
radin, e [ʀadɛ̃, in] (*fam*) *adj* tacaño(-a)
radio [ʀadjo] *nf* radio *f* (*m en AM*); **à la ~** en la radio; **radioactif, -ive** *adj* radioactivo(-a); **radiocassette** *nf* radiocasete *m*; **radiographie** *nf* radiografía; **radiophonique** *adj*: **programme/jeu radiophonique** programa *m*/juego radiofónico; **radio-réveil** (*pl* **radios-réveils**) *nm* radio-despertador *m*
radis [ʀadi] *nm* rábano
radoter [ʀadɔte] *vi* chochear
radoucir [ʀadusiʀ]: **se ~** *vpr* suavizarse
rafale [ʀafal] *nf* ráfaga
raffermir [ʀafɛʀmiʀ] *vt* fortalecer; (*fig*) afianzar
raffiner [ʀafine] *vt* refinar; **raffinerie** *nf* refinería
raffoler [ʀafɔle]: **~ de** *vt ind* volverse loco(-a) por
rafle [ʀɑfl] *nf* redada, allanamiento (*esp AM*); **rafler** (*fam*) *vt* arrasar
rafraîchir [ʀafʀeʃiʀ] *vt* refrescar; (*atmosphère, température*) enfriar; (*fig*) renovar ♦ *vi*: **mettre une boisson à ~** poner una bebida a enfriar; **se ~** *vpr* refrescarse; **rafraîchissant, e** *adj* refrescante; **rafraîchissement** *nm* (*de la température*) enfriamiento; **rafraîchissements** *nmpl* refrescos *mpl*
rage [ʀaʒ] *nf* rabia; **faire ~** (*tempête*) bramar; **~ de dents** tremendo dolor *m* de muelas
ragot [ʀago] (*fam*) *nm* chisme *m*
ragoût [ʀagu] *nm* guiso
raide [ʀɛd] *adj* (*cheveux*) liso(-a); (*ankylosé*) entumecido(-a); (*peu souple: câble, personne*) tenso(-a); (*escarpé*) empinado(-a); (*fam: surprenant*) inaudito(-a) ♦ *adv*: **tomber ~ mort** quedarse en el sitio; **raideur** *nf* rigidez *f*; **avec raideur** (*marcher, danser*) con envaramiento; **raidir** *vt* contraer; **se raidir** *vpr* (*personne, muscles*) contraerse; (*se crisper*) ponerse tieso(-a)
raie [ʀɛ] *nf* raya
raifort [ʀɛfɔʀ] *nm* rábano picante
rail [ʀɑj] *nm*: **par ~** por ferrocarril
railler [ʀɑje] *vt* burlarse de
rainure [ʀenyʀ] *nf* ranura
raisin [ʀɛzɛ̃] *nm* uva; **~s secs** (uvas) pasas
raison [ʀɛzɔ̃] *nf* razón *f*; **avoir ~** tener razón; **donner ~ à qn** dar la razón a algn; **se faire une ~** conformarse; **perdre/recouvrer la ~** perder/recobrar el juicio; **~ de plus** razón de más; **à plus forte ~** con mayor motivo; **en ~ de** (*à cause de*) a causa de; **à ~ de** a razón de; **sans ~** sin razón; **~ sociale** razón social; **raisonnable** *adj* razonable
raisonnement [ʀɛzɔnmɑ̃] *nm* raciocinio; (*argumentation*) razonamiento
raisonner [ʀɛzɔne] *vi* razonar ♦ *vt* (*personne*) hacer entrar en razón a
rajeunir [ʀaʒœniʀ] *vt* rejuvenecer; (*fig*) remozar ♦ *vi* (*personne*) rejuvenecer
rajouter [ʀaʒute] *vt*: **~ du sel/un œuf** añadir sal/un huevo
rajuster [ʀaʒyste] *vt* (*cravate, coiffure*) arreglar; (*salaires, prix*) reajustar

ralenti [Ralɑ̃ti] *nm*: **au ~** a ralentí; (*CINÉ*) a cámara lenta; **tourner au ~** (*AUTO*) rodar a ralentí
ralentir [Ralɑ̃tiR] *vt* (*marche, allure*) aminorar; (*production, expansion*) disminuir ♦ *vi* (*véhicule, coureur*) disminuir la velocidad
râler [Rɑle] *vi* (*fam*: *protester*) gruñir
rallier [Ralje] *vt* (*rassembler*) reunir; **se ~ à** *vpr* (*avis, opinion*) adherirse a
rallonge [Ralɔ̃ʒ] *nf* (*de table*) larguero; (*ÉLEC*) alargador *m*
rallonger [Ralɔ̃ʒe] *vt* alargar
rallye [Rali] *nm* rally *m*
ramassage [Ramɑsaʒ] *nm*: **~ scolaire** transporte *m* escolar
ramasser [Ramɑse] *vt* recoger; **ramassis** (*péj*) *nm* revoltijo
rambarde [Rɑ̃baRd] *nf* barandilla
rame [Ram] *nf* (*aviron*) remo; (*de métro*) tren *m*; (*de papier*) resma
rameau, x [Ramo] *nm* rama; **les R~x** Domingo de Ramos
ramener [Ram(ə)ne] *vt* volver a traer; (*reconduire*) llevar; (*rendre*) devolver; **~ qch sur** (*couverture, visière*) echar algo hacia; **~ qch à** (*MATH, réduire*) reducir algo a
ramer [Rame] *vi* remar
ramollir [RamɔliR] *vt* (*amollir*) ablandar; **se ~** *vpr* reblandecerse
rampe [Rɑ̃p] *nf* (*d'escalier*) barandilla; (*dans un garage*) rampa; (*THÉÂTRE*): **la ~** candilejas *fpl*
ramper [Rɑ̃pe] *vi* reptar
rancard [Rɑ̃kaR] (*fam*) *nm* (*rendez-vous*) cita
rancart [Rɑ̃kaR] (*fam*) *nm*: **mettre au ~** (*objet, projet*) arrinconar
rance [Rɑ̃s] *adj* rancio(-a)
rancœur [Rɑ̃kœR] *nf* rencor *m*
rançon [Rɑ̃sɔ̃] *nf* rescate *m*
rancune [Rɑ̃kyn] *nf* rencor *m*; **garder ~ à qn (de qch)** guardar rencor a algn (por algo); **sans ~!** ¡olvidémoslo!; **rancunier, -ière** *adj* rencoroso(-a)
randonnée [Rɑ̃dɔne] *nf* excursión *f*
rang [Rɑ̃] *nm* (*rangée*) fila; (*grade*) grado; (*position dans un classement*) posición *f*; **~s** *nmpl* (*MIL*) filas *fpl*; **se mettre en ~s/sur un ~** ponerse en filas/en una fila; **au premier/dernier ~** en el primer/último puesto
rangé, e [Rɑ̃ʒe] *adj* ordenado(-a)
rangée [Rɑ̃ʒe] *nf* fila
ranger [Rɑ̃ʒe] *vt* ordenar; **se ~** *vpr* (*se placer/disposer*) colocarse; (*véhicule, conducteur*) hacerse a un lado; (*s'assagir*) sosegarse; **~ qch/qn parmi** (*fig*) situar algo/algn entre
ranimer [Ranime] *vt* reanimar
rapace [Rapas] *nm* rapaz *f*
râpe [Rɑp] *nf* (*CULIN*) rallador *m*; **râper** *vt* (*CULIN*) rallar
rapide [Rapid] *adj* rápido(-a); **rapidement** *adv* rápidamente
rapiécer [Rapjese] *vt* remendar
rappel [Rapɛl] *nm* (*MÉD*) vacuna de refuerzo; (*THÉÂTRE etc*) llamada a escena; (*de limitation de vitesse*) *señal recordatoria de limitación de velocidad*; **rappeler** *vt* (*retéléphoner à*) volver a llamar; (*ambassadeur*) retirar; **rappeler qch à qn** recordar algo a algn; (*évoquer, faire penser à*) traer algo a la memoria de algn; **se rappeler** *vpr* acordarse de; **se rappeler que ...** acordarse de que ...
rapport [RapɔR] *nm* (*compte rendu*) informe *m*; (*lien, analogie*) relación *f*; (*proportion*) razón *f*; **~s** *nmpl* (*entre personnes, groupes, pays*) relaciones *fpl*; **avoir ~ à** tener relación con; **être en ~ avec** estar relacionado(-a) con; **être/se mettre en ~ avec qn** estar/ponerse en contacto con algn; **par ~ à** en comparación con; **~ qualité-prix** relación calidad-precio; **~s (sexuels)** contactos *mpl* (sexuales)
rapporter [RapɔRte] *vt* (*remettre à sa place, rendre*) devolver; (*apporter de nouveau*) volver a traer; (*revenir avec, ramener*) traer; (*relater*) referir ♦ *vi* (*investissement, propriété*) rentar; (*activité*) dar beneficio; (*péj*: *moucharder*) chivarse; **se ~** *vpr*: **se ~ à** relacionarse con
rapprochement [RapRɔʃmɑ̃] *nm* (*réconciliation*) acercamiento; (*analogie, rapport*) cotejo
rapprocher [RapRɔʃe] *vt* (*deux*

objets) juntar, arrimar; (*associer, comparer*) cotejar; **se ~** *vpr* acercarse

raquette [Rakɛt] *nf* raqueta; (*de ping-pong*) pala

rare [RɑR] *adj* raro(-a); (*main-d'œuvre, denrées*) escaso(-a); **se faire ~** escasear; **rarement** *adv* raramente

ras, e [Rɑ, Rɑz] *adj* (*tête, cheveux*) rapado(-a); (*poil*) corto(-a); (*herbe, mesure, cuillère*) raso(-a) ♦ *adv* (*couper*) al rape; **à ~ bords** colmado(-a); **au ~ de** a(l) ras de; **en avoir ~ le bol** (*fam*) estar hasta el moño

raser [Rɑze] *vt* (*barbe, cheveux*) rasurar; (*menton, personne*) afeitar; (*fam: ennuyer*) dar la lata a; (*quartier*) derribar; (*frôler*) rozar; **se ~** *vpr* afeitarse; (*fam*) aburrirse; **rasoir** *nm* navaja de afeitar

rassasier [Rasazje] *vt* saciar

rassemblement [Rasɑ̃bləmɑ̃] *nm* reunión *f*; (*POL*) concentración *f*

rassembler [Rasɑ̃ble] *vt* (*réunir*) reunir; (*regrouper*) agrupar; **se ~** *vpr* reunirse

rassurer [RasyRe] *vt* tranquilizar; **se ~** *vpr* tranquilizarse; **rassure-toi** tranquilízate

rat [Ra] *nm* rata

rate [Rat] *nf* (*ANAT*) bazo

raté, e [Rate] *adj* (*tentative, opération*) frustrado(-a); (*vacances, spectacle*) malogrado(-a)

râteau, x [Rɑto] *nm* rastrillo

rater [Rate] *vi* (*échouer*) fracasar ♦ *vt* (*cible, balle, train*) perder; (*démonstration, plat*) estropear; (*examen*) suspender

ration [Rasjɔ̃] *nf* ración *f*

RATP [ɛRatepe] *sigle f* (= *Régie autonome des transports parisiens*) *administración de transportes parisinos*

rattacher [Rataʃe] *vt* atar de nuevo; **~ qch à** (*incorporer*) incorporar algo a; **~ qch à** (*relier*) relacionar algo con

rattraper [RatRape] *vt* (*fugitif, animal échappé*) volver a coger; (*retenir, empêcher de tomber*) coger; (*atteindre, rejoindre*) alcanzar; (*imprudence, erreur*) reparar, subsanar; **se ~** *vpr* (*compenser une perte de temps*) ponerse al día; **se ~ (à)** (*se raccrocher*) agarrarse (a)

rature [RatyR] *nf* tachadura

rauque [Rok] *adj* ronco(-a)

ravages [Ravaʒ] *nmpl* estragos *mpl*

ravi, e [Ravi] *adj* encantado(-a); **être ~ de/que ...** estar encantado(-a) de/de que ...

ravin [Ravɛ̃] *nm* hondonada

ravir [RaviR] *vt* (*enchanter*) encantar; **à ~** de maravilla

raviser [Ravize]: **se ~** *vpr* cambiar de opinión

ravissant, e [Ravisɑ̃, ɑ̃t] *adj* encantador(a)

ravisseur, -euse [RavisœR, øz] *nm/f* secuestrador(a)

ravitailler [Ravitaje] *vt* abastecer; **se ~** *vpr* abastecerse

raviver [Ravive] *vt* avivar; (*flamme, douleur*) reavivar

rayé, e [Reje] *adj* a *ou* de rayas

rayer [Reje] *vt* rayar; (*d'une liste*) tachar

rayon [Rɛjɔ̃] *nm* rayo; (*GÉOM, d'une roue*) radio; (*de grand magasin*) departamento, sección *f*; **~s** *nmpl* (*radiothérapie*) rayos *mpl*; **dans un ~ de ...** (*périmètre*) en un radio de ...; **~ de soleil** rayo de sol; **~s X** rayos X

rayonnement [Rɛjɔnmɑ̃] *nm* (*solaire*) radiación *f*

rayonner [Rɛjɔne] *vi* irradiar; (*fig*) ejercer su influencia

rayure [RejyR] *nf* (*motif*) raya; (*éraflure*) rayado

raz-de-marée [RɑdmaRe] *nm inv* maremoto

ré [Re] *nm inv* (*MUS*) re *m*

réaction [Reaksjɔ̃] *nf* reacción *f*; **avion/moteur à ~** avión *m*/motor *m* de reacción

réadapter [Readapte] *vt* readaptar; **se ~ (à)** readaptarse (a)

réagir [ReaʒiR] *vi* reaccionar; **~ à** reaccionar ante

réalisateur, -trice [RealizatœR, tRis] *nm/f* realizador(a)

réalisation [Realizasjɔ̃] *nf* realización *f*

réaliser [ʀealize] *vt* realizar; (*rêve, souhait*) cumplir; (*exploit*) llevar a cabo; (*comprendre, se rendre compte de*) darse cuenta de; **se ~** *vpr* (*projet, prévision*) realizarse
réaliste [ʀealist] *adj, nm/f* realista *m/f*
réalité [ʀealite] *nf* realidad *f*; **en ~** en realidad
réanimation [ʀeanimasjɔ̃] *nf* reanimación *f*
rébarbatif, -ive [ʀebaʀbatif, iv] *adj* (*travail*) fastidioso(-a)
rebattu, e [ʀ(ə)baty] *adj* trillado(-a)
rebelle [ʀəbɛl] *adj, nm/f* rebelde *m/f*
rebeller [ʀ(ə)bele]: **se ~** *vpr* rebelarse
rebondir [ʀ(ə)bɔ̃diʀ] *vi* rebotar; (*fig*) reanudarse
rebord [ʀ(ə)bɔʀ] *nm* (*d'une table etc*) reborde *m*
rebours [ʀ(ə)buʀ]: **à ~** *adv*: **compte à ~** cuenta *f* atrás
rebrousser [ʀ(ə)bʀuse] *vt*: **~ chemin** dar marcha atrás
rebuter [ʀ(ə)byte] *vt* (*suj: travail, matière*) repeler
récalcitrant, e [ʀekalsitʀɑ̃, ɑ̃t] *adj* indómito(-a)
récapituler [ʀekapityle] *vt* recapitular
receler [ʀ(ə)səle] *vt* (*produit d'un vol*) ocultar; (*fig*) encerrar; **receleur, -euse** *nm/f* encubridor(a)
récemment [ʀesamɑ̃] *adv* recientemente, recién (*AM*)
recensement [ʀ(ə)sɑ̃smɑ̃] *nm* censo
recenser [ʀ(ə)sɑ̃se] *vt* (*population*) censar; (*inventorier*) hacer el recuento *ou* el inventario de
récent, e [ʀesɑ̃, ɑ̃t] *adj* reciente
récépissé [ʀesepise] *nm* recibo
récepteur, -trice [ʀesɛptœʀ, tʀis] *adj* receptor(a); **~ (de radio)** receptor *m*
réception [ʀesɛpsjɔ̃] *nf* recepción *f*; **réceptionniste** *nm/f* recepcionista *m/f*
recette [ʀ(ə)sɛt] *nf* (*CULIN, fig*) receta; (*COMM*) ingreso; **~s** *nfpl* (*COMM: rentrées d'argent*) entradas *fpl*
recevoir [ʀ(ə)səvwaʀ] *vt* recibir; (*visiteurs, ambassadeur*) acoger; (*candidat, plainte*) admitir; **être reçu** (*à un examen*) aprobar; **être bien/mal reçu** ser bien/mal recibido
rechange [ʀ(ə)ʃɑ̃ʒ]: **de ~** *adj* (*pièces, roue*) de repuesto; **vêtements de ~** vestidos *mpl* para cambiarse
recharge [ʀ(ə)ʃaʀʒ] *nf* recambio; **rechargeable** *adj* recargable; **recharger** *vt* (*fusil, batterie*) recargar; (*appareil photo, briquet, stylo*) cargar
réchaud [ʀeʃo] *nm* hornillo
réchauffer [ʀeʃofe] *vt* (*plat*) recalentar; (*mains, doigts, personne*) calentar; **se ~** *vpr* calentarse
rêche [ʀɛʃ] *adj* áspero(-a)
recherche [ʀ(ə)ʃɛʀʃ] *nf* búsqueda; (*raffinement*) afectación *f*; (*scientifique etc*) investigación *f*; **être/se mettre à la ~ de** estar investigando/ponerse a la búsqueda de
recherché, e [ʀ(ə)ʃɛʀʃe] *adj* rebuscado(-a)
rechercher [ʀ(ə)ʃɛʀʃe] *vt* buscar; (*objet égaré, lettre*) rebuscar; (*cause d'un phénomène, nouveau procédé*) investigar; (*la perfection, le bonheur etc*) perseguir
rechute [ʀ(ə)ʃyt] *nf* recaída
récidiver [ʀesidive] *vi* reincidir
récif [ʀesif] *nm* arrecife *m*
récipient [ʀesipjɑ̃] *nm* recipiente *m*
réciproque [ʀesipʀɔk] *adj* (*mutuel*) recíproco(-a) ♦ *nf*: **la ~** (*l'inverse*) la inversa
récit [ʀesi] *nm* relato; **récital** *nm* recital *m*; **réciter** *vt* recitar
réclamation [ʀeklɑmasjɔ̃] *nf* reclamación *f*; **service des ~s** servicio de reclamaciones
réclame [ʀeklɑm] *nf*: **la ~** la publicidad; **article en ~** artículo de oferta; **réclamer** *vt* (*aide, nourriture*) pedir; (*exiger*) reclamar; (*nécessiter*) requerir
réclusion [ʀeklyzjɔ̃] *nf* reclusión *f*
recoin [ʀəkwɛ̃] *nm* rincón *m*
reçois *etc* [ʀəswa] *vb voir* **recevoir**
récolte [ʀekɔlt] *nf* cosecha; **récolter** *vt* cosechar; (*fam: ennuis, coups*) ganarse, cobrar
recommandé, e [ʀ(ə)kɔmɑ̃de] *adj*

recomendado(-a) ♦ *nm* (*POSTES*): **en ~** certificado(-a)
recommander [R(ə)kɔmɑ̃de] *vt* recomendar
recommencer [R(ə)kɔmɑ̃se] *vt* (*reprendre*) seguir con; (*refaire*) repetir; (*erreur*) reincidir ♦ *vi* volver a empezar
récompense [Rekɔ̃pɑ̃s] *nf* recompensa; **récompenser** *vt* recompensar; **récompenser qn de** *ou* **pour qch** recompensar a algn por algo
réconcilier [Rekɔ̃silje] *vt* reconciliar; **se ~** *vpr* reconciliarse
reconduire [R(ə)kɔ̃dɥiR] *vt* acompañar hasta la salida
réconfort [Rekɔ̃fɔR] *nm* consuelo; **réconforter** *vt* reconfortar
reconnaissance [R(ə)kɔnɛsɑ̃s] *nf* reconocimiento; (*gratitude*) agradecimiento; **reconnaissant, e** *vb voir* **reconnaître** ♦ *adj* agradecido(-a)
reconnaître [R(ə)kɔnɛtR] *vt* reconocer; **~ que** reconocer que; **~ qch/qn à** reconocer algo/a algn por; **reconnu, e** *pp de* **reconnaître**
reconstituer [R(ə)kɔ̃stitɥe] *vt* reconstituir; (*fortune, patrimoine*) rehacer
reconstruire [R(ə)kɔ̃stRɥiR] *vt* reconstruir
reconvertir [R(ə)kɔ̃vɛRtiR] *vt* reconvertir; **se ~ dans** reconvertirse en
record [R(ə)kɔR] *adj, nm* récord *m*
recoupement [R(ə)kupmɑ̃] *nm*: **par ~** atando cabos
recouper [R(ə)kupe]: **se ~** *vpr* (*témoignages*) coincidir
recourber [R(ə)kuRbe] *vt* (*branche, tige de métal*) doblar
recourir [R(ə)kuRiR]: **~ à** *vt ind* recurrir a
recours [R(ə)kuR] *nm*: **le ~ à la ruse/violence** el recurso de la astucia/violencia; **avoir ~ à** recurrir a; **en dernier ~** como último recurso
recouvrer [R(ə)kuvRe] *vt* (*la vue, santé, raison*) recobrar
recouvrir [R(ə)kuvRiR] *vt* recubrir; (*embrasser*) abarcar; **se ~** *vpr* (*idées, concepts*) superponerse
récréation [RekReasjɔ̃] *nf* recreo
recroqueviller [R(ə)kRɔk(ə)vije]: **se ~** *vpr* (*plantes*) marchitarse; (*personne*) acurrucarse
recrudescence [R(ə)kRydesɑ̃s] *nf* recrudecimiento
recruter [R(ə)kRyte] *vt* contratar
rectangle [Rɛktɑ̃gl] *nm* rectángulo; **rectangulaire** *adj* rectangular
rectificatif, -ive [Rɛktifikatif, iv] *adj* rectificativo(-a) ♦ *nm* rectificativo
rectifier [Rɛktifje] *vt* (*tracé*) enderezar; (*calcul*) rectificar; (*erreur*) corregir
rectiligne [Rɛktiliɲ] *adj* rectilíneo(-a)
recto [Rɛkto] *nm* anverso
reçu, e [R(ə)sy] *pp de* **recevoir** ♦ *nm* (*récépissé*) recibo
recueil [Rəkœj] *nm* selección *f*; **recueillir** *vt* recoger; (*renseignements, dépositions*) reunir; (*réfugiés*) acoger; **se recueillir** *vpr* recogerse
recul [R(ə)kyl] *nm* retroceso; **avoir un mouvement de ~** hacer un movimiento de retroceso; **prendre du ~** retroceder; **reculé, e** *adj* apartado(-a); **reculer** *vi* retroceder; (*véhicule, conducteur*) dar marcha atrás; (*se dérober, hésiter*) echarse atrás ♦ *vt* (*meuble, véhicule*) retirar; (*fig*: *possibilités, limites*) ampliar; **reculer devant** (*danger, difficulté*) echarse atrás ante; **reculons**: **à reculons** *adv* hacia atrás
récupérer [RekypeRe] *vt* recuperar
récurer [RekyRe] *vt* fregar
reçut [Rəsy] *vb voir* **recevoir**
recycler [R(ə)sikle] *vt* reciclar; **se ~** *vpr* reciclarse
rédacteur, -trice [RedaktœR, tRis] *nm/f* redactor(a); **~ en chef** redactor(a) jefe
rédaction [Redaksjɔ̃] *nf* redacción *f*
redescendre [R(ə)desɑ̃dR] *vi* volver a bajar ♦ *vt* bajar
rédiger [Rediʒe] *vt* redactar
redire [R(ə)diR] *vt* repetir; **avoir/trouver qch à ~** tener/encontrar

algo que criticar
redoubler [R(ə)duble] *vi* (*tempête, violence*) arreciar; (SCOL) repetir; **~ de** (*amabilité, efforts*) redoblar
redoutable [R(ə)dutabl] *adj* temible
redouter [R(ə)dute] *vt* temer
redressement [R(ə)dRɛsmɑ̃] *nm* (*de l'économie etc*) restablecimiento
redresser [R(ə)dRese] *vt* enderezar; (*situation, économie*) restablecer; **se ~** *vpr* (*objet penché*) enderezarse; (*personne*) erguirse
réduction [Redyksjɔ̃] *nf* reducción *f*; (*rabais, remise*) rebaja
réduire [RedɥiR] *vt* reducir; **se ~ à** *vpr* reducirse a; **réduit, e** *pp de* **réduire** ♦ *adj* reducido(-a) ♦ *nm* cuchitril *m*
rééducation [Reedykasjɔ̃] *nf* rehabilitación *f*
réel, le [Reɛl] *adj* real; (*intensif: avant le nom*) verdadero(-a); **réellement** *adv* realmente
réexpédier [Reɛkspedje] *vt* (*à l'envoyeur*) devolver; (*au destinataire*) remitir
refaire [R(ə)fɛR] *vt* hacer de nuevo; (*recommencer, faire tout autrement*) rehacer
réfectoire [RefɛktwaR] *nm* refectorio, comedor *m*
référence [RefeRɑ̃s] *nf* referencia
référer [RefeRe] *vb*: **se ~ à** remitirse a; **en ~ à qn** remitir a algn
refermer [R(ə)fɛRme] *vt* volver a cerrar; **se ~** *vpr* cerrarse
refiler [R(ə)file] (*fam*) *vt*: **~ qch à qn** encajar algo a algn
réfléchi, e [Refleʃi] *adj* reflexivo(-a); (*action, décision*) pensado(-a)
réfléchir [RefleʃiR] *vt* reflejar ♦ *vi* reflexionar; **~ à** *ou* **sur** reflexionar acerca de
reflet [R(ə)flɛ] *nm* reflejo; **refléter** *vt* reflejar; **se refléter** *vpr* reflejarse
réflexe [Reflɛks] *nm* reflejo
réflexion [Reflɛksjɔ̃] *nf* reflexión *f*; (*remarque désobligeante*) reproche *m*; **après ~, ~ faite, à la ~** pensándolo bien
réforme [RefɔRm] *nf* reforma; **réformer** *vt* reformar
refouler [R(ə)fule] *vt* (*envahisseurs*) rechazar; (*liquide*) impeler; (*fig: larmes*) contener; (PSYCH, *colère*) reprimir
refrain [R(ə)fRɛ̃] *nm* estribillo; (*air*) canción *f*; (*leitmotiv*) cantinela
refréner [RəfRene] *vt* refrenar
réfrigérateur [RefRiʒeRatœR] *nm* frigorífico, nevera, heladera (AM)
refroidir [R(ə)fRwadiR] *vt* enfriar ♦ *vi* (*plat, moteur*) enfriar; **se ~** *vpr* (*personne*) enfriarse, coger frío; (*temps*) refrescar; **refroidissement** *nm* enfriamiento
refuge [R(ə)fyʒ] *nm* refugio; **réfugié, e** *adj, nm/f* refugiado(-a); **réfugier**: **se réfugier** *vpr* refugiarse
refus [R(ə)fy] *nm* rechazo; **ce n'est pas de ~** (*fam*) se agradece; **refuser** *vt* (*ne pas accorder*) denegar; (*ne pas accepter*) rechazar; (*candidat*) suspender; **se refuser à qch/faire qch** negarse a algo/hacer algo
regagner [R(ə)gaɲe] *vt* regresar a
régal [Regal] *nm* (*mets, fig*) placer *m*; **régaler**: **se régaler** *vpr* (*faire un bon repas*) regalarse; (*fig*) disfrutar
regard [R(ə)gaR] *nm* mirada; **au ~ de** (*loi, morale*) a la luz de
regardant, e [R(ə)gaRdɑ̃, ɑ̃t] *adj*: **très/peu ~ sur** (*qualité, propreté*) muy/poco mirado(-a) con
regarder [R(ə)gaRde] *vt* mirar; (*concerner*) concernir ♦ *vi* ver, mirar; **~ (vers)** mirar (hacia)
régie [Reʒi] *nf* (COMM, INDUSTRIE) corporación *f* pública; (CINÉ, THÉÂTRE) departamento de producción; (RADIO, TV) sala de control
régime [Reʒim] *nm* régimen *m*; (*fig: allure*) paso; (*de bananes, dattes*) racimo; **se mettre au/suivre un ~** ponerse a/estar a régimen
régiment [Reʒimɑ̃] *nm* regimiento
région [Reʒjɔ̃] *nf* región *f*
régional, e, -aux [Reʒjɔnal, o] *adj* regional
régir [ReʒiR] *vt* regir
régisseur [ReʒisœR] *nm* administrador(a); (THÉÂTRE, CINÉ) regidor(a)

registre [ʀəʒistʀ] *nm* registro; **~ de l'état civil** registro civil

réglage [ʀeglaʒ] *nm* ajuste *m*, regulación *f*

réglé, e [ʀegle] *adj* (*affaire*) zanjado(-a); (*vie, personne*) ordenado(-a)

règle [ʀɛgl] *nf* regla; **~s** *nfpl* (PHYSIOL) reglas *fpl*; **en ~** (*papiers d'identité*) en regla; **en ~ générale** por regla general

règlement [ʀɛgləmɑ̃] *nm* (*règles*) reglamento; (*paiement*) pago; (*d'un conflit, d'une affaire*) arreglo, solución *f*; **réglementaire** *adj* reglamentario(-a); **réglementation** *nf* reglamentación *f*; **réglementer** *vt* reglamentar

régler [ʀegle] *vt* (*mécanisme, machine*) ajustar; (*moteur, thermostat*) regular; (*question, problème*) arreglar; (*facture*) pagar

réglisse [ʀeglis] *nf ou m* regaliz *m*

règne [ʀɛɲ] *nm* reinado; (*fig*) reino; **régner** *vi* reinar

regorger [ʀ(ə)gɔʀʒe] *vi*: **~ de** rebosar de

regret [ʀ(ə)gʀɛ] *nm* (*nostalgie*) nostalgia; **à ~** *ou* **avec ~** con pesar; **être au ~ de devoir/ne pas pouvoir faire ...** lamentar mucho tener que/no poder hacer ...; **regrettable** *adj* lamentable; **regretter** *vt* lamentar; **je regrette** lo siento

regrouper [ʀ(ə)gʀupe] *vt* reagrupar; **se ~** *vpr* reagruparse

régulier, -ière [ʀegylje, jɛʀ] *adj* regular; **régulièrement** *adv* con regularidad

rehausser [ʀəose] *vt* (*mur, plafond*) levantar; (*fig*) realzar

rein [ʀɛ̃] *nm* riñón *m*; **~s** *nmpl* (ANAT: *dos, muscles du dos*) riñones *mpl*

reine [ʀɛn] *nf* reina; **~ mère** reina madre

reine-claude [ʀɛnklod] (*pl* **~s-~s**) *nf* ciruela claudia

réinsertion [ʀeɛ̃sɛʀsjɔ̃] *nf* reinserción *f*

réintégrer [ʀeɛ̃tegʀe] *vt* reintegrar

rejaillir [ʀ(ə)ʒajiʀ] *vi*: **~ sur** repercutir sobre

rejet [ʀəʒɛ] *nm* rechazo; **rejeter** *vt* rechazar; **rejeter la responsabilité de qch sur qn** echar la responsabilidad de algo sobre algn

rejoindre [ʀ(ə)ʒwɛ̃dʀ] *vt* (*personnes*) reunirse con; (*lieu*) retornar a; (*concurrent*) alcanzar; (*suj*: *route etc*) llegar a; **se ~** *vpr*: **je te rejoins au café** te veo en el café

réjouir [ʀeʒwiʀ] *vt* alegrar; **se ~** *vpr* regocijarse, alegrarse; **réjouissances** *nfpl* festejos *mpl*

relâche [ʀəlɑʃ] *nf*: **faire ~** (CINÉ) no haber función; **sans ~** sin descanso; **relâché, e** *adj* relajado(-a); **relâcher** *vt* (*ressort, étreinte, cordes*) aflojar; (*animal, prisonnier*) soltar; **se relâcher** *vpr* (*cordes*) aflojarse; (*discipline*) relajarse

relais [ʀ(ə)lɛ] *nm*: **(course de) ~** (carrera de) relevos *mpl*; (RADIO, TV) repetidor *m*; **prendre le ~ (de qn)** tomar el relevo (de algn); **~ routier** restaurante *m* de carretera

relancer [ʀ(ə)lɑ̃se] *vt* (*économie, agriculture*) reactivar

relatif, -ive [ʀ(ə)latif, iv] *adj* relativo(-a); **~ à** relativo(-a) a

relation [ʀ(ə)lasjɔ̃] *nf* relación *f*; **être/entrer en ~(s) avec** estar/entrar en relación(relaciones) con

relaxer [ʀəlakse] *vt* (*détendre*) relajar; (JUR) poner en libertad; **se ~** *vpr* relajarse

relayer [ʀ(ə)leje] *vt* relevar; **se ~** *vpr* relevarse

reléguer [ʀ(ə)lege] *vt* relegar

relevé, e [ʀəl(ə)ve] *adj* (*manches*) arremangado(-a); (*conversation, style*) elevado(-a); (*sauce, plat*) sazonado(-a) ♦ *nm* (*facture*) extracto; (*d'un compteur*) lectura; **~ de compte** saldo

relève [ʀəlɛv] *nf* relevo; **prendre la ~** tomar el relevo

relever [ʀəl(ə)ve] *vt* levantar; (*niveau de vie, salaire*) aumentar; (*col*) subir; (*fautes, points*) señalar; (*traces, anomalies*) constatar; (*défi*) hacer frente a; (*compteur*) leer; (*copies*) recoger; **se ~** *vpr* levantarse; **~ de**

ser de la competencia de; **~ la tête** levantar la cabeza

relief [ʀəljɛf] *nm* relieve *m*; **mettre en ~** poner de relieve

relier [ʀəlje] *vt* (*routes, bâtiments*) unir; (*livre*) encuadernar; **~ qch à** unir algo con

religieux, -euse [ʀ(ə)liʒjø, jøz] *adj* religioso(-a) ♦ *nm* religioso ♦ *nf* religiosa

religion [ʀ(ə)liʒjɔ̃] *nf* religión *f*

relire [ʀ(ə)liʀ] *vt* releer

reluire [ʀ(ə)lɥiʀ] *vi* relucir

remanier [ʀ(ə)manje] *vt* (*roman, pièce*) modificar; (*ministère*) reorganizar

remarquable [ʀ(ə)maʀkabl] *adj* notable

remarque [ʀ(ə)maʀk] *nf* comentario

remarquer [ʀ(ə)maʀke] *vt* notar; **se ~** *vpr* notarse; **se faire ~** (*péj*) hacerse notar; **faire ~ (à qn) que** hacer notar (a algn) que; **faire ~ qch (à qn)** hacer notar algo (a algn); **remarquez que ...** observe que ...

rembourrer [ʀɑ̃buʀe] *vt* rellenar

remboursement [ʀɑ̃buʀsəmɑ̃] *nm* reembolso; **rembourser** *vt* reembolsar

remède [ʀ(ə)mɛd] *nm* remedio

remémorer [ʀ(ə)memɔʀe]: **se ~** *vpr* acordarse de

remerciements [ʀ(ə)mɛʀsimɑ̃] *nmpl* gracias *fpl*; **(avec) tous mes ~** (con) todo mi agradecimiento

remercier [ʀ(ə)mɛʀsje] *vt* (*congédier: employé*) despedir; **~ qn de qch** agradecerle algo a algn; **je vous remercie d'être venu** le agradezco que haya venido

remettre [ʀ(ə)mɛtʀ] *vt* (*vêtement*) volver a ponerse; **~ qch à qn** entregar algo a algn; (*ajourner, reporter*): **~ qch (à)** aplazar algo (hasta *ou* para); **se ~** *vpr* (*malade*) reponerse; **~ du sel/un sucre** añadir sal/un azucarillo; **se ~ de** (*maladie, chagrin*) recuperarse de

remise [ʀ(ə)miz] *nf* entrega; (*rabais, réduction*) descuento; (*lieu, local*) trastero, galpón *m* (CSUR); **~ en cause** replanteamiento; **~ en jeu** (FOOTBALL) saque *m*

remontant [ʀ(ə)mɔ̃tɑ̃] *nm* estimulante

remonte-pente [ʀ(ə)mɔ̃tpɑ̃t] (*pl* **~-~s**) *nm* remonte *m*

remonter [ʀ(ə)mɔ̃te] *vi* volver a subir; (*jupe*) subir ♦ *vt* volver a subir; (*fleuve*) remontar; (*hausser*) subir; (*montre*) dar cuerda; **~ à** (*dater de*) remontarse a; **~ le moral à qn** levantar la moral a algn

remontrer [ʀ(ə)mɔ̃tʀe] *vt*: **en ~ à qn** dar lecciones a algn

remords [ʀ(ə)mɔʀ] *nm* remordimiento; **avoir des ~** tener remordimiento

remorque [ʀ(ə)mɔʀk] *nf* remolque *m*; **prendre en ~** llevar en remolque; **remorquer** *vt* remolcar; **remorqueur** *nm* remolcador *m*

remous [ʀəmu] *nm* remolino ♦ *nmpl* (*fig*) alboroto *msg*

remparts [ʀɑ̃paʀ] *nmpl* murallas *fpl*

remplaçant, e [ʀɑ̃plasɑ̃, ɑ̃t] *nm/f* sustituto(-a)

remplacement [ʀɑ̃plasmɑ̃] *nm* sustitución *f*; **faire des ~s** hacer sustituciones

remplacer [ʀɑ̃plase] *vt* (*pneu, ampoule*) cambiar; (*tenir lieu de*) sustituir (a); **~ qch par qch d'autre/qn par qn d'autre** cambiar una cosa por otra/a algn por otro(-a)

rempli, e [ʀɑ̃pli] *adj* (*journée*) cargado(-a); **~ de** lleno(-a) de

remplir [ʀɑ̃pliʀ] *vt* llenar; (*questionnaire*) rellenar; (*obligations, conditions, rôle*) cumplir (con); **se ~** *vpr* llenarse

remporter [ʀɑ̃pɔʀte] *vt* (*victoire, succès*) lograr

remuant, e [ʀəmɥɑ̃, ɑ̃t] *adj* (*enfant etc*) revoltoso(-a)

remue-ménage [ʀ(ə)mymenaʒ] *nm inv* zafarrancho

remuer [ʀəmɥe] *vt* (*partie du corps*) mover; (*café, salade, sauce*) remover ♦ *vi* moverse; **se ~** *vpr* moverse

rémunérer [ʀemyneʀe] *vt* remunerar

renard [ʀ(ə)naʀ] *nm* zorro

renchérir [Rɑ̃ʃeRiR] *vi* encarecerse; **~ (sur)** ir más allá (de)
rencontre [Rɑ̃kɔ̃tR] *nf* encuentro; **aller à la ~ de qn** ir al encuentro de algn; **rencontrer** *vt* encontrar (a); (*SPORT: équipe*) enfrentarse con; **se rencontrer** *vpr* encontrarse
rendement [Rɑ̃dmɑ̃] *nm* rendimiento; **à plein ~** a pleno rendimiento
rendez-vous [Rɑ̃devu] *nm inv* cita; **donner ~-~ à qn** dar una cita a algn; **avoir ~-~ (avec qn)** tener una cita (con algn); **prendre ~-~ (avec qn)** pedir cita (con algn)
rendre [Rɑ̃dR] *vt* devolver; (*sons*) producir; (*pensée, tournure*) traducir, expresar; **~ qn célèbre/qch possible** hacer a algn célebre/algo posible; **se ~** *vpr* rendirse; **se ~ quelque part** irse a algún sitio; **se ~ compte de qch** darse cuenta de algo; **~ la monnaie** dar las vueltas
rênes [Rɛn] *nfpl* riendas
renfermé, e [Rɑ̃fɛRme] *adj* (*fig*) reservado(-a) ♦ *nm*: **sentir le ~** oler a cerrado
renfermer [Rɑ̃fɛRme] *vt* contener
renforcer [Rɑ̃fɔRse] *vt* reforzar; **renforts** *nmpl* (*MIL, gén*) refuerzo *msg*; **à grand renfort de** con gran acompañamiento de
renfrogné, e [Rɑ̃fRɔɲe] *adj* sombrío(-a)
renier [Rənje] *vt* renegar de
renifler [R(ə)nifle] *vi* resoplar ♦ *vt* aspirar
renne [Rɛn] *nm* reno
renom [Rənɔ̃] *nm* renombre *m*; **renommé, e** *adj* renombrado(-a), famoso(-a); **renommée** *nf* fama
renoncer [R(ə)nɔ̃se]: **~ à** *vt ind* renunciar a
renouer [Rənwe]: **~ avec** *vt ind* volver a; **~ avec qn** reconciliarse con algn
renouvelable [R(ə)nuv(ə)labl] *adj* (*contrat, bail*) renovable
renouveler [R(ə)nuv(ə)le] *vt* renovar; (*eau d'une piscine, pansement*) cambiar; (*demande*) reiterar; (*exploit, méfait*) repetir; **se ~** *vpr* repetirse; **renouvellement** *nm* renovación *f*; (*pansement*) cambio; (*exploit, incident*) repetición *f*
rénover [Renɔve] *vt* renovar; (*quartier*) remozar
renseignement [Rɑ̃sɛɲmɑ̃] *nm* información *f*; **(guichet des) ~s** (ventanilla de) información; **les ~s généraux** dirección *f* general de seguridad
renseigner [Rɑ̃seɲe] *vt*: **~ qn (sur)** informar a algn (sobre); **se ~** *vpr* informarse
rentabilité [Rɑ̃tabilite] *nf* rentabilidad *f*
rentable [Rɑ̃tabl] *adj* rentable
rente [Rɑ̃t] *nf* renta
rentrée [Rɑ̃tRe] *nf*: **~ (d'argent)** ingreso; **la ~ (des classes)** el comienzo (del curso)

> **rentrée (des classes)**
>
> **La rentrée (des classes)** *en septiembre marca un hito importante en el calendario anual francés. Supone la vuelta al colegio para profesores y alumnos y se reanuda la vida política y social tras el largo descanso estival.*

rentrer [Rɑ̃tRe] *vi* entrar; (*entrer de nouveau*) volver a entrar; (*revenir chez soi*) irse a casa; (*revenu, argent*) ingresar ♦ *vt* meter; (*foins*) recoger; (*griffes*) guardar; (*fig: larmes, colère etc*) tragarse; **~ dans l'ordre** volver al orden; **~ dans ses frais** cubrir sus gastos
renverse [Rɑ̃vɛRs]: **à la ~** *adv* (*tomber*) de espaldas
renverser [Rɑ̃vɛRse] *vt* (*liquide*) derramar; (*chaise, verre*) dejar caer; (*piéton*) atropellar; (*gouvernement etc*) derrochar; **se ~** *vpr* (*pile d'objets, récipient*) caerse
renvoi [Rɑ̃vwa] *nm* reenvío, devolución *f*; (*d'un élève*) expulsión *f*; (*d'un employé*) despido; (*référence*) llamada, nota; (*éructation*) eructo; **renvoyer** *vt* devolver; (*élève*) expulsar; (*employé*) despedir

repaire [R(ə)pɛR] *nm* guarida
répandre [Repɑ̃dR] *vt* derramar; (*gravillons, sable etc*) echar; (*lumière, chaleur, odeur*) despedir; (*nouvelle, usage*) propagar; **se ~** *vpr* (*liquide*) derramarse; (*épidémie, mode*) difundirse; **répandu, e** *pp de* **répandre** ♦ *adj* (*courant*) extendido(-a)
réparation [Reparasjɔ̃] *nf* arreglo
réparer [RepaRe] *vt* arreglar
repartie [Reparti] *nf* réplica; **avoir de la ~** tener una respuesta fácil
repartir [RepaRtiR] *vi* (*retourner*) regresar; **~ à zéro** recomenzar de cero
répartir [RepaRtiR] *vt* repartir; **se ~** *vpr* (*travail, rôles*) repartirse; **répartition** *nf* reparto
repas [R(ə)pɑ] *nm* comida
repassage [R(ə)pɑsaʒ] *nm* planchado
repasser [R(ə)pɑse] *vi* (*passer de nouveau*) volver a pasar ♦ *vt* planchar
repentir [Rəpɑ̃tiR] *nm* arrepentimiento; **se ~** *vpr* arrepentirse
répercussions [RepɛRkysjɔ̃] *nfpl* (*fig*) repercusiones *fpl*
répercuter [RepɛRkyte]: **se ~** *vpr* repercutir; **se ~ sur** (*fig*) repercutir en
repère [R(ə)pɛR] *nm* referencia; (*monument etc*) lugar *m* de referencia
repérer [R(ə)peRe] *vt* (*erreur, connaissance*) ver; (*abri, ennemi*) localizar; **se ~** *vpr* orientarse
répertoire [RepɛRtwaR] *nm* repertorio
répéter [Repete] *vt* repetir; (*THÉÂTRE*) ensayar ♦ *vi* (*THÉÂTRE etc*) ensayar; **se ~** *vpr* repetirse
répétition [Repetisjɔ̃] *nf* repetición *f*; (*THÉÂTRE*) ensayo; **~ générale** (*THÉÂTRE*) ensayo general
répit [Repi] *nm* descanso
replier [R(ə)plije] *vt* doblar; **se ~** *vpr* replegarse
réplique [Replik] *nf* réplica; **répliquer** *vt* contestar; (*avec impertinence*) replicar
répondeur [Repɔ̃dœR] *nm*: **~ automatique** (*TÉL*) contestador *m* automático
répondre [Repɔ̃dR] *vi* contestar, responder; (*freins, mécanisme*) responder; (*salut, provocation, description*) responder a
réponse [Repɔ̃s] *nf* respuesta; **en ~ à** en respuesta a
reportage [R(ə)pɔRtaʒ] *nm* reportaje *m*
reporter[1] [R(ə)pɔRtɛR] *nm* reportero
reporter[2] [Rəpɔrte] *vt* (*total, notes*): **~ qch sur** pasar algo a; (*ajourner, renvoyer*): **~ qch (à)** aplazar algo (hasta); **se ~ à** remitirse a
repos [R(ə)po] *nm* descanso; (*après maladie*) reposo; (*MIL*): **~!** ¡descansen!; **au ~** en reposo; **de tout ~** seguro(-a)
reposant, e [R(ə)pozɑ̃, ɑ̃t] *adj* descansado(-a)
reposer [R(ə)poze] *vt* (*verre, livre*) volver a poner; (*question, problème*) replantear ♦ *vi* (*liquide, pâte*) reposar; **~ sur** (*suj: bâtiment*) descansar sobre; (*fig: affirmation*) basarse en; **se ~** *vpr* descansar; **se ~ sur qn** apoyarse en algn
repoussant, e [R(ə)pusɑ̃, ɑ̃t] *adj* repulsivo(-a)
repousser [R(ə)puse] *vi* volver a crecer ♦ *vt* rechazar; (*rendez-vous, entrevue*) aplazar
reprendre [R(ə)pRɑ̃dR] *vt* (*prisonnier*) volver a coger; (*MIL: ville*) volver a tomar; (*objet prêté, donné*) recuperar; (*se resservir de*) volver a tomar; (*travail, études*) reanudar; (*explication, histoire*) volver a; (*emprunter: argument, idée*) tomar; (*article etc*) rehacer; (*jupe, pantalon*) arreglar; (*personne*) corregir ♦ *vi* (*cours, classes*) reanudarse; (*affaires, industrie*) reactivarse; **~ courage/des forces** recobrar valor/fuerzas; **~ ses habitudes/sa liberté** recuperar sus costumbres/su libertad; **~ la route** volver a ponerse en marcha; **~ haleine** *ou* **son souffle** recobrar el aliento
représentant, e [R(ə)pRezɑ̃tɑ̃, ɑ̃t]

nm/f representante *m/f*
représentation [ʀ(ə)pʀezɑ̃tasjɔ̃] *nf* representación *f*
représenter [ʀ(ə)pʀezɑ̃te] *vt* representar; **se ~** *vpr* figurarse
répression [ʀepʀesjɔ̃] *nf* represión *f*
réprimer [ʀepʀime] *vt* reprimir
repris, e [ʀ(ə)pʀi, iz] *pp de* **reprendre**
reprise [ʀ(ə)pʀiz] *nf* (*recommencement*) reanudación *f*; (*THÉÂTRE, TV, CINÉ*) reposición *f*; (*AUTO*) reprise *m*; (*COMM*) compra; (*de location*) traspaso; **à plusieurs ~s** repetidas veces
repriser [ʀ(ə)pʀize] *vt* zurcir
reproche [ʀ(ə)pʀɔʃ] *nm* reproche *m*; **faire des ~s à qn** hacer reproches a algn; **sans ~(s)** sin reproche; **reprocher** *vt*: **reprocher qch à (qn)** reprochar algo a (algn)
reproduction [ʀ(ə)pʀɔdyksjɔ̃] *nf* (*aussi BIOL*) reproducción *f*; **"~ interdite"** "prohibida su reproducción"
reproduire [ʀ(ə)pʀɔdɥiʀ] *vt* reproducir; **se ~** *vpr* (*BIOL, fig*) reproducirse
reptile [ʀɛptil] *nm* reptil *m*
république [ʀepyblik] *nf* república
répugnant, e [ʀepyɲɑ̃, ɑ̃t] *adj* repugnante
répugner [ʀepyɲe] *vt* repugnar
réputation [ʀepytasjɔ̃] *nf* reputación *f*; **réputé, e** *adj* famoso(-a)
requérir [ʀəkeʀiʀ] *vt* requerir
requête [ʀəkɛt] *nf* (*prière*) petición *f*; (*JUR*) demanda, requerimiento
requin [ʀəkɛ̃] *nm* tiburón *m*
requis, e [ʀəki, iz] *pp de* **requérir**
RER [ɛʀøɛʀ] *sigle m (= Réseau express régional) red de trenes rápidos de París y de la periferia; (train) uno de esos trenes*
rescapé, e [ʀɛskape] *nm/f* superviviente *m/f*
rescousse [ʀɛskus] *nf*: **aller/venir à la ~ de** ir/venir en socorro de
réseau, x [ʀezo] *nm* red *f*
réservation [ʀezɛʀvasjɔ̃] *nf* reserva
réserve [ʀezɛʀv] *nf* reserva; (*d'un magasin*) depósito; (*de pêche, chasse*) coto; **sous ~ de** a reserva de; **sans ~** sin reservas
réservé, e [ʀezɛʀve] *adj* reservado(-a); (*chasse, pêche*) vedado(-a)
réserver [ʀezɛʀve] *vt* reservar; (*réponse, assentiment etc*) reservarse; **~ qch pour/à** reservar algo para/a; **~ qch à qn** reservar algo a algn; **se ~ qch** reservarse algo; **se ~ le droit de faire qch** reservarse el derecho de hacer algo
réservoir [ʀezɛʀvwaʀ] *nm* depósito
résidence [ʀezidɑ̃s] *nf* (*ADMIN*) sede *f*; (*groupe d'immeubles*) conjunto residencial; **(en) ~ surveillée** (*JUR*) (en) arresto domiciliario; **~ universitaire** residencia universitaria; **résidentiel, le** *adj* residencial; **résider** *vi*: **résider à/dans/en** residir en; **résider dans/en** (*fig*) radicar en
résidu [ʀezidy] *nm* residuo
résigner [ʀeziɲe]: **se ~** *vpr* resignarse; **se ~ à qch/faire qch** resignarse a algo/hacer algo
résilier [ʀezilje] *vt* rescindir
résistance [ʀezistɑ̃s] *nf* resistencia; **la R~** (*POL*) la Resistencia
résistant, e [ʀezistɑ̃, ɑ̃t] *adj* resistente
résister [ʀeziste] *vi* resistir; **~ à** resistir a
résolu, e [ʀezɔly] *pp de* **résoudre**; **être ~ à qch/faire qch** estar decidido(-a) a algo/hacer algo
résolution [ʀezɔlysjɔ̃] *nf* resolución *f*
résolve *etc* [ʀesɔlv] *vb voir* **résoudre**
résonner [ʀezɔne] *vi* resonar
résorber [ʀezɔʀbe]: **se ~** *vpr* (*MÉD*) reabsorberse; (*déficit, chômage*) reducirse
résoudre [ʀezudʀ] *vt* resolver; **se ~ à qch/faire qch** decidirse por algo/a *ou* por hacer algo
respect [ʀɛspɛ] *nm* respeto; **respecter** *vt* respetar; **faire respecter** hacer respetar; **respectueux, -euse** *adj* respetuoso(-a)
respiration [ʀɛspiʀasjɔ̃] *nf* respiración *f*; **~ artificielle** respiración artificial

respirer [RɛspiRe] *vi, vt* respirar
resplendir [Rɛsplɑ̃diR] *vi* resplandecer; **~ (de)** resplandecer (de)
responsabilité [Rɛspɔ̃sabilite] *nf* responsabilidad *f*
responsable [Rɛspɔ̃sabl] *adj, nm/f* responsable *m/f*
ressaisir [R(ə)seziR]: **se ~** *vpr* (*se maîtriser*) serenarse
ressasser [R(ə)sase] *vt* rumiar; (*histoires, critiques*) repetir
ressemblance [R(ə)sɑ̃blɑ̃s] *nf* semejanza
ressemblant, e [R(ə)sɑ̃blɑ̃, ɑ̃t] *adj* parecido(-a)
ressembler [R(ə)sɑ̃ble]: **~ à** *vt ind* parecerse a; **se ~** *vpr* parecerse
ressentiment [R(ə)sɑ̃timɑ̃] *nm* resentimiento
ressentir [R(ə)sɑ̃tiR] *vt* sentir; **se ~ de** resentirse de
resserrer [R(ə)seRe] *vt* apretar; (*liens d'amitié*) estrechar
resservir [R(ə)sɛRviR] *vt*: **~ qn (d'un plat)** volver a servir a algn (un plato) ♦ *vi* (*être réutilisé*) servir de nuevo; **se ~ de** (*plat*) volver a servirse
ressort [RəsɔR] *vb voir* **ressortir** ♦ *nm* muelle *m*; **en dernier ~** en última instancia; **être du ~ de** ser de la competencia de
ressortir [RəsɔRtiR] *vi* (*sortir à nouveau*) salir de nuevo; (*couleur, broderie, détail*) resaltar; **faire ~ qch** hacer resaltar algo
ressortissant, e [R(ə)sɔRtisɑ̃, ɑ̃t] *nm/f* súbdito(-a)
ressources [R(ə)suRs] *nfpl* recursos *mpl*
ressusciter [Resysite] *vi* resucitar
restant, e [Rɛstɑ̃, ɑ̃t] *adj* restante ♦ *nm*: **un ~ de** unas sobras de
restaurant [RɛstɔRɑ̃] *nm* restaurante *m*
restauration [RɛstɔRasjɔ̃] *nf* restauración *f*; **~ rapide** comida rápida
restaurer [RɛstɔRe] *vt* restaurar; **se ~** *vpr* comer
reste [Rɛst] *nm* resto; (*MATH*) residuo; **~s** *nmpl* (*CULIN*) sobras *fpl*; **pour le ~** por lo demás; **du ~** además
rester [Rɛste] *vi* (*dans un lieu*) quedarse ♦ *vb impers*: **il me reste du pain** me queda pan; **il (me) reste 2 œufs** (me) quedan 2 huevos; **il (me) reste 10 minutes** (me) quedan 10 minutos; **ce qui (me) reste à faire** lo que (me) falta por hacer; **(il) reste à savoir si ...** queda por saber si ...; **il reste que ..., il n'en reste pas moins que ...** sin embargo ..., con todo y con eso ...; **restons-en là** dejémoslo aquí; **y ~** (*fam*): **il a failli y ~** por poco estira la pata
restituer [Rɛstitɥe] *vt* (*TECH*: *énergie, son*) reproducir; **~ qch (à qn)** (*objet, somme*) restituir algo (a algn)
restreindre [RɛstRɛ̃dR] *vt* restringir
restriction [RɛstRiksjɔ̃] *nf* restricción *f*
résultat [Rezylta] *nm* resultado
résulter [Rezylte] *vi*: **~ de** resultar de
résumé [Rezyme] *nm* resumen *m*; **en ~** en resumen
résumer [Rezyme] *vt* resumir; **se ~ à** (*se réduire à*) resumirse a
résurrection [RezyRɛksjɔ̃] *nf* (*REL*) resurrección *f*; (*fig*) reaparición *f*
rétablir [RetabliR] *vt* restablecer; **se ~** *vpr* restablecerse; **rétablissement** *nm* restablecimiento
retaper [R(ə)tape] *vt* arreglar; (*fig: fam*) restablecer
retard [R(ə)taR] *nm* retraso; **être en ~ (de 2 heures)** retrasarse (2 horas); **avoir du ~** estar retrasado(-a); **sans ~** sin retraso
retardataire [R(ə)taRdatɛR] *adj* retrasado(-a) ♦ *nm/f* rezagado(-a)
retardement [R(ə)taRdəmɑ̃]: **à ~** *adj* de efecto retardado; **bombe à ~** bomba de relojería
retarder [R(ə)taRde] *vt* (*montre*) atrasar ♦ *vi* (*horloge, montre*) atrasar; **~ qn (d'une heure)** retrasar a algn (una hora)
retenir [Rət(ə)niR] *vt* retener; (*objet qui glisse*) agarrar; (*colère, larmes*) contener; (*chanson, date*) recordar; (*suggestion, proposition*) aceptar;

(*place, chambre*) reservar; **~ son souffle** contener su respiración; **se ~** *vpr* (*euphémisme*) aguantarse; (*se raccrocher*): **se ~ (à)** agarrarse (a); **se ~ (de faire qch)** contenerse (de hacer algo)

retentir [R(ə)tɑ̃tiR] *vi* resonar; **retentissant, e** *adj* (*voix, choc*) ruidoso(-a); (*succès etc*) clamoroso(-a)

retenue [Rət(ə)ny] *nf* (*somme prélevée*) deducción *f*; (*modération*) moderación *f*

réticence [Retisɑ̃s] *nf* reticencia; **réticent, e** *adj* reticente

rétine [Retin] *nf* retina

retiré, e [R(ə)tiRe] *adj* (*personne, vie*) solitario(-a)

retirer [R(ə)tiRe] *vt* retirar; (*vêtement, lunettes*) quitarse; **~ qch/qn de** sacar algo/a algn de

retomber [R(ə)tɔ̃be] *vi* caer; (*tomber de nouveau*) caer de nuevo; **~ sur qn** recaer sobre algn

rétorquer [RetɔRke] *vt*: **~ (à qn) que** replicar (a algn) que

retouche [R(ə)tuʃ] *nf* retoque *m*; **faire une** *ou* **des ~(s) à** dar un *ou* unos retoque(s) a; **retoucher** *vt* retocar

retour [R(ə)tuR] *nm* vuelta; (*d'un lieu, vers un lieu*) regreso; **au ~** a la vuelta; **être de ~ (de)** estar de vuelta (de); **par ~ du courrier** a vuelta de correo; **match ~** partido de vuelta

retourner [R(ə)tuRne] *vt* (*dans l'autre sens*) dar la vuelta a, voltear (*AM*); (*caisse*) poner boca abajo; (*renvoyer, restituer, argument*) devolver; (*sac, vêtement*) volver del revés; (*terre, sol, foin, émouvoir*) revolver ♦ *vi* volver; (*aller de nouveau*): **~ quelque part** volver de nuevo a algún sitio; **se ~** *vpr* volverse, voltearse (*AM*); **~ à** volver a; **se ~ contre qn/qch** (*fig*) volverse contra algn/algo; **savoir de quoi il retourne** saber de qué se trata

retrait [R(ə)tRɛ] *nm* retiro; **en ~** apartado(-a); **~ du permis (de conduire)** retirada de carnet (de conducir)

retraite [R(ə)tRɛt] *nf* retiro; (*d'une armée*) retirada; **prendre sa ~** jubilarse; **~ anticipée** jubilación anticipada; **retraité, e** *adj* retirado(-a), jubilado(-a) ♦ *nm/f* jubilado(-a)

retrancher [R(ə)tRɑ̃ʃe] *vt* suprimir; **~ qch de** (*nombre, somme*) sustraer algo de; **se ~ derrière/dans** refugiarse en

rétrécir [RetResiR] *vt, vi* (*vêtement*) encoger; **se ~** *vpr* estrecharse

rétro [RetRo] *adj inv*: **mode/style ~** moda/estilo retro *inv* ♦ *nm* (*fam*) = **rétroviseur**

rétroprojecteur [RetRopRoʒɛktœR] *nm* retroproyector *m*

rétrospective [RetRɔspɛktiv] *nf* retrospectiva; **rétrospectivement** *adv* retrospectivamente

retrousser [R(ə)tRuse] *vt* (*pantalon etc*) arremangar

retrouvailles [R(ə)tRuvɑj] *nfpl* reencuentro

retrouver [R(ə)tRuve] *vt* encontrar; (*sommeil, calme, santé*) recobrar; (*rejoindre*) encontrarse con; **se ~** *vpr* encontrarse; (*s'orienter*) orientarse; **se ~ dans** (*calculs, dossiers, désordre*) desenvolverse en; **s'y ~** (*rentrer dans ses frais*) salir ganando

rétroviseur [RetRɔvizœR] *nm* retrovisor *m*

réunion [Reynjɔ̃] *nf* reunión *f*; (*séance, congrès*) encuentro

réunir [ReyniR] *vt* reunir; (*rattacher*) unir; **se ~** *vpr* reunirse

réussi, e [Reysi] *adj* (*robe, photographie*) logrado(-a); (*réception*) exitoso(-a)

réussir [ReysiR] *vi* (*tentative, projet*) ser un éxito; (*personne*) tener éxito; (: *à un examen*) salir bien de ♦ *vt* (*examen, plat*) salir bien; **~ à faire qch** lograr hacer algo; **~ à qn** (*aliment*) sentar bien a algn; **réussite** *nf* éxito; (*CARTES*) solitario

revaloir [R(ə)valwaR] *vt*: **je vous revaudrai cela** se lo pagaré con la misma moneda

revanche [R(ə)vɑ̃ʃ] *nf* revancha; **en**

~ en cambio

rêve [ʀɛv] *nm* sueño; **la voiture/ maison de ses ~s** el coche/la casa de sus sueños

réveil [ʀevɛj] *nm* despertar *m*; (*pendule*) despertador *m*; **au ~, je ...** al despertar, yo ...; **réveiller** *vt* despertar; **se réveiller** *vpr* despertarse; (*fig*: *se secouer*) espabilarse

réveillon [ʀevɛjɔ̃] *nm* cena de Nochebuena; (*de la Saint-Sylvestre*) cena de Nochevieja; **réveillonner** *vi celebrar la cena de Nochebuena ou la cena de Nochevieja*

révélateur, -trice [ʀevelatœʀ, tʀis] *adj* revelador(a)

révéler [ʀevele] *vt* revelar; **~ qn/qch** dar algn/algo a conocer

revenant, e [ʀ(ə)vənɑ̃, ɑ̃t] *nm/f* fantasma *m*

revendeur, -euse [ʀ(ə)vɑ̃dœʀ, øz] *nm/f* revendedor(a)

revendication [ʀ(ə)vɑ̃dikasjɔ̃] *nf* reivindicación *f*

revendiquer [ʀ(ə)vɑ̃dike] *vt* reivindicar; (*responsabilité*) asumir

revendre [ʀ(ə)vɑ̃dʀ] *vt* revender; **à ~** de sobra

revenir [ʀəv(ə)niʀ] *vi* (*venir de nouveau*) venir de nuevo; (*rentrer*) regresar, volver; **faire ~ de la viande/des légumes** rehogar la carne/las verduras; **~ cher/à 100 F (à qn)** resultar caro/a 100 francos (a algn); **~ à** (*conversation*) volver a; (*équivaloir à*) venir a ser; (*part, honneur*) corresponder a algn; (*souvenir, nom*) venirle a algn *ou* a la mente; **~ de** (*fig*) salir de; **~ sur** (*question*) volver sobre; (*promesse*) retractarse de; **n'en pas ~**: **je n'en reviens pas** no vuelvo de mi asombro; **~ sur ses pas** dar marcha atrás; **cela revient au même/à dire que** eso equivale a lo mismo/a decir que

revenu, e [ʀəv(ə)ny] *pp de* **revenir** ♦ *nm* renta; **~s** *nmpl* ingresos *mpl*

rêver [ʀeve] *vi* soñar; **~ de** *ou* **à** soñar con

réverbère [ʀevɛʀbɛʀ] *nm* farola;

réverbérer *vt* reverberar

revers [ʀ(ə)vɛʀ] *nm* revés *msg*; (*de la main*) dorso; (*d'une pièce, médaille*) reverso

revêtement [ʀ(ə)vɛtmɑ̃] *nm* revestimiento; (*d'une chaussée*) firme *m*; (*d'un tuyau etc*) capa

revêtir [ʀ(ə)vetiʀ] *vt* revestir; (*vêtement*) ponerse

rêveur, -euse [ʀɛvœʀ, øz] *nm/f* soñador(a)

revient [ʀəvjɛ̃] *vb voir* **revenir** ♦ *nm*: **prix de ~** (*COMM*) precio de coste

revigorer [ʀ(ə)vigɔʀe] *vt* vigorizar

revirement [ʀ(ə)viʀmɑ̃] *nm* cambio brusco

réviser [ʀevize] *vt* revisar; (*SCOL, comptes*) repasar

révision [ʀevizjɔ̃] *nf* revisión *f*

revivre [ʀ(ə)vivʀ] *vi* recuperar fuerzas; (*traditions, coutumes*) recuperarse ♦ *vt* revivir

revoir [ʀ(ə)vwaʀ] *vt* volver a ver; (*texte, édition*) revisar ♦ *nm*: **au ~** adiós *msg*

révoltant, e [ʀevɔltɑ̃, ɑ̃t] *adj* indignante

révolte [ʀevɔlt] *nf* rebelión *f*

révolter [ʀevɔlte] *vt* indignar; **se ~** *vpr*: **se ~ (contre)** rebelarse (contra)

révolu, e [ʀevɔly] *adj* (*de jadis*) pasado(-a); (*ADMIN*: *complété*: *année etc*): **âgé de 18 ans ~s** con 18 años cumplidos

révolution [ʀevɔlysjɔ̃] *nf* revolución *f*; **révolutionnaire** *adj, nm/f* revolucionario(-a)

revolver [ʀevɔlvɛʀ] *nm* pistola; (*à barillet*) revólver *m*

révoquer [ʀevɔke] *vt* revocar; (*fonctionnaire*) destituir

revue [ʀ(ə)vy] *nf* revista; **passer en ~** estudiar

rez-de-chaussée [ʀed(ə)ʃose] *nm inv* planta baja

RF [ɛʀɛf] *sigle f = République française*

Rhin [ʀɛ̃] *nm*: **le ~** el Rin

rhinocéros [ʀinɔseʀɔs] *nm* (*ZOOL*) rinoceronte *m*

Rhône [ʀon] *nm*: **le ~** el Ródano

rhubarbe [ʀybaʀb] *nf* ruibarbo

rhum [Rɔm] *nm* ron *m*
rhumatisme [Rymatism] *nm* reumatismo, reúma
rhume [Rym] *nm* catarro; **~ de cerveau** catarro de nariz; **le ~ des foins** la fiebre del heno
ricaner [Rikane] *vi* reírse burlonamente
riche [Riʃ] *adj* rico(-a); **richesse** *nf* riqueza
ricochet [Rikɔʃɛ] *nm* rebote *m*; **faire ~** rebotar; **faire des ~s** hacer cabrillas
ride [Rid] *nf* arruga
rideau, x [Rido] *nm* (*de fenêtre*) visillo; (*THÉÂTRE*) telón *m*
rider [Ride] *vt* arrugar
ridicule [Ridikyl] *adj* ridículo(-a); **ridiculiser** *vt* ridiculizar; **se ridiculiser** *vpr* ridiculizarse
rien [Rjɛ̃] *pron*: **(ne) ... ~** (no) ... nada; **qu'est-ce que vous avez? - ~** ¿qué le pasa? - nada; **il n'a ~ dit/fait** no dijo/hizo nada; **il n'a ~** no tiene nada; **de ~!** ¡de nada!; **n'avoir peur de ~** no tener miedo de nada; **~ d'intéressant** nada interesante; **~ d'autre** nada más; **~ du tout** nada en absoluto; **~ que** nada más que; **~ que pour lui faire plaisir** nada más que por agradarle; **~ que la vérité** nada más que la verdad; **en un ~ de temps** en nada de tiempo
rieur, -euse [R(i)jœR, R(i)jøz] *adj* reidor(a)
rigide [Riʒid] *adj* rígido(-a)
rigoler [Rigɔle] *vi* (*fam*) reírse; (*s'amuser*) pasarlo bien; **rigolo, -ote** (*fam*) *adj* gracioso(-a) ♦ *nm/f* gracioso(-a); (*péj*: *fumiste*) cantamañanas *m inv*
rigoureusement [RiguRøzmɑ̃] *adv* rigurosamente; **~ interdit** totalmente prohibido
rigoureux, -euse [RiguRø, øz] *adj* riguroso(-a)
rigueur [RigœR] *nf* rigor *m*, rigurosidad *f*; **à la ~** en último extremo; **tenir ~ à qn de qch** guardar rencor a algn por algo
rillettes [Rijɛt] *nfpl especie de paté de cerdo u oca*
rime [Rim] *nf* rima
rinçage [Rɛ̃saʒ] *nm* aclarado
rincer [Rɛ̃se] *vt* enjuagar
ringard, e [Rɛ̃gaR, aRd] (*fam, péj*) *adj* anticuado(-a)
riposter [Ripɔste] *vi* replicar ♦ *vt*: **~ que** responder que; **~ à** responder a
rire [RiR] *vi* reír; (*se divertir*) reírse; **se ~ de** reírse de; **pour ~** en broma ♦ *nm* risa
risible [Rizibl] *adj* risible
risque [Risk] *nm* riesgo; **à ses ~s et périls** por su cuenta y riesgo; **au ~ de** a riesgo de; **risqué, e** *adj* arriesgado(-a); **risquer** *vt* arriesgar; (*allusion, comparaison, question*) aventurar; (*MIL, gén*) arriesgarse a; **ça ne risque rien** no hay riesgo alguno; **il risque de se tuer** puede matarse; **ce qui risque de se produire** lo que puede producirse; **il ne risque pas de recommencer** no hay peligro de que vuelva a empezar
rissoler [Risɔle] *vi, vt*: **(faire) ~ de la viande/des légumes** dorar la carne/las verduras
ristourne [RistuRn] *nf* rebaja, descuento
rite [Rit] *nm* rito
rivage [Rivaʒ] *nm* costa
rival, e, -aux [Rival, o] *adj* rival ♦ *nm/f* (*adversaire*) rival *m/f*; **rivaliser** *vi*: **rivaliser avec** rivalizar con; **rivalité** *nf* rivalidad *f*
rive [Riv] *nf* orilla; **riverain, e** *adj, nm/f* (*d'une rivière*) ribereño(-a); (*d'une route*) vecino(-a)
rivière [RivjɛR] *nf* río
riz [Ri] *nm* arroz *m*; **rizière** *nf* arrozal *m*
RMI [ɛRɛmi] *sigle m* (= *revenu minimum d'insertion*) *ayuda compensatoria*
RN [ɛRɛn] *sigle f* (= *route nationale*) N. (= *carretera nacional*)
robe [Rɔb] *nf* vestido; (*de juge, d'avocat*) toga; (*d'ecclésiastique*) hábito; (*d'un animal*) pelo; **~ de chambre** bata; **~ de mariée** vestido de novia; **~ de soirée** traje de

noche

robinet [ʀɔbinɛ] *nm* grifo, canilla (*AM*)

robot [ʀɔbo] *nm* robot *m*

robuste [ʀɔbyst] *adj* robusto(-a); **robustesse** *nf* robustez *f*

roc [ʀɔk] *nm* roca

rocade [ʀɔkad] *nf* (*AUTO*) circunvalación *f*

rocaille [ʀɔkɑj] *nf* rocalla

roche [ʀɔʃ] *nf* roca

rocher [ʀɔʃe] *nm* (*un* ~) peñasco; (*matière*) roca

rocheux, -euse [ʀɔʃø, øz] *adj* rocoso(-a)

rodage [ʀɔdaʒ] *nm* rodaje *m*; **en ~** (*AUTO*) en rodaje

rôder [ʀode] *vi* rondar; (*péj*) vagabundear; **rôdeur, -euse** *nm/f* vagabundo(-a)

rogne [ʀɔɲ] *nf* (*fam*): **être en ~** estar rabiando; **mettre en ~** hacer rabiar

rogner [ʀɔɲe] *vt* recortar; **~ sur** (*dépenses etc*) recortar

rognons [ʀɔɲɔ̃] *nmpl* riñones *mpl*

roi [ʀwa] *nm* rey *m*; **le jour** *ou* **la fête des R~s, les R~s** el día de Reyes, los Reyes

> **fête des Rois**
>
> **La fête des Rois** *se celebra el 6 de enero. Es costumbre agregar las figurillas de los Reyes Magos al belén y comer* **la galette des Rois**, *un pastel de bizcocho aplanado en el que se esconde un amuleto (***la fève***). Quien encuentra el amuleto se convierte en rey o reina por un día y escoge a su pareja.*

rôle [ʀol] *nm* (*CINÉ, THÉÂTRE*) papel *m*; (*fonction*) función *f*

romain, e [ʀɔmɛ̃, ɛn] *adj* romano(-a) ♦ *nm/f*: **R~, e** romano(-a)

roman, e [ʀɔmɑ̃, an] *adj* románico(-a)

romancer [ʀɔmɑ̃se] *vt* novelar; **romancier, -ière** *nm/f* novelista *m/f*; **romanesque** *adj* fabuloso(-a)

roman-feuilleton [ʀɔmɑ̃fœjtɔ̃] (*pl* **~s-~s**) *nm* folletín *m*

romanichel, le [ʀɔmaniʃɛl] *nm/f* gitano(-a)

romantique [ʀɔmɑ̃tik] *adj* romántico(-a)

romarin [ʀɔmaʀɛ̃] *nm* romero

rompre [ʀɔ̃pʀ] *vt* romper ♦ *vi* (*fiancés*) romper; **se ~** *vpr* romperse; **rompu, e** *pp de* **rompre** ♦ *adj*: **rompu à** avezado(-a) en

ronces [ʀɔ̃s] *nfpl* zarzas *fpl*

ronchonner [ʀɔ̃ʃɔne] (*fam*) *vi* refunfuñar

rond, e [ʀɔ̃, ʀɔ̃d] *adj* redondo(-a); (*fam: ivre*) alegre ♦ *nm* redondo; **je n'ai plus un ~** (*fam: sou*) no me queda ni una perra ♦ *adv*: **en ~** en corro; **ronde** *nf* ronda; (*danse*) corro; (*MUS: note*) redonda; **à 10 km à la ronde** a 10 km a la redonda; **rondelet, te** *adj* regordete(-a); (*fig: somme*) suculento(-a)

rondelle [ʀɔ̃dɛl] *nf* (*TECH*) arandela; (*tranche*) loncha

rond-point [ʀɔ̃pwɛ̃] (*pl* **~s-~s**) *nm* rotonda

ronflement [ʀɔ̃fləmɑ̃] *nm* (*d'une personne*) ronquido; (*d'un moteur*) zumbido

ronfler [ʀɔ̃fle] *vi* (*personne*) roncar; (*moteur, poêle*) zumbar

ronger [ʀɔ̃ʒe] *vt* (*suj: souris, chien etc*) roer; (*: vers*) carcomer; (*: insectes*) ficar; (*: rouille*) corroer; **se ~ les ongles** comerse las uñas; **rongeur** *nm* roedor *m*

ronronner [ʀɔ̃ʀɔne] *vi* ronronear

rosbif [ʀɔsbif] *nm* rosbif *m*

rose [ʀoz] *nf* rosa ♦ *adj* rosa *inv*

rosé, e [ʀoze] *adj* rosa *inv* ♦ *nm*: **(vin) ~** (vino) rosado

roseau, x [ʀozo] *nm* caña

rosée [ʀoze] *adj f voir* **rosé** ♦ *nf* rocío

rosier [ʀozje] *nm* rosal *m*

rossignol [ʀɔsiɲɔl] *nm* (*ZOOL*) ruiseñor *m*

rotation [ʀɔtasjɔ̃] *nf* rotación *f*

roter [ʀɔte] (*fam*) *vi* eructar

rôti [ʀoti] *nm* carne *f* de asar; (*cuit*) asado de carne

rotin [ʀɔtɛ̃] *nm* mimbre *m ou f*; **fauteuil en ~** sillón *m* de mimbre

rôtir [ʀotiʀ] *vt* asar ♦ *vi* asarse;

rôtisserie *nf* (*restaurant*) restaurante-parrilla *m*; (*comptoir, magasin*) establecimiento de precocinados; **rôtissoire** *nf* asador *m*

rotule [ʀɔtyl] *nf* rótula

rouage [ʀwaʒ] *nm* engranaje *m*; (*de montre*) maquinaria; **~s** *nmpl* (*fig*) máquina *fsg*

roue [ʀu] *nf* rueda; **~ de secours** rueda de repuesto

rouer [ʀwe] *vt*: **~ qn de coups** moler a algn a palos

rouge [ʀuʒ] *adj* rojo(-a) ♦ *nm* (*couleur*) rojo; (*fard*) carmín *m*; **(vin) ~** (vino) tinto; **passer au ~** (*automobiliste*) pasar en rojo; **être sur la liste ~** (*TÉL*) no constar en la guía; **~ (à lèvres)** barra de labios; **rouge-gorge** (*pl* **rouges-gorges**) *nm* petirrojo

rougeole [ʀuʒɔl] *nf* sarampión *m*

rougeoyer [ʀuʒwaje] *vi* ponerse rojo

rouget [ʀuʒɛ] *nm* salmonete *m*

rougeur [ʀuʒœʀ] *nf* rojez *f*

rougir [ʀuʒiʀ] *vi* enrojecer; (*fraise, tomate*) ponerse rojo

rouille [ʀuj] *nf* moho; **rouillé, e** *adj* oxidado(-a); **rouiller** *vt* oxidar ♦ *vi* oxidarse

roulant, e [ʀulɑ̃, ɑ̃t] *adj* rodante; (*surface, trottoir*) transportador(a)

rouleau, x [ʀulo] *nm* rollo; (*à peinture*) rodillo; (*à mise en plis*) rulo; (*vague*) rompiente *m*; **~ à pâtisserie** rodillo

roulement [ʀulmɑ̃] *nm* rodamiento; **par ~** por turno

rouler [ʀule] *vt* (*CULIN, tissu, papier*) enrollar ♦ *vi* rodar; (*voiture, train*) circular, estar en marcha; (*automobiliste*) circular; (*bateau*) balancearse; **se ~ dans** (*boue*) revolcarse en

roulette [ʀulɛt] *nf* rueda; **la ~** la ruleta

roulis [ʀuli] *nm* balanceo

roulotte [ʀulɔt] *nf* carro, carromato

roumain, e [ʀumɛ̃, ɛn] *adj* rumano(-a) ♦ *nm* (*LING*) rumano ♦ *nm/f*: **R~, e** rumano(-a)

Roumanie [ʀumani] *nf* Rumania

rouquin, e [ʀukɛ̃, in] (*fam*) *nm/f* pelirrojo(-a)

rouspéter [ʀuspete] (*fam*) *vi* refunfuñar

rousse [ʀus] *adj voir* **roux**

roussir [ʀusiʀ] *vt* (*herbe, linge*) quemar ♦ *vi* (*feuilles*) amarillear

route [ʀut] *nf* carretera; (*itinéraire, parcours*) ruta; (*fig*) camino; **par (la) ~** por (la) carretera; **il y a 3 heures de ~** hay 3 horas de camino; **en ~** por el camino; **en ~!** ¡en marcha!; **mettre en ~** poner en marcha; **se mettre en ~** ponerse en camino; **~ nationale** ≃ carretera nacional; **routier, -ière** *adj* (*réseau, carte*) de carreteras ♦ *nm* (*camionneur*) camionero

routine [ʀutin] *nf* rutina; **routinier, -ière** *adj* rutinario(-a)

rouvrir [ʀuvʀiʀ] *vt* (*porte, valise*) volver a abrir ♦ *vi* (*suj*: *école, piscine*) volver a abrirse; **se ~** *vpr* (*porte, blessure*) volver a abrirse

roux, rousse [ʀu, ʀus] *adj, nm/f* pelirrojo(-a)

royal, e, -aux [ʀwajal, o] *adj* real; (*festin, cadeau*) regio(-a)

royaume [ʀwajom] *nm* reino; (*fig*) dominios *mpl*

royauté [ʀwajote] *nf* realeza

ruban [ʀybɑ̃] *nm* cinta; (*de velours, de soie*) lazo; **~ adhésif** cinta adhesiva

rubéole [ʀybeɔl] *nf* rubeola

rubis [ʀybi] *nm* rubí *m*

rubrique [ʀybʀik] *nf* (*titre, catégorie*) rúbrica; (*PRESSE*: *article*) sección *f*

ruche [ʀyʃ] *nf* colmena

rude [ʀyd] *adj* (*barbe, toile, voix*) áspero(-a); (*métier, épreuve, climat*) duro(-a); (*bourru*) rudo(-a); **rudement** *adv*: **elle est rudement belle/riche** (*fam*: *très*) es super bonita/rica; **j'ai rudement faim** (*fam*) tengo un montón de hambre

rudimentaire [ʀydimɑ̃tɛʀ] *adj* rudimentario(-a)

rudiments [ʀydimɑ̃] *nmpl* rudimentos *mpl*

rue [ʀy] *nf* calle *f*

ruée [ʀɥe] *nf* riada

ruelle [ʀɥɛl] *nf* callejuela
ruer [ʀɥe] *vi* cocear; **se ~** *vpr*: **se ~ sur** arrojarse sobre; **se ~ vers/dans/hors de** precipitarse hacia/en/fuera de
rugby [ʀygbi] *nm* rugby *m*
rugir [ʀyʒiʀ] *vi* rugir
rugueux, -euse [ʀygø, øz] *adj* rugoso(-a)
ruine [ʀɥin] *nf* ruina; **ruiner** *vt* arruinar; **ruineux, -euse** *adj* ruinoso(-a)
ruisseau, x [ʀɥiso] *nm* (*cours d'eau*) arroyo
ruisseler [ʀɥis(ə)le] *vi* (*eau, pluie, larmes*) correr
rumeur [ʀymœʀ] *nf* rumor *m*
ruminer [ʀymine] *vi, vt* rumiar
rupture [ʀyptyʀ] *nf* rotura; (*d'un contrat*) incumplimiento
rural, e, -aux [ʀyʀal, o] *adj* rural
ruse [ʀyz] *nf* astucia; **une ~** un ardid; **rusé, e** *adj* astuto(-a)
russe [ʀys] *adj* ruso(-a) ♦ *nm* (LING) ruso ♦ *nm/f*: **R~** ruso(-a)
Russie [ʀysi] *nf* Rusia
rustine [ʀystin] *nf* parche *m*
rustique [ʀystik] *adj* rústico(-a)
rythme [ʀitm] *nm* ritmo; **rythmé, e** *adj* rítmico(-a)

S, s

s' [s] *pron voir* **se**
sa [sa] *dét voir* **son**
sable [sɑbl] *nm* arena
sablé, e [sɑble] *adj* enarenado(-a) ♦ *nm* galleta; **pâte ~e** masa de galleta
sabler [sɑble] *vt* enarenar; **~ le champagne** (*fig*) celebrar algo con champán
sabot [sabo] *nm* (*chaussure*) zueco; (*de cheval, bœuf*) casco
saboter [sabɔte] *vt* sabotear
sac [sak] *nm* saco; **~ à dos** mochila; **~ à main** bolso de mano, cartera (AM); **~ à provisions** bolsa de la compra; **~ de couchage** saco de dormir; **~ de voyage** bolsa de viaje
saccadé, e [sakade] *adj* brusco(-a); (*voix*) entrecortado(-a)
saccager [sakaʒe] *vt* (*piller*) saquear; (*dévaster*) devastar
saccharine [sakaʀin] *nf* sacarina
sachet [saʃɛ] *nm* bolsita; (*de poudre, lavande*) saquito
sacoche [sakɔʃ] *nf* bolso, talego
sacré, e [sakʀe] *adj* sagrado(-a)
sacrement [sakʀəmɑ̃] *nm* sacramento
sacrifice [sakʀifis] *nm* sacrificio; **sacrifier** *vt* sacrificar
sacristie [sakʀisti] *nf* sacristía
sadique [sadik] *adj, nm/f* sádico(-a)
safran [safʀɑ̃] *nm* azafrán *m*
sage [saʒ] *adj* (*avisé, prudent*) sensato(-a); (*enfant*) bueno(-a)
sage-femme [saʒfam] (*pl* **~s-~s**) *nf* comadrona
sagesse [saʒɛs] *nf* sensatez *f*
Sagittaire [saʒitɛʀ] *nm* (ASTROL) Sagitario
Sahara [saaʀa] *nm* Sáhara *m*
saignant, e [sɛɲɑ̃, ɑ̃t] *adj* (*viande*) poco hecho(-a)
saigner [seɲe] *vi* sangrar ♦ *vt* (*animal*) desangrar; **~ du nez** sangrar por la nariz
saillir [sajiʀ] *vi* sobresalir
sain, e [sɛ̃, sɛn] *adj* sano(-a); (*affaire, entreprise*) saneado(-a); **~ et sauf** sano y salvo; **~ d'esprit** sano(-a) de espíritu
saindoux [sɛ̃du] *nm* manteca de cerdo
saint, e [sɛ̃, sɛ̃t] *adj, nm/f* santo(-a); **la S~e Vierge** la Virgen Santísima; **sainteté** *nf* santidad *f*
sais *etc* [sɛ] *vb voir* **savoir**
saisie [sezi] *nf* (JUR) embargo; **~ (de données)** (INFORM) recogida de datos
saisir [seziʀ] *vt* (*personne, chose*: *prendre*) agarrar; (*fig*: *occasion, prétexte*) aprovechar; (*comprendre*) comprender; (*entendre*) captar; (*suj*: *sensations, émotions*) sobrecoger; (INFORM) procesar; (CULIN) soasar; (JUR: *biens, personne*) embargar; **saisissant, e** *adj* (*spectacle, contraste*) sobrecogedor(a)
saison [sɛzɔ̃] *nf* temporada, época; **haute/basse/morte ~** temporada alta/media/baja; **saisonnier, -ière**

adj (produits, culture) estacional
salade [salad] *nf* ensalada; **saladier** *nm* ensaladera
salaire [salɛʀ] *nm* salario; **~ de base** sueldo base
salarié, e [salaʀje] *adj, nm/f* asalariado(-a)
salaud [salo] *(fam!) nm* cabrón *m (fam!)*, hijo de la chingada *(MEX) (fam!)*
sale [sal] *adj* sucio(-a); *(avant le nom: fam)* malo(-a)
salé, e [sale] *adj* salado(-a); *(fig: histoire, plaisanterie)* picante; *(fam: note, facture)* desorbitado(-a)
saler [sale] *vt (plat)* echar sal
saleté [salte] *nf* suciedad *f*; *(chose sans valeur)* porquería
salière [saljɛʀ] *nf* salero
salir [saliʀ] *vt* manchar; *(fig)* mancillar; **se ~** *vpr* ensuciarse; **salissant, e** *adj* sucio(-a)
salle [sal] *nf* sala; *(de restaurant)* salón *m*; **~ à manger** comedor *m*; **~ d'attente** sala de espera; **~ d'eau** aseo; **~ de bain(s)** cuarto de baño; **~ de classe** aula; **~ de concert** sala de conciertos; **~ de jeux** sala de juegos; **~ d'embarquement** sala de embarque; **~ de séjour** cuarto de estar; **~ de spectacle** sala de espectáculos; **~ des ventes** salón de ventas; **~ d'exposition** sala de exposiciones; **~ d'opération** sala de operaciones
salon [salɔ̃] *nm* salón *m*, living *m (AM)*; **~ de thé** salón de té
salope [salɔp] *(fam!) nf* marrana; **saloperie** *(fam!) nf (action vile)* marranada; *(chose sans valeur, de mauvaise qualité)* porquería
salopette [salɔpɛt] *nf* pantalón *m* de peto; *(de travail)* mono, overol *m (AM)*
salsifis [salsifi] *nm* salsifí *m*
salubre [salybʀ] *adj* salubre
saluer [salɥe] *vt* saludar
salut [saly] *nm (REL, sauvegarde)* salvación *f*; *(MIL, parole d'accueil)* saludo ♦ *excl (fam: bonjour)* ¡hola!; (: *au revoir)* ¡hasta luego!, ¡chao! *ou* ¡chau! *(esp AM)*
salutations [salytasjɔ̃] *nfpl* saludos *mpl*; **recevez mes ~ distinguées** *ou* **respectueuses** *(dans une lettre)* reciba mis cordiales *ou* respetuosos saludos
samedi [samdi] *nm* sábado; *voir aussi* **lundi**
SAMU [samy] *sigle m (= service d'assistance médicale d'urgence)* ≃ servicio médico de urgencia
sanction [sɑ̃ksjɔ̃] *nf* sanción *f*; **sanctionner** *vt* sancionar
sandale [sɑ̃dal] *nf* sandalia
sandwich [sɑ̃dwi(t)ʃ] *nm* sandwich *m*, bocadillo, emparedado *(esp AM)*
sang [sɑ̃] *nm* sangre *f*; **être en ~** estar cubierto de sangre; **se faire du mauvais ~** preocuparse; **sang-froid** *nm inv* sangre *f* fría; **faire qch de sang-froid** hacer algo a sangre fría; **sanglant, e** *adj (visage, arme)* ensangrentado(-a); *(combat, fig)* sangriento(-a)
sangle [sɑ̃gl] *nf* correa
sanglier [sɑ̃glije] *nm* jabalí *m*
sanglot [sɑ̃glo] *nm* sollozo; **sangloter** *vi* sollozar
sangsue [sɑ̃sy] *nf* sanguijuela
sanguin, e [sɑ̃gɛ̃, in] *adj* sanguíneo(-a)
sanitaire [sanitɛʀ] *adj* sanitario(-a); **~s** *nmpl* sanitarios *mpl*
sans [sɑ̃] *prép* sin; **~ qu'il s'en aperçoive** sin que se dé cuenta; **sans-abri** *nm/f inv* persona sin hogar; **sans-emploi** *nm/f inv* desempleado(-a); **sans-gêne** *adj inv* desenfadado(-a)
santé [sɑ̃te] *nf* salud *f*; **être en bonne ~** estar bien de salud; **boire à la ~ de qn** beber a la salud de algn
saoudien, ne [saudjɛ̃, jɛn] *adj* saudí, saudita ♦ *nm/f*: **S~, ne** saudí *m/f*, saudita *m/f*
saoul, e [su, sul] *adj* = **soûl**
saper [sape] *vt* socavar
sapeur-pompier [sapœʀpɔ̃pje] *(pl* **~s-~s**) *nm* bombero
saphir [safiʀ] *nm* zafiro
sapin [sapɛ̃] *nm (BOT)* abeto; *(bois)* pino; **~ de Noël** pino de Navidad

sarcastique [saRkastik] *adj* sarcástico(-a)
Sardaigne [saRdɛɲ] *nf* Cerdeña
sardine [saRdin] *nf* sardina
SARL [ɛsaɛRɛl] *sigle f (= société à responsabilité limitée)* ≃ SL (= *sociedad limitada*)
sarrasin [saRazɛ̃] *nm (farine)* harina de alforfón, harina de trigo sarraceno
satané, e [satane] *adj* maldito(-a)
satellite [satelit] *nm* satélite *msg*
satin [satɛ̃] *nm* satén *m*
satire [satiR] *nf* sátira; **satirique** *adj* satírico(-a)
satisfaction [satisfaksjɔ̃] *nf* satisfacción *f*; **ils ont obtenu ~** se ha accedido a sus demandas
satisfaire [satisfɛR] *vt* satisfacer; **se ~ de** *vpr* contentarse con; **~ à** cumplir con; *(conditions)* responder a; **satisfaisant, e** *adj* satisfactorio(-a); **satisfait, e** *adj* satisfecho(-a)
saturer [satyRe] *vt* saturar
sauce [sos] *nf* salsa; **~ blanche** salsa blanca; **saucière** *nf* salsera
saucisse [sosis] *nf* salchicha
saucisson [sosisɔ̃] *nm* salchichón *m*
sauf[1] [sof] *prép* salvo; **~ avis contraire** salvo aviso contrario; **~ erreur/imprévu** salvo error/imprevisto
sauf[2], sauve [sof, sov] *adj (personne)* ileso(-a); *(fig: honneur)* a salvo; **laisser la vie sauve à qn** perdonar la vida a algn
sauge [soʒ] *nf* salvia
saugrenu, e [sogRəny] *adj (accoutrement)* estrafalario(-a); *(idée, question)* ridículo(-a)
saule [sol] *nm* sauce *m*
saumon [somɔ̃] *nm* salmón *m*
saupoudrer [sopudRe] *vt*: **~ qch de** *(de sel, sucre)* espolvorear algo de
saur [sɔR] *adj m*: **hareng ~** arenque *m* ahumado
saut [so] *nm* salto; **faire un ~ chez qn** dar un salto a casa de algn; **~ en hauteur/longueur/à la perche** salto de altura/longitud/con pértiga; **~ à la corde** salto a la comba; **~ périlleux** salto mortal
sauter [sote] *vi* saltar; *(exploser)* estallar; *(se détacher)* soltarse ♦ *vt (obstacle)* franquear; *(fig: omettre)* saltarse; **faire ~** *(avec explosifs)* volar; *(CULIN)* saltear; **~ au cou de qn** echarse al cuello de algn; **~ aux yeux** saltar a la vista; **~ au plafond** *(fig)* subirse por las paredes
sauterelle [sotRɛl] *nf (ZOOL)* saltamontes *m inv*
sautiller [sotije] *vi* dar saltitos
sauvage [sovaʒ] *adj* salvaje; *(plante)* silvestre; *(lieu)* agreste; *(insociable)* huraño(-a); *(non officiel)* no autorizado(-a) ♦ *nm/f* salvaje *m/f*
sauve [sov] *adj f voir* **sauf[2]**
sauvegarde [sovgaRd] *nf* salvaguardia; **sauvegarder** *vt* salvaguardar; *(INFORM)* grabar; (: *copier)* hacer una copia de seguridad de
sauve-qui-peut [sovkipø] *nm inv* desbandada
sauver [sove] *vt* salvar; **se ~** *vpr (fam: partir)* irse; **sauvetage** *nm* salvamento; **sauveteur** *nm* salvador *m*; **sauvette**: **à la sauvette** *adv* precipitadamente; **sauveur** *nm* salvador *m*
savant, e [savɑ̃, ɑ̃t] *adj* sabio(-a); *(ironique: compétent, calé)* erudito(-a)
saveur [savœR] *nf* sabor *m*
savoir [savwaR] *vt* saber; *(connaître: date, fait etc)* conocer ♦ *nm* saber *m*; **se ~** *vpr (chose: être connu)* saberse; **je n'en sais rien** yo no sé nada de eso; **à ~** a saber; **faire ~ qch à qn** hacer saber algo a algn; **pas que je sache** que yo sepa, no
savon [savɔ̃] *nm* jabón *m*; **un ~** una pastilla de jabón; **passer un ~ à qn** *(fam)* echarle un rapapolvo a algn; **savonner** *vt* enjabonar; **savonnette** *nf* jaboncillo
savourer [savuRe] *vt* saborear; **savoureux, -euse** *adj* sabroso(-a)
saxo(phone) [saksɔ(fɔn)] *nm* saxo(fón) *m*
scabreux, -euse [skabRø, øz] *adj* escabroso(-a)
scandale [skɑ̃dal] *nm* escándalo;

faire du ~ armar un escándalo; **faire ~** causar escándalo; **scandaleux, -euse** *adj* escandaloso(-a)

scandinave [skɑ̃dinav] *adj* escandinavo(-a) ♦ *nm/f*: **S~** escandinavo(-a)

Scandinavie [skɑ̃dinavi] *nf* Escandinavia

scarabée [skaʀabe] *nm* escarabajo

scarlatine [skaʀlatin] *nf* escarlatina

scarole [skaʀɔl] *nf* escarola

sceau, x [so] *nm* sello

sceller [sele] *vt* sellar

scénario [senaʀjo] *nm* guión *m*

scène [sɛn] *nf* escena; (*lieu, décors*) escena, escenario; **entrer en ~** entrar en escena; **mettre en ~** (*THÉÂTRE*) poner en escena; (*CINÉ*) dirigir; **~ de ménage** riña conyugal

sceptique [sɛptik] *adj, nm/f* escéptico(-a)

schéma [ʃema] *nm* esquema *m*; **schématique** *adj* esquemático(-a)

sciatique [sjatik] *adj*: **nerf ~** nervio ciático

scie [si] *nf* sierra

sciemment [sjamɑ̃] *adv* conscientemente

science [sjɑ̃s] *nf* ciencia; **~s humaines/naturelles** ciencias humanas/naturales; **science-fiction** *nf* ciencia ficción; **scientifique** *adj, nm/f* científico(-a)

scier [sje] *vt* serrar; (*partie en trop*) aserrar; **scierie** *nf* aserradero

scintiller [sɛ̃tije] *vi* centellear

sciure [sjyʀ] *nf*: **~ (de bois)** serrín *m* (de madera)

sclérose [skleʀoz] *nf* esclerosis *f inv*; **~ en plaques** esclerosis en placas

scolaire [skɔlɛʀ] *adj* escolar; **scolariser** *vt* escolarizar; **scolarité** *nf* escolaridad *f*

scooter [skutœʀ] *nm* escúter *m*

score [skɔʀ] *nm* (*SPORT*) tanteo

scorpion [skɔʀpjɔ̃] *nm* escorpión *m*

scotch [skɔtʃ] *nm* (*whisky*) whisky *m* escocés; (® *adhésif*) celo, cinta adhesiva

scout, e [skut] *adj* de scout ♦ *nm/f* scout *m/f*, explorador(a)

script [skʀipt] *nm* (*écriture*) letra cursiva; (*CINÉ*) guión *m*

scrupule [skʀypyl] *nm* escrúpulo

scruter [skʀyte] *vt* (*objet, visage*) escrutar; (*horizon, alentours*) otear

scrutin [skʀytɛ̃] *nm* escrutinio

sculpter [skylte] *vt* esculpir; **sculpteur** *nm* escultor *m*; **sculpture** *nf* escultura; **sculpture sur bois** escultura en madera

SDF *sigle m* (*= sans domicile fixe*) persona sin hogar; **les SDF** los sin techo

se (s') [sə] *pron* se; **se voir comme on est** verse como uno es; **ils s'aiment** se quieren; **cela se répare facilement** eso se arregla fácilmente; **se casser la jambe/laver les mains** romperse una pierna/ lavarse las manos

séance [seɑ̃s] *nf* sesión *f*

seau, x [so] *nm* cubo, balde *m* (*esp AM*)

sec, sèche [sɛk, sɛʃ] *adj* seco(-a) ♦ *nm*: **tenir au ~** mantener en sitio seco ♦ *adv* (*démarrer*) bruscamente; **je le bois ~** lo bebo puro; **à ~** (*cours d'eau*) agotado(-a); (*à court d'argent*) pelado(-a)

sécateur [sekatœʀ] *nm* podadera

sèche [sɛʃ] *adj f voir* **sec**; **sèche-cheveux** *nm inv* secador *m* de pelo; **sèche-linge** *nm inv* secadora; **sèchement** *adv* (*répliquer etc*) secamente

sécher [seʃe] *vt* secar; (*fam*: *SCOL*: *classe*) pirarse ♦ *vi* secarse; (*fam*: *candidat*) estar pez; **se ~** *vpr* secarse; **sécheresse** *nf* (*du climat, sol*) sequedad *f*; (*absence de pluie*) sequía; **séchoir** *nm* (*à linge*) tendedero

second, e [s(ə)gɔ̃, ɔ̃d] *adj* segundo(-a) ♦ *nm* ayudante *m*; (*étage*) segundo; (*NAUT*) segundo de a bordo; **de ~e main** de segunda mano; **secondaire** *adj* secundario(-a); **seconde** *nf* segundo; **voyager en seconde** (*TRANSPORT*) viajar en segunda; **seconder** *vt* (*assister*) ayudar

secouer [s(ə)kwe] *vt* sacudir; (*fam*:

faire se démener) pinchar

secourir [s(ə)kuʀiʀ] *vt* socorrer; (*prodiguer des soins à*) auxiliar; **secourisme** *nm* socorrismo; **secouriste** *nm/f* socorrista *m/f*

secours [s(ə)kuʀ] *nm* socorro ♦ *nmpl* (*aide financière, matérielle*) ayuda *fsg*; **au ~!** ¡socorro!; **appeler au ~** pedir socorro; **les premiers ~** los primeros auxilios

secousse [s(ə)kus] *nf* sacudida; (*électrique*) descarga

secret, -ète [səkʀɛ, ɛt] *adj* secreto(-a) ♦ *nm* secreto; **en ~** en secreto; **~ professionnel** secreto profesional

secrétaire [s(ə)kʀetɛʀ] *nm/f* secretario(-a) ♦ *nm* (*meuble*) secreter *m*; **~ d'État** secretario de Estado; **~ de rédaction** secretario de redacción; **secrétariat** *nm* (*profession*) secretariado; (*bureau, fonction*) secretaría

secteur [sɛktœʀ] *nm* sector *m*; **branché sur le ~** conectado a la red; **le ~ privé/public** el sector privado/público

section [sɛksjɔ̃] *nf* sección *f*; (*d'une route, d'un parcours*) tramo; **sectionner** *vt* seccionar

sécu [seky] (*fam*) *nf* (= *Sécurité sociale*) *voir* **sécurité**

sécurité [sekyʀite] *nf* seguridad *f*; **être en ~** estar seguro(-a); **mesures de ~** medidas *fpl* de seguridad; **la ~ routière** la seguridad vial; **la S~ sociale** la Seguridad Social

sédentaire [sedɑ̃tɛʀ] *adj* sedentario(-a)

séduction [sedyksjɔ̃] *nf* seducción *f*

séduire [sedɥiʀ] *vt* seducir; **séduisant, e** *adj* seductor(a)

ségrégation [segʀegasjɔ̃] *nf* segregación *f*

seigle [sɛgl] *nm* (*BOT*) centeno

seigneur [sɛɲœʀ] *nm* señor *m*; **le S~** (*REL*) el Señor

sein [sɛ̃] *nm* (*ANAT*) seno; **au ~ de** en el seno de

séisme [seism] *nm* seísmo

seize [sɛz] *adj inv, nm inv* dieciséis *m inv*; *voir aussi* **cinq**; **seizième** *adj, nm/f* decimosexto(-a) ♦ *nm* (*partitif*) dieciseisavo; *voir aussi* **cinquième**

séjour [seʒuʀ] *nm* (*villégiature*) estancia; (*pièce*) cuarto de estar; **séjourner** *vi* permanecer

sel [sɛl] *nm* sal *f*

sélection [selɛksjɔ̃] *nf* selección *f*; **sélectionner** *vt* seleccionar

self-service [sɛlfsɛʀvis] (*pl* **~-~s**) *adj* autoservicio ♦ *nm* self-service *m*, restaurante *m* autoservicio

selle [sɛl] *nf* (*de cheval*) silla de montar; (*de bicyclette*) sillín *m*; **~s** *nfpl* (*MÉD*) deposiciones *fpl*; **seller** *vt* ensillar

selon [s(ə)lɔ̃] *prép* según; **~ que** según que; **~ moi** a mi modo de ver

semaine [s(ə)mɛn] *nf* semana; **en ~** durante la semana; **la ~ de 35 heures** la semana de 35 horas

semblable [sɑ̃blabl] *adj* semejante; **~ à** parecido(-a) a ♦ *nm* (*prochain*) semejante *m*

semblant [sɑ̃blɑ̃] *nm*: **faire ~ (de faire qch)** fingir (hacer algo)

sembler [sɑ̃ble] *vi* parecer ♦ *vb impers*: **il semble que** parece que; **il me semble (bien) que** me parece (bien) que

semelle [s(ə)mɛl] *nf* suela; (*intérieure*) plantilla

semer [s(ə)me] *vt* (*AGR*) sembrar; (*fig: éparpiller*) esparcir; **~ la confusion** sembrar la confusión

semestre [s(ə)mɛstʀ] *nm* semestre *m*

séminaire [seminɛʀ] *nm* seminario

semi-remorque [səmiʀəmɔʀk] (*pl* **~-~s**) *nm* semirremolque *m*

semoule [s(ə)mul] *nf* sémola

sénat [sena] *nm*: **le S~** el Senado; **sénateur** *nm* senador(a)

sens[1] [sɑ̃] *vb voir* **sentir**

sens[2] [sɑ̃s] *nm* sentido; **avoir le ~ des affaires** tener el don de los negocios; **en dépit du bon ~** sin sentido común; **en un ~, dans un ~** en cierto sentido; **à mon ~** en mi opinión; **dans le ~ des aiguilles d'une montre** en el sentido de las agujas del reloj; **dans le mauvais ~** en mal sentido; **bon ~** sensatez *f*; **~**

commun sentido común; **~ dessus dessous** patas arriba; **~ figuré/propre** sentido figurado/propio; **~ interdit** dirección *f* prohibida; **~ unique** dirección *f* única
sensation [sɑ̃sasjɔ̃] *nf* sensación *f*; **faire ~** causar sensación; **à ~** (*péj*) sensacionalista; **sensationnel, le** *adj* sensacional
sensé, e [sɑ̃se] *adj* sensato(-a)
sensibiliser [sɑ̃sibilize] *vt*: **~ qn (à)** sensibilizar a algn (para)
sensibilité [sɑ̃sibilite] *nf* sensibilidad *f*
sensible [sɑ̃sibl] *adj* sensible; (*différence, progrès*) apreciable; **sensiblement** *adv*: **ils ont sensiblement le même poids** tienen casi el mismo peso; **sensiblerie** *nf* sensiblería
sensuel, le [sɑ̃sɥɛl] *adj* sensual
sentence [sɑ̃tɑ̃s] *nf* sentencia
sentier [sɑ̃tje] *nm* sendero
sentiment [sɑ̃timɑ̃] *nm* sentimiento; **avoir le ~ de/que** tener la impresión de/que; **recevez mes ~s respectueux/dévoués** (*dans une lettre*) reciba usted mis más sinceros respetos
sentimental, e, -aux [sɑ̃timɑ̃tal, o] *adj* sentimental
sentinelle [sɑ̃tinɛl] *nf* centinela
sentir [sɑ̃tiʀ] *vt* sentir; (*par l'odorat*) oler; (*avoir une odeur de, aussi fig*) oler a; **~ bon/mauvais** oler bien/mal; **se ~ à l'aise** sentirse a gusto *ou* cómodo; **se ~ mal** encontrarse mal
séparation [sepaʀasjɔ̃] *nf* separación *f*; (*mur, cloison*) división *f*
séparé, e [sepaʀe] *adj* separado(-a); **séparément** *adv* separadamente
séparer [sepaʀe] *vt* separar; **se ~** *vpr* separarse; (*amis etc*) despedirse; (*écorce*) desprenderse; **se ~ de** (*époux*) separarse de; (*employé, objet personnel*) deshacerse de
sept [sɛt] *adj inv, nm inv* siete *m inv*; *voir aussi* **cinq**; **septante** *adj inv, nm inv* (*Belgique, Suisse*) setenta *m inv*
septembre [sɛptɑ̃bʀ] *nm* se(p)tiembre *m*; *voir aussi* **juillet**
septicémie [sɛptisemi] *nf* septicemia
septième [sɛtjɛm] *adj, nm/f* sé(p)timo(-a) ♦ *nm* (*partitif*) sé(p)timo; *voir aussi* **cinquième**
septique [sɛptik] *adj*: **fosse ~** foso séptico
séquelles [sekɛl] *nfpl* secuelas *fpl*
serein, e [səʀɛ̃, ɛn] *adj* sereno(-a)
sergent [sɛʀʒɑ̃] *nm* sargento
série [seʀi] *nf* serie *f*; **en/de/hors ~** en/de/fuera de serie
sérieusement [seʀjøzmɑ̃] *adv* con seriedad
sérieux, -ieuse [seʀjø, jøz] *adj* serio(-a) ♦ *nm* seriedad *f*; **garder son ~** mantener su seriedad; **prendre qch/qn au ~** tomarse algo/a algn en serio
serin [s(ə)ʀɛ̃] *nm* canario
seringue [s(ə)ʀɛ̃g] *nf* jeringa
serment [sɛʀmɑ̃] *nm* juramento
sermon [sɛʀmɔ̃] *nm* sermón *m*
séropositif, -ive [seʀopozitif, iv] *adj* (*MÉD*) seropositivo(-a)
serpent [sɛʀpɑ̃] *nm* serpiente *f*; **serpenter** *vi* serpentear
serpillière [sɛʀpijɛʀ] *nf* bayeta
serre [sɛʀ] *nf* (*construction*) invernadero; **~s** *nfpl* (*d'un rapace*) garras *fpl*
serré, e [seʀe] *adj* apretado(-a); (*lutte, match*) reñido(-a); (*café*) fuerte
serrer [seʀe] *vt* apretar; (*tenir: chose*) asir; (*rapprocher*) apretujar; (*frein, robinet*) apretar ♦ *vi*: **~ la main à qn** estrechar la mano a algn; **~ qn dans ses bras/contre son cœur** estrechar a algn entre sus brazos/contra su pecho; **se ~ contre qn** estrecharse contra algn; **se ~ les coudes** prestarse ayuda; **~ les rangs** cerrar filas
serrure [seʀyʀ] *nf* cerradura, chapa (*AM*); **serrurier** *nm* cerrajero
sert *etc* [sɛʀ] *vb voir* **servir**
servante [sɛʀvɑ̃t] *nf* sirvienta, mucama (*CSUR*), recamarera (*MEX*)
serveur, -euse [sɛʀvœʀ, øz] *nm/f* camarero(-a)
serviable [sɛʀvjabl] *adj* servicial
service [sɛʀvis] *nm* servicio; (*aide,

faveur) favor *m*; **~s** *nmpl* (*travail, prestations*) servicios *mpl*; (*ÉCON*) sector *m* servicios; **porte de ~** puerta de servicio; **rendre un ~ à qn** hacer un favor a algn; **être/mettre en ~** estar/poner en servicio; **hors ~** fuera de servicio; **~ après vente** servicio pos(t)-venta; **~ d'ordre** servicio de orden; **~ militaire/public** servicio militar/público; **~s secrets/sociaux** servicios secretos/sociales

serviette [sɛʀvjɛt] *nf* (*de table*) servilleta; (*de toilette*) toalla; (*porte-documents*) cartera, portafolio(s) *m* (*AM*); **~ hygiénique** compresa

servir [sɛʀviʀ] *vt* servir; (*client*: *au magasin*) atender ♦ *vi* servir; **se ~** *vpr* servirse; **se ~ de** (*plat*) servirse de; (*voiture, outil*) utilizar; (*relations, amis*) valerse de; **~ à qn** servir a algn; **~ à qch/faire qch** servir para algo/hacer algo; **cela ne sert à rien** eso no sirve para nada; **~ (à qn) de** hacer (a algn) de

serviteur [sɛʀvitœʀ] *nm* servidor *m*

ses [se] *dét voir* **son**

seuil [sœj] *nm* umbral *m*

seul, e [sœl] *adj* solo(-a); (*avec nuance affective*: *isolé*) solitario(-a); **le ~ livre/homme** el único libro/hombre ♦ *adv*: **vivre ~** vivir solo(-a); **à lui (tout) ~** sólo a él; **d'un ~ coup** *adv* de pronto; **parler tout ~** hablar solo; **il en reste un(e) ~(e)** queda sólo uno(-a); **seulement** *adv*: **seulement 5, 5 seulement** solamente 5; **non seulement ... mais aussi** *ou* **encore** no solamente ... pero también *ou* además

sève [sɛv] *nf* savia

sévère [sevɛʀ] *adj* severo(-a); (*style, tenue*) austero(-a)

sexe [sɛks] *nm* sexo; **sexuel, le** *adj* sexual

shampooing [ʃɑ̃pwɛ̃] *nm* (*lavage*) lavado; (*produit*) champú *m*; **se faire un ~** hacerse un lavado con champú

short [ʃɔʀt] *nm* pantalón *m* corto, short *m*

MOT-CLÉ

si [si] *adv* **1** (*oui*) sí; **Paul n'est pas venu? - si!** ¿no ha venido Pablo? - ¡sí!; **mais si!** ¡que sí!; **je suis sûr que si** estoy seguro (de) que sí; **je vous assure que si** le aseguro que sí; **il m'a répondu que si** me contestó que sí

2 (*tellement*): **si gentil/rapidement** tan amable/rápidamente; **si rapide qu'il soit** por muy rápido que sea

♦ *conj* si; **si tu veux** si quieres; **je me demande si ...** me pregunto si ...; **si seulement** si sólo; **(tant et) si bien que** tanto que; **s'il pouvait (seulement) venir!** ¡si (al menos) pudiera venir!; **s'il le fait, c'est que ...** si lo hace, es que ...; **s'il est aimable, eux par contre ...** él es amable, pero en cambio ellos ...; **si j'étais toi ...** yo que tú ...

♦ *nm inv* (*MUS*) si *m*

Sicile [sisil] *nf* Sicilia

SIDA [sida] *sigle m* (= *syndrome immuno-déficitaire acquis*) SIDA *m* (= *Síndrome de Inmunodeficiencia Adquirida*)

sidéré, e [sideʀe] *adj* atónito(-a)

sidérurgie [sideʀyʀʒi] *nf* siderurgia

siècle [sjɛkl] *nm* siglo *m*

siège [sjɛʒ] *nm* asiento; (*dans une assemblée*) puesto; (*de député*) escaño; (*d'une entreprise*) oficina central; (*MIL*) sitio; **~ social** sede social; **siéger** *vi* (*député*) ocupar un escaño; (*assemblée, tribunal*) celebrar sesión

sien, ne [sjɛ̃, sjɛn] *pron*: **le ~, la ~ne** el suyo, la suya; **les ~s, les ~nes** los suyos, las suyas; **faire des ~nes** (*fam*) hacer de las suyas; **les ~s** (*sa famille*) los suyos

sieste [sjɛst] *nf* siesta; **faire la ~** dormir la siesta

sifflement [sifləmɑ̃] *nm* silbido

siffler [sifle] *vi* silbar; (*train, avec un sifflet*) pitar ♦ *vt* silbar; (*orateur, faute, départ*) pitar; (*fam*: *verre, bouteille*) soplarse

sifflet [siflɛ] *nm* (*instrument*) silbato;

coup de ~ pitido
siffloter [siflɔte] *vi, vt* silbar ligeramente
sigle [sigl] *nm* sigla
signal, -aux [siɲal, o] *nm* señal *f*; **donner le ~ de** dar la señal de; **~ d'alarme/d'alerte** señal de alarma/de alerta; **signalement** *nm* descripción *f*
signaler [siɲale] *vt* señalar; **~ qch à qn/(à qn) que** señalar algo a algn/(a algn) que
signature [siɲatyʀ] *nf* firma
signe [siɲ] *nm* signo; (*mouvement, geste*) seña; **c'est bon/mauvais ~** es buena/mala señal; **faire un ~ de la tête/main** hacer una seña con la cabeza/la mano; **faire ~ à qn d'entrer** hacer señas a algn para que entre; **en ~ de** en señal de; **~s particuliers** señas individuales; **signer** *vt* firmar; **se signer** *vpr* santiguarse
significatif, -ive [siɲifikatif, iv] *adj* significativo(-a)
signification [siɲifikasjɔ̃] *nf* significado
signifier [siɲifje] *vt* significar
silence [silɑ̃s] *nm* silencio; (*MUS*) pausa; **"~!"** "¡silencio!"; **silencieux, -euse** *adj* silencioso(-a) ♦ *nm* silenciador *m*
silhouette [silwɛt] *nf* silueta
sillage [sijaʒ] *nm* estela
sillon [sijɔ̃] *nm* surco; **sillonner** *vt* (*suj*: *rides, crevasses*) formar surcos en; (*parcourir en tous sens*) surcar
simagrées [simagʀe] *nfpl* melindres *mpl*
similaire [similɛʀ] *adj* similar; **similicuir** *nm* cuero artificial; **similitude** *nf* semejanza
simple [sɛ̃pl] *adj* simple; (*peu complexe*) sencillo(-a), simple; (*repas, vie*) sencillo(-a) ♦ *nm* (*TENNIS*): **~ messieurs/dames** individual *m* masculino/femenino; **~ d'esprit** *nm/f* simplón(-ona)
simplicité [sɛ̃plisite] *nf* sencillez *f*; **en toute ~** con toda sencillez
simplifier [sɛ̃plifje] *vt* simplificar
simuler [simyle] *vt* fingir; (*suj*: *substance, revêtement*) simular, imitar
simultané, e [simyltane] *adj* simultáneo(-a)
sincère [sɛ̃sɛʀ] *adj* sincero(-a); **sincèrement** *adv* sinceramente; **sincérité** *nf* sinceridad *f*
singe [sɛ̃ʒ] *nm* mono; **singer** *vt* imitar; **singeries** *nfpl* monerías *fpl*
singulariser [sɛ̃gylaʀize] *vt* singularizar; **se ~** *vpr* caracterizarse
singularité [sɛ̃gylaʀite] *nf* singularidad *f*
singulier, -ière [sɛ̃gylje, jɛʀ] *adj* singular ♦ *nm* (*LING*) singular *m*
sinistre [sinistʀ] *adj* siniestro(-a) ♦ *nm* siniestro; **sinistré, e** *adj* siniestrado(-a)
sinon [sinɔ̃] *conj* (*autrement, sans quoi*) de lo contrario; (*si ce n'est*) si no
sinueux, -euse [sinɥø, øz] *adj* (*ruelles*) sinuoso(-a)
sinus [sinys] *nm* seno; **sinusite** *nf* sinusitis *f inv*
sirène [siʀɛn] *nf* sirena; **~ d'alarme** sirena de alarma
sirop [siʀo] *nm* (*de fruit etc*) concentrado; (*boisson*) sirope *m*, zumo; (*pharmaceutique*) jarabe *m*
siroter [siʀɔte] *vt* beber a sorbos
sismique [sismik] *adj* sísmico(-a)
site [sit] *nm* (*paysage, environnement*) paraje *m*; (*d'une ville etc*) emplazamiento; **~ (pittoresque)** paisaje *m* (pintoresco)
sitôt [sito] *adv*: **~ parti** nada más marcharse (*etc*); **~ après** inmediatamente después; **pas de ~** no tan pronto
situation [sitɥasjɔ̃] *nf* situación *f*; (*emploi, place*) puesto; **~ de famille** estado civil
situé, e [sitɥe] *adj* situado(-a)
situer [sitɥe] *vt* situar; (*en pensée*) localizar; **se ~** *vpr*: **se ~ à** *ou* **dans/près de** situarse en/cerca de
six [sis] *adj inv, nm inv* seis *m inv*; *voir aussi* **cinq**; **sixième** *adj, nm/f* sexto(-a) ♦ *nm* (*partitif*) sexto ♦ *nf* (*SCOL*) *primer año de educación secundaria en el sistema francés*; *voir aussi* **cinquième**

skaï [skaj] *nm* skay *m*
ski [ski] *nm* esquí *m*; **~ de fond/de piste/de randonnée** esquí de fondo/de pista/de paseo; **~ nautique** esquí náutico; **skier** *vi* esquiar; **skieur, -euse** *nm/f* esquiador(a)
slip [slip] *nm* (*d'homme*) calzoncillo, slip *m*, calzones *mpl* (*AM*); (*de femme*) braga, calzones *mpl* (*AM*); (*de bain*: *d'homme*) bañador *m*; (: *de femme*) braga (del bikini)
slogan [slɔgɑ̃] *nm* eslogan *m*
SMIC [smik] *sigle m* (= *salaire minimum interprofessionnel de croissance*) *salario mínimo interprofesional*

> SMIC
>
> *En Francia, se llama* SMIC *a la tarifa salarial mínima establecida por hora para trabajadores de más de dieciocho años. Va ligado al IPC y sube cada vez que el coste de la vida aumenta en un 2%.*

smoking [smɔkiŋ] *nm* esmoquin *m*
SNCF [ɛsɛnseɛf] *sigle f* (= *Société nationale des chemins de fer français*) *red nacional de ferrocarriles franceses*
snob [snɔb] *adj, nm/f* esnob *m/f*; **snobisme** *nm* esnobismo
sobre [sɔbʀ] *adj* sobrio(-a)
sobriquet [sɔbʀikɛ] *nm* mote *m*
social, e, -aux [sɔsjal, jo] *adj* social
socialisme [sɔsjalism] *nm* socialismo; **socialiste** *adj, nm/f* socialista *m/f*
société [sɔsjete] *nf* sociedad *f*; **~ anonyme/à responsabilité limitée** sociedad anónima/de responsabilidad limitada
sociologie [sɔsjɔlɔʒi] *nf* sociología
socle [sɔkl] *nm* pedestal *m*
socquette [sɔkɛt] *nf* calcetín *m* corto
sœur [sœʀ] *nf* hermana; **~ Elisabeth** (*REL*) sor Elisabeth; **~ aînée/cadette** hermana mayor/menor
soi [swa] *pron* sí mismo(-a); **cela va de ~** ni que decir tiene; **soi-disant** *adj inv* supuesto(-a) ♦ *adv* presuntamente
soie [swa] *nf* seda; (*de porc, sanglier*) cerda; **soierie** *nf* sedería
soif [swaf] *nf* sed *f*; **avoir ~** tener sed; **donner ~ (à qn)** dar sed (a algn)
soigné, e [swaɲe] *adj* (*personne*) cuidado(-a); (*travail*) esmerado(-a)
soigner [swaɲe] *vt* cuidar (a); (*maladie*) curar; **soigneux, -euse** *adj* cuidadoso(-a)
soi-même [swamɛm] *pron* si-mismo(-a)
soin [swɛ̃] *nm* cuidado; **~s** *nmpl* (*à un malade, aussi hygiène*) cuidados *mpl*; **avoir** *ou* **prendre ~ de qch/qn** ocuparse de algo/algn; **laisser à qn le ~ de faire qch** dejar a algn al cargo de hacer algo; **les premiers ~s** primeros auxilios *mpl*
soir [swaʀ] *nm* tarde *f*, noche *f*; **ce ~** esta tarde; **"à ce ~!"** "¡hasta la tarde!"; **sept heures du ~** las siete de la tarde; **dix heures du ~** las diez de la noche; **demain ~** mañana por la noche; **soirée** *nf* (*moment de la journée*) tarde *f*; (: *tard*) noche *f*; (*réception*) velada
soit [swa] *vb voir* **être** ♦ *conj* es decir ♦ *adv* (*assentiment*) sea, de acuerdo; **~ que ..., ~ que ...** ya sea ... ya sea ...
soixantaine [swasɑ̃tɛn] *nf* (*nombre*): **la ~** los sesenta; **avoir la ~** rondar los sesenta
soixante [swasɑ̃t] *adj inv, nm inv* sesenta *m inv*; *voir aussi* **cinq**
soixante-dix [swasɑ̃tdis] *adj inv, nm inv* setenta *m inv*
soixante-dixième [swasɑ̃tdizjɛm] *adj, nm/f* septuagésimo(-a); *voir aussi* **cinquième**
soixantième [swasɑ̃tjɛm] *adj, nm/f* sexagésimo(-a); *voir aussi* **cinquième**
soja [sɔʒa] *nm* soja; **germes de ~** brotes *mpl* de soja
sol [sɔl] *nm* suelo ♦ *nm inv* (*MUS*) sol *m*
solaire [sɔlɛʀ] *adj* solar; (*huile, filtre*) bronceador(a); **cadran ~** reloj *m* de sol
soldat [sɔlda] *nm* soldado

solde [sɔld] *nf* (*MIL*) sueldo ♦ *nm* (*COMM*) saldo; **~s** *nm ou fpl* (*COMM*) saldos *mpl*; **en ~** rebajado; **solder** *vt* (*compte*: *en acquittant le solde*) saldar; (: *en l'arrêtant*) liquidar; (*marchandise*) rebajar; **article soldé 10 F** artículo rebajado a 10 francos

sole [sɔl] *nf* lenguado

soleil [sɔlɛj] *nm* sol *m*; **il y a ~** hace sol; **au ~** al sol; **en plein ~** a pleno sol

solennel, le [sɔlanɛl] *adj* solemne

solfège [sɔlfɛʒ] *nm* solfeo

solidaire [sɔlidɛʀ] *adj* solidario(-a); (*choses*) interdependiente; **solidarité** *nf* solidaridad *f*; **par solidarité (avec)** por solidaridad (con)

solide [sɔlid] *adj* sólido(-a); (*personne, estomac*) fuerte ♦ *nm* (*PHYS, GÉOM*) sólido

soliste [sɔlist] *nm/f* solista *m/f*

solitaire [sɔlitɛʀ] *adj* solitario(-a) ♦ *nm* (*diamant, jeu*) solitario

solitude [sɔlityd] *nf* soledad *f*

solliciter [sɔlisite] *vt* solicitar; (*suj*: *attractions etc*) tentar; (: *occupations*) absorber; **~ qn** tentar a algn

sollicitude [sɔlisityd] *nf* solicitud *f*

soluble [sɔlybl] *adj* soluble

solution [sɔlysjɔ̃] *nf* solución *f*; **~ de facilité** solución fácil

solvable [sɔlvabl] *adj* solvente

sombre [sɔ̃bʀ] *adj* oscuro(-a); **sombrer** *vi* (*bateau*) zozobrar

sommaire [sɔmɛʀ] *adj* somero(-a) ♦ *nm* sumario

somme [sɔm] *nf* (*MATH, d'argent*) suma ♦ *nm*: **faire un ~** echar un sueño; **en ~** en resumidas cuentas

sommeil [sɔmɛj] *nm* sueño; **avoir ~** tener sueño; **sommeiller** *vi* dormitar; (*fig*) estar en suspenso

sommet [sɔmɛ] *nm* cima; (*de la perfection, gloire*) cumbre *f*

sommier [sɔmje] *nm* somier *m*

somnambule [sɔmnɑ̃byl] *nm/f* sonámbulo(-a)

somnifère [sɔmnifɛʀ] *nm* somnífero

somnoler [sɔmnɔle] *vi* dormitar

somptueux, -euse [sɔ̃ptɥø, øz] *adj* suntuoso(-a)

son¹, sa [sɔ̃, sa] (*pl* **ses**) *dét* su

son² [sɔ̃] *nm* sonido; (*de blé*) salvado

sondage [sɔ̃daʒ] *nm* sondeo

sonde [sɔ̃d] *nf* sonda; (*TECH*) barrena

sonder [sɔ̃de] *vt* sondear; (*plaie, malade*) sondar; (*fig*: *conscience etc*) indagar (en); **~ le terrain** (*fig*) tantear el terreno

songe [sɔ̃ʒ] *nm* sueño; **songer**: **songer à** *vt ind* pensar en; **songeur, -euse** *adj* pensativo

sonnant, e [sɔnɑ̃, ɑ̃t] *adj*: **à huit heures ~es** a las ocho en punto

sonné, e [sɔne] *adj*: **il est midi ~** son las doce dadas; **il a quarante ans bien ~s** tiene cuarenta años bien cumplidos

sonner [sɔne] *vi* (*cloche*) tañer; (*réveil, téléphone*) sonar ♦ *vt* (*cloche*) tañer; (*domestique, portier, infirmière*) llamar a; (*messe, réveil, tocsin*) tocar a; (*fam*: *suj*: *choc, coup*) dejar sonado(-a); **~ faux** (*instrument*) desafinar; (*rire*) sonar a falso; **~ les heures** dar las horas

sonnerie [sɔnʀi] *nf* timbre *m*; **~ d'alarme** alarma

sonnette [sɔnɛt] *nf* (*de porte, électrique*) timbre *m*; **~ d'alarme** timbre de alarma

sonore [sɔnɔʀ] *adj* sonoro(-a); **sonorisation** *nf* sonorización *f*; **sonorité** *nf* sonoridad *f*

sophistiqué, e [sɔfistike] *adj* sofisticado(-a)

sorbet [sɔʀbɛ] *nm* sorbete *m*

sorcier, -ière [sɔʀsje, jɛʀ] *nm/f* brujo(-a)

sordide [sɔʀdid] *adj* sórdido(-a)

sort [sɔʀ] *vb voir* **sortir** ♦ *nm* (*fortune, destin*) suerte *f*; (*condition, situation*) fortuna *f*; **jeter un ~** hechizar; **tirer au ~** sortear

sorte [sɔʀt] *nf* clase *f*, especie *f*; **en quelque ~** en cierto modo; **de (telle) ~ que** de (tal) modo que; **faire en ~ que** procurar que

sortie [sɔʀti] *nf* salida; **~ de secours** salida de emergencia

sortilège [sɔʀtilɛʒ] *nm* sortilegio

sortir [sɔʀtiʀ] *vi* salir ♦ *vt* llevar;

(*mener dehors, promener: personne, chien*) sacar; (*produit etc*) salir al mercado; (*fam: expulser: personne*) echar; **~ de** salir de; (*rails etc, aussi fig*) salirse de; **se ~ de** (*affaire, situation*) salir de; **~ de ses gonds** (*fig*) salirse de sus casillas; **s'en ~** (*malade*) reponerse

sosie [sɔzi] *nm* doble *m/f*

sot, sotte [so, sɔt] *adj, nm/f* necio(-a); **sottise** *nf*: **une sottise** una tontería

sou [su] *nm*: **être près de ses ~s** ser un(a) agarrado(-a); **être sans le ~** estar sin blanca

soubresaut [subʀəso] *nm* sobresalto

souche [suʃ] *nf* (*d'un arbre*) cepa; (*d'un registre, carnet*) matriz *f*

souci [susi] *nm* preocupación *f*, inquietud *f*; (BOT) caléndula; **se faire du ~** inquietarse; **soucier**: **se soucier de** *vpr* preocuparse por; **soucieux, -euse** *adj* preocupado(-a)

soucoupe [sukup] *nf* platillo; **~ volante** platillo volante

soudain, e [sudɛ̃, ɛn] *adj* repentino(-a) ♦ *adv* de repente

soude [sud] *nf* sosa

souder [sude] *vt* soldar

soudure [sudyʀ] *nf* soldadura

souffle [sufl] *nm* soplo; (*d'une explosion*) onda expansiva; **être à bout de ~** estar sin aliento; **second ~** (*fig*) fuerzas recobradas

soufflé [sufle] *nm* (CULIN) suflé *m*

souffler [sufle] *vi* soplar; (*haleter*) resoplar ♦ *vt* soplar; (*suj: explosion*) volar; **~ qch à qn** apuntar algo a algn

souffrance [sufʀɑ̃s] *nf* sufrimiento

souffrant, e [sufʀɑ̃, ɑ̃t] *adj* (*personne*) indispuesto(-a)

souffre-douleur [sufʀədulœʀ] *nm inv* chivo expiatorio

souffrir [sufʀiʀ] *vi* sufrir ♦ *vt* padecer; (*exception, retard*) admitir; **~ de** padecer de; (*: dents, blessure etc*) hacer padecer a algn

soufre [sufʀ] *nm* azufre *m*

souhait [swɛ] *nm* deseo; **"à vos ~s!"** "¡Jesús!"; **souhaitable** *adj* aconsejable

souhaiter [swete] *vt* desear; **~ le bonjour à qn** dar los buenos días a algn; **~ la bonne année à qn** desearle un feliz año nuevo a algn

soûl, e [su, sul] *adj* borracho(-a) ♦ *nm*: **boire/manger tout son ~** beber/comer hasta hartarse

soulagement [sulaʒmɑ̃] *nm* alivio

soulager [sulaʒe] *vt* aliviar

soûler [sule] *vt* emborrachar; (*boisson, fig*) embriagar; **se ~** *vpr* emborracharse

soulever [sul(ə)ve] *vt* levantar; (*difficultés*) provocar; (*question, problème, débat*) plantear; **se ~** *vpr* levantarse; (*peuple, province*) sublevarse; **cela (me) soulève le cœur** eso me revuelve el estómago

soulier [sulje] *nm* zapato

souligner [suliɲe] *vt* subrayar; (*détail, l'importance de qch*) remarcar

soumettre [sumɛtʀ] *vt* someter; **se ~** *vpr*: **se ~ (à)** someterse (a)

soumis, e [sumi, iz] *pp de* **soumettre** ♦ *adj* (*personne, air*) sumiso(-a); (*peuples*) sometido(-a); **soumission** *nf* sumisión *f*

soupçon [supsɔ̃] *nm* sospecha; **un ~ de** una pizca de; **soupçonner** *vt* sospechar; **soupçonneux, -euse** *adj* desconfiado(-a)

soupe [sup] *nf* sopa

souper [supe] *vi* cenar ♦ *nm* cena

soupeser [supəze] *vt* sopesar

soupière [supjɛʀ] *nf* sopera

soupir [supiʀ] *nm* suspiro; (MUS) silencio de negra

soupirer [supiʀe] *vi* suspirar

souple [supl] *adj* flexible; (*démarche, taille*) desenvuelto(-a); **souplesse** *nf* flexibilidad *f*; (*de la démarche*) desenvoltura; **en souplesse, avec souplesse** con suavidad

source [suʀs] *nf* fuente *f*; (*point d'eau*) manantial *m*; (*fig: cause, point de départ*) origen *m*; **~s** *nfpl* (*fig*) fuentes *fpl*

sourcil [suʀsi] *nm* ceja; **sourciller** *vi*: **sans sourciller** sin pestañear

sourd, e [suʀ, suʀd] *adj* sordo(-a) ♦ *nm/f* sordo(-a); **sourdine** *nf* (MUS) sordina; **en sourdine** por lo bajo

sourd-muet, sourde-muette [suʀmyɛ, suʀdmyɛt] (*pl* **~s-~s, sourdes-muettes**) *adj, nm/f* sordomudo(-a)

souriant, e [suʀjɑ̃, jɑ̃t] *vb voir* **sourire** ♦ *adj* sonriente

sourire [suʀiʀ] *nm* sonrisa ♦ *vi* sonreír; **garder le ~** mantener la sonrisa; **~ à qn** sonreír a algn

souris [suʀi] *nf* (ZOOL, INFORM) ratón *m*

sournois, e [suʀnwa, waz] *adj* disimulado(-a), solapado(-a)

sous [su] *prép* debajo de, bajo; **~ la pluie/le soleil** bajo la lluvia/el sol; **~ mes yeux** ante mis ojos; **~ terre** *adj* bajo tierra ♦ *adv* debajo de la tierra; **~ vide** *adj* al vacío ♦ *adv* en vacío; **~ Louis XIV** bajo el reinado de Luis XIV; **~ peu** dentro de poco; **sous-bois** *nm inv* maleza

souscrire [suskʀiʀ]: **~ à** *vt ind* suscribir a

sous...: sous-directeur, -trice (*pl* **sous-directeurs, trices**) *nm/f* subdirector(a); **sous-entendre** *vt* sobrentender; **sous-entendu, e** (*pl* **sous-entendus, es**) *adj* implícito(-a) ♦ *nm* insinuación *f*; **sous-estimer** *vt* subestimar; **sous-jacent, e** (*pl* **sous-jacents, es**) *adj* subyacente; (*fig*: *idée*) latente; **sous-louer** *vt* subarrendar; **sous-marin, e** (*pl* **sous-marins, es**) *adj* submarino(-a) ♦ *nm* submarino; **soussigné, e** *adj*: **je soussigné ...** yo, el que suscribe ...; **sous-sol** (*pl* **sous-sols**) *nm* sótano; **sous-titre** (*pl* **sous-titres**) *nm* subtítulo

soustraction [sustʀaksjɔ̃] *nf* sustracción *f*

soustraire [sustʀɛʀ] *vt* sustraer; **~ qn à** alejar a algn de

sous...: sous-traitant (*pl* **sous-traitants**) *nm* subcontratista *m*; **sous-traiter** *vt* (COMM: *affaire*) ceder en subcontrato ♦ *vi* subcontratar; **sous-vêtements** *nmpl* ropa interior

soutane [sutan] *nf* sotana

soute [sut] *nf* (*aussi*: **~ à bagages**) bodega

soutenir [sut(ə)niʀ] *vt* sostener; (*intérêt, effort*) mantener; **~ que** mantener que; **soutenu, e** *pp de* **soutenir** ♦ *adj* (*attention, efforts*) constante; (*style*) elevado(-a); (*couleur*) vivo(-a)

souterrain, e [sutɛʀɛ̃, ɛn] *adj* subterráneo(-a) ♦ *nm* subterráneo

soutien [sutjɛ̃] *nm* apoyo; **soutien-gorge** (*pl* **soutiens-gorge**) *nm* sujetador *m*, corpiño (AM)

soutirer [sutiʀe] *vt*: **~ qch à qn** sonsacar algo a algn

souvenir [suv(ə)niʀ] *nm* recuerdo; (*réminiscence*) memoria ♦ *vpr*: **se ~ de** recordar, acordarse de; **en ~ de** como recuerdo de; **se ~ que** recordar que, acordarse de que

souvent [suvɑ̃] *adv* a menudo, con frecuencia, seguido (AM); **peu ~** pocas veces, con poca frecuencia

souverain, e [suv(ə)ʀɛ̃, ɛn] *adj* soberano(-a) ♦ *nm/f* soberano(-a)

soyeux, -euse [swajø, øz] *adj* sedoso(-a)

spacieux, -ieuse [spasjø, jøz] *adj* espacioso(-a)

spaghettis [spageti] *nmpl* espaguetis *mpl*

sparadrap [spaʀadʀa] *nm* esparadrapo, curita (AM)

spatial, e, -aux [spasjal, jo] *adj* espacial

speaker, ine [spikœʀ, kʀin] *nm/f* locutor(a)

spécial, e, -aux [spesjal, jo] *adj* especial; **spécialement** *adv* especialmente; **spécialiser**: **se ~** *vpr* especializarse; **spécialiste** *nm/f* especialista *m/f*; **spécialité** *nf* especialidad *f*

spécifier [spesifje] *vt* especificar

spécimen [spesimɛn] *nm* espécimen *m*; (*revue etc*) ejemplar *m* gratuito

spectacle [spɛktakl] *nm* espectáculo; **spectaculaire** *adj* espectacular

spectateur, -trice [spɛktatœʀ, tʀis] *nm/f* espectador(a)

spéculer [spekyle] *vi* especular; **~ sur** (FIN, COMM) especular con; (*réfléchir*) especular sobre

spéléologie [speleɔlɔʒi] *nf* espeleología

sperme [spɛʀm] *nm* esperma *m*
sphère [sfɛʀ] *nf* esfera
spirale [spiʀal] *nf* espiral *f*
spirituel, le [spiʀitɥɛl] *adj* espiritual; (*fin, amusant*) ingenioso(-a)
splendide [splɑ̃did] *adj* espléndido(-a)
spontané, e [spɔ̃tane] *adj* espontáneo(-a); **spontanéité** *nf* espontaneidad *f*
sport [spɔʀ] *nm* deporte *m* ♦ *adj inv* (*vêtement, ensemble*) de sport; **faire du ~** hacer deporte; **~ d'hiver** deporte de invierno; **sportif, -ive** *adj* deportivo(-a) ♦ *nm/f* deportista *mf*
spot [spɔt] *nm* (*lampe*) foco; **~ (publicitaire)** anuncio *ou* spot *m* (publicitario)
square [skwaʀ] *nm* plazoleta
squelette [skəlɛt] *nm* esqueleto; **squelettique** *adj* esquelético(-a)
stabiliser [stabilize] *vt* estabilizar
stable [stabl] *adj* estable
stade [stad] *nm* estadio
stage [staʒ] *nm* cursillo; **stagiaire** *nm/f* cursillista *m/f*
stagner [stagne] *vi* estancarse
stand [stɑ̃d] *nm* (*d'exposition*) stand *m*; (*de foire*) puesto; **~ de tir** (MIL, SPORT) galería de tiro; (*à la foire*) puesto de tiro al blanco
standard [stɑ̃daʀ] *adj inv* estándar ♦ *nm* estándar *m*; (*téléphonique*) central *f* telefónica, conmutador *m* (AM); **standardiste** *nm/f* telefonista *m/f*
standing [stɑ̃diŋ] *nm* nivel *m* de vida; **immeuble de grand ~** inmueble de lujo
starter [staʀtɛʀ] *nm* (AUTO) estárter *m*
station [stasjɔ̃] *nf* estación *f*; (*de bus, métro*) parada; (RADIO, TV) emisora; **~ de sports d'hiver** estación de esquí; **~ de taxis** parada de taxis; **~ thermale** balneario; **stationnement** *nm* (AUTO) aparcamiento; **stationner** *vi* aparcar; **station-service** (*pl* **stations-service**) *nf* gasolinera, estación *f* de servicio
statistique [statistik] *nf* estadística ♦ *adj* estadístico(-a)
statue [staty] *nf* estatua
statu quo [statykwo] *nm*: **maintenir le ~ ~** mantener el statu quo
statut [staty] *nm* estatuto; **statutaire** *adj* estatutario(-a)
Sté *abr* = **société**
steak [stɛk] *nm* bistec *m*, bife *m* (ARG)
sténo(graphie) [stenɔ(gʀafi)] *nf* taquigrafía *f*
stérile [steʀil] *adj* estéril
stérilet [steʀilɛ] *nm* espiral *f*
stériliser [steʀilize] *vt* esterilizar
stimulant, e [stimylɑ̃, ɑ̃t] *adj* estimulante ♦ *nm* (*fig*) aliciente *m*, incentivo
stimuler [stimyle] *vt* estimular
stipuler [stipyle] *vt* estipular
stock [stɔk] *nm* (COMM) existencias *fpl*, stock *m*; (*d'or*) reservas *fpl*; **stocker** *vt* almacenar
stop [stɔp] *nm* (AUTO: *panneau*) stop *m*; (*auto-stop*) auto-stop *m* ♦ *excl* ¡alto!; **stopper** *vt* (*navire, machine*) detener; (*mouvement, attaque*) parar; (COUTURE) zurcir
store [stɔʀ] *nm* (*en tissu*) cortinilla; (*en bois*) persiana; (*de magasin*) toldo
strabisme [stʀabism] *nm* estrabismo
strapontin [stʀapɔ̃tɛ̃] *nm* asiento plegable
stratégie [stʀateʒi] *nf* estrategia; **stratégique** *adj* estratégico(-a)
stress [stʀɛs] *nm* estrés *msg*; **stressant, e** *adj* estresante; **stresser** *vt* estresar
strict, e [stʀikt] *adj* estricto(-a); (*parents*) severo(-a); (*tenue*) de etiqueta; **c'est son droit le plus ~** es su justo derecho; **le ~ nécessaire** *ou* **minimum** lo esencial
strident, e [stʀidɑ̃, ɑ̃t] *adj* estridente
strophe [stʀɔf] *nf* estrofa
structure [stʀyktyʀ] *nf* estructura; **~s d'accueil** medios *mpl* de acogida
studieux, -euse [stydjø, jøz] *adj* estudioso(-a)
studio [stydjo] *nm* estudio; (*logement*) apartamento-estudio
stupéfait, e [stypefɛ, ɛt] *adj* estupefacto(-a)

stupéfiant, e [stypefjɑ̃, jɑ̃t] *adj, nm* estupefaciente *m*
stupéfier [stypefje] *vt* dejar estupefacto(-a)
stupeur [stypœʀ] *nf* estupor *m*
stupide [stypid] *adj* estúpido(-a); **stupidité** *nf* estupidez *f*
style [stil] *nm* estilo; **meuble de ~** mueble *m* de estilo
stylé, e [stile] *adj* con clase
styliste [stilist] *nm/f* diseñador(a)
stylo [stilo] *nm*: **~ (à) plume** estilográfica; **~ (à) bille** bolígrafo, birome *f* (*CSUR*)
su, e [sy] *pp de* **savoir**
suave [sɥav] *adj* suave
subalterne [sybaltɛʀn] *adj, nm/f* subalterno(-a)
subconscient [sypkɔ̃sjɑ̃] *nm* subconsciente *m*
subir [sybiʀ] *vt* padecer; (*mauvais traitements, revers, modification*) sufrir; (*influence, charme*) experimentar; (*traitement, opération, examen*) pasar
subit, e [sybi, it] *adj* repentino(-a); **subitement** *adv* repentinamente
subjectif, -ive [sybʒɛktif, iv] *adj* subjetivo(-a)
subjonctif [sybʒɔ̃ktif] *nm* subjuntivo
subjuguer [sybʒyge] *vt* encantar
submerger [sybmɛʀʒe] *vt* sumergir
subordonné, e [sybɔʀdɔne] *adj* (*LING*) subordinado(-a) ♦ *nm/f* (*ADMIN, MIL*) subordinado(-a)
subrepticement [sybʀɛptismɑ̃] *adv* con disimulo
subside [sybzid] *nm* subsidio
subsidiaire [sybzidjɛʀ] *adj*: **question ~** pregunta adicional
subsister [sybziste] *vi* (*monument, erreur*) perdurar; (*personne, famille*) subsistir
substance [sypstɑ̃s] *nf* su(b)stancia
substituer [sypstitɥe] *vt*: **~ qch/qn à** sustituir algo/a algn por
substitut [sypstity] *nm* (*JUR*) sustituto; (*succédané*) su(b)stitutivo
subterfuge [syptɛʀfyʒ] *nm* subterfugio
subtil, e [syptil] *adj* sutil
subvenir [sybvəniʀ]: **~ à** *vt ind* atender a
subvention [sybvɑ̃sjɔ̃] *nf* subvención *f*; **subventionner** *vt* subvencionar
suc [syk] *nm* (*BOT*) jugo; (*d'un fruit*) zumo
succéder [syksede]: **~ à** *vt ind* suceder a; **se ~** *vpr* sucederse
succès [syksɛ] *nm* éxito; **sans ~** sin éxito; **avoir du ~** tener éxito; **à ~** de éxito
successeur [syksesœʀ] *nm* sucesor *m*
successif, -ive [syksesif, iv] *adj* sucesivo(-a)
succession [syksesjɔ̃] *nf* sucesión *f*
succomber [sykɔ̃be] *vi* sucumbir; **~ à** sucumbir a
succulent, e [sykylɑ̃, ɑ̃t] *adj* suculento(-a)
succursale [sykyʀsal] *nf* sucursal *f*
sucer [syse] *vt* chupar; **sucette** *nf* (*bonbon*) piruleta
sucre [sykʀ] *nm* azúcar *m ou f*; (*morceau de sucre*) terrón *m* de azúcar; **~ cristallisé** azúcar en polvo; **~ d'orge** pirulí *m*; **~ en morceaux/en poudre** azúcar de cortadillo/en polvo; **sucré, e** *adj* azucarado(-a); (*péj*: *ton, voix*) meloso(-a); **sucrer** *vt* poner azúcar en *ou* a; **sucreries** *nfpl* (*bonbons*) golosinas *fpl*; **sucrier, -ière** *nm* azucarero
sud [syd] *nm* sur *m* ♦ *adj inv* sur *inv*; **au ~** al sur; **au ~ de** al sur de; **sud-africain, e** (*pl* **sud-africains, es**) *adj* sudafricano(-a) ♦ *nm/f*: **Sud-Africain, e** sudafricano(-a); **sud-américain, e** (*pl* **sud-américains, es**) *adj* sudamericano(-a) ♦ *nm/f*: **Sud-Américain, e** sudamericano(-a); **sud-est** *nm inv* sudeste *m inv*; **sud-ouest** *nm inv* sudoeste *m inv*
Suède [sɥɛd] *nf* Suecia; **suédois, e** *adj* sueco(-a) ♦ *nm* (*LING*) sueco ♦ *nm/f*: **Suédois, e** sueco(-a)
suer [sɥe] *vi* sudar; **sueur** *nf* sudor *m*
suffire [syfiʀ] *vi* bastar; (*intensif*): **il suffit d'une négligence pour que ...** un descuido basta para que ...; **il suffit qu'on oublie pour que ...** basta olvidarse para que ...; **cela lui**

suffit eso le basta; **"ça suffit!"** "¡basta ya!"
suffisamment [syfizamɑ̃] *adv* suficientemente; **~ de** suficiente
suffisant, e [syfizɑ̃, ɑ̃t] *adj* suficiente; (*air, ton*) de suficiencia
suffixe [syfiks] *nm* sufijo
suffoquer [syfɔke] *vt* sofocar; (*nouvelle etc*) dejar sin respiración ♦ *vi* sofocarse
suffrage [syfʀaʒ] *nm* voto; **~s** *nmpl* (*du public etc*) votos *mpl*; **~ universel/direct/indirect** sufragio universal/directo/indirecto
suggérer [sygʒeʀe] *vt* sugerir; **suggestion** *nf* sugerencia
suicide [sɥisid] *nm* suicidio; **suicider**: **se suicider** *vpr* suicidarse
suie [sɥi] *nf* hollín *m*
suisse [sɥis] *adj* suizo(-a) ♦ *nm/f*: **S~** suizo(-a); **Suissesse** *nf* suiza
suite [sɥit] *nf* continuación *f*; (*de maisons, rues, succès*) sucesión *f*; (*MATH, liaison logique*) serie *f*; (*MUS, appartement*) suite *f*; (*escorte*) séquito; **~s** *nfpl* (*d'une maladie, chute*) secuelas *fpl*; **prendre la ~ de** (*directeur etc*) tomar el relevo de; **donner ~ à** dar curso a; **~ à votre lettre du ...** en respuesta a su carta del ...; **de ~** (*d'affilée*) seguido(-a); **par la ~** luego; **à la ~** *adj* seguido(-a) ♦ *adv* a continuación; **à la ~ de** (*derrière*) tras; (*en conséquence de*) como consecuencia de
suivant, e [sɥivɑ̃, ɑ̃t] *vb voir* **suivre** ♦ *adj* siguiente ♦ *prép* según; **~ que** según que; **"au ~!"** "¡el siguiente!"
suivi, e [sɥivi] *pp de* **suivre** ♦ *adj* seguido(-a) ♦ *nm* seguimiento
suivre [sɥivʀ] *vt* seguir; (*imagination, fantaisie, goût*) dejarse guiar por; (*cours*) asistir a; (*comprendre: programme, leçon*) comprender; (*malade, affaire*) llevar el seguimiento de; (*raisonnement*) seguir el hilo de ♦ *vi* (*écouter attentivement*) atender; (*assimiler le programme*) comprender; (*venir après*) seguirse; **se ~** *vpr* sucederse; **faire ~** (*lettre*) reexpedir
sujet, te [syʒɛ, ɛt] *adj*: **être ~ à** (*accidents, vertige etc*) ser propenso(-a) a ♦ *nm/f* (*d'un souverain etc*) súbdito(-a) ♦ *nm* tema *m*; **au ~ de** a propósito de; **~ de conversation** tema de conversación; **~ d'examen** tema de examen
super [sypɛʀ] *adj inv* (*fam*) súper *inv* ♦ *nm* súper *f*
superbe [sypɛʀb] *adj* espléndido(-a)
superficie [sypɛʀfisi] *nf* superficie *f*
superficiel, le [sypɛʀfisjɛl] *adj* superficial
superflu, e [sypɛʀfly] *adj* superfluo(-a)
supérieur, e [sypeʀjœʀ] *adj* superior; (*air, sourire*) de superioridad ♦ *nm* superior *m* ♦ *nm/f* Superior(a); **Mère ~e** madre *f* superiora; **à l'étage ~** en el piso de arriba; **supériorité** *nf* superioridad *f*
supermarché [sypɛʀmaʀʃe] *nm* supermercado
superposer [sypɛʀpoze] *vt* superponer; **lits superposés** literas *fpl*
superpuissance [sypɛʀpɥisɑ̃s] *nf* superpotencia
superstitieux, -euse [sypɛʀstisjø, jøz] *adj* supersticioso(-a)
superviser [sypɛʀvize] *vt* supervisar
supplanter [syplɑ̃te] *vt* (*personne*) suplantar
suppléant, e [sypleɑ̃, ɑ̃t] *adj* (*juge, fonctionnaire*) suplente; (*professeur*) sustituto(-a) ♦ *nm/f* sustituto(-a)
suppléer [syplee] *vt* suplir; **~ à** suplir
supplément [syplemɑ̃] *nm* suplemento; **un ~ de frites** una porción extra de patatas fritas; **en ~** (*au menu etc*) no incluido; **supplémentaire** *adj* suplementario(-a); (*train etc*) adicional
supplications [syplikasjɔ̃] *nfpl* súplicas *fpl*
supplice [syplis] *nm* suplicio
supplier [syplije] *vt* suplicar
support [sypɔʀ] *nm* soporte *m*
supportable [sypɔʀtabl] *adj* soportable
supporter[1] [sypɔʀtœʀ] *nm*

seguidor(a)
supporter² [sypɔʀte] *vt* soportar; (*choc*) resistir a
supposer [sypoze] *vt* suponer; **en supposant** *ou* **à ~ que** suponiendo que
suppositoire [sypozitwaʀ] *nm* supositorio
suppression [sypʀesjɔ̃] *nf* supresión *f*
supprimer [sypʀime] *vt* suprimir
suprême [sypʀɛm] *adj* (*pouvoir etc*) supremo(-a)

MOT-CLÉ

sur¹ [syʀ] *prép* **1** en; (*par dessus, au-dessus*) encima de, sobre; **pose-le sur la table** ponlo en la mesa; **je n'ai pas d'argent sur moi** no llevo dinero encima; **avoir de l'influence/un effet sur ...** tener influencia/un efecto sobre ...; **avoir accident sur accident** tener accidente tras accidente; **sur ce** tras esto
2 (*direction*) hacia; **en allant sur Paris** yendo hacia París; **sur votre droite** a su derecha
3 (*à propos de*) acerca de, sobre; **un livre/une conférence sur Balzac** un libro/una conferencia sobre Balzac
4 (*proportion, mesures*) de entre, de cada; **un sur 10** uno de cada 10; (*SCOL: note*) uno sobre 10; **sur 20, 2 sont venus** de 20, han venido 2; **4m sur 2** 4m por 2

sur², e [syʀ] *adj* agrio(-a)
sûr, e [syʀ] *adj* seguro(-a); (*renseignement, ami, voiture*) de confianza; (*goût, réflexe etc*) agudo(-a); **c'est ~ et certain** sin lugar a dudas; **~ de soi** seguro de sí mismo(-a)
surcharge [syʀʃaʀʒ] *nf* sobrecarga; **~ de travail** exceso de trabajo; **surcharger** *vt* (*véhicule*) cargar en exceso
surcroît [syʀkʀwa] *nm*: **un ~ de** un aumento de; **de ~** por añadidura
surdité [syʀdite] *nf* sordera
sûrement [syʀmɑ̃] *adv* con seguridad; (*certainement*) seguramente
surenchère [syʀɑ̃ʃɛʀ] *nf* (*aux enchères*) sobrepuja; (*sur prix fixe*) encarecimiento; **surenchérir** *vi* (*COMM*) sobrepujar; (*fig*): **surenchérir sur qn** aventajar a algn
surestimer [syʀɛstime] *vt* sobreestimar
sûreté [syʀte] *nf* fiabilidad *f*; (*du goût etc*) agudeza; **être/mettre en ~** (*personne*) estar/poner a salvo; (*objet*) estar/poner en lugar seguro; **pour plus de ~** para mayor seguridad
surf [sœʀf] *nm* surf *m*
surface [syʀfas] *nf* superficie *f*; **faire ~** salir a la superficie; **en ~** (*nager, naviguer*) en la superficie; (*fig*) aparentemente
surfait, e [syʀfɛ, ɛt] *adj* sobreestimado(-a)
surgelé, e [syʀʒəle] *adj* congelado(-a)
surgir [syʀʒiʀ] *vi* aparecer; (*de terre*) salir; (*fig*) surgir
sur...: surhumain, e *adj* sobrehumano(-a); **sur-le-champ** *adv* en el acto; **surlendemain** *nm*: **le surlendemain** a los dos días; **le surlendemain de** dos días después de; **surmenage** *nm* (*MÉD*) agotamiento; **surmener** *vt* agotar; **se surmener** *vpr* agotarse
surmonter [syʀmɔ̃te] *vt* vencer; (*suj: coupole etc*) coronar
surnaturel, le [syʀnatyʀɛl] *adj* sobrenatural ♦ *nm*: **le ~** lo sobrenatural
surnom [syʀnɔ̃] *nm* (*gén*) sobrenombre *m*
surnombre [syʀnɔ̃bʀ] *nm*: **être en ~** estar de más
surpeuplé, e [syʀpœple] *adj* superpoblado(-a)
surplace [syʀplas] *nm*: **faire du ~** (*rester en équilibre*) mantener el equilibrio; (*dans un embouteillage etc*) ir a paso de caracol
surplomber [syʀplɔ̃be] *vi* sobresalir ♦ *vt* destacar sobre
surplus [syʀply] *nm* (*COMM*)

excedente *m*; **~ de bois/tissu** sobrante *m* de leña/de tela

surprenant, e [syʀpʀənɑ̃, ɑ̃t] *vb voir* **surprendre** ♦ *adj* sorprendente

surprendre [syʀpʀɑ̃dʀ] *vt* sorprender; (*secret, conversation*) descubrir

surpris, e [syʀpʀi, iz] *pp de* **surprendre** ♦ *adj* de sorpresa; **~ de/que** sorprendido(-a) por/de que; **surprise** *nf* sorpresa; **faire une surprise à qn** dar una sorpresa a algn; **surprise-partie** (*pl* **surprises-parties**) *nf* guateque *m*

sursaut [syʀso] *nm* sobresalto; **en ~** de un sobresalto; **~ d'énergie** resuello de energía; **sursauter** *vi* sobresaltarse

sursis [syʀsi] *nm* (*JUR: d'une peine*) indulto; (*: à la condamnation à mort*) aplazamiento

surtout [syʀtu] *adv* sobre todo; **~ pas!** ¡de ninguna manera!; **~ que ...** sobre todo porque ...

surveillance [syʀvɛjɑ̃s] *nf* vigilancia; **sous ~ médicale** bajo control médico

surveillant, e [syʀvɛjɑ̃, ɑ̃t] *nm/f* (*SCOL, de prison*) vigilante *m/f*

surveiller [syʀveje] *vt* (*enfant etc*) cuidar de; (*MIL, gén*) vigilar; (*travaux, cuisson*) atender; **se ~** *vpr* controlarse; **~ son langage/sa ligne** cuidar su vocabulario/la línea

survenir [syʀvəniʀ] *vi* sobrevenir

survêtement [syʀvɛtmɑ̃] *nm* chandal *m ou* chándal *m*

survie [syʀvi] *nf* supervivencia; **survivant, e** *nm/f* superviviente *m/f*; **survivre** *vi* sobrevivir; **survivre à** sobrevivir a

survoler [syʀvɔle] *vt* (*lieu*) sobrevolar

survolté, e [syʀvɔlte] *adj* (*personne*) superexcitado(-a); (*ambiance*) acalorado(-a)

sus [sy(s)] *prép*: **en ~ de** (*JUR, ADMIN*) además de; **en ~** además

susceptible [sysɛptibl] *adj* susceptible; **~ de** susceptible de

susciter [sysite] *vt* (*admiration etc*) suscitar; **~ (à qn)** (*ennuis etc*) originar (a algn)

suspect, e [syspɛ(kt), ɛkt] *adj* sospechoso(-a) ♦ *nm/f* sospechoso(-a); **suspecter** *vt* sospechar

suspendre [syspɑ̃dʀ] *vt* suspender; **se ~** *vpr*: **se ~ à** aferrarse a, colgarse de; **~ qch (à)** colgar algo (de)

suspendu, e [syspɑ̃dy] *pp de* **suspendre** ♦ *adj* (*accroché*): **~ à** colgado(-a) de; (*perché*): **~ au-dessus de** suspendido(-a) sobre

suspens [syspɑ̃] *nm*: **tenir en ~** mantener en suspense

suspense [syspɛns] *nm* suspense *m*

suspension [syspɑ̃sjɔ̃] *nf* suspensión *f*; (*lustre*) lámpara de techo; **en ~** en suspensión

suture [sytyʀ] *nf*: **point de ~** punto de sutura

svelte [svɛlt] *adj* esbelto(-a)

SVP [ɛsvepe] *abr* (= *s'il vous plaît*) por favor

syllabe [si(l)lab] *nf* sílaba

symbole [sɛ̃bɔl] *nm* símbolo; **symbolique** *adj* simbólico(-a); **symboliser** *vt* simbolizar

symétrique [simetʀik] *adj* simétrico(-a)

sympa [sɛ̃pa] (*fam*) *adj inv voir* **sympathique**

sympathie [sɛ̃pati] *nf* simpatía; (*condoléances*) pésame *m*; **accueillir avec ~** acoger con gusto; **témoignages de ~** muestras *fpl* de condolencia; **sympathique** *adj* simpático(-a); (*déjeuner etc*) agradable

sympathisant, e [sɛ̃patizɑ̃, ɑ̃t] *nm/f* simpatizante *m/f*

sympathiser [sɛ̃patize] *vi* simpatizar

symphonie [sɛ̃fɔni] *nf* sinfonía

symptôme [sɛ̃ptom] *nm* síntoma *m*

synagogue [sinagɔg] *nf* sinagoga

syncope [sɛ̃kɔp] *nf* (*MÉD*) síncope *m*; **elle est tombée en ~** le dio un síncope

syndic [sɛ̃dik] *nm* administrador *m*

syndical, e, -aux [sɛ̃dikal, o] *adj* sindical; **syndicaliste** *nm/f* sindicalista *m/f*

syndicat [sɛ̃dika] *nm* sindicato; **~ d'initiative** oficina de turismo;

syndiqué, e *adj* sindicado(-a); **syndiquer**: **se syndiquer** *vpr* sindicarse
synonyme [sinɔnim] *adj* sinónimo(-a) ♦ *nm* sinónimo
syntaxe [sɛ̃taks] *nf* sintaxis *fsg*
synthèse [sɛ̃tɛz] *nf* síntesis *f inv*
synthétique [sɛ̃tetik] *adj* sintético(-a)
Syrie [siʀi] *nf* Siria
systématique [sistematik] *adj* sistemático(-a)
système [sistɛm] *nm* sistema *m*; **utiliser le ~ D** (*fam*) utilizar el ingenio; **~ nerveux/solaire** sistema nervioso/solar

T, t

t' [t] *pron voir* **te**
ta [ta] *dét voir* **ton**[1]
tabac [taba] *nm* tabaco; **passer qn à ~** (*fam*: *battre*) dar una tunda a algn; **faire un ~** (*fam*) tener mucho éxito; **(débit** *ou* **bureau de) ~** estanco
tabagisme [tabaʒism] *nm* tabaquismo
table [tabl] *nf* mesa; (*invités*) comensales *mpl*; **à ~!** ¡a comer!; **se mettre à ~** sentarse a la mesa; (*fam*) cantar de plano; **mettre/desservir la ~** poner/quitar la mesa; **~ de multiplication** tabla de multiplicar; **~ de nuit** *ou* **de chevet** mesita de noche; **~ des matières** índice *m*; **~ ronde** (*débat*) mesa redonda
tableau, x [tablo] *nm* cuadro; (*panneau*) tablero; (*schéma*) cuadro, gráfico; **~ d'affichage** tablón *m ou* tablero de anuncios; **~ de bord** (*AUTO*) cuadro de instrumentos; **~ noir** encerado
tablette [tablɛt] *nf* (*planche*) anaquel *m*, tabla; **~ de chocolat** tableta de chocolate
tablier [tablije] *nm* delantal *m*
tabou, e [tabu] *adj, nm* tabú *m*
tabouret [tabuʀɛ] *nm* taburete *m*
tac [tak] *nm*: **répondre qch du ~ au ~** saltar con algo
tache [taʃ] *nf* mancha; **~ de rousseur** peca
tâche [taʃ] *nf* tarea, labor *f*; **travailler à la ~** trabajar a destajo
tacher [taʃe] *vt* manchar
tâcher [taʃe] *vi*: **~ de faire** tratar de hacer, procurar hacer
tacheté, e [taʃte] *adj*: **~ (de)** salpicado(-a) *ou* moteado(-a) (de)
tact [takt] *nm* tacto; **avoir du ~** tener tacto
tactique [taktik] *adj* táctico(-a) ♦ *nf* táctica
taie [tɛ] *nf*: **~ (d'oreiller)** funda (de la almohada)
taille [taj] *nf* tallado; poda; (*hauteur*) estatura; (*grandeur*) tamaño; **de ~** importante; **taille-crayon(s)** *nm inv* sacapuntas *m inv*
tailler [taje] *vt* (*pierre, diamant*) tallar; (*arbre, plante*) podar; (*vêtement*) cortar; (*crayon*) afilar
tailleur [tajœʀ] *nm* sastre *m*; (*vêtement pour femmes*) traje *m* de chaqueta; **en ~** a la turca
taillis [taji] *nm* bosque *m* bajo
taire [tɛʀ] *vt* ocultar ♦ *vi*: **faire ~ qn** hacer callar a algn; **se ~** *vpr* callarse
talc [talk] *nm* talco
talent [talɑ̃] *nm* talento; **avoir du ~** tener talento
talkie-walkie [tokiwoki] (*pl* **~s-~s**) *nm* walkie-talkie *m*
talon [talɔ̃] *nm* (*ANAT, de chaussette*) talón *m*; (*de chaussure*) tacón *m*; **~s plats/aiguilles** tacones bajos/muy finos
talus [taly] *nm* (*GÉO*) talud *m*
tambour [tɑ̃buʀ] *nm* tambor *m*; **tambourin** *nm* tamboril *m*; **tambouriner** *vi*: **tambouriner contre** repiquetear en *ou* contra
Tamise [tamiz] *nf*: **la ~** el Támesis
tamisé, e [tamize] *adj* tamizado(-a)
tampon [tɑ̃pɔ̃] *nm* (*de coton, d'ouate, bouchon*) tapón *m*; (*pour nettoyer, essuyer*) muñequilla, bayeta; (*amortisseur*: *RAIL, fig*) tope *m*; (*INFORM*: *aussi mémoire tampon*) tampón *m*; (*cachet, timbre*) matasellos *m inv*; **~ (hygiénique)** tampón (higiénico);

tamponner *vt* (*essuyer*) taponar; (*heurter*) chocar; **tamponneuse** *adj f*: **autos tamponneuses** coches *mpl* de choque

tandem [tɑ̃dɛm] *nm* tándem *m*

tandis [tɑ̃di]: **~ que** *conj* mientras que

tanguer [tɑ̃ge] *vi* (*NAUT*) cabecear, arfar

tant [tɑ̃] *adv* tanto; **~ de** (*sg*) tanto(-a); (*pl*) tantos(-as); **~ mieux** mejor; **~ bien que mal** mal que bien

tante [tɑ̃t] *nf* tía

tantôt [tɑ̃to] *adv* (*cet après-midi*) esta tarde, por la tarde; **~ ... ~** unas veces ... otras veces

taon [tɑ̃] *nm* tábano

tapage [tapaʒ] *nm* alboroto

tapageur, -euse [tapaʒœʀ, øz] *adj* alborotador(a); (*publicité*) sensacionalista

tape [tap] *nf* cachete *m*; (*dans le dos*) palmada

tape-à-l'œil [tapalœj] *adj inv* vistoso(-a), llamativo(-a)

taper [tape] *vt* (*personne*) pegar; (*dactylographier*) escribir a máquina ♦ *vi* (*soleil*) apretar; **se ~** *vpr* (*fam*: *travail*) chuparse, cargarse; (: *boire, manger*) soplarse, zamparse; **~ qn de 10 francs** (*fam*) dar un sablazo de 10 francos a algn; **~ sur qch** golpear en algo; **~ à** (*porte etc*) llamar a; **~ des mains/pieds** palmear/patalear

tapi, e [tapi] *adj*: **~ dans/derrière** (*blotti*) acurrucado(-a) en/detrás de

tapis [tapi] *nm* alfombra; **~ roulant** cinta transportadora, pasillo rodante

tapisser [tapise] *vt* (*avec du papier peint*) empapelar; **~ qch (de)** (*recouvrir*) revestir algo (con); **tapisserie** *nf* tapiz *m*; (*papier peint*) empapelado; **tapissier, -ière** *nm/f*: **tapissier(-décorateur)** tapicero

tapoter [tapɔte] *vt* dar golpecitos en, golpetear

taquiner [takine] *vt* pinchar

tard [taʀ] *adv* tarde

tarder [taʀde] *vi* tardar; **~ à faire** tardar en hacer; **sans (plus) ~** sin (más) demora, sin (más) tardar

tardif, -ive [taʀdif, iv] *adj* tardío(-a)

tarif [taʀif] *nm* tarifa

tarir [taʀiʀ] *vi, vt* secarse, agotarse

tarte [taʀt] *nf* tarta

tartine [taʀtin] *nf* rebanada; **tartiner** *vt* untar; **fromage** *etc* **à tartiner** queso *etc* para untar

tartre [taʀtʀ] *nm* sarro

tas [tɑ] *nm* montón *m*; **en ~** amontonado(-a); **formé sur le ~** formado en la práctica

tasse [tɑs] *nf* taza

tassé, e [tɑse] *adj*: **bien ~** (*café etc*) bien cargado(-a)

tasser [tɑse] *vt* apisonar, pisar; **se ~** *vpr* (*sol, terrain*) hundirse; (*problème*) arreglarse; **~ qch dans** amontonar algo en

tata [tata] *nf* tita

tâter [tɑte] *vt* tantear; **se ~** *vpr* (*hésiter*) reflexionar; **~ de** (*prison etc*) probar; **~ le terrain** tantear el terreno

tatillon, ne [tatijɔ̃, ɔn] *adj* puntilloso(-a)

tâtonnement [tɑtɔnmɑ̃] *nm*: **par ~s** a tientas

tâtonner [tɑtɔne] *vi* andar a tientas

tâtons [tɑtɔ̃]: **à ~** *adv*: **chercher/avancer à ~** buscar/avanzar a tientas

tatouage [tatwaʒ] *nm* tatuaje *m*

tatouer [tatwe] *vt* tatuar

taudis [todi] *nm* cuchitril *m*

taule [tol] (*fam*) *nf* chirona

taupe [top] *nf* topo

taureau, x [tɔʀo] *nm* (*ZOOL*) toro; **le T~** (*ASTROL*) Tauro

tauromachie [tɔʀɔmaʃi] *nf* tauromaquia

taux [to] *nm* tasa; (*proportion*: *d'alcool*) porcentaje *m*; (: *de participation*) índice *m*; **~ d'intérêt** tipo de interés

taxe [taks] *nf* tasa, impuesto; (*douanière*) arancel *m*; **toutes ~s comprises** impuestos incluidos; **~ à** *ou* **sur la valeur ajoutée** impuesto sobre el valor añadido

taxer [takse] *vt* (*personne*) gravar con impuestos; (*produit*) tasar

taxi [taksi] *nm* taxi *m*

Tchécoslovaquie [tʃekɔslɔvaki] *nf* Checoslovaquia; **tchèque** *adj* checo(-a) ♦ *nm* (*LING*) checo ♦ *nm/f*: **Tchèque** checo(-a)

te [tə] *pron* te

technicien, ne [tɛknisjɛ̃, jɛn] *nm/f* técnico *m/f*

technico-commercial, e, -aux [tɛknikokɔmɛʀsjal, jo] *adj* técnico-comercial

technique [tɛknik] *adj* técnico(-a) ♦ *nf* técnica; **techniquement** *adv* técnicamente

technologie [tɛknɔlɔʒi] *nf* tecnología; **technologique** *adj* tecnológico(-a)

teck [tɛk] *nm* teca

tee-shirt [tiʃœʀt] (*pl* **~-~s**) *nm* camiseta

teindre [tɛ̃dʀ] *vt* teñir; **teint, e** *pp de* **teindre** ♦ *adj* teñido(-a) ♦ *nm* (*permanent*) tez *f*; (*momentané*) color *m*; **grand teint** *adj inv* (*tissu*) de color sólido

teinté, e [tɛ̃te] *adj* (*verres, lunettes*) ahumado(-a); (*bois*) teñido(-a); **~ de** teñido(-a) de

teinter [tɛ̃te] *vt* teñir

teinture [tɛ̃tyʀ] *nf* (*substance*) tinte; **~ d'iode** tintura de yodo; **teinturerie** *nf* tintorería; **teinturier, -ière** *nm/f* tintorero(-a)

tel, telle [tɛl] *adj* (*pareil*) tal, semejante; (*indéfini*) tal; **~ un/des ...** tal como.../como ...; **un ~/de ~s ...** un tal/tales ...; **rien de ~** nada como; **~ quel** tal cual; **~ que** tal como

télé [tele] *nf* tele *f*; **à la ~** en la tele

télé...: télécabine *nf* teleférico (monocable); **télécarte** *nf* tarjeta de teléfono; **télécommande** *nf* telemando; **télécopieur** *nm* máquina de fax; **télédistribution** *nf* teledistribución *f*; **télégramme** *nm* telegrama *m*; **télégraphier** *vt, vi* telegrafiar; **téléguider** *vt* teledirigir; **télématique** *nf* telemática; **téléobjectif** *nm* teleobjetivo; **télépathie** *nf* telepatía; **téléphérique** *nm* teleférico

téléphone [telefɔn] *nm* (*appareil*) teléfono; **avoir le ~** tener teléfono; **au ~** al teléfono; **téléphoner** *vt, vi* llamar por teléfono; **téléphoner à** llamar por teléfono a; **téléphonique** *adj* telefónico(-a)

télescope [telɛskɔp] *nm* telescopio

télescoper [telɛskɔpe] *vt* chocar de frente; **se ~** *vpr* chocarse de frente

télé...: téléscripteur *nm* teleimpresor *m*; **télésiège** *nm* telesilla; **téléski** *nm* telesquí *m*; **téléspectateur, -trice** *nm/f* telespectador(a); **téléviseur** *nm* televisor *m*; **télévision** *nf* televisión *f*; **à la télévision** en la televisión

télex [telɛks] *nm* télex *m*

telle [tɛl] *adj voir* **tel**; **tellement** *adv* tan; **tellement de** (*sg*) tanto(-a); (*pl*) tantos(-as); **il était tellement fatigué qu'il s'est endormi** estaba tan cansado que se durmió; **il s'est endormi tellement il était fatigué** se durmió de lo cansado que estaba; **je n'ai pas tellement envie d'y aller** no tengo muchas *ou* tantas ganas de ir

téméraire [temeʀɛʀ] *adj* temerario(-a)

témoignage [temwaɲaʒ] *nm* testimonio; (*d'affection etc*) muestra

témoigner [temwaɲe] *vt* (*intérêt, gratitude*) manifestar ♦ *vi* (*JUR*) testimoniar, atestiguar; **~ de** dar pruebas de

témoin [temwɛ̃] *nm* testigo; (*preuve*) prueba ♦ *adj* testigo *inv*; (*appartement*) piloto *inv*; **être ~ de** ser testigo de; **appartement ~** piso piloto; **~ oculaire** testigo ocular

tempe [tɑ̃p] *nf* sien *f*

tempérament [tɑ̃peʀamɑ̃] *nm* temperamento; **à ~** (*vente*) a plazos

température [tɑ̃peʀatyʀ] *nf* temperatura; **avoir** *ou* **faire de la ~** tener fiebre

tempête [tɑ̃pɛt] *nf* (*en mer*) temporal *m*; (*à terre*) tormenta; **~ de neige/de sable** tormenta de nieve/de arena

temple [tɑ̃pl] *nm* templo

temporaire [tɑ̃pɔʀɛʀ] *adj* temporal

temps [tɑ̃] *nm* tiempo; (*époque*) tiempo, época; **il fait beau/mauvais ~** hace buen/mal tiempo; **avoir le ~/tout le ~/juste le ~** tener tiempo/mucho tiempo/el tiempo justo; **en ~ de paix/de guerre** en tiempo de paz/de guerra; **de ~ en ~, de ~ à autre** de vez en cuando; **à ~** a tiempo; **à plein/mi-~** (*travailler*) jornada completa/media jornada; **à ~ partiel** *adv, adj* a tiempo parcial; **dans le ~** hace tiempo, antaño; **de tout ~** de toda la vida

tenable [t(ə)nabl] *adj* soportable

tenace [tənas] *adj* tenaz

tenant, e [tənɑ̃, ɑ̃t] *nm/f* (SPORT): **~ du titre** poseedor(a) del título

tendance [tɑ̃dɑ̃s] *nf* tendencia; **avoir ~ à** tener tendencia a

tendeur [tɑ̃dœʀ] *nm* tensor *m*

tendre [tɑ̃dʀ] *adj* tierno(-a), blando(-a); (*affectueux*) cariñoso(-a) ♦ *vt* (*élastique, peau*) extender, estirar; (*muscle, arc*) tensar; (*piège*) tender; **se ~** *vpr* tensarse; **~ à qch/à faire qch** tender a algo/a hacer algo; **~ qch à qn** alcanzar algo a algn; **~ l'oreille** aguzar el oído; **~ le bras/la main** alargar el brazo/extender la mano; **tendrement** *adv* tiernamente; **tendresse** *nf* ternura

tendu, e [tɑ̃dy] *pp de* **tendre** ♦ *adj* (*allongé*) estirado(-a); (*raidi*) tensado(-a)

ténèbres [tenɛbʀ] *nfpl* tinieblas *fpl*

teneur [tənœʀ] *nf* proporción *f*; (*d'une lettre*) texto

tenir [t(ə)niʀ] *vt* (*avec la main, un objet*) tener; (*qn: par la main, le cou etc*) agarrar, coger; (*garder, maintenir: position*) mantener; (*propos, discours*) proferir; (*magasin, hôtel*) regentar; (*promesse*) cumplir; (*un rôle*) desempeñar; (MIL: *ville, région*) ocupar; (AUTO: *la route*) agarrarse a ♦ *vi* (*être fixé*) aguantar; **se ~** *vpr* agarrarse; **~ à** (*personne, chose*) tener cariño a; (*avoir pour cause*) deberse a; **~ à faire** tener interés en hacer; **~ qch pour** considerar algo como; **~ qn pour** tener a algn por; **~ compte de** tener en cuenta; **~ la solution/le coupable** tener la solución/el culpable; **~ la caisse/les comptes** llevar la contabilidad/las cuentas; **~ le coup, ~ bon** aguantar; **~ au chaud/à l'abri** mantener caliente/protegido(-a); **~ chaud** (*suj: vêtement*) mantener abrigado; **~ parole** mantener su *etc* palabra; **~ sa langue** mantener la boca cerrada; **se ~ debout/droit** tenerse en pie/derecho; **bien/mal se ~** comportarse bien/mal; **s'en ~ à qch** atenerse a algo; **se ~ prêt/sur ses gardes** estar listo/en guardia; **se ~ tranquille** estarse quieto; **ça ne tient qu'à lui** es cosa suya; **ça ne tient pas debout** no tiene ni pies ni cabeza; **qu'à cela ne tienne** por eso que no quede; **je n'y tiens pas** no me apetece; **tiens/tenez!** ¡toma/tome!

tennis [tenis] *nm* tenis *msg*; (*aussi:* **court de ~**) cancha (de tenis) ♦ *nm ou fpl* (*aussi:* **chaussures de ~**) playeras *fpl*; **tennisman** *nm* tenista *m*

tension [tɑ̃sjɔ̃] *nf* tensión *f*; **faire** *ou* **avoir de la ~** tener tensión

tentation [tɑ̃tasjɔ̃] *nf* tentación *f*

tentative [tɑ̃tativ] *nf* intento

tente [tɑ̃t] *nf* tienda

tenter [tɑ̃te] *vt* tentar; **~ qch/de faire qch** intentar algo/hacer algo; **~ sa chance** tentar la suerte

tenture [tɑ̃tyʀ] *nf* colgadura

tenu, e [t(ə)ny] *pp de* **tenir** ♦ *adj*: **maison bien ~e** casa bien cuidada; **les comptes de cette entreprise sont mal ~s** llevan mal las cuentas de esta empresa; **être ~ de faire/de ne pas faire/à qch** estar obligado(-a) a hacer/a no hacer/a algo

ter [tɛʀ] *adj*: **16 ~** 16 C

terme [tɛʀm] *nm* término; (FIN) vencimiento; **être en bons/mauvais ~s avec qn** estar en buenos/malos términos con algn; **au ~ de** al término de; **à court/moyen/long ~** *adj, adv* a corto/medio/largo plazo;

avant ~ (*MÉD*) antes de tiempo; **mettre un ~ à** poner término a
terminaison [tɛʀminɛzɔ̃] *nf* (*LING*) terminación *f*
terminal, e, -aux [tɛʀminal, o] *adj* terminal ♦ *nm* (*INFORM*) terminal *m*; (*pétrolier, gare*) terminal *f*; **terminale** *nf* (*SCOL*) *séptimo año de educación secundaria en el sistema francés*
terminer [tɛʀmine] *vt* terminar, acabar; **se ~** *vpr* terminar(se), acabar(se)
terne [tɛʀn] *adj* apagado(-a)
ternir [tɛʀniʀ] *vt* (*couleur, peinture*) desteñir; (*fig: honneur, réputation*) empañar; **se ~** *vpr* desteñirse
terrain [teʀɛ̃] *nm* terreno; (*SPORT, fig: domaine*) campo; **~ d'aviation** campo de aviación; **~ de camping** camping *m*; **~ de jeu** patio de juego; **~ vague** solar *m*
terrasse [teʀas] *nf* terraza; (*sur le toit*) azotea; **terrasser** *vt* (*adversaire*) derribar; (*suj: maladie etc*) fulminar
terre [tɛʀ] *nf* tierra; **à ~, par ~** en el suelo *ou* piso (*AM*); (*jeter, tomber*) al suelo; **~ à ~** *adj inv* prosaico(-a); **la T~** la Tierra; **~ cuite** terracota, arcilla cocida; **~ ferme** tierra firme
terreau [teʀo] *nm* mantillo
terre-plein [tɛʀplɛ̃] (*pl* **~-~s**) *nm* (*CONSTR*) terraplén *m*
terrestre [teʀɛstʀ] *adj* terrestre; (*REL*) terrenal; (*globe*) terráqueo(-a)
terreur [teʀœʀ] *nf* terror *m*
terrible [teʀibl] *adj* terrible; (*fam*) estupendo(-a), regio(-a)
terrien, ne [teʀjɛ̃, jɛn] *adj*: **propriétaire ~** terrateniente *m/f* ♦ *nm/f* (*non martien etc*) terrícola *m/f*
terrier [tɛʀje] *nm* madriguera; (*chien*) terrier *m*
terrifier [teʀifje] *vt* aterrorizar
terrine [teʀin] *nf* tarro; (*CULIN*) *conserva de carnes en tarro*
territoire [teʀitwaʀ] *nm* territorio
terroriser [teʀɔʀize] *vt* aterrorizar
terrorisme [teʀɔʀism] *nm* terrorismo; **terroriste** *adj, nm/f* terrorista *m/f*
tertiaire [tɛʀsjɛʀ] *nm* (*ÉCON*) sector *m* servicios
tes [te] *dét voir* **ton**[1]
test [tɛst] *nm* prueba, examen *m*
testament [tɛstamɑ̃] *nm* testamento
tester [tɛste] *vt* someter a prueba
testicule [tɛstikyl] *nm* testículo
tétanos [tetanos] *nm* tétano, tétanos *msg*
têtard [tɛtaʀ] *nm* renacuajo
tête [tɛt] *nf* cabeza; (*visage*) cara; (*FOOTBALL*) cabezazo; **de ~** *adv* (*calculer*) mentalmente; **être à la ~ de qch** estar al frente de algo; **prendre la ~ de qch** tomar la dirección de algo; **perdre la ~** perder la cabeza; **tenir ~ à qn** hacer frente a algn; **la ~ la première** de cabeza; **la ~ en bas** cabeza abajo; **faire la ~** poner mala cara; **en ~** (*SPORT*) a la cabeza; **de la ~ aux pieds** de la cabeza a los pies; **~ d'affiche** (*THÉÂTRE etc*) cabecera del reparto; **~ de liste** (*POL*) cabeza de lista; **~ de série** (*TENNIS*) cabeza de serie; **tête-à-queue** *nm inv*: **faire un tête-à-queue** derrapar y quedar en sentido contrario
téter [tete] *vt* mamar
tétine [tetin] *nf* (*de biberon*) tetina
têtu, e [tety] *adj* terco(-a), testarudo(-a)
texte [tɛkst] *nm* texto
textile [tɛkstil] *adj* textil ♦ *nm* tejido
texture [tɛkstyʀ] *nf* textura
TGV [teʒeve] *sigle m* (= *train à grande vitesse*) ≃ AVE
thaïlandais, e [tajlɑ̃dɛ, ɛz] *adj* tailandés(-esa) ♦ *nm/f*: **T~, e** tailandés(-esa)
Thaïlande [tailɑ̃d] *nf* Tailandia
thé [te] *nm* té *m*
théâtral, e, -aux [teɑtʀal, o] *adj* teatral
théâtre [teɑtʀ] *nm* teatro; (*fig: lieu*): **le ~ de** el escenario de
théière [tejɛʀ] *nf* tetera
thème [tɛm] *nm* tema; (*traduction*) traducción *f* inversa
théologie [teɔlɔʒi] *nf* teología
théorie [teɔʀi] *nf* teoría; **théorique** *adj* teórico(-a)

thérapie [teʀapi] *nf* terapia
thermal, e, -aux [tɛʀmal, o] *adj* termal; **station/cure ~e** estación *f*/ cura termal
thermomètre [tɛʀmɔmɛtʀ] *nm* termómetro
thermos ® [tɛʀmos] *nm ou f*: **(bouteille) ~** termo
thermostat [tɛʀmɔsta] *nm* termostato
thèse [tɛz] *nf* tesis *f inv*
thon [tɔ̃] *nm* atún *m*
thym [tɛ̃] *nm* tomillo
tibia [tibja] *nm* tibia
tic [tik] *nm* (*nerveux*) tic *m*
ticket [tikɛ] *nm* billete *m*, boleto (AM); (*de cinéma, théâtre*) entrada; **~ de caisse** ticket *m ou* tique(t) *m* de compra
tiède [tjɛd] *adj* tibio(-a), templado(-a); **tiédir** *vi* templarse
tien, ne [tjɛ̃, tjɛn] *adj* tuyo(-a) ♦ *pron*: **le(la) ~(ne)** el/la tuyo(-a); **les ~s/les tiennes** los tuyos/las tuyas; **les ~s** (*ta famille*) los tuyos
tiens [tjɛ̃] *vb, excl voir* **tenir**
tiercé [tjɛʀse] *nm* apuesta triple
tiers, tierce [tjɛʀ, tjɛʀs] *adj* tercero(-a); **le ~ monde** el tercer mundo
tige [tiʒ] *nf* tallo
tignasse [tiɲas] (*péj*) *nf* greñas *fpl*
tigre [tigʀ] *nm* tigre *m*; **tigré, e** *adj* picado(-a); **tigresse** *nf* tigresa
tilleul [tijœl] *nm* (*arbre*) tilo; (*boisson*) tila
timbre [tɛ̃bʀ] *nm* timbre *m*; (*aussi:* **~-poste**) sello, estampilla (AM)
timbré, e [tɛ̃bʀe] *adj* (*enveloppe*) timbrado(-a), sellado(-a); (*fam*) tocado(-a) de la cabeza
timide [timid] *adj* tímido(-a); **timidement** *adv* tímidamente; **timidité** *nf* timidez *f*
tintamarre [tɛ̃tamaʀ] *nm* escandalera
tinter [tɛ̃te] *vi* tintinar
tique [tik] *nf* garrapata
tir [tiʀ] *nm* tiro; (*stand*) tiro al blanco; **~ à l'arc** tiro con arco; **~ au pigeon** tiro de pichón
tirage [tiʀaʒ] *nm* (PHOTO) revelado; (*d'un journal, de livre*) tirada; (*d'un poêle etc*) tiro; (*de loterie*) sorteo; **~ au sort** sorteo
tire [tiʀ] *nf*: **voleur à la ~** ratero; **vol à la ~** tirón *m*
tiré, e [tiʀe] *adj* (*visage*) cansado(-a); **~ par les cheveux** difícil de creer
tire-bouchon [tiʀbuʃɔ̃] (*pl* **~-~s**) *nm* sacacorchos *m inv*
tirelire [tiʀliʀ] *nf* hucha
tirer [tiʀe] *vt* (*sonnette etc*) tirar de, jalar (AM); (*remorque*) arrastrar, jalar (AM); (*trait*) trazar; (*rideau*) correr; (*carte, numéro, conclusion*) sacar; (*en faisant feu*) tirar, disparar; (: *animal*) disparar (a); (*journal, livre*) imprimir; (PHOTO) revelar; (FOOTBALL) sacar, tirar ♦ *vi* (*faire feu*) disparar; (*cheminée*, SPORT) tirar; **se ~** *vpr* (*fam*) largarse; **s'en ~** salir bien; **~ à l'arc/à la carabine** tirar con arco/con carabina; **~ à sa fin** tocar a su fin; **~ les cartes** echar las cartas
tiret [tiʀɛ] *nm* guión *m*
tireur, -euse [tiʀœʀ, øz] *nm/f* (MIL) tirador(a)
tiroir [tiʀwaʀ] *nm* cajón *m*; **tiroir-caisse** (*pl* **tiroirs-caisses**) *nm* caja
tisane [tizan] *nf* tisana
tisser [tise] *vt* tejer
tissu [tisy] *nm* tejido; **tissu-éponge** (*pl* **tissus-éponges**) *nm* felpa
titre [titʀ] *nm* título; (*de journal, aussi télévisé*) titular *m*; **à juste ~** con toda razón; **à quel ~?** ¿a título de qué?; **à aucun ~** bajo ninguna razón; **au même ~ (que)** al igual (que); **à ~ d'exemple** como ejemplo; **à ~ d'information** a modo de información; **~ de transport** billete *m*
tituber [titybe] *vi* titubear
titulaire [titylɛʀ] *adj* titular ♦ *nm* titular *m*; **être ~ de** ser titular de
toast [tost] *nm* tostada; (*de bienvenue*) brindis *m inv*; **porter un ~ à qn** brindar por algn
toboggan [tɔbɔgɑ̃] *nm* tobogán *m*
toc [tɔk] *nm*: **en ~** de imitación
tocsin [tɔksɛ̃] *nm* rebato, toque *m* de alarma
tohu-bohu [tɔybɔy] *nm inv* (*tumulte*)

barullo
toi [twa] *pron* tú
toile [twal] *nf* tela; **~ cirée** hule *m*; **~ d'araignée** telaraña; **~ de fond** telón *m* de fondo; **~ émeri** tela de esmeril
toilette [twalɛt] *nf* aseo; (*habillement*) vestimenta; **~s** *nfpl* servicios *mpl*; **faire sa ~** asearse; **articles de ~** artículos *mpl* de aseo
toi-même [twamɛm] *pron* tú mismo
toit [twa] *nm* techo; (*de bâtiment*) tejado; **~ ouvrant** techo solar
toiture [twatyʀ] *nf* tejado, techumbre *f*
tôle [tol] *nf* chapa; **~ ondulée** chapa ondulada
tolérable [tɔleʀabl] *adj* tolerable
tolérant, e [tɔleʀɑ̃, ɑ̃t] *adj* tolerante
tolérer [tɔleʀe] *vt* tolerar
tollé [tɔ(l)le] *nm*: **un ~ (d'injures/de protestations)** una sarta (de insultos/de protestas)
tomate [tɔmat] *nf* tomate *m*
tombe [tɔ̃b] *nf* tumba
tombeau, x [tɔ̃bo] *nm* tumba
tombée [tɔ̃be] *nf*: **à la ~ du jour** *ou* **de la nuit** al atardecer, al anochecer
tomber [tɔ̃be] *vi* caer; (*accidentellement*) caerse; **laisser ~** abandonar; **~ sur** encontrarse con; **~ de fatigue/de sommeil** caerse de cansancio/de sueño; **~ à l'eau** (*fig*) irse al garete; **ça tombe bien/mal** viene bien/mal
tombola [tɔ̃bɔla] *nf* tómbola
tome [tɔm] *nm* tomo
ton[1], ta [tɔ̃, ta, te] (*pl* **tes**) *dét* tu
ton[2] [tɔ̃] *nm* tono; **donner le ~** llevar la voz cantante; **de bon ~** de buen tono
tonalité [tɔnalite] *nf* tonalidad *f*; (*au téléphone*) señal *f*
tondeuse [tɔ̃døz] *nf* (*à gazon*) cortadora de césped
tondre [tɔ̃dʀ] *vt* (*pelouse*) cortar; (*mouton*) esquilar; (*cheveux*) rapar
tonifier [tɔnifje] *vt* (*organisme*) entonar; (*peau*) tonificar
tonique [tɔnik] *adj* (*lotion*) tónico(-a) ♦ *nm* (*médicament*) estimulante *m*; (*lotion*) tónico
tonne [tɔn] *nf* tonelada
tonneau, x [tɔno] *nm* tonel *m*; **faire des ~x** (*voiture*) dar vueltas de campana
tonnelle [tɔnɛl] *nf* glorieta
tonner [tɔne] *vi* tronar
tonnerre [tɔnɛʀ] *nm* trueno
tonton [tɔ̃tɔ̃] *nm* tito
tonus [tɔnys] *nm*: **avoir du ~** estar entonado(-a); **donner du ~** entonar
top [tɔp] *nm*: **au 3ème ~** a la tercera señal ♦ *adj*: **~ secret** top secret
topinambour [tɔpinɑ̃buʀ] *nm* aguaturma, pataca
torche [tɔʀʃ] *nf* antorcha
torchon [tɔʀʃɔ̃] *nm* paño de cocina
tordre [tɔʀdʀ] *vt* torcer; **se ~** *vpr* torcerse; **se ~ le pied/bras** torcerse el pie/brazo; **se ~ de douleur/de rire** retorcerse de dolor/ desternillarse de risa; **tordu, e** *pp de* **tordre** ♦ *adj* idiota
tornade [tɔʀnad] *nf* tornado
torrent [tɔʀɑ̃] *nm* torrente *m*
torsade [tɔʀsad] *nf* retorcido
torse [tɔʀs] *nm* torso
tort [tɔʀ] *nm* (*préjudice*) perjuicio; **~s** *nmpl* (JUR) daños y perjuicios *mpl*; **avoir ~** estar equivocado(-a); **être dans son ~** tener la culpa; **causer du ~ à** perjudicar a; **à ~** sin razón; **à ~ et à travers** a tontas y a locas
torticolis [tɔʀtikɔli] *nm* tortícolis *f inv*
tortiller [tɔʀtije] *vt* retorcer; **se ~** *vpr* retorcerse
tortionnaire [tɔʀsjɔnɛʀ] *nm* verdugo
tortue [tɔʀty] *nf* tortuga
tortueux, -euse [tɔʀtɥø, øz] *adj* tortuoso(-a)
torture [tɔʀtyʀ] *nf* tortura; **torturer** *vt* torturar
tôt [to] *adv* temprano; (*au bout de peu de temps*) pronto; **~ ou tard** tarde o temprano; **si ~** tan pronto; **au plus ~** cuanto antes
total, e, -aux [tɔtal, o] *adj* total ♦ *nm* total *m*; **au ~** en total; **totalement** *adv* totalmente; **totaliser** *vt* totalizar; **totalitaire** *adj* totalitario(-a); **totalité** *nf*

totalidad *f*
toubib [tubib] (*fam*) *nm* médico
touchant, e [tuʃɑ̃, ɑ̃t] *adj* conmovedor(a)
touche [tuʃ] *nf* (*de piano, de machine à écrire*) tecla; (*PEINTURE, fig*) toque *m*; (*FOOTBALL*: *aussi:* **remise en ~**) saque *m* de banda; (: *ligne de touche*) línea de banda
toucher [tuʃe] *nm* tacto ♦ *vt* tocar; (*mur, pays*) lindar con; (*atteindre*) alcanzar; (*émouvoir*) conmover; (*suj: catastrophe, malheur, crise*) afectar; (*prix, récompense*) recibir; (*salaire, chèque*) cobrar; **se ~** *vpr* tocarse; **au ~** al tacto; **~ à qch** tocar algo; (*concerner*) atañer a algo; **~ au but** llegar a la meta; **je vais lui en ~ un mot** le diré dos palabras sobre ello; **~ à sa fin** tocar a su fin
touffe [tuf] *nf* (*d'herbe*) mata
touffu, e [tufy] *adj* (*haie, forêt*) frondoso(-a); (*style, texte*) denso(-a)
toujours [tuʒuʀ] *adv* siempre; (*encore*) todavía; **~ plus** cada vez más; **pour ~** para siempre; **il vit ~ ici** sigue viviendo aquí
toupie [tupi] *nf* peonza
tour [tuʀ] *nf* torre *f*; (*appartements*) bloque *m* (de pisos) ♦ *nm* (*promenade*) paseo, vuelta; (*SPORT, POL, de vis, de roue*) vuelta; (*d'être servi ou de jouer etc*) turno; (*ruse*) ardid *m*; (*de prestidigitation etc*) número; (*de potier, à bois*) torno; **faire le ~ de** dar la vuelta a; (*questions, possibilités*) dar vueltas a; **fermer à double ~** cerrar bajo siete llaves; **c'est au ~ de Philippe** le toca a Philippe; **à ~ de rôle, ~ à ~** por turnos, en orden; **~ de chant** *nm* recital *m* de canto; **~ de contrôle** *nf* torre de control; **~ de force** *nm* hazaña; **~ de taille** *nm* contorno de cintura
tourbe [tuʀb] *nf* turba
tourbillon [tuʀbijɔ̃] *nm* (*d'eau, de poussière*) remolino; (*de vent, fig*) torbellino; **tourbillonner** *vi* arremolinarse
tourelle [tuʀɛl] *nf* torrecilla
tourisme [tuʀism] *nm* turismo; **office du ~** oficina de turismo; **faire du ~** hacer turismo; **touriste** *nm/f* turista *m/f*; **touristique** *adj* turístico(-a)
tourment [tuʀmɑ̃] *nm* tormento; **tourmenter**: **se tourmenter** *vpr* atormentarse
tournage [tuʀnaʒ] *nm* rodaje *m*
tournant, e [tuʀnɑ̃, ɑ̃t] *adj* giratorio(-a) ♦ *nm* (*de route*) curva; (*fig*) giro
tournée [tuʀne] *nf* (*du facteur*) ronda; (*d'artiste, de politicien*) gira; **payer une ~** pagar una ronda
tourner [tuʀne] *vt* girar, voltear (*AM*); (*difficulté etc*) esquivar; (*scène, film*) rodar ♦ *vi* girar, voltear (*AM*); (*vent*) cambiar de dirección; (*moteur*) estar en marcha; (*compteur*) estar andando; (*lait etc*) agriarse; (*chance*) cambiar; **se ~** *vpr* volverse; **se ~ vers** volverse hacia; (*personne*: *pour demander*: *aide, conseil*) dirigirse a; **bien/mal ~** salir bien/mal; **~ autour de** dar vueltas alrededor de; **~ autour du pot** andarse con rodeos; **~ le dos à** dar la espalda a
tournesol [tuʀnəsɔl] *nm* girasol *m*
tournevis [tuʀnəvis] *nm* destornillador *m*
tournoi [tuʀnwa] *nm* (*HIST*) torneo
tournure [tuʀnyʀ] *nf* (*LING*) giro; **prendre ~** tomar forma; **~ d'esprit** manera de enfocar las cosas
tourte [tuʀt] *nf* (*CULIN*): **~ à la viande** pastel *m* de carne
tourterelle [tuʀtəʀɛl] *nf* tórtola
tous [tu] *dét, pron voir* **tout**
Toussaint [tusɛ̃] *nf*: **la ~** el día de Todos los Santos

> **Toussaint**
>
> **La Toussaint**, *1 de noviembre, es una fiesta oficial francesa. Tradicionalmente, la gente visita las tumbas de sus parientes y amigos y deposita en ellas coronas de brezo y crisantemos.*

tousser [tuse] *vi* toser

MOT-CLÉ

tout, e [tu, tut] (*pl* **tous,** *f* **toutes**) *adj* **1** (*avec article*) todo(-a); **tout le lait/l'argent** toda la leche/todo el dinero; **toute la nuit** toda la noche; **tout le livre** todo el libro; **toutes les trois/deux semaines** cada tres/dos semanas; **tout le temps** *adv* todo el tiempo; **tout le monde** *pron* todo el mundo; **c'est tout le contraire** es todo lo contrario; **toutes les nuits** todas las noches; **toutes les fois que ...** todas las veces que ...; **tous les deux** los dos, ambos
2 (*sans article*): **à tout âge/à toute heure** a cualquier edad/hora; **pour toute nourriture, il avait ...** por todo alimento, tenía ...; **à toute vitesse** a toda velocidad; **de tous côtés** *ou* **de toutes parts** de todos (los) lados *ou* de todas partes; **à tout hasard** por si acaso
♦ *pron* todo(-a); **il a tout fait** lo hizo todo; **je les vois toutes** las veo a todas; **nous y sommes tous allés** fuimos todos; **en tout** en total; **tout ce qu'il sait** todo lo que sabe; **tout ou rien** todo o nada; **c'est tout** eso es todo, nada más
♦ *nm* todo; **le tout est de ...** lo importante es ...; **pas du tout** en absoluto
♦ *adv* **1** (**toute** *avant adj f commençant par consonne ou h aspiré*) (*très, complètement*): **elle était tout émue** estaba muy emocionada; **elle était toute petite** era muy pequeñita; **tout près** muy cerca; **le tout premier** el primero de todos; **tout seul** solo; **le livre tout entier** el libro entero; **tout en haut/bas** arriba/abajo del todo; **tout droit** todo recto; **tout rouge** todo rojo; **parler tout bas** hablar muy bajo; **tout simplement** sencillamente; **fais-le tout doucement** hazlo despacito
2: **tout en** mientras; **tout en travaillant il ...** mientras trabaja, ...
3: **tout d'abord** en primer lugar; **tout à coup** de repente; **"tout à fait!"** "¡desde luego!"; **tout à l'heure** (*passé*) hace un rato; (*futur*) luego; **à tout à l'heure!** ¡hasta luego!; **tout de même** sin embargo; **tout de suite** enseguida; **tout terrain** *ou* **tous terrains** *adj inv* todo terreno *inv*

toutefois [tutfwa] *adv* sin embargo, no obstante
toutes [tut] *dét, pron voir* **tout**
toux [tu] *nf* tos *f inv*
toxicomane [tɔksikɔman] *adj* toxicómano(-a)
toxique [tɔksik] *adj* tóxico(-a)
trac [tʀak] *nm* nerviosismo
tracasser [tʀakase] *vt* (*suj*: *problème, idée*) preocupar; **se ~** *vpr* preocuparse
trace [tʀas] *nf* huella; (*de pneu, de brûlure etc*) marca; (*quantité minime*) rastro; **avoir une ~ d'accent étranger** tener un ligero acento extranjero; **suivre qn à la ~** seguir la pista *ou* el rastro de algn; **~s de pas** huellas *fpl* de pasos
tracer [tʀase] *vt* trazar
tract [tʀakt] *nm* panfleto
tracteur [tʀaktœʀ] *nm* tractor *m*
traction [tʀaksjɔ̃] *nf* tracción *f*
tradition [tʀadisjɔ̃] *nf* tradición *f*; **traditionnel, le** *adj* tradicional
traducteur, -trice [tʀadyktœʀ, tʀis] *nm/f* traductor(a)
traduction [tʀadyksjɔ̃] *nf* traducción *f*
traduire [tʀadɥiʀ] *vt* traducir; **~ qn en justice** hacer comparecer a algn ante la justicia
trafic [tʀafik] *nm* tráfico; **~ d'armes** tráfico de armas; **trafiquant, e** *nm/f* traficante *m/f*; **trafiquer** *vt* (*péj*) amañar
tragédie [tʀaʒedi] *nf* tragedia; **tragique** *adj* trágico(-a)
trahir [tʀaiʀ] *vt* traicionar; (*suj*: *objet*): **~ qn** descubrir a algn; **se ~** *vpr* traicionarse; **trahison** *nf* traición *f*
train [tʀɛ̃] *nm* tren *m*; (*allure*) paso; (*ensemble*) serie *f*; **être en ~ de**

faire qch estar haciendo algo; **mettre qch en ~** empezar a hacer algo; **~ autos-couchettes** tren coche-cama; **~ de pneus** juego de neumáticos; **~ de vie** tren de vida; **~ électrique** (*jouet*) tren eléctrico

traîne [tRɛn] *nf* cola; **être à la ~** (*en arrière*) ir rezagado(-a)

traîneau, x [tRɛno] *nm* trineo

traîner [tRene] *vt* tirar de ♦ *vi* rezagarse; (*être en désordre*) estar tirado(-a); (*vagabonder*) callejear; (*durer*) alargarse; **se ~** *vpr* arrastrarse; **~ les pieds** arrastrar los pies; **~ par terre** arrastrar por el suelo

train-train [tRɛ̃tRɛ̃] *nm inv* rutina

traire [tRɛR] *vt* ordeñar

trait [tRɛ] *nm* trazo; (*caractéristique*) rasgo; **~s** *nmpl* (*du visage*) rasgos *mpl*; **d'un ~** de un tirón; **de ~** (*animal*) de tiro; **avoir ~ à** referirse a; **~ d'union** guión *m*; (*fig*) lazo

traitant [tRɛtɑ̃] *adj m*: **votre médecin ~** su médico de cabecera

traite [tRɛt] *nf* (*AGR*) ordeño; **d'une (seule) ~** de un (solo) tirón

traité [tRete] *nm* tratado

traitement [tRɛtmɑ̃] *nm* tratamiento; **mauvais ~s** malos tratos *mpl*; **~ de texte** (*INFORM*) procesamiento *ou* tratamiento de textos

traiter [tRete] *vt, vi* tratar; **~ qn d'idiot** llamar idiota a algn; **~ de qch** tratar de algo

traiteur [tRɛtœR] *nm* negocio de comidas por encargo *ou* de catering

traître, -esse [tRɛtR, tRɛtRɛs] *adj* traicionero(-a) ♦ *nm/f* traidor(a)

trajectoire [tRaʒɛktwaR] *nf* trayectoria

trajet [tRaʒɛ] *nm* trayecto

trampoline [tRɑ̃pɔlin] *nm* trampolín *m*

tramway [tRamwɛ] *nm* tranvía *m*

tranchant, e [tRɑ̃ʃɑ̃, ɑ̃t] *adj* (*lame*) afilado(-a); (*personne*) resuelto(-a) ♦ *nm* (*d'un couteau*) filo; **à double ~** de doble filo

tranche [tRɑ̃ʃ] *nf* (*de pain*) rebanada; (*de jambon, fromage*) loncha; (*de saucisson*) rodaja; (*de gâteau*) porción *f*; (*d'un couteau, livre etc*) canto; **~ d'âge/de salaires** tramo de edad/de salarios; **~ de vie** periodo de la vida cotidiana

tranché, e [tRɑ̃ʃe] *adj* (*couleurs*) contrastado(-a); (*opinions*) tajante

trancher [tRɑ̃ʃe] *vt* cortar; (*question*) zanjar ♦ *vi*: **~ avec** *ou* **sur** contrastar con

tranquille [tRɑ̃kil] *adj* tranquilo(-a); **se tenir ~** estarse quieto(-a); **laisse-moi/laisse-ça ~!** ¡déjame/deja eso en paz!; **tranquillisant, e** *nm* (*MÉD*) tranquilizante *m*; **tranquillité** *nf* tranquilidad *f*

transférer [tRɑ̃sfeRe] *vt* transferir; (*prisonnier, bureaux*) trasladar; (*titre*) transmitir; **transfert** *nm* transferencia; (*d'un prisonnier, de bureaux*) traslado; (*d'un titre*) transmisión *f*

transformation [tRɑ̃sfɔRmasjɔ̃] *nf* transformación *f*; **~s** *nfpl* (*travaux*) reformas *fpl*

transformer [tRɑ̃sfɔRme] *vt* transformar; (*maison, magasin, vêtement*) reformar

transfusion [tRɑ̃sfyzjɔ̃] *nf*: **~ sanguine** transfusión *f* sanguínea

transgresser [tRɑ̃sgRese] *vt* transgredir

transi, e [tRɑ̃zi] *adj* helado(-a)

transiger [tRɑ̃ziʒe] *vi* transigir

transit [tRɑ̃zit] *nm* tránsito; **transiter** *vt* hacer circular

transition [tRɑ̃zisjɔ̃] *nf* transición *f*; **transitoire** *adj* transitorio(-a)

transmettre [tRɑ̃smɛtR] *vt* transmitir; (*secret*) revelar; (*recette*) pasar, dar; **transmission** *nf* transmisión *f*

transparent, e [tRɑ̃spaRɑ̃, ɑ̃t] *adj* transparente

transpercer [tRɑ̃spɛRse] *vt* traspasar

transpiration [tRɑ̃spiRasjɔ̃] *nf* transpiración *f*

transpirer [tRɑ̃spiRe] *vi* transpirar; (*information, nouvelle*) trascender

transplanter [tRɑ̃splɑ̃te] *vt* (*BOT, MÉD*) trasplantar

transport [tRɑ̃spɔR] *nm* transporte *m*; **~s en commun** transportes públicos; **transporter** *vt* llevar; (*voyageurs, marchandises*) transportar; **transporteur** *nm* transportista *m*

transvaser [tʀɑ̃svɑze] *vt* transvasar

transversal, e, -aux [tʀɑ̃svɛʀsal, o] *adj* transversal

trapèze [tʀapɛz] *nm* trapecio

trappe [tʀap] *nf* trampa, trampilla

trapu, e [tʀapy] *adj* bajo(-a) y fortachón(-ona)

traquenard [tʀaknaʀ] *nm* cepo

traquer [tʀake] *vt* acorralar; (*harceler*) acosar

traumatiser [tʀomatize] *vt* traumatizar

travail, -aux [tʀavaj, o] *nm* trabajo; (*MÉD*) parto; **être sans ~** estar sin trabajo; **~ (au) noir** trabajo clandestino; **travaux** *nmpl* (*de réparation*) trabajos *mpl*; (*de construction, sur route*) obras *fpl*; **travaux des champs** faenas *fpl* del campo; **travaux dirigés** (*SCOL*) ejercicios *mpl* dirigidos; **travaux manuels** (*SCOL*) trabajos manuales

travailler [tʀavaje] *vi* trabajar; (*bois*) alabearse; (*argent*) producir ♦ *vt* trabajar; **cela le travaille** eso le preocupa; **~ à** trabajar en; (*contribuer à*) contribuir a; **travailleur, -euse** *adj, nm/f* trabajador(a); **travailleur social** trabajador *m* social; **travailliste** *adj, nm/f* laborista

travers [tʀavɛʀ] *nm* (*défaut*) imperfección *f*; **en ~ (de)** atravesado(-a) (en); **au ~ (de)** a través (de); **de ~** *adj* de través ♦ *adv* oblicuamente; (*fig*) al revés; **à ~** a través; **regarder de ~** (*fig*) mirar de reojo

traverse [tʀavɛʀs] *nf* **chemin de ~** atajo

traversée [tʀavɛʀse] *nf* travesía

traverser [tʀavɛʀse] *vt* atravesar; (*rue*) cruzar; (*percer*: *suj*: *pluie, froid*) traspasar

traversin [tʀavɛʀsɛ̃] *nm* cabezal *m*

travesti [tʀavɛsti] *nm* (*artiste de cabaret*) travestido; (*homosexuel*) travesti *m*

trébucher [tʀebyʃe] *vi*: **~ (sur)** tropezar (con)

trèfle [tʀɛfl] *nm* trébol *m*

treize [tʀɛz] *adj inv, nm inv* trece *m inv*; *voir aussi* **cinq**; **treizième** *adj, nm/f* decimotercero(-a) ♦ *nm* (*partitif*) treceavo; *voir aussi* **cinquantième**

treizième mois

Le treizième mois *es una paga extraordinaria de final de año que equivale aproximadamente a un mes de sueldo. Para muchos empleados es una parte normal de su salario anual.*

tréma [tʀema] *nm* diéresis *f inv*

tremblement [tʀɑ̃bləmɑ̃] *nm* temblor *m*; **~ de terre** terremoto

trembler [tʀɑ̃ble] *vi* temblar; **~ de** temblar de; **~ pour qn** temer por algn

trémousser [tʀemuse]: **se ~** *vpr* menearse

trempé, e [tʀɑ̃pe] *adj* empapado(-a)

tremper [tʀɑ̃pe] *vt* empapar; (*pain, chemise*) mojar ♦ *vi* estar en remojo; **~ dans** (*fig, péj*) estar metido(-a) *ou* implicado(-a) en; **faire ~, mettre à ~** poner en remojo; **~ qch dans** remojar algo en

tremplin [tʀɑ̃plɛ̃] *nm* trampolín *m*

trentaine [tʀɑ̃tɛn] *nf* treintena; **avoir la ~** tener unos treinta años; **une ~ (de)** unos(-as) treinta

trente [tʀɑ̃t] *adj inv, nm inv* treinta *m inv*; *voir aussi* **cinq**; **trentième** *adj, nm/f* trigésimo(-a) ♦ *nm* (*partitif*) treintavo; *voir aussi* **cinquantième**

trépidant, e [tʀepidɑ̃, ɑ̃t] *adj* trepidante

trépigner [tʀepiɲe] *vi*: **~ (d'enthousiasme/d'impatience)** patalear (de entusiasmo/de impaciencia)

très [tʀɛ] *adv* muy

trésor [tʀezɔʀ] *nm* tesoro; (*vertu précieuse*) joya; **T~ (public)** Tesoro (público); **trésorerie** *nf* tesorería; **trésorier, -ière** *nm/f* tesorero(-a)

tressaillir [tʀesajiʀ] *vi* (*de peur*) estremecerse; (*de joie, d'émotion*) vibrar
tressauter [tʀesote] *vi* sobresaltar
tresse [tʀɛs] *nf* trenza; **tresser** *vt* trenzar
tréteau, x [tʀeto] *nm* caballete *m*
treuil [tʀœj] *nm* torno
trêve [tʀɛv] *nf* tregua
tri [tʀi] *nm* selección *f*; **le ~** (POSTES: *action*) la clasificación
triangle [tʀijɑ̃gl] *nm* triángulo; **triangulaire** *adj* triangular
tribord [tʀibɔʀ] *nm*: **à ~** a estribor
tribu [tʀiby] *nf* tribu *f*
tribunal, -aux [tʀibynal, o] *nm* tribunal *m*; (*bâtiment*) juzgado
tribune [tʀibyn] *nf* tribuna
tribut [tʀiby] *nm* tributo; **payer un lourd ~ à** pagar un tributo muy caro a
tributaire [tʀibytɛʀ] *adj*: **être ~ de** ser tributario(-a) de
tricher [tʀiʃe] *vi* (*à un examen*) copiar; (*aux cartes*) hacer trampas; **tricheur, -euse** *nm/f* tramposo(-a)
tricolore [tʀikɔlɔʀ] *adj* tricolor; (*français: drapeau, équipe*) francés(-esa)
tricot [tʀiko] *nm* punto; (*ouvrage*) prenda de punto; **tricoter** *vt* tricotar
tricycle [tʀisikl] *nm* triciclo
trier [tʀije] *vt* (*classer*) clasificar; (*choisir*) seleccionar; (*fruits, grains*) seleccionar, escoger
trimestre [tʀimɛstʀ] *nm* trimestre *m*; **trimestriel, le** *adj* trimestral
trinquer [tʀɛ̃ke] *vi* chocar los vasos; (*porter un toast*) brindar
triomphe [tʀijɔ̃f] *nm* triunfo; **triompher** *vi* triunfar; **triompher de qch/qn** triunfar sobre algo/algn
tripes [tʀip] *nfpl* (CULIN) callos *mpl*
triple [tʀipl] *adj* triple ♦ *nm*: **le ~ (de)** el triple (de); **en ~ exemplaire** por triplicado; **tripler** *vi, vt* triplicar
triplés, -ées [tʀiple] *nm/fpl* (*bébés*) trillizos *mpl*
tripoter [tʀipɔte] *vt* (*objet*) manosear
triste [tʀist] *adj* triste; **un ~ personnage/une ~ affaire** (*péj*) un personaje mediocre/un asunto turbio; **tristesse** *nf* tristeza
trivial, e, -aux [tʀivjal, jo] *adj* trivial
troc [tʀɔk] *nm* trueque *m*
trognon [tʀɔɲɔ̃] *nm* (*de fruit*) corazón *m*; (*de légume*) troncho
trois [tʀwɑ] *adj inv, nm inv* tres *m inv*; *voir aussi* **cinq**; **troisième** *adj, nm/f* tercero(-a) ♦ *nf* (AUTO) tercera; *voir aussi* **cinquième**
trombe [tʀɔ̃b] *nf* tromba; **en ~** en tromba
trombone [tʀɔ̃bɔn] *nm* (MUS) trombón *m*; (*de bureau*) clip *m*
trompe [tʀɔ̃p] *nf* trompa
tromper [tʀɔ̃pe] *vt* engañar; (*espoir, attente*) frustrar; (*vigilance, poursuivants*) burlar; **se ~** *vpr* equivocarse; **se ~ de voiture/jour** equivocarse de coche/día; **se ~ de 3 cm/20 F** equivocarse en 3 cm/20 francos
trompette [tʀɔ̃pɛt] *nf* trompeta; **nez en ~** nariz *f* respingona
trompeur, -euse [tʀɔ̃pœʀ, øz] *adj* engañoso(-a)
tronc [tʀɔ̃] *nm* (BOT, ANAT) tronco
tronçon [tʀɔ̃sɔ̃] *nm* tramo; **tronçonner** *vt* (*arbre*) cortar en trozos
trône [tʀon] *nm* trono
trop [tʀo] *adv* demasiado; (*devant adverbe*) muy, demasiado; **~ (souvent/longtemps)** demasiado (a menudo/tiempo); **~ de sucre/personnes** demasiado azúcar/demasiadas personas; **ils sont ~** son demasiados; **de ~, en ~**: **des livres en ~** libros *mpl* de sobra; **du lait en ~** leche *f* de sobra; **3 livres/5 F de ~** 3 libras/5 francos de más
tropical, e, -aux [tʀɔpikal, o] *adj* tropical
tropique [tʀɔpik] *nm* trópico
trop-plein [tʀoplɛ̃] (*pl* **~-~s**) *nm* (lo) sobrante *m*, exceso
troquer [tʀɔke] *vt*: **~ qch contre qch** trocar algo por algo; (*fig*) cambiar algo por algo
trot [tʀo] *nm* trote *m*; **trotter** *vi* trotar

trottinette [tʀɔtinɛt] *nf* patinete *m*
trottoir [tʀɔtwaʀ] *nm* acera, vereda (*AM*), andén (*AM*); **faire le ~** (*péj*) hacer la calle; **~ roulant** cinta móvil
trou [tʀu] *nm* agujero; (*moment de libre*) hueco; **~ d'air** bache *m*; **~ de la serrure** ojo de la cerradura; **~ de mémoire** fallo de la memoria
troublant, e [tʀublɑ̃, ɑ̃t] *adj* (*ressemblance*) sorprendente
trouble [tʀubl] *adj* turbio(-a) ♦ *adv*: **voir ~** ver borroso ♦ *nm* (*désarroi*) desconcierto; (*émoi sensuel*) trastorno; (*embarras*) confusión *f*; **~s** *nmpl* (*POL*) disturbios *mpl*; (*MÉD*) trastornos *mpl*; **trouble-fête** *nm/f inv* aguafiestas *m/f inv*
troubler [tʀuble] *vt* turbar; (*liquide*) enturbiar; (*ordre*) alterar; **se ~** *vpr* turbarse
trouer [tʀue] *vt* agujerear
trouille [tʀuj] (*fam*) *nf*: **avoir la ~** tener mieditis
troupe [tʀup] *nf* (*MIL*) tropa; **~ (de théâtre)** compañía (de teatro)
troupeau, x [tʀupo] *nm* (*de moutons*) rebaño; (*de vaches*) manada
trousse [tʀus] *nf* (*étui*) estuche *m*; (*d'écolier*) cartera; (*de docteur*) maletín *m*; **~ à outils** bolsa de herramientas; **~ de toilette** neceser *m*
trousseau, x [tʀuso] *nm* ajuar *m*; **~ de clefs** manojo de llaves
trouvaille [tʀuvɑj] *nf* hallazgo
trouver [tʀuve] *vt* encontrar, hallar; **se ~** *vpr* encontrarse, hallarse; **aller/venir ~ qn** ir/venir a ver a algn; **~ le loyer cher/le prix excessif** parecerle a algn el alquiler caro/el precio excesivo; **je trouve que** me parece que; **il se trouve que** resulta que; **se ~ bien/mal** sentirse *ou* encontrarse bien/mal
truand [tʀyɑ̃] *nm* truhán *m*, timador *m*; **truander** (*fam*) *vt* timar
truc [tʀyk] *nm* truco; (*fam*: *machin, chose*) cosa, chisme *m*
truffe [tʀyf] *nf* (*BOT*) trufa
truffer [tʀyfe] *vt* (*CULIN*) trufar; **truffé de** (*fig*: *erreurs*) repleto de
truie [tʀɥi] *nf* cerda, marrana
truite [tʀɥit] *nf* trucha
truquer [tʀyke] *vt* trucar; (*élections*) amañar
TSVP [teɛsvepe] *abr* (= *tournez s'il vous plaît*) sigue
TTC [tetese] *abr* (= *toutes taxes comprises*) todo incluido
tu¹ [ty] *pron* tú
tu², e [ty] *pp de* **taire**
tuba [tyba] *nm* tuba
tube [tyb] *nm* tubo; (*chanson, disque*) éxito
tuberculose [tybɛʀkyloz] *nf* tuberculosis *f*
tuer [tɥe] *vt* matar; **se ~** *vpr* matarse; **tuerie** *nf* matanza
tue-tête [tytɛt]: **à ~-~** *adv* a voz en grito, a grito pelado
tueur [tɥœʀ] *nm* asesino; **~ à gages** asesino a sueldo
tuile [tɥil] *nf* teja; (*fam*) contratiempo, problema *m*
tulipe [tylip] *nf* tulipán *m*
tuméfié, e [tymefje] *adj* tumefacto(-a)
tumeur [tymœʀ] *nf* tumor *m*
tumulte [tymylt] *nm* tumulto; **tumultueux, -euse** *adj* tumultuoso(-a)
tunique [tynik] *nf* túnica
Tunisie [tynizi] *nf* Túnez *m*; **tunisien, ne** *adj* tunecino(-a) ♦ *nm/f*: **Tunisien, ne** tunecino(-a)
tunnel [tynɛl] *nm* túnel *m*
turbulent, e [tyʀbylɑ̃, ɑ̃t] *adj* revoltoso(-a)
turc, turque [tyʀk] *adj* turco(-a) ♦ *nm* (*LING*) turco ♦ *nm/f*: **T~, Turque** turco(-a); **à la turque** *adj* (*w.c.*) sin asiento
turf [tyʀf] *nm* deporte *m* hípico; **turfiste** *nm/f* aficionado(-a) a las carreras de caballos
Turquie [tyʀki] *nf* Turquía
turquoise [tyʀkwaz] *adj inv* turquesa *inv* ♦ *nf* turquesa
tutelle [tytɛl] *nf* tutela
tuteur, -trice [tytœʀ, tʀis] *nm/f* (*JUR*) tutor(a) ♦ *nm* (*de plante*) tutor *m*, rodrigón *m*
tutoyer [tytwaje] *vt*: **~ qn** tutear a

algn
tuyau, x [tɥijo] *nm* tubo; (*fam*: *conseil*) consejo; **~ d'arrosage** manguera de riego; **~ d'échappement** tubo de escape; **tuyauterie** *nf* cañería, tubería
TVA [tevea] *sigle f* (= *taxe à la valeur ajoutée*) ≃ IVA
tympan [tɛ̃pɑ̃] *nm* tímpano
type [tip] *nm* tipo; (*fam*: *homme*) tío ♦ *adj* tipo
typé, e [tipe] *adj* típico(-a)
typique [tipik] *adj* típico(-a)
tyran [tiʀɑ̃] *nm* tirano; **tyrannique** *adj* tiránico(-a)
tzigane [dzigan] *adj* cíngaro(-a), zíngaro(-a)

U, u

UE *sigle f* (= *Union européenne*) UE *f*
ulcère [ylsɛʀ] *nm* úlcera
ultérieur, e [ylteʀjœʀ] *adj* ulterior, posterior; **reporté à une date ~e** aplazado hasta nuevo aviso; **ultérieurement** *adv* posteriormente
ultime [yltim] *adj* último(-a)

MOT-CLÉ

un, une [œ̃, yn] *art indéf* un(a); **un garçon/vieillard** un chico/viejo; **une fille** una niña
♦ *pron* uno(-a); **l'un des meilleurs** uno de los mejores; **l'un ..., l'autre ...** uno ..., el otro ...; **les uns ..., les autres ...** (los) unos ..., (los) otros ...; **l'un et l'autre** uno y otro; **l'un ou l'autre** uno u otro; **pas un seul** ni uno; **un par un** uno a uno
♦ *num* uno(-a); **une pomme seulement** una manzana solamente
♦ *nf*: **la une** (PRESSE) la primera página; (*chaîne de télévision*) la primera (cadena)

unanime [ynanim] *adj* unánime; **unanimité** *nf* unanimidad *f*; **à l'unanimité** por unanimidad
uni, e [yni] *adj* (*tissu*) uniforme; (*surface, couleur*) liso(-a); (*groupe, pays*) unido(-a)
unifier [ynifje] *vt* unificar
uniforme [ynifɔʀm] *adj* (*aussi fig*) uniforme ♦ *nm* uniforme *m*; **uniformiser** *vt* uniformizar, uniformar
union [ynjɔ̃] *nf* unión *f*
unique [ynik] *adj* único(-a); **fils/fille ~** hijo único/hija única; **uniquement** *adv* únicamente
unir [yniʀ] *vt* unir; (*couleurs*) mezclar; **s'~** *vpr* unirse; **~ qch à** unir algo a
unitaire [ynitɛʀ] *adj* unitario(-a)
unité [ynite] *nf* unidad *f*
univers [ynivɛʀ] *nm* universo; **universel, le** *adj* universal
universitaire [ynivɛʀsitɛʀ] *adj, nm/f* universitario(-a)
université [ynivɛʀsite] *nf* universidad *f*
urbain, e [yʀbɛ̃, ɛn] *adj* urbano(-a); **urbanisme** *nm* urbanismo
urgence [yʀʒɑ̃s] *nf* urgencia; **d'~** *adv* urgentemente
urgent, e [yʀʒɑ̃, ɑ̃t] *adj* urgente
urine [yʀin] *nf* orina; **urinoir** *nm* urinario
urne [yʀn] *nf* urna
urticaire [yʀtikɛʀ] *nf* urticaria
us [ys] *nmpl*: **~ et coutumes** usos *mpl* y costumbres
usage [yzaʒ] *nm* (*aussi* LING) uso; **l'~** (*la coutume*) la costumbre; **à l'~** con el uso; **à l'~ de** para uso de; **en ~** en uso; **hors d'~** fuera de uso, en desuso; **à ~ interne/externe** (MÉD) de uso interno/externo; **usagé, e** *adj* usado(-a); **usager, -ère** *nm/f* usuario(-a)
usé, e [yze] *adj* usado(-a); (*banal, rebattu*) manido(-a)
user [yze] *vt* usar; (*consommer*) gastar; (*fig*: *santé, personne*) desgastar; **s'~** *vpr* (*outil, vêtement*) gastarse; **~ de** (*moyen, droit, procédé*) servirse de
usine [yzin] *nf* fábrica
usité, e [yzite] *adj* empleado(-a)
ustensile [ystɑ̃sil] *nm* utensilio; **~ de cuisine** utensilio de cocina
usuel, le [yzɥɛl] *adj* usual
usure [yzyʀ] *nf* desgaste *m*; **avoir qn**

à l'~ acabar convenciendo a algn
utérus [yteʀys] *nm* útero
utile [ytil] *adj* útil
utilisation [ytilizasjɔ̃] *nf* utilización *f*
utiliser [ytilize] *vt* utilizar; (*CULIN*: *restes*) aprovechar
utilitaire [ytilitɛʀ] *adj* (*objet, véhicule*) utilitario(-a)
utilité [ytilite] *nf* utilidad *f*; **reconnu d'~ publique** (*ADMIN*) reconocido de utilidad pública
utopie [ytɔpi] *nf* utopía

V, v

va [va] *vb voir* **aller**
vacance [vakɑ̃s] *nf* (*ADMIN*) vacante *f*; **~s** *nfpl* vacaciones *fpl*; **prendre des/ses ~s (en juin)** coger las vacaciones (en junio); **aller en ~s** ir de vacaciones; **vacancier, -ière** *nm/f* veraneante *m/f*
vacant, e [vakɑ̃, ɑ̃t] *adj* vacante
vacarme [vakaʀm] *nm* alboroto
vaccin [vaksɛ̃] *nm* vacuna; **vaccination** *nf* vacunación *f*; **vacciner** *vt* vacunar; **être vacciné** (*fig*: *fam*) estar vacunado(-a)
vache [vaʃ] *nf* vaca; (*cuir*) piel *f* ♦ *adj* (*fam*) duro(-a); **vachement** (*fam*) *adv* super; **vacherie** (*fam*) *nf* faena
vaciller [vasije] *vi* vacilar
va-et-vient [vaevjɛ̃] *nm inv* vaivén *m*
vagabond, e [vagabɔ̃, ɔ̃d] *adj* vagabundo(-a); (*pensées*) errabundo(-a) ♦ *nm* vagabundo; **vagabonder** *vi* vagabundear
vagin [vaʒɛ̃] *nm* vagina
vague [vag] *nf* ola ♦ *adj* (*silhouette, souvenir*) vago(-a); (*angoisse*) indefinido(-a); **~ de fond** *nf* mar de fondo; **~ de froid** *nf* ola de frío
vaillant, e [vajɑ̃, ɑ̃t] *adj* valiente; (*vigoureux*) saludable
vain, e [vɛ̃, vɛn] *adj* vano(-a); **en ~** en vano
vaincre [vɛ̃kʀ] *vt* vencer, derrotar; **vaincu, e** *pp de* **vaincre** ♦ *nm/f* vencido(-a), derrotado(-a); **vainqueur** *adj m, nm* ganador *m*
vaisseau, x [vɛso] *nm* (*ANAT*) vaso; (*NAUT*) navío; **~ spatial** nave *f* espacial
vaisselier [vɛsəlje] *nm* aparador *m*
vaisselle [vɛsɛl] *nf* vajilla; (*lavage*) fregado
valable [valabl] *adj* válido(-a); (*motif, solution*) admisible
valet [valɛ] *nm* criado; (*CARTES*) sota
valeur [valœʀ] *nf* valor *m*; **~s** *nfpl* (*morales*) valores *mpl* morales; **mettre en ~** (*fig*) destacar; **avoir/prendre de la ~** tener/adquirir valor; **sans ~** sin valor
valide [valid] *adj* (*personne*) sano(-a); (*passeport, billet*) válido(-a); **valider** *vt* validar
valise [valiz] *nf* maleta, valija (*AM*)
vallée [vale] *nf* valle *m*
vallon [valɔ̃] *nm* pequeño valle *m*
valoir [valwaʀ] *vi* valer ♦ *vt* valer; (*un effort, détour*) merecer; (*causer, procurer*: *suj*: *chose*): **~ qch à qn** valer algo a algn; **se ~** *vpr* ser equivalente; **faire ~** (*ses droits*) hacer valer; **à ~ sur** a cuenta de; **cela ne me dit rien qui vaille** eso me da mala espina; **ce climat** *etc* **ne me vaut rien** este clima *etc* no me sienta nada bien; **~ la peine** merecer la pena; **~ mieux: il vaut mieux se taire/que je fasse comme ceci** más vale callarse/que lo haga así; **ça ne vaut rien** eso no vale nada
valse [vals] *nf* vals *m*
vandalisme [vɑ̃dalism] *nm* vandalismo
vanille [vanij] *nf* vainilla
vanité [vanite] *nf* vanidad *f*; **vaniteux, -euse** *adj* vanidoso(-a)
vanne [van] *nf* compuerta; (*fam*) pulla
vannerie [vanʀi] *nf* cestería
vantard, e [vɑ̃taʀ, aʀd] *adj* jactancioso(-a)
vanter [vɑ̃te] *vt* alabar; **se ~** *vpr* jactarse; **se ~ de qch** jactarse *ou* presumir de algo
vapeur [vapœʀ] *nf* vapor *m*; **cuit à la ~** (*CULIN*) cocinado al vapor; **vaporeux, -euse** *adj* vaporoso(-a); **vaporisateur** *nm* vaporizador *m*;

vaporiser *vt* vaporizar
varappe [vaʀap] *nf* escalada de rocas
vareuse [vaʀøz] *nf* (*blouson*) marinera
variable [vaʀjabl] *adj* variable; (*résultats*) diverso(-a)
varice [vaʀis] *nf* variz *f*
varicelle [vaʀisɛl] *nf* varicela
varié, e [vaʀje] *adj* variado(-a); (*goûts, résultats*) diverso(-a)
varier [vaʀje] *vi* variar, cambiar; (*différer*) variar ♦ *vt* cambiar; **variété** *nf* variedad *f*; **variétés** *nfpl*: **spectacle/émission de variétés** espectáculo/programa de variedades
variole [vaʀjɔl] *nf* viruela
vas [va] *vb voir* **aller**; **~-y!** ¡venga!
vase [vɑz] *nm* vaso ♦ *nf* fango; **vaseux, -euse** *adj* fangoso(-a); (*fam: confus*) confuso(-a); (*: fatigué*) hecho(-a) polvo
vasistas [vazistɑs] *nm* tragaluz *m*
vaste [vast] *adj* amplio(-a)
vautour [votuʀ] *nm* buitre *m*
vautrer [votʀe]: **se ~** *vpr* revolcarse; **se ~ dans/sur** revolcarse en
va-vite [vavit]: **à la ~-~** *adv* de prisa y corriendo

> **VDQS**
>
> **VDQS** *(vin délimité de qualité supérieure) es la segunda categoría más alta de los vinos franceses, tras* **AOC**, *e indica que se trata de un vino de gran calidad procedente de viñedos con denominación de origen. A ésta le sigue el* **vin de pays. Vin de table** *o* **vin ordinaire** *es vino de mesa de origen indeterminado y a menudo con mezcla.*

veau, x [vo] *nm* ternero; (*CULIN*) ternera; (*peau*) becerro
vécu, e [veky] *pp de* **vivre** ♦ *adj* vivido(-a)
vedette [vədɛt] *nf* estrella; (*canot*) lancha motora
végétal, e, -aux [veʒetal, o] *adj, nm* vegetal *m*; **végétalien, ne** *adj, nm/f* vegetariano(-a) estricto(-a)
végétarien, ne [veʒetaʀjɛ̃, jɛn] *adj, nm/f* vegetariano(-a)
végétation [veʒetasjɔ̃] *nf* vegetación *f*
véhicule [veikyl] *nm* vehículo
veille [vɛj] *nf* vigilancia; (*PSYCH*) vigilia; (*jour*): **la ~ de** el día anterior a; **la ~ au soir** la noche anterior
veillée [veje] *nf* velada
veiller [veje] *vi* velar; (*être vigilant*) vigilar ♦ *vt* velar; **~ à faire/à ce que** ocuparse de hacer/de que; **~ sur** cuidar de; **veilleur** *nm*: **veilleur de nuit** sereno; **veilleuse** *nf* (*lampe*) lamparilla de noche; (*AUTO, flamme*) piloto; **en veilleuse** a media luz
veinard, e [vɛnaʀ, aʀd] (*fam*) *nm/f* suertudo(-a)
veine [vɛn] *nf* vena; (*du bois, marbre etc*) veta; **avoir de la ~** (*fam*) tener chiripa
véliplanchiste [veliplɑ̃ʃist] *nm/f* windsurfista *m/f*
vélo [velo] *nm* bici *f*; **vélomoteur** *nm* velomotor *m*
velours [v(ə)luʀ] *nm* terciopelo; **~ côtelé** pana; **velouté, e** *adj* (*peau*) aterciopelado(-a); (*au goût*) cremoso(-a) ♦ *nm* (*CULIN*): **velouté d'asperges/de tomates** crema de espárragos/sopa de tomate
velu, e [vəly] *adj* velloso(-a)
vendange [vɑ̃dɑ̃ʒ] *nf* vendimia; **vendanger** *vi, vt* vendimiar
vendeur, -euse [vɑ̃dœʀ, øz] *nm/f* vendedor(a) ♦ *nm* (*JUR*) vendedor *m*; **~ de journaux** vendedor *ou* voceador *m* (*AM*) de periódicos, canillita *m* (*CSUR*)
vendre [vɑ̃dʀ] *vt* vender; **~ qch à qn** vender algo a algn; **"à ~"** "en venta"
vendredi [vɑ̃dʀədi] *nm* viernes *m inv*; **V~ saint** Viernes Santo; *voir aussi* **lundi**
vénéneux, -euse [venenø, øz] *adj* venenoso(-a)
vénérien, ne [veneʀjɛ̃, jɛn] *adj* venéreo(-a)
vengeance [vɑ̃ʒɑ̃s] *nf* venganza

venger [vɑ̃ʒe] *vt* vengar; **se ~** *vpr* vengarse; **se ~ de/sur qch/qn** vengarse de/en algo/algn
venimeux, -euse [vənimø, øz] *adj* venenoso(-a)
venin [vənɛ̃] *nm* veneno
venir [v(ə)niʀ] *vi* venir, llegar; **~ de** (*lieu*) venir de; (*cause*) proceder de; **~ de faire**: **je viens d'y aller/de le voir** acabo de ir/de verle; **où veux-tu en ~?** ¿hasta dónde quieres llegar?; **je te vois ~** te veo venir; **il me vient une idée** se me ocurre una idea; **faire ~** llamar
vent [vɑ̃] *nm* viento; **il y a du ~** hace viento; **c'est du ~** (*fig*) son palabras al aire; **(être) dans le ~** (*fam*) (estar) a la moda; **avoir ~ de** enterarse de; **contre ~s et marées** contra viento y marea
vente [vɑ̃t] *nf* venta; **mettre en ~** poner en venta; **~ aux enchères** subasta
venteux, -euse [vɑ̃tø, øz] *adj* ventoso(-a)
ventilateur [vɑ̃tilatœʀ] *nm* ventilador *m*
ventiler [vɑ̃tile] *vt* ventilar; (*total, statistiques*) repartir
ventouse [vɑ̃tuz] *nf* ventosa
ventre [vɑ̃tʀ] *nm* vientre *m*; **j'ai mal au ~** me duele la barriga
venu, e [v(ə)ny] *pp de* **venir** ♦ *adj*: **être mal ~ de faire** ser poco oportuno hacer
ver [vɛʀ] *nm* gusano; (*intestinal*) lombriz *f*; (*du bois*) polilla; **~ à soie** gusano de seda; **~ de terre** lombriz *f*; **~ luisant** luciérnaga; **~ solitaire** tenia; *voir aussi* **vers**
verbe [vɛʀb] *nm* verbo
verdâtre [vɛʀdɑtʀ] *adj* verdusco(-a)
verdict [vɛʀdik(t)] *nm* veredicto
verdir [vɛʀdiʀ] *vi* verdear, verdecer; **verdure** *nf* verde *m*, verdor *m*
véreux, -euse [veʀø, øz] *adj* agusanado(-a); (*malhonnête*) corrompido(-a)
verge [vɛʀʒ] *nf* (ANAT) verga
verger [vɛʀʒe] *nm* huerto
verglacé, e [vɛʀglase] *adj* helado(-a)
verglas [vɛʀglɑ] *nm* hielo
véridique [veʀidik] *adj* verídico(-a)
vérification [veʀifikasjɔ̃] *nf* revisión *f*
vérifier [veʀifje] *vt* revisar; (*hypothèse*) comprobar; **se ~** *vpr* verificarse
véritable [veʀitabl] *adj* verdadero(-a); (*ami, amour*) auténtico(-a); **un ~ désastre/miracle** un auténtico desastre/milagro
vérité [veʀite] *nf* verdad *f*
vermeil, le [vɛʀmɛj] *adj* bermejo(-a)
vermine [vɛʀmin] *nf* parásitos *mpl*; (*fig*) chusma
vermoulu, e [vɛʀmuly] *adj* carcomido(-a)
verni, e [vɛʀni] *adj* barnizado(-a)
vernir [vɛʀniʀ] *vt* barnizar; (*poteries, ongles*) esmaltar; **vernis** *nm* barniz *m*; (*fig*) capa; **vernis à ongles** esmalte *m* de uñas; **vernissage** *nm* barnizado; (*d'une exposition*) inauguración *f*
vérole [veʀɔl] *nf* (*aussi:* **petite ~**) viruela
verre [vɛʀ] *nm* vidrio, cristal *m*; (*récipient, contenu*) vaso, copa; (*de lunettes*) cristal *m*; **boire** *ou* **prendre un ~** beber *ou* tomar una copa; **~s de contact** lentes *mpl* de contacto, lentillas *fpl*; **verrière** *nf* cristalera
verrou [veʀu] *nm* cerrojo; (GÉO, MIL) bloqueo; **mettre qn/être sous les ~s** meter a algn/estar en chirona; **verrouillage** *nm* cierre *m*; **verrouiller** *vt* (*porte*) cerrar con cerrojo
verrue [veʀy] *nf* verruga
vers [vɛʀ] *nm* verso ♦ *prép* hacia; (*dans les environs de*) hacia, cerca de; (*temporel*) alrededor de, sobre
versant [vɛʀsɑ̃] *nm* ladera
versatile [vɛʀsatil] *adj* versátil
verse [vɛʀs]: **à ~** *adv*: **il pleut à ~** llueve a cántaros
Verseau [vɛʀso] *nm* (ASTROL) Acuario
versement [vɛʀsəmɑ̃] *nm* pago; **en 3 ~s** en 3 plazos
verser [vɛʀse] *vt* verter, derramar; (*dans une tasse etc*) echar; (*argent*: *à qn*) pagar; (: *sur un compte*) ingresar
version [vɛʀsjɔ̃] *nf* versión *f*

verso [vɛʀso] *nm* dorso; **voir au ~** ver al dorso
vert, e [vɛʀ, vɛʀt] *adj* verde; (*personne: vigoureux*) lozano(-a); (*langage, propos*) fuerte ♦ *nm* verde *m*
vertèbre [vɛʀtɛbʀ] *nf* vértebra
vertement [vɛʀtəmɑ̃] *adv* severamente
vertical, e, -aux [vɛʀtikal, o] *adj* vertical; **verticale** *nf* vertical *f*; **à la verticale** en vertical; **verticalement** *adv* verticalmente
vertige [vɛʀtiʒ] *nm* vértigo; **vertigineux, -euse** *adj* vertiginoso(-a)
vertu [vɛʀty] *nf* virtud *f*; **en ~ de** en virtud de; **vertueux, -euse** *adj* virtuoso(-a)
verve [vɛʀv] *nf* inspiración *f*; **être en ~** estar en vena
verveine [vɛʀvɛn] *nf* verbena
vésicule [vezikyl] *nf* vesícula; **~ biliaire** vesícula biliar
vessie [vesi] *nf* vejiga
veste [vɛst] *nf* chaqueta, americana, saco (AM); **~ croisée/droite** chaqueta cruzada/recta *ou* sin cruzar
vestiaire [vɛstjɛʀ] *nm* (*au théâtre etc*) guardarropa; (*de stade etc*) vestuario
vestibule [vɛstibyl] *nm* vestíbulo
vestige [vɛstiʒ] *nm* vestigio
vestimentaire [vɛstimɑ̃tɛʀ] *adj* (*détail*) de la vestimenta; (*élégance*) en el vestir
veston [vɛstɔ̃] *nm* americana
vêtement [vɛtmɑ̃] *nm* vestido; **~s** *nmpl* ropa
vétérinaire [veteʀinɛʀ] *adj, nm/f* veterinario(-a)
vêtir [vetiʀ] *vt* vestir
vêtu, e [vety] *pp de* **vêtir** ♦ *adj*: **~ de** vestido(-a) de
vétuste [vetyst] *adj* vetusto(-a)
veuf, veuve [vœf, vœv] *adj, nm/f* viudo(-a)
veuve [vœv] *adj f voir* **veuf**
vexant, e [vɛksɑ̃, ɑ̃t] *adj* molesto(-a)
vexations [vɛksasjɔ̃] *nfpl* humillaciones *fpl*
vexer [vɛkse] *vt* ofender, humillar; **se ~** *vpr* ofenderse
viable [vjabl] *adj* viable
viande [vjɑ̃d] *nf* carne *f*
vibrer [vibʀe] *vi* vibrar
vice [vis] *nm* vicio; **~ de fabrication/construction** defecto de fabricación/construcción
vicié, e [visje] *adj* viciado(-a)
vicieux, -euse [visjø, jøz] *adj* vicioso(-a)
vicinal, e, -aux [visinal, o] *adj* vecinal; **chemin ~** camino vecinal
victime [viktim] *nf* víctima
victoire [viktwaʀ] *nf* victoria, triunfo
victuailles [viktɥɑj] *nfpl* vitualla
vidange [vidɑ̃ʒ] *nf* (AUTO) cambio de aceite; (*de lavabo*) desagüe *m*; **vidanger** *vt* vaciar
vide [vid] *adj* vacío(-a) ♦ *nm* vacío; **emballé sous ~** envasado al vacío; **avoir peur du ~** tener miedo del vacío; **parler dans le ~** hablar en el aire; **faire le ~** hacer el vacío
vidéo [video] *nf* vídeo
vide-ordures [vidɔʀdyʀ] *nm inv* vertedero de basuras
vider [vide] *vt* vaciar; (*bouteille, verre*) beber; (*volaille, poisson*) limpiar; (*fam*) echar; **~ les lieux** desalojar el local; **videur** *nm* matón *m*
vie [vi] *nf* vida; (*animation*) vitalidad *f*; **être en ~** estar vivo(-a); **sans ~** sin vida; **à ~** para toda la vida, vitalicio(-a); **mener la ~ dure à qn** hacerle la vida imposible a algn
vieil [vjɛj] *adj m voir* **vieux**; **vieillard** *nm* anciano; **vieille** *adj f voir* **vieux**; **vieille fille** solterona; **vieilleries** *nfpl* antiguallas *fpl*; **vieillesse** *nf* vejez *f*; **vieillir** *vi* envejecer; (*vin*) hacerse añejo(-a) ♦ *vt* avejentar; (*attribuer un âge plus avancé*) envejecer
vierge [vjɛʀʒ] *adj* virgen; (*page*) en blanco ♦ *nf* virgen *f*; (ASTROL): **la V~** Virgo; **~ de** sin
vietnamien, ne [vjɛtnamjɛ̃, jɛn] *adj* vietnamita ♦ *nm* (LING) vietnamita *m* ♦ *nm/f*: **Vietnamien, ne** vietnamita *m/f*
vieux (vieil), vieille [vjø, vjɛj] *adj* viejo(-a); (*ancien*) antiguo(-a) ♦

nmpl: **les ~** los viejos; **mon ~/ma vieille** (*fam*) hombre/mujer; **prendre un coup de ~** envejecer de repente; **se faire ~** hacerse viejo(-a); **~ garçon** solterón; **~ jeu** *adj inv* chapado(-a) a la antigua
vif, vive [vif, viv] *adj* vivo(-a); (*alerte*) espabilado(-a); (*air*) tonificante; (*vent, froid*) cortante; (*émotion*) fuerte; (*déception, intérêt*) profundo(-a); **de vive voix** de viva voz; **avoir les nerfs à ~** tener los nervios de punta
vigne [viɲ] *nf* (*plante*) vid *f*; (*plantation*) viña; **vigneron** *nm* viñador *m*
vignette [viɲɛt] *nf* viñeta; (AUTO) pegatina; (*sur médicament*) resguardo de precio
vignoble [viɲɔbl] *nm* viñedo
vigoureux, -euse [viguʀø, øz] *adj* vigoroso(-a)
vigueur [vigœʀ] *nf* vigor *m*; (JUR): **être/entrer en ~** estar/entrar en vigor; **en ~** vigente
vilain, e [vilɛ̃, ɛn] *adj* (*laid*) feo(-a); (*affaire, blessure*) malo(-a); (*enfant*) malo(-a)
villa [villa] *nf* villa, chalet *m*
village [vilaʒ] *nm* pueblo; (*aussi*: **petit ~**) aldea; **villageois, e** *adj, nm/f* lugareño(-a); (*d'un petit village*) aldeano(-a)
ville [vil] *nf* ciudad *f*, villa, municipio
vin [vɛ̃] *nm* vino; **~ de pays/de table** vino del país/de mesa
vinaigre [vinɛgʀ] *nm* vinagre *m*; **vinaigrette** *nf* vinagreta
vindicatif, -ive [vɛ̃dikatif, iv] *adj* vindicativo(-a)
vingt [vɛ̃] *adj inv, nm inv* veinte *m inv*; *voir aussi* **cinq**; **vingtaine** *nf*: **une vingtaine (de)** unos veinte; **vingtième** *adj, nm/f* vigésimo(-a) ♦ *nm* (*partitif*) veinteavo; *voir aussi* **cinquantième**
vinicole [vinikɔl] *adj* vinícola
vinyle [vinil] *nm* vinilo
viol [vjɔl] *nm* violación *f*
violacé, e [vjɔlase] *adj* violáceo(-a)
violemment [vjɔlamɑ̃] *adv* violentamente
violence [vjɔlɑ̃s] *nf* violencia
violent, e [vjɔlɑ̃, ɑ̃t] *adj* violento(-a)
violer [vjɔle] *vt* violar
violet, te [vjɔlɛ, ɛt] *adj, nm* violeta *m*; **violette** *nf* violeta
violon [vjɔlɔ̃] *nm* violín *m*; **violoncelle** *nm* violoncelo, violonchelo; **violoniste** *nm/f* violinista *m/f*
vipère [vipɛʀ] *nf* víbora
virage [viʀaʒ] *nm* (*d'un véhicule*) giro; (*d'une route, piste*) curva
virée [viʀe] *nf* vuelta
virement [viʀmɑ̃] *nm* (COMM) transferencia
virer [viʀe] *vt*: **~ qch (sur)** (COMM: *somme*) hacer una transferencia (a); (*fam*) echar ♦ *vi* virar; **~ de bord** (NAUT) virar de bordo
virevolter [viʀvɔlte] *vi* dar vueltas
virgule [viʀgyl] *nf* coma
viril, e [viʀil] *adj* viril, varonil
virtuel, le [viʀtɥɛl] *adj* virtual
virtuose [viʀtɥoz] *adj, nm/f* virtuoso(-a)
virus [viʀys] *nm* virus *m inv*
vis [vis] *nf* tornillo
visa [viza] *nm* visa, visado
visage [vizaʒ] *nm* cara, rostro
vis-à-vis [vizavi] *adv* enfrente de, frente a ♦ *nm inv* (*personne*) persona de enfrente; **~-~-~ de** con respecto a
visée [vize] *nf* (*avec une arme*) puntería; **~s** *nfpl* (*intentions*) objetivos *mpl*
viser [vize] *vi* apuntar ♦ *vt* apuntar; (*carrière etc*) aspirar a; (*concerner*) atañer a; **~ à qch/faire qch** pretender algo/hacer algo
visibilité [vizibilite] *nf* visibilidad *f*
visible [vizibl] *adj* visible
visière [vizjɛʀ] *nf* visera
vision [vizjɔ̃] *nf* visión *f*; **visionneuse** *nf* visionador *m*
visite [vizit] *nf* visita; **rendre ~ à qn** visitar a algn; **heures de ~** horas *fpl* de visita
visiter [vizite] *vt* visitar; **visiteur, -euse** *nm/f* visitante *m/f*
vison [vizɔ̃] *nm* visón *m*
visser [vise] *vt* atornillar; (*serrer*:

couvercle) enroscar
visuel, le [vizɥɛl] *adj* visual
vital, e, -aux [vital, o] *adj* vital
vitamine [vitamin] *nf* vitamina
vite [vit] *adv* de prisa; (*sans délai*) pronto; **faire ~** darse prisa
vitesse [vitɛs] *nf* rapidez *f*; (*d'un véhicule, corps, fluide*) velocidad *f*; (*AUTO*): **les ~s** las marchas; **prendre de la ~** coger velocidad; **à toute ~** a toda marcha
viticulteur [vitikyltœr] *nm* viticultor *m*
vitrail, -aux [vitʀaj, o] *nm* vidriera
vitre [vitʀ] *nf* vidrio, cristal *m*; (*d'une portière, voiture*) cristal; **vitré, e** *adj* con cristales
vitrine [vitʀin] *nf* escaparate *m*, vidriera (*AM*); (*petite armoire*) vitrina
vivable [vivabl] *adj* soportable
vivace [vivas] *adj* (*arbre, plante*) resistente; (*haine*) tenaz
vivacité [vivasite] *nf* vivacidad *f*
vivant, e [vivɑ̃, ɑ̃t] *vb voir* **vivre** ♦ *adj* viviente; (*animé*) vivo(-a)
vive [viv] *adj f voir* **vif** ♦ *excl*: **~ le roi/la république!** ¡viva el rey/la república!; **vivement** *adv* vivamente ♦ *excl*: **vivement qu'il s'en aille!** ¡que se vaya pronto!; **vivement les vacances!** ¡que lleguen ya las vacaciones!
vivier [vivje] *nm* vivero
vivifiant, e [vivifjɑ̃, jɑ̃t] *adj* vivificante
vivoter [vivɔte] *vi* ir tirando
vivre [vivʀ] *vi* vivir ♦ *vt* vivir; **~s** *nmpl* (*provisions*) víveres *mpl*; **la victime vit encore** la víctima sigue viva; **se laisser ~** dejarse estar; **il est facile/difficile à ~** tiene buen/mal carácter; **faire ~ qn** mantener a algn; **~ bien/mal** vivir bien/mal
vlan [vlɑ̃] *excl* ¡pum!
VO [veo] *sigle f* (= *version originale*) V.O. (= *versión original*)
vocabulaire [vɔkabylɛʀ] *nm* vocabulario
vocation [vɔkasjɔ̃] *nf* vocación *f*
vœu, x [vø] *nm* deseo; (*à Dieu*) voto; **faire ~ de** hacer voto de; **avec tous nos ~x** muchas felicidades; **~x de bonheur** deseos *mpl* de felicidad
vogue [vɔg] *nf* moda; **en ~** en boga
voici [vwasi] *prép* aquí está; **et ~ que ...** y entonces ...
voie [vwa] *nf* vía; (*AUTO*) carril *m*; **par ~ orale/rectale** por vía oral/rectal; **être en bonne ~** estar en el buen camino; **mettre qn sur la ~** encaminar a algn; **route à 2/3 ~s** carretera de dos/tres carriles; **~ ferrée/navigable** vía férrea/navegable; **~ publique** vía pública
voilà [vwala] *prép* he ahí, ahí está; **les ~** *ou* **voici** ahí *ou* aquí están; **~** *ou* **voici deux ans que ...** hace dos años que ...; **et ~!** ¡eso es todo!, ¡ya está!; **~ tout** eso es todo
voile [vwal] *nm* velo ♦ *nf* vela; **la ~** (*SPORT*) la vela; **voiler** *vt* (*fig*) velar, ocultar; (*fausser*: *roue*) alabear; **se voiler** *vpr* (*lune*) ocultarse; (*regard*) apagarse; (*TECH*) combarse; **voilier** *nm* velero; **voilure** *nf* velamen *m*
voir [vwaʀ] *vi* ver ♦ *vt* ver; (*constater*): **~ que/comme** ver que/como; **se ~** *vpr*: **se ~ critiquer** verse criticado(-a); **cela se voit** es evidente; **~ loin/venir** ver lejos/venir; **faire ~ qch à qn** enseñar algo a algn; **ne pas pouvoir ~ qn** no poder ver a algn; **voyons!** ¡vamos!; **c'est à ~!** ¡habrá que verlo!; **c'est ce qu'on va ~** eso habrá que verlo; **avoir quelque chose à ~ avec** tener algo que ver con
voire [vwaʀ] *adv* incluso
voisin, e [vwazɛ̃, in] *adj* vecino(-a), próximo(-a); (*ressemblant*) parecido(-a), vecino(-a) ♦ *nm/f* vecino(-a); **voisinage** *nm* vecindad *f*
voiture [vwatyʀ] *nf* coche *m*, auto (*esp AM*), carro (*AM*); **~ de sport** coche deportivo
voix [vwɑ] *nf* voz *f*; (*POL*) voto; **~ passive/active** (*LING*) voz pasiva/activa; **à haute ~** en voz alta; **à ~ basse** en voz baja
vol [vɔl] *nm* vuelo; (*mode d'appropriation*) robo; (*larcin*) hurto; **à ~ d'oiseau** a vuelo de pájaro; **au**

~: **attraper qch au ~** coger algo al vuelo; **~ à la tire** tirón *m* (de bolsa); **~ à main armée** robo *ou* atraco a mano armada; **~ libre** (*SPORT*) vuelo libre

volage [vɔlaʒ] *adj* voluble

volaille [vɔlɑj] *nf* (*oiseaux*) aves *fpl* de corral; (*viande, oiseau*) ave *f*

volant, e [vɔlɑ̃, ɑ̃t] *adj* volante, volador(a) ♦ *nm* volante *m*

volcan [vɔlkɑ̃] *nm* volcán *m*

volée [vɔle] *nf* (*TENNIS*) voleo; **rattraper qch à la ~** coger algo al vuelo; **à toute ~** (*sonner les cloches*) al vuelo; (*lancer un projectile*) al voleo; **~ (de coups)** paliza; **~ de flèches** lluvia de flechas

voler [vɔle] *vi* volar; (*voleur*) robar, hurtar ♦ *vt* (*objet*) robar; **~ en éclats** volar en mil pedazos; **~ qch à qn** robar algo a algn

volet [vɔlɛ] *nm* postigo

voleur, -euse [vɔlœʀ, øz] *adj, nm/f* ladrón(-ona)

volontaire [vɔlɔ̃tɛʀ] *adj* voluntario(-a) ♦ *nm/f* voluntario(-a)

volonté [vɔlɔ̃te] *nf* voluntad *f*; **à ~** a voluntad; **bonne/mauvaise ~** buena/mala voluntad

volontiers [vɔlɔ̃tje] *adv* con gusto

volt [vɔlt] *nm* voltio

volte-face [vɔltəfas] *nf inv* media vuelta

voltige [vɔltiʒ] *nf* (*au cirque*) acrobacia (en el aire); (*ÉQUITATION*) acrobacia ecuestre; **voltiger** *vi* revolotear

volubile [vɔlybil] *adj* locuaz

volume [vɔlym] *nm* volumen *m*; **volumineux, -euse** *adj* voluminoso(-a)

volupté [vɔlypte] *nf* voluptuosidad *f*

vomi [vɔmi] *nm* vómito; **vomir** *vi* vomitar ♦ *vt* vomitar; **vomissements** *nmpl*: **être pris de vomissements** comenzar a devolver *ou* vomitar de pronto

vorace [vɔʀas] *adj* voraz

vos [vo] *dét voir* **votre**

vote [vɔt] *nm* voto; **~ par correspondance/procuration** voto por correspondencia/poder; **voter** *vi, vt* votar

votre [vɔtʀ] (*pl* **vos**) *dét* vuestro(-a), su

vôtre [votʀ] *dét*: **le/la ~** el (la) vuestro(-a); **les ~s** los (las) vuestros(-as); **à la ~** ¡salud!

vouer [vwe] *vt*: **~ une haine/amitié éternelle à qn** profesar odio/amistad eterna a algn

MOT-CLÉ

vouloir [vulwaʀ] *vt* **1** querer; **voulez-vous du thé?** ¿quiere té?; **que me veut-il?** ¿qué quiere de mí?; **sans le vouloir** sin querer; **je voudrais qch/faire** quería *ou* quisiera algo/hacer; **le hasard a voulu que ...** el azar quiso que ...; **la tradition veut que ...** la tradición es que ...; **vouloir faire/que qn fasse qch** querer hacer/que algn haga algo; **que veux-tu que je te dise?** ¿qué quieres que te diga?

2 (*consentir*): **tu veux venir? - oui, je veux bien** ¿quieres venir? - sí, me parece bien; **oui, si on veut** sí, en cierto modo; **si vous voulez** si quiere; **veuillez attendre** tenga la amabilidad de esperar; **veuillez agréer ...** le saluda atentamente ...; **comme vous voudrez** como quiera

3: **en vouloir à**: **en vouloir à qn** estar resentido con algn; **je lui en veux d'avoir fait ça** me sienta muy mal que haya hecho eso; **s'en vouloir d'avoir fait qch** estar arrepentido de haber hecho algo; **je ne lui veux pas de mal** no le deseo nada malo

4: **vouloir de qch/qn**: **l'entreprise ne veut plus de lui** la empresa ya no le quiere; **elle ne veut pas de son aide** ella no quiere su ayuda

5: **vouloir dire (que)** (*signifier*) querer decir (que)

♦ *nm*: **le bon vouloir de qn** la buena voluntad de algn

voulu, e [vuly] *pp de* **vouloir** ♦ *adj* (*requis*) requerido(-a); (*délibéré*) deliberado(-a)

vous [vu] *pron* (*sujet*: *pl*: *familier*)

vosotros(-as), ustedes (*AM*); (: *forme de politesse*) ustedes; (: *singulier*) usted; (*objet direct*: *pl*) os, les (*AM*); (: *forme de politesse*) les (las) *ou* los; (: *singulier*) le (la) *ou* lo; (*objet indirect*: *pl*) os, les (*AM*); (: *forme de politesse*) les; (: *singulier*) le; (*réfléchi, réciproque*: *direct, indirect*) os; (: *forme de politesse*) se; **je ~ le jure** os lo juro; (*politesse*) se lo juro; **je ~ prie de ...** os pido que ...; (*politesse*: *pluriel*) les pido que ...; (: *singulier*) le pido que ...; **~ pouvez ~ asseoir** podéis sentaros; (*politesse*: *pluriel*) pueden sentarse; (: *singulier*) puede usted sentarse; **à ~** vuestro(-a), vuestros(-as); (*formule de politesse*) suyo(-a), suyos(-as); **ce livre est à ~** ese libro es vuestro; (*politesse*) ese libro es suyo; **avec/sans ~** con/sin vosotros; (*politesse*: *pluriel*) con/sin ustedes; (: *singulier*) con/sin usted; **je vais chez ~** voy a vuestra casa; (*politesse*) voy a su casa; **~-même** (*sujet*) usted mismo(-a); (*après prép*) sí mismo(-a); (*emphatique*): **~-même, ~ ...** usted, ...; **~-mêmes** (*sujet*) vosotros(-as) *ou* (*AM*) ustedes mismos(-as); (*forme de politesse*) ustedes mismos(-as); (*après prép*) sí mismos(-as); (*emphatique*): **~-mêmes, ~ ...** vosotros, ..., ustedes, ... (*AM*); (*forme de politesse*) ustedes, ...

vouvoyer [vuvwaje] *vt*: **~ qn** tratar de usted a algn

voyage [vwajaʒ] *nm* viaje *m*; **être/partir en ~** estar/ir *ou* salir de viaje; **faire bon ~** hacer un buen viaje; **~ d'affaires** viaje de negocios; **~ de noces** viaje de novios; **~ organisé** viaje organizado

voyager [vwajaʒe] *vi* viajar; **voyageur, -euse** *adj, nm/f* viajero(-a)

voyant, e [vwajɑ̃, ɑ̃t] *adj* llamativo(-a) ♦ *nm/f* vidente *m/f* ♦ *nm* indicador *m* luminoso

voyelle [vwajɛl] *nf* vocal *f*

voyou [vwaju] *adj, nm* granuja *m*

vrac [vʀak]: **en ~** *adj, adv* en desorden; (*COMM*) a granel

vrai, e [vʀɛ] *adj* verdadero(-a), cierto(-a); **son ~ nom** su auténtico nombre; **un ~ comédien/sportif** un auténtico comediante/deportista; **à dire ~, à ~ dire** a decir verdad; **vraiment** *adv* verdaderamente; **"vraiment?"** "¿de verdad?", "¿es cierto?"; **vraisemblable** *adj* (*plausible*) verosímil; **vraisemblablement** *adv* probablemente; **vraisemblance** *nf* verosimilitud *f*

vrombir [vʀɔ̃biʀ] *vi* zumbar

VRP [veɛʀpe] *sigle m* (= *voyageur, représentant, placier*) representante

VTT [vetete] *sigle m* (= *vélo tout terrain*) *bicicleta todo terreno*

vu[1] [vy] *prép* visto; **~ que** visto que

vu[2]**, e** [vy] *pp de* **voir** ♦ *adj*: **bien/mal ~** bien/mal visto(-a)

vue [vy] *nf* vista; **~s** *nfpl* (*idées*) opiniones *fpl*; (*dessein*) proyectos *mpl*; **perdre la ~** perder la vista; **perdre de ~** perder de vista; **hors de ~** fuera de la vista; **à première ~** a primera vista; **connaître qn de ~** conocer a algn de vista; **à ~ d'œil** a ojos vistas; **avoir ~ sur** tener vistas a; **en ~ de faire qch** con intención de hacer algo; **~ d'ensemble** vista de conjunto

vulgaire [vylgɛʀ] *adj* vulgar; **de ~s chaises de cuisine** simples sillas de cocina; **nom ~** (*BOT, ZOOL*) nombre *m* común; **vulgariser** *vt* (*connaissances*) divulgar

vulnérable [vylneʀabl] *adj* vulnerable

W, w

wagon [vagɔ̃] *nm* vagón *m*; **wagon-lit** (*pl* **wagons-lits**) *nm* coche-cama *m*; **wagon-restaurant** (*pl* **wagons-restaurants**) *nm* coche-restaurante *m*

wallon, ne [walɔ̃, ɔn] *adj* valón(-ona) ♦ *nm* (*LING*) valón *m* ♦ *nm/f*: **W~, ne** valón(-ona)

watt [wat] *nm* vatio

w-c [vese] *nmpl* W-C *mpl*

week-end [wikɛnd] (*pl* **~-~s**) *nm* fin *m* de semana
western [wɛstɛʀn] *nm* película del oeste, western *m*
whisky [wiski] (*pl* **whiskies**) *nm* whisky *m*

X, x

xénophobe [gzenɔfɔb] *nm/f* xenófobo(-a)
xérès [gzeʀɛs] *nm* jerez *m*
xylophone [gzilɔfɔn] *nm* xilófono

Y, y

y [i] *adv* allí; (*plus près*) ahí; (*ici*) aquí ♦ *pron* (*la préposition espagnole dépend du verbe employé*) a *ou* de *ou* en él, ella, ello; **nous ~ sommes enfin** ya estamos aquí; **à l'hôtel? j'~ reste 3 semaines** ¿en el hotel? me voy a quedar 3 semanas; **j'~ pense** (*je n'ai pas oublié*) lo tengo en mente; (*décision à prendre*) me lo estoy pensando; **j'~ suis!** ¡ya caigo!; **je n'~ suis pour rien** no he tenido nada que ver (en esto); **s'~ entendre (en qch)** entender de (algo); *voir aussi* **aller**; **avoir**
yacht [jɔt] *nm* yate *m*
yaourt [jauʀt] *nm* yogur *m*
yeux [jø] *nmpl de* **œil**
yoga [jɔga] *nm* yoga *m*
yoghourt [jɔguʀt] *nm* = **yaourt**
yougoslave [jugɔslav] *adj* yugoslavo(-a) ♦ *nm/f*: **Y~** yugoslavo(-a)
Yougoslavie [jugɔslavi] *nf* Yugoslavia

Z, z

zapping [zapiŋ] *nm*: **faire du ~** hacer zapping, zapear
zèbre [zɛbʀ(ə)] *nm* cebra; **zébré, e** *adj* rayado(-a)
zèle [zɛl] *nm* celo; **faire du ~** (*péj*) pasarse en el celo; **zélé, e** *adj* (*fonctionnaire*) diligente; (*défenseur*) celoso(-a)
zéro [zeʀo] *adj* cero ♦ *nm* (*SCOL*) cero; **au-dessus/au-dessous de ~** sobre/bajo cero; **réduire à ~** reducir a cero; **partir de ~** partir de cero; **trois (buts) à ~** tres (goles) a cero
zeste [zɛst] *nm* cáscara
zézayer [zezeje] *vi* cecear
zigzag [zigzag] *nm* zigzag *m*; **zigzaguer** *vi* zigzaguear
zinc [zɛ̃g] *nm* (*CHIM*) cinc *m*
zizi [zizi] (*fam*) *nm* pito
zodiaque [zɔdjak] *nm* zodíaco
zona [zona] *nm* zona
zone [zon] *nf* zona; **~ industrielle** polígono industrial
zoo [zo(o)] *nm* zoo
zoologie [zɔɔlɔʒi] *nf* zoología; **zoologique** *adj* zoológico(-a)
zut [zyt] *excl* ¡mecachis!

ESPAÑOL – FRANCÉS
ESPAGNOL – FRANÇAIS

A, a

PALABRA CLAVE

a (*a* + *el* = **al**) *prep* **1** (*dirección*) à; **fueron a Madrid/Grecia** ils sont allés à Madrid/en Grèce; **caerse al río** tomber dans la rivière; **subirse a la mesa** monter sur la table; **bajarse a la calle** descendre dans la rue; **me voy a casa** je rentre à la maison *o* chez moi
2 (*distancia*): **está a 15 km de aquí** c'est à 15 km d'ici
3 (*posición*): **estar a la mesa** être à table; **al lado de** à côté de
4 (*tiempo*): **a las 10/a medianoche** à 10 heures/à minuit; **a la mañana siguiente** le lendemain matin; **a los pocos días** peu de jours après; **estamos a 9 de julio** nous sommes le 9 juillet; **a los 24 años** à (l'âge de) 24 ans; **una vez a la semana** une fois par semaine
5 (*manera*): **a la francesa** à la française; **a caballo** à cheval; **a oscuras** à tâtons
6 (*medio, instrumento*): **a lápiz** au crayon; **a mano** à la main; **le echaron a patadas** ils l'ont flanqué dehors à coups de pied aux fesses
7 (*razón*): **a 30 ptas el kilo** à 30 ptas le kilo; **a más de 50 km/h** à plus de 50 km/h
8 (*complemento directo*: *no se traduce*): **vi a Juan/a tu padre** j'ai vu Jean/ton père
9 (*dativo*): **se lo di a Pedro** je l'ai donné à Pierre
10 (*verbo* + *a* + *infin*): **empezó a trabajar** il a commencé à travailler; (*no se traduce*): **voy a verle** je vais le voir; **vengo a decírtelo** je viens te le dire
11 (*simultaneidad*): **al verle, le reconocí inmediatamente** quand je l'ai vu, je l'ai tout de suite reconnu
12 (*n* + *a* + *infin*): **el camino a recorrer** le chemin à parcourir
13 (*imperativo*): **¡a callar!** taisez-vous!; **¡a comer!** on mange!

abad, esa *nm/f* abbé (abbesse); **abadía** *nf* abbaye *f*

PALABRA CLAVE

abajo *adv* **1** (*posición*) en bas; **allí abajo** là-bas; **el piso de abajo** l'appartement du dessous; **la parte de abajo** le bas; **más abajo** plus bas; (*en texto*) ci-dessous; **desde abajo** d'en bas; **abajo del todo** tout en bas; **Pedro está abajo** Pedro est en bas; **el abajo firmante** le soussigné; **de mil ptas para abajo** au-dessous de mille pesetas
2 (*dirección*): **ir calle abajo** descendre la rue; **río abajo** en descendant le courant, en aval
♦ *prep*: **abajo de** (AM) sous; **abajo de la mesa** sous la table
♦ *excl*: **¡abajo!** descends!; **¡abajo el gobierno!** à bas le gouvernement!

abalanzarse *vpr*: **~ sobre/contra** se jeter sur/contre
abandonado, -a *adj* abandonné(e)
abandonar *vt* abandonner; (*salir de, tb* INFORM) quitter; **~se** *vpr* (*descuidarse*) se laisser aller; **~se a** (*desesperación, dolor*) s'abandonner à; **abandono** *nm* abandon *m*
abanicar *vt* éventer; **abanico** *nm* éventail *m*
abaratarse *vpr* (*artículo*) coûter moins cher; (*precio*) baisser
abarcar *vt* (*temas, período*) comprendre; (*rodear con los brazos*) embrasser
abarrotado, -a *adj*: **~ (de)** plein(e) à

craquer (de)
abarrotar *vt* bourrer
abarrotero, -a (*AM*) *nm/f* (*tendero*) épicier(-ière)
abarrotes (*AM*) *nmpl* (*ultramarinos*) épicerie *fsg*
abastecer *vt*: **~ (de)** fournir, approvisionner (en); **~se** *vpr*: **~se (de)** s'approvisionner (en); **abastecimiento** *nm* approvisionnement *m*
abasto *nm* **~s** *nmpl* provisions *fpl*; **no dar ~ a** *o* **para hacer** ne pas arriver à faire
abatido, -a *adj* (*deprimido*) abattu(e)
abatir *vt* abattre; (*asiento*) rabattre; **~se** *vpr* se laisser abattre
abdicar *vi*: **~ (en algn)** abdiquer (en faveur de qn)
abdomen *nm* abdomen *m*
abdominal *adj* abdominal(e); **~es** *nmpl* (*tb*: **ejercicios ~es**) abdominaux *mpl*
abecedario *nm* abécédaire *m*
abedul *nm* bouleau *m*
abeja *nf* abeille *f*
abejorro *nm* bourdon *m*
abertura *nf* ouverture *f*; (*en falda, camisa*) échancrure *f*
abeto *nm* sapin *m*
abierto, -a *pp de* **abrir** ♦ *adj* ouvert(e); **a campo ~** en rase campagne
abigarrado, -a *adj* bigarré(e)
abismal *adj* (*diferencia*) colossal(e)
abismarse *vpr*: **~ en** plonger dans; (*lectura*) se plonger dans
abismo *nm* abîme *m*
abjurar *vi*: **~ de** abjurer
ablandar *vt* ramollir; (*persona*) adoucir; (*carne*) attendrir; **~se** *vpr* se ramollir; s'adoucir
abnegación *nf* abnégation *f*
abnegado, -a *adj* (*persona*) qui fait preuve d'abnégation
abochornar *vt* faire rougir (de honte); **~se** *vpr* rougir (de honte)
abofetear *vt* gifler
abogado, -a *nm/f* avocat(e); **~ defensor** avocat de la défense
abogar *vi*: **~ por** plaider pour
abolengo *nm*: **de ~** (*familia, persona*) de vieille souche
abolición *nf* abolition *f*
abolir *vt* abolir
abolladura *nf* bosse *f*
abollar *vt* (*metal*) bosseler; (*coche*) cabosser; **~se** *vpr* se bosseler; se cabosser
abominable *adj* abominable
abonado, -a *adj* (*deuda etc*) acquitté(e) ♦ *nm/f* abonné(e)
abonar *vt* (*deuda etc*) acquitter; (*terreno*) fumer; **~se** *vpr*: **~se a** s'abonner à; **~ a algn a** abonner qn à; **abono** *nm* (*fertilizante*) engrais *msg*; (*suscripción*) abonnement *m*
abordar *vt* aborder
aborigen *nm/f* aborigène *m/f*
aborrecer *vt* abhorrer
abortar *vi* (*espontáneamente*) faire une fausse couche; (*de manera provocada*) avorter ♦ *vt* (*huelga, golpe de estado*) faire avorter; **aborto** *nm* (*espontáneo*) fausse couche *f*; (*provocado*) avortement *m*
abotonar *vt* boutonner; **~se** *vpr* se boutonner
abrasar *vt* brûler ♦ *vi* être très chaud; **~se** *vpr*: **~se de calor** étouffer (de chaleur)
abrazar *vt* embrasser; **~se** *vpr* s'embrasser
abrazo *nm* accolade *f*; **dar un ~ a algn** serrer qn dans ses bras; **"un ~"** (*en carta*) "amitiés"
abrebotellas *nm inv* ouvre-bouteille *m*
abrecartas *nm inv* coupe-papier *m inv*
abrelatas *nm inv* ouvre-boîte *m*
abreviar *vt* abréger ♦ *vi* (*apresurarse*) s'empresser; **abreviatura** *nf* abréviation *f*
abridor *nm* (*de botellas*) ouvre-bouteille *m*; (*de latas*) ouvre-boîte *m*
abrigar *vt* abriter; (*suj*: *ropa*) couvrir; (*fig*: *sospechas, dudas*) nourrir ♦ *vi* (*ropa*) tenir chaud; **~se** *vpr* se couvrir
abrigo *nm* (*prenda*) manteau *m*; (*lugar*) abri *m*; **al ~ de** à l'abri de
abril *nm* avril *m*; *ver tb* **julio**
abrillantar *vt* faire reluire

abrir *vt, vi* ouvrir; **~se** *vpr* s'ouvrir; **~se paso** se frayer un chemin
abrochar *vt* (*con botones*) boutonner; (*con hebilla*) boucler; **~se** *vpr* (*zapatos*) se lacer; (*abrigo*) se boutonner; **~se el cinturón** attacher sa ceinture
abrumar *vt* (*agobiar*) accabler; (*apabullar*) écraser
abrupto, -a *adj* abrupt(e)
absceso *nm* abcès *msg*
absolución *nf* (*REL*) absolution *f*; (*JUR*) non-lieu *m*
absoluto, -a *adj* absolu(e); **en ~** (*para nada*) en aucun cas; (*en respuesta*) pas du tout
absolver *vt* (*REL, JUR*) absoudre
absorbente *adj* absorbant(e)
absorber *vt* absorber; **~se** *vpr*: **~se en algo** s'absorber dans qch
absorto, -a *pp de* **absorber** ♦ *adj*: **~ en** absorbé(e) par *o* dans
abstemio, -a *adj* abstinent(e)
abstención *nf* abstention *f*
abstenerse *vpr* s'abstenir; **~ de algo** se priver de qch; **~ de hacer** s'abstenir de faire
abstinencia *nf* abstinence *f*
abstracción *nf* abstraction *f*
abstracto, -a *adj* abstrait(e)
abstraer *vt* (*problemas, cuestión*) isoler; **~se** *vpr*: **~se (de)** s'abstraire (de)
abstraído, -a *adj* abstrait(e)
absuelto *pp de* **absolver**
absurdo, -a *adj* absurde
abuchear *vt* huer
abuela *nf* grand-mère *f*
abuelo *nm* grand-père *m*; **~s** *nmpl* grands-parents *mpl*
abultado, -a *adj* (*mejillas*) bouffi(e); (*facciones*) saillant(e); (*paquete*) volumineux(-euse)
abultar *vi* prendre de la place
abundancia *nf* abondance *f*; **abundante** *adj* abondant(e); **abundar** *vi* abonder
aburrido, -a *adj* (*hastiado*) saturé(e); (*que aburre*) ennuyeux(-euse); **aburrimiento** *nm* ennui *m*
aburrir *vt* ennuyer; **~se** *vpr* s'ennuyer
abusar *vi*: **~ de** abuser de
abusivo, -a *adj* abusif(-ive); **abuso** *nm* abus *msg*
a/c *abr* (= *al cuidado de*) abs (= *aux bons soins de*); (= *a cuenta*) a/o (= *un acompte de*)
acá *adv* (*esp AM*: *lugar*) ici; **de junio ~** depuis juin
acabado, -a *adj* (*mueble, obra*) achevé(e), fini(e); (*persona*) usé(e) ♦ *nm* finition *f*
acabar *vt* achever, finir; (*comida, bebida*) terminer, finir ♦ *vi* finir; **~se** *vpr* finir, se terminer; (*gasolina, pan, agua*) être épuisé(e); **~ con** en finir avec; (*destruir*) liquider; **~ en** se terminer en; **~ de hacer** venir de faire; **~ haciendo** *o* **por hacer** finir par faire; **¡se acabó!** terminé!; (*¡basta!*) ça suffit!
acabóse *nm*: **esto es el ~** c'est le bouquet
academia *nf* académie *f*; (*de enseñanza*) école *f* privée
académico, -a *adj* académique ♦ *nm/f* académicien(ne)
acallar *vt* faire taire
acalorado, -a *adj* échauffé(e)
acalorarse *vpr* (*fig*) s'échauffer
acampada *nf*: **ir de ~** partir camper
acampar *vi* camper
acantilado *nm* falaise *f*
acaparar *vt* (*alimentos, gasolina*) accumuler; (*atención*) accaparer
acariciar *vt* caresser
acarrear *vt* transporter; (*fig*) entraîner
acaso *adv* peut-être; **por si ~** au cas où; **si ~** à la rigueur; **¿~?** (*AM*: *fam*) alors ...?; **¿~ es mi culpa?** alors, c'est ma faute?
acatamiento *nm* respect *m*
acatar *vt* respecter
acatarrarse *vpr* s'enrhumer
acaudalado, -a *adj* nanti(e)
acaudillar *vt* (*motín, revolución*) diriger; (*tropas*) commander
acceder *vi*: **~ a** accéder à; (*INFORM*) avoir accès à
accesible *adj* accessible
acceso *nm* (*tb MED, INFORM*) accès *msg*; **tener ~ a** avoir accès à
accesorio, -a *adj* accessoire; **~s** *nmpl*

(*prendas de vestir*, AUTO) accessoires *mpl*; (*de cocina*) ustensiles *mpl*
accidentado, -a *adj* (*terreno*) accidenté(e); (*viaje, día*) agité(e) ♦ *nm/f* accidenté(e)
accidental *adj* accidentel(le)
accidentarse *vpr* avoir un accident
accidente *nm* accident *m*; **tener** *o* **sufrir un ~** avoir un accident; **~ laboral** *o* **de trabajo/de tráfico** accident du travail/de la circulation
acción *nf* action *f*; **accionar** *vt* actionner; (INFORM) commander
accionista *nm/f* actionnaire *m/f*
acebo *nm* houx *msg*
acechar *vt* guetter; **acecho** *nm*: **estar al acecho (de)** être à l'affût (de)
aceitar *vt* huiler
aceite *nm* huile *f*; **aceitera** *nf* huilier *m*
aceitoso, -a *adj* (*comida*) gras(se); (*consistencia, líquido*) huileux(-euse)
aceituna *nf* olive *f*; **~ rellena** olive fourrée
acelerador *nm* accélérateur *m*
acelerar *vt, vi* accélérer; **~ el paso/la marcha** presser le pas/l'allure
acelga *nf* blette *f*
acento *nm* accent *m*
acentuar *vt* accentuer; **~se** *vpr* s'accentuer
acepción *nf* acception *f*
aceptable *adj* acceptable
aceptación *nf* acceptation *f*; **tener gran ~** être très populaire
aceptar *vt* accepter; **~ hacer algo** accepter de faire qch
acequia *nf* canal *m* d'irrigation
acera *nf* trottoir *m*
acerca: **~ de** *prep* de, sur, à propos de
acercar *vt* approcher; **~se** *vpr* approcher; **~se a** s'approcher de
acerico *nm* pelote *f* à épingles
acero *nm* acier *m*; **~ inoxidable** acier inoxydable
acérrimo, -a *adj* acharné(e)
acertado, -a *adj* (*respuesta, medida*) pertinent(e); (*color, decoración*) heureux(-euse)
acertar *vt* (*blanco*) atteindre; (*solución, adivinanza*) trouver ♦ *vi* réussir; **~ a hacer algo** réussir à faire qch; **~ con** (*camino, calle*) trouver
acertijo *nm* devinette *f*
achacar *vt*: **~ algo a** imputer qch à
achacoso, -a *adj* souffreteux(-euse)
achantar (*fam*) *vt* (*acobardar*) démonter; **~se** (*fam*) *vpr* se dégonfler
achaque *vb ver* **achacar** ♦ *nm* ennui *m* de santé
achicar *vt* rétrécir; (NÁUT) écoper
achicharrar *vt* (*comida*) brûler; **~se** *vpr* (*comida*) attacher; (*planta*) griller; (*persona*) se consumer
achicoria *nf* chicorée *f*
aciago, -a *adj* funeste
acicalarse *vpr* se faire beau (belle)
acicate *nm* stimulant *m*
acidez *nf* acidité *f*
ácido, -a *adj* acide ♦ *nm* (*tb fam*: *droga*) acide *m*
acierto *vb ver* **acertar** ♦ *nm* (*al adivinar*) découverte *f*; (*éxito, logro*) réussite *f*, idée *f* judicieuse; (*habilidad*) adresse *f*
aclamación *nf* acclamation *f*
aclamar *vt* (*aplaudir*) acclamer; (*proclamar*) proclamer
aclaración *nf* éclaircissement *m*
aclarar *vt* éclaircir; (*ropa*) rincer ♦ *vi* (*tiempo*) s'éclaircir; **~se** *vpr* (*persona*) s'expliquer; (*asunto*) s'éclaircir; **~se la garganta** s'éclaircir la gorge
aclaratorio, -a *adj* explicatif(-ive)
aclimatación *nf* acclimatation *f*; **aclimatar** *vt* acclimater; **aclimatarse** *vpr* s'acclimater
acné *nm o f* acné *f*
acobardarse *vpr* se laisser intimider
acogedor, a *adj* accueillant(e)
acoger *vt* accueillir
acogida *nf* accueil *m*
acometer *vt* (*empresa, tarea*) entreprendre ♦ *vi*: **~ (contra)** s'attaquer (à); **acometida** *nf* attaque *f*; (*de gas, agua*) branchement *m*
acomodado, -a *adj* huppé(e)
acomodador, a *nm/f* placeur

(ouvreuse)
acomodar *vt* (*paquetes, maletas*) disposer; (*personas*) placer; **~se** *vpr* s'installer
acompañar *vt* accompagner; **¿quieres que te acompañe?** veux-tu que je t'accompagne?; **~ a algn a la puerta** raccompagner qn à la porte; **le acompaño en el sentimiento** veuillez accepter mes condoléances
acondicionar *vt*: **~ (para)** aménager (pour)
acongojar *vt* angoisser
aconsejar *vt* conseiller; **~ a algn hacer** *o* **que haga/que no haga algo** conseiller à qn de faire/de ne pas faire qch
acontecer *vi* arriver; **acontecimiento** *nm* événement *m*
acopio *nm*: **hacer ~** faire provision de
acoplar *vt*: **~ (a)** accoupler (à)
acordar *vt* décider; (*precio, condiciones*) convenir de; **~se** *vpr*: **~se de (hacer)** se souvenir de (faire); **~ hacer algo** (*resolver*) décider de faire qch; **acorde** *adj* (*MÚS*) accordé(e) ♦ *nm* (*MÚS*) accord *m*; **acorde (con)** conforme (à)
acordeón *nm* accordéon *m*
acorralar *vt* acculer
acortar *vt* raccourcir; **~se** *vpr* raccourcir
acosar *vt* traquer; (*fig*) harceler
acoso *nm* harcèlement *m*; **~ sexual** harcèlement *m* sexuel
acostar *vt* (*en cama*) coucher; (*en suelo*) allonger; **~se** *vpr* (*para descansar*) s'allonger; (*para dormir*) se coucher
acostumbrar *vt*: **~ a algn a hacer algo** habituer qn à faire qch; **~se** *vpr*: **~se a** prendre l'habitude de; (*ciudad*) se faire à; **~ (a) hacer algo** prendre l'habitude de faire qch
ácrata *adj, nm/f* anarchiste *m/f*
acre *adj* âcre ♦ *nm* acre *m*
acrecentar *vt* accroître
acreditar *vt* accréditer; **~se** *vpr* (*buen médico*) se faire une réputation de
acreedor, a *adj*: **~ a** (*respeto*) digne de ♦ *nm/f* créancier(-ière)
acribillar *vt*: **~ a balazos** cribler de balles
acróbata *nm/f* acrobate *m/f*
acta *nf* (*de reunión*) procès-verbal *m*; **~ notarial** acte *m* notarié
actitud *nf* attitude *f*
activar *vt* (*mecanismo*) actionner; (*economía, comercio*) relancer
actividad *nf* activité *f*
activo, -a *adj* actif(-ive) ♦ *nm* (*COM*) actif *m*
acto *nm* acte *m*; (*ceremonia*) cérémonie *f*; **en el ~** sur-le-champ; **~ seguido** immédiatement
actor *nm* acteur *m*
actriz *nf* actrice *f*
actuación *nf* (*acción*) action *f*; (*comportamiento*) comportement *m*; (*TEATRO*) jeu *m*
actual *adj* actuel(le); **actualidad** *nf* actualité *f*; **en la actualidad** actuellement
actualizar *vt* actualiser, mettre à jour
actualmente *adv* à l' heure actuelle, actuellement
actuar *vi* (*comportarse*) agir; (*actor*) jouer; **~ de** tenir le rôle de
acuarela *nf* aquarelle *f*
acuario *nm* aquarium *m*; **A~** (*ASTROL*) Verseau *m*; **ser A~** être (du) Verseau
acuartelar *vt* (*retener en cuartel*) consigner
acuático, -a *adj* aquatique
acuchillar *vt* poignarder
acuciante *adj* pressant(e)
acuciar *vt* presser
acudir *vi* aller; **~ a** (*amistades etc*) avoir recours à; **~ a una cita** aller à un rendez-vous
acuerdo *vb ver* **acordar** ♦ *nm* accord *m*; (*decisión*) décision *f*; **¡de ~!** d'accord!; **de ~ con** en accord avec; **de común ~** d'un commun accord; **estar de ~** être d'accord; **llegar a un ~** parvenir à un accord
acumular *vt* accumuler
acuñar *vt* (*moneda*) frapper; (*palabra, frase*) consacrer
acupuntura *nf* acupuncture *f*
acurrucarse *vpr* se blottir
acusación *nf* accusation *f*

acusado, a *nm/f* (*JUR*) accusé(e); **acusar** *vt* accuser; (*revelar*) manifester; (*suj: aparato*) indiquer; **acusarse** *vpr*: **acusarse de algo** s'accuser de qch; (*REL*) confesser qch; **acusar recibo de** accuser réception de

acuse *nm*: **~ de recibo** accusé *m* de réception

acústico, -a *adj* acoustique ♦ *nf* acoustique *f*

adaptación *nf* adaptation *f*

adaptador *nm* adaptateur *m*

adaptar *vt*: **~ (a)** adapter (à)

adecuado, -a *adj* adéquat(e)

adecuar *vt*: **~ a** adapter à

a. de J.C. *abr* (= *antes de Jesucristo*) av. J.-C. (= *avant Jésus-Christ*)

adelantado, -a *adj* avancé(e); (*reloj*) en avance; **pagar por ~** payer d'avance

adelantamiento *nm* (*AUTO*) dépassement *m*

adelantar *vt, vi* avancer; (*AUTO*) doubler, dépasser; **~se** *vpr* (*tomar la delantera*) prendre les devants; (*anticiparse*) être en avance

adelante *adv* devant ♦ *excl* (*incitando a seguir*) en avant!; (*autorizando a entrar*) entrez!; **en ~** désormais; **de hoy en ~** à l'avenir; **más ~** (*después*) plus tard; (*más allá*) plus loin

adelanto *nm* progrès *msg*; (*de dinero, hora*) avance *f*

adelgazar *vt* (*persona*) faire maigrir ♦ *vi* maigrir

ademán *nm* geste *m*; **ademanes** *nmpl* gestes *mpl*

además *adv* de plus; **~ de** en plus de

adentrarse *vpr*: **~ en** pénétrer dans

adentro *adv* dedans; **mar ~** au large; **tierra ~** à l'intérieur des terres; **para sus ~s** dans son for intérieur; **~ de** (*AM: dentro de*) dans

adepto, -a *nm/f* adepte *m/f*

aderezar *vt* assaisonner

adeudar *vt* (*dinero*) devoir; **~se** *vpr* (*persona*) s'endetter

adherir *vt*: **~ algo a algo** faire adhérer une chose à une autre; **~se** *vpr* (*a propuesta*) adhérer

adhesión *nf* adhésion *f*

adhesivo, -a *adj* adhésif(-ive)

adicción *nf* (*a drogas etc*) dépendance *f*

adición *nf* addition *f*; (*cosa añadida*) ajout *m*

adicto, -a *adj* (*a ideología*) acquis(e); (*persona*) dépendant(e) ♦ *nm/f* (*MED*) drogué(e); (*partidario*) fanatique *m/f*

adiestrar *vt* entraîner

adinerado, -a *adj* fortuné(e)

adiós *excl* (*despedida*) au revoir!; (*al pasar*) salut!

aditivo *nm* additif *m*

adivinanza *nf* devinette *f*; **adivinar** *vt* (*pensamientos*) deviner; (*el futuro*) lire

adivino, -a *nm/f* devin(eresse)

adj *abr* = **adjunto**

adjetivo *nm* adjectif *m*

adjudicar *vt* adjuger; **~se** *vpr*: **~se algo** s'adjuger qch

adjuntar *vt* joindre

adjunto, -a *adj* (*documento*) joint(e); (*médico, director etc*) adjoint(e) ♦ *nm/f* (*profesor*) assistant(e) ♦ *adv* ci-joint

administración *nf* administration *f*; **A~ pública** fonction *f* publique

administrador, a *nm/f* administrateur(-trice), gérant(e)

administrar *vt* administrer, gérer; (*medicamento, sacramento*) administrer

administrativo, -a *adj* administratif(-ive) ♦ *nm/f* (*de oficina*) préposé(e)

admirable *adj* admirable

admiración *nf* (*estimación*) admiration *f*; (*asombro*) étonnement *m*; (*LING*) exclamation *f*

admirar *vt* (*estimar*) admirer; (*asombrar*) étonner; **~se** *vpr*: **~se de** s'étonner de

admisible *adj* acceptable

admisión *nf* admission *f*; (*de razones etc*) acceptation *f*

admitir *vt* (*razonamiento etc*) admettre; (*regalos*) accepter

adobar *vt* (*CULIN*) préparer

adobe *nm* torchis *msg*

adoctrinar *vt* endoctriner

adolecer *vi*: **~ de** souffrir de
adolescente *adj, nm/f* adolescent(e)
adonde (*esp* AM) *conj* où
adónde *adv* où
adopción *nf* adoption *f*
adoptar *vt* adopter
adoptivo, -a *adj* adoptif(-ive); (*lengua, país*) d'adoption
adoquín *nm* pavé *m*
adorar *vt* adorer
adormecer *vt* endormir; **~se** *vpr* somnoler; (*miembro*) s'endormir
adornar *vt* orner; (*habitación, mesa*) décorer
adorno *nm* ornement *m*
adosado, -a *adj*: **chalet ~** maison *f* jumelle
adquiera *etc vb ver* **adquirir**
adquirir *vt* acquérir
adquisición *nf* acquisition *f*
adrede *adv* exprès, à dessein
adscribir *vt*: **~ a** assigner à
adscrito *pp de* **adscribir**
aduana *nf* douane *f*
aduanero, -a *adj, nm/f* douanier(-ière)
aducir *vt* alléguer
adueñarse *vpr*: **~ de** s'approprier
adular *vt* aduler
adulterar *vt* (*alimentos, vino*) frelater
adulterio *nm* adultère *m*
adúltero, -a *adj, nm/f* adultère *m/f*
adulto, -a *adj, nm/f* adulte *m/f*
adusto, -a *adj* (*expresión, carácter*) sévère; (*paisaje, región*) austère
advenedizo, -a *nm/f* intrus(e)
advenimiento *nm* avènement *m*
adverbio *nm* adverbe *m*
adversario, -a *nm/f* adversaire *m/f*
adversidad *nf* adversité *f*
adverso, -a *adj* adverse
advertencia *nf* avertissement *m*
advertir *vt* (*observar*) observer; **~ a algn de algo** avertir qn de qch; **~ a algn que ...** avertir qn que ...
advierta *etc vb ver* **advertir**
adyacente *adj* adjacent(e)
aéreo, -a *adj* aérien(ne); **por vía aérea** par avion
aerobic *nm inv* aérobic *f*
aerodeslizador, **aerodeslizante** *nm* aéroglisseur *m*
aerodinámico, -a *adj* aérodynamique
aeromozo, -a (AM) *nm/f* (AVIAT) steward (hôtesse de l'air)
aeronave *nf* aéronef *m*
aeroplano *nm* aéroplane *m*
aeropuerto *nm* aéroport *m*
aerosol *nm* aérosol *m*
afabilidad *nf* affabilité *f*; **afable** *adj* affable
afán *nm* (*ahínco*) ardeur *f*; (*deseo*) soif *f*; **con ~** avec ardeur
afanar (*fam*) *vt* (*robar*) rafler; **~se** *vpr* (*atarearse*) s'affairer; **~se por hacer** s'évertuer à faire
afear *vt* enlaidir
afección *nf* infection *f*
afectación *nf* affectation *f*
afectado, -a *adj* affecté(e); **afectar** *vt* affecter
afectísimo, -a *adj*: **suyo ~** respectueusement vôtre
afectivo, -a *adj* (*problema*) affectif(-ive); (*persona*) affectueux(-euse)
afecto *nm* (*cariño*) affection *f*; **tenerle ~ a algn** avoir de l'affection pour qn
afectuoso, -a *adj* affectueux(-euse); **"un saludo ~"** (*en carta*) "affectueusement"
afeitar *vt* raser; **~se** *vpr* se raser; **~se la barba/el bigote** se raser la barbe/la moustache
afeminado, -a *adj* efféminé(e)
Afganistán *nm* Afghanistan *m*
afianzamiento *nm* consolidation *f*; (*salud*) amélioration *f*; **afianzar** *vt* (*objeto, conocimientos*) consolider; (*salud*) assurer; **afianzarse** *vpr* se cramponner
afiche (AM) *nm* (*cartel*) affiche *f*
afición *nf* goût *m*, penchant *m*; **la ~** les supporters *mpl*
aficionado, -a *adj, nm/f* amateur *m*; **ser ~ a algo** être amateur de qch
aficionar *vt*: **~ a algn a algo** donner à qn le goût de qch; **~se** *vpr*: **~se a algo** prendre goût à qch
afilado, -a *adj* (*cuchillo*) aiguisé(e); (*lápiz*) bien taillé(e)
afilar *vt* (*cuchillo*) aiguiser; (*lápiz*)

tailler
afiliarse *vpr*: **~ (a)** s'affilier (à)
afín *adj* (*carácter*) semblable; (*ideas, opiniones*) voisin(e)
afinar *vt* (*MÚS*) accorder; (*puntería, TEC*) ajuster ♦ *vi* (*MÚS*) être accordé(e)
afincarse *vpr*: **~ en** s'établir à
afinidad *nf* affinité *f*
afirmación *nf* affirmation *f*; **afirmar** *vt* affirmer; (*objeto*) consolider ♦ *vi* acquiescer
afirmativo, -a *adj* affirmatif(-ive)
aflicción *nf* affliction *f*
afligir *vt* affliger; **~se** *vpr* s'affliger
aflojar *vt* desserrer; (*cuerda*) détendre ♦ *vi* (*tormenta, viento*) se calmer; **~se** *vpr* (*pieza*) prendre du jeu
aflorar *vi* affleurer
afluente *nm* affluent *m*
afluir *vi*: **~ a** (*gente, sangre*) affluer à
afmo., -a. *abr* = **afectísimo, a**
afónico, -a *adj*: **estar ~** être aphone
aforo *nm* (*de teatro*) capacité *f*
afortunado, -a *adj* (*persona*) chanceux(-euse)
afrancesado, -a (*pey*) *adj partisan des Français (lors de la guerre d'Indépendance, et aux XVIII et XIX siècles)*
afrenta *nf* affront *m*
África *nf* Afrique *f*; **~ del Sur** Afrique du Sud
africano, -a *adj* africain(e) ♦ *nm/f* Africain(e)
afrontar *vt* affronter
afuera *adv* (*esp AM*) dehors; **~s** *nfpl* banlieue *fsg*
agachar *vt* incliner; **~se** *vpr* s'incliner
agalla *nf* (*ZOOL*) ouïe *f*; **tener ~s** (*fam*) ne pas avoir froid aux yeux
agarradera (*AM*) *nf* (*asa*) anse *f*
agarrado, -a *adj* radin(e)
agarrar *vt* saisir; (*esp AM*: *recoger*) prendre; (*fam*: *enfermedad*) attraper ♦ *vi* (*planta*) prendre; **~se** *vpr* (*comida*) coller; **~se (a)** s'accrocher (à)
agarrotar *vt* (*reo*) faire subir le supplice du garrot à; **~se** *vpr* (*MED*) avoir des crampes
agasajar *vt* accueillir chaleureusement
agazapar *vt* saisir; **~se** *vpr* (*persona, animal*) se tapir
agencia *nf* agence *f*
agenciarse *vpr* se procurer; **agenciárselas para hacer algo** se débrouiller pour faire qch
agenda *nf* agenda *m*
agente *nm* agent *m*; **~ (de policía)** agent (de police)
ágil *adj* agile; **agilidad** *nf* agilité *f*
agilizar *vt* activer
agitación *nf* agitation *f*
agitado, -a *adj* (*día, viaje, vida*) agité(e)
agitar *vt* agiter; (*fig*) troubler, inquiéter; **~se** *vpr* s'agiter; (*inquietarse*) se troubler, s'inquiéter
aglomeración *nf*: **~ de gente** rassemblement *m*; **~ de tráfico** embouteillage *m*
agnóstico, -a *adj, nm/f* agnostique *m/f*
agobiar *vt* (*suj*: *trabajo*) accabler; (: *calor*) accabler, étouffer
agolparse *vpr* (*personas*) se presser, se bousculer
agonía *nf* agonie *f*
agonizante *adj* agonisant(e)
agonizar *vi* agoniser, être à l'agonie
agosto *nm* août *m*; *ver tb* **julio**
agotado, -a *adj* épuisé(e)
agotador, a *adj* épuisant(e)
agotamiento *nm* épuisement *m*
agotar *vt* épuiser; **~se** *vpr* s'épuiser; (*libro*) être épuisé(e)
agraciado, -a *adj* qui a du charme ♦ *nm/f* (*en sorteo, lotería*) gagnant(e)
agradable *adj* agréable
agradar *vi* plaire; **esto no me agrada** cela ne me plaît pas; **le agrada estar en su compañía** votre compagnie lui est agréable
agradecer *vt* remercier; **te agradezco que hayas venido** je te remercie d'être venu
agradecido, -a *adj* **¡muy ~!** merci beaucoup!, merci bien!; **agradecimiento** *nm* remerciement *m*
agradezca *etc vb ver* **agradecer**
agrado *nm* agrément *m*, plaisir *m*; (*amabilidad*) amabilité *f*; **ser de tu**

etc ~ être à ton *etc* goût
agrandar *vt* agrandir
agrario, -a *adj* agraire
agravante *nm o f*: **con el** *o* **la ~ de que ...** le problème étant que ...
agravar *vt* aggraver; **~se** *vpr* s'aggraver
agraviar *vt* offenser; **agravio** *nm* offense *f*
agredir *vt* agresser
agregado *nm* agrégat *m*; (*profesor*) maître *m* de conférences (*à l'université*), professeur certifié(e) (*dans l'enseignement secondaire*)
agregar *vt*: ~ **(a)** ajouter (à); (*unir*) associer (à)
agresión *nf* agression *f*
agresivo, -a *adj* agressif(-ive)
agriar *vt* aigrir; (*leche*) faire tourner; **~se** *vpr* s'aigrir; (*leche*) tourner
agrícola *adj* agricole
agricultor, a *nm/f* agriculteur(-trice)
agricultura *nf* agriculture *f*
agridulce *adj* aigre-doux(-douce)
agrietarse *vpr* se crevasser; (*piel*) se gercer
agrimensor, a *nm/f* arpenteur *m*
agrio, -a *adj* aigre; (*carácter*) aigri(e), revêche; **~s** *nmpl* agrumes *mpl*
agrupación *nf* groupement *m*, regroupement *m*
agrupar *vt* (*personas*) grouper; (*libros, datos*) regrouper; **~se** *vpr* se regrouper
agua *nf* eau *f*; (*lluvia*) pluie *f*, eau de pluie; **hacer ~** (*embarcación*) faire eau; **se me hace la boca agua** ça me met l'eau à la bouche; **~s abajo** en aval; **~s arriba** en amont; **~ caliente/corriente** eau chaude/courante; **~ de colonia** eau de Cologne; **~ mineral (con/sin gas)** eau minérale (gazeuse/non gazeuse)
aguacate *nm* avocat *m*; (*árbol*) avocatier *m*
aguacero *nm* averse *f*
aguado, -a *adj* (*leche, vino*) baptisé(e)
aguafiestas *nm/f inv* trouble-fête *m/f inv*, rabat-joie *m/f inv*
aguanieve *nf* neige *f* fondue
aguantar *vt* supporter, endurer ♦ *vi* (*ropa*) résister; **~se** *vpr* (*persona*) se dominer; **aguante** *nm* (*paciencia*) patience *f*; (*resistencia*) résistance *f*
aguar *vt* (*leche, vino*) baptiser, couper
aguardar *vt* attendre ♦ *vi*: **~ (a que)** attendre (que)
aguardiente *nm* eau-de-vie *f*
aguarrás *nm* essence *f* de térébenthine
agudeza *nf* (*oído, olfato*) finesse *f*; (*vista*) acuité *f*; (*de sonido*) aigu *m*; (*fig*: *ingenio*) vivacité *f*, finesse
agudizar *vt* aiguiser; (*crisis*) intensifier; **~se** *vpr* s'aiguiser; (*crisis*) s'intensifier
agudo, -a *adj* (*afilado*) tranchant(e), coupant(e); (*vista*) perçant(e); (*oído, olfato*) fin(e); (*sonido, dolor*) aigu(ë)
agüero *nm*: **ser de buen/mal ~** être de bon/mauvais augure
aguijón *nm* (*de insecto*) dard *m*; (*fig*: *estímulo*) aiguillon *m*
águila *nf* aigle *m*; **ser un ~** (*fig*) être un as
aguileño, -a *adj* (*nariz*) aquilin(e)
aguinaldo *nm* étrennes *fpl*
aguja *nf* aiguille *f*; (*para hacer punto*) aiguille à tricoter; (*para hacer ganchillo*) crochet *m*
agujerear *vt* (*perforar*: *ropa, cristal, madera*) trouer
agujero *nm* trou *m*
agujetas *nfpl* courbatures *fpl*
aguzar *vt* (*herramientas*) aiguiser, affiler; (*ingenio, entendimiento*) aiguillonner, stimuler; **~ el oído/la vista** aiguiser l'ouïe/la vue
ahí *adv* (*lugar*) là; **de ~ que** donc, d'où il s'ensuit que; **~ está el problema** tout le problème est là; **~ llega** le voilà; **por ~** par là; (*lugar indeterminado*) là-bas; **200 o por ~** environ 200
ahijado, -a *nm/f* filleul(e)
ahogar *vt* étouffer; (*en el agua*) noyer; **~se** *vpr* (*en el agua*) se noyer; (*por asfixia*) s'asphyxier
ahondar *vt* creuser ♦ *vi*: **~ en** (*problema*) approfondir, creuser
ahora *adv* maintenant; (*hace poco*) tout à l'heure; **~ bien** *o* **que** cependant, remarquez (que); ~

mismo à l'instant (même); **~ voy** j'arrive; **¡hasta ~!** à tout de suite!, à bientôt!; **por ~** pour le moment
ahorcar *vt* pendre; **~se** *vpr* se pendre
ahorita (*esp AM*: *fam*) *adv* tout de suite
ahorrar *vt* économiser, épargner; **~ a algn algo** épargner qch à qn; **ahorro** *nm* économie *f*, épargne *f*; **ahorros** *nmpl* économies *fpl*
ahuecar *vt* (*madera, tronco*) évider; (*voz*) enfler
ahumar *vt* fumer
ahuyentar *vt* (*ladrón, fiera*) mettre en fuite; (*fig*) chasser
airado, -a *adj* furieux(-euse); **airar** *vt* (*persona*) irriter, fâcher; **airarse** *vpr* (*irritarse*) s'irriter, se fâcher
aire *nm* air *m*; **~s** *nmpl*: **darse ~s** se donner des airs; **al ~ libre** en plein air; **cambiar de ~s** changer d'air; **estar en el ~** (*RADIO*) être sur les ondes; (*fig*) être en suspens; **tener un ~ con** *o* **darse un ~ a** ressembler à; **tomar el ~** prendre l'air; **~ acondicionado** air conditionné
airearse *vpr* prendre l'air
airoso, -a *adj*: **salir ~ de algo** bien s'en tirer
aislado, -a *adj* isolé(e)
aislar *vt* isoler
ajardinado, -a *adj* aménagé(e)
ajedrez *nm* échecs *mpl*
ajeno, -a *adj* d'autrui; **estar ~ a algo** être étranger à qch
ajetreado, -a *adj* (*día*) mouvementé(e)
ajetreo *nm* agitation *f*
ají (*AM*) *nm* piment *m* rouge; (*salsa*) sauce *f* au piment
ajo *nm* ail *m*
ajuar *nm* (*de casa*) mobilier *m*; (*de novia*) trousseau *m*
ajustado, -a *adj* (*ropa*) ajusté(e); (*resultado*) serré(e)
ajustar *vt* ajuster; (*reloj, cuenta*) régler ♦ *vi* (*ventana, puerta*) cadrer; **~se** *vpr*: **~se a** se conformer à; **~ algo a algo** ajuster qch à qch; (*fig*) adapter qch à qch; **~ cuentas con algn** régler ses comptes avec qn
ajuste *nm* (*FIN*) fixation *f* (des prix); (*acuerdo*) accord *m*
al (= *a* + *el*) *ver* **a**
ala *nf* aile *f*; (*de sombrero*) bord *m*
alabanza *nf* éloge *m*, louange *f*
alabar *vt* (*persona*) louer, faire l'éloge de; (*obra etc*) louer, vanter
alacena *nf* garde-manger *m inv*
alacrán *nm* scorpion *m*
alambrada *nf*, **alambrado** *nm* grillage *m*
alambre *nm* fil *m* de fer; **~ de púas** fil de fer barbelé
alameda *nf* peupleraie *f*; (*lugar de paseo*) promenade *f* (*bordée d'arbres*)
álamo *nm* peuplier *m*
alarde *nm*: **hacer ~ de** se vanter de, faire étalage de
alargador *nm* (*ELEC*) rallonge *f*
alargar *vt* rallonger; (*estancia, vacaciones*) prolonger; (*brazo*) allonger, tendre; **~se** *vpr* (*días*) rallonger
alarido *nm* hurlement *m*
alarma *nf* (*señal de peligro*) alarme *f*, alerte *f*; **~ de incendios** avertisseur *m* d'incendie
alarmante *adj* alarmant(e)
alarmar *vt* alarmer; **~se** *vpr* s'alarmer
alba *nf* aube *f*
albacea *nm/f* exécuteur *m* testamentaire
albahaca *nf* basilic *m*
Albania *nf* Albanie *f*
albañil *nm* maçon *m*
albarán *nm* bordereau *m*
albaricoque *nm* abricot *m*
albedrío *nm*: **libre ~** libre arbitre *m*
alberca *nf* réservoir *m* d'eau; (*AM*) piscine *f*
albergar *vt* héberger; (*esperanza*) nourrir
albergue *vb ver* **albergar** ♦ *nm* abri *m*; **~ juvenil** *o* **de juventud** auberge *f* de jeunesse
albóndigas *nfpl* boulettes *fpl* de viande
albornoz *nm* (*para el baño*) sortie *f* de bain
alborotar *vt* agiter; (*amotinar*) ameuter ♦ *vi* faire du tapage; **~se** *vpr* s'agiter; **alboroto** *nm* tapage *m*
alborozar *vt* réjouir; **~se** *vpr* se

réjouir
alborozo *nm* réjouissance *f*
álbum (*pl* **~s** *o* **~es**) *nm* album *m*
alcachofa *nf* artichaut *m*; **~ de ducha/de regadera** pomme *f* de douche/d'arrosoir
alcalde, -esa *nm/f* maire *m*
alcaldía *nf* mairie *f*
alcance *vb ver* **alcanzar** ♦ *nm* portée *f*; **al ~ de la mano** à portée de main; **estar a mi** *etc*/**fuera de mi** *etc* **~** être/ne pas être à ma *etc* portée
alcantarilla *nf* (*subterránea*) égout *m*; (*en la calle*) caniveau *m*
alcanzar *vt* atteindre; (*persona*) rattraper; (*autobús*) attraper; (AM: *entregar*) passer ♦ *vi* être suffisant(e); (*para todos*) suffire
alcaparra *nf* câpre *f*
alcayata *nf* (*clavo*) piton *m*
alcázar *nm* citadelle *f*; (NÁUT) dunette *f*
alcoba *nf* alcôve *f*
alcohol *nm* alcool *m*; (*tb:* **~ metílico**) alcool à brûler
alcohólico, -a *adj, nm/f* alcoolique *m/f*
alcoholímetro *nm* alcoomètre *m*
alcoholismo *nm* alcoolisme *m*
alcornoque *nm* chêne-liège *m*; (*fam*) andouille *f*
alcurnia *nf* noble lignée *f*
aldaba *nf* heurtoir *m*
aldea *nf* hameau *m*
aldeano, -a *adj, nm/f* villageois(e)
aleación *nf* alliage *m*
aleatorio, -a *adj* aléatoire
aleccionar *vt* instruire
alegación *nf* allégation *f*; **alegar** *vt* alléguer ♦ *vi* (AM) discuter
alegato *nm* plaidoyer *m*; (AM) discussion *f*
alegoría *nf* allégorie *f*
alegrar *vt* réjouir; (*casa*) égayer; (*fiesta*) animer; **~se** *vpr* (*fam*) se griser; **~se de** être heureux(-euse) de
alegre *adj* gai(e), joyeux(-euse); (*fam: con vino*) éméché(e); **alegría** *nf* joie *f*, gaîté *f*
alejamiento *nm* éloignement *m*
alejar *vt* éloigner; **~se** *vpr* s'éloigner
alemán, -ana *adj* allemand(e) ♦ *nm/f* Allemand(e) ♦ *nm* (LING) allemand *m*
Alemania *nf* Allemagne *f*; **~ Occidental/Oriental** (HIST) Allemagne de l'Ouest/de l'Est
alentador, a *adj* encourageant(e)
alentar *vt* encourager
alergia *nf* allergie *f*
alero *nm* auvent *m*
alerta *adj inv* vigilant(e) ♦ *nf* alerte *f* ♦ *adv*: **estar** *o* **mantenerse ~** être sur ses gardes
aleta *nf* (*pez*) nageoire *f*; (*foca*) aileron *m*; (*nariz*) aile *f*; (DEPORTE) palme *f*; (AUTO) garde-boue *m inv*
aletargar *vt* endormir; **~se** *vpr* s'assoupir
aletear *vi* (*ave*) battre des ailes; (*pez*) battre des nageoires
alevín *nm* alevin *m*
alfabeto *nm* alphabet *m*
alfalfa *nf* luzerne *f*
alfarería *nf* poterie *f*; (*tienda*) magasin *m* de poterie
alfarero, -a *nm/f* potier *m*
alféizar *nm* embrasure *f*
alférez *nm* (MIL) sergent *m*
alfil *nm* (AJEDREZ) fou *m*
alfiler *nm* épingle *f*; (*broche*) broche *f*; **~ de gancho** (AM: *imperdible grande*) (grande) épingle de nourrice
alfiletero *nm* porte-aiguilles *m inv*
alfombra *nf* tapis *msg*; **alfombrar** *vt* recouvrir d'un tapis; **alfombrilla** *nf* carpette *f*
alforja *nf* sacoche *f*
algarabía (*fam*) *nf* brouhaha *m*
algas *nfpl* algues *fpl*
álgebra *nf* algèbre *f*
álgido, -a *adj* crucial(e)
algo *pron* quelque chose; (*una cantidad pequeña*) un peu ♦ *adv* un peu, assez; **~ así (como)** quelque chose comme; **~ es ~** c'est toujours quelque chose; **¿~ más?** c'est tout?; (*en tienda*) et avec ceci?; **por ~ será** il y a bien une raison
algodón *nm* coton *m*; **~ de azúcar** barbe *f* à papa; **~ hidrófilo** coton hydrophile
algodonero, -a *adj* cotonnier(-ière)

alguacil *nm* (*de juzgado*) huissier *m*; (*de ayuntamiento*) employé *m* municipal; (TAUR) officiel *m* à cheval
alguien *pron* quelqu'un
alguno, -a *adj* (*delante de nm*: *algún*) quelque, un (une); (*después de n*): **no tiene talento ~** il n'a aucun talent ♦ *pron* quelqu'un; **~ de ellos** l'un d'eux; **algún que otro libro** quelques livres; **algún día iré** j'irai un jour; **~s piensan** certains pensent
alhaja *nf* joyau *m*
alhelí *nm* giroflée *f*
aliado, -a *adj, nm/f* allié(e)
alianza *nf* alliance *f*
aliarse *vpr*: **~ (con/a)** s'allier (à)
alias *adv* alias
alicates *nmpl* pince *fsg*; **~ de uñas** coupe-ongles *m inv*
aliciente *nm* stimulant *m*; (*atractivo*) attrait *m*, charme *m*
alienación *nf* aliénation *f*
aliento *vb ver* **alentar** ♦ *nm* haleine *f*; **sin ~** hors d'haleine
aligerar *vt* alléger; **~ el paso** presser le pas
alijo *nm* saisie *f*
alimaña *nf* animal *m* nuisible
alimentación *nf* alimentation *f*; **tienda de ~** magasin *m* d'alimentation; **alimentar** *vt* nourrir, alimenter; (*suj*: *alimento*) nourrir
alimenticio, -a *adj* (*sustancia*) alimentaire; (*nutritivo*) nourrissant(e)
alimento *nm* aliment *m*; **~s** *nmpl* (JUR) aliments *mpl*
alineación *nf* alignement *m*; (DEPORTE) formation *f*
alinear *vt* aligner; (DEPORTE) faire jouer; **~se** *vpr* s'aligner; (DEPORTE) rentrer
aliñar *vt* assaisonner; **aliño** *nm* assaisonnement *m*
alisar *vt* lisser; (*madera*) polir
alistarse *vpr* s'inscrire; (MIL) s'enrôler; (AM: *prepararse*) se préparer
aliviar *vt* (*carga*) alléger; (*persona*) soulager
alivio *nm* soulagement *m*
aljibe *nm* citerne *f*
allá *adv* là-bas; (*por ahí*) par là; **~ abajo/arriba** tout en bas/en haut; **hacia ~** par là-bas; **más ~** plus loin; **más ~ de** au-delà de; **~ por** vers; **¡~ tú!** tant pis pour toi!
allanamiento *nm*: **~ de morada** violation *f* de domicile
allanar *vt* aplanir; (*muro*) raser
allegado, -a *adj* partisan(e) ♦ *nm/f* proche parent(e)
allí *adv* (*lugar*) là; **~ mismo** là précisément; **por ~** par là
alma *nf* (*tb* TEC) âme *f*; (*de negocio*) nœud *m*; (*de fiesta*) clou *m*; (*de reunión*) objet *m* principal; **con toda el ~** du fond du cœur
almacén *nm* magasin *m*; (*al por mayor*) magasin de gros; (AM) épicerie *f*; **(grandes) almacenes** grands magasins *mpl*
almacenaje *nm* emmagasinage *m*, stockage *m*; **almacenaje secundario** (INFORM) mémoire *f* auxiliaire
almacenar *vt* emmagasiner, stocker; **almacenero, -a** (AM) *nm/f* épicier(-ière)
almanaque *nm* almanach *m*
almeja *nf* (ZOOL) clovisse *f*; (CULIN) palourde *f*
almendra *nf* amande *f*; **almendro** *nm* amandier *m*
almíbar *nm* sirop *m*; **en ~** au sirop
almidón *nm* amidon *m*
almirante *nm* amiral *m*
almirez *nm* mortier *m*
almizcle *nm* musc *m*
almohada *nf* oreiller *m*; (*funda*) taie *f* d'oreiller; **almohadilla** *nf* (*para sentarse*) coussinet *m*; (*para planchar*) pattemouille *f*; (*para sellar*) tampon *m* encreur; (*en los arreos*) tapis *msg* de selle; (AM) pelote *f* à épingles
almohadón *nm* coussin *m*; (*funda de almohada*) taie *f* d'oreiller
almorranas *nfpl* hémorroïdes *fpl*
almorzar *vt*: **~ una tortilla** déjeuner d'une omelette ♦ *vi* déjeuner
almuerzo *vb ver* **almorzar** ♦ *nm* déjeuner *m*
alocado, -a *adj* écervelé(e); (*acción*) irréfléchi(e)

alojamiento *nm* logement *m*
alojar *vt* loger; **~se** *vpr*: **~se en** (*persona*) loger à; (*bala, proyectil*) se loger dans
alondra *nf* alouette *f*
alpargata *nf* espadrille *f*
Alpes *nmpl*: **los ~** les Alpes *fpl*
alpinismo *nm* alpinisme *m*; **alpinista** *nm/f* alpiniste *m/f*
alpiste *nm* alpiste *m*
alquilar *vt* louer; **"se alquila casa"** "maison à louer"
alquiler *nm* location *f*; (*precio*) loyer *m*; **de ~** à louer; **~ de coches/automóviles** location de voitures
alquimia *nf* alchimie *f*
alquitrán *nm* goudron *m*
alrededor *adv* autour; **~es** *nmpl* environs *mpl*; **~ de** autour de; (*aproximadamente*) environ; **a su ~** autour de lui; **mirar a su ~** regarder autour de soi
alta *nf*: **dar a algn de ~** (*en empleo*) autoriser qn à reprendre son travail (*après un congé de maladie*); **darse de ~** (MED) se déclarer guéri(e); (*en club, asociación*) devenir membre
altanería *nf* arrogance *f*; (*de aves*) haut vol *m*
altanero, -a *adj* hautain(e)
altar *nm* autel *m*
altavoz *nm* haut-parleur *m*
alteración *nf* altération *f*; (*alboroto*) altercation *f*; (*agitación*) agitation *f*; **~ del orden público** trouble *m* de l'ordre public
alterar *vt* modifier; (*persona*) perturber; (*alimentos, medicinas*) altérer; **~se** *vpr* (*persona*) se troubler
altercado *nm* altercation *f*
alternar *vi* fréquenter des gens; **~se** *vpr* se relayer
alternativa *nf* **no tener otra ~** ne pas avoir le choix
alternativo, -a *adj* alternatif(-ive); (*hojas, ángulo*) alterne
alterno, -a *adj* (*días*) tous les deux; (ELEC) alternatif(-ive)
alteza *nf* altesse *f*
altibajos *nmpl* (*del terreno*) inégalités *fpl*; (*fig*) des hauts et des bas *mpl*
altiplanicie *nf* haut plateau *m*
altiplano *nm* = **altiplanicie**
altisonante *adj* ronflant(e)
altitud *nf* altitude *f*
altivez *nf* hauteur *f*, morgue *f*
altivo, -a *adj* hautain(e), altier(-ière)
alto, -a *adj* haut(e); (*persona*) grand(e); (*sonido*) aigu(ë); (*precio, ideal, clase*) élevé(e) ♦ *nm* haut *m*; (AM) tas *msg* ♦ *adv* haut; (*río*) en crue ♦ *excl* halte!; **la pared tiene 2 metros de ~** le mur fait 2 mètres de haut; **alta fidelidad/frecuencia** haute fidélité/fréquence; **en alta mar** en haute mer; **alta tensión** haute tension; **a altas horas de la noche** à une heure avancée de la nuit; **en lo ~ de** en haut de, tout en haut de; **hacer un ~** faire une halte; **por todo lo ~** sur un grand pied; **declarar/respetar el ~ el fuego** déclarer/observer le cessez-le-feu
altoparlante (AM) *nm* haut-parleur *m*
altruismo *nm* altruisme *m*
altura *nf* hauteur *f*; (*de persona*) taille *f*; (*altitud*) altitude *f*; **~s** *nfpl* hauteurs *fpl*; **la pared tiene 1.80 de ~** le mur fait 1 mètre 80 de hauteur *o* de haut; **a estas ~s** à l'heure qu'il est
alubias *nfpl* haricots *mpl*
alucinación *nf* hallucination *f*; **alucinar** *vt* halluciner
alud *nm* avalanche *f*
aludir *vi*: **~ a** faire allusion à; **darse por aludido** se sentir visé
alumbrado *nm* éclairage *m*; **alumbramiento** *nm* accouchement *m*
alumbrar *vt* éclairer; (MED) accoucher de
aluminio *nm* aluminium *m*
alumno, -a *nm/f* élève *m/f*
alunizar *vi* alunir
alusión *nf* allusion *f*; **hacer ~ a** faire allusion à
aluvión *nm* (*de agua*) inondation *f*; (*de gente, noticias*) déluge *m*
alverja (AM) *nf* pois *msg* de senteur
alza *nf* hausse *f*; **estar en ~** (*precio*) être en hausse; (*estimación*) être bien coté(e)
alzada *nf* (*de caballos*) hauteur *f* au

garrot
alzamiento *nm* (*rebelión*) soulèvement *m*; (*de muro*) élévation *f*
alzar *vt* (*tb castigo*) lever; (*precio, muro, monumento*) élever; (*cuello de abrigo*) relever; (*poner derecho*) redresser; **~se** *vpr* s'élever; (*rebelarse*) se soulever; **~ la voz** élever la voix
ama *nf* maîtresse *f* (de maison), propriétaire *f*; **~ de casa** ménagère *f*; **~ de llaves** gouvernante
amabilidad *nf* amabilité *f*; **amable** *adj* aimable; **es Vd muy amable** c'est très aimable à vous
amaestrado, -a *adj* dressé(e)
amaestrar *vt* dresser
amago *nm* menace *f*; (MED) symptôme *m*
amainar *vi* tomber
amalgama *nf* amalgame *m*; **amalgamar** *vt* amalgamer
amamantar *vt* allaiter, donner le sein à
amanecer *vi*: **amanece** le jour se lève ♦ *nm* lever *m* du jour; **el niño amaneció con fiebre** l'enfant s'est réveillé avec de la fièvre
amanerado, -a *adj* maniéré(e); (*lenguaje*) affecté(e)
amansar *vt* apprivoiser; **~se** *vpr* (*persona*) s'amadouer
amante *adj*: **~ de** amoureux(-euse) de ♦ *nm/f* amant (maîtresse)
amapola *nf* coquelicot *m*
amar *vt* aimer
amargado, -a *adj* amer(-ère), aigri(e)
amargar *vt* (*comida*) rendre amer(-ère); (*fig: estropear*) gâcher ♦ *vi* (*naranja*) se gâter; **~se** *vpr* s'aigrir
amargo, -a *adj* amer(-ère); **amargura** *nf* (*tristeza*) chagrin *m*
amarillento, -a *adj* jaunâtre; (*tez*) jaune
amarillo, -a *adj* (*color*) jaune ♦ *nm* jaune *m*
amarra *nf* amarre *f*; **~s** *nfpl* piston *msg*; **soltar ~s** larguer les amarres
amarrar *vt* (NÁUT) amarrer; (*atar*) ficeler, ligoter
amasar *vt* (*masa*) pétrir; (*yeso, mortero*) gâcher; **amasijo** *nm* (*fig*) ramassis *msg*
amateur *nm/f* amateur *m*
amazona *nf* amazone *f*, cavalière *f*
Amazonas *nm*: **el (Río) ~** l'Amazone *f*
ambages *nmpl*: **sin ~** sans ambages
ámbar *nm* ambre *m* (jaune)
ambición *nf* ambition *f*; **ambicionar** *vt* ambitionner; **ambicionar hacer** ambitionner de faire
ambicioso, -a *adj* ambitieux(-ieuse)
ambidextro, -a *adj* ambidextre
ambientación *nf* (CINE, TEATRO, TV) cadre *m*
ambiente *nm* (*atmósfera, tb fig*) atmosphère *f*; (*entorno*) air *m* ambiant, milieu *m*
ambigüedad *nf* ambiguïté *f*
ambiguo, -a *adj* ambigu(ë)
ámbito *nm* domaine *m*; (*fig*) cercle *m*
ambos, -as *adj pl* les deux ♦ *pron pl* tous (toutes) les deux
ambulancia *nf* ambulance *f*
ambulante *adj* ambulant(e)
ambulatorio *nm* dispensaire *m*
amedrentar *vt* effrayer; **~se** *vpr* s'effrayer
amén *excl* amen!; **~ de** outre
amenaza *nf* menace *f*
amenazar *vt* menacer; **~ con (hacer)** menacer de (faire); **~ de muerte** menacer de mort
amenidad *nf* aménité *f*
ameno, -a *adj* amène
América *nf* Amérique *f*; **~ Central/Latina** Amérique centrale/latine; **~ del Norte/del Sur** Amérique du Nord/du Sud
americana *nf* veste *f*
americano, -a *adj* américain(e) ♦ *nm/f* Américain(e)
ametralladora *nf* mitrailleuse *f*
amianto *nm* amiante *m*
amigable *adj* amical(e)
amígdala *nf* amygdale *f*; **amigdalitis** *nf* amygdalite *f*
amigo, -a *adj* ami(e) ♦ *nm/f* (*gen*) ami(e); (*amante*) petit(e) ami(e); **ser ~ de algo** être un ami de qch; **ser muy ~s** être très amis
amilanar *vt* effrayer; **~se** *vpr*

s'effrayer
aminorar *vt* (*velocidad etc*) ralentir
amistad *nf* amitié *f*; **~es** *nfpl* (*amigos*) amis *mpl*
amistoso, -a *adj* amical(e)
amnesia *nf* amnésie *f*
amnistía *nf* amnistie *f*
amo *nm* (*dueño*) maître *m* (de maison), propriétaire *m*; (*jefe*) patron *m*; **hacerse el ~ (de algo)** prendre la direction (de qch)
amodorrarse *vpr* s'assoupir
amoldar ~se *vpr*: **~se (a)** (*prenda, zapatos*) prendre la forme (de); **~se a** s'adapter à
amonestación *nf* admonestation *f*; **amonestaciones** *nfpl* (REL) bans *mpl*
amonestar *vt* admonester; (REL) publier les bans de
amontonar *vt* entasser, amonceler; (*riquezas etc*) accumuler, amasser; **~se** *vpr* (*gente*) se masser; (*hojas, nieve etc*) s'entasser; (*trabajo*) s'accumuler
amor *nm* amour *m*; **de mil ~es** très volontiers; **hacer el ~** faire l'amour; (*cortejar*) faire la cour; **tener ~es con algn** avoir une liaison avec qn; **¡por (el) ~ de Dios!** pour l'amour de Dieu!; **~ propio** amour-propre *m*
amoratado, -a *adj* (*por frío*) violacé(e); (*por golpes*) couvert(e) de bleus; **ojo ~** œil *m* au beurre noir
amordazar *vt* bâillonner
amorfo, -a *adj* amorphe
amoroso, -a *adj* amoureux(-euse); (*carta*) d'amour
amortiguador *nm* (*dispositivo*) amortisseur *m*; (*parachoques*) pare-chocs *m inv*; **~es** *nmpl* (AUTO) suspension *fsg*
amortiguar *vt* amortir; (*dolor*) atténuer; (*color*) neutraliser; (*luz*) baisser
amortización *nf* amortissement *m*
amotinar *vt* ameuter; **~se** *vpr* se mutiner
amparar *vt* secourir; (*suj: ley*) protéger; **~se** *vpr* se mettre à l'abri; **~se en** (*ley, costumbre*) se prévaloir de; **amparo** *nm* protection *f*; **al amparo de** grâce à
amperio *nm* ampère *m*
ampliación *nf* agrandissement *m*; (*de capital*) augmentation *f*; (*de estudios*) approfondissement *m*; (*cosa añadida*) extension *f*; **ampliar** *vt* agrandir; (*estudios*) approfondir
amplificación *nf* amplification *f*; **amplificador** *nm* amplificateur *m*
amplificar *vt* amplifier
amplio, -a *adj* (*habitación*) vaste; (*ropa, consecuencias*) ample; (*calle*) large
amplitud *nf* étendue *f*; **de gran amplitud** de grande envergure; **amplitud de miras** largeur *f* d'esprit
ampolla *nf* ampoule *f*
ampuloso, -a *adj* ampoulé(e)
amputar *vt* amputer
amueblar *vt* meubler
amuleto *nm* amulette *f*
anacronismo *nm* anachronisme *m*
anales *nmpl* annales *fpl*
analfabetismo *nm* analphabétisme *m*
analfabeto, -a *adj, nm/f* analphabète *m/f*
analgésico *nm* analgésique *m*
análisis *nm inv* analyse *f*
analista *nm/f* analyste *m/f*
analizar *vt* analyser
analogía *nf* analogie *f*
analógico, -a *adj* analogique
análogo, -a *adj* analogue
anaquel *nm* rayon *m*
anaranjado, -a *adj* orangé(e)
anarquía *nf* anarchie *f*; **anarquismo** *nm* anarchisme *m*; **anarquista** *nm/f* anarchiste *m/f*
anatomía *nf* anatomie *f*
anca *nf* (*de animal*) croupe *f*
ancho, -a *adj* large ♦ *nm* largeur *f*; **a lo ~** sur toute la largeur; **me está** *o* **queda ~ el vestido** je nage dans cette robe; **estar a sus anchas** être à l'aise; **ir muy ~s** prendre de grands airs
anchoa *nf* anchois *msg*
anchura *nf* largeur *f*
anciano, -a *adj* vieux (vieille) ♦ *nm/f* personne *f* âgée
ancla *nf* ancre *f*; **anclar** *vi* mouiller l'ancre

Andalucía *nf* Andalousie *f*
andaluz, a *adj* andalou(se) ♦ *nm/f* Andalou(se)
andamiaje *nm* échafaudage *m*
andamio *nm* échafaudage *m*

PALABRA CLAVE

andar *vt* parcourir
♦ *vi* **1** (*persona, animal*) marcher; (*coche*) rouler
2 (*funcionar*: *máquina, reloj*) marcher
3 (*estar*) être; **¿qué tal andas?** comment vas-tu?; **andar mal de dinero/de tiempo** être à court d'argent/de temps; **andar haciendo algo** être en train de faire qch; **anda (metido) en asuntos sucios** il est impliqué dans des affaires louches; **anda por los cuarenta** il a environ quarante ans; **no sé por dónde anda** je ne sais pas où il est
4 (*revolver*): **no andes ahí/en mi cajón** ne touche pas à ça/à mon tiroir
5 (*obrar*): **andar con cuidado** *o* **con pies de plomo** faire bien attention, regarder où l'on met les pieds; **andarse** *vpr*: **andarse con rodeos** *o* **por las ramas** tourner autour du pot; **andarse con historias** raconter des histoires
♦ *nm*: **andares** *nmpl* démarche *f*

andén *nm* quai *m*; (AM) trottoir *m*
Andes *nmpl*: **los ~** les Andes *fpl*
Andorra *nf* Andorre *f*
andrajo *nm* loque *f*, haillon *m*
andrajoso, -a *adj* déguenillé(e), loqueteux(-euse)
anduve *etc vb ver* **andar**
anduviera *etc vb ver* **andar**
anécdota *nf* anecdote *f*
anegar *vt* (*lugar*) inonder; **~se** *vpr* être inondé(e)
anejo, -a *adj* annexe ♦ *nm* annexe *f*
anemia *nf* anémie *f*
anestesia *nf* anesthésie *f*; **~ general/local** anesthésie générale/locale
anexar *vt* annexer; **~ algo a algo** (POL) annexer qch à qch; **anexión** *nf* annexion *f*; **anexionamiento** *nm* = **anexión**
anexo, -a *adj* annexe ♦ *nm* annexe *f*
anfibio, -a *adj* amphibie ♦ *nm* amphibien *m*
anfiteatro *nm* amphithéâtre *m*
anfitrión, -ona *nm/f* amphitryon *m*, hôte(sse); **el equipo ~** (DEPORTE) l'équipe qui reçoit
ángel *nm* ange *m*; **~ de la guarda** ange gardien; **angelical** *adj* angélique
angélico, -a *adj* = **angelical**
angina *nf*: **tener ~s** avoir une angine; **~ de pecho** angine *f* de poitrine
anglicano, -a *adj, nm/f* anglican(e)
anglosajón, -ona *adj* anglo-saxon(ne) ♦ *nm/f* Anglo-Saxon(ne)
angosto, -a *adj* étroit(e), resserré(e)
anguila *nf* anguille *f*
angulas *nfpl* civelles *fpl*
ángulo *nm* angle *m*; (*rincón*) coin *m*
angustia *nf* angoisse *f*; (*agobio*) anxiété *f*; **angustiar** *vt* angoisser; **angustiarse** *vpr* s'angoisser
anhelar *vt* être avide de; **~ hacer** mourir d'envie de faire; **anhelo** *nm* désir *m* ardent
anhídrido *nm*: **~ carbónico** dioxyde *m* de carbone
anidar *vi* nicher
anillo *nm* bague *f*; **~ de boda** alliance *f*; **~ de compromiso** bague de fiançailles
animación *nf* animation *f*
animado, -a *adj* (*vivaz*) plein(e) de vie *o* d'entrain; (*fiesta, conversación*) animé(e); (*alegre*) joyeux(-euse)
animador, a *nm/f* (TV, DEPORTE) animateur(-trice); (*persona alegre*) boute-en-train *m inv*
animadversión *nf* animadversion *f*
animal *adj* animal(e) ♦ *nm* animal *m*; **ser un ~** (*fig*) être un animal
animar *vt* animer; (*dar ánimo a*) encourager; (*habitación, vestido*) égayer; (*fuego*) ranimer; **~se** *vpr* s'égayer; **~ a algn a hacer/para que haga** encourager qn à faire; **~se a hacer** se décider à faire
ánimo *nm* courage *m* ♦ *excl* courage!; **tener ~(s) (para)** être d'humeur (à);

con/sin ~ de hacer avec l'intention/sans intention de faire
animoso, -a *adj* courageux(-euse)
aniquilar *vt* anéantir; (*salud*) ruiner
anís *nm* anis *msg*
aniversario *nm* anniversaire *m*
anoche *adv* hier soir, la nuit dernière; **antes de ~** avant-hier soir
anochecer *vi* commencer à faire nuit ♦ *nm* crépuscule *m*; **al ~** à la tombée de la nuit
anodino, -a *adj* (*película, novela*) insipide; (*persona*) insignifiant(e)
anomalía *nf* anomalie *f*
anonadado, -a *adj* abattu(e)
anonimato *nm* anonymat *m*
anónimo, -a *adj* anonyme ♦ *nm* lettre *f* anonyme
anorexia *nf* anorexie *f*
anormal *adj* anormal(e) ♦ *nm/f* débile *m/f* mental(e)
anotar *vt* annoter
anquilosarse *vpr* s'ankyloser; (*fig*) vieillir
ansia *nf* (*deseo*) avidité *f*; (*ansiedad*) angoisse *f*; **ansiar** *vt* être avide de; **ansiar hacer** brûler de faire
ansiedad *nf* angoisse *f*
ansioso, -a *adj* (*codicioso*) avide; (*preocupado*) anxieux(-euse); **~ de** *o* **por (hacer)** avide de (faire)
antagónico, -a *adj* antagonique; **antagonista** *nm/f* adversaire *m/f*
antaño *adv* jadis, autrefois
Antártico *nm*: **el ~** l'Antarctique *m*
ante *prep* devant; (*enemigo, peligro, en comparación con*) face à; (*datos, cifras*) en présence de ♦ *nm* daim *m*; **~ todo** avant tout
anteanoche *adv* avant-hier soir
anteayer *adv* avant-hier
antebrazo *nm* avant-bras *m inv*
antecedente *adj* antérieur(e) ♦ *nm* antécédent *m*; **~s** *nmpl* antécédents *mpl*; **estar en ~s** être au courant; **poner a algn en ~s** mettre *o* tenir qn au courant; **~s penales** casier *msg* judiciaire
anteceder *vt*: **~ a** précéder
antecesor, a *nm/f* prédécesseur *m*
antedicho, -a *adj* susdit(e)
antelación *nf*: **con ~** à l'avance
antemano: **de ~** *adv* d'avance
antena *nf* antenne *f*; **~ parabólica** antenne parabolique
anteojo *nm* lunette *f*; **~s** *nmpl* (*esp* AM) lunettes *fpl*
antepasados *nmpl* ancêtres *mpl*
anteponer *vt*: **~ algo a algo** faire passer une chose avant une autre
anteproyecto *nm* avant-projet *m*
anterior *adj*: **~ (a)** (*en orden*) qui précède; (*en el tiempo*) antérieur(e) (à); **anterioridad** *nf*: **con anterioridad a** préalablement à, avant
antes *adv* avant; (*primero*) d'abord; (*hace tiempo*) autrefois ♦ *prep*: **~ de** (*antiguamente*) avant ♦ *conj*: **~ de ir/de que te vayas** avant d'aller/que tu ne partes; **~ bien** plutôt; **~ de nada** avant tout; **dos días ~** deux jours plus tôt; **la tarde de ~** la veille au soir; **no quiso venir ~** il n'a pas voulu venir plus tôt; **tomo el avión ~ que el barco** je préfère l'avion au bateau; **~ que yo** avant moi
antiaéreo, -a *adj* antiaérien(ne)
antibalas *adj inv*: **chaleco ~** gilet *m* pare-balles
antibiótico *nm* antibiotique *m*
anticiclón *nm* anticyclone *m*
anticipación *nf*: **con 10 minutos de ~** avec 10 minutes d'avance; **hacer algo con ~** faire qch à l'avance
anticipado, -a *adj* anticipé(e); **por ~** d'avance, par anticipation
anticipar *vt* anticiper; **~se** *vpr* (*estación*) être en avance; **~se (a)** (*adelantarse*) devancer; (*prever*) prévenir
anticipo *nm* avance *f*
anticonceptivo, -a *adj* contraceptif(-ive) ♦ *nm* contraceptif *m*
anticongelante *nm* (AUTO) antigel *m*
anticuado, -a *adj* (*ropa, estilo*) démodé(e); (*máquina, término*) vieillot(te), vieux (vieille)
anticuario *nm* antiquaire *m/f*
anticuerpo *nm* anticorps *msg*
antídoto *nm* antidote *m*
antiestético, -a *adj* inesthétique
antifaz *nm* masque *m*

antigualla *nf* (*pey: objeto*) antiquité *f*
antiguamente *adv* autrefois, jadis
antigüedad *nf* antiquité *f*; (*en empleo*) ancienneté *f*; **~es** *nfpl* antiquités *fpl*
antiguo, -a *adj* ancien(ne), vieux (vieille) ♦ *nm*: **los ~s** les Anciens *mpl*; **a la antigua** à l'ancienne
Antillas *nfpl*: **las ~** les Antilles *fpl*
antílope *nm* antilope *f*
antinatural *adj* anormal(e); (*perverso*) contre nature; (*afectado*) forcé(e)
antipatía *nf* antipathie *f*; (*a cosa*) répugnance *f*
antipático, -a *adj* antipathique; (*gesto etc*) déplaisant(e)
antirrobo *adj inv* antivol
antisemita *adj, nm/f* antisémite *m/f*
antiséptico, -a *adj* antiseptique ♦ *nm* antiseptique *m*
antítesis *nf inv*
antojadizo, -a *adj* capricieux(-ieuse)
antojarse *vpr*: **se me antoja comprarlo** j'ai envie de me l'acheter; **se me antoja que** j'imagine que
antojo *nm* caprice *m*, lubie *f*; (ANAT, *de embarazada, lunar*) envie *f*; **hacer algo a su ~** faire qch à sa guise
antología *nf* anthologie *f*
antorcha *nf* torche *f*
antro *nm* (*fig*) antre *m*
antropófago, -a *adj, nm/f* anthropophage *m/f*
antropología *nf* anthropologie *f*
anual *adj* annuel(le)
anuario *nm* annuaire *m*
anudar *vt* nouer; **~se** *vpr* s'emmêler
anulación *nf* annulation *f*; (*ley*) abrogation *f*; (*persona*) annihilation *f*
anular *vt* annuler; (*ley*) abroger ♦ *nm* (*tb:* **dedo ~**) annulaire *m*
anunciación *nf* (REL): **la A~** l'Annonciation *f*
anunciante *nm/f* (COM) annonceur *m* (publicitaire)
anunciar *vt* annoncer; (COM) faire de la publicité pour
anuncio *nm* annonce *f*; (COM) publicité *f*; (*cartel*) panneau *m* publicitaire; (*señal*) pancarte *f*; **~s por palabras** petites annonces *fpl*
anzuelo *nm* hameçon *m*; (*fig*) appât *m*
añadidura *nf* ajout *m*; (*vestido*) rallonge *f*; **por ~** par surcroît
añadir *vt* ajouter; (*prenda*) rallonger
añejo, -a *adj* (*vino*) vieux (vieille); (*pey: tocino, jamón*) rance
añicos *nmpl* morceaux *mpl*; **hacer ~** (*cosa*) mettre en morceaux; **hacerse ~** briser en mille morceaux; (*cristal*) voler en éclats
añil *nm* indigo *m*
año *nm* an *m*; (*duración*) année *f*; **los ~s 80** les années 80; **¡Feliz A~ Nuevo!** Bonne et heureuse année!; **tener 15 ~s** avoir 15 ans; **~ académico** *o* **escolar/bisiesto/ sabático** année scolaire *o* universitaire/bissextile/sabbatique; **~ económico** *o* **fiscal** exercice *m* financier; **~-luz** année-lumière *f*
añoranza *nf* nostalgie *f*
apabullar *vt* sidérer
apacentar *vt* faire paître
apacible *adj* paisible; (*clima*) doux (douce); (*lluvia*) fin(e)
apaciguar *vt* apaiser, calmer; **~se** *vpr* s'apaiser, se calmer
apadrinar *vt* (REL) être le parrain de
apagado, -a *adj* éteint(e); (*color*) terne; (*sonido*) étouffé(e); **estar ~** être éteint
apagar *vt* éteindre; (*sed*) étancher; **~se** *vpr* s'éteindre
apagón *nm* panne *f*
apalabrar *vt* (*persona*) engager; (*piso*) convenir (verbalement) de
apalear *vt* rosser
apañar (*fam*) *vt* (*arreglar*) rafistoler; (*vestido*) raccommoder; **~se** *vpr* **~se** *o* **apañárselas (para hacer)** se débrouiller (pour faire)
aparador *nm* buffet *m*
aparato *nm* appareil *m*; (RADIO, TV) poste *m*; **~s** *nmpl* (*gimnasia*) agrès *mpl*; **~ de facsímil** télécopieur *m*; **~s de mando** (AVIAT *etc*) commandes *fpl*
aparatoso, -a *adj* spectaculaire
aparcamiento *nm* (*lugar*) parking *m*; (*maniobra*) stationnement *m*
aparcar *vt* garer ♦ *vi* se garer

aparearse *vpr* s'apparier
aparecer *vi* apparaître; (*publicarse*) paraître; (*ser encontrado*) être trouvé(e); **~se** *vpr* apparaître
aparejado, -a *adj*: **llevar** *o* **traer ~** entraîner
aparejador, a *nm/f* (ARQ) *aide-architecte*
aparejo *nm* (*de pesca*) matériel *m* (de pêche); (NÁUT) gréement *m*
aparentar *vt* (*edad*) faire ♦ *vi* se faire remarquer; **~ hacer** faire semblant de faire
aparente *adj* apparent(e)
aparezca *etc vb ver* **aparecer**
aparición *nf* apparition *f*; (*de libro*) parution *f*
apariencia *nf* apparence *f*; **~s** *nfpl* (*aspecto*) apparences *fpl*; **en ~** en apparence; **tener (la) ~ de** avoir l'apparence de; **guardar las ~s** sauver les apparences
apartado, -a *adj* (*lugar*) éloigné(e) ♦ *nm* paragraphe *m*, alinéa *m*; **~ (de correos)** boîte *f* postale
apartamento *nm* studio *m*
apartar *vt* écarter; (*quitar*) retirer; (*comida, dinero*) mettre de côté; **~se** *vpr* s'écarter
aparte *adv* (*en otro sitio*) de côté; (*en sitio retirado*) à l'écart; (*además*) en outre ♦ *prep*: **~ de** à part ♦ *nm* aparté *m* ♦ *adj* à part; **~ de que** sans compter que, en plus du fait que
aparthotel *nm* apparthôtel *m*
apasionado, -a *adj* passionné(e); **~ de/por** passionné(e) de/par
apasionar *vt*: **le apasiona el fútbol** c'est un passionné de football; **~se** *vpr* se passionner; **~se por** se passionner pour; (*persona*) être passionnément amoureux(-euse) de; (*deporte, política*) être mordu(e) de
apatía *nf* indolence *f*
apático, -a *adj* apathique
Apdo. *abr* (= *Apartado (de Correos)*) B.P. (= *boîte postale*)
apeadero *nm* (FERRO) halte *f*
apearse *vpr*: **~se (de)** descendre (de)
apechugar *vi*: **~ con algo** se coltiner qch
apedrear *vt* lapider
apegarse *vpr*: **~ a** (*a persona*) s'attacher à; (*a cargo*) prendre à cœur; **apego** *nm*: **apego a/por** (*objeto*) attachement à
apelación *nf* appel *m*
apelar *vi* **~ a** faire appel à; (*justicia*) avoir recours à
apellidarse *vpr*: **se apellida Pérez** il s'appelle Pérez
apellido *nm* nom *m* de famille
apelmazarse *vpr* (*masa*) se tasser; (*arroz*) se coller; (*prenda*) rétrécir
apenar *vt* peiner, faire de la peine à; (AM: *avergonzar*) faire honte à; **~se** *vpr* avoir de la peine; (AM) avoir honte
apenas *adv* à peine, presque pas ♦ *conj* dès que; **~ si podía levantarse** c'est à peine s'il pouvait se lever
apéndice *nm* appendice *m*; **apendicitis** *nf* appendicite *f*
aperitivo *nm* apéritif *m*
aperos *nmpl* (*utensilios*) matériel *msg*; (AGR) matériel agricole
apertura *nf* ouverture *f*; (*de curso*) rentrée *f* (des classes); (*de parlamento*) rentrée parlementaire
apesadumbrar *vt* attrister
apestar *vt* empester ♦ *vi*: **~ (a)** empester; **estar apestado de** être infesté de
apetecer *vt*: **¿te apetece una tortilla?** as-tu envie d'une omelette?; **apetecible** *adj* appétissant(e); (*olor*) agréable; (*objeto*) séduisant(e)
apetito *nm* appétit *m*
apetitoso, -a *adj* alléchant(e)
apiadarse *vpr*: **~ de** s'apitoyer sur
ápice *nm* (*fig*) summum *m*
apilar *vt* empiler
apiñarse *vpr* se presser
apio *nm* céleri *m*
apisonadora *nf* rouleau *m* compresseur
aplacar *vt* apaiser; (*sed*) étancher; (*entusiasmo*) refroidir; **~se** *vpr* s'apaiser; (*entusiasmo*) se refroidir
aplanar *vt* aplanir
aplastante *adj* écrasant(e)
aplastar *vt* écraser

aplatanarse (*fam*) *vpr* se ramollir
aplaudir *vt, vi* applaudir
aplauso *nm* applaudissement *m*
aplazamiento *nm* ajournement *m*
aplazar *vt* (*reunión*) ajourner
aplicación *nf* application *f*; **aplicaciones** *nfpl* applications *fpl*
aplicado, -a *adj* appliqué(e), studieux(-euse)
aplicar *vt* mettre en pratique; (*ley, norma*) appliquer; **~se** *vpr* s'appliquer; **~ (a)** appliquer (à)
aplique *vb ver* **aplicar** ♦ *nm* applique *f*
aplomo *nm* aplomb *m*
apocado, -a *adj* timoré(e)
apoderado *nm* (JUR, COM) mandataire *m*, fondé *m* de pouvoir
apoderarse *vpr*: **~ de** s'emparer de, s'approprier
apodo *nm* surnom *m*
apogeo *nm* apogée *m*
apolillarse *vpr* (*ropa*) être mangé(e) par les mites; (*madera*) être vermoulu(e)
apoltronarse *vpr* se prélasser
apoplejía *nf* apoplexie *f*
aporrear *vt* cogner sur
aportar *vt* (*datos*) fournir; (*dinero*) apporter; **~se** *vpr* (AM) arriver
aposento *nm* appartement *m*
aposta *adv* à dessein, exprès
apostar *vt* (*dinero*) parier; (*tropas*) poster ♦ *vi* parier; **~se** *vpr* se poster; **¿qué te apuestas a que ...?** on parie combien que ...?
apóstol *nm* apôtre *m*
apóstrofo *nm* apostrophe *f*
apoyar *vt* appuyer; **~se** *vpr*: **~se en** s'appuyer *o* reposer sur; **apoyo** *nm* appui *m*; (*fundamento*) fondement *m*
apreciable *adj* appréciable
apreciar *vt* apprécier
aprecio *nm* estime *f*; **tener ~ a/sentir ~ por** avoir/ressentir de l'estime pour
aprehender *vt* (*armas, drogas*) saisir; (*persona*) appréhender
apremiante *adj* pressant(e)
apremiar *vt, vi* presser; **~ a algn a hacer/para que haga** presser qn de faire
aprender *vt, vi* apprendre; **~ de memoria/de carretilla** apprendre par cœur
aprendiz, a *nm/f* apprenti(e); (*recadero*) galopin *m*; **aprendizaje** *nm* apprentissage *m*
aprensión *nm* appréhension *f*
aprensivo, -a *adj* appréhensif(-ive), méfiant(e)
apresar *vt* (*delincuente*) incarcérer; (*contrabando*) saisir; (*soldado*) mettre aux arrêts
apresurado, -a *adj* (*decisión*) hâtif(-ive); (*persona*) pressé(e)
apresurarse *vpr* se presser; **~ (a hacer)** se hâter (de faire)
apretado, -a *adj* serré(e); (*estrecho de espacio*) à l'étroit; (*programa*) chargé(e); **íbamos muy ~s en el autobús** nous étions à l'étroit dans l'autobus; **vivir ~** vivre à l'étroit
apretar *vt* serrer; (*labios*) pincer; (*gatillo, botón*) appuyer sur ♦ *vi* (*calor etc*) redoubler; (*zapatos, ropa*) serrer, être trop juste; **~ el paso** presser le pas
apretón *nm*: **~ de manos** poignée *f* de main; **apretones** *nmpl* cohue *fsg*
aprieto *vb ver* **apretar** ♦ *nm* gêne *f*, embarras *msg*; **estar en un ~** être dans l'embarras; **estar en ~s** traverser des moments difficiles
aprisa *adv* vite
aprisionar *vt* (*poner en prisión*) emprisonner; (*sujetar*) serrer
aprobación *nf* approbation *f*
aprobar *vt* (*decisión*) approuver; (*examen, materia*) être reçu(e) à ♦ *vi* (*en examen*) réussir; **~ por mayoría/por unanimidad** approuver à la majorité/à l'unanimité
apropiación *nf* appropriation *f*
apropiado, -a *adj* approprié(e)
apropiarse *vpr*: **~ de** s'approprier, s'emparer de
aprovechado, -a *adj* (*estudiante*) appliqué(e); (*día, viaje*) bien employé(e) ♦ *nm/f* (*pey*: *persona*) profiteur(-euse); **aprovechamiento** *nm* exploitation *f*, utilisation *f*
aprovechar *vt* profiter de; (*tela,*

comida, ventaja) tirer profit de ♦ *vi* progresser; **~se** *vpr*: **~se de** (*pey*) profiter de; **¡que aproveche!** bon appétit!; **~ la ocasión para hacer** profiter de l'occasion pour faire

aproximación *nf* rapprochement *m*; **con ~** par approximation

aproximado, -a *adj* approximatif(-ive)

aproximarse *vpr* (s')approcher

apruebe *etc vb ver* **aprobar**

aptitud *nf*: **~ (para)** aptitude *f* (pour)

apto, -a *adj*: **~ (para)** apte (à), capable (de); (*apropiado*) qui convient (à)

apuesta *nf* pari *m*

apuntador *nm* (TEATRO) souffleur *m*

apuntalar *vt* étayer

apuntar *vt* (*con arma*) viser; (*con dedo*) montrer *o* désigner du doigt; (*datos*) noter; (TEATRO) souffler; **~se** *vpr* (*tanto, victoria*) remporter; (*en lista, registro*) s'inscrire

apunte *nm* croquis *msg*; **~s** *nmpl* (ESCOL) notes *fpl*

apuñalar *vt* poignarder

apurado, -a *adj* (*necesitado*) dans la gêne; (*situación*) difficile, délicat(e); (AM: *con prisa*) pressé(e); **estar ~** (*avergonzado*) être embarrassé(e)

apurar *vt* (*bebida, cigarrillo*) finir; (*recursos*) épuiser; (*persona*: *agobiar*) mettre à bout; (: *causar vergüenza a*) mettre dans l'embarras; **~se** *vpr* s'inquiéter; (*esp* AM: *darse prisa*) se dépêcher

apuro *nm* (*aprieto, vergüenza*) gêne *f*, embarras *msg*; (AM: *prisa*) hâte *f*; **estar en ~s** (*dificultades*) avoir des ennuis; (*falta de dinero*) être dans la gêne

aquejado, -a *adj*: **~ de** (MED) atteint(e) de

aquel, aquella (*mpl* **aquellos**, *fpl* **aquellas**) *adj* ce (cette); (*pl*) ces

aquél, aquélla (*mpl* **aquéllos**, *fpl* **aquéllas**) *pron* celui-là (celle-là); (*pl*) ceux-là (celles-là)

aquello *pron* cela; **~ que hay allí** ce qu'il y a là-bas

aquí *adv* ici; **~ abajo/arriba** en bas/là-haut; **~ mismo** ici même; **de ~ en adelante** désormais; **de ~ a siete días** d'ici sept jours; **hasta ~** jusqu'ici; **por ~** par ici

aquietar *vt* apaiser

árabe *adj* arabe ♦ *nm/f* Arabe *m/f* ♦ *nm* (LING) arabe *m*

Arabia *nf* Arabie *f*; **~ Saudí** *o* **Saudita** Arabie saoudite

arado *nm* charrue *f*

Aragón *nm* Aragon *m*

aragonés, -esa *adj* aragonais(e) ♦ *nm/f* Aragonais(e) ♦ *nm* (LING) aragonais *msg*

arancel *nm* (*tb*: **~ de aduanas**) tarif *m* douanier

arandela *nf* rondelle *f*; (*de vela*) bobèche *f*

araña *nf* araignée *f*; (*lámpara*) lustre *m*

arañar *vt* (*herir*) griffer; (*raspar*) érafler; **~se** *vpr* s'égratigner

arañazo *nm* égratignure *f*

arar *vt* labourer

aras *nfpl* (*beneficio*): **en ~ de** au nom de

arbitraje *nm* arbitrage *m*

arbitrar *vt* arbitrer ♦ *vi* arbitrer

arbitrariedad *nf* arbitraire *m*

arbitrario, -a *adj* arbitraire

arbitrio *nm* **quedar al ~ de algn** dépendre de la volonté de qn

árbitro, -a *nm/f* arbitre *m*

árbol *nm* (BOT, TEC) arbre *m*; (NÁUT) mât *m*; **~ de Navidad** arbre de Noël

arbolado, -a *adj* boisé(e) ♦ *nm* bois *msg*

arboleda *nf* bois *msg*, bosquet *m*

arbusto *nm* arbuste *m*

arca *nf* coffre *m*

arcada *nf* arcade *f*; **~s** *nfpl* (MED) nausées *fpl*

arcaico, -a *adj* archaïque

arce *nm* érable *m*

arcén *nm* (*de autopista*) accotement *m*; (*de carretera*) bas-côté *m*

archipiélago *nm* archipel *m*

archivador *nm* classeur *m*

archivar *vt* archiver; **archivo** *nm* archives *fpl*

arcilla *nf* argile *f*

arco *nm* arc *m*; (MÚS) archet *m*; (AM:

DEPORTE) but *m*; ~ **iris** arc-en-ciel *m*

arder *vi* brûler; **estar que arde** (*fam*) bouillir de rage

ardid *nm* ruse *f*

ardiente *adj* ardent(e)

ardilla *nf* écureuil *m*

ardor *nm* ardeur *f*; **con ~** (*fig*) avec ardeur; ~ **de estómago** brûlures *fpl* d'estomac

arduo, -a *adj* ardu(e)

área *nf* (*zona*) surface *f*; (*medida*) are *m*; (DEPORTE) zone *f*

arena *nf* sable *m*; **~s movedizas** sables mouvants

arenal *nm* étendue *f* de sable

arengar *vt* haranguer

arenisca *nf* grès *msg*

arenoso, -a *adj* sablonneux(-euse)

arenque *nm* hareng *m*

argamasa *nf* mortier *m*

Argel *n* Alger *m*; **Argelia** *nf* Algérie *f*

argelino, -a *adj* algérien(ne) ♦ *nm/f* Algérien(ne)

Argentina *nf* Argentine *f*

argentino, -a *adj* argentin(e) ♦ *nm/f* Argentin(e)

argolla *nf* anneau *m*; (AM: *anillo de matrimonio*) alliance *f*

argot (*pl* **~s**) *nm* argot *m*

argucia *nf* argutie *f*

argüir *vt* arguer ♦ *vi* argumenter; **~ que** (*alegar*) arguer que; (*deducir*) déduire que

argumentación *nf* argumentation *f*

argumentar *vt* argumenter; (*deducir*) déduire; **~ que** (*alegar*) avancer que

argumento *nm* argument *m*; (CINE, TV) scénario *m*

aria *nf* aria *f*

aridez *nf* aridité *f*

árido, -a *adj* aride; **áridos** *nmpl* (AGR) grains *mpl*

Aries *nm* (ASTROL) Bélier *m*; **ser ~** être (du) Bélier

arisco, -a *adj* (*persona*) bourru(e)

aristocracia *nf* aristocratie *f*

aristócrata *nm/f* aristocrate *m/f*

aritmética *nf* arithmétique *f*

arma *nf* arme *f*; **~s** *nfpl* (MIL) armes *fpl*; **~ blanca** (*cuchillo*) arme blanche; (*espada*) épée *f*; **~ de doble filo** (*fig*) arme à double tranchant; **~ de fuego** arme à feu

armada *nf* marine *f* de guerre; (*flota*) flotte *f*

armadillo *nm* tatou *m*

armado, -a *adj* armé(e)

armador *nm* (NÁUT: *dueño*) armateur *m*

armadura *nf* (MIL) armure *f*; (TEC, FÍS) armature *f*; (*tejado*) charpente *f*; (*de gafas*) monture *f*

armamento *nm* armement *m*

armar *vt* armer; (MEC, TEC) monter; (*ruido, escándalo*) faire, provoquer; **~se** *vpr*: **~se (con/de)** s'armer (de); **~la** faire un esclandre; **~se un lío** s'arracher les cheveux

armario *nm* armoire *f*; **~ de cocina** garde-manger *m inv*; **~ empotrado** placard *m*

armatoste *nm* (*fam*) monument *m*

armazón *nf, nm* armature *f*; (ARQ) échafaudage *m*; (AUTO) châssis *msg*

armería *nf* (*tienda*) armurerie *f*

armiño *nm* hermine *f*; **de ~** d'hermine

armisticio *nm* armistice *m*

armonía *nf* harmonie *f*

armónica *nf* harmonica *m*

armonioso, -a *adj* harmonieux(-euse)

armonizar *vt* harmoniser ♦ *vi*: **~ con** (*fig*) être en harmonie avec

arneses *nmpl* (*para caballerías*) harnais *mpl*

aro *nm* cercle *m*, anneau *m*; (*juguete*) cerceau *m*; (AM: *pendiente*) anneau

aroma *nm* arôme *m*, parfum *m*

aromático, -a *adj* aromatique

arpa *nf* harpe *f*

arpía *nf* (*fig*) harpie *f*, mégère *f*

arpillera *nf* serpillière *f*

arpón *nm* harpon *m*

arquear *vt* fléchir; **~se** *vpr* fléchir

arqueología *nf* archéologie *f*

arqueólogo, -a *nm/f* archéologue *m/f*

arquetipo *nm* archétype *m*

arquitecto, -a *nm/f* architecte *m/f*; **arquitectura** *nf* architecture *f*

arrabal *nm* faubourg *m*; (*barrio bajo*) bas quartiers *mpl*; **~es** *nmpl* (*afueras*) faubourgs *mpl*

arraigado, -a *adj* enraciné(e)
arraigar *vi* prendre racine; (*ideas, costumbres*) s'enraciner, prendre racine; (*persona*) s'installer, s'établir; **~se** *vpr* (*costumbre*) s'enraciner, prendre racine; (*persona*) s'installer, s'établir
arrancar *vt* arracher; (*árbol*) déraciner; (*carteles, colgaduras*) retirer; (*esparadrapo*) enlever; (AUTO) mettre en marche; (INFORM) démarrer ♦ *vi* (AUTO, *máquina*) démarrer; **~ de raíz** déraciner
arranque *vb ver* **arrancar** ♦ *nm* (AUTO) démarrage *m*; (*fig*: *arrebato*) élan *m*
arrasar *vi* (*fig*) faire un triomphe *o* tabac (*fam*)
arrastrado, -a *adj* misérable; (AM: *servil*) servile
arrastrar *vt* traîner; (*suj*: *agua, viento, tb fig*) entraîner ♦ *vi* traîner; **~se** *vpr* se traîner; **llevar algo arrastrando** traîner qch depuis longtemps
arrastre *nm* remorquage *m*
arre *excl* hue!
arrear *vt* exciter; (*fam*) flanquer
arrebatado, -a *adj* emporté(e), impétueux(-euse); (*cara*) congestionné(e); (*color*) vif (vive)
arrebatar *vt* arracher; **~se** *vpr* s'emporter
arrebato *nm* emportement *m*; **~ de cólera/entusiasmo** élan *m o* mouvement *m* de colère/ d'enthousiasme
arrecife *nm* récif *m*; (*tb*: **~ de coral**) récif de corail
arredrarse *vpr*: **~ (por** *o* **ante algo)** s'effrayer (de qch)
arreglado, -a *adj* (*persona*) soigné(e); (*vestido*) impeccable; (*habitación*) ordonné(e), en ordre
arreglar *vt* ranger, mettre en ordre; (*persona*) préparer; (*algo roto*) réparer, arranger; (*problema*) régler; (*entrevista*) fixer; **~se** *vpr* s'arranger, se régler; (*acicalarse*) se pomponner; **arreglárselas** (*fam*) se débrouiller, s'en sortir; **~se el pelo/las uñas** s'arranger les cheveux/se faire les ongles
arreglo *nm* rangement *m*, ordre *m*; (*acuerdo*) arrangement *m*, accord *m*; (MÚS) arrangement; (*de algo roto*) réparation *f*; (*de persona*) toilette *f*, soin *m*; **con ~ a** conformément à
arrellanarse *vpr*: **~ en** (*sillón*) se carrer *o* se prélasser dans
arremangar *vt* relever, retrousser; **~se** *vpr* retrousser ses manches
arremeter *vi*: **~ contra** se jeter à l'assaut de, fondre sur
arrendamiento *nm* location *f*; (*contrato*) bail *m*; (*precio*) loyer *m*; **arrendar** *vt* louer
arrendatario, -a *nm/f* locataire *m/f*
arreos *nmpl* harnais *msg*
arrepentimiento *nm* repentir *m*
arrepentirse *vpr*: **~ (de)** se repentir (de); **~ de haber hecho algo** se repentir d'avoir fait qch
arrestar *vt* arrêter; (MIL) mettre aux arrêts
arresto *nm* arrestation *f*; (MIL) arrêts *mpl*; **arrestos** *nmpl* (*audacia*) audace *fsg*; **arresto domiciliario** assignation *f* à domicile
arriar *vt* amener

PALABRA CLAVE

arriba *adv* **1** (*posición*) en haut; **allí arriba** là-haut; **el piso de arriba** l'appartement du dessus; **la parte de arriba** le haut; **desde arriba** d'en haut; **arriba del todo** tout en haut; **Juan está arriba** Juan est en haut; **lo arriba mencionado** ce qui est mentionné ci-dessus
2 (*dirección*): **ir calle arriba** remonter la rue; **río arriba** en amont
3: **mirar a algn de arriba abajo** regarder qn de haut en bas
♦ *prep*: **arriba de** (AM) sur, au-dessus de; **arriba de 200 pesetas** plus de 200 pesetas
♦ *excl*: **¡arriba!** (*¡levanta!*) debout!; (*ánimo*) courage!; **¡manos arriba!** haut les mains!; **¡arriba España!** vive l'Espagne!

arribar *vi* arriver
arribista *nm/f* arriviste *m/f*
arriendo *vb ver* **arrendar** ♦ *nm* =

arrendamiento
arriero *nm* muletier *m*
arriesgado, -a *adj* (*peligroso*) risqué(e), hasardeux(-euse); (*audaz: persona*) audacieux(-euse)
arriesgar *vt*, **arriesgarse** *vpr* risquer; **~se a hacer algo** se risquer à faire qch
arrimar *vt* (*acercar*): **~ a** approcher de; (*dejar de lado*) abandonner, laisser tomber; **~se** *vpr*: **~se a** (*acercarse*) s'approcher de; (*apoyarse*) s'appuyer sur
arrinconar *vt* (*algo viejo*) mettre dans un coin, mettre au rebut; (*enemigo*) acculer
arrodillarse *vpr* s'agenouiller
arrogancia *nf* arrogance *f*; **arrogante** *adj* arrogant(e)
arrojar *vt* (*piedras*) jeter; (*pelota*) lancer; (*basura*) jeter, déverser; (*humo*) cracher; (*persona*) chasser, mettre dehors; (COM) totaliser; **~se** *vpr* se jeter
arrojo *nm* hardiesse *f*
arrollador, a *adj* (*éxito*) retentissant(e); (*fuerza*) irrésistible; (*mayoría*) écrasant(e)
arrollar *vt* (*suj: vehículo*) renverser; (DEPORTE) écraser
arropar *vt* couvrir; **~se** *vpr* se couvrir
arroyo *nm* ruisseau *m*; (*de la calle*) caniveau *m*
arroz *nm* riz *m*; **~ blanco** (CULIN) riz blanc; **~ con leche** riz au lait
arruga *nf* ride *f*; (*en ropa*) pli *m*
arrugar *vt* (*piel*) rider; (*ropa, papel*) froisser; (*ceño, frente*) froncer; **~se** *vpr* se rider; (*ropa*) se froisser
arruinar *vt* ruiner; **~se** *vpr* se ruiner
arrullar *vt* bercer
arsenal *nm* (MIL) arsenal *m*; (NÁUT) chantier *m* naval
arsénico *nm* arsenic *m*
arte *nm* (*gen m en sg y siempre f en pl*) art *m*; (*maña*) don *m*; **por amor al ~** pour l'amour de l'art; **por ~ de magia** comme par enchantement; **Bellas A~s** Beaux-Arts *mpl*
artefacto *nm* engin *m*, machine *f*
arteria *nf* artère *f*
artesanía *nf* artisanat *m*; **de ~** artisanal(e)
artesano, -a *nm/f* artisan(e)
ártico, -a *adj* arctique ♦ *nm*: **el Á~** l'Arctique *m*
articulación *nf* articulation *f*
articulado, -a *adj* articulé(e)
articular *vt* articuler
artículo *nm* article *m*; **~s** *nmpl* (COM) articles *mpl*; **~s de escritorio/tocador** articles de bureau/toilette
artífice *nm/f* (*fig*) auteur *m*
artificial *adj* artificiel(le); (*fig*) artificiel(le), forcé(e)
artificio *nm* appareil *m*, engin *m*; (*truco*) artifice *m*
artillería *nf* artillerie *f*
artilugio *nm* engin *m*
artimaña *nf* (*ardid*) stratagème *m*
artista *nm/f* artiste *m/f*; **~ de cine** artiste de cinéma; **~ de teatro** comédien(ne)
artístico, -a *adj* artistique
artritis *nf* arthrite *f*
arveja (AM: *guisante*) *nf* pois *msg*
arzobispo *nm* archevêque *m*
as *nm* as *m*; **ser un ~ (de)** (*fig*) être un as (de)
asa *nf* anse *f*
asado *nm* (*carne*) rôti *m*; (CSUR: *barbacoa*) barbecue *m*
asaduras *nfpl* (CULIN) abats *mpl*
asalariado, -a *adj, nm/f* salarié(e)
asaltador, a, asaltante *nm/f* assaillant(e)
asaltar *vt* (*banco etc*) attaquer; (*persona, fig*) assaillir; (MIL) prendre d'assaut; **asalto** *nm* (*a banco*) hold-up *m inv*; (*a persona*) agression *f*; (MIL) assaut *m*; (BOXEO) round *m*
asamblea *nf* (*corporación*) assemblée *f*, rassemblement *m*; (*reunión*) assemblée
asar *vt* rôtir (*au four*), griller (*au feu de bois, au grill*); **~se** *vpr* (*fig*) cuire
asbesto *nm* asbeste *m*
ascendencia *nf* ascendance *f*; **de ~ francesa** d'origine française; **tener ~ sobre algn** avoir de l'ascendant sur qn
ascender *vi* monter; (*en puesto de trabajo*) monter en grade ♦ *vt* faire monter; **~ a** s'élever à;

ascendiente *nm* ascendant *m*; **ascendientes** *nmpl* ascendants *mpl*
ascensión *nf* ascension *f*; **la A~** (*REL*) l'Ascension
ascenso *nm* promotion *f*
ascensor *nm* ascenseur *m*
ascético, -a *adj* ascétique
asco *nm*: **¡qué ~!** (que) c'est dégoûtant!; **el ajo me da ~** j'ai horreur de l'ail; **estar hecho un ~** être dégoûtant(e); **ser un ~** (*clase, libro*) être nul(le); (*película*) être un navet
ascua *nf* braise *f*; **estar en** *o* **sobre ~s** être sur des charbons ardents
aseado, -a *adj* (*persona*) impeccable, bien mis(e); (*casa*) impeccable
asear *vt* (*casa*) arranger; **~se** *vpr* (*persona*) s'arranger, faire sa toilette
asediar *vt* assiéger; (*fig*) assaillir; **asedio** *nm* siège *m*
asegurado, -a *adj, nm/f* assuré(e)
asegurar *vt* assurer; (*cuerda, clavo*) fixer; (*maleta*) bien fermer; (*afirmar*) assurer, certifier; (*garantizar*) garantir; **~se** *vpr*: **~se (contra)** (*COM*) s'assurer (contre), prendre une assurance (contre)
asemejarse *vpr*: **~ a** ressembler à
asentado, -a *adj* sensé(e); **estar ~ en** être situé(e) dans *o* sur; (*persona*) être établi(e) à
asentar *vt* (*instalar*) installer; (*asegurar*) assurer; **~se** *vpr* (*persona*) s'établir; (*líquido, polvo*) se déposer
asentir *vi* acquiescer; **~ con la cabeza** acquiescer d'un signe de tête
aseo *nm* hygiène *f*, toilette *f*; **~s** *nmpl* (*servicios*) toilettes *fpl*
aséptico, -a *adj* aseptique
asequible *adj* (*precio*) abordable; (*persona*) accessible, abordable; **~ a** (*comprensible*) accessible à, à la portée de
aserrar *vt* scier
asesinar *vt* assassiner; **asesinato** *nm* assassinat *m*
asesino *nm* assassin *m*
asesor, a *nm/f* conseiller(-ère), consultant(e)
asesorar *vt* (*JUR, COM*) conseiller; **~se** *vpr*: **~se con** *o* **de** prendre conseil de; **asesoría** *nf* (*cargo*) conseil *m*; (*oficina*) cabinet *m* d'expert-conseil
asestar *vt* (*golpe*) assener; (*tiro*) envoyer
asfalto *nm* bitume *m*
asfixia *nf* asphyxie *f*
asfixiar *vt* (*suj*: *persona*) asphyxier; (: *calor*) étouffer; **~se** *vpr* être asphyxié(e), être étouffé(e); **~se de calor** étouffer de chaleur
asgo *etc vb ver* **asir**
así *adv* (*de esta manera*) ainsi; (*aunque*) même si; **~ de grande** grand(e) comme ça; **~ llamado** soi-disant, prétendu; **y ~ sucesivamente** et ainsi de suite; **~ y todo** malgré tout; **¿no es ~?** n'est-ce pas (vrai)?; **mil pesetas o ~** à peu près mille pesetas; **~ como** (*también*) ainsi que, de même que; **~ pues** ainsi donc; **~ que** (*en cuanto*) dès que; (*por consiguiente*) donc
Asia *nf* Asie *f*
asiático, -a *adj* asiatique ♦ *nm/f* Asiatique *m/f*
asidero *nm* anse *f*
asiduidad *nf* assiduité *f*
asiduo, -a *adj* assidu(e) ♦ *nm/f* habitué(e)
asiento *vb ver* **asentar**; **asentir** ♦ *nm* siège *m*; (*de silla etc*) assise *f*; (*de cine, tren*) place *f*; (*COM*) inscription *f*; **~ delantero/trasero** siège avant/arrière
asignación *nf* attribution *f*; (*paga*) traitement *m*
asignar *vt* assigner; (*cantidad*) allouer, attribuer
asignatura *nf* matière *f*, discipline *f*
asilado, -a *nm/f* (*POL*) réfugié(e) politique; (*en asilo de ancianos*) pensionnaire *m/f*
asilo *nm* asile *m*; **pedir/dar ~ a algn** demander/donner asile à qn; **~ político** asile politique
asimilación *nf* assimilation *f*
asimilar *vt* assimiler; **~se** *vpr*: **~se a** s'assimiler à
asimismo *adv* tout autant, pareillement

asir *vt* saisir; **~se** *vpr*: **~se a** *o* **de** se saisir de, s'accrocher à
asistencia *nf* assistance *f*; (*tb*: **~ médica**) soins *mpl* médicaux; **~ social/técnica** assistance sociale/technique
asistenta *nf* femme *f* de ménage
asistente *nm/f* assistant(e); **los asistentes** les assistants; **asistente social** employé(e) des services sociaux; (*mujer*) assistante sociale
asistido, -a *adj* (AUTO: *dirección*) assisté(e); **~ por ordenador** assisté par ordinateur
asistir *vt* (MED) assister, soigner; (*ayudar*) assister, secourir ♦ *vi*: **~ (a)** assister (à)
asma *nf* asthme *m*
asno *nm* âne *m*
asociación *nf* association *f*; **~ de ideas** association d'idées
asociado, -a *adj, nm/f* associé(e)
asociar *vt* associer; **~se** *vpr*: **~se (a)** s'associer (à)
asolar *vt* dévaster, ravager
asomar *vt* sortir, mettre dehors ♦ *vi* (*sol*) poindre, se montrer; (*barco*) apparaître; **~se** *vpr*: **~se a** *o* **por** se montrer à, se mettre à
asombrar *vt* (*causar asombro*) étonner; (*causar admiración*) stupéfier; **~se** *vpr*: **~se (de)** (*sorprenderse*) s'étonner (de);
asombro *nm* (*sorpresa*) étonnement *m*, stupéfaction *f*
asombroso, -a *adj* étonnant(e), stupéfiant(e)
asomo *nm* signe *m*, ombre *f*; **ni por ~** pas le moins du monde, en aucune manière
aspa *nf* croix *fsg* de Saint André; (*de molino*) aile *f*
aspaviento *nm* gestes *mpl* outranciers; **hacer ~s** faire des simagrées
aspecto *nm* aspect *m*, air *m*; (*de salud*) mine *f*; (*fig*) aspect; **tener buen/mal ~** (*persona*) avoir bonne/mauvaise mine
aspereza *nf* rugosité *f*; (*de terreno, carácter*) aspérité *f*
áspero, -a *adj* rugueux(-euse); (*sabor*) âpre
aspersión *nf* aspersion *f*; **riego por ~** arrosage par aspersion
aspiración *nf* aspiration *f*
aspirador *nm* = **aspiradora**
aspiradora *nf* aspirateur *m*
aspirante *nm/f* candidat(e)
aspirar *vt* aspirer ♦ *vi*: **~ a (hacer)** aspirer à (faire)
aspirina *nf* aspirine *f*
asquear *vt* écœurer; **~se** *vpr*: **~se (de)** être dégoûté(e) (de)
asqueroso, -a *adj, nm/f* dégoûtant(e)
asta *nf* hampe *f*; **~s** *nfpl* (ZOOL) bois *mpl*; **a media ~** en berne
asterisco *nm* astérisque *m*
astigmatismo *nm* astigmatisme *m*
astilla *nf* éclat *m*; (*de leña*) écharde *f*; (*de hueso*) esquille *f*; **~s** *nfpl* (*para fuego*) petit bois *m*
astilleros *nmpl* chantier *m* naval; (*de la Armada*) arsenal *m*
astringente *adj* astringent(e) ♦ *nm* astringent *m*
astro *nm* astre *m*
astrología *nf* astrologie *f*
astronauta *nm/f* astronaute *m/f*
astronave *nf* astronef *m*
astronomía *nf* astronomie *f*
astrónomo, -a *nm/f* astronome *m/f*
astucia *nf* astuce *f*
astuto, -a *adj* astucieux(-euse); (*taimado*) rusé(e)
asumir *vt* assumer
asunción *nf* prise *f* de possession; **la A~** l'Assomption *f*
asunto *nm* (*tema*) sujet *m*; (*negocio*) affaire *f*
asustar *vt* faire peur à; (*ahuyentar*) mettre en fuite; **~se** *vpr*: **~se (de** *o* **por)** avoir peur (de)
atacar *vt* attaquer; (*teoría*) s'attaquer à
atadura *nf* attache *f*, lien *m*; (*impedimento*) entrave *f*, lien
atajar *vt* (*interrumpir*) couper court à, interrompre; (*cortar el paso a*) barrer la route à; (*enfermedad*) enrayer; (*riada, sublevación*) endiguer; (*incendio*) maîtriser ♦ *vi* prendre un raccourci
atajo *nm* raccourci *m*; (DEPORTE)

plaquage *m*

atañer *vi*: **~ a** (*persona*) concerner; (*gobierno*) incomber à

ataque *vb ver* **atacar** ♦ *nm* (*MIL*) attaque *f*, raid *m*; (*MED*) attaque; (*de ira, nervios, risa*) crise *f*; **~ cardíaco** crise cardiaque

atar *vt* attacher, ligoter; **~se** *vpr* (*zapatos*) attacher; (*corbata*) nouer; **~ cabos** déduire par recoupements

atardecer *vi*: **atardece a las 8** la nuit tombe à 8 h ♦ *nm* tombée *f* du jour; **al ~** à la tombée du jour

atareado, -a *adj* affairé(e)

atascar *vt* boucher; **~se** *vpr* se boucher; (*coche*) s'embourber; (*motor*) se gripper; (*fig*: *al hablar*) bafouiller; **atasco** *nm* obstruction *f*; (*AUTO*) bouchon *m*

ataúd *nm* cercueil *m*, bière *f*

ataviar *vt* parer; **~se** *vpr* se parer

atavío *nm* toilette *f*

atemorizar *vt* faire peur à; **~se** *vpr*: **~se (de** *o* **por)** s'effrayer (de)

Atenas *n* Athènes

atención *nf* attention *f* ♦ *excl* attention!; **atenciones** *nfpl* (*amabilidad*) attentions *fpl*, égards *mpl*; **llamar la ~ a algn** (*despertar curiosidad*) attirer l'attention de qn; (*reprender*) rappeler qn à l'ordre; **prestar ~** prêter attention

atender *vt* (*consejos*) tenir compte de; (*enfermo, niño*) s'occuper de, soigner; (*petición*) accéder à ♦ *vi*: **~ a** se soucier de; **~ al teléfono** répondre au téléphone; **~ a la puerta** aller ouvrir la porte

atenerse *vpr*: **~ a** s'en tenir à; **~ a las consecuencias** penser aux conséquences

atentado *nm* attentat *m*; (*delito*) atteinte *f*, attentat; **~ contra la vida de algn** attentat à la vie de qn; **~ contra el pudor** attentat à la pudeur

atentamente *adv* attentivement; **le saluda ~** (*en carta*) recevez mes salutations distinguées

atentar *vi*: **~ a** *o* **contra** (*seguridad*) attenter à; (*moral, derechos*) porter atteinte à; **~ contra** (*POL*) attenter à la vie de, commettre un attentat contre

atento, -a *adj* attentif(-ive); (*cortés*) attentionné(e); **~ a** attentif(-ive) à

atenuar *vt* atténuer; **~se** *vpr* s'atténuer

ateo, -a *adj, nm/f* athée *m/f*

aterido, -a *adj*: **~ de frío** transi(e)

aterrador, a *adj* épouvantable, effroyable

aterrar *vt* effrayer; **~se** *vpr*: **~se de** *o* **por** être terrifié(e) par

aterrizaje *nm* (*AVIAT*) atterrissage *m*; **~ forzoso** atterrissage forcé

aterrizar *vi* atterrir

aterrorizar *vt* terroriser; **~se** *vpr*: **~se (de** *o* **por)** être terrorisé(e) (par)

atesorar *vt* amasser; (*fig*) accumuler

atestado, -a *adj* entêté(e) ♦ *nm* (*JUR*) procès-verbal *m*

atestar *vt* envahir; (*JUR*) attester

atestiguar *vt* (*JUR*) témoigner; (*fig*: *dar prueba de*) témoigner de

atiborrar *vt* envahir; **~se** *vpr*: **~se (de)** se gaver (de)

ático *nm* attique *m*

atinado, -a *adj* approprié(e); (*sensato*) sensé(e)

atinar *vi* viser juste; (*fig*) deviner juste; **~ con** *o* **en** (*solución*) trouver

atisbar *vt* épier; (*vislumbrar*) percevoir

atizar *vt* (*fuego, fig*) attiser; (*fam*: *golpe*) flanquer

atlántico, -a *adj* atlantique ♦ *nm*: **el (Océano) A~** l'(océan *m*) Atlantique *m*

atlas *nm* atlas *m*

atleta *nm/f* athlète *m/f*

atlético, -a *adj* (*competición*) d'athlétisme; (*persona*) athlétique; **atletismo** *nm* athlétisme *m*

atmósfera *nf* atmosphère *f*

atolladero *nm* (*fig*) impasse *f*

atómico, -a *adj* atomique

atomizador *nm* atomiseur *m*

átomo *nm* atome *m*

atónito, -a *adj* pantois(e)

atontado, -a *adj* étourdi(e) ♦ *nm/f* abruti(e)

atontar *vt* abrutir; **~se** *vpr* s'abêtir

atormentar *vt* tourmenter, torturer;

~se *vpr* se tourmenter
atornillar *vt* visser
atosigar *vt* empoisonner; **~se** *vpr* être obsédé(e)
atracador, a *nm/f* malfaiteur *m*
atracar *vt* (*NÁUT*) amarrer; (*atacar*) attaquer à main armée ♦ *vi* amarrer; **~se** *vpr*: **~se (de)** se bourrer (de)
atracción *nf* attirance *f*; **atracciones** *nfpl* (*diversiones*) attractions *fpl*; **sentir ~ por** éprouver de l'attirance pour; **centro/punto de ~** centre *m*/ point *m* d'attraction
atraco *nm* agression *f*; (*en banco*) hold-up *m inv*
atracón *nm*: **darse** *o* **pegarse un ~ (de)** (*fam*) s'empiffrer (de), se bourrer (de)
atractivo, -a *adj* attirant(e) ♦ *nm* attrait *m*
atraer *vt* attirer; **~se** *vpr* s'attirer
atragantarse *vpr*: **~ (con)** s'étrangler (avec); **se me ha atragantado el chico ése** je ne peux pas le voir, celui-là; **se me ha atragantado el inglés** l'anglais et moi, ça fait deux
atrancar *vt* (*puerta*) barricader; (*desagüe*) boucher; **~se** *vpr* (*desagüe*) se boucher; (*mecanismo*) se gripper
atrapar *vt* attraper
atrás *adv* (*posición*) derrière, en arrière; (*dirección*) derrière; **~ de** *prep* (*AM*: *detrás de*) derrière; **años/ meses ~** des années/mois auparavant; **días ~** cela fait des jours et des jours; **asiento/parte de ~** siège *m*/partie *f* arrière; **marcha ~** marche *f* arrière; **ir hacia ~** (*movimiento*) aller en arrière; (*dirección*) aller derrière; **estar ~** être *o* se trouver derrière *o* en arrière; **está más ~** c'est plus loin derrière; (*desdecirse*) se dédire
atrasado, -a *adj* (*pago*) arriéré(e); (*país*) sous-développé(e); (*trabajo*) en retard; **el reloj está** *o* **va ~** la pendule retarde; **poner fecha atrasada a** antidater
atrasar *vi* ♦ *vt* retarder; **~se** *vpr* (*persona*) s'attarder; (*tren*) avoir du retard; (*reloj*) retarder; **atraso** *nm* retard *m*; **atrasos** *nmpl* (*COM*) arriérés *mpl*
atravesar *vt* traverser; (*poner al través*) barrer; **~se** *vpr* se mettre en travers de
atraviese *etc vb ver* **atravesar**
atrayente *adj* alléchant(e)
atreverse *vpr*: **~ a (hacer)** oser (faire)
atrevido, -a *adj* (*audaz*) audacieux(-euse); (*descarado*) insolent(e); (*moda, escote*) osé(e); **atrevimiento** *nm* (*audacia*) audace *f*; (*descaro*) insolence *f*
atribuciones *nfpl* (*POL, ADMIN*) attributions *fpl*
atribuirse *vpr* s'attribuer
atribular *vt* affliger; **~se** *vpr* être affligé(e)
atributo *nm* attribut *m*, apanage *m*
atril *nm* pupitre *m*; (*MÚS*) lutrin *m*
atrocidad *nf* atrocité *f*; **~es** *nfpl* (*disparates*) énormités *fpl*
atropellar *vt* écraser; **~se** *vpr* s'embrouiller; **atropello** *nm* (*AUTO*) collision *f*; (*contra propiedad, derechos*) violation *f*
atroz *adj* atroce; (*frío*) terrible; (*hambre*) de loup; (*sueño*) irrésistible; (*película, comida*) épouvantable
A.T.S. *sigla m/f* (= *Ayudante Técnico Sanitario*) infirmier(-ère)
atto., -a. *abr* (= *atento, a*) dévoué(e)
atuendo *nm* tenue *f*
atún *nm* thon *m*
aturdir *vt* assommer; (*suj*: *ruido*) assourdir; (: *vino*) étourdir; (: *droga*) abrutir; (: *noticia*) laisser sans voix; **~se** *vpr* être assourdi(e); (*por órdenes contradictorias*) être décontenancé(e)
atusarse *vpr* se pomponner
audacia *nf* audace *f*; **audaz** *adj* audacieux(-euse)
audible *adj* audible
audición *nf* audition *f*
audiencia *nf* audience *f*
audífono *nm* audiophone *m*
audiovisual *adj* audio-visuel(le)
auditor *nm* (*JUR*) assesseur *m*; (*COM*) commissaire *m* aux comptes
auditorio *nm* auditoire *m*; (*sala*) auditorium *m*

auge *nm* apogée *m*; (*COM, ECON*) essor *m*
augurar *vt* (*suj*: *hecho*) laisser présager; (: *persona*) prédire
augurio *nm* présage *m*
aula *nf* (*en colegio*) salle *f* de classe, classe *f*; (*en universidad*) salle de cours
aullar *vi* grogner; (*fig*: *viento*) hurler
aullido *nm* hurlement *m*
aumentar *vt* augmenter; (*vigilancia*) redoubler de; (*FOTO*) agrandir ♦ *vi* augmenter; (*vigilancia*) redoubler de; **aumento** *nm* augmentation *f*; (*vigilancia*) redoublement *m*; **en aumento** (*precios*) en hausse
aun *adv* même; **~ así** même ainsi; **~ cuando** même si
aún *adv* (*todavía*) encore, toujours; **~ no** pas encore, toujours pas; **~ más** encore plus; **¿no ha venido ~?** il n'est pas encore arrivé?, il n'est toujours pas arrivé?
aunque *conj* bien que, même si
aúpa *adj*: **de ~** (*fam*: *catarro*) carabiné(e); (: *chica*) bien roulé(e); (: *espectáculo*) sensass
auricular *nm* (*TELEC*) écouteur *m*; **~es** *nmpl* écouteurs *mpl*
aurora *nf* aurore *f*
auscultar *vt* ausculter
ausencia *nf* absence *f*
ausentarse *vpr*: **~ (de)** s'absenter (de)
ausente *adj* absent(e)
auspicio *nm*: **buen/mal ~** bons/ mauvais auspices *mpl*; **~s** *nmpl*: **bajo los ~s de** sous les auspices de
austeridad *nf* (*de vida*) austérité *f*; (*de mirada*) sévérité *f*
austero, -a *adj* austère; (*lenguaje*) dépouillé(e)
austral *adj* austral(e) ♦ *nm* (*AM*: *1985-1991*) austral *m*
Australia *nf* Australie *f*
australiano, -a *adj* australien(ne) ♦ *nm/f* Australien(ne)
Austria *nf* Autriche *f*
austriaco, -a, austríaco, -a *adj* autrichien(ne) ♦ *nm/f* Autrichien(ne)
auténtico, -a *adj* authentique; (*cuero*) véritable; **es un ~ campeón** c'est un vrai champion
auto *nm* (*coche*) auto *f*; (*JUR*) arrêté *m*; **~s** *nmpl* (*JUR*) pièces *fpl* d'un dossier
autoadhesivo, -a *adj* autocollant(e)
autobiografía *nf* autobiographie *f*
autobús *nm* autobus *m*; **~ de línea** car *m*
autocar *nm* autocar *m*
autóctono, -a *adj* autochtone
autodefensa *nf* autodéfense *f*
autodeterminación *nf* autodétermination *f*
autodidacta *adj, nm/f* autodidacte *m/f*
autoescuela *nf* auto-école *f*
autógrafo *nm* autographe *m*
autómata *nm* (*persona*) automate *m*
automático, -a *adj* automatique ♦ *nm* bouton-pression *m*
automotor, -triz *adj* automoteur(-trice) ♦ *nm* automotrice *f*
automóvil *nm* automobile *f*; **automovilismo** *nm* automobilisme *m*; **automovilista** *nm/f* (*conductor*) automobiliste *m/f*
automovilístico, -a *adj* (*industria*) automobile
autonomía *nf* autonomie *f*; (*territorio*) région *f* autonome
autonómico, -a (*ESP*) *adj* (*elecciones*) des communautés autonomes; (*política*) d'autonomie des régions
autónomo, -a *adj* (*POL, INFORM*) autonome
autopista *nf* autoroute *f*; **~ de peaje** autoroute à péage
autopsia *nf* autopsie *f*
autor, a *nm/f* auteur *m*
autoridad *nf* autorité *f*; **~es** *nfpl* (*POL*) autorités *fpl*; **la ~ política/judicial** les autorités politiques/judiciaires; **tener ~ sobre algn** avoir autorité sur qn
autoritario, -a *adj* autoritaire
autorización *nf* autorisation *f*
autorizado, -a *adj* autorisé(e)
autorizar *vt* autoriser; **~ a hacer** autoriser à faire
autoservicio *nm* (*tienda*) libre-service *m*; (*restaurante*) self-service *m*

autostop *nm* auto-stop *m*; **hacer ~** faire de l'auto-stop; **autostopista** *nm/f* auto-stoppeur(-euse)
autovía *nf* route *f* à quatre voies
auxiliar *vt* secourir, venir en aide à ♦ *adj* auxiliaire; (*profesor*) suppléant(e) ♦ *nm/f* auxiliaire *m/f*; **auxilio** *nm* aide *f*, secours *msg*; **primeros auxilios** premiers secours *mpl*
Av. *abr* (= *Avenida*) av. (= *avenue*)
aval *nm* aval *m*
avalancha *nf* avalanche *f*
avance *vb ver* **avanzar** ♦ *nm* (*de tropas*) avance *f*, progression *f*; (*de la ciencia*) progrès *msg*; (*pago*) avance; (*TV*: *de noticias*) flash *m* (d'information); (*del tiempo*) prévisions *fpl* météorologiques
avanzar *vt* avancer ♦ *vi* avancer, progresser; (*proyecto*) avancer; (*alumno*) avancer, faire des progrès
avaricia *nf* avarice *f*
avaricioso, -a *adj* avaricieux(-euse)
avaro, -a *adj*, *nm/f* avare *m/f*
Avda. *abr* (= *Avenida*) av. (= *avenue*)
AVE *sigla m* (= *Alta Velocidad Española*) ≃ TGV *m* (= *train à grande vitesse*)
ave *nf* oiseau *m*; **~ de rapiña** oiseau de proie
avecinarse *vpr* approcher
avellana *nf* noisette *f*; **avellano** *nm* noisetier *m*, coudrier *m*
avemaría *nm* Ave (Maria) *m*
avena *nf* avoine *f*
avenida *nf* avenue *f*; (*de río*) crue *f*
avenirse *vpr* (*personas*) s'entendre; **~ a hacer** consentir à faire
aventajado, -a *adj* remarquable
aventajar *vt*: **~ a algn (en algo)** surpasser qn (en qch)
aventura *nf* aventure *f*
aventurado, -a *adj* aventureux(-euse)
aventurero, -a *adj*, *nm/f* aventurier(-ère)
avergonzar *vt* faire honte à; **~se** *vpr*: **~se de (hacer)** avoir honte de (faire)
avería *nf* (*TEC*) panne *f*, avarie *f*; (*AUTO*) panne
averiguación *nf* enquête *f*; (*descubrimiento*) découverte *f*
averiguar *vt* enquêter sur; (*descubrir*) découvrir
aversión *nf* aversion *f*
avestruz *nm* autruche *f*
aviación *nf* aviation *f*
aviador, a *nm/f* aviateur(-trice)
avidez *nf*: **~ de** *o* **por** empressement *m* à; (*pey*) avidité *f* de
ávido, -a *adj*: **~ de** *o* **por** avide de
avinagrado, -a *adj* aigri(e), revêche; (*voz*) aigre
avión *nm* avion *m*
avioneta *nf* avion *m* léger
avisar *vt* (*ambulancia, fontanero*) appeler; (*médico*) prévenir; **~ (de)** (*advertir*) avertir (de); (*informar*) avertir (de), faire part (de); **aviso** *nm* avis *msg*; **hasta nuevo aviso** jusqu'à nouvel ordre; **sin previo aviso** sans préavis
avispa *nf* guêpe *f*
avispado, -a *adj* éveillé(e)
avispero *nm* guêpier *m*
avituallar *vt* ravitailler
avivar *vt* aviver; (*paso*) presser; **~se** *vpr* se raviver; (*discusión*) s'animer
axila *nf* aisselle *f*
axioma *nm* axiome *m*
ay *excl* aïe!; (*aflicción*) hélas!; **¡~ de mí!** pauvre de moi!
aya *nf* (*institutriz*) gouvernante *f*; (*niñera*) nurse *f*
ayer *adv* hier; **antes de ~** avant-hier
ayote (*MÉX*: *calabaza*) *nm* courge *f*
ayuda *nf* aide *f*
ayudante, -a *nm/f* adjoint(e); (*ESCOL*) assistant(e); (*MIL*) adjudant *m*
ayudar *vt* aider; **~ a algn a hacer algo** aider qn à faire qch
ayunar *vi* jeûner; **ayunas** *nfpl*: **estar en ayunas** être à jeun; **ayuno** *nm* jeûne *m*
ayuntamiento *nm* (*concejo*) municipalité *f*, mairie *f*; (*edificio*) mairie, hôtel *m* de ville
azabache *nm* jais *msg*
azada *nf* houe *f*
azafata *nf* hôtesse *f* de l'air; (*de congreso*) hôtesse d'accueil
azafrán *nm* safran *m*

azahar *nm* fleur *f* d'oranger
azar *nm* (*casualidad*) hasard *m*; **al/por ~** au/par hasard
azoramiento *nm* trouble *m*
azorar *vt* faire honte; **~se** *vpr* se troubler
Azores *nfpl*: **las (Islas) ~** les Açores *fpl*
azotar *vt* fouetter; **azote** *nm* coup *m* de fouet; (*a niño*) fessée *f*; (*fig*) fléau *m*
azotea *nf* terrasse *f*; **andar** *o* **estar mal de la ~** travailler du chapeau
azteca *adj* aztèque ♦ *nm/f* Aztèque *m/f*
azúcar *nm o f* sucre *m*; **~ glaseado** sucre glace
azucarado, -a *adj* sucré(e)
azucarero, -a *adj* (*industria*) sucrier(-ère); (*comercio*) du sucre ♦ *nm* sucrier *m*
azucena *nf* lys *m*
azufre *nm* soufre *m*
azul *adj* bleu(e) ♦ *nm* bleu *m*; **~ celeste/marino** bleu ciel/marine
azulejo *nm* carreau *m* (*au mur*)
azuzar *vt* exciter

B, b

B.A. *abr* = **Buenos Aires**
baba *nf* bave *f*; **caérsele la ~ a algn** (*fig*) baver d'admiration
babero *nm* bavoir *m*
babor *nm*: **a** *o* **por ~** à bâbord
baboso, -a (*AM*: *fam*) *adj, nm/f* idiot(e), imbécile *m/f*
baca *nf* (*AUTO*) galerie *f*
bacalao *nm* morue *f*
bache *nm* nid *m* de poule; (*fig*) crise *f* passagère
bachillerato *nm* baccalauréat *m*
bacteria *nf* bactérie *f*
báculo *nm* (*bastón*) canne *f*
bádminton *nm* badminton *m*
bagaje *nm* (*de ejército*) barda *m*
Bahama *nfpl*: **las (Islas) ~s** les (îles) Bahamas *fpl*
bahía *nf* baie *f*
bailar *vt* danser; (*peonza, trompo*) faire tourner ♦ *vi* danser; (*peonza, trompo*) tourner
bailarín, -ina *nm/f* danseur(-euse)
baile *nm* danse *f*; (*fiesta*) bal *m*; **baile de disfraces** bal masqué; **baile flamenco** flamenco *m*
baja *nf* baisse *f*; (*MIL*) perte *f*; (*empleado*) congédier qn; **darse de ~** (*de trabajo*) démissionner; (*por enfermedad*) se faire porter malade; (*de club*) se retirer
bajada *nf* baisse *f*; (*declive, camino*) pente *f*
bajar *vi* descendre; (*temperatura, precios, calidad*) baisser ♦ *vt* baisser; (*escalera, maletas*) descendre; **~se** *vpr*: **~se de** descendre de; **los coches han bajado de precio** le prix des voitures a baissé
bajeza *nf* bassesse *f*
bajío (*AM*) *nm* banc *m* de sable
bajo, -a *adj* (*persona, animal*) petit(e); (*ojos*) baissé(e); (*sonido*) faible ♦ *adv* bas ♦ *prep* sous; (*en edificio*) rez-de-chaussée *m inv*; **hablar en voz baja** parler à voix basse; **~ la lluvia** sous la pluie
bajón *nm* chute *f*; (*de salud*) aggravation *f*; **dar** *o* **pegar un ~** (*fam*) chuter
bakalao *nm* (*fam*) techno *f*
bala *nf* (*proyectil*) balle *f*; **como una ~** comme l'éclair
balance *nm* (*COM*) bilan *m*; **hacer ~ de** faire le point de
balancear *vt* (*suj*: *viento, olas*) balancer; **~se** *vpr* se balancer; **balanceo** *nm* balancement *m*
balanza *nf* balance *f*; **~ comercial** balance commerciale; **~ de pagos** balance des paiements
balar *vi* bêler
balaustrada *nf* balustrade *f*; (*en escalera*) rampe *f*
balazo *nm* (*disparo*) coup *m* de feu; (*herida*) blessure *f* par balle
balbucear *vi, vt* balbutier; **balbuceo** *nm* balbutiement *m*
balbucir = **balbucear**
balcón *nm* balcon *m*
balde *nm* (*esp AM*) seau *m*; **de ~** gratis; **en ~** en vain
baldío, -a *adj* en friche; (*esfuerzo,*

ruego) vain(e)
baldosa *nf* (*para suelos*) carreau *m*; (*azulejo*) petit carreau en faïence
baldosín *nm* (*de pared*) petit carreau en faïence
Baleares *nfpl*: **las (Islas) ~** les (îles) Baléares *fpl*
balido *nm* bêlement *m*
baliza *nf* (AVIAT, NÁUT) balise *f*
ballena *nf* baleine *f*
ballet (*pl* **~s**) *nm* ballet *m*
balneario, -a *adj*: **estación balnearia** station *f* balnéaire ♦ *nm* station *f* balnéaire
balón *nm* ballon *m*
baloncesto *nm* basket-ball *m*
balonmano *nm* hand-ball *m*
balonvolea *nm* volley-ball *m*
balsa *nf* (NÁUT) radeau *m*; (*charca*) mare *f*
bálsamo *nm* baume *m*
baluarte *nm* (*de muralla*) rempart *m*
bambolearse *vpr* osciller; (*persona*) tituber
bambú *nm* bambou *m*
banana (AM) *nf* banane *f*; **banano** (AM) *nm* bananier *m*
banca *nf* (AM: *asiento*) banc *m*; (COM) banque *f*
bancario, -a *adj* bancaire
bancarrota *nf* faillite *f*; (*fraudulenta*) banqueroute *f*; **hacer** *o* **declararse en ~** faire faillite
banco *nm* banc *m*; (*de carpintero*) établi *m*; (COM) banque *f*; **~ de arena** banc de sable; **~ de crédito** établissement *m* de crédit; **~ de datos** (INFORM) banque de données
banda *nf* bande *f*; (MÚS) fanfare *f*; (*para el pelo*) ruban *m*; **fuera de ~** (DEPORTE) en touche; **~ de sonido** bande sonore; **~ sonora** (CINE) bande son
bandada *nf* (*de pájaros*) volée *f*; (*de peces*) banc *m*
bandazo *nm*: **dar ~s** (*coche*) faire des embardées
bandeja *nf* plateau *m*
bandera *nf* drapeau *m*; **izar (la) ~** hisser les couleurs; **arriar la ~** amener les couleurs; **jurar ~** prêter serment au drapeau
banderilla *nf* (TAUR) banderille *f*
banderín *nm* (*para la pared*) fanion *m*
bandido *nm* bandit *m*
bando *nm* arrêt *m*; (*facción*) faction *f*
bandolera *nf* (*bolso*) cartouchière *f*; **llevar en ~** porter en bandoulière
bandolero *nm* brigand *m*
banquero *nm* banquier *m*
banqueta *nf* banquette *f*; (AM) trottoir *m*
banquete *nm* banquet *m*; **~ de bodas** repas *msg* de noces
banquillo *nm* (JUR) banc *m* des accusés
bañador *nm* maillot *m* de bain
bañar *vt* baigner; **~se** *vpr* se baigner; (*en la bañera*) prendre un bain; **bañado en** baigné(e) de; **~ en** *o* **de** (*de pintura*) enduire de; (*chocolate*) enrober de
bañera *nf* baignoire *f*
bañero *nm* maître-nageur *m*
bañista *nm/f* baigneur(-euse)
baño *nm* bain *m*; (*en río, mar, piscina*) baignade *f*; (*cuarto*) salle *f* de bains; (*bañera*) baignoire *f*; (*capa*) couche *f*; **~ (de) María** bain-marie *m*
bar *nm* bar *m*; **ir de ~es** faire la tournée des bars
barahúnda *nf* tapage *m*
baraja *nf* jeu *m* de cartes; **barajar** *vt* battre; (*fig*) envisager; (*datos*) brasser
baranda, **barandilla** *nf* (*en escalera*) rampe *f*; (*en balcón*) balustrade *f*
baratija *nf* babiole *f*
baratillo *nm* friperie *f*
barato, -a *adj* bon marché *inv* ♦ *adv* bon marché
baraúnda *nf* = **barahúnda**
barba *nf* barbe *f*; (*mentón*) menton *m*; **salir algo a 500 ptas por ~** (*fam*) revenir à 500 pesetas par tête de pipe; **con ~ de tres días** avec une barbe de trois jours
barbacoa *nf* barbecue *m*
barbaridad *nf* atrocité *f*; (*imprudencia, temeridad*) témérité *f*; **come una ~** (*fam*) il mange énormément; **¡qué ~!** (*fam*) quelle horreur!

barbarie *nf* barbarie *f*
bárbaro, -a *adj* barbare; (*fam*: *estupendo*) sensass; (*éxito*) monstre ♦ *nm/f* (*pey*: *salvaje*) barbare *m/f* ♦ *adv*: **lo pasamos ~** (*fam*) ça a été génial; **¡qué ~!** c'est formidable!
barbero *nm* barbier *m*, coiffeur *m*
barbilla *nf* collier *m* (de barbe)
barbo *nm* barbeau *m*
barbotar, **barbotear** *vt, vi* bredouiller
barbudo, -a *adj* barbu(e)
barca *nf* barque *f*; **~ pesquera** barque de pêche; **barcaza** *nf* péniche *f*
Barcelona *n* Barcelone
barcelonés, -esa *adj* barcelonais(e)
barco *nm* bateau *m*; (*buque*) bâtiment *m*; **~ de carga** cargo *m*; **~ de guerra** bateau de guerre; **~ de vela** bateau à voiles
baremo *nm* barème *m*
barítono *nm* baryton *m*
barman *nm inv* barman *m*
barniz *nm* vernis *msg*; **~ de uñas** vernis à ongles; **barnizar** *vt* vernir
barómetro *nm* baromètre *m*
barquero *nm* barreur *m*
barquillo *nm* (*dulce*) cornet *m*
barra *nf* barre *f*; (*de un bar, café*) comptoir *m*; (*de pan*) pain *m* long; **~ de labios** bâton *m* de rouge à lèvres; **~ libre** (*en bar*) boissons *fpl* à volonté
barraca *nf* baraque *f*; (*en feria*) stand *m*
barranco *nm* précipice *m*; (*rambla*) fossé *m*
barrenar *vt* forer
barreno *nm* mine *f*
barrer *vt* balayer; (*niebla, nubes*) dissiper
barrera *nf* barrière *f*; (*obstáculo*) obstacle *m*; **~ del sonido** mur *m* du son
barriada *nf* quartier *m*
barricada *nf* barricade *f*
barrida *nf*, **barrido** *nm* balayage *m*
barriga *nf* panse *f*, ventre *m*; **rascarse** *o* **tocarse la ~** (*fam*) se tourner les pouces; **echar ~** prendre du ventre
barrigón, -ona, barrigudo, -a *adj* bedonnant(e)
barril *nm* baril *m*; **cerveza de ~** bière *f* pression
barrio *nm* quartier *m*; (*en las afueras*) faubourg *m*; **~ chino** quartier des prostituées
barro *nm* boue *f*; (*arcilla*) terre *f* (glaise)
barroco, -a *adj* baroque ♦ *nm* baroque *m*
barrote *nm* (*de ventana etc*) barreau *m*
barruntar *vt* (*conjeturar*) deviner; (*presentir*) pressentir
bartola: **a la ~** *adv*: **tirarse** *o* **tumbarse a la ~** prendre ses aises
bártulos *nmpl* attirail *m*
barullo *nm* tohu-bohu *m inv*; (*desorden*) pagaille *f*
basar *vt*: **~ algo en** (*fig*) fonder qch sur; **~se** *vpr*: **~se en** se fonder sur
báscula *nf* bascule *f*
base *nf* base *f* ♦ *adj* (*color, salario*) de base; **a ~ de** (*mediante*) grâce à; **~ de datos** (INFORM) base de données; **~ de operaciones** base d'opérations; **~ imponible** (FIN) assiette *f* de l'impôt
básico, -a *adj* (*elemento, norma, condición*) de base
basílica *nf* basilique *f*

PALABRA CLAVE

bastante *adj* **1** (*suficiente*) assez de; **bastante dinero** assez d'argent; **bastantes libros** assez de livres
2 (*valor intensivo*): **bastante gente** pas mal de gens
♦ *adv* **1** (*suficiente*) assez; **¿hay bastante?** il y en a assez?; **(lo) bastante inteligente (como) para hacer algo** assez intelligent pour faire qch
2 (*valor intensivo*) assez; **bastante rico** assez riche; **voy a tardar bastante** je serai assez long

bastar *vi* suffire; **¡basta!** ça suffit!; **me basta con 5** 5 me suffisent; **me basta con ir** il me suffit d'aller; **basta (ya) de ...** arrêtez de ...

bastardilla *nf* (*TIP*) italique *m*
bastardo, -a *adj, nm/f* bâtard(e)
bastidor *nm* (*de costura*) métier *m* à broder; **entre ~es** en coulisse
basto, -a *adj* rustre; (*tela*) grossier(-ière); **~s** *nmpl* (*NAIPES*) *l'une des quatre couleurs du jeu de cartes espagnol*
bastón *nm* (*cayado*) canne *f*; (*tb:* **~ de esquí**) bâton de ski
bastoncillo *nm* (*de algodón*) bâtonnet *m*
basura *nf* ordures *fpl*; (*tb:* **cubo de la ~**) boîte *f* à ordures
basurero *nm* (*persona*) éboueur *m*; (*lugar*) décharge *f*
bata *nf* robe *f* de chambre; (*MED, TEC, ESCOL*) blouse *f*
batalla *nf* bataille *f*; **de ~** de tous les jours; **~ campal** bataille rangée
batallar *vi* batailler
batallón *nm* bataillon *m*
batata *nf* (*AM*: *BOT, CULIN*) patate *f* douce
batería *nf* batterie *f* ♦ *nm/f* (*persona*) batteur *m*; **aparcar/estacionar en ~** se garer/stationner en épi; **~ de cocina** batterie de cuisine
batido, -a *adj* (*camino*) battu(e); (*mar*) agité(e) ♦ *nm* (*de chocolate, frutas*) milk-shake *m*
batidora *nf* mixeur *m*
batir *vt* battre ♦ *vi*: **~ (contra)** battre (contre); **~ palmas** battre des mains
batuta *nf* (*MÚS*) baguette *f*; **llevar la ~** mener la danse
baúl *nm* malle *f*
bautismo *nm* (*REL*) baptême *m*
bautizar *vt* baptiser; **bautizo** *nm* baptême *m*
bayeta *nf* (*para limpiar*) chiffon *m* à poussière
bayoneta *nf* baïonnette *f*
baza *nf* (*NAIPES*) pli *m*; (*fig*) atout *m*; **meter ~** mettre son grain de sel
bazar *nm* (*comercio*) bazar *m*
bazofia *nf*: **es una ~** c'est infect
beato, -a *adj, nm/f* (*pey*) bigot(e)
bebé (*pl* **~s**) *nm* bébé *m*
bebedor, a *adj, nm/f* buveur(-euse)
beber *vt, vi* boire
bebida *nf* boisson *f*
bebido, -a *adj* ivre
beca *nf* bourse *f*
becario, -a *nm/f* boursier(-ière)
bedel *nm* (*ESCOL, UNIV*) appariteur *m*
béisbol *nm* base-ball *m*
Belén *n* Bethléem; **belén** *nm* crèche *f*
belga *adj* belge ♦ *nm/f* Belge *m/f*
Bélgica *nf* Belgique *f*
bélico, -a *adj* (*armamento, preparativos*) de guerre; (*conflicto*) armé(e); (*actitud*) belliqueux(-euse)
beligerante *adj* belligérant(e)
belleza *nf* beauté *f*
bello, -a *adj* beau (belle); **Bellas Artes** beaux-arts *mpl*
bellota *nf* gland *m*
bemol *nm* bémol *m*
bencina (*CHI*) *nf* (*gasolina*) essence *f*
bendecir *vt*: **~ la mesa** bénir la table
bendición *nf* bénédiction *f*; **ser una ~** être une bénédiction
bendito, -a *pp de* **bendecir** ♦ *adj* bénit(e) ♦ *nm/f* brave homme/ femme; (*ingenuo*) benêt *m*; **¡~ sea Dios!** Dieu soit loué!
beneficencia *nf* (*tb:* **~ pública**) assistance *f* publique
beneficiar *vt* profiter à
beneficiario, -a *nm/f* bénéficiaire *m/f*
beneficio *nm* (*bien*) bienfait *m*; (*ganancia*) bénéfice *m*; **a/en ~ de** au bénéfice de; **sacar ~ de** tirer profit de
beneficioso, -a *adj* salutaire; (*ECON*) rentable
benéfico, -a *adj* (*organización, festival*) de bienfaisance
benevolencia *nf* bienveillance *f*
benévolo, -a *adj* bienveillant(e)
benigno, -a *adj* bienveillant(e); (*clima*) clément(e); (*resfriado, MED*) bénin (bénigne)
berberecho *nm* coque *f*
berenjena *nf* aubergine *f*
Berlín *n* Berlin
Bermudas *nfpl*: **las (Islas) ~** les (îles) Bermudes *fpl*
bermudas *nfpl o nmpl* bermuda *msg*
berrear *vi* mugir; (*niño*) brailler
berrido *nm* mugissement *m*; (*niño*) braillement *m*

berrinche (*fam*) *nm* petite colère *f*; (*disgusto*) rogne *f*
berro *nm* cresson *m*
berza *nf* chou *m*
besamel *nf* béchamel *f*
besar *vt* embrasser; **~se** *vpr* s'embrasser; **beso** *nm* baiser *m*
bestia *nf* bête *f*; (*fig*) brute *f*; **mala ~** peau de vache; **~ de carga** bête de somme
bestial *adj* (*inhumano*) bestial(e); (*fam*: *calor*) accablant(e); (*error*) aberrant(e); **bestialidad** *nf* bestialité *f*; (*fam*) énormité *f*
besugo *nm* daurade *f*; (*fam*) bourrique *f*
betún *nm* cirage *m*
biberón *nm* biberon *m*
Biblia *nf* Bible *f*
bibliografía *nf* bibliographie *f*
biblioteca *nf* bibliothèque *f*; **~ de consulta** bibliothèque de consultation
bibliotecario, -a *nm/f* bibliothécaire *m/f*
bicarbonato *nm* bicarbonate *m*
bicho *nm* bestiole *f*; (*fam*) bête *f*
bici (*fam*) *nf* vélo *m*
bicicleta *nf* bicyclette *f*
bidé *nm* bidet *m*
bidón *nm* bidon *m*

PALABRA CLAVE

bien *nm* **1** bien *m*; **te lo digo por tu bien** je te le dis pour ton bien; **el bien y el mal** (*moral*) le bien et le mal
2 bienes (*posesiones*) *nmpl* biens *mpl*; **bienes de consumo** biens de consommation; **bienes inmuebles/muebles** biens immeubles/meubles; **bienes raíces** biens-fonds *mpl*
♦ *adv* **1** (*de manera satisfactoria, correcta*) bien; **trabaja/come bien** il travaille/mange bien; **huele bien** cela sent bon; **sabe bien** cela a bon goût; **contestó bien** il a bien répondu; **lo pasamos muy bien** nous nous sommes bien amusés; **hiciste bien en llamarme** tu as bien fait de m'appeler; **no me siento bien** je ne me sens pas bien
2: **estar bien**: **estoy muy bien aquí** je suis très bien ici; **¿estás bien?** ça va (bien)?; **ese libro está muy bien** ce livre est très bien, c'est un très bon livre; **está bien que vengan** c'est bien qu'ils viennent; **¡está bien! lo haré** c'est bon! je le ferai
3 (*de buena gana*): **yo bien que iría pero ...** moi, j'irais bien, mais ...
4 (*ya*): **bien se ve que ...** on voit bien que ...
5: **no quiso o bien no pudo venir** il n'a pas voulu venir, ou plutôt il n'a pas pu
♦ *excl* (*aprobación*) bien!; **¡muy bien!** très bien!
♦ *adj inv* (*matiz despectivo*): **niño bien** fils *msg* de bonne famille; **gente bien** gens *mpl* bien
♦ *conj* **1**: **bien ... bien**: **bien en coche bien en tren** soit en voiture soit en train
2: **no bien** (*esp* AM): **no bien llegue te llamaré** dès que j'arrive, je t'appelle
3: **si bien** si; *ver tb* **más**

bienal *adj* biennal(e)
bienestar *nm* bien-être *m*
bienhechor, a *adj, nm/f* bienfaiteur(-trice)
bienvenida *nf* bienvenue *f*; **dar la ~ a algn** souhaiter la bienvenue à qn
bienvenido, -a *adj*: **~ (a)** bienvenu(e) (à) ♦ *excl* bienvenue!
bife (AM) *nm* bifteck *m*
bifurcación *nf* bifurcation *f*
bifurcarse *vpr* bifurquer
bigamia *nf* bigamie *f*
bigote *nm* (*tb*: **~s**) moustache *f*
bigotudo, -a *adj* moustachu(e)
bikini *nm* bikini *m*
bilateral *adj* bilatéral(e)
bilbaíno, -a *adj* de Bilbao ♦ *nm/f* natif(-ive) *o* habitant(e) de Bilbao
bilingüe *adj* bilingue
billar *nm* billard *m*
billete *nm* billet *m*; (*en autobús, metro*) ticket *m*; **medio ~** billet demi-tarif; **~ de ida** aller *m* simple; **~ de ida y vuelta** aller-retour *m*
billetera *nf*, **billetero** *nm* portefeuille *m*

billón *nm* billion *m*
bimensual *adj* bimensuel(le)
bimotor *adj, nm* bimoteur *m*
bingo *nm* bingo *m*
biodegradable *adj* biodégradable
biodiversidad *nf* biodiversité *f*
biografía *nf* biographie *f*
biología *nf* biologie *f*
biológico, -a *adj* biologique; (*cultivo, producto*) bio(logique)
biólogo, -a *nm/f* biologiste *m/f*
biombo *nm* paravent *m*
biopsia *nf* biopsie *f*
biquini *nm* = **bikini**
Birmania *nf* Birmanie *f*
birria *nf*: **ser una ~** être un(e) rien du tout; (*película*) être un navet; (*libro*) être un torchon
bis *adv* bis; **viven en el 27 ~** ils habitent au 27 bis; **artículo 47 ~** article 47 bis
bisabuelo, -a *nm/f* arrière-grand-père (arrière-grand-mère)
bisagra *nf* charnière *f*
bisiesto, -a *adj ver* **año**
bisnieto, -a *nm/f* arrière-petit-fils (arrière-petite-fille)
bisonte *nm* (*ZOOL*) bison *m*
bisté, **bistec** (*pl* **bistés**) *nm* bifteck *m*
bisturí (*pl* **~es**) *nm* bistouri *m*
bisutería *nf* bijoux *mpl* en toc
bit *nm* (*INFORM*) bit *m*
bizco, -a *adj* qui louche ♦ *nm/f* personne *f* qui louche
bizcocho *nm* biscuit *m*
bizquear *vi* loucher
blanca *nf*: **estar sin ~** être fauché(e)
blanco, -a *adj* blanc (blanche) ♦ *nm/f* (*individuo*) Blanc (Blanche) ♦ *nm* blanc *m*; (*MIL*) cible *f*; **cheque en ~** chèque *m* en blanc; **noche en ~** nuit *f* blanche; **dar en el ~** faire mouche; **quedarse en ~** (*mentalmente*) avoir un trou; **ser el ~ de las burlas** être l'objet des railleries; **~ del ojo** blanc *m* de l'œil
blancura *nf* blancheur *f*
blandir *vt* brandir
blando, -a *adj* mou (molle); (*padre, profesor*) indulgent(e); (*carne, fruta*) tendre; **blandura** *nf* mollesse *f*; (*de padre, profesor*) indulgence *f*
blanquear *vt* blanchir
blanquecino, -a *adj* blanchâtre; (*luz*) blafard(e)
blasfemar *vi*: **~ (contra)** blasphémer (contre); **blasfemia** *nf* blasphème *m*
blasón *nm* blason *m*
bledo *nm*: **(no) me importa un ~** ça ne me fait ni chaud ni froid
blindado, -a *adj* blindé(e); **coche** (*ESP*) o **carro** (*AM*) **~** véhicule *m* blindé
blindaje *nm* blindage *m*
bloc (*pl* **~s**) *nm* bloc-notes *msg*; (*cuaderno*) bloc *m*
bloque *nm* bloc *m*; (*de noticias*) rubrique *f*; **en ~** en bloc
bloquear *vt* bloquer; (*MIL*) faire le blocus de
bloqueo *nm* blocage *m*; (*MIL*) blocus *msg*; **bloqueo mental** blocage
blusa *nf* blouse *f*; (*de mujer*) chemisier *m*
boa *nf* boa *m*
boato *nm* faste *m*
bobada *nf* sottise *f*; **decir ~s** dire des bêtises
bobina *nf* bobine *f*
bobo, -a *adj* (*tonto*) sot (sotte) ♦ *nm/f* sot (sotte); **hacer el ~** faire le pitre
boca *nf* bouche *f*; (*de animal carnívoro, horno*) gueule *f*; (*de vasija*) bec *m*; **~ abajo** sur le ventre; **~ arriba** sur le dos; **hacerle a algn el ~ a ~** faire du bouche à bouche à qn; **se me hace la ~ agua** j'en ai l'eau à la bouche; **quedarse con la ~ abierta** en rester bouche bée; **~ de dragón** (*BOT*) gueule-de-loup *f*; **~ de incendios** bouche d'incendie; **~ de metro** bouche de métro
bocacalle *nf*: **una ~ de la avenida** une rue qui donne dans l'avenue
bocadillo *nm* sandwich *m*
bocado *nm* bouchée *f*; (*mordisco*) coup *m* de dent
bocajarro: **a ~** *adv* à brûle-pourpoint
bocanada *nf* bouffée *f*; (*de líquido*) gorgée *f*
bocata (*fam*) *nm* casse-croûte *m inv*
bocatería *nf* sandwicherie f

boceto *nm* esquisse *f*; (*plano*) ébauche *f*
bochorno *nm* (*vergüenza*) honte *f*; (*calor*): **hace ~** il fait lourd
bochornoso, -a *adj* (*día*) lourd(e); (*situación*) orageux(-euse)
bocina *nf* (AUTO) klaxon *m*; **tocar la ~** klaxonner
boda *nf* (*tb:* **~s**) noce *f*, mariage *m*; (*fiesta*) noce; **~s de oro** noces *fpl* d'or; **~s de plata** noces d'argent
bodega *nf* (*de vino*) cave *f*; (*establecimiento*) marchand *m* de vin; (*de barco*) cale *f*
bodegón *nm* taverne *f*; (ARTE) nature morte *f*
bofe *nm* (*tb:* **~s**: *de res*) mou *m*
bofetada *nf* gifle *f*; **bofetón** *nm* = **bofetada**
boga *nf*: **en ~** en vogue
bogar *vi* ramer
Bogotá *n* Bogota
bohemio, -a *adj, nm/f* bohémien(ne)
boicot (*pl* **~s**) *nm* boycott *m*; **hacer el ~ a** boycotter; **boicotear** *vt* boycotter; **boicoteo** *nm* boycottage *m*
boina *nf* béret *m*
bola *nf* boule *f*; (*canica*) bille *f*; (*pelota*) balle *f*, ballon *m*; (*fam*) bobard *m*; (AM: *rumor*) rumeur *f*; **~s** *nfpl* (AM: CAZA) bolas *fpl*; **~ de billar** boule de billard; **~ de nieve** boule de neige; **~ del mundo** globe *m* terrestre
bolchevique *adj* bolchevique ♦ *nm/f* bolchevik *m/f*
boleadoras (AM) *nfpl* bolas *fpl*
bolera *nf* bowling *m*
boleta (AM) *nf* (*billete*) laissez-passer *m inv*; (*permiso*) bon *m*; (*cédula para votar*) bulletin *m* de vote
boletería (AM) *nf* (*taquilla*) guichet *m*
boletín *nm* bulletin *m*; **~ informativo** *o* **de noticias** informations *fpl*
boleto *nm* billet *m*
boli (*fam*) *nm* stylo *m*
bolígrafo *nm* stylo bille *m*, stylo *m* à bille
bolívar *nm* bolivar *m*
Bolivia *nf* Bolivie *f*
boliviano, -a *adj* bolivien(ne) ♦ *nm/f* Bolivien(ne)
bollería *nf* viennoiserie f
bollo *nm* petit pain *m*; (*de bizcocho*) brioche *f*; (*abolladura*) bosse *f*
bolo *nm* quille *f* ♦ *adj* (CAM, CU, MÉX) ivre, soûl(e); **(juego de) ~s** (jeu *m* de) quilles *fpl*
bolsa *nf* sac *m*, poche *f*; (*tela*) sacoche *f*; (AM: *bolsillo*) poche; **~ de agua caliente** bouillotte *f*; **~ de la compra** panier *m* de la ménagère
bolsillo *nm* poche *f*; **de ~** de poche
bolsista *nm/f* (FIN) agent *m* de change
bolso *nm* sac *m*; (*de mujer*) sac à main
bomba *nf* (MIL) bombe *f*; (TEC) pompe *f* ♦ *adj* (*fam*): **noticia ~** nouvelle *f* sensationnelle ♦ *adv* (*fam*): **pasarlo ~** s'amuser comme un fou *o* des petits fous; **~ atómica** bombe atomique; **~ de agua/de gasolina/ de incendios** pompe à eau/à essence/à incendie; **~ de efecto retardado/de neutrones** bombe à retardement/à neutrons
bombardear *vt* bombarder; **~ a preguntas** bombarder de questions; **bombardeo** *nm* bombardement *m*
bombardero *nm* bombardier *m*
bombear *vt* (*agua*) pomper; (DEPORTE) lober
bombero *nm* pompier *m*
bombilla *nf* ampoule *f*
bombín *nm* pompe *f* à vélo
bombo *nm* (MÚS) grosse caisse *f*; **dar ~ a** (*a persona*) ne pas tarir d'éloges sur; (*asunto*) faire du tam-tam autour de
bombón *nm* (CULIN) crotte *f* de chocolat, chocolat *m*
bombona *nf* bouteille *f*
bonachón, -ona *adj* bon enfant *inv* ♦ *nm/f* bonne pâte *f*
bonanza *nf* (NÁUT) bonace *f*
bondad *nf* bonté *f*; **tenga la ~ de** veuillez avoir l'amabilité de
bondadoso, -a *adj* bon (bonne)
bonificación *nf* bonification *f*
bonito, -a *adj* joli(e) ♦ *nm* (*atún*) thon *m*
bono *nm* bon *m*

bonobús *nm* (*ESP*) *carte de transport (en autobus urbain)*
boquerón *nm* anchois *msg*
boquete *nm* brèche *f*
boquiabierto, -a *adj*: **quedarse ~** en rester bouche bée; **nos dejó ~s** nous sommes restés bouche bée
boquilla *nf* (*para cigarro*) fume-cigarette *m*; (*MÚS*) bec *m*
borbotón *nm*: **salir a borbotones** jaillir à gros bouillons
borda *nf* (*NÁUT*) bord *m*
bordado *nm* broderie *f*
bordar *vt* broder
borde *nm* bord *m*; **al ~ de** (*fig*) au bord de; **ser ~** (*ESP*: *fam*) ne pas se prendre pour n'importe qui; **bordear** *vt* longer
bordillo *nm* (*en acera*) bord *m*; (*en carretera*) accotement *m*
borla *nf* gland *m*; (*para polvos*) houppette *f*
borracho, -a *adj* (*persona*) soûl(e), saoul(e); (: *por costumbre*) ivrogne ♦ *nm/f* (*habitualmente*) ivrogne *m/f*; **bizcocho ~** baba *m* au rhum
borrador *nm* (*de escrito, carta*) brouillon *m*; (*goma*) gomme *f*
borrar *vt* gommer; (*de lista*) barrer; **~se** *vpr* (*de club, asociación*) quitter
borrasca *nf* tempête *f*
borrico, -a *nm/f* âne (ânesse); (*fig*) bourrique *f*
borrón *nm* tache *f* d'encre
borroso, -a *adj* flou(e); (*escritura*) indécis(e)
bosque *nm* bois *msg*, forêt *f*
bosquejo *nm* ébauche *f*, esquisse *f*
bostezar *vi* bâiller; **bostezo** *nm* bâillement *m*
bota *nf* botte *f*; (*de vino*) gourde *f*; **~s de agua** *o* **goma** bottes *fpl* en caoutchouc
botánica *nf* botanique *f*
botánico, -a *adj* botanique ♦ *nm/f* botaniste *m/f*
botar *vt* (*balón*) faire rebondir; (*NÁUT*) lancer, mettre à la mer; (*fam*) mettre à la porte; (*esp AM*: *fam*) jeter, balancer ♦ *vi* (*persona*) bondir; (*balón*) rebondir
bote *nm* bond *m*; (*tarro*) pot *m*; (*lata*) boîte *f* de conserve; (*embarcación*) canot *m*; **de ~ en ~** plein à craquer; **dar un ~** laisser un pourboire; **~ de la basura** (*AM*) poubelle *f*; **~ salvavidas** canot de sauvetage
botella *nf* bouteille *f*; **~ de oxígeno** bouteille d'oxygène
botellín *nm* petite bouteille *f*
botica *nf* pharmacie *f*
boticario, -a *nm/f* pharmacien(ne)
botijo *nm* cruche *f*
botín *nm* (*calzado*) bottine *f*; (*MIL, de atraco, robo*) butin *m*
botiquín *nm* armoire *f* à pharmacie; (*portátil*) trousse *f* à pharmacie; (*enfermería*) infirmerie *f*
botón *nm* bouton *m*; **~ de arranque** (*AUTO*) démarreur *m*; **~ de oro** bouton *m* d'or
botones *nm inv* groom *m*
bóveda *nf* (*ARQ*) voûte *f*; **~ celeste** voûte céleste
boxeador, a *nm/f* boxeur *m*
boxear *vi* boxer
boxeo *nm* boxe *f*
boya *nf* (*NÁUT*) bouée *f*; (*en red*) flotteur *m*
boyante *adj* (*negocio*) prospère
bozal *nm* (*de perro*) muselière *f*
bracear *vi* agiter les bras; (*nadar*) nager la brasse
bracero, -a *nm/f* journalier(-ière)
bragas *nfpl* culotte *f*
bragueta *nf* braguette *f*
braille *nm* braille *m*
bramar *vi* (*toro, viento, mar*) mugir; (*venado*) bramer; (*elefante*) barrir; **bramido** *nm* (*de toro, viento, lluvia*) mugissement *m*; (*del venado*) bramement *m*; (*del elefante*) barrissement *m*; (*de persona*) hurlement *m*
brasa *nf* braise *f*; **a la ~** (*carne, pescado*) braisé(e)
brasero *nm* (*para los pies*) brasero *m*
Brasil *nm* Brésil *m*
brasileño, -a *adj* brésilien(ne) ♦ *nm/f* Brésilien(ne)
braveza *nf* férocité *f*; (*valor*) bravoure *f*
bravío, -a *adj* féroce
bravo, -a *adj* (*soldado*) vaillant(e);

(*animal*: *feroz*) féroce; (: *salvaje*) sauvage; (*toro*) de combat; (*mar*) déchaîné(e); (*terreno*) accidenté(e); (*AM*: *fam*) en colère ♦ *excl* bravo!; **bravura** *nf* (*de persona*) bravoure *f*; (*de animal*) férocité *f*

braza *nf*: **nadar a (la) ~** nager la brasse

brazada *nf* brasse *f*; (*de hierba, leña*) brassée *f*

brazalete *nm* bracelet *m*; (*banda*) brassard *m*

brazo *nm* bras *msg*; **ir del ~** se donner le bras; **tener/llevar en ~s a algn** tenir/prendre qn dans ses bras

brea *nf* brai *m*

brebaje *nm* breuvage *m*

brecha *nf* brèche *f*; (*en la cabeza*) blessure *f*; **hacer** *o* **abrir ~ en** faire impression sur

breva *nf* figue *f* fraîche

breve *adj* (*pausa, encuentro, discurso*) bref (brève); **en ~** d'ici peu; (*en pocas palabras*) en bref; **brevedad** *nf* brièveté *f*

brezal, **brezo** *nm* bruyère *f*

bribón, -ona *nm/f* fripouille *f*; (*pillo*) coquin(e)

bricolaje *nm* bricolage *m*

brida *nf* bride *f*; **a toda ~** à bride abattue

bridge *nm* (*NAIPES*) bridge *m*

brigada *nf* brigade *f* ♦ *nm* (*MIL*) brigadier *m*

brillante *adj* brillant(e) ♦ *nm* (*joya*) brillant *m*

brillar *vi* briller

brillo *nm* éclat *m*; **dar** *o* **sacar ~ a** faire reluire

brincar *vi* (*persona, animal*) bondir

brinco *nm* (*salto*) bond *m*; **dar** *o* **pegar un ~** faire un bond

brindar *vi*: **~ a** *o* **por** porter un toast à ♦ *vt* (*oportunidad, amistad*) offrir; **~se** *vpr*: **~se a hacer algo** s'offrir pour faire qch

brindis *nm inv* (*al beber, frase*) toast *m*; (*TAUR*) hommage *m*

brío *nm* (*tb:* **~s**) énergie *f*, brio *m*; **con ~** avec brio

brisa *nf* brise *f*

británico, -a *adj* britannique ♦ *nm/f* Britannique *m/f*

brizna *nf* brin *m*; (*paja*) fétu *m*

broca *nf* (*TEC*) foret *m*

brocal *nm* margelle *f*

brocha *nf* (*de pintar*) brosse *f*; (*de afeitar*) blaireau *m*

broche *nm* (*en vestido*) agrafe *f*; (*joya*) broche *f*

broma *nf* plaisanterie *f*; **de** *o* **en ~** pour rire; **gastar una ~ a algn** faire une blague à qn; **~ pesada** plaisanterie *f* de mauvais goût; **bromear** *vi* plaisanter

bromista *adj, nm/f* farceur(-euse)

bronca *nf* dispute *f*; **buscar ~** chercher querelle

bronce *nm* bronze *m*

bronceado, -a *adj* bronzé(e) ♦ *nm* bronzage *m*

bronceador, a *adj* solaire ♦ *nm* produit *m* solaire

broncearse *vpr* se faire bronzer

bronco, -a *adj* (*modales*) bourru(e); (*voz*) rauque

bronquio *nm* bronche *f*

bronquitis *nf inv* bronchite *f*

brotar *vi* (*BOT*) pousser; (*aguas, lágrimas*) jaillir

brote *nm* (*BOT*) pousse *f*; (*MED*) accès *msg*; (*de insurrección, huelga*) vague *f*

bruces: **de ~** *adv* sur le ventre, à plat ventre; **darse de ~ con algn** tomber nez à nez avec qn

brujería *nf* sorcellerie *f*

brujo, -a *nm/f* sorcier(ière) ♦ *nf* (*pey*) sorcière *f*

brújula *nf* boussole *f*

bruma *nf* brume *f*

brumoso, -a *adj* brumeux(-euse)

bruñir *vt* polir

brusco, -a *adj* brusque

Bruselas *n* Bruxelles

brutal *adj* brutal(e); (*fam*: *tremendo*) énorme

brutalidad *nf* brutalité *f*

bruto, -a *adj* (*persona*) brutal(e); (*estúpido*) imbécile; (*metal, piedra, peso*) brut(e) ♦ *nm* brute *f*; **en ~** brut(e)

Bs.As. *abr* = **Buenos Aires**

bucal *adj* buccal(e); **por vía ~** par voie orale

bucear *vi* plonger; **~ en** (*documentos, pasado*) fouiller dans; **buceo** *nm* plongée *f*, plongeon *m*
bucle *nm* boucle *f*
buen *adj ver* **bueno**
buenamente *adv* tout bonnement; (*de buena gana*) volontiers
buenaventura *nf* chance *f*; (*adivinación*) bonne aventure *f*

PALABRA CLAVE

bueno, -a *adj* (*antes de nmsg:* **buen**)
1 (*excelente etc*) bon(ne); **es un libro bueno** *o* **es un buen libro** c'est un bon livre; **tiene buena voz** il a une belle voix; **hace bueno/buen tiempo** il fait beau/beau temps; **ya está bueno** (*de salud*) il va bien maintenant
2 (*bondadoso*): **es buena persona** c'est quelqu'un de bien; **el bueno de Paco** ce bon Paco; **fue muy bueno conmigo** il a été très gentil avec moi
3 (*apropiado*): **ser bueno para** être bien pour; **creo que vamos por buen camino** je crois que nous sommes sur la bonne voie
4 (*grande*): **un buen trozo** un bon bout; **le di un buen rapapolvo** je lui ai passé un savon
5 (*irónico*): **¡buen conductor estás hecho!** comme tu conduis bien!; **¡estaría bueno que ...!** il ne manquerait plus que...!
6 (*sabroso*): **está bueno este bizcocho** ce gâteau est très bon
7 (*atractivo*: *fam*): **Carmen está muy buena** Carmen est vachement mignonne
8 (*saludos*): **¡buenos días!** bonjour!; **¡buenas tardes!** bonjour!; (*más tarde*) bonsoir!; **¡buenas noches!** bonne nuit!; **¡buenas!** salut!
9 (*otras locuciones*): **un buen día** un beau jour; **estar de buenas** être de bonne humeur; **por las buenas o por las malas** de gré ou de force; **de buenas a primeras** tout d'un coup
♦ *excl* bon!; **bueno, ¿y qué?** bon, et alors?

Buenos Aires *n* Buenos Aires
buey *nm* bœuf *m*
búfalo *nm* buffle *m*
bufanda *nf* cache-nez *m inv*
bufar *vi* (*caballo*) souffler; (*gato*) cracher
bufete *nm* étude *f*, cabinet *m*
buffer *nm* (INFORM) mémoire *f* tampon
buhardilla *nf* mansarde *f*
búho *nm* hibou *m inv*
buhonero *nm* colporteur *m*
buitre *nm* vautour *m*
bujía *nf* (*vela*, ELEC, AUTO) bougie *f*
bula *nf* bulle *f*
bulbo *nm* (BOT) bulbe *m*
bulevar *nm* boulevard *m*
Bulgaria *nf* Bulgarie *f*
búlgaro, -a *adj* bulgare ♦ *nm/f* Bulgare *m/f*
bulla *nf* raffut *m*; (*follón*) pagaille *f*
bullicio *nm* brouhaha *m*; (*movimiento*) bousculade *f*
bullir *vi* (*líquido*) bouillonner; **~ (de)** (*muchedumbre, público*) bouillir (de)
bulto *nm* paquet *m*; (*en superficie*, MED) grosseur *f*; (*silueta*) masse *f*; **hacer ~** prendre de la place
buñuelo *nm* beignet *m*
BUP (ESP) *sigla m* (ESCOL) (= *Bachillerato Unificado y Polivalente*) *troisième, seconde, première*
buque *nm* navire *m*; **~ de guerra** navire de guerre
burbuja *nf* bulle *f*; **burbujear** *vi* pétiller
burdel *nm* bordel *m*
burdo, -a *adj* grossier(-ière)
burgués, -esa *adj* bourgeois(e) ♦ *nm/f* bourgeois(e); **burguesía** *nf* bourgeoisie *f*
burla *nf* moquerie *f*; (*broma*) blague *f*; **hacer ~ a algn/de algo** se moquer de qn/de qch; **hacer ~ a algn** faire la nique à qn
burladero *nm* (TAUR) palissade *f*
burlar *vt* (*persona*) tromper; (*vigilancia*) déjouer; **~se** *vpr*: **~se (de)** se moquer (de)
burlón, -ona *adj* moqueur(-euse)
burocracia *nf* bureaucratie *f*
burócrata *nm/f* bureaucrate *m*

burrada (*fam*) *nf*: **decir/hacer/soltar ~s** dire/faire/lâcher des âneries; **una ~** (*mucho*) une flopée
burro, -a *nm/f* âne (ânesse); (*fig: ignorante*) âne *m*; (: *bruto*) abruti *m* ♦ *adj* crétin(e); **~ de carga** (*fig*) bourreau *m* de travail
bursátil *adj* boursier(-ière)
bus *nm* bus *msg*
busca *nf*: **en ~ de** à la recherche de ♦ *nm* (TELEC) bip(-bip) *m*
buscar *vt* chercher ♦ *vi* chercher; **se busca secretaria** on demande une secrétaire
busque *etc vb ver* **buscar**
búsqueda *nf* recherche *f*
busto *nm* (ANAT, ARTE) buste *m*
butaca *nf* fauteuil *m*; **~ de patio** fauteuil d'orchestre
butano *nm* butane *m*; **bombona de ~** bouteille *f* de butane
buzo *nm/f* (*persona*) plongeur(-euse), homme *m* grenouille
buzón *nm* boîte *f* aux lettres

C, c

C. *abr* (= *centígrado*) C (= *Celsius*)
C/ *abr* = **calle**
c. *abr* (= *capítulo*) chap. (= *chapitre*)
c.a. *abr* = *corriente alterna*
cabal *adj* (*honrado*) bien
cábala *nf* cabale *f*; **~s** *nfpl* (*suposiciones*): **hacer ~s** faire des suppositions
cabalgar *vt* monter ♦ *vi* chevaucher
cabalgata *nf* défilé *m*; **la ~ de los Reyes Magos** le défilé des Rois mages
caballa *nf* maquereau *m*
caballeresco, -a *adj* chevaleresque
caballería *nf* monture *f*; (MIL) cavalerie *f*
caballeriza *nf* écurie *f*
caballero *nm* gentleman *m*; (*de la orden de caballería*) chevalier *m*; (*en trato directo*) monsieur *m*; **de ~** d'homme, pour homme
caballerosidad *nf* courtoisie *f*
caballete *nm* (*de pintor*) chevalet *m*; (*de pizarra*) support *m*; (*de mesa*) tréteau *m*
caballitos *nmpl* chevaux *mpl* de bois
caballo *nm* cheval *m*; (AJEDREZ, NAIPES) cavalier *m*; **a ~** à cheval; **~ de carreras** cheval de course; **~ de vapor** cheval-vapeur *m*
cabaña *nf* cabane *f*
cabaré, **cabaret** (*pl* **~s**) *nm* cabaret *m*
cabecear *vi* (*caballo*) encenser; (*dormitar*) piquer du nez
cabecera *nf* (*de mesa, tribunal*) bout *m*; (*de cama*) tête *f*; (*en libro*) frontispice *m*; (*periódico*) manchette *f*, gros titre *m*; **médico de ~** médecin *m* traitant
cabecilla *nm* chef *m* de file, meneur(-euse)
cabellera *nf* chevelure *f*
cabello *nm* cheveu *m*; **~ de ángel** cheveux *mpl* d'ange
caber *vi* tenir, rentrer; **caben 3 más** on peut encore en mettre 3; **no cabe duda** cela ne fait pas de doute
cabestrillo *nm*: **en ~** en écharpe
cabeza *nf* tête *f*; **~ abajo/arriba** tête en bas/en haut; **a la ~ de** (*de pelotón*) en tête de; (*de empresa*) à la tête de; **tirarse de ~** plonger; **tocamos a 3 por ~** ça fait 3 par tête; **se me va la ~** je perds la tête; **~ atómica/nuclear** tête atomique/ ogive *f* nucléaire; **~ de ajo** tête d'ail; **~ de familia** chef de famille; **~ de ganado** tête de bétail; **~ de partido** chef-lieu *m* d'arrondissement; **cabezada** *nf* coup *m* de tête; **dar cabezadas** piquer du nez; **echar una cabezada** faire un somme
cabezón, -ona *adj* qui a une grosse tête; (*vino*) capiteux(-euse); (*terco*) entêté(e)
cabida *nf* capacité *f*; (*depósito*) contenance *f*
cabildo *nm* (POL) conseil *m* municipal
cabina *nf* cabine *f*; **~ de mandos** cabine de pilotage; **~ telefónica** cabine téléphonique
cabizbajo, -a *adj* tête basse *inv*

cable *nm* câble *m*; (*de electrodoméstico*) fil *m*
cabo *nm* bout *m*; (MIL) caporal *m*; (*de policía*) brigadier *m*; (GEO) cap *m*; **al ~ de 3 días** au bout de 3 jours; **al fin y al ~** en fin de compte; **llevar a ~** mener à bien
cabra *nf* chèvre *f*; **~ montés** chèvre sauvage
cabré *etc vb ver* **caber**
cabrear (*fam*) *vt* énerver; **~se** (*fam*) *vpr* s'emporter
cabrío, -a *adj*: **macho ~** bouc *m*; *ver* **ganado**
cabriola *nf* cabriole *f*
cabritilla *nf*: **de ~** en chevreau
cabrito *nm* chevreau *m*
cabrón (*fam!*) *nm* salaud *m* (*fam!*)
caca (*fam*) *nf* caca *m*
cacahuete (ESP) *nm* cacahuète *f*
cacao *nm* cacao *m*, chocolat *m*; (BOT) cacaoyer *m*; (*tb:* **crema de ~**) beurre *m* de cacao
cacarear *vt* s'enorgueillir de ♦ *vi* caqueter
cacería *nf* partie *f* de chasse
cacerola *nf* casserole *f*, marmite *f*
cachalote *nm* cachalot *m*
cacharro *nm* ustensile *m*; (*trasto*) machin *m*, truc *m*
cachear *vt* fouiller
cachemir *nm*, **cachemira** *nf* cachemire *m*; **de ~** en cachemire
cachete *nm* claque *f*
cachiporra *nf* massue *f*
cachivache *nm* truc *m*, machin *m*
cacho *nm* morceau *m*; (AM) corne *f*
cachondeo (*fam*) *nm* rigolade *f*
cachondo, -a (*fam*) *adj* marrant(e), rigolo(te)
cachorro, -a *nm/f* chiot *m*; (*de león*) lionceau *m*; (*de lobo*) louveteau *m*
cacique *nm* (POL) personnage *m* influent; **caciquismo** *nm* caciquisme *m*
caco *nm* filou *m*
cacto *nm*, **cactus** *nm inv* cactus *m inv*
cada *adj inv* chaque; (*antes de número*) tous les; **~ día** tous les jours; **~ dos días** tous les deux jours; **~ cual/uno** chacun; **~ vez más/menos** de plus en plus/de moins en moins; **~ vez que** chaque fois que
cadalso *nm* échafaud *m*
cadáver *nm* cadavre *m*
cadena *nf* chaîne *f*; **~s** *nfpl* (AUTO) chaînes *fpl*; **~ de montaje** chaîne de montage; **~ montañosa** chaîne de montagnes; **~ perpetua** (JUR) emprisonnement *m* à perpétuité
cadera *nf* hanche *f*
cadete *nm* cadet *m*
caducar *vi* expirer
caduco, -a *adj* dépassé(e); **de hoja caduca** à feuilles caduques
caer *vi* tomber; **~se** *vpr* tomber; **dejar ~** laisser tomber; **¡no caigo!** je ne vois pas; **¡ya caigo!** j'y suis!; **me cae bien/mal** (*persona*) je le trouve sympathique/antipathique; **su cumpleaños cae en viernes** son anniversaire tombe un vendredi; **se me cayó el libro** j'ai fait tomber le livre
café (*pl* **~s**) *nm* café *m*; **~ con leche** café crème, café au lait; **~ solo** *o* **negro** café (noir)
cafetera *nf* cafetière *f*
cafetería *nf* cafétéria *f*
cagar (*fam!*) *vi* chier (*fam!*); **~se** *vpr* se dégonfler
caída *nf* chute *f*; (*declive*) pente *f*; (*de tela*) tombée *f*; (*de precios, moneda*) baisse *f*
caído, -a *adj* tombant(e)
caiga *etc vb ver* **caer**
caimán *nm* caïman *m*
caja *nf* boîte *f*, caisse *f*; **~ de ahorros** caisse d'épargne; **~ de cambios** boîte de vitesses; **~ de caudales** coffre *m* fort; **~ de fusibles** boîte à fusibles; **~ fuerte** coffre fort
cajero, -a *nm/f* caissier(-ière) ♦ *nm* **~ automático** distributeur *m* automatique
cajetilla *nf* paquet *m*
cajón *nm* caisse *f*; (*de mueble*) tiroir *m*
cal *nf* chaux *fsg*; **~ viva** chaux vive
cala *nf* crique *f*
calabacín *nm*, **calabacita** *nf* (AM)

courgette *f*
calabaza *nf* courge *f*, citrouille *f*
calabozo *nm* taule *f*; (*celda*) cachot *m*
calada *nf* bouffée *f*
calado, -a *adj* ajouré(e); (*de barco*) tirant *m* d'eau; (*de las aguas*) profondeur *f*; **estoy ~ (hasta los huesos)** je suis trempé(e) (jusqu'aux os)
calamar *nm* calmar *m*
calambre *nm* crampe *f*; **dar ~** envoyer une décharge
calamidad *nf* calamité *f*
calar *vt* transpercer; (*AUTO*) caler; **~se** *vpr* (*motor*) caler; (*mojarse*) se tremper; (*gafas*) chausser; (*sombrero*) enfoncer
calavera *nf* tête *f* de mort
calcar *vt* décalquer
calcetín *nm* chaussette *f*
calcinar *vt* calciner
calcio *nm* calcium *m*
calcomanía *nf* décalcomanie *f*
calculador, a *adj* calculateur(-trice)
calculadora *nf* calculatrice *f*
calcular *vt* calculer; **calculo que ...** je pense que ...; **cálculo** *nm* calcul *m*; **según mis cálculos** d'après mes calculs
caldear *vt* chauffer; (*ánimos*) réchauffer
caldera *nf* chaudière *f*
calderilla *nf* ferraille *f*
caldero *nm* chaudron *m*
caldo *nm* bouillon *m*; (*vino*) cru *m*
calefacción *nf* chauffage *m*; **~ central** chauffage central
calendario *nm* calendrier *m*
calentador *nm* calorifère *m*
calentamiento *nm* échauffement *m*
calentar *vt* faire chauffer; (*habitación*) réchauffer; (*motor*) faire tourner; (*pegar*) flanquer une calotte à ♦ *vi* chauffer; **~se** *vpr* se chauffer, se réchauffer; (*motor*) chauffer; (*discusión, ánimos*) s'échauffer
calentura *nf* fièvre *f*; (*de boca*) bouton *m* de fièvre
calibrar *vt* (*consecuencias*) évaluer; (*importancia*) jauger; **calibre** *nm* calibre *m*; (*fig*) calibre, envergure *f*
calidad *nf* qualité *f*; **de ~** de qualité; **en ~ de** en qualité de
cálido, -a *adj* chaud(e); (*palabras, aplausos*) chaleureux(-euse)
caliente *vb ver* **calentar** ♦ *adj* chaud(e); **estar/ponerse ~** (*fam*) être excité(e)/s'exciter
calificación *nf* qualification *f*; (*en examen*) note *f*
calificar *vt* noter; **~ como/de** traiter de
calima, **calina** *nf* (*neblina*) brume *f* de chaleur; (*calor*) chaleur *f* caniculaire
cáliz *nm* calice *m*
caliza *nf* pierre *f* à chaux
callado, -a *adj*: **estar ~** être silencieux(-euse); **ser ~** être peu bavard(e)
callar *vt* taire; (*persona, oposición*) faire taire ♦ *vi* se taire; **~se** *vpr* se taire; **¡cállate!** tais-toi!
calle *nf* rue *f*; (*DEPORTE*) couloir *m*; **la ~** (*en conjunto*) la rue; **~ peatonal** rue piétonne
calleja *nf* = **callejuela**; **callejear** *vi* flâner
callejero, -a *adj* ambulant(e); (*verbena*) en plein air; (*riña*) de rue ♦ *nm* plan *m*; **callejón** *nm* passage *m*, couloir *m*; **callejón sin salida** impasse *f*, voie *f* sans issue; (*fig*) impasse; **callejuela** *nf* ruelle *f*, venelle *f*
callista *nm/f* pédicure *m/f*
callo *nm* (*en pies*) cor *m*; (*en manos*) durillon *m*; **~s** *nmpl* (*CULIN*) tripes *fpl*
calma *nf* calme *m*; **hacer algo con ~** faire qch calmement
calmante *nm* calmant *m*, tranquillisant *m*
calmar *vt* calmer ♦ *vi* (*tempestad, viento*) se calmer; **~se** *vpr* se calmer
calor *nm* chaleur *f*; **entrar en ~** se réchauffer; **tener ~** avoir chaud
caloría *nf* calorie *f*
calumnia *nf* calomnie *f*
caluroso, -a *adj* chaud(e)
calvario *nm* calvaire *m*
calvicie *nf* calvitie *f*
calvo, -a *adj, nm/f* chauve *m/f*
calzada *nf* chaussée *f*

calzado, -a *adj* chaussé(e) ♦ *nm* chaussure *f*
calzador *nm* chausse-pied *m*
calzar *vt* chausser; (TEC) caler; **~se** *vpr*: **~se los zapatos** se chausser; **¿qué (número) calza?** quelle est votre pointure?
calzón *nm* (AM: *de hombre*) slip *m*; (: *de mujer*) culotte *f*
calzoncillos *nmpl* slip *msg*
cama *nf* lit; **~ individual/de matrimonio** lit simple/double
camafeo *nm* camée *m*
camaleón *nm* caméléon *m*
cámara *nf* chambre *f*; (CINE, TV) caméra *f*; (*fotográfica*) appareil-photo *m*; (*de vídeo*) caméscope *m* ♦ *nm/f* (CINE, TV) caméraman *m*; **música de ~** musique *f* de chambre; **~ de aire** chambre à air; **~ de comercio** chambre de commerce; **~ de gas** chambre à gaz; **~ frigorífica** chambre froide
camarada *nm/f* camarade *m/f*; (*de trabajo*) collègue *m/f*
camarera *nf* (*en hotel*) femme *f* de chambre; (AM) hôtesse *f* de l'air; *ver tb* **camarero**
camarero, -a *nm/f* (*en restaurante*) serveur(-euse); (*en bar*) garçon *m* de café (serveuse); **¡camarera, por favor!** mademoiselle, s'il vous plaît!
camarilla *nf* clique *f*; (POL) groupe *m* de pression, lobby *m*
camarón *nm* crevette *f* grise
camarote *nm* cabine *f*
cambiante *adj* variable; (*humor*) changeant(e)
cambiar *vt, vi* changer; (*fig*) échanger; **~se** *vpr* (*de casa*) changer; (*de ropa*) se changer; **~ algo por algo** changer qch pour *o* contre qch; **~ de coche/de idea/de trabajo** changer de voiture/d'idée/de travail; **~(se) de sitio** changer de place
cambio *nm* changement *m*; (*de dinero, impresiones*) échange *m*; (COM: *tipo de cambio*) change *m*; (*dinero menudo*) monnaie *f*; **a ~ de** en échange de; **en ~** (*por otro lado*) en revanche, par contre; (*en lugar de eso*) à la place; **~ de divisas** change de devises; **~ de marchas** *o* **de velocidades** changement de vitesses
camelar (*fam*) *vt* baratiner
camello *nm* chameau *m*; (*fam*) dealer *m*
camerino *nm* loge *f*
camilla *nf* civière *f*, brancard *m*; (*mesa*) guéridon *m*
caminante *nm/f* marcheur(-euse)
caminar *vi* marcher, cheminer ♦ *vt* faire à pied
caminata *nf* trotte *f* (*fam*)
camino *nm* chemin *m*; **a medio ~** à mi-chemin; **en el ~** en chemin, chemin faisant; **~ de** vers; **ir por buen/mal ~** (*fig*) être sur la bonne/mauvaise voie; **~ particular** voie *f* privée

Camino de Santiago

Le chemin de saint Jacques est un pèlerinage célèbre depuis le Moyen-Âge. Il a pour point de départ les Pyrénées et se termine à Saint-Jacques-de-Compostelle, au nord-ouest de l'Espagne, où serait enterré l'apôtre saint Jacques. De nos jours, ce pèlerinage attire toujours un grand nombre de croyants et de touristes.

camión *nm* camion *m*, poids *msg* lourd; **estar como un ~** (*fam*: *mujer*) être bien roulée; **~ cisterna** camion citerne; **~ de la basura** camion des éboueurs; **~ de mudanzas** camion de déménagement
camionero *nm* camionneur *m*, routier *m*
camioneta *nf* camionnette *f*
camisa *nf* chemise *f*; **~ de fuerza** camisole *f* de force
camiseta *nf* tee-shirt *m*; (*ropa interior*) maillot *m* de corps; (*de deportista*) maillot
camisón *nm* chemise *f* de nuit
camorra *nf*: **armar ~** faire un scandale; **buscar ~** chercher querelle

campamento *nm* colonie *f* de vacances; (*MIL*) camp *m*
campana *nf* cloche *f*; (*CSUR*) campagne *f*; **~ de cristal** cloche de verre; **campanario** *nm* clocher *m*
campanilla *nf* clochette *f*; (*BOT*) campanule *f*
campaña *nf* campagne *f*; **~ electoral/publicitaria** campagne électorale/publicitaire
campechano, -a *adj* sans façon; **es muy ~** il est très nature
campeón, -ona *nm/f* champion(ne); **campeonato** *nm* championnat *m*
campesino, -a *adj* champêtre; (*gente*) de la campagne ♦ *nm/f* paysan(ne)
campestre *adj* champêtre
camping (*pl* **~s**) *nm* camping *m*; **ir de** *o* **hacer ~** aller en camping, faire du camping
campo *nm* campagne *f*; (*AGR, ELEC, FÍS*) champ *m*; (*INFORM*) champ, zone *f*; (*MIL, de fútbol, rugby*) terrain *m*; **a ~ traviesa** *o* **través** à travers champs; **~ de batalla** champ de bataille; **~ de concentración** camp *m* de concentration; **~ de deportes/de golf** terrain de sports/de golf; **~ visual** champ visuel
camposanto *nm* cimetière *m*
camuflaje *nm* camouflage *m*
cana *nf* cheveu *m* blanc; *ver tb* **cano**
Canadá *nm* Canada *m*; **canadiense** *adj* canadien(ne) ♦ *nm/f* Canadien(ne)
canal *nm* canal *m*; (*de televisión*) chaîne *f*; (*de tejado*) chéneau *m*, gouttière *f*; **C~ de Panamá** canal de Panama; **canalizar** *vt* canaliser
canalla *nm* canaille *f*
canalón *nm* tuyau *m* de descente; (*del tejado*) chéneau *m*; **canalones** *nmpl* (*CULIN*) cannelloni *mpl*
canapé (*pl* **~s**) *nm* canapé *m*
Canarias *nfpl*: **las (Islas) ~** les (îles) Canaries *fpl*
canario, -a *adj* des (îles) Canaries ♦ *nm/f* natif(-ive) *o* habitant(e) des (îles) Canaries ♦ *nm* (*ZOOL*) canari *m*, serin *m*; **amarillo ~** jaune canari *inv*, jaune serin *inv*
canasta *nf* corbeille *f*; (*en baloncesto*) panier *m*; (*NAIPES*) canasta *f*; **canastilla** *nf* trousse *f* à couture; (*de niño*) layette *f*
canasto *nm* corbeille *f*
cancela *nf* portillon *m*
cancelación *nf* (*ver vt*) annulation *f*; résiliation *f*; suppression *f*; acquittement *m*
cancelar *vt* (*visita, vuelo*) annuler; (*contrato*) résilier; (*permiso*) supprimer; (*deuda*) s'acquitter de
cáncer *nm* cancer *m*; **C~** (*ASTROL*) Cancer; **ser C~** être (du) Cancer
cancha *nf* terrain *m*; (*de tenis*) court *m* ♦ *excl* (*CSUR*) dégagez!, faites place!
canciller *nm* chancelier *m*; (*AM*) ministre *m* des Affaires étrangères
canción *nf* chanson *f*; **~ de cuna** berceuse *f*
candado *nm* cadenas *msg*
candente *adj* chauffé(e) au rouge; (*tema, problema*) brûlant(e)
candidato, -a *nm/f* candidat(e); (*para puesto*) candidat(e), postulant(e)
candidez *nf* candeur *f*; (*falta de malicia*) innocence *f*
cándido, -a *adj* candide, innocent(e)
candil *nm* lampe *f* à huile
candor *nm* candeur *f*
canela *nf* cannelle *f*
cangrejo *nm* crabe *m*; (*de río*) écrevisse *f*
canguro *nm* kangourou *m*; **hacer de ~** garder des enfants
caníbal *adj, nm/f* cannibale *m/f*
canica *nf* bille *f*
canijo, -a *adj* chétif(-ive)
canino, -a *adj* canin(e) ♦ *nm* canine *f*
canjear *vt*: **~ (por)** échanger (pour)
cano, -a *adj* (*pelo, cabeza*) blanc (blanche)
canoa *nf* canoë *m*
canon *nm* canon *m*; (*COM*) taxe *f*, impôt *m*
canónigo *nm* chanoine *m*
canonizar *vt* canoniser
canoso, -a *adj* grisonnant(e), aux cheveux blancs; (*pelo*) grisonnant(e)
cansado, -a *adj* fatigué(e); (*viaje,*

trabajo) fatigant(e)
cansancio *nm* fatigue *f*
cansar *vt* fatiguer; (*aburrir*) ennuyer; (*hartar*) lasser; **~se** *vpr*: **~se (de hacer)** se lasser (de faire)
cantábrico, -a *adj* cantabrique; **Mar C~** golfe *m* de Gascogne
cántabro, -a *adj* de la province de Santander ♦ *nm/f* natif(-ive) *o* habitant(e) de la province de Santander
cantante *nm/f* chanteur(-euse)
cantar *vt* chanter ♦ *vi* chanter ♦ *nm* chanson *f*; **estaba cantado** c'était à prévoir
cántara *nf* bidon *m*
cántaro *nm* cruche *f*
cante *nm*: **~ jondo** chant *m* flamenco
cantera *nf* (*lugar*) carrière *f*
cantidad *nf* quantité *f*; **gran ~ de** une grande quantité de, bon nombre de
cantimplora *nf* gourde *f*
cantina *nf* cantine *f*; (*de estación*) buffet *m*; (*esp* AM: *taberna*) café *m*
canto *nm* chant *m*; (*de mesa, moneda*) bord *m*; (*de libro*) tranche *f*; (*de cuchillo*) dos *msg*; **faltó el ~ de un duro** il s'en est fallu d'un cheveu; **de ~** de côté, sur le côté; **~ rodado** galet *m*
canturrear *vi* chantonner
canuto *nm* petit tube *m*; (*fam*: *droga*) joint *m*
caña *nf* (BOT) tige *f*; (: *especie*) roseau *m*; (*de cerveza*) demi *m*; (AM) alcool *m* de canne à sucre; **dar** *o* **meter ~** (*fam*: *a un coche*) appuyer sur le champignon; (: *a algn*) secouer; **~ de azúcar/de pescar** canne *f* à sucre/à pêche
cañada *nf* vallon *m*
cáñamo *nm* chanvre *m*
cañería *nf* tuyauterie *f*
caño *nm* (*de fuente*) jet *m*
cañón *nm* canon *m*; (GEO) canyon *m*
caoba *nf* acajou *m*
caos *nm* chaos *msg*
C.A.P. *sigla m* (= *Certificado de Aptitud Pedagógica*) *certificat d'aptitude à l'enseignement*
cap. *abr* (= *capítulo*) chap. (= *chapitre*)
capa *nf* (*prenda*) cape *f*; (CULIN, GEO) couche *f*; (*de polvo*) pellicule *f*; **~ de ozono** couche d'ozone
capacidad *nf* contenance *f*, capacité *f*; **este teatro tiene una ~ de mil espectadores** ce théâtre peut contenir mille spectateurs; **tener ~ para los idiomas/las matemáticas** être doué(e) pour les langues/les mathématiques; **tener ~ de adaptación/de trabajo** avoir une capacité d'adaptation/de travail
capacitar *vt*: **~ a algn para** préparer qn à
capar *vt* castrer
caparazón *nm* (*de ave*) carcasse *f*; (*de tortuga*) carapace *f*
capataz *nm* contremaître *m*
capaz *adj* capable; **ser ~ de (hacer)** être capable de (faire); **es ~ que venga mañana** (AM) il viendra probablement demain
capcioso, -a *adj*: **pregunta capciosa** question *f* captieuse
capellán *nm* aumônier *m*; (*sacerdote*) chapelain *m*
caperuza *nf* capuche *f*; (*de bolígrafo*) capuchon *m*
capicúa *adj inv* palindrome
capilla *nf* chapelle *f*
capital *adj* capital(e) ♦ *nm* capital *m* ♦ *nf* capitale *f*; **~ autorizado** *o* **social** capital social
capitalismo *nm* capitalisme *m*; **capitalista** *adj, nm/f* capitaliste *m/f*
capitán *nm* capitaine *m*
capitanear *vt* commander; (*equipo*) être le capitaine de; (*pandilla, expedición*) être à la tête de
capitulación *nf* capitulation *f*
capitular *vi* capituler
capítulo *nm* chapitre *m*
capó *nm* capot *m*
capón *nm* (*golpe*) tape *f* sur la tête
capota *nf* (*de coche*) capote *f*
capote *nm* (*de militar*) capote *f*; (*de torero*) cape *f*
capricho *nm* caprice *m*
caprichoso, -a *adj* capricieux(-euse)
Capricornio *nm* (ASTROL) Capricorne *m*; **ser ~** être (du) Capricorne
cápsula *nf* capsule *f*; **~ espacial**

capsule spatiale
captar *vt* (*indirecta, sentido*) saisir; (RADIO) capter; (*atención, apoyo*) attirer
captura *nf* capture *f*; **capturar** *vt* capturer
capucha *nf*, **capuchón** *nm* capuche *f*
capullo *nm* (ZOOL) cocon *m*; (BOT) bouton *m*; **~ de rosa** bouton de rose
caqui *adj inv* kaki *inv* ♦ *nm* (*fruta*) kaki *m*
cara *nf* visage *m*, face *f*; (*expresión*) mine *f*; (*de disco, papel*) face; (*fam: descaro*) culot *m*, toupet *m* ♦ *adv*: **(de) ~ a** vis à vis de, face à; **de ~** de face; **decir algo ~ a ~** dire qch en face; **mirar ~ a ~** regarder bien en face; **dar la ~** ne pas se dérober; **echar algo en ~ a algn** reprocher qch à qn; **¿~ o cruz?** pile ou face?; **poner/tener ~ de** prendre/avoir un air de; **¡qué ~ más dura!** quel culot!, en voilà du toupet!; **tener buena/mala ~** avoir bonne/mauvaise mine; (*herida, asunto, guiso*) avoir bon/mauvais aspect; **tener mucha ~** avoir un culot monstre; **de una ~** (*disquete*) d'une seule face
carabina *nf* carabine *f*; (*persona*) chaperon *m*
Caracas *n* Caracas
caracol *nm* escargot *m*; (*concha*) coquille *f* d'escargot; (*esp AM*) coquillage *m*
carácter (*pl* **caracteres**) *nm* caractère *m*; **tener buen/mal ~** avoir bon/mauvais caractère
característica *nf* caractéristique *f*
característico, -a *adj* caractéristique
caracterizar *vt* caractériser; (TEATRO) bien interpréter; **~se** *vpr* (TEATRO) se mettre en costume; **~se por** se caractériser par
caradura *nm/f*: **es un ~** c'est un malotru
carajillo *nm* café *m* mêlé de cognac
carajo (*fam!*) *nm*: **¡~!** merde! (*fam!*)
caramba *excl* dis donc!, mince alors!
carámbano *nm* glaçon *m*
caramelo *nm* bonbon *m*; (*azúcar fundido*) caramel *m*
caravana *nf* caravane *f*; (*de vehículos, gente*) file *f*; (AUTO) bouchon *m*
carbón *nm* charbon *m*; **papel ~** carbone *m*; **carboncillo** *nm* fusain *m*; **carbonilla** *nf* poussière *f* de charbon
carbonizar *vt* carboniser; **quedar carbonizado** être réduit en cendres
carbono *nm* carbone *m*
carburador *nm* carburateur *m*
carburante *nm* carburant *m*
carcajada *nf* éclat *m* de rire; **reír(se) a ~s** éclater de rire
cárcel *nf* prison *f*, maison *f* d'arrêt
carcelero, -a *nm/f* gardien(ne) de prison
carcoma *nf* termite *m*
carcomer *vt* manger, ronger; (*salud, confianza*) miner; **~se** *vpr*: **~se de** être rongé(e) par
cardar *vt* carder
cardenal *nm* cardinal *m*; (MED) bleu *m*
cardiaco, -a, cardíaco, -a *adj* cardiaque
cardinal *adj* (GRAMÁTICA) cardinal(e); **puntos ~es** points *mpl* cardinaux
cardo *nm* (*comestible*) cardon *m*; (*espinoso*) chardon *m*
carecer *vi*: **~ de** manquer de
carencia *nf* manque *m*; (*escasez*) carence *f*
carente *adj*: **~ de** dépourvu(e) de
carestía *nf* (COM) cherté *f*; (*escasez*) pénurie *f*; **época de ~** période *f* de pénurie
careta *nf* masque *m*; **~ antigás** masque à gaz
carga *nf* charge *f*; (*de barco, camión*) chargement *m*, cargaison *f*; (*de bolígrafo, pluma*) cartouche *f*, recharge *f*; **de ~** (*animal*) de charge; **buque de ~** cargo *m*; **~ explosiva** charge explosive
cargado, -a *adj* chargé(e); (*café, té*) serré(e), fort(e); (*ambiente*) raréfié(e), vicié(e)
cargamento *nm* chargement *m*, cargaison *f*
cargar *vt* charger; (COM) débiter ♦ *vi*

charger; **~se** *vpr* (*fam*: *estropear*) bousiller; (: *matar*) liquider; (: *ley, proyecto*) supprimer; (: *suspender*) recaler, coller; (*ELEC*) se charger; **~ (contra)** charger (contre); **~ con** porter; (*responsabilidad*) assumer; **los indecisos me cargan** les gens indécis me portent sur les nerfs; **~ a** *o* **en la espalda** prendre sur son dos; **~se de** (*de dinero*) se munir de; (*de paquetes*) se charger de; (*de obligaciones*) assumer

cargo *nm* (*COM etc*) débit *m*; (*puesto*) charge *f*; **~s** *nmpl* (*JUR*) accusations *fpl*; **estar a(l) ~ de** être à (la) charge de; **hacerse ~ de** (*de deudas, poder*) assumer; (*darse cuenta de*) se rendre compte de

carguero *nm* cargo *m*; (*avión*) avion-cargo *m*

Caribe *nm*: **el ~** les Caraïbes *fpl*

caribeño, -a *adj* des Caraïbes

caricatura *nf* caricature *f*

caricia *nf* caresse *f*

caridad *nf* charité *f*; **obras de ~** œuvres *fpl* de charité; **vivir de la ~** vivre de la charité

caries *nf inv* carie *f*

cariño *nm* affection *f*; **sí, ~** oui, chéri; **sentir ~ por/tener ~ a** ressentir/avoir de l'affection pour

cariñoso, -a *adj* affectueux(-euse); **"saludos ~s"** "affectueusement"

carisma *nm* charisme *m*

caritativo, -a *adj* charitable

cariz *nm* (*de los acontecimientos*) tournure *f*

carmesí *adj* cramoisi(e) ♦ *nm* cramoisi *m*

carmín *nm* carmin *m*; **~ (de labios)** rouge *m* (à lèvres)

carnal *adj* charnel(le); **primo ~** cousin *m* germain

carnaval *nm* carnaval *m*

Carnaval

Les réjouissances du **Carnaval** *se déroulent pendant les trois jours qui précèdent le début du carême ("Cuaresma"). En déclin sous le régime franquiste, le carnaval connaît aujourd'hui un regain de popularité dans toute l'Espagne. Le carnaval de Cadix et celui de Tenerife sont particulièrement renommés pour leur animation: défilés, feux d'artifice et déguisements souvent somptueux.*

carne *nf* chair *f*; (*CULIN*) viande *f*; **~s** *nfpl* (*fam*) graisse *fsg*; **en ~ viva** à vif; **~ de cerdo/de cordero** viande de porc/d'agneau; **~ de gallina** chair de poule; **~ de membrillo** gelée *f* de coing; **~ de ternera/de vaca** viande de veau/de bœuf; **~ picada** viande hachée

carné *nm* = **carnet**

carnero *nm* veau *m*

carnet (*pl* **~s**) *nm*: **~ de conducir** permis *msg* de conduire; **~ de identidad** carte *f* d'identité; **~ de socio** carte de membre

carnicería *nf* boucherie *f*

carnicero, -a *adj* carnassier(-ière); (*pájaro, ave*) de proie ♦ *nm/f* boucher(-ère)

carnívoro, -a *adj* carnivore

carnoso, -a *adj* charnu(e)

caro, -a *adj* cher (chère) ♦ *adv* cher

carpa *nf* carpe *f*; (*de circo*) chapiteau *m*; (*AM*) tente *f*

carpeta *nf* dossier *m*, chemise *f*; **~ (de anillas)** classeur *m*

carpintería *nf* menuiserie *f*; **carpintero** *nm* menuisier *m*

carraspear *vi* (*toser*) se racler la gorge, s'éclaircir la gorge

carrera *nf* course *f*; (*UNIV*) études *fpl*; (*profesión*) carrière *f*; **tienes una ~ en las medias** tes bas sont filés; **aquí se recogen ~s a las medias** ici on reprise les bas; **darse** *o* **echar** *o* **pegar una ~** filer à toute allure *o* à toutes jambes; **de ~s** de course; **en una ~** d'une traite; **~ de armamentos/de obstáculos** course aux armements/d'obstacles

carreta *nf* charrette *f*

carrete *nm* pellicule *f*; (*TEC*) bobine *f*

carretera *nf* route *f*; **~ de circunvalación** boulevard *m* périphérique; **~ nacional/secundaria**

route nationale/secondaire
carretilla *nf* brouette *f*
carril *nm* chemin *m*; (*de autopista*) file *f*, voie *f*; (*FERRO*) voie; **~-bici** piste *f* cyclable
carrillo *nm* joue *f*
carrito *nm* chariot *m*, caddie *m*
carro *nm* chariot *m*; (*con dos ruedas*) charrette *f*; (*AM*) voiture *f*; **¡para el ~!** arrête là!, c'est bon, ça suffit!; **~ blindado/de combate** char *m* d'assaut/de combat
carrocería *nf* carrosserie *f*
carroña *nf* charogne *f*
carroza *nf* carrosse *m*; (*en desfile*) char *m*
carta *nf* lettre *f*; (*NAIPES*) carte *f*; (*JUR*) charte *f*; **a la ~** à la carte; **dar ~ blanca a algn** donner carte blanche à qn; **echar una ~ (al correo)** mettre une lettre (à la poste); **~ certificada** lettre recommandée; **~ de ajuste** (*TV*) mire *f*; **~ marítima** carte marine
cartabón *nm* équerre *f*
cartel *nm* affiche *f*; (*COM*) cartel *m*, trust *m*; **en ~** à l'affiche; **cartelera** *nf* rubrique *f*; **lleva mucho/poco tiempo en cartelera** il est à l'affiche depuis longtemps/peu
cartera *nf* (*tb*: **~ de bolsillo**) portefeuille *m*; (*de cobrador*) serviette *f*; (*de colegial*) cartable *m*; (*AM*) sac à main *m*; **ocupa la ~ de Agricultura** il occupe le portefeuille de l'Agriculture; *ver tb* **cartero**
carterista *nm/f* pickpocket *m*, voleur(-euse) à la tire
cartero, -a *nm/f* facteur(-trice)
cartilla *nf* livret *m* scolaire; **~ de ahorros** livret de caisse d'épargne
cartón *nm* carton *m*; (*de tabaco*) cartouche *f*; **~ piedra** papier *m* mâché
cartucho *nm* cartouche *f*; (*cucurucho*) cornet *m*
cartulina *nf* bristol *m*
casa *nf* maison *f*; **sentirse como en su ~** se sentir comme chez soi; **~ de campo** maison de campagne; **~ de fieras** ménagerie *f*; **~ de huéspedes** pension *f* de famille; **~ de socorro** dispensaire *m*
casado, -a *adj, nm/f* marié(e)
casamiento *nm* mariage *m*
casar *vt* marier ♦ *vi*: **~ (con)** aller bien (avec); **~se** *vpr*: **~se (con)** se marier (avec); **~se por lo civil/por la Iglesia** se marier civilement/religieusement
cascabel *nm* grelot *m*
cascada *nf* cascade *f*
cascanueces *nm inv* casse-noisettes *msg*
cascar *vt* casser; (*fam*: *golpear*) tabasser ♦ *vi* (*fam*) papoter; **~se** *vpr* se casser; (*voz*) s'érailler
cáscara *nf* coquille *f*; (*de fruta*) pelure *f*; (*de patata*) épluchure *f*; (*de limón, naranja*) écorce *f*
casco *nm* casque *m*; (*NÁUT*) coque *f*; (*ZOOL*) sabot *m*; (*pedazo roto*) tesson *m*; **~s** *nmpl* (*auriculares*) écouteurs *mpl*; **el ~ antiguo** la vieille ville; **el ~ urbano** le centre ville
caserío *nm* hameau *m*; (*casa*) manoir *m*
casero, -a *adj* (*cocina*) maison; (*remedio*) de bonne femme; (*trabajos*) domestique ♦ *nm/f* propriétaire *m/f*; **"comida casera"** "cuisine maison"; **pan ~** pain *m* de ménage; **ser muy ~** être très casanier(-ière)
caseta *nf* baraque *f*; (*de perro*) niche *f*; (*para bañista*) cabine *f*; (*de feria*) stand *m*
casete *nm* magnétophone *m* ♦ *nf* cassette *f*
casi *adv* presque; **~ nunca/nada** presque jamais/rien; **~ te caes** tu as manqué (de) *o* failli tomber
casilla *nf* casier *m*; (*AJEDREZ, en crucigrama*) case *f*
casillero *nm* casier *m*
casino *nm* casino *m*
caso *nm* cas *msg*; **en ~ de ...** en cas de ...; **en ~ (de) que venga** au cas où il viendrait; **el ~ es que** le fait est que; **en ese ~** dans ce cas; **en todo ~** en tout cas; **¡eres un ~!** tu es un cas!; **(no) hacer ~ a** *o* **de algo/algn** (ne pas) faire cas de qch/qn; **hacer** *o* **venir al ~** venir à

propos

caspa *nf* (*en pelo*) pellicule *f*

cassette = **casete**

casta *nf* race *f*; (*clase social*) caste *f*

castaña *nf* châtaigne *f*, marron *m*; (*fam*: *tb*: **castañazo**) gnon *m*, marron; (: *AUT*) gnon

castañetear *vi*: **le castañetean los dientes** il claque des dents

castaño, -a *adj* marron; (*pelo*) brun(e) ♦ *nm* châtaignier *m*, marronnier *m*; **~ de Indias** marronnier des Indes

castañuelas *nfpl* castagnettes *fpl*

castellano, -a *adj* castillan(e) ♦ *nm/f* (*persona*) Castillan(e) ♦ *nm* (*LING*) castillan *m*

castidad *nf* chasteté *f*

castigar *vt* punir, châtier; (*DEPORTE*) pénaliser; **castigo** *nm* punition *f*; (*DEPORTE*) pénalisation *f*

Castilla *nf* Castille *f*

castillo *nm* château *m*

castizo, -a *adj* (*LING*) pur(e); (*auténtico*) de pure souche

casto, -a *adj* chaste

castor *nm* castor *m*

castrar *vt* châtrer

castrense *adj* militaire

casual *adj* fortuit(e); **casualidad** *nf* hasard *m*; **dar la casualidad (de) que** se trouver que; **se da la casualidad que ...** il se trouve que ...; **por casualidad** par hasard; **¡qué casualidad!** quel hasard!

cataclismo *nm* cataclysme *m*

catalán, -ana *adj* catalan(e) ♦ *nm/f* Catalan(e) ♦ *nm* (*LING*) catalan *m*

catalizador *nm* catalyseur *m*

catalogar *vt* cataloguer; **~ a algn de** cataloguer qn comme

catálogo *nm* catalogue *m*

Cataluña *nf* Catalogne *f*

catar *vt* goûter

catarata *nf* cataracte *f*

catarro *nm* rhume *m*

catástrofe *nf* catastrophe *f*

catastrófico, -a *adj* catastrophique

catear (*fam*) *vt* recaler, coller

cátedra *nf* chaire *f*

catedral *nf* cathédrale *f*

catedrático, -a *nm/f* professeur *m*

categoría *nf* catégorie *f*; **de ~** de classe; **de segunda ~** de seconde catégorie

categórico, -a *adj* catégorique

cateto, -a *nm/f* (*pey*) rustre *m*, péquenaud(e) (*fam*) ♦ *nm* (*GEOM*) côté *m*

catolicismo *nm* catholicisme *m*

católico, -a *adj, nm/f* catholique *m/f*

catorce *adj inv, nm inv* quatorze *m inv*; *ver tb* **seis**

cauce *nm* (*de río*) lit *m*

caucho *nm* caoutchouc *m*; (*AM*) pneu *m*; **de ~** en caoutchouc

caución *nf* caution *f*

caudal *nm* débit *m*; (*fortuna*) fortune *f*, capital *m*

caudaloso, -a *adj* à fort débit

caudillo *nm* chef *m*

causa *nf* cause *f*; **a/por ~ de** à/pour cause de

causar *vt* causer

cautela *nf* précaution *f*, prudence *f*

cauteloso, -a *adj* prudent(e)

cautivar *vt* captiver

cautiverio *nm*, **cautividad** *nf* captivité *f*

cautivo, -a *adj, nm/f* captif(-ive)

cauto, -a *adj* prudent(e), avisé(e)

cava *nm* cava *m*; *équivalent du "champagne" français* ♦ *nf* cave *f*

cavar *vt, vi* creuser

caverna *nf* caverne *f*

cavidad *nf* cavité *f*

cavilar *vi*: **~ (sobre)** méditer (sur)

cayado *nm* (*de pastor*) houlette *f*; (*de obispo*) houlette, crosse *f*

cayendo *etc vb ver* **caer**

caza *nf* chasse *f* ♦ *nm* (*AVIAT*) chasseur *m*; **dar ~ a** faire la chasse à; **ir de ~** aller à la chasse; **~ mayor/menor** gros/menu gibier *m*

cazador, a *adj, nm/f* chasseur(-euse)

cazadora *nf* blouson *m*

cazar *vt* (*buscar*) chasser; (*perseguir*) pourchasser; (*coger*) attraper

cazo *nm* (*cacerola*) poêlon *m*; (*cucharón*) louche *f*

cazuela *nf* (*vasija*) marmite *f*; (*guisado*) ragoût *m*

c/c. *abr* (*COM*) (= *cuenta corriente*) CC (= *compte courant*)

CE *sigla f* (= *Comunidad Europea*) CE *f* (= *Communauté européenne*)
cebada *nf* orge *f*
cebar *vt* (*animal*) gaver, engraisser; (*persona*) gaver; (*anzuelo*) amorcer; **~se** *vpr* se gaver; **~se en/con** s'acharner sur/à
cebo *nm* appât *m*, amorce *f*; (*fig*) appât, leurre *m*
cebolla *nf* oignon *m*
cebolleta *nf* oignon *m* nouveau; (*en vinagre*) petit oignon blanc
cebra *nf* zèbre *m*; **paso de ~** passage *m* pour piétons
cecear *vi* zézayer; **ceceo** *nm* zézaiement *m*
ceder *vt* céder ♦ *vi* céder; (*disminuir*) diminuer; **"ceda el paso"** "cédez le passage"
cedro *nm* cèdre *m*
cédula *nf* cédule *f*; **~ de identidad** (AM) carte *f* d'identité
cegar *vt* aveugler; (*tubería, ventana*) boucher; **~se** *vpr* (*fig*) s'aveugler
ceguera *nf* cécité *f*
ceja *nf* sourcil *m*
cejar *vi*: **(no) ~ en su empeño/propósito** (ne pas) renoncer à son engagement/dessein
celador, a *nm/f* (*de hospital*) gardien(ne); (*de cárcel*) gardien(ne) de prison
celda *nf* cellule *f*
celebración *nf* célébration *f*
celebrar *vt* célébrer ♦ *vi* (REL) officier; **~se** *vpr* se célébrer; **celebro que sigas bien** je suis ravi(e) que tu ailles bien
célebre *adj* célèbre
celebridad *nf* célébrité *f*
celeste *adj* (*tb:* **azul ~**) bleu ciel *inv*; (*cuerpo, bóveda*) céleste
celestial *adj* céleste
celibato *nm* célibat *m*
célibe *adj, nm/f* célibataire *m/f*
celo *nm* zèle *m*; (® *tb:* **papel ~**) papier *m* collant, scotch *m* ®; **~s** *nmpl* (*de niño, amante*) jalousie *fsg*; **tener ~s de algn** être jaloux(-ouse) de qn; **estar en ~** être en chaleur
celofán *nm* cellophane *f*
celoso, -a *adj* jaloux(-ouse)
célula *nf* cellule *f*
celulitis *nf* cellulite *f*
celulosa *nf* cellulose *f*
cementerio *nm* cimetière *m*
cemento *nm* (*argamasa*) mortier *m*; (*para construcción*) ciment *m*; (AM: *cola*) colle *f*
cena *nf* dîner *m*, souper *m*
cenagal *nm* bourbier *m*
cenar *vt*: **~ algo** manger qch pour le dîner ♦ *vi* souper, dîner
cenicero *nm* cendrier *m*
cenit *nm* zénith *m*; (*de carrera*) sommet *m*, faîte *m*
ceniza *nf* cendre *f*; **~s** *nfpl* (*de persona*) cendres *fpl*
censo *nm* recensement *m*; **~ electoral** recensement électoral
censura *nf* censure *f*
censurar *vt* censurer
centella *nf* étincelle *f*; (*rayo*) foudre *f*; **como una ~** comme la foudre
centellear *vi* étinceler; (*estrella*) scintiller
centenar *nm* centaine *f*
centenario, -a *adj, nm* centenaire *m*
centeno *nm* seigle *m*
centésimo, -a *adj, nm/f* centième *m*
centígrado *adj* centigrade
centímetro *nm* centimètre *m*; **~ cuadrado/cúbico** centimètre carré/cube
céntimo *nm* centime *m*
centinela *nm* sentinelle *f*
centollo *nm* araignée *f* de mer
central *adj* central(e) ♦ *nf* centrale *f*; **~ eléctrica/nuclear** centrale électrique/nucléaire
centralita *nf* standard *m*
centralizar *vt* centraliser
centrar *vt* centrer; (*interés, atención*) attirer; **~se** *vpr* s'adapter
céntrico, -a *adj* central(e)
centrifugar *vt* essorer
centrista *adj* centriste
centro *nm* centre *m*; **~ comercial** centre commercial; **~ de gravedad** centre de gravité; **~ de salud** centre de santé; **~ docente** centre d'enseignement; **~ social** foyer *m* socio-éducatif; **~ turístico** centre touristique

centroamericano, -a *adj* d'Amérique centrale ♦ *nm/f* natif(-ive) *o* habitant(e) d'Amérique centrale
ceñido, -a *adj* cintré(e)
ceñir *vt* serrer; **~se** *vpr* (*vestido*) coller; **~se a algo/a hacer algo** s'en tenir à qch/à faire qch
ceño *nm* froncement *m*; **fruncir el ~** froncer les sourcils
CEOE *sigla f* (= *Confederación Española de Organizaciones Empresariales*) ≃ CNPF *m* (= *Conseil national du patronat français*)
cepillar *vt* brosser; (*madera*) raboter
cepillo *nm* brosse *f*; (*para madera*) rabot *m*; **~ de dientes** brosse à dents
cera *nf* cire *f*; (*del oído*) cérumen *m*
cerámica *nf* céramique *f*; **de ~** en céramique
cerca *nf* haie *f* ♦ *adv* (*en el espacio*) près; (*en el tiempo*) bientôt ♦ *prep*: **~ de** (*cantidad*) près de, environ; (*distancia*) près de; **de ~** de près
cercanía *nf* proximité *f*; **~s** *nfpl* (*de ciudad*) alentours *mpl*; **tren de ~s** train *m* de banlieue
cercano, -a *adj* proche; (*pueblo etc*) voisin(e); **~ a** proche de
cercar *vt* clôturer; (*manifestantes*) encercler; (*MIL*) assiéger
cerciorarse *vpr*: **~ (de)** s'assurer (de)
cerco *nm* cercle *m*; (*AM*) clôture *f*; (*MIL*) siège *m*
Cerdeña *nf* Sardaigne *f*
cerdo, -a *nm/f* cochon (truie); (*fam*: *persona sucia*) cochon(ne)
cereal *nm* céréale *f*; **~es** *nmpl* (*CULIN*) céréales *fpl*
cerebral *adj* cérébral(e)
cerebro *nm* cerveau *m*
ceremonia *nf* cérémonie *f*; **ceremonial** *adj* (*traje*) de cérémonie; (*danza*) cérémoniel(le) ♦ *nm* cérémonial *m*
ceremonioso, -a *adj* cérémonieux(-euse)
cereza *nf* cerise *f*
cerilla *nf*, **cerillo** (*AM*) *nm* allumette *f*
cernerse *vpr*: **~ sobre** (*tempestad*) menacer; (*desgracia*) planer sur
cero *nm* zéro *m*; **8 grados bajo ~** 8 degrés au dessous de zéro; **15 a ~** 15 à zéro
cerrado, -a *adj* fermé(e); (*curva*) en épingle à cheveux; (*poco sociable*) renfermé(e); (*bruto*) borné(e); (*acento*) marqué(e), prononcé(e)
cerradura *nf* serrure *f*
cerrajero, -a *nm/f* serrurier *m*
cerrar *vt* fermer; (*paso, entrada*) barrer; (*debate, plazo*) clore, clôturer; (*cuenta*) clore, fermer ♦ *vi* fermer; **~se** *vpr* se fermer; **~ con llave** fermer à clef; **~ un trato** conclure un marché
cerro *nm* tertre *m*
cerrojo *nm* verrou *m*
certamen *nm* concours *msg*
certero, -a *adj* adroit(e)
certeza, **certidumbre** *nf* certitude *f*; **tener la ~ de que** avoir la certitude que
certificado, -a *adj* recommandé(e) ♦ *nm* certificat *m*; **~ médico** certificat médical
certificar *vt* certifier; (*CORREOS*) envoyer en recommandé
cervatillo *nm* faon *m*
cervecería *nf* brasserie *f*
cerveza *nf* bière *f*
cesante *adj* en disponibilité; (*AM*) au chômage
cesar *vi* cesser; (*empleado*) se démettre de ses fonctions ♦ *vt* (*funcionario, ministro*) démettre de ses fonctions; **sin ~** sans cesse
cesárea *nf* césarienne *f*
cese *nm* fin *f*; (*despido*) révocation *f*
césped *nm* gazon *m*, pelouse *f*
cesta *nf* panier *m*
cesto *nm* panier *m*, corbeille *f*
cetro *nm* sceptre *m*
chabacano, -a *adj* vulgaire
chabola *nf* cabane *f*; **~s** *nfpl* (*zona*) bidonville *m*
chacal *nm* chacal *m*
chacha (*fam*) *nf* bonne *f*
cháchara *nf*: **estar de ~** parler à bâtons rompus
chacra (*AND, CSUR*) *nf* ferme *f*
chafar *vt* (*pelo*) aplatir; (*hierba*)

coucher; (*ropa*) chiffonner; (*fig*: *planes*) bouleverser
chal *nm* châle *m*
chalado, -a (*fam*) *adj* taré(e); **estar ~ por algn** en pincer pour qn
chalé (*pl* **~s**) *nm* villa *f*; (*en la montaña*) chalet *m*
chaleco *nm* gilet *m*; **~ salvavidas** gilet de sauvetage
chalet (*pl* **~s**) *nm* = **chalé**
champán, **champaña** *nm* champagne *m*
champú (*pl* **~es, ~s**) *nm* shampooing *m*
chamuscar *vt* roussir
chance (AM) *nm o f* occasion *f*
chancho, -a (AM) *nm/f* porc *m*
chanchullo (*fam*) *nm* magouille *f*
chandal *nm* survêtement *m*
chantaje *nm* chantage *m*
chapa *nf* (*de metal, insignia*) plaque *f*; (*de madera*) planche *f*; (*de botella*) capsule *f*; (AM) serrure *f*; **de 3 ~s** (*madera*) en 3 épaisseurs; **~ (de matrícula)** (CSUR) plaque d'immatriculation
chaparrón *nm* averse *f*
chapotear *vi* patauger
chapucero, -a *nm/f* (*pey*): **ser (un) ~** bâcler son travail
chapurr(e)ar *vt* (*idioma*) baragouiner
chapuza *nf* bricole *f*; (*pey*) travail *m* bâclé
chapuzón *nm*: **darse un ~** faire trempette
chaqueta *nf* (*de lana*) gilet *m*; (*de traje*) veste *f*
chaquetón *nm* veste *f*
charca *nf* mare *f*
charco *nm* flaque *f*
charcutería *nf* charcuterie *f*
charla *nf* bavardage *m*; (*conferencia*) petit discours *msg*
charlar *vi* bavarder
charlatán, -ana *adj* bavard(e) ♦ *nm/f* bavard(e); (*estafador*) charlatan *m*
charol *nm* cuir *m* verni; (AM) plateau *m*; **de ~** verni(e)
chárter *adj inv*: **vuelo ~** vol *m* charter
chascarrillo *nm* histoire *f* drôle
chasco *nm* (*desengaño*) déception *f*; **me llevé un ~** ça m'a fait l'effet d'une douche froide
chasis *nm inv* châssis *msg*
chasquear *vt* faire claquer; **chasquido** *nm* claquement *m*; (*de madera*) craquement *m*
chatarra *nf* ferraille *f*
chato, -a *adj* (*persona*) au nez épaté; (*nariz*) épaté(e)
chaval, a *nm/f* gars *msg*, fille *f*
checo(e)slovaco, -a *adj* tchécoslovaque ♦ *nm/f* Tchécoslovaque *m/f*
Checo(e)slovaquia *nf* Tchécoslovaquie *f*
chepa *nf* bosse *f*
cheque *nm* chèque *m*; **~ de viaje** chèque de voyage
chequeo *nm* (MED) bilan *m* de santé; (AUTO) vérification *f*
chequera (AM) *nf* chéquier *m*
chica *ver* **chico**
chicano, -a *adj* chicano ♦ *nm/f* Chicano *m/f*
chícharo (MÉX) *nm* (*guisante*) petit pois *msg*
chichón *nm* bosse *f* (à la tête)
chicle *nm* chewing-gum *m*
chico, -a *adj* (*esp* AM) petit(e) ♦ *nm/f* garçon/fille
chiflado, -a (*fam*) *adj* givré(e)
chiflar *vi* siffler; **le chiflan los helados** il raffole des glaces; **nos chifla montar en moto** on adore faire de la moto
Chile *nm* Chili *m*
chile *nm* piment *m* fort
chileno, -a *adj* chilien(ne) ♦ *nm/f* Chilien(ne)
chillar *vi* (*persona*) pousser des cris aigus; (*animal*) glapir
chillido *nm* (*de persona*) cri *m* aigu; (*de animal*) glapissement *m*
chillón, -ona *adj* (*niño*) brailleur(-euse); (*voz, color*) criard(e)
chimenea *nf* cheminée *f*
chimpancé (*pl* **~s**) *nm* chimpanzé *m*
China *nf*: **la ~** la Chine
china *nf* (CSUR: *india*) indienne *f*; (: *criada*) domestique *f*
chinche *nm/f* punaise *f*; **morirse como ~s** tomber comme des mouches
chincheta *nf* punaise *f*

chino, -a *adj* chinois(e) ♦ *nm/f* Chinois(e) ♦ *nm* (LING) chinois *msg*; (AND, CSUR: *indio*) indien *m*; (: *criado*) domestique *m*; (MÉX) boucle *f*
chipirón *nm* petit calmar *m*
Chipre *nf* Chypre *f*; **chipriota** *adj* chypriote ♦ *nm/f* Chypriote *m/f*
chiquillo, -a (*fam*) *nm/f* môme *m/f*
chirimoya *nf* (BOT) anone *f*
chiringuito *nm* kiosque *m*
chiripa *nf*: **por** *o* **de ~** sur un coup de pot
chirriar *vi* (*goznes*) grincer
chirrido *nm* grincement *m*
chis *excl* chut
chisme *nm* ragot *m*; (*fam*) truc *m*
chismoso, -a *adj* cancanier(-ère) ♦ *nm/f* commère *f*
chispa *nf* étincelle *f*; **una ~** (*fam*) un tout petit peu
chispear *vi* étinceler; (*lloviznar*) pleuvoter
chisporrotear *vi* crépiter
chiste *nm* histoire *f* drôle
chistoso, -a *adj* (*situación*) comique; (*persona*) spirituel(le)
chivo, -a *nm/f* chevreau(-vrette); **~ expiatorio** tête *f* de turc
chocante *adj* (*sorprendente*) choquant(e); (*gracioso*) drôle
chocar *vi* (*coches etc*) cogner; (MIL, *fig*) s'affronter; (*sorprender*) choquer; **~ con** rentrer dans; (*fig*) s'accrocher avec; **¡chócala!** (*fam*) tope là!
chochear *vi* devenir gâteux(-euse)
chocho, -a *adj* gâteux(-euse); **estar ~ por algn/algo** raffoler de qn/qch
chocolate *adj* (AM) chocolat *inv* ♦ *nm* chocolat *m*
chocolatina *nf* chocolat *m*
chofer, **chófer** *nm* chauffeur *m*
chollo (*fam*) *nm* bon plan *m*
choque *vb ver* **chocar** ♦ *nm* choc *m*; (*impacto*) impact *m*; (*fig*: *disputa*) heurt *m*
chorizo *nm* chorizo *m*; (*fam*) voyou *m*
chorrear *vt* dégouliner ♦ *vi* dégouliner; (*gotear*) goutter; **estar chorreando** être trempé(e)
chorro *nm* (*de líquido*) jet *m*; (*fig*) flot *m*; **salir a ~s** couler à flots
choza *nf* hutte *f*
chubasco *nm* bourrasque *f*
chubasquero *nm* ciré *m*
chuchería *nf* babiole *f*; (*para comer*) amuse-gueule *m inv*
chuleta *nf* côte *f*; (ESCOL *etc*: *fam*) pompe *f*
chulo, -a *adj* (*fam*: *bonito*) classe; (MÉX) beau (belle); (*pey*) effronté(e) ♦ *nm* effronté *m*; (*matón*) frimeur *m*; (*tb*: **~ de putas**) maquereau *m*; (AND) vautour *m*
chupar *vt* (*líquido*) aspirer; (*caramelo*) sucer; (*absorber*) absorber; **~se** *vpr* (*dedo*) sucer; (*mano*) se lécher
chupete *nm* sucette *f*
chupito *nm* (*fam*) petit verre *m*; **un ~ de whisky por favor** un baby s'il vous plaît
churro *nm* ≃ beignet *m*

Churros

Les **churros**, *ces longs beignets à base de farine et d'eau, sont très appréciés dans toute l'Espagne. On les déguste généralement au petit-déjeuner ou au goûter, en buvant du chocolat chaud épais. À Madrid, il en existe une variété plus grosse appelée "porra".*

chusma (*pey*) *nf* foule *f*
chutar *vi* (DEPORTE) shooter
Cía *abr* (= *compañía*) Cie
cianuro *nm* (QUÍM) cyanure *m*
cibernauta *nmf* cybernaute mf
cicatriz *nf* cicatrice *f*; **cicatrizar** *vt, vi* cicatriser; **cicatrizarse** *vpr* se cicatriser
ciclismo *nm* cyclisme *m*
ciclista *adj, nm/f* cycliste *m/f*
ciclo *nm* cycle *m*
ciclomotor *nm* cyclomoteur *m*
ciclón *nm* cyclone *m*
cicloturismo *nm* cyclotourisme *m*
ciego, -a *vb ver* **cegar** ♦ *adj* aveugle ♦ *nm/f* aveugle *m/f*; **a ciegas** à l'aveuglette
cielo *nm* ciel *m*; (ARQ: *tb*: **~ raso**) faux-plafond *m*; **¡~s!** Mon Dieu!, juste ciel!

ciempiés *nm inv* mille-pattes *m inv*
cien *adj inv, nm inv* cent *m*
ciénaga *nf* marécage *m*
ciencia *nf* science *f*; **ciencia-ficción** *nf* science-fiction *f*
cieno *nm* vase *f*
científico, -a *adj, nm/f* scientifique *m/f*
ciento *adj, nm* cent *m*; **el diez por ~** dix pour cent
cierre *vb ver* **cerrar** ♦ *nm* fermeture *f*; (*pulsera*) fermoir *m*; **~ de cremallera** fermeture éclair ®; **~ relámpago** (AND, CSUR) fermeture éclair ®
cierto, -a *adj* certain(e); **~ hombre/día** un certain homme/jour; **ciertas personas** certaines personnes; **sí, es ~** oui, c'est certain; **por ~** à propos
ciervo *nm* cerf *m*
cifra *nf* chiffre *m*; **~ global** chiffre global
cifrar *vt* coder; (*esperanzas, felicidad*) placer; **~se** *vpr*: **~se en** s'élever à
cigala *nf* langoustine *f*
cigarra *nf* cigale *f*
cigarrillo *nm* cigarette *f*
cigarro *nm* cigarette *f*; (*puro*) cigare *m*
cigüeña *nf* cigogne *f*
cilíndrico, -a *adj* cylindrique
cilindro *nm* cylindre *m*
cima *nf* sommet *m*, cime *f*; (*de árbol*) cime; (*apogeo*) sommet
cimbrearse *vpr* se déhancher; (*ramas, tallos*) ployer
cimentar *vt* (*edificio*) jeter les fondations de; (*consolidar*) cimenter; **~se** *vpr*: **~se en** se fonder sur
cimientos *nmpl* fondations *fpl*
cinc *nm* zinc *m*
cincel *nm* ciseau *m*; **cincelar** *vt* ciseler
cinco *adj inv, nm inv* cinq *m inv*; *ver tb* **seis**
cincuenta *adj inv, nm inv* cinquante *m inv*; *ver tb* **sesenta**
cine *nm* cinéma *m*
cineasta *nm/f* cinéaste *m/f*
cinematográfico, -a *adj* cinématographique
cínico, -a *adj, nm/f* cynique *m/f*; (*desvergonzado*) effronté(e)
cinismo *nm* (*ver adj*) cynisme *m*; effronterie *f*
cinta *nf* ruban *m*, bande *f*; **~ adhesiva/aislante** ruban adhésif/isolant; **~ de vídeo** cassette *f* vidéo; **~ métrica** mètre *m* à ruban
cintura *nf* taille *f*
cinturón *nm* ceinture *f*; **~ de seguridad** ceinture de sécurité; **~ industrial** zone *f* industrielle
ciprés *nm* cyprès *m*
circo *nm* cirque *m*
circuito *nm* circuit *m*; **TV por ~ cerrado** télévision *f* en circuit fermé
circulación *nf* circulation *f*
circular *adj, nf* circulaire *f* ♦ *vi* circuler
círculo *nm* cercle *m*; **~ vicioso** cercle vicieux
circundar *vt* entourer
circunferencia *nf* circonférence *f*
circunscribirse *vpr* se circonscrire; **~ a (hacer)** se limiter *o* s'en tenir à (faire)
circunscripción *nf* circonscription *f*
circunspecto, -a *adj* circonspect(e)
circunstancia *nf* circonstance *f*
circunvalación *nf ver* **carretera**
cirio *nm* cierge *m*
ciruela *nf* prune *f*; **~ claudia** reine *f* claude; **~ pasa** pruneau *m*
cirugía *nf* chirurgie *f*; **~ estética/plástica** chirurgie esthétique/plastique
cirujano, -a *nm/f* chirurgien(ne)
cisne *nm* cygne *m*
cisterna *nf* chasse *f* d'eau; (*depósito*) citerne *f*
cita *nf* rendez-vous *m inv*; (*referencia*) citation *f*
citación *nf* citation *f*
citar *vt* donner rendez-vous à; (JUR) citer; **~se** *vpr*: **~se (con)** prendre rendez-vous (avec)
cítrico, -a *adj* citrique ♦ *nm*: **~s** agrumes *mpl*
ciudad *nf* ville *f*; **~ universitaria** cité *f* universitaire; **la C~ Condal** Barcelone; **C~ del Cabo** le Cap; **~ perdida** (MÉX) bidonville *m*; **ciudadanía** *nf* citoyenneté *f*
ciudadano, -a *adj, nm/f* citadin(e)
cívico, -a *adj* civique; (*persona*)

civil(e)
civil *adj* civil(e) ♦ *nm* civil *m*
civilización *nf* civilisation *f*
civilizar *vt* civiliser
civismo *nm* civisme *m*
cizaña *nf*: **meter/sembrar ~** mettre/ semer la zizanie
cl. *abr* (= *centilitro(s)*) cl (= *centilitre(s)*)
clamar *vt* clamer ♦ *vi* crier
clamor *nm* clameur *f*
clandestino, -a *adj* clandestin(e)
clara *nf* (*de huevo*) blanc *m*
claraboya *nf* lucarne *f*
clarear *vi* (*el día*) se lever; (*el cielo*) s'éclaircir
clarete *nm* rosé *m*
claridad *nf* clarté *f*
clarificar *vt* éclaircir
clarinete *nm* clarinette *f*
clarividencia *nf* clairvoyance *f*
claro, -a *adj* clair(e) ♦ *nm* éclaircie *f* ♦ *adv* clairement ♦ *excl* bien sûr!; **estar ~** être clair(e); **~ que sí/no** bien sûr que oui/non
clase *nf* genre *m*, classe *f*; (*lección*) cours *msg*; **dar ~(s)** (*profesor*) faire cours, donner des cours; **tener ~** avoir de la classe; **~ alta/media/ obrera/social** classe dominante/ moyenne/ouvrière/sociale; **~s particulares** cours particuliers
clásico, -a *adj* classique
clasificación *nf* classement *m*; (*de cartas, líneas*) tri *m*
clasificar *vt* classer; (*cartas*) trier; **~se** *vpr* se qualifier
claudicar *vi* céder
claustro *nm* cloître *m*; (UNIV, ESCOL) conseil *m*; (: *junta*) assemblée *f*, réunion *f*
cláusula *nf* clause *f*; **~ de exclusión** clause d'exclusion
clausura *nf* clôture *f*; **de ~** (REL) claustral; (: *monja*) cloîtré(e); **clausurar** *vt* clore; (*local*) fermer
clavar *vt* enfoncer; (*clavo*) clouer; (*alfiler*) épingler; (*mirada*) fixer; (*fam*: *cobrar caro*) arnaquer; **~se** *vpr* s'enfoncer
clave *nf* clef *f* ♦ *adj inv* clé; **en ~** (*mensaje*) codé(e)
clavel *nm* œillet *m*
clavícula *nf* clavicule *f*
clavija *nf* cheville *f*; (ELEC) fiche *f*
clavo *nm* clou *m*; (BOT, CULIN) clou de girofle; **dar en el ~** mettre dans le mille, faire mouche
claxon (*pl* **~s**) *nm* klaxon *m*
clemencia *nf* clémence *f*
cleptómano, -a *nm/f* cleptomane *m/f*
clérigo *nm* ecclésiastique *m*
clero *nm* clergé *m*
cliché *nm* cliché *m*
cliente, -a *nm/f* client(e)
clientela *nf* clientèle *f*
clima *nm* climat *m*
climatizado, -a *adj* climatisé(e)
clímax *nm inv* apogée *m*, point *m* culminant; (*sexual*) orgasme *m*
clínica *nf* clinique *f*
clínico, -a *adj* clinique
clip (*pl* **~s**) *nm* trombone *m*
clítoris *nm inv* clitoris *m inv*
cloaca *nf* égout *m*
cloro *nm* chlore *m*
club (*pl* **~s** *o* **~es**) *nm* club *m*
cm. *abr* (= *centímetro(s)*) cm *m* (= *centimètre(s)*)
C.N.T. *sigla f* (ESP: *Confederación Nacional de Trabajo*) *syndicat*; (AM: *Confederación Nacional de Trabajadores*) *syndicat*
coacción *nf* contrainte *f*
coaccionar *vt* contraindre
coagular *vt* coaguler; **~se** *vpr* se coaguler; **coágulo** *nm* caillot *m*
coalición *nf* coalition *f*
coartada *nf* alibi *m*
coba *nf*: **dar ~ a algn** passer de la pommade à qn
cobarde *adj* lâche ♦ *nm/f* lâche *m/f*, peureux(-euse); **cobardía** *nf* lâcheté *f*
cobaya *nm o f* cobaye *m*
cobertizo *nm* hangar *m*, remise *f*; (*de animal*) abri *m*
cobertura *nf* couverture *f*; **~ de dividendo** rapport *m* dividendes-résultat
cobija (AM) *nf* couverture *f*
cobijar *vt* héberger, loger; **~se** *vpr*: **~se (de)** se protéger (de); **~ (de)** protéger (de); **cobijo** *nm* abri *m*

cobra *nf* cobra *m*
cobrador, a *nm/f* receveur(-euse)
cobrar *vt* (*cheque*) toucher, encaisser; (*sueldo*) toucher; (*precio*) faire payer; (*deuda, alquiler, gas*) encaisser ♦ *vi* toucher son salaire; **cóbrese** payez-vous; **a ~** à encaisser; **cantidades por ~** sommes *fpl* dues
cobre *nm* cuivre *m*; **~s** *nmpl* (*MÚS*) cuivres *mpl*; **sin un ~** (*AM*: *fam*) sans un sou
cobro *nm* (*de cheque*) encaissement *m*; (*pago*) paiement *m*; **presentar al ~** encaisser
cocaína *nf* cocaïne *f*
cocción *nf* cuisson *f*
cocear *vi* ruer
cocer *vt* (faire) cuire ♦ *vi* cuire; (*agua*) bouillir; **~se** *vpr* cuire
coche *nm* voiture *f*; (*para niños*) poussette *f*; **~ de bomberos** voiture des pompiers; **~ de carreras** voiture de course
coche-cama (*pl* **~s-~**) *nm* wagon *m* lit
cochera *nf* garage *m*; (*de autobuses*) dépôt *m*
cochino, -a *adj* dégoûtant(e) ♦ *nm/f* cochon (truie); (*persona*) cochon(ne)
cocido, -a *adj* (*patatas*) bouilli(e); (*huevos*) dur(e) ♦ *nm* pot-au-feu *m inv*
cocina *nf* cuisine *f*; (*aparato*) cuisinière *f*; **~ eléctrica/de gas** cuisinière électrique/à gaz; **~ francesa** cuisine française; **cocinar** *vt, vi* cuisiner
cocinero, -a *nm/f* cuisinier(-ière)
coco *nm* noix *fsg* de coco
cocodrilo *nm* crocodile *m*; **cocotero** *nm* cocotier *m*
cóctel *nm* cocktail *m*; **~ molotov** cocktail Molotov
codazo *nm*: **dar un ~ a algn** donner un coup de coude à qn
codicia *nf* convoitise *f*; **codiciar** *vt* convoiter
codicioso, -a *adj* avide; (*expresión*) de convoitise
código *nm* code *m*; **~ civil/postal** code civil/postal; **~ de (la) circulación** code de la route
codillo *nm* (*TEC*) coude
codo *nm* coude *m*
codorniz *nf* caille *f*
coerción *nf* coercition *f*
coetáneo, -a *nm/f* contemporain(e)
coexistir *vi*: **~ (con)** coexister (avec)
cofradía *nf* confrérie *f*
cofre *nm* coffre *m*; (*de joyas*) coffret *m*
coger *vt* prendre; (*objeto caído*) ramasser; (*pelota*) attraper; (*frutas*) cueillir; (*sentido, indirecta*) comprendre, saisir; (*tomar prestado*) emprunter; (*AM*: *fam!*) baiser (*fam!*); **~se** *vpr* se prendre; **~ cariño a algn** prendre qn en affection; **~ celos de algn** être jaloux(-ouse) de qn; **~ manía a algn** prendre qn en grippe; **~se a** s'accrocher à, s'agripper à; **iban cogidos de la mano** ils se tenaient par la main
cogollo *nm* cœur *m*
cogote *nm* nuque *f*
cohecho *nm* subornation *f*
coherente *adj* cohérent(e)
cohesión *nf* cohésion *f*
cohete *nm* fusée *f*, pétard *m*; (*tb*: **~ espacial**) fusée
cohibido, -a *adj*: **estar/sentirse ~** être/se sentir gêné(e); (*tímido*) être/se sentir intimidé(e)
cohibir *vt* intimider; (*reprimir*) réprimer; **~se** *vpr* se retenir
coincidencia *nf* coïncidence *f*
coincidir *vi* (*en lugar*) se rencontrer; **coincidimos en ideas** nous partageons les mêmes idées; **~ con** coïncider avec
coito *nm* coït *m*
cojear *vi* boiter; (*mueble*) être bancal(e)
cojera *nf* claudication *f*
cojín *nm* coussin *m*; **cojinete** *nm* palier *m*
cojo, -a *vb ver* **coger** ♦ *adj* boiteux(-euse); (*mueble*) bancal(e) ♦ *nm/f* (*persona*) boiteux(-euse)
cojón (*fam!*) *nm* couille *f* (*fam!*); **¡cojones!** putain! (*fam!*)
cojonudo, -a (*ESP*: *fam!*) *adj* super
col *nf* chou *m*; **~es de Bruselas** choux *mpl* de Bruxelles

cola *nf* queue *f*; (*para pegar*) colle *f*; **hacer ~** faire la queue
colaborador, a *nm/f* collaborateur(-trice)
colaborar *vi*: **~ con** collaborer avec
colada *nf*: **hacer la ~** faire la lessive
colador *nm* (*de té*) passoire *f*; (*para verduras*) écumoire *f*
colapso *nm* collapsus *msg*; (*de circulación*) embouteillage *m*; (*en producción*) effondrement *m*
colar *vt* filtrer ♦ *vi* (*mentira*) prendre, passer; **~se** *vpr* (*en cola*) se glisser, se faufiler; (*viento, lluvia*) s'engouffrer; **~se en** (*concierto, cine*) se faufiler dans
colcha *nf* couvre-lit *m*
colchón *nm* matelas *m*; **~ inflable/neumático** matelas gonflable/pneumatique
colchoneta *nf* tapis *msg*
colección *nf* collection *f*; **coleccionar** *vt* collectionner; **coleccionista** *nm/f* collectionneur(-euse)
colecta *nf* collecte *f*
colectivo, -a *adj* collectif(-ive) ♦ *nm* collectif *m*; (AM) autobus *msg*; (: *taxi*) taxi *m*
colega *nm/f* collègue *m/f*; (POL) homologue *m*; (*amigo*) copain (copine)
colegial, a *adj, nm/f* collégien(ne)
colegio *nm* collège *m*; (*de abogados, médicos*) ordre *m*; **ir al ~** aller à l'école *o* au collège; **~ electoral** collège électoral; **~ mayor** résidence *f* universitaire
colegir *vt* déduire
cólera *nf* colère *f* ♦ *nm* choléra *m*
colérico, -a *adj* colérique; (*persona*) coléreux(-euse)
colesterol *nm* cholestérol *m*
coleta *nf* queue *f*, couette *f*
colgante *adj* pendant(e), suspendu(e) ♦ *nm* pendentif *m*
colgar *vt* accrocher; (*teléfono*) raccrocher; (*ropa*) étendre; (*ahorcar*) pendre ♦ *vi* raccrocher; **~ de** pendre à, être suspendu(e) à
cólico *nm* colique *f*
coliflor *nf* chou-fleur *m*
colilla *nf* mégot *m*
colina *nf* colline *f*
colirio *nm* collyre *m*
colisión *nf* collision *f*
collar *nm* collier *m*
colmar *vt* remplir à ras bord
colmena *nf* ruche *f*
colmillo *nm* canine *f*; (*de elefante*) défense *f*; (*de perro*) croc *m*
colmo *nm*: **ser el ~ de la locura/frescura/insolencia** être le comble de la folie/du toupet/de l'insolence; **para ~ (de desgracias)** pour comble (de malheurs)
colocación *nf* (*de piedra*) pose *f*; (*de persona*) placement *m*; (*empleo*) emploi *m*, travail *m*; (*disposición*) emplacement *m*
colocar *vt* (*piedra*) poser; (*cuadro*) accrocher; (*poner en empleo*) placer; **~se** *vpr* se placer; (*conseguir trabajo*): **~se (de)** trouver du travail (comme)
Colombia *nf* Colombie *f*
colombiano, -a *adj* colombien(ne) ♦ *nm/f* Colombien(ne)
colonia *nf* colonie *f*; (*tb:* **agua de ~**) eau *f* de cologne; (MÉX) quartier *m*; **~ proletaria** (MÉX) bidonville *m*
colonización *nf* colonisation *f*
colonizador, a *adj, nm/f* colonisateur(-trice)
colonizar *vt* coloniser
coloquial *adj* familier(-ière), parlé(e)
coloquio *nm* colloque *m*
color *nm* couleur *f*; **de ~** de couleur; **de ~ amarillo/azul/naranja** de couleur jaune/bleue/orange
colorado, -a *adj* rouge; (AM: *chiste*) grivois(e)
colorante *nm* colorant *m*
colorar, **colorear** *vt* colorer
colorete *nm* fard *m*
columna *nf* colonne *f*; **~ vertebral** colonne vertébrale
columpiar *vt* balancer; **~se** *vpr* se balancer; **columpio** *nm* balançoire *f*
coma *nf* virgule *f* ♦ *nm* (MED) coma *m*
comadrona *nf* sage-femme *f*
comandancia *nf* (*mando*) commandement *m*; (*edificio*) commandement, commanderie *f*
comandante *nm* commandant *m*

comarca *nf* contrée *f*

comba *nf* corde *f*; **saltar a la ~** sauter à la corde; **no pierde ~** il n'en perd pas une

combar *vt* courber; **~se** *vpr* se courber

combate *nm* combat *m*; **combatiente** *nm* combattant *m*

combatir *vt, vi* combattre

combinación *nf* combinaison *f*

combinar *vt* combiner; (*esfuerzos*) unir

combustible *adj, nm* combustible *m*

combustión *nf* combustion *f*

comedia *nf* comédie *f*

comediante *nm/f* comédien(ne)

comedido, -a *adj* modéré(e)

comedor *nm* salle *f* à manger; (*de colegio, hotel*) réfectoire *m*

comensal *nm/f* invité(e), convive *m/f*

comentar *vt* commenter

comentario *nm* commentaire *m*; **comentarios** *nmpl* (*chismes*) commentaires *mpl*; **dar lugar a ~s** donner lieu à des commentaires, prêter à commentaires

comentarista *nm/f* commentateur(-trice)

comenzar *vt, vi* commencer; **~ a/por hacer** commencer à/par faire

comer *vt* manger; (*DAMAS, AJEDREZ*) souffler ♦ *vi* manger; (*almorzar*) manger, déjeuner; **~se** *vpr* manger; **está para comérsela** elle est belle à croquer; **~ el coco a algn** (*fam*) bourrer le crâne à qn

comercial *adj* commercial(e)

comercializar *vt* commercialiser

comerciar *vi*: **~ en** faire le commerce de

comercio *nm* commerce *m*; **~ autorizado** commerce autorisé; **~ exterior/interior** commerce extérieur/intérieur

comestible *adj* comestible ♦ *nm*: **~s** aliments *mpl*

cometa *nm* comète *f* ♦ *nf* cerf-volant *m*

cometer *vt* commettre

cometido *nm* rôle *m*; (*deber*) devoir *m*

comezón *nf* démangeaison *f*

cómic *nm* bande *f* dessinée

comicios *nmpl* comices *mpl*

cómico, -a *adj* comique ♦ *nm/f* (*de TV, cabaret*) comique *m/f*; (*de teatro*) comédien(ne)

comida *nf* nourriture *f*; (*almuerzo*) repas *msg*; (*esp AM*) dîner *m*

comidilla *nf*: **ser la ~ del barrio** être sur toutes les lèvres

comienzo *vb ver* **comenzar** ♦ *nm* commencement *m*

comillas *nfpl* guillemets *mpl*

comilona (*fam*) *nf* gueuleton *m*

comino *nm* cumin *m*; **(no) me importa un ~** je m'en balance

comisaría *nf* (*tb:* **~ de Policía**) commissariat *m*

comisario *nm* commissaire *m*

comisión *nf* commission *f*; **~ mixta/permanente** commission paritaire/permanente; **comisiones bancarias** commissions bancaires; **Comisiones Obreras** (*ESP*) *syndicat ouvrier*

comité (*pl* **~s**) *nm* comité *m*

comitiva *nf* suite *f*, cortège *m*

como *adv* comme; (*en calidad de*) en ♦ *conj* (*condición*) si; (*causa*) comme; **lo hace ~ yo** il le fait comme moi; **tan grande ~** aussi grand que; **~ si estuviese ciego** comme s'il était aveugle

cómo *adv* comment ♦ *excl* comment!; **¿~ (ha dicho)?** comment?, vous avez dit?; **¡~ no!** bien sûr!; (*esp AM: ¡claro!*) pardi!; **¡~ corre!** comme il cavale!

cómoda *nf* commode *f*

comodidad *nf* confort *m*; (*conveniencia*) avantage *m*; **~es** *nfpl* aises *fpl*

comodín *nm* (*NAIPES*) joker *m*; (*INFORM*) caractère *m* de remplacement

cómodo, -a *adj* confortable; (*máquina, herramienta*) pratique; **estar/ponerse/sentirse ~** être/se mettre/se sentir à l'aise

compact disc *nm* C.D

compacto, -a *adj* cor

compadecer *vt* plainc
~se de se plaindre d

compadre *nm* parrain
directa) (mon) vieux

compañero, -a *nm/f* collègue *m/f*; (*en juego*) partenaire *m/f*; (*en estudios*) camarade *m/f*
compañía *nf* compagnie *f*; **en ~ de** en compagnie de; **hacer ~ a algn** tenir compagnie à qn; **~ afiliada** filiale *f*; **~ concesionaria/inversionista** compagnie concessionnaire/actionnaire; **~ (no) cotizable** compagnie (non) cotée en Bourse
comparación *nf* comparaison *f*; **en ~ con** par comparaison à
comparar *vt*: **~ a/con** comparer à/avec
comparecer *vi* comparaître
comparsa *nm/f* (TEATRO, CINE) figurant(e) ♦ *nf* (*de carnaval etc*) mascarade *f*
compartimento, **compartimiento** *nm* compartiment *m*
compartir *vt* partager
compás *nm* (MÚS) rythme *m*; (*para dibujo*) compas *msg*; **al ~** au même rythme
compasión *nf* compassion *f*; **sin ~** sans pitié
compasivo, -a *adj* compatissant(e)
compatibilidad *nf* compatibilité *f*
compatible *adj*: **~ (con)** compatible (avec)
compatriota *nm/f* compatriote *m/f*
compendiar *vt* résumer; **compendio** *nm* abrégé *m*
compenetrarse *vpr* (*personas*) s'entendre sur tout
compensación *nf* compensation *f*, dédommagement *m*
compensar *vt* (*persona*) compenser; (*contrarrestar: pérdidas*) compenser, contrebalancer ♦ *vi* (*esfuerzos, trabajo*) récompenser
competencia *nf* compétition *f*, concurrence *f*; (JUR, *habilidad*) compétence *f*; **~s** *nfpl* (POL) compétences *fpl*; **la ~** (COM) la compétition *o* concurrence; **hacer la ~ a** faire concurrence à; **ser de la ~ de algn** être de la compétence de qn
\[co]mpetente *adj* compétent(e)
\[compe]tición *nf* compétition *f*
competir *vi* concourir; **~ en** (*fig*) rivaliser en; **~ por** rivaliser pour; (DEPORTE) être en compétition pour, concourir pour
compilar *vt* compiler
complacencia *nf* complaisance *f*
complacer *vt* faire plaisir à; **~se** *vpr*: **~se en (hacer)** se complaire à (faire)
complaciente *adj* complaisant(e); **ser ~ con** *o* **para con** montrer de la complaisance envers
complejo, -a *adj* complexe ♦ *nm* (PSICO) complexe *m*; **~ deportivo** cité *f* des sports; **~ industrial** complexe industriel
complemento *nm* complément *m*
completar *vt* compléter
completo, -a *adj* complet(-ète); (*éxito, fracaso*) total(e); **al ~** au complet; **por ~** complètement
complicado, -a *adj* compliqué(e); **estar ~ en** être impliqué(e) dans
complicar *vt* compliquer; **~se** *vpr* se compliquer; **~ a algn en** impliquer qn dans
cómplice *nm/f* complice *m/f*
complot (*pl* **~s**) *nm* complot *m*
componer *vt* composer; (*algo roto*) réparer; **~se de** se composer de; **componérselas para hacer algo** s'arranger pour faire qch
comportamiento *nm* comportement *m*
comportar *vt* comporter; **~se** *vpr* se comporter
composición *nf* composition *f*
compositor, a *nm/f* (MÚS) compositeur(-trice)
compostura *nf* tenue *f*, maintien *m*
compra *nf* achat *m*; **hacer/ir a la ~** faire/aller faire les courses; **ir de ~s** faire les magasins; **~ a plazos** achat à crédit
comprador, a *nm/f* acheteur(-euse)
comprar *vt* acheter; **~se** *vpr* s'acheter
comprender *vt* comprendre
comprensión *nf* compréhension *f*
comprensivo, -a *adj* compréhensif(-ive)
compresa *nf* (*tb:* **~ higiénica**) serviette *f* hygiénique
comprimido, -a *adj* comprimé(e) ♦

nm (*MED*) comprimé *m*, cachet *m*
comprimir *vt* comprimer
comprobante *nm* (*COM*) reçu *m*, récépissé *m*
comprobar *vt* vérifier
comprometer *vt* compromettre; **~se** *vpr* se compromettre; **~ a algn a hacer** mettre qn dans l'obligation de faire; **~se a hacer** s'engager à faire
compromiso *nm* (*acuerdo*) compromis *msg*; (*situación difícil*) embarras *msg*
compuesto, -a *pp de* **componer** ♦ *adj* composé(e) ♦ *nm* composé *m*; **~ de** composé(e) de
computador *nm*, **computadora** *nf* ordinateur *m*; **~ central** ordinateur central
cómputo *nm* calcul *m*
comulgar *vi* (*REL*) communier; **~ con** (*con ideas, valores*) partager
común *adj* commun(e); **en ~** en commun
comunicación *nf* communication *f*; **comunicaciones** *nfpl* (*transportes, TELEC*) communications *fpl*
comunicado *nm* communiqué *m*; **~ de prensa** communiqué de presse
comunicar *vt* communiquer ♦ *vi* (*teléfono*) être occupé; **~se** *vpr* communiquer; **~ con** communiquer avec; **está comunicando** (*TELEC*) c'est occupé
comunidad *nf* communauté *f*; **~ autónoma** (*POL*) communauté autonome; **~ de vecinos** copropriétaires *mpl*, association *f* de copropriétaires; **C~ (Económica) Europea** Communauté (économique) européenne
comunión *nf* communion *f*
comunismo *nm* communisme *m*; **comunista** *adj, nm/f* communiste *m/f*

PALABRA CLAVE

con *prep* **1** (*medio, compañía, modo*) avec; **comer con cuchara** manger avec une cuillère; **café con leche** café au lait; **con habilidad** avec habileté
2 (*actitud, situación*): **piensa con los ojos cerrados** il pense les yeux fermés; **estoy con un catarro** j'ai un rhume
3 (*a pesar de*): **con todo, merece nuestros respetos** malgré tout, il mérite notre respect
4 (*relación, trato*): **es muy bueno (para) con los niños** il sait s'y prendre avec les enfants
5 (*+ infin*): **con llegar tan tarde se quedó sin comer** comme il est arrivé très tard, il n'a pas pu manger; **con estudiar un poco apruebas** en étudiant un peu tu y arriveras
6 (*queja*): **¡con las ganas que tenía de hacerlo!** moi qui avais tellement envie de le faire!
♦ *conj* **1**: **con que**: **será suficiente con que le escribas** il suffit que tu lui écrives
2: **con tal (de) que** du moment que

conato *nm* tentative *f*; (*de incendio*) début *m*
concebir *vt, vi* concevoir
conceder *vt* accorder; (*premio*) décerner
concejal, -a *nm/f* conseiller *m* municipal
concentración *nf* concentration *f*
concentrar *vt* concentrer; (*personas*) rassembler; **~se** *vpr* se concentrer; **~se (en)** se concentrer (sur)
concepción *nf* conception *f*
concepto *nm* (*idea*) concept *m*; **tener buen/mal ~ de algn** avoir bonne/mauvaise opinion de qn
concernir *vi* concerner; **en lo que concierne a** en ce qui concerne
concertar *vt* (*precio*) se mettre d'accord sur; (*entrevista*) fixer; (*tratado, paz*) conclure; (*esfuerzos*) associer; (*MÚS*) accorder ♦ *vi* (*MÚS*) être en harmonie
concesión *nf* (*COM*: *adjudicación*) concession *f*; **hacer concesiones** faire des concessions; **sin concesiones** sans concessions
concesionario, -a *nm/f* (*COM*) concessionnaire *m/f*

concha *nf* (*de molusco*) coquille *f*; (*de tortuga*) carapace *f*

conciencia *nf* conscience *f*; **hacer algo a ~** faire qch consciencieusement; **tener/tomar ~ de** avoir/prendre conscience de

concienciar *vt* faire prendre conscience à; **~se** *vpr* prendre conscience

concienzudo, -a *adj* consciencieux(-euse)

concierto *nm* (*MÚS*: *acto*) concert *m*; (: *obra*) concerto *m*; (*convenio*) accord *m*

conciliar *vt* concilier; **~ el sueño** trouver le sommeil

concilio *nm* concile *m*

conciso, -a *adj* concis(e)

concluir *vt* conclure ♦ *vi* (se) terminer

conclusión *nf* conclusion *f*

concluyente *adj* concluant(e)

concordia *nf* concorde *f*

concretar *vt* concrétiser; **~se** *vpr*: **~se a (hacer)** s'en tenir à (faire)

concreto, -a *adj* concret(-ète); (*determinado*) précis(e) ♦ *nm* (*AM*: *hormigón*) béton *m*; **en ~** en somme; (*específicamente*) en particulier; **un día ~** un jour précis

concurrencia *nf* assistance *f*

concurrido, -a *adj* fréquenté(e)

concurrir *vi* (*sucesos*) coïncider; (*factores*) concourir; (*ríos*) confluer; (*avenidas*) converger

concursante *nm/f* concurrent(e)

concurso *nm* concours *m*

conde *nm* comte *m*

condecoración *nf* décoration *f*

condecorar *vt* décorer

condena *nf* condamnation *f*

condenar *vt* condamner; **~se** *vpr* (*JUR*) se reconnaître coupable; (*REL*) se damner; **~ (a)** condamner (à)

condensar *vt* condenser; **~se** *vpr* se condenser

condesa *nf* comtesse *f*

condición *nf* condition *f*; (*modo de ser*) caractère *m*; (*estado*) état *m*; **condiciones** *nfpl* capacités *fpl*, aptitudes *fpl*; **a ~ de que ...** à condition que ...; **condicional** *adj* conditionnel(le); *ver* **libertad**

condicionar *vt* conditionner; **estar condicionado a** dépendre de

condimento *nm* condiment *m*

condolerse *vpr* compatir

condón *nm* préservatif *m*

conducir *vt* conduire; (*suj*: *camino, escalera, negocio*) conduire, mener ♦ *vi* conduire; **~se** *vpr* se conduire; **esto no conduce a nada/ninguna parte** cela ne mène à rien/nulle part

conducta *nf* conduite *f*

conducto *nm* conduit *m*; **por ~ oficial** par voie officielle

conductor, a *adj* (*FÍS, ELEC*) conducteur(-trice) ♦ *nm* conducteur *m* ♦ *nm/f* conducteur(-trice)

conduje *etc vb ver* **conducir**

conduzca *etc vb ver* **conducir**

conectar *vt* relier; (*tubos*) raccorder; (*enchufar*) connecter, brancher ♦ *vi*: **~ (con)** (*TV, RADIO*) donner l'antenne (à)

conejillo *nm*: **~ de Indias** cochon *m* d'Inde; (*fig*) cobaye *m*

conejo *nm* lapin *m*

conexión *nf* connexion *f*

confección *nf* confection *f*

confeccionar *vt* confectionner

confederación *nf* confédération *f*

conferencia *nf* conférence *f*; (*TELEC*) communication *f* interurbaine; **~ a cobro revertido** (*TELEC*) appel *m* en PCV; **~ de prensa** conférence de presse

conferir *vt* conférer

confesar *vt* confesser, avouer ♦ *vi* (*REL*) confesser; (*JUR*) avouer; **~se** *vpr* se confesser

confesión *nf* confession *f*, aveu *m*; (*REL*) confession

confesionario *nm* (*REL*) confessionnal *m*

confeti *nm* confetti *m*

confiado, -a *adj* confiant(e)

confianza *nf* confiance *f*; (*familiaridad*) familiarité *f*; **de ~** (*persona*) de confiance; (*alimento*) de qualité; **tener ~ con algn** être intime avec qn; **tomarse ~s con algn** (*pey*) se permettre des

familiarités avec qn
confiar *vt* confier; **~se** *vpr* être confiant(e); **~ en** avoir confiance en; **~ en hacer/que** compter faire/ que
confidencia *nf* confidence *f*
confidencial *adj* confidentiel(le); **"~"** (*en sobre*) "confidentiel"
confidente *nm/f* (*amigo*) confident(e); (*policial*) informateur(-trice), indicateur(-trice)
configurar *vt* façonner
confín *nm*: **el ~ del mundo** le bout du monde
confinar *vt* (*desterrar*) confiner
confirmar *vt* confirmer; **~se** *vpr* se confirmer; (*REL*) faire sa confirmation; **la excepción confirma la regla** l'exception confirme la règle
confiscar *vt* confisquer
confitería *nf* (*tienda*) confiserie *f*; (*CSUR*: *café*) café *m*
confitura *nf* confiture *f*
conflictivo, -a *adj* conflictuel(le); (*época*) de conflit
conflicto *nm* conflit *m*; (*fig*: *problema*) problème *m*
confluir *vi* (*ríos, personas*) confluer; (*carreteras*) se rejoindre
conformar *vt* (*carácter, paisaje*) façonner; **~se** *vpr*: **~se con** se contenter de; (*resignarse*) se résigner à; **~se con hacer** se contenter de faire
conforme *adj* conforme; (*de acuerdo*) d'accord; (*satisfecho*) content(e), satisfait(e) ♦ *conj* (*tal como*) tel que, comme; (*a medida que*) à mesure que ♦ *excl* d'accord ♦ *prep*: **~ a** conformément à; **~ con** content(e) *o* satisfait(e) de
conformidad *nf* conformité *f*; (*aprobación*) accord *m*, approbation *f*; **conformista** *adj, nm/f* conformiste *m/f*
confortable *adj* confortable
confortar *vt* réconforter
confrontar *vt* confronter; **~se** *vpr* s'affronter; **~se con** affronter
confundir *vt* confondre; (*persona*: *embrollar*) embrouiller; (: *desconcertar*) confondre; **~se** *vpr* (*equivocarse*) se tromper; (*hacerse borroso*) se confondre; (*mezclarse*) se confondre; **~ algo/algn con** confondre qch/qn avec
confusión *nf* confusion *f*
confuso, -a *adj* confus(e)
congelado, -a *adj* (*carne, pescado*) congelé(e); **~s** *nmpl* (*CULIN*) surgelés *mpl*; **congelador** *nm* congélateur *m*
congelar *vt* congeler; (*COM, FIN*) geler; **~se** *vpr* se congeler; (*sangre, grasa*) se figer
congeniar *vi*: **~ (con)** s'entendre (avec)
congestión *nf* (*de tráfico*) encombrement *m*; (*MED*) congestion *f*
congestionar *vt* congestionner; **~se** *vpr* se congestionner
congoja *nf* chagrin *m*
congraciarse *vpr*: **~ con** s'attirer les bonnes grâces de
congratular *vt* féliciter; **~se** *vpr*: **~se de** *o* **por** se féliciter de
congregación *nf* congrégation *f*
congregar *vt* réunir, rassembler; **~se** *vpr* se réunir, se rassembler
congreso *nm* congrès *m*
conjetura *nf* conjecture *f*; **sólo podemos hacer ~s** nous sommes réduits aux conjectures
conjugar *vt* conjuguer
conjunción *nf* (*LING*) conjonction *f*
conjunto, -a *adj* commun(e) ♦ *nm* ensemble *m*; (*de circunstancias*) concours *msg*; (*de música pop*) groupe *m*; **de ~** (*visión, estudio*) d'ensemble; **en ~** dans l'ensemble
conjurar *vt, vi* conjurer; **~se** *vpr* se conjurer
conmemoración *nf* commémoration *f*
conmemorar *vt* commémorer
conmigo *pron* avec moi
conmoción *nf* commotion *f*; (*en sociedad, costumbres*) bouleversement *m*; **~ cerebral** (*MED*) commotion cérébrale
conmovedor, a *adj* émouvant(e)
conmover *vt* émouvoir; (*suj*: *terremoto, estrépito*) ébranler; **~se** *vpr*

s'émouvoir

conmutador *nm* (*AM: TELEC*) central *m* téléphonique

cono *nm* (*GEOM*) cône *m*; **C~ Sur** (*GEO*) *Chili, Argentine, Uruguay*

conocedor, -a *adj, nm/f* connaisseur(-euse)

conocer *vt* connaître; (*reconocer*) reconnaître; **~se** *vpr* se connaître; **se conoce que ...** il semble *o* paraît que ...

conocido, -a *adj* connu(e) ♦ *nm/f* (*persona*) connaissance *f*

conocimiento *nm* connaissance *f*; **~s** *nmpl* (*saber*) connaissances *fpl*; **poner en ~ de algn** faire savoir à qn; **tener ~ de** avoir connaissance de

conozca *etc vb ver* **conocer**

conque *conj* ainsi donc, alors

conquista *nf* conquête *f*

conquistador, a *adj, nm/f* conquérant(e) ♦ *nm* (*de América*) conquistador *m*; (*seductor*) séducteur *m*

conquistar *vt* conquérir; (*puesto*) obtenir; (*simpatía, fama*) conquérir; (*enamorar*) conquérir, faire la conquête de

consagrar *vt* consacrer

consciente *adj* conscient(e); **estar ~** être conscient(e); **ser ~ de** être conscient(e) de

consecuencia *nf* conséquence *f*; **a ~ de** par suite de; **en ~** en conséquence

consecuente *adj*: **~ (con)** conséquent(e) (avec)

consecutivo, -a *adj* consécutif(-ive)

conseguir *vt* obtenir; (*sus fines*) parvenir à; **~ hacer** arriver à faire

consejero, -a *nm/f* (*persona*) conseiller(-ère); (*POL*) *ministre dans une communauté autonome*

consejo *nm* conseil *m*; **~ de administración** (*COM*) conseil d'administration; **~ de guerra/de ministros** conseil de guerre/des ministres

consenso *nm* consensus *m*

consentimiento *nm* consentement *m*

consentir *vt* consentir; (*mimar*) gâter ♦ *vi*: **~ en hacer** consentir à faire; **~ a algn hacer algo/que algn haga algo** permettre à qn de faire qch/que qn fasse qch

conserje *nm* concierge *m*

conserva *nf* conserve *f*; **~s** *nfpl* conserves *fpl*; **en ~** en conserve

conservación *nf* (*de paisaje, naturaleza*) conservation *f*; (*de especie*) protection *f*

conservador, a *adj, nm/f* conservateur(-trice)

conservante *nm* conservateur *m*

conservar *vt* (*gen*) conserver; (*costumbre, figura*) garder; **~se** *vpr*: **~se bien** (*comida etc*) bien se conserver; **~se joven** être bien conservé

conservatorio *nm* (*MÚS*) conservatoire *m*

considerable *adj* (*importante*) important(e); (*grande*) considérable

consideración *nf* considération *f*

considerado, -a *adj* (*atento*) attentionné(e); (*respetado*) respecté(e)

considerar *vt* considérer

consigna *nf* consigne *f*

consigo *vb ver* **conseguir** ♦ *pron* (*m*) avec lui; (*f*) avec elle; (*usted(es)*) avec vous; **~ mismo** avec soi-même

consiguiendo *etc vb ver* **conseguir**

consiguiente *adj*: **el ~ susto/nerviosismo** la peur/nervosité qui en résulte; **por ~** par conséquent

consistente *adj* consistant(e); (*material, pared, teoría*) solide; **~ en** qui consiste en

consistir *vi*: **~ en** consister en

consolación *nf ver* **premio**

consolar *vt* consoler; **~se** *vpr*: **~se (con)** se consoler (avec)

consolidar *vt* consolider

consomé (*pl* **~s**) *nm* (*CULIN*) consommé *m*

consonante *nf* consonne *f*

consorcio *nm* (*COM*) consortium *m*

conspiración *nf* conspiration *f*

conspirador, a *nm/f* conspirateur(-trice)

conspirar *vi* conspirer

constancia *nf* constance *f*; **dejar ~ de algo** faire état de qch
constante *adj* constant(e) ♦ *nf* (*MAT, fig*) constante *f*
constar *vi*: **~ (en)** figurer (dans); **~ de** se composer de; **me consta que ...** je suis conscient que ...; **(que) conste que lo hice por ti** n'oublie pas que c'est pour toi que je l'ai fait
constatar *vt* constater
consternación *nf* consternation *f*
constipado, -a *adj*: **estar ~** être enrhumé(e) ♦ *nm* rhume *m*
constitución *nf* constitution *f*; (*de tribunal, equipo etc*) composition *f*; **constitucional** *adj* constitutionnel(le)
constituir *vt* constituer
constituyente *adj* constituant(e)
constreñir *vt* (*limitar*) restreindre
construcción *nf* construction *f*
constructor, a *nm/f* constructeur(-trice) ♦ *nf* entrepreneur *m*
construir *vt* construire
construyendo *etc vb ver* **construir**
consuelo *vb ver* **consolar** ♦ *nm* consolation *f*
cónsul *nm* consul *m*; **consulado** *nm* consulat *m*
consulta *nf* consultation *f*; (*MED*: *consultorio*) cabinet *m*; **horas de ~** heures *fpl* de consultation
consultar *vt* consulter; **~ algo con algn** consulter qn au sujet de qch
consultorio *nm* (*MED*) cabinet *m*
consumar *vt* consommer
consumición *nf* consommation *f*; **~ mínima** prix *m* minimum de la consommation
consumidor, a *nm/f* consommateur(-trice)
consumir *vt* consommer; **~se** *vpr* se consumer; (*caldo*) réduire; **~se (de celos/de envidia/de rabia)** se consumer (de jalousie/d'envie/de rage)
consumismo *nm* (*COM*) surconsommation *f*
consumo *nm* consommation *f*; **bienes/sociedad de ~** biens *mpl*/société *f* de consommation
contabilidad *nf* comptabilité *f*; **contable** *nm/f* comptable *m/f*
contacto *nm* contact *m*; **estar/ponerse en ~ con algn** être/se mettre en contact avec qn
contado, -a *adj*: **en casos ~s** dans de rares cas ♦ *nm*: **al ~** au comptant; **pagar al ~** payer comptant
contador, a *nm/f* (*AM*: *contable*) comptable *m/f* ♦ *nm* (*aparato*) compteur *m*
contagiar *vt* (*enfermedad*) passer; (*persona*) contaminer
contagio *nm* contagion *f*
contagioso, -a *adj* contagieux(-euse)
contaminación *nf* (*de alimentos*) contamination *f*; (*del agua, ambiente*) pollution *f*
contaminar *vt* (*aire, agua*) polluer
contante *adj*: **dinero ~** argent *m* comptant; **dinero ~ y sonante** espèces *fpl* sonnantes et trébuchantes
contar *vt* (*dinero etc*) compter; (*historia etc*) conter ♦ *vi* compter; **~ con** (*persona*) compter avec; (*disponer de*: *plazo etc*) disposer de; (: *habitantes*) compter
contemplación *nf* contemplation *f*; **contemplaciones** *nfpl* (*miramientos*) égards *mpl*
contemplar *vt* contempler
contemporáneo, -a *adj, nm/f* contemporain(e)
contendiente *adj, nm/f* (*persona, país*) rival(e); (*DEPORTE*) adversaire *m/f*
contenedor *nm* conteneur *m*
contener *vt* contenir; (*risa, caballo etc*) retenir; **~se** *vpr* se retenir
contenido, -a *adj* contenu(e) ♦ *nm* contenu *m*
contentar *vt* faire plaisir à; **~se** *vpr*: **~se (con)** se contenter (de); **~se con hacer** se contenter de faire
contento, -a *adj*: **~ (con/de)** content(e) (de)
contestación *nf* réponse *f*
contestador *nm*: **~ automático** répondeur *m*

contestar *vt* répondre; (*JUR*) plaider ♦ *vi* répondre; **~ a una pregunta/a un saludo** répondre à une question/à un salut

contexto *nm* contexte *m*

contienda *nf* dispute *f*

contigo *pron* avec toi

contiguo, -a *adj*: **~ (a)** contigu(ë) (à)

continente *nm* continent *m*

contingencia *nf* (*posibilidad*) éventualité *f*; **contingente** *adj* contingent(e) ♦ *nm* (*MIL, COM*) contingent *m*

continuación *nf* (*de trabajo, estancia, obras*) poursuite *f*; (*de novela, película, calle*) suite *f*; **a ~** juste après

continuar *vt* continuer, poursuivre ♦ *vi* (*permanecer*) rester; (*mantenerse, prolongarse*) continuer; (*telenovela etc*) reprendre; **~ haciendo** continuer de *o* à faire; **~ siendo** être toujours

continuo, -a *adj* continu(e); (*llamadas, quejas*) continuel(le)

contorno *nm* (*silueta*) contours *mpl*; (*en dibujo*) contour *m*; **~s** *nmpl* (*alrededores*) environs *mpl*

contorsión *nf* contorsion *f*

contra *prep* contre ♦ *adj* (*NIC*) contra ♦ *adv*: **en ~ (de)** contre ♦ *nm/f* contra *m/f* ♦ *nf*: **la C~ (nicaragüense)** les Contras *mpl* ♦ *nm* *ver* **pro**

contraataque *nm* contre-attaque *f*

contrabajo *nm* contrebasse *f*

contrabandista *nm/f* contrebandier(-ière)

contrabando *nm* contrebande *f*; **llevar/pasar algo de ~** passer qch en contrebande

contracción *nf* contraction *f*

contracorriente: **a ~** *adv* à contre-courant

contradecir *vt* contredire; **~se** *vpr* se contredire; **esto se contradice con ...** ceci est en contradiction avec ...

contradicción *nf* contradiction *f*; **en ~ con** en contradiction avec

contradictorio, -a *adj* contradictoire

contraer *vt* contracter; **~se** *vpr* se contracter; **~ matrimonio con** épouser

contraluz *nm* (*FOTO*) contre-jour *m*; **a ~** à contrejour

contrapelo: **a ~** *adv* à rebrousse-poil

contrapesar *vt* contrebalancer; **contrapeso** *nm* contrepoids *msg*

contraportada *nf* page *f* de garde

contraproducente *adj* qui n'a pas l'effet escompté

contrariar *vt* contrarier

contrariedad *nf* contretemps *msg*; (*disgusto*) contrariété *f*

contrario, -a *adj*: **~ (a)** opposé(e) (à); (*equipo etc*) adverse ♦ *nm/f* adversaire *m/f*; **al ~** au contraire; **por el ~** tout au contraire; **ser ~ a** être opposé(e) à; (*a intereses, opinión*) être contraire à; **llevar la contraria** contredire; **de lo ~** sinon

contrarrestar *vt* compenser

contraseña *nf* mot *m* de passe

contrastar *vi*: **~ (con)** trancher (avec) ♦ *vt* (*comprobar*) vérifier

contraste *nm* contraste *m*

contratar *vt* engager, recruter; (*servicios*) faire appel à

contratiempo *nm* contretemps *msg*

contratista *nm/f* entrepreneur(-euse)

contrato *nm* contrat *m*

contravenir *vt* contrevenir

contraventana *nf* volet *m*

contribución *nf* contribution *f*

contribuir *vi*: **~ (a)** contribuer (à); **~ con** participer à raison de

contribuyente *nm/f* contribuable *m/f*

contrincante *nm* concurrent(e)

control *nm* contrôle *m*; (*dominio*: *de nervios, impulsos*) maîtrise *f*; (*tb*: **~ de policía**) contrôle; **llevar el ~** (*de situación*) maîtriser; (*en asunto*) diriger; **perder el ~** perdre le contrôle; **~ de (la) natalidad** contrôle des naissances; **~ de pasaportes** contrôle des passeports

controlador, a *nm/f*: **~ aéreo** contrôleur *m* aérien

controlar *vt* contrôler; (*nervios, impulsos*) maîtriser; **~se** *vpr* se maîtriser

controversia *nf* controverse *f*

contundente *adj* (*prueba*) indiscutable; (*fig*: *argumento etc*)

radical(e)
contusión *nf* contusion *f*
convalecencia *nf* convalescence *f*
convaleciente *adj, nm/f* convalescent(e)
convalidar *vt* valider
convencer *vt* convaincre; **~se** *vpr*: **~se (de)** se persuader (de); **~ a algn de (que haga) algo** convaincre qn de (faire) qch; **~ a algn para que haga** convaincre qn de faire; **esto no me convence (nada)** cela ne me convainc pas (du tout)
convencimiento *nm* certitude *f*
convención *nf* convention *f*
conveniencia *nf* (*oportunidad*) opportunité *f*; (*provecho*) intérêt *m*; (*utilidad*) avantage *m*; **~s** *nfpl* (*tb:* **~s sociales**) convenances *fpl*
conveniente *adj* opportun(e); (*útil*) pratique
convenio *nm* accord *m*
convenir *vt* convenir de ♦ *vi* convenir; **no te conviene salir** tu ne devrais pas sortir
convento *nm* couvent *m*
convenza *etc vb ver* **convencer**
converger, **convergir** *vi* converger
conversación *nf* conversation *f*
conversar *vi* discuter
conversión *nf* transformation *f*
convertir *vt* transformer; (REL): **~ a** convertir à
convicción *nf* conviction *f*; **convicciones** *nfpl* (*ideas*) convictions *fpl*
convicto, -a *adj* condamné(e)
convidado, -a *nm/f* convive *m/f*
convidar *vt*: **~ (a)** convier (à); **~ a algn a hacer** inviter qn à faire
convincente *adj* convaincant(e)
convite *nm* (*banquete*) banquet *m*; (*invitación*) invitation *f*
convivencia *nf* cohabitation *f*
convivir *vi* cohabiter
convocar *vt* convoquer; **~ (a)** (*personas*) convoquer (à); (*huelga*) appeler à
convocatoria *nf* convocation *f*; (*huelga*) appel *m*
convulsión *nf* (MED) convulsion *f*
conyugal *adj* conjugal(e); **vida ~** vie *f* conjugale; **cónyuge** *nm/f* conjoint(e)
coñac (*pl* **~s**) *nm* cognac *m*
coño (*fam!*) *nm* con *m* (*fam!*) ♦ *excl* merde! (*fam!*)
cooperación *nf* coopération *f*
cooperar *vi* coopérer
cooperativa *nf* coopérative *f*
coordinador, a *nm/f* coordinateur(-trice) ♦ *nf* bureau *m* de coordination
coordinar *vt* coordonner
copa *nf* (*recipiente*) verre *m* à pied; (*de champán,* DEPORTE) coupe *f*; (*de árbol*) cime *f*; **~s** *nfpl* (NAIPES) *l'une des quatre couleurs du jeu de cartes espagnol*; **tomar una ~** prendre un verre *o* un pot
copia *nf* copie *f*; (*llave*) double *m*; **~ de respaldo** *o* **de seguridad** (INFORM) sauvegarde *f*; **copiar** *vt* copier; (INFORM) faire une copie de
copioso, -a *adj* abondant(e); (*comida*) copieux(-euse)
copla *nf* (*canción*) couplet *m*
copo *nm*: **~ de nieve** flocon *m* de neige; **~s de avena** flocons *mpl* d'avoine
coqueta *nf* (*mujer*) coquette *f*; (*mueble*) coiffeuse *f*; **coquetear** *vi* flirter
coraje *nm* courage *m*; (*esp* AM) colère *f*
coral *adj* (MÚS) de chœur ♦ *nf* (MÚS) chorale *f* ♦ *nm* (ZOOL) corail *m*; **de ~** en corail
coraza *nf* cuirasse *f*; (ZOOL) carapace *f*
corazón *nm* cœur *m*; (BOT) noyau *m*
corazonada *nf* pressentiment *m*
corbata *nf* cravate *f*
Córcega *nf* Corse *f*
corchete *nm* agrafe *f*
corcho *nm* liège *m*; (PESCA, *tapón*) bouchon *m*; **de ~** en liège
cordel *nm* corde *f*
cordero *nm* agneau *m*
cordial *adj* cordial(e); **cordialidad** *nf* cordialité *f*
cordillera *nf* cordillère *f*
Córdoba *n* Cordoue
córdoba *nm* (NIC) *monnaie du Nicaragua*

cordón *nm* (*cuerda*) ficelle *f*; (*de zapatos*) lacet *m*; (*ELEC, policial*) cordon *m*; (*CSUR*) bord *m* du trottoir; **~ umbilical** cordon ombilical
cordura *nf* sagesse *f*; (*MED*) santé *f* mentale
córner (*pl* **córners**) *nm* (*DEPORTE*) corner *m*
corneta *nf* (*MÚS*) cornet *m*; (*MIL*) clairon *m*
cornisa *nf* corniche *f*
coro *nm* chœur *m*
corona *nf* couronne *f*; **coronación** *nf* couronnement *m*; **coronar** *vt* couronner
coronel *nm* colonel *m*
coronilla *nf* sommet *m* du crâne; **estar hasta la ~ (de)** en avoir jusque-là (de)
corporación *nf* corporation *f*
corporal *adj* (*ejercicio*) physique; (*castigo, higiene*) corporel(le)
corpulento, -a *adj* (*persona*) corpulent(e); (*árbol, tronco*) énorme
corral *nm* (*de animales*) basse-cour *f*
correa *nf* courroie *f*; (*cinturón*) ceinture *f*; (*de perro*) laisse *f*; **~ del ventilador** (*AUTO*) courroie du ventilateur
corrección *nf* correction *f*; **correccional** *nm* pénitencier *m*
correcto, -a *adj* correct(e)
corredor, a *nm/f* coureur(-euse) ♦ *nm* (*pasillo*) corridor *m*; (*balcón corrido*) galerie *f*; (*COM*) courtier *m*
corregir *vt* corriger; **~se** *vpr* se corriger; **se le ha corregido la miopía** on lui a corrigé sa myopie
correo *nm* courrier *m*; (*servicio*) poste *f*; **C~s** *nmpl* (*servicio*) la Poste, les PTT *fpl*; (*edificio*) la Poste; **a vuelta de ~** par retour de courrier; **echar al ~** mettre à la poste; **~ aéreo** courrier par avion; **~ electrónico** courrier électronique
correr *vt* (*mueble etc*) déplacer; (*riesgo*) courir; (*cortinas*: *cerrar*) fermer; (: *abrir*) ouvrir; (*cerrojo*) tourner ♦ *vi* (*persona, rumor*) courir; (*coche, agua, viento*) aller vite; **~se** *vpr* (*persona, terreno*) se déplacer; (*colores*) couler; **echar a ~** se mettre à courir
correspondencia *nf* correspondance *f*
corresponder *vi* (*dinero, tarea*) revenir; (*en amor*) aimer en retour; **~se** *vpr* (*amarse*) bien s'entendre; **~ a** (*invitación*) répondre à; (*convenir, ajustarse, pertenecer*) correspondre à; **al gobierno le corresponde ...** le gouvernement a pour tâche de ...; **~se con** correspondre à
correspondiente *adj* (*respectivo*) correspondant(e); **~ (a)** (*adecuado*) qui correspond (à)
corresponsal *nm/f* correspondant(e)
corrida *nf* corrida *f*; (*CHI*) file *f*
corrido *nm* (*MÉX*) ballade *f*; **de ~** couramment
corriente *adj* courant(e); (*suceso, costumbre*) habituel(le); (*común*) commun(e) ♦ *nf* courant *m*; (*tb*: **~ de aire**) courant d'air ♦ *nm*: **el 16 del ~** le 16 courant; **estar al ~ de** être au courant de; **seguir la ~ a algn** ne pas contrarier qn; **poner/tener al ~** mettre/tenir au courant
corrija *etc vb ver* **corregir**
corrillo *nm* petit groupe *m*
corro *nm* cercle *m*; **jugar al ~** faire la ronde
corroborar *vt* corroborer
corroer *vt* corroder; (*suj*: *envidia*) ronger; **~se** *vpr* se désagréger
corromper *vt* pourrir; (*fig*: *costumbres, moral*) corrompre; (: *juez etc*) corrompre, soudoyer; **~se** *vpr* pourrir; (*costumbres*) se corrompre; (*persona, justicia*) se laisser soudoyer
corrosivo, -a *adj* corrosif(-ive)
corrupción *nf* putréfaction *f*; (*fig*) corruption *f*
corsé *nm* corset *m*
cortacésped *nm* tondeuse *f* (à gazon)
cortado, -a *adj* (*leche*) tourné(e); (*piel, labios*) craquelé(e) ♦ *nm* café *m* avec un nuage de lait; **estar ~** être coincé(e); **quedarse ~** rester sans voix
cortar *vt* couper ♦ *vi* couper; (*viento*) être glacial(e); (*AM*: *TELEC*) raccrocher; **~se** *vpr* se couper; (*turbarse*) se

troubler; (TELEC) s'interrompre; (*leche*) tourner; **~se el pelo** se (faire) couper les cheveux; **se le cortan los labios** ses lèvres se gercent

cortaúñas *nm inv* coupe-ongles *m inv*

corte *nm* coupure *f*; (*de pelo, vestido*) coupe *f* ♦ *nf* (*real*) cour *f*; **las C~s** *le parlement espagnol*

cortejar *vt* courtiser

cortejo *nm* cortège *m*; **~ fúnebre** cortège funèbre

cortés *adj* courtois(e), poli(e)

cortesía *nf* courtoisie *f*, politesse *f*

corteza *nf* (*de árbol*) écorce *f*; (*de pan, queso*) croûte *f*; (*de fruta*) peau *f*; **~ terrestre** écorce *o* croûte terrestre

cortina *nf* rideau *m*

corto, -a *adj* court(e); (*tímido*) timide, timoré(e); (*tonto*) bouché(e) ♦ *nm* (CINE) court-métrage *m*; **~ de vista** myope; **quedarse ~** ne pas être à la hauteur; **cortocircuito** *nm* court-circuit *m*

cortometraje *nm* court-métrage *m*

cosa *nf* chose *f*; (*asunto*) affaire *f*; **es ~ de una hora** c'est l'affaire d'une heure; **eso es ~ mía** c'est mon affaire; **lo que son las ~s** c'est drôle, la vie; **las ~s como son** les choses étant ce qu'elles sont

coscorrón *nm* coup *m* sur la tête; **darse un ~** se cogner la tête

cosecha *nf* récolte *f*; (*de vino*) cru *m*

cosechar *vt* récolter ♦ *vi* faire la récolte

coser *vt* coudre; **~ algo a algo** coudre qch à qch

cosmético, -a *adj, nm* cosmétique *m* ♦ *nf* cosmétique *m*

cosquillas *nfpl*: **hacer ~** chatouiller; **tener ~** être chatouilleux(-euse)

costa *nf* (GEO) côte *f*; **a ~ de** aux dépens de; (*trabajo*) à force de; (*grandes esfuerzos*) au prix de; (*su vida*) au péril de; **a toda ~** coûte que coûte, à tout prix; **C~ Brava/del Sol** Costa Brava/del Sol; **C~ Azul/Cantábrica/de Marfil** Côte d'Azur/cantabrique/d'Ivoire

costado *nm* côté *m*; **de ~** (*dormir etc*) sur le côté

costar *vt, vi* coûter; **me cuesta hablarle** j'ai du mal à lui parler

costarricense, **costarriqueño, -a** *adj* costaricien(ne), de Costa Rica ♦ *nm/f* Costaricien(ne)

costear *vt* payer

costero, -a *adj* côtier(-ière)

costilla *nf* (ANAT) côte *f*; (CULIN) côtelette *f*

costo *nm* coût *m*, prix *msg*

costoso, -a *adj* coûteux(-euse); (*difícil*) difficile

costra *nf* (*de suciedad*) couche *f*; (MED, *de cal etc*) croûte *f*

costumbre *nf* coutume *f*, habitude *f*; (*tradición*) coutume

costura *nf* couture *f*

costurera *nf* couturière *f*

costurero *nm* boîte *f* à couture

cotejar *vt*: **~ (con)** comparer (à *o* avec)

cotidiano, -a *adj* quotidien(ne)

cotilla *nm/f* commère *f*

cotillear *vi* faire des commérages

cotización *nf* (COM) cours *m*; (*de club, del trabajador*) cotisation *f*

cotizar *vt* (COM) coter; (*pagar*) cotiser; **~se** *vpr* (*fig*) être bien coté; **~se a** (COM) être coté à

coto *nm* (*tb:* **~ de caza**) réserve *f*; **poner ~ a** mettre fin à

cotorra *nf* (*loro*) perruche *f*; (*fam: persona*) pie *f*

COU (ESP) *sigla m* (= *Curso de Orientación Universitario*) *Terminale*

coyote *nm* coyote *m*

coyuntura *nf* articulation *f*, jointure *f*; (*fig*) conjoncture *f*, occasion *f*

coz *nf* ruade *f*

cráneo *nm* crâne *m*

cráter *nm* cratère *m*

creación *nf* création *f*

creador, a *adj, nm/f* créateur(-trice)

crear *vt* créer

creativo, -a *adj* créatif(-ive)

crecer *vi* grandir; (*pelo*) pousser; (*ciudad*) s'agrandir; (*río*) grossir

creces: **con ~** *adv* (*pagar*) au centuple

crecido, -a *adj*: **estar ~** avoir grandi; (*planta*) avoir poussé

creciente *adj* croissant(e); **cuarto ~** premier quartier *m*
crecimiento *nm* croissance *f*; (*de planta*) pousse *f*; (*de ciudad*) agrandissement *m*
credenciales *nfpl* lettres *fpl* de créance
crédito *nm* crédit *m*; **a ~** à crédit; **dar ~ a** accorder crédit à, croire
credo *nm* credo *m*
crédulo, -a *adj* crédule
creencia *nf* croyance *f*
creer *vt, vi* croire; **~se** *vpr* (*considerarse*) se croire; (*aceptar*) croire; **~ en** croire en; **¡ya lo creo!** je crois *o* pense bien; **creo que no/sí** je crois que non/oui; **no se lo cree** il n'y croit pas
creíble *adj* croyable
creído, -a *adj* présomptueux(-euse)
crema *nf* crème *f*; (*para zapatos*) cirage *m*; **~ de afeitar** crème à raser; **~ de cacao** beurre *m* de cacao; **~ pastelera** crème pâtissière
cremallera *nf* fermeture *f* éclair ®
crematorio *nm* (*tb:* **horno ~**) four *m* crématoire
crepitar *vi* crépiter
crepúsculo *nm* crépuscule *m*
cresta *nf* crête *f*
creyendo *etc vb ver* **creer**
creyente *nm/f* croyant(e)
creyó *etc vb ver* **creer**
crezca *etc vb ver* **crecer**
cría *vb ver* **criar** ♦ *nf* (*de animales*) élevage *m*; (*cachorro*) petit *m*; *ver tb* **crío**
criada *nf* bonne *f*; *ver tb* **criado**
criadero *nm* élevage *m*
criado, -a *nm/f* domestique *m/f*
crianza *nf* allaitement *m*; (*formación*) éducation *f*
criar *vt* allaiter, nourrir; (*educar*) éduquer, élever; (*animales*) élever ♦ *vi* avoir des petits
criatura *nf* créature *f*; (*niño*) gosse *m*
criba *nf* crible *m*; **cribar** *vt* cribler, tamiser
crimen *nm* crime *m*
criminal *adj* criminel(le) ♦ *nm/f* criminel(le)
crin *nf* (*tb:* **~es**) crinière *f*
crío, -a (*fam*) *nm/f* bébé *m*; (*más mayor*) marmot *m*
crisis *nf inv* crise *f*; **~ nerviosa** dépression *f* nerveuse
crispar *vt* crisper; **~se** *vpr* se crisper; **ese ruido me crispa los nervios** ce bruit me porte sur les nerfs
cristal *nm* verre *m*; (*de ventana*) vitre *f*; **~es** *nmpl* (*trozos rotos*) bouts *mpl* de verre; **de ~** en verre
cristalino, -a *adj* cristallin(e); **cristalizar** *vi* cristalliser; (*fig*) se cristalliser; **cristalizarse** *vpr* se cristalliser
cristiandad *nf* chrétienté *f*
cristianismo *nm* christianisme *m*
cristiano, -a *adj, nm/f* chrétien(ne)
Cristo *nm* le Christ; (*crucifijo*) crucifix *m*
criterio *nm* critère *m*; (*opinión*) avis *m*; (*discernimiento*) discernement *m*, jugement *m*
crítica *nf* critique *f*
criticar *vt* (*censurar*) critiquer; (*novela, película*) faire la critique de ♦ *vi* critiquer
crítico, -a *adj, nm/f* critique *m/f*
Croacia *n* Croatie *f*
croar *vi* coasser
cromo *nm* chrome *m*; (*para niños*) vignette *f*
crónica *nf* chronique *f*
crónico, -a *adj* chronique
cronómetro *nm* chronomètre *m*
croqueta *nf* croquette *f*
cruce *vb ver* **cruzar** ♦ *nm* croisement *m*; (*miradas*) rencontre *f*; (*de carreteras*) carrefour *m*; **~ de peatones** passage *m* clouté
crucificar *vt* crucifier
crucifijo *nm* crucifix *msg*
crucigrama *nm* mots *mpl* croisés
crudo, -a *adj* cru(e); (*invierno etc*) rigoureux(-euse) ♦ *nm* pétrole *m* brut
cruel *adj* cruel(le); **crueldad** *nf* cruauté *f*
crujido *nm* craquement *m*
crujiente *adj* (*galleta*) croquant(e); (*pan*) croustillant(e)
crujir *vi* craquer; (*dientes*) grincer; (*nieve, arena*) crisser

cruz *nf* croix *fsg*; (*de moneda*) pile *f*; **~ gamada** croix gammée; **C~ Roja** Croix-Rouge *f*

cruzado, -a *adj* croisé(e); (*en calle, carretera*) de travers ♦ *nm* croisé *m*

cruzar *vt* croiser; (*calle, desierto*) traverser; **~se** *vpr* se croiser; **~se con algn** croiser qn; **~se de brazos** se croiser les bras

cuaderno *nm* bloc *m* notes; (*de escuela*) cahier *m*

cuadra *nf* écurie *f*; (AM: ARQ) pâté *m* de maisons

cuadrado, -a *adj* carré(e) ♦ *nm* (MAT) carré *m*; **metro/kilómetro ~** mètre *m*/kilomètre *m* carré

cuadrar *vt* (PE) garer; **~se** *vpr* (*soldado*) se mettre au garde-à-vous; **~ (con)** (*informaciones*) correspondre (à); (*cuentas*) s'accorder (avec)

cuadrilátero *nm* (DEPORTE) ring *m*; (GEOM) quadrilatère *m*

cuadrilla *nf* (*de obreros etc*) équipe *f*; (*de ladrones, amigos*) bande *f*

cuadro *nm* tableau *m*; (*cuadrado*) carré *m*; (DEPORTE, MED) équipe *f*; **a/de ~s** à carreaux

cuádruple *adj* quadruple

cuajar *vt* (*leche*) cailler; (*sangre*) coaguler; (*huevo*) faire durcir ♦ *vi* (CULIN, *nieve*) prendre; (*fig*: *planes*) aboutir; (: *acuerdo*) marcher; (: *idea*) se réaliser; **~se** *vpr* (*leche*) se cailler; **~ algo de** remplir qch de

cuajo *nm*: **de ~** (*arrancar etc*) à la racine

cual *adv* comme, tel que, tel un ♦ *pron*: **el/la ~** lequel (laquelle), qui; **los/las ~es** lesquels (lesquelles), qui; **lo ~** ce qui, ce que; **cada ~** chacun; **con** *o* **por lo ~** c'est pourquoi; **del ~** duquel, dont; **tal ~** tel quel

cuál *pron* (*interrogativo*) lequel, laquelle, lesquels, lesquelles

cualesquier(a) *pl de* **cualquier(a)**

cualidad *nf* qualité *f*

cualquier(a) (*pl* **cualesquiera**) *adj* (*indefinido*) n'importe quel(le); (*tras sustantivo*) quelconque ♦ *pron*: **~a** quiconque, n'importe qui; (*a la hora de escoger*) n'importe lequel (laquelle); **~ día de estos** un de ces jours; **no es un hombre ~a** ce n'est pas n'importe qui; **eso ~a lo sabe hacer** ça, n'importe qui peut le faire; **es un ~a** c'est un pas-grand-chose

cuando *adv* quand ♦ *conj* quand, lorsque; (*puesto que*) puisque, du moment que; (*si*) si ♦ *prep*: **yo, ~ niño ...** moi, quand j'étais petit ...; **aun ~** même si, même quand; **~ más/menos** tout au plus/au moins; **de ~ en ~** de temps en temps, de temps à autre

cuándo *adv* quand, lorsque; **¿desde ~?, ¿de ~ acá?** depuis quand?

cuantioso, -a *adj* considérable

PALABRA CLAVE

cuanto, -a *adj* **1** (*todo*): **tiene todo cuanto desea** il a tout ce qu'il veut; **le daremos cuantos ejemplares necesite** nous vous donnerons autant d'exemplaires qu'il vous en faudra

2: **unos cuantos**: **había unos cuantos periodistas** il y avait quelques journalistes

3 (+ *más*): **cuanto más vino bebas peor te sentirás** plus tu boiras de vin plus tu te sentiras mal

♦ *pron* **1**: **tome cuanto/cuantos quiera** prends-en autant que tu voudras

2: **unos cuantos** quelques-uns

♦ *adv*: **en cuanto**: **en cuanto profesor es excelente** comme professeur, il est excellent; **en cuanto a mí** quant à moi; *ver tb* **antes**

♦ *conj* **1**: **cuanto más lo pienso menos me gusta** plus j'y pense moins ça ne me plaît

2: **en cuanto**: **en cuanto llegue/llegué** dès qu'il arrive/arriva

cuánto, -a *adj* (*exclamativo*) que de, quel(le); (*interrogativo*) combien de ♦ *pron, adv* combien; **¿~ cuest**[illegible] combien ça coûte?; **¿a** [illegible] le combien sommes-no[illegible] **no sé ~s** Monsieur Unte[illegible]

cuarenta *adj inv, nm inv* qu[illegible]

inv; *ver tb* **sesenta**
cuarentena *nf* quarantaine *f*
cuaresma *nf* carême *m*
cuarta *nf* empan *m*; (*MÚS*) quarte *f*; *ver tb* **cuarto**
cuartel *nm* caserne *f*; **~ general** quartier *m* général
cuarteto *nm* quatuor *m*
cuarto, -a *adj* quatrième ♦ *nm* (*MAT*) quart *m*; (*habitación*) chambre *f*, pièce *f*; (*ZOOL*) quartier *m*; **~ de baño/de estar** salle *f* de bains/de séjour; **~s de final** (*DEPORTE*) quarts *mpl* de finale; **~ de hora** quart d'heure; **~ de kilo** demi-livre *f*; *ver tb* **sexto**
cuarzo *nm* quartz *m*
cuatro *adj inv*, *nm inv* quatre *m inv*; *ver tb* **seis**
cuatrocientos, -as *adj* quatre cents; *ver tb* **seiscientos**
Cuba *nf* Cuba *m*
cuba *nf* cuve *f*, tonneau *m*; (*tina*) cuve
cubano, -a *adj* cubain(e) ♦ *nm/f* Cubain(e)
cúbico, -a *adj* cubique
cubierta *nf* couverture *f*; (*neumático*) pneu *m*; (*NÁUT*) pont *m*
cubierto, -a *pp de* **cubrir** ♦ *adj* couvert(e) ♦ *nm* couvert *m*; **~ de** couvert(e) de, recouvert(e) de; **a** *o* **bajo ~** à l'abri
cubilete *nm* gobelet *m*, cornet *m*
cubito *nm*: **~ de hielo** glaçon *m*
cubo *nm* (*MAT, GEOM*) cube *m*; (*recipiente*) seau *m*; (*TEC*) tambour *m*; **~ de la basura** poubelle *f*
cubrecama *nm* couvre-lit *m*, dessus *msg* de lit
cubrir *vt* couvrir; (*esconder*) cacher; (*polvo, nieve*) recouvrir, couvrir; **~se** *vpr* se couvrir; **el agua casi me cubría** je n'avais presque pas pied; **~ de** couvrir de; **~se de** se couvrir de, se recouvrir de
cucaracha *nf* cafard *m*
cuchara *nf* cuiller *f o* cuillère *f*; **cucharada** *nf* cuillerée *f*
cucharilla *nf* petite cuiller *f o* cuillère *f*
…arón *nm* louche *f*
cuchichear *vi* chuchoter
cuchilla *nf* lame *f*
cuchillo *nm* couteau *m*
cuchitril (*pey*) *nm* taudis *msg*, bouge *m*
cuclillas *nfpl*: **en ~** accroupi(e)
cuco, -a *adj* (*astuto*) malin(-igne) ♦ *nm* coucou *m*
cucurucho *nm* cornet *m*
cuello *nm* cou *m*; (*de ropa*) col *m*; (*de botella*) goulot *m*
cuenca *nf* (*tb:* **~ del ojo**) orbite *f*; (*GEO*: *valle*) vallée *f*
cuenco *nm* bol *m*
cuenta *vb ver* **contar** ♦ *nf* compte *m*; (*en restaurante*) addition *f*; (*de collar*) grain *m*; **a fin de ~s** au bout du compte; **caer en la ~** y être; **darse ~ de algo** se rendre compte de qch; **echar ~s** faire le point; **perder la ~ de** ne pas se rappeler; **tener en ~** tenir compte de; **trabajar por su ~** travailler à son compte; **~ atrás** compte à rebours; **~ corriente** compte courant; **~ de ahorros** compte épargne; **cuentakilómetros** *nm inv* compteur *m* kilométrique; (*velocímetro*) compteur de vitesse
cuento *vb ver* **contar** ♦ *nm* conte *m*; (*patraña*) histoire *f*; **eso no viene a ~** ceci n'a rien à voir; **~ chino** histoire à dormir debout; (*fam*) bobard *m*; **~ de hadas** conte de fées
cuerda *nf* corde *f*; (*de reloj*) ressort *m*; **dar ~ a un reloj** remonter une montre; **~s vocales** cordes vocales; *ver tb* **cuerdo**
cuerdo, -a *adj* sensé(e); (*prudente*) sage, prudent(e)
cuerno *nm* corne *f*
cuero *nm* cuir *m*; **en ~s** tout(e) nu(e); **~ cabelludo** cuir chevelu
cuerpo *nm* corps *msg*; **a ~** sans manteau
cuervo *nm* corbeau *m*
cuesta *vb ver* **costar** ♦ *nf* pente *f*; (*en camino etc*) côte *f*; **ir ~ arriba/abajo** monter/descendre; **a ~s** sur le dos
cuestión *nf* question *f*; **en ~ de** en matière de; **es ~ de** c'est une

question de
cueva *nf* grotte *f*, caverne *f*
cuidado, -a *adj* soigné(e) ♦ *nm* précaution *f*; (*de los niños etc*) soin *m* ♦ *excl* attention!; **estar al ~ de** s'occuper de; **tener ~** faire attention
cuidadoso, -a *adj* soigneux(-euse); (*prudente*) prudent(e)
cuidar *vt* soigner; (*niños, casa*) s'occuper de ♦ *vi*: **~ de** prendre soin de; **~se** *vpr* prendre soin de soi; **~se de hacer** prendre soin de faire
culata *nf* crosse *f*
culebra *nf* couleuvre *f*
culebrón *nm* (*fam*) série *f* télévisée
culinario, -a *adj* culinaire
culminación *nf* point *m* culminant
culo *nm* (*fam!*) cul *m* (*fam!*)
culpa *nf* faute *f*; (JUR) culpabilité *f*; **echar la ~ a algn** accuser qn; **por ~ de** à cause de; **tengo la ~** c'est de ma faute; **culpabilidad** *nf* culpabilité *f*; **culpable** *adj, nm/f* coupable *m/f*
culpar *vt* accuser
cultivar *vt* cultiver
cultivo *nm* culture *f*; (*cosecha*) récolte *f*
culto, -a *adj* cultivé(e); (*lenguaje*) choisi(e); (*palabra*) savant(e) ♦ *nm* culte *m*; **rendir ~ a** (REL, *fig*) rendre un culte à
cultura *nf* culture *f*; **la ~** la culture
culturismo *nm* culturisme *m*
cumbre *nf* sommet *m*
cumpleaños *nm inv* anniversaire *m*; **¡feliz ~!** joyeux anniversaire!
cumplido, -a *adj* (*cortés*) poli(e); (*plazo*) échu(e) ♦ *nm* compliment *m*; **visita de ~** visite *f* de politesse
cumplimentar *vt* complimenter, adresser ses compliments à
cumplimiento *nm* accomplissement *m*; (*de norma*) respect *m*
cumplir *vt* accomplir; (*ley*) respecter; (*promesa*) tenir; (*años*) avoir; **~se** *vpr* (*plazo*) expirer; (*plan, pronósticos*) se réaliser, s'accomplir; **~ con** (*deber*) faire, remplir; (*persona*) ne pas manquer à; **hoy cumple dieciocho años** aujourd'hui il a dix-huit ans
cúmulo *nm* tas *msg*
cuna *nf* berceau *m*
cundir *vi* (*rumor, pánico*) se répandre, se propager; (*trabajo*) avancer, progresser
cuneta *nf* fossé *m*
cuña *nf* (TEC) coin *m*
cuñado, -a *nm/f* beau-frère (belle-sœur)
cuota *nf* quota *m*; (*parte proporcional*) quote-part *f*; (*de club etc*) cotisation *f*
cupo *vb ver* **caber** ♦ *nm* quote-part *f*
cupón *nm* billet *m*; (*de resguardo*) bon *m*
cúpula *nf* coupole *f*
cura *nf* guérison *f*; (*tratamiento*) soin *m* ♦ *nm* curé *m*
curación *nf* guérison *f*; (*tratamiento*) traitement *m*
curandero, -a *nm/f* guérisseur(-euse)
curar *vt* (*enfermo, enfermedad: herida*) guérir; (*: con apósitos*) panser; (CULIN) faire sécher; (*cuero*) tanner; **~se** *vpr* (*persona*) se rétablir; (*herida*) se guérir
curiosear *vt* fouiner dans ♦ *vi* fouiner
curiosidad *nf* curiosité *f*; **sentir** *o* **tener ~ por** *o* **de (hacer)** être curieux(-euse) de (faire)
curioso, -a *adj* curieux(-euse) ♦ *nm/f* (*pey*) curieux(-euse)
currante *nm/f* (*fam*) bosseur(-euse)
currar, **currelar** *vi* (*fam*) bosser, trimer
currículo, **currículum** *nm* (*tb:* **~ vitae**) curriculum *m* (vitae); **curro** *nm* (*fam*) job *m*
cursi *adj* de mauvais goût; (*afectado*) maniéré(e)
cursillo *nm* cours *msg*; (*de reciclaje etc*) stage *m*
cursiva *nf* italiques *mpl*
curso *nm* cours *msg*; (ESCOL, UNIV) année *f*; **en ~** (*año, proceso*) en cours; **en el ~ de** au cours de
cursor *nm* (INFORM) curseur *m*
curtido, -a *adj* (*cara, cuero*) tanné(e)
curtir *vt* (*pieles*) tanner, corroyer; (*suj: sol, viento*) tanner
curva *nf* virage *m*, tournant *m*; (MAT) courbe *f*

cúspide *nf* sommet *m*; (*fig*) faîte *m*, comble *m*
custodia *nf* surveillance *f*; (*de hijos*) garde *f*; **custodiar** *vt* surveiller
cutis *nm inv* peau *f*
cutre (*fam*) *adj* minable
cuyo, -a *pron* (*complemento de sujeto*) dont le, dont la; (: *plural*) dont les; (*complemento de objeto*) dont; (*tras preposición*) de qui, duquel, de laquelle; (: *plural*) desquels, desquelles
C.V. *abr* (= *caballos de vapor*) CV (= *cheval vapeur*)

D, d

D. *abr* (= *Don*) (*con apellido*) Monsieur *m*; (*sólo con nombre*) Don *m*
Da. *abr* (= *Doña*) (*con apellido*) Madame *f*; (*sólo con nombre*) Doña *f*, ≃ Madame
dádiva *nf* (*regalo*) présent *m*
dado, -a *pp de* **dar** ♦ *adj*: **en un momento ~** à un moment donné ♦ *nm* (*para juego*) dé *m*; **~s** *nmpl* (*juego*) dés *mpl*; **~ que** étant donné que
daltónico, -a *adj, nm/f* daltonien(ne)
dama *nf* dame *f*; **~s** *nfpl* (*juego*) dames *fpl*; **~ de honor** (*de novia*) demoiselle *f* d'honneur
danés, -esa *adj* danois(e) ♦ *nm/f* Danois(e)
danza *nf* danse *f*
danzar *vt* danser ♦ *vi* danser
dañar *vt* (*mueble, cuadro, motor*) abîmer; (*cosecha*) endommager; (*salud, reputación*) nuire à; **~se** *vpr* (*cosecha*) se gâter
dañino, -a *adj* (*sustancia*) nocif(-ive); (*animal*) nuisible
daño *nm* (*a mueble, máquina*) dommage *m*; (*a persona, animal*) mal *m*; **~s y perjuicios** (*JUR*) dommages *mpl* et intérêts *mpl*; **hacer ~** (*alimento*) ne pas réussir; **hacer ~ a algn** (*producir dolor*) faire mal à qn; (*fig*: *ofender*) blesser qn; **eso me hace ~** ça ne me réussit pas; **hacerse ~** se faire mal

PALABRA CLAVE

dar *vt* **1** donner; **dar algo a algn** donner qch à qn; **dar de beber a algn** donner à boire à qn
2 (*causar*: *alegría*) donner; (: *problemas*) causer; (: *susto*) faire
3 (+ *n* = *perífrasis de verbo*): **me da pena/asco** cela me désole/dégoûte; **da gusto escucharle** c'est bien agréable de l'écouter; *ver tb* **más**
4 (*dar a* + *infin*): **dar a conocer** faire connaître
♦ *vi* **1**: **dar a** (*ventana, habitación*) donner sur; (*botón etc*) appuyer sur
2: **dar con**: **dimos con él dos horas más tarde** nous l'avons rencontré deux heures plus tard; **al final di con la solución** finalement j'ai trouvé la solution
3: **dar en** (*blanco*) atteindre; **dar en el suelo** tomber par terre; **el sol me da en la cara** j'ai le soleil dans la figure
4: **dar de sí** (*zapatos, ropa*) s'élargir;
darse *vpr* **1** se donner; **darse un baño** prendre un bain
2 (*ocurrir*): **se han dado muchos casos** il y a eu de nombreux cas
3: **darse a**: **darse a la bebida** s'adonner à la boisson
4: **darse por**: **darse por vencido** se déclarer vaincu; **darse por satisfecho** s'estimer satisfait
5: **se me dan bien/mal las ciencias** je suis bon/mauvais en sciences
6: **dárselas de**: **se las da de experto** il joue les experts

dardo *nm* dard *m*
datar *vi*: **~ de** dater de
dátil *nm* datte *f*
dato *nm* (*detalle*) fait *m*; **~s** *nmpl* (*información, INFORM*) données *fpl*; **~s personales** identité *fsg*
dcha. *abr* (= *derecha*) dr. (= *droite*)

PALABRA CLAVE

de (*de* + *el* = **del**) *prep* **1** (*gen*: *complemento de n*) de, d'; **la casa de Isabel/de mis padres/de los Alvarez** la maison d'Isabelle/de mes

parents/des Alvarez; **una copa de vino** un verre de vin; **clases de inglés** cours *mpl* d'anglais
2 (*posesión*: *con ser*) **es de ellos** c'est à eux
3 (*origen, distancia*) de; **soy de Gijón** je suis de Gijón; **salir del cine/de la casa** sortir du cinéma/de la maison; **de lado** de côté; **de atrás/delante** de derrière/devant
4 (*materia*) en; **un abrigo de lana** un manteau en laine; **temblar de miedo/de frío** trembler de peur/de froid; **de un trago** d'un coup
5 (*condicional* + *infin*): **de no ser así** si ce n'était pas comme ça; **de ser posible** si c'est possible; **de no terminarlo hoy** si ce n'est pas fini aujourd'hui
6: **de no** (*AM*: *si no*) sinon; **¡hazlo, de no ...!** fais-le sinon ...!

dé *vb ver* **dar**
deambular *vi* (*persona*) déambuler; (*animal*) vagabonder
debajo *adv* dessous; **~ de** sous; **por ~ de** en dessous de
debate *nm* débat *m*; **debatir** *vt* débattre (de) ♦ *vi* débattre; **debatirse** *vpr* (*forcejear*) se débattre
deber *nm* (*obligación*) devoir *m* ♦ *vt* devoir; **~es** *nmpl* (*ESCOL*) devoirs *mpl*; **~se** *vpr*: **~se a** être dû (due) à; **debo hacerlo** je dois le faire; **debe (de) ser canadiense** il doit être canadien
debido, -a *adj* (*cuidado, respeto*) dû (due); **~ a** en raison de; **a su ~ tiempo** en temps voulu; **como es ~** comme il convient
débil *adj* faible; **debilidad** *nf* faiblesse *f*; **tener debilidad por algn/algo** avoir un faible pour qn/qch
debilitar *vt* (*persona, resistencia*) affaiblir; (*cimientos*) ébranler; **~se** *vpr* s'affaiblir
debutar *vi* (*en actuación*) débuter
década *nf* décennie *f*
decadencia *nf* (*de edificio*) délabrement *m*; (*de persona*) déchéance *f*; (*de sociedad*) décadence *f*
decaer *vi* (*espectáculo*) perdre de son attrait; (*negocio*) dépérir; (*éxito, afición, interés*) retomber; (*salud*) décliner
decaído, -a *adj*: **estar ~** (*desanimado*) être abattu(e)
decano, -a *nm/f* doyen(ne)
decapitar *vt* décapiter
decena *nf*: **una ~** une dizaine
decencia *nf* décence *f*
decente *adj* décent(e); (*honesto*) convenable
decepción *nf* déception *f*
decepcionar *vt* décevoir
decidir *vt* décider (de) ♦ *vi* décider; **~se** *vpr*: **~se (a hacer algo)** se décider (à faire qch)
décima *nf* (*MAT*) dixième *m*; **~s** *nfpl* (*MED*) dixièmes *mpl* (de degré)
decimal *adj* décimal(e)
decímetro *nm* décimètre *m*
décimo, -a *adj, nm* dixième *m*; *ver tb* **sexto**
decir *vt* dire; **~se** *vpr*: **se dice que ...** on dit que ...; **~ para sí** se dire; **querer ~** vouloir dire; **es ~** c'est-à-dire; **¡diga!, ¡dígame!** (*TELEC*) allô!; **por no ~** pour ne pas dire; **¿cómo se dice "cursi" en francés?** comment dit-on "cursi" en français?
decisión *nf* décision *f*; **tomar una ~** prendre une décision
decisivo, -a *adj* décisif(-ive)
declaración *nf* déclaration *f*; (*JUR*) déposition *f*; **prestar ~** (*JUR*) faire une déposition; **~ de la renta** déclaration de revenus; **~ fiscal** déclaration d'impôts
declarar *vt* déclarer ♦ *vi* (*para la prensa, en público*) faire une déclaration; (*JUR*) faire une déposition; **~se** *vpr* (*a una chica*) déclarer son amour; (*guerra, incendio*) se déclarer
declinar *vt* décliner ♦ *vi* (*poder*) décliner; (*fiebre*) baisser
declive *nm* pente *f*; (*fig*) déclin *m*
decoración *nf* décoration *f*
decorado *nm* décor *m*
decorar *vt* décorer
decorativo, -a *adj* décoratif(-ive)

decoro *nm* (*en comportamiento etc*) correction *f*

decoroso, -a *adj* correct(e); (*digno*) respectable

decrecer *vi* diminuer; (*nivel de agua*) baisser

decrépito, -a *adj* décrépit(e); (*sociedad*) en décrépitude

decretar *vt* décréter; **decreto** *nm* décret *m*

dedal *nm* (*para costura*) dé *m*

dedicación *nf* (*a trabajo etc*) engagement *m*; (*de persona*) dévouement *m*; **dedicar** *vt* dédicacer; (*tiempo, dinero, esfuerzo*) consacrer; **dedicarse** *vpr*: **dedicarse a** se consacrer à; **dedicatoria** *nf* dédicace *f*

dedo *nm* doigt *m*; **~ (del pie)** orteil *m*; **a ~** (*entrar, nombrar*) avec du piston; **hacer ~** (*fam*) faire du stop; **~ anular** annulaire *m*; **~ corazón** majeur *m*; **~ gordo** pouce *m*; (*en pie*) gros orteil; **~ índice** index *msg*; **~ meñique** auriculaire *m*

deducción *nf* déduction *f*

deducir *vt* déduire

defecto *nm* défaut *m*

defectuoso, -a *adj* défectueux(-euse)

defender *vt* défendre; **~se** *vpr*: **~se de algo** se défendre de qch; **~se contra algo/algn** se défendre contre qch/qn

defensa *nf* défense *f*; (*de tesis, ideas*) soutien *m* ♦ *nm* (*DEPORTE*) défense *f*

defensivo, -a *adj* (*movimiento, actitud*) de défense

defensor, a *adj* (*persona*) qui défend ♦ *nm/f* (*tb*: **abogado ~**) avocat(e) de la défense; (*protector*) défenseur *m*

deficiente *adj* (*trabajo*) insuffisant(e); (*salud*) déficient(e) ♦ *nm/f*: **ser un ~ mental/físico** être handicapé mental/physique

déficit (*pl* **~s**) *nm* déficit *m*

definición *nf* définition *f*

definir *vt* définir

definitivo, -a *adj* définitif(-ive); **en definitiva** définitivement; (*en conclusión, resumen*) en définitive

deformación *nf* déformation *f*

deformar *vt* déformer; **~se** *vpr* se déformer; **deforme** *adj* difforme

defraudar *vt* (*a personas*) tromper; (*a Hacienda*) frauder

defunción *nf* décès *m*

degeneración *nf* dégradation *f*

degenerar *vi* dégénérer

degollar *vt* égorger

degradar *vt* dégrader; **~se** *vpr* se dégrader

degustación *nf* dégustation *f*

dejadez *nf* laisser-aller *m*

dejar *vt* laisser; (*persona, empleo, pueblo*) quitter ♦ *vi*: **~ de** arrêter de; **~ a algn (hacer algo)** laisser qn (faire qch); **no dejes de visitarles** continue à leur rendre visite; **¡déjame en paz!** laisse-moi tranquille!; **~ atrás a algn** dépasser qn; **~ entrar/salir** laisser entrer/sortir; **~ pasar** laisser passer

deje, **dejo** *nm* accent *m*

del = **de + el**

delantal *nm* tablier *m*

delante *adv* devant ♦ *prep*: **~ de** devant; **por ~ (de)** par devant

delantera *nf* (*de vestido*) devant *m*; (*de coche*) avant *m*; (*DEPORTE*) avance *f*; **llevar la ~ (a algn)** mener (devant qn)

delantero, -a *adj* (*asiento, balcón*) avant; (*vagón*) de tête ♦ *nm* (*DEPORTE*) avant *m*

delatar *vt* dénoncer

delator, a *nm/f* dénonciateur(-trice)

delegación *nf* délégation *f*; (*MÉX*: *comisaría*) commissariat *m*; (: *ayuntamiento*) mairie *f*

delegado, -a *nm/f* délégué(e)

delegar *vt*: **~ algo en algn** déléguer qch à qn

deletrear *vt* épeler

delfín *nm* dauphin *m*

delgadez *nf* maigreur *f*; (*fineza*) minceur *f*

delgado, -a *adj* maigre; (*fino*) mince

deliberación *nf* délibération *f*

deliberar *vi*: **~ (sobre)** délibérer (sur)

delicadeza *nf* délicatesse *f*

delicado, -a *adj* délicat(e)

delicia *nf* délice *m*

delicioso, -a *adj* délicieux(-euse)

delimitar *vt* délimiter
delincuencia *nf* délinquance *f*; **~ juvenil** délinquance juvénile; **delincuente** *nm/f* délinquant(e)
delineante *nm/f* dessinateur(-trice)
delirar *vi* délirer
delirio *nm* délire *m*; **~s de grandeza** folie *f* des grandeurs
delito *nm* délit *m*
delta *nm* delta *m*
demacrado, -a *adj* émacié(e)
demanda *nf* demande *f*; **en ~ de** pour demander
demandante *nm/f* (*JUR*) demandeur(-deresse)
demandar *vt* demander; (*JUR*) poursuivre
demarcación *nf* démarcation *f*; (*zona*) zone *f*; (*jurisdicción*) circonscription *f*
demás *adj*: **los ~ niños** les autres enfants *mpl* ♦ *pron*: **los/las ~** les autres; **lo ~** le reste; **por lo ~** à part cela
demasiado, -a *adj*: **~ vino** trop de vin ♦ *adv* trop; **~s libros** trop de livres; **¡es ~!** c'est trop!
demencia *nf* démence *f*; **demente** *adj, nm/f* dément(e)
democracia *nf* démocratie *f*
demócrata *adj, nm/f* démocrate *m/f*
democrático, -a *adj* démocratique
demolición *nf* démolition *f*
demonio *nm* démon *m*; **¡~s!** mince!
demora *nf* retard *m*; **demorar** *vt* retarder ♦ *vi*: **demorar en** (*AM*) mettre du temps à; **demorarse** *vpr* s'attarder
demos *vb ver* **dar**
demostración *nf* démonstration *f*; (*de sinceridad*) preuve *f*
demostrar *vt* (*sinceridad*) prouver; (*afecto, fuerza*) montrer; (*funcionamiento, aplicación*) démontrer
demudado, -a *adj*: **tener el rostro ~** avoir le visage pâle
den *vb ver* **dar**
denegar *vt* refuser
denigrar *vt* dénigrer

Denominación de Origen

La "Denominación de Origen" ou "D.O." est l'équivalent espagnol de l'appellation d'origine contrôlée. Ce label est attribué à des produits agricoles (vins, fromages, charcuterie) dont il garantit la qualité et la conformité aux caractéristiques d'une région donnée.

denotar *vt* dénoter
densidad *nf* densité *f*
denso, -a *adj* dense; (*humo, niebla*) épais(se)
dentadura *nf* denture *f*; **~ postiza** dentier *m*
dentera *nf* frisson *m*
dentífrico, -a *adj*: **crema** *o* **pasta dentífrica** pâte *f* dentifrice ♦ *nm* dentifrice *m*
dentista *nm/f* dentiste *m/f*
dentro *adv* dedans ♦ *prep*: **~ de** dans; **mirar por ~** regarder à l'intérieur; **~ de tres meses** dans trois mois
denuncia *nf* plainte *f*; **denunciar** *vt* (*en comisaría*) déposer une plainte contre; (*en prensa etc*) dénoncer
departamento *nm* département *m*; (*AM*) appartement *m*
dependencia *nf* dépendance *f*
depender *vi*: **~ de** dépendre de; **todo depende** tout dépend; **no depende de mí** cela ne dépend pas de moi; **depende de lo que haga él** cela dépend de ce qu'il fait
dependienta *nf* vendeuse *f*
dependiente *nm* vendeur *m*
depilar *vt* épiler; **~se** *vpr* s'épiler; **depilatorio, -a** *adj, nm* dépilatoire *m*
deplorable *adj* déplorable
deplorar *vt* déplorer
deponer *vt* (*rey, gobernante*) déposer; (*actitud*) laisser libre cours à; **~ las armas** déposer les armes
deportar *vt* déporter
deporte *nm* sport *m*; **deportista** *adj, nm/f* sportif(-ive)
deportivo, -a *adj* sportif(-ive) ♦ *nm* voiture *f* de sport

depositar *vt* déposer
depositario, -a *nm/f*: **~ de** dépositaire *m/f* de
depósito *nm* dépôt *m*; (*de agua, gasolina etc*) réserve *f*; **~ de cadáveres** morgue *f*
depreciar *vt* déprécier; **~se** *vpr* se déprécier
depredador, a *adj* prédateur(-trice) ♦ *nm* prédateur *m*
depresión *nf* dépression *f*; **~ nerviosa** dépression nerveuse
deprimido, -a *adj* déprimé(e)
deprimir *vt*, **deprimirse** *vpr* déprimer
deprisa *adv* vite
depuración *nf* épuration *f*; **depurar** *vt* épurer
derecha *nf* main *f* droite; (*POL*) droite *f*; **a la ~** à droite
derecho, -a *adj* droit(e) ♦ *nm* droit *m*; (*lado*) côté *m* droit ♦ *adv* droit; **~s** *nmpl* droits *mpl*; **a mano derecha** à droite; **Facultad de D~** Faculté *f* de Droit; **estudiante de D~** étudiant(e) en Droit; **¡no hay ~!** il n'y a pas de justice!; **tener ~ a algo** avoir droit à qch; **tener ~ a hacer algo** avoir le droit de faire qch; **~ a voto** droit de vote; **~s civiles** droits civiques; **~s humanos/de autor** droits de l'homme/d'auteur
deriva *nf*: **ir/estar a la ~** aller/être à la dérive
derivado *nm* dérivé *m*
derivar *vt* (*conclusión*) arriver à; (*conversación*) dévier ♦ *vi* dévier; **~se** *vpr*: **~se de** dériver de
derramamiento *nm*: **~ de sangre** épanchement *m* de sang
derramar *vt* (*verter*) verser; (*esparcir*) renverser; **~se** *vpr* se répandre; **~ lágrimas** verser *o* répandre des larmes
derrame *nm* écoulement *m*; (*MED*) épanchement *m*; **~ cerebral** hémorragie *f* cérébrale
derretido, -a *adj* fondu(e)
derretir *vt* fondre; **~se** *vpr* fondre; **~se de calor** être en nage
derribar *vt* faire tomber; (*construcción*) abattre; (*gobierno, político*) renverser
derrocar *vt* (*gobierno*) renverser
derrochar *vt* dilapider; (*energía, salud*) déborder de; **derroche** *nm* gaspillage *m*; (*de salud, alegría*) débordement *m*
derrota *nf* déroute *f*; (*DEPORTE, POL*) défaite *f*; **derrotar** *vt* vaincre; (*enemigo*) mettre en déroute; (*DEPORTE, POL*) battre; **derrotero** *nm* cap *m*; **tomar otros derroteros** prendre une autre voie
derruir *vt* démolir
derrumbar *vt* démolir; **~se** *vpr* s'écrouler; (*esperanzas*) s'effondrer
derruyendo *etc vb ver* **derruir**
des *vb ver* **dar**
desabotonar *vt* déboutonner; **~se** *vpr* se déboutonner
desabrido, -a *adj* (*persona*) désagréable
desabrochar *vt* défaire; **~se** *vpr* (*cinturón*) défaire
desacato *nm* (*JUR*) outrage *m*
desacertado, -a *adj* erroné(e); (*inoportuno*) mal à propos
desacierto *nm* erreur *f*
desaconsejado, -a *adj*: **estar ~** être déconseillé(e)
desaconsejar *vt*: **~ algo a algn** déconseiller qch à qn
desacreditar *vt* discréditer
desacuerdo *nm* désaccord *m*; (*disconformidad*) contradiction *f*
desafiar *vt* affronter; **~ a algn a hacer** mettre qn au défi de faire
desafilado, -a *adj* émoussé(e)
desafinado, -a *adj*: **estar ~** être désaccordé(e)
desafinar *vi* détonner; **~se** *vpr* se désaccorder
desafío *nm* défi *m*
desaforado, -a *adj* (*grito*) terrible; (*ambición*) démesuré(e)
desafortunadamente *adv* malheureusement
desafortunado, -a *adj* malheureux(-euse); (*inoportuno*) inopportun(e)
desagradable *adj* désagréable; **es ~ tener que hacerlo** il est désagréable d'avoir à le faire

desagradecido, -a *adj* ingrat(e)
desagrado *nm* mécontentement *m*; **con ~** de mauvaise grâce
desagraviar *vt* se racheter
desagüe *nm* écoulement *m*; (*de lavadora*) vidange *f*; **tubo de ~** tuyau *m* d'écoulement
desaguisado *nm* dommage *m*
desahogado, -a *adj* aisé(e); (*espacioso*) spacieux(-euse)
desahogar *vt* laisser libre cours à; **~se** *vpr* se soulager
desahogo *nm* soulagement *m*; (*comodidad*) commodité *f*; **vivir con ~** vivre dans l'aisance
desahuciar *vt* (*enfermo*) condamner; (*inquilino*) expulser; **desahucio** *nm* expulsion *f*
desaire *nm* mépris *m*; **hacer un ~ a algn** faire un affront à qn
desajustar *vt* desserrer; **~se** *vpr* se desserrer
desajuste *nm* (*de situación*) dérèglement *m*; (*desacuerdo*) désaccord *m*; **~ económico/de horarios** décalage *m* économique/horaire
desalentador, a *adj* décourageant(e)
desalentar *vt* décourager
desaliento *vb ver* **desalentar** ♦ *nm* découragement *m*
desaliño *nm* négligence *f*
desalmado, -a *adj* méchant(e), cruel(le)
desalojar *vt* (*salir de*) quitter; (*expulsar*) déloger
desamparado, -a *adj* (*persona*) désemparé(e); (*lugar*: *expuesto*) exposé(e); (: *desierto*) déserté(e)
desamparar *vt* abandonner
desandar *vt*: **~ lo andado** *o* **el camino** revenir sur ses pas
desangrar *vt* saigner; **~se** *vpr* se vider de son sang; (*morir*) rendre l'âme
desanimado, -a *adj* déprimé(e)
desanimar *vt* décourager; (*deprimir*) déprimer; **~se** *vpr* se décourager
desapacible *adj* orageux(-euse)
desaparecer *vi* disparaître ♦ *vt* (*AM*: *POL*) faire disparaître
desaparecido, -a *adj* disparu(e) ♦ *nm/f* (*AM*: *POL*) disparu(e); **~s** *nmpl* disparus *mpl*; **desaparición** *nf* disparition *f*
desapasionado, -a *adj* impartial(e)
desapego *nm* indifférence *f*; (*a dinero*) désintéressement *m*
desapercibido, -a *adj*: **pasar ~** passer inaperçu(e)
desaprensivo, -a *adj* sans scrupules
desaprobar *vt* désapprouver
desaprovechar *vt* (*oportunidad, tiempo*) perdre; (*comida, tela*) ne pas apprécier
desarmar *vt* désarmer; (*mueble, máquina*) démonter; **desarme** *nm* désarmement *m*
desarraigo *nm* déracinement *m*
desarreglo *nm* désordre *m*; **~s** *nmpl* (*MED*) troubles *mpl*
desarrollar *vt* développer; (*planta, semilla*) faire pousser; (*plan etc*) mettre au point; **~se** *vpr* se développer; (*hechos, reunión*) se dérouler; **desarrollo** *nm* développement *m*; (*de acontecimientos*) déroulement *m*; **país en vías de desarrollo** pays *msg* en voie de développement
desarticular *vt* (*mecanismo, bomba*) désamorcer; (*grupo terrorista*) démanteler
desasir *vt* (*soltar*) lâcher; **~se** *vpr*: **~se (de)** se défaire (de)
desasosegar *vt* inquiéter; **~se** *vpr* s'inquiéter
desasosiego *vb ver* **desasosegar** ♦ *nm* inquiétude *f*; (*POL*) agitation *f*
desastrado, -a *adj* (*desaliñado*) négligé(e); (*descuidado*) négligent(e)
desastre *nm* désastre *m*; (*fam*: *persona*) catastrophe *f*
desastroso, -a *adj* désastreux(-euse)
desatado, -a *adj* furieux(-euse)
desatar *vt* (*nudo*) défaire; (*cordones, cuerda*) dénouer; (*perro, prisionero*) détacher; **~se** *vpr* se défaire; (*perro, prisionero*) se détacher; (*tormenta*) se déchaîner
desatascar *vt* (*cañería*) déboucher
desatender *vt* (*consejos, súplicas*) ignorer; (*trabajo, hijo*) négliger

desatento, -a *adj* impoli(e)
desatinado, -a *adj* immodéré(e); **desatino** *nm* folie *f*; **decir desatinos** raconter des bêtises
desatornillar *vt* (*tornillo*) dévisser; (*estructura*) démonter; **~se** *vpr* (*ver vt*) se dévisser; se démonter
desatrancar *vt* (*puerta*) débarrer; (*cañería*) déboucher
desautorizar *vt* (*oficial*) désavouer; (*informe, declaraciones*) désapprouver; (*huelga, manifestación*) interdire
desavenencia *nf* désaccord *m*; (*discordia*) conflit *m*
desayunar *vt*: **~ algo** prendre qch au petit déjeuner ♦ *vi* prendre le petit déjeuner; **desayuno** *nm* petit déjeuner *m*
desazón *nf* malaise *m*
desazonarse *vpr* se faire du souci
desbandarse *vpr* se débander
desbarajuste *nm* pagaille *f*
desbaratar *vt* déranger; (*plan*) bouleverser
desbloquear *vt* (COM, *negociaciones*) débloquer; (*tráfico*) rétablir
desbocado, -a *adj* (*caballo*) emballé(e); (*cuello*) détendu(e)
desbordar *vt* déborder; (*fig: paciencia, tolerancia*) pousser à bout; **~se** *vpr*: **~se (de)** déborder (de)
descabalgar *vi*: **~ (de)** descendre (de)
descabellado, -a *adj* fantaisiste
descafeinado, -a *adj* décaféiné(e) ♦ *nm* décaféiné *m*
descalabro *nm* revers *msg*; (*daño*) coup *m*
descalificar *vt* (DEPORTE) disqualifier; (*desacreditar*) discréditer
descalzar *vt* déchausser; **~se** *vpr* se déchausser
descalzo, -a *adj* (*persona*) pieds nus; **estar/ir (con los pies) ~(s)** être/aller pieds nus
descambiar *vt* (COM) échanger
descaminado, -a *adj*: **estar** *o* **ir ~** se leurrer
descampado *nm* terrain *m* vague
descansado, -a *adj* reposant(e); (*oficio, actividad*) facile; **estar/sentirse ~** être/se sentir reposé(e)
descansar *vt* reposer ♦ *vi* (*reposar*) se reposer; (*no trabajar*) faire une pause; (*dormir*) se coucher
descansillo *nm* palier *m*
descanso *nm* repos *msg*; (*en el trabajo*) pause *f*; (*alivio*) soulagement *m*; (TEATRO, CINE) entracte *m*; (DEPORTE) mi-temps *fsg*
descapotable *nm* (*tb:* **coche ~**) décapotable *f*
descarado, -a *adj* éhonté(e); (*insolente*) effronté(e)
descarga *nf* déchargement *m*; (MIL) décharge *f*
descargar *vt* décharger; (*golpe*) envoyer ♦ *vi* décharger; (*tormenta*) éclater; (*nube*) crever; **~ en** (*río*) se jeter dans; **~se** *vpr* se décharger; **descargo** *nm* (*de obligación*) libération *f*; (COM) crédit *m*; (*de conciencia*) soulagement *m*; (JUR) décharge *f*
descaro *nm* effronterie *f*; (*insolencia*) impudence *f*
descarriar *vt* (*fig*) dévergonder; **~se** *vpr* se dévergonder
descarrilamiento *nm* déraillement *m*
descarrilar *vi* dérailler
descartar *vt* rejeter
descascarillado, -a *adj* écaillé(e)
descendencia *nf* (*hijos*) descendance *f*
descender *vt* descendre ♦ *vi* descendre; (*temperatura, nivel*) baisser; **~ de** descendre de; **~ de categoría** se déclasser
descendiente *nm/f* descendant(e)
descenso *nm* descente *f*; (*de temperatura, fiebre*) baisse *f*
descifrar *vt* déchiffrer
descolgar *vt* décrocher; **~se** *vpr* se laisser glisser; (*lámpara, cortina*) se décrocher
descolorido, -a *adj* (*tela, cuadro*) passé(e); (*persona*) pâlot(te)
descomponer *vt* décomposer; (*desordenar*) déranger; (*estropear*) casser; (*facciones*) altérer; **~se** *vpr* se décomposer; (*encolerizarse*) se mettre en colère; (MÉX) se casser

descomposición *nf* décomposition *f*; **~ de vientre** diarrhée *f*
descompuesto, -a *pp de* **descomponer** ♦ *adj* (*alimento*) pourri(e); (*vino*) frelaté(e); (*persona, rostro*) décomposé(e); (*con diarrea*) dérangé(e)
descomunal *adj* énorme
desconcertado, -a *adj* déconcerté(e)
desconcertar *vt* déconcerter; **~se** *vpr* se déconcerter
desconcierto *vb ver* **desconcertar** ♦ *nm* désorientation *f*; (*confusión*) discorde *f*
desconectar *vt* déconnecter; (*desenchufar*) débrancher
desconfianza *nf* méfiance *f*
desconfiar *vi*: **~ de algn/algo** se méfier de qn/qch; **~ de que algn/algo haga algo** (*dudar*) craindre que qn/qch (ne) fasse qch
descongelar *vt* décongeler; (POL, COM) dégeler; **~se** *vpr* se décongeler; se dégeler
descongestionar *vt* décongestionner
desconocer *vt* (*dato*) ignorer; (*persona*) ne pas connaître
desconocido, -a *adj, nm/f* inconnu(e); **está ~** (*persona*) il est transformé; (*lugar*) c'est transformé
desconsiderado, -a *adj* irrespectueux(-euse)
desconsolar *vt* affliger; **~se** *vpr* s'affliger
desconsuelo *vb ver* **desconsolar** ♦ *nm* affliction *f*, chagrin *m*
descontado, -a *adj*: **por ~** c'est certain; **dar por ~ (que)** escompter (que)
descontar *vt* (*deducir*) déduire; (*rebajar*) faire une remise de
descontento, -a *adj* mécontent(e) ♦ *nm* mécontentement *m*
descorazonar *vt* décourager; **~se** *vpr* perdre courage
descorchar *vt* déboucher
descorrer *vt* (*cortina, cerrojo*) tirer
descortés *adj* discourtois(e); (*grosero*) grossier(-ière)
descoser *vt* découdre; **~se** *vpr* se découdre
descosido, -a *adj* décousu(e) ♦ *nm* (*en prenda*) trou *m*
descrédito *nm* discrédit *m*
descremado, -a *adj* écrémé(e)
describir *vt* décrire; **descripción** *nf* description *f*
descuartizar *vt* (CULIN: *cerdo*) équarrir; (: *pollo*) dépecer
descubierto, -a *pp de* **descubrir** ♦ *adj* découvert(e); (*coche*) décapoté(e) ♦ *nm* (COM: *en el presupuesto*) déficit *m*; (: *bancario*) découvert *m*; **al ~** en plein air; **poner al ~** révéler
descubrimiento *nm* découverte *f*
descubrir *vt* découvrir; **~se** *vpr* se découvrir; (*fig*) éclater
descuento *vb ver* **descontar** ♦ *nm* remise *f*
descuidado, -a *adj* négligé(e); (*desordenado*) négligent(e); **estar ~** être pris(e) au dépourvu; **coger** *o* **pillar a algn ~** prendre qn au dépourvu
descuidar *vt* négliger ♦ *vi* ne plus y penser; **~se** *vpr* (*despistarse*) ne pas faire attention; **¡descuida!** n'y pense plus!; **descuido** *nm* négligence *f*; **al menor descuido** à la moindre négligence; **con descuido** sans faire attention; **en un descuido** dans un moment d'inattention; **por descuido** par inadvertance

PALABRA CLAVE

desde *prep* **1** (*lugar, posición*) depuis; **desde Burgos hasta mi casa hay 30 km** de Burgos à chez moi il y a 30 km; **hablaba desde el balcón** il parlait du balcon
2 (*tiempo*) depuis; **desde ahora** à partir de maintenant; **desde niño** depuis qu'il est tout petit; **nos conocemos desde 1987/desde hace 20 años** nous nous connaissons depuis 1987/depuis 20 ans; **no le veo desde 1992/desde hace 5 años** je ne le vois plus depuis 1992/ depuis 5 ans
3 (*gama*): **desde los más lujosos hasta los más económicos** des plus

luxueux aux plus avantageux
4: **desde luego (que no/sí)** bien sûr (que non/si)
♦ *conj*: **desde que**: **desde que recuerdo** aussi loin que je m'en souvienne; **desde que llegó no ha salido** depuis qu'il est rentré il n'est pas sorti

desdecirse *vpr*: **~ de** se dédire de
desdén *nm* dédain *m*
desdeñar *vt* dédaigner
desdicha *nf* malheur *m*
desdichado, -a *adj* (*sin suerte*) infortuné(e); (*infeliz*) malheureux(-euse) ♦ *nm/f* miséreux(-euse)
desdoblar *vt* (*extender*) déplier
desear *vt* désirer
desecar *vt* assécher; **~se** *vpr* se dessécher
desechar *vt* jeter; (*oferta*) rejeter
desecho *nm* déchet *m*; **~s** *nmpl* ordures *fpl*; **de ~** (*materiales*) de rebut; (*ropa*) à jeter
desembalar *vt* déballer
desembarazar *vt* débarrasser; **~se** *vpr*: **~se de** se débarrasser de
desembarcar *vt* débarquer
desembocadura *nf* (*de río*) embouchure *f*
desembocar *vi*: **~ en** (*río*) se jeter dans; (*fig*) déboucher sur
desembragar *vt, vi* débrayer
desembrollar *vt* débrouiller
desemejanza *nf* dissemblance *f*
desempaquetar *vt* déballer
desempatar *vi*: **volvieron a jugar para ~** ils ont joué à nouveau pour se départager; **desempate** *nm* (FÚTBOL) belle *f*; (TENIS) tie-break *m*
desempeñar *vt* (*cargo, función*) occuper; (*papel*) jouer; (*deber*) accomplir; (*lo empeñado*) dégager; **~ un papel** (*fig*) jouer un rôle
desempeño *nm* (*de cargo*) accomplissement *m*
desempleado, -a *adj* au chômage; **desempleo** *nm* chômage *m*
desempolvar *vt* dépoussiérer; (*recuerdos*) rassembler
desencadenar *vt* (*ira, conflicto*) déchaîner; (*guerra*) déclencher; **~se** *vpr* (*conflicto, tormenta*) se déchaîner; (*guerra*) se déclencher
desencajar *vt* (*mandíbula*) décrocher; (*hueso, pieza*) déboîter; **~se** *vpr* se déboîter
desencanto *nm* désenchantement *m*
desenchufar *vt* débrancher
desenfadado, -a *adj* décontracté(e); **desenfado** *nm* décontraction *f*
desenfocado, -a *adj* (FOTO) flou(e)
desenfrenado, -a *adj* (*pasión*) sans bornes; (*lenguaje, conducta*) débridé(e); **desenfreno** *nm* (*libertinaje*) libertinage *m*; (*falta de control*) déchaînement *m*
desengañar *vt* désillusionner; **~se** *vpr*: **~se (de)** perdre ses illusions (sur); **¡desengáñate!** détrompe-toi!
desenganchar *vt* décrocher; **~se** *vpr* (*fam: de drogas*) décrocher; **desengaño** *nm* désillusion *f*; **llevarse un desengaño (con algn)** être déçu(e) (par qn)
desenlace *nm* dénouement *m*
desenmarañar *vt* (*fig*) débrouiller
desenmascarar *vt* (*fig*) démasquer
desenredar *vt* débrouiller
desenroscar *vt* dévisser
desenterrar *vt* déterrer
desentonar *vi* détonner
desentrañar *vt* (*misterio*) percer; (*sentido*) éclaircir
desentumecer *vt* (*pierna*) dégourdir; (DEPORTE) échauffer; **~se** *vpr* se dégourdir
desenvoltura *nf* désinvolture *f*
desenvolver *vt* défaire; **~se** *vpr* se dérouler; **~se bien/mal** bien/mal se débrouiller; **~se en la vida** se débrouiller dans la vie
deseo *nm* désir *m*; **~ de (hacer)** désir de (faire)
deseoso, -a *adj*: **estar ~ de (hacer)** être désireux(-euse) de (faire)
desequilibrado, -a *adj, nm/f* déséquilibré(e)
desertar *vi* (*soldado*) déserter
desértico, -a *adj* désertique
desesperación *nf* désespoir *m*; (*irritación*) exaspération *f*
desesperar *vt* désespérer; (*exasperar*)

exaspérer ♦ *vi*: **~ (de)** désespérer (de); **~se** *vpr* perdre espoir
desestabilizar *vt* déstabiliser
desestimar *vt* (*menospreciar*) mésestimer; (*rechazar*) rejeter
desfachatez *nf* aplomb *m*; **tener la ~ de hacer** avoir l'aplomb de faire
desfalco *nm* détournement *m* de fonds
desfallecer *vi* défaillir
desfasado, -a *adj* déphasé(e); (*costumbres*) vieux jeu *inv*; **desfase** *nm* (*en mecanismo*) déphasage *m*; (*entre ideas, circunstancias*) décalage *m*
desfavorable *adj* défavorable
desfigurar *vt* défigurer
desfiladero *nm* défilé *m*
desfilar *vi* défiler; **desfile** *nm* défilé *m*; **desfile de modelos** défilé de mode
desfogarse *vpr* (*fig*) se défouler
desgajar *vt* arracher; **~se** *vpr* (*rama*) s'arracher
desgana *nf* (*falta de apetito*) manque *m* d'appétit; (*falta de entusiasmo*) manque d'entrain
desganado, -a *adj*: **estar ~** (*sin apetito*) ne pas avoir d'appétit; (*sin entusiasmo*) manquer d'entrain
desgarrador, a *adj* déchirant(e)
desgarrar *vt* déchirer; (*carne*) déchiqueter; **~se** *vpr* (*prenda*) se déchirer; (*carne*) partir en lambeaux
desgastar *vt* user; **~se** *vpr* s'user; **desgaste** *nm* usure *f*; **desgaste físico** déchéance *f* physique
desglosar *vt* disjoindre
desgracia *nf* malheur *m*; **por ~** malheureusement
desgraciado, -a *adj* malheureux(-euse); (*miserable*) infortuné(e); (AM: *fam*) infâme ♦ *nm/f* (*miserable*) infortuné(e); (*infeliz*) malheureux(-euse)
desgravación *nf* (COM): **~ fiscal** dégrèvement *m* fiscal
desgravar *vt* dégrever ♦ *vi* (FIN) détaxer
deshabitado, -a *adj* (*edificio*) inhabité(e); (*zona*) déserté(e)
deshacer *vt* défaire; (TEC) démonter; (*contrato*) annuler; (*disolverse*) se dissoudre; (*derretirse*) fondre; **~se de** se défaire de; **~se en cumplidos/ atenciones/lágrimas** se répandre en compliments/être plein d'attentions/fondre en larmes
desharrapado, -a *adj* en haillons
deshecho, -a *pp de* **deshacer** ♦ *adj* défait(e); (*roto*) cassé(e); **estoy ~** (*cansado*) je suis mort(e) de fatigue; (*deprimido*) je suis abattu(e)
desheredar *vt* déshériter
deshidratar *vt* déshydrater; **~se** *vpr* se déshydrater
deshielo *nm* dégel *m*
deshonesto, -a *adj* malhonnête
deshonor *nm*, **deshonra** *nf* déshonneur *m*
deshora: **a ~(s)** *adv* (*llegar*) au mauvais moment; (*hablar*) quand il ne faut pas; (*acostarse, comer*) à des heures impossibles
deshuesar *vt* (*carne*) désosser; (*fruta*) dénoyauter
desierto, -a *adj* déserté(e) ♦ *nm* désert *m*; **declarar ~ un premio** ne pas décerner un prix (*à cause du niveau insuffisant des candidats*)
designar *vt* désigner; **~ (para)** (*nombrar*) désigner (pour)
designio *nm* dessein *m*
desigual *adj* inégal(e); (*tamaño, escritura*) irrégulier(-ière)
desilusión *nf* désillusion *f*; **desilusionar** *vt* désillusionner; (*decepcionar*) décevoir; **desilusionarse** *vpr* perdre ses illusions
desinfectar *vt* désinfecter
desinflar *vt* dégonfler; **~se** *vpr* se dégonfler
desintegración *nf* désintégration *f*
desinterés *nm* (*altruismo*) désintéressement *m*; **~ por** (*familia, actividad*) désintérêt *m* pour
desintoxicarse *vpr* se désintoxiquer
desistir *vi* renoncer; **~ de (hacer)** renoncer à (faire)
desleal *adj* déloyal(e); **deslealtad** *nf* déloyauté *f*
desleír *vt* diluer
deslenguado, -a *adj* (*grosero*) fort(e)

en gueule

desligar *vt* (*separar*) séparer

desliz *nm* (*fig*) impair *m*; **deslizar** *vt* glisser; **deslizarse** *vpr* glisser; (*aguas mansas, lágrimas*) couler

deslucido, -a *adj* terne

deslumbrar *vt* éblouir

desmadrarse (*fam*) *vpr* se défouler

desmán *nm* abus *msg*

desmandarse *vpr* (*descontrolarse*) se rebeller

desmantelar *vt* démanteler; (*casa, fábrica*) vider

desmayarse *vpr* perdre connaissance; **desmayo** *nm* (*MED*) évanouissement *m*; (*desaliento*) découragement *m*

desmedido, -a *adj* démesuré(e)

desmejorar *vi* (*MED*) s'affaiblir

desmembrar *vt* démembrer; **~se** *vpr* (*imperio*) se morceler

desmemoriado, -a *adj* distrait(e)

desmentir *vt* démentir

desmenuzar *vt* (*pan*) émietter; (*roca*) effriter; (*carne*) couper en morceaux; (*asunto, teoría*) examiner en détail

desmerecer *vi* (*marca*) baisser; (*belleza*) se flétrir; **~ de** (*cosa*) ne pas être à la hauteur de; (*persona*) ne pas être digne de

desmesurado, -a *adj* (*ambición, egoísmo*) démesuré(e); (*habitación, gafas*) énorme

desmontable *adj* (*que se quita*) démontable; (*que se puede plegar*) pliable

desmontar *vt* démonter ♦ *vi* (*de caballería*) mettre pied à terre

desmoralizar *vt* démoraliser; **~se** *vpr* se démoraliser

desmoronar *vt* saper; **~se** *vpr* s'écrouler; (*convicción, ilusión*) s'ébranler

desnatado, -a *adj* écrémé(e)

desnivel *nm* (*de terreno*) dénivellation *f*

desnudar *vt* dénuder; **~se** *vpr* se dénuder

desnudo, -a *adj* nu(e); (*árbol*) dépouillé(e) ♦ *nm* (*ARTE*) nu *m*

desnutrición *nf* malnutrition *f*

desnutrido, -a *adj* mal nourri(e)

desobedecer *vt, vi* désobéir

desobediente *adj* désobéissant(e)

desocupado, -a *adj* (*persona: ocioso*) désœuvré(e); (*asiento, servicios*) libre

desocupar *vt* (*vivienda*) libérer; (*local*) vider

desodorante *nm* déodorant *m*

desolación *nf* désolation *f*

desorbitado, -a *adj* (*deseos*) démesuré(e); (*precio*) exorbitant(e)

desorden *nm* désordre *m*; **desórdenes** *nmpl* (*POL*) troubles *mpl*

desordenado, -a *adj* (*habitación, objetos*) en désordre; (*persona*) désordonné(e)

desorganización *nf* désorganisation *f*

desorganizar *vt* bouleverser

desorientado, -a *adj* (*extraviado*) égaré(e); (*confundido*) confus(e)

desorientar *vt* (*extraviar*) égarer; (*desconcertar*) désorienter; **~se** *vpr* s'égarer

despabilado, -a *adj* (*despierto*) réveillé(e); (*fig*) éveillé(e)

despabilar *vt* réveiller ♦ *vi* se réveiller; (*fig*) s'éveiller; **~se** *vpr* se réveiller; **¡despabílate!** (*date prisa*) réveille-toi!

despachar *vt* (*negocio*) expédier; (*correspondencia*) s'occuper de; (*en tienda: cliente*) servir; (*entradas*) distribuer; (*empleado*) se débarrasser de; (*visitas*) décliner; (*ARG: maletas*) enregistrer ♦ *vi* (*en tienda*) servir

despacho *nm* bureau *m*; (*envío*) dépêche *f*; (*COM: venta*) envoi *m*; (*comunicación oficial*) dépêche; **~ de billetes** *o* **boletos** (*AM*) bureau de tabac

despacio *adv* lentement; (*cuidadosamente, AM: en voz baja*) doucement

desparpajo *nm* (*desenvoltura*) aisance *f*; (*pey*) insolence *f*

desparramar *vt* répandre

despavorido, -a *adj* terrorisé(e)

despecho *nm* dépit *m*; **a ~ de** en dépit de

despectivo, -a *adj* (*tono, modo*) condescendant(e)

despedazar *vt* réduire en miettes
despedida *nf* (*adiós*) congé *m*; **regalo/cena de ~** cadeau *m*/dîner *m* d'adieu; **hacer su ~ de soltero/soltera** enterrer sa vie de garçon/jeune fille
despedir *vt* (*decir adiós a*) dire au revoir à; (*empleado*) renvoyer; (*olor, calor*) dégager; **~se** *vpr* quitter son emploi; **~se de algn** dire au revoir à qn; **ir a ~ a algn** aller prendre congé de qn
despegar *vt, vi* décoller; **~se** *vpr* se décoller; **despego** *nm* = **desapego**
despegue *vb ver* **despegar** ♦ *nm* décollage *m*
despejado, -a *adj* dégagé(e); (*persona*) réveillé(e)
despejar *vt* dégager; (*desalojar*) vider; (*misterio*) éclaircir; (*mente*) rafraîchir ♦ *vi* s'éclaircir; **~se** *vpr* s'éclaircir; (*persona*) émerger
despellejar *vt* (*animal*) écorcher
despensa *nf* armoire *f* à provisions
despeñadero *nm* précipice *m*
despeñarse *vpr* basculer
desperdiciar *vt* gaspiller; (*oportunidad*) manquer
desperdicio *nm* gaspillage *m*; **~s** *nmpl* (*basura*) ordures *fpl*; (*residuos*) déchets *mpl*; **el libro no tiene ~** le livre est excellent du début à la fin
desperdigarse *vpr* se disperser; (*semillas etc*) s'éparpiller
desperezarse *vpr* s'étirer
desperfecto *nm* (*deterioro*) dommage *m*; (*defecto*) imperfection *f*
despertador *nm* réveil *m*
despertar *vt* réveiller; (*sospechas, admiración*) éveiller; (*apetito*) aiguiser ♦ *vi* se réveiller ♦ *nm* (*de persona*) réveil *m*; (*día, era*) aube *f*; **~se** *vpr* se réveiller
despiadado, -a *adj* impitoyable
despido *vb ver* **despedir** ♦ *nm* (*de trabajador*) licenciement *m*
despierto, -a *vb ver* **despertar** ♦ *adj* réveillé(e); (*fig*) éveillé(e)
despilfarro *nm* gaspillage *m*
despistado, -a *adj* (*distraído*) distrait(e)
despistar *vt* (*perseguidor*) semer; (*desorientar*) dérouter; **~se** *vpr* (*distraerse*) être distrait(e)
despiste *nm* distraction *f*
desplazamiento *nm* déplacement *m*; (INFORM) défilement *m*; **~ hacia arriba/abajo** (INFORM) déplacement vers le haut/bas; **gastos de ~** frais *mpl* de déplacement
desplazar *vt* déplacer; (*fig*) supplanter; (INFORM) faire défiler; **~se** *vpr* se déplacer
desplegar *vt* déployer; (*tela, papel*) déplier; **~se** *vpr* (MIL) se déployer; **despliegue** *vb ver* **desplegar** ♦ *nm* déploiement *m*
desplomarse *vpr* s'écrouler
desplumar *vt* (*ave*) déplumer; (*fam*) plumer
despoblado, -a *adj* (*sin habitantes*) vide; (*con pocos habitantes*) dépeuplé(e) ♦ *nm* terrain *m* vague
despojar *vt* (*casa*) dépouiller; **~ de** (*persona: de sus bienes*) dépouiller de; (*: de título, derechos*) retirer; **~se** *vpr*: **~se de** (*ropa*) enlever
despojo *nm* (*de banquete*) reliefs *mpl*
desposado, -a *adj* tout juste marié(e)
desposar *vt* (*suj: sacerdote*) marier; **~se** *vpr* se marier
desposeer *vt*: **~ (de)** déposséder (de)
déspota *nm/f* despote *m*
despreciar *vt* mépriser; (*oferta, regalo*) dédaigner; **desprecio** *nm* dédain *m*; **un desprecio** un affront
desprender *vt* ôter; (*olor, calor*) dégager; **~se** *vpr* se détacher; (*olor, perfume*) se dégager; **~ (de)** (*separar*) ôter (de); **~se de algo** se défaire de qch; **de ahí se desprende que** il en découle que
desprendimiento *nm* générosité *f*; **~ de retina** décollement *m* de la rétine; **~ de tierras** éboulement *m* de terrain
despreocupado, -a *adj*: **estar ~** (*sin preocupación*) ne pas s'inquiéter; **ser ~** être insouciant(e)
despreocuparse *vpr*: **~ (de)** (*dejar de inquietarse*) ne plus s'occuper

(de); (*desentenderse*) se désintéresser (de)

desprestigiar *vt* discréditer; **~se** *vpr* se discréditer

desprevenido, -a *adj* dépourvu(e); **coger** (*ESP*) *o* **agarrar** (*AM*) **a algn ~** prendre qn au dépourvu

desproporcionado, -a *adj* disproportionné(e)

desprovisto, -a *adj*: **~ de** dépourvu(e) de

después *adv* après; (*entonces*) alors ♦ *prep*: **~ de** après ♦ *conj*: **~ (de) que** après que; **un año ~** un an après; **~ de comer** après manger; **~ de todo** après tout

desquiciar *vt* (*puerta*) sortir de ses gonds; (*persona*) rendre fou (folle)

desquite *nm*: **tomarse el ~ (de)** prendre sa revanche (sur)

destacar *vt* (*ARTE*) mettre en relief; (*fig*) souligner; (*MIL*) détacher ♦ *vi* (*sobresalir*: *montaña, figura*) ressortir; (: *obra, persona*) se démarquer; **~se** *vpr* se démarquer

destajo *nm*: **trabajar a ~** (*por pieza*) travailler à la pièce; (*mucho*) travailler d'arrache-pied

destapar *vt* découvrir; (*botella*) déboucher; (*cacerola*) ôter le couvercle de; **~se** *vpr* (*botella*) se déboucher; (*en la cama*) se découvrir

destartalado, -a *adj* (*casa*) délabré(e); (*coche*) démantibulé(e)

destello *nm* (*de diamante, metal*) scintillement *m*; (*de estrella*) scintillation *f*; (*de faro*) lueur *f*

destemplado, -a *adj* (*MÚS*) désaccordé(e); (*voz*) discordant(e); (*METEOROLOGÍA*) mauvais(e); **estar/sentirse ~** (*MED*) être/se sentir indisposé(e)

desteñir *vt* (*sol, lejía*) passer ♦ *vi* (*tejido*) déteindre; **~se** *vpr* déteindre; **esta tela no destiñe** cette toile ne déteint pas

desternillarse *vpr*: **~ de risa** se tordre de rire

desterrar *vt* exiler

destiempo: **a ~** *adv* mal à propos

destierro *vb ver* **desterrar** ♦ *nm* (*expulsión*) interdiction *f* de séjour; (*exilio*) exil *m*

destilar *vt, vi* distiller; **destilería** *nf* distillerie *f*

destinar *vt* (*funcionario, militar*) affecter; (*habitación, tarea*) assigner; **~ a** *o* **para** (*fondos*) destiner à

destinatario, -a *nm/f* destinataire *m/f*

destino *nm* (*suerte*) destin *m*; (*de viajero*) destination *f*; (*de funcionario, militar*) poste *m*; **con ~ a** à destination de

destituir *vt*: **~ (de)** destituer (de)

destornillador *nm* tournevis *msg*

destornillar *vt* = **desatornillar**

destreza *nf* dextérité *m*; (*maña*) adresse *f*

destrozar *vt* (*romper*) casser; (*planes, campaña, persona*) anéantir; (*nervios*) mettre à vif

destrozo *nm* destruction *f*; **~s** *nmpl* (*daños*) dégâts *mpl*

destrucción *nf* destruction *f*

destructivo, -a *adj* destructeur(-trice)

destruir *vt* détruire; (*persona*: *moralmente*) briser; (*negocio, comarca*) ruiner; (*político, competidor, ilusiones*) anéantir

desuso *nm* non utilisation *f*; **caer en ~** tomber en désuétude; **estar en ~** être inusité(e)

desvalido, -a *adj* déshérité(e)

desvalijar *vt* dévaliser; (*coche*) cambrioler

desván *nm* grenier *m*

desvanecerse *vpr* (*MED*) s'évanouir; (*fig*) se dissiper; (*borrarse*) s'effacer

desvanecimiento *nm* (*de contornos, colores*) effacement *m*; (*MED*) évanouissement *m*

desvariar *vi* délirer; **desvarío** *nm* délire *m*

desvelar *vt* (*suj*: *café, preocupación*) tenir éveillé(e); **~se** *vpr* rester éveillé(e)

desvelos *nmpl* (*preocupación*) soucis *mpl*

desvencijado, -a *adj* (*silla*) branlant(e); (*máquina*) détraqué(e)

desventaja *nf* inconvénient *m*; **estar**

en *o* **llevar ~** être désavantagé(e)
desventura *nf* malheur *m*
desvergonzado, -a *adj, nm/f* dévergondé(e); (*descarado*) effronté(e)
desvergüenza *nf* dévergondage *m*; (*descaro*) toupet *m*
desvestir *vt* déshabiller; **~se** *vpr* se déshabiller
desviación *nf* (*de río*) détournement *m*; (AUTO) déviation *f*; (*de la conducta*) écart *m*; **~ de la columna** (MED) scoliose *f*
desviar *vt* dévier; (*río, mirada*) détourner; **~se** *vpr* (*apartarse del camino*) s'égarer; (*rumbo*) faire un détour
desvío *vb ver* **desviar** ♦ *nm* (AUTO) détour *m*
desvirtuar *vt* (*actuación, labor*) nuire à; **~se** *vpr* perdre sa signification première
desvivirse *vpr*: **~ por algo/algn** se mettre en quatre pour qch/qn; **~ por hacer** se tuer à faire
detalle *nm* détail *m*; (*delicadeza*) attention *f*; **¡qué ~!** comme c'est gentil!; **al ~** (COM) au détail
detallista *adj* méticuleux(-euse) ♦ *nm/f* (COM) détaillant(e)
detective *nm/f* détective *m*; **~ privado** détective privé
detener *vt* arrêter; **~se** *vpr* s'arrêter; (*demorarse*) s'attarder
detenido, -a *adj* arrêté(e); (*minucioso*) minutieux(-euse); (*preso*) détenu(e) ♦ *nm/f* détenu(e)
detenimiento *nm*: **con ~** avec soin
detergente *nm* détergent *m*
deteriorar *vt* détériorer; **~se** *vpr* se détériorer
determinación *nf* détermination *f*; (*decisión*) décision *f*
determinado, -a *adj* déterminé(e)
determinar *vt* déterminer; **~se** *vpr*: **~se a hacer** se déterminer à faire
detestar *vt* détester
detrás *adv* derrière; (*en sucesión*) après ♦ *prep*: **~ de** derrière; **~ mío/nuestro** (*esp* CSUR) derrière moi/nous
detrimento *nm*: **en ~ de** au détriment de
deuda *nf* dette *f*; **estar en ~ con algn** (*fig*) avoir une dette envers qn; **~ exterior/pública** dette extérieure/publique
devaluación *nf* dévaluation *f*
devaluar *vt* dévaluer
devastar *vt* dévaster
devoción *nf* dévotion *f*; **sentir ~ por algn/algo** avoir de la dévotion pour qn/qch
devolución *nf* restitution *f*; (*de carta*) retour *m*; (*de dinero*) remboursement *m*
devolver *vt* rendre; (*a su sitio*) remettre; (*fam*: *vomitar*) rendre ♦ *vi* (*fam*) rendre; **~se** *vpr* (AM) revenir
devorar *vt* dévorer
devoto, -a *adj* (REL) dévot(e) ♦ *nm/f* dévot(e); (*adepto*) adepte *m/f*
devuelto *pp de* **devolver**
devuelva *etc vb ver* **devolver**
di *vb ver* **dar**; **decir**
día *nm* (*24 horas*) journée *f*; (*lo que no es noche*) jour *m*; **¿qué ~ es?** quel jour est-on?; **estar/poner al ~** (*cuentas*) être/mettre à jour; (*persona*) être/mettre au courant; **el ~ de mañana** demain; **al ~ siguiente** le jour suivant; **vivir al ~** vivre au jour le jour; **es de ~** il fait jour; **en pleno ~** en plein jour; **¡buenos ~s!** bonjour!; **~ domingo/lunes** *etc* (AM) dimanche/lundi *etc*; **D~ de Reyes** Epiphanie *f*; **~ festivo** *o* **feriado** (AM) *o* **de fiesta** (AM) jour férié; **~ laborable** jour de travail; **~ lectivo/libre** jour de classe/de congé
diabetes *nf* diabète *m*
diabético, -a *nm/f* diabétique *m/f*
diablo *nm* diable *m*; **¿cómo/qué ~s ...?** comment/que diable ...?;
diablura *nf* diablerie *f*
diadema *nf* diadème *m*
diafragma *nm* diaphragme *m*
diagnosis *nf inv* diagnostic *m*
diagnóstico *nm* diagnostic *m*
diagonal *adj* oblique ♦ *nf* diagonale *f*
diagrama *nm* diagramme *m*; **~ de flujo** (INFORM) organigramme *m*
dial *nm* (*de radio*) bande *f* de fréquence

dialecto *nm* dialecte *m*
dialogar *vi* dialoguer; **~ con** (*POL*) s'entretenir avec
diálogo *nm* dialogue *m*
diamante *nm* diamant *m*; **~s** *nmpl* (*NAIPES*) carreau *msg*
diámetro *nm* diamètre *m*
diana *nf* (*MIL*) réveil *m*; (*de blanco*) mouche *f*
diapositiva *nf* (*FOTO*) diapositive *f*
diario, -a *adj* quotidien(ne) ♦ *nm* quotidien *m*; (*para memorias*) journal *m*; (*COM*) livre *m* journal; **a ~** tous les jours; **de** *o* **para ~** de tous les jours
diarrea *nf* diarrhée *f*
dibujar *vt, vi* dessiner
dibujo *nm* dessin *m*; **dibujos animados** dessins *mpl* animés; **dibujo lineal/técnico** dessin industriel
diccionario *nm* dictionnaire *m*
dicho, -a *pp de* **decir** ♦ *adj*: **en ~s países** dans ces pays ♦ *nm* proverbe *m*
dichoso, -a *adj* heureux(-euse)
diciembre *nm* décembre *m*; *ver tb* **julio**
dictado *nm* dictée *f*
dictador *nm* dictateur *m*; **dictadura** *nf* dictature *f*
dictamen *nm* expertise *f*
dictar *vt* dicter; (*decreto*) prendre; (*ley*) édicter; (*AM*: *clase*) faire
didáctico, -a *adj* didactique; (*educativo*) éducatif(-ive)
diecinueve *adj inv, nm inv* dix-neuf *m inv*; *ver tb* **seis**
dieciocho *adj inv, nm inv* dix-huit *m inv*; *ver tb* **seis**
dieciséis *adj inv, nm inv* seize *m inv*; *ver tb* **seis**
diecisiete *adj inv, nm inv* dix-sept *m inv*; *ver tb* **seis**
diente *nm* dent *f*; **hablar entre ~s** parler entre ses dents; **~ de ajo** gousse *f* d'ail; **~ de león** pissenlit *m*
diera *etc vb ver* **dar**
diesel *adj*: **motor ~** (moteur *m*) diesel *m*
diestro, -a *adj* droit(e); (*hábil*) adroit(e) ♦ *nm* (*TAUR*) matador *m*
dieta *nf* régime *m*; **~s** *nfpl* (*de viaje, hotel*) frais *mpl*; **estar a ~** être au régime
dietética *nf* diététique *f*
dietético, -a *adj* diététique
diez *adj inv, nm inv* dix *m inv*; *ver tb* **seis**
diezmar *vt* décimer
difamar *vt* diffamer
diferencia *nf* différence *f*; **~s** *nfpl* (*desacuerdos*) différend *msg*; **a ~ de** à la différence de; **diferenciar** *vt*: **diferenciar (de)** distinguer (de) ♦ *vi*: **diferenciar entre A y B** distinguer A de B; **diferenciarse** *vpr*: **diferenciarse (de)** se distinguer (de)
diferente *adj* différent(e) ♦ *adv* différemment
diferido *nm*: **en ~** (*TV*) en différé
difícil *adj* difficile; **ser ~ de hacer/entender/explicar** être difficile à faire/comprendre/expliquer
dificultad *nf* difficulté *f*; **~es** *nfpl* (*problemas*) difficultés *fpl*; **poner ~es (a algn)** faire des difficultés (à qn)
dificultar *vt* (*explicación, labor*) rendre difficile; (*visibilidad*) brouiller
difteria *nf* diphtérie *f*
difundir *vt* (*calor, noticia*) diffuser; (*doctrina, rumores*) répandre; **~se** *vpr* se diffuser; (*doctrina*) se répandre
difunto, -a *adj* ♦ *nm/f* défunt(e)
difusión *nf* diffusion *f*
diga *etc vb ver* **decir**
digerir *vt* digérer
digestión *nf* digestion *f*
digestivo, -a *adj* digestif(-ive)
digital *adj* digital(e)
dignarse *vpr*: **~ (a) hacer** daigner faire
dignatario, -a *nm/f* dignitaire *m/f*
dignidad *nf* dignité *f*
digno, -a *adj* (*sueldo, nivel de vida*) décent(e); (*comportamiento, actitud*) digne; **~ de** digne de
dije *vb ver* **decir**
dilapidar *vt* dilapider
dilatar *vt* dilater; (*prolongar, aplazar*) prolonger; **~se** *vpr* se dilater
dilema *nm* dilemme *m*
diligencia *nf* diligence *f*; (*trámite*) acte *m* de procédure; **~s** *nfpl* (*JUR*)

formalités *fpl*; **diligente** *adj* diligent(e)
diluir *vt* diluer
diluvio *nm* déluge *m*
dimensión *nf* dimension *f*; (*de catástrofe*) proportions *fpl*; **dimensiones** *nfpl* (*tamaño*) dimensions *fpl*
diminuto, -a *adj* tout(e) petit(e)
dimitir *vi*: **~ (de)** démissionner (de)
dimos *vb ver* **dar**
Dinamarca *nf* Danemark *m*
dinámico, -a *adj* dynamique
dinamita *nf* dynamite *f*
dinamo, **dínamo** *nf* (*nm en AM*) dynamo *f*
dineral *nm* fortune *f*
dinero *nm* argent *m*; **~ contante (y sonante)** espèces *fpl*; **~ efectivo** *o* **en metálico** liquide *m*; **~ suelto** menue monnaie *f*
dinosaurio *nm* dinosaure *m*
dio *vb ver* **dar**
diócesis *nf inv* diocèse *m*
Dios *nm* Dieu *m*; **¡~ mío!** mon Dieu!; **¡por ~!** grand Dieu!; **si ~ quiere** si Dieu le veut
dios *nm* dieu *m*
diosa *nf* déesse *f*
diploma *nm* diplôme *m*
diplomacia *nf* diplomatie *f*
diplomado, -a *adj, nm/f* diplômé(e)
diplomático, -a *adj* diplomatique ♦ *nm/f* diplomate *m/f*
diptongo *nm* diphtongue *f*
diputación *nf* ≃ conseil *m* général
diputado, -a *nm/f* député *m*
dique *nm* digue *f*
diré *etc vb ver* **decir**
dirección *nf* direction *f*; (*señas*) adresse *f*; (*CINE, TEATRO*) mise *f* en scène; **~ prohibida/única** sens *m* interdit/unique
directa *nf* (*AUTO*) quatrième *f*, cinquième *f*
directiva *nf* comité *m* directeur
directo, -a *adj* direct(e); **transmitir en ~** (*TV*) diffuser en direct
director, a *adj* directeur(-trice) ♦ *nm/f* directeur(-trice); (*CINE, TV*) metteur *m* en scène; **~ general** *o* **gerente** directeur général
dirigente *adj, nm/f* dirigeant(e)
dirigir *vt* diriger; (*carta, pregunta*) adresser; (*obra de teatro, film*) mettre en scène; (*esfuerzos*) concentrer; **~se** *vpr*: **~se a** s'adresser à; **~ a** *o* **hacia** diriger vers; **no ~ la palabra a algn** ne pas adresser la parole à qn
dirija *etc vb ver* **dirigir**
discernir *vt* discerner
disciplina *nf* discipline *f*
discípulo, -a *nm/f* disciple *m*
disco *nm* disque *m*; (*AUTO*) feu *m*; **~ compacto** disque compact; **~ de densidad doble/sencilla** disquette double densité/densité simple; **~ duro** *o* **rígido/flexible** *o* **floppy** disque dur/disquette
disconforme *adj* non conforme; **estar ~ (con)** ne pas être conforme (à)
discordia *nf* désaccord *m*
discoteca *nf* discothèque *f*
discreción *nf* discrétion *f*; (*prudencia*) prudence *f*; **comer/beber a ~** manger/boire à volonté; **discrecional** *adj* (*uso, poder*) discrétionnaire; (*servicio*) optionnel(le)
discrepancia *nf* différence *f*; (*desacuerdo*) différend *m*
discreto, -a *adj* discret(-ète); (*sensato*) judicieux(-euse)
discriminación *nf* discrimination *f*
disculpa *nf* excuse *f*; **pedir ~s a/por** demander pardon à/pour; **disculpar** *vt* pardonner; **disculparse** *vpr*: **disculparse (de/por)** s'excuser (de/pour)
discurrir *vt* échafauder ♦ *vi* réfléchir; (*el tiempo*) s'écouler; **~ (por)** (*gente, río*) passer (par)
discurso *nm* discours *msg*
discusión *nf* discussion *f*
discutir *vt* discuter ♦ *vi* discuter; (*disputar*): **~ (con)** se disputer (avec)
disecar *vt* (*animal*) empailler; (*planta*) sécher
diseminar *vt* éparpiller; (*fig*) répandre
diseñar *vt* créer
diseño *nm* (*TEC*) conception *f*;

(*boceto*) ébauche *f*
disfraz *nm* déguisement *m*; **disfrazar** *vt* déguiser; **disfrazarse** *vpr* se déguiser; **disfrazarse de** se déguiser en
disfrutar *vt* jouir de ♦ *vi* prendre beaucoup de plaisir
disgregar *vt* (*manifestantes*) disperser; (*familia, imperio*) diviser; **~se** *vpr* (*muchedumbre*) se disperser
disgustar *vt* déplaire à; **~se** *vpr* être contrarié(e); (*dos personas*) s'accrocher
disgusto *nm* désagrément *m*; (*pesadumbre*) contrariété *f*; (*desgracia*) malheur *m*; (*riña*) accrochage *m*
disidente *adj, nm/f* dissident(e)
disimular *vt* dissimuler ♦ *vi* faire comme si de rien n'était
disipar *vt* dissiper; **~se** *vpr* se dissiper
dislocar *vt* (*articulación*) déboîter; **~se** *vpr* se déboîter
disminución *nf* diminution *f*
disminuido, -a *nm/f*: **~ mental/físico** handicapé(e) mental/physique
disminuir *vt* (*gastos, cantidad, dolor*) diminuer; (*temperatura, velocidad, población*) réduire ♦ *vi* (*días, población, número*) diminuer; (*precios, temperatura, memoria*) baisser; (*velocidad*) décroître
disociarse *vpr*: **~ (de)** se dissocier (de)
disolver *vt* dissoudre; (*manifestación*) disperser; (*contrato*) dénoncer; **~se** *vpr* se dissoudre; (*manifestantes*) se disperser
dispar *adj* (*distinto*) distinct(e)
disparar *vt, vi* tirer; **~se** *vpr* (*precios*) monter en flèche
disparate *nm* bêtise *f*; (*error*) absurdité *f*; **decir ~s** dire des bêtises
disparo *nm* tir *m*
dispensar *vt* dispenser; (*bienvenida*) souhaiter
dispersar *vt* éparpiller; (*manifestación, fig*) disperser; **~se** *vpr* se disperser; (*luz*) se répandre
disponer *vt* disposer; (*mandar*) ordonner ♦ *vi*: **~ de** disposer de; **~se** *vpr*: **~se a** *o* **para hacer** se disposer à faire; **la ley dispone que ...** la loi stipule que ...; **no puede ~ de esos bienes** il ne peut disposer librement de ces biens
disponible *adj* disponible; **no estar ~** ne pas être disponible
disposición *nf* disposition *f*; **~ para** (*aptitud*) dispositions *fpl* pour; **a (la) ~ de** à (la) disposition de; **a su ~** à votre disposition
dispositivo *nm* dispositif *m*
dispuesto, -a *pp de* **disponer** ♦ *adj* (*preparado*) préparé(e); **estar ~/poco ~ a hacer** être disposé(e)/peu disposé(e) à faire
disputar *vt* (DEPORTE, *premio, derecho*) disputer ♦ *vi* discuter; **~se** *vpr* se disputer; **~ por** disputer
disquetera *nf* (INFORM) lecteur *m* de disquette
distancia *nf* distance *f*; (*en el tiempo*) écart *m*; **a ~** à distance
distanciar *vt* distancer; **~se** *vpr* (*enemistarse*) se distancier; **~se (de)** (*alejarse*) s'éloigner (de)
distante *adj* distant(e)
distar *vi*: **dista 5 kms de aquí** c'est à 5 km d'ici
diste, **disteis** *vb ver* **dar**
distensión *nf* détente *f*
distinción *nf* distinction *f*; **sin ~ de** sans distinction de
distinguido, -a *adj* distingué(e)
distinguir *vt* distinguer; **~se** *vpr* se distinguer; **~ X de Y** distinguer X de Y
distintivo, -a *adj* distinctif(-ive) ♦ *nm* (*insignia*) insigne *m*
distinto, -a *adj*: **~ (a** *o* **de)** distinct(e) (de); **~s** (*varios*) plusieurs *mpl*
distracción *nf* distraction *f*
distraer *vt* distraire; **~se** *vpr* (*entretenerse*) se distraire; (*perder la concentración*) être distrait(e)
distraído, -a *adj* distrait(e); (*entretenido*) amusé(e)
distribuidor, a *nm/f* (*persona*) distributeur(-trice) ♦ *nf* (COM) concessionnaire *m*; (CINE) distributeur *m*
distribuir *vt* (*riqueza, beneficio*)

répartir; (*cartas, trabajo*) distribuer
distrito *nm* district *m*; **~ electoral** circonscription *f* électorale; **~ postal** secteur *m* postal
disturbio *nm* troubles *mpl*; **~ de orden público** trouble *m* de l'ordre public
disuadir *vt*: **~ (de)** dissuader (de)
disuelto *pp de* **disolver**
disyuntiva *nf* alternative *f*
DIU *sigla m* (= *dispositivo intrauterino*) stérilet *m*
diurno, -a *adj* de jour
divagar *vi* divaguer
diván *nm* divan *m*
divergencia *nf* divergence *f*
diversidad *nf* diversité *f*
diversificar *vt* diversifier; **~se** *vpr* se diversifier
diversión *nf* distraction *f*
diverso, -a *adj* (*variado*) varié(e) ♦ *nm*: **~s** (*COM*) articles *mpl* divers; **~s libros** plusieurs livres; **~s colores** couleurs *fpl* variées
divertido, -a *adj* amusant(e); (*fiesta*) réussi(e); (*película, libro*) divertissant(e)
divertir *vt* amuser; **~se** *vpr* s'amuser
dividendo *nm* (*COM*): **~s** dividendes *mpl*
dividir *vt* partager; (*separar*) séparer; (*partido, opinión pública*) diviser; (*MAT*): **~ (por** *o* **entre)** diviser (par)
divierta *etc vb ver* **divertir**
divino, -a *adj* (*REL, fam*) divin(e)
divirtiendo *etc vb ver* **divertir**
divisa *nf* devise *f*; **~s** *nfpl* (*COM*) devises *fpl*
divisar *vt* deviner
división *nf* division *f*; (*de herencia*) partage *m*
divorciar *vt* prononcer le divorce de; **~se** *vpr*: **~se (de)** divorcer (de); **divorcio** *nm* divorce *m*
divulgar *vt* divulguer; (*popularizar*) vulgariser
DNI (*ESP*) *sigla m* (= *Documento Nacional de Identidad*) *ver* **documento**

> **DNI**
>
> *Le* **Documento Nacional de Identidad**, *appelé également* **DNI** *ou "carnet de identidad" est la carte d'identité nationale espagnole, comportant la photographie, l'état civil et les empreintes digitales du titulaire. Comme en France, il faut toujours en être muni et le présenter à la police en cas de contrôle.*

Dña. *abr* (= *Doña*) Mme (= *Madame*)
do *nm* (*MÚS*) do *m*
dobladillo *nm* ourlet *m*
doblar *vt* plier; (*cantidad, CINE*) doubler; **~se** *vpr* se plier; **~ la esquina** tourner au coin de la rue; **~ a la derecha/izquierda** tourner à droite/gauche
doble *adj* double ♦ *nm*: **el ~** le double ♦ *nm/f* (*TEATRO, CINE*) double *m*; **~s** *nmpl* (*DEPORTE*): **partido de ~s** double *msg*; **con ~ sentido** à double sens
doblegar *vt* obliger; **~se** *vpr* (*ceder*) se plier
doblez *nm* (*pliegue*) pli *m*
doce *adj inv, nm inv* douze *m inv*; *ver tb* **seis**; **docena** *nf* douzaine *f*
docente *adj*: **centro/personal ~** centre *m*/personnel *m* d'enseignement; **cuerpo ~** corps *msg* enseignant
dócil *adj* docile
doctor, a *nm/f* (*médico*) médecin *m*; (*UNIV*) docteur *m*
doctorado *nm* doctorat *m*
doctrina *nf* doctrine *f*
documentación *nf* documentation *f*; **documental** *adj, nm* documentaire *m*
documento *nm* (*certificado*) justificatif *m*; (*histórico*) document *m*; (*fig*: *testimonio*) témoignage *m*; **~ nacional de identidad** carte *f* d'identité
dólar *nm* dollar *m*
doler *vi* faire mal; (*fig*) peiner; **~se** *vpr* se plaindre; **me duele el brazo** mon bras me fait mal
dolor *nm* douleur *f*; **~ de cabeza** mal *m* de tête; **~ de estómago** maux *mpl* d'estomac; **~ de muelas** mal de

ts

domar *vt* dompter; **domesticar** *vt* domestiquer

doméstico, -a *adj, nm/f* domestique *m/f*; **economía doméstica** économie *f* domestique

domiciliación *nf*: **~ de pagos** virement *m* automatique

domicilio *nm* domicile *m*; **servicio a ~** service *m* à domicile; **sin ~ fijo** sans domicile fixe; **~ particular** domicile particulier; **~ social** (COM) siège *m* social

dominante *adj* dominant(e); (*persona*) dominateur(-trice)

dominar *vt* dominer; (*epidemia*) enrayer ♦ *vi* dominer; **~se** *vpr* se dominer

domingo *nm* dimanche *m*; **D~ de Ramos/de Resurrección** dimanche des Rameaux/de Pâques; *ver tb* **sábado**

dominicano, -a *adj* dominicain(e) ♦ *nm/f* Dominicain(e)

dominio *nm* domination *f*; (*de las pasiones, de idioma*) maîtrise *f*; **~s** *nmpl* (*tierras*) domaine *msg*

dominó *nm* domino *m*; (*juego*) dominos *mpl*

don *nm* don *m*; (*tratamiento*: *con apellido*) Monsieur *m*; (: *sólo con nombre*) Don *m*, ≃ Monsieur; **D~ Juan Gómez** Monsieur Juan Gómez; **tener ~ de gentes** savoir s'y prendre avec les gens; **un ~ de la naturaleza** un don de la nature; **tener un ~ para el dibujo/la música** être doué(e) pour le dessin/la musique

Don/Doña

Le titre **don/doña**, *souvent abrégé en* **D./Dña** *s'utilise en marque de respect lorsque l'on s'adresse à une personne plus âgée que soi ou à un supérieur hiérarchique. Il se place devant le prénom, par exemple Don Diego, Doña Inés. Cet usage, de plus en plus rare en Espagne, est maintenant surtout réservé à la correspondance et aux documents officiels. Dans ce cas, le titre précède les prénoms et noms de famille Sr. D. Pedro, Rodríguez Hernández, Sra. Dña. Inés Rodríguez Hernández.*

donar *vt* faire un don de; (*sangre*) donner

donativo *nm* don *m*

doncella *nf* (*criada*) bonne *f*

donde *adv* où; (*fam*): **se fue ~ sus tíos** il est allé chez ses vieux; **por ~** par où

dónde *adv* où; **¿a ~ vas?** où vas-tu?; **¿de ~ vienes?** d'où viens-tu?; **¿por ~?** par où?

dondequiera *adv* n'importe où ♦ *conj*: **~ que** où que

doña *nf* (*tratamiento*: *con apellido*) Madame *f*; (: *sólo con nombre*) Doña *f*, ≃ Madame

dorado, -a *adj* doré(e) ♦ *nm* dorure *f*

dormir *vt* endormir ♦ *vi* dormir; **~se** *vpr* s'endormir; **~ la siesta** faire la sieste; **se me ha dormido el brazo/la pierna** j'ai eu des fourmis dans le bras/la jambe

dormitar *vi* somnoler

dormitorio *nm* chambre *f*; (*en una residencia*) dortoir *m*

dorsal *adj* dorsal(e) ♦ *nm* (DEPORTE) dossard *m*

dorso *nm* dos *m*

DOS *sigla m* (= *sistema operativo de disco*) DOS *msg*

dos *adj inv, nm inv* deux *inv*; **los ~** les deux; **de ~ en ~** deux par deux; *ver tb* **seis**

doscientos, -as *adj* deux cents; *ver tb* **seiscientos**

dosis *nf inv* dose *f*

dotado, -a *adj* doué(e); **~ de** doté(e) de

dotar *vt* équiper; **~ de** *o* **con** (*proveer*: *de inteligencia, simpatía*) douer de; (: *de dinero*) allouer; (: *de personal, maquinaria*) doter de; **dote** *nf* dot *f*; **dotes** *nfpl* (*aptitudes*) dons *mpl*

doy *vb ver* **dar**

dragar *vt* draguer

drama *nm* drame *m*

dramático, -a *adj* dramatique
dramaturgo, -a *nm/f* dramaturge *m/f*
drástico, -a *adj* drastique
drenaje *nm* drainage *m*
droga *nf* drogue *f*
drogadicto, -a *nm/f* drogué(e)
droguería *nf* droguerie *f*
ducha *nf* douche *f*
ducharse *vpr* se doucher
duda *nf* doute *m*; **sin ~** sans aucun doute; **no cabe ~** il n'y a pas de doute; **para salir de ~s** pour en avoir le cœur net; **dudar** *vt, vi* douter; **dudar (de)** douter (de); **dudó si comprarlo o no** il a hésité à l'acheter
dudoso, -a *adj* douteux(-euse)
duelo *vb ver* **doler** ♦ *nm* duel *m*
duende *nm* lutin *m*
dueño, -a *nm/f* (*propietario*) propriétaire *m/f*; (*empresario*) patron(ne)
duerma *etc vb ver* **dormir**
dulce *adj* doux (douce) ♦ *nm* gourmandise *f*; (*pastel*) douceur *f*
dulzura *nf* douceur *f*
duna *nf* dune *f*
duplicar *vt* (*llave, documento*) faire un double de; (*cantidad*) doubler; **~se** *vpr* se multiplier par deux
duque *nm* duc *m*; **duquesa** *nf* duchesse *f*
duración *nf* durée *f*; (*de máquina*) durée de vie
duradero, -a *adj* (*material*) résistant(e); (*fe, paz*) durable
durante *adv* pendant; **habló ~ una hora** il a parlé pendant une heure
durar *vi* durer; (*persona*: *en cargo*) rester
durazno (AM) *nm* pêche *f*; (*árbol*) pêcher *m*
durex ® (AM) *nm* scotch ® *m*
dureza *nf* dureté *f*; (*de clima*) rigueur *f*
duro, -a *adj* dur(e) ♦ *adv* dur ♦ *nm* *pièce de cinq pesetas*; **a duras penas** à grand-peine; **es ~ de pelar** il faut se le farcir

E, e

E *abr* (= *este*) E (= *est*)
e *conj* (*delante de i- e hi-, pero no hie-*) et; *ver tb* **y**
ebanista *nm/f* ébéniste *m/f*
ébano *nm* ébène *m*
ebrio, -a *adj* ivre
ebullición *nf* ébullition *f*
eccema *nm* eczéma *m*
echar *vt* (*lanzar*) jeter; (*verter*) verser; (*gasolina, carta, freno*) mettre; (*expulsar*) mettre dehors; (*empleado*) renvoyer; (*hojas*) pousser; (*despedir*: *humo*) rejeter; (: *agua*) cracher; (*película*) passer ♦ *vi*: **~ a andar/volar/correr** se mettre à marcher/voler/courir; **~se** *vpr* s'allonger; **~ a cara o cruz algo** jouer qch à pile ou face; **~ abajo** (*gobierno*) renverser; (*edificio*) abattre; **~ una carrera/una siesta** faire une course/une sieste; **~ un trago** avaler une gorgée; **~ de menos** regretter; **~se atrás** se pencher en arrière; (*fig*) se dédire; **~se a llorar/reír/temblar** se mettre à pleurer/rire/trembler
eclesiástico, -a *adj* ecclésiastique
eclipse *nm* éclipse *f*
eco *nm* écho *m*
ecología *nf* écologie *f*
ecológico, -a *adj* écologique
ecologista *adj, nm/f* écologiste *m/f*
economato *nm* économat *m*
economía *nf* économie *f*; (*de empresa*) situation *f* économique
económico, -a *adj* économique
economista *nm/f* économiste *m/f*
ecu *nm* écu *m*
ecuación *nf* équation *f*
ecuador *nm* équateur *m*; **(el) E~** (l')Équateur
ecuánime *adj* (*carácter*) juste; (*juicio*) impartial(e)
ecuatoriano, -a *adj* équatorien(ne) ♦ *nm/f* Équatorien(ne)
ecuestre *adj* équestre
eczema *nm* = **eccema**
edad *nf* âge *m*; **¿qué ~ tienes?** quel âge as-tu?; **tiene ocho años de ~** il

a huit ans; **ser de mediana ~** être d'âge mûr; **ser de ~ avanzada** être âgé(e); **ser mayor/menor de ~** être majeur/mineur; **la E~ Media** le Moyen Âge; **tercera ~** troisième âge; **la ~ del pavo** l'âge ingrat
edición *nf* édition *f*
edificar *vt* édifier
edificio *nm* édifice *m*, bâtiment *m*
editar *vt* éditer; (*preparar textos*) mettre en page
editor, a *nm/f* éditeur(-trice); (*redactor*) rédacteur(-trice) ♦ *adj*: **casa ~a** maison d'édition; **editorial** *adj* éditorial(e) ♦ *nm* éditorial *m* ♦ *nf* (*tb:* **casa editorial**) maison *f* d'édition
edredón *nm* couette *f*
educación *nf* éducation *f*; **ser de buena/mala ~** être bien/mal élevé(e)
educar *vt* éduquer
EE.UU. *sigla mpl* (= *Estados Unidos*) EU *mpl* (= *États-Unis*)
efectista *adj* spectaculaire
efectivamente *adv* effectivement
efectivo, -a *adj* effectif(-ive) ♦ *nm*: **en ~** (*COM*) en espèces; **hacer ~ un cheque** encaisser un chèque
efecto *nm* effet *m*; **~s** *nmpl* (*tb:* **~s personales**) effets *mpl*; (*COM*) actif *m*; **hacer** *o* **surtir ~** (*medida*) avoir de l'effet; (*medicamento*) faire de l'effet; **al** *o* **a tal ~** à cet effet; **en ~** en effet; **~s especiales** effets spéciaux; **~s secundarios** (*MED*) effets secondaires; (*COM*) retombées *fpl*; **~s sonoros** effets de son
efectuar *vt* effectuer
eficacia *nf* efficacité *f*
eficaz *adj* efficace
eficiente *adj* efficace
efusivo, -a *adj* expansif(-ive)
EGB *sigla f* (*ESP*: *Educación General Básica*) *enseignement primaire et premier cycle de l'enseignement secondaire*
egipcio, -a *adj* égyptien(ne) ♦ *nm/f* Égyptien(ne)
Egipto *nm* Egypte *f*
egoísmo *nm* égoïsme *m*
egoísta *adj, nm/f* égoïste *m/f*
Eire *nm* Eire *f*
ej. *abr* (= *ejemplo*) ex. (= *exemple*)
eje *nm* axe *m*
ejecución *nf* exécution *f*
ejecutar *vt* exécuter
ejecutivo, -a *adj* exécutif(-ive) ♦ *nm/f* exécutif *m* ♦ *nf* comité *m* exécutif
ejemplar *adj* exemplaire ♦ *nm* (*ZOOL etc*) spécimen *m*; (*de libro, periódico*) exemplaire *m*
ejemplo *nm* exemple *m*; **por ~** par exemple; **dar ~** donner l'exemple
ejercer *vt* exercer ♦ *vi*: **~ de** exercer le métier de
ejercicio *nm* exercice *m*; **hacer ~** prendre de l'exercice; **~ comercial** exercice
ejército *nm* armée *f*; **E~ de Tierra/del Aire** armée de terre/de l'air
ejote (*AM*) *nm* haricot *m* vert

PALABRA CLAVE

el (*f* **la**, *pl* **los** *o* **las**) *art def* **1** le, la, les; **el libro/la mesa/los estudiantes/las flores** le livre/la table/les étudiants/les fleurs; **el amor/la juventud** l'amour/la jeunesse; **me gusta el fútbol** j'aime le football
2: **romperse el brazo** se casser le bras; **levantó la mano** il leva la main; **se puso el sombrero** il mit son chapeau
3 (*en descripción*): **tener la boca grande/los ojos azules** avoir une grande bouche/les yeux bleus
4 (*con días*): **me iré el viernes** je m'en irai vendredi; **los domingos suelo ir a nadar** le dimanche je vais nager
5 (*en exclamación*): **¡el susto que me diste!** tu m'as fait une de ces peurs!
♦ *pron demos*: **mi libro y el de usted** mon livre et le vôtre; **las de Pepe son mejores** celles de Pepe sont mieux; **no la(s) blanca(s) sino la(s) gris(es)** pas la(les) blanche(s), la(les) grise(s)
♦ *pron rel* **1**: **el/la/los/las + que** (*sujeto*) celui/celle/ceux/celles qui; (:

objeto) celui/celle/ceux/celles que; **el/la que quiera que se vaya** que celui/celle qui le veut s'en aille; **el que sea** n'importe qui; **llévese el que más le guste** emportez celui que vous préférez; **el que compré ayer** celui que j'ai acheté hier; **la que está debajo** celle qui est dessous
2: **el/la/los/las + que** (*con preposición*) lequel/laquelle/lesquels/lesquelles; **la persona con la que hablé** la personne avec laquelle j'ai parlé
♦ *conj*: **el que sea tan vago me molesta** ça m'ennuie qu'il soit si paresseux

él *pron pers* (*sujeto*) il; (*con preposición*) lui; **para ~** pour lui; **es ~** c'est lui
elaborar *vt* élaborer
elasticidad *nf* élasticité *f*
elástico, -a *adj, nm* élastique *m*
elección *nf* élection *f*; (*selección*) choix *m*; (*alternativa*) alternative *f*; **elecciones** *nfpl* élections *fpl*; **elecciones generales** élections
electorado *nm* électorat *m*
electricidad *nf* électricité *f*
electricista *nm/f* électricien(ne)
eléctrico, -a *adj* électrique
electro... *pref* électro...; **electrocardiograma** *nm* électrocardiogramme *m*; **electrocutar** *vt* électrocuter; **electrocutarse** *vpr* s'électrocuter; **electrodo** *nm* électrode *f*
electrodoméstico *nm* électroménager *m*
electromagnético, -a *adj* électromagnétique
electrónica *nf* électronique *f*
electrónico, -a *adj* électronique
elefante *nm* éléphant *m*
elegancia *nf* élégance *f*
elegante *adj* (*de buen gusto*) élégant(e); (*fino*) raffiné(e); **estar** *o* **ir ~** être élégant(e)
elegir *vt* choisir; (*por votación*) élire
elemental *adj* élémentaire
elemento *nm* élément *m*; **~s** *nmpl* (*de una ciencia*) rudiments *mpl*; **estar en su ~** être dans son élément
elepé (*pl* **~s**) *nm* 33 tours *m inv*
elevación *nf* élévation *f*
elevar *vt* élever; **~se** *vpr* s'élever; **~se a** s'élever à
eligiendo *etc vb ver* **elegir**
elija *etc vb ver* **elegir**
eliminar *vt* éliminer
eliminatoria *nf* épreuve *f* éliminatoire; (DEPORTE) éliminatoires *mpl*
élite *nf* élite *f*
ella *pron* elle
ellas *pron ver* **ellos**
ello *pron* cela
ellos, -as *pron* ils (elles); (*después de prep*) eux (elles)
elocuencia *nf* éloquence *f*
elogiar *vt* louer; **elogio** *nm* éloge *m*; **hacer elogios a** *o* **de** faire l'éloge de
elote (AM) *nm* épi *m* de maïs
eludir *vt* (*deber*) faillir à; (*responsabilidad*) rejeter; (*justicia*) se soustraire à; (*respuesta*) éluder
emanar *vi*: **~ de** émaner de; (*situación*) découler de
emancipar *vt* affranchir; **~se** *vpr* s'émanciper; (*siervo*) s'affranchir
embadurnar *vt*: **~ (de)** badigeonner (de); **~se** *vpr*: **~se (de)** se badigeonner (de)
embajada *nf* ambassade *f*
embajador, a *nm/f* ambassadeur(-drice)
embaladura (AM) *nf*, **embalaje** *nm* emballage *m*
embalar *vt* emballer; **~se** *vpr* s'emballer
embalsamar *vt* embaumer
embalse *nm* réservoir *m*
embarazada *adj f* enceinte ♦ *nf* femme *f* enceinte
embarazo *nm* (*de mujer*) grossesse *f*
embarazoso, -a *adj* embarrassant(e)
embarcación *nf* embarcation *f*
embarcadero *nm* embarcadère *m*
embarcar *vt* embarquer; **~se** *vpr* s'embarquer; **~(se) en** (AM: *tren, avión*) monter dans
embargar *vt* (JUR) saisir

embargo *nm* (*JUR*) saisie *f*; (*COM, POL*) embargo *m*
embargue *etc vb ver* **embargar**
embarque *vb ver* **embarcar** ♦ *nm* embarquement *m*; **tarjeta/sala de ~** carte *f*/salle *f* d'embarquement
embaucar *vt* enjôler
embeber *vt* boire; **~se** *vpr*: **~se en** (*en libro, etc*) se plonger dans
embellecer *vt* embellir; **~se** *vpr* embellir
embestida *nf* charge *f*; **embestir** *vt* charger ♦ *vi* charger; (*olas*) rugir
emblema *nm* emblème *m*
embobado, -a *adj* bouche bée
embolia *nf* embolie *f*
émbolo *nm* piston *m*
embolsarse *vpr* empocher
emborrachar *vt* soûler; **~se** *vpr* se soûler
emboscada *nf* embuscade *f*
embotar *vt* (*sentidos*) émousser; (*facultades*) diminuer
embotellamiento *nm* embouteillage *m*
embotellar *vt* mettre en bouteille; **~se** *vpr* être embouteillé(e)
embrague *nm* embrayage *m*
embriagar *vt* soûler; (*fig*) griser; **~se** *vpr* se soûler
embrión *nm* embryon *m*
embrollar *vt* embrouiller; **~se** *vpr* s'embrouiller
embrollo *nm* enchevêtrement *m*; (*fig*: *lío*) beaux draps *mpl*
embrujado, -a *adj* ensorcelé(e)
embrutecer *vt* abrutir; **~se** *vpr* s'abrutir
embudo *nm* entonnoir *m*
embuste *nm* mensonge *m*
embustero, -a *adj, nm/f* menteur(-euse)
embutido *nm* (*CULIN*) charcuterie *f*
emergencia *nf* urgence *f*; (*surgimiento*) émergence *f*
emerger *vi* émerger
emigración *nf* (*de personas*) émigration *f*; (*de pájaros*) migration *f*
emigrante *adj* qui émigre ♦ *nm/f* émigrant(e)
emigrar *vi* (*personas*) émigrer; (*pájaros*) migrer
eminencia *nf*: **ser una ~ (en algo)** être un génie (en qch); **eminente** *adj* éminent(e)
emisario *nm* émissaire *m*
emisión *nf* émission *f*
emisor, a *nm* émetteur *m* ♦ *nf* station *f* d'émission
emitir *vt* émettre
emoción *nf* (*excitación*) excitation *f*; (*sentimiento*) émotion *f*
emocionante *adj* excitant(e); (*conmovedor*) émouvant(e)
emocionar *vt* exciter; (*conmover, impresionar*) émouvoir; **~se** *vpr* s'émouvoir
emotivo, -a *adj* (*escena*) émouvant(e); (*persona*) émotif(-ive)
empadronarse *vpr* se faire recenser
empalagoso, -a *adj* (*alimento*) écœurant(e); (*fig*: *persona*) mielleux(-euse); (: *estilo*) à l'eau de rose
empalmar *vt* (*cable*) rallonger; (*carretera*) rejoindre ♦ *vi* (*dos caminos*) se rejoindre; **~ con** (*tren*) assurer la correspondance avec; **empalme** *nm* (*TEC*) jointure *f*; (*de carreteras*) croisement *m*; (*de trenes*) correspondance *f*
empanada *nf sorte de chausson salé fourré de tomates, viande etc*
empantanarse *vpr* être inondé(e); (*fig*) être dans une impasse
empañar *vt* embuer; **~se** *vpr* s'embuer
empapar *vt* mouiller; (*suj*: *toalla, esponja etc*) absorber; **~se** *vpr*: **~se (de)** (*persona*) être trempé(e) (par); (*esponja, comida*) absorber
empapelar *vt* tapisser
empaquetar *vt* empaqueter
empastar *vt* plomber
empaste *nm* plombage *m*
empatar *vi* faire match nul; **empataron a 1** il y a eu 1 partout; **empate** *nm* match *m* nul
empecé *etc*, **empecemos** *etc vb ver* **empezar**
empedernido, -a *adj* invétéré(e)
empedrado, -a *adj* pavé(e) ♦ *nm* (*pavimento*) pavement *m*

empeine *nm* (*de pie*) cou-de-pied *m*; (*de zapato*) empeigne *m*
empellón *nm* coup *m*; **dar empellones a algn** rouer qn de coups
empeñado, -a *adj* (*persona*) endetté(e); (*objeto*) mis(e) en gage; **~ en** (*obstinado*) déterminé(e) à
empeñar *vt* mettre en gage; **~se** *vpr* s'endetter; **~se en hacer** s'acharner à faire
empeño *nm* acharnement *m*; (*cosa prendada*) gage *m*; **casa de ~s** établissement *m* de prêts sur gages, mont-de-piété *m*; **poner ~ en hacer algo** mettre de l'acharnement à faire qch; **tener ~ en hacer algo** être déterminé(e) à faire qch
empeorar *vt, vi* empirer
empequeñecer *vt* rapetisser; (*fig*) banaliser
emperador *nm* empereur *m*
emperatriz *nf* impératrice *f*
empezar *vt* commencer ♦ *vi* commencer; **~ a hacer** commencer à faire; **~ por (hacer)** commencer par (faire)
empiece *etc vb ver* **empezar**
empiezo *etc vb ver* **empezar**
empinar *vt* redresser; **~se** *vpr* (*persona*) se mettre sur la pointe des pieds; (*animal*) se mettre sur ses pattes de derrière
empírico, -a *adj* empirique
emplazamiento *nm* emplacement *m*; (JUR) citation *f*
emplazar *vt* construire; (JUR) citer à comparaître; (*citar*) citer
empleado, -a *adj, nm/f* employé(e); **le está bien ~** c'est bien fait pour lui
emplear *vt* employer; **~se** *vpr*: **~se de** *o* **como** trouver un emploi de, se faire embaucher comme
empleo *nm* emploi *m*
empobrecer *vt* appauvrir; **~se** *vpr* s'appauvrir
empollar *vt, vi* (ZOOL) couver; (ESCOL: *fam*) bûcher
empollón, -ona (*fam*) *nm/f* (ESCOL) bûcheur(-euse)
emporio *nm* centre *m* commercial; (AM) grand magasin *m*
empotrado, -a *adj ver* **armario**
emprender *vt* entreprendre
empresa *nf* entreprise *f*
empresario, -a *nm/f* (COM) chef *m* d'entreprise
empréstito *nm* emprunt *m*
empujar *vt* pousser; **~ a algn a hacer** pousser qn à faire; **empuje** *nm* poussée *f*; (*fig*) brio *m*
empujón *nm* coup *m*; **abrirse paso a empujones** se frayer un chemin à coups de coude
empuñar *vt* empoigner
emular *vt* imiter

PALABRA CLAVE

en *prep* **1** (*posición*) dans; (: *sobre*): **en la mesa** sur la table; (: *dentro*): **está en el cajón** c'est dans le tiroir; **en el periódico** dans le journal; **en el suelo** par terre; **en Argentina/Francia/España** en Argentine/France/Espagne; **en La Paz/París/Londres** à La Paz/Paris/Londres; **en la oficina/el colegio** au bureau/à l'école; **en el quinto piso** au cinquième étage
2 (*dirección*) dans; **entró en el aula** il est entré dans la salle de classe
3 (*tiempo*) en; **en 1605/invierno** en 1605/hiver; **en el mes de enero** au mois de janvier; **en aquella ocasión/época** à cette occasion/époque; **en tres semanas** dans trois semaines; **en la mañana** (AM) le matin
4 (*manera*): **en avión/autobús** en avion/autobus; **viajar en tren** voyager en train; **escrito en inglés** écrit en anglais
5 (*forma*): **en espiral** en spirale; **en punta** pointu
6 (*tema, ocupación*): **experto en la materia** expert en la matière; **trabaja en la construcción** il travaille dans la construction
7 (*precio*) pour; **lo vendió en 20 dólares** il l'a vendu pour 20 dollars
8 (*diferencia*) de; **reducir/aumentar en una tercera parte/en un 20 por ciento** diminuer/augmenter d'un

tiers/de 20 pour cent
9 (*después de vb que indica gastar etc*) en; **se le va la mitad del sueldo en comida** il dépense la moitié de son salaire en nourriture
10 (*adj + en + infin*): **lento en reaccionar** lent à réagir: **¡en marcha!** en route!

---

enaguas (*AM*) *nfpl* combinaison *f*
enajenación *nf* aliénation *f*; (*tb:* **~ mental**) aliénation (mentale)
enajenar *vt* aliéner; (*fig*) déranger
enamorado, -a *adj, nm/f* amoureux(-euse); **estar ~ (de)** être amoureux(-euse) (de)
enamorar *vt* rendre amoureux(-euse); **~se** *vpr*: **~se (de)** tomber amoureux(-euse) (de)
enano, -a *adj* nain(e) ♦ *nm/f* nain(e)
enardecer *vt* (*incitar*) inciter; (*entusiasmar*) enflammer; **~se** *vpr* (*excitarse*) s'enhardir; (*exaltarse*) s'enflammer
encabezamiento *nm* en-tête *m*; (*de periódico*) titre *m*
encabezar *vt* (*movimiento*) prendre la tête de; (*lista*) être en tête de; (*carta, libro*) commencer
encadenar *vt* enchaîner; (*bicicleta*) attacher
encajar *vt* encastrer, emboîter; (*fam: golpe*) envoyer; (*: broma, mala noticia*) encaisser ♦ *vi* s'encastrer, s'emboîter; **~se** *vpr* (*mecanismo*) se coincer; (*un sombrero*) mettre; **~ con** (*fig*) cadrer avec
encaje *nm* encastrement *m*
encalar *vt* blanchir à la chaux
encallar *vi* (*NÁUT*) échouer
encaminar *vt*: **~ (a)** diriger (vers); **~se** *vpr*: **~se a** *o* **hacia** se diriger vers
encantado, -a *adj* enchanté(e); **¡~!** enchanté(e)!; **estar ~ con algn/algo** être charmé(e) par qn/qch
encantador, a *adj, nm/f* charmeur(-euse)
encantar *vt* enchanter; **me encantan los animales** j'adore les animaux; **le encanta esquiar** il adore skier;
encanto *nm* (*atractivo*) charme *m*; **como por encanto** comme par enchantement
encarcelar *vt* emprisonner
encarecer *vt* augmenter le prix de ♦ *vi* augmenter; **~se** *vpr* augmenter
encarecimiento *nm* renchérissement *m*
encargado, -a *adj* chargé(e) ♦ *nm/f* (*gerente*) gérant(e); (*responsable*) responsable *m/f*
encargar *vt* charger; **~se** *vpr*: **~se de** se charger de; **~ a algn que haga algo** charger qn de faire qch
encargo *nm* requête *f*; (*COM*) commande *f*
encariñarse *vpr*: **~ con** se prendre d'affection pour
encarnizado, -a *adj* (*lucha*) sanglant(e)
encasillar *vt* (*TEATRO*) attribuer une place à; (*pey*) caser
encauzar *vt* diriger; (*fig*) orienter
encendedor (*esp AM*) *nm* briquet *m*
encender *vt* allumer; **~se** *vpr* s'allumer
encendido, -a *adj* allumé(e) ♦ *nm* allumage *m*
encerado *nm* (*ESCOL*) tableau *m*
encerar *vt* (*suelo*) cirer
encerrar *vt* (*persona, animal*) enfermer; (*libros, documentos*) serrer; (*fig*) renfermer; **~se** *vpr* s'enfermer
encharcar *vt* détremper; **~se** *vpr* être inondé(e)
enchufado, -a (*fam*) *nm/f* pistonné(e)
enchufar *vt* (*ELEC*) brancher; (*TEC*) assembler; (*fam: persona*) pistonner;
enchufe *nm* (*ELEC: clavija*) prise *f* mâle; (*: toma*) prise femelle; (*TEC*) jointure *f*; (*fam: recomendación*) piston *m*; (*: puesto*) *poste obtenu par piston*
encía *nf* gencive *f*
enciclopedia *nf* encyclopédie *f*
encienda *etc vb ver* **encender**
encierro *vb ver* **encerrar** ♦ *nm* retraite *f*; (*TAUR*) *lâchage des taureaux dans les rues avant une corrida*
encima *adv* (*en la parte de arriba*) en haut; (*además*) en plus; **~ de** (*sobre*) sur; (*además de*) en plus de; **por ~**

de plus haut que; **leer/mirar algo por ~** lire/regarder qch distraitement; **¿llevas dinero ~?** as-tu de l'argent sur toi?; **se me vino ~** il est venu me voir à l'improviste; **~ mío/nuestro** *etc* (*esp* CSUR: *fam*) au-dessus de moi/nous *etc*
encina *nf* chêne *m* vert
encinta *adj f* enceinte
enclenque *adj* malingre
encoger *vt* (*ropa*) rétrécir; (*piernas*) étendre; (*músculos*) bander ♦ *vi* rétrécir; **~se** *vpr* rétrécir; (*fig*) être intimidé(e); **~se de hombros** hausser les épaules
encolar *vt* recoller
encolerizar *vt* mettre en colère; **~se** *vpr* se mettre en colère
encomendar *vt* remettre; **~se** *vpr*: **~se a** s'en remettre à
encomiar *vt* faire l'éloge de
encomienda *vb ver* **encomendar** ♦ *nf* (AM) colis *m*; **~ postal** colis postal
encontrado, -a *adj* opposé(e)
encontrar *vt* trouver; **~se** *vpr* (*reunirse*) se retrouver; (*estar*) se trouver; (*sentirse*) se sentir; **~se con algn/algo** tomber sur qn/qch; **~se bien (de salud)** aller bien
encrespar *vt* faire moutonner; **~se** *vpr* moutonner
encrucijada *nf* croisement *m*
encuadernación *nf* reliure *f*
encuadrar *vt* encadrer; (FOTO) cadrer
encubrir *vt* cacher; (JUR) couvrir
encuentro *vb ver* **encontrar** ♦ *nm* rencontre *f*; **ir/salir al ~ de algn** aller/sortir à la rencontre de qn
encuesta *nf* sondage *m*; (*investigación*) enquête *f*; **~ de opinión** sondage d'opinion; **~ judicial** enquête judiciaire
endeble *adj* (*argumento*) mauvais(e); (*persona*) faible
endémico, -a *adj* endémique
endemoniado, -a *adj* démoniaque; (*fig*: *travieso*) vicieux(-euse)
enderezar *vt* redresser; **~se** *vpr* se redresser
endeudarse *vpr* s'endetter
endiablado, -a *adj* (*hum*: *genio, carácter*) espiègle; (: *problema*) diabolique; (: *tiempo*) de chien
endiñar (*fam*) *vt* refiler
endosar *vt* endosser; **~ algo a algn** (*fam*) refiler qch à qn
endulzar *vt* (*café*) sucrer; (*salsa, fig*) adoucir; **~se** *vpr* (*ver vt*) sucrer; adoucir, s'adoucir
endurecer *vt* durcir; (*fig*: *persona*) endurcir; **~se** *vpr* (*ver vt*) se durcir; s'endurcir
enema *nm* lavement *m*
enemigo, -a *adj, nm/f* ennemi(e)
enemistad *nf* aversion *f*
enemistar *vt* séparer; **~se** *vpr*: **~se (con)** se fâcher (avec)
energía *nf* énergie *f*; **~ atómica/nuclear/solar** énergie atomique/nucléaire/solaire
enérgico, -a *adj* énergique
energúmeno, -a *nm/f* énergumène *m/f*
enero *nm* janvier *m*; *ver tb* **julio**
enfadado, -a *adj* en colère
enfadar *vt* fâcher; **~se** *vpr* se fâcher
enfado *nm* colère *f*
énfasis *nm* emphase *f*; **con ~** avec emphase; **poner ~ en** mettre l'accent sur
enfático, -a *adj* emphatique
enfermar *vi* tomber malade; **~se** *vpr* (*esp* AM) tomber malade
enfermedad *nf* maladie *f*
enfermería *nf* infirmerie *f*
enfermero, -a *nm/f* infirmier(-ère); **enfermera jefa** infirmière en chef
enfermizo, -a *adj* maladif(-ive)
enfermo, -a *adj* malade ♦ *nm/f* malade *m/f*; (*en hospital*) patient(e); **caer** *o* **ponerse ~** tomber malade
enflaquecer *vt* faire maigrir ♦ *vi* maigrir
enfocar *vt* (*luz, foco*) diriger; (*persona, objeto*) diriger le projecteur sur; (FOTO) faire la mise au point sur; (*fig*: *problema*) envisager
enfoque *vb ver* **enfocar** ♦ *nm* (FOTO) objectif *m*; (*fig*) point *m* de vue
enfrentar *vt* (*peligro*) affronter; (*contendientes*) confronter; **~se** *vpr* s'affronter; (*dos equipos*) se rencontrer; **~se a** *o* **con** (*problema*) se trouver face à; (*enemigo*) faire

face à
enfrente *adv* en face; **~ de** devant; **la casa de ~** la maison d'en face; **~ mío/nuestro** *etc* (*esp* CSUR: *fam*) devant moi/nous *etc*
enfriamiento *nm* rafraîchissement *m*; (MED) refroidissement *m*
enfriar *vt* (*algo caliente, amistad*) refroidir; (*habitación*) rafraîchir; **~se** *vpr* se refroidir; (*habitación*) se rafraîchir; (MED) prendre froid
enfurecer *vt* rendre furieux(-euse); **~se** *vpr* devenir furieux(-euse); (*mar*) se déchaîner
engalanar *vt* (*persona*) habiller; (*ciudad, calle*) décorer; **~se** *vpr* bien s'habiller
enganchar *vt* (*persona, dos vagones*) accrocher; (*teléfono, electricidad*) mettre; (*fam*: *persona*) mettre le grappin sur; (*pez*) ferrer; **~se** *vpr* (MIL) s'engager; **~se (en)** (*ropa*) s'accrocher (à); **se le enganchó la falda en el clavo** elle a accroché sa jupe au clou
enganche *nm* (TEC) crochet *m*; (FERRO) accrochage *m*; (MÉX: COM) dépôt *m*
engañar *vt* tromper; (*estafar*) escroquer; **~se** *vpr* se tromper
engaño *nm* (*mentira*) mensonge *m*; (*trampa*) piège *m*; (*estafa*) escroquerie *f*; **estar en** *o* **padecer un ~** être trompé(e)
engañoso, -a *adj* trompeur(-euse)
engarzar *vt* (*joya*) sertir; (*cuentas*) enfiler
engatusar (*fam*) *vt* enjôler
engendrar *vt* procréer; (*fig*) engendrer; **engendro** (*pey*) *nm* monstre *m*; (*novela, cuadro etc*) monstruosité *f*
englobar *vt* englober
engordar *vt* faire grossir ♦ *vi* grossir
engorroso, -a *adj* empoisonnant(e)
engranaje *nm* engrenage *m*
engrandecer *vt* (*ennoblecer*) ennoblir
engrasar *vt* graisser
engreído, -a *adj* suffisant(e)
engrosar *vt* (*manuscrito*) grossir; (*muro*) épaissir; (*capital, filas*) augmenter ♦ *vi* grossir
enhebrar *vt* enfiler
enhorabuena *nf*: **dar la ~ a algn** féliciter qn; **¡~!** félicitations!
enigma *nm* énigme *f*
enjabonar *vt* savonner; **~se** *vpr* se savonner; **~se la barba/las manos** se savonner la barbe/les mains
enjambre *nm* essaim *m*; (*fig*) meute *f*
enjaular *vt* mettre en taule; (*fam*: *persona*) mettre en tôle
enjuagar *vt* rincer; **~se** *vpr* se rincer
enjuague *vb ver* **enjuagar**
enjugar *vt* éponger; (*lágrimas*) essuyer; **~se** *vpr*: **~se el sudor** s'éponger; **~se las lágrimas** essuyer ses larmes
enjuiciar *vt* (JUR) instruire; (*opinar sobre*) juger
enjuto, -a *adj* décharné(e)
enlace *vb ver* **enlazar** ♦ *nm* (*relación*) lien *m*; (*tb*: **~ matrimonial**) union *f*; (*de trenes*) liaison *f*; **~ policial** contact *m*; **~ sindical** délégué(e) syndical(e)
enlatado, -a *adj* (*comida*) en conserve
enlazar *vt* attacher; (*conceptos, organizaciones*) faire le lien entre; (AM) prendre au lasso ♦ *vi*: **~ con** faire le lien avec
enlodar *vt* tacher de boue
enloquecer *vt* rendre fou (folle) ♦ *vi* devenir fou (folle); **me enloquece el chocolate** (*fig*) je raffole du chocolat
enlutado, -a *adj* en deuil
enmarañar *vt* emmêler; (*fig*) embrouiller; **~se** *vpr* s'embrouiller
enmarcar *vt* encadrer
enmascarar *vt* masquer; **~se** *vpr* se mettre un masque
enmendar *vt* (*escrito*) modifier; (*constitución, ley*) amender; (*comportamiento*) améliorer; **~se** *vpr* (*persona*) s'améliorer; **enmienda** *vb ver* **enmendar** ♦ *nf* amendement *m*
enmohecerse *vpr* (*metal*) s'oxyder; (*muro, plantas, alimentos*) moisir
enmudecer *vi* rester muet(te)
ennegrecer *vt* noircir; **~se** *vpr* (se) noircir
ennoblecer *vt* faire honneur à
enojar *vt* mettre en colère; (*disgustar*) contrarier; **~se** *vpr* (*ver vt*)

se mettre en colère; être contrarié(e)

enojoso, -a *adj* ennuyeux(-euse)

enorgullecer *vt* enorgueillir; **~se** *vpr* s'enorgueillir

enorme *adj* énorme; **enormidad** *nf* énormité *f*

enrarecido, -a *adj* raréfié(e)

enredadera *nf* plante *f* grimpante

enredar *vt* emmêler; (*fig*: *asunto*) embrouiller ♦ *vi* (*molestar*) faire des bêtises; (*trastear*) tripoter; **~se** *vpr* s'emmêler; (*fig*) s'embrouiller; **~ a algn en** (*fig*: *implicar*) mêler qn à; **~se en** se prendre dans; (*fig*) se mêler à

enredo *nm* nœud *m*; (*fig*: *lío*) pétrin *m*

enrejado *nm* grille *f*

enrevesado, -a *adj* épineux(-euse)

enriquecer *vt* enrichir ♦ *vi* s'enrichir; **~se** *vpr* s'enrichir

enrojecer *vt, vi* rougir; **~se** *vpr* rougir

enrolar *vt* enrôler; **~se** *vpr* s'enrôler

enrollar *vt* enrouler; **~se** *vpr* (*fam*: *al hablar*) s'éterniser

enroscar *vt* (*tornillo, tuerca*) visser; **~se** *vpr* (*serpiente*) se lover; (*planta*) se vriller

ensalada *nf* salade *f*; **ensaladilla** *nf* (*tb:* **ensaladilla rusa**) salade *f* russe

ensalzar *vt* encenser

ensamblaje *nm* assemblage *m*; (TEC) joint *m*

ensanchar *vt* élargir; **~se** *vpr* s'élargir; (*fig*: *persona*) se rengorger; **ensanche** *nm* élargissement *m*; (*zona*) terrain *m* à lotir

ensangrentar *vt* ensanglanter

ensañarse *vpr*: **~ con** tourmenter

ensartar *vt* enfiler

ensayar *vt* essayer; (TEATRO) répéter ♦ *vi* répéter

ensayo *nm* essai *m*; (TEATRO, MÚS) répétition *f*; (ESCOL) dissertation *f*; **~ general** répétition générale

enseguida *adv* = **en seguida**

ensenada *nf* crique *f*

enseñanza *nf* enseignement *m*; **~ primaria/media/superior** enseignement primaire/secondaire/supérieur

enseñar *vt* enseigner; (*mostrar*) montrer; (*señalar*) signaler; **~ a algn a hacer** montrer à qn comment faire

enseres *nmpl* effets *mpl*; (*útiles*) matériel *msg*

ensillar *vt* seller

ensimismarse *vpr* s'absorber; **~ en** s'absorber dans

ensombrecer *vt* assombrir; **~se** *vpr* (*fig*: *rostro*) s'assombrir

ensortijado, -a *adj* (*pelo*) frisé(e)

ensuciar *vt* salir; **~se** *vpr* se salir

ensueño *nm* rêve *m*; (*fantasía*) illusion *f*; **de ~** de rêve

entablar *vt* (AJEDREZ, DAMAS) disposer; (*conversación, lucha*) engager; (*pleito, negociaciones*) entamer

entablillar *vt* mettre une attelle à

entallar *vt* (*traje*) ajuster

ente *nm* entité *f*; (*ser*) être *m*

entender *vt, vi* comprendre; **~se** *vpr* (*a sí mismo*) se comprendre; (*2 personas*) s'entendre; **~ de** s'y entendre en; **~ algo de** avoir quelques notions de; **~ por** entendre par; **dar a ~ que ...** donner à entendre que ...; **~se bien/mal (con algn)** s'entendre bien/mal (avec qn)

entendido, -a *adj* (*experto*) compétent(e); (*informado*) informé(e) ♦ *nm/f* connaisseur(-euse) ♦ *excl* entendu!; **entendimiento** *nm* entente *f*; (*inteligencia*) entendement *m*

enterado, -a *adj* informé(e); **estar ~ de** être au courant de

enteramente *adv* entièrement

enterarse *vpr*: **~ (de)** apprendre

entereza *nf* droiture *f*; (*fortaleza*) courage *m*; (*integridad*) intégrité *f*; (*firmeza*) fermeté *f*

enternecer *vt* attendrir; **~se** *vpr* s'attendrir

entero, -a *adj* (*íntegro*) au complet; (*no roto, fig*) entier(-ère); (COM) point *m*; (AM) versement *m*; (ARG) bleu *m* de travail; **por ~** entièrement

enterrador *nm* fossoyeur *m*

enterrar *vt* enterrer

entibiar *vt* tiédir; **~se** *vpr* tiédir

entidad *nf* (*empresa*) entreprise *f*; (*organismo, FILOS*) entité *f*; (*sociedad*) société *f*
entienda *etc vb ver* **entender**
entierro *vb ver* **enterrar** ♦ *nm* enterrement *m*
entonación *nf* intonation *f*
entonar *vt* entonner; (*colores*) harmoniser; (*MED*) fortifier ♦ *vi* (*al cantar*) donner le ton; **~se** *vpr* (*MED*) se fortifier; **~ con** (*colores*) se marier bien avec
entonces *adv* alors; **desde ~** depuis; **en aquel ~** en ce temps-là; **(pues) ~** (et) alors
entornar *vt* (*puerta, ventana*) entrebâiller; (*los ojos*) garder mi-clos
entorno *nm* environnement *m*
entorpecer *vt* gêner; (*mente, persona*) abrutir
entrada *nf* entrée *f*; (*ingreso, COM*) recette *f*; **~s** *nfpl* (*COM*) recettes *fpl*; **~s y salidas** (*COM*) recettes et dépenses; **~ de aire** (*TEC*) entrée d'air; **de ~** d'entrée
entrado, -a *adj*: **~ en años** d'un âge avancé; **(una vez) ~ el verano** l'été venu
entramparse *vpr* s'endetter
entrante *adj* prochain(e) ♦ *nm* encaissement *m*; (*CULIN*) entrée *f*
entrañable *adj* (*amigo*) cher(-ère); (*trato*) cordial(e)
entrañas *nfpl* entrailles *fpl*; **sin ~** (*fig*) sans merci
entrar *vt* mettre; (*INFORM*) entrer ♦ *vi* entrer; (*caber*: *anillo, zapato*) aller; (: *tornillo, personas*) rentrer; (*en profesión etc*) entrer; **me entró sueño/frío** j'ai eu sommeil/froid; **~ en acción** entrer en action; (*entrar en funcionamiento*) commencer à fonctionner; **no me entra** je ne saisis pas; **~ a** (*AM*) entrer dans
entre *prep* (*dos cosas*) entre; (*más de dos cosas*) parmi; **lo haremos ~ todos** nous le ferons tous ensemble; **~ más estudia, más aprende** (*esp AM*: *fam*) plus il étudie, plus il apprend
entreabrir *vt* entrouvrir
entrecejo *nm*: **fruncir el ~** froncer les sourcils
entrecortado, -a *adj* entrecoupé(e)
entrega *nf* (*de mercancías*) livraison *f*; (*de premios*) remise *f*; (*de novela, serial*) épisode *m*
entregar *vt* livrer; (*dar*) remettre; **~se** *vpr* se livrer; **~se a** (*al trabajo*) se consacrer à; (*al vicio*) se livrer à
entrelazar *vt* entrelacer
entremeses *nmpl* entrées *fpl*
entremeterse *vpr* = **entrometerse**
entremetido, -a *adj* = **entrometido**
entremezclar *vt* mélanger; **~se** *vpr* se mélanger
entrenador, a *nm/f* entraîneur(-euse)
entrenar *vt* entraîner ♦ *vi* (*DEPORTE*) s'entraîner; **~se** *vpr* s'entraîner
entrepierna *nf* entrejambes *msg*
entresacar *vt* (*árboles*) déboiser; (*pelo*) désépaissir
entresuelo *nm* entresol *m*
entretanto *adv* entre-temps
entretener *vt* amuser; (*retrasar*) retenir; (*distraer*) distraire; (*fig*) entretenir; **~se** *vpr* s'amuser; (*retrasarse*) s'attarder; (*distraerse*) se distraire
entretenido, -a *adj* amusant(e); **entretenimiento** *nm* distraction *f*
entrever *vt* entrevoir
entrevista *nf* entrevue *f*; (*para periódico, TV*) interview *f*; **entrevistar** *vt* interviewer; **entrevistarse** *vpr*: **entrevistarse (con)** avoir une entrevue (avec)
entristecer *vt* attrister; **~se** *vpr* s'attrister
entrometerse *vpr*: **~ (en)** se mêler de
entrometido, -a *adj, nm/f* indiscret(-ète)
entumecer *vt* engourdir; **~se** *vpr* s'engourdir
entumecido, -a *adj* engourdi(e)
enturbiar *vt* (*agua*) troubler; (*alegría*) gâter; **~se** *vpr* (*ver vt*) se troubler; retomber
entusiasmar *vt* enthousiasmer; **~se** *vpr*: **~se (con** *o* **por)** s'enthousiasmer (pour)
entusiasmo *nm*: **~ (por)**

enthousiasme *m* (pour); **con ~** avec enthousiasme
entusiasta *adj, nm/f* enthousiaste *m/f*; **~ de** enthousiaste de
enumerar *vt* énumérer
enunciación *nf* énonciation *f*
enunciado *nm* énoncé *m*
envainar *vt* rengainer
envalentonar (*pey*) *vt* stimuler; **~se** *vpr* se vanter
envanecer *vt* monter à la tête; **~se** *vpr*: **~se de hacer/de haber hecho** se vanter de faire/d'avoir fait
envasar *vt* conditionner
envase *nm* (*recipiente*) récipient *m*; (*botella*) bouteille *f*; (*lata*) boîte *f* de conserve; (*bolsa*) poche *f*; (*acción*) conditionnement *m*
envejecer *vt, vi* vieillir
envenenar *vt* empoisonner
envergadura *nf* envergure *f*
envés *nm* envers *m*
enviar *vt* envoyer; **~ a algn a hacer** envoyer qn faire
enviciarse *vpr*: **~ (con)** s'intoxiquer (avec)
envidia *nf* envie *f*; (*celos*) jalousie *f*; **envidiar** *vt* envier; (*tener celos de*) jalouser
envío *nm* envoi *m*
enviudar *vi* devenir veuf (veuve)
envoltorio *nm* paquet *m*
envolver *vt* envelopper; (*enemigo*) encercler; **~se** *vpr*: **~se en** s'envelopper dans; **~ a algn en** (*implicar*) impliquer qn dans
envuelto *etc*, **envuelva** *etc vb ver* **envolver**
enyesar *vt* plâtrer
enzarzarse *vpr*: **~ en** se mêler à
épica *nf* poésie *f* épique
épico, -a *adj* épique
epidemia *nf* épidémie *f*
epilepsia *nf* épilepsie *f*
epílogo *nm* épilogue *m*
episodio *nm* épisode *m*
epístola *nf* lettre *f*
época *nf* époque *f*; **hacer ~** faire époque
equilibrar *vt* équilibrer; **equilibrio** *nm* équilibre *m*; **mantener/perder el equilibrio** garder/perdre l'équilibre; **equilibrista** *nm/f* équilibriste *m/f*
equipaje *nm* bagages *mpl*; **hacer el ~** faire ses bagages; **~ de mano** bagages à main
equipar *vt*: **~ (con** *o* **de)** équiper (de)
equiparar *vt*: **~ algo/a algn a** *o* **con** (*igualar*) mettre qch/qn sur un pied d'égalité avec; (*comparar*) comparer qch/qn à; **~se** *vpr*: **~se con** se comparer à
equipo *nm* (*grupo,* DEPORTE) équipe *f*; (*instrumentos*) matériel *m*, équipement *m*; **trabajo en ~** travail *m* d'équipe
equis *nf* (*letra*) X, x *m inv*
equitación *nf* équitation *f*
equitativo, -a *adj* équitable
equivalente *adj* équivalent(e) ♦ *nm* équivalent *m*
equivaler *vi*: **~ a (hacer)** équivaloir à (faire)
equivocación *nf* erreur *f*
equivocado, -a *adj* (*decisión, camino*) mauvais(e)
equivocarse *vpr* se tromper; **~ de camino/número** se tromper de chemin/numéro
equívoco, -a *adj* équivoque ♦ *nm* (*ambigüedad*) ambiguïté *f*; (*malentendido*) quiproquo *m*
era *vb ver* **ser** ♦ *nf* ère *f*
erais *vb ver* **ser**
éramos *vb ver* **ser**
eran *vb ver* **ser**
erario *nm* biens *mpl*
eras *vb ver* **ser**
erección *nf* érection *f*
eres *vb ver* **ser**
erguir *vt* (*alzar*) lever; (*poner derecho*) redresser; **~se** *vpr* se redresser
erigir *vt* ériger; **~se** *vpr*: **~se en** s'ériger en
erizarse *vpr* se hérisser
erizo *nm* hérisson *m*; (*tb:* **~ de mar**) oursin *m*
ermita *nf* ermitage *m*
ermitaño, -a *nm/f* ermite *m/f*
erosión *nf* érosion *f*
erosionar *vt* éroder
erótico, -a *adj* érotique; **erotismo** *nm* érotisme *m*

erradicar *vt* éradiquer
errar *vi* errer; (*equivocarse*) se tromper ♦ *vt*: **~ el camino** s'égarer; **~ el tiro** manquer son coup
errata *nf* errata *m inv*
erróneo, -a *adj* erroné(e)
error *nm* erreur *f*; **estar en un ~** être dans l'erreur; **~ de imprenta** erreur d'impression; **~ judicial** erreur judiciaire
eructar *vi* roter
erudito, -a *adj, nm/f* érudit(e); **los ~s en esta materia** les experts en la matière
erupción *nf* éruption *f*
es *vb ver* **ser**
esa *adj demos ver* **ese**
ésa *pron ver* **ése**
esbelto, -a *adj* svelte
esbozo *nm* ébauche *f*
escabeche *nm* escabèche *f*; **en ~** à l'escabèche
escabroso, -a *adj* (*accidentado*) accidenté(e); (*fig: complicado*) épineux(-euse); (: *atrevido*) scabreux(-euse)
escabullirse *vpr* s'esquiver; (*de entre los dedos*) filer
escafandra *nf* (*tb:* **~ autónoma**) scaphandre *m* (autonome); **~ espacial** scaphandre spatial
escala *nf* échelle *f*; (*tb:* **~ de cuerda**) échelle de corde; (AVIAT, NÁUT) escale *f*; **en gran/pequeña ~** à grande/petite échelle; **hacer ~ en** faire escale à; **~ móvil** échelle mobile
escalafón *nm* (*en empresa*) échelle *f* des salaires; (*en organismo público*) échelons *mpl* de solde
escalar *vt* escalader; (*fig*) monter ♦ *vi* faire de l'escalade; (*fig*) monter en grade
escalera *nf* escalier *m*; (*tb:* **~ de mano**) marchepied *m*; (NAIPES) suite *f*; **~ de caracol/de incendios** escalier en colimaçon/de secours; **~ de tijera** escabeau *m*; **~ mecánica** escalier roulant
escalfar *vt* pocher
escalinata *nf* perron *m*
escalofriante *adj* d'horreur
escalofrío *nm* frisson *m*; **~s** *nmpl* (*fig*): **dar** *o* **producir ~s a algn** donner des frissons à qn
escalón *nm* marche *f*; (*de escalera de mano, fig*) échelon *m*
escalope *nm* escalope *f*
escama *nf* écaille *f*; (*de jabón*) paillette *f*
escamar *vt* (*producir recelo*) rendre soupçonneux(-euse)
escamotear *vt* (*sueldo*) subtiliser
escampar *vi* se dégager
escandalizar *vt* scandaliser; **~se** *vpr* se scandaliser
escándalo *nm* scandale *m*
escandaloso, -a *adj* scandaleux(-euse); (*niño*) turbulent(e)
escandinavo, -a *adj* scandinave ♦ *nm/f* Scandinave *m/f*
escaño *nm* siège *m*
escapar *vi*: **~ (de)** (*de encierro*) s'échapper (de); (*de peligro*) échapper à; (DEPORTE) faire une échappée; **~se** *vpr*: **~se (de)** s'échapper (de); (*agua, gas*) fuir; **se le escapó el secreto** il a vendu la mèche; **se le escapó la risa** un rire lui a échappé
escaparate *nm* vitrine *f*
escape *nm* (*de agua, gas*) fuite *f*; (*tb:* **tubo de ~**) pot *m* d'échappement
escarabajo *nm* scarabée *m*
escaramuza *nf* escarmouche *f*
escarbar *vt* ratisser ♦ *vi* fouiller; **~ en** (*en asunto*) démêler
escarceos *nmpl* (*fig*) écarts *mpl*; **~ amorosos** ébats *mpl* amoureux
escarcha *nf* rosée *f*
escarchado, -a *adj* glacé(e)
escarlata *adj* écarlate; **escarlatina** *nf* scarlatine *f*
escarmentar *vt* punir ♦ *vi* comprendre la leçon
escarmiento *vb ver* **escarmentar** ♦ *nm* punition *f*; (*aviso*) leçon *f*
escarnio *nm* raillerie *f*; (*insulto*) quolibet *m*
escarola *nf* scarole *f*
escarpado, -a *adj* escarpé(e)
escasear *vi* être rare
escasez *nf* (*falta*) manque *m*; (*pobreza*) misère *f*

escaso, -a *adj* faible; (*posibilidades*) compté(e); (*recursos*) insuffisant(e); **estar ~ de algo** être à cours de qch
escatimar *vt* (*sueldo, tela*) lésiner sur; (*elogios, esfuerzos*) ménager
escayola *nf* plâtre *m*
escena *nf* scène *f*; **poner en ~** mettre en scène
escenario *nm* scène *f*; **escenografía** *nf* scénographie *f*
escepticismo *nm* scepticisme *m*
escéptico, -a *adj, nm/f* sceptique *m/f*
escisión *nf* (*de partido*) scission *f*
esclarecer *vt* éclaircir
esclavitud *nf* esclavage *m*
esclavizar *vt* asservir
esclavo, -a *adj, nm/f* esclave *m/f*
esclusa *nf* écluse *f*
escoba *nf* balai *m*
escobilla *nf* (*esp* AM) brosse *f*
escocer *vi* brûler; **~se** *vpr* s'irriter; **me escuece mucho la herida** ma blessure me brûle
escocés, -esa *adj* écossais(e) ♦ *nm/f* Écossais(e)
Escocia *nf* Écosse *f*
escoger *vt* choisir
escogido, -a *adj* choisi(e)
escolar *adj, nm/f* scolaire *m/f*
escollo *nm* écueil *m*
escolta *nf* escorte *f*; **escoltar** *vt* escorter
escombros *nmpl* décombres *mpl*
esconder *vt* cacher; **~se** *vpr* se cacher
escondidas *nfpl* (AM) cache-cache *m inv*; **a escondidas** en cachette; **escondite** *nm* cachette *f*; (*juego*) cache-cache *m inv*; **escondrijo** *nm* cachette *f*
escopeta *nf* fusil *m*; **~ de aire comprimido** fusil à air comprimé
escoria *nf* (*fig*) lie *f*
Escorpio *nm* (ASTROL) Scorpion *m*; **ser ~** être (du) Scorpion
escorpión *nm* scorpion *m*
escotado, -a *adj* décolleté(e)
escote *nm* décolleté *m*; **pagar a ~** payer son écot
escotilla *nf* (NÁUT) écoutille *f*
escozor *nm* cuisson *f*
escribir *vt, vi* écrire; **~se** *vpr* s'écrire; **~ a máquina** taper à la machine; **¿cómo se escribe?** comment ça s'écrit?
escrito, -a *pp de* **escribir** ♦ *adj* écrit(e) ♦ *nm* (*documento*) écrit *m*; (*manifiesto*) manifeste *m*; **por ~** par écrit
escritor, a *nm/f* écrivain *m/f*
escritorio *nm* (*mueble*) secrétaire *m*; (*oficina*) bureau *m*
escritura *nf* écriture *f*; (JUR) écrit *m*
escrúpulo *nm*: **me da ~ (hacer)** j'ai des scrupules (à faire); **~s** *nmpl* (*dudas*) scrupules *mpl*
escrupuloso, -a *adj* scrupuleux(-euse); (*aprensivo*) maniaque
escrutar *vt* scruter; (*votos*) dépouiller le scrutin
escrutinio *nm* examen *m* attentif; (*de votos*) scrutin *m*
escuadra *nf* équerre *f*; (MIL) escouade *f*; (NÁUT) escadre *f*; **escuadrilla** *nf* escadrille *f*
escuadrón *nm* escadron *m*
escuálido, -a *adj* efflanqué(e)
escuchar *vt* écouter ♦ *vi* écouter
escudo *nm* bouclier *m*; (*insignia*) écusson *m*
escudriñar *vt* scruter
escuela *nf* école *f*; **~ de arquitectura/Bellas Artes/idiomas** école d'architecture/des Beaux Arts/de langues; **~ normal** école normale
escueto, -a *adj* (*estilo*) dépouillé(e); (*explicación*) concis(e)
escuincle (MÉX: *fam*) *nm* gosse *m*
esculpir *vt* sculpter
escultor, a *nm/f* sculpteur *m*; **escultura** *nf* sculpture *f*
escupidera *nf* crachoir *m*; (*orinal*) pot *m* de chambre
escupir *vt, vi* cracher
escurreplatos *nm inv* égouttoir *m*
escurridizo, -a *adj* glissant(e)
escurridor *nm* essoreuse *f*
escurrir *vt* (*ropa*) essorer; (*verduras*) égoutter; (*platos*) laisser s'égoutter; (*líquidos*) verser la dernière goutte de ♦ *vi* (*ropa, botella*) goutter; (*líquidos*) couler; **~se** *vpr* (*líquido*)

s'écouler; (*ropa, platos*) s'égoutter; (*resbalarse*) glisser; (*escaparse*) s'esquiver

ese, **esa**, **esos**, **esas** *adj* (*demostrativo*: *sg*) ce (cette); (: *pl*) ces

ése, **ésa**, **ésos**, **ésas** *pron* (*sg*) celui-là (celle-là); (*pl*) ceux-là (celles-là); **~ ... éste ...** celui-ci ... celui-là ...

esencia *nf* essence *f*; (*de doctrina*) essentiel *m*; **esencial** *adj* essentiel(le)

esfera *nf* sphère *f*; (*de reloj*) cadran *m*

esférico, -a *adj* sphérique

esforzarse *vpr* s'efforcer; **~ por hacer** s'efforcer de faire

esfuerzo *vb ver* **esforzarse** ♦ *nm* effort *m*; **hacer un ~ (para hacer)** faire un effort (pour faire); **con/sin ~** avec/sans effort

esfumarse *vpr* (*persona*) s'évanouir dans la nature; (*esperanzas*) partir en fumée

esgrima *nf* escrime *f*

esgrimir *vt* (*arma*) manier; (*argumento*) déployer

esguince *nm* entorse *f*

eslabón *nm* maillon *m*

eslavo, -a *adj* slave ♦ *nm/f* Slave *m/f* ♦ *nm* (LING) langue *f* slave

eslip *nm* slip *m*

eslovaco, -a *adj* slovaque ♦ *nm/f* Slovaque *m/f* ♦ *nm* (LING) slovaque *m*

Eslovaquia *nf* Slovaquie *f*

esmaltar *vt* émailler

esmalte *nm* émail *m*; **esmalte de uñas** vernis *m* à ongles

esmerado, -a *adj* soigné(e)

esmeralda *nf* émeraude *f*

esmerarse *vpr*: **~ (en)** se donner du mal (pour)

esmero *nm* soin *m*; **con ~** avec soin

esnob *adj inv, nm/f* snob *m/f*; **esnobismo** *nm* snobisme *m*

eso *pron* ce, cela; **~ de su coche** cette histoire avec sa voiture; **~ de ir al cine** cette histoire d'aller au cinéma; **a ~ de las cinco** vers cinq heures; **por ~** c'est pour ça; **~ es** c'est cela; **~ mismo** cela-même; **y ~ que llovía** pourtant il pleuvait!

esos *adj demos ver* **ese**

ésos *pron ver* **ése**

espabilar *vt* = **despabilar**

espacial *adj* spatial(e)

espaciar *vt* espacer

espacio *nm* espace *m*; **el ~** l'espace; **~ aéreo/exterior** espace aérien/extérieur

espacioso, -a *adj* spacieux(-euse)

espada *nf* épée *f*; **~s** *nfpl* (NAIPES) *l'une des quatre couleurs du jeu de cartes espagnol*

espaguetis *nmpl* spaghettis *mpl*

espalda *nf* dos *msg*; **a ~s de algn** dans le dos de qn; **estar de ~s** être de dos; **por la ~** (*atacar*) par derrière; (*disparar*) dans le dos; **tenderse de ~s** s'allonger sur le dos; **volver la ~ a algn** tourner le dos à qn

espantajo *nm*, **espantapájaros** *nm inv* épouvantail *m*

espantar *vt* (*persona*) effrayer; (*animal*) faire fuir; **~se** *vpr* s'effrayer; (*ahuyentar*) déguerpir; (*fig*) se dissiper

espanto *nm* frayeur *f*; (*terror*) panique *f*

espantoso, -a *adj* effrayant(e); (*fam*: *desmesurado*) terrible; (: *feísimo*) repoussant(e)

España *nf* Espagne *f*

español, a *adj* espagnol(e) ♦ *nm/f* Espagnol(e) ♦ *nm* (LING) espagnol *m*

esparadrapo *nm* sparadrap *m*

esparcimiento *nm* (*fig*) divertissement *m*

esparcir *vt* (*objetos*) éparpiller; (*semillas*) semer; (*líquido, noticia*) répandre; **~se** *vpr* s'éparpiller; (*noticia*) se répandre

espárrago *nm* asperge *f*

esparto *nm* alfa *m*

espasmo *nm* spasme *m*

espátula *nf* spatule *f*

especia *nf* condiment *m*

especial *adj* spécial(e); **especialidad** *nf* spécialité *f*; (ESCOL) spécialisation *f*

especialista *nm/f* spécialiste *m/f*

especialmente *adv* spécialement

especie *nf* espèce *f*; **una ~ de** une espèce de; **pagar en ~** payer en espèces

especificar *vt* spécifier
específico, -a *adj* spécifique
espécimen (*pl* **especímenes**) *nm* spécimen *m*; (*muestra*) échantillon *m*
espectáculo *nm* spectacle *m*
espectador, a *nm/f* spectateur(-trice); (*de incidente*) badaud *m*; **los ~es** (*TEATRO*) les spectateurs
espectro *nm* spectre *m*
especular *vi* (*meditar*): **~ sobre** spéculer sur; **~ (en)** (*COM*) spéculer (en)
espejismo *nm* mirage *m*
espejo *nm* miroir *m*; **mirarse al ~** se regarder dans la glace; **~ retrovisor** rétroviseur *m*
espeluznante *adj* à faire dresser les cheveux sur la tête
espera *nf* attente *f*; **a la** *o* **en ~ de** dans l'attente de
esperanza *nf* espoir *m*; **hay pocas ~s de que venga** il y a peu de chances pour qu'il vienne; **~ de vida** espérance *f* de vie
esperar *vt* attendre; (*desear, confiar*) espérer ♦ *vi* attendre; **~ un bebé** attendre un enfant; **es de ~ que** il faut espérer que
esperma *nm* sperme *m*
espesar *vt* épaissir; **~se** *vpr* s'épaissir
espeso, -a *adj* épais(se); **espesor** *nm* épaisseur *f*; (*densidad*) densité *f*
espía *nm/f* espion(ne); **espiar** *vt* espionner ♦ *vi*: **espiar para** être un espion à la solde de
espiga *nf* épi *m*
espigón *nm* (*BOT*) piquant *m*; (*NÁUT*) digue *f*
espina *nf* (*BOT*) épine *f*; (*de pez*) arête *f*; **~ dorsal** épine dorsale
espinaca *nf* (*BOT*) épinard *m*; **~s** (*CULIN*) épinards *mpl*
espinazo *nm* épine *f* dorsale
espinilla *nf* (*ANAT*) tibia *m*; (*MED*) point *m* noir
espinoso, -a *adj* épineux(euse)
espionaje *nm* espionnage *m*
espiral *adj* en spirale ♦ *nf* spirale *f*; (*anticonceptivo*) stérilet *m*
espirar *vt, vi* expirer
espíritu *nm* esprit *m*; **~ de cuerpo/de equipo** esprit de corps/d'équipe; **~ de lucha** naturel *m* bagarreur; **E~ Santo** Saint-Esprit *m*; **espiritual** *adj* spirituel(le)
espita *nf* robinet *m*
espléndido, -a *adj* (*magnífico*) splendide; (*generoso*) généreux(-euse)
esplendor *nm* splendeur *f*
espolear *vt* (*fig*: *persona*) tanner
espoleta *nf* goupille *f*
espolón *nm* (*de ave*) ergot *m*; (*malecón*) jetée *f*
espolvorear *vt* saupoudrer
esponja *nf* éponge *f*; **~ de baño** éponge de toilette
esponjoso, -a *adj* spongieux(-euse); (*bizcocho*) imbibé(e)
espontaneidad *nf* spontanéité *f*
espontáneo, -a *adj* spontané(e)
esposar *vt* passer les menottes à
esposo, -a *nm/f* époux(-ouse); **esposas** *nfpl* (*para detenidos*) menottes *fpl*
espray *nm* aérosol *m*
espuela *nf* éperon *m*
espuma *nf* mousse *f*; (*sobre olas*) écume *f*; **~ de afeitar** mousse à raser
espumadera *nf* écumoire *f*
espumoso, -a *adj* moussant(e)
esqueleto *nm* squelette *m*
esquema *nm* schéma *m*; (*guión*) plan *m*
esquí (*pl* **~s**) *nm* ski *m*; **~ acuático** ski nautique; **esquiar** *vi* skier
esquilar *vt* tondre
esquimal *adj* esquimau(de) ♦ *nm/f* Esquimau(de)
esquina *nf* coin *m*; **doblar la ~** tourner au coin de la rue
esquinazo *nm*: **dar ~ a algn** planter là qn
esquirol *nm* briseur *m* de grève
esquivar *vt* esquiver
esquivo, -a *adj* (*huraño*) asocial(e); (*desdeñoso*) dédaigneux(-euse)
esta *adj ver* **este**[2]
está *vb ver* **estar**
ésta *pron ver* **éste**
estabilidad *nf* stabilité *f*; **estable** *adj* stable

establecer *vt* établir; **~se** *vpr* s'établir; **establecimiento** *nm* établissement *m*
establo *nm* étable *f*
estaca *nf* (*palo*) piquet *m*; (*con punta*) pieu *m*
estación *nf* gare *f*; (*del año*) saison *f*; **~ de radio** station d'émission; **~ de servicio** station-service *f*; **~ meteorológica** station météorologique
estacionamiento *nm* stationnement *m*
estacionar *vt* (AUT) garer; **~se** *vpr* (AUT) se garer; (MED) se stabiliser
estacionario, -a *adj* (*estado*) stationnaire; (*mercado*) calme
estadio *nm* stade *m*
estadista *nm* (POL) homme *m* d'Etat
estadística *nf* statistique *f*
estado *nm* état *m*; **el E~** l'Etat; **estar en ~ (de buena esperanza)** attendre un heureux événement; **~ civil** état civil; **~ de ánimo** état d'âme; **~ de cuenta(s)** relevé *m* de compte; **~ de emergencia** *o* **excepción** état d'urgence; **~ de sitio** état de siège; **~ mayor** (MIL) état-major *m*; **E~s Unidos** Etats-Unis
estadounidense *adj* américain(e) ♦ *nm/f* Américain(e)
estafa *nf* escroquerie *f*; **estafar** *vt* escroquer; **les estafaron 8 millones** ils les ont escroqués de 8 millions
estafeta *nf* bureau *m* de poste
estáis *vb ver* **estar**
estallar *vi* (*bomba*) exploser; **estallido** *nm* explosion *f*; (*fig*: *de guerra*) déclenchement *m*
estampa *nf* estampe *f*; (*porte*) allure *f*
estampado, -a *adj* imprimé(e) ♦ *nm* (*dibujo*) imprimé *m*
estampar *vt* imprimer
estampida (*esp* AM) *nf* débandade *f*
estampido *nm* détonation *f*
están *vb ver* **estar**
estancado, -a *adj* stagnant(e)
estancar *vt* stagner; **~se** *vpr* stagner; (*fig*: *progreso*) piétiner; (*persona*): **~se en** s'enliser dans
estancia *nf* séjour *m*; (*sala*) salle *f*; (AM) ferme *f* d'élevage; **estanciero** (AM) *nm* (AGR) éleveur *m*
estanco *nm* bureau *m* de tabac

> **Estanco**
>
> *L'***estanco** *est l'équivalent espagnol du bureau de tabac: on y achète cigarettes, tabac, timbres et timbres fiscaux. On trouve également des cigarettes et du tabac dans les bars et les "quioscos", mais ils y sont généralement vendus plus chers.*

estándar *adj* normal(e); (*medio*) standard ♦ *nm* standard *m*; **estandarizar** *vt* standardiser; **estandarizarse** *vpr* se standardiser
estandarte *nm* étendard *m*
estanque *vb ver* **estancar** ♦ *nm* bassin *m*
estanquero, -a *nm/f* buraliste *m/f*
estante *nm* (*de mueble*) rayonnage *m*; (*adosado*) étagère *f*; (AM: *soporte*) étai *m*; **estantería** *nf* rayonnage *m*
estaño *nm* étain *m*

PALABRA CLAVE

estar *vi* **1** (*posición*) être; **está en la Plaza Mayor** il est sur la Plaza Mayor; **¿está Juan?** (est-ce que) Juan est là?; **estamos a 30 km de Junín** nous sommes à 30 km de Junín
2 (+ *adj o adv*: *estado*) être; **estar enfermo** être malade; **estar lejos** être loin; **está muy elegante** il est très élégant; **¿cómo estás?** comment vas-tu?; *ver tb* **bien**
3 (+ *gerundio*) être en train de; **estoy leyendo** je suis en train de lire
4 (*uso pasivo*): **está condenado a muerte** il est condamné à mort; **está envasado en ...** c'est enveloppé dans ...
5 (*tiempo*): **estamos en octubre/ 1994** nous sommes en octobre/ 1994
6 (*estar listo*): **¿está la comida?** le repas est prêt?; **¿estará para mañana?** ce sera prêt pour demain?; **ya está** ça y est

7 (*sentar*) aller; **el traje le está bien** le costume lui va bien
8: **estar a** (*con fechas*): **¿a cuántos estamos?** nous sommes le combien?; **estamos a 5 de mayo** nous sommes le 5 mai; (*con precios*): **las manzanas están a cien** les pommes sont à cent pesetas; (*con grados*): **estamos a 25º** il fait 25º
9: **estar de** (*ocupación*): **estar de vacaciones/viaje** être en vacances/ voyage; (*trabajo*): **está de camarero** il travaille comme garçon de café
10: **estar en** (*consistir*) résider dans
11: **estar para** (*a punto de*): **está para salir** il est prêt à sortir; (*con humor de*): **no estoy para bromas** je ne suis pas d'humeur à plaisanter
12: **estar por** (*a favor de*) être pour; **estoy por dejarlo** je suis pour le laisser tomber; (*sin hacer*): **está por limpiar** ça reste à nettoyer
13: **estar que**: **¡está que trina!** il en est fumasse!
14: **estar sin**: **estar sin dinero** ne pas avoir d'argent; **la casa está sin terminar** la maison n'est pas finie
15 (*locuciones*): **¡ya estuvo!** (*AM*: *fam*) ça suffit!; **¿estamos?** (*¿de acuerdo?*) d'accord?; **¡ya está bien!** bon, ça va!
estarse *vpr*: **se estuvo en la cama toda la tarde** il est resté au lit tout l'après-midi

estas *adj demos ver* **este**
éstas *pron ver* **éste**
estatal *adj* (*política*) gouvernemental(e); (*enseñanza*) public(-ique)
estático, -a *adj* statique
estatua *nf* statue *f*
estatura *nf* stature *f*
estatuto *nm* statut *m*
este[1] *adj, nm* est *m*
este[2], **esta**, **estos**, **estas** *adj* (*demostrativo*: *sg*) ce (cette); (: *pl*) ces ♦ *excl* (*AM*: *fam*: *esto*) euh!
esté *vb ver* **estar**
éste, **ésta**, **éstos**, **éstas** *pron* (*sg*) celui-ci (celle-ci); (*pl*) ceux-ci (celles-ci); **ése ... ~ ...** celui-ci ... celui-là ...
estelar *adj* (*ASTRON*) stellaire; (*actuación*) de star; (*reparto*) prestigieux(-euse)
estén *vb ver* **estar**
estepa *nf* steppe *f*
estera *nf* sparterie *f*
estéreo *adj inv, nm* stéréo *f*;
estereotipo (*pey*) *nm* stéréotype *m*
estéril *adj* stérile
esterilizar *vt* stériliser
esterlina *adj*: **libra ~** livre *f* sterling
estés *vb ver* **estar**
estética *nf* esthétique *f*
estético, -a *adj* esthétique
estibador *nm* docker *m*
estiércol *nm* fumier *m*
estilarse *vpr* être en vogue
estilo *nm* style *m*; (*NATACIÓN*) nage *f*; **por el ~** de ce genre
estima *nf* estime *f*; **le tiene en mucha ~** il a beaucoup d'estime pour lui
estimación *nf* (*valoración*) estimation *f*; (*estima*) estime *f*
estimar *vt* estimer; **~ algo en** (*valorar*) estimer qch à
estimulante *adj* stimulant(e) ♦ *nm* stimulant *m*
estimular *vt* stimuler
estímulo *nm* stimulation *f*
estipulación *nf* stipulation *f*;
estipular *vt* stipuler
estirado, -a *adj* tendu(e); (*engreído*) infatué(e)
estirar *vt* étirer; (*brazo, pierna*) tendre; (*fig*: *dinero*) faire durer ♦ *vi* tirer; **~se** *vpr* s'étirer; **~ las piernas** (*fig*) se dégourdir les jambes
estirón *nm* étirement *m*; **dar** *o* **pegar un ~** pousser comme une asperge
estirpe *nf* souche *f*
estival *adj* estival(e)
esto *pron* cela, ça, c' ♦ *excl* (*fam*) euh!; **~ de la boda** cette affaire de la noce; **por ~** c'est pour ça
Estocolmo *n* Stockolm
estofado, -a *adj* cuit(e) à l'étouffée ♦ *nm* estouffade *f*
estofar *vt* cuire à l'étouffée
estómago *nm* estomac *m*
estorbar *vt* gêner ♦ *vi* gêner;

estorbo *nm* gêne *f*
estornudar *vi* éternuer
estos *adj ver* **este**[2]
éstos *pron ver* **éste**
estoy *vb ver* **estar**
estrado *nm* estrade *f*
estrafalario, -a *adj* extravagant(e)
estrago *nm*: **hacer** *o* **causar ~s en** faire des ravages parmi
estragón *nm* estragon *m*
estrambótico, -a *adj* extravagant(e)
estrangular *vt* étrangler
Estrasburgo *n* Strasbourg
estratagema *nf* stratagème *m*
estrategia *nf* stratégie *f*
estratégico, -a *adj* stratégique
estrato *nm* strate *f*; **~ social** couche *f* sociale
estrechamente *adv* (*íntimamente*) étroitement; (*pobremente*) à l'étroit
estrechar *vt* rétrécir; (*persona*) serrer; (*lazos de amistad*) resserrer; **~se** *vpr* se rétrécir; (*dos personas*) se rapprocher; **~ la mano** serrer la main
estrechez *nf* étroitesse *f*; **estrecheces** *nfpl* (*apuros*) difficultés *fpl* financières
estrecho, -a *adj* étroit(e); (*amistad*) intime ♦ *nm* détroit *m*; **~ de miras** borné(e); **estar/ir muy ~s** être très serrés
estrella *nf* étoile *f*; (*CINE etc*) star *f*; **ver las ~s** (*fam*) voir trente-six chandelles; **~ de mar** étoile de mer; **~ fugaz** étoile filante
estrellado, -a *adj* en forme d'étoile; (*cielo*) étoilé(e)
estrellar *vt* briser en mille morceaux; (*huevos*) faire cuire sur le plat; **~se** *vpr* se briser en mille morceaux; (*coche*) s'écraser; (*fracasar*) échouer
estremecer *vt* bouleverser; (*suj*: *miedo, frío*) faire frissonner; **~se** *vpr* frissonner; (*edificio*) trembler; **~se de** frissonner de; **estremecimiento** *nm* frisson *m*
estrenar *vt* (*vestido*) étrenner; (*casa*) pendre la crémaillère; (*película, obra de teatro*) donner la première de; **~se** *vpr*: **~se como** (*persona*) faire ses débuts de; **estreno** *nm* inauguration *f*; (*CINE, TEATRO*) première *f*
estreñido, -a *adj* constipé(e)
estreñimiento *nm* constipation *f*
estrépito *nm* fracas *msg*
estrepitoso, -a *adj* (*caída*) spectaculaire; (*gritos*) perçant(e); (*fracaso, victoria*) fracassant(e); **aplausos ~s** un tonnerre d'applaudissements
estrés *nm* stress *m*
estría *nf* (*en tronco*) strie *f*; (*columna*) striure *f*; **~s** (*en la piel*) vergetures *fpl*
estribación *nf* (*GEO, frec pl*) contrefort *m*
estribar *vi*: **~ en** reposer sur
estribillo *nm* refrain *m*
estribo *nm* (*de jinete*) étrier *m*; (*de tren*) marchepied *m*; (*de puente, cordillera*) contrefort *m*; **perder los ~s** (*fig*) monter sur ses grands chevaux
estribor *nm* (*NÁUT*) tribord *m*
estricto, -a *adj* strict(e)
estridente *adj* (*color*) criard(e); (*voz*) strident(e)
estropajo *nm* lavette *f*
estropear *vt* (*material*) abîmer; (*máquina, coche*) casser; (*planes*) détruire; (*cosecha*) gâter; (*persona*) ravager; **~se** *vpr* tomber en panne; (*envejecer*) vieillir
estructura *nf* structure *f*
estruendo *nm* vacarme *m*
estrujar *vt* (*limón*) presser; (*bayeta, papel*) tordre; (*persona*) serrer; **~se** *vpr* (*personas*) se serrer
estuario *nm* estuaire *m*
estuche *nm* trousse *f*
estudiante *nm/f* étudiant(e); **estudiantil** *adj* estudiantin(e)
estudiar *vt* étudier; (*carrera*) faire des études de ♦ *vi* étudier
estudio *nm* étude *f*; (*piso*) atelier *m*; (*RADIO, TV etc*: *local*) studio *m*; **~s** *nmpl* études *fpl*
estudioso, -a *adj* studieux(-euse) ♦ *nm/f*: **~ de** spécialiste *m/f* de
estufa *nf* radiateur *m*
estupefaciente *adj* stupéfiant(e) ♦ *nm* stupéfiant *m*
estupefacto, -a *adj*: **quedarse ~**

être stupéfait(e); **me dejó ~** il m'a laissé stupéfait; **me miró ~** il m'a regardé avec stupéfaction
estupendo, -a *adj* formidable; **¡~!** super!
estupidez *nf* stupidité *f*
estúpido, -a *adj* stupide
estupor *nm* stupeur *f*
estuve *etc vb ver* **estar**
esvástica *nf* croix *f* gammée
ETA *sigla f* (*POL*) (= *Euskadi Ta Askatasuna*) ETA *m*
etapa *nf* étape *f*; **por ~s** par étapes
etarra *adj, nm/f* membre *m/f* de l'ETA
etc. *abr* (= *etcétera*) etc. (= *et c(a)etera*)
etcétera *adv* et cetera
eternidad *nf* éternité *f*
eterno, -a *adj* éternel(le); (*fam*: *larguísimo*) à n'en plus finir
ética *nf* éthique *f*; **~ profesional** éthique professionnelle
ético, -a *adj* éthique
Etiopía *nf* Ethiopie *f*
etiqueta *nf* étiquette *f*; **traje de ~** tenue *f* de soirée
étnico, -a *adj* ethnique
Eucaristía *nf* Eucharistie *f*
eufemismo *nm* euphémisme *m*
euforia *nf* euphorie *f*
eurodiputado, -a *nm/f* député(e) européen(ne)
Europa *nf* Europe *f*
europeo, -a *adj* européen(ne) ♦ *nm/f* Européen(ne)
Euskadi *nm* pays *m* basque
euskera *nm* basque *m*
eutanasia *nf* euthanasie *f*
evacuación *nf* évacuation *f*
evadir *vt* éviter; (*impuesto*) frauder; **~se** *vpr* s'évader
evaluar *vt* (*valorar*) évaluer; (*calificar*) noter
evangelio *nm* Évangile *m*
evaporar *vt* faire évaporer; **~se** *vpr* s'évaporer; (*fam*: *persona*) se volatiliser
evasión *nf* évasion *f*; **de ~** (*novela, película*) d'évasion; **~ de capitales** évasion des capitaux
evasiva *nf* réponse *f* évasive
evasivo, -a *adj* évasif(-ive)
evento *nm* événement *m*
eventual *adj* (*circunstancias*) éventuel(le); (*trabajo*) temporaire
evidencia *nf* évidence *f*; **poner en ~** (*a algn*) tourner en ridicule; (*algo*) mettre en évidence; **evidenciar** *vt* rendre évident(e); **evidenciarse** *vpr* être manifeste
evidente *adj* évident(e)
evitar *vt* éviter; **~ hacer** éviter de faire
evocar *vt* évoquer
evolución *nf* évolution *f*; **evolucionar** *vi* évoluer
ex *prep* ex; **el ~ ministro** l'ex-ministre
exacerbar *vt* exacerber; (*persona*) exaspérer
exactamente *adv* exactement
exactitud *nf* exactitude *f*; (*fidelidad*) fidélité *f*
exacto, -a *adj* exact(e); **¡~!** exactement!
exageración *nf* exagération *f*; **exagerar** *vt, vi* exagérer
exaltado, -a *adj, nm/f* exalté(e)
exaltar *vt* exalter; **~se** *vpr* s'exalter
examen *nm* examen *m*; **~ de conducir** épreuve *f* de conduite; **~ de ingreso** examen d'entrée; **~ final** examen final
examinar *vt* examiner; (*ESCOL*) faire passer un examen à; **~se** *vpr*: **~se (de)** passer un examen (de)
exasperar *vt* exaspérer; **~se** *vpr* s'irriter
Exc.ª *abr* = **Excelencia**
excavador, a *nm/f* (*persona*) mineur *m* ♦ *nf* (*TEC*) excavateur *m*, excavatrice *f*
excavar *vt, vi* excaver
excedencia *nf*: **estar en ~** être en congé sabbatique; **pedir** *o* **solicitar la ~** demander *o* solliciter un congé sabbatique
excedente *adj* (*producto, dinero*) excédentaire; (*funcionario*) en disponibilité ♦ *nm* excédent *m*; **~ de cupo** exempté *m* de service militaire
exceder *vt* surpasser; **~se** *vpr* dépasser; **~se en gastos** faire trop de dépenses; **~se en sus funciones** outrepasser ses pouvoirs

excelencia *nf* excellence *f*; **E~** (*tratamiento*) Excellence; **por ~** par excellence; **excelente** *adj* excellent(e)
excentricidad *nf* excentricité *f*
excéntrico, -a *adj, nm/f* excentrique *m/f*
excepción *nf*: **ser/hacer una ~** être/faire une exception; **a** *o* **con ~ de** à l'exception de; **sin ~** sans exception; **excepcional** *adj* exceptionnel(le)
excepto *adv* excepté
exceptuar *vt* excepter
excesivo, -a *adj* excessif(-ive)
exceso *nm* excès *msg*; (COM) excédent *m*; **~s** *nmpl* (*desórdenes*) excès *mpl*; **con** *o* **en ~** à l'excès; **~ de equipaje/peso** excédent de bagages/poids; **~ de velocidad** excès de vitesse
excitación *nf* excitation *f*
excitar *vt* exciter; **~se** *vpr* s'exciter
exclamación *nf* exclamation *f*; **exclamar** *vt, vi* s'exclamer
excluir *vt* (*descartar*) exclure; (*no incluir*): **~ (de)** exclure (de); **exclusión** *nf* exclusion *f*; **con exclusión de** à l'exclusion de
exclusiva *nf* exclusivité *f*; **modelo en ~** modèle *m* exclusif
exclusivo, -a *adj* exclusif(-ive); **derecho ~** droit *m* exclusif
Excmo. *abr* (= *Excelentísimo*) *titre de courtoisie*
excomulgar *vt* excommunier
excomunión *nf* excommunication *f*
excursión *nf* (*por el campo*) randonnée *f*; (*viaje*) excursion *f*; **ir de ~** faire une excursion; **excursionista** *nm/f* (*por campo*) randonneur(-euse)
excusa *nf* excuse *f*
excusar *vt* excuser; **~se** *vpr* s'excuser; **~ (de hacer)** (*eximir*) excuser (de faire)
exhalar *vt* exhaler
exhaustivo, -a *adj* exhaustif(-ive)
exhausto, -a *adj* épuisé(e)
exhibición *nf* exhibition *f*
exhibir *vt* exhiber; **~se** *vpr* s'exhiber
exhortar *vt*: **~ a** exhorter à
exigencia *nf* exigence *f*; **~s del trabajo/de la situación** exigences du travail/de la situation; **exigente** *adj* exigeant(e)
exigir *vt* (*reclamar*) exiger; (*necesitar*) demander ♦ *vi* être exigeant(e)
exiliado, -a *adj, nm/f* exilé(e)
exilio *nm* exil *m*
eximir *vt*: **~ a algn (de)** exempter qn (de)
existencia *nf* existence *f*; **~s** *nfpl* (*artículos*) stock *m*; **en ~** (COM) en stock
existir *vi* exister
éxito *nm* succès *m*; **tener ~** avoir du succès
exonerar *vt*: **~ de** (*de cargo*) destituer de; (*de obligación*) dispenser de
exorbitante *adj* exorbitant(e)
exorcizar *vt* exorciser
exótico, -a *adj* exotique
expandirse *vpr* se dilater; se répandre
expansión *nf* expansion *f*; (*diversión*) distraction *f*; **~ económica** expansion économique
expansivo, -a *adj* (*onda*) de propagation; (*carácter*) expansif(-ive)
expatriarse *vpr* s'expatrier
expectativa *nf* expectative *f*; (*perspectiva*) perspective *f*
expedición *nf* expédition *f*
expediente *nm* (JUR: *procedimiento*) procédure *f*; (: *papeles*) démarches *fpl*; (ESCOL: *tb:* **~ académico**) dossier *m* scolaire; **abrir/formar ~ a algn** ouvrir un dossier au nom de qn/instruire le dossier de qn
expedir *vt* (*carta, mercancías*) expédier; (*documento*) délivrer
expendedor, a *nm/f* vendeur(-euse) ♦ *nm* (*tb:* **~ automático**) guichet *m* automatique; **~ de cigarrillos** distributeur *m* de cigarettes
expensas *nfpl* (JUR) frais *mpl*; **a ~ de** aux frais de
experiencia *nf* expérience *f*
experimentado, -a *adj* expérimenté(e)
experimentar *vt* (*en laboratorio*) expérimenter; (*deterioro, aumento*)

connaître; (*sensación*) ressentir; **experimento** *nm* expérience *f*
experto, -a *adj, nm/f* expert(e)
expiar *vt* expier
expirar *vi* expirer
explanada *nf* esplanade *f*
explayarse *vpr* s'étendre; **~ con algn** se confier à qn
explicación *nf* explication *f*; **explicar** *vt* expliquer; **explicarse** *vpr* s'expliquer; **explicarse algo** s'expliquer qch
explícito, -a *adj* explicite
explique *etc vb ver* **explicar**
explorador, a *nm/f* explorateur(-trice); (*MIL*) éclaireur(-euse)
explorar *vt* explorer
explosión *nf* explosion *f*
explosivo, -a *adj* explosif(-ive) ♦ *nm* explosif *m*
explotación *nf* exploitation *f*
explotar *vt* exploiter ♦ *vi* exploser
exponer *vt* exposer; **~se** *vpr*: **~se a (hacer) algo** s'exposer à (faire) qch
exportación *nf* exportation *f*; **exportar** *vt* exporter
exposición *nf* exposition *f*; **E~ Universal** exposition universelle
exprés *adj inv* (*café*) express
expresamente *adv* (*decir*) expressément; (*ir*) exprès
expresar *vt* exprimer; **~se** *vpr* s'exprimer; **expresión** *nf* expression *f*
expresivo, -a *adj* (*vivo*) expressif(-ive); (*cariñoso*) expansif(-ive)
expreso, -a *adj* (*explícito*) exprès(-esse); (*claro*) explicite; (*tren*) express ♦ *nm* (*FERRO*) express *msg*
exprimidor *nm* presse-citrons *msg*
exprimir *vt* presser
expropiar *vt* exproprier
expuesto, -a *pp de* **exponer** ♦ *adj* exposé(e)
expulsar *vt* expulser; (*humo*) cracher; **expulsión** *nf* expulsion *f*; (*de humo*) émission *f*
exquisito, -a *adj* exquis(e)
éxtasis *nm* extase *f*
extender *vt* étendre; (*mantequilla, pintura*) étaler; (*certificado, documento*) délivrer; (*cheque, recibo*) établir; **~se** *vpr* s'étendre
extendido, -a *adj* étendu(e); (*costumbre, creencia*) répandu(e)
extensión *nf* étendue *f*; (*TELEC*) poste *m*; **por ~** par extension
extenso, -a *adj* étendu(e)
extenuar *vt* exténuer
exterior *adj* extérieur(e) ♦ *nm* extérieur *m*; (*países extranjeros*) étranger *m*; **al ~** à l'extérieur; **en el ~** en extérieur
exterminar *vt* exterminer; **exterminio** *nm* extermination *f*
externo, -a *adj* externe; (*culto*) extérieur(e) ♦ *nm/f* externe *m/f*; **de uso ~** (*MED*) à usage externe
extinguir *vt* (*fuego*) éteindre; (*raza*) provoquer l'extinction de; **~se** *vpr* s'éteindre
extinto, -a *adj* disparu(e)
extintor *nm* (*tb:* **~ de incendios**) extincteur *m*
extirpar *vt* (*mal*) déraciner; (*MED*) extirper
extorsión *nf* extorsion *f*; (*molestia*) gêne *f*
extra *adj inv* (*tiempo, paga*) supplémentaire; (*chocolate*) extra; (*calidad*) super ♦ *nm/f* (*CINE*) figurant(e) ♦ *nm* (*bono*) bonus *m inv*; (*de menú, cuenta*) supplément *m*
extracción *nf* extraction *f*
extracto *nm* résumé *m*; (*de café, hierbas*) extrait *m*
extradición *nf* extradition *f*
extraer *vt* extraire
extraescolar *adj*: **actividad ~** activité *f* extrascolaire
extralimitarse *vpr*: **~ (en)** dépasser les limites (de)
extranjero, -a *adj, nm/f* étranger(-ère) ♦ *nm* étranger *m*; **en el ~** à l'étranger
extrañar *vt* étonner; (*AM*: *echar de menos*) regretter; (*algo nuevo*) ne pas reconnaître; **~se** *vpr*: **~se (de)** s'étonner (de); **te extraño mucho** tu me manques beaucoup
extrañeza *nf* (*rareza*) singularité *f*; (*asombro*) étonnement *m*

extraño, -a *adj* étranger(-ère); (*raro*) bizarre ♦ *nm/f* étranger(-ère); **... lo que por ~ que parezca** ... ce qui, aussi bizarre que cela puisse paraître
extraordinario, -a *adj* extraordinaire; (*edición*) spécial(e) ♦ *nm* (*de periódico*) numéro *m* spécial; **horas extraordinarias** heures *fpl* supplémentaires
extrarradio *nm* banlieue *f*
extravagancia *nf* extravagance *f*; **extravagante** *adj* extravagant(e)
extraviar *vt* (*objeto*) égarer; **~se** *vpr* s'égarer; **extravío** *nm* objet *m* perdu
extremar *vt* pousser à l'extrême
extremaunción *nf* extrême-onction *f*
extremeño, -a *adj* d'Estrémadure
extremidad *nf* extrémité *f*; **~es** *nfpl* (ANAT) extrémités *fpl*
extremo, -a *adj* extrême ♦ *nm* (*punta*) extrémité *f*; (*fig*) extrême *m*; **en último ~** en dernière extrémité; **E~ Oriente** Extrême-Orient *m*
extrovertido, -a *adj, nm/f* extraverti(e)
exuberancia *nf* exubérance *f*; **exuberante** *adj* exubérant(e)
eyacular *vi* éjaculer

F, f

fa *nm* fa *m*
fábrica *nf* usine *f*; **de ~** (ARQ) en brique; **marca/precio de ~** marque *f*/prix *m* de fabrique
fabricación *nf* fabrication *f*; **de ~ casera** fait(e) maison; **~ en serie** fabrication en série
fabricante *nm/f* fabricant(e)
fabricar *vt* fabriquer
fábula *nf* (*tb chisme, mentira*) fable *f*
fabuloso, -a *adj* fabuleux(-euse)
facción *nf* (POL) faction *f*; **facciones** *nfpl* (*del rostro*) traits *mpl*
faceta *nf* facette *f*
facha (*fam*) *adj, nm/f* (*pey*) facho *m/f* ♦ *nf* (*aspecto*) aspect *m*; **estar hecho una ~** ressembler à un épouvantail
fachada *nf* façade *f*
fácil *adj* facile; **es ~ que venga** il est probable qu'il vienne
facilidad *nf* facilité *f*; **~es** *nfpl* (*condiciones favorables*) facilités *fpl*; **~ de palabra** facilité d'élocution
facilitar *vt* faciliter; (*proporcionar*) fournir
fácilmente *adv* facilement
facsímil *nm* fac-similé *m*
factible *adj* faisable
factor *nm* facteur *m*
factoría *nf* (*fábrica*) fabrique *f*
factura *nf* facture *f*
facturación *nf* (COM) facturation *f*; **~ de equipajes** enregistrement *m* des bagages; **facturar** *vt* (COM) facturer; (*equipaje*) enregistrer
facultad *nf* faculté *f*
faena *nf* tâche *f*; **~s domésticas** tâches *fpl* domestiques; **hacerle una ~ a algn** (*fam*) ficher la frousse à qn
faisán *nm* faisan *m*
faja *nf* (*para la cintura*) ceinture *f*; (*de mujer*) gaine *f*; (*de tierra, libro etc*) bande *f*
fajo *nm* liasse *f*
falacia *nf* fausseté *f*
falda *nf* jupe *f*; (GEO) versant *m*; **~ pantalón** jupe-culotte *f*
falla *nf* (GEO) faille *f*
fallar *vt* (JUR) prononcer ♦ *vi* échouer; (*cuerda, rama*) céder; (*motor*) tomber en panne; (*frenos*) lâcher; **le falló la memoria** il a eu un trou de mémoire; **le ~on las piernas** les jambes lui ont manqué; **sin ~** sans faute

Fallas

Les **Fallas** *ou fêtes de la Saint-Joseph, en l'honneur du saint patron de la ville, ont lieu chaque année à Valence, la semaine du 19 mars. Le terme* **fallas** *désigne les grandes figures en papier mâché et en bois, à l'effigie d'hommes politiques et de personnalités connues, qui sont réalisées pendant l'année par les différentes équipes* *en compétition. Ces figures sont ensuite examinées par un jury et brûlées dans des feux de joie. Seules les meilleures échappent aux flammes.*

fallecer *vi* décéder; **fallecimiento** *nm* décès *m*
fallido, -a *adj* avorté(e)
fallo *nm* (JUR) jugement *m*; (*defecto,* INFORM) défaut *m*; (*error*) erreur *f*; **~ cardíaco** crise *f* cardiaque
falsedad *nf* fausseté *f*; (*mentira*) mensonge *m*
falsificar *vt* falsifier
falso, -a *adj* faux (fausse); **declarar en ~** faire une fausse déclaration
falta *nf* (*carencia*) manque *m*; (*defecto, en comportamiento*) défaut *m*; (*ausencia*) absence *f*; (*en examen, ejercicio,* DEPORTE) faute *f*; **echar en ~** (*persona, clima*) regretter; **hace ~ hacerlo** il faut le faire; **me hace ~ un lápiz** j'ai besoin d'un crayon; **a/ por ~ de** faute de; **~ de educación** manque d'éducation; **~ de ortografía** faute d'orthographe
faltar *vi* manquer; (*escasear*) se faire rare; **faltan 2 horas para llegar** il reste encore 2 heures avant que l'on arrive; **¡no faltaba** *o* **~ía más!** (*naturalmente*) mais comment donc!; (*¡ni hablar!*) pas question!
falto, -a *adj*: **está ~ de** il (elle) manque de
fama *nf* (*celebridad*) célébrité *f*; (*reputación*) réputation *f*; **tener ~ de** avoir la réputation de
famélico, -a *adj* famélique
familia *nf* famille *f*
familiar *adj* familial(e); (*conocido, informal*) familier(-ère) ♦ *nm/f* parent(e); **familiaridad** *nf* familiarité *f*; **familiaridades** *nfpl* (*pey*) familiarités *fpl*
familiarizarse *vpr*: **~ con** se familiariser avec
famoso, -a *adj* célèbre
fanático, -a *adj, nm/f* fanatique *m/f*; **ser un ~ de** être un fanatique de; **fanatismo** *nm* fanatisme *m*
fanfarrón, -ona *adj, nm/f* fanfaron(ne)
fango *nm* fange *f*
fangoso, -a *adj* fangeux(-euse); (*consistencia*) visqueux(-euse)
fantasía *nf* fantaisie *f*; **~s** *nfpl* (*ilusiones*) illusions *fpl*; **joyas de ~** bijoux *mpl* fantaisie
fantasma *nm* fantôme *m*
fantástico, -a *adj* fantastique
farmacéutico, -a *adj* pharmaceutique ♦ *nm/f* pharmacien(ne)
farmacia *nf* pharmacie *f*; **~ de guardia** pharmacie de garde
fármaco *nm* médicament *m*
faro *nm* (NÁUT, AUTO) phare *m*; **~s antiniebla/delanteros/traseros** feux *mpl* antibrouillard/avant/arrière
farol *nm* lanterne *f*; **echarse** *o* **tirarse un ~** (*fam*) frimer
farola *nf* réverbère *m*
farsa *nf* farce *f*; **¡es una ~!** (*fig*) quelle farce!
farsante *nm/f* farceur(-euse)
fascículo *nm* fascicule *m*
fascinar *vt* fasciner
fascismo *nm* fascisme *m*; **fascista** *adj, nm/f* fasciste *m/f*
fase *nf* phase *f*
fastidiar *vt* (*molestar*) ennuyer; (*estropear*) gâcher; **~se** *vpr* prendre sur soi
fastidio *nm* ennui *m*; **¡qué ~!** c'est trop bête!
fastidioso, -a *adj* fastidieux(-euse)
fastuoso, -a *adj* fastueux(-euse)
fatal *adj* fatal(e); (*fam*: *malo*) dur(e) ♦ *adv* très mal; **fatalidad** *nf* fatalité *f*
fatiga *nf* fatigue *f*
fatigar *vt* fatiguer; **~se** *vpr* se fatiguer
fatigoso, -a *adj* (*tarea*) pénible; (*respiración*) difficile
favor *nm* faveur *f*; **haga el ~ de ...** faites-moi le plaisir de ...; **por ~** s'il vous plaît; **a ~ de** en faveur de; **favorable** *adj* favorable; **ser favorable a algo** être favorable à qch
favorecer *vt* favoriser; (*suj*: *vestido, peinado*) avantager
favorito, -a *adj, nm/f* favori(te)
fax *nm* fax *m*

fe *nf* foi *f*; **de buena/mala ~** de bonne/mauvaise foi; **dar ~ de** faire foi de; **tener ~ en algo/algn** avoir foi en qch/qn; **~ de bautismo/de vida** certificat *m* de baptême/de vie
fealdad *nf* laideur *f*
febrero *nm* février *m*; *ver tb* **julio**
febril *adj* fiévreux(-euse); (*fig*) fébrile
fecha *nf* date *f*; **en ~ próxima** prochainement; **hasta la ~** jusqu'à aujourd'hui; **~ de caducidad** (*de alimentos*) date limite de consommation; **~ límite** *o* **tope** date limite; **fechar** *vt* dater
fecundar *vt* féconder
fecundo, -a *adj* (*mujer, fig*) fécond(e); (*tierra*) fertile
federación *nf* fédération *f*
federal *adj* fédéral(e)
felicidad *nf* bonheur *m*; (*dicha*) félicité *f*; **~es** tous mes *etc* vœux
felicitación *nf* (*enhorabuena*) vœux *mpl*; (*tarjeta*) carte *f* de vœux
felicitar *vt*: **~ (por)** féliciter (pour); **me felicitó por mi cumpleaños** il me souhaita un bon anniversaire
feligrés, -esa *nm/f* fidèle *m/f*
feliz *adj* heureux(-euse)
felpudo *nm* paillasson *m*
femenino, -a *adj* féminin(e); (*ZOOL, BIO*) femelle ♦ *nm* (*LING*) féminin *m*
feminista *adj, nm/f* féministe *m/f*
fenomenal *adj* (*fam*: *enorme*) phénoménal(e); (: *estupendo*) sensationnel(le) ♦ *adv* vachement bien
fenómeno *nm* phénomène *m* ♦ *adv*: **lo pasamos ~** on s'est vachement bien amusé ♦ *excl* super!
feo, -a *adj* laid(e); **esto se está poniendo ~** ça va mal tourner
féretro *nm* cercueil *m*
feria *nf* foire *f*; (*AM*: *mercado de pueblo*) marché *m*; (*MÉX*: *cambio*) monnaie *f*; **~s** *nfpl* (*fiestas*) fêtes *fpl*
fermentar *vi* fermenter
ferocidad *nf* férocité *f*
feroz *adj* féroce
férreo, -a *adj* ferreux(-euse); (*fig*) de fer
ferretería *nf* ferronnerie *f*
ferrocarril *nm* chemin *m* de fer
ferroviario, -a *adj* ferroviaire
fértil *adj* (*tierra, fig*) fertile; (*persona*) fécond(e)
ferviente *adj* fervent(e)
fervor *nm* ferveur *f*
fervoroso, -a *adj* = **ferviente**
festejar *vt* fêter; **festejo** *nm* fête *f*; **festejos** *nmpl* (*fiestas*) festivités *fpl*
festín *nm* festin *m*
festival *nm* festival *m*
festividad *nf* festivité *f*
festivo, -a *adj* festif(-ive); (*alegre*) joyeux(-euse); **día ~** jour *m* de fête
fétido, -a *adj* fétide
feto *nm* fœtus *msg*
fiable *adj* (*persona*) digne de confiance; (*máquina*) fiable; (*criterio, versión*) valable
fiador, a *nm/f* garant(e)
fiambre *adj* (*CULIN*) froid(e) ♦ *nm* (*CULIN*) charcuterie *f*
fianza *nf* caution *f*; **libertad bajo ~** (*JUR*) liberté *f* sous caution
fiar *vt* vendre à crédit ♦ *vi* vendre à crédit; **~se** *vpr*: **~se de algn/algo** avoir confiance en qn/qch; **es de ~** on peut se fier à lui
fibra *nf* fibre *f*; **~ de vidrio** fibre de verre; **~ óptica** (*INFORM*) fibre optique
ficción *nf* fiction *f*; **literatura/obra de ~** littérature *f*/œuvre *f* de fiction
ficha *nf* fiche *f*; (*en juegos, casino*) jeton *m*; **fichar** *vt* ficher; (*DEPORTE*) recruter; (*fig*) classer; (*trabajador*) pointer; **estar fichado** être fiché; **fichero** *nm* fichier *m*
ficticio, -a *adj* (*imaginario*) fictif(-ive); (*falso*) simulé(e)
fidelidad *nf* fidélité *f*; **alta ~** haute fidélité
fideos *nmpl* vermicelles *mpl*
fiebre *nf* fièvre *f*; **tener ~** avoir de la fièvre; **~ amarilla** fièvre jaune; **~ del heno** rhume *m* des foins; **~ palúdica** paludisme *m*
fiel *adj* fidèle; **los ~es** (*REL*) les fidèles *mpl*
fieltro *nm* feutre *m*
fiera *nf* bête *f* féroce
fiero, -a *adj* féroce
fiesta *nf* fête *f*; (*vacaciones*: *tb*: **~s**) fêtes *fpl*; **hoy/mañana es ~**

aujourd'hui/demain c'est fête; **~ de guardar** (*REL*) Fête d'obligation

> **Fiestas**
>
> *Les* **Fiestas** *correspondent à des fêtes légales ou à des jours fériés institués par chaque région autonome. Elles coïncident souvent avec des fêtes religieuses. De nombreuses* **fiestas** *sont également organisées dans toute l'Espagne en l'honneur de la Sainte Vierge ou du saint patron de la ville ou du village. Les festivités, qui durent généralement plusieurs jours, peuvent comporter des processions, des défilés de carnaval, des courses de taureaux et des bals.*

figura *nf* figure *f*
figurar *vt, vi* figurer; **~se** *vpr* se figurer; **¡figúrate!** figure-toi!
fijador *nm* fixateur *m*
fijar *vt* fixer; (*sellos*) coller; (*cartel*) afficher; **~se** *vpr*: **~se (en)** observer; **~ algo a** attacher qch à; **¡fíjate!** figure-toi!
fijo, -a *adj* fixe; (*sujeto*): **~ (a)** fixé(e) (à) ♦ *adv*: **mirar ~** regarder fixement; **de ~** assurément
fila *nf* file *f*; (*DEPORTE, TEATRO*) rang *m*; **~s** *nfpl* (*MIL*) service *m* militaire; **ponerse en ~** se mettre en file; **~ india** file indienne
filántropo, -a *nm/f* philanthrope *m/f*
filatelia *nf* philatélie *f*
filete *nm* filet *m*
filial *adj* filial(e) ♦ *nf* filiale *f*
Filipinas *nfpl*: **las (Islas) ~** les (îles) Philippines *fpl*
filipino, -a *adj* philippin(e) ♦ *nm/f* Philippin(e)
filmar *vt* filmer
filo *nm* fil *m*; **sacar ~ a** aiguiser; **arma de doble ~** (*fig*) arme *f* à double tranchant
filón *nm* filon *m*
filosofía *nf* philosophie *f*
filósofo, -a *nm/f* philosophe *m/f*
filtrar *vt* filtrer ♦ *vi* s'infiltrer; **~se** *vpr* (*líquido*) s'infiltrer; (*luz, noticia*) filtrer
filtro *nm* filtre *m*; (*papel*) buvard *m*; **filtro de aceite** (*AUTO*) filtre à huile
fin *nm* fin *f*; **al ~** à la fin; **al ~ y al cabo** finalement; **a ~ de (que)** afin que; **a ~es de** à la fin de; **por/en ~** enfin; **~ de archivo** (*INFORM*) fin de fichier; **~ de semana** fin de semaine
final *adj* final(e) ♦ *nm* (*de partido, tarde*) fin *f*; (*de calle, novela*) bout *m* ♦ *nf* (*DEPORTE*) finale *f*; **al ~** à la fin; **finalidad** *nf* finalité *f*; **finalista** *nm/f* finaliste *m/f*; **finalizar** *vt* terminer ♦ *vi* toucher à sa fin
financiar *vt* financer
financiero, -a *adj* financier(-ère) ♦ *nm/f* financier *m*
finca *nf* (*rústica*) ferme *f*; (*urbana*) propriété *f*
fingir *vt* feindre ♦ *vi* mentir; **~se** *vpr*: **~se dormido** faire semblant de dormir; **~se un sabio** se donner des airs de savant
finlandés, -esa *adj* finlandais(e) ♦ *nm/f* Finlandais(e) ♦ *nm* (*LING*) finnois *m*
Finlandia *nf* Finlande *f*
fino, -a *adj* fin(e); (*de buenas maneras*) délicat(e)
firma *nf* signature *f*; (*COM*) firme *f*
firmamento *nm* firmament *m*;
firmar *vt, vi* signer
firme *adj* solide; (*fig*) ferme ♦ *nm* chaussée *f*; **mantenerse ~** (*fig*) tenir ferme; **firmemente** *adv* fermement; **firmeza** *nf* fermeté *f*; (*solidez*) solidité *f*; (*perseverancia*) persévérance *f*
fiscal *adj* fiscal(e) ♦ *nm* (*JUR*) avocat *m* général
fisco *nm* fisc *m*
fisgar *vt* fouiner dans ♦ *vi* fouiner
fisgonear *vt* fureter dans ♦ *vi* fureter
física *nf* physique *f*; *ver tb* **físico**
físico, -a *adj* physique ♦ *nm* physique *m* ♦ *nm/f* physicien(ne)
fisura *nf* fissure *f*; (*MED*) fracture *f*
flác(c)ido, -a *adj* flasque
flaco, -a *adj* (*delgado*) maigre; **punto ~** point *m* faible
flagrante *adj* flagrant(e); **en ~ delito** en flagrant délit
flamante (*fam*) *adj* (*vistoso*)

voyant(e); (*nuevo*) flambant neuf (neuve)
flamenco, -a *adj* (*de Flandes*) flamand(e); (*baile, música*) flamenco ♦ *nm* flamenco *m*
flan *nm* flan *m* au caramel
flaqueza *nf* faiblesse *f*
flash (*pl* **~es**) *nm* (FOTO) flash *m*
flauta *nf* flûte *f*
flecha *nf* flèche *f*
flechazo *nm* (*enamoramiento*) coup *m* de foudre
fleco *nm* frange *f*
flema *nm* flegme *m*
flequillo *nm* frange *f*
flexible *adj* (*material*) souple; (*fig*) flexible
flexión *nf* flexion *f*
flexo *nm* lampe *f* de bureau
flojera *nf* défaillance *f*; (AM) paresse *f*; **me da ~ (hacer)** j'ai la flemme de (faire)
flojo, -a *adj* (*cuerda, nudo*) lâche; (*persona*, COM: *sin fuerzas*) faible; (*perezoso*: *esp* AM) paresseux(-euse); (*viento, vino, trabajo*) léger(-ère)
flor *nf* fleur *f*; **en ~** en fleur; **en la ~ de la vida** dans la fleur de l'âge; **florecer** *vi* fleurir; **floreciente** *adj* fleurissant(e); **florero** *nm* pot *m* de fleurs
floristería *nf* fleuriste *m*
flota *nf* flotte *f*
flotador *nm* flotteur *m*; (*para nadar*) bouée *f*
flotar *vi* flotter; **flote** *nm*: **a flote** à flot
fluctuar *vi* fluctuer
fluidez *nf* fluidité *f*; **con ~** avec fluidité
fluido, -a *adj* ♦ *nm* fluide *m*
fluir *vi* couler
flujo *nm* flux *m*; **~ y reflujo** flux et reflux
fluvial *adj* fluvial(e)
foca *nf* phoque *m*
foco *nm* foyer *m*
fofo, -a *adj* (*esponjoso*) mou (molle); (*carnes*) flasque
fogata *nf* feu *m* de bois
fogón *nm* (*de cocina*) plaque *f*
fogoso, -a *adj* fougueux(-euse)
folio *nm* feuille *f* de papier
folklore *nm* folklore *m*
follaje *nm* feuillage *m*
folletín *nm* feuilleton *m*; (*fig*) mélodrame *m*
folleto *nm* (*de propaganda*) prospectus *msg*
follón (*fam*) *nm* bordel *m*; **armar un ~** faire du bordel
fomentar *vt* promouvoir; (*odio, envidia*) fomenter; **fomento** *nm* promotion *f*
fonda *nf* auberge *f*
fondo *nm* fond *m*; **~s** *nmpl* (COM, *de museo, biblioteca*) fonds *msg*; **a/de ~** à/de fond; **en el ~** au fond; **~ común** fonds *msg* commun; **~ del mar** fond de la mer
fontanería *nf* plomberie *f*
fontanero *nm* plombier *m*
footing *nm* footing *m*; **hacer ~** faire du footing
forastero, -a *nm/f* étranger(-ère)
forcejear *vi* lutter
forense *nm/f* (*tb:* **médico ~**) médecin *m* légiste
forjar *vt* forger; (*imperio, fortuna*) bâtir
forma *nf* forme *f*; (*manera*) façon *f*, manière *f*; **en (plena) ~** en (pleine) forme; **guardar las ~s** se tenir convenablement; **de todas ~s** de toute façon
formación *nf* formation *f*; **~ profesional** formation professionnelle
formal *adj* (*defecto*) de forme; (*requisito, promesa*) formel(le); (*persona*: *de fiar*) sérieux(-euse); **formalidad** *nf* sérieux *m*; (*trámite*) formalité *f*; **formalizar** *vt* officialiser; **formalizarse** *vpr* se ranger
formar *vt* former; (*hacer*) faire; **~se** *vpr* se former; **~ parte de** faire partie de
formatear *vt* (INFORM) formater
formativo, -a *adj* formateur(-trice)
formato *nm* format *m*
formidable *adj* formidable
fórmula *nf* formule *f*; (*fig*: *método*) solution *f*; **~ de cortesía** formule de

courtoisie; **~ uno** (*AUTO*) formule un
formular *vt* formuler; (*idea*) émettre
formulario *nm* formulaire *m*
fornido, -a *adj* corpulent(e)
forrar *vt* (*abrigo*) doubler; (*libro, sofá*) recouvrir; **~se** *vpr* (*fam*) amasser une petite fortune; **forro** *nm* (*de abrigo*) doublure *f*; (*de libro*) couverture *f*; (*de sofá*) tissu *m*
fortalecer *vt* fortifier; (*músculos*) endurcir
fortaleza *nf* (*MIL*) forteresse *f*; (*fuerza*) force *f*
fortuito, -a *adj* fortuit(e)
fortuna *nf* fortune *f*; **por ~** par hasard
forzar *vt* forcer; (*proceso*) accélérer; **~ a algn a hacer algo** forcer qn à faire qch
forzoso, -a *adj* forcé(e)
fosa *nf* fosse *f*; **~s nasales** fosses *fpl* nasales
fósforo *nm* phosphore *m*; (*AM*: *cerilla*) allumette *f*
fósil *adj, nm* fossile *m*
foso *nm* (*hoyo, AUTO*) fosse *f*; (*TEATRO*) fosse d'orchestre; (*de castillo*) douves *fpl*
foto *nf* photo *f*; **sacar** *o* **hacer una ~** faire une photo
fotocopia *nf* photocopie *f*; **fotocopiadora** *nf* photocopieuse *f*; **fotocopiar** *vt* photocopier
fotografía *nf* photographie *f*
fotógrafo, -a *nm/f* photographe *m/f*
fracasar *vi* échouer
fracaso *nm* échec *m*; (*desastre*) catastrophe *f*
fracción *nf* fraction *f*; (*POL*) scission *f*; **fraccionamiento** (*AM*) *nm* lotissement *m*
fractura *nf* fracture *f*; (*grieta*) cassure *f*
fragancia *nf* parfum *m*
frágil *adj* fragile
fragmento *nm* fragment *m*; (*MÚS*) morceau *m* choisi
fragua *nf* forge *f*; **fraguar** *vt* forger ♦ *vi* prendre
fraile *nm* moine *m*
frambuesa *nf* framboise *f*
francamente *adv* franchement
francés, -esa *adj* français(e) ♦ *nm/f* Français(e) ♦ *nm* (*LING*) français *m*
Francia *nf* France *f*
franco, -a *adj* franc(he) ♦ *nm* franc *m*; **de ~** (*CSUR*) en permission
francotirador, a *nm/f* franc-tireur *m*
franela *nf* flanelle *f*
franja *nf* (*en vestido, bandera*) frange *f*; (*de tierra, luz*) bande *f*
franquear *vt* (*paso, entrada*) débarrasser; (*carta etc*) affranchir; (*obstáculo*) franchir
franqueo *nm* affranchissement *m*
franqueza *nf* franchise *f*; **con ~** avec franchise
frasco *nm* flacon *m*
frase *nf* phrase *f*; (*locución*) expression *f*; **~ hecha** expression *f* figée; (*despectivo*) cliché *m*
fraterno, -a *adj* fraternel(le)
fraude *nm* fraude *f*
fraudulento, -a *adj* frauduleux(-euse)
frazada (*AM*) *nf* couvre-lit *m*
frecuencia *nf* fréquence *f*; **con ~** fréquemment
frecuentar *vt* fréquenter
frecuente *adj* fréquent(e); (*habitual*) habituel(le)
fregadero *nm* lave-vaisselle *m*
fregado, -a (*fam*) *adj* (*AM*: *molesto*) embêtant(e) ♦ *nm* dispute *f*
fregar *vt* laver; (*AM*: *fam*) énerver
fregona *nf* serpillière *f*; (*pey*: *sirvienta*) boniche *f*
freír *vt* frire
frenar *vt, vi* freiner
frenazo *nm* coup *m* de frein
frenético, -a *adj* frénétique; (*persona*) hors de soi
freno *nm* frein *m*; (*de cabalgadura*) mors *m*; **~ de mano** frein à main
frente *nm* front *m* ♦ *nf* front ♦ *adv* (*esp CSUR*: *fam*): **~ mío/nuestro** *etc* en face de moi/nous *etc*; **~ a** en face de; (*en comparación con*) par rapport à; **chocar de ~** se heurter de front; **hacer ~ a** faire face à; **ir/ponerse al ~ de** être/se mettre à la tête de
fresa *nf* (*ESP*) fraise *f*
fresco, -a *adj* frais (fraîche); (*ropa*)

léger(-ère); (*descarado*) insolent(e) ♦ *nm* (*aire*) frais *m*; (ARTE) fresque *f*; (AM) boisson *f* fraîche ♦ *nm/f* (*fam*: *descarado*) insolent(e); (: *desvergonzado*) effronté(e); **hace ~** il fait frais; **estar/quedarse tan ~** demeurer imperturbable; **tomar el ~** prendre le frais; **frescura** *nf* fraîcheur *f*; (*descaro*) insolence *f*

frialdad *nf* froideur *f*; (*indiferencia*) froideur glaciale

fricción *nf* friction *f*

frigidez *nf* frigidité *f*

frigorífico, -a *adj* frigorifique ♦ *nm* réfrigérateur *m*; **camión ~** camion *m* frigorifique

frijol (AM) *nm* haricot *m* sec; (*verde*) haricot vert

frío, -a *adj* froid(e); (*fig*: *poco entusiasta*) pas très chaud(e); (*relaciones*) tendu(e) ♦ *nm* froid *m*; **tener ~** avoir froid; **hace ~** il fait froid

frito, -a *pp de* **freír** ♦ *adj* (CULIN) frit(e) ♦ *nm*: **~s** (CULIN) friture *f*; **me tiene** *o* **trae ~ ese hombre** (*fam*) ce type est barbant

frívolo, -a *adj* frivole

frontal *adj* frontal(e); (*choque*) de front

frontera *nf* frontière *f*; **sin ~s** sans limite

fronterizo, -a *adj* (*pueblo, paso*) frontalier(-ère)

frontón *nm* (*cancha*) fronton *m*; (*juego*) pelote *f* basque

frotar *vt, vi* frotter; **~se** *vpr*: **~se las manos** se frotter les mains

fructífero, -a *adj* fructueux(-euse)

fruncir *vt* froncer

frustrar *vt* frustrer

fruta *nf* fruit *m*; **frutería** *nf* boutique *f* de fruits et légumes

frutero, -a *adj* fruitier(-ère) ♦ *nm/f* marchand(e) de fruits et légumes ♦ *nm* compotier *m*

frutilla (AND, CSUR) *nf* fraise *f*

fruto *nm* fruit *m*; **~s secos** fruits *mpl* secs

fue *vb ver* **ser**; **ir**

fuego *nm* feu *m*; **prender ~ a** mettre le feu à; **¿tienes ~?** t'as du feu?; **~s artificiales** *o* **de artificio** feux *mpl* d'artifice

fuente *nf* fontaine *f*; (*bandeja*) plateau *m*; (*fig*) source *f*; **~ de soda** (AM) buvette *f*

fuera *vb ver* **ser**; **ir** ♦ *adv* dehors; (*de viaje*) en voyage ♦ *prep*: **~ de** hors de; (*fig*) sauf; **¡~!** dehors!; **por ~** au dehors

fuera-borda *nm inv* hors-bord *m*

fuerte *adj* fort(e); (*resistente*) solide ♦ *adv* (*sujetar*) solidement; (*golpear*) violemment; (*llover*) à verse; (*gritar*) fort

fuerza *vb ver* **forzar** ♦ *nf* force *f*; (MIL: *tb*: **~s**) forces *fpl*; **a ~ de** à force de; **cobrar ~s** prendre des forces; **tener ~** avoir de la force; **tener ~s para hacer** avoir la force de faire; **a** *o* **por la ~** de force; **por ~** forcément; **~s aéreas/armadas** forces aériennes/armées; **~ de voluntad** volonté *f*

fuga *nf* fugue *f*; (*de gas, agua*) fuite *f*

fugarse *vpr* s'enfuir; (*amantes*) faire une fugue

fugaz *adj* fugitif(-ive)

fugitivo, -a *adj* en fuite ♦ *nm/f* fugitif(-ive)

fui *etc vb ver* **ser**; **ir**

fulano, -a *nm/f* un(e) tel(le)

fulminante *adj* explosif(-ive); (MED, *fig*) foudroyant(e); (*fam*: *éxito*) fulgurant(e)

fumador, a *nm/f* fumeur(-euse)

fumar *vt, vi* fumer; **~se** *vpr* fumer; (*fam*: *herencia*) manger; (: *clases, trabajo*) manquer; **~ en pipa** fumer la pipe

función *nf* fonction *f*; (TEATRO *etc*) représentation *f*; **entrar en funciones** entrer en fonction; **~ de tarde/de noche** matinée *f*/soirée *f*; **en ~ de** en fonction de; **presidente/director en funciones** président/directeur par intérim

funcional *adj* fonctionnel(le)

funcionar *vi* fonctionner; **"no funciona"** "en panne"

funcionario, -a *nm/f* fonctionnaire *m/f*

funda *nf* étui *m*; (*de almohada*) taie *f*

fundación *nf* fondation *f*
fundamental *adj* fondamental(e)
fundamentar *vt* (*fig*): **~ (en)** fonder (sur); **fundamento** *nm* fondement *m*
fundar *vt* fonder; (*fig*: *basar*): **~ en** fonder sur; **~se** *vpr*: **~se en** se fonder sur
fundición *nf* (*fábrica*) fonderie *f*
fundir *vt* fondre; (COM, *fig*) fusionner; (ELEC, *nieve, mantequilla*) fondre; (*fig*) fusionner
fúnebre *adj* funèbre
funeral *nm* funérailles *fpl*
funeraria *nf* pompes *fpl* funèbres
funesto, -a *adj* funeste
furgón *nm* (*camión*) camion *m*; (FERRO) wagon *m*; **furgoneta** *nf* fourgonnette *f*
furia *nf* furie *f*
furibundo, -a *adj* furibond(e)
furioso, -a *adj* furieux(-euse); **furor** *nm* fureur *f*
furtivo, -a *adj* furtif(-ive); (*cazador*) braconnier *m*
fusible *nm* fusible *m*
fusil *nm* fusil *m*; **fusilar** *vt* fusiller
fusión *nf* fusion *f*
fútbol *nm* football *m*; **futbolista** *nm/f* footballeur(-euse)
futuro, -a *adj* futur(e) ♦ *nm* avenir *m*; **futura madre** future maman *f*

G, g

gabardina *nf* imperméable *m*; (*tela*) gabardine *f*
gabinete *nm* cabinet *m*; (*de abogados*) étude *f*
gaceta *nf* gazette *f*
gachas *nfpl* polenta *f*
gafas *nfpl* lunettes *fpl*; **~ de sol** lunettes de soleil
gafe *adj*: **ser ~** porter la poisse
gaita *nf* cornemuse *f*
gajes *nmpl*: **~ del oficio** aléas *mpl* du métier
gajo *nm* (*de naranja*) quartier *m*
gala *nf* gala *m*; **~s** *nfpl* (*atuendo*) atours *mpl*; **de ~** de gala; **vestir de ~** mettre sa tenue de gala; **hacer ~ de** se targuer de
galante *adj* galant(e); **galantería** *nf* galanterie *f*; (*cumplido*) courtoisie *f*
galápago *nm* tortue *f* marine
galaxia *nf* galaxie *f*
galera *nf* (*nave*) galère *f*
galería *nf* galerie *f*; **~ comercial** galerie commerciale
Gales *nm*: **(el País de) ~** le pays de Galles
galés, -esa *adj* gallois(e) ♦ *nm/f* Gallois(e) ♦ *nm* gallois *msg*
galgo, -a *nm/f* lévrier (levrette)
Galicia *nf* Galice *f*, Galicie *f*
galimatías *nm inv* galimatias *msg*
gallardía *nf* (*en aspecto*) grâce *f*; (*al actuar*) vaillance *f*
gallego, -a *adj* galicien(ne) ♦ *nm/f* Galicien(ne) ♦ *nm* (LING) galicien *m*
galleta *nf* galette *f*
gallina *nf* poule *f* ♦ *nm* (*fam*) poule mouillée; **carne de ~** chair *f* de poule
gallinero *nm* poulailler *m*
gallo *nm* coq *m*; (*pescado*) raie *f*
galón *nm* galon *m*
galopar *vi* galoper
gama *nf* gamme *f*
gamba *nf* crevette *f*
gamberro, -a *nm/f* vandale *m/f*, voyou *m*
gamuza *nf* (*bayeta*) peau *f* de chamois
gana *nf* (*deseo*) envie *f*; (*apetito*) faim *f*; **de buena/mala ~** volontiers/à contrecœur; **me dan ~s de hacer** ça me donne envie de faire; **tener ~s de (hacer)** avoir envie de (faire); **no me da la (real) ~** je n'en ai pas (vraiment) envie
ganadería *nf* bétail *m*; (*cría*) élevage *m*; (*comercio*) commerce *m* du bétail
ganado *nm* bétail *m*; **~ bovino** *o* **vacuno** bovins *mpl*
ganador, a *adj, nm/f* gagnant(e)
ganancia *nf* gain *m*; **~s** *nfpl* (*ingresos*) revenus *mpl*; (*beneficios*) gains *mpl*
ganar *vt* gagner; (*fama, experiencia*) acquérir; (*premio*) remporter ♦ *vi* (DEPORTE) gagner; **~se** *vpr*: **~se la vida** gagner sa vie; **le gana en simpatía** il est plus sympathique

ganchillo *nm* crochet *m*; **hacer ~** faire du crochet
gancho *nm* crochet *m*
gandul, a *adj, nm/f* feignant(e)
ganga *nf* (COM) affaire *f*
gangrena *nf* gangrène *f*
gángster (*pl* **~s**) *nm* gangster *m*
ganso, -a *nm/f* jars (oie); (*fam*) tarte *f*
ganzúa *nf* crochet *m*
garabatear *vt* griffonner ♦ *vi* avoir une écriture de chat
garabato *nm* gribouillage *m*; **~s** *nmpl* (*escritura*) pattes *fpl* de mouche
garaje *nm* garage *m*
garante *adj, nm/f* garant(e)
garantía *nf* garantie *f*
garantizar *vt* garantir
garbanzo *nm* pois *msg* chiche
garbo *nm* allure *f*
garfio *nm* (TEC) crochet *m*
garganta *nf* gorge *f*; **gargantilla** *nf* collier *m*
gárgara *nf* gargarisme *m*; **hacer ~s** faire des gargarismes
garita *nf* guérite *f*
garra *nf* griffe *f*; (*de ave*) serre *f*; **caer en las ~s de algn** tomber entre les griffes de qn
garrafa *nf* carafe *f*
garrapata *nf* puce *f*
garrote *nm* (*palo*) gourdin *m*; (*porra*) massue *f*; (*ejecución*) garrot *m*
garza *nf* héron *m*
gas *nm* gaz *m*; **~es** *nmpl* (MED) gaz *mpl*; **a todo ~** plein gaz; **~es lacrimógenos** gaz *mpl* lacrymogènes
gasa *nf* gaze *f*; (*de pañal*) couche *f*
gaseosa *nf* limonade *f*
gaseoso, -a *adj* gazeux(-euse)
gasoil, **gasóleo** *nm* gas-oil *m*
gasolina *nf* essence *f*; **gasolinera** *nf* station-service *f*
gastado, -a *adj* (*ropa*) usé(e); (*mechero*) fini(e); (*bolígrafo*) qui n'a plus d'encre
gastar *vt* dépenser; (*malgastar*) perdre; (*desgastar*) user; **~se** *vpr* s'user; **~ bromas** faire des blagues; **¿qué número gastas?** quelle est ta pointure?
gasto *nm* dépense *f*; **~s** *nmpl* (*desembolsos*) dépenses *fpl*
gastritis *nf* gastrite *f*
gastronomía *nf* gastronomie *f*
gata *nf ver* **gato**
gatear *vi* marcher à quatre pattes
gatillo *nm* gâchette *f*
gato, -a *nm/f* chat(te) ♦ *nm* (TEC) cric *m*; **andar a gatas** marcher à quatre pattes; **dar a algn ~ por liebre** rouler qn
gaviota *nf* mouette *f*
gay *adj, nm* homo *m*
gazpacho *nm* gaspacho *m* (*soupe froide espagnole*)
gel *nm* (*de ducha*) gel *m*; (*de baño*) bain *m* moussant
gelatina *nf* gélatine *f*
gema *nf* gène *m*
gemelo, -a *adj, nm/f* jumeau(-elle); **~s** *nmpl* (*de camisa*) boutons *mpl* de manchette; (*anteojos*) jumelles *fpl*; **~s de campo/de teatro** jumelles de campagne/de spectacle
gemido *nm* gémissement *m*
Géminis *nm* (ASTROL) Gémeaux *mpl*; **ser ~** être (des) Gémeaux
gemir *vi* gémir; (*animal*) geindre
gen *nm* gène *m*
generación *nf* génération *f*
general *adj* général(e) ♦ *nm* général *m*; **en** *o* **por lo ~** en général; **Generalitat** *nf gouvernement catalan*; **generalizar** *vt, vi* généraliser; **generalizarse** *vpr* se généraliser; **generalmente** *adv* généralement
generar *vt* (*energía*) générer
género *nm* genre *m*; (COM) article *m*; **~s** *nmpl* (*productos*) articles *mpl*; **~s de punto** tricots *mpl*; **~ humano** genre humain
generosidad *nf* générosité *f*
generoso, -a *adj* généreux(-euse)
genial *adj* (*artista, obra*) de génie; (*fam: idea*) génial(e)
genio *nm* tempérament *m*; (*mal carácter*) mauvais caractère *m*; **tener mal ~** être soupe au lait *inv*, être emporté(e)
genital *adj* génital(e) ♦ *nm*: **~es** organes *mpl* génitaux
gente *nf* gens *mpl*; (*fam: familia*) petite famille *f*; **~ de la calle** gens

comme vous et moi; **~ menuda** les tout petits
gentileza *nf*: **tener la ~ de hacer** avoir la gentillesse de faire; **por gentileza de** avec l'aimable autorisation de
gentío *nm* foule *f*
genuino, -a *adj* authentique
geografía *nf* géographie *f*
geología *nf* géologie *f*
geometría *nf* géométrie *f*
geranio *nm* géranium *m*
gerencia *nf* direction *f*; **gerente** *nm/f* (*supervisor*) gérant(e); (*jefe*) directeur(-trice)
geriatría *nf* gériatrie *f*
germen *nm* germe *m*
germinar *vi* germer
gesticular *vi* gesticuler; (*hacer muecas*) faire des grimaces
gestión *nf* gestion *f*; (*trámite*) démarche *f*; **gestionar** *vt* s'occuper de
gesto *nm* geste *m*; (*mueca*) grimace *f*
Gibraltar *nm* Gibraltar *m*
gibraltareño, -a *adj* de Gibraltar ♦ *nm/f* natif(-ive) *o* habitant(e) de Gibraltar
gigante *adj* géant(e) ♦ *nm/f* géant(e); (*fig*) génie *m*
gigantesco, -a *adj* gigantesque
gilipollas (*fam!*) *adj inv, nm/f inv* con(ne) (*fam!*)
gimnasia *nf* gymnastique *f*; **gimnasio** *nm* gymnase *m*; **gimnasta** *nm/f* gymnaste *m/f*
gimotear *vi* pleurnicher
ginebra *nf* genièvre *m*
ginecólogo, -a *nm/f* gynécologue *m/f*
gira *nf* excursion *f*; (*de grupo*) tournée *f*
girar *vt* (*hacer girar*) faire tourner; (*dar la vuelta*) tourner; (*giro postal, letra de cambio*) virer ♦ *vi* tourner; **~ (a/hacia)** (*torcer*) virer (à); **~ en torno a** (*conversación*) s'orienter vers
girasol *nm* tournesol *m*
giratorio, -a *adj* tournant(e)
giro *nm* tour *m*; (COM) virement *m*; (*tb:* **~ postal**) mandat (postal) *m*; **dar un ~** tourner; **~ bancario** virement bancaire
gis (MÉX) *nm* craie *f*
gitano, -a *adj* gitan(e) ♦ *nm/f* Gitan(e)
glacial *adj* (*zona*) glaciaire; (*frío, fig*) glacial(e)
glaciar *nm* glacier *m*
glándula *nf* glande *f*
global *adj* global(e)
globo *nm* globe *m*; (*para volar, juguete*) ballon *m*; **~ terráqueo** *o* **terrestre** globe terrestre
glóbulo *nm*: **~ blanco/rojo** globule *m* blanc/rouge
gloria *nf* gloire *f*; (REL) paradis *m*; **estar en la ~** être aux anges; **es una ~** (*fam*) quel délice
glorieta *nf* (*de jardín*) tonnelle *f*; (AUTO, *plaza*) rond-point *m*
glorificar *vt* glorifier
glorioso, -a *adj* glorieux(-euse)
glosario *nm* glossaire *m*
glotón, -ona *adj, nm/f* glouton(ne)
glucosa *nf* glucose *m*
gobernador, a *nm/f* gouverneur *m*; **G~ civil** *représentant du gouvernement au niveau local*; **G~ militar** gouverneur militaire
gobernante *adj* gouvernant(e) ♦ *nm* gouvernant *m*
gobernar *vt* gouverner; (*nave*) piloter ♦ *vi* gouverner; (NÁUT) piloter
gobierno *vb ver* **gobernar** ♦ *nm* gouvernement *m*; (NÁUT) pilotage *m*
goce *vb ver* **gozar**
gol *nm* but *m*; **meter un ~** marquer un but
golf *nm* golf *m*
golfa (*fam*) *nf* pute *f*
golfo[1] *nm* golfe *m*
golfo[2] *nm* voyou *m*; (*gamberro*) casse-pieds *m inv*; (*hum*: *pillo*) radin *m*
golondrina *nf* hirondelle *f*
golosina *nf* gourmandise *f*
goloso, -a *adj* gourmand(e)
golpe *nm* coup *m*; **no dar ~** ne pas en ficher une rame; **de un ~** en un clin d'œil; **golpear** *vt* frapper, heurter ♦ *vi* cogner; (*lluvia*) tomber dru; (*puerta*) battre
goma *nf* gomme *f*; (*gomita,* COSTURA)

élastique *m*; **~ de pegar** colle *f*

gordo, -a *adj* gros(se); (*libro, árbol, tela*) épais(se); (*fam*: *problema*) de taille; (*accidente*) catastrophique ♦ *nm/f* gros homme (grosse femme) ♦ *nm* (*tb*: **premio ~**) gros lot *m*; (*de la carne*) gras *msg*; **ese tipo me cae ~** ce type ne me revient pas

El Gordo

El Gordo *désigne le gros lot attribué au tirage de la loterie nationale espagnole "Lotería Nacional", en particulier à Noël. Le tirage au sort exceptionnel "Sorteo Extraordinario de Navidad" du 22 décembre atteint une valeur de plusieurs millions de francs. Étant donné le coût élevé des billets, les Espagnols jouent souvent en groupe et se partagent ensuite les gains.*

gordura *nf* obésité *f*

gorila *nm* gorille *m*; (CSUR: *fam*: *jefe militar*) chef *m*

gorjear *vi* triller

gorra *nf* casquette *f*, béret *m*; (*de niño*) bonnet *m*; **de ~** (*sin pagar*) à l'œil

gorrión *nm* moineau *m*

gorro *nm* bonnet *m*

gorrón, -ona *nm/f* parasite *m/f*

gota *nf* goutte *f*; **gotear** *vi* goutter; (*lloviznar*) pleuvoter; **gotera** *nf* gouttière *f*; (*mancha*) tache *f* d'humidité

gozar *vi* jouir; **~ de** jouir de

gozne *nm* gond *m*

gozo *nm* (*alegría*) plaisir *m*; (*placer*) jouissance *f*

gr. *abr* (= *gramo(s)*) g (= *gramme(s)*)

grabación *nf* enregistrement *m*

grabado, -a *adj* (MÚS) enregistré(e) ♦ *nm* gravure *f*

grabadora *nf* magnétophone *m*

grabar *vt* (*en piedra*, ARTE) graver; (*discos, en video*, INFORM) enregistrer

gracia *nf* grâce *f*; (*humor*) humour *m*; **¡muchas ~s!** merci beaucoup!; **~s a** grâce à; **tener ~** (*chiste etc*) être amusant(e); (*irónico*) être très amusant(e); **no me hace ~ (hacer)** ça ne m'amuse pas (de faire); **dar las ~s a algn por algo** remercier qn de *o* pour qch

gracioso, -a *adj* amusant(e)

grada *nf* marche *f*; **~s** *nfpl* (*de estadio*) gradins *mpl*

gradería *nf* gradins *mpl*; **~ cubierta** stade *m* couvert

grado *nm* degré *m*; (ESCOL) classe *f*; (UNIV) titre *m*; (MIL) grade *m*; **de buen ~** de bon gré; **~ centígrado/ Fahrenheit** degré centigrade/ Fahrenheit

graduación *nf* (*del alcohol*) degré *m*; (MIL) grade *m*

graduado, -a *adj* gradué(e) ♦ *nm/f* (UNIV) diplômé(e) ♦ *nm*: **~ escolar** ≃ brevet *m* des collèges; **~ social** ≃ B.T.S. *m* d'assistance sociale

gradual *adj* progressif(-ive)

graduar *vt* graduer; (*volumen*) mesurer; (MIL): **~ a algn de** conférer à qn le grade de; **~se** *vpr* (UNIV) être diplômé(e); (MIL): **~se (de)** obtenir son grade (de); **~se la vista** se faire vérifier la vue

gráfica *nf* courbe *f*

gráfico, -a *adj* graphique; (*revista*) d'art ♦ *nm* graphique *m*; **~s** *nmpl* graphiques *mpl*; **~ de barras** (COM) graphique à barres

gragea *nf* (MED) pilule *f*

grajo *nm* corbeau *m*

Gral. *abr* (MIL) (= *General*) Général

gramática *nf* grammaire *f*; *ver tb* **gramático**

gramatical *adj* grammatical(e)

gramático, -a *nm/f* grammairien(ne)

gramo *nm* gramme *m*

gran *adj ver* **grande**

granada *nf* grenade *f*; **~ de mano** grenade à main

granate *adj* grenat *adj inv* ♦ *nm* grenat *m*

Gran Bretaña *nf* Grande-Bretagne *f*

grande *adj* grand(e) ♦ *nm* grand *m*; **gran miedo** grand peur; **los zapatos le están** *o* **quedan ~s** ces chaussures sont trop grandes pour lui; **grandeza** *nf* grandeur *f*

grandioso, -a *adj* grandiose

granel *nm*: **a ~** (*COM*) en vrac
granero *nm* grenier *m*
granito *nm* granit *m*
granizado *nm* jus *m* de fruit glacé
granizar *vi* grêler; **granizo** *nm* grêlon *m*
granja *nf* ferme *f*; **~ avícola** ferme avicole
granjear *vt* (*amistad, simpatía*) gagner; **~se** *vpr* gagner
granjero, -a *nm/f* fermier(-ère)
grano *nm* grain *m*; (*MED*) bouton *m*
granuja *nm* (*bribón*) fripouille *f*; (*golfillo*) filou *m*
grapa *nf* agrafe *f*
grapadora *nf* agrafeuse *f*
grasa *nf* graisse *f*; (*sebo*) gras *m*
grasiento, -a *adj* gras(se); (*sucio*) graisseux(-euse)
graso, -a *adj* gras(se)
gratificación *nf* gratification *f*; **gratificar** *vt* (*recompensar*) gratifier
gratis *adj inv, adv* gratis *inv*
gratitud *nf* gratitude *f*
grato, -a *adj* agréable
gratuito, -a *adj* gratuit(e)
gravamen *nm* (*carga*) poids *msg*; (*impuesto*) servitude *f*, hypothèques *f*
gravar *vt* (*JUR*: *propiedad*) grever; **~ (con impuesto)** (*producto*) imposer
grave *adj* grave; **gravedad** *nf* gravité *f*
gravilla *nf* gravillon *m*
gravitar *vi* graviter
graznar *vi* (*cuervo*) croasser; (*pato*) cancaner
Grecia *nf* Grèce *f*
gremio *nm* corporation *f*
greña *nf* (*tb*: **~s**) tignasse *f*
gresca *nf* altercation *f*
griego, -a *adj* grec(que) ♦ *nm/f* Grec(que)
grieta *nf* (*en pared, madera*) fente *f*; (*en terreno, MED*) crevasse *f*
grifo *nm* robinet *m*; (*AND*) station-service *f*
grilletes *nmpl* fers *mpl*
grillo *nm* grillon *m*
gripe *nf* grippe *f*
gris *adj* gris(e) ♦ *nm* gris *msg*
gritar *vt, vi* crier; **grito** *nm* cri *m*; **a gritos** en criant; **dar gritos** pousser des cris
grosella *nf* groseille *f*; **~ negra** cassis *msg*
grosería *nf* grossièreté *f*
grosero, -a *adj* grossier(-ère)
grosor *nm* grosseur *f*
grotesco, -a *adj* grotesque
grúa *nf* grue *f*
grueso, -a *adj* épais(se); (*persona*) corpulent(e) ♦ *nm* grosseur *f*; **el ~ de** le gros de
grulla *nf* grue *f*
grumo *nm* grumeau *m*
gruñido *nm* grognement *m*
grupa *nf* (*ZOOL*) croupe *f*
grupo *nm* groupe *m*; **~ de presión** groupe de pression; **~ sanguíneo** groupe sanguin
gruta *nf* grotte *f*
guadaña *nf* serpe *f*
guagua *nf* (*ANT, CANARIAS*) autobus *msg*; (*AND, CSUR*) bébé *m*
guante *nm* gant *m*; **~s de goma** gants de caoutchouc
guantera *nf* (*AUTO*) boîte *f* à gants
guapo, -a *adj* beau (belle) ♦ *nm* (*AND*: *fam*) beau gosse *m*; **estar ~** être beau
guarda *nm/f* gardien(ne); **~ forestal** garde *m* forestier; **~ jurado** vigile *m*; **guardabosques** *nm/f inv* garde *m* forestier; **guardacostas** *nm inv* garde *m* côte; **guardaespaldas** *nm/f inv* garde *m/f* du corps; **guardameta** *nm* gardien *m* de but; **guardar** *vt* garder; (*poner*: *en su sitio*) mettre; (: *en sitio seguro*) ranger; **guardarse** *vpr* garder; (*ocultar*) garder (pour soi); **guardar cama/silencio** garder le lit/le silence; **guardarse de** (*evitar*) se garder de; **guardarse de hacer** (*abstenerse*) se garder de faire; **se la tengo guardada** il me le paiera; **guardarropa** *nm* (*en establecimiento público*) vestiaire *m*
guardería *nf* garderie *f*
guardia *nf* garde *f* ♦ *nm/f* (*de tráfico, municipal etc*) agent *m*; (*policía*) policier (femme policier); **estar de ~** être de garde; **estar/ponerse en ~**

être sur ses gardes/se mettre en garde; **montar ~** monter la garde; **la G~ Civil** *la Garde Civile espagnole*; **un ~ civil** ≃ un gendarme; **G~ Nacional** (*NIC, PAN*) ≃ gendarmerie *f* nationale
guardián, -ana *nm/f* gardien(ne)
guarecer *vt* héberger; **~se** *vpr*: **~se (de)** s'abriter (de)
guarida *nf* abri *m*
guarnecer *vt* garnir; (*TEC*) revêtir; **guarnición** *nf* (*de vestimenta*) ornement *m*; (*de piedra preciosa*) chaton *m*; (*CULIN*) garniture *f*; (*MIL*) garnison *f*
guarro, -a *adj* (*fam*) sale ♦ *nm/f* cochon (truie); (*fam*: *persona*) cochon(ne)
guasa *nf* blague *f*; **con** *o* **de ~** pour rire
guasón, -ona *adj, nm/f* blagueur(-euse)
Guatemala *nf* Guatemala *m*
gubernativo, -a *adj* du gouvernement
guerra *nf* guerre *f*; **Primera/Segunda G~ Mundial** Première/Deuxième Guerre mondiale; **dar ~** donner du fil à retordre; **~ atómica/ bacteriológica/nuclear/psicológica** guerre atomique/bactériologique/ nucléaire/psychologique; **~ civil/fría** guerre civile/froide; **guerrear** *vi* guerroyer
guerrero, -a *adj* de guerre; (*carácter*) guerrier(-ère) ♦ *nm/f* guerrier(-ère)
guerrilla *nf* guérilla *f*
guerrillero, -a *nm/f* guérillero *m*
guía *vb ver* **guiar** ♦ *nm/f* (*persona*) guide *m/f* ♦ *nf* (*libro*) guide *m*; **~ de ferrocarriles** horaire *m* des trains; **~ telefónica** annuaire *m*
guiar *vt* guider; (*AUTO*) diriger; **~se** *vpr*: **~se por** suivre
guijarro *nm* caillou *m*
guillotina *nf* guillotine *f*; (*para papel*) coupe-papier *m inv*
guinda *nf* griotte *f*
guindilla *nf* piment *m*
guiñapo *nm* (*harapo*) haillon *m*; (*persona*) chiffe *f* molle
guiñar *vt* cligner de
guión *nm* (*LING*) tiret *m*; (*esquema*) plan *m*; (*CINE*) scénario *m*; **guionista** *nm/f* scénariste *m/f*
guirnalda *nf* guirlande *f*
guisado *nm* ragoût *m*
guisante *nm* petit pois *msg*
guisar *vt, vi* faire cuire; (*fig*) tramer; **guiso** *nm* plat *m*
guitarra *nf* guitare *f*
gula *nf* gloutonnerie *f*
gusano *nm* vers *msg*; (*de mariposa, pez*) larve *f*
gustar *vt* goûter ♦ *vi* plaire; **~ de hacer** prendre plaisir à faire; **me gustan las uvas** j'aime le raisin; **le gusta nadar** il aime nager; **me gusta ese chico/esa chica** j'aime bien ce garçon/cette fille
gusto *nm* goût *m*; (*afición*) intérêt *m*; **a su** *etc* **~** à votre *etc* aise; **dar ~ a algn** faire plaisir à qn; **de buen/mal ~** de bon/mauvais goût; **estar/ sentirse a ~** être/se sentir à l'aise; **¡mucho** *o* **tanto ~ (en conocerle)!** enchanté(e) *o* ravi(e) de faire votre connaissance!; **coger** *o* **tomar ~ a algo** prendre goût à qch
gustoso, -a *adj* savoureux(-euse); **aceptar ~** accepter avec joie

H, h

ha *vb ver* **haber**
haba *nf* fève *f*
Habana *nf*: **la ~** la Havane
habano *nm* havane *m*
habéis *vb ver* **haber**

PALABRA CLAVE

haber *vb aux* **1** (*tiempos compuestos*) avoir; (*con verbos pronominales y de movimiento*) être; **he/había comido** j'ai/j'avais mangé; **antes/después de haberlo visto** avant/après l'avoir vu
2: **haber de** (+ *infin*): **he de hacerlo** je dois le faire; **ha de llegar mañana** il doit arriver demain; **no ha de tardar** (*AM*) il arrivera bientôt; **has de estar loco** (*AM*) tu dois être tombé sur la tête
♦ *vb impers* **1** (*existencia*) avoir; **hay**

un hermano/dos hermanos il y a un frère/deux frères; **¿cuánto hay de aquí a Sucre?** il y a combien d'ici à Sucre?
2 (*tener lugar*) **¿hay partido mañana?** il y a un match demain?
3: **¡no hay de** *o* **por** (*AM*) **qué!** il n'y a pas de quoi!
4: **¿qué hay?** (*¿qué pasa?*) qu'est-ce qu'il y a?; (*¿qué tal?*) ça va?; **¡qué hubo! ¡qué húbole!** (*esp MÉX, CHI: fam*) salut!
5 (*haber que + infin*): **hay que apuntarlo para acordarse** il faut le marquer pour s'en souvenir; **¡habrá que decírselo!** il faudra le lui dire!
6: **¡hay que ver!** il faut voir!
7: **he aquí las pruebas** voici les preuves
8 ¡hubiera visto ...! (*MÉX: si hubiera visto*) si vous aviez vu ...!
haberse *vpr*: **voy a habérmelas con él** je vais m'expliquer avec lui
♦ *nm* **1** (*COM*) crédit *m*; **¿cuánto tengo en el haber?** j'ai combien sur mon compte?; **tiene varias novelas en su haber** il a plusieurs romans à son actif
2 haberes *nmpl* avoirs *mpl*

habichuela *nf* haricot *m*
hábil *adj* habile; **día ~** jour *m* ouvrable; **habilidad** *nf* habileté *f*
habilitar *vt* **~ (para)** (*casa, local*) aménager (pour); **~ a algn para hacer** habiliter qn à faire
hábilmente *adv* habilement
habitación *nf* pièce *f*; (*dormitorio*) chambre *f*; **~ doble** *o* **de matrimonio** chambre double; **~ sencilla** *o* **individual** chambre simple
habitante *nm/f* habitant(e)
habitar *vt, vi* habiter
hábito *nm* (*costumbre*) habitude *f*; (*traje*) habit *m*
habitual *adj* habituel(le)
habituar *vt*: **~ a algn a (hacer)** habituer qn à (faire); **~se** *vpr*: **~se a (hacer)** s'habituer à (faire)
habla *nf* (*capacidad de hablar*) parole *f*; (*forma de hablar*) langage *m*; (*dialecto*) parler *m*; **perder el ~** perdre l'usage de la parole; **de ~ francesa/española** de langue française/espagnole; **estar/ponerse al ~** être en train de parler/se mettre à parler; **estar al ~** (*TELEC*) être à l'appareil; **¡González al ~!** (*TELEC*) González à l'appareil!
hablador, a *adj, nm/f* bavard(e)
habladuría *nf* commérage *m*; **~s** *nfpl* (*chismes*) commérages *mpl*
hablante *nm/f* (*LING*) locuteur(-trice); **los ~s de catalán** les personnes parlant catalan
hablar *vt, vi* parler; **~se** *vpr* se parler; **~ con** parler avec; **¡ni ~!** pas question!; **~ de** parler de; **"se habla francés"** "on parle français"; **no se hablan** ils ne se parlent plus; **no me hablo con mi hermana** je ne parle plus à ma sœur
habré *etc vb ver* **haber**
hacendoso, -a *adj* travailleur(-euse)

PALABRA CLAVE

hacer *vt* **1** (*producir, ejecutar*) faire; **hacer una película/un ruido** faire un film/un bruit; **hacer la compra** faire les courses; **hacer la comida** faire à manger; **hacer la cama** faire le lit
2 (*obrar*) faire; **¿qué haces?** qu'est-ce que tu fais?; **eso no se hace** ça ne se fait pas; **¡bien hecho!** bravo!
3 (*dedicarse a*) faire de; **hacer español/económicas** faire de l'espagnol/de l'économie; **hacer yoga/gimnasia/deporte** faire du yoga/de la gym/du sport
4 (*causar*): **hacer ilusión** faire plaisir; **hacer gracia** faire rire
5 (*conseguir*): **hacer amigos** se faire des amis; **hacer una fortuna** faire une fortune
6 (*dar aspecto de*): **ese peinado te hace más joven** cette coiffure te rajeunit
7 (*cálculo*): **esto hace 100** et voilà 100
8 (*como sustituto de vb*) faire; **él bebió y yo hice lo mismo** il a bu et j'ai fait la même chose

9 (+ *inf,* + *que*): **les hice venir** je les ai fait venir; **hacer trabajar a los demás** faire travailler les autres; **aquello me hizo comprender** cela m'a fait comprendre; **hacer reparar algo** faire réparer qch; **esto nos hará ganar tiempo** ça nous fera gagner du temps

♦ *vi* **1**: **no le hace** (*AM*: *no importa*) ça ne fait rien

2: **haz como que no lo sabes** fais comme si tu ne savais rien

3: **hacer de** (*objeto*) servir de; **la tabla hace de mesa** la planche sert de table; **hacer de madre** jouer le rôle de mère; (*pey*) jouer les mères poules; (*TEATRO*): **hacer de Otelo** jouer Othello

♦ *vb impers* **1**: **hace calor/frío** il fait chaud/froid; *ver tb* **bueno**; **sol**; **tiempo**

2 (*tiempo*): **hace 3 años** il y a 3 ans; **hace un mes que voy/no voy** cela fait un mois que j'y vais/je n'y vais plus

hacerse *vpr* **1** (*volverse*) se faire; **hacerse viejo** se faire vieux; **se hicieron amigos** ils sont devenus amis

2 (*resultar*): **se me hizo muy duro el viaje** j'ai trouvé le voyage très pénible

3 (*acostumbrarse*): **hacerse a** se faire à

4 (*obtener*): **hacerse de** *o* **con algo** obtenir qch

5 (*fingir*): **hacerse el sordo** *o* **el sueco** faire la sourde oreille

6: **hacerse idea de algo** se faire une idée de qch

7: **se me hace que** (*AM*: *me parece que*) il me semble que

hacha *nf* hache *f*
hachís *nm* haschich *m*
hacia *prep* vers; (*actitud*) envers; **~ adelante/atrás/dentro/fuera** devant/derrière/dedans/dehors; **~ abajo/arriba** en bas/haut; **mira ~ acá** regarde par ici; **~ mediodía/finales de mayo** vers midi/la fin mai
hacienda *nf* (*propiedad*) propriété *f*; (*finca*) ferme *f*; (*AM*) hacienda *f*; **(Ministerio de) H~** (ministère *m* des) Finances *fpl*; **~ pública** trésor *m* public
hada *nf* fée *f*
haga *etc vb ver* **hacer**
Haití *nm* Haïti *f*
halagar *vt* flatter; (*agradar*) réjouir
halago *nm* flatterie *f*
halagüeño, -a *adj* réjouissant(e); (*lisonjero*) flatteur(-euse)
halcón *nm* faucon *m*
hallar *vt* trouver; **~se** *vpr* se trouver; **hallazgo** *nm* trouvaille *f*
halterofilia *nf* haltérophilie *f*
hamaca *nf* hamac *m*; (*asiento*) chaise *f* longue
hambre *nf* faim *f*; **tener ~** avoir faim
hambriento, -a *adj, nm/f* affamé(e)
hamburguesa *nf* hamburger *m*
hamburguesería *nf* sandwicherie *f*
han *vb ver* **haber**
harapiento, -a *adj* en haillons
harapos *nmpl* haillons *mpl*
haré *etc vb ver* **hacer**
harina *nf* farine *f*; **~ de maíz/de trigo** farine de maïs/de blé
hartar *vt* (*de comida*) gaver; (*fastidiar*) fatiguer; **~se** *vpr* (*cansarse*) se lasser; (*de comida*): **~se (de)** se gaver (de); **~se de leer/reír** se lasser de lire/rire; **hartazgo** *nm*: **darse un hartazgo (de)** avoir son content (de)
harto, -a *adj*: **~ (de)** rassasié(e) (de); (*cansado*) fatigué(e) (de); **estar ~ de hacer/algn** en avoir marre de faire/qn; **¡estoy ~ de decírtelo!** je te l'ai assez dit!
has *vb ver* **haber**
hasta *adv* même, voire ♦ *prep* jusqu'à ♦ *conj*: **~ que** jusqu'à ce que; (*CAM, COL, MÉX*: *no ... hasta*): **viene ~ las cuatro** il ne vient pas avant quatre heures; **~ luego** *o* **ahora** (*fam*)**, ~ siempre** (*ARG*) salut!; **~ mañana/el sábado** à demain/samedi; **¿~ qué punto?** à quel point?; **~ tal punto que ...** à tel point que ...; **~ ayer empezó** (*AM*) cela n'a commencé qu'hier
hastiar *vt* fatiguer; **~se** *vpr*: **~se de (hacer)** se lasser de (faire); **hastío** *nm* ennui *m*

hatillo *nm* affaires *fpl*
hay *vb ver* **haber**
Haya *nf*: **la ~** La Haye
haya *vb ver* **haber** ♦ *nf* hêtre *m*
haz *vb ver* **hacer** ♦ *nm* botte *f*; (*de luz*) faisceau *m*
hazaña *nf* exploit *m*
hazmerreír *nm inv*: **ser/convertirse en el ~ de** être/devenir la risée de
he *vb ver* **haber**
hebilla *nf* boucle *f*
hebra *nf* fil *m*
hebreo, -a *adj* hébreu (*sólo m*), hébraïque ♦ *nm/f* Hébreu *m* ♦ *nm* (*LING*) hébreu *m*
hechizar *vt* ensorceler
hechizo *nm* sorcellerie *f*; (*encantamiento*) enchantement *m*
hecho, -a *pp de* **hacer** ♦ *adj* fait(e); (*hombre, mujer*) mûr(e); (*vino*) arrivé(e) à maturation; (*ropa*) de prêt-à-porter ♦ *nm* fait *m*; (*factor*) facteur *m* ♦ *excl* c'est fait!; **¡bien ~!** bravo!, bien joué!; **muy/poco ~** (*CULIN*) très/peu cuit(e); **bien/mal ~** bien/mal fait(e); **de ~** de fait; **el ~ es que ...** le fait est que ...
hechura *nf* (*confección*) confection *f*; (*corte, forma*) coupe *f*
hectárea *nf* hectare *m*
heder *vi* puer
hediondo, -a *adj* puant(e); (*fig*) dégoûtant(e)
hedor *nm* puanteur *f*
helada *nf* gelée *f*
heladera (*CSUR*) *nf* réfrigérateur *m*
helado, -a *adj* congelé(e); (*muy frío*) gelé(e) ♦ *nm* glace *f*; **quedarse ~** être abasourdi(e)
helar *vt* congeler; (*BOT*) geler; (*dejar atónito*) abasourdir ♦ *vi* geler; **~se** *vpr* geler; **~se de frío** mourir de froid
helecho *nm* fougère *f*
hélice *nf* hélice *f*
helicóptero *nm* hélicoptère *m*
hembra *nf* femelle *f*; (*mujer*) femme *f*
hemorragia *nf* hémorragie *f*; **~ nasal** saignement *m* de nez
hemorroides *nfpl* hémorroïdes *fpl*
hemos *vb ver* **haber**
hendidura *nf* fente *f*; (*GEO*) faille *f*
heno *nm* foin *m*
herbicida *nm* herbicide *m*
heredad *nf* domaine *m*
heredar *vt* hériter
heredero, -a *nm/f* héritier(-ère)
hereje *nm/f* hérésiarque *m/f*
herencia *nf* héritage *m*; (*BIO*) hérédité *f*
herida *nf* blessure *f*; *ver tb* **herido**
herido, -a *adj, nm/f* blessé(e)
herir *vt* blesser
hermana *nf* sœur *f*; **~ política** belle-sœur
hermanastro, -a *nm/f* demi-frère (demi-sœur)
hermandad *nf* congrégation *f*
hermano *nm* frère *m*; **~ político** beau-frère
hermético, -a *adj* hermétique
hermoso, -a *adj* beau (belle); (*espacioso*) spacieux(-euse); **hermosura** *nf* beauté *f*
hernia *nf* hernie *f*; **~ discal** hernie discale
héroe *nm* héros *msg*
heroína *nf* (*mujer, droga*) héroïne *f*
heroísmo *nm* héroïsme *m*
herradura *nf* fer *m* à cheval
herramienta *nf* outil *m*
herrero *nm* forgeron *m*
herrumbre *nf* rouille *f*
hervidero *nm* (*fig*: *de personas*) foule *f*; (: *de animales*) troupeau *m*; (: *de pasiones*) déchaînement *m*
hervir *vt* (faire) bouillir ♦ *vi* bouillir; (*fig*): **~ de** bouillir de; **hervor** *nm*: **dar un hervor a** faire bouillir
hice *etc vb ver* **hacer**
hidratante *adj*: **crema ~** crème *f* hydratante
hidratar *vt* hydrater
hidrato *nm*: **~s de carbono** hydrates *mpl* de carbone
hidráulica *nf* hydraulique *f*
hidráulico, -a *adj* hydraulique
hidroeléctrico, -a *adj* hydroélectrique
hidrofobia *nf* hydrophobie *f*
hidrógeno *nm* hydrogène *m*
hiedra *nf* lierre *m*
hiel *nf* bile *f*
hielo *vb ver* **helar** ♦ *nm* glace *f*; **~s**

nmpl (*escarcha*) gelées *fpl*
hiena *nf* hyène *f*
hierba *nf* herbe *f*; **mala ~** mauvaise herbe; **hierbabuena** *nf* menthe *f*
hierro *nm* fer *m*; (*trozo, pieza*) bout *m* de fer; **de ~** en fer; (*fig*: *persona*) fort(e) comme un bœuf; (: *voluntad, salud*) de fer
hígado *nm* foie *m*
higiene *nf* hygiène *f*
higiénico, -a *adj* hygiénique
higo *nm* figue *f*; **~ seco** figue sèche; **higuera** *nf* figuier *m*
hija *nf* fille *f*; **~ política** belle-fille
hijastro, -a *nm/f* beau-fils (belle-fille); **~s** beaux-enfants *mpl*
hijo *nm* (*retoño*) fils *msg*; **~s** *nmpl* (*hijos e hijas*) enfants *mpl*; **~ adoptivo** fils adoptif; **~ de mamá/papá** fils à maman/papa; **~ de puta** (*fam!*) fils de pute (*fam!*); **~ político** gendre *m*
hilar *vt* filer
hilera *nf* rangée *f*
hilo *nm* fil *m*; (*de metal*) filon *m*; (*de agua, luz, voz*) filet *m*; **perder/seguir el ~** (*de relato, pensamientos*) perdre/suivre le fil
hilvanar *vt* (*COSTURA*) ourler
himno *nm* hymne *m*; **~ nacional** hymne national
hincapié *nm*: **hacer ~ en** mettre l'accent sur
hincar *vt* planter; **~se** *vpr* s'enfoncer; **~le el diente a** (*comida*) mordre à belles dents dans; (*fig*: *asunto*) s'attaquer à; **~se de rodillas** s'agenouiller
hincha *nm/f* (*fam*: *DEPORTE*) fan *m/f*
hinchado, -a *adj* (*MED*) enflammé(e); (*inflado*) enflé(e)
hinchar *vt* gonfler; (*fig*) exagérer; **~se** *vpr* (*MED*) s'enflammer; **~se de (hacer)** en avoir marre de (faire); **hinchazón** *nf* inflammation *f*
hinojo *nm* fenouil *m*
hipermercado *nm* hypermarché *m*
hípico, -a *adj* (*concurso*) hippique; (*carrera*) de chevaux
hipnotismo *nm* hypnotisme *m*; **hipnotizar** *vt* hypnotiser
hipo *nm* hoquet *m*; **me ha entrado ~** j'ai le hoquet; **tener ~** avoir le hoquet
hipocresía *nf* hypocrisie *f*; **hipócrita** *adj, nm/f* hypocrite *m/f*
hipódromo *nm* hippodrome *m*
hipopótamo *nm* hippopotame *m*
hipoteca *nf* hypothèque *f*; **pagar la ~** rembourser l'hypothèque
hipótesis *nf inv* hypothèse *f*
hiriente *adj* blessant(e)
hispánico, -a *adj* hispanique
hispano, -a *adj* espagnol(e); (*en EEUU*) hispano-américain(e) ♦ *nm/f* Espagnol(e); (*en EEUU*) Hispano-Américain(e); **Hispanoamérica** *nf* Amérique *f* latine
hispanoamericano, -a *adj* hispano-américain(e) ♦ *nm/f* Hispano-Américain(e)
histeria *nf* hystérie *f*
historia *nf* histoire *f*; **~s** *nfpl* (*chismes*) histoires *fpl* drôles; **déjate de ~s** ne me raconte pas d'histoires; **pasar a la ~** passer à la postérité
historiador, a *nm/f* historien(ne)
historial *nm* (*profesional*) curriculum vitae *m inv*; (*MED*) antécédents *mpl*
histórico, -a *adj* historique; (*estudios*) d'histoire
historieta *nf* bande *f* dessinée
hito *nm* (*fig*) fait *m* historique
hizo *vb ver* **hacer**
Hno(s). *abr* (= *Hermano(s)*) Fre(s) (= *frère(s)*)
hocico *nm* museau *m*
hockey *nm* hockey *m*; **~ sobre hielo/patines** hockey sur glace/patins
hogar *nm* foyer *m*
hogareño, -a *adj* (*ambiente*) familial(e); (*escena*) de famille; (*persona*) casanier(-ère)
hoguera *nf* feu *m* de bois
hoja *nf* feuille *f*; (*de cuchillo*) lame *f*; **~ de afeitar** lame de rasoir; **~ de pedido** bon *m* de commande; **~ de servicios** états *mpl* de service; **~ informativa** circulaire *f*
hojalata *nf* fer *m* blanc
hojaldre *nm* pâte *f* feuilletée
hojear *vt* feuilleter
hola *excl* salut!

Holanda *nf* Hollande *f*
holandés, -esa *adj* hollandais(e) ♦ *nm/f* Hollandais(e) ♦ *nm* (LING) hollandais *msg*
holgado, -a *adj* (*prenda*) ample; (*situación*) aisé(e); **iban muy ~s en el coche** ils étaient au large dans la voiture
holgar *vi*: **huelga decir que** inutile de dire que
holgazán, -ana *adj, nm/f* paresseux(-euse)
holgura *nf* ampleur *f*; (TEC) jeu *m*; **vivir con ~** vivre dans l'aisance
hollín *nm* suie *f*
hombre *nm* homme *m*; (*raza humana*): **el ~** l'homme ♦ *excl* dis donc!; **buen ~** bon gars *msg*; **pobre ~** pauvre homme; **¡sí, ~!** mais si!; **~ de mundo** homme du monde; **~ de negocios** homme d'affaires; **~-rana** (*pl* **~s-rana**) homme-grenouille *m*
hombrera *nf* épaulette *f*
hombro *nm* épaule *f*; **al ~** sur l'épaule; **encogerse de ~s** hausser les épaules; **llevar/traer a ~s** porter sur les épaules
hombruno, -a *adj* hommasse
homenaje *nm* hommage *m*
homicida *adj* (*arma*) du crime; (*carácter*) meurtrier(-ère) ♦ *nm/f* meurtrier(-ère); **homicidio** *nm* homicide *m*
homologar *vt* homologuer
homólogo, -a *nm/f*: **su** *etc* **~** son *etc* homologue
homosexual *adj, nm/f* homosexuel(le)
hondo, -a *adj* profond(e); **en lo ~ de** au fin fond de; **hondonada** *nf* creux *msg*
Honduras *nf* Honduras *m*
hondureño, -a *adj* du Honduras ♦ *nm/f* natif(-ive) *o* habitant(e) du Honduras
honestidad *nf* honnêteté *f*
honesto, -a *adj* honnête
hongo *nm* champignon *m*; **~s** *nmpl* (MED) champignons *mpl*, mycose *f*
honor *nm* honneur *m*; **en ~ a la verdad ...** la vérité est que ...; **en ~ de algn** en l'honneur de qn; **honorable** *adj* honorable
honorario, -a *adj* honoraire ♦ *nm*: **~s** honoraires *mpl*
honra *nf* honneur *m*; **~s fúnebres** honneurs funèbres; **honradez** *nf* honnêteté *f*; (*de mujer*) vertu *f*
honrado, -a *adj* honnête
honrar *vt* honorer
honroso, -a *adj* (*que da honra*) tout à l'honneur de qn; (*decoroso*) pour sauver l'honneur
hora *nf* heure *f*; **¿qué ~ es?** quelle heure est-il?; **¿a qué ~?** à quelle heure?; **media ~** une demi-heure; **a la ~ de comer/del recreo** à l'heure du repas/de la récréation; **a primera/última ~** à la première/dernière heure; **~ tras ~** heure après heure; **a altas ~s (de la noche)** à des heures tardives; **entre ~s** (*comer*) entre les repas; **a todas ~s** à toute heure; **en mala ~** par malchance; **me han dado ~ para mañana** ils m'ont fixé rendez-vous pour demain; **dar la ~** donner l'heure; **pedir ~** demander un rendez-vous; **poner el reloj en ~** mettre sa montre à l'heure; **~s de oficina/de trabajo/de visita** heures de bureau/de travail/de visite; **~s extraordinarias** heures supplémentaires
horadar *vt* forer
horario, -a *adj, nm* horaire *m*; **~ comercial** heures *fpl* ouvrables
horca *nf* potence *f*
horcajadas: **a ~** *adv* à califourchon
horchata *nf* ≃ sirop *m* d'orgeat
horizontal *adj* horizontal(e)
horizonte *nm* horizon *m*
horma *nf* forme *f*
hormiga *nf* fourmi *f*
hormigón *nm* béton *m*; **~ armado** béton armé
hormigueo *nm* fourmis *fpl*; (*fig*) agitation *f*
hormona *nf* hormone *f*
hornada *nf* fournée *f*
hornillo *nm* réchaud *m*; **~ de gas** réchaud à gaz
horno *nm* four *m*; (CULIN) four, fourneau *m*; **alto(s) ~(s)** haut(s)

fourneau(x); ~ **crematorio** four crématoire; ~ **microondas** four à micro-ondes
horóscopo *nm* horoscope *m*
horquilla *nf* peigne *m*; (AGR) fourche *f*
horrendo, -a *adj* affreux(-euse)
horrible *adj* horrible
horripilante *adj* horripilant(e)
horror *nm* horreur *f*; **~es** *nmpl* (*atrocidades*) horreurs *fpl*; **¡qué ~!** (*fam*) quelle horreur!; **me da ~** cela me fait horreur; **tener ~ a (hacer)** avoir horreur de (faire); **horrorizar** *vt* horrifier; **horrorizarse** *vpr*: **se horrorizó de pensarlo** il a été horrifié à cette idée
horroroso, -a *adj* affreux(-euse); (*hambre, sueño*) terrible
hortaliza *nf* légume *m*
hortelano, -a *nm/f* maraîcher(-ère)
hortera (*fam*) *adj, nm/f* plouc *m/f*
hosco, -a *adj* (*persona*) antipathique
hospedar *vt* loger; **~se** *vpr* se loger
hospital *nm* hôpital *m*
hospitalario, -a *adj* hospitalier(-ère); **hospitalidad** *nf* hospitalité *f*
hostal *nm* pension *f*
hostelería *nf* hôtellerie *f*
hostia *nf* (REL) hostie *f*; (*fam!*) beigne *f* (*fam!*) ♦ *excl*: **¡~(s)!** (*fam!*) putain! (*fam!*)
hostigar *vt* (MIL, *fig*) harceler; (*caballería*) cravacher
hostil *adj* hostile; **hostilidad** *nf* hostilité *f*
hotel *nm* hôtel *m*

Hotel

*Il existe en Espagne différents types d'hébergement dont le prix est fonction des services offerts aux voyageurs. Les voici, par ordre décroissant de prix : l'***hôtel** *(du 5 étoiles au 1 étoile), l'***hostal**, *la* **pensión**, *la* **casa de huéspedes** *et la* **fonda**. *L'État gère également un réseau d'hôtels de luxe, appelés "paradores", généralement situés dans des lieux à caractère historique ou installés dans des monuments historiques.*

hotelero, -a *adj, nm/f* hôtelier(-ère)
hoy *adv* aujourd'hui; **de ~ en adelante** dorénavant
hoyo *nm* fosse *f*; **hoyuelo** *nm* fossette *f*
hoz *nf* faux *fsg*
hube *etc vb ver* **haber**
hucha *nf* tirelire *f*
hueco, -a *adj* creux(-euse) ♦ *nm* creux *msg*; (*espacio*) place *f*; **hacerle (un) ~ a algn** faire une place à qn; **~ de la escalera/del ascensor** cage *f* d'escalier/d'ascenseur
huela *etc vb ver* **oler**
huelga *vb ver* **holgar** ♦ *nf* grève *f*; **declararse/estar en ~** se mettre/être en grève; **~ de brazos caídos** grève sur le tas; **~ de celo** grève du zèle; **~ de hambre** grève de la faim; **~ general** grève générale
huelguista *nm/f* gréviste *m/f*
huella *nf* trace *f*; **~ dactilar** trace de doigt; **~ digital** empreinte *f* digitale
huérfano, -a *adj*: **~ (de)** orphelin(e) (de) ♦ *nm/f* orphelin(e); **quedar(se) ~** devenir orphelin(e)
huerta *nf* verger *m*; (*en Murcia, Valencia*) huerta *f*
huerto *nm* (*de verduras*) jardin *m* potager; (*de árboles frutales*) verger *m*
hueso *nm* os *msg*; (*de fruta*) noyau *m*; (MÉX: *fam*) sinécure *f*
huésped, a *nm/f* hôte *m/f*; (*en hotel*) client(e)
huesudo, -a *adj* osseux(-euse)
huevas *nfpl* œufs *mpl* de poisson
huevera *nf* (*para servir*) coquetier *m*; (*para transportar*) boîte *f* à œufs
huevo *nm* œuf *m*; **~ duro/escalfado/frito** œuf dur/poché/au plat; **~ estrellado** œuf sur le plat; **~s revueltos** œufs *mpl* brouillés; **~ pasado por agua** *o* (AM) **tibio** œuf à la coque
huida *nf* fuite *f*
huidizo, -a *adj* (*tímido*) farouche; (*mirada, frente*) fuyant(e)
huir *vt, vi* fuir; **~ de** fuir
hule *nm* toile *f* cirée

humanidad *nf* humanité *f*
humanitario, -a *adj* humanitaire
humano, -a *adj* humain(e) ♦ *nm* humain *m*; **ser ~** être humain
humareda *nf* nuage *m* de fumée
humedad *nf* humidité *f*; **a prueba de ~** résiste à l'humidité; **humedecer** *vt* humidifier; **humedecerse** *vpr* s'humidifier
húmedo, -a *adj* humide
humildad *nf* humilité *f*; **humilde** *adj* humble
humillación *nf* humiliation *f*
humillar *vt* humilier; **~se** *vpr*: **~se (ante)** s'humilier (devant)
humo *nm* fumée *f*; **~s** *nmpl* (*fig*: *altivez*) air *m* hautain; **echar ~** fumer; **bajar los ~s a algn** rabattre son caquet à qn
humor *nm* humeur *f*; **de buen/mal ~** de bonne/mauvaise humeur; **humorista** *nm/f* humoriste *m/f*
humorístico, -a *adj* humoristique
hundimiento *nm* (*de barco*) naufrage *m*; (*de edificio*) écroulement *m*; (*de tierra*) éboulement *m*
hundir *vt* (*barco, negocio*) couler; (*edificio*) raser; (*fig*: *persona*) abattre; **~se** *vpr* (*barco, negocio*) couler; (*edificio*) s'écrouler
húngaro, -a *adj* hongrois(e) ♦ *nm/f* Hongrois(e)
Hungría *nf* Hongrie *f*
huracán *nm* ouragan *m*
huraño, -a *adj* désagréable; (*poco sociable*) peu sociable
hurgar *vt* remuer ♦ *vi*: **~ (en)** fouiner (dans); **~se** *vpr*: **~se (las narices)** se curer (le nez)
hurón *nm* furet *m*
hurtadillas: **a ~** *adv* à la dérobée
hurtar *vt* dérober; **hurto** *nm* vol *m*
husmear *vt* humer ♦ *vi* fouiner; **~ en** (*fam*) se mêler de
huyendo *etc vb ver* **huir**

I, i

iba *etc vb ver* **ir**
ibérico, -a *adj* ibérique
iberoamericano, -a *adj* latino-américain(e) ♦ *nm/f* Latino-américain(e)
Ibiza *nf* Ibiza *f*
iceberg (*pl* **~s**) *nm* iceberg *m*
icono *nm* icône *f*
iconoclasta *adj, nm/f* iconoclaste *m/f*
ictericia *nf* jaunisse *f*
ida *nf* aller *m*; **~ y vuelta** aller et retour
idea *nf* idée *f*; (*propósito*) intention *f*; **no tengo la menor ~** je n'en ai pas la moindre idée; **cambiar de ~** changer d'idée; **¡ni ~!** aucune idée!
ideal *adj* idéal(e) ♦ *nm* idéal *m*; **idealista** *adj, nm/f* idéaliste *m/f*; **idealizar** *vt* idéaliser
idear *vt* concevoir
ídem *pron* idem
idéntico, -a *adj*: **~ (a)** identique (à)
identidad *nf* identité *f*
identificación *nf* identification *f*
identificar *vt* identifier; **~se** *vpr*: **~se (con)** s'identifier (à)
ideología *nf* idéologie *f*
idilio *nm* idylle *f*
idioma *nm* langue *f*
idiota *adj, nm/f* idiot(e); **idiotez** *nf* idiotie *f*
ídolo *nm* idole *f*
idóneo, -a *adj* idéal(e)
iglesia *nf* église *f*
ignorancia *nf* ignorance *f*; **ignorante** *adj, nm/f* ignorant(e)
ignorar *vt* ignorer

PALABRA CLAVE

igual *adj* **1** (*idéntico*) pareil(le); **Pedro es igual que tú** Pedro est comme toi; **X es igual a Y** (*MAT*) X est égal à Y; **son iguales** ils sont pareils; **van iguales** (*en carrera, competición*) ils sont à égalité; **él, igual que tú, está convencido de que ...** comme toi, il est convaincu que ...; **¡es igual!** (*no importa*) ça ne fait rien!; **me da igual** ça m'est égal
2 (*liso*: *terreno, superficie*) égal(e)
♦ *nm/f* (*persona*) égal(e); **sin igual** sans égal
♦ *adv* **1** (*de la misma manera*) de la même façon, pareil (*fam*); **visten**

igual ils s'habillent de la même façon
2 (*fam*: *a lo mejor*) peut-être que; **igual no lo saben todavía** peut-être qu'ils ne le savent pas encore
3 (*esp* CSUR: *fam*: *a pesar de todo*) quand même; **era inocente pero me expulsaron igual** j'étais innocent mais ils m'ont renvoyé quand même

igualar *vt* égaliser; **~se** *vpr* (*diferencias*) s'aplanir; **~se (con)** (*compararse*) se comparer (avec)
igualdad *nf* égalité *f*; **en ~ de condiciones** dans les mêmes conditions
igualmente *adv*: **¡felices vacaciones! - ~** bonnes vacances! - à toi aussi
ilegal *adj* illégal(e)
ilegible *adj* illisible
ilegítimo, -a *adj* illégitime
ileso, -a *adj*: **resultar** *o* **salir ~ (de)** sortir indemne (de), sortir sain(e) et sauf (sauve) (de)
ilícito, -a *adj* illicite
ilimitado, -a *adj* illimité(e)
ilógico, -a *adj* illogique
iluminación *nf* illumination *f*, éclairage *m*; (*de local, habitación*) éclairage
iluminar *vt* illuminer, éclairer; (*adornar con luces*) illuminer; (*colorear*: *ilustración*) enluminer
ilusión *nf* illusion *f*; (*alegría*) joie *f*; (*esperanza*) espoir *m*; **hacerle ~ a algn** faire plaisir à qn; **hacerse ilusiones** se faire des illusions
ilusionado, -a *adj*: **estar ~ (con)** se réjouir (de)
ilusionar *vt* réjouir; **~se** *vpr*: **~se (con)** se réjouir (de)
ilusionista *nm/f* illusionniste *m/f*
iluso, -a *adj* naïf(-ïve) ♦ *nm/f* rêveur(-euse)
ilusorio, -a *adj* illusoire
ilustración *nf* illustration *f*; (*cultura*) instruction *f*, culture *f*; **la I~** le Siècle des lumières
ilustrado, -a *adj* illustré(e); (*persona*) cultivé(e), instruit(e)
ilustrar *vt* illustrer
ilustre *adj* illustre, célèbre
imagen *nf* image *f*
imaginación *nf* imagination *f*; **imaginaciones** *nfpl* (*suposiciones*) idées *fpl*
imaginar *vt* imaginer; (*idear*) imaginer, concevoir; **~se** *vpr* s'imaginer; **~ que ...** (*suponer*) imaginer que ...
imaginario, -a *adj* imaginaire
imaginativo, -a *adj* imaginatif(-ive)
imán *nm* aimant *m*
imbécil *adj, nm/f* imbécile *m/f*
imitación *nf* imitation *f*; (*parodia*) imitation, pastiche *m*; **de ~** en imitation
imitar *vt* imiter; (*parodiar*) imiter, pasticher
impaciencia *nf* impatience *f*; **impaciente** *adj* impatient(e); **estar impaciente** se tracasser; (*deseoso*) être impatient; **estar impaciente (por hacer)** être impatient (de faire), avoir hâte (de faire)
impacto *nm* impact *m*; (*esp* AM: *fig*) impression *f*
impar *adj* impair(e)
imparcial *adj* impartial(e)
impartir *vt* (*clases*) donner; (*orden*) intimer
impasible *adj* impassible
impecable *adj* impeccable
impedimento *nm* empêchement *m*, obstacle *m*
impedir *vt* (*imposibilitar*) empêcher; (*estorbar*) gêner; **~ a algn hacer** *o* **que haga algo** empêcher qn de faire qch
impenetrable *adj* impénétrable
imperar *vi* régner
imperativo, -a *adj* impératif(-ive); **~s** *nmpl* (*exigencias*) impératifs *mpl*
imperceptible *adj* imperceptible
imperdible *nm* épingle *f* à nourrice
imperdonable *adj* impardonnable
imperfección *nf* (*en prenda, joya, vasija*) défaut *m*; (*de persona*) imperfection *f*
imperfecto, -a *adj* défectueux(-euse); (*tarea*, LING) imparfait(e)
imperial *adj* impérial(e);

imperialismo *nm* impérialisme *m*
imperio *nm* empire *m*
imperioso, -a *adj* impérieux(-euse)
impermeable *adj, nm* imperméable *m*
impersonal *adj* impersonnel(le)
impertinencia *nf* impertinence *f*; **impertinente** *adj* impertinent(e)
imperturbable *adj* imperturbable
ímpetu *nm* (*violencia*) violence *f*; (*energía*) énergie *f*
impetuoso, -a *adj* impétueux(-euse); (*paso, ritmo*) soutenu(e)
impío, -a *adj* (*sin fe*) impie; (*irreverente*) irrévérencieux(-euse)
implacable *adj* implacable
implantar *vt* implanter; **~se** *vpr* s'implanter
implicar *vt* impliquer; **~ a algn en algo** impliquer qn dans qch
implícito, -a *adj* (*tácito*) tacite; (*sobreentendido*) implicite; **llevar ~** comporter implicitement
implorar *vt* implorer
imponente *adj* imposant(e); (*fam*) sensationnel(le)
imponer *vt* imposer; (*respeto*) inspirer; **~se** *vpr* (*moda, costumbre*) s'imposer; (*razón, equipo*) l'emporter; **~se (a)** s'imposer (à); **~se (hacer)** s'imposer (de faire); **imponible** *adj* (*COM*) imposable
impopular *adj* impopulaire
importación *nf* importation *f*
importancia *nf* importance *f*; **darse ~** faire l'important; **sin ~** sans importance; **importante** *adj* important(e)
importar *vt* importer; (*ascender a: cantidad*) se monter à, coûter ♦ *vi* importer; **me importa un bledo** *o* **rábano** je m'en fiche pas mal; **¿le importa que fume?** ça vous ennuie si je fume?; **¿y a ti qué te importa?** qu'est-ce que ça peut (bien) te faire?; **no importa** ce n'est pas grave, ça ne fait rien
importe *nm* (*coste*) coût *m*; (*total*) montant *m*
importunar *vt* importuner
imposibilidad *nf* impossibilité *f*; **imposibilitar** *vt* rendre impossible; (*impedir*) empêcher
imposible *adj*: **hacer lo ~ por** faire l'impossible pour
imposición *nf* (*de moda*) introduction *f*; (*sanción, condena*) application *f*; (*mandato*) ordre *m*; (*COM: impuesto*) imposition *f*; (*: depósito*) dépôt *m*
impostor, a *nm/f* imposteur *m*
impotencia *nf* impuissance *f*; **impotente** *adj* impuissant(e) ♦ *nm* impuissant *m*
impracticable *adj* (*camino*) impraticable
impreciso, -a *adj* imprécis(e)
impregnar *vt* imprégner; **~se** *vpr* s'imprégner
imprenta *nf* (*aparato*) presse *f*; **letra de ~** caractère *m* d'imprimerie
imprescindible *adj* indispensable
impresión *nf* impression *f*
impresionable *adj* impressionnable
impresionante *adj* impressionnant(e)
impresionar *vt* impressionner; (*conmover*) bouleverser, toucher; **~se** *vpr* être impressionné(e); **se impresiona con facilidad** il ne faut pas grand-chose pour l'impressionner
impreso, -a *pp de* **imprimir** ♦ *adj* imprimé(e) ♦ *nm* (*solicitud*) imprimé *m*, formulaire *m*; **~s** *nmpl* (*material impreso*) imprimés *mpl*; **impresora** *nf* (*INFORM*) imprimante *f*
imprevisto, -a *adj* imprévu(e) ♦ *nm* imprévu *m*
imprimir *vt* imprimer
improbable *adj* improbable
improcedente *adj* inopportun(e)
improductivo, -a *adj* improductif(-ive)
improperio *nm* insulte *f*, injure *f*
impropio, -a *adj* impropre; **~ de** *o* **para** peu approprié(e) à
improvisado, -a *adj* improvisé(e)
improvisar *vt, vi* improviser
improviso *adv*: **de ~** à l'improviste
imprudencia *nf* imprudence *f*; (*indiscreción*) indiscrétion *f*; **imprudente** *adj* imprudent(e); (*indiscreto*) indiscret(-ète)

impúdico, -a *adj* impudique, indécent(e)
impuesto, -a *pp de* **imponer** ♦ *nm* impôt *m*; **libre de ~s** exonéré(e) d'impôt; **~ directo/indirecto** impôt direct/indirect; **~ sobre el valor añadido** *o* (*AM*) **agregado** taxe à la valeur ajoutée; **~ sobre la renta/ sobre la renta de las personas físicas** impôt sur le revenu/sur le revenu des personnes physiques
impugnar *vt* contester; (*refutar*) réfuter
impulsar *vt* propulser; (*economía*) stimuler; **él me impulsó a hacerlo** *o* **a que lo hiciera** il m'a poussé à le faire
impulsivo, -a *adj* impulsif(-ive)
impulso *nm* impulsion *f*; (*fuerza*) élan *m*; **dar ~ a** donner une impulsion à
impune *adj* impuni(e)
impureza *nf* impureté *f*; **~s** *nfpl* (*de agua, aire*) impuretés *fpl*
impuro, -a *adj* impur(e)
imputar *vt* imputer
inacabable *adj* interminable
inaccesible *adj* inaccessible
inacción *nf* inaction *f*
inaceptable *adj* inacceptable
inactividad *nf* inactivité *f*
inactivo, -a *adj* inactif(-ive)
inadecuado, -a *adj* inadéquat(e)
inadmisible *adj* inadmissible
inadvertido, -a *adj*: **pasar ~** passer inaperçu(e)
inagotable *adj* inépuisable, intarissable
inaguantable *adj* insupportable
inalterable *adj* inaltérable; (*persona*) entier(-ère)
inanición *nf* inanition *f*
inanimado, -a *adj* inanimé(e)
inapreciable *adj* (*poco importante*) insignifiant(e); (*de gran valor*) inestimable
inaudito, -a *adj* inouï(e)
inauguración *nf* inauguration *f*;
inaugurar *vt* inaugurer
inca *adj* inca *inv* ♦ *nm/f* Inca *m/f*
incalculable *adj* incalculable
incandescente *adj* incandescent(e)
incansable *adj* infatigable
incapacidad *nf* incapacité *f*; **~ física** incapacité physique
incapacitar *vt*: **~ (para)** (*inhabilitar*) rendre inapte (à); (*descalificar*) déclarer inapte (à)
incapaz *adj* incapable
incautación *nf* saisie *f*
incautarse *vpr*: **~ de** s'emparer de
incauto, -a *adj* (*imprudente*) imprudent(e)
incendiar *vt* incendier; **~se** *vpr* prendre feu, brûler
incendiario, -a *adj* incendiaire
incendio *nm* incendie *m*
incentivo *nm* stimulation *f*, aiguillon *m*
incertidumbre *nf* incertitude *f*
incesante *adj* incessant(e)
incesto *nm* inceste *m*
incidencia *nf* (*repercusión*) incidence *f*
incidente *nm* incident *m*
incidir *vi*: **~ en** affecter; **~ en un error** tomber dans l'erreur
incienso *nm* encens *msg*
incineración *nf* incinération *f*
incinerar *vt* incinérer
incipiente *adj* naissant(e)
incisión *nf* incision *f*
incisivo, -a *adj* (*fig*) incisif(-ive) ♦ *nm* incisive *f*
incitar *vt* inciter
inclemencia *nf* sévérité *f*; **~s** *nfpl* (*del tiempo*) rigueurs *fpl*
inclinación *nf* inclinaison *f*; (*fig*) inclination *f*, penchant *m*; **tener ~ por algn/algo** avoir un penchant pour qn/qch
inclinar *vt* incliner; (*cabeza, cuerpo*) incliner, pencher; **~se** *vpr* pencher; (*persona*) se pencher; **me inclino a pensar que ...** j'incline à penser que ...
incluir *vt* (*abarcar*) comprendre; (*meter*) inclure
inclusive *adv* (*incluido*) inclus, y compris; (*incluso*) même
incluso *adv*, *prep* même
incógnito: **de ~** *adv* incognito
incoherente *adj* incohérent(e)
incomodar *vt* incommoder; **~se** *vpr* se fâcher

incomodidad *nf* ennui *m*; (*de vivienda, asiento*) manque *m* de confort
incómodo, -a *adj* (*vivienda*) inconfortable; (*asiento*) peu confortable; (*molesto*) incommodant(e); **sentirse ~** se sentir mal à l'aise
incomparable *adj* incomparable
incompatible *adj*: **~ (con)** incompatible (avec)
incompetencia *nf* incompétence *f*; **incompetente** *adj* incompétent(e)
incompleto, -a *adj* incomplet(-ète)
incomprensible *adj* incompréhensible
incomunicado, -a *adj* (*aislado*: *persona*) isolé(e); (: *pueblo*) coupé(e) de tout; (*preso*) mis(e) au régime cellulaire
inconcebible *adj* inconcevable
incondicional *adj* inconditionnel(le)
inconexo, -a *adj* décousu(e)
inconfundible *adj* caractéristique
incongruente *adj* incongru(e); **~ (con)** (*actitud*) en désaccord (avec)
inconsciencia *nf* inconscience *f*; **inconsciente** *adj* inconscient(e); **inconsciente de** inconscient(e) de
inconsecuente *adj*: **~ (con)** inconséquent(e) (avec)
inconsiderado, -a *adj* inconsidéré(e)
inconsistente *adj* inconsistant(e)
inconstancia *nf* inconstance *f*; **inconstante** *adj* inconstant(e)
incontable *adj* innombrable, incalculable
incontestable *adj* incontestable
incontinencia *nf* incontinence *f*
inconveniencia *nf* inconvenance *f*; **inconveniente** *adj* déplacé(e) ♦ *nm* inconvénient *m*; **el inconveniente es que ...** l'inconvénient, c'est que ...
incordiar (*fam*) *vt* emmerder (*fam!*)
incorporación *nf* incorporation *f*
incorporar *vt* incorporer; (*enderezar*) lever; **~se** *vpr* se lever; **~se a** (*puesto*) se présenter à
incorrección *nf* incorrection *f*
incorrecto, -a *adj* incorrect(e)
incorregible *adj* incorrigible
incredulidad *nf* incrédulité *f*
incrédulo, -a *adj* incrédule
increíble *adj* incroyable
incremento *nm* augmentation *f*
increpar *vt* admonester
incubar *vt* couver
inculcar *vt* inculquer
inculpar *vt* inculper
inculto, -a *adj* inculte ♦ *nm/f* ignorant(e)
incumplimiento *nm* (*de promesa*) manquement *m*; **~ de contrato** rupture *f* de contrat
incurrir *vi*: **~ en** (*error*) tomber dans; (*crimen*) en arriver à
indagación *nf* recherche *f*
indagar *vt* rechercher
indecente *adj* indécent(e)
indecible *adj* indicible
indeciso, -a *adj* indécis(e)
indefenso, -a *adj* (*animal, persona*) sans défense
indefinido, -a *adj* (*indeterminado*) indéfini(e); (*ilimitado*) indéterminé(e)
indeleble *adj* indélébile
indemne *adj*: **salir ~ de** sortir indemne de
indemnizar *vt*: **~ (de)** indemniser (de)
independencia *nf* indépendance *f*
independiente *adj* indépendant(e)
indeterminado, -a *adj* indéterminé(e)
India *nf*: **la ~** l'Inde *f*
indicación *nf* indication *f*; (*señal*: *de persona*) signe *m*; **indicaciones** *nfpl* (*instrucciones*) indications *fpl*
indicador *nm* indicateur *m*; (AUTO) panneau *m* de signalisation
indicar *vt* indiquer
índice *nm* index *m*; **~ de materias** table *f* des matières
indicio *nm* indice *m*
indiferencia *nf* indifférence *f*; **indiferente** *adj*: **indiferente (a)** indifférent(e) (à); **me es indiferente hacerlo hoy o mañana** cela m'est égal de le faire aujourd'hui ou demain; **a Alfonso le era indiferente Carmen** Carmen laissait Alfonso indifférent
indígena *adj, nm/f* indigène *m/f*

indigencia *nf* indigence *f*
indigestión *nf* indigestion *f*
indigesto, -a *adj* indigeste; (*persona*) insupportable
indignación *nf* indignation *f*
indignar *vt* indigner; **~se** *vpr*: **~se (por)** s'indigner (de)
indigno, -a *adj*: **~ (de)** indigne (de)
indio, -a *adj* indien(ne) ♦ *nm/f* Indien(ne); **hacer el ~** faire l'imbécile
indirecta *nf* allusion *f*
indirecto, -a *adj* indirect(e)
indiscreción *nf* indiscrétion *f*
indiscreto, -a *adj* indiscret(-ète)
indiscriminado, -a *adj* (*golpes*) distribué(e) au hasard; **de un modo ~** sans discrimination
indiscutible *adj* indiscutable
indispensable *adj* indispensable
indisponer *vt* indisposer; **~se** *vpr* (*MED*) se sentir indisposé(e); **~se con** *o* **contra algn** se brouiller avec qn
indisposición *nf* indisposition *f*
indistinto, -a *adj* indistinct(e)
individual *adj* individuel(le); (*habitación, cama*) simple ♦ *nm* (*DEPORTE*) simple *m*
individuo *nm* individu *m*
índole *nf* (*naturaleza*) nature *f*; (*clase*) caractère *m*
indómito, -a *adj* indomptable
inducir *vt* induire; **~ a algn a hacer** inciter qn à faire
indudable *adj* indubitable
indulgencia *nf* indulgence *f*
indultar *vt* gracier; **indulto** *nm* grâce *f*
industria *nf* industrie *f*; **industrial** *adj* industriel(le)
inédito, -a *adj* inédit(e)
inefable *adj* ineffable
ineficaz *adj* (*medida, medicamento*) inefficace; (*persona*) peu efficace
inepto, -a *adj* inepte ♦ *nm/f* incapable *m/f*
inequívoco, -a *adj* clair(e)
inercia *nf* inertie *f*
inerme *adj* (*sin armas*) désarmé(e); (*indefenso*) sans défense
inerte *adj* inerte
inesperado, -a *adj* inattendu(e)
inestable *adj* instable
inevitable *adj* inévitable
inexactitud *nf* inexactitude *f*
inexacto, -a *adj* inexact(e)
inexperto, -a *adj* inexpérimenté(e)
infalible *adj* infaillible
infame *adj* infâme
infancia *nf* enfance *f*
infantería *nf* infanterie *f*
infantil *adj* (*programa, juego*) pour les enfants; (*población*) enfantin(e); (*pey*) puéril(e)
infarto *nm* (*tb:* **~ de miocardio**) infarctus *msg*
infatigable *adj* infatigable
infección *nf* infection *f*
infeccioso, -a *adj* (*MED*) infectieux(-euse)
infectar *vt* infecter; **~se** *vpr* s'infecter
infeliz *adj, nm/f* malheureux(-euse)
inferior *adj, nm/f* inférieur(e); **~ (a)** inférieur(e) (à)
inferir *vt* inférer
infestar *vt* infester
infidelidad *nf* infidélité *f*; **~ conyugal** infidélité conjugale
infiel *adj, nm/f* infidèle *m/f*
infierno *nm* (*REL*) enfer *m*
infiltrarse *vpr* s'infiltrer
ínfimo, -a *adj* infime
infinidad *nf*: **una ~ de** une infinité de
infinito, -a *adj* infini(e) ♦ *nm* infini *m*
inflación *nf* (*ECON*) inflation *f*
inflacionario, -a *adj* inflationniste
inflamar *vt* enflammer; **~se** *vpr* s'enflammer; (*hincharse*) s'enfler
inflar *vt* gonfler; (*fig*) exagérer; **~se** *vpr* s'enfler; **~se de** (*chocolate etc*) se bourrer de
inflexible *adj* (*material*) indéformable; (*persona*) inflexible
infligir *vt* infliger
influencia *nf* influence *f*; **influenciar** *vt* influencer
influir *vt* influencer ♦ *vi* agir; **~ en** *o* **sobre** influer sur, influencer
influjo *nm* influence *f*
influyendo *etc vb ver* **influir**
influyente *adj* influent(e)
información *nf* (*sobre un asunto, INFORM*) information *f*; (*noticias,*

informe) informations *fpl*; **I~** (*oficina,* TELEC) Renseignements *mpl*; (*mostrador*) Information

informal *adj* (*persona*) peu sérieux(-euse); (*estilo, lenguaje*) informel(le)

informar *vt* informer ♦ *vi* (*dar cuenta de*): **~ de/sobre** informer de/sur; **~se** *vpr*: **~se (de)** s'informer (de); **(les) informó que ...** il (les) a informé(s) que ...

informática *nf* informatique *f*

informe *adj* informe ♦ *nm* rapport *m*

infortunio *nm* infortune *f*

infracción *nf* infraction *f*

infranqueable *adj* infranchissable

infringir *vt* transgresser

infructuoso, -a *adj* infructueux(-euse)

infundado, -a *adj* peu fondé(e)

infundir *vt*: **~ ánimo** *o* **valor** insuffler du courage; **~ respeto** inspirer le respect; **~ miedo** inspirer de la crainte

infusión *nf* infusion *f*

ingeniar *vt* inventer; **~se** *vpr*: **~se** *o* **ingeniárselas para hacer** se débrouiller pour faire

ingeniería *nf* ingénierie *f*

ingeniero, -a *nm/f* ingénieur *m*; (*esp* MÉX: *título de cortesía*: *tb*: **I~**) Monsieur (Madame); **~ de caminos** ingénieur des travaux publics; **~ de sonido** ingénieur du son

ingenio *nm* génie *m*

ingenioso, -a *adj* (*hábil*) ingénieux(-euse); (*divertido*) spirituel(le)

ingenuidad *nf* ingénuité *f*

ingenuo, -a *adj* ingénu(e)

ingerir *vt* ingérer

Inglaterra *nf* Angleterre *f*

ingle *nf* aine *f*

inglés, -esa *adj* anglais(e) ♦ *nm/f* Anglais(e) ♦ *nm* (LING) anglais *msg*

ingratitud *nf* ingratitude *f*

ingrato, -a *adj* ingrat(e)

ingrediente *nm* ingrédient *m*

ingresar *vt* (*dinero*) déposer; (*enfermo*) faire entrer ♦ *vi*: **~ (en)** (*en facultad, escuela*) être admis(e) (à); (*en club etc*) s'inscrire (à); (*en ejército*) entrer (dans); (*en hospital*) entrer (à)

ingreso *nm* admission *f*; **~s** *nmpl* (*dinero*) revenus *mpl*; (: COM) recettes *fpl*

inhabitable *adj* inhabitable

inhalar *vt* inhaler

inherente *adj*: **~ a** inhérent(e) à

inhibir *vt* (MED) inhiber; **~se** *vpr*: **~se (de hacer)** s'abstenir (de faire)

inhóspito, -a *adj* inhospitalier(-ère)

inhumano, -a *adj* inhumain(e)

inicial *adj* initial(e); (*letra*) premier(-ère) ♦ *nf* initiale *f*

iniciar *vt* commencer; **~ (en)** (*persona*) initier (à)

iniciativa *nf* initiative *f*; **la ~ privada** l'initiative privée; **tomar la ~** prendre l'initiative

inicio *nm* début *m*

internauta *nmf* internaute mf

ininterrumpido, -a *adj* ininterrompu(e)

injerencia *nf* ingérence *f*

injertar *vt* greffer

injuria *nf* injure *f*; **injuriar** *vt* injurier

injurioso, -a *adj* injurieux(-euse)

injusticia *nf* injustice *f*

injusto, -a *adj* injuste

inmadurez *nf* immaturité *f*

inmediaciones *nfpl* environs *mpl*

inmediato, -a *adj* immédiat(e); (*contiguo*) contigu(ë); **~ a** contigu(ë) à; **de ~** (*esp* AM) tout de suite

inmejorable *adj* excellent(e)

inmenso, -a *adj* immense

inmerecido, -a *adj* (*críticas*) injustifié(e)

inmigración *nf* immigration *f*

inmigrante *adj, nm/f* immigrant(e)

inmiscuirse *vpr*: **~ (en)** s'immiscer (dans)

inmobiliaria *nf* (*tb*: **agencia ~**) agence *f* immobilière

inmobiliario, -a *adj* immobilier(-ère)

inmoral *adj* immoral(e)

inmortal *adj* immortel(le); **inmortalizar** *vt* immortaliser

inmóvil *adj* immobile

inmueble *adj*: **bienes ~s** biens *mpl* immeubles ♦ *nm* immeuble *m*

inmundicia *nf* saleté *f*

inmundo, -a *adj* (*lugar*) immonde
inmune *adj*: **~ (a)** immunisé(e) (contre)
inmunidad *nf* immunité *f*
inmutarse *vpr* se troubler
innato, -a *adj* inné(e)
innecesario, -a *adj* pas nécessaire
innoble *adj* ignoble
innovación *nf* innovation *f*
inocencia *nf* innocence *f*
inocentada *nf* (*broma*) ≃ poisson *m* d'avril
inocente *adj, nm/f* innocent(e)

Día de los Santos Inocentes

Le 28 décembre, jour des saints Innocents, l'Église commémore le massacre des enfants de Judée ordonné par Hérode. Cette journée est l'occasion pour les Espagnols de se faire des plaisanteries et de se jouer des tours appelés **inocentadas**, *un peu comme lors du premier avril en France.*

inocuo, -a *adj* inoffensif(-ive)
inodoro, -a *adj* inodore ♦ *nm* cabinet *m*
inofensivo, -a *adj* inoffensif(-ive)
inolvidable *adj* inoubliable
inopinado, -a *adj* inopiné(e)
inoportuno, -a *adj* inopportun(e)
inoxidable *adj* inoxydable; **acero ~** acier *m* inoxydable
inquebrantable *adj* (*fe*) inébranlable; (*promesa*) solennel(le)
inquietar *vt* inquiéter; **~se** *vpr* s'inquiéter
inquieto, -a *adj* inquiet(-ète); (*niño*) turbulent(e); **inquietud** *nf* inquiétude *f*; (*agitación*) dissipation *f*
inquilino, -a *nm/f* locataire *m/f*
inquirir *vt* s'enquérir de
insalubre *adj* insalubre
inscribir *vt* inscrire; **~se** *vpr* (ESCOL *etc*) s'inscrire
inscripción *nf* inscription *f*
insecticida *nm* insecticide *m*
insecto *nm* insecte *m*
inseguridad *nf* insécurité *f*; (*inestabilidad*) instabilité *f*; (*de carácter*) manque *m* de confiance; (*indecisión*) indécision *f*; **~ ciudadana** insécurité urbaine
inseguro, -a *adj* incertain(e); (*persona*) pas sûr(e) de soi; (*lugar*) peu sûr(e); (*terreno*) instable; (*escalera*) branlant(e); **sentirse ~** ne pas se sentir en sécurité
insensato, -a *adj* insensé(e)
insensibilidad *nf* insensibilité *f*
insensible *adj* insensible
insertar *vt* insérer
inservible *adj* inutilisable
insidioso, -a *adj* insidieux(-euse)
insignia *nf* (*emblema*) insigne *m*; (*estandarte*) enseigne *f*; **buque ~** vaisseau *m* amiral
insignificante *adj* insignifiant(e)
insinuar *vt* insinuer
insípido, -a *adj* insipide
insistencia *nf* insistance *f*; **con ~** avec insistance
insistir *vi*: **~ (en)** insister (sur)
insolación *nf* insolation *f*
insolencia *nf* insolence *f*; **insolente** *adj* insolent(e)
insólito, -a *adj* insolite
insoluble *adj* (*problema*) insoluble; **~ (en)** (*sustancia*) insoluble (dans)
insolvencia *nf* (COM) insolvabilité *f*
insomnio *nm* insomnie *f*
insondable *adj* insondable
insonorizar *vt* insonoriser
insoportable *adj* insupportable
insospechado, -a *adj* insoupçonné(e)
inspección *nf* inspection *f*; **inspeccionar** *vt* inspecter
inspector, a *nm/f* inspecteur(-trice)
inspiración *nf* inspiration *f*
inspirar *vt* inspirer; **~se** *vpr*: **~se en** s'inspirer de
instalación *nf* installation *f*; **instalaciones** *nfpl* (*de centro deportivo, hotel*) installations *fpl*; **~ eléctrica** installation électrique
instalar *vt* installer; **~se** *vpr* s'installer
instancia *nf* instance *f*; **en última ~** en dernier ressort
instantánea *nf* instantané *m*
instantáneo, -a *adj* instantané(e); **café ~** café *m* instantané

instante *nm* instant *m*; **a cada ~** à tout instant; **al ~** à l'instant
instar *vt*: **~ a algn a hacer** *o* **para que haga** prier instamment qn de faire
instaurar *vt* instaurer
instigar *vt*: **~ a algn a (hacer)** inciter qn à (faire)
instinto *nm* instinct *m*; **por ~** d'instinct
institución *nf* institution *f*; **instituciones** *nfpl* (*de un país*) institutions *fpl*
instituir *vt* instituer; **instituto** *nm* (*ESCOL*) lycée *m*; (*de investigación, cultural etc*) institut *m*; **Instituto de Bachillerato** (*ESP*) lycée
institutriz *nf* préceptrice *f*
instrucción *nf* instruction *f*; **instrucciones** *nfpl* (*normas de uso, órdenes*) instructions *fpl*; **~ del sumario** (*JUR*) instruction
instructivo, -a *adj* instructif(-ive)
instruir *vt* (*JUR*) instruire
instrumento *nm* instrument *m*
insubordinarse *vpr*: **~ (contra)** se rebeller (contre)
insuficiencia *nf* insuffisance *f*; **insuficiente** *adj* insuffisant(e) ♦ *nm* (*ESCOL*) note *f* inférieure à la moyenne
insufrible *adj* = **insoportable**
insular *adj* insulaire
insultar *vt* insulter; **insulto** *nm* insulte *f*
insuperable *adj* (*excelente*) incomparable; (*invencible*) insurmontable
insurgente *adj, nm/f* insurgé(e)
insurrección *nf* insurrection *f*
intachable *adj* irréprochable
intacto, -a *adj* intact(e)
integral *adj* intégral(e); (*idiota*) parfait(e); **pan ~** pain *m* complet
integrar *vt* composer; **~se** *vpr* s'intégrer
integridad *nf* intégrité *f*
íntegro, -a *adj* intègre
intelectual *adj, nm/f* intellectuel(le)
inteligencia *nf* intelligence *f*; **inteligente** *adj* intelligent(e)
inteligible *adj* intelligible
intemperie *nf* intempérie *f*; **a la ~** sans abri
intempestivo, -a *adj* intempestif(-ive)
intención *nf* intention *f*; **con segundas intenciones** avec des intentions cachées; **buena/mala ~** bonne/mauvaise intention; **de buena/mala ~** bien/mal intentionné(e)
intencionado, -a *adj* intentionnel(le); **bien/mal ~** bien/mal intentionné(e)
intensidad *nf* intensité *f*; **llover con ~** pleuvoir dru
intenso, -a *adj* intense
intentar *vt*: **~ (hacer)** essayer *o* tenter de (faire); **intento** *nm* essai *m*, tentative *f*
intercalar *vt* intercaler
intercambio *nm* échange *m*
interceder *vi*: **~ (por)** intercéder (en faveur de)
interceptar *vt* intercepter
intercesión *nf* intercession *f*
interés *nm* intérêt *m*; **intereses** *nmpl* (*dividendos, aspiraciones*) intérêts *mpl*; **sentir/tener ~ en** éprouver/avoir de l'intérêt pour; **tipo de ~** (*COM*) taux *msg* d'intérêt; **intereses creados** coalition *f* d'intérêts; **~ propio** intérêt personnel
interesado, -a *adj, nm/f* intéressé(e); **~ en/por** intéressé(e) par
interesante *adj* intéressant(e)
interesar *vt* intéresser ♦ *vi* être intéressant(e); **~se** *vpr*: **~se en** *o* **por** s'intéresser à; **no me interesan los toros** les courses de taureaux ne m'intéressent pas
interferencia *nf* (*RADIO, TV, TELEC*) interférence *f*; **~ (en)** (*injerencia*) ingérence *f* (dans)
interferir *vt* (*TELEC*) brouiller ♦ *vi* (*persona*): **~ (en)** s'immiscer (dans)
interfono *nm* interphone *m*
interino, -a *adj* intérimaire ♦ *nm/f* intérimaire *m/f*; (*MED*) remplaçant(e)
interior *adj* intérieur(e) ♦ *nm* intérieur *m*; **Ministerio del I~** ministère *m* de l'Intérieur; **ropa ~** linge *m* de corps

interjección *nf* interjection *f*
interlocutor, a *nm/f* interlocuteur(-trice)
intermediario, -a *adj, nm/f* intermédiaire *m/f*
intermedio, -a *adj* intermédiaire ♦ *nm* (*TEATRO, CINE*) intervalle *m*
interminable *adj* interminable
intermitente *adj* intermittent(e) ♦ *nm* (*AUTO*) clignotant *m*
internacional *adj* international(e)
internado *nm* internat *m*
internar *vt* interner; **~se** *vpr* (*penetrar*): **~se en** pénétrer dans
Internet *nm* Internet *m*
interno, -a *adj* interne; (*POL etc*) intérieur(e) ♦ *nm/f* (*alumno*) interne *m/f*
interponer *vt* interposer; (*JUR*: *apelación*) interjeter; **~se** *vpr* s'interposer; **~ (entre)** interposer (entre)
interpretación *nf* interprétation *f*
interpretar *vt* interpréter; **~ mal** mal interpréter; **intérprete** *nm/f* interprète *m/f*
interrogación *nf* interrogation *f*; (*tb:* **signo de ~**) point *m* d'interrogation
interrogar *vt* interroger
interrumpir *vt* interrompre
interrupción *nf* interruption *f*
interruptor *nm* (*ELEC*) interrupteur *m*
intersección *nf* intersection *f*
interurbano, -a *adj* interurbain(e)
intervalo *nm* intervalle *m*; **a ~s** à intervalles
intervención *nf* intervention *f*
intervenir *vt* (*MED*) pratiquer une intervention sur; (*suj*: *policía*) saisir; (*teléfono*) placer sous écoute téléphonique; (*cuenta bancaria*) bloquer ♦ *vi* intervenir
interventor, a *nm/f* (*en elecciones*) inspecteur(-trice); (*COM*) audit *m/f*
interviú *nf* interview *f*
intestino *nm* intestin *m*
intimar *vt*: **~ a algn a que ...** intimer à qn de ... ♦ *vi* se lier d'amitié
intimidad *nf* intimité *f*; (*amistad*) amitié *f*; **en la ~** dans l'intimité
íntimo, -a *adj* intime
intolerable *adj* intolérable
intoxicación *nf* intoxication *f*; **~ alimenticia** intoxication alimentaire
intranquilizarse *vpr* s'inquiéter
intranquilo, -a *adj* inquiet(-ète)
intransigente *adj* intransigeant(e)
intransitable *adj* impraticable
intrépido, -a *adj* intrépide
intriga *nf* intrigue *f*; **intrigar** *vt, vi* intriguer
intrincado, -a *adj* (*camino*) embrouillé(e); (*bosque*) impénétrable; (*problema, asunto*) inextricable
intrínseco, -a *adj* intrinsèque
introducción *nf* introduction *f*
introducir *vt* introduire; **~se** *vpr* s'introduire
intromisión *nf* intromission *f*
introvertido, -a *adj, nm/f* introverti(e)
intruso, -a *nm/f* intrus(e)
intuición *nf* intuition *f*
inundación *nf* inondation *f*; **inundar** *vt* inonder; **inundarse** *vpr* s'inonder
inusitado, -a *adj* (*espectáculo*) insolite; (*hora, calor*) inhabituel(le)
inútil *adj* (*herramienta*) inutilisable; (*esfuerzo*) inutile; (*persona*: *minusválido*) handicapé(e); (: *pey*) bon(ne) à rien, inepte; **inutilidad** *nf* inutilité *f*; (*ineptitud*) ineptie *f*
inutilizar *vt* rendre inutilisable
invadir *vt* envahir
inválido, -a *adj* invalide ♦ *nm/f* handicapé(e)
invariable *adj* invariable
invasión *nf* invasion *f*
invasor, a *adj* envahissant(e) ♦ *nm/f* envahisseur *m*
invención *nf* invention *f*
inventar *vt* inventer
inventario *nm* inventaire *m*
inventiva *nf* inventivité *f*
invento *nm* invention *f*
inventor, a *nm/f* inventeur(-trice)
invernadero *nm* serre *f*
inverosímil *adj* invraisemblable
inversión *nf* (*COM*) investissement *m*
inverso, -a *adj* inverse; **en orden ~** dans l'ordre inverse; **a la inversa** à l'inverse

inversor, a *nm/f* (COM) investisseur *m*
invertir *vt* (COM) investir; (*poner del revés*) intervertir; (*tiempo*) consacrer
investigación *nf* recherche *f*; **~ del mercado** étude *f* de marché
investigar *vt* (*indagar*) chercher; (*estudiar*) faire des recherches en
invierno *nm* hiver *m*
invisible *adj* invisible
invitación *nf* invitation *f*
invitado, -a *nm/f* invité(e)
invitar *vt* inviter; **~ a algn a hacer algo** inviter qn à faire qch
invocar *vt* invoquer
involucrar *vt*: **~ a algn en** impliquer qn dans; **~se** *vpr*: **~se en** s'impliquer dans
involuntario, -a *adj* involontaire
inyección *nf* piqûre *f*, injection *f*; **ponerse una ~** se faire une piqûre
inyectar *vt* (MED) injecter

PALABRA CLAVE

ir *vi* **1** aller; **ir andando** marcher; **fui en tren** j'y suis allé en train; **¡(ahora) voy!** j'y vais!
2: **ir (a) por**: **ir (a) por el médico** aller chercher le docteur
3 (*progresar*) aller; **el trabajo va muy bien** le travail marche très bien; **¿cómo te va?** tu t'y fais?; **me va muy bien** ça va très bien; **le fue fatal** ça n'a pas du tout été
4 (*funcionar*): **el coche no va muy bien** la voiture ne marche pas très bien
5 (*sentar*): **me va estupendamente** (*ropa, color*) cela me va à merveille; (*medicamento*) c'est exactement ce qu'il me fallait
6 (*aspecto*): **ir con zapatos negros** porter des chaussures noires; **iba muy bien vestido** il était très bien habillé
7 (*combinar*): **ir con algo** aller avec qch
8 (*excl*): **¡que va!** (*no*) mais non!; **vamos, no llores** allons, ne pleure pas; **vamos a ver** voyons voir; **¡vaya coche!** (*admiración*) quelle super voiture!; (*desprecio*) quelle voiture minable!; **que le vaya bien** (*esp* AM: *despedida*) salut!; **¡vete a saber!** allez savoir!
9: **no vaya a ser**: **tienes que correr, no vaya a ser que pierdas el tren** il faut que tu te dépêches, sinon tu vas rater ton train
♦ *vb aux* **1**: **ir a**: **voy/iba a hacerlo hoy** je vais/j'allais le faire aujourd'hui
2 (+ *gerundio*): **iba anocheciendo** il commençait à faire nuit; **todo se me iba aclarando** tout devenait clair pour moi
3 (+ *pp* = *pasivo*): **van vendidos 300 ejemplares** 300 exemplaires ont déjà été vendus
irse *vpr* **1**: **¿por dónde se va al parque?** comment va-t-on au parc?
2: **irse (de)** (*marcharse*) s'en aller (de); **ya se habrán ido** ils doivent être déjà partis; **¡vámonos!** allons-y!, on y va!

ira *nf* colère *f*
Irak *nm* = **Iraq**
Irán *nm* Iran *m*; **iraní** *adj* iranien(ne) ♦ *nm/f* Iranien(ne)
Iraq *nm* Irak *m*; **iraquí** *adj* irakien(ne), iraquien(ne) ♦ *nm/f* Irakien(ne), Iraquien(ne)
iris *nm inv* (ANAT) iris *msg*
Irlanda *nf* Irlande *f*; **~ del Norte** Irlande du Nord
irlandés, -esa *adj* irlandais(e) ♦ *nm/f* Irlandais(e)
ironía *nf* ironie *f*
irónico, -a *adj* ironique
IRPF (ESP) *sigla m* (= *Impuesto sobre la Renta de las Personas Físicas*) ≃ IRPP *m* (= *impôt sur le revenu des personnes physiques*)
irracional *adj* irrationnel(le)
irreal *adj* irréel(le)
irrecuperable *adj* irrécupérable
irreflexión *nf* irréflexion *f*
irregular *adj* irrégulier
irremediable *adj* irré
irreparable *adj* irrépa
irresoluto, -a *adj* irr
irrespetuoso, -a *ad*
irrespectueux(-euse
irresponsable *adj* i

jornada *nf* journée *f*; **(trabajar a) ~ intensiva/partida** (faire la) journée continue/discontinue
jornal *nm* journée *f*; **jornalero** *nm* journalier *m*
joroba *nf* bosse *f*
jorobado, -a *adj, nm/f* bossu(e)
jota *nf* (*letra*) j *m inv*; (*danza*) jota *f*; **no entiendo ni ~** je n'y pige rien; **no sabe ni ~** il n'en sait rien; **no veo ni ~** je n'y vois rien
joven *adj* jeune ♦ *nm* jeune homme *m*; (*MÉX*: *señor*) monsieur *m* ♦ *nf* jeune fille *f*; **¡oiga, ~!** eh, jeune homme!
jovial *adj* jovial(e)
joya *nf* bijou *m*; (*persona*) perle *f*; **~s de fantasía** bijoux *mpl* fantaisie; **joyería** *nf* bijouterie *f*; **joyero** *nm* bijoutier *m*; (*caja*) coffret *m* à bijoux
juanete *nm* (*del pie*) oignon *m*
jubilación *nf* retraite *f*
jubilado, -a *adj, nm/f* retraité(e)
jubilar *vt* mettre à la retraite; (*fam*: *algo viejo*) mettre au rancart; **~se** *vpr* prendre sa retraite
júbilo *nm* joie *f*
judía *nf* haricot *m*; **~ verde** haricot vert; **~ blanca** flageolet *m*; *ver tb* **judío**
judicial *adj* judiciaire
judío, -a *adj, nm/f* juif(-ive)
judo *nm* judo *m*
juego *vb ver* **jugar** ♦ *nm* jeu *m*; **fuera de ~** hors-jeu; **hacer ~ con** aller avec, faire pendant à; **~ de palabras** jeu de mots; **J~s Olímpicos** Jeux olympiques
juerga *nf* fête *f*
jueves *nm inv* jeudi *m*; *ver tb* **sábado**
juez *nm/f* (*f tb*: *jueza*) juge *m*; **~ de instrucción** juge d'instruction; **~ de línea** juge de touche; **~ de salida** starter *m*
jugada *nf* (*en juego*) coup *m*; (*fig*) mauvais tour *m*
jugador, a *nm/f* joueur(-euse)
jugar *vt, vi* jouer; **~se** *vpr* (*partido*) se jouer; (*lotería*) être tiré(e); (*vida, puesto, futuro*) jouer; **~ a** jouer à
jugo *nm* jus *msg*; **~ de naranja/de piña** jus d'orange/d'ananas
jugoso, -a *adj* juteux(-euse); (*fig*) savoureux(-euse)
juguete *nm* jouet *m*; **juguetear** *vi* jouer; **juguetería** *nf* magasin *m* de jouets
juguetón, -ona *adj* joueur(-euse)
juicio *nm* jugement *m*; (*sensatez*) esprit *m*; (*opinión*) avis *msg*; (*JUR*) procès *msg*; **a mi** *etc* **~** à mon *etc* avis; **estar fuera de ~** avoir perdu l'esprit; **perder el ~** perdre la tête
juicioso, -a *adj* sage
julio *nm* juillet *m*; **el uno de ~** le premier juillet; **el dos/once de ~** le deux/onze juillet; **a primeros/finales de ~** début/fin juillet
junco *nm* jonc *m*
jungla *nf* jungle *f*
junio *nm* juin *m*; *ver tb* **julio**
junta *nf* comité *m*; (*organismo*) assemblée *f*, conseil *m*; (*TEC*: *punto de unión*) joint *m*; **~ de culata** (*AUTO*) joint de culasse; **~ directiva** équipe *f* de direction
juntar *vt* (*grupo, dinero*) rassembler; (*rodillas, pies*) joindre; **~se** *vpr* (*ríos, carreteras*) se rejoindre; (*personas*) se rassembler; (: *citarse*) se voir; (: *acercarse*) se rapprocher; (: *vivir juntos*) vivre à la colle; **~se a** *o* **con algn** rejoindre qn
junto, -a *adj* ensemble ♦ *adv*: **todo ~** tout ensemble; **~ a** (*cerca de*) à côté de; **~ con** ci-joint; **~s** ensemble; (*próximos*) rapprochés; (*en contacto*) joints
jurado *nm* jury *m*; (*individuo*: *JUR*) juré *m*; (: *de concurso*) membre *m* du jury
juramento *nm* serment *m*; (*maldición*) juron *m*; **prestar ~** prêter serment; **tomar ~ a** faire prêter serment de
jurar *vt, vi* jurer; **~ en falso** se parjurer; **jurársela(s) a algn** garder un chien de sa chienne à qn
jurídico, -a *adj* juridique
jurisdicción *nf* juridiction *f*
jurisprudencia *nf* jurisprudence *f*
jurista *nm/f* juriste *m/f*
justamente *adv* justement
justicia *nf* justice *f*; **en ~** en toute

justice; **hacer ~** rendre la justice
justiciero, -a *adj* justicier(-ère)
justificación *nf* justification *f*; **justificar** *vt* justifier; **justificarse** *vpr* se justifier
justo, -a *adj* juste; (*preciso*) précis(e) ♦ *adv* précisément; **venir muy ~** (*dinero, comida*) être (tout) juste suffisant
juvenil *adj* juvénile; (*equipo*) junior; (*moda, club*) de jeunes; (*aspecto*) jeune
juventud *nf* jeunesse *f*; (*jóvenes*) jeunes *mpl*
juzgado *nm* tribunal *m*
juzgar *vt* juger; (*opinar*) penser; **a ~ por ...** à en juger par ...; **lo juzgo mi deber** j'estime que c'est mon devoir

K, k

karate, **kárate** *nm* karaté *m*
Kg., **kg.** *abr* (= *kilogramo(s)*) kg, K (= *kilogramme(s)*)
kilo *nm* kilo *m*
kilogramo *nm* kilogramme *m*; **kilometraje** *nm* kilométrage *m*; **kilómetro** *nm* kilomètre *m*; **kilómetro cuadrado** kilomètre carré; **kilovatio** *nm* kilowatt *m*
kiosco *nm* = **quiosco**
km *abr* (= *kilómetro(s)*) km (= *kilomètre(s)*)
kv *abr* (= *kilovatio(s)*) kW (= *kilowatt*)

L, l

l. *abr* (= *litro(s)*) l (= *litre(s)*) (*JUR*) = **ley**
la *art def* la ♦ *pron* (*a ella*) la, l'; (*usted*) vous; (*cosa*) la ♦ *nm* (*MÚS*) la *m inv*; **~ del sombrero rojo** celle qui porte un chapeau rouge
laberinto *nm* labyrinthe *m*
labia *nf* (*locuacidad*) volubilité *f*; (*pey*) bagout *m*
labio *nm* lèvre *f*
labor *nf* travail *m*, labeur *m*; (*AGR*) labour *m*; (*obra*) travail; (*COSTURA, de punto*) ouvrage *m*; **~ de equipo** travail d'équipe; **~ de ganchillo** ouvrage au crochet; **~es domésticas** *o* **del hogar** tâches *fpl* domestiques; **laborable** *adj* (*AGR*) labourable; **día laborable** jour *m* ouvrable
laboral *adj* du travail
laboratorio *nm* laboratoire *m*
laborioso, -a *adj* (*persona*) travailleur(-euse); (*negociaciones, trabajo*) laborieux(-euse)
labrado, -a *adj* (*campo*) labouré(e); (*madera*) travaillé(e); (*metal, cristal*) ciselé(e)
labrador, a *nm/f* cultivateur(-trice)
labrar *vt* (*tierra*) labourer; (*madera, cuero*) travailler; (*metal, cristal*) ciseler; (*porvenir, ruina*) courir à
labriego, -a *nm/f* paysan(ne)
laca *nf* laque *f*
lacayo *nm* laquais *msg*
lacio, -a *adj* raide
lacónico, -a *adj* laconique
lacra *nf* (*fig*) fléau *m*; **~ social** fléau de la société
lacrar *vt* cacheter; **lacre** *nm* cire *f* (à cacheter)
lactancia *nf* allaitement *m*
lácteo, -a *adj*: **productos ~s** produits *mpl* laitiers
ladear *vt* pencher; **~se** *vpr* se pencher
ladera *nf* versant *m*
lado *nm* côté *m*; (*de cuerpo, MIL*) flanc *m*; **al ~ (de)** à côté (de); **poner de ~** mettre *o* placer de côté; **por un ~ ..., por otro ~ ...** d'un côté ..., d'un autre côté ...
ladrar *vi* aboyer; **ladrido** *nm* aboiement *m*
ladrillo *nm* brique *f*
ladrón, -ona *nm/f* voleur(-euse) ♦ *nm* (*ELEC*) prise *f* multiple
lagartija *nf* lézard *m*
lagarto *nm* lézard *m*; (*AM: caimán*) caïman *m*
lago *nm* lac *m*
lágrima *nf* larme *f*
laguna *nf* lagune *f*
laico, -a *adj, nm/f* laïque *m/f*
lamentable *adj* (*desastroso*) déplorable; (*lastimoso*) lamentable
lamentar *vt* (*desgracia, pérdida*)

pleurer; **~se** *vpr*: **~se (de)** se lamenter (sur); **lamento tener que decirle ...** je regrette d'avoir à vous dire ...; **lo lamento mucho** je regrette beaucoup; **lamento** *nm* plainte *f*

lamer *vt* lécher

lámina *nf* (*de metal, papel*) feuille *f*; (*ilustración, de madera*) planche *f*

lámpara *nf* lampe *f*; (*mancha*) tache *f*; **~ de alcohol/de gas** lampe à alcool/à gaz; **~ de pie** lampe de chevet

lana *nf* laine *f*

lancha *nf* canot *m*, vedette *f*; **~ de socorro** canot de sauvetage; **~ motora** canot à moteur

langosta *nf* (*insecto*) sauterelle *f*; (*crustáceo*) langouste *f*; **langostino** *nm* langoustine *f*

languidecer *vi* languir; **languidez** *nf* langueur *f*

lánguido, -a *adj* languissant(e)

lanza *nf* lance *f*

lanzamiento *nm* lancer *m*; (*de cohete,* COM) lancement *m*; **~ de pesos** lancer du poids

lanzar *vt* lancer; **~se** *vpr*: **~se a** se jeter à; (*al vacío*) se jeter dans; (*fig*) se lancer à; **~se contra algn/algo** se lancer contre qn/qch

lapa *nf* bernicle *f*, bernique *f*

lapicero *nm* crayon *m*; (AM: *bolígrafo*) stylo *m*

lápida *nf* pierre *f* tombale; **~ conmemorativa** plaque *f* commémorative

lapidario, -a *adj, nm* lapidaire *m*

lápiz *nm* crayon *m* (à papier); **~ de color** crayon de couleur; **~ de labios/de ojos** rouge *m* à lèvres/ crayon pour les yeux

lapón, -ona *adj* lapon(e) ♦ *nm/f* Lapon(e)

lapso *nm* (*tb:* **~ de tiempo**) laps *msg* de temps; (*error*) lapsus *msg*

lapsus *nm inv* lapsus *msg*

largar *vt* (NÁUT: *cable*) larguer; (*fam*: *dinero, bofetada*) allonger; (: *discurso*) infliger; (AM) lancer ♦ *vi* (*fam*: *hablar*) causer; **~se** *vpr* (*fam*) se casser; **~se a** (AM) se mettre à

largo, -a *adj* long (longue) ♦ *nm* longueur *f*; **dos horas largas** deux bonnes heures; **tiene 9 metros de ~** il fait 9 mètres de long; **~ y tendido** (*hablar*) en long et en large; **a lo ~ de** (*espacio*) le long de; (*tiempo*) pendant; **a la larga** à la fin

largometraje *nm* long métrage *m*

laringe *nf* larynx *msg*; **laringitis** *nf* laryngite *f*

larva *nf* larve *f*

las *art def, pron* les; **~ que cantan** celles qui chantent

lascivo, -a *adj* lascif(-ive)

láser *nm* laser *m*

lástima *nf* pitié *f*; **dar ~** faire pitié; **es una ~ que** quel dommage que; **¡qué ~!** quel dommage!; **estar hecho una ~** faire pitié à voir

lastimar *vt* (*herir*) blesser; **~se** *vpr* se blesser

lastimero, -a *adj* navrant(e)

lastre *nm* (TEC, NÁUT) leste *m*; (*fig*) poids *msg* mort

lata *nf* (*metal*) fer *m* blanc; (*envase*) boîte *f* de conserve; (*fam*) plaie *f*; **en ~** en conserve; **dar la ~** enquiquiner

latente *adj* latent(e)

lateral *adj* latéral(e) ♦ *nm* (*de iglesia, camino*) côté *m*; (DEPORTE) aile *f*

latido *nm* (*del corazón*) battement *m*

latifundio *nm* latifundio *m*, latifundium *m*; **latifundista** *nm/f* propriétaire *m/f* d'un latifundio

latigazo *nm* coup *m* de fouet

látigo *nm* fouet *m*

latín *nm* (LING) latin *m*

latino, -a *adj* latin(e)

Latinoamérica *nf* Amérique *f* latine

latinoamericano, -a *adj* latino-américain(e) ♦ *nm/f* Latino-américain(e)

latir *vi* battre

latitud *nf* latitude *f*; **~es** *nfpl* (*región*) latitudes *fpl*

latón *nm* laiton *m*

latoso, -a *adj* enquiquinant(e)

laúd *nm* (MÚS) luth *m*

laurel *nm* laurier *m*

lava *nf* lave *f*

lavabo *nm* lavabo *m*; (*servicio*) toilettes *fpl*
lavado *nm* nettoyage *m*; (*de cuerpo*) toilette *f*; **~ de cerebro** lavage *m* de cerveau
lavadora *nf* machine *f* à laver
lavanda *nf* lavande *f*
lavandería *nf* blanchisserie *f*; **~ automática** laverie *f* automatique
lavaplatos *nm inv* lave-vaisselle *m inv*
lavar *vt* laver; **~se** *vpr* se laver; **~ y marcar** (*pelo*) faire un shampooing et une mise en plis; **~ en seco** nettoyer *m* à sec; **~se las manos** se laver les mains
lavavajillas *nm inv* = **lavaplatos**
laxante *nm* laxatif *m*
lazada *nf* nœud *m*
lazarillo *nm*: **perro ~** chien *m* d'aveugle
lazo *nm* nœud *m*; (*para animales*) lasso *m*; (*trampa*) piège *m*; (*vínculo*) lien *m*
le *pron* (*directo*) le; (: *usted*) vous; (*indirecto*) lui; (: *usted*) vous
leal *adj* loyal(e); **lealtad** *nf* loyauté *f*
lección *nf* leçon *f*
leche *nf* lait *m*; **tener** *o* **estar de mala ~** (*fam*) être de mauvais poil; **~ condensada/descremada** *o* **desnatada** lait condensé/écrémé; **~ en polvo** lait en poudre; **lechera** *nf* (*recipiente*) pot *m* à lait; *ver tb* **lechero**
lechero, -a *adj, nm/f* laitier(-ère)
lecho *nm* lit *m*, couche *f*; **~ de río** lit de la rivière
lechón *nm* cochon *m* de lait
lechoso, -a *adj* laiteux(-euse)
lechuga *nf* laitue *f*
lechuza *nf* chouette *f*
lector, a *nm/f* lecteur(-trice)
lectura *nf* lecture *f*
leer *vt* lire
legado *nm* (JUR, *fig*) legs *msg*; (*enviado*) légat *m*
legajo *nm* dossier *m*
legal *adj* légal(e); **legalidad** *nf* légalité *f*; (*normas*) législation *f*; **legalizar** *vt* légaliser
legaña *nf* chassie *f*
legar *vt* (JUR, *fig*) léguer
legendario, -a *adj* légendaire
legión *nf* (MIL, *fig*) légion *f*
legionario *nm* légionnaire *m*
legislación *nf* législation *f*; **legislar** *vi* légiférer
legislatura *nf* législature *f*
legitimar *vt* légitimer
legítimo, -a *adj* (*genuino*) véritable; (*legal*) légitime
lego, -a *adj* (REL) séculaire; (*ignorante*) profane
legua *nf* lieue *f*
legumbres *nfpl* légumes *mpl*
leído, -a *adj* instruit(e)
lejanía *nf* éloignement *m*
lejano, -a *adj* éloigné(e); **L~ Oriente** Extrême-Orient *m*
lejía *nf* lessive *f*
lejos *adv* loin; **a lo ~** au loin; **de** *o* **desde ~** de loin; **~ de** loin de
lelo, -a *adj* bébête
lema *nm* devise *f*; (POL) slogan *m*
lencería *nf* (*ropa interior*) lingerie *f*
lengua *nf* langue *f*; **morderse la ~** (*fig*) se mordre les doigts; **~s clásicas** langues mortes
lenguado *nm* sole *f*
lenguaje *nm* langage *m*; **en ~ llano** simplement; **~ comercial** langage commercial; **~ de programación** (INFORM) langage de programmation; **~ ensamblador** *o* **de bajo nivel** (INFORM) assembleur *m*; **~ máquina** (INFORM) langage machine; **~ periodístico** langage journalistique
lengüeta *nf* (*de zapatos*, MÚS) languette *f*
lente *nf* lentille *f*; **~s** *nmpl* (*gafas*) lorgnon *m*; **~s de contacto** lentilles de contact
lenteja *nf* lentille *f*; **lentejuela** *nf* paillette *f*
lentilla *nf* lentille *f*
lentitud *nf* lenteur *f*; **con ~** avec lenteur
lento, -a *adj* lent(e)
leña *nf* (*para el fuego*) bois *msg*
leñador, a *nm/f* bûcheron(ne)
leño *nm* tronc *m*
Leo *nm* (ASTROL) Lion *m*; **ser ~** être (du) Lion
león *nm* lion *m*; **~ marino** otarie *f*

leopardo *nm* léopard *m*
leotardos *nmpl* collants *mpl*
lepra *nf* lèpre *f*
leproso, -a *nm/f* lépreux(-euse)
lerdo, -a *adj* lent(e)
les *pron* (*directo*) les; (: *ustedes*) vous; (*indirecto*) leur; (: *ustedes*) vous
lesbiana *nf* lesbienne *f*
lesión *nf* lésion *f*
lesionado, -a *adj* blessé(e)
letal *adj* létal(e)
letanía *nf* (REL) litanie *f*
letargo *nm* léthargie *f*
letra *nf* lettre *f*; (*escritura*) écriture *f*; (COM) traite *f*; (MÚS: *de canción*) paroles *fpl*; **L~s** *nfpl* (UNIV, ESCOL) Lettres *fpl*; **~ de cambio** (COM) lettre de change; **~ de imprenta** *o* **de molde** caractère *m* d'imprimerie
letrado, -a *adj* instruit(e) ♦ *nm/f* avocat(e); **letrero** *nm* panneau *m*; (*anuncio*) écriteau *m*
letrina *nf* latrines *fpl*
leucemia *nf* leucémie *f*
levadizo, -a *adj*: **puente ~** pont *m* basculant; (HIST) pont-levis *m*
levadura *nf* levure *f*; **~ de cerveza** levure de bière
levantamiento *nm* soulèvement *m*; (*de castigo, orden*) levée *f*; **~ de pesos** haltérophilie *f*
levantar *vt* lever; (*velo, telón*) relever; (*paquete, niño*) soulever; (*construir*) élever; **~se** *vpr* se lever; **~ el ánimo** ranimer les esprits
levante *nm* (GEO) levant *m*; **el L~** le Levant
levar *vt*: **~ anclas** lever l'ancre
leve *adj* léger(-ère); **levedad** *nf* légèreté *f*; (*de herida*) caractère *m* bénin
levita *nf* redingote *f*
léxico, -a *adj* lexical(e) ♦ *nm* lexique *m*
ley *nf* loi *f*; (*de sociedad*) règlement *m*; **de ~** (*oro, plata*) au titre
leyenda *nf* légende *f*
leyendo *etc vb ver* **leer**
liar *vt* (*atar*) lier; (*enredar*) embrouiller; (*cigarrillo*) rouler; (*envolver*) enrouler; **~se** *vpr* (*fam*) s'embrouiller; **~se a palos** se taper dessus
Líbano *nm*: **el ~** le Liban
libelo *nm* libelle *m*
libélula *nf* libellule *f*
liberación *nf* libération *f*
liberal *adj, nm/f* (POL, ECON) libéral(e); **liberalidad** *nf* libéralité *f*
liberar *vt* libérer
libertad *nf* liberté *f*; **~es** *nfpl* (*pey*) libertés *fpl*; **~ bajo fianza/bajo palabra** liberté sous caution/sur parole; **~ condicional** liberté conditionnelle; **~ de comercio** libre-échange *m*; **~ de culto/de expresión/de prensa** liberté du culte/d'expression/de presse
libertar *vt* (*preso*) délivrer
libertino, -a *adj, nm/f* libertin(e)
libra *nf* livre *f*; **L~** (ASTROL) Balance *f*; **ser L~** être (de la) Balance; **~ esterlina** livre sterling
librar *vt* (*de castigo, obligación*) soustraire; (*de peligro*) sauver; (*batalla*) livrer; (*cheque*) virer; (JUR) exempter ♦ *vi* avoir un jour de congé; **~se** *vpr*: **~se de algn/algo** échapper à qn/qch
libre *adj* libre; **~ de impuestos** exonéré(e) d'impôts; **tiro ~** coup *m* franc; **los 100 metros ~s** le 100 mètres nage libre; **al aire ~** à l'air libre
librería *nf* librairie *f*
librero, -a *nm/f* libraire *m/f* ♦ *nm* (MÉX) librairie *f*
libreta *nf* cahier *m*; **~ de ahorros** livret *m* de caisse d'épargne
libro *nm* livre *m*; **~ de bolsillo** livre de poche; **~ de caja/de caja auxiliar** (COM) livre de caisse/de petite caisse; **~ de texto** manuel *m*
licencia *nf* (ADMIN, JUR) licence *f*, autorisation *f*; **~ de armas/de caza** permis *msg* de port d'arme/de chasse; **~ fiscal** patente *f*
licenciado, -a *adj* (*soldado*) libéré(e); (UNIV) titulaire d'une maîtrise ♦ *nm/f* titulaire *m/f* d'une maîtrise; **L~** (*abogado*) Maître; **licenciar** *vt* (*soldado*) libérer; **licenciarse** *vpr* terminer son service militaire; (UNIV) passer sa maîtrise

licencioso, -a *adj* licencieux(-euse)
licitar *vt* faire une enchère sur
lícito, -a *adj* (*legal*) licite; (*justo*) juste; (*permisible*) permis(e)
licor *nm* liqueur *f*
licuadora *nf* mixeur *m*
licuar *vt* passer au mixeur
lid *nf* lutte *f*; **~es** *nfpl* matière *f*
líder *nm/f* leader *m*
liderazgo *nm* leadership *m*
lidia *nf* (*TAUR*) combat *m*; (: *una lidia*) corrida *f*; **toros de ~** taureaux *mpl* de combat; **lidiar** *vt* combattre ♦ *vi*: **lidiar con** (*dificultades, enemigos*) batailler avec
liebre *nf* lièvre *m*; (*CHI*: *microbús*) minibus *msg*
lienzo *nm* toile *f*
liga *nf* (*de medias*) porte-jarretelles *m inv*; (*DEPORTE*) compétition *f*; (*POL*) ligue *f*
ligadura *nf* ligature *f*
ligamento *nm* ligament *m*
ligar *vt* lier; (*MED*) ligaturer ♦ *vi* (*fam*: *persona*) draguer; **~se** *vpr* (*fig*) se lier
ligereza *nf* légèreté *f*
ligero, -a *adj* léger(-ère) ♦ *adv* (*andar*) d'un pas léger; (*moverse*) avec légèreté; **a la ligera** à la légère
liguero *nm* porte-jarretelles *m inv*
lija *nf* (*pez*) roussette *f*; (*tb*: **papel de ~**) papier *m* de verre
lila *nf* (*BOT*) lilas *msg*
lima *nf* (*herramienta, BOT*) lime *f*; **~ de uñas** lime à ongles; **limar** *vt* limer
limitación *nf* limitation *f*; **limitaciones** *nfpl* (*carencias*) limites *fpl*; **~ de velocidad** limitation de vitesse
limitar *vt* limiter; (*terreno, tiempo*) délimiter ♦ *vi*: **~ con** (*GEO*) faire frontière avec; **~se** *vpr*: **~se a (hacer)** se limiter à (faire)
límite *nm* limite *f*; **~s** *nmpl* (*de finca, país*) limites *fpl*; **fecha ~** date *f* limite; **~ de velocidad** limitation *f* de vitesse
limítrofe *adj* limitrophe
limón *nm* citron *m* ♦ *adj*: **amarillo ~** jaune citron *inv*; **limonada** *nf* limonade *f*
limosna *nf* aumône *f*
limpiaparabrisas *nm inv* essuie-glace *m*
limpiar *vt* nettoyer
limpieza *nf* propreté *f*; (*acto, POLICÍA*) nettoyage *m*; (*habilidad*) adresse *f*; **operación de ~** (*MIL*) opération *f* de nettoyage; **~ en seco** nettoyage à sec; **~ étnica** purification *f* ethnique
limpio, -a *adj* propre; (*conducta, negocio*) net(te) ♦ *adv*: **jugar ~** (*fig*) jouer franc jeu; **pasar a ~** mettre au propre
linaje *nm* lignée *f*
lince *nm* lynx *msg*
linchar *vt* lyncher
lindar *vi*: **~ con** border; **linde** *nm o f* (*de bosque, terreno*) limite *f*
lindero *nm* = **linde**
lindo, -a *adj* joli(e) ♦ *adv* (*AM*) bien; **canta muy ~** (*AM*) il chante très bien; **de lo ~** (*fam*: *muy bien*) vachement
línea *nf* ligne *f*; **en ~** (*INFORM*) en ligne; **~ aérea** ligne aérienne; **~ de meta** (*DEPORTE*) ligne de touche; (: *de carrera*) ligne d'arrivée; **~ discontinua** (*AUTO*) ligne discontinue; **~ recta** ligne droite
lingote *nm* lingot *m*
lingüística *nf* linguistique *f*
lino *nm* lin *m*
linóleo *nm* linoléum *m*
linterna *nf* lampe *f* de poche
lío *nm* paquet *m*; (*desorden*) fatras *msg*; (*fam*: *follón*) bordel *m*; **hacerse un ~** s'emmêler les pédales
liquen *nm* lichen *m*
liquidación *nf* (*de empresa*) dépôt *m* de bilan; (*de salario*) prime *f*; (*de existencias, cuenta, deuda*) liquidation *f*
liquidar *vt* liquider
líquido, -a *adj* liquide; (*ganancia*) net(te) ♦ *nm* liquide *m*
lira *nf* (*MÚS*) lyre *f*; (*moneda*) lire *f*
lírico, -a *adj* lyrique
lirio *nm* iris *msg*
lirón *nm* loir *m*
Lisboa *n* Lisbonne
lisiado, -a *adj, nm/f* estropié(e)
lisiar *vt* estropier
liso, -a *adj* (*superficie, cabello*) lisse;

contre/pour; **~ de clases** lutte des classes; **~ libre** lutte libre; **luchar** *vi* lutter; **luchar contra/por** (*problema*) lutter contre/pour
lucidez *nf* lucidité *f*
lúcido, -a *adj* lucide; **estar ~** être lucide
luciérnaga *nf* ver *m* luisant
lucir *vt* (*vestido, coche*) étrenner; (*conocimientos*) étaler; (*habilidades*) exhiber ♦ *vi* briller; (AM: *parecer*) sembler; **~se** *vpr* (*presumir*) se montrer; **¡te has lucido!** (*irónico*) bien joué!; **la casa luce limpia** (AM) la maison a l'air très propre
lucro (*pey*) *nm* lucre *m*
lúdico, -a *adj* ludique
luego *adv* (*después*) après; (*más tarde*) puis; (AM: *fam*: *en seguida*) tout de suite ♦ *conj* (*consecuencia*) donc; **desde ~** évidemment; **¡hasta ~!** à plus tard!, salut!; **~ luego** (*esp* MÉX) dare-dare
lugar *nm* lieu *m*, endroit *m*; (*en lista*) place *f*; **en ~ de** au lieu de; **dar ~ a** donner lieu à; **fuera de ~** (*comentario, comportamiento*) déplacé(e); **tener ~** avoir lieu; **~ común** lieu commun
lugareño, -a *nm/f* villageois(e)
lugarteniente *nm* remplaçant *m*
lúgubre *adj* lugubre
lujo *nm* luxe *m*; **de ~** de luxe
lujoso, -a *adj* luxueux(-euse)
lujuria *nf* luxure *f*
lumbre *nf* feu *m* (de bois)
lumbrera *nf* (*genio*) lumière *f*
luminoso, -a *adj* lumineux(-euse)
luna *nf* lune *f*; (*vidrio*) glace *f*; **estar en la ~** être dans la lune; **~ de miel** lune de miel; **~ llena/nueva** pleine/nouvelle lune
lunar *adj* lunaire ♦ *nm* grain *m* de beauté; (*diseño*) pois *msg*; **tela de ~es** tissu *m* à pois
lunes *nm inv* lundi *m*; *ver tb* **sábado**
lupa *nf* loupe *f*
lustrar *vt* lustrer; (AM: *zapatos*) cirer; **lustre** *nm* lustre *m*; **dar lustre a algo** faire briller qch
lustroso, -a *adj* brillant(e)
luto *nm* deuil *m*; **ir** *o* **vestirse de ~** porter des habits de deuil
Luxemburgo *nm* Luxembourg *m*
luz (*pl* **luces**) *nf* lumière *f*; **dar a ~ un niño** mettre un enfant au monde; **dar la ~** donner de la lumière; **encender** (ESP) *o* **prender** (*esp* AM)/**apagar la ~** allumer/éteindre la lumière; **a todas luces** de toute évidence; **se hizo la ~ sobre ...** la lumière se fit sur ...; **sacar a la ~** tirer au clair; **tener pocas luces** ne pas être une lumière

M, m

m. *abr* (= *metro(s)*) m (= *mètre(s)*) (= *minuto(s)*) min. (= *minute(s)*) (= *masculino*) m (= *masculin*)
macarrones *nmpl* (CULIN) macarons *mpl*
macedonia *nf*: **~ de frutas** macédoine *f* de fruits
macerar *vt* macérer
maceta *nf* pot *m* de fleurs
machacar *vt* (*ajos*) réduire en purée ♦ *vi* insister
machete *nm* machette *f*
machismo *nm* machisme *m*
machista *adj, nm/f* machiste *m/f*
macho *adj* (BOT, ZOOL) mâle; (*fam*) macho ♦ *nm* mâle *m*
macizo, -a *adj* massif(-ive) ♦ *nm* (GEO, *de flores*) massif *m*
madeja *nf* (*de lana*) écheveau *m*
madera *nf* bois *msg*; **una ~** un morceau de bois; **tiene ~ de profesor** il a l'étoffe d'un professeur
madero *nm* madrier *m*
madrastra *nf* belle-mère *f*
madre *adj* (*lengua*) maternel(le); (*acequia*) maîtresse ♦ *nf* mère *f*
Madrid *n* Madrid
madriguera *nf* terrier *m*
madrileño, -a *adj* madrilène ♦ *nm/f* Madrilène *m/f*
madrina *nf* marraine *f*; **~ de boda** demoiselle *f* d'honneur
madrugada *nf* aube *f*
madrugador, a *adj* lève-tôt *inv*
madrugar *vi* se lever tôt
madurar *vt, vi* mûrir; **madurez** *nf*

maturité *f*

maduro, -a *adj* mûr(e); (*hombre, mujer*) d'âge mûr

maestra *nf ver* **maestro**

maestría *nf* maestria *f*

maestro, -a *adj* maître(sse) ♦ *nm/f* (*de escuela*) maître(sse) (d'école), instituteur(-trice); (*en la vida*) maître *m* ♦ *nm* maître *m*; (*MÚS*) maestro *m*; **~ albañil** maître maçon *m*

magdalena *nf* madeleine *f*

magia *nf* magie *f*

mágico, -a *adj* magique

magisterio *nm* (*enseñanza*) études *fpl* d'instituteur(-trice); (*profesión*) métier *m* d'instituteur(-trice)

magistrado *nm* (*JUR*) magistrat *m*; **primer M~** (*AM*) président *m*

magnánimo, -a *adj* magnanime

magnate *nm* magnat *m*

magnético, -a *adj* magnétique; **magnetizar** *vt* magnétiser

magnetofón *nm* magnétophone *m*

magnetofónico, -a *adj*: **cinta magnetofónica** bande *f* magnétique

magnetófono *nm* = **magnetofón**

magnífico, -a *adj* magnifique; (*carácter*) exceptionnel(le)

magnitud *nf* (*física*) grandeur *f*; (*de problema etc*) ampleur *f*

mago, -a *nm/f* mage *m*; **los Reyes M~s** les Rois *mpl* Mages

magro, -a *adj, nm* maigre *m*

maguey *nm* (*BOT*) agave *m*

magullar *vt* contusionner; (*lastimar*) abîmer

mahometano, -a *adj* mahométan(e) ♦ *nm/f* Mahométan(e)

mahonesa *nf* = **mayonesa**

maíz *nm* maïs *msg*

majadero, -a *adj* imbécile

majestad *nf*: **Su M~** Sa Majesté

majestuoso, -a *adj* majestueux(-euse)

majo, -a *adj* beau (belle); (*persona, apelativo*) mignon(ne)

mal *adv* mal; (*oler, saber*) mauvais ♦ *adj* = **malo** ♦ *nm*: **el ~** le mal; **me entendió ~** il m'a mal compris; **haces ~ en callarte** tu as tort de te taire; **¡menos ~!** heureusement!

malabarismo *nm* jonglerie *f*; **malabarista** *nm/f* jongleur(-euse)

malaria *nf* malaria *f*

malcriado, -a *adj* mal élevé(e)

maldad *nf* méchanceté *f*

maldecir *vt* **~ de** maudire

maldición *nf* malédiction *f*

maldito, -a *adj* maudit(e); **¡~ sea!** (*fam*) maudit(e) soit ...!

maleante *nm/f* malfaiteur *m*, criminel(le)

maledicencia *nf* médisance *f*

maleducado, -a *adj* mal élevé(e)

malentendido *nm* malentendu *m*

malestar *nm* malaise *m*

maleta *nf* valise *f*; **hacer la ~** faire sa valise; **maletera** (*AM*) *nf*, **maletero** *nm* (*AUTO*) coffre *m*; **maletín** *nm* (*de uso profesional*) serviette *f*; (*de viaje*) mallette *f*

maleza *nf* (*arbustos*) fourré *m*

malgastar *vt* gaspiller; (*oportunidades*) laisser passer

malhechor, a *nm/f* malfaiteur *m*

malhumorado, -a *adj* de mauvaise humeur

malicia *nf* méchanceté *f*; (*de niño*) malice *f*

malicioso, -a *adj* malicieux(-euse); (*con mala intención*) méchant(e); (*de malpensado*) mauvais(e)

maligno, -a *adj* (*MED*) malin (maligne); (*ser*) méchant(e)

malla *nf* (*esp AM*) maillot *m* de bain; (*tb:* **~s**) collants *mpl*

Mallorca *nf* Majorque *f*

malo, -a *adj* (*antes de nmsg:* **mal**) mauvais(e); **estar ~** (*persona*) être malade; (*comida*) être mauvais(e); **lo ~ es que ...** le problème, c'est que ...; **por las malas** de force

malograrse *vpr* (*plan*) tomber à l'eau; (*cosecha*) être gâché(e); (*carrera profesional*) se briser; (*PE: fam*) s'abîmer; **el malogrado actor** l'acteur mort prématurément

malparado, -a *adj*: **salir ~** s'en tirer mal

malpensado, -a *adj* malveillant(e)

malsano, -a *adj* malsain(e)

maltratar *vt* maltraiter

maltrecho, -a *adj* en mauvais état

malvado, -a *adj* méchant(e)

malversar *vt* détourner
Malvinas *nfpl*: **las (Islas) ~** les (îles) Malouines *fpl*
malvivir *vi* vivre à l'étroit
mama *nf* mamelle *f*
mamá *nf* (*fam*) maman *f*; (AM: *cortesía*) mère *f*
mamar *vt, vi* téter; **dar de ~** allaiter
mamarracho *nm* (*persona despreciable*) rien-du-tout *m/f inv*
mamífero, -a *adj, nm* mammifère *m*
mampara *nf* (*entre habitaciones*) cloison *f*; (*biombo*) écran *m*
mampostería *nf* maçonnerie *f*
manada *nf* (*de leones, lobos*) horde *f*; (*de búfalos, elefantes*) troupeau *m*
manantial *nm* source *f*
manar *vt* laisser couler ♦ *vi* jaillir
mancha *nf* tache *f*; **manchar** *vt, vi* tacher; **mancharse** *vpr* se tacher
manchego, -a *adj* de la Manche
manco, -a *adj* manchot(e)
mancomunar *vt* mettre en commun; (JUR) rendre solidaires; **mancomunidad** *nf* (*de bienes*) copropriété *f*; (*de personas*, JUR) association *f*; (*de municipios*) syndicat *m*
mandamiento *nm* (REL) commandement *m*; **~ judicial** mandat *m* d'arrêt
mandar *vt* ordonner; (MIL) commander; (*enviar*) envoyer ♦ *vi* commander; **~ hacer un traje** se faire faire un costume
mandarina *nf* mandarine *f*
mandato *nm* (*orden*) ordre *m*; (POL) mandat *m*; (INFORM) commande *f*; **~ judicial** mandat d'arrêt
mandíbula *nf* mandibule *f*
mandil *nm* tablier *m*
mando *nm* (MIL) commandement *m*; (*de organización, país*) direction *f*; (TEC) commande *f*; **al ~ (de)** sous la responsabilité (de); **~ a distancia** télécommande *f*
manejable *adj* maniable; (*libro*) peu encombrant(e)
manejar *vt* manier; (*máquina*) manœuvrer; (*pey*: *a personas*) manœuvrer; (*casa, negocio*) mener; (*dinero, números*) brasser; (*idioma*) maîtriser; (AM: AUTO) conduire; **~se** *vpr* se débrouiller; **manejo** *nm* maniement *m*; (*de máquinas*) manœuvre *f*; (AM: *de negocio*) conduite *f*; **manejos** *nmpl* (*pey*) manœuvres *fpl*
manera *nf* manière *f*, façon *f*; **~s** *nfpl* (*modales*) manières *fpl*; **¡de ninguna ~!** en aucun cas!; **de otra ~** autrement; **de todas ~s** de toute manière; **no hay ~ de persuadirle** il n'y a pas moyen de le persuader
manga *nf* manche *f*; **~ de riego** tuyau d'irrigation
mangar (*fam*) *vt* piquer
mango *nm* manche *m*; (BOT) mangue *f*
mangonear (*pey*) *vt* commander ♦ *vi* se mêler de tout
manguera *nf* lance *f* d'arrosage
manía *nf* manie *f*; **tener ~ a algn/algo** avoir de l'antipathie pour qn/qch
maníaco, -a *adj, nm/f* maniaque *m/f*
maniatar *vt* ligoter
maniático, -a *adj, nm/f* maniaque *m/f*
manicomio *nm* asile *m* (de fous)
manifestación *nf* manifestation *f*
manifestar *vt* manifester; (*declarar*) déclarer; **~se** *vpr* (POL) manifester
manifiesto, -a *pp de* **manifestar** ♦ *adj* manifeste ♦ *nm* (ARTE, POL) manifeste *m*
manillar *nm* guidon *m*
maniobra *nf* manœuvre *f*; **~s** *nfpl* (MIL, *pey*) manœuvres *fpl*; **maniobrar** *vi* manœuvrer; (MIL) faire des manœuvres
manipulación *nf* manipulation *f*; **manipular** *vt* manipuler
maniquí *nm/f* mannequin *m/f* ♦ *nm* (*de escaparate*) mannequin *m*
manirroto, -a *adj, nm/f* dépensier(-ère)
manivela *nf* manivelle *f*
manjar *nm* mets *msg*
mano *nf* main *f*; (*de pintura*) couche *f* ♦ *nm* (MÉX: *fam*) copain *m*; **a ~** à la main; **estar/tener algo a ~** être/avoir qch à portée de la main; **a ~**

derecha/izquierda à (main) droite/ gauche; **de segunda ~** d'occasion; **darse la(s) ~(s)** se donner la main; **echar una ~** donner un coup de main; **~ de obra** main-d'œuvre *f*

manojo *nm* (*de hierbas*) brassée *f*; (*de llaves*) trousseau *m*

manopla *nf* moufle *f*

manoseado, -a *adj* (*tema*) rebattu(e); (*papel*) manipulé(e); **manosear** *vt* (*libro*) manipuler; (*flores*) écraser; (*tema, asunto*) rebattre; (*fam*: *una persona*) tripoter

manotazo *nm* gifle *f*

mansalva: **a ~** *adv* sans risque

mansedumbre *nf* (*de persona*) douceur *f*; (*de animal*) docilité *f*

mansión *nf* demeure *f*

manso, -a *adj* (*persona*) doux (douce); (*animal*) apprivoisé(e)

manta *nf* couvre-lit *m*; (*AM*) poncho *m*

manteca *nf* (*de cerdo*) saindoux *m*; (*de cacao, AM*) beurre *m*

mantel *nm* nappe *f*

mantendré *etc vb ver* **mantener**

mantener *vt* maintenir; (*familia*) subvenir aux besoins de; (*TEC*) assurer la maintenance (de); (*actividad*) conserver; (*edificio*) soutenir; **~se** *vpr* (*edificio*) être soutenu(e); (*no ceder*) se maintenir; **~ el equilibrio** garder l'équilibre; **~se (de** *o* **con)** vivre (de); **~se en pie** rester debout; **~se firme** rester ferme; **mantenimiento** *nm* (*TEC*) maintenance *f*; (*de orden, relaciones*) maintien *m*; (*sustento*) subsistance *f*

mantequilla *nf* beurre *m*

manto *nm* cape *f*

mantuve *etc vb ver* **mantener**

manual *adj* manuel(le) ♦ *nm* manuel *m*

manufactura *nf* manufacture *f*

manufacturado, -a *adj* manufacturé(e)

manuscrito *nm* manuscrit *m*

manutención *nf* (*de persona*) subsistance *f*; (*de alimentos, dinero*) conservation *f*

manzana *nf* pomme *f*; (*de edificios*) pâté *m*

manzanilla *nf* camomille *f*

manzano *nm* pommier *m*

maña *nf* adresse *f*; **~s** *nfpl* (*artimañas*) ruses *fpl*

mañana *adv* demain ♦ *nm*: **(el) ~** (le) lendemain ♦ *nf* matin *m*; **de** *o* **por la ~** le matin; **¡hasta ~!** à demain!; **~ por la ~** demain matin

mañoso, -a *adj* adroit(e)

mapa *nm* carte *f*

maqueta *nf* maquette *f*

maquillaje *nm* maquillage *m*

maquillar *vt* maquiller; **~se** *vpr* se maquiller

máquina *nf* machine *f*; (*de tren*) locomotive *f*; (*AM*) voiture *f*; **escrito a ~** tapé à la machine; **~ de coser/ de escribir/de vapor** machine à coudre/à écrire/à vapeur

maquinación *nf* machination *f*

maquinal *adj* machinal(e)

maquinaria *nf* machinerie *f*

maquinilla *nf* (*tb:* **~ de afeitar**) rasoir *m*

maquinista *nm* mécanicien *m*

mar *nm o f* mer *f*; **~ adentro** au large; **en alta ~** en haute mer; **es la ~ de guapa** elle est très jolie; **el M~ Negro/Báltico** la Mer Noire/Baltique

maraña *nf* enchevêtrement *m*

maratón *nm* marathon *m*

maravilla *nf* merveille *f*; **maravillar** *vt* émerveiller; **maravillarse** *vpr*: **maravillarse (de)** s'émerveiller (de)

maravilloso, -a *adj* merveilleux(-euse)

marca *nf* marque *f*; (*DEPORTE*) record *m*; **de ~** (*COM*) de marque; **~ de fábrica** marque

marcador *nm* (*DEPORTE*) tableau *m*

marcapasos *nm inv* stimulateur *m* cardiaque

marcar *vt* marquer; (*número de teléfono*) composer ♦ *vi* (*DEPORTE*) marquer; (*TELEC*) composer le numéro

marcha *nf* marche *f*; (*AUTO*) vitesse *f*; (*fam*: *animación*) fête *f*; **dar ~ atrás** (*AUTO, fig*) faire marche arrière; **estar en ~** être en marche; (*negocio*) marcher; **poner en ~** faire démarrer

marchar *vi* marcher; (*ir*) partir; **~se**

vpr s'en aller
marchitarse *vpr* se faner
marcial *adj* martial(e)
marco *nm* cadre *m*; (*moneda*) Mark *m*
marea *nf* marée *f*; **~ negra** marée noire
marear *vt* (MED) donner mal au cœur à; (*fam*) harceler; **~se** *vpr* avoir le mal de mer; (*desmayarse*) s'évanouir; (*estar aturdido*) être abruti(e)
maremoto *nm* raz-de-marée *m inv*
mareo *nm* mal *m* au cœur; (*en barco*) mal de mer; (*en avión*) mal de l'air; (*en coche*) des transports; (*desmayo*) évanouissement *m*; (*aturdimiento*) abrutissement *m*
marfil *nm* ivoire *m*
margarina *nf* margarine *f*
margarita *nf* marguerite *f*
margen *nm o f* (*de río, camino*) bord *m*; (*de página*) marge *f* ♦ *nm* marge; **dar ~ para** donner l'occasion de; **dejar a algn al ~** laisser qn en plan; **mantenerse al ~** rester en marge
marginar *vt* (*socialmente*) marginaliser
marica *nm* (*fam!*: *homosexual*) pédé *m* (*fam!*); (: *cobarde*) poule *f* mouillée
maricón *nm* (*fam!*: *homosexual*) pédé *m* (*fam!*); (: *insulto*) connard *m* (*fam!*)
marido *nm* mari *m*
marihuana *nf* marijuana *f*
marina *nf* (MIL) marine *f*; **~ mercante** marine marchande
marinero, -a *adj* marin(e) ♦ *nm* marin *m*
marino, -a *adj* marin(e) ♦ *nm* marin *m*
marioneta *nf* marionnette *f*
mariposa *nf* papillon *m*
mariquita *nf* coccinelle *f*
marisco *nm* fruit *m* de mer
marítimo, -a *adj* maritime
mármol *nm* marbre *m*
marqués, -esa *nm/f* marquis(e)
marrón *adj* marron
marroquí *adj* marocain(e) ♦ *nm/f* Marocain(e) ♦ *nm* (*cuero*) maroquin *m*
Marruecos *nm* Maroc *m*
martes *nm inv* mardi *m*; *ver tb* **sábado**

Martes y Trece

En Espagne, selon une superstition, le mardi, et en particulier le mardi 13, est un jour qui porte malheur.

martillo *nm* marteau *m*
mártir *nm/f* martyr(e); **martirio** *nm* martyre *m*
marxismo *nm* marxisme *m*; **marxista** *adj, nm/f* marxiste *m/f*
marzo *nm* mars *msg*; *ver tb* **julio**
mas *conj* mais

PALABRA CLAVE

más *adv* **1** (*compar*) plus; **más grande/inteligente** plus grand/intelligent; **trabaja más (que yo)** il travaille plus (que moi); **más de mil** plus de mille; **más de lo que yo creía** plus que je ne croyais
2 (+ *sustantivo*) plus de; **más libros** plus de livres; **más tiempo** plus longtemps
3 (*tras sustantivo*) en plus, de plus; **3 personas más (que ayer)** 3 personnes de plus (qu'hier)
4 (*superl*): **el más ...** le plus ...; **el más inteligente (de)** le plus intelligent (de); **el coche más grande** la voiture la plus grande; **el que más corre** le plus rapide
5 (*adicional*): **deme una más** donnez m'en encore une; **un poco más** encore un peu; **¿qué más?** quoi d'autre?, quoi encore?; **¿quién más?** qui d'autre?; **¿quieres más?** en veux-tu plus *o* davantage?
6 (*negativo*): **no tengo más dinero** je n'ai plus d'argent; **no viene más por aquí** il ne vient plus par ici; **no sé más** je n'en sais pas plus *o* davantage; **nunca más** plus jamais; **no hace más que hablar** il ne fait que parler; **no lo sabe nadie más que él** il n'y a que lui qui le sache
7 (+ *adj*: *valor intensivo*): **¡qué perro**

más sucio! comme ce chien est sale!; **¡es más tonto!** qu'est-ce qu'il est bête!
8 (*locuciones*): **más o menos** plus ou moins; **los más** la plupart; **es más, acabamos pegándonos** on a même fini par se battre; **más aún** mieux encore; **más bien** plutôt; *ver tb* **cada**
9: **de más**: **veo que aquí estoy de más** je vois que je suis de trop ici; **tenemos uno de más** nous en avons un de trop
10 (*AM*): **no más** seulement; **así no más** comme ça; **ayer no más** pas plus tard qu'hier
11: **por más**: **por más que lo intento** j'ai beau essayer; **por más que quisiera ...** j'ai beau vouloir ...
12 (*MAT*): **2 más 2 son 4** 2 plus 2 font 4
♦ *nm* (*MAT*: *signo*) signe *m* plus; **este trabajo tiene sus más y sus menos** ce travail a de bons et de mauvais côtés

masa *nf* masse *f*; **las ~s** *nmpl* (*POL*) les masses *fpl*; **en ~** en masse
masacre *nf* massacre *m*
masaje *nm* massage *m*
máscara *nf* masque *m*; **~ antigás/de oxígeno** masque à gaz/à oxygène; **mascarilla** *nf* (*MED, en cosmética*) masque *m*
masculino, -a *adj* masculin(e); (*BIO*) masculin(e), mâle ♦ *nm* (*LING*) masculin *m*
masificación *nf* encombrement *m*
masivo, -a *adj* massif(-ive)
masón *nm* franc-maçon *m*
masoquista *adj, nm/f* masochiste *m/f*
máster *nm* (*ESCOL*) mastère *m*
masticar *vt, vi* mastiquer
mástil *nm* mât *m*; (*de guitarra*) manche *m*
mastín *nm* mâtin *m*
masturbación *nf* masturbation *f*
masturbarse *vpr* se masturber
mata *nf* (*esp AM*) arbuste *m*; (*de espinas*) brassée *f*; (*de perejil*) bouquet *m*
matadero *nm* abattoir *m*
matador *nm* (*TAUR*) matador *m*
matamoscas *nm inv* tue-mouches *m inv*
matanza *nf* (*de gente*) massacre *m*; (*de cerdo*: *acción*) abattage *m* du cochon
matar *vt* tuer; (*hambre, sed*) apaiser; **~se** *vpr* se tuer
matasellos *nm inv* cachet *m* de la poste
mate *adj* mat(e); (*AND, CSUR*: *hierba, infusión*) maté *m*, thé *m* des Jésuites; (: *vasija*) récipient *m* pour le maté; **~ de coca/de menta** thé à la coca/à la menthe
matemáticas *nfpl* mathématiques *fpl*, maths *fpl*; *ver tb* **matemático**
matemático, -a *adj* mathématique ♦ *nm/f* mathématicien(ne)
materia *nf* matière *f*; **en ~ de** en matière de; **~ prima** matière première; **material** *adj* matériel(le) ♦ *nm* matière *f*, matériau *m*; (*dotación*) matériel *m*; (*cuero*) peau *f*; **materialista** *adj* matérialiste; **materialmente** *adv*: **es materialmente imposible** c'est matériellement impossible
maternal *adj* maternel(le)
maternidad *nf* maternité *f*
materno, -a *adj* maternel(le)
matinal *adj* matinal(e)
matiz *nm* nuance *f*; **matizar** *vt, vi* préciser
matón *nm* dur *m*
matorral *nm* buisson *m*
matraca *nf* matraque *f*
matrícula *nf* (*ESCOL*) inscription *f*; (*AUTO*) immatriculation *f*; (: *placa*) plaque *f* d'immatriculation; **~ de honor** ≃ mention *f* très bien; **matricular** *vt* (*coche*) immatriculer; (*alumno*) inscrire; **matricularse** *vpr* s'inscrire
matrimonial *adj* (*contrato*) de mariage; (*vida*) conjugal(e)
matrimonio *nm* (*pareja*) couple *m*; (*boda*) mariage *m*
matriz *nf* (*ANAT*) utérus *msg*; (*TEC, MAT*) matrice *f*
maullar *vi* miauler
máxime *adv* particulièrement

máximo, -a *adj* maximal(e), maximum; (*longitud, altitud*) maximal(e) ♦ *nm* maximum *m*; **al ~** au maximum
mayo *nm* mai *m*; *ver tb* **julio**
mayonesa *nf* mayonnaise *f*
mayor *adj* (*adulto*) adulte; (*de edad avanzada*) âgé(e); (*MÚS, fig*) majeur(e); (*compar*: *de tamaño*) plus grand(e); (: *de edad*) plus âgé(e); (*superl*: *ver compar*) très grand(e); très âgé(e); **~es** *nmpl* adultes *mpl*; **al por ~** en gros; **~ de edad** majeur(e)
mayordomo *nm* majordome *m*
mayoría *nf* majorité *f*
mayorista *nm/f* grossiste *m/f*
mayúscula *nf* (*tb:* **letra ~**) majuscule *f*
mayúsculo, -a *adj* (*susto*) terrible; (*error*) magistral(e)
mazapán *nm* pâte *f* d'amande
mazo *nm* maillet *m*
me *pron* me; (*en imperativo*) moi; **¡dámelo!** donne-le-moi!
mear (*fam*) *vt, vi* pisser
mecánica *nf* mécanique *f*
mecánico, -a *adj* mécanique ♦ *nm/f* mécanicien(ne)
mecanismo *nm* mécanisme *m*
mecanografía *nf* dactylographie *f*
mecanógrafo, -a *nm/f* dactylo(graphe) *m/f*
mecate (*AM*) *nm* corde *f*
mecedor (*AM*) *nm*, **mecedora** *nf* fauteuil *m* à bascule
mecer *vt* balancer; **~se** *vpr* se balancer
mecha *nf* mèche *f*; **~s** *nfpl* (*en el pelo*) mèches *fpl*
mechero *nm* briquet *m*
mechón *nm* (*de pelo*) mèche *f*
medalla *nf* médaille *f*
media *nf* moyenne *f*; (*prenda de vestir*) bas *msg*; (*AM*) chaussette *f*
mediano, -a *adj* moyen(ne); **el ~** celui du milieu
medianoche *nf* minuit *m*
mediante *adv* grâce à
mediar *vi* servir d'intermédiaire; (*problema*: *interponerse*) s'interposer; **~ por algn** intercéder en faveur de qn
medicación *nf* (*acción*) prise *f* de médicaments; (*medicamentos*) médicaments *mpl*
medicamento *nm* médicament *m*
medicina *nf* (*ciencia*) médecine *f*; (*medicamento*) médicament *m*
medición *nf* mesure *f*
médico, -a *adj* médical(e) ♦ *nm/f* médecin *m/f*
medida *nf* mesure *f*; **~s** *nfpl* (*de persona*) mesures *fpl*; **en cierta ~** dans une certaine mesure; **en gran ~** en grande partie; **un traje a la ~** un costume sur mesure; **~ de cuello** encolure *f*; **a ~ de mi** *etc* **capacidad/necesidad** dans la mesure de mes *etc* possibilités/ besoins; **a ~ que ...** à mesure que ...
medio, -a *adj* moyen(ne) ♦ *adv* à moitié ♦ *nm* milieu *m*; (*método*) moyen *m*; **~s** *nmpl* moyens *mpl*; **a medias** à moitié; **~ litro** un demi-litre; **media hora/docena/manzana** une demi-heure/douzaine/pomme; **las tres y media** trois heures et demie; **~ dormido/enojado** à moitié endormi/fâché; **en ~, entre medias** au milieu; **por ~ de** au moyen de; **~ ambiente** environnement *m*; **~s de comunicación/transporte** moyens de communication/ transport
medioambiental *adj* (*efectos*) sur l'environnement; (*política*) écologique
mediocre (*pey*) *adj* médiocre
mediodía *nm* midi *m*; **a ~** à midi
medir *vt* mesurer; **¿cuánto mides? - mido 1.50 m** tu mesures combien? - je mesure 1 m 50
meditar *vt* méditer ♦ *vi*: **~ (sobre)** méditer (sur)
mediterráneo, -a *adj* méditerranéen(ne) ♦ *nm*: **el (mar) M~** la (Mer) Méditerranée
médula *nf* moelle *f*; **~ espinal** moelle épinière
medusa (*ESP*) *nf* méduse *f*
megafonía *nf* sono *f*; (*técnica*) sonorisation *f*
megáfono *nm* porte-voix *m inv*

megalómano, -a *nm/f* mégalomane *m/f*
mejicano, -a (*ESP*) *adj* mexicain(e) ♦ *nm/f* Mexicain(e)
Méjico (*ESP*) *nm* Mexique *m*
mejilla *nf* joue *f*
mejillón *nm* moule *f*
mejor *adj* meilleur(e) ♦ *adv* mieux; **será ~ que vayas** il vaut mieux que tu t'en ailles; **a lo ~** peut-être; **~ dicho** plutôt; **¡(tanto) ~!** tant mieux!; **~ vámonos** (*esp AM*: *fam*) allons-y; **tu, ~ te callas** (*esp AM*: *fam*) toi, tu ferais mieux de te taire
mejora *nf* amélioration *f*; **mejorar** *vt* améliorer ♦ *vi* s'améliorer; (*enfermo*) se rétablir
mejoría *nf* (*de enfermo*) rétablissement *m*; (*del tiempo*) amélioration *f*
melancólico, -a *adj* mélancolique
melena *nf* (*de persona*) chevelure *f*; (*de león*) crinière *f*
mellizo, -a *adj*, *nm/f* jumeau(-elle); **~s** *nmpl* (*AM*) jumelles *fpl*; (*de ropa*) boutons *mpl* de manchette
melocotón (*ESP*) *nm* pêche *f*
melodía *nf* mélodie *f*
melodrama *nm* mélodrame *m*
melón *nm* melon *m*
membrete *nm* en-tête *m*
membrillo *nm* (*fruto*) coing *m*; (*tb*: **carne de ~**) confiture *f* de coings
memorable *adj* mémorable
memoria *nf* mémoire *f*; **~s** *nfpl* (*de autor*) mémoires *fpl*; **aprender/saber/recitar algo de ~** apprendre/savoir/réciter qch par cœur; **memorizar** *vt* mémoriser
menaje *nm* (*de cocina*) ustensiles *mpl* de cuisine; (*del hogar*) ustensiles de ménage
mencionar *vt* mentionner
mendigar *vt*, *vi* mendier
mendigo, -a *nm/f* mendiant(e)
mendrugo *nm* quignon *m*
menear *vt* remuer; (*cadera*) balancer; **~se** *vpr* remuer
menester *nm*: **es ~ hacer algo** il faut faire qch; **~es** *nmpl* devoirs *mpl*
menestra *nf*: **~ de verduras** macédoine *f* de légumes (*parfois avec des morceaux de viande*)
menguante *adj* décroissant(e); **menguar** *vt* diminuer ♦ *vi* décroître; (*número*) réduire; (*días*) diminuer
meningitis *nf* méningite *f*
menopausia *nf* ménopause *f*
menor *adj* (*más pequeño*: *compar*) plus petit(e); (*número*: *superl*) moindre; (*más joven*) plus jeune; (*MÚS*) mineur(e) ♦ *nm/f* (*tb*: **~ de edad**) mineur(e); **no tengo la ~ idea** je n'en ai pas la moindre idée; **al por ~** au détail
Menorca *nf* Minorque *f*

PALABRA CLAVE

menos *adv* **1** (*compar*) moins; **me gusta menos (que el otro)** je l'aime moins (que l'autre); **menos de 50** moins de 50; **menos de lo que esperaba** moins que je n'en attendais
2 (+ *sustantivo*) moins de; **menos gente** moins de gens; **menos coches** moins de voitures
3 (*tras sustantivo*) de moins; **3 libros menos (que ayer)** 3 livres de moins (qu'hier)
4 (*superl*): **es la menos lista (de su clase)** c'est la moins intelligente (de sa classe); **el libro menos vendido** le livre le moins vendu; **de todas ellas es la que menos me agrada** c'est celle qui me plaît le moins parmi elles; **es el que menos culpa tiene** c'est celui qui est le moins coupable; **lo menos que ...** le moins que ...
5 (*locuciones*): **no quiero verle y menos visitarle** je ne veux pas le voir, encore moins lui rendre visite; **menos aun cuando ...** d'autant moins que ...; **¡menos mal (que ...)!** heureusement (que ...)!; **al** *o* **por lo menos** (tout) au moins; **si al menos ...** si seulement ...
6 (*MAT*): **5 menos 2** 5 moins 2
♦ *prep* (*excepto*) sauf; **todos menos él** tous sauf lui
♦ *conj*: **a menos que**: **a menos que**

venga mañana à moins qu'il ne vienne demain

menospreciar *vt* sous-estimer
mensaje *nm* message *m*
mensajero, -a *nm/f* messager(-ère)
menstruación *nf* menstruation *f*
mensual *adj* mensuel(elle); **mensualidad** *nf* mensualité *f*
menta *nf* menthe *f*
mental *adj* mental(e); **mentalidad** *nf* mentalité *f*
mentalizar *vt* faire prendre conscience à; **~se** *vpr*: **~se (de/de que)** se faire à l'idée (de/que)
mentar *vt* mentionner
mente *nf* esprit *m*; **tener en ~ (hacer)** avoir dans l'idée (de faire)
mentir *vi* mentir
mentira *nf* mensonge *m*; **parece ~ que ...** on ne dirait vraiment pas que ...; (*como reproche*) cela paraît incroyable que ...
mentiroso, -a *adj, nm/f* menteur(-euse)
menú *nm* menu *m*
menudo, -a *adj* (*muy pequeño*) menu(e); **¡~ negocio!** drôle d'affaire!; **¡~ chaparrón/lío!** quelle engueulade/histoire!; **¡~ sitio/actor!** (*pey*) drôle d'endroit/d'acteur!; **a ~** souvent
meñique *nm* (*tb:* **dedo ~**) auriculaire *m*
meollo *nm*: **el ~ del asunto** le fond du problème
mercado *nm* marché *m*; **M~ Común** marché commun
mercancía *nf* marchandise *f*
mercantil *adj* commercial(e)
mercenario, -a *adj, nm* mercenaire *m*
mercería *nf* mercerie *f*; **artículos/ sección de ~** mercerie
mercurio *nm* mercure *m*
merecer *vt* mériter; **merece la pena** ça vaut la peine
merecido, -a *adj* mérité(e); **recibir su ~** en prendre pour son grade
merendar *vt* prendre pour son goûter ♦ *vi* prendre son goûter
merengue *nm* meringue *f*
meridiano *nm* méridien *m*
merienda *vb ver* **merendar** ♦ *nf* goûter *m*; (*en el campo*) pique-nique *m*
mérito *nm* mérite *m*
merluza *nf* colin *m*
merma *nf* perte *f*; **mermar** *vt* diminuer ♦ *vi* (*comida*) réduire; (*fortuna*) diminuer
mermelada *nf* confiture *f*
mero, -a *adj* simple; (CAM, MÉX: *fam*: *verdadero*) vrai(e); (: *principal*) principal(e); (: *exacto*) précis(e)
merodear *vi*: **~ por (un lugar)** rôder dans (un endroit)
mes *nm* mois *msg*
mesa *nf* table *f*; **poner/quitar la ~** mettre/débarrasser la table; **~ electoral** bureau *m* de vote; **~ redonda** table ronde
mesero, -a (*esp* MÉX) *nm/f* garçon (serveuse)
meseta *nf* plateau *m*
mesilla *nf* (*tb:* **~ de noche**) table *f* de nuit
mesón *nm* restaurant *m*
mestizo, -a *adj, nm/f* métis(-isse)
mesura *nf* (*moderación*) mesure *f*
meta *nf* but *m*
metabolismo *nm* métabolisme *m*
metáfora *nf* métaphore *f*
metal *nm* métal *m*; (MÚS) cuivres *mpl*
metálico, -a *adj* métallique ♦ *nm*: **en ~** en espèces
metalurgia *nf* métallurgie *f*
meteoro *nm* météore *m*
meteorología *nf* météorologie *f*
meter *vt* mettre; (*involucrar*) mêler; (COSTURA) raccourcir; (*miedo*) faire; (*paliza*) flanquer; **~se** *vpr*: **~se en** (*un lugar*) entrer dans; (*negocios, política*) se lancer dans; (*entrometerse*) se mêler de; **~ algo en** *o* (*esp* AM) **a** mettre qch dans; **~se a escritor** se lancer dans la littérature; **~se con algn** s'en prendre à qn; (*en broma*) taquiner qn
meticuloso, -a *adj* méticuleux(-euse)
metódico, -a *adj* méthodique
método *nm* méthode *f*; **con ~** avec méthode
metodología *nf* méthodologie *f*

metralleta *nf* mitraillette *f*
metro *nm* mètre *m*; (*tren*: *tb:* **~politano**) métro *m*
mexicano, -a (AM) *adj* mexicain(e) ♦ *nm/f* Mexicain(e)
México (AM) *nm* Mexique *m*; **Ciudad de ~** Mexico
mezcla *nf* mélange *m*; **mezclar** *vt* mélanger; (*cosas, ideas dispares*) mêler; **mezclarse** *vpr* se mélanger; **mezclar a algn en** (*pey*) mêler qn à; **mezclarse en algo** (*pey*) se mêler de qch
mezquino, -a *adj* mesquin(e)
mezquita *nf* mosquée *f*
mg. *abr* (= *miligramo(s)*) mg (= *milligramme(s)*)
mi *adj* mon (ma) ♦ *nm* (MÚS) mi *m*; **~ hijo** mon fils; **mis hijos** mes enfants
mí *pron* moi
michelín *nm* bourrelet *m*
micro *nm* micro *m*; (AM: *microordenador*) micro-ordinateur *m*; (: *microbús*) minibus *msg*
microbio *nm* microbe *m*
micrófono *nm* microphone *m*
microondas *nm inv* (*tb:* **horno ~**) four *m* à micro-ondes
microscopio *nm* microscope *m*
miedo *nm* peur *f*; **tener ~** avoir peur; **tener ~ de que** avoir peur que
miedoso, -a *adj* peureux(-euse)
miel *nf* miel *m*
miembro *nm* membre *m*; **~ viril** membre viril
mientras *conj* pendant que ♦ *adv* en attendant; **~ viva/pueda** tant que je vivrai/pourrai; **~ que** tandis que; **~ tanto** entre-temps
miércoles *nm inv* mercredi *m*; *ver tb* **sábado**
mierda (*fam!*) *nf* merde *f* (*fam!*)
miga *nf* mie *f*; (*una miga*) miette *f*; **hacer buenas ~s** (*fam*) faire bon ménage
migración *nf* migration *f*
mil *adj, nm* mille *m*; **dos ~ libras** deux milles livres
milagro *nm* miracle *m*; **de ~** par miracle
milagroso, -a *adj* miraculeux(-euse)
milésimo, -a *adj, nm/f* millième *m*
mili *nf*: **la ~** (*fam*) le service (militaire)
milicia *nf* milice *f*
milímetro *nm* millimètre *m*
militante *adj, nm/f* militant(e)
militar *adj, nm/f* militaire *m* ♦ *vi*: **~ en** (POL) militer dans
millar *nm* millier *m*
millón *nm* million *m*
millonario, -a *adj, nm/f* millionnaire *m/f*
mimar *vt* gâter
mimbre *nm o f* osier *m*
mímica *nf* mimique *f*
mimo *nm* (*gesto cariñoso*) mamours *mpl*; (*en trato con niños*: *pey*) indulgence *f*; (TEATRO) mime *m*
mina *nf* mine *f*; **minar** *vt* miner
mineral *adj* minéral(e) ♦ *nm* minéral *m*
minero, -a *adj* minier(-ière) ♦ *nm/f* mineur *m*
miniatura *nf* miniature *f*; **en ~** en miniature
minifalda *nf* mini-jupe *f*
mínimo, -a *adj* (*temperatura, salario*) minimal(e); (*detalle, esfuerzo*) minime ♦ *nm* minimum *m*
ministerio *nm* ministère *m*
ministro, -a *nm/f* ministre *m*
minoría *nf* minorité *f*
minucioso, -a *adj* minutieux(-euse)
minúscula *nf* minuscule *f*
minusválido, -a *adj, nm/f* handicapé(e)
minuta *nf* (*de abogado etc*) minute *f*
minutero *nm* aiguille *f* des minutes
minuto *nm* minute *f*
mío, -a *adj* mien(-enne) ♦ *pron* le mien (la mienne); **un amigo ~** un de mes amis
miope *adj* myope
mira *nf* (*de arma*) viseur *m*; **con la ~ de (hacer)** dans le but de (faire); **con ~s a (hacer)** en vue de (faire)
mirada *nf* regard *m*; (*momentánea*) coup *m* d'œil; **echar una ~ a** jeter un coup d'œil à
mirado, -a *adj* réservé(e); **estar bien/mal ~** être bien/mal vu(e)
mirador *nm* mirador *m*
mirar *vt* regarder; (*considerar*) penser

à ♦ *vi* regarder; (*suj*: *ventana etc*) donner sur; **~se** *vpr* se regarder; **~ (hacia/por)** regarder (vers/par); **~ (en/por)** veiller (à); **~ bien/mal a algn** apprécier/ne pas apprécier qn; **~ por algn/algo** veiller sur qn/qch
mirilla *nf* judas *msg*
mirlo *nm* merle *m*
misa *nf* messe *f*
miserable *adj, nm/f* misérable *m/f*
miseria *nf* misère *f*; **una ~** (*muy poco*) une misère
misericordia *nf* miséricorde *f*
misil *nm* missile *m*
misión *nf* mission *f*; **misiones** *nfpl* (REL) missions *fpl*
misionero, -a *nm/f* missionnaire *m/f*
mismo, -a *adj*: **el ~ libro/apellido** le même livre/nom de famille; (*con pron personal*): **mi** *etc* **~** moi *etc* même ♦ *adv*: **aquí/hoy ~** (*dando énfasis*) ici/aujourd'hui même; (*por ejemplo*) par exemple ici/ aujourd'hui; **ayer ~** pas plus tard qu'hier ♦ *conj*: **lo ~ que** de même que; **el ~ color** la même couleur; **ahora ~** à l'instant; **yo ~ lo vi** je l'ai vu de mes propres yeux; **quiero lo ~** je veux la même chose; **es** *o* **da lo ~** peu importe; **~ que** (MÉX: *esp en prensa*) qui
misterio *nm* mystère *m*; **hacer algo con (mucho) ~** faire qch en (grand) secret
misterioso, -a *adj* mystérieux(-euse)
mitad *nf* moitié *f*; (*centro*) milieu *m*; **a ~ de precio** à moitié prix; **en** *o* **a ~ del camino** à mi-chemin; **cortar por la ~** partager en deux
mitigar *vt* atténuer
mitin *nm* (*esp* POL) meeting *m*
mito *nm* mythe *m*
mixto, -a *adj* mixte; (*ensalada*) composé(e)
mobiliario *nm* mobilier *m*
mochila *nf* sac *m* à dos
moción *nf* motion *f*
moco *nm* morve *f*
moda *nf* mode *f*; **estar de ~** être à la mode; **pasado de ~** démodé(e)
modales *nmpl* manières *fpl*
modalidad *nf* modalité *f*
modelar *vt* modeler
modelo *adj inv* modèle ♦ *nm/f* modèle *m*; (*en moda, publicitario*) mannequin *m* ♦ *nm* (*a imitar*) modèle
moderado, -a *adj* modéré(e)
moderar *vt* modérer; **~se** *vpr*: **~se (en)** se modérer (dans)
modernizar *vt* moderniser
moderno, -a *adj* moderne
modestia *nf* modestie *f*
modesto, -a *adj* modeste
módico, -a *adj* modique
modificar *vt* modifier
modisto, -a *nm/f* couturier(-ère)
modo *nm* (*manera*) manière *f*; **~s** *nmpl* (*modales*): **buenos/malos ~s** bonnes/mauvaises manières; **"~ de empleo"** "mode d'emploi"; **de ningún ~** en aucune façon; **de todos ~s** de toute manière
modorra *nf* léthargie *f*
mofa *nf*: **hacer ~ de algn** se moquer de qn
mofarse *vpr*: **~ de** se moquer de
moho *nm* (*en pan etc*) moisi *m*
mojar *vt* mouiller; **~se** *vpr* se mouiller
mojón *nm* borne *f*
molde *nm* moule *m*
mole *nf* masse *f* ♦ *nm* (MÉX) (sorte *f* de viande en) daube *f*
moler *vt* moudre
molestar *vt* (*suj*: *olor, ruido*) gêner; (: *visitas, niño*) déranger; (: *zapato, herida*) faire mal à; (: *comentario, actitud*) vexer ♦ *vi* (*visitas, niño*) déranger; **~se** *vpr* se déranger; (*ofenderse*) se vexer; **~se (en)** prendre la peine (de)
molestia *nf* gêne *f*; (MED) douleur *f*; **tomarse la ~ de** prendre la peine de; **no es ninguna ~** cela ne me dérange pas du tout, je vous en prie; **"perdonen las ~s"** "veuillez nous excuser pour le désagrément"
molesto, -a *adj* gênant(e), désagréable; **estar ~** (MED) se sentir mal; (*enfadado*) être fâché(e); **estar ~ con algn** ne pas être à l'aise avec qn
molido, -a *adj*: **estar ~** être crevé(e)
molinillo *nm*: **~ de café** moulin *m* à

café
molino *nm* moulin *m*
momentáneo, -a *adj* momentané(e)
momento *nm* moment *m*; **es el/no es el ~ de (hacer)** c'est/ce n'est pas le moment de (faire); **de ~** pour le moment
momia *nf* momie *f*
monarca *nm* monarque *m*; **monarquía** *nf* monarchie *f*
monárquico, -a *adj* monarchique ♦ *nm/f* monarchiste *m/f*
monasterio *nm* monastère *m*

La Moncloa

Le palais de la Moncloa à Madrid est la résidence officielle du chef du gouvernement espagnol. Par extension, la Moncloa désigne souvent le chef du gouvernement et ses collaborateurs.

mondar *vt* éplucher; **~se** *vpr*: **~se de risa** (*fam*) se tordre de rire
moneda *nf* (*unidad monetaria*) monnaie *f*; (*pieza*) pièce *f* de monnaie; **monedero** *nm* porte-monnaie *m inv*
monetario, -a *adj* monétaire
monitor, a *nm/f* moniteur(-trice) ♦ *nm* (TV, INFORM) moniteur *m*
monja *nf* religieuse *f*
monje *nm* moine *m*
mono, -a *adj* beau (belle) ♦ *nm/f* singe (guenon) ♦ *nm* (*prenda: entera*) bleu *m* de travail
monólogo *nm* monologue *m*
monopolio *nm* monopole *m*; **monopolizar** *vt* monopoliser
monotonía *nf* monotonie *f*
monótono, -a *adj* monotone
monstruo *nm* monstre *m*
monstruoso, -a *adj* monstrueux(-euse)
montaje *nm* montage *m*
montaña *nf* montagne *f*; **~ rusa** montagne russe
montar *vt, vi* monter; **~ a caballo** monter à cheval; **botas de ~** bottes *fpl* d'équitation; **~ en cólera** se mettre en colère
monte *nm* mont *m*; (*área sin cultivar*) bois *msg*; **~ de piedad** mont de piété
montón *nm* tas *msg*; (*de gente, dinero*) flopée *f*
monumento *nm* monument *m*
moño *nm* chignon *m*
moqueta *nf* moquette *f*
mora *nf* (BOT) mûre *f*
morada *nf* demeure *f*
morado, -a *adj* violet(-ette) ♦ *nm* violet *m*
moral *adj* moral(e) ♦ *nf* morale *f*; (*ánimo*) moral *m* ♦ *nm* (BOT) mûrier *m*
moraleja *nf* morale *f*
moralidad *nf* moralité *f*
morboso, -a *adj* morbide
morcilla *nf* (CULIN) ≃ boudin *m* noir
mordaz *adj* (*crítica*) sévère
mordaza *nf* bâillon *m*
morder *vt* mordre; **mordisco** *nm* petite morsure *f*
moreno, -a *adj* brun(e); (*de pelo*) mat(e); **estar ~** être bronzé(e); **ponerse ~** se bronzer
morfina *nf* morphine *f*
moribundo, -a *adj, nm/f* moribond(e)
morir *vi* mourir; **~se** *vpr* mourir; **fue muerto a tiros/en un accidente** il a été tué par balles/dans un accident; **~se de envidia/de ganas/de vergüenza** mourir de jalousie/d'envie/de honte
moro, -a *adj* maure (mauresque) ♦ *nm/f* Maure (Mauresque)
moroso, -a *adj* retardataire ♦ *nm* (COM) mauvais payeur *m*
morral *nm* musette *f*
morro *nm* museau *m*; (AUTO, AVIAT) devant *m*; **beber a ~** boire au goulot; **estar de ~s (con algn)** faire la gueule (à qn); **tener mucho ~** (*fam*) avoir du toupet
mortadela *nf* mortadelle *f*
mortaja *nf* linceul *m*
mortal *adj, nm/f* mortel(-elle); **mortalidad** *nf* mortalité *f*
mortero *nm* mortier *m*
mortífero, -a *adj* meurtrier(-ère)
mortificar *vt* mortifier

mosca *nf* mouche *f*
Moscú *n* Moscou
mosquear (*fam*) *vt* (*hacer sospechar*) faire soupçonner; (*fastidiar*) agacer; **~se** (*fam*) *vpr* se vexer
mosquitero *nm* moustiquaire *f*
mosquito *nm* moustique *m*
mostaza *nf* moutarde *f*
mostrador *nm* comptoir *m*
mostrar *vt* montrer; (*el camino*) montrer, indiquer; (*explicar*) expliquer; **~se** *vpr*: **~se amable** se montrer aimable
mota *nf* poussière *f*; (*en tela*: *dibujo*) nœud *m*
mote *nm* surnom *m*
motín *nm* mutinerie *f*
motivar *vt* motiver, encourager, stimuler; **motivo** *nm* motif *m*
moto, **motocicleta** *nf* moto *f*
motor, a *adj* moteur(-trice) ♦ *nm* moteur *m*; **~ a** *o* **de reacción/de explosión** moteur à réaction/à explosion
motora *nf* canot *m*
movedizo, -a *adj*: **arenas movedizas** sables *mpl* mouvants
mover *vt* bouger; (*máquina*) mettre en marche; **~se** *vpr* se déplacer; (*tierra*) glisser; **~ a algn a hacer** (*inducir*) pousser qn à faire; **~ la cabeza** (*para negar*) hocher la tête de droite à gauche
móvil *adj* mobile; (*pieza de máquina*) roulant(e) ♦ *nm* (*de crimen*) mobile *m*; **movilidad** *nf* mobilité *f*; **movilizar** *vt* mobiliser
movimiento *nm* mouvement *m*
moza *nf* jeune fille *f*
mozo *nm* jeune homme *m*; (*en hotel*) groom *m*; (*camarero*) garçon *m*; (*MIL*) conscrit *m*
muchacha *nf* fille *f*; (*criada*) domestique *f*
muchacho *nm* garçon *m*
muchedumbre *nf* foule *f*

PALABRA CLAVE

mucho, -a *adj* **1** (*cantidad, número*) beaucoup de; **mucha gente** beaucoup de monde; **mucho dinero** beaucoup d'argent; **hace mucho calor** il fait très chaud; **muchas amigas** beaucoup d'amies
2 (*sg*: *fam*: *grande*): **ésta es mucha casa para él** cette maison est bien trop grande pour lui
3 (*sg*: *demasiados*): **hay mucho gamberro aquí** il y a beaucoup de voyous par ici
♦ *pron*: **tengo mucho que hacer** j'ai beaucoup (de choses) à faire; **muchos dicen que ...** beaucoup de gens disent que ...; *ver tb* **tener**
♦ *adv* **1**: **te quiero mucho** je t'aime beaucoup; **lo siento mucho** je regrette beaucoup, je suis vraiment désolé; **mucho antes/mejor** bien avant/meilleur; **come mucho** il mange beaucoup; **¿te vas a quedar mucho?** tu vas rester longtemps?
2 (*respuesta*) très; **¿estás cansado? - ¡mucho!** tu es fatigué? - très!
3 (*locuciones*): **leo como mucho un libro al mes** je lis au maximum un livre par mois; **el mejor con mucho** de loin le meilleur; **¡ni mucho menos!** loin de là!; **él no es ni mucho menos trabajador** il est loin d'être travailleur
4: **por mucho que**: **por mucho que le quieras** tu as beau l'aimer

muda *nf* (*de ropa*) linge *m* de rechange
mudanza *nf* déménagement *m*; **camión/casa de ~s** camion *m*/ entreprise *f* de déménagement
mudar *vt* changer; (*ZOOL*) muer; **~se** *vpr*: **~se (de ropa)** se changer; **~ de** (*opinión, color*) changer de; **~se (de casa)** déménager; **la voz le está mudando** il est en train de muer
mudo, -a *adj* muet(te); (*callado*) silencieux(-euse)
mueble *nm* meuble *m*
mueca *nf* grimace *f*
muela *vb ver* **moler** ♦ *nf* (*diente de atrás*) molaire *f*; **~ del juicio** dent *f* de sagesse
muelle *nm* ressort *m*; (*NÁUT*) quai *m*
muera *etc vb ver* **morir**
muerte *nf* mort *f*; **dar ~ a** donner la mort à

muerto, -a *pp de* **morir** ♦ *adj* mort(e) ♦ *nm/f* mort(e)
muestra *vb ver* **mostrar** ♦ *nf* (COM, COSTURA) échantillon *m*; (*de sangre*) prélèvement *m*; (*en estadística*) échantillonnage *m*; (*señal*) preuve *f*
muestreo *nm* (*estadístico*) échantillonnage *m*
mueva *etc vb ver* **mover**
mugir *vi* mugir
mugre *nf* (*suciedad*) crasse *f*; (: *grasienta*) cambouis *msg*
mugriento, -a *adj* crasseux(-euse)
mujer *nf* femme *f*; **mujeriego** *adj, nm* coureur *m*
mula *nf* mule *f*
muleta *nf* (*para andar*) béquille *f*; (TAUR) muleta *f*
mullido, -a *adj* moelleux(-euse)
multa *nf* amende *f*; **multar** *vt* condamner à une amende
multicines *nmpl* cinéma *m* multisalle
multinacional *adj* multinational(e) ♦ *nf* multinationale *f*
múltiple *adj* multiple
multiplicar *vt* multiplier; **~se** *vpr* se multiplier; (*para hacer algo*) se démener, se mettre en quatre
multitud *nf* foule *f*; **~ de** multitude de
mundano, -a *adj* mondain(e)
mundial *adj* mondial(e)
mundo *nm* monde *m*; **todo el ~** tout le monde; **tiene mundo** il sait comment se comporter en société
munición *nf* munition *f*
municipal *adj* municipal(e) ♦ *nm/f* (*tb:* **policía ~**) agent *m* de police
municipio *nm* municipalité *f*
muñeca *nf* (ANAT) poignet *m*; (*juguete, mujer*) poupée *f*; (AND, CSUR: *fam*) prise *f* de courant
muñeco *nm* (*juguete*) baigneur *m*; (*marioneta, fig*) pantin *m*
mural *nm* peinture *f* murale
muralla *nf* muraille *f*
murciélago *nm* chauve-souris *fsg*
murmullo *nm* murmure *m*
murmuración *nf* médisance *f*; **murmurar** *vt, vi* murmurer; **murmurar (de)** (*criticar*) dire du mal (de)
muro *nm* mur *m*
muscular *adj* musculaire
músculo *nm* muscle *m*
museo *nm* musée *m*
musgo *nm* mousse *f*
música *nf* musique *f*; *ver tb* **músico**
musical *adj* musical(e)
músico, -a *nm/f* musicien(ne)
muslo *nm* cuisse *f*
mustio, -a *adj* (*planta*) flétri(e)
musulmán, -ana *adj, nm/f* musulman(e)
mutación *nf* mutation *f*
mutilar *vt* mutiler
mutismo *nm* mutisme *m*
mutuo, -a *adj* mutuel(-elle)
muy *adv* très; **M~ Señor mío/Señora mía** cher Monsieur/chère Madame; **~ de noche** tard dans la nuit

N, n

N *abr* (= *norte*) N (= *nord*)
N. *sigla f* (= *carretera nacional*) RN *f* (= *route nationale*)
n. *abr* (= *nacido, a*) né(e)
nabo *nm* navet *m*
nácar *nm* nacre *f*
nacer *vi* naître; (*vegetal, barba, vello*) pousser; (*río*) prendre sa source; (*columna, calle*) commencer
nacido, -a *adj*: **~ en** né(e) en; **naciente** *adj* naissant(e); **el sol naciente** le soleil levant; **nacimiento** *nm* naissance *f*; (*de Navidad*) crèche *f*; (*de río*) source *f*
nación *nf* nation *f*; **nacional** *adj* national(e)
nacionalidad *nf* nationalité *f*; **nacionalismo** *nm* nationalisme *m*; **nacionalista** *adj, nm/f* nationaliste *m/f*; **nacionalizar** *vt* nationaliser; **nacionalizarse** *vpr* se faire naturaliser
nada *pron, adv* rien; **no decir ~** ne rien dire; **de ~** de rien; **por ~** pour rien
nadador, a *nm/f* nageur(-euse)
nadar *vi* nager
nadie *pron* personne; **~ habló** personne n'a parlé; **no había ~** il

n'y avait personne
nado *adv*: **a ~** à la nage
nafta (CSUR) *nf* (*gasolina*) essence *f*
naipe *nm* carte *f*
nalgas *nfpl* fesses *fpl*
nana *nf* berceuse *f*
naranja *adj inv* orange ♦ *nm* (*color*) orange *m* ♦ *nf* (*fruta*) orange *f*; **media ~** (*fam*) moitié *f*; **naranjada** *nf* orangeade *f*; **naranjo** *nm* oranger *m*
narciso *nm* narcisse *m*
narcótico, -a *adj, nm* narcotique *m*; **narcotizar** *vt* administrer des narcotiques à
nardo *nm* nard *m*
narigón, -ona, narigudo, -a *adj*: **un tipo ~** un type au grand nez
nariz *nf* nez *m*; **narices** *nfpl* narines *fpl*; **delante de las narices de algn** au nez de qn; **~ chata/respingona** nez épaté/en trompette
narración *nf* narration *f*
narrador, a *nm/f* narrateur(-trice)
narrar *vt* raconter; **narrativa** *nf* genre *m* narratif
nata *nf* crème *f*
natación *nf* natation *f*
natal *adj* natal(e); **natalidad** *nf* natalité *f*; **control de natalidad** contrôle *m* des naissances
natillas *nfpl* crème *f* renversée
nativo, -a *adj* (*costumbres*) local(e), du pays; (*lengua*) maternel(le); (*país*) natal(e) ♦ *nm/f* natif(-ive)
nato, -a *adj*: **un actor/pintor/músico ~** un acteur/peintre/musicien né
natural *adj* naturel(le); (*luz*) du jour; (*flor, fruta*) vrai(e); **~ de** natif(-ive) de
naturaleza *nf* nature *f*
naturalidad *nf* naturel *m*
naturalmente *adv* naturellement; **¡~!** naturellement!
naufragar *vi* faire naufrage; **naufragio** *nm* naufrage *m*
náufrago, -a *nm/f* naufragé(e)
náuseas *nfpl* nausées *fpl*; **me da ~** ça me donne la nausée
náutico, -a *adj* nautique
navaja *nf* couteau *m* (de poche); **~ (de afeitar)** rasoir *m* à main
naval *adj* naval(e)
Navarra *nf* Navarre *f*
nave *nf* (*barco*) navire *m*; (ARQ) nef *f*; **~ espacial** vaisseau *m* spatial; **~ industrial** atelier *m*
navegación *nf* navigation *f*; (*viaje*) voyage *m* en mer; **~ aérea/costera/fluvial** navigation aérienne/côtière/fluviale; **navegante** *nm/f* navigateur(-trice); **navegar** *vi* naviguer
navidad *nf* (*tb:* **~es**) fêtes *fpl* de Noël; (*tb:* **día de ~**) la Noël; (REL) Noël *m*
navideño, -a *adj* de Noël
navío *nm* navire *m*
nazca *etc vb ver* **nacer**
nazi *adj* nazi(e) ♦ *nm/f* Nazi(e)
NE *abr* (= *nor(d)este*) N.-E. (= *nord-est*)
neblina *nf* brume *f*
nebulosa *nf* nébuleuse *f*
necesario, -a *adj*: **~ (para)** nécessaire (pour); **(no) es ~ que** il (n')est (pas) nécessaire que
neceser *nm* nécessaire *m*
necesidad *nf* besoin *m*; (*cosa necesaria*) nécessité *f*; (*miseria*) pauvreté *f*; **en caso de ~** en cas de besoin; **hacer sus ~es** faire ses besoins
necesitado, -a *adj* nécessiteux(-euse); **estar ~ de** avoir grand besoin de
necesitar *vt*: **~ (hacer)** avoir besoin de (faire) ♦ *vi*: **~ de** avoir besoin de
necio, -a *adj, nm/f* idiot(e)
néctar *nm* nectar *m*
nectarina *nf* nectarine *f*
nefasto, -a *adj* néfaste
negación *nf* négation *f*
negar *vt* (*hechos*) nier; (*permiso, acceso*) refuser; **~se** *vpr*: **~se a hacer algo** se refuser à faire qch
negativa *nf* négative *f*; (*rechazo*) refus *msg*
negativo, -a *adj* négatif(-ive) ♦ *nm* (FOTO) négatif *m*
negligencia *nf* négligence *f*; **negligente** *adj* négligent(e)
negociado *nm* bureau *m*
negociante *nm/f* (COM) négociant(e); (*pey*) trafiquant(e)

vt négocier ♦ *vi*: **~ en** *o*
) faire le commerce de *o*
... commerce avec

negocio *nm* affaire *f*; (*tienda*) commerce *m*; **los ~s** les affaires *fpl*; **hacer ~** faire des affaires; **¡eso es un ~!** ça rapporte!; **~ sucio** affaire *f* louche; **¡mal ~!** (*fam*) ça va mal!

negra *nf* (*MÚS*) noire *f*

negro, -a *adj* noir(e) ♦ *nm* (*color*) noir *m* ♦ *nf*: **la negra** la poisse ♦ *nm/f* (*persona*) noir(e); (*AM*: *fam*) chéri(e)

nene, -a *nm/f* petit(e)

nenúfar *nm* nénuphar *m*

neón *nm*: **luz** *o* **lámpara de ~** néon *m*

neoyorquino, -a *adj* new-yorkais(e)

nervio *nm* nerf *m*; (*BOT, ARQ*) nervure *f*; **nerviosismo** *nm* état *m* d'agitation, nervosité *f*

nervioso, -a *adj* nerveux(-euse)

neto, -a *adj* net (nette)

neumático *nm* pneu *m*; **~ de recambio** roue *f* de secours

neurona *nf* neurone *m*

neutral *adj* neutre; **neutralizar** *vt* neutraliser

neutro, -a *adj* neutre; (*BIO*) asexué(e)

neutrón *nm* neutron *m*

nevada *nf* chute *f* de neige

nevar *vi* neiger

nevera (*ESP*) *nf* réfrigérateur *m*

nexo *nm* lien *m*

ni *conj* ni; (*tb:* **~ siquiera**) même pas; **~ aunque** même si; **~ blanco ~ negro** ni blanc ni noir

Nicaragua *nf* Nicaragua *m*; **nicaragüense** *adj* nicaraguayen(ne) ♦ *nm/f* Nicaraguayen(ne)

nicho *nm* niche *f*

nicotina *nf* nicotine *f*

nido *nm* nid *m*

niebla *nf* brouillard *m*

niego *etc*, **niegue** *etc vb ver* **negar**

nieto, -a *nm/f* petit-fils (petite-fille); **los ~s** *nmpl* les petits-enfants

nieve *vb ver* **nevar** ♦ *nf* neige *f*; (*AM*: *helado*) glace *f*

Nilo *nm*: **el (Río) ~** le Nil

nimiedad *nf* bagatelle *f*

nimio, -a *adj* insignifiant(e), sans importance

ninfa *nf* nymphe *f*

ningún *adj ver* **ninguno**

ninguno, -a *adj* aucun(e) ♦ *pron* personne; **de ninguna manera** en aucune manière

niña *nf* (petite) fille *f*; (*del ojo*) pupille *f*

niñera *nf* nourrice *f*; **niñería** (*pey*) *nf* enfantillage *m*

niñez *nf* enfance *f*

niño, -a *adj* jeune; (*pey*) puéril(e) ♦ *nm* enfant *m*; (*chico*) (petit) garçon *m*; (*bebé*) petit enfant *m*

nipón, -ona *adj* nippon(e *o* ne)

níquel *nm* nickel *m*; **niquelar** *vt* nickeler

níspero *nm* néflier *m*

nitidez *nf* (*de imagen*) netteté *f*; (*de atmósfera*) pureté *f*

nítido, -a *adj* (*imagen*) net(te); (*cielo*) dégagé(e); (*atmósfera*) pur(e)

nitrato *nm* nitrate *m*

nitrógeno *nm* azote *m*

nivel *nm* niveau *m*; **~ del aceite** niveau d'huile; **~ de vida** niveau de vie; **nivelar** *vt* niveler; (*ingresos, categorías*) égaliser

NN. UU. *abr* (= *Naciones Unidas*) NU (= *Nations unies*)

PALABRA CLAVE

no *adv* **1**: **¡no!** (*en respuesta*) non!; **ahora no** pas maintenant; **no mucho** pas tellement, pas beaucoup; **¡cómo no!** bien sûr!

2 (*con verbo*) ne ... pas; **no viene** il ne vient pas; **no es el mío** ce n'est pas le mien

3 (*no + sustantivo*): **pacto de no agresión** pacte *m* de non-agression; **los paises no alineados** les pays non-alignés

4: **no sea que haga frío** au cas où il ferait froid

5: **no bien hubo terminado se marchó** à peine eut-il terminé qu'il s'en alla

6: **¡a que no lo sabes!** je parie que tu ne le sais pas!

noble *adj, nm/f* noble *m/f*; **nobleza**

nf noblesse *f*; **la nobleza** la noblesse

noche *nf* nuit *f*; (*la tarde*) soir *m*; **de ~, por la ~** le soir; (*de madrugada*) la nuit; **se hace de ~** la nuit tombe; **es de ~** il fait nuit

> **Noche de San Juan**
>
> *La fête de la* **Noche de San Juan** *a lieu le 24 juin. Cette fête, qui coïncide avec le solstice d'été, a remplacé d'anciennes fêtes païennes. Durant les festivités, où selon la tradition le feu joue un rôle important, on danse autour de feux de joie dans les villes et les villages.*

Nochebuena *nf* nuit *f* de Noël

> **Nochebuena**
>
> *Dans les pays de langue espagnole, comme en France, on fête Noël la nuit du 24 décembre; c'est* **Nochebuena**. *Les familles se réunissent autour d'un grand repas et les plus pieux assistent à la messe de minuit. Bien que la tradition veuille que les cadeaux soient apportés par les Rois mages le 6 janvier, il est de plus en plus fréquent de s'offrir des cadeaux la veille de Noël.*

Nochevieja *nf* nuit *f* de la Saint Sylvestre

> **Nochevieja**
>
> *En Espagne, "las campanadas", les douze coups de l'horloge de la "Puerta del Sol" à Madrid, qui sont retransmis en direct pour marquer le début de chaque nouvelle année, représentent le temps fort du réveillon de la Saint-Sylvestre* **Nochevieja**. *Lorsque minuit sonne, la tradition connue sous le nom de "las uvas de la suerte" ou "las doce uvas", veut que l'on mange douze grains de raisin, un pour chaque coup.*

noción *nf* notion *f*

nocivo, -a *adj* nocif(-ive)

noctámbulo, -a *adj, nm/f* noctambule *m/f*

nocturno, -a *adj* nocturne; (*club*) de nuit; (*clases*) du soir ♦ *nm* (MÚS) nocturne *m*

nodriza *nf* nourrice *f*; **buque/nave ~** bateau *m*/navire *m* de ravitaillement

nogal *nm* noyer *m*

nómada *adj, nm/f* nomade *m/f*

nombramiento *nm* nomination *f*

nombrar *vt* nommer

nombre *nm* nom *m*; (*tb:* **~ completo**) nom (et prénoms); **~ y apellidos** nom et prénoms; **~ común** nom commun; **~ de pila** prénom *m*; **~ de soltera** nom de jeune fille; **~ propio** nom propre

nómina *nf* (*de personal*) liste *f*; (*hoja de sueldo*) feuille *f* de paie

nominal *adj* nominal(e)

nominar *vt* nommer

nominativo, -a *adj* (LING) nominatif(-ive); **un cheque ~ a X** un chèque à l'ordre de X

nordeste *adj, nm* nord-est *m*

nórdico, -a *adj* (*zona*) nord; (*escandinavo*) nordique

noreste *adj, nm* = **nordeste**

noria *nf* (AGR) noria *f*; (*de feria*) grande roue *f*

normal *adj* normal(e); **normalidad** *nf* normalité *f*; **restablecer la normalidad** rétablir l'ordre; **normalizar** *vt* normaliser; (*gastos*) régulariser; **normalizarse** *vpr* se normaliser

normando, -a *adj* normand(e) ♦ *nm/f* Normand(e)

normativa *nf* réglementation *f*

noroeste *adj* nord-ouest ♦ *nm* nord-ouest *m*

norte *adj* nord ♦ *nm* nord *m*

norteamericano, -a *adj* américain(e) ♦ *nm/f* Américain(e)

Noruega *nf* Norvège *f*

noruego, -a *adj* norvégien(ne) ♦ *nm/f* Norvégien(ne)

nos *pron* nous; **~ levantamos a las 7** nous nous levons à 7 heures

nosotros, -as *pron* nous

nostalgia *nf* nostalgie *f*
nota *nf* note *f*; **~s** *nfpl* (*apuntes*) notes *fpl*; (*ESCOL*) résultats *mpl*
notar *vt* (*darse cuenta de*) remarquer; (*frío, calor*) sentir; **~se** *vpr* (*efectos, cambio*) se faire sentir; (*mancha*) se voir; **se nota que ...** on voit que ...
notarial *adj* notarial(e); **acta ~** acte *m* notarié
notario *nm* notaire *m*
noticia *nf* nouvelle *f*; **las ~s** (*TV*) les informations; **tener ~s de algn** avoir des nouvelles de qn
noticiero *nm* journal *m*
notificación *nf* notification *f*; **notificar** *vt* notifier
notoriedad *nf* notoriété *f*
notorio, -a *adj* notoire
novato, -a *adj, nm/f* nouveau(-velle)
novecientos, -as *adj* neuf cents; *ver tb* **seiscientos**
novedad *nf* nouveauté *f*; (*noticia*) nouvelle *f*
novel *adj* débutant(e)
novela *nf* roman *m*
noveno, -a *adj, nm/f* neuvième *m/f*; *ver tb* **sexto**
noventa *adj inv, nm inv* quatre-vingt-dix *m inv*; *ver tb* **sesenta**
novia *nf ver* **novio**
noviazgo *nm* fiançailles *fpl*
novicio, -a *adj* (*REL*) novice ♦ *nm/f* (*REL*) novice *m/f*
noviembre *nm* novembre *m*; *ver tb* **julio**
novillada *nf course de jeunes taureaux*
novillero *nm torero combattant de jeunes taureaux*
novillo *nm* jeune taureau *m*; **hacer novillos** (*fam*) faire l'école buissonnière
novio, -a *nm/f* (*amigo íntimo*) petit(e) ami(e); (*prometido*) fiancé(e); (*en boda*) marié(e); **los ~s** les fiancés *mpl*; (*en boda*) les mariés *mpl*
nubarrón *nm* gros nuage *m*
nube *nf* nuage *m*; (*de mosquitos*) nuée *f*; (*MED: ocular*) taie *f*
nublado, -a *adj* nuageux(-euse); (*día*) gris(e)
nubosidad *nf* nuages *mpl*; **había mucha ~** il y avait beaucoup de nuages
nuca *nf* nuque *f*
nuclear *adj* nucléaire
núcleo *nm* noyau *m*; **~ de población** agglomération *f*; **~ urbano** centre *m* urbain
nudillo *nm* jointure *f*
nudista *adj, nm/f* nudiste *m/f*
nudo *nm* nœud *m*; **~ de carreteras** nœud routier; **~ de comunicaciones** nœud de communications
nudoso, -a *adj* noueux(-euse)
nuera *nf* belle-fille *f*
nuestro, -a *adj* à nous ♦ *pron* notre; **~ padre** notre père; **un amigo ~** un de nos amis; **es el ~** c'est le nôtre
nueva *nf* nouvelle *f*
nuevamente *adv* à nouveau
Nueva York *n* New York
Nueva Zelanda *nf* Nouvelle-Zélande *f*; **Nueva Zelandia** (*AM*) *nf* = **Nueva Zelanda**
nueve *adj inv, nm inv* neuf *m inv*; *ver tb* **seis**
nuevo, -a *adj* nouveau(-velle); (*no usado*) neuf (neuve); **de ~** de nouveau
nuez (*pl* **nueces**) *nf* noix *fsg*; **~ (de Adán)** pomme *f* d'Adam; **~ moscada** noix muscade
nulidad *nf* nullité *f*; **es una ~** (*pey*) il est nul
nulo, -a *adj* nul(le); **soy ~ para la música** je suis nul(le) en musique
núm. *abr* (= *número*) n^o^ (= *numéro*)
numeración *nf* (*de calle, páginas*) numérotation *f*; (*sistema*) chiffres *mpl*
numeral *nm* numéral *m*
numerar *vt* numéroter
número *nm* nombre *m*; (*de zapato*) pointure *f*; (*TEATRO, de publicación, de lotería*) numéro *m*; **estar en ~s rojos** être à découvert; **~ atrasado** vieux numéro; **~ de matrícula/de teléfono** numéro d'immatriculation/de téléphone; **~ decimal/impar/par** nombre décimal/impair/pair; **~ romano** chiffre romain
numeroso, -a *adj* nombreux(-euse)
nunca *adv* jamais
nupcias *nfpl*: **en segundas ~** en

secondes noces
nutria *nf* loutre *f*
nutrición *nf* nutrition *f*
nutrido, -a *adj* nourri(e); (*grupo, representación*) dense; **bien/mal ~** bien/mal nourri(e)
nutrir *vt* nourrir; **~se** *vpr*: **~se de** se nourrir de
nutritivo, -a *adj* nutritif(-ive)
nylon *nm* nylon *m*

Ñ, ñ

ñato, -a (*CSUR*) *adj* (*de nariz chata*) camus(e)
ñoñería *nf* (*de persona sosa*) fadeur *f*; (*de persona melindrosa*) pudibonderie *f*; (*una ñoñería*) niaiserie *f*
ñoño, -a *adj* (*soso*) fadasse (*fam*); (*melindroso*) pudibond(e)

O, o

O *abr* (= *oeste*) O (= *ouest*)
o *conj* ou
o/ *nm* (= *orden*) commande *f*
oasis *nm inv* oasis *msg o fsg*
obedecer *vt* obéir à ♦ *vi* obéir; **~ a** (*MED, fig*) succomber à; **obediencia** *nf* obéissance *f*; **obediente** *adj* obéissant(e)
obertura *nf* (*MÚS*) ouverture *f*
obesidad *nf* obésité *f*
obeso, -a *adj* obèse
obispo *nm* évêque *m*
objeción *nf* objection *f*
objetar *vt*: **~ que** objecter que ♦ *vi* être objecteur de conscience
objetivo, -a *adj* objectif(-ive) ♦ *nm* objectif *m*
objeto *nm* objet *m*; (*finalidad*) objet, but *m*; **ser ~ de algo** être l'objet de qch
objetor *nm* (*tb:* **~ de conciencia**) objecteur *m* de conscience
oblicuo, -a *adj* oblique
obligación *nf* obligation *f*; **obligaciones** *nfpl* obligations *fpl*; **cumplir con mi** *etc* **~** remplir mon *etc* devoir
obligar *vt* obliger
obligatorio, -a *adj* obligatoire
oboe *nm* hautbois *msg*
obra *nf* œuvre *f*; (*tb:* **~ dramática** *o* **de teatro**) pièce *f*; **~s** *nfpl* travaux *mpl*; **ser ~ de algn** être l'œuvre de qn; **por ~ de** à cause de; **~ maestra** chef-d'œuvre *m*; **~s públicas** travaux publics; **obrar** *vi* agir
obrero, -a *adj* ouvrier(-ère) ♦ *nm/f* ouvrier(-ère); (*del campo*) ouvrier(-ère) (agricole); **clase obrera** classe *f* ouvrière
obscenidad *nf* obscénité *f*
obsceno, -a *adj* obscène
obscu... = **oscu...**
obsequiar *vt*: **~ a algn con algo** faire cadeau de qch à qn; **obsequio** *nm* (*regalo*) présent *m*
observación *nf* observation *f*
observador, a *adj* observateur(-trice) ♦ *nm/f* observateur *m*
observar *vt* observer
obsesión *nf* obsession *f*
obsesivo, -a *adj* obsessionnel(le)
obsoleto, -a *adj* (*máquina*) obsolète; (*ideas*) désuet(te)
obstáculo *nm* obstacle *m*
obstante *adv*: **no ~** cependant
obstinado, -a *adj* obstiné(e)
obstinarse *vpr* s'obstiner; **~ en** s'obstiner à
obstrucción *nf* obstruction *f*; **obstruir** *vt* obstruer; (*plan, labor, proceso*) faire obstacle à
obtener *vt* obtenir
obturador *nm* obturateur *m*
obvio, -a *adj* évident(e)
ocasión *nf* occasion *f*; **¡~!** (*COM*) offre spéciale; **de ~** (*libro*) d'occasion; **ocasionar** *vt* occasionner
ocaso *nm* (*puesta de sol*) coucher *m* du soleil
occidente *nm* occident *m*; **el O~** l'Occident *m*
O.C.D.E. *sigla f* (= *Organización para la Cooperación y el Desarrollo Económico*) OCDE *f*
océano *nm* océan *m*
ochenta *adj inv, nm inv* quatre-vingts *m inv*; *ver tb* **sesenta**

ocho *adj inv, nm inv* huit *m inv*; *ver tb* **seis**
ochocientos, -as *adj* huit cents; *ver tb* **seiscientos**
ocio *nm* (*tiempo*) loisir *m*
ocioso, -a *adj*: **estar ~** être oisif(-ive)
octavilla *nm* (*esp* POL) tract *m*
octavo, -a *adj, nm/f* huitième *m/f*; *ver tb* **sexto**
octubre *nm* octobre *m*; *ver tb* **julio**
ocular *adj* (*inspección*) des yeux; **testigo ~** témoin *m* oculaire
oculista *nm/f* oculiste *m/f*
ocultar *vt* cacher
oculto, -a *adj* (*puerta, persona*) dissimulé(e); (*razón*) caché(e)
ocupación *nf* occupation *f*
ocupado, -a *adj* occupé(e); **ocupar** *vt* occuper; **ocuparse** *vpr*: **ocuparse de** s'occuper de
ocurrencia *nf* (*idea*) idée *f*; (: *graciosa*) trait *m* d'esprit; **¡qué ~!** (*pey*) quelle drôle d'idée!
ocurrir *vi* (*suceso*) se produire, se passer; **~se** *vpr*: **se me ha ocurrido que ...** il m'est venu à l'esprit que ...; **¿qué te ocurre?** qu'est-ce que tu as?; **¡qué cosas se te ocurren!** tu as de ces idées!
odiar *vt* (*a algn*) haïr; **odio** *nm* haine *f*
odioso, -a *adj* (*persona*) odieux(-euse); (*tiempo*) exécrable; (*trabajo, tema*) insupportable
odontólogo, -a *nm/f* odontologiste *m/f*
O.E.A. *sigla f* (= *Organización de Estados Americanos*) OEA *f*
oeste *nm* ouest *m*; **película del ~** western *m*; *ver tb* **norte**
ofender *vt* offenser; **~se** *vpr* s'offenser; **ofensa** *nf* offense *f*
ofensiva *nf* offensive *f*
ofensivo, -a *adj* (*palabra etc*) offensant(e); (MIL) offensif(-ive)
oferta *nf* offre *f*; (COM: *de bajo precio*) promotion *f*; **la ~ y la demanda** l'offre et la demande; **artículos de** *o* **en ~** articles *mpl* en promotion
oficial *adj* officiel(le) ♦ *nm/f* (MIL) officier *m*; (*en un trabajo*) ouvrier(-ère) qualifié(e)
oficina *nf* bureau *m*; **~ de información** bureau d'information; **~ de turismo** office *m* du tourisme; **oficinista** *nm/f* employé(e) de bureau
oficio *nm* travail *m*
oficioso, -a *adj* officieux(-euse)
ofrecer *vt* offrir; **~se** *vpr*: **~se a** *o* **para hacer algo** s'offrir pour faire qch; **¿qué se le ofrece?, ¿se le ofrece algo?** puis-je vous aider?; **~se de** s'offrir comme
ofrecimiento *nm* offre *f*
oftalmólogo, -a *nm/f* ophtalmologue *m/f*
ofuscar *vt* aveugler; **~se** *vpr* se troubler
oída *nf*: **de ~s** par ouï-dire
oído *nm* (ANAT) oreille *f*; (*sentido*) ouïe *f*
oiga *etc vb ver* **oír**
oír *vt* entendre; (*atender a, esp* AM) écouter; **¡oye!, ¡oiga!** écoute!, écoutez!
O.I.T. *sigla f* (= *Organización Internacional del Trabajo*) OIT *f*
ojal *nm* boutonnière *f*
ojalá *excl* si seulement!, espérons! ♦ *conj* (*tb:* **~ que**) si seulement, espérons que; **~ (que) venga hoy** espérons qu'il viendra aujourd'hui
ojeada *nf* coup *m* d'œil
ojera *nf* cerne *m*; **tener ~s** avoir les yeux cernés
ojeriza *nf*: **tener ~ a** prendre en grippe
ojeroso, -a *adj* (*cara, aspecto*) fatigué(e); (*ojos*) cerné(e)
ojo *nm* œil *m*; (*de puente*) arche *f*; (*de cerradura*) trou *m*; (*de aguja*) chas *msg* ♦ *excl* attention!; **tener ~ para** avoir l'œil pour
okupa *nm/f* (*fam*) squatteur(-euse) *mf*
ola *nf* vague *f*
olé *excl* olé!
oleada *nf* vague *f*
oleaje *nm* vagues *fpl*
óleo *nm*: **un ~** une peinture à l'huile; **al ~** à l'huile; **oleoducto** *nm* oléoduc *m*
oler *vt* sentir ♦ *vi* (*despedir olor*) sentir; **huele a tabaco** ça sent le tabac

olfatear *vt* renifler; (*con el hocico*) flairer; **olfato** *nm* odorat *m*
oligarquía *nf* oligarchie *f*
olimpíada *nf* olympiade *f*; **~s** *nfpl* jeux *mpl* olympiques
oliva *nf* olive *f*; **aceite de ~** huile *f* d'olive; **olivo** *nm* olivier *m*
olla *nf* marmite *f*; (*comida*) ragoût *m*; **~ a presión** cocotte-minute *f*
olmo *nm* orme *m*
olor *nm* odeur *f*
oloroso, -a *adj* odorant(e)
olvidar *vt* oublier; **~se** *vpr*: **~se (de)** oublier (de); **~ hacer algo** oublier de faire qch; **se me olvidó (hacerlo)** j'ai oublié (de le faire)
olvido *nm* oubli *m*
ombligo *nm* nombril *m*
omiso, -a *adj*: **hacer caso ~ de** passer outre à
omitir *vt* omettre
omnipotente *adj* omnipotent(e)
omoplato *nm* omoplate *f*
OMS *sigla f* (= *Organización Mundial de la Salud*) OMS *f* (= *Organisation mondiale de la santé*)
ONCE *sigla f* (= *Organización Nacional de Ciegos Españoles*) *entreprise et organisme d'aide aux aveugles*
once *adj inv, nm inv* onze *m inv* ♦ *nf* (*AM*: *refrigerio, merienda*): **la ~, las ~s** le goûter, le thé; *ver tb* **seis**
onda *nf* (*FÍS*) onde *f*; **~ corta/larga/media** onde courte/grande/moyenne; **ondear** *vi* onduler
ondular *vt, vi* onduler; **~se** *vpr* onduler
ONG *sigla f* (= *Organización no gubernamental*) ONG *f*
ONU *sigla f* (= *Organización de las Naciones Unidas*) ONU *f*
opaco, -a *adj* opaque
opción *nf* (*elección*) choix *m*; (*una opción*) option *f*; (*derecho*): **~ a** choix entre
opcional *adj* facultatif(-ive)
O.P.E.P. *sigla f* (= *Organización de Países Exportadores del Petróleo*) OPEP *f*
ópera *nf* opéra *m*
operación *nf* opération *f*
operar *vt* opérer ♦ *vi* opérer; (*COM*) faire des transactions; **~se** *vpr* (*cambio*) s'opérer; **~se (de)** être opéré(e) (de)
opereta *nf* opérette *f*
opinar *vt* penser ♦ *vi*: **~ (de** *o* **sobre)** donner son avis (sur); **opinión** *nf* opinion *f*, avis *msg*; **cambiar de opinión** changer d'avis
opio *nm* opium *m*
oponente *nm/f* adversaire *m/f*
oponer *vt* opposer; **~se** *vpr*: **~se (a)** s'opposer (à); **¡me opongo!** je m'y oppose!
oportunidad *nf* (*ocasión*) occasion *f*; (*posibilidad*) opportunité *f*; **~es** *nfpl* (*COM*) promotions *fpl*
oportuno, -a *adj* opportun(e); (*persona*) judicieux(-euse); **en el momento ~** au moment opportun
oposición *nf* opposition *f*; **oposiciones** *nfpl* (*ESP*) concours *msg*; **la ~** (*POL*) l'opposition
opresivo, -a *adj* (*régimen*) oppressif(-ive); (*medidas*) de répression
opresor, a *nm/f* oppresseur *m*
oprimir *vt* (*botón*) presser; (*suj*: *cinturón, ropa*) serrer; (*obrero, campesino*) opprimer
optar *vi*: **~ por** opter pour; **~ a** aspirer à
optativo, -a *adj* (*asignatura*) facultatif(-ive)
óptica *nf* (*tienda*) opticien *m*; (*FÍS, TEC*) optique *f*
óptico, -a *adj* optique ♦ *nm/f* opticien(ne)
optimismo *nm* optimisme *m*; **optimista** *adj, nm/f* optimiste *m/f*
óptimo, -a *adj* optimal(e)
opuesto, -a *pp de* **oponer** ♦ *adj* opposé(e)
opulencia *nf* opulence *f*
opulento, -a *adj* opulent(e)
oración *nf* (*REL*) prière *f*; (*LING*) énoncé *m*
orador, a *nm/f* orateur(-trice)
oral *adj* oral(e)
orangután *nm* orang-outang *m*
orar *vi* prier
oratoria *nf* éloquence *f*, bagou *m*
órbita *nf* orbite *f*

orden *nm* ordre *m* ♦ *nf* (*mandato,* REL) ordre *m*; **por ~** par ordre; **de primer ~** de premier ordre; **~ del día** ordre du jour
ordenado, -a *adj* ordonné(e)
ordenador *nm* (INFORM) ordinateur *m*
ordenanza *nf* (*militar, municipal*) ordonnance *f*
ordenar *vt* (*mandar*) ordonner; (*papeles, juguetes*) ranger; (*habitación, ideas*) mettre de l'ordre (dans); **~se** *vpr* (REL) être ordonné(e)
ordeñar *vt* traire
ordinario, -a *adj* ordinaire; (*pey*) grossier(-ère)
orégano *nm* origan *m*
oreja *nf* oreille *f*
orfanato *nm* orphelinat *m*
orfandad *nf fait d'être orphelin*
orfebrería *nf* orfèvrerie *f*
orgánico, -a *adj* organique; (*todo*) organisé(e)
organigrama *nm* organigramme *m*
organismo *nm* organisme *m*
organización *nf* organisation *f*; **organizar** *vt* organiser; (*crear*) fonder; **organizarse** *vpr* s'organiser; (*escándalo*) se produire
órgano *nm* organe *m*; (MÚS) orgue *m*
orgasmo *nm* orgasme *m*
orgía *nf* orgie *f*
orgullo *nm* orgueil *m*
orgulloso, -a *adj* orgueilleux(-euse)
orientación *nf* orientation *f*
orientar *vt* orienter; (*esfuerzos*) diriger; **~se** *vpr* s'orienter; **~se (en, sobre)** s'orienter (vers, d'après)
oriente *nm* orient *m*; **O~ Medio/ Próximo** Moyen-/Proche-Orient; **Lejano O~** Extrême-Orient
origen *nm* origine *f*; **de ~ español** d'origine espagnole; **de ~ humilde** d'origine modeste
original *adj* original(e); (*relativo al origen*) originel(le); **originalidad** *nf* originalité *f*
originar *vt* causer, provoquer; **~se** *vpr*: **~se (en)** trouver son origine (dans)
originario, -a *adj* originaire; **~ de** originaire de
orilla *nf* bord *m*
orina *nf* urine *f*; **orinal** *nm* pot *m* de chambre; **orinar** *vi* uriner; **orinarse** *vpr* faire pipi; **orines** *nmpl* urines *fpl*
oriundo, -a *adj*: **~ de** originaire de
ornitología *nf* ornithologie *f*
oro *nm* or *m*; *ver tb* **oros**
oropel *nm* oripeau *m*
oros *nmpl* (NAIPES) *l'une des quatre couleurs d'un jeu de cartes espagnol*
orquesta *nf* orchestre *m*
orquídea *nf* orchidée *f*
ortiga *nf* ortie *f*
ortodoxo, -a *adj* orthodoxe
ortografía *nf* orthographe *f*
ortopedia *nf* orthopédie *f*
ortopédico, -a *adj* orthopédique
oruga *nf* chenille *f*
orzuelo *nm* orgelet *m*
os *pron* vous
osa *nf* ourse *f*
osadía *nf* audace *f*
osar *vi* oser
oscilación *nf* oscillation *f*
oscilar *vi* osciller; (*precio, temperatura*) fluctuer
oscurecer *vt* obscurcir ♦ *vi* commencer à faire nuit; **~se** *vpr* s'obscurcir
oscuridad *nf* obscurité *f*
oscuro, -a *adj* obscur(e); (*color etc*) foncé(e); (*día, cielo*) sombre; **a oscuras** dans l'obscurité
óseo, -a *adj* osseux(-euse)
oso *nm* ours *msg*; **~ de peluche** ours en peluche; **~ hormiguero** tamanoir *m*
ostentación *nf* ostentation *f*
ostentar *vt* arborer; (*cargo, título, récord*) posséder
ostra *nf* huître *f*
OTAN *sigla f* (= *Organización del Tratado del Atlántico Norte*) OTAN *f* (= *Organisation du traité de l'Atlantique Nord*)
otear *vt* scruter
otitis *nf* otite *f*
otoñal *adj* automnal(e)
otoño *nm* automne *m*
otorgar *vt* octroyer, concéder; (*perdón*) accorder
otorrinolaringólogo, -a *nm/f* oto-rhino(-laryngologiste) *m/f*

PALABRA CLAVE

otro, -a *adj* **1** (*distinto*: *sg*) un(e) autre; (: *pl*) d'autres; **otra persona** une autre personne; **con otros amigos** avec d'autres amis
2 (*adicional*): **tráigame otro café (más), por favor** apportez-moi un autre café, s'il vous plaît; **otros 10 días más** encore 10 jours; **otros 3** 3 autres; **otra vez** encore une fois
3 (*un nuevo*): **es otro Mozart** c'est un nouveau Mozart
4: **otro tanto**: **comer otro tanto** manger autant; **recibió una decena de telegramas y otras tantas llamadas** il a reçu une dizaine de télégrammes et autant de coups de téléphone
♦ *pron* **1**: **el otro/la otra** l'autre; **otros/otras** d'autres; **los otros/las otras** les autres; **no cojas esa gabardina, que es de otro** ne prends pas cet imperméable, il est à quelqu'un d'autre; **que lo haga otro** que quelqu'un d'autre le fasse
2 (*recíproco*): **se odian (la) una a (la) otra** elles se détestent l'une l'autre; **unos y otros** les uns et les autres

ovación *nf* ovation *f*
ovalado, -a *adj* ovale
óvalo *nm* ovale *m*
ovario *nm* ovaire *m*
oveja *nf* brebis *fsg*
overol (*AM*) *nm* salopette *f*
ovillo *nm* pelote *f*; **hacerse un ~** se pelotonner
OVNI *sigla m* (= *objeto volante (o volador) no identificado*) OVNI *m* (= *objet volant non identifié*)
ovulación *nf* ovulation *f*; **óvulo** *nm* ovule *m*
oxidar *vt* oxyder, rouiller; **~se** *vpr* s'oxyder, se rouiller
óxido *nm* oxyde *m*; (*sobre metal*) rouille *f*
oxigenado, -a *adj* (*agua*) oxygéné(e)
oxígeno *nm* oxygène *m*
oyendo *etc vb ver* **oír**
oyente *nm/f* auditeur(-trice)

P, p

P *abr* (*REL* = *Padre*) P; = (*Père*) (= *Papa*); (= *pregunta*) Q. (= *question*)
pabellón *nm* pavillon *m*
pacer *vi* paître
paciencia *nf* patience *f*
paciente *adj, nm/f* patient(e)
pacificar *vt* pacifier
pacífico, -a *adj* pacifique; **el (Océano) P~** le (*o* l'océan) Pacifique
pacifismo *nm* pacifisme *m*; **pacifista** *nm/f* pacifiste *m/f*
pacotilla *nf*: **de ~** de pacotille
pactar *vt, vi* pactiser
pacto *nm* pacte *m*
padecer *vt* (*dolor, enfermedad*) souffrir de; (*injusticia*) pâtir de; (*consecuencias, sequía*) subir ♦ *vi*: **~ de** souffrir de; **padecimiento** *nm* souffrance *f*
padrastro *nm* beau-père *m*
padre *nm* père *m* ♦ *adj* (*fam*): **una juerga ~** une bringue à tout casser; **~s** *nmpl* (*padre y madre*) parents *mpl*; **~ político** beau-père *m*
padrino *nm* parrain *m*; **~s** *nmpl* le parrain et la marraine; **~ de boda** témoin *m* de mariage
padrón *nm* recensement *m*
paella *nf* paella *f*
paga *nf* paie *f*, paye *f*

Paga Extraordinaria

En Espagne, la plupart des contrats de travail à durée indéterminée ou de longue durée stipulent un treizième et quatorzième mois de salaire. En juin et en décembre, la majorité des salariés reçoivent donc un mois double, appelé **paga extraordinaria** *ou* **paga extra**.

pagano, -a *adj, nm/f* païen(ne)
pagar *vt, vi* payer
pagaré *nm* billet *m* à ordre
página *nf* page *f*
pago *nm* paiement *m*; **~(s)** (*esp AND,*

CSUR) région *fsg*; **~ a cuenta** acompte *m*
pág(s). *abr* (= *página(s)*) pp (= *page(s)*)
pague *etc vb ver* **pagar**
país *nm* pays *msg*; **los Países Bajos** les Pays Bas; **el P~ Vasco** le Pays Basque
paisaje *nm* paysage *m*
paisano, -a *nm/f* compatriote *m/f*; (*esp* CSUR) paysan(ne) ♦ *adj* (*esp* CSUR) paysan(ne); **vestir de ~** être en civil
paja *nf* paille *f*; (*fig*) remplissage *m*
pajarita *nf* nœud *m* papillon
pájaro *nm* oiseau *m*
pajita *nf* paille *f*
pala *nf* pelle *f*; (*de pingpong, frontón*) raquette *f*
palabra *nf* mot *m*; (*promesa, facultad, en asamblea*) parole *f*; **faltar a su ~** manquer à sa parole; **no encuentro ~s para expresar ...** je ne trouve pas les mots pour exprimer ...
palabrota *nf* gros mot *m*
palacio *nm* palais *msg*; **~ de justicia** palais de justice
paladar *nm* (*tb fig*) palais *msg*; **paladear** *vt* savourer
palanca *nf* levier *m*; **~ de cambio/mando** levier de changement de vitesse/de commande
palangana *nf* cuvette *f*
palco *nm* (TEATRO) loge *f*
Palestina *nf* Palestine *f*
palestino, -a *adj* palestinien(ne) ♦ *nm/f* Palestinien(ne)
paleta *nf* (*de albañil*) truelle *f*; (ARTE) palette *f*; (AM) esquimau *m*; *ver tb* **paleto**
paleto, -a *adj, nm/f* péquenaud(e)
paliar *vt* pallier; **paliativo** *nm* palliatif *m*
palidecer *vi* pâlir; **palidez** *nf* pâleur *f*
pálido, -a *adj* pâle
palillo *nm* cure-dents *msg*; **~s** *nmpl* (*para comer*: *tb:* **~s chinos**) baguettes *fpl*
paliza *nf* raclée *f*; **dar una ~ a algn** flanquer une raclée à qn
palma *nf* (*de mano*) paume *f*; (*árbol*) palmier *m*; **batir** *o* **dar ~s** battre des mains; **palmada** *nf* tape *f*; **palmadas** *nfpl* (*aplauso*) applaudissements *mpl*; (*en música*) battements *mpl* de mains
palmar (*fam*) *vi* (*tb:* **~la**) clamser
palmear *vi* applaudir
palmera *nf* palmier *m*
palmo *nm* empan *m*; (*fig*) pied *m*; **~ a ~** (*recorrer*) d'un bout à l'autre; (*registrar*) de fond en comble
palo *nm* (*de madera*) bâton *m*; (*poste*) piquet *m*; (*mango*) manche *m*; (*golpe*) coup *m*; (*de golf*) club *m*; (NÁUT) mât *m*; (NAIPES) couleur *f*
paloma *nf* pigeon *m*; **la ~ de la paz** la colombe de la paix
palomitas *nfpl* (*tb:* **~ de maíz**) pop-corn *msg*
palpar *vt* palper
palpitación *nf* palpitation *f*
palpitante *adj* palpitant(e); (*fig*) brûlant(e)
palpitar *vi* palpiter
palta (AND, CSUR) *nf* avocat *m*
paludismo *nm* paludisme *m*
pamela *nf* capeline *f*
pampa (AM) *nf* pampa *f*
pan *nm* pain *m*; **un ~** un pain; **barra de ~** baguette *f*, flûte *f*; **~ de molde** pain de mie; **~ integral** pain complet; **~ rallado** chapelure *f*
pana *nf* velours *msg* côtelé
panadería *nf* boulangerie *f*
Panamá *nm* Panama *m*
panameño, -a *adj* panaméen(ne) ♦ *nm/f* Panaméen(ne)
pancarta *nf* pancarte *f*
panda *nm* panda *m*
pandereta *nf* tambourin *m*
pandilla *nf* bande *f*
panel *nm* panneau *m*
panfleto *nm* pamphlet *m*
pánico *nm* panique *f*
panorama *nm* panorama *m*
pantalla *nf* écran *m*; (*de lámpara*) abat-jour *m*
pantalón *nm*, **pantalones** *nmpl* pantalon *msg*
pantano *nm* (*ciénaga*) marécage *m*; (*embalse*) barrage *m*
panteón *nm*: **~ familiar** caveau *m* de famille

pantera *nf* panthère *f*
pantis *nmpl* collant *msg*
pantomima *nf* pantomime *f*
pantorrilla *nf* mollet *m*
panty(s) *nm(pl)* collant *msg*
panza *nf* panse *f*
pañal *nm* lange *m*
paño *nm* (*tela*) étoffe *f*; (*trapo*) torchon *m*; **en ~s menores** en petite tenue
pañuelo *nm* (*para la nariz*) mouchoir *m*; (*para la cabeza*) foulard *m*
Papa *nm* Pape *m*
papa (*AM*) *nf* pomme de terre *f*
papá (*fam*) *nm* papa *m*; **~s** *nmpl* (*padre y madre*) parents *mpl*
papada *nf* double menton *m*
papagayo *nm* perroquet *m*
paparrucha *nf* (*tontería*) bourde *f*; (*rumor falso*) bobard *m*
papaya *nf* papaye *f*
papel *nm* papier *m*; (*TEATRO, fig*) rôle *m*; **~ carbón** papier carbone; **~ de aluminio** papier aluminium; **~ de calco/de lija** papier calque/de verre; **~ de envolver** papier d'emballage; **~ de estaño** *o* **plata** papier aluminium; **~ higiénico** *o MÉX* **sanitario/secante** papier hygiénique/buvard; **~ moneda** papier-monnaie *m*
papeleo *nm* paperasserie *f*
papelera *nf* corbeille *f* à papiers; (*en la calle*) poubelle *f*
papelería *nf* papeterie *f*
papeleta *nf* (*de rifa*) billet *m*; (*POL*) bulletin *m*; (*ESCOL*: *calificación*) relevé *m* de notes
paperas *nfpl* oreillons *mpl*
papilla *nf* bouillie *f*
paquete *nm* paquet *m*; (*esp AM*: *fam*) ennui *m*; **~s postales** colis *mpl* postaux
par *adj* pair(e) ♦ *nm* (*de guantes, calcetines*) paire *f*; (*de veces, días*) deux; (*pocos*) deux ou trois; **abrir de ~ en ~** ouvrir tout grand; **sin ~** unique
para *prep* pour; **decir ~ sí** se dire; **¿~ qué?** pourquoi faire?; **¿~ qué lo quieres?** que veux-tu en faire?; **~ entonces** à ce moment-là; **estará listo ~ mañana** ça sera prêt demain; **ir ~ casa** aller chez soi; **tengo bastante ~ vivir** j'ai de quoi vivre; **~ el caso que me haces** vu l'intérêt que tu me portes
parábola *nf* parabole *f*
parabólica *nf* (*tb:* **antena ~**) antenne *f* parabolique
parabrisas *nm inv* pare-brise *m inv*
paracaídas *nm inv* parachute *m*; **paracaidista** *nm/f* parachutiste *m/f*
parachoques *nm inv* pare-chocs *m inv*
parada *nf* arrêt *m*; **~ de autobús/de taxis** arrêt d'autobus/station *f* de taxis
paradero *nm* endroit *m*; (*AND, CSUR*) halte *f*
parado, -a *adj* arrêté(e); (*sin empleo*) au chômage; (*AM*) debout ♦ *nm/f* chômeur(-euse)
paradoja *nf* paradoxe *m*
parador *nm* (*tb:* **~ de turismo**) parador *m* (*hôtel de première catégorie géré par l'état*)

Parador Nacional

Le réseau des **paradores** *a été mis en place par le gouvernement dans les années 50, au début de l'essor du tourisme en Espagne. Il s'agit d'hôtels de première catégorie, dans des sites uniques ou des lieux à caractère historique, souvent établis dans d'anciens châteaux et monastères. Il existe actuellement 57 paradores, tous classés trois-étoiles ou plus, offrant des prestations de qualité ainsi qu'un large éventail de spécialités locales.*

paráfrasis *nf inv* paraphrase *f*
paraguas *nm inv* parapluie *m*
Paraguay *nm* Paraguay *m*
paraguayo, -a *adj* paraguayen(ne) ♦ *nm/f* Paraguayen(ne)
paraíso *nm* paradis *msg*
paraje *nm* parage *m*
paralelo, -a *adj, nm* parallèle *m*
parálisis *nf inv* paralysie *f*
paralítico, -a *adj, nm/f* paralytique

m/f
paralizar *vt* paralyser; **~se** *vpr* être paralysé(e)
paramilitar *adj* paramilitaire
páramo *nm* plateau *m* nu
parangón *nm*: **sin ~** sans égal(e)
paranoico, -a *adj* paranoïaque ♦ *nm/f* paranoïaque *m/f*; (*fig*) maniaque, obsédé(e)
parar *vt* arrêter ♦ *vi* s'arrêter; **~se** *vpr* s'arrêter; (AM) se lever; **sin ~** sans arrêt; **ha parado de llover** il ne pleut plus; **fue a ~ a la comisaría** il a atterri au commissariat
pararrayos *nm inv* paratonnerre *m*
parásito, -a *adj, nm* parasite *m*
parcela *nf* parcelle *f*
parche *nm* (*de rueda*) rustine *f*; (*de ropa*) pièce *f*
parcial *adj* (*pago, eclipse*) partiel(le); (*juicio*) partial(e); **parcialidad** *nf* partialité *f*
pardillo, -a *adj, nm/f* péquenaud(e) (*fam*) ♦ *nm* (ZOOL) bouvreuil *m*
parecer *nm* opinion *f* ♦ *vi* sembler; (*asemejarse a*) ressembler à; **~se** *vpr* se ressembler; **~se a** ressembler à; **al ~** à ce qu'il paraît; **me parece bien/importante que ...** je trouve que c'est bien/qu'il est important que ...
parecido, -a *adj* semblable ♦ *nm* ressemblance *f*; **un hombre bien ~** un bel homme
pared *nf* mur *m*
pareja *nf* paire *f*; (*hombre y mujer*) couple *m*; (*persona*) partenaire *m/f*; **una ~ de guardias** deux gendarmes
parentela *nf* parenté *f*
parentesco *nm* parenté *f*
paréntesis *nm inv* parenthèse *f*
parezca *etc vb ver* **parecer**
pariente, -a *nm/f* parent(e)
parir *vt* (*hijo*) accoucher de; (*animal*) mettre bas ♦ *vi* (*mujer*) accoucher; (*animal*) mettre bas
París *n* Paris
parisiense, parisino, -a *adj* parisien(ne) ♦ *nm/f* Parisien(ne)
parking *nm* parking *m*
parlamentario, -a *adj, nm/f* parlementaire *m/f*
parlamento *nm* parlement *m*; **P~ Europeo** Parlement européen
parlanchín, -ina *adj, nm/f* bavard(e)
paro *nm* (*huelga*) arrêt *m*; (*desempleo, subsidio*) chômage *m*; **estar en ~** être au chômage; **~ cardíaco** arrêt cardiaque
parodia *nf* parodie *f*; **parodiar** *vt* parodier
parpadear *vi* clignoter
párpado *nm* paupière *f*
parque *nm* parc *m*; **~ de atracciones** parc d'attractions; **~ de bomberos** caserne *f* de pompiers
parquímetro *nm* parcmètre *m*, parcmètre *m*
parra *nf* treille *f*
párrafo *nm* paragraphe *m*
parrilla *nf* grill *m*; **carne a la ~** viande *f* grillée; **parrillada** *nf* grillade *f*
párroco *nm* curé *m*
parroquia *nf* paroisse *f*
parsimonia *nf* parcimonie *f*
parte *nm* rapport *m* ♦ *nf* partie *f*; (*lado*) côté *m*; (*lugar, de reparto*) part *f*; **en alguna ~ de Europa** quelque part en Europe; **por todas ~s** partout; **en (gran) ~** en (grande) partie; **la mayor ~ de los españoles** la plupart des Espagnols; **de ~ de algn** de la part de qn; **¿de ~ de quién?** (TELEC) de la part de qui?; **por ~ de** de la part de; **yo por mi ~** en ce qui me concerne, quant à moi; **por una ~ ... por otra ~** d'une part ... d'autre part; **dar ~ a algn** communiquer à qn; **formar ~ de** faire partie de; **tomar ~ (en)** prendre part (à); **~ meteorológico** bulletin *m* météorologique
partición *nf* partage *m*
participación *nf* participation *f*; (*de lotería*) tranche *f*
participante *nm/f* participant(e)
participar *vt* communiquer ♦ *vi*: **~ (en)** participer (à)
partícipe *nm/f*: **hacer ~ a algn de algo** faire part à qn de qch
particular *adj* particulier(-ière) ♦ *nm* (*punto, asunto*) sujet *m*, chapitre *m*; (*individuo*) particulier *m*; **clases ~es**

cours *mpl* particuliers; **en ~** en particulier

partida *nf* départ *m*; (COM: *de mercancía*) lot *m*; (: *de cuenta, factura*) entrée *f*; (: *de presupuesto*) chapitre *m*; (*juego*) partie *f*; **~ de defunción/de matrimonio** extrait *m* d'acte de décès/de mariage; **~ de nacimiento** extrait de naissance

partidario, -a *adj*: **ser ~ de** être partisan(e) de ♦ *nm/f* (*seguidor*) partisan(e)

partido *nm* parti *m*; (DEPORTE) match *m*; **sacar ~ de** tirer parti de; **tomar ~** prendre parti; **~ judicial** arrondissement *m*

partir *vt* (*dividir*) partager; (*romper*) casser; (*rebanada, trozo*) couper ♦ *vi* partir; **~se** *vpr* se casser; **a ~ de** à partir de, à compter de; **~ de** partir de

partitura *nf* partition *f*

parto *nm* (*de una mujer*) accouchement *m*; (*de un animal*) mise bas *f*; **estar de ~** être en couches

pasa *nf* raisin *m* sec

pasada *nf* (*con trapo, escoba*) coup *m*; **de ~** (*leer, decir*) au passage; **mala ~** mauvais tour *m*

pasadizo *nm* passage *m*

pasado, -a *adj* passé(e); (*muy hecho*) trop cuit(e) ♦ *nm* passé *m*; **~ mañana** après-demain; **el mes ~** le mois dernier; **~ de moda** démodé(e)

pasador *nm* verrou *m*; (*de pelo*) barrette *f*; (*de corbata*) épingle *f*

pasaje *nm* passage *m*; (*de barco, avión*) billet *m*; (*los pasajeros*) passagers *mpl*

pasajero, -a *adj, nm/f* passager(-ère)

pasamontañas *nm inv* passe-montagne *m*

pasaporte *nm* passeport *m*

pasar *vt* passer; (*barrera, meta*) franchir; (*frío, calor, hambre*) avoir; (: *con énfasis*) souffrir de ♦ *vi* passer; (*ocurrir*) se passer; (*entrar*) entrer; **~se** *vpr* se passer; (*excederse*) exagérer; **~ a (hacer)** en venir à (faire); **~ de** dépasser de; **~ de (hacer) algo** (*fam*) se ficher de (faire) qch; **¡pase!** entrez!; **~ por un sitio/una calle** passer par un endroit/une rue; **~ por alto** faire fi de, passer sous silence; **~ sin algo** se passer de qch; **~lo bien** s'amuser; **¿qué te pasa?** que t'arrive-t-il?; **pase lo que pase** quoi qu'il en soit, advienne que pourra; **se hace ~ por médico** il se fait passer pour médecin; **pásate por casa/la oficina** passe chez moi/par mon bureau; **~se al enemigo** passer à l'ennemi; **me lo pasé bien/mal** cela s'est bien/mal passé; **se me pasó** j'ai complètement oublié

pasarela *nf* passerelle *f*; (*de modas*) podium *m*

pasatiempo *nm* passe-temps *msg*; **~s** *nmpl* (*en revista*) jeux *mpl*

Pascua, pascua *nf* (*tb:* **~ de Resurrección**) Pâques *fpl*; **~s** *nfpl* Noël *msg*; **¡felices ~s!** joyeux Noël!; **de ~s a Ramos** tous les trente-six du mois

pase *nm* passe *m*; (COM) passavant *m*; (CINE) projection *f*

pasear *vt, vi* promener; **~se** *vpr* se promener

paseo *nm* promenade *f*; (*distancia corta*) pas *msg*; **dar un paseo** faire une promenade; **paseo marítimo** front *m* de mer

pasillo *nm* couloir *m*

pasión *nf* passion *f*

pasivo, -a *adj* passif(-ive) ♦ *nm* (COM) passif *m*

pasmar *vt* ébahir; **pasmo** *nm* stupéfaction *f*

paso, -a *adj* sec(sèche) ♦ *nm* passage *m*; (*pisada, de baile*) pas *msg*; (*modo de andar*) pas, allure *f*; (TELEC) unité *f*; **a ese ~** à cette allure; **salir al ~ de** répliquer à; **salir al ~** passer à la contre-offensive; **de ~, ...** au passage, ...; **estar de ~** être de passage; **prohibido el ~** passage interdit; **ceda el ~** céder le passage, priorité; **~ a nivel** passage à niveau; **~ de peatones/de cebra** passage pour piétons/clouté; **~ elevado** saut-de-mouton *m*; **~ subterráneo**

passage souterrain

pasota (*fam*) *adj, nm/f* je-m'en-foutiste *m/f*

pasta *nf* pâte *f*; (*tb:* **~ de té**) petit four *m*; (*fam: dinero*) fric *m*; (*encuadernación*) reliure *f*; **~ dentífrica** *o* **de dientes** dentifrice *m*

pastar *vi* paître

pastel *nm* gâteau *m*; (*de carne*) friand *m*; (ARTE) pastel *m*; **pastelería** *nf* pâtisserie *f*

pasteurizado, -a *adj* pasteurisé(e)

pastilla *nf* (*de jabón*) savonnette *f*; (*de chocolate*) tablette *f*; (MED) comprimé *m*, cachet *m*

pastillero, a *nm/f* (*fam*) accro *mf* aux petites pilules

pasto *nm* pâture *f*

pastor, a *nm/f* berger(-ère) ♦ *nm* (REL) pasteur *m*; **~ alemán** berger allemand

pata *nf* patte *f*; (*pie*) pied *m*; **~s arriba** (*caer*) les quatre fers en l'air; (*revuelto*) sens dessus dessous; **meter la ~** mettre les pieds dans le plat; **tener mala ~** ne pas avoir de chance; **~ de cabra** (TEC) pince *f* à levier; **~ de gallo** pied-de-poule; **patada** *nf* coup *m* de pied

patalear *vi* trépigner

patata *nf* pomme *f* de terre; **~s fritas** frites *fpl*; (*en rebanadas*) chips *fpl*

paté *nm* pâté *m*

patear *vt* piétiner ♦ *vi* trépigner

patentar *vt* breveter

patente *adj* manifeste ♦ *nf* patente *f*, brevet *m*; (CSUR) immatriculation *f*

paternal *adj* paternel(le)

paterno, -a *adj* paternel(le)

patético, -a *adj* pathétique

patilla *nf* (*de gafas*) branche *f*; **~s** *nfpl* (*de la barba*) favoris *mpl*

patín *nm* patin *m*; **patinaje** *nm* patinage *m*; **patinar** *vi* patiner; (*fam: equivocarse*) se gourer

patio *nm* cour *f*; **~ de butacas** (CINE, TEATRO) orchestre *m*; **~ de recreo** cour de récréation

pato *nm* canard *m*; **pagar el ~** (*fam*) payer les pots cassés

patológico, -a *adj* pathologique

patoso, -a *adj* lourdaud(e)

patraña *nf* mensonge *m*

patria *nf* patrie *f*

patrimonio *nm* patrimoine *m*

patriota *nm/f* patriote *m/f*; **patriotismo** *nm* patriotisme *m*

patrocinar *vt* (*sufragar*) sponsoriser, parrainer; (*apoyar*) appuyer, parrainer; **patrocinio** *nm* parrainage *m*

patrón, -ona *nm/f* patron(ne); (*de pensión*) hôte (hôtesse) ♦ *nm* patron *m*

patronal *adj*: **la clase ~** la classe patronale ♦ *nf* patronat *m*

patrulla *nf* patrouille *f*

pausa *nf* pause *f*

pausado, -a *adj* posé(e)

pauta *nf* modèle *m*

pavimento *nm* pavement *m*

pavo *nm* dindon *m*; **~ real** paon *m*

pavor *nm* frayeur *f*

payaso, -a *nm/f* clown *m*

payo, -a *nm/f* gadjo *m/f*

paz (*pl* **paces**) *nf* paix *f*; (*tranquilidad*) calme *m*; **hacer las paces** faire la paix

P.D. *abr* (= *posdata*) P.S. (= *post-scriptum*)

peaje *nm* péage *m*

peatón *nm* piéton *m*

peca *nf* tache *f* de rousseur

pecado *nm* péché *m*

pecador, a *adj, nm/f* pécheur(-eresse)

pecar *vi* pécher; **~ de generoso** pécher par excès de générosité

pecho *nm* poitrine *f*; (*fig*) cœur *m*; **dar el ~ a** donner le sein à; **tomar algo a ~** prendre qch à cœur

pechuga *nf* (*de ave*) blanc *m*

peculiar *adj* caractéristique; (*particular*) particulier(-ère); **peculiaridad** *nf* particularité *f*

pedal *nm* pédale *f*; **pedalear** *vi* pédaler

pedante *adj, nm/f* pédant(e); **pedantería** *nf* pédanterie *f*

pedazo *nm* morceau *m*; **hacer algo ~s** réduire qch en mille morceaux; **hacer ~s a algn** mettre qn en bouillie; **caerse algo a ~s** tomber en ruine; **ser un ~ de pan** (*fig*)

avoir un cœur d'or
pediatra *nm/f* pédiatre *m/f*
pedido *nm* commande *f*
pedir *vt* demander; (COM) commander ♦ *vi* mendier; **~ disculpas** demander des excuses; **~ prestado** emprunter; **¿cuánto piden por el coche?** combien demande-t-on pour cette voiture?
pedo (*fam!*) *nm* (*ventosidad*) pet *m*
pega *nf* (*obstáculo*) problème *m*; (*fam: pregunta*) colle *f*; **de ~** à la gomme, de pacotille; **nadie me** *etc* **puso ~s** personne n'a trouvé à redire
pegadizo, -a *adj* (*canción*) entraînant(e)
pegajoso, -a *adj* collant(e)
pegamento *nm* colle *f*
pegar *vt* coller; (*enfermedad, costumbre*) passer; (*golpear*) frapper ♦ *vi* (*adherirse*) se coller; (*armonizar*) aller bien; (*el sol*) taper; **~se** *vpr* se coller; (*costumbre, enfermedad*) s'attraper; (*dos personas*) se frapper; **~ un grito** pousser un cri; **~ un salto** faire un saut; **~ en** toucher; **~se un tiro** se tirer une balle dans la tête
pegatina *nf* adhésif *m*
pegote (*fam*) *nm* emplâtre *m*; **tirarse un ~** (*fam*) s'envoyer des fleurs
peinado *nm* coupe *f*
peinar *vt* peigner; **~se** *vpr* se peigner
peine *nm* peigne *m*; **peineta** *nf* grand peigne *m*
p.ej. *abr* (= *por ejemplo*) p. ex. (= *par exemple*)
Pekín *n* Pékin
pelado, -a *adj* pelé(e); (*cabeza*) tondu(e); (*fam*) fauché(e)
pelaje *nm* pelage *m*
pelar *vt* (*fruta, animal*) peler; (*patatas, marisco*) éplucher; (*cortar el pelo*) couper; **~se** *vpr* (*la piel*) peler
peldaño *nm* marche *f*
pelea *nf* (*lucha*) lutte *f*; (*discusión*) discussion *f*
peleado, -a *adj*: **estar ~ (con algn)** être brouillé(e) (avec qn)
pelear *vi* se battre; (*discutir*) se disputer; **~se** *vpr* se battre; se disputer; (*enemistarse*) se brouiller
peletería *nf* pelleterie *f*
pelícano *nm* pélican *m*
película *nf* film *m*; (*capa fina,* FOTO) pellicule *f*; **de ~** (*fam*) sensass; **~ de dibujos (animados)** dessin *m* animé; **~ del oeste** western *m*; **~ muda** film muet
peligro *nm* danger *m*; **correr ~ de** courir le risque de
peligroso, -a *adj* dangereux(-euse)
pelirrojo, -a *adj* roux (rousse), rouquin(e) ♦ *nm/f* rouquin(e)
pellejo *nm* peau *f*
pellizcar *vt* pincer
pellizco *nm* pincement *m*; (*pizca*) pincée *f*
pelma, **pelmazo, -a** (*fam*) *nm/f* casse-pieds *m/fsg*
pelo *nm* cheveux *mpl*; (*un pelo*) cheveu *m*; (*: en el cuerpo*) poil *m*; **a ~** (*sin abrigo*) peu couvert(e); **venir al ~** tomber à pic; **por los ~s** de justesse; **con ~s y señales** en long et en large; **no tener ~s en la lengua** ne pas mâcher ses mots; **tomar el ~ a algn** se payer la tête de qn
pelota *nf* pelote *f*; (*tb: ~* **vasca**) pelote; **en ~(s)** (*fam*) à poil; **hacer la ~ (a algn)** lécher les bottes (à qn)
pelotón *nm* peloton *m*
peluca *nf* perruque *f*
peluche *nm*: **muñeco de ~** peluche *f*
peludo, -a *adj* (*cabeza*) chevelu(e); (*persona, perro*) poilu(e)
peluquería *nf* salon *m* de coiffure
peluquero, -a *nm/f* coiffeur(-euse)
pelusa *nf* (BOT) duvet *m*; (*de tela*) peluche *f*; (*de polvo*) mouton *m*
pelvis *nf* bassin *m*
pena *nf* peine *f*; (AM) honte *f*; **~s** *nfpl* pénalités *fpl*; **merecer/valer la ~** valoir la peine; **a duras ~s** à grand-peine; **me da ~** cela me fait de la peine; **¡qué ~!** quel dommage!; **~ de muerte** peine de mort
penal *adj* pénal; **antece**
casier *msg* judiciaire
penalidades *nfpl* souffra
penalti, **penalty** *nm* pe

pe

pendiente *adj* (*asunto*) en suspens; (*asignatura*) à repasser; (*terreno*) en pente ♦ *nm* boucle *f* d'oreille ♦ *nf* pente *f*; **estar ~ de algo/algn** (*vigilar*) garder un œil sur qch/qn; **estar ~ de los labios/de las palabras de algn** être pendu(e) aux lèvres de qn/boire les paroles de qn

pene *nm* pénis *msg*

penetración *nf* pénétration *f*

penetrante *adj* pénétrant(e)

penetrar *vt, vi* pénétrer

penicilina *nf* pénicilline *f*

península *nf* péninsule *f*; **peninsular** *adj* péninsulaire

penique *nm* penny *m*

penitencia *nf* pénitence *f*

penoso, -a *adj* pénible

pensador, -a *nm/f* penseur(-euse)

pensamiento *nm* pensée *f*

pensar *vt, vi* penser; **~ (hacer)** penser (faire); **~ en** penser à; **he pensado que** j'ai pensé que; **~ mal de algn** avoir une mauvaise opinion de qn

pensativo, -a *adj* pensif(-ive)

pensión *nf* pension *f*; **media ~** (*en hotel*) demi-pension *f*; **~ completa** pension complète; **pensionista** *nm/f* (*jubilado*) pensionné(e)

penúltimo, -a *adj, nm/f* avant-dernier(-ière)

penumbra *nf* pénombre *f*

penuria *nf* pénurie *f*

peña *nf* rocher *m*; (*grupo*) amicale *f*

peñasco *nm* rocher *m*

peñón *nm* piton *m*; **el P~** Gibraltar

peón *nm* manœuvre *m*, ouvrier *m*; (*esp* AM) ouvrier agricole; (AJEDREZ) pion *m*

peor *adj* (*compar*) moins bon, pire; (*superl*) pire ♦ *adv* (*compar*) moins bien, pire; (*superl*) moins bien; **de mal en ~** de mal en pis

pepinillo *nm* cornichon *m*

pepino *nm* concombre *m*; **(no) me importa un ~** je m'en fiche complètement

pepita *nf* pépin *m*; (*de mineral*) pépite *f*

pequeñez *nf* petitesse *f*

pequeño, -a *adj, nm/f* petit(e)

[illegible]a *adj inv* (*fam*) ≃ BCBG *inv* ♦ *nf* poire *f*

percance *nm* contretemps *msg*

percatarse *vpr*: **~ de** se rendre compte de

percepción *nf* perception *f*

percha *nf* cintre *m*; (*en la pared*) portemanteau *m*

percibir *vt* percevoir

percusión *nf* percussion *f*

perdedor, a *adj, nm/f* perdant(e)

perder *vt* perdre; (*tren*) rater ♦ *vi* perdre; **~se** *vpr* se perdre; **echar a ~** (*comida*) gâcher, gâter

perdición *nf* perdition *f*

pérdida *nf* perte *f*; **~s** *nfpl* (COM) pertes *fpl*; **una ~ de tiempo** une perte de temps

perdido, -a *adj* perdu(e); **tonto ~** (*fam*) bête à manger du foin, bête comme ses pieds

perdiz *nf* perdrix *f*

perdón *nm* pardon *m*; **¡~!** pardon!; **perdonar** *vt* pardonner; (*la vida*) gracier; (*eximir*) dispenser, exempter ♦ *vi* pardonner; **¡perdone (usted)!** pardon!

perdurar *vi* perdurer; (*continuar*) durer

perecedero, -a *adj* périssable

perecer *vi* périr

peregrino, -a *adj* (*idea*) curieux(-euse), bizarre ♦ *nm/f* pèlerin(e)

perejil *nm* persil *m*

perenne *adj*: **hoja ~** feuille persistante

pereza *nf* paresse *f*

perezoso, -a *adj* paresseux(-euse)

perfección *nf* perfection *f*; **perfeccionar** *vt* perfectionner

perfectamente *adv* parfaitement; **¡~!** parfaitement!, certainement!

perfecto, -a *adj* parfait(e)

perfil *nm* profil *m*; **~es** *nmpl* (*de figura*) contours *mpl*; **de ~** de profil; **perfilar** *vt* profiler

perforación *nf* perforation *f*

perforar *vt* perforer

perfume *nm* parfum *m*

pericia *nf* adresse *f*

periferia *nf* périphérie *f*

periférico, -a *adj* périphérique ♦ *nm*

(*AM: AUTO*) (boulevard *m*) périphérique *m*
perímetro *nm* périmètre *m*
periódico, -a *adj* périodique ♦ *nm* journal *m*
periodismo *nm* journalisme *m*; **periodista** *nm/f* journaliste *m/f*
periodo, **período** *nm* période *f*; (*menstruación*) règles *fpl*
perito, -a *nm/f* expert(e); (*técnico*) technicien(ne)
perjudicar *vt* nuire à, porter préjudice à; **perjudicial** *adj* néfaste, préjudiciable; **perjuicio** *nm* préjudice *m*
perla *nf* perle *f*; **me viene de ~s** ça tombe à pic
permanecer *vi* séjourner, rester; (*seguir*) rester
permanencia *nf* (*estancia*) séjour *m*
permanente *adj* permanent(e) ♦ *nf* permanente *f*
permiso *nm* permission *f*; (*licencia*) licence *f*, permis *msg*; **con ~** avec votre permission; **estar de ~** être en permission; **~ de conducir** permis de conduire
permitir *vt* permettre
pernicioso, -a *adj* pernicieux(-euse)
pero *conj* mais ♦ *nm* objection *m*; **¡~ bueno!** mais (enfin) bon!
perpendicular *adj* perpendiculaire
perpetrar *vt* perpétrer
perpetuar *vt* perpétuer
perpetuo, -a *adj* perpétuel(le)
perplejo, -a *adj* perplexe
perra *nf* chienne *f*
perrera *nf* chenil *m*
perrito *nm*: **~ caliente** hot-dog *m*
perro *nm* chien *m*
persa *adj* persan(e) ♦ *nm/f* Persan(e)
persecución *nf* poursuite *f*; (*REL, POL*) persécution *f*
perseguir *vt* poursuivre; (*atosigar, REL, POL*) persécuter
perseverante *adj* persévérant(e)
perseverar *vi* persévérer; **~ en** persévérer dans
persiana *nf* persienne *f*
persignarse *vpr* se signer
persistente *adj* persistant(e)
persistir *vi*: **~ (en)** persister (dans)
persona *nf* personne *f*; **~ jurídica** personne morale
personaje *nm* personnage *m*
personal *adj* personnel(le); (*aseo*) intime ♦ *nm* personnel *m*; **personalidad** *nf* personnalité *f*
personarse *vpr*: **~ (en)** se présenter (à)
personificar *vt* personnifier
perspectiva *nf* perspective *f*; **~s** *nfpl* (*de futuro*) perspectives *fpl*
perspicacia *nf* perspicacité *f*
perspicaz *adj* perspicace
persuadir *vt* persuader; **~se** *vpr* se persuader; **persuasión** *nf* persuasion *f*
persuasivo, -a *adj* persuasif(-ive)
pertenecer *vi*: **~ a** appartenir à; **perteneciente** *adj*: **ser perteneciente a** appartenir à; **pertenencia** *nf* possession *f*; (*a organización, club*) affiliation *f*; **pertenencias** *nfpl* (*posesiones*) biens *mpl*
pertenezca *etc vb ver* **pertenecer**
pértiga *nf* perche *f*; **salto de ~** saut *m* à la perche
pertinente *adj* pertinent(e); (*momento etc*) approprié(e)
perturbado, -a *adj* troublé(e) ♦ *nm/f* (*tb:* **~ mental**) malade *m/f* mental(e)
perturbar *vt* perturber, troubler; (*MED*) troubler
Perú *nm* Pérou *m*
peruano, -a *adj* péruvien(ne) ♦ *nm/f* Péruvien(ne)
perversión *nf* perversion *f*
perverso, -a *adj* pervers(e)
pervertido, -a *adj, nm/f* pervers(e)
pervertir *vt* pervertir; **~se** *vpr* se pervertir
pesa *nf* poids *msg*; (*DEPORTE*) haltère *m*; **hacer ~s** faire des haltères
pesadez *nf* lourdeur *f*; (*fastidio*) ennui *m*
pesadilla *nf* cauchemar *m*
pesado, -a *adj* lourd(e); (*difícil, duro*) pénible; (*aburrido*) ennuyeux(-euse) ♦ *nm/f* enquiquineur(-euse)
pésame *nm* condoléances *fpl*; **dar el ~** présenter ses condoléances
pesar *vt* peser ♦ *vi* peser; (*fig:*

opinión) compter ♦ *nm* (*remordimiento*) remords *msg*; (*pena*) chagrin *m*; **a ~ de** en dépit de; **a ~ de que** bien que; **(no) me pesa haberlo hecho** je (ne) regrette (pas) de l'avoir fait

pesca *nf* pêche *f*; **ir de ~** aller à la pêche

pescadería *nf* poissonnerie *f*

pescadilla *nf* merlan *m*

pescado *nm* poisson *m*

pescador, a *nm/f* pêcheur(-euse)

pescar *vt* pêcher; (*fam*) choper; (*novio*) se dénicher; (*delincuente*) cueillir ♦ *vi* pêcher

pescuezo *nm* cou *m*

peseta *nf* peseta *f*

pesimista *adj, nm/f* pessimiste *m/f*

pésimo, -a *adj* lamentable

peso *nm* poids *msg*; (*balanza*) balance *f*; (AM: *moneda*) peso *m*; **vender a ~** vendre au poids; **~ bruto** poids brut; **~ neto** poids net; **~ pesado/pluma** (BOXEO) poids lourd/plume

pesquero, -a *adj* (*industria*) de la pêche; (*barco*) de pêche

pesquisa *nf* recherche *f*

pestaña *nf* cil *m*; (*borde*) bord *m*; **pestañear** *vi* cligner des yeux

peste *nf* peste *f*; (*mal olor*) puanteur *f*

pesticida *nm* pesticide *m*

pestillo *nm* verrou *m*; (*picaporte*) poignée *f*

petaca *nf* (*para cigarros*) porte-cigarettes *m inv*; (*para tabaco*) tabatière *f*; (*para beber*) flasque *f*

pétalo *nm* pétale *m*

petardo *nm* pétard *m*

petición *nf* demande *f*; (JUR) requête *f*

petrificar *vt* pétrifier

petróleo *nm* pétrole *m*

petrolero, -a *adj* pétrolier(-ère) ♦ *nm* pétrolier *m*

peyorativo, -a *adj* péjoratif(-ive)

pez *nm* poisson *m*; **~ espada** poisson-épée *m*; **~ gordo** (*fig*) grosse légume *f*

pezón *nm* mamelon *m*

pezuña *nf* (*de animal*) sabot *m*

piadoso, -a *adj* pieux(-euse)

pianista *nm/f* pianiste *m/f*

piano *nm* piano *m*

piar *vi* piailler

pibe, -a (AM) *nm/f* gosse *m/f*

picadillo *nm* hachis *msg*

picado, -a *adj* haché(e); (*hielo*) pilé(e); (*mar*) agité(e); (*diente*) gâté(e); (*tabaco*) découpé(e); (*enfadado*) piqué(e) ♦ *nm*: **en ~** en piqué

picador *nm* (TAUR) picador *m*; (*minero*) piqueur *m*

picadura *nf* piqûre *f*; (*tabaco picado*) tabac *m* gris

picante *adj* épicé(e); (*comentario, chiste*) piquant(e)

picaporte *nm* poignée *f*

picar *vt* piquer; (*ave*) picoter; (CULIN) hacher ♦ *vi* piquer; (*el sol*) brûler; (*pez*) mordre; **~se** *vpr* (*vino*) se piquer; (*muela*) se gâter; (*ofenderse*) prendre la mouche; **me pica el brazo** mon bras me démange

picardía *nf* sournoiserie *f*; (*astucia*) astuce *f*; (*travesura*) espièglerie *f*

pícaro, -a *adj* astucieux(-euse); (*travieso*) espiègle ♦ *nm* canaille *f*; (LIT) picaro *m*

pichón, -ona *nm/f* pigeon *m*

pico *nm* bec *m*; (*de mesa, ventana*) coin *m*; (GEO, *herramienta*) pic *m*

picotear *vt, vi* (*fam*) grignoter ♦ *vi* (*ave*) picorer

picudo, -a *adj* au bec pointu; (*zapato, tejado*) pointu(e)

pidiendo *etc vb ver* **pedir**

pie *nm* pied *m*; (*de página*) bas *msg*; **ir a ~** aller à pied; **al ~ de** au pied de; **estar de ~** être debout; **ponerse de ~** se mettre debout; **al ~ de la letra** au pied de la lettre; **en ~ de igualdad** sur un pied d'égalité; **dar ~ a** donner prise à; **hacer ~** (*en el agua*) avoir pied

piedad *nf* pitié *f*

piedra *nf* pierre *f*; **~ preciosa** pierre précieuse

piel *nf* peau *f*; (*de animal, abrigo*) fourrure *f*

pienso *vb ver* **pensar** ♦ *nm* (AGR) tourteau *m*

pierda *etc vb ver* **perder**

pierna *nf* jambe *f*; (*de cordero*) gigot *m*
pieza *nf* pièce *f*; **~ de recambio** *o* **de repuesto** pièce de rechange
pigmeo, -a *adj* pygmée
pijama *nm* pyjama *m*
pila *nf* pile *f*; (*fregadero*) évier *m*; (*lavabo*) lavabo *m*
píldora *nf* pilule *f*; **la ~ (anticonceptiva)** la pilule (contraceptive)
pileta (*esp* CSUR) *nf* évier *m*; (*piscina*) piscine *f*
pillaje *nm* pillage *m*
pillar *vt* coincer; (*fam*: *coger, sorprender*) pincer; (: *conseguir*) se dégotter; (: *atropellar*) faucher; (: *alcanzar*) attraper; **me pilla cerca/lejos** c'est près/loin de chez moi; **~ una borrachera** (*fam*) prendre une cuite; **~ un resfriado** (*fam*) choper un rhume
pillo, -a *adj* malin(-igne), coquin(e) ♦ *nm/f* fripouille *f*
piloto *nm/f* pilote *m* ♦ *nm* (ARG) imperméable *m*; **~ automático** pilote automatique
pimentón *nm* piment *m* doux
pimienta *nf* poivre *m*
pimiento *nm* poivron *m*
pinacoteca *nf* galerie *f* de peintures
pinar *nm* pinède *f*
pincel *nm* pinceau *m*
pinchar *vt* piquer; (*neumático*) crever; (*teléfono*) mettre sur (table d')écoute; **~se** *vpr* se piquer
pinchazo *nm* piqûre *f*; (*de llanta*) crevaison *f*; **~ telefónico** écoute *f* téléphonique
pincho *nm* pointe *f*; (*de planta*) épine *f*; (CULIN) amuse-gueule *m inv*; **~ moruno** (chiche-)kebab *m*
pingüino *nm* pingouin *m*
pino *nm* pin *m*
pinta *nf* (*mota*) tache *f*; (*aspecto*) mine *f*
pintar *vt* peindre; (*con lápices de colores*) colorier; (*fig*) dépeindre ♦ *vi* peindre; (*fam*) compter; **~se** *vpr* se maquiller; (*uñas*) se faire
pintor, a *nm/f* peintre *m/f*
pintoresco, -a *adj* pittoresque
pintura *nf* peinture *f*; **~ a la acuarela** aquarelle *f*; **~ al óleo** peinture à l'huile
pinza *nf* pince *f*; (*para colgar ropa*) pince à linge; **~s** *nfpl* pinces *fpl*; (*para depilar*) pince à épiler
piña *nf* (*fruto del pino*) pomme *f* de pin; (*fruta*) ananas *msg*
piñón *nm* pignon *m*
piojo *nm* pou *m*
pionero, -a *adj, nm/f* pionnier(-ère)
pipa *nf* pipe *f*; (BOT) pépin *m*; **~s** *nfpl* (*de girasol*) graines *fpl* (de tournesol); **pasarlo ~** (*fam*) bien s'amuser
pique *vb ver* **picar** ♦ *nm* brouille *f*; (*rivalidad*) compétition *f*; **irse a ~** couler à pic; (*familia, negocio*) aller à la dérive
piquete *nm* piquet *m*
piragua *nf* pirogue *f*; (DEPORTE) canoë *m*; **piragüismo** *nm* canoë-kayak *m*
pirámide *nf* pyramide *f*
pirata *adj*: **edición/disco ~** édition *f*/disque *m* pirate ♦ *nm* pirate *m*
Pirineo(s) *nm(pl)* Pyrénées *fpl*
pirómano, -a *nm/f* pyromane *m/f*
piropo *nm* compliment *m*
pis (*fam*) *nm* pipi *m*, pisse *f*; **hacer ~** pisser
pisada *nf* pas *msg*
pisar *vt* fouler, marcher sur; (*apretar con el pie, fig*) écraser; (*idea, puesto*) piquer ♦ *vi* marcher; **me has pisado** tu m'as marché dessus
piscina *nf* piscine *f*
Piscis *nm* (ASTROL) Poissons *mpl*; **ser ~** être Poissons
piso *nm* (*planta*) étage *m*; (*apartamento*) appartement *m*; (*suelo*) sol *m*; **primer ~** premier étage; (AM: *de edificio*) rez-de-chaussée *m inv*
pista *nf* piste *f*; **~ de aterrizaje** piste d'atterrissage; **~ de baile** piste de danse; **~ de carreras** champ *m* de courses; **~ de hielo** patinoire *f*; **~ de tenis** court *m* de tennis
pistola *nf* pistolet *m*
pistolero *nm* gangster *m*
pistón *nm* piston *m*
pitar *vt* siffler; (AUTO) klaxonner ♦ *vi*

siffler; (*AUTO*) klaxonner; (*fam*) gazer; (*AM*) fumer
pitillo *nm* (*fam*) sèche *f*
pito *nm* sifflement *m*; (*silbato*) sifflet *m*; (*de coche*) klaxon *m*
pitón *nm* python *m*
pitorreo *nm* moquerie *f*; **estar de ~** se payer la tête des gens
pizarra *nf* ardoise *f*; (*encerado*) tableau *m* (noir)
pizca *nf* pincée *f*; (*de pan*) miette *f*; (*fig*) petit morceau *m*; **ni ~** pas une miette
pizza *nf* pizza *f*
placa *nf* plaque *f*; **~ de matrícula** plaque d'immatriculation
placentero, -a *adj* agréable
placer *nm* plaisir *m*
plácido, -a *adj* placide; (*día, mar*) calme
plaga *nf* fléau *m*; **plagar** *vt* infester
plagio *nm* plagiat *m*; (*AM*) kidnapping *m*
plan *nm* plan *m*, projet *m*; (*idea*) idée *f*; **en ~ económico** (*fam*) pour pas cher; **vamos en ~ de turismo** on y va en touristes; **si te pones en ese ~ ...** si tu le vois comme ça ...
plana *nf* page *f*; **a toda ~** sur toute une page; **la primera ~** la une; **~ mayor** (*MIL*) état-major *m*
plancha *nf* (*para planchar*) fer *m* (à repasser); (*de metal, madera, TIP*) planche *f*; **pescado a la ~** poisson *m* grillé; **planchado, -a** *adj* repassé(e) ♦ *nm* repassage *m*; **planchar** *vt, vi* repasser
planeador *nm* planeur *m*
planear *vt* planifier ♦ *vi* planer
planeta *nm* planète *f*
planicie *nf* plaine *f*
planificación *nf* planification *f*; **~ familiar** planning familial
plano, -a *adj* plat(e) ♦ *nm* plan *m*; **primer ~** (*CINE*) premier plan; **caer de ~** tomber de tout son long
planta *nf* plante *f*; (*TEC*) usine *f*; (*piso*) étage *m*; **~ baja** rez-de-chaussée *m inv*
plantación *nf* plantation *f*
plantar *vt* planter; (*novio, trabajo*) laisser tomber; **~se** *vpr* se planter
plantear *vt* exposer; (*problema*) poser; (*proponer*) proposer; **~se** *vpr* envisager
plantilla *nf* (*de zapato*) semelle *f*; (*personal*) personnel *m*; **estar en ~** faire partie du personnel
plasmar *vt* (*representar*) reproduire; **~se** *vpr*: **~se en** se concrétiser
plástico, -a *adj* plastique ♦ *nm* plastique *m*
plastilina ® *nf* pâte *f* à modeler
plata *nf* (*metal, dinero*) argent *m*; (*cosas de plata*) argenterie *f*
plataforma *nf* plate-forme *f*; (*tribuna*) estrade *f*; **~ de lanzamiento** rampe *f* de lancement; **~ petrolera/de perforación** plate-forme pétrolière/de forage
plátano *nm* banane *f*; (*árbol*) bananier *m*
platea *nf* orchestre *m*
plateado, -a *adj* argenté(e); (*TEC*) plaqué(e) argent
platillo *nm* soucoupe *f*; **~ volante** soucoupe volante
platino *nm* platine *m*; **~s** *nmpl* (*AUTO*) vis *fpl* platinées
plato *nm* assiette *f*; **~ combinado** menu *m* express
playa *nf* plage *f*; **~ de estacionamiento** (*AM*) place *f* de stationnement
playera *nf* (*AM*) T-shirt *m*; **~s** *nfpl* chaussures *fpl* en toile
plaza *nf* place *f*; (*mercado*) place du marché; **~ de toros** arène *f*
plazo *nm* délai *m*; (*pago parcial*) terme *m*; **a corto/largo ~** à court/long terme; **comprar a ~s** acheter à tempérament
pleamar *nf* pleine mer *f*
plebe (*pey*) *nf* plèbe *f*
plebiscito *nm* plébiscite *m*
plegable *adj* pliable
plegar *vt* plier; **~se** *vpr* se plier
pleito *nm* procès *msg*; (*fig*) conflit *m*
pleno, -a *adj* plein(e) ♦ *nm* plenum *m*; **en ~ día/verano** en plein jour/été; **en plena cara** en plein visage
pliego *vb ver* **plegar** ♦ *nm* (*hoja*) feuille *f* (de papier); **~ de cargos** charges *fpl* produites contre

l'accusé; ~ **de condiciones** cahier *m* des charges; ~ **de descargo** témoignages *mpl* à la décharge de l'accusé
pliegue *vb ver* **plegar** ♦ *nm* pli *m*
plomero (*AM*) *nm* plombier *m*
plomo *nm* plomb *m*; **~s** *nmpl* (*ELEC*) plombs *mpl*; **(gasolina) sin ~** (essence) sans plomb
pluma *nf* plume *f*; ~ **(estilográfica)** stylo-plume *m*; ~ **fuente** (*AM*) stylo-plume *m*
plumón *nm* (*AM*) stylo-feutre *m*
plural *adj* pluriel(le) ♦ *nm* pluriel *m*; **pluralidad** *nf* pluralité *f*
pluriempleo *nm* cumul *m* d'emplois
plusvalía *nf* (*COM*) plus-value *f*
población *nf* population *f*; (*pueblo, ciudad*) peuplement *m*
poblado, -a *adj* peuplé(e) ♦ *nm* hameau *m*; **densamente ~** densément peuplé(e)
poblar *vt* peupler; **~se** *vpr*: **~se de** se peupler de
pobre *adj, nm/f* pauvre *m/f*; **los ~s** les pauvres *mpl*; **pobreza** *nf* pauvreté *f*
pocilga *nf* porcherie *f*

PALABRA CLAVE

poco, -a *adj* **1** (*sg*) peu de; **poco tiempo** peu de temps; **de poco interés** peu intéressant; **poca cosa** peu de chose
2 (*pl*) peu de; **pocas personas lo saben** peu de gens le savent; **unos pocos libros** quelques livres
♦ *adv* (*comer, trabajar*) peu; **poco amable/inteligente** peu aimable/intelligent; **cuesta poco** cela ne coûte pas cher; **a poco que se interese ...** pour peu qu'il montre de l'intérêt ...
♦ *pron* **1: unos/as pocos/as** quelques-uns/unes
2 (*casi*): **por poco me caigo** j'ai failli tomber
3 (*locuciones de tiempo*): **a poco de haberse casado** peu après s'être marié; **poco después** peu après
4: **poco a poco** peu à peu
♦ *nm*: **un poco** un peu; **un poco triste** un peu triste; **un poco de dinero** un peu d'argent

podar *vt* élaguer

PALABRA CLAVE

poder *vb aux* (*capacidad, posibilidad, permiso*) pouvoir; **no puedo hacerlo** je ne peux pas le faire; **puede llegar mañana** il peut arriver demain; **pudiste haberte hecho daño** tu aurais pu te faire mal; **no se puede fumar en este hospital** on n'a pas le droit de fumer dans cet hôpital; **podías habérmelo dicho** tu aurais pu me le dire
♦ *vi* **1** pouvoir; **¿se puede?** on peut entrer?; **¡no puedo más!** je n'en peux plus!; **¡es tonto a más no poder!** il est on ne peut plus idiot!
2: **¿puedes con eso?** tu peux y arriver?; **no puedo con este crío** je n'arrive pas à venir à bout de cet enfant
3: **A le puede a B** (*fam*) A est plus fort que B
♦ *vb impers*: **¡puede (ser)!** cela se peut!; **¡no puede ser!** ce n'est pas possible!; **puede que llueva** il pourrait pleuvoir
♦ *nm* pouvoir *m*; **ocupar el poder** détenir le pouvoir; **detentar el poder** s'emparer du pouvoir; **estar en el poder** être au pouvoir; **en mi/tu** *etc* **poder** (*posesión*) en ma/ta *etc* possession; **en poder de** entre les mains de; **por poderes** (*JUR*) par procuration; **poder adquisitivo** pouvoir d'achat; **poder ejecutivo/legislativo** (*POL*) pouvoir exécutif/législatif

poderoso, -a *adj* puissant(e)
podio, podium *nm* podium *m*
podrido, -a *adj* pourri(e); (*fig*) corrompu(e)
podrir *vt* = **pudrir**
poema *nm* poème *m*
poesía *nf* poésie *f*
poeta *nm/f* poète *m*
póker *nm* poker *m*
polaco, -a *adj* polonais(e) ♦ *nm/f* Polonais(e)

polar *adj* polaire; **polaridad** *nf* polarité *f*
polarizar *vt* polariser; **~se** *vpr* se polariser
polea *nf* poulie *f*
polémica *nf* polémique *f*
polémico, -a *adj* controversé(e)
polen *nm* pollen *m*
policía *nm/f* policier, femme-policier, agent(e) (de police) ♦ *nf* police *f*
policíaco, -a, policial *adj* policier(-ière)
polideportivo *nm* complexe *m* omnisports
poligamia *nf* polygamie *f*
polilla *nf* mite *f*
polio *nf* polio *f*
política *nf* politique *f*; **~ agraria** politique agricole; **~ económica** politique économique
político, -a *adj* politique ♦ *nm/f* homme/femme politique; **padre/hermano ~** beau-père/-frère *m*; **madre política** belle-mère *f*
póliza *nf* police *f*; (*sello*) timbre *m* fiscal; **~ de seguro(s)** police d'assurance
polizón *nm* passager(-ère) clandestin(e)
pollera (AM) *nf* jupe *f*
pollería *nf* marchand *m* de volailles
pollo *nm* poulet *m*
polo *nm* pôle *m*; (*helado*) glace *f*; (DEPORTE, *suéter*) polo *m*; **P~ Norte/Sur** Pôle Nord/Sud
Polonia *nf* Pologne *f*
poltrona (*esp* AM) *nf* fauteuil *m*
polvo *nm* poussière *f*; **~s** *nmpl* (*en cosmética etc*) poudre *fsg*; **en ~** en poudre; **estar hecho ~** (*fam*) être fichu; (*: persona*) être crevé
pólvora *nf* poudre *f*
polvoriento, -a *adj* poussiéreux(-euse)
pomada *nf* pommade *f*
pomelo *nm* pomélo *m*
pomo *nm* poignée *f*
pompa *nf* bulle *f*; (*ostentación*) pompe *f*
pomposo, -a (*pey*) *adj* prétentieux(-euse); (*lenguaje, estilo*) pompeux(-euse)
pómulo *nm* pommette *f*
pon *vb ver* **poner**
ponche *nm* punch *m*
poncho (AM) *nm* poncho *m*
ponderar *vt* soupeser; (*elogiar*) porter aux nues
pondré *etc vb ver* **poner**

PALABRA CLAVE

poner *vt* **1** (*colocar*) mettre, poser; (*ropa, mesa*) mettre
2 (*imponer: tarea*) donner; (*multa*) condamner à
3 (*obra de teatro, película*) passer; **¿qué ponen en el Excelsior?** qu'est-ce qui passe à l'Excelsior?; (*instalar: gas etc*) (faire) mettre
4 (*radio,* TV) mettre; **ponlo más alto** mets-le plus fort
5 (*suponer*): **pongamos que ...** mettons que ...
6 (*contribuir*): **el gobierno ha puesto un millón** le gouvernement a mis un million
7 (+ *adj*) rendre; **me estás poniendo nerviosa** tu commences à m'énerver
8 (*dar nombre*): **al hijo le pusieron Diego** ils ont appelé leur fils Diego
9 (*huevos*) pondre
♦ *vi* (*gallina*) pondre
ponerse *vpr* **1** (*colocarse*): **se puso a mi lado** il s'est mis à côté de moi; **ponte en esa silla** mets-toi sur cette chaise
2 (*vestido, cosméticos*) mettre; **¿por qué no te pones el vestido nuevo?** pourquoi ne mets-tu pas ta nouvelle robe?
3 (*sol*) se coucher
4 (+ *adj*) devenir; **se puso muy serio** il a pris un air très sérieux

poniente *nm* couchant *m*
pontífice *nm* pontife *m*
popa *nf* poupe *f*
popular *adj* populaire; **popularidad** *nf* popularité *f*
popularizar *vt* populariser; **~se** *vpr* se populariser

PALABRA CLAVE

por *prep* **1** (*objetivo, en favor de*) pour; **luchar por la patria** combattre pour la patrie; **hazlo por mí** fais-le pour moi
2 (+ *infin*) pour; **por no llegar tarde** pour ne pas arriver tard; **por citar unos ejemplos** pour citer quelques exemples
3 (*causa, agente*) par; **por escasez de fondos** par manque de fonds; **le castigaron por desobedecer** il a été puni pour avoir désobéi; **por eso** c'est pourquoi; **escrito por él** écrit par lui
4 (*tiempo*): **por la mañana/Navidad** le matin/vers Noël
5 (*duración*): **se queda por una semana** il reste une semaine; **se fue por 3 días** il est parti pour 3 jours
6 (*lugar*): **pasar por Madrid** passer par Madrid; **ir a Guayaquil por Quito** aller à Guayaquil via Quito; **caminar por la calle/por las Ramblas** déambuler dans la rue/sur les Rambles; **por fuera/dentro** par dehors/dedans; **vive por aquí** il habite par ici; *ver tb* **todo**
7 (*cambio, precio*): **te doy uno nuevo por el que tienes** je t'en donne un neuf contre le tien; **lo vendo por 1.000 pesetas** je le vends pour 1 000 pesetas
8 (*valor distributivo*): **550 pesetas por hora/cabeza** 550 pesetas de l'heure/par tête; **100km por hora** 100 km à l'heure; **veinte por ciento** vingt pour cent
9 (*modo, medio*) par; **por avión/correo** par avion/la poste; **caso por caso** cas par cas; **por tamaños** par ordre de taille
10: **25 por 4 son 100** 4 fois 25 font 100
11: **ir/venir por algo/algn** aller/venir chercher qch/qn; **estar/quedar por hacer** être/rester à faire
12 (*evidencia*): **por lo que dicen** d'après ce qu'ils disent
13: **por si (acaso)** au cas où
14: **¿por qué?** pourquoi; **¿por qué no?** pourquoi pas?

porcelana *nf* porcelaine *f*
porcentaje *nm* pourcentage *m*
porción *nf* portion *f*
pordiosero, -a *nm/f* mendiant(e)
pormenor *nm* détail *m*
pornografía *nf* pornographie *f*
poro *nm* pore *m*
poroso, -a *adj* poreux(-euse)
porque *conj* parce que
porqué *nm* pourquoi *m*
porquería *nf* cochonnerie *f*, saleté *f*; (*algo sin valor*) cochonnerie; **~s** *nfpl* (*comida*) cochonneries *fpl*
porra *nf* matraque *f*; **¡vete a la ~!** va te faire voir!
porrazo *nm* coup *m*
porrón *nm* gourde *f*
portada *nf* couverture *f*
portador, -a *nm/f* porteur(-euse); (COM) porteur *m*
portaequipajes *nm inv* (*maletero*) coffre *m*; (*baca*) porte-bagages *m inv*
portal *nm* (*entrada*) vestibule *m*; (*puerta*) porte *f*
portamaletas *nm inv* = **portaequipajes**
portarse *vpr* se comporter; **~ bien/mal** bien/mal se comporter
portátil *adj* portatif(-ive); (*ordenador*) portable
portavoz *nm/f* porte-parole *m inv*
portazo *nm*: **dar un ~** claquer la porte
porte *nm* (COM) port *m*
portento *nm* prodige *m*
porteño, -a *adj* de Buenos Aires
portería *nf* loge *f* (de concierge); (DEPORTE) but *m*
portero, -a *nm/f* concierge *m/f*; (*de club*) portier *m*; (DEPORTE) gardien(ne) de but; **~ automático** interphone *m*
pórtico *nm* portique *m*
portorriqueño, -a *adj* portoricain(e)
Portugal *nm* Portugal *m*
portugués, -esa *adj* portugais(e) ♦ *nm/f* Portugais(e) ♦ *nm* (LING) portugais *msg*
porvenir *nm* avenir *m*
pos: **en ~ de** *prep* après, en

posada *nf* auberge *f*; **dar ~ a** héberger
posar *vt, vi* poser; **~se** *vpr* se poser; (*polvo*) se déposer
posavasos *nm inv* sous-verre *m*
posdata *nf* post-scriptum *m inv*
pose *nf* pose *f*
poseedor, a *nm/f* possesseur *m*
poseer *vt* posséder; (*conocimientos, belleza*) avoir; (*récord, título*) détenir
posesión *nf* possession *f*
posesivo, -a *adj* possessif(-ive)
posgrado *nm* = **postgrado**
posibilidad *nf* possibilité *f*
posible *adj* possible; **es ~ que** il est possible que
posición *nf* position *f*
positivo, -a *adj* positif(-ive) ♦ *nf* (*FOTO*) cliché *m*
poso *nm* (*de café*) marc *m*; (*de vino*) lie *f*
posponer *vt* subordonner; (*aplazar*) ajourner
posta *nf*: **a ~** exprès
postal *adj* postal(e) ♦ *nf* carte *f* postale
poste *nm* poteau *m*
póster *nm* poster *m*
postergar *vt* reléguer; (*esp AM*: *aplazar*) retarder
posteridad *nf* postérité *f*
posterior *adj* de derrière; (*parte*) postérieur(e); (*en el tiempo*) ultérieur(e); **posterioridad** *nf*: **con posterioridad** par la suite
postgrado *nm* troisième cycle *m*
postizo, -a *adj* faux (fausse), postiche ♦ *nm* postiche *m*
postor, a *nm/f* offrant *m*
postre *nm* dessert *m*
postrero, -a *adj* dernier(-ière)
postulado *nm* postulat *m*
póstumo, -a *adj* posthume
postura *nf* position *f*, posture *f*; (*ante hecho, idea*) position
potable *adj* potable
potaje *nm* potage *m*
pote *nm* pot *m*
potencia *nf* puissance *f*; **en ~** en puissance
potencial *adj* potentiel(le) ♦ *nm* potentiel *m*; **potenciar** *vt* promouvoir
potente *adj* puissant(e)
potro *nm* poulain *m*; (*DEPORTE*) cheval *m* d'arçon
pozo *nm* puits *msg*; (*de río*) *endroit le plus profond*
p.p. *abr* (= *por poderes*) p.p.
práctica *nf* pratique *f*; **~s** *nfpl* (*ESCOL*) travaux *mpl* pratiques; (*MIL*) entraînement *m*; **en la ~** dans la pratique
practicante *adj* (*REL*) pratiquant(e) ♦ *nm/f* (*MED*) aide-soignant(e)
practicar *vt, vi* pratiquer
práctico, -a *adj* pratique
practique *etc vb ver* **practicar**
pradera *nf* prairie *f*
prado *nm* pré *m*; (*AM*) gazon *m*
Praga *n* Prague
pragmático, -a *adj* pragmatique
preámbulo *nm* préambule *m*
precario, -a *adj* précaire
precaución *nf* précaution *f*
precaverse *vpr*: **~ de** *o* **contra algo** se prémunir contre qch
precavido, -a *adj* prévoyant(e)
precedente *adj* précédent(e) ♦ *nm* précédent *m*
preceder *vt* précéder
precepto *nm* précepte *m*
preciado, -a *adj* précieux(-euse)
preciarse *vpr* se vanter; **~ de** se vanter de
precinto *nm* (*COM*: *tb*: **~ de garantía**) cachet *m*
precio *nm* prix *msg*; **a ~ de saldo** en réclame; **~ al detalle** prix de détail; **~ al por menor** prix de détail; **~ de ocasión** prix avantageux; **~ de venta al público** prix de vente conseillé
preciosidad *nf* (*cosa bonita*) merveille *f*; **es una ~** c'est une merveille
precioso, -a *adj* (*hermoso*) beau (belle); (*de mucho valor*) précieux(-euse)
precipicio *nm* précipice *m*
precipitación *nf* précipitation *f*
precipitado, -a *adj* précipité(e)
precipitar *vt* précipiter; **~se** *vpr* se précipiter

precisamente *adv* précisément
precisar *vt* (*necesitar*) avoir besoin de; (*determinar, especificar*) préciser
precisión *nf* précision *f*; **de ~** de précision
preciso, -a *adj* précis(e); (*necesario*) nécessaire
preconcebido, -a *adj* préconçu(e)
precoz *adj* précoce
precursor, a *nm/f* précurseur *m*
predecir *vt* prédire
predestinado, -a *adj* prédestiné(e)
predicar *vt, vi* prêcher
predicción *nf* prédiction *f*
predilecto, -a *adj* préféré(e)
predisponer *vt* prédisposer; **predisposición** *nf* prédisposition *f*
predominante *adj* prédominant(e)
predominar *vi* prédominer; **predominio** *nm* prédominance *f*
preescolar *adj* préscolaire
prefabricado, -a *adj* préfabriqué(e)
prefacio *nm* préface *f*
preferencia *nf* (*predilección*) préférence *f*; (AUTO, *ventaja*) priorité *f*
preferible *adj* préférable
preferir *vt* préférer; **~ hacer/que** préférer faire/que
prefiera *etc vb ver* **preferir**
prefijo *nm* (TELEC) indicatif *m*
pregonar *vt* crier
pregunta *nf* question *f*; **hacer una ~** poser une question
preguntar *vt, vi* demander; **~se** *vpr* se demander; **~ por algn** demander qn
prehistórico, -a *adj* préhistorique
prejuicio *nm* préjugé *m*
preliminar *adj, nm* préliminaire *m*
preludio *nm* prélude *m*
premeditación *nf* préméditation *f*
premiar *vt* récompenser; (*en un concurso*) décerner un prix à
premio *nm* récompense *f*; (*de concurso etc*) prix *msg*
premonición *nf* prémonition *f*
prenatal *adj* prénatal(e)
prenda *nf* (*ropa*) vêtement *m*; (*garantía*) gage *m*
prendedor *nm* broche *f*
prender *vt* (*sujetar*) attacher; (*delincuente*) arrêter; (*esp* AM: *encender*) allumer ♦ *vi* (*idea, miedo*) s'enraciner; (*planta, fuego*) prendre; **~se** *vpr* prendre feu; (*esp* AM: *encenderse*) s'allumer; **~ fuego a algo** mettre le feu à qch
prendido, -a (AM) *adj* (*luz etc*) allumé(e)
prensa *nf* presse *f*; **prensar** *vt* (*papel, uva*) presser
preñado, -a *adj* (*mujer*) enceinte; **~ de** chargé(e) de
preocupación *nf* souci *m*
preocupado, -a *adj* soucieux(-euse)
preocupar *vt* préoccuper; **~se** *vpr* (*inquietarse*) se soucier; **~se de algo** (*hacerse cargo*) s'occuper de qch
preparación *nf* préparation *f*
preparado, -a *adj* (*dispuesto*) prêt(e); (*platos, estudiante etc*) préparé(e) ♦ *nm* (MED) préparation *f*
preparar *vt* préparer; **~se** *vpr* se préparer; **~se para hacer algo** se préparer à faire qch; **preparativos** *nmpl* préparatifs *mpl*
preparatoria (AM) *nf* terminale *f*
prerrogativa *nf* prérogative *f*
presa *nf* (*de animal*) proie *f*; (*de agua*) barrage *m*
presagio *nm* présage *m*
prescindir *vi*: **~ de** (*privarse de*) se passer de; (*descartar*) faire abstraction de
prescribir *vt* prescrire; **prescripción** *nf* prescription *f*
presencia *nf* présence *f*; **presencial** *adj*: **testigo presencial** témoin *m* oculaire; **presenciar** *vt* (*accidente, discusión*) être témoin de; (*ceremonia etc*) assister à
presentación *nf* présentation *f*
presentador, a *nm/f* présentateur(-trice)
presentar *vt* présenter; (JUR: *pruebas, documentos*) produire; **~se** *vpr* se présenter
presente *adj* présent(e) ♦ *nm* présent *m*; **tener ~** se souvenir de
presentimiento *nm* pressentiment *m*
presentir *vt* pressentir; **~ que** pressentir que
preservativo *nm* préservatif *m*

presidencia *nf* présidence *f*
presidente *nm/f* président(e)
presidiario *nm* forçat *m*
presidio *nm* prison *f*
presidir *vt* (*reunión*) présider
presión *nf* pression *f*; **cerrar a ~** fermer avec des pressions; **~ atmosférica** pression atmosphérique; **presionar** *vt* (*coaccionar*) faire pression sur ♦ *vi*: **presionar para** *o* **por** faire pression pour
preso, -a *adj*: **~ de terror/pánico** pris(e) de terreur/panique ♦ *nm/f* (*en la cárcel*) prisonnier(-ière)
prestación *nf* (ADMIN) prestation *f*; **prestaciones** *nfpl* (TEC, AUTO) performances *fpl*
prestado, -a *adj* emprunté(e); **pedir ~** emprunter
préstamo *nm* prêt *m*; **~ hipotecario** prêt hypothécaire
prestar *vt* prêter
presteza *nf* promptitude *f*
prestigio *nm* prestige *m*
presumido, -a *adj, nm/f* prétentieux(-euse); (*preocupado de su aspecto*) coquet(te)
presumir *vt* présumer ♦ *vi* (*tener aires*) s'afficher; **~ de listo** se croire fin; **presunción** *nf* présomption *f*
presunto, -a *adj* présumé(e); (*heredero*) présomptif(-ive)
presuntuoso, -a *adj* présomptueux(-euse)
presuponer *vt* présupposer
presupuesto *pp de* **presuponer** ♦ *nm* (FIN) budget *m*; (*de costo, obra*) devis *msg*
pretencioso, -a *adj* prétentieux(-euse)
pretender *vt* prétendre; **~ que** prétendre que; **pretendiente, -a** *nm/f* prétendant(e); **pretensión** *nf* prétention *f*; **pretensiones** *nfpl* (*pey*) prétentions *fpl*
pretexto *nm* (*excusa*) prétexte *m*
prevalecer *vi* prévaloir
prevención *nf* prévention *f*
prevenido, -a *adj*: **(estar) ~** (*preparado*) (être) prévenu(e); **(ser) ~** (*cuidadoso*) (être) averti(e)
prevenir *vt* prévenir; **~se** *vpr* se préparer; **~ (en) contra (de)/a favor de** prévenir contre/en faveur de; **~se contra** se prémunir contre
preventivo, -a *adj* préventif(-ive)
prever *vt* prévoir
previo, -a *adj* (*anterior*) préalable; **~ pago de los derechos** moyennant l'acquittement préalable des droits
previsión *nf* prévision *f*; **en ~ de** en prévision de
prima *nf* prime *f*; *ver tb* **primo**
primacía *nf* primauté *f*
primario, -a *adj* primaire
primavera *nf* printemps *m*
primera *nf* première *f*; **a la ~** du premier coup
primero, -a *adj* (*delante de nmsg:* **primer**) premier(-ière) ♦ *adv* (*en primer lugar*) d'abord; (*más bien*) plutôt ♦ *nm*: **ser/llegar el ~** être/arriver le premier
primicia *nf* primeur *f*
primitivo, -a *adj* primitif(-ive)
primo, -a *adj* (MAT) premier(-ière) ♦ *nm/f* cousin(e); (*fam*) idiot(e); **materias primas** matières *fpl* premières; **~ hermano** cousin *m* germain
primogénito, -a *adj* aîné(e)
primordial *adj* primordial(e)
princesa *nf* princesse *f*
principal *adj* principal(e)
príncipe *nm* prince *m*
principiante *nm/f* débutant(e)
principio *nm* (*comienzo*) début *m*; (*fundamento, moral, tb* QUÍM) principe *m*; **en ~** en principe
pringoso, -a *adj* gras(se)
pringue *nm* (*grasa*) graisse *f*
prioridad *nf* priorité *f*
prisa *nf* hâte *f*; (*rapidez*) rapidité *f*; **correr ~** être urgent(e); **darse ~** se presser; **tener ~** être pressé(e)
prisión *nf* prison *f*
prisionero, -a *nm/f* prisonnier(-ière)
prismáticos *nmpl* jumelles *fpl*
privación *nf* privation *f*
privado, -a *adj* privé(e)
privar *vt* (*despojar*) priver; **~se** *vpr*: **~se de** (*abstenerse*) se priver de
privilegiado, -a *adj, nm/f*

privilégié(e)

privilegio *nm* privilège *m*

pro *nm* profit *m* ♦ *prep*: **asociación ~ ciegos** association *f* au profit des aveugles ♦ *pref*: **~ soviético/americano** pro-soviétique/américain; **en ~ de** en faveur de; **los ~s y los contras** le pour et le contre

proa *nf* (NÁUT) proue *f*

probabilidad *nf* probabilité *f*; **~es** *nfpl* (*perspectivas*) chances *fpl*; **probable** *adj* probable

probador *nm* cabine *f* d'essayage

probar *vt* essayer; (*demostrar*) prouver; (*comida*) goûter ♦ *vi* essayer; **~se** *vpr*: **~se un traje** essayer un costume

probeta *nf* éprouvette *f*; **bebé-~** bébé *m* éprouvette

problema *nm* problème *m*

proceder *vi* (*actuar*) procéder; (*ser correcto*) convenir ♦ *nm* (*comportamiento*) procédé *m*; **~ a** procéder à; **~ de** provenir de; **procedimiento** *nm* (JUR, ADMIN) procédure *f*; (*proceso*) processus *msg*; (*método*) procédé *m*

procesado, -a *nm/f* (JUR) prévenu(e)

procesador *nm*: **~ de textos** (INFORM) machine *f* de traitement de texte

procesar *vt* (JUR) accuser

procesión *nf* procession *f*

proceso *nm* (*desarrollo, procedimiento*) processus *msg*; (JUR) procès *msg*

proclamar *vt* proclamer

procreación *nf* procréation *f*

procrear *vt, vi* procréer

procurador, a *nm/f* (JUR) avoué *m*; (POL) député *m*

procurar *vt* (*intentar*) essayer de; (*proporcionar*) procurer; **~se** *vpr* se procurer

prodigio *nm* prodige *m*

prodigioso, -a *adj* prodigieux(-euse)

producción *nf* production *f*; **~ en serie** production en série

producir *vt* produire; **~se** *vpr* se produire

productividad *nf* productivité *f*

productivo, -a *adj* productif(-ive)

producto *nm* produit *m*

productor, a *adj, nm/f* producteur(-trice)

proeza *nf* prouesse *f*

profanar *vt* profaner

profano, -a *adj, nm/f* profane *m/f*

profecía *nf* prophétie *f*

proferir *vt* proférer

profesión *nf* profession *f*; **profesional** *adj, nm/f* professionnel(le)

profesor, a *nm/f* professeur *m*

profeta *nm* prophète *m*; **profetizar** *vt, vi* prophétiser

prófugo, -a *nm/f* fugitif(-ive) ♦ *nm* (MIL) insoumis *msg*

profundidad *nf* profondeur *f*; **~es** *nfpl* (*de océano etc*) profondeurs *fpl*; **profundizar** *vi*: **profundizar en** (*fig*) approfondir

profundo, -a *adj* profond(e)

programa *nm* programme *m*; **~ de estudios** programme; **programación** *nf* programmation *f*

programador, a *nm/f* programmeur(-euse) ♦ *nm* programmateur *m*; **programar** *vt* programmer

progresar *vi* progresser; **progresista** *adj, nm/f* progressiste *m/f*

progresivo, -a *adj* progressif(-ive); **progreso** *nm* (*avance*) progrès *msg*; **el progreso** le progrès

prohibición *nf* interdiction *f*; (ADMIN, JUR) prohibition *f*

prohibir *vt* interdire; (ADMIN, JUR) prohiber; **"prohibido fumar"** "défense de fumer"; **"prohibida la entrada"** "entrée interdite"

prójimo *nm* prochain *m*

proletariado *nm* prolétariat *m*

proletario, -a *adj, nm/f* prolétaire *m/f*

proliferación *nf* prolifération *f*

proliferar *vi* proliférer

prolífico, -a *adj* prolifique

prólogo *nm* prologue *m*

prolongación *nf* prolongation *f*

prolongado, -a *adj* (*largo*) prolongé(e); (*alargado*) allongé(e)

prolongar *vt* prolonger; **~se** *vpr* se prolonger

promedio *nm* moyenne *f*

promesa *nf* promesse *f*

prometer *vt*: **~ hacer algo** promettre de faire qch ♦ *vi* promettre; **~se** *vpr* (*dos personas*) se fiancer
prometido, -a *adj* promis(e) ♦ *nm/f* promis(e), fiancé(e)
prominente *adj* proéminent(e); (*artista*) en vue; (*político*) important(e)
promiscuo, -a (*pey*) *adj* (*persona*) de mœurs légères
promoción *nf* promotion *f*
promotor, a *nm/f* promoteur(-trice)
promover *vt* promouvoir; (*escándalo, juicio*) provoquer
promulgar *vt* promulguer
pronombre *nm* pronom *m*
pronosticar *vt* pronostiquer
pronóstico *nm* pronostic *m*; **pronóstico del tiempo** prévisions *fpl* météorologiques
pronto, -a *adj* (*rápido*) rapide ♦ *adv* rapidement; (*dentro de poco*) bientôt; (*temprano*) tôt ♦ *nm* (*impulso*) élan *m*; (*: de ira*) accès *msg*; **de ~** tout à coup; **por lo ~** pour l'instant
pronunciación *nf* (LING) prononciation *f*
pronunciar *vt* prononcer; **~se** *vpr* (MIL) se soulever; (*declararse*) se prononcer
propaganda *nf* propagande *f*
propagar *vt* propager; **~se** *vpr* se propager
propenso, -a *adj*: **~ a** enclin(e) à; **ser ~ a hacer algo** être enclin(e) à faire qch
propicio, -a *adj* propice
propiedad *nf* propriété *f*; **~ particular** propriété privée
propietario, -a *nm/f* propriétaire *m*
propina *nf* pourboire *m*
propio, -a *adj* propre; (*mismo*) en personne; **el ~ ministro** le ministre en personne; **¿tienes casa propia?** as-tu une maison à toi?
proponer *vt* proposer; **~se** *vpr*: **~se hacer** se proposer de faire
proporción *nf* proportion *f*; **proporciones** *nfpl* (*dimensiones, tb fig*) proportions *fpl*
proporcionado, -a *adj* proportionné(e); **proporcionar** *vt* offrir; (COM) fournir
proposición *nf* proposition *f*
propósito *nm* intention *f* ♦ *adv*: **a ~** à propos; **a ~ de** à propos de
propuesta *nf* proposition *f*
propulsar *vt* (*impulsar*) propulser; **propulsión** *nf* propulsion *f*
prórroga *nf* (*de plazo*) prorogation *f*; (DEPORTE) prolongations *fpl*; (MIL) sursis *msg*; **prorrogar** *vt* (*plazo*) proroger; (*decisión*) différer
prorrumpir *vi*: **~ en lágrimas/carcajadas** éclater en sanglots/de rire; **el público prorrumpió en aplausos** les applaudissements ont fusé dans le public
prosa *nf* (LIT) prose *f*
proscrito, -a *adj, nm/f* proscrit(e)
proseguir *vt* poursuivre ♦ *vi* poursuivre; (*discusiones etc*) se poursuivre
prospección *nf* prospection *f*
prospecto *nm* (MED) notice *f*
prosperar *vi* prospérer; **prosperidad** *nf* prospérité *f*
próspero, -a *adj* prospère; **~ año nuevo** bonne année!
prostíbulo *nm* bordel *m*
prostitución *nf* prostitution *f*
prostituir *vt* prostituer; **~se** *vpr* se prostituer
prostituta *nf* prostituée *f*
protagonista *nm/f* protagoniste *m/f*
protagonizar *vt* (*película, suceso*) être le/la protagoniste de
protección *nf* protection *f*
protector, a *adj* (*barrera, gafas, crema*) de protection ♦ *nm/f* protecteur(-trice)
proteger *vt* protéger; **~se** *vpr*: **~se (de)** se protéger (de)
proteína *nf* protéine *f*
protesta *nf* protestation *f*
protestante *adj* protestant(e)
protestar *vt* (*cheque*) protester ♦ *vi* protester
protocolo *nm* protocole *m*
prototipo *nm* prototype *m*
prov. *abr* = **provincia**
provecho *nm* profit *m*; **¡buen ~!** bon appétit!; **en ~ de** au profit de; **sacar**

~ de tirer profit de
proveer *vt* (*suministrar*) fournir
provenir *vi* provenir
proverbio *nm* proverbe *m*
providencia *nf* providence *f*
provincia *nf* province *f*; (ADMIN) ≃ département *m*
provinciano, -a (*pey*) *adj* provincial(e)
provisión *nf* (*abastecimiento*) provision *f*; **provisiones** *nfpl* (*víveres*) provisions *fpl*
provisional *adj* provisoire
provocación *nf* provocation *f*
provocar *vt* provoquer; (AM): **¿te provoca un café?** ça te dit, un café?
provocativo, -a *adj* provocant(e)
próximamente *adv* prochainement
proximidad *nf* proximité *f*; **~es** *nfpl* (*cercanías*) proximité *fsg*
próximo, -a *adj* (*cercano*) proche; (*parada, año*) prochain(e)
proyectar *vt* projeter
proyectil *nm* projectile *m*
proyecto *nm* projet *m*
proyector *nm* projecteur *m*
prudencia *nf* prudence *f*; **prudente** *adj* prudent(e)
prueba *vb ver* **probar** ♦ *nf* (*gen*) épreuve *f*; (*testimonio*) témoignage *m*; (JUR) preuve *f*; (*de ropa*) essayage *m*; **a ~** à l'épreuve; **a ~ de** à l'épreuve de; **a ~ de agua/fuego** étanche/à l'épreuve du feu; **poner/ someter a ~** mettre/soumettre à l'épreuve
prurito *nm* démangeaison *f*
psico... *pref* psycho...; **psicoanálisis** *nm* psychanalyse *f*; **psicología** *nf* psychologie *f*; **psicológico, -a** *adj* psychologique; **psicópata** *nm/f* psychopathe *m/f*; **psicosis** *nf inv* psychose *f*
psiquiatra *nm/f* psychiatre *m/f*
psiquiátrico, -a *adj* psychiatrique
psíquico, -a *adj* psychique
PSOE *sigla m* (= *Partido Socialista Obrero Español*)
pta(s). *abr* = **peseta(s)**
pts. *abr* = **pesetas**
púa *nf* (*de planta*) piquant *m*; (*para guitarra*) médiator *m*; **alambre de ~s** fil *m* de fer barbelé
pubertad *nf* puberté *f*
publicación *nf* publication *f*
publicar *vt* publier
publicidad *nf* publicité *f*
publicitario, -a *adj* publicitaire
público, -a *adj* public(-ique) ♦ *nm* public *m*; **en ~** en public
puchero *nm* (CULIN: *olla*) marmite *f*; (: *guiso*) pot-au-feu *m*; **hacer ~s** bouder
púdico, -a *adj* pudique
pudiendo *etc vb ver* **poder**
pudor *nm* pudeur *f*
pudrir *vt* pourrir; **~se** *vpr* pourrir
pueblo *vb ver* **poblar** ♦ *nm* peuple *m*; (*población pequeña*) village *m*; **~ joven** (PE) quartier *m* de bidonvilles
pueda *etc vb ver* **poder**
puente *nm* (*gen*) pont *m*; **hacer ~** (*fam*) faire le pont; **~ aéreo/ colgante** pont aérien/suspendu; **~ levadizo** pont-levis *m*
puerco, -a *adj* cochon(ne) ♦ *nm/f* (ZOOL) porc (truie); (*fam*) porc (cochonne)
pueril *adj* puéril(e)
puerro *nm* poireau *m*
puerta *nf* porte *f*; (*de coche*) portière *f*; (*de jardín*) portail *m*, porte *f*; (*portería*: DEPORTE) but *m*; **a ~ cerrada** à huis clos; **~ giratoria** tourniquet *m*, porte à tambour
puerto *nm* port *m*; (*de montaña*) col *m*
puertorriqueño, -a *adj* portoricain(e) ♦ *nm/f* Portoricain(e)
pues *conj* (*en tal caso*) donc; (*puesto que*) car ♦ *adv* (*así que*) donc; **¡~ claro!** bien sûr!; **~ ... no sé** eh bien ... je ne sais pas
puesta *nf*: **~ al día/a punto** mise *f* à jour/au point; **~ del sol** coucher *m* du soleil; **~ en marcha** mise en marche
puesto, -a *pp de* **poner** ♦ *adj*: **ir bien/muy ~** être bien habillé/tiré à quatre épingles ♦ *nm* poste *m*; (MIL: *en clasificación*) rang *m*; (*tb*: **~ de trabajo**) poste; (COM: *en mercado*) étal *m*, éventaire *m*; (: *de flores, periódicos*) kiosque *m* ♦ *conj*: **~ que**

puisque
pugna *nf* lutte *f*; **pugnar** *vi*: **pugnar por** lutter pour
pujar *vi* (*en subasta*) surenchérir
pulcro, -a *adj* propre
pulga *nf* puce *f*
pulgada *nf* (*medida*) pouce *m*
pulgar *nm* pouce *m*
pulir *vt* polir
pulla *nf* (*broma*) pique *f*
pulmón *nm* poumon *m*; **pulmonía** *nf* pneumonie *f*
pulpa *nf* pulpe *f*
pulpería (*AM*) *nf* épicerie *f*
púlpito *nm* (*REL*) chaire *f*
pulpo *nm* poulpe *m*
pulsación *nf* pulsation *f*
pulsar *vt* (*tecla*) frapper; (*botón*) appuyer sur
pulsera *nf* bracelet *m*
pulso *nm* (*MED*) pouls *msg*; **a ~** (*tb fig*) à la force du poignet
pulverizador *nm* pulvérisateur *m*
pulverizar *vt* pulvériser
puna (*AND, CSUR*) *nf* (*MED*) puna *f*
punitivo, -a *adj* punitif(-ive)
punta *nf* pointe *f*; (*de lengua, dedo*) bout *m*; **horas ~** heures *fpl* de pointe; **sacar ~ a** (*lápiz*) tailler
puntada *nf* (*COSTURA*) point *m*
puntal *nm* étai *m*
puntapié (*pl* **~s**) *nm* coup *m* de pied
puntear *vt* (*dibujar*) pointiller
puntería *nf* (*de arma*) visée *f*; (*destreza*) précision *f*
puntero, -a *adj* (*industria, país*) de pointe ♦ *nm* (*vara*) baguette *f*
puntiagudo, -a *adj* pointu(e)
puntilla *nf* (*COSTURA*) dentelle *f* fine; **(andar) de ~s** (marcher) sur la pointe des pieds
punto *nm* point *m*; **a ~** (*listo*) au point; **estar a ~ de** être sur le point de; **dos ~s** (*TIP*) deux points; **de ~** tricoté(e); **en ~** (*horas*) pile; **estar en su ~** (*CULIN*) être à point; **hacer ~** tricoter; **~ acápite** (*AM*) point, à la ligne; **~ de vista** point de vue; **~ muerto** point mort; **~ y coma** point-virgule *m*
puntuación *nf* (*signos*) ponctuation *f*; (*puntos*) points *mpl*
puntual *adj* ponctuel(le); **puntualidad** *nf* ponctualité *f*; **puntualizar** *vt* préciser
puntuar *vt* (*LING, TIP*) ponctuer ♦ *vi* (*DEPORTE*) compter
punzada *nf* (*puntura*) piqûre *f*
punzante *adj* (*dolor*) aigu(ë), lancinant(e); (*herramienta*) pointu(e); **punzar** *vt* (*pinchar*) piquer
puñado *nm* poignée *f*
puñal *nm* poignard *m*; **puñalada** *nf* coup *m* de poignard
puñetazo *nm* coup *m* de poing
puño *nm* (*ANAT*) poing *m*; (*de ropa*) poignet *m*; (*de herramienta*) manche *m*
pupila *nf* (*ANAT*) pupille *f*
pupitre *nm* pupitre *m*
puré *nm* (*CULIN*) purée *f*; **~ de patatas/de verduras** purée de pommes de terre/de légumes
pureza *nf* pureté *f*
purga *nf* purge *f*; **purgante** *adj* purgatif(-ive) ♦ *nm* purgatif *m*; **purgar** *vt* purger
purgatorio *nm* purgatoire *m*
purificar *vt* purifier
puritano, -a *adj, nm/f* puritain(e)
puro, -a *adj* pur(e); (*esp MÉX*) même ♦ *nm* (*tabaco*) cigare *m* ♦ *adv* (*esp MÉX*) uniquement; **de ~ cansado** à force de fatigue; **por pura casualidad/curiosidad** par pur hasard/pure curiosité
púrpura *nf* pourpre *f*
purpúreo, -a *adj* pourpré(e)
pus *nm* pus *msg*
puse *etc vb ver* **poner**
pústula *nf* pustule *f*
puta (*fam!*) *nf* putain *f*, pute *f* (*fam!*)
putrefacción *nf* putréfaction *f*
PVP (*ESP*) *sigla m* = *Precio de Venta al Público*

Q, q

PALABRA CLAVE

que *pron rel* **1** (*sujeto*) qui; **el hombre que vino ayer** l'homme qui est venu hier

2 (*objeto*) que; **el sombrero que te compraste** le chapeau que tu t'es acheté; **la chica que invité** la fille que j'ai invitée
3 (*circunstancial, con prep*): **el día que yo llegué** le jour où je suis arrivé; **el piano con que toca** le piano sur lequel il joue; **el libro del que te hablé** le livre dont je t'ai parlé; **la cama en que dormí** le lit dans lequel j'ai dormi; *ver tb* **el**
♦ *conj* **1** (*con oración subordinada*) que; **dijo que vendría** il a dit qu'il viendrait; **espero que lo encuentres** j'espère que tu le retrouveras; *ver tb* **el**
2 (*con verbo de mandato*): **dile que me llame** dis-lui de m'appeler
3 (*en oración independiente*): **¡que entre!** qu'il (elle) entre!; **¡que se mejore tu padre!** j'espère que ton père ira mieux!; **que lo haga él** qu'il le fasse, lui; **que yo sepa** que je sache
4 (*enfático*): **¿me quieres? - ¡que sí!** tu m'aimes? - oh oui!
5 (*consecutivo*) que; **es tan grande que no lo puedo levantar** c'est si gros que je ne peux pas le soulever
6 (*en comparaciones*) que; **es más alto que tú** il est plus grand que toi; **ese libro es igual que el otro** ce livre est pareil que l'autre; *ver tb* **más**; **menos**; **mismo**
7 (*porque*): **no puedo, que tengo que quedarme en casa** je ne peux pas, je dois rester à la maison
8 (*valor condicional*): **que no puedes, no lo haces** si tu ne peux pas, ne le fais pas
9 (*valor final*): **sal a que te vea** sors pour que je te voie
10: **todo el día toca que toca** il joue toute la sainte journée

qué *adj* quel(le) ♦ *pron* que, quoi; **¿~ edad tienes?** quel âge as-tu?; **¡~ divertido/asco!** comme c'est drôle/dégoûtant!; **¡~ día más espléndido!** quelle journée splendide!; **¿~?** quoi?; **¿~ quieres?** qu'est-ce que tu veux?; **¿de ~ me hablas?** de quoi me parles-tu?; **¿~ tal?** (comment) ça va?; **¿~ más?** autre chose?; **no sé ~ quiere hacer** je ne sais pas ce qu'il veut faire; **¡y ~!** et alors!

quebradizo, -a *adj* cassant(e); (*persona, salud*) fragile

quebrado, -a *adj* (*roto*) cassé(e); (*línea*) brisé(e) ♦ *nm* (*MAT*) fraction *f*

quebrantar *vt* (*moral*) casser; (*ley, secreto, promesa*) violer; (*salud*) affaiblir; **~se** *vpr* (*persona, fuerzas*) s'affaiblir

quebranto *nm* (*en salud*) affaiblissement *m*; (*en fortuna*) perte *f*

quebrar *vt* casser ♦ *vi* faire faillite; **~se** *vpr* se casser; (*línea, cordillera*) se briser; (*MED*) se faire une hernie

quedar *vi* rester; (*encontrarse*) se donner rendez-vous; **~se** *vpr* rester; **~ en** convenir de; **~ en nada** ne pas aboutir; **~ por hacer** rester à faire; **no te queda bien ese vestido** cette robe ne te va pas bien; **quedamos allí** on se retrouve là; **quedamos a las seis** (*en pasado*) on a dit 6 heures; (*en presente*) on se voit à 6 heures; **eso queda muy lejos** c'est très loin; **quedan dos horas** il reste deux heures; **~se ciego/mudo** devenir aveugle/muet; **~se (con) algo** garder qch

quedo, -a *adj* (*voz*) bas (basse); (*pasos*) feutré(e) ♦ *adv* (*hablar*) doucement; (*andar*) à pas feutrés

quehacer *nm* tâche *f*; **~es (domésticos)** tâches *fpl* (domestiques)

queja *nf* plainte *f*

quejarse *vpr* se plaindre; **~ de que ...** se plaindre que ...; **quejido** *nm* gémissement *m*, plainte *f*

quemado, -a *adj* brûlé(e) ♦ *nm*: **oler a ~** sentir le brûlé; **estar ~** (*fam: irritado*) être en pétard; (*: político, actor*) être fini

quemadura *nf* brûlure *f*

quemar *vt* brûler; (*fig*: *malgastar*) gâcher; (: *deteriorar*: *imagen, persona*) détruire ♦ *vi* brûler; **~se** *vpr* (*consumirse*) brûler; (*del sol*) attraper un (des) coup(s) de soleil

quemarropa: **a ~** *adv* (*disparar*) à bout portant; (*preguntar*) à brûle-pourpoint

quepo *etc vb ver* **caber**

querella *nf* (JUR) plainte *f*; (*disputa*) querelle *f*

querellarse *vpr* porter plainte

PALABRA CLAVE

querer *vt* **1** (*desear*) vouloir; **quiero más dinero** je veux plus d'argent; **quisiera** *o* **querría un té** je voudrais un thé; **sin querer** sans le vouloir

2 (+ *vb dependiente*): **quiero ayudar/que vayas** je veux aider/que tu t'en ailles; **¿qué quieres decir?** que veux-tu dire?

3 (*para pedir algo*): **¿quiere abrir la ventana?** vous voulez bien ouvrir la fenêtre?

4 (*amar*) aimer; (*amigo, perro*) aimer bien; **quiere mucho a sus hijos** elle aime beaucoup ses enfants

5 (*requerir*): **esta planta quiere más luz** cette plante a besoin de plus de lumière

querido, -a *adj* (*mujer, hijo*) chéri(e); (*tierra, amigo, en carta*) cher (chère) ♦ *nm/f* amant(e); **¡sí, ~!** oui, chéri!

queso *nm* fromage *m*; **~ cremoso** fromage crémeux

quicio *nm* gond *m*; **sacar a algn de ~** mettre qn hors de soi

quiebra *nf* effondrement *m*; (COM) faillite *f*

quiebro *vb ver* **quebrar**

quien *pron* (*relativo*: *sujeto*) qui; (: *complemento*) qui, que; **la persona a ~ quiero** la personne que j'aime; **~ dice eso es tonto** (*indefinido*) celui qui dit cela est un idiot; **hay ~ piensa que** il y a des gens qui pensent que; **no hay ~ lo haga** il n'y a personne qui le fasse

quién *pron* (*interrogativo*) qui; **¿~ es?** qui est-ce?

quienquiera (*pl* **quienesquiera**) *pron* quiconque

quiera *etc vb ver* **querer**

quieto, -a *adj* (*manos, cuerpo*) immobile; **quietud** *nf* (*inmovilidad*) immobilité *f*

quilate *nm* carat *m*

quilla *nf* quille *f*

quimera *nf* chimère *f*

química *nf* chimie *f*

químico, -a *adj* chimique ♦ *nm/f* chimiste *m/f*

quince *adj inv, nm inv* quinze *m inv*; *ver tb* **seis**

quinceañero, -a *adj, nm/f* adolescent(e); **quincena** *nf* quinzaine *f*; **quincenal** *adj* (*pago, reunión*) bimensuel(le)

quiniela *nf* (*impreso*) grille *f o* feuille *f* de paris; **~s** ≃ Loto *msg* sportif; **~ hípica** ≃ tiercé *m*

quinientos, -as *adj* cinq cents; *ver tb* **seiscientos**

quinina *nf* quinine *f*

quinto, -a *adj* cinquième; *ver tb* **sexto**

quiosco *nm* kiosque *m*

quirófano *nm* salle *f* d'opération

quirúrgico, -a *adj* chirurgical

quise *etc vb ver* **querer**

quisquilloso, -a *adj* (*susceptible*) chatouilleux(-euse); (*meticuloso*) pointilleux(-euse)

quiste *nm* kyste *m*

quitaesmalte *nm* dissolvant *m*

quitamanchas *nm inv* détachant *m*

quitanieves *nm inv* chasse-neige *m inv*

quitar *vt* enlever; (*ropa*) enlever, ôter; (*dolor*) éliminer ♦ *vi*: **¡quita de ahí!** hors d'ici!; **~se** *vpr* (*mancha*) partir; (*ropa*) ôter; (*vida*) se donner la mort; **quítalo de ahí** enlève ça de là; **se quitó el sombrero** il ôta son chapeau; **~se de** renoncer à

quite *nm* (TAUR) *action de détourner l'attention du taureau*

Quito *n* Quito

quizá(s) *adv* peut-être

R, r

rábano *nm* radis *msg;* **me importa un ~** je m'en moque comme de l'an quarante
rabia *nf* rage *f;* **rabiar** *vi* (*MED*) avoir la rage; **rabiar por hacer algo** mourir d'envie de faire qch
rabieta *nf* crise *f* de colère
rabino *nm* rabbin *m*
rabioso, a *adj* (*perro*) enragé(e); (*dolor, ganas*) fou (folle)
rabo *nm* queue *f*
racha *nf* (*de viento*) rafale *f;* **buena/mala ~** bonne/mauvaise passe *f*
racial *adj* racial(e)
racimo *nm* grappe *f*
raciocinio *nm* raisonnement *m*
ración *nf* ration *f;* (*en bar*) portion *f*
racional *adj* rationnel(le); **animal ~** être *m* doué de raison; **racionalizar** *vt* rationaliser
racionar *vt* rationner
racismo *nm* racisme *m;* **racista** *adj, nm/f* raciste *m/f*
radar *nm* radar *m*
radiactivo, -a *adj* = **radioactivo**
radiador *nm* radiateur *m*
radiante *adj* radieux(-euse)
radical *adj* radical(e)
radicar *vi*: **~ en** (*consistir*) résider en; (*estar situado*) être basé à; **~se** *vpr* s'établir
radio *nf* (*AM*: *a veces nm*) radio *f* ♦ *nm* rayon *m;* **por ~** à la radio
radioactividad *nf* radioactivité *f*
radioactivo, -a *adj* radioactif(-ive)
radiocasete *nm* radio-cassette *m;* **radiodifusión** *nf* radio-diffusion *f;* **radioemisora** *nf* station *f* (de radio); **radiografía** *nf* radiographie *f;* **radioterapia** *nf* radiothérapie *f;* **radioyente** *nm/f* auditeur(-trice)
ráfaga *nf* rafale *f;* (*de luz*) jet *m*
raído, -a *adj* (*ropa*) râpé(e)
raigambre *nf* racines *fpl*
raíz (*pl* **raíces**) *nf* racine *f;* **~ cuadrada** racine carrée; **a ~ de** (*como consecuencia de*) à la suite de
raja *nf* (*de melón, limón*) tranche *f;* (*en muro, madera*) fissure *f;* **rajar** *vt* (*tela*) couper; (*madera*) fendre; (*fam: herir*) entailler; **rajarse** *vpr* se fendre; (*fam*) se dégonfler
rajatabla: **a ~** *adv* à la lettre
rallador *nm* râpe *f*
rallar *vt* râper
rama *nf* branche *f;* **andarse** *o* **irse por las ~s** (*fig, fam*) tourner autour du pot; **ramaje** *nm* ramage *m;* **ramal** *nm* (*FERRO*) embranchement *m;* (*AUTO*) bretelle *f*
rambla *nf* rambla *f*
ramificación *nf* ramification *f*
ramificarse *vpr* se ramifier
ramillete *nm* bouquet *m*
ramo *nm* bouquet *m;* (*de industria*) branche *f*
rampa *nf* rampe *f;* **~ de acceso** rampe d'accès
ramplón, -ona *adj* vulgaire
rana *nf* grenouille *f*
ranchero *nm* (*AM*) fermier *m*
rancho *nm* (*comida*) popote *f;* (*AM*) ranch *m;* (: *pequeño*) petite ferme *f;* (*choza*) cabane *f*
rancio, -a *adj* rance; (*vino, fig*) vieux (vieille)
rango *nm* rang *m*
ranura *nf* rainure *f;* (*de teléfono*) fente *f*
rapar *vt* raser
rapaz *adj* (*ave*) de proie ♦ *nf* rapace *m* ♦ *nm* gamin *m*
rape *nm* (*pez*) baudroie *f;* **al ~** ras *inv*
rapé *nm* chique *f*
rapidez *nf* rapidité *f*
rápido, -a *adj* rapide ♦ *adv* rapidement ♦ *nm* (*FERRO*) rapide *m;* **~s** *nmpl* (*de río*) rapides *mpl*
rapiña *nm* rapine *f;* **ave de ~** oiseau *m* de proie
raptar *vt* enlever; **rapto** *nm* rapt *m,* enlèvement *m*
raqueta *nf* raquette *f*
raquítico, -a *adj* rachitique; **raquitismo** *nm* rachitisme *m*
rareza *nf* rareté *f;* (*fig*) manie *f*
raro, -a *adj* rare; (*extraño*) curieux(-euse)
ras *nm*: **a ~ de tierra/del suelo** à ras de terre/au ras du sol

rascacielos *nm inv* gratte-ciel *m inv*
rascar *vt* gratter; (*raspar*) racler; **~se** *vpr* se gratter
rasgar *vt* déchirer
rasgo *nm* trait *m*; **~s** *nmpl* (*de rostro*) traits *mpl*; **a grandes ~s** à grands traits
rasguñar ~se *vpr* s'égratigner; **rasguño** *nm* égratignure *f*
raso, -a *adj* ras(e) ♦ *nm* satin *m*; **cielo ~** ciel *m* dégagé
raspadura *nf* (*marca*) rayure *f*; **~s** *nfpl* (*restos*) restes *mpl*
raspar *vt* gratter; (*arañar*) rayer; (*limar*) râper
rastra *nf*: **a ~s** en traînant; (*fig*) à contrecœur
rastreador *nm* (*de huellas, pistas*) pisteur *m*; **~ de minas** dragueur *m* de mines
rastrear *vt* (*pista*) suivre
rastrero, -a *adj* (*BOT*) grimpant(e); (*ZOOL, fig*) rampant(e)
rastro *nm* trace *f*; (*mercado*) marché *m* aux puces
rastrojo *nm* chaume *m*
rasurarse (*AM*) *vpr* se raser
rata *nf* rat *m*
ratear *vt* voler
ratero, -a *nm/f* voleur(-euse); (*AM*: *de casas*) cambrioleur(-euse)
ratificar *vt* ratifier; **~se** *vpr*: **~se en algo** réaffirmer qch
rato *nm* moment *m*; **a ~s** par moments; **al poco ~** peu après; **hay para ~** il y en a pour un bon bout de temps; **pasar el ~** passer le temps; **pasar un buen/mal ~** passer un bon/mauvais moment
ratón *nm* souris *fsg*; **ratonera** *nf* souricière *f*
raudal *nm* torrent *m*; **a ~es** à flots
raya *nf* raie *f*; (*en tela*) rayure *f*; (*TIP*) tiret *m*; **a ~s** à rayures; **pasarse de la ~** dépasser les bornes; **tener a ~** tenir en respect; **rayar** *vt* rayer ♦ *vi*: **rayar en** *o* **con** confiner à *o* avec; (*parecerse a*) friser; **raya en la cincuentena** il frise la cinquantaine
rayo *nm* rayon *m*; (*en una tormenta*) foudre *f*; **ser un ~** (*fig*) être très vif (vive); **~s X** rayons X
raza *nf* race *f*; **~ humana** race humaine
razón *nf* raison *f*; (*MAT*) relation *f*; **a ~ de 10 cada día** à raison de 10 par jour; **"~: aquí"** "s'adresser ici"; **en ~ de** en raison de; **dar la ~ a algn** donner raison à qn; **tener/no tener ~** avoir/ne pas avoir raison; **~ directa/inversa** relation directe/ indirecte; **~ de ser** raison d'être; **razonable** *adj* raisonnable; **razonamiento** *nm* raisonnement *m*; **razonar** *vt* raisonner; (*COM*: *cuenta*) détailler ♦ *vi* raisonner
reacción *nf* réaction *f*; **avión a ~** avion *m* à réaction; **reaccionar** *vi* réagir
reaccionario, -a *adj, nm/f* réactionnaire *m/f*
reacio, -a *adj* réticent(e)
reactivar *vt* (*economía, negociaciones*) relancer; **~se** *vpr* reprendre
reactor *nm* réacteur *m*
readaptación *nf*: **~ profesional** réadaptation *f* professionnelle
reajuste *nm* réajustement *m*; **~ ministerial** remaniement *m* ministériel
real *adj* (*verdadero*) réel(le); (*del rey, fig*) royal(e)

Real Academia Española

La **Real Academia Española** *ou* **(RAE)**, *a été créée en 1713 et approuvée par le roi Philippe V en 1714 sous la devise "limpia, fija y da esplendor" dans le but de protéger la pureté de la langue espagnole. Les 46 membres de cette institution, nommés à vie, comptent parmi les plus grands écrivains et linguistes d'Espagne. Le premier dictionnaire, "Diccionario de Autoridades" en six volumes, a été publié entre 1726 et 1739. Depuis la version condensée en un volume parue en 1780, plus d'une vingtaine de nouvelles éditions ont été publiées.*

realce *vb ver* **realzar** ♦ *nm* relief *m*;

poner de ~ mettre en relief; **dar ~ a algo** (*fig*) mettre qch en relief
realidad *nf* réalité *f*
realista *adj* réaliste ♦ *nm/f* réaliste *m/f*
realización *nf* réalisation *f*
realizador, -a *nm/f* (*TV, CINE*) réalisateur(-trice)
realizar *vt* réaliser; **~se** *vpr* se réaliser
realmente *adv* réellement; (*con adjetivo*) vraiment; **es ~ apasionante** c'est vraiment passion
realquilar *vt* (*subarrendar*) sous-louer
realzar *vt* (*TEC*) surélever; (*belleza*) rehausser, mettre en valeur; (*importancia*) augmenter
reanimar *vt* ranimer; **~se** *vpr* se ranimer
reanudar *vt* renouer; (*historia, viaje*) reprendre
reaparición *nf* réapparition *f*
rearme *nm* réarmement *m*
rebaja *nf* solde *m*; **rebajar** *vt* rabaisser
rebanada *nf* tranche *f*
rebañar *vt* racler
rebaño *nm* troupeau *m*
rebasar *vt* dépasser
rebatir *vt* réfuter
rebeca *nf* cardigan *m*
rebelarse *vpr* se rebeller
rebelde *adj* rebelle ♦ *nm/f* (*POL*) rebelle *m/f*; (*JUR*) accusé(e) défaillant(e); **rebeldía** *nf* rébellion *f*; (*JUR*) contumace *f*
rebelión *nf* rébellion *f*
reblandecer *vt* ramollir
rebobinar *vt* rembobiner
rebosante *adj*: **~ de** (*fig*) débordant(e) de
rebosar *vt, vi* déborder
rebotar *vi* rebondir; **rebote** *nm* rebondissement *m*; **de rebote** (*fig*) par ricochet
rebozado, -a *adj* enrobé(e) de pâte à frire
rebozar *vt* enrober de pâte à frire
rebuscado, -a *adj* recherché(e)
rebuscar *vt* rechercher ♦ *vi*: **~ (en** *o* **por)** chercher (dans)
rebuznar *vi* braire
recado *nm* course *f*; (*mensaje*) message *m*
recaer *vi* rechuter; **~ en** (*responsabilidad*) retomber sur
recalcar *vt* (*fig*) souligner
recalcitrante *adj* récalcitrant(e)
recámara *nf* (*habitación*) dressing-room *m*; (*de arma*) magasin *m*; (*AM*) chambre *f*
recambio *nm* (*de pieza*) pièce *f* détachée; (*de pluma*) recharge *f*
recapacitar *vi* réfléchir
recargado, -a *adj* surchargé(e)
recargar *vt* recharger; (*pago*) alourdir; **recargo** *nm* majoration *f* de prix; (*aumento*) augmentation *f*
recatado, -a *adj* réservé(e)
recato *nm* réserve *f*
recaudación *nf* recette *f*; (*acción*) perception *f*
recaudador, a *nm/f* (*tb*: **~ de impuestos**) percepteur(-trice)
recelar *vt*: **~ que** (*sospechar*) soupçonner que; (*temer*) craindre que ♦ *vi* se méfier; **~se** *vpr* se méfier; **recelo** *nm* (*desconfianza*) méfiance *f*; (*temor*) crainte *f*
receloso, -a *adj* (*suspicaz*) méfiant(e); (*temeroso*) craintif(-ive)
recepción *nf* réception *f*; **recepcionista** *nm/f* réceptionniste *m/f*
receptáculo *nm* réceptacle *m*
receptivo, -a *adj* réceptif(-ive)
receptor, a *nm/f* réceptionnaire *m/f* ♦ *nm* (*TELEC, radio*) récepteur *m*
recesión *nf* récession *f*
receta *nf* (*CULIN*) recette *f*; (*MED*) ordonnance *f*
rechazar *vt* (*ataque, oferta*) repousser; (*idea, acusación*) rejeter
rechazo *nm* rejet *m*; (*sentimiento*) refoulement *m*
rechinar *vi* grincer
rechistar *vi*: **sin ~** sans rechigner
rechoncho, -a (*fam*) *adj* trapu(e)
rechupete: **de ~** *adj* à s'en lécher les babines *o* doigts
recibidor *nm* vestibule *m*
recibimiento *nm* accueil *m*
recibir *vt, vi* recevoir; **~se** *vpr* (*AM*: *ESCOL*): **~se de** obtenir le diplôme de; **recibo** *nm* reçu *m*
reciclaje *nm* recyclage *m*

reciclar *vt* recycler
recién *adv* récemment; (*AM*: *sólo*) seulement; **~ casado** jeune marié; **el ~ llegado/nacido** le nouveau venu/-né; **~ a las seis me enteré** (*AM*) je ne l'ai appris qu'à six heures
reciente *adj* récent(e); (*pan, herida*) frais (fraîche); **recientemente** *adv* récemment
recinto *nm* enceinte *f*
recio, -a *adj* résistant(e); (*voz*) fort(e) ♦ *adv* fortement
recipiente *nm* (*objeto*) récipient *m*
reciprocidad *nf* réciprocité *f*
recíproco, -a *adj* réciproque
recital *nm* récital *m*
recitar *vt* réciter
reclamación *nf* réclamation *f*
reclamar *vt, vi* réclamer
reclamo *nm* (*en caza*) appeau *m*; (*incentivo*) appât *m*; **reclamo publicitario** réclame *f*
reclinar *vt* incliner; **~se** *vpr* s'incliner
recluir *vt* enfermer; **~se** *vpr* vivre en reclus; **~ en su casa** s'enfermer chez soi
reclusión *nf* réclusion *f*; (*voluntario*) retraite *f*
recluta *nm/f* recrue *f* ♦ *nf* recrutement *m*
reclutar *vt* recruter
recobrar *vt* récupérer; **~se** *vpr*: **~se (de)** se remettre (de); **~ el sentido** reprendre connaissance
recodo *nm* coude *m*
recoger *vt* (*firmas, dinero*) recueillir; (*fruta*) cueillir; (*del suelo*) ramasser; (*ordenar*) ranger; (*juntar*) rassembler; (*pasar a buscar*) prendre; (*dar asilo*) recueillir; (*polvo*) prendre; **~se** *vpr* se retirer; (*pelo*) se ramasser
recogida *nf* (*AGR*) cueillette *f*; (*de basura*) ramassage *m*; (*de cartas*) levée *f*
recogido, -a *adj* (*lugar*) retiré(e); (*pequeño*) petit(e)
recolección *nf* (*AGR*) récolte *f*; (*de datos, dinero*) collecte *f*
recomendación *nf* recommandation *f*
recomendar *vt* recommander
recompensa *nf* récompense *f*; **recompensar** *vt* récompenser
recomponer *vt* réparer
reconciliación *nf* réconciliation *f*
reconciliar *vt* réconcilier; **~se** *vpr* se réconcilier
recóndito, -a *adj* (*lugar*) retiré(e)
reconfortar *vt* réconforter
reconocer *vt* reconnaître
reconocido, -a *adj* reconnu(e); **reconocimiento** *nm* reconnaissance *f*
reconquista *nf* reconquête *f*
reconstituyente *nm* reconstituant *m*
reconstruir *vt* reconstruire; (*suceso*) reconstituer
reconversión *nf* reconversion *f*
recopilación *nf* (*resumen*) résumé *m*; (*colección*) recueil *m*, compilation *f*; **recopilar** *vt* compiler
récord (*pl* **records** *o* **~s**) *adj inv* record ♦ *nm* record *m*
recordar *vt* se rappeler ♦ *vi* (*acordarse de*) se rappeler; **~ algo a algn** rappeler qch à qn
recorrer *vt* parcourir; **recorrido** *nm* parcours *msg*; **tren de largo recorrido** train *m* de grandes lignes
recortado, -a *adj* découpé(e); (*barba*) taillé(e)
recortar *vt* découper; (*presupuesto, gasto*) réduire; **recorte** *nm* (*de telas, chapas*: *acto*) coupe *f*; (: *fragmento*) découpure *f*; (*de prensa*) coupure *f*; (*de presupuestos, gastos*) compression *f*
recostado, -a *adj* penché(e); **estar ~** être allongé(e)
recostar *vt* appuyer; **~se** *vpr* s'appuyer
recoveco *nm* (*de camino, río*) coude *m*; (*en casa*) coin *m*
recreación *nf* récréation *f*
recrear *vt* recréer; **~se** *vpr*: **~se con/en** prendre plaisir à
recreativo, -a *adj* récréatif(-ive); **sala ~a** salle *f* de jeux; **recreo** *nm* récréation *f*
recriminar *vt* reprocher ♦ *vi* récriminer
recrudecer *vi* redoubler d'intensité; **~se** *vpr* redoubler d'intensité
recrudecimiento *nm* recrudescence

f
recta *nf* ligne *f* droite
rectángulo, -a *adj, nm* rectangle *m*
rectificar *vt* rectifier ♦ *vi* se corriger
rectitud *nf* rectitude *f*
recto, -a *adj* droit(e) ♦ *nm* (*ANAT*) rectum *m*
rector, a *adj, nm/f* recteur(-trice)
recuadro *nm* case *f*; (*TIP*) entrefilet *m*
recubrir *vt*: **~ (con)** recouvrir (de)
recuento *nm* décompte *m*; **hacer el ~ de** faire le décompte de
recuerdo *vb ver* **recordar** ♦ *nm* souvenir *m*; **¡~s a tu madre!** amitiés à ta mère!
recuperable *adj* récupérable
recuperación *nf* récupération *f*; (*de enfermo*) rétablissement *m*; (*ESCOL*) rattrapage *m*
recuperar *vt* récupérer; **~se** *vpr* se récupérer; **~ fuerzas** reprendre ses forces
recurrir *vi* (*JUR*) faire appel; **~ a algo/a algn** recourir à qch/à qn; **recurso** *nm* recours *msg*
recusar *vt* récuser
red *nf* (*tejido, trampa*) filet *m*; (*organización*) réseau *m*
redacción *nf* rédaction *f*
redactar *vt* rédiger
redactor, a *nm/f* rédacteur(-trice)
redada *nf* (*tb:* **~ policial**) descente *f*
redicho, -a *adj* maniéré(e)
redil *nm* bercail *m*
redimir *vt* racheter
rédito *nm* (*ECON*) intérêt *m*
redoblar *vt* redoubler ♦ *vi* battre le tambour
redomado, -a *adj* (*astuto*) rusé(e); **sinvergüenza ~** fieffée canaille
redonda *nf* (*MÚS*) ronde *f*; **a la ~** à la ronde
redondear *vt* (*negocio, velada*) conclure; (*cifra, objeto*) arrondir
redondel *nm* cercle *m*
redondo, -a *adj* rond(e); (*completo*) bon(ne); **en números ~s** en chiffres ronds
reducción *nf* réduction *f*
reducido, -a *adj* réduit(e)
reducir *vt* réduire; **~se** *vpr* se réduire; **~se a** (*fig*) se réduire à
redundancia *nf* redondance *f*
reembolsar *vt* rembourser; **reembolso** *nm* remboursement *m*
reemplazar *vt* remplacer; **reemplazo** *nm* remplacement *m*; **de reemplazo** (*MIL*) du contingent
reencuentro *nm* rencontre *f*
referencia *nf* référence *f*; **~s** *nfpl* (*de trabajo*) références *fpl*; **con ~ a** en ce qui concerne
referéndum (*pl* **~s**) *nm* référendum *m*
referente *adj*: **~ a** relatif(-ive) à
referir *vt* rapporter; **~se** *vpr*: **~se a** se référer à
refilón: **de ~** *adv* en passant
refinado, -a *adj* raffiné(e)
refinamiento *nm* raffinement *m*
refinar *vt* (*petróleo, azúcar*) raffiner; (*modales*) affiner; **refinería** *nf* raffinerie *f*
reflejar *vt* refléter
reflejo, -a *adj* réflexe ♦ *nm* reflet *m*; (*ANAT*) réflexe *m*; **~s** *nmpl* (*en el pelo*) reflets *mpl*
reflexión *nf* réflexion *f*; **reflexionar** *vi* réfléchir; **reflexionar sobre** réfléchir sur
reflexivo, -a *adj* (*carácter*) réflexif(-ive); (*LING*) réfléchi(e)
reflujo *nm* reflux *m*
reforma *nf* réforme *f*; **~s** *nfpl* (*obras*) transformations *fpl*
reformar *vt* réformer; (*ARQ*) transformer; **~se** *vpr* se réformer
reformatorio *nm* (*tb:* **~ de menores**) maison *f* de redressement *o* correction
reforzar *vt* renforcer
refractario, -a *adj* réfractaire
refrán *nm* proverbe *m*
refregar *vt* frotter
refrenar *vt* (*deseos*) refréner
refrendar *vt* ratifier
refrescante *adj* rafraîchissant(e)
refrescar *vt* rafraîchir ♦ *vi* se rafraîchir; **~se** *vpr* se rafraîchir
refresco *nm* rafraîchissement *m*
refriega *vb ver* **refregar** ♦ *nf* bagarre *f*
refrigeración *nf* réfrigération *f*
refrigerador (*esp AM*) *nm*,

refrigeradora (AM) *nf* réfrigérateur *m*
refrigerar *vt* réfrigérer
refuerce *vb ver* **reforzar**
refuerzo *nm* renfort *m*; **~s** *nmpl* (MIL) renforts *mpl*
refugiado, -a *nm/f* réfugié(e)
refugiarse *vpr* se réfugier
refugio *nm* refuge *m*
refunfuñar *vi* ronchonner
refutar *vt* réfuter
regadera *nf* arrosoir *m*; (MÉX: *ducha*) douche *f*
regadío *nm* irrigation *f*; **tierras de ~** terres irriguées
regalado, -a *adj* (*gratis*) gratis; (*vida*) de château
regalar *vt* offrir; (*mimar*) cajoler
regaliz *nm* réglisse *m o f*
regalo *nm* cadeau *m*; (*gusto*) régal *m*; (*comodidad*) aisance *f*
regañadientes: **a ~** *adv* en rechignant
regañar *vt* gronder ♦ *vi* se fâcher; (*dos personas*) se disputer
regar *vt* arroser; (*fig*) semer
regatear *vt* marchander ♦ *vi* (COM) marchander; **regateo** *nm* (COM) marchandage *m*
regazo *nm* giron *m*
regeneración *nf* régénération *f*
regenerar *vt* régénérer
regentar *vt* (*empresa, negocio*) régenter; (*local, bar*) tenir; **regente, -a** *nm/f* (COM) gérant(e); (POL) régent(e); (MÉX: *alcalde*) maire *m*
régimen (*pl* **regímenes**) *nm* régime *m*
regimiento *nm* régiment *m*
regio, -a *adj* royal(e); (AM: *fam*) formidable
región *nf* région *f*
regir *vt* (ECON, JUR, LING) régir ♦ *vi* (*ley*) être en vigueur
registrar *vt* fouiller; (*anotar*) enregistrer; **~se** *vpr* (*inscribirse*) s'inscrire; (*ocurrir*) avoir lieu
registro *nm* registre *m*; (*inspección*) fouille *f*; (*de datos*) enregistrement *m*; **~ civil** état *m* civil
regla *nf* règle *f*; **en ~** en règle
reglamentar *vt* réglementer
reglamentario, -a *adj* réglementaire; **reglamento** *nm* règlement *m*
regocijarse *vpr*: **~ de** *o* **por** se réjouir de; **regocijo** *nm* réjouissance *f*
regodearse *vpr*: **~ con** *o* **en algo** se délecter de qch; (*pey*) se réjouir de qch; **regodeo** *nm* délectation *f*
regresar *vi* retourner; **~se** *vpr* (AM) retourner
regresivo, -a *adj* régressif(-ive); **regreso** *nm* retour *m*
reguero *nm* traînée *f*
regulador, a *adj* régulateur(-trice) ♦ *nm* régulateur *m*
regular *adj* régulier(-ière); (*mediano*) moyen(ne); (*fam*: *no bueno*) médiocre ♦ *vt* régler; (*normas, salarios*) contrôler; **por lo ~** en général; **regularidad** *nf* régularité *f*; **regularizar** *vt* régulariser
regusto *nm* arrière-goût *m*
rehabilitación *nf* (*de drogadicto*) rééducation *f*; (ARQ, *de memoria*) réhabilitation *f*
rehabilitar *vt* (*drogadicto*) rééduquer; (ARQ, *memoria*) réhabiliter
rehacer *vt* refaire; **~se** *vpr* se rétablir
rehén *nm* otage *m*
rehuir *vt* fuir
rehusar *vt, vi* refuser
reina *nf* reine *f*; **~ de (la) belleza/de las fiestas** reine de beauté/de la fête; **prueba ~** épreuve *f* phare; **reinado** *nm* règne *m*
reinante *adj* régnant(e)
reinar *vi* régner
reincidir *vi* (JUR) récidiver; **~ (en)** (*recaer*) retomber (dans)
reincorporarse *vpr*: **~ a** réintégrer; (MIL) être réincorporé dans
reino *nm* royaume *m*; **~ animal/vegetal** règne *m* animal/végétal; **el R~ Unido** le Royaume-Uni
reintegrar *vt* réintégrer; **~se** *vpr*: **~se a** réintégrer
reír *vi* rire; **~se** *vpr* rire; **~se de** rire de
reiterar *vt* réitérer
reivindicación *nf* revendication *f*
reivindicar *vt* revendiquer

reja *nf* grille *f*
rejilla *nf* grillage *m*; (*en muebles*) cannage *m*; (*en hornillo, de ventilación*) grille *f*; (*para equipaje*) filet *m*
rejuvenecer *vt, vi* rajeunir
relación *nf* relation *f*; (*narración*) récit *m*; **con ~ a, en ~ con** par rapport à; **relaciones públicas** relations publiques; **relacionar** *vt* mettre en rapport; **relacionarse** *vpr* fréquenter
relajación *nf* relaxation *f*
relajado, -a *adj* (*costumbres, moral*) relâché(e); (*persona*) détendu(e)
relajar *vt* (*mente, cuerpo*) décontracter; (*disciplina, moral*) relâcher; **~se** *vpr* (*distraerse*) se détendre
relamerse *vpr* se pourlécher
relamido, -a (*pey*) *adj* (*pulcro*) bichonné(e); (*afectado*) collet monté *inv*
relámpago *adj inv*: **visita/huelga ~** visite *f*/grève *f* éclair ♦ *nm* éclair *m*
relatar *vt* relater
relativo, -a *adj* relatif(-ive); **en lo ~ a** en ce qui concerne
relato *nm* récit *m*
relegar *vt* reléguer
relevante *adj* remarquable
relevar *vt* relever; **~se** *vpr* se relayer; **~ a algn de su cargo** relever qn de ses fonctions
relevo *nm* relève *f*; **carrera de ~s** course *f* de relais
relieve *nm* relief *m*; **bajo ~** bas-relief *m*; **poner de ~** mettre en relief
religión *nf* religion *f*
religioso, -a *adj, nm/f* religieux(-euse)
relinchar *vi* hennir; **relincho** *nm* hennissement *m*
reliquia *nf* relique *f*
rellano *nm* (*ARQ*) palier *m*
rellenar *vt* remplir; (*CULIN*) farcir
relleno, -a *adj* plein(e) ♦ *nm* (*CULIN*) farce *f*; (*de cojín*) rembourrage *m*
reloj *nm* montre *f*; **~ (de pulsera)** montre; **~ despertador** réveille-matin *m inv*; **~ digital** montre à affichage numérique
relojero, -a *nm/f* horloger(-ère)
reluciente *adj* reluisant(e)
relucir *vi* reluire; **sacar algo a ~** remettre qch sur le tapis
relumbrar *vi* reluire
remachar *vt* river; (*fig*) insister sur; **remache** *nm* rivet *m*
remanente *nm* (*COM*) surplus *msg*; (*de producto*) excédent *m*
remangarse *vpr* retrousser ses manches
remanso *nm* (*de río*) bras *msg* mort
remar *vi* ramer
rematar *vt* achever; (*trabajo*) parfaire; (*COM*) liquider ♦ *vi* (*en fútbol*) tirer; **~ de cabeza** faire une tête
remate *nm* fin *f*; (*extremo*) couronnement *m*; (*DEPORTE*) tir *m*; (*ARQ*) sommet *m*; (*COM*) liquidation *f*; **de ~** (*tonto*) complètement; **para ~** pour couronner le tout
remediar *vt* remédier à; (*evitar*) éviter
remedio *nm* remède *m*; (*JUR*) secours *msg*; **poner ~ a** remédier à; **no tener más ~** ne pas avoir le choix; **¡qué ~!** c'est comme ça!, qu'y faire!; **sin ~** sans rémission
remendar *vt* raccommoder; (*con parche*) rapiécer
remesa *nf* envoi *m*
remiendo *vb ver* **remendar** ♦ *nm* raccommodage *m*; (*con parche*) rapiéçage *m*
remilgado, -a *adj* (*melindroso*) minaudier(-ière); (*afectado*) maniéré(e)
remilgo *nm* (*melindre*) minauderie *f*; (*afectación*) manière *f*
reminiscencia *nf* réminiscence *f*
remite *nm* expéditeur *m*; **remitente** *nm/f* expéditeur(-trice)
remitir *vt* envoyer ♦ *vi* (*tempestad*) se calmer; (*fiebre*) baisser; **~se** *vpr*: **~se a** s'en remettre à
remo *nm* rame *f*
remojar *vt* laisser tremper
remojo *nm*: **dejar la ropa en ~** laisser tremper le linge
remolacha *nf* betterave *f*
remolcador *nm* remorqueur *m*
remolcar *vt* remorquer

remolino *nm* remous *msg*
remolque *vb ver* **remolcar** ♦ *nm* remorque *f*; (*cuerda*) câble *m* de remorquage; **llevar a ~** prendre en remorque
remontar *vt* remonter; **~se** *vpr* s'élever; **~se a** (COM) s'élever à; **~ el vuelo** monter en flèche
remorder *vt* causer du remords à; **me remuerde la conciencia** j'ai des remords; **remordimiento** *nm* remords *msg*
remoto, -a *adj* éloigné(e)
remover *vt* remuer
remozar *vt* (ARQ) rafraîchir
remuneración *nf* rémunération *f*
remunerar *vt* rémunérer
renacer *vi* renaître; **renacimiento** *nm* renaissance *f*; **el Renacimiento** la Renaissance
renacuajo *nm* têtard *m*
renal *adj* rénal(e)
rencilla *nf* querelle *f*
rencor *nm* (*resentimiento*) rancœur *f*
rencoroso, -a *adj* rancunier(-ière)
rendición *nf* reddition *f*
rendido, -a *adj* épuisé(e); **su ~ admirador** votre admirateur passionné
rendija *nf* fente *f*
rendimiento *nm* rendement *m*
rendir *vt* rapporter; (*agotar*) épuiser ♦ *vi* (COM) rapporter; **~se** *vpr* (*tb: cansarse*) se rendre; **~ homenaje/culto a** rendre hommage/un culte à; **~ cuentas a algn** rendre des comptes à qn
renegar *vi* renier; (*quejarse*) grommeler; (*con imprecaciones*) blasphémer
RENFE, **Renfe** *sigla f* (FERRO) (= *Red Nacional de los Ferrocarriles Españoles*) *société nationale des chemins de fer espagnols*
renglón *nm* ligne *f*; (COM) chapitre *m*; **a ~ seguido** à la ligne
renombrado, -a *adj* renommé(e)
renombre *nm* renom *m*; **de ~** de renom
renovación *nf* (*de contrato, sistema*) renouvellement *m*; (ARQ) rénovation *f*
renovar *vt* renouveler; (ARQ) rénover
renta *nf* revenu *m*; (*esp* AM: *alquiler*) loyer *m*; **~ disponible** revenu (individuel) disponible; **~ nacional (bruta)** revenu national (brut); **rentable** *adj* rentable; **rentar** *vt* rapporter
renuncia *nf* renonciation *f*
renunciar *vi* renoncer
reñido, -a *adj* (*batalla, debate, votación*) serré(e); **estar ~ con algn** être brouillé(e) avec qn
reñir *vt* gronder ♦ *vi* (*pareja, amigos*) se disputer; (*físicamente*) se battre
reo *nm/f* (JUR) accusé(e); **~ de muerto** condamné à mort
reojo: **de ~** *adv* (*mirar*) à la dérobée
reparación *nf* réparation *f*
reparar *vt* réparer ♦ *vi*: **~ en** (*darse cuenta de*) s'apercevoir de; (*poner atención en*) remarquer
reparo *nm* (*duda*) doute *m*; (*inconveniente*) obstacle *m*; **poner ~s** formuler des objections; **poner ~s a algo** contester qch
repartición *nf* répartition *f*
repartidor, a *nm/f* livreur(-euse)
repartir *vt* distribuer; (COM) livrer; **reparto** *nm* (*de dinero, poder*) répartition *f*; (CINE, CORREOS) distribution *f*
repasar *vt* réviser; **repaso** *nm* révision *f*
repatriar *vt* rapatrier
repelente *adj* repoussant(e)
repensar *vt* reconsidérer
repente *nm*: **de ~** soudain; **~ de ira** accès de colère
repentino, -a *adj* (*súbito*) subit(e)
repercusión *nf* répercussion *f*
repercutir *vi* répercuter; **~ en** (*fig*) répercuter sur
repertorio *nm* répertoire *m*
repetición *nf* répétition *f*
repetir *vt* répéter; (ESCOL) redoubler; (*plato,* TEATRO) reprendre ♦ *vi* (ESCOL) redoubler; (*sabor*) revenir; (*en comida*) en reprendre; **~se** *vpr* se répéter
repicar *vi* (*campanas*) sonner, carillonner
repique *vb ver* **repicar** ♦ *nm* (*de*

campanas) volée *f*; **repiqueteo** *nm* (*de campanas*) volée *f*
repisa *nf* étagère *f*; (*ARQ*) console *f*; (*de chimenea*) dessus *msg*; (*de ventana*) rebord *m*
repitiendo *etc vb ver* **repetir**
replantear *vt* reconsidérer
replegarse *vpr* se replier
repleto, -a *adj* plein(e)
réplica *nf* réplique *f*
replicar *vt, vi* répliquer; **¡no repliques!** et pas de discussion!
repliegue *vb ver* **replegarse** ♦ *nm* (*MIL*) repli *m*
repoblación *nf* repeuplement *m*; **~ forestal** reboisement *m*
repoblar *vt* repeupler
repollo *nm* chou *m*
reponer *vt* (*volver a poner*) réinstaller; (*TEATRO*) reprendre; **~se** *vpr* se remettre; **~ que** répondre que
reportaje *nm* reportage *m*
reportero, -a *nm/f* reporter *m*
reposacabezas *nm inv* appui-tête *m*
reposado, -a *adj* reposé(e); (*tranquilo*) calme
reposar *vi* reposer
reposición *nf* (*de dinero*) réinvestissement *m*; (*maquinaria*) remplacement *m*; (*CINE, TEATRO*) reprise *f*
reposo *nm* repos *msg*
repostar *vt* se ravitailler en ♦ *vi* se ravitailler; (*AUTO*) se ravitailler en carburant
repostería *nf* pâtisserie *f*
repostero, -a *nm/f* pâtissier(-ière)
reprender *vt* (*persona*) réprimander; (*comportamiento*) blâmer
represa *nf* barrage *m*
represalia *nf* représailles *fpl*
representación *nf* représentation *f*; **en ~ de** en représentation de
representante *nm/f* (*POL, COM*) représentant(e); **representante diplomático** (*POL*) représentant diplomatique
representar *vt* représenter; (*significar*) signifier; **~se** *vpr* se représenter
representativo, -a *adj* représentatif(-ive)
represión *nf* répression *f*
reprimenda *nf* réprimande *f*
reprimir *vt* réprimer
reprobar *vt* réprouver
reprochar *vt* reprocher; **reproche** *nm* reproche *m*
reproducción *nf* reproduction *f*
reproducir *vt* reproduire; **~se** *vpr* se reproduire
reproductor, a *adj* reproducteur(-trice)
reptil *nm* reptile *m*
república *nf* république *f*
republicano, -a *adj, nm/f* républicain(e)
repudiar *vt* répudier
repuesto *pp de* **reponer** ♦ *nm* (*pieza de recambio*) pièce *f* de rechange; (*abastecimiento*) ravitaillement *m*; **rueda de ~** roue *f* de secours
repugnancia *nf* répugnance *f*; **repugnante** *adj* répugnant(e)
repugnar *vt, vi* répugner
repulsa *nf* condamnation *f*
repulsión *nf* répulsion *f*
repulsivo, -a *adj* répulsif(-ive)
reputación *nf* réputation *f*
requemado, -a *adj* brûlé(e)
requerimiento *nm* requête *f*; (*JUR*) mise *f* en demeure
requerir *vt* requérir
requesón *nm* fromage *m* blanc
requete... *pref* très
réquiem *nm* requiem *m*
requisito *nm* condition *f* requise
res *nf* bête *f*
resaca *nf* (*en el mar*) ressac *m*; (*de alcohol*) gueule *f* de bois
resaltar *vt* détacher ♦ *vi* se détacher
resarcir *vt* (*reparar*) dédommager; **~se** *vpr* se rattraper
resbaladizo, -a *adj* glissant(e)
resbalar *vi* glisser; (*gotas*) couler; **~se** *vpr* glisser; **resbalón** *nm* glissade *f*; (*fig*) faux-pas *msg*
rescatar *vt* sauver; (*pagando rescate*) payer la rançon de; (*objeto*) récupérer
rescate *nm* sauvetage *m*; (*dinero*) rançon *f*; (*de objeto*) récupération *f*; **pagar un ~** payer une rançon
rescindir *vt* résilier

rescisión *nf* résiliation *f*
rescoldo *nm* braises *fpl*
resecar *vt* dessécher; (*MED*) disséquer; **~se** *vpr* se dessécher
reseco, -a *adj* desséché(e)
resentido, -a *adj* (*envidioso*) jaloux(-ouse); (*dolido*) aigri(e)
resentimiento *nm* ressentiment *m*
resentirse *vpr*: **~ de** *o* **con** se ressentir de; **su salud se resiente** sa santé s'en ressent
reseña *nf* (*descripción*) description *f*; (*informe, LIT*) compte *m* rendu
reseñar *vt* décrire; (*LIT*) faire le compte rendu de
reserva *nf* réserve *f*; (*de entradas*) réservation *f*, location *f*; **a ~ de que ...** (*AM*) sous réserve que ...; **con ~** (*con cautela*) sous toutes réserves; (*con condiciones*) sous réserve; **gran ~** (*vino*) grand cru *m*
reservado, -a *adj* réservé(e) ♦ *nm* cabinet *m* particulier
reservar *vt* réserver; (*TEATRO*) réserver, louer; **~se** *vpr* se réserver
resfriado *nm* rhume *m*
resfriarse *vpr* s'enrhumer
resfrío (*esp AM*) *nm* rhume *m*
resguardar *vt* protéger; **~se** *vpr*: **~se de** se protéger de; **resguardo** *nm* abri *m*; (*justificante, recibo*) reçu *m*
residencia *nf* résidence *f*; **~ de ancianos** maison *f* de retraite; **residencial** *adj* résidentiel(le); (*AND, CHI*) hôtel *m* modeste
residente *adj, nm/f* résident(e)
residir *vi* résider; **~ en** (*habitar en*: *cuidad*) résider à; (: *país*) résider en *o* à
residuo *nm* (*sobrante*) résidu *m*; (*desperdicios*) résidus *mpl*
resignación *nf* résignation *f*
resignarse *vpr*: **~ a** se résigner à
resina *nf* résine *f*
resistencia *nf* résistance *f*; **no ofrece ~** il n'offre pas de résistance; **resistente** *adj* résistant(e)
resistir *vt* résister à; (*peso, calor, persona*) supporter ♦ *vi* résister; **~se** *vpr* résister; **~se a** (*decir, salir*) refuser de; (*cambio, ataque*) résister à
resolución *nf* résolution *f*; (*arrojo*) détermination *f*
resolver *vt* résoudre; **~se** *vpr* se résoudre
resonancia *nf* résonance *f*; (*fig*) retentissement *m*
resonar *vi* résonner
resoplar *vi* haleter; **resoplido** *nm* halètement *m*
resorte *nm* (*TEC, fig*) ressort *m*
respaldar *vt* appuyer; **~se** *vpr* (*en asiento*) s'adosser; **~se en** (*fig*) s'appuyer sur; **respaldo** *nm* (*de sillón*) dossier *m*; (*fig*) appui *m*
respectivamente *adv* respectivement
respectivo, -a *adj* respectif(-ive); **en lo ~ a** en ce qui concerne
respecto *nm*: **al ~** à ce sujet; **con ~ a** en ce qui concerne; **~ de** par rapport à
respetable *adj* respectable
respetar *vt* respecter; **respeto** *nm* respect *m*; **respetos** *nmpl* respects *mpl*
respetuoso, -a *adj* respectueux(-euse)
respingo *nm*: **dar** *o* **pegar un ~** sursauter
respiración *nf* respiration *f*; **~ asistida** respiration assistée
respirar *vt, vi* respirer
respiratorio, -a *adj* respiratoire; **respiro** *nm* répit *m*
resplandecer *vi* resplendir; (*belleza*) resplendir, rayonner; **resplandeciente** *adj* resplendissant(e); **resplandor** *nm* éclat *m*
responder *vt* répondre ♦ *vi* répondre; **~ de** *o* **por** répondre de *o* pour
respondón, -ona *adj* effronté(e)
responsabilidad *nf* responsabilité *f*
responsabilizar *vt* responsabiliser, rendre responsable; **~se** *vpr*: **~se de** (*atentado*) revendiquer; (*crisis, accidente*) assumer la responsabilité de
responsable *adj, nm/f* responsable *m/f*
respuesta *nf* réponse *f*

resquebrajar *vt* fendiller, fissurer; **~se** *vpr* s'écailler
resquicio *nm* fente *f*; (*fig*) possibilité *f*, rayon *m*
resta *nf* soustraction *f*
restablecer *vt* rétablir; **~se** *vpr* se rétablir
restallar *vi* claquer
restante *adj* restant(e); **lo ~** le reste, ce qui reste
restar *vt* (*MAT*) soustraire; (*fig*) ôter ♦ *vi* rester
restauración *nf* restauration *f*
restaurante *nm* restaurant *m*
restaurar *vt* restaurer
restitución *nf* restitution *f*
restituir *vt* restituer
resto *nm* reste *m*; **~s** *nmpl* (*CULIN, de civilización etc*) restes *mpl*; **echar el ~** jouer le tout pour le tout
restregar *vt* frotter
restricción *nf* restriction *f*
restrictivo, -a *adj* restrictif(-ive)
restringir *vt* restreindre
resucitar *vt, vi* ressusciter
resuello *nm* (*aliento*) souffle *m*
resuelto, -a *pp de* **resolver** ♦ *adj* résolu(e)
resultado *nm* résultat *m*; **resultante** *adj* résultant(e)
resultar *vi* (*ser*) être; (*llegar a ser*) finir par être; (*salir bien*) réussir; (*ser consecuencia*) résulter; **~ de** résulter de; **resulta que ...** il se trouve que ...; **el conductor resultó muerto** le chauffeur est mort; **no resultó** cela n'a pas réussi; **me resulta difícil hacerlo** il m'est difficile de le faire
resumen *nm* résumé *m*; **en ~** en résumé
resumir *vt* résumer
resurgir *vi* ressurgir
resurrección *nf* résurrection *f*
retablo *nm* retable *m*
retaguardia *nf* arrière-garde *f*
retahíla *nf* chapelet *m*
retal *nm* coupon *m*
retar *vt* défier
retardar *vt* (*demorar*) retarder; (*hacer más lento*) ralentir
retazo *nm* coupon *m*
retención *nf* retenue *f*; (*MED*) rétention *f*; **~ de tráfico** embouteillage *m*, bouchon *m*; **~ fiscal** prélèvement *m* fiscal
retener *vt* retenir; (*suj*: *policía*) garder à vue; (*impuestos, sueldo*) prélever
retina *nf* rétine *f*
retintín *nm*: **decir algo con ~** dire qch d'un ton malicieux
retirada *nf* (*MIL*) retraite *f*; (*de dinero*) retrait *m*; **batirse en ~** battre en retraite
retirado, -a *adj* (*lugar*) retiré(e); (*vida*) calme; (*jubilado*) retraité(e) ♦ *nm/f* retraité(e)
retirar *vt* retirer; (*jubilar*) mettre à la retraite; **~se** *vpr* se retirer; **retiro** *nm* retraite *f*; (*DEPORTE*) abandon *m*
reto *nm* défi *m*
retocar *vt* retoucher
retoño *nm* rejeton *m*
retoque *vb ver* **retocar** ♦ *nm* retouche *f*
retorcer *vt* (*tela*) essorer; (*brazo*) tordre; **~se** *vpr* se tortiller; (*persona*) se contorsionner
retorcido, -a *adj* (*tronco*) tordu(e); (*columna*) tors(e); (*personalidad*) retors(e); (*mente*) mal tourné(e)
retórica *nf* rhétorique *f*
retórico, -a *adj* rhétorique
retornar *vt* (*cartas*) renvoyer; (*dinero*) rendre ♦ *vi*: **~ (a)** retourner (à); **retorno** *nm* retour *m*
retortijón *nm* (*tb*: **~ de tripas**) crampe *f* (d'estomac)
retozar *vi* folâtrer
retozón, -ona *adj* folâtre
retracción *nf* rétraction *f*
retractarse *vpr* se rétracter; **me retracto** je me rétracte
retraer *vt* (*antena*) rentrer; (*órgano*) rétracter; **~se** *vpr*: **~se (de)** se retirer (de)
retraído, -a *adj* renfermé(e)
retraimiento *nm* (*timidez*) réserve *f*
retransmisión *nf* retransmission *f*
retransmitir *vt* retransmettre
retrasado, -a *adj* en retard; (*MED*: *tb*: **~ mental**) attardé(e); **estar ~** (*reloj*) être en retard, retarder
retrasar *vt, vi* retarder; **~se** *vpr* (*persona, tren*) être en retard; (*reloj*)

retarder; (*quedarse atrás*) s'attarder

retraso *nm* retard *m*; **~s** *nmpl* (*COM*) arriérés *mpl*; **llegar con ~** arriver en retard; **~ mental** déficience *f* mentale

retratar *vt* (*ARTE*) faire le portrait de; (*FOTO*) photographier; (*fig*) décrire; **~se** *vpr* se faire faire son portrait; (*fig*) se révéler; **retrato** *nm* portrait *m*; **ser el vivo retrato de** être tout le portrait de; **retrato-robot** (*pl* **retratos-robot**) *nm* portrait-robot *m*

retreta *nf* (*MIL*) retraite *f*

retrete *nm* toilettes *fpl*

retribución *nf* rétribution *f*

retribuir *vt* rétribuer

retro... *pref* rétro...

retroactivo, -a *adj* rétroactif(-ive)

retroceder *vi* reculer; **la policía hizo ~ a la multitud** la police a fait reculer la foule

retroceso *nm* recul *m*

retrógrado, -a *adj* rétrograde

retrospectivo, -a *adj* rétrospectif(-ive)

retrovisor *nm* rétroviseur *m*

retumbar *vi* retentir

reuma, **reúma** *nm* rhumatisme *m*

reumatismo *nm* rhumatisme *m*

reunificar *vt* réunifier

reunión *nf* réunion *f*

reunir *vt* réunir; (*recoger*) rassembler, réunir; (*personas*) rassembler; **~se** *vpr* se réunir

revalidar *vt* (*título*) confirmer

revancha *nf* revanche *f*

revelación *nf* révélation *f*

revelado *nm* développement *m*

revelar *vt* révéler; (*FOTO*) développer

reventa *nf* revente *f*

reventar *vt* (*globo*) faire éclater; (*presa*) céder ♦ *vi* éclater

reventón *nm* crevaison *f*

reverencia *nf* révérence *f*; **reverenciar** *vt* révérer

reverendo, -a *adj* révérend(e)

reverente *adj* révérencieux(-euse)

reversible *adj* réversible

reverso *nm* revers *msg*

revertir *vi* revenir

revés *nm* envers *msg*; (*fig, TENIS*) revers *msg*; **al ~** à l'envers; **volver algo al** *o* **del ~** retourner qch

revestir *vt* revêtir; **~se con** *o* **de** s'armer de

revisar *vt* réviser

revisión *nf* révision *f*; **revisión salarial** révision des salaires

revisor, a *nm/f* contrôleur(-euse)

revista *vb ver* **revestir** ♦ *nf* revue *f*, magazine *m*; **pasar ~ a** passer en revue; **~ literaria** revue littéraire; **~s del corazón** presse *f* du cœur

revivir *vt, vi* revivre

revocación *nf* révocation *f*

revocar *vt* révoquer

revolcarse *vpr* se vautrer

revolotear *vi* voltiger

revoltijo *nm* embrouillamini *m*

revoltoso, -a *adj* turbulent(e)

revolución *nf* révolution *f*; (*TEC*) tour *m*; **revolucionar** *vt* révolutionner

revolucionario, -a *adj, nm/f* révolutionnaire *m/f*

revolver *vt* remuer; (*casa*) mettre sens dessus dessous; (*mezclar*) remuer, agiter; (*POL*) soulever ♦ *vi*: **~ en** fouiller dans; **~se contra** se retourner contre

revólver *nm* revolver *m*

revuelo *nm* vol *m*; (*fig*) trouble *m*

revuelta *nf* révolte *f*; (*pelea*) bagarre *f*

revuelto, -a *pp de* **revolver** ♦ *adj* (*desordenado*) sens dessus dessous

rey *nm* roi *m*; **el deporte ~** le sport roi

Reyes Magos

Selon la tradition espagnole, les Rois mages apportent des cadeaux aux enfants pendant la nuit qui précède l'Épiphanie. Le lendemain soir, le 6 janvier, les Rois mages arrivent dans la ville par mer ou par terre, et participent à une procession connue sous le nom de **cabalgatas**, *à la plus grande joie des enfants.*

reyerta *nf* rixe *f*

rezagado, -a *adj*: **quedar ~** être en retard

rezagar *vt* retarder; **~se** *vpr* traîner
rezar *vi* prier; **~ con** (*fam*) aller avec; **rezo** *nm* prière *f*
rezongar *vi* ronchonner
rezumar *vt* laisser couler ♦ *vi* suinter
ría *nf* ria *f*
riada *nf* crue *f*, inondation *f*
ribera *nf* rive *f*, berge *f*; (*área*) rivage *m*, littoral *m*
ribete *nm* (*de vestido*) liseré *m*; **~s** *nmpl* (*atisbos*) côtés *mpl*; **muestra ~s de filósofo** il a un côté philosophe
ricino *nm*: **aceite de ~** huile *f* de ricin
rico, -a *adj* riche; (*comida*) délicieux(-euse); (*niño*) gentil(le) ♦ *nm/f* riche *m/f*; **~ en** riche en
rictus *nm* rictus *msg*
ridiculez *nf* ridicule *m*; (*nimiedad*) insignifiance *f*
ridiculizar *vt* ridiculiser
ridículo, -a *adj* ridicule; **hacer el ~** se couvrir de ridicule; **poner a algn en ~** tourner qn en ridicule
riego *vb ver* **regar** ♦ *nm* arrosage *m*; **~ sanguíneo** irrigation *f*
riel *nm* (FERRO) rail *m*; (*de cortina*) tringle *f*
rienda *nf* rêne *f*; **dar ~ suelta a** donner libre cours à
riesgo *nm* risque *m*; **correr el ~ de** courir le risque de
rifa *nf* tombola *f*; **rifar** *vt* tirer au sort; **rifarse** *vpr* se disputer
rifle *nm* rifle *m*
rigidez *nf* rigidité *f*
rígido, -a *adj* rigide
rigor *nm* rigueur *f*; **de ~** de rigueur
riguroso, -a *adj* rigoureux(-euse)
rima *nf* rime *f*; **~s** *nfpl* (*composición*) rimes *fpl*
rimbombante *adj* (*fig*) ronflant(e)
rímel *nm* rimmel *m*
rímmel *nm* = **rímel**
rincón *nm* coin *m*
rinoceronte *nm* rhinocéros *msg*
riña *nf* (*disputa*) dispute *f*; (*pelea*) bagarre *f*
riñón *nm* (ANAT) rein *m*; (CULIN) rognon *m*
río *vb ver* **reír** ♦ *nm* (*que desemboca en otro río*) rivière *f*; (*que desemboca en el mar*) fleuve *m*; (*fig*) flot *m*; **~ abajo/arriba** en aval/amont
Río de la Plata *n* Rio de la Plata
rioja *nf* rioja *m*
rioplatense *adj* de Rio de la Plata
riqueza *nf* richesse *f*
risa *nf* rire *m*; **¡qué ~!** que c'est drôle!
risco *nm* rocher *m* escarpé
risotada *nf* éclat *m* de rire
ristra *nf* chapelet *m*
risueño, -a *adj* souriant(e)
ritmo *nm* rythme *m*; **a ~ lento** au ralenti; **trabajar a ~ lento** travailler au ralenti; **~ de vida** rythme de vie
rito *nm* rite *m*
ritual *adj* rituel(le) ♦ *nm* rituel *m*
rival *adj, nm/f* rival(e); **rivalidad** *nf* rivalité *f*; **rivalizar** *vi* rivaliser
rizado, -a *adj* (*pelo*) frisé(e) ♦ *nm* frisure *f*
rizar *vt* friser; **~se** *vpr* (*el pelo*) se friser; (*agua, mar*) moutonner; **rizo** *nm* boucle *f*
RNE *abr = Radio Nacional de España*
robar *vt* voler
roble *nm* chêne *m*
robo *nm* vol *m*
robot (*pl* **~s**) *nm* robot *m*; **~ de cocina** robot
robustecer *vt* fortifier
robusto, -a *adj* robuste
roca *nf* roche *f*
roce *vb ver* **rozar** ♦ *nm* frottement *m*; (*caricia*) frôlement *m*; (TEC) friction *f*; (*señal*) éraflure *f*; (: *en la piel*) égratignure *f*; **tener un ~ con** s'accrocher avec, avoir une prise de bec avec
rociar *vt* arroser
rocín *nm* rosse *f*
rocío *nm* rosée *f*
rock *adj, nm* (MÚS) rock *m*
rocoso, -a *adj* rocailleux(-euse)
rodado, -a *adj*: **tráfico ~** circulation *f* routière
rodaja *nf* tranche *f*
rodaje *nm* (CINE) tournage *m*; **en ~** (AUTO) en rodage
rodar *vt* (*vehículo*) roder; (*película*) tourner ♦ *vi* rouler; (CINE) tourner
rodear *vt* entourer; **~se** *vpr*: **~se de amigos** s'entourer d'amis

rodeo *nm* détour *m*; (*AM: DEPORTE*) rodéo *m*; **hablar sin ~s** parler sans détours
rodilla *nf* genou *m*; **de ~s** à genoux
rodillo *nm* rouleau *m*
roedor, a *adj* rongeur(-euse) ♦ *nm* rongeur *m*
roer *vt* ronger
rogar *vt, vi* prier; **se ruega no fumar** prière de ne pas fumer
rojizo, -a *adj* rougeâtre
rojo, -a *adj* rouge ♦ *nm* rouge *m*; **al ~ (vivo)** (*metal*) rouge; (*fig*) chauffé(e) à blanc
rol *nm* rôle *m*
rollizo, -a *adj* rondelet(te)
rollo *nm* rouleau *m*; (*fam: película*) navet *m*; (*libro*) ouvrage *m* de bas étage; **¡qué ~!** quelle barbe!, quelle scie!
Roma *n* Rome
romance *nm* (*LING*) roman *m*; (*relación*) idylle *f*
romanticismo *nm* romantisme *m*
romántico, -a *adj* romantique
rombo *nm* losange *m*
romería *nf* (*REL*) fête *f* patronale, ≃ pardon *m*; (*excursión*) pèlerinage *m*

Romería

À l'origine un pèlerinage vers un lieu saint ou une église, en l'honneur de la Sainte Vierge ou du saint local, la **romería** *donne également lieu de nos jours à une fête populaire. Les participants, parfois venus de loin, apportent à boire et à manger, et les festivités durent toute une journée.*

romero, -a *nm/f* pèlerin *m* ♦ *nm* (*BOT*) romarin *m*
romo, -a *adj* émoussé(e)
rompecabezas *nm inv* casse-tête *m inv*
rompeolas *nm inv* brise-lames *m inv*
romper *vt* casser; (*papel, tela*) déchirer; (*contrato*) rompre ♦ *vi* (*olas*) briser; (*diente*) casser; **~se** *vpr* se casser; **~ el día** commencer à faire jour; **~ a** se mettre à; **~ a llorar** éclater en sanglots; **~ con algn** rompre avec qn
ron *nm* rhum *m*
roncar *vi* ronfler
ronco, -a *adj* rauque
ronda *nf* (*de bebidas, negociaciones*) tournée *f*; (*patrulla*) ronde *f*; **hacer la ~** (*MIL*) faire sa ronde; **rondar** *vt* (*vigilar*) surveiller ♦ *vi* faire une ronde; (*fig*) rôder; **la cifra ronda el millón** le chiffre frise le million
ronquido *nm* ronflement *m*
ronronear *vi* ronronner; **ronroneo** *nm* ronronnement *m*
roña *nf* (*VETERINARIA*) gale *f*; (*mugre*) crasse *f*; (*óxido*) rouille *f*
roñoso, -a *adj* (*mugriento*) crasseux(-euse); (*tacaño*) radin(e)
ropa *nf* vêtements *mpl*; **~ blanca/de casa** linge *m* blanc/de maison; **~ de cama** literie *f*; **~ interior** *o* **íntima** linge de corps; **ropaje** *nm* vêtements *mpl*
ropero *nm* (*de ropa de cama*) armoire *f* (à linge); (*guardarropa*) garde-robe *f*
rosa *adj inv* rose ♦ *nf* (*BOT*) rose *f* ♦ *nm* (*color*) rose *m*; **~ de los vientos** rose *f* des vents
rosado, -a *adj* rose ♦ *nm* rosé *m*
rosal *nm* rosier *m*
rosario *nm* chapelet *m*; (*oraciones*) rosaire *m*
rosca *nf* pas *msg*; (*pan*) couronne *f*
rosetón *nm* (*ARQ*) rosace *f*
rosquilla *nf beignet à pâte dure en forme d'anneau*
rostro *nm* visage *m*; **tener mucho ~** (*fam*) avoir un sacré culot *o* toupet
rotación *nf* rotation *f*; **~ de cultivos** rotation des cultures
rotativo *nm* journal *m*
roto, -a *pp de* **romper** ♦ *adj* cassé(e); (*tela, papel*) déchiré(e); (*CHI: de clase obrera*) ouvrier(-ière) ♦ *nm/f* (*CHI*) ouvrier(-ière) ♦ *nm* (*en vestido*) accroc *m*
rotonda *nf* rotonde *f*
rótula *nf* rotule *f*
rotulador *nm* crayon *m* feutre
rotular *vt* (*carta, documento*) légender; **rótulo** *nm* (*título*)

enseigne *f*; (*letrero*) écriteau *m*
rotundamente *adv* catégoriquement
rotundo, -a *adj* catégorique
rotura *nf* rupture *f*; (MED) fracture *f*
roturar *vt* défricher
rozadura *nf* (*huella*) éraflure *f*; (*herida*) écorchure *f*
rozar *vt* frôler; (*tocar ligeramente, fig*) effleurer; **~se** *vpr* se frôler; **~se (con)** (*tratar*) se frotter (à)
Rte. *abr* (= *remite, remitente*) exp. (= *expéditeur*)
RTVE *sigla f* = *Radiotelevisión Española*
rubí *nm* rubis *msg*
rubio, -a *adj, nm/f* blond(e); **tabaco ~** tabac *m* blond
rubor *nm* (*sonrojo*) rougeur *f*; (*vergüenza*) honte *f*
ruborizarse *vpr* rougir
rúbrica *nf* (*de firma*) paraphe *m*, parafe *m*; **rubricar** *vt* (*firmar*) parapher *o* parafer; (*concluir*) couronner
rudimentario, -a *adj* rudimentaire
rudimentos *nmpl* rudiments *mpl*
rudo, -a *adj* (*material*) rude; (*modales, persona*) grossier(-ière)
rueda *nf* roue *f*; (*corro*) ronde *f*; **~ de prensa** conférence *f* de presse; **~ de recambio** *o* **de repuesto** roue de secours; **~ delantera/trasera** roue avant/arrière
ruedo *vb ver* **rodar** ♦ *nm* (TAUR) arène *f*; (*corro*) ronde *f*
ruego *vb ver* **rogar** ♦ *nm* prière *f*
rufián *nm* ruffian *m*
rugby *nm* rugby *m*
rugido *nm* rugissement *m*
rugir *vi* rugir
rugoso, -a *adj* rugueux(-euse)
ruido *nm* bruit *m*; (*alboroto*) bruit, grabuge *m*
ruidoso, -a *adj* bruyant(e); (*fig*) tapageur(-euse)
ruin *adj* (*vil*) vil(e); (*tacaño*) pingre
ruina *nf* ruine *f*; **~s** *nfpl* ruines *fpl*
ruindad *nf* mesquinerie *f*; (*acto*) bassesse *f*
ruinoso, -a *adj* ruineux(-euse)
ruiseñor *nm* rossignol *m*
ruleta *nf* roulette *f*
rulo *nm* rouleau *m*
Rumania, **Rumanía** *nf* Roumanie *f*
rumba *nf* rumba *f*
rumbo *nm* (*ruta*) cap *m*; (*ángulo de dirección*) rumb *m*, rhumb *m*; (*fig*) direction *f*; **poner ~ a** mettre le cap sur; **sin ~ fijo** au hasard
rumboso, -a (*fam*) *adj* généreux(-euse)
rumiante *nm* ruminant *m*
rumiar *vt, vi* ruminer
rumor *nm* (*ruido sordo*) rumeur *f*; (*chisme*) bruit *m*
rumorearse *vpr*: **se rumorea que** le bruit court que
runrún *nm* rumeur *f*; (*fig*) rengaine *f*
rupestre *adj*: **pintura ~** peinture *f* rupestre
ruptura *nf* rupture *f*
rural *adj* rural(e)
Rusia *nf* Russie *f*
ruso, -a *adj* russe ♦ *nm/f* Russe *m/f*
rústica *nf*: **libro en ~** livre *m* broché
rústico, -a *adj* (*del campo*) rustique; (*ordinario*) rustre
ruta *nf* route *f*
rutina *nf* routine *f*
rutinario, -a *adj* routinier(-ière)

S, s

S *abr* (= *sur*) S (= *sud*)
S. *abr* (= *san*) S (= *Saint*)
s. *abr* = **siglo**; **siguiente**
S.A. *abr* (COM) (= *Sociedad Anónima*) SA *f* (= *société anonyme*); (= *Su Alteza*) SA (= *Son Altesse*)
sábado *nm* samedi *m*
sábana *nf* drap *m*
sabandija *nf* (ZOOL) bestiole *f*
sabañón *nm* engelure *f*

PALABRA CLAVE

saber *vt* savoir; **a saber** à savoir; **no lo supe hasta ayer** je ne l'ai appris qu'hier; **¿sabes conducir/nadar?** sais-tu conduire/nager?; **¿sabes francés?** sais-tu parler français?; **saber de memoria** savoir *o* connaître par cœur; **lo sé** je (le) sais; **hacer saber** faire savoir; **que**

yo sepa que je sache; **¡vete a saber!** va savoir!; **¿sabes?** tu vois? ♦ *vi*: **saber a** avoir le goût de; **sabe a fresa** ça a un goût de fraise; **saber mal/bien** (*comida, bebida*) avoir bon/mauvais goût; **le sabe mal que otro saque a bailar a su mujer** ça ne lui plaît pas que d'autres gens invitent sa femme à danser; **saberse** *vpr*: **se sabe que ...** on sait que ...; **no se sabe todavía** on ne sait toujours pas

sabiduría *nf* savoir *m*; (*buen juicio*) sagesse *f*
sabiendas: **a ~** *adv* en connaissance de cause
sabio, -a *adj* savant(e); (*prudente*) sage ♦ *nm/f* savant(e)
sabor *nm* goût *m*, saveur *f*; **saborear** *vt* savourer
sabotaje *nm* sabotage *m*
saboteador, a *nm/f* saboteur(-euse)
sabotear *vt* saboter
sabré *etc vb ver* **saber**
sabroso, -a *adj* savoureux(-euse); (*salado*) salé(e)
sacacorchos *nm inv* tire-bouchon *m*
sacapuntas *nm inv* taille-crayon *m*
sacar *vt* sortir; (*dinero, entradas*) retirer; (*beneficios*) tirer; (*premio*) remporter; (*datos*) extraire; (*conclusión*) arriver à; (*esp AM*: *ropa*) enlever; **~ adelante** (*hijos*) élever; (*negocio*) faire démarrer; **~ una foto** faire une photo; **~ la lengua** tirer la langue; **~ buenas/malas notas** avoir de bonnes/mauvaises notes
sacarina *nf* saccharine *f*
sacerdote *nm* prêtre *m*
saciar *vt* assouvir; **~se** *vpr* se rassasier
saco *nm* sac *m*; (*AM*: *chaqueta*) veste *f*; **~ de dormir** sac de couchage
sacramento *nm* sacrement *m*
sacrificar *vt* sacrifier; **~se** *vpr*: **~se por** se sacrifier pour; **sacrificio** *nm* sacrifice *m*
sacrilegio *nm* sacrilège *m*
sacristía *nf* sacristie *f*
sacudida *nf* secousse *f*; **~ eléctrica** décharge *f* électrique
sacudir *vt* secouer
sádico, -a *adj, nm/f* sadique *m/f*; **sadismo** *nm* sadisme *m*
saeta *nf* flèche *f*
sagacidad *nf* sagacité *f*; **sagaz** *adj* sagace
Sagitario *nm* (*ASTROL*) Sagittaire *m*; **ser ~** être (du) Sagittaire
sagrado, -a *adj* sacré(e)
Sáhara *nm*: **el ~** le Sahara
sal *vb ver* **salir** ♦ *nf* sel *m*; (*encanto*) grâce *f*; **~es de baño** sels de bain
sala *nf* salle *f*; (*sala de estar*) salle de séjour; (*JUR*) tribunal *m*; **~ de espera** salle d'attente; **~ de fiestas** salle des fêtes
salado, -a *adj* salé(e); (*fig*) piquant(e); **agua salada** eau *f* salée
salar *vt* saler
salarial *adj* (*aumento*) de salaire; (*revisión*) salarial(e)
salario *nm* salaire *m*
salchicha *nf* saucisse *f*; **salchichón** *nm* saucisson *m*
saldar *vt* solder; (*deuda, diferencias*) régler; **saldo** *nm* solde *m*; (*de deuda*) règlement *m*
saldré *etc vb ver* **salir**
salero *nm* (*CULIN*) salière *f*
salga *etc vb ver* **salir**
salida *nf* sortie *f*; (*de tren, AVIAT, DEPORTE*) départ *m*; (*puerta*) sortie, issue *f*; (*fig*) issue; (: *de estudios*) débouché *m*; **calle sin ~** voie *f* sans issue; **a la ~ del teatro** à la sortie du théâtre; **~ de emergencia/de incendios** sortie de secours
saliente *nm* saillie *f*

PALABRA CLAVE

salir *vi* **1** (*ir afuera*) sortir; (*tren, avión*) partir; **salir de** sortir de; **Juan ha salido** Juan est sorti; **salió de la cocina** il est sorti de la cuisine
2 (*aparecer*: *sol*) se lever; (*flor, pelo, dientes*) pousser; (*disco, libro*) sortir; **anoche salió el reportaje en la tele** le reportage est passé hier soir à la télé; **su foto salió en todos los periódicos** sa photo est parue dans tous les journaux
3 (*resultar*): **salir bien/mal** réussir/rater; **el niño nos ha salido muy**

estudioso notre fils se révèle très studieux; **la comida te ha salido exquisita** ton repas est très réussi; **sale muy caro** c'est très cher
4 (*mancha*) partir; (*tapón*) s'enlever
5: **le salió un trabajo** il a trouvé du travail
6: **salir adelante** s'en sortir; **no sé como haré para salir adelante** je ne sais pas comment faire pour m'en sortir
salirse *vpr* (*líquido*) se renverser; (*animal*) sortir; (*de la carretera*) quitter; (*persona*: *de asociación*) quitter

saliva *nf* salive *f*
salmo *nm* psaume *m*
salmón *nm* saumon *m*
salmuera *nf* saumure *f*
salón *nm* salon *m*; **~ de belleza** institut *m* de beauté
salpicadero *nm* (AUTO) tableau *m* de bord
salpicar *vt* éclabousser; (*esparcir*) parsemer
salsa *nf* (CULIN) sauce *f*; (MÚS) salsa *f*
saltamontes *nm inv* sauterelle *f*
saltar *vt* sauter ♦ *vi* sauter; (*al agua*) plonger; (*quebrarse*: *cristal*) se briser; (*explotar*: *persona*) exploser; **~se** *vpr* sauter; **~se un semáforo** brûler un feu
salto *nm* saut *m*; (*al agua*) plongeon *m*; **~ de agua** chute *f* d'eau; **~ de altura/de longitud** saut en hauteur/en longueur; **~ mortal** saut périlleux
saltón, -ona *adj* (*ojos*) globuleux(-euse); (*dientes*) en avant
salud *nf* santé *f*; **¡(a su) ~!** (à votre) santé!; **saludable** *adj* sain(e)
saludar *vt* saluer; **salude de mi parte a X** saluez X de ma part; **saludo** *nm* salut *m*; **saludos** *nmpl* (*en carta*) salutations *fpl*
salva *nf* (MIL) salve *f*; **una ~ de aplausos** une salve d'applaudissements
salvación *nf* sauvetage *m*; (REL) salut *m*
salvado *nm* (AGR) son *m*
salvador *nm* sauveur *m*; **El S~** (GEO) El Salvador; **San S~** San Salvador
salvaguardar *vt* sauvegarder
salvajada *nf* sauvagerie *f*
salvaje *adj, nm/f* sauvage *m/f*
salvamento *nm* sauvetage *m*
salvar *vt* sauver; (*obstáculo, distancias*) franchir; (*exceptuar*) excepter; **~se** *vpr*: **~se (de)** se sauver (de)
salvavidas *adj inv*: **bote/chaleco/cinturón ~** canot *m*/gilet *m*/bouée *f* de sauvetage
salvo, -a *adj*: **a ~** en lieu sûr ♦ *adv* sauf; **~ que** sauf que;
salvoconducto *nm* sauf-conduit *m*
san *nm* saint *m*; **~ Juan** Saint Jean
sanar *vt, vi* guérir
sanatorio *nm* sanatorium *m*
sanción *nf* sanction *f*; (*aprobación*) approbation *f*; **sancionar** *vt* sanctionner; (*aprobar*) approuver
sandalia *nf* sandale *f*
sandía *nf* pastèque *f*
sandwich (*pl* **~s** *o* **~es**) *nm* sandwich *m*
saneamiento *nm* assainissement *m*
sanear *vt* assainir

Sanfermines

Les Sanfermines de Pampelune sont un festival d'une semaine, rendu célèbre par Hemingway. À partir du 7 juillet, fête patronale de "San Fermín", les habitants de la ville, principalement les jeunes, se rassemblent dans les rues pour chanter, boire et danser. Tôt le matin, on lâche des taureaux dans les rues étroites qui conduisent à l'arène. Selon une coutume répandue dans de nombreux villages espagnols, des jeunes gens font acte de courage en s'élançant devant les taureaux, au risque de leur vie.

sangrar *vt* saigner ♦ *vi* saigner;
sangre *nf* sang *m*
sangría *nf* (MED) saignée *f*; (CULIN) sangria *f*
sangriento, -a *adj* sanglant(e)
sanguijuela *nf* sangsue *f*

sanguinario, -a *adj* sanguinaire
sanguíneo, -a *adj* sanguin(e)
sanidad *nf* (*ADMIN*) santé *f*; (*de ciudad, clima*) salubrité *f*; **~ pública** santé publique

San Isidro

San Isidro, *saint patron de Madrid, donne son nom à des festivités d'une semaine qui ont lieu aux alentours du 15 mai. Foire Au XVIIIe siècle, la fête de San Isidro consiste de nos jours en diverses manifestations, telles que bals, musique, spectacles, courses de taureaux et une célèbre* **romería.**

sanitario, -a *adj* sanitaire ♦ *nm*: **~s** sanitaires *mpl*
sano, -a *adj* sain(e); (*sin daños*) intact(e); **~ y salvo** sain et sauf
Santiago *n*: **~ (de Chile)** Santiago (du Chili)
santiamén *nm*: **en un ~** en un clin d'œil
santidad *nf* sainteté *f*
santiguarse *vpr* se signer
santo, -a *adj* saint(e) ♦ *nm/f* (*REL*) Saint(e) ♦ *nm* fête *f*; **~ y seña** mot *m* de passe
santuario *nm* sanctuaire *m*
saña *nf* (*crueldad*) sauvagerie *f*; (*furor*) fureur *f*
sapo *nm* crapaud *m*
saque *vb ver* **sacar** ♦ *nm* (*TENIS*) service *m*; (*FÚTBOL*) remise *f* en jeu; **~ de esquina** corner *m*
saquear *vt* piller; **saqueo** *nm* pillage *m*
sarampión *nm* rougeole *f*
sarcasmo *nm* sarcasme *m*
sarcástico, -a *adj* sarcastique
sardina *nf* sardine *f*
sargento *nm* (*MIL*) sergent *m*
sarmiento *nm* sarment *m*
sarna *nf* (*MED, ZOOL*) gale *f*
sarpullido *nm* (*MED*) éruption *f* (prurigineuse)
sarro *nm* tartre *m*
sartén *nf o* (*AM*) *m* (*CULIN*) poêle *f* (à frire)
sastre *nm* tailleur *m*
Satanás *nm* Satan *m*
satélite *nm* satellite *m*
sátira *nf* satire *f*
satisfacción *nf* satisfaction *f*
satisfacer *vt* satisfaire; **~se** *vpr* se satisfaire
satisfecho, -a *pp de* **satisfacer** ♦ *adj* satisfait(e)
saturar *vt* saturer; **~se** *vpr* être saturé(e)
sauce *nm* saule *m*; **~ llorón** saule pleureur
sauna *nf* sauna *m*
savia *nf* sève *f*
saxofón *nm* saxophone *m*
sazonar *vt* mûrir; (*CULIN*) relever

PALABRA CLAVE

se *pron* **1** (*reflexivo*) se, s'; (: *de Vd, Vds*) vous; **se divierte** il s'amuse; **lavarse** se laver
2 (*con complemento directo*: *sg*) lui; (*pl*) leur; (*Vd, Vds*) vous; **se lo dije** (*a él*) je le lui ai dit; (*a ellos*) je le leur ai dit; (*a usted(es)*) je vous l'ai dit; **se compró un sombrero** il s'est acheté un chapeau; **se rompió la pierna** il s'est cassé la jambe
3 (*uso recíproco*) se; (: *Vds*) vous; **se miraron (el uno al otro)** ils se sont regardés (l'un l'autre); **cuando (ustedes) se conocieron** quand vous vous êtes connus
4 (*en oraciones pasivas*): **se han vendido muchos libros** beaucoup de livres ont été vendus
5 (*impersonal*): **se dice que ...** on dit que ...; **allí se come muy bien** on y mange très bien; **se ruega no fumar** prière de ne pas fumer

sé *vb ver* **saber**; **ser**
sea *etc vb ver* **ser**
sebo *nm* sébum *m*
secador *nm* (*tb:* **~ de pelo**) sèche-cheveux *m inv*
secadora *nf* sèche-linge *m inv*
secar *vt* sécher; **~se** *vpr* sécher; (*persona*) se sécher
sección *nf* section *f*
seco, -a *adj* sec (sèche); **Juan, a**

secas Juan tout court; **parar/frenar en ~** s'arrêter/freiner brusquement
secretaría *nf* secrétariat *m*
secretario, -a *nm/f* secrétaire *m/f*
secreto, -a *adj* secret(-ète) ♦ *nm* secret *m*
secta *nf* secte *f*
sectario, -a *adj* sectaire
sector *nm* secteur *m*; **~ terciario** secteur tertiaire
secuela *nf* séquelle *f*
secuencia *nf* séquence *f*
secuestrar *vt* séquestrer; (*avión*) détourner; (*publicación*) retirer de la circulation; (*bienes*: JUR) séquestrer, mettre sous séquestre; **secuestro** *nm* (*de persona*) séquestration *f*; (*de avión*) détournement *m*
secular *adj* séculaire
secundar *vt* seconder
secundario, -a *adj* secondaire; (INFORM) d'arrière-plan
sed *nf* soif *f*; **tener ~** avoir soif
seda *nf* soie *f*
sedal *nm* ligne *f*
sedante *nm* sédatif *m*
sede *nf* siège *m*; **Santa S~** Saint Siège
sedentario, -a *adj* sédentaire
sediento, -a *adj* assoiffé(e)
sedimento *nm* sédiment *m*
sedoso, -a *adj* soyeux(-euse)
seducción *nf* séduction *f*
seducir *vt* séduire
seductor, a *adj* séducteur(-trice); (*personalidad, idea*) séduisant(e) ♦ *nm/f* séducteur(-trice)
segar *vt* (*mies*) moissonner; (*hierba*) faucher; (*vidas*) briser
seglar *adj* séculier(-ière)
segregación *nf* ségrégation *f*; **~ racial** ségrégation raciale
segregar *vt* ségréguer; (*líquido*) sécréter
seguida *nf*: **en ~** tout de suite
seguido, -a *adj* (*semana*) continu(e) ♦ *adv* (*derecho*) tout droit; (AM: *a menudo*) souvent; **5 días ~s** 5 jours de suite
seguimiento *nm* suivi *m*
seguir *vt* suivre ♦ *vi* (*venir después*) suivre; (*continuar*) poursuivre; **~se** *vpr*: **~se (de)** résulter (de); **sigo sin comprender** je ne comprends toujours pas; **sigue lloviendo** il continue de pleuvoir; **¡siga!** (AM) allez-y!
según *prep* d'après ♦ *adv* (*tal como*) tel(le) que; (*depende (de)*) selon; (*a medida que*) à mesure que; **~ esté el tiempo** selon le temps qu'il fera; **está ~ lo dejaste** c'est resté tel que tu l'avais laissé
segundo, -a *adj* deuxième, second(e) ♦ *nm* seconde *f* ♦ *nm/f* deuxième *m/f*, second(e); **segunda (clase)** (FERRO) seconde (classe) *f*; **segunda (marcha)** (AUTO) seconde; **con segundas (intenciones)** avec une arrière-pensée; **de segunda mano** d'occasion; *ver tb* **sexto**
seguramente *adv* sûrement
seguridad *nf* sécurité *f*; (*certeza*) certitude *f*; (*confianza*) confiance *f*; **~ social** sécurité sociale
seguro, -a *adj* sûr(e) ♦ *adv* sûr ♦ *nm* sécurité *f*; (COM) assurance *f*; (CAM, MÉX) épingle *f* à nourrice; **~ a todo riesgo/contra terceros** assurance tous risques/au tiers
seis *adj inv, nm inv* six *m inv*; **el ~ de abril** le six avril
seiscientos, -as *adj* six cents; **~ veinticinco** six cent vingt-cinq
seísmo *nm* séisme *m*
selección *nf* sélection *f*; **seleccionar** *vt* sélectionner
selectividad *nf* (UNIV) sélection *f*
selecto, -a *adj* sélect(e)
sellar *vt* sceller; (*pasaporte*) tamponner
sello *nm* (*de correos*) timbre *m*; (*para estampar*) tampon *m*; (*precinto*) sceau *m*
selva *nf* (*bosque*) forêt *f*; (*jungla*) jungle *f*
semáforo *nm* (AUTO) feu *m* rouge *o* de circulation
semana *nf* semaine *f*; **S~ Santa** semaine sainte

Semana Santa

Les célébrations de la semaine sainte en Espagne sont souvent grandioses. "Viernes Santo" (le Vendredi saint), "Sábado Santo" (le Samedi saint) et "Domingo de Resurrección" (le dimanche de Pâques) sont des fêtes légales auxquelles s'ajoutent d'autres jours fériés dans chaque région. Dans tout le pays, les membres des "cofradías" (confréries), vêtus de cagoules, avancent en processions dans les rues, précédant leurs "pasos", des chars richement décorés sur lesquels se dressent des statues religieuses. Les processions de la semaine sainte à Séville sont particulièrement renommées.

semanal *adj* hebdomadaire
semblante *nm* (traits *mpl* du) visage *m*
sembrar *vt* semer
semejante *adj, nm* semblable *m*; **semejanza** *nf* ressemblance *f*
semen *nm* sperme *m*, semence *f*
semestral *adj* semestriel(le)
semi... *pref* semi...
semicírculo *nm* demi-cercle *m*
semifinal *nf* demi-finale *f*
semilla *nf* graine *f*, semence *f*
seminario *nm* (*REL*) séminaire *m*; (*ESCOL*) séance *f* de T.P.
sémola *nf* semoule *f*
Sena *nm*: **el ~** la Seine
senado *nm* sénat *m*
senador, a *nm/f* sénateur(-trice)
sencillez *nf* simplicité *f*
sencillo, -a *adj* simple
senda *nf* sentier *m*
sendero *nm* sentier *m*; **S~ Luminoso** (*PE*: *POL*) Sentier lumineux
senil *adj* sénile
seno *nm* sein *m*; (*MAT*) sinus *m*; **~ materno** sein maternel
sensación *nf* sensation *f*; **sensacional** *adj* sensationnel(le)
sensato, -a *adj* sensé(e)
sensible *adj* sensible
sensorial *adj* sensoriel(le)
sensual *adj* sensuel(le)
sentada *nf* (*protesta*) sit-in *m*
sentado, -a *adj*: **estar ~** être assis(e); **dar por ~** considérer comme réglé(e)
sentar *vt* asseoir; (*noticia, hecho, palabras*) établir ♦ *vi* (*vestido, color*) aller; **~se** *vpr* s'asseoir; **~ bien** (*ropa*) aller bien; (*comida*) faire du bien; (*vacaciones*) réussir; **me ha sentado mal** (*comida*) je ne l'ai pas digéré; (*comentario*) cela m'a blessé
sentencia *nf* sentence *f*; **sentenciar** *vt* (*JUR*) condamner
sentido, -a *adj* (*pérdida*) regretté(e) ♦ *nm* sens *msg*; **mi más ~ pésame** mes plus sincères condoléances; **con ~ doble** à double sens; **tener ~** avoir de sens; **~ común** bon sens; **~ del humor** sens de l'humour; **~ único** (*AUTO*) sens unique
sentimental *adj* sentimental(e); **vida ~** vie *f* sentimentale
sentimiento *nm* sentiment *m*
sentir *nm* opinion *f* ♦ *vt* sentir; (*lamentar*) regretter; (*esp AM*) entendre ♦ *vi* sentir; **~se** *vpr* se sentir; **lo siento (mucho)** je suis désolé(e); **~se bien/mal** se sentir bien/mal
seña *nf* signe *m*; (*MIL*) mot *m* de passe; **~s** *nfpl* (*dirección*) adresse *f*; **~s personales** (*descripción*) caractéristiques *fpl* physiques
señal *nf* signal *m*; (*síntoma*) signe *m*; (*marca, INFORM*) marque *f*; (*COM*) arrhes *fpl*; **en ~ de** en signe de; **señalar** *vt* signaler; (*poner marcas*) marquer; (*con el dedo*) montrer du doigt; (*hora*) donner; (*fijar*) déterminer
señor, a *adj* (*fam*) classe ♦ *nm* monsieur *m*; (*hombre*) homme *m*; (*trato*) monsieur; **Muy ~ mío** cher Monsieur
señora *nf* madame *f*; (*dama*) dame *f*; (*mujer*) femme *f*; **Nuestra S~** (*REL*) Notre-Dame
señorita *nf* (*tratamiento*) mademoiselle *f*; (*mujer joven*) demoiselle *f*, jeune fille *f*
señorito *nm* (*pey*) fils *msg* à papa
señuelo *nm* leurre *m*
sepa *etc vb ver* **saber**
separación *nf* séparation *f*; (*división*)

simplet(te); **simplificar** *vt* simplifier
simposio *nm* symposium *m*
simular *vt* simuler
simultáneo, -a *adj* simultané(e)
sin *prep* sans ♦ *conj*: **~ que** (*+subjun*) sans que *+subjun*; **la ropa está ~ lavar** le linge n'est pas lavé; **~ embargo** cependant
sinagoga *nf* synagogue *f*
sinceridad *nf* sincérité *f*
sincero, -a *adj* sincère
sincronizar *vt* synchroniser
sindical *adj* syndical(e); **central ~** centrale *f* syndicale; **sindicalista** *adj, nm/f* syndicaliste *m/f*
sindicato *nm* syndicat *m*
síndrome *nm* syndrome *m*; **~ de abstinencia** symptômes *mpl* de la privation
sinfín *nm*: **un ~ de** une infinité de
sinfonía *nf* symphonie *f*
singular *adj* singulier(-ière); **singularidad** *nf* singularité *f*; **singularizar** *vt* singulariser; **singularizarse** *vpr* se singulariser
siniestro, -a *adj* sinistre ♦ *nm* sinistre *m*; (*en carretera*) accident *m*
sinnúmero *nm* = **sinfín**
sino *nm* destin *m* ♦ *conj* sinon
sinónimo, -a *adj, nm* synonyme *m*
síntesis *nf inv* synthèse *f*
sintético, -a *adj* (*material*) synthétique; (*producto*) de synthèse
sintetizar *vt* synthétiser
sintiendo *etc vb ver* **sentir**
síntoma *nm* symptôme *m*
sintonía *nf* (RADIO) réglage *m*; (*melodía*) indicatif *m* (musical)
sintonizar *vt* (RADIO) régler ♦ *vi*: **~ con** régler sur
sinvergüenza *adj, nm/f* canaille *f*; (*descarado*) effronté(e)
siquiera *conj* même si ♦ *adv* au moins; **ni ~** pas même; **~ bebe algo** bois au moins qch
sirena *nf* sirène *f*
Siria *nf* Syrie *f*
sirviendo *etc vb ver* **servir**
sirviente, -a *nm/f* domestique *m/f*
sisear *vi* dire "chut"
sistema *nm* système *m*

Sistema educativo

La réforme du système scolaire espagnol (sistema educativo) date du début des années 90. Les cycles EGB, BUP et COU ont été remplacés respectivement par la "Primaria", cycle obligatoire de 6 ans, la "Secundaria", cycle obligatoire de 4 ans et le "Bachillerato", cycle facultatif de 2 ans dans le secondaire, indispensable à la poursuite d'études supérieures.

sistemático, -a *adj* systématique
sitiar *vt* assiéger
sitio *nm* endroit *m*, site *m*; (*espacio*) place *f*; (MIL) siège *m*
situación *nf* situation *f*
situado, -a *adj* situé(e)
situar *vt* situer; (*socioeconómicamente*) placer; **~se** *vpr* se situer; (*socioeconómicamente*) réussir (dans la vie)
slip (*pl* **~s**) *nm* slip *m*
SME *sigla m* (= *Sistema Monetario Europeo*) SME *m* (= *Système monétaire européen*)
smoking (*pl* **~s**) *nm* smoking *m*
snob *nm* = **esnob**
SO *abr* (= *suroeste*) S.-O. (= *sud-ouest*)
sobaco *nm* aisselle *f*
sobar *vt* tripoter
soberanía *nf* souveraineté *f*
soberano, -a *adj* souverain(e) ♦ *nm/f* souverain(e)
soberbia *nf* superbe *f*, orgueil *m*
soberbio, -a *adj* (*persona*) orgueilleux(-euse); (*palacio, ejemplar*) superbe
sobornar *vt* acheter, soudoyer; **soborno** *nm* (*un soborno*) pot-de-vin *m*; (*el soborno*) corruption *f*
sobra *nf* excès *msg*; **~s** *nfpl* (*restos*) restes *mpl*; **de ~** en trop; **tengo de ~** j'en ai plus qu'assez; **sobrante** *adj* restant(e) ♦ *nm* restant *m*
sobrar *vi* (*quedar*) rester
sobre *prep* sur; (*por encima de*) au-dessus de; (*aproximadamente*) environ ♦ *nm* enveloppe *f*; **~ todo**

surtout
sobredosis *nf inv* overdose *f*
sobreentender *vt* sous-entendre; **~se** *vpr*: **se sobreentiende (que)** il est sous-entendu (que)
sobrehumano, -a *adj* surhumain(e)
sobrellevar *vt* supporter
sobremesa *nf*: **de ~** (*ordenador*) de bureau; (*programación*) de l'après-midi; **en la ~** après manger
sobrenatural *adj* surnaturel(le)
sobrentender *vt* = **sobreentender**
sobrepasar *vt* dépasser
sobreponerse *vpr*: **~ a algo** surmonter qch
sobresaliente *adj* extraordinaire ♦ *nm* (ESCOL) ≃ mention *f* "très bien"
sobresalir *vi* (*punta*) saillir; (*cabeza*) dépasser; (*fig*) se distinguer
sobresaltar *vt* faire sursauter; **~se** *vpr* sursauter
sobrevenir *vi* survenir
sobreviviente *adj, nm/f* survivant(e)
sobrevolar *vt* survoler
sobriedad *nf* sobriété *f*
sobrino, -a *nm/f* neveu (nièce)
sobrio, -a *adj* sobre
socarrón, -ona *adj* narquois(e)
socavar *vt* saper
socavón *nm* (*en calle*) trou *m*
sociable *adj* sociable
social *adj* social(e)
socialdemócrata *adj, nm/f* social-démocrate *m/f*
socialista *adj, nm/f* socialiste *m/f*
sociedad *nf* société *f*; **~ anónima** société anonyme
socio, -a *nm/f* membre *m/f*; (COM) associé(e)
sociología *nf* sociologie *f*
sociólogo, -a *nm/f* sociologue *m/f*
socorrer *vt* secourir; **socorrista** *nm/f* secouriste *m/f*; **socorro** *nm* secours *msg*; (MIL) secours *mpl*; **¡socorro!** au secours!
soda *nf* soda *m*
sofá *nm* canapé *m*; **sofá-cama** *nm* canapé-lit *m*
sofocar *vt* suffoquer, étouffer; (*incendio, rebelión*) étouffer; **~se** *vpr* étouffer; (*fig*) suffoquer; **sofoco** *nm* suffocation *f*
soga *nf* cordage *m*
sois *vb ver* **ser**
soja *nf* soja *m*
sol *nm* soleil *m*; **hace ~** il fait soleil; **tomar el ~** prendre le soleil
solamente *adv* seulement
solapa *nf* (*de chaqueta*) revers *msg*; (*de libro*) rabat *m*
solar *adj* solaire ♦ *nm* terrain *m* vague
solaz *nm* distraction *f*
solazarse *vpr* se distraire
soldado *nm* soldat *m*; **~ raso** simple soldat
soldador, a *nm/f* soudeur(-euse) ♦ *nm* machine *f* à souder
soldar *vt* souder
soleado, -a *adj* ensoleillé(e)
soledad *nf* solitude *f*
solemne *adj* solennel(le); **solemnidad** *nf* solennité *f*
soler *vi*: **~ hacer algo** avoir l'habitude de faire qch; **suele salir a las ocho** d'ordinaire, il sort à 8 heures; **solíamos ir todos los años** nous y allions tous les ans
solicitar *vt* solliciter
solicitud *nf* sollicitation *f*
solidaridad *nf* solidarité *f*
solidario, -a *adj* solidaire
solidez *nf* solidité *f*
sólido, -a *adj* solide
soliloquio *nm* soliloque *m*
solista *nm/f* soliste *m/f*
solitario, -a *adj, nm/f* solitaire *m/f* ♦ *nm* (NAIPES) réussite *f*
sollozar *vi* sangloter; **sollozo** *nm* sanglot *m*
solo, -a *adj* (*único*) seul(e) (et unique); (*sin compañía*) seul(e); **hay una sola dificultad** il y a une seule difficulté; **a solas** tout(e) seul(e); (*dos personas*) seul à seul
sólo *adv* seulement
solomillo *nm* aloyau *m*
soltar *vt* lâcher; (*preso*) relâcher; (*pelo*) détacher; (*nudo*) défaire; (*estornudo, carcajada*) laisser échapper; **~se** *vpr* se détacher; (*adquirir destreza*) se débrouiller
soltero, -a *adj, nm/f* célibataire *m/f*
solterón, -ona *nm/f* vieux garçon (vieille fille)

soltura *nf* (*al hablar, escribir*) facilité *f*; (*agilidad*) adresse *f*
soluble *adj* soluble
solución *nf* solution *f*; **solucionar** *vt* résoudre
solventar *vt* (*deudas*) régler; (*conflicto*) résoudre
solvente *adj* (COM) solvable
sombra *nf* ombre *f*; **tener buena/mala ~** (*suerte*) avoir de la/pas de chance
sombrero *nm* chapeau *m*
sombrilla *nf* ombrelle *f*
sombrío, -a *adj* sombre
somero, -a *adj* sommaire
someter *vt* soumettre; (*alumnos, familia*) faire obéir; **~se** *vpr* se soumettre; **~ algo/a algn a** soumettre qch/qn à; **~se a** (*mayoría, opinión*) se soumettre à; (*tratamiento*) subir
somnífero *nm* somnifère *m*
somnolencia *nf* somnolence *f*
somos *vb ver* **ser**
son *vb ver* **ser** ♦ *nm* son *m*; **en ~ de paz** en signe de paix
sonajero *nm* hochet *m*
sonámbulo, -a *nm/f* somnambule *m/f*
sonar *vi* sonner; (*música, voz*) retentir; (LING) être prononcé(e); (*resultar conocido*) dire qch; **~se** *vpr*: **~se (la nariz)** renifler; **me suena ese nombre/esa cara** ce nom/ce visage me dit quelque chose
sonda *nf* sonde *f*
sondear *vt* (MED) examiner à la sonde; **sondeo** *nm* sondage *m*; (MED) examen *m* à la sonde
sonido *nm* son *m*
sonoro, -a *adj* sonore
sonreír *vi* sourire; **~se** *vpr* sourire; **sonriente** *adj* souriant(e); **sonrisa** *nf* sourire *m*
sonrojarse *vpr* rougir
soñar *vt, vi* rêver; **~ con algn/algo** rêver de qn/qch
soñoliento, -a *adj* somnolent(e)
sopa *nf* soupe *f*
sopesar *vt* peser
soplar *vt* souffler ♦ *vi* souffler; **soplo** *nm* souffle *m*
sopor *nm* somnolence *f*
soporífero, -a *adj* soporifique
soportar *vt* supporter; **soporte** *nm* support *m*
soprano *nm/f* soprano *m/f*
sorber *vt* (*sopa*) avaler; (*refresco*) siroter; (*absorber*) absorber
sorbo *nm* gorgée *f*
sordera *nf* surdité *f*
sórdido, -a *adj* sordide
sordo, -a *adj, nm/f* sourd(e)
sordomudo, -a *adj, nm/f* sourd-muet (sourde-muette)
soroche (AM) *nm* mal *m* des montagnes
sorprendente *adj* surprenant(e)
sorprender *vt* surprendre; **~se** *vpr*: **~se (de)** être surpris(e) (de); **sorpresa** *nf* surprise *f*
sortear *vt* tirer (au sort); (*dificultad*) déjouer; **sorteo** *nm* tirage *m* (au sort)
sortija *nf* bague *f*
sosegado, -a *adj* paisible
sosegar *vt* apaiser; **~se** *vpr* s'apaiser; **sosiego** *vb ver* **sosegar** ♦ *nm* calme *m*
soslayo: **de ~** *adv* (*mirar*) de côté; (*pasar*) sans s'arrêter
soso, -a *adj* insipide
sospecha *nf* soupçon *m*; **sospechar** *vt*: **sospechar (que)** soupçonner (que) ♦ *vi*: **sospechar de algn** soupçonner qn
sospechoso, -a *adj, nm/f* suspect(e)
sostén *nm* soutien *m*
sostener *vt* soutenir; (*alimentar*) faire vivre; **~se** *vpr* (*en pie*) rester; (*económicamente*) survivre; (*seguir*) se maintenir
sotana *nf* soutane *f*
sótano *nm* sous-sol *m*
soviético, -a *adj* soviétique ♦ *nm/f* Soviétique *m/f*
soy *vb ver* **ser**
Sr. *abr* (= *Señor*) M. (= *Monsieur*)
Sra. *abr* (= *Señora*) Mme (= *Madame*)
S.R.C. *abr* (= *se ruega contestación*) RSVP (= *répondez s'il vous plaît*)
Sres. *abr* (= *Señores*) MM (= *Messieurs*)
Srta. *abr* (= *Señorita*) Mlle (=

Mademoiselle)
Sta. *abr* (= *Santa*) Ste (= *Sainte*)
status *nm inv* statut *m*
Sto. *abr* (= *Santo*) St (= *Saint*)
su *adj* (*de él, ella, una cosa*) son (sa); (*de ellos, ellas*) leur; (*de usted, ustedes*) votre; **sus** (*de él, ella, una cosa*) ses; (*de ellos, ellas*) leurs; (*de usted, ustedes*) vos
suave *adj* doux (douce); **suavidad** *nf* douceur *f*; **suavizar** *vt* adoucir; **suavizarse** *vpr* s'adoucir
subalimentado, -a *adj* sous-alimenté(e)
subasta *nf* vente *f* aux enchères; (*de obras, servicios*) appel *m* d'offre; **subastar** *vt* vendre aux enchères
subcampeón, -ona *nm/f* second(e)
subconsciente *adj* subconscient(e) ♦ *nm* subconscient *m*
subdesarrollado, -a *adj* sous-développé(e)
subdesarrollo *nm* sous-développement *m*
subdirector, a *nm/f* sous-directeur(-trice)
súbdito, -a *nm/f* sujet *m*
subestimar *vt* sous-estimer
subida *nf* montée *f*
subir *vt* (*mueble, niño*) soulever; (*cabeza*) lever; (*volumen*) augmenter; (*calle*) remonter; (*montaña, escalera*) monter, gravir; (*precio*) augmenter; (*producto*) augmenter le prix de ♦ *vi* monter; (*precio, temperatura, calidad*) augmenter; **~se** *vpr*: **~se a** monter dans
súbito, -a *adj* subit(e), soudain(e)
subjetivo, -a *adj* subjectif(-ive)
sublevación *nf* soulèvement *m*
sublevar *vt* soulever; **~se** *vpr* se soulever
sublime *adj* sublime
submarinismo *nm* plongée *f* sous-marine
submarino, -a *adj* sous-marin(e) ♦ *nm* sous-marin *m*
subnormal *adj* anormal(e) ♦ *nm/f* handicapé(e) mental(e)
subordinado, -a *adj, nm/f* subordonné(e)
subrayar *vt* souligner
subsanar *vt* pallier
subscribir *vt* = **suscribir**
subsidio *nm* (*de enfermedad, paro, etc*) allocation *f*
subsistencia *nf* subsistance *f*
subsistir *vi* subsister
subterráneo, -a *adj* souterrain(e) ♦ *nm* souterrain *m*
subtítulo *nm* sous-titre *m*
suburbano, -a *adj* de banlieue ♦ *nm* train *m* de banlieue
suburbio *nm* banlieue *f*
subvención *nf* subvention *f*
subvencionar *vt* subventionner
subversión *nf* subversion *f*
subversivo, -a *adj* subversif(-ive)
subyugar *vt* opprimer
sucedáneo *nm* ersatz *m*
suceder *vi* se passer; **~ a** succéder à; **lo que sucede es que ...** ce que se passe, c'est que ...; **sucesión** *nf* succession *f*
sucesivamente *adv*: **y así ~** et ainsi de suite
sucesivo, -a *adj* successif(-ive); **en lo ~** à l'avenir
suceso *nm* événement *m*
suciedad *nf* saleté *f*
sucinto, -a *adj* succinct(e)
sucio, -a *adj* sale; (*negocio*) malhonnête
suculento, -a *adj* succulent(e)
sucumbir *vi* succomber
sucursal *nf* succursale *f*
Sudáfrica *nf* Afrique *f* du Sud
Sudamérica *nf* Amérique *f* du Sud
sudamericano, -a *adj* sud-américain(e) ♦ *nm/f* Sud-Américain(e)
sudar *vi* suer
sudeste *adj* sud-est *inv* ♦ *nm* sud-est *m*
sudoeste *adj* sud-ouest *inv* ♦ *nm* sud-ouest *m*
sudor *nm* sueur *f*
Suecia *nf* Suède *f*
sueco, -a *adj* suédois(e) ♦ *nm/f* Suédois(e)
suegro, -a *nm/f* beau-père (belle-mère)
suela *nf* semelle *f*

sueldo *vb ver* **soldar** ♦ *nm* salaire *m*
suelo *vb ver* **soler** ♦ *nm* sol *m*; **caerse al ~** tomber par terre
suelto, -a *vb ver* **soltar** ♦ *adj* (*hojas*) volant(e); (*pelo, pieza*) détaché(e); (*preso*) libéré(e); (*por separado: ejemplar*) séparé(e) ♦ *nm* monnaie *f*; **dinero ~** (petite) monnaie
sueño *vb ver* **soñar** ♦ *nm* sommeil *m*; (*lo soñado, fig*) rêve *m*; **descabezar** *o* **echarse un ~** faire un somme; **tener ~** avoir sommeil
suero *nm* (MED) sérum *m*; (*de leche*) petit-lait *m*
suerte *nf* (*fortuna*) chance *f*; (*azar*) hasard *m*; (*destino*) destin *m*; **lo echaron a ~s** ils ont tiré au sort; **tener ~** avoir de la chance; **tener mala ~** ne pas avoir de chance
suéter (*pl* **~s**) *nm* pull *m*
suficiente *adj* suffisant(e)
sufragio *nm* suffrage *m*
sufrimiento *nm* souffrance *f*
sufrir *vt* souffrir de; (*malos tratos, cambios*) subir; (*fam: soportar*) sentir ♦ *vi* souffrir
sugerencia *nf* suggestion *f*
sugerir *vt* suggérer
sugestión *nf* suggestion *f*; **sugestionar** *vt* influencer; **sugestionarse** *vpr* se faire des idées
sugestivo, -a *adj* suggestif(-ive); (*idea*) séduisant(e)
suicida *adj* suicidaire ♦ *nm/f* (*que se mata*) suicidé(e)
suicidarse *vpr* se suicider; **suicidio** *nm* suicide *m*
Suiza *nf* Suisse *f*
suizo, -a *adj* suisse ♦ *nm/f* Suisse *m/f*
sujeción *nf* assujettissement *m*
sujetador *nm* soutien-gorge *m*
sujetar *vt* attacher; **~se** *vpr* s'attacher; (*someterse*) se soumettre
sujeto, -a *adj* attaché(e) ♦ *nm* sujet *m*; **~ a cambios** susceptible d'être modifié
suma *nf* somme *f*; (*operación*) addition *f*; **en ~** en somme
sumamente *adv*: **~ agradecido/necesario** extrêmement reconnaissant/absolument nécessaire
sumar *vt* additionner ♦ *vi* faire une addition; **~se** *vpr*: **~se (a)** s'additionner (à)
sumario, -a *adj* sommaire ♦ *nm* (JUR) mise *f* en accusation
sumergir *vt* submerger; **~se** *vpr* plonger
suministrar *vt* fournir; **suministro** *nm* approvisionnement *m*; **suministros** *nmpl* (*provisiones*) provisions *fpl*
sumir *vt* submerger; (*fig*) plonger; **~se** *vpr*: **~se en** se plonger dans
sumisión *nf* soumission *f*
sumiso, -a *adj* soumis(e)
sumo, -a *adj* (*cuidado*) extrême; (*grado*) supérieur(e)
suntuoso, -a *adj* somptueux(-euse)
supe *etc vb ver* **saber**
supeditar *vt*: **~ algo a algo** faire passer qch avant qch; **~se** *vpr*: **~se a** se plier à
super (*fam*) *adv* hyper ♦ *adj inv* super-; **~ caro** hyper cher; **~ oferta** offre *f* exceptionnelle
super... *pref* super...; (*fam: +adjetivo*) hyper; (*: +adverbio*) super-
superar *vt* surpasser; (*crisis, prueba*) surmonter; **~se** *vpr* se surpasser
superávit (*pl* **~s**) *nm* (ECON) excédent *m*
superficial *adj* superficiel(le)
superficie *nf* surface *f*; (*área*) superficie *f*
superfluo, -a *adj* superflu(e)
superior *adj, nm/f* supérieur(e); **superioridad** *nf* supériorité *f*
supermercado *nm* supermarché *m*
superponer *vt* superposer
supersónico, -a *adj* supersonique
superstición *nf* superstition *f*
supersticioso, -a *adj* superstitieux(-ieuse)
supervisar *vt* superviser
supervivencia *nf* survie *f*
superviviente *adj, nm/f* survivant(e)
suplantar *vt* supplanter
suplemento *nm* supplément *m*
suplente *adj* remplaçant(e) ♦ *nm/f* remplaçant(e); (*actor*) doublure *f*
supletorio, -a *adj* supplémentaire ♦ *nm* (*tb:* **teléfono ~**) second poste *m*
súplica *nf* supplication *f*; (JUR) placet

m

suplicar *vt* supplier

suplicio *nm* supplice *m*

suplir *vt* suppléer; (*objeto*) remplacer

supo *etc vb ver* **saber**

suponer *vt* supposer; **suposición** *nf* supposition *f*

supremacía *nf* suprématie *f*

supremo, -a *adj* suprême

supresión *nf* suppression *f*

suprimir *vt* supprimer

supuesto, -a *pp de* **suponer** ♦ *adj* supposé(e) ♦ *nm* supposition *f*; **¡por ~!** évidemment!

sur *adj* sud ♦ *nm* Sud *m*

surcar *vt* sillonner; **surco** *nm* sillon *m*

surgir *vi* surgir

surtido, -a *adj* (*galletas*) assorti(e) ♦ *nm* assortiment *m*

surtir *vt* fournir; (*efecto*) produire

susceptible *adj* susceptible; **~ de** susceptible de

suscitar *vt* susciter

suscribir *vt* (*firmar*) souscrire; (*respaldar*) approuver; **~se** *vpr*: **~se (a)** souscrire (à); (*a periódico etc*) s'abonner (à); **suscripción** *nf* souscription *f*; (*a periódico etc*) abonnement *m*

susodicho, -a *adj* susdit(e), susmentionné(e)

suspender *vt* suspendre; (ESCOL) recaler ♦ *vi* (ESCOL) échouer, être recalé(e); **suspensión** *nf* suspension *f*; (*de empleo, garantías*) suppression *f*

suspenso, -a *adj* (ESCOL: *asignatura*) pas passé(e); (: *alumno*) recalé(e) ♦ *nm* (ESCOL) échec *m*; **quedar** *o* **estar en ~** rester en suspens

suspicacia *nf* suspicion *f*; **suspicaz** *adj* suspicieux(-ieuse)

suspirar *vi* soupirer; **suspiro** *nm* soupir *m*

sustancia *nf* substance *f*

sustentar *vt* (*familia*) faire vivre; (*idea, moral*) soutenir; **sustento** *nm* (*alimento*) subsistance *f*

sustituir *vt* substituer; (*temporalmente*) remplacer; **~ A por B** substituer B à A, remplacer A par B

susto *nm* peur *f*

sustraer *vt* subtiliser; (MAT) soustraire

susurrar *vi* susurrer; **susurro** *nm* susurrement *m*

sutil *adj* subtil(e); **sutileza** *nf* subtilité *f*

suyo, -a *adj* (*después del verbo ser*: *de él, ella*) le sien (la sienne), à lui (à elle); (: *de ellos, ellas*) le(-la) leur, à eux (à elles); (: *de usted, ustedes*) le(-la) vôtre, à vous ♦ *pron*: **el ~/la suya** (*de él, ella*) le sien (la sienne); (*de ellos, ellas*) le (la) leur; (*de usted, ustedes*) le (la) vôtre

T, t

Tabacalera *nf* ≃ SEITA *f*

tabaco *nm* tabac *m*

taberna *nf* taverne *f*

tabique *nm* cloison *f*

tabla *nf* (*de madera*) planche *f*; (*de falda*) pli *m*; (ARTE) panneau *m*; **~s** *nfpl* (TEATRO) planches *fpl*; **tablado** *nm* plancher *m*, estrade *f*; (TEATRO) scène *f*

tablao *nm* (*tb*: **~ flamenco**) *bar où l'on donne des représentations de flamenco*

tablero *nm* planche *f*; (*de ajedrez, damas*) damier *m*; **~ de anuncios** panneau *m* d'affichage; **~ de mandos** (AUTO, AVIAT) tableau de bord

tableta *nf* (MED) comprimé *m*; (*de chocolate*) tablette *f*

tablón *nm* (*de suelo*) planche *f*; (*de techo*) poutre *f*; **~ de anuncios** panneau *m* d'affichage

tabú *nm* tabou *m*

tabular *vt* (TIP) mettre en colonnes

taburete *nm* tabouret *m*

tacaño, -a *adj* radin(e)

tacha *nf* défaut *m*; (TEC) clou *m* (à grosse tête), broquette *f*; **tachar** *vt* rayer; **le tachan de irresponsable** ils l'accusent d'être irresponsable

tácito, -a *adj* tacite

taciturno, -a *adj* taciturne, morose

taco *nm* (*tarugo*) cheville *f*, taquet *m*; (*libro de entradas*) carnet *m*; (AM: *tacón*) talon *m*; (*tb*: **~ de billar**) queue *f*; (: *palabrota*) grossièreté *f*,

gros mot *m*; (*CAM, MÉX*) *crêpe de maïs fourrée*
tacón *nm* talon *m*; **de ~ alto** à talons hauts; **taconeo** *nm* bruit *m* des talons sur le sol
táctica *nf* tactique *f*
táctico, -a *adj* tactique
tacto *nm* toucher *m*; (*fig*) tact *m*
taimado, -a *adj* rusé(e), sournois(e)
tajada *nf* tranche *f*
tajante *adj* catégorique; (*persona*) abrupt(e)
tajo *nm* (*corte*) coupure *f*; (*GEO*) gorge *f*
tal *adj* tel (telle); (*semejante*) un(e) tel (telle), pareil(le) ♦ *pron* (*persona*) un(e) tel (telle); (*cosa*) une telle chose ♦ *adv*: **~ como** (*igual*) tel (telle) que ♦ *conj*: **con ~ (de) que** pourvu que, du moment que; **~ día a ~ hora** tel jour à telle heure; **jamás vi ~ desvergüenza** je n'ai jamais vu une telle effronterie *o* une effronterie pareille; **~es cosas** de telles choses; **el ~ cura** le curé en question; **un ~ García** un certain García; **~es como** tels (telles) que; **son ~ para cual** les deux font la paire; **hablábamos de que si ~ que si cual** nous parlions de choses et d'autres; **fuimos al cine y ~** nous avons été au ciné et tout ça; **~ cual** (*como es*) tel (telle) quel (quelle); **~ como lo dejé** tel que je l'ai laissé; **¿qué ~?** ça va?; **¿qué ~ has comido?** tu as bien mangé?; **con ~ de llamar la atención** du moment qu'il *etc* attire l'attention
taladrar *vt* percer; **taladro** *nm* perceuse *f*; (*hoyo*) trou *m* (fait à la perceuse)
talante *nm* humeur *f*
talar *vt* abattre
talco *nm* (*tb:* **polvos de ~**) talc *m*
talego *nm* sac *m*
talento *nm* talent *m*; (*capacidad, don*) don *m*
Talgo *sigla m* (*FERRO*) (*= tren articulado ligero Goicoechea-Oriol*) *train rapide*
talismán *nm* talisman *m*
talla *nf* taille *f*; (*fig*) envergure *f*; (*figura*) sculpture *f*
tallado, -a *adj* taillé(e), sculpté(e) ♦ *nm* sculpture *f*
tallar *vt* tailler, sculpter; (*medir*) toiser
tallarines *nmpl* nouilles *fpl*
talle *nm* taille *f*
taller *nm* atelier *m*
tallo *nm* (*de planta*) tige *f*; (*de hierba*) brin *m*
talón *nm* talon *m*; (*COM*) chèque *m*
talonario *nm* carnet *m*; (*de cheques*) carnet de chèques
tamaño, -a *adj* tel (telle) ♦ *nm* taille *f*; **de ~ natural** grandeur *f* nature; **de ~ grande/pequeño** de grande/petite taille
tamarindo *nm* tamarinier *m*
tambalearse *vpr* chanceler; (*vehículo*) bringuebaler
también *adv* aussi; (*además*) de plus
tambor *nm* tambour *m*; (*ANAT*) tympan *m*; **~ del freno/de lavadora** tambour de frein/de machine à laver
tamiz *nm* tamis *msg*; **tamizar** *vt* tamiser
tampoco *adv* non plus; **yo ~ lo compré** je ne l'ai pas acheté non plus
tampón *nm* tampon *m*
tan *adv* si; **~ ... como** aussi ... que; **¡qué cosa ~ rara!** comme c'est bizarre!; **no es una idea ~ buena** ce n'est pas une si bonne idée
tanda *nf* série *f*; (*de personas*) équipe *f*
tangente *nf* tangente *f*
Tánger *n* Tanger
tangible *adj* tangible
tanque *nm* (*MIL*) char *m* d'assaut; (*depósito*: *AUTO*) citerne *f*; (: *NÁUT*) tanker *m*; (: *de agua*) réservoir *m*
tantear *vt* jauger; (*probar*) essayer ♦ *vi* (*DEPORTE*) compter les points; **tanteo** *nm* (*cálculo*) calcul *m* approximatif; (*prueba*) essai *m*; (*DEPORTE*) score *m*
tanto, -a *adj* (*cantidad*) tant de, tellement de; (*en comparaciones*) autant de ♦ *adv* tant, autant; (*tiempo*) si longtemps ♦ *nm* (*suma*) quantité *f*; (*proporción*) tant *m*; (*punto*) point *m*; (*gol*) but *m* ♦ *pron*:

cada uno paga ~ chacun paie tant ♦ *suf*: **veintitantos** vingt et quelques; **tiene ~s amigos** il a tellement *o* tant d'amis; **~ dinero como tú** autant d'argent que toi; **~ gusto** (*al ser presentado*) enchanté(e); **~ que** tellement que; **~ como él** autant que lui; **~ como eso** pas tant que ça; **~ es así que ...** c'est si vrai que ...; **~ más cuanto que ...** d'autant plus que ...; **~ mejor/peor** tant mieux/pis; **~ quejarse para nada** tant de plaintes pour rien; **~ tú como yo** toi autant que moi; **me he vuelto ronco de** *o* **con ~ hablar** je me suis enroué à force de parler; **no quiero ~** je n'en veux pas autant; **gasta ~ que ...** il dépense tellement que ...; **viene ~** il vient si souvent; **ni ~ así** (*fam*) pas une miette; **ni ~ ni tan clavo** n'exagérons rien; **¡no es para ~!** ce n'est pas si grave!; **¡y ~!** je ne vous *o* te le fais pas dire!; **en ~ que** pendant que; **entre ~** entre-temps; **por ~, por lo ~** donc, par conséquent; **~ alzado** forfait *m*; **~ por ciento** tant pour cent; **estar al ~** être au courant; **estar al ~ de los acontecimientos** être au courant des événements; **un ~ perezoso** un rien paresseux; **uno de ~s** un parmi d'autres; **he visto ~** j'en ai tellement vu; **a ~s de agosto** tel jour *o* telle date en août; **cuarenta y ~s** quarante et quelques; **se quedó en el bar hasta las tantas** il est resté au café jusqu'à une heure impossible

tapa *nf* couvercle *m*; (*de libro*) couverture *f*; (*comida*) amuse-gueule *m inv*, tapa *f*

tapadera *nf* couvercle *m*

tapar *vt* couvrir; (*hueco, ventana*) fermer, boucher; (*ocultar*) dissimuler; (*vista*) boucher; (*AM*: *dientes*) plomber; **~se** *vpr* se couvrir

tapete *nm* tapis *msg*

tapia *nf* mur *m* de pisé; **tapiar** *vt* murer

tapicería *nf* (*para muebles*) tissu *m* d'ameublement; (*para coches*) garniture *f*

tapiz *nm* tapisserie *f*; **tapizar** *vt* (*muebles*) recouvrir

tapón *nm* bouchon *m*; (*TEC*) bonde *f*; (*MED*: *de cera*) bouchon de cire; **~ de rosca** *o* **de tuerca** bouchon à vis

taquigrafía *nf* sténographie *f*

taquígrafo, -a *nm/f* sténo *m/f*

taquilla *nf* guichet *m*; (*suma recogida*) recette *f*

taquillero, -a *adj*: **función taquillera** spectacle *m* qui fait recette ♦ *nm/f* guichetier(-ère)

tara *nf* tare *f*

tarántula *nf* tarentule *f*

tararear *vt* fredonner

tardar *vi* (*tomar tiempo*) mettre longtemps, tarder; (*llegar tarde*) être en retard; **¿tarda mucho el tren?** le train arrive bientôt?; **a más ~** au plus tard; **~ en hacer algo** mettre longtemps *o* tarder à faire qch; **no tardes en venir** ne tarde pas en chemin

tarde *adv* tard ♦ *nf* (*de día*) après-midi *m o f inv*; (*de noche*) soir *m*; **de ~ en ~** de temps en temps; **¡buenas ~s!** (*de día*) bonjour!; (*de noche*) bonsoir!; **a** *o* **por la ~** l'après-midi *o* le soir

tardío, -a *adj* tardif(-ive)

tarea *nf* travail *m*, tâche *f*

tarifa *nf* tarif *m*

tarima *nf* plate-forme *f*

tarjeta *nf* carte *f*; (*DEPORTE*) carton *m*; **~ de crédito/de embarque/de transporte** carte de crédit/d'embarquement/de transport; **~ de identificación fiscal** *carte d'immatriculation fiscale*; **~ postal/de Navidad** carte postale/de Noël; **~ verde** (*MÉX*) permis *m* de travail

tarro *nm* pot *m*

tarta *nf* tarte *f*

tartamudear *vi* bégayer

tartamudo, -a *adj, nm/f* bègue

tártaro, -a *adj* tartare ♦ *nm/f* Tartare *m/f*

tasa *nf* (*valoración*) évaluation *f*; (*precio*) taxe *f*; (*índice*) taux *msg*; (*medida*) mesure *f*, règle *f*; **~ de cambio/de interés** taux de change/

d'intérêt; **tasación** *nf* taxation *f*
tasador, a *nm/f* taxateur *m*
tasar *vt* (*fijar el precio*) taxer; (*valorar*) évaluer
tasca (*fam*) *nf* bistro(t) *m*
tatarabuelo, -a *nm/f* trisaïeul(e)
tatuaje *nm* tatouage *m*
tatuar *vt* tatouer
taurino, -a *adj* taurin(e)
Tauro *nm* (ASTROL) Taureau *m*; **ser ~** être (du) Taureau
tauromaquia *nf* tauromachie *f*
taxi *nm* taxi *m*
taxista *nm/f* chauffeur *m* de taxi
taza *nf* tasse *f*; (*fam*: *de retrete*) cuvette *f*; **~ de/para café** tasse de/à café; **tazón** *nm* bol *m*
te *pron* te; (*delante de vocal*) t'; (*con imperativo*) toi; **¿~ duele mucho el brazo?** ton bras te fait très mal?, tu as très mal au bras?; **~ equivocas** tu te trompes; **¡cálmate!** calme-toi!
té *nm* thé *m*
teatral *adj* théâtral(e)
teatro *nm* théâtre *m*; **~ de la ópera** opéra *m*
tebeo *nm* bande *f* dessinée, BD *f*
techo *nm* plafond *m*; (*tejado*) toit *m*
tecla *nf* (INFORM, MÚS, TIP) touche *f*; **teclado** *nm* clavier *m*; **teclear** *vi* (MÚS: *fam*) pianoter; (INFORM, TIP) taper
técnica *nf* technique *f*
técnico, -a *adj* technique ♦ *nm/f* technicien(ne)
tecnología *nf* technologie *f*
tecnológico, -a *adj* technologique
tedio *nm* ennui *m*
tedioso, -a *adj* ennuyeux(-euse)
teja *nf* tuile *f*; **tejado** *nm* toit *m*
tejemaneje *nm* (*intriga*) manigances *fpl*
tejer *vt* tisser; (*fig*) ourdir; **tejido** *nm* tissu *m*
tel. *abr* (= *teléfono*) tél. (= *téléphone*)
tela *nf* toile *f*; **~ de araña** toile d'araignée; **telar** *nm* (*máquina*) métier *m* à tisser; **telares** *nmpl* (*fábrica*) usine *f* textile
telaraña *nf* toile *f* d'araignée
tele (*fam*) *nf* télé *f*
tele... *pref* télé...; **telecomunicación** *nf* télécommunication *f*; **telecontrol** *nm* télécommande *f*; **telediario** *nm* journal *m* télévisé; **teledifusión** *nf* télédiffusion *f*
teledirigido, -a *adj* téléguidé(e)
teléf. *abr* (= *teléfono*) tél. (= *téléphone*)
teleférico *nm* téléphérique *m*
telefonear *vt, vi* téléphoner
telefónico, -a *adj* téléphonique
telefonillo *nm* interphone *m*
telefonista *nm/f* standardiste *m/f*
teléfono *nm* téléphone *m*; **está hablando por ~** il est au téléphone
telegrafía *nf* télégraphie *f*
telégrafo *nm* télégraphe *m*
telegrama *nm* télégramme *m*; **teleimpresor** *nm* téléimprimeur *m*
telepatía *nf* télépathie *f*
telescópico, -a *adj* télescopique; **telescopio** *nm* télescope *m*; **telesilla** *nm* télésiège *m*
telespectador, a *nm/f* téléspectateur(-trice); **telesquí** *nm* téléski *m*; **teletipo** *nm* téléimprimeur *m*
televidente *nm/f* téléspectateur(-trice)
televisar *vt* téléviser
televisión *nf* télévision *f*; **~ en blanco y negro/en color** télévision en noir et blanc/en couleurs
televisor *nm* téléviseur *m*
télex *nm* télex *m*
telón *nm* rideau *m*; **~ de acero** rideau de fer; **~ de fondo** toile *f* de fond
tema *nm* thème *m*, sujet *m*; (MÚS) thème
temática *nf* thématique *f*
temático, -a *adj* thématique
temblar *vi* trembler
temblón, -ona *adj* tremblotant(e)
temblor *nm* tremblement *m*; **temblor de tierra** tremblement de terre
tembloroso, -a *adj* tremblant(e)
temer *vt* craindre, avoir peur de ♦ *vi* avoir peur; **temo que Juan llegue tarde** je crains que Juan n'arrive tard; **~ por** avoir peur pour
temerario, -a *adj* téméraire; **temeridad** *nf* témérité *f*; (*una*

temeridad) acte *m* irréfléchi
temeroso, -a *adj* craintif(-ive), peureux(-euse)
temible *adj* redoutable
temor *nm* crainte *f*, peur *f*
témpano *nm* (*tb:* **~ de hielo**) banquise *f*
temperamento *nm* tempérament *m*
temperatura *nf* température *f*
tempestad *nf* tempête *f*
tempestuoso, -a *adj* orageux(-euse)
templado, -a *adj* tempéré(e); (*en el comer, beber*) modéré(e); (*agua*) tiède; (*nervios*) solide, bien trempé(e);
templanza *nf* tempérance *f*
templar *vt* tempérer, modérer; (*agua, brisa*) tiédir; (*MÚS*) accorder; (*acero*) tremper; **temple** *nm* (*serenidad, TEC*) trempe *f*; (*MÚS*) accord *m*; (*pintura*) détrempe *f*
templo *nm* temple *m*; (*iglesia*) église *f*
temporada *nf* période *f*; **de ~** saisonnier(-ière)
temporal *adj* temporaire; (*REL*) temporel(le) ♦ *nm* tempête *f*
tempranero, -a *adj* (*BOT*) précoce; (*persona*) matinal(e)
temprano, -a *adj* précoce ♦ *adv* tôt; (*demasiado pronto*) trop tôt
ten *vb ver* **tener**
tenacidad *nf* ténacité *f*
tenacillas *nfpl* pincettes *fpl*
tenaz *adj* résistant(e)
tenaza(s) *nf(pl)* pince(s) *f(pl)*
tendedero *nm* séchoir *m* à linge; (*cuerda*) corde *f* à linge
tendencia *nf* tendance *f*
tendencioso, -a *adj* tendancieux(-euse)
tender *vt* étendre; (*vía férrea, cable*) poser; (*cuerda, trampa*) tendre ♦ *vi*: **~ a** tendre à; **~se** *vpr* s'étendre, s'allonger; **~ la cama** (*AM*) faire le lit; **~ la mesa** (*AM*) mettre la table; **~ la mano** tendre la main
tenderete *nm* (*puesto*) étalage *m*
tendero, -a *nm/f* commerçant(e)
tendido, -a *adj* étendu(e), allongé(e); (*colgado*) accroché(e), pendu(e) ♦ *nm* (*TAUR*) gradins *mpl*; **a galope ~** au triple galop
tendón *nm* tendon *m*
tendré *etc vb ver* **tener**
tenebroso, -a *adj* sombre
tenedor, a *nm/f* détenteur(-trice) ♦ *nm* fourchette *f*; **~ de libros** comptable *m/f*
tenencia *nf* (*de propiedad*) possession *f*

PALABRA CLAVE

tener *vt* **1** avoir; (*sostener*) tenir; **¿tienes un boli?** tu as un stylo?; **¿dónde tienes el libro?** où as-tu mis le livre?; **va a tener un niño** elle va avoir un enfant; **¡ten!, ¡aquí tienes!** tiens!, voilà!; **¡tenga!, ¡aquí tiene!** tenez!, voilà!
2 (*edad*) avoir; (*medidas*) faire; **tiene 7 años** il a 7 ans; **tiene 15 cm de largo** cela fait 15 cm de long; *ver tb* **calor**; **hambre** *etc*
3 (*sentimiento, dolor*) avoir; **tener admiración/cariño** avoir de l'admiration/l'affection; **tener miedo** avoir peur; **¿qué tienes, estás enfermo?** qu'est-ce que tu as, tu es malade?
4 (*considerar*): **lo tengo por brillante** je le considère comme quelqu'un de brillant; **tener en mucho/poco a algn** avoir beaucoup/peu d'estime pour qn
5: **tengo/tenemos que acabar este trabajo hoy** il faut que je finisse/nous finissions ce travail aujourd'hui
6 (+ *pp = pretérito*): **tengo terminada ya la mitad del trabajo** j'ai déjà fait la moitié du travail
7 (+ *adj*, + *gerundio*): **nos tiene muy contentos/hartos** nous sommes très satisfaits de lui/en avons assez de lui; **me ha tenido tres horas esperando** il m'a fait attendre pendant trois heures
8: **las tiene todas consigo** il a tout pour lui
tenerse *vpr* **1**: **tenerse en pie** se tenir debout
2: **tenerse por** se croire; **se tiene por muy listo** il se croit très intelligent

tenga *etc vb ver* **tener**
tenia *nf* ténia *m*
teniente *nm* lieutenant *m*
tenis *nm* tennis *msg*; **~ de mesa** tennis de table, ping-pong *m*; **tenista** *nm/f* joueur(-euse) de tennis
tenor *nm* (*MÚS*) ténor *m*; **a ~ de** d'après
tensar *vt* tendre; (*arco*) bander
tensión *nf* tension *f*; **de alta ~** (*ELEC*) haute tension; **tener la ~ alta** avoir de la tension; **~ arterial** tension artérielle
tenso, -a *adj* tendu(e)
tentación *nf* tentation *f*
tentáculo *nm* tentacule *m*
tentador, a *adj* tentant(e); (*gesto*) tentateur(-trice) ♦ *nm/f* tentateur(-trice)
tentar *vt* tenter; (*palpar, MED*) tâter; (*incitar*) inciter
tentativa *nf* tentative *f*; **tentativa de asesinato** tentative d'assassinat
tentempié (*fam*) *nm* casse-croûte *m inv*
tenue *adj* (*hilo*) mince; (*neblina*) léger(-ère)
teñir *vt* teindre; (*fig*) teinter; **~se el pelo** se (faire) teindre les cheveux
teología *nf* théologie *f*
teorema *nm* théorème *m*
teoría *nf* théorie *f*; **en ~** en principe; **teóricamente** *adv* théoriquement
teórico, -a *adj* théorique ♦ *nm/f* théoricien(ne); **teorizar** *vi* théoriser
tequila *nf* tequila *f*
terapéutico, -a *adj* thérapeutique
terapia *nf* thérapie *f*
tercer *adj ver* **tercero**
tercermundista *adj* tiers-mondiste
tercero, -a *adj* (*delante de nmsg:* **tercer**) troisième ♦ *nm* (*JUR*) tiers; *ver tb* **sexto**
terceto *nm* (*MÚS*) trio *m*
terciar *vt* (*bolsa etc*) mettre en bandoulière ♦ *vi* intervenir; **~se** *vpr* se présenter; **si se tercia** à l'occasion
terciario, -a *adj* tertiaire
tercio *nm* tiers *msg*
terciopelo *nm* velours *msg*
terco, -a *adj* têtu(e)
tergal ® *nm* tergal *m* ®
tergiversar *vt* déformer
termal *adj* thermal(e)
termas *nfpl* thermes *mpl*
terminación *nf* extrémité *f*; (*finalización*) achèvement *m*
terminal *adj* terminal(e); (*enfermo*) en phase terminale ♦ *nm* (*ELEC*) borne *f*; (*INFORM*) terminal *m* ♦ *nf* (*AVIAT*) aérogare *f*; (*FERRO*) terminus *msg*
terminante *adj* catégorique; (*decisión*) final(e)
terminantemente *adv* catégoriquement
terminar *vt* finir, terminer ♦ *vi* finir; **~se** *vpr* finir; **~ por hacer algo** finir par faire qch
término *nm* terme *m*, fin *f*; (*parada*) terminus *msg*; (*límite: de espacio*) bout *m*; **~s** *nmpl* (*COM*) termes *mpl*; **~ medio** moyenne *f*; **en ~s de** en termes de
terminología *nf* terminologie *f*
termo ® *nm* thermos *m o f* ®
termodinámico, -a *adj* thermodynamique
termómetro *nm* thermomètre *m*
termonuclear *adj* thermonucléaire
termo(s) ® *nm* thermos *m o f* ®
termostato *nm* thermostat *m*
ternero, -a *nm/f* veau (génisse)
ternura *nf* tendresse *f*
terquedad *nf* entêtement *m*
terrado *nm* terrasse *f*
terraplén *nm* terre-plein *m*; (*cuesta*) renflement *m*
terrateniente *nm* propriétaire *m* terrien
terraza *nf* terrasse *f*
terremoto *nm* tremblement *m* de terre
terrenal *adj* terrestre
terreno *nm* terrain *m*
terrestre *adj* terrestre; (*ruta*) intérieur(e)
terrible *adj* terrible
territorio *nm* territoire *m*
terrón *nm* (*de azúcar*) morceau *m*; (*de tierra*) motte *f*
terror *nm* terreur *f*
terrorífico, -a *adj* terrifiant(e)

terrorismo *nm* terrorisme *m*; **terrorista** *adj, nm/f* terroriste *m/f*
terso, -a *adj* lisse; **tersura** *nf* douceur *f*
tertulia *nf* cercle *m*
tesis *nf inv* thèse *f*
tesón *nm* (*firmeza*) acharnement *m*; (*tenacidad*) persévérance *f*
tesorero, -a *nm/f* trésorier(-ière)
tesoro *nm* trésor *m*
test *nm* test *m*
testaferro *nm* prête-nom *m*
testamentario, -a *adj* testamentaire ♦ *nm/f* (JUR) exécuteur(-trice) testamentaire
testamento *nm* testament *m*; **Nuevo/Antiguo T~** Nouveau/Ancien Testament
testar *vi* tester, faire son testament
testarudo, -a *adj* entêté(e)
testículo *nm* testicule *m*
testificar *vt, vi* témoigner
testigo *nm/f* témoin *m*; **~ de cargo/de descargo** témoin à charge/à décharge; **~ ocular** témoin oculaire
testimoniar *vt* témoigner de; **testimonio** *nm* témoignage *m*
teta *nf* (*fam*) téton *m*, nichon *m*; **niño de ~** nourrisson *m*
tétanos *nmsg* tétanos *msg*
tetera *nf* théière *f*
tétrico, -a *adj* sombre
textil *adj* textile; **~es** *nmpl* textiles *mpl*
texto *nm* texte *m*; **textual** *adj* textuel(le)
textura *nf* (*de tejido*) tissage *m*; (*estructura*) texture *f*
tez *nf* (*cutis*) peau *f*; (*color*) teint *m*
ti *pron* toi
tía *nf* tante *f*; (*fam*) bonne femme *f*, nana *f*
tibieza *nf* tiédeur *f*
tibio, -a *adj* tiède
tiburón *nm* requin *m*
tic *nm* tic *m*
tictac *nm* tic-tac *m inv*
tiempo *nm* temps *msg*; **a ~** à temps; **a un** *o* **al mismo ~** en même temps; **al poco ~** peu après; **hace buen/mal ~** il fait beau/mauvais temps; **hace ~** il y a quelque temps; **hacer ~** passer le temps; **motor de 2 ~s** moteur *m* deux temps
tienda *vb ver* **tender** ♦ *nf* magasin *m*; **~ de campaña** tente *f*
tiene *etc vb ver* **tener**
tienta *nf*: **andar a ~s** avancer à tâtons
tiento *vb ver* **tentar** ♦ *nm* tact *m*; (*precaución*) prudence *f*
tierno, -a *adj* tendre
tierra *nf* terre *f*; (*país*) pays *msg*; **~ adentro** à l'intérieur des terres; **~ firme** terre ferme
tieso, -a *adj* (*rígido*) raide; (*erguido*) droit(e); (*fam*: *orgulloso*) fier(-ère); **dejar ~ a algn** (*fam*: *matar*) refroidir qn; (: *sorprender*) laisser qn pantois(e)
tiesto *nm* pot *m* de fleurs
tifoidea *nf* typhoïde *f*
tifón *nm* typhon *m*
tifus *nm* typhus *msg*
tigre *nm* tigre *m*; (AM) jaguar *m*
tijera *nf* (*tb*: **~s**) ciseaux *mpl*; (: *para plantas*) sécateur *m*
tijeretear *vt* découper
tildar *vt*: **~ de** traiter de
tilde *nf* (TIP) tilde *m*
tilín *nm* drelin *m*
timar *vt* (*dinero*) escroquer
timbal *nm* (MÚS) timbale *f*
timbrar *vt* timbrer
timbre *nm* (MÚS, *sello*) timbre *m*; (*de estampar*) cachet *m*; (*de puerta*) sonnette *f*; (*tono*) sonnerie *f*
timidez *nf* timidité *f*
tímido, -a *adj* timide
timo *nm* escroquerie *f*
timón *nm* (NÁUT) gouvernail *m*; (AM: AUTO) volant *m*; **timonel** *nm* (NÁUT) timonier *m*
tímpano *nm* (ANAT) tympan *m*; (MÚS) tympanon *m*
tina *nf* cuve *f*; (AM) baignoire *f*; **tinaja** *nf* jarre *f*
tinglado *nm* (*fig*) ruse *f*
tinieblas *nfpl* ténèbres *fpl*; **estar en ~** (*fig*) être dans le brouillard
tino *nm* adresse *f*; (*juicio*) doigté *m*
tinta *nf* encre *f*; (TEC) teinture *f*; (ARTE) couleur *f*; **sudar ~** trimer, suer sang et eau; **(re)cargar las ~s** en rajouter

tinte *nm* teinture *f*; (*tintorería*) teinturerie *f*
tintero *nm* encrier *m*
tintinear *vi* (*cascabel*) tintinnabuler; (*campana*) tinter
tinto *nm* rouge *m*; (COL) café *m* noir
tintorería *nf* teinturerie *f*
tintura *nf* teinture *f*
tío *nm* oncle *m*; (*fam*: *viejo*) père *m*; (: *individuo*) type *m*, mec *m*
tiovivo *nm* manège *m*, chevaux *mpl* de bois
típico, -a *adj* typique; (*traje*) régional
tipo *nm* type *m*; (ANAT) physique *m*; (: *de mujer*) silhouette *f*; (TIP) caractère *m*; **~ bancario/de cambio/de descuento/de interés** taux *msg* bancaire/de change/d'escompte/ d'intérêt
tipografía *nf* typographie *f*; (*lugar*) imprimerie *f*
tipográfico, -a *adj* typographique
tique *nm*, **tíquet** (*pl* **~s**) *nm* ticket *m*; (*en tienda*) ticket *m* de caisse
tira *nf* (*cinta*) bande *f* ♦ *nm*: **~ y afloja** tiraillements *mpl*
tirabuzón *nm* (*rizo*) boucle *f*
tirachinas *nm inv* lance-pierre *m*
tirada *nf* lancer *m*, jet *m*; (*distancia*) trotte *f*; (TIP) tirage *m*; **de una ~** d'une traite
tirado, -a *adj* (*fam*: *barato*) bon marché; (: *fácil*) facile
tirador, a *nm/f* tireur(-euse) ♦ *nm* (*mango*) poignée *f*
tiralíneas *nm inv* tire-ligne *m*
tiranía *nf* tyrannie *f*
tirano, -a *nm/f* tyran *m*
tirante *adj* tendu(e); **~s** *nmpl* bretelles *fpl*; **tirantez** *nf* tension *f*
tirar *vt* jeter, lancer; (*volcar*) renverser; (*derribar*) abattre, démolir; (*desechar*) jeter; (*dinero*) dilapider; (*imprimir, tirador*) tirer; (*golpe*) décocher ♦ *vi* tirer; (*fig*) attirer; (*fam*: *andar*) aller; (*tender*) tendre; **~se** *vpr* (*abalanzarse*) se lancer; (*tumbarse*) se jeter; **~ abajo** descendre; **tira a su padre** il tient de son père; **ir tirando** aller comme ci comme ça; **se tiró toda la mañana hablando** il a passé toute la matinée à parler
tirita *nf* pansement *m* (adhésif)
tiritar *vi* grelotter
tiro *nm* tir *m*; (TENIS, GOLF) drive *m*; (*alcance*) portée *f*; (*de chimenea*) tirage *m*; **caballo de ~** cheval *m* de trait; **andar de ~s largos** être tiré(e) à quatre épingles; **al ~** (CHI) tout de suite
tirón *nm* coup *m*; (*muscular*) crampe *f*; **de un ~** d'un trait
tiroteo *nm* (*disparos*) fusillade *f*
tísico, -a *adj, nm/f* phtisique *m/f*
tisis *nf* phtisie *f*
títere *nm* marionnette *f*
titiritero, -a *nm/f* marionnettiste *m/f*
titubeante *adj* (*indeciso*) hésitant(e)
titubear *vi* (*dudar*) hésiter; (*moverse*) vaciller; **titubeo** *nm* hésitation *f*
titulado, -a *pp de* **titular** ♦ *nm/f* diplômé(e)
titular *adj* titulaire ♦ *nm/f* (*de cargo*) titulaire *m/f* ♦ *nm* titre *m* ♦ *vt* intituler; **~se** *vpr* s'intituler; (UNIV) obtenir son diplôme; **título** *nm* titre *m*; (COM) valeur *f*; (ESCOL) diplôme *m*; **a título de** à titre de
tiza *nf* craie *f*
tiznar *vt* souiller
tizo, **tizón** *nm* tison *m*
toalla *nf* serviette *f*; **arrojar la ~** baisser les bras
tobillo *nm* cheville *f*
tobogán *nm* (*rampa*) toboggan *m*
tocadiscos *nm inv* tourne-disques *m inv*
tocado, -a *adj* (*fruta*) abîmé(e) ♦ *nm* coiffure *f*
tocador *nm* (*mueble*) coiffeuse *f*
tocante: **~ a** *prep* touchant à
tocar *vt* toucher; (*timbre*) tirer; (MÚS) jouer de; (*topar con*) heurter; (*referirse a*) aborder ♦ *vi* (*a la puerta*) frapper; (*ser de turno*) être le tour de; (*atañer*) concerner; **~se** *vpr* se toucher; (*cubrirse la cabeza*) se coiffer; **por lo que a mí me toca** en ce qui me concerne
tocayo, -a *nm/f* homonyme *m/f*
tocino *nm* lard *m*
todavía *adv* encore; (*en frases afirmativas o con énfasis*) toujours; **~**

más encore plus; **~ no** pas encore

PALABRA CLAVE

todo, -a *adj* **1** (*sg*) tout(e); **toda la noche** toute la nuit; **todo el libro** tout le livre; **toda una botella** toute une bouteille; **todo lo contrario** tout le contraire; **está toda sucia** elle est toute sale; **a todo esto** (*mientras tanto*) pendant ce temps-là; (*a propósito*) à propos
2 (*pl*) tous (toutes); **todos vosotros** vous tous; **todos los libros** tous les livres; **todas las noches** toutes les nuits; **todos los que quieran salir** tous ceux qui veulent sortir
♦ *pron* **1** tout; **todos/as** tous (toutes); **lo sabemos todo** nous savons tout; **todos querían ir** ils voulaient tous s'en aller; **nos marchamos todos** nous partons tous; **arriba del todo** tout en haut; **no me agrada del todo** ça ne me satisfait pas entièrement
2: **con todo**: **con todo, él me sigue gustando** malgré tout, il me plaît toujours
♦ *adv* tout; **vaya todo seguido** allez tout droit
♦ *nm*: **como un todo** comme un tout

todopoderoso, -a *adj* tout(e)-puissant(e)
toga *nf* robe *f*
Tokio *n* Tokyo
toldo *nm* (*para el sol*) parasol *m*; (*tienda*) marquise *f*
tolerancia *nf* tolérance *f*
tolerar *vt* tolérer
toma *nf* prise *f*; **~ de tierra** (AVIAT) atterrissage *m*
tomar *vt* prendre ♦ *vi* prendre; **~se** *vpr* prendre; **~ el sol** prendre le soleil; **tome la calle de la derecha** prenez la rue de droite; **~ a bien/a mal** prendre bien/mal; **~ en serio** prendre au sérieux; **~ el pelo a algn** taquiner qn; **~la con algn** s'en prendre à qn; **~se por** se prendre pour
tomate *nm* tomate *f*
tomavistas *nm inv* caméra *f*
tomillo *nm* thym *m*
tomo *nm* tome *m*
ton *abr* (= *tonelada*) t (= *tonne*)
tonada *nf* air *m*
tonalidad *nf* tonalité *f*
tonel *nm* tonneau *m*
tonelada *nf* tonne *f*; **tonelaje** *nm* tonnage *m*
tónica *nf* (*bebida*) tonic *m*; (*tendencia*) tendance *f*
tónico, -a *adj* tonique ♦ *nm* (MED) remontant *m*
tonificar *vt* tonifier
tono *nm* ton *m*; **fuera de ~** hors de propos; **darse ~** se donner de grands airs
tontería *nf* sottise *f*, bêtise *f*
tonto, -a *adj* bête, idiot(e) ♦ *nm/f* idiot(e), sot (sotte); (*payaso*) idiot(e)
topar *vi*: **~ con** tomber sur; **~se** *vpr*: **~se con** tomber sur; **~ contra** *o* **en** buter contre
tope *adj* limite ♦ *nm* limite *f*; (*obstáculo*) difficulté *f*; (*de puerta*) butoir *m*; (FERRO) tampon *m*
tópico, -a *adj* rebattu(e); (MED) externe ♦ *nm* (*pey*) cliché *m*
topo *nm* taupe *f*
topografía *nf* topographie *f*
topógrafo, -a *nm/f* topographe *m/f*
toque *vb ver* **tocar** ♦ *nm* (*de mano, pincel*) coup *m*; (*matiz*) touche *f*; **dar un ~ a** passer un coup de fil à; (*advertir*) donner un avertissement à; **~ de diana** sonnerie de clairon; **~ de queda** couvre-feu *m*; **toquetear** *vt* tripoter
toquilla *nf* châle *m*
tórax *nm* thorax *msg*
torbellino *nm* tourbillon *m*; (*fig*) tornade *f*
torcedura *nf* torsion *f*
torcer *vt* tordre; (*inclinar*) pencher ♦ *vi* (*cambiar de dirección*) tourner; **~se** *vpr* se tordre; (*inclinarse*) pencher; (*desviarse*) dévier; (*fracasar*) se gâter; **~ la esquina** tourner au coin de la rue
torcido, -a *adj* tordu(e); (*cuadro*) penché(e)
tordo *nm* étourneau *m*

torear *vt* (*toro*) combattre; (*evitar*) esquiver ♦ *vi* toréer; **toreo** *nm* tauromachie *f*
torero, -a *nm/f* torero *m*
tormenta *nf* tempête *f*, orage *m*; (*fig*) orage; **una ~ en un vaso de agua** une tempête dans un verre d'eau
tormento *nm* torture *f*; (*fig*) tourment *m*
tornado *nm* tornade *f*
tornar *vt* (*devolver*) rendre; (*transformar*) transformer ♦ *vi* revenir; **~se** *vpr* (*ponerse*) devenir
tornasolado, -a *adj* (*tela*) chatoyant(e); (*mar, superficie*) irisé(e)
torneo *nm* tournoi *m*
tornillo *nm* vis *fsg*
torniquete *nm* tourniquet *m*
torno *nm* (TEC: *grúa*) treuil *m*; (: *de carpintero, alfarero*) tour *m*; **en ~ a** autour de
toro *nm* taureau *m*; (*fam*) malabar *m*; **los ~s** *nmpl* (*fiesta*) la corrida
toronja *nf* pamplemousse *m*
torpe *adj* maladroit(e); (*necio*) abruti(e); (*lento*) lent(e)
torpedo *nm* torpille *f*
torpeza *nf* maladresse *f*; (*lentitud*) lenteur *f*
torre *nf* tour *f*; **~ de perforación** foreuse *f*
torrefacto, -a *adj*: **café ~** café *m* torréfié
torrente *nm* torrent *m*
tórrido, -a *adj* torride
torrija *nf* pain *m* perdu
torsión *nf* torsion *f*
torso *nm* torse *m*
torta *nf* tarte *f*; (MÉX) omelette *f*; (*fam*) baffe *f*
tortícolis *nf o nm inv* torticolis *msg*
tortilla *nf* omelette *f*; (AM) crêpe *f* de maïs; **~ española/francesa** tortilla *f*/omelette
tórtola *nf* tourterelle *f*
tortuga *nf* tortue *f*
tortuoso, -a *adj* tortueux(-ueuse)
tortura *nf* torture *f*; **torturar** *vt* torturer; **torturarse** *vpr* se torturer
tos *nf* toux *fsg*; **~ ferina** coqueluche *f*
tosco, -a *adj* (*material*) brut(e); (*artesanía*) grossier(-ière); (*sin refinar*) rustre, grossier(-ière)
toser *vi* tousser
tostada *nf* pain *m* grillé, toast *m*
tostado, -a *adj* grillé(e); (*por el sol*) bronzé(e)
tostador *nm* grille-pain *m inv*
tostar *vt* (*pan*) faire griller; (*café*) torréfier; (*al sol*) dorer; **~se** *vpr* (*al sol*) se dorer
total *adj* total(e) ♦ *adv* au total ♦ *nm* total *m*; **en ~** au total; **~ que** bref, somme toute
totalidad *nf* totalité *f*
totalitario, -a *adj* totalitaire
totalmente *adv* entièrement; (*antes de adjetivo*) complètement
tóxico, -a *adj* toxique ♦ *nm* produit *m* toxique
toxicómano, -a *nm/f* toxicomane *m/f*
toxina *nf* toxine *f*
tozudo, -a *adj* têtu(e)
traba *nf* entrave *f*; (*de rueda*) rayon *m*
trabajador, a *adj, nm/f* travailleur(-euse); **~ autónomo** *o* **por cuenta propia** travailleur indépendant, free-lance *m/f*
trabajar *vt* travailler; (*intentar conseguir*) s'occuper de ♦ *vi* travailler; **~ de** travailler comme
trabajo *nm* travail *m*; (*fig*) difficultés *fpl*; **tomarse el trabajo de** se donner la peine de; **trabajo por turnos/a destajo** travail par roulement/à la pièce; **trabajo a tiempo parcial** travail à temps partiel; **trabajos forzados** travaux forcés
trabajoso, -a *adj* laborieux(-ieuse)
trabalenguas *nm inv* phrase *f* difficile à prononcer
trabar *vt* joindre; (*puerta*) coincer; (*amistad, conversación*) nouer; **~se** *vpr* bafouiller; **se le traba la lengua** il bafouille
tracción *nf* traction *f*; **~ delantera/trasera** traction avant/arrière
tractor *nm* tracteur *m*
tradición *nf* tradition *f*; **tradicional** *adj* traditionnel(le)

traducción *nf* traduction *f*
traducir *vt* traduire
traductor, a *nm/f* traducteur(-trice)
traer *vt* apporter; (*llevar*: *ropa*) porter; (*incluir*) impliquer; (*ocasionar*) apporter, causer; **~se** *vpr*: **~se algo** tramer qch
traficar *vi*: **~ con** faire du trafic de
tráfico *nm* (AUTO) trafic *m*, circulation *f*; (*pey*) trafic
tragaluz *nm* vasistas *msg*
tragaperras *nf inv* machine *f* à sous
tragar *vt* avaler; (*devorar*) dévorer; (*suj*: *mar, tierra*) engloutir; **~se** *vpr* avaler; (*devorar*) dévorer; (*desprecio, insulto*) ravaler; (*discurso, rollo*) se farcir
tragedia *nf* tragédie *f*
trágico, -a *adj* tragique
trago *nm* gorgée *f*; (*fam*: *bebida*) verre *m*; (*desgracia*) moment *m* difficile
traición *nf* trahison *f*; **alta ~** haute trahison; **a ~** en traître; **traicionar** *vt* trahir
traicionero, -a *adj, nm/f* traître (traîtresse)
traidor, a *adj, nm/f* traître (traîtresse)
traiga *etc vb ver* **traer**
traje *vb ver* **traer** ♦ *nm* (*de hombre, de época*) costume *m*; **~ de baño** maillot *m* de bain; **~ de chaqueta** tailleur *m*; **~ de luces** habit *m* de lumière
trajera *etc vb ver* **traer**
trajín *nm* agitation *f*; (*fam*) va-et-vient *m inv*; **trajinar** *vi* s'affairer
trama *nf* (*de tejido*) trame *f*; (*de obra*) intrigue *f*; (*intriga*) machination *f*; **tramar** *vt* tramer, ourdir
tramitar *vt* (*suj*: *departamento, comisaría*) s'occuper de; (: *individuo*) faire des démarches pour obtenir
trámite *nm* démarche *f*; **~s** *nmpl* (*burocracia*) formalités *fpl*; (JUR) mesures *fpl*
tramo *nm* (*de escalera*) volée *f*; (*de vía*) tronçon *m*
tramoya *nf* (TEATRO) machinerie *f*; **tramoyista** *nm/f* machiniste *m*
trampa *nf* piège *m*; (*en el suelo*) trappe *f*; (*fam*: *deuda*) dette *f*
trampolín *nm* tremplin *m*
tramposo, -a *adj, nm/f* tricheur(-euse)
tranca *nf* (*palo*) trique *f*; (*de puerta, ventana*) barre *f*; **trancar** *vt* barrer
trance *nm* (*crítico*) moment *m* critique; (*estado hipnótico*) transe *f*
tranquilidad *nf* tranquillité *f*
tranquilizar *vt* tranquilliser
tranquilo, -a *adj* calme; (*apacible*) tranquille
Trans. *abr* = **transferencia**
trans... *pref* trans...; *ver tb* **tras...**
transacción *nf* transaction *f*
transbordador *nm* transbordeur *m*, bac *m*
transbordar *vt* transborder ♦ *vi* changer de train; **transbordo** *nm* transbordement *m*; **hacer transbordo** changer
transcurrir *vi* (*tiempo*) passer; (*hecho, reunión*) se dérouler
transcurso *nm* (*de tiempo*) cours *msg*; (*de hecho*) déroulement *m*
transeúnte *nm/f* passant(e)
transferencia *nf* transfert *m*; (COM) virement *m*
transferir *vt* transférer; (*dinero*) virer
transformador *nm* transformateur *m*
transformar *vt* transformer; **~ en** transformer en
tránsfuga *nm/f* transfuge *m*
transfusión *nf* (*tb*: **~ de sangre**) transfusion *f* (sanguine)
transgénico *adj* transgénique
transgredir *vt* transgresser
transición *nf* transition *f*
transigir *vi* transiger
transistor *nm* transistor *m*
transitar *vi*: **~ (por)** circuler (sur); **tránsito** *nm* passage *m*; (AUTO) transit *m*
transitorio, -a *adj* transitoire
transmisión *nf* transmission *f*; (RADIO, TV) diffusion *f*; **~ en directo** diffusion en direct; **~ exterior** émission tournée en extérieur
transmitir *vt* transmettre; (*aburrimiento, esperanza*) communiquer; (RADIO, TV) diffuser
transparencia *nf* transparence *f*; (*foto*) transparent *m*

transparentar *vt* (*figura*) révéler ♦ *vi* être transparent(e); **~se** *vpr* être transparent(e); **transparente** *adj* transparent(e)
transpirar *vi* (*sudar*) transpirer
transportar *vt* transporter; **transporte** *nm* transport *m*
transversal *adj* transversal(e)
tranvía *nm* tramway *m*
trapecio *nm* trapèze *m*; **trapecista** *nm/f* trapéziste *m/f*
trapero, -a *nm/f* chiffonnier(-ière)
trapicheos (*fam*) *nmpl* stratagèmes *mpl*, machinations *fpl*
trapo *nm* chiffon *m*; (*de cocina*) torchon *m*
tráquea *nf* trachée *f*
traqueteo *nm* cahot *m*
tras *prep* (*detrás*) derrière; (*después*) après; **~ de** en plus de
tras... *pref* trans...; *ver tb* **trans...**
trasatlántico, -a *adj, nm* transatlantique *m*
trascendencia *nf* importance *f*
trascendental *adj* capital(e)
trascender *vi* (*noticias*) filtrer, transpirer; **~ de** dépasser
trasero, -a *adj* arrière ♦ *nm* (ANAT) postérieur *m*
trasfondo *nm* fond *m*
trashumante *adj* transhumant(e)
trasladar *vt* déplacer; (*empleado, prisionero*) transférer; (*fecha*) reporter; **~se** *vpr* (*mudarse*) déménager; (*desplazarse*) se déplacer; **traslado** *nm* déplacement *m*; (*mudanza*) déménagement *m*; (*de empleado, prisionero*) transfert *m*
traslucir *vt* laisser entrevoir; **~se** *vpr* (*cristal*) être translucide; (*figura, color*) se voir au travers; (*fig*) apparaître, se révéler
trasluz *nm* lumière *f* tamisée; **al ~** à la lumière
trasnochar *vi* se coucher tard; (*no dormir*) passer une nuit blanche
traspapelar *vt* égarer
traspasar *vt* transpercer; (*propiedad, derechos*) céder; (*empleado, jugador*) transférer; (*límites*) dépasser; (*ley*) transgresser; **traspaso** *nm* (*de negocio, jugador*) cession *f*, vente *f*
traspié *nm* (*fig*) faux pas, gaffe *f*
trasplantar *vt* transplanter
trasplante *nm* transplant *m*
traste *nm* (MÚS) touche *f*; **dar al ~ con algo** en finir avec qch
trastero *nm* débarras *msg*
trastienda *nf* arrière-boutique *f*
trasto *nm* (*pey*: *cosa*) saleté *f*; (: *persona*) propre *m* à rien
trastornado, -a *adj* (*loco*) détraqué(e)
trastornar *vt* déranger; (*persona*) troubler; (: *enamorar*) envoûter; (: *enloquecer*) rendre fou (folle); **~se** *vpr* (*plan*) échouer; (*persona*) devenir fou (folle); **trastorno** *nm* dérangement *m*; (*confusión*) désordre *m*
tratado *nm* traité *m*
tratamiento *nm* traitement *m*
tratar *vt* traiter; (*dirigirse a*) adresser; (*tener contacto*) fréquenter ♦ *vi*: **~ de** (*hablar sobre*) traiter de; (*intentar*) essayer de; **~se** *vpr*: **~se de** s'agir de; **~ con** traiter avec; **~ en** (COM) être négociant en; **¿de qué se trata?** de quoi s'agit-il?; **trato** *nm* traitement *m*; (*relaciones*) rapport *m*; (*manera de ser*) manières *fpl*; (COM, JUR) marché *m*; (*título*) titre *m*
trauma *nm* trauma *m*
través *nm*: **al ~** en travers; **a ~ de** à travers, en travers de; (*radio, teléfono, organismo*) par, par l'intermédiaire de
travesaño *nm* (ARQ) traverse *f*; (DEPORTE) barre *f* transversale
travesía *nf* (*calle*) passage *m*; (NÁUT) traversée *f*
travesura *nf* diablerie *f*
traviesa *nf* (FERRO) traverse *f*
travieso, -a *adj* (*niño*) espiègle, polisson(ne)
trayecto *nm* trajet *m*, chemin *m*; (*tramo*) section *f*; **trayectoria** *nf* trajectoire *f*
traza *nf* (*aspecto*) allure *f*; **trazado** *nm* (ARQ) plan *m*; (*fig*) grandes lignes *fpl*
trazar *vt* tracer; (*plan*) tirer; **trazo** *nm* (*línea*) trait *m*; (*bosquejo*)

ébauche *f*
trébol *nm* trèfle *m*
trece *adj inv, nm inv* treize *m inv*; *ver tb* **seis**
trecho *nm* (*distancia*) distance *f*; (*de tiempo*) moment *m*; **de ~ en ~** de temps en temps
tregua *nf* trêve *f*
treinta *adj inv, nm inv* trente *m inv*; *ver tb* **sesenta**
tremendo, -a *adj* (*terrible*) impressionnant(e); (*imponente*) terrible, impressionnant(e); (*fam*) terrible
trémulo, -a *adj* tremblant(e)
tren *nm* train *m*; **~ de aterrizaje** train d'atterrissage
trenza *nf* tresse *f*; **trenzar** *vt* tresser; **trenzarse** (*AM*: *fam*) *vpr* se mêler à une querelle
trepador, a *adj* (*planta*) grimpant(e) ♦ *nm/f* arriviste *m/f* ♦ *nf* (*planta*) plante *f* grimpante
trepar *vi* grimper
trepidante *adj* trépidant(e); (*ruido*) accablant(e)
tres *adj inv, nm inv* trois *m inv*; *ver tb* **seis**
trescientos, -as *adj* trois cents; *ver tb* **seiscientos**
tresillo *nm* salon *m* (*comprenant un canapé et deux fauteuils*); (*MÚS*) triolet *m*
treta *nf* machination *f*
triángulo *nm* triangle *m*
tribal *adj* tribal(e)
tribu *nf* tribu *f*
tribuna *nf* tribune *f*
tribunal *nm* (*JUR*) tribunal *m*
tributar *vt* payer; **tributo** *nm* tribut *m*, impôt *m*
tricotar *vt, vi* tricoter
trigal *nm* champ *m* de blé
trigo *nm* blé *m*
trigueño, -a *adj* (*pelo*) châtain-clair *inv*; (*piel*) basané(e)
trillado, -a *adj* (*AGR*) battu(e); (*fig*) rebattu(e); **trilladora** *nf* batteuse *f*
trillar *vt* battre
trimestral *adj* trimestriel(le)
trimestre *nm* trimestre *m*
trinar *vi* (*ave*) gazouiller
trinchar *vt* découper
trinchera *nf* (*MIL*) tranchée *f*
trineo *nm* traîneau *m*
trinidad *nf*: **la T~** la Trinité
trino *nm* gazouillement *m*
tripa *nf* (*ANAT*) intestin *m*; **~s** *nfpl* (*ANAT*) intestins *mpl*; (*CULIN, fig*) tripes *fpl*
triple *adj, nm* triple *m*
triplicado, -a *adj*: **por ~** en trois exemplaires
tripulación *nf* équipage *m*
tripulante *nm/f* membre *m* de l'équipage
tripular *vt* former l'équipage de; **nave espacial tripulada** vaisseau *m* spatial habité
tris *nm*: **estar en un ~ de hacer algo** être sur le point de faire qch
triste *adj* triste; **tristeza** *nf* tristesse *f*
triturar *vt* triturer, broyer; (*mascar*) mâcher
triunfar *vi* triompher, gagner; **triunfo** *nm* triomphe *m*
trivial *adj* banal(e), sans importance; **trivializar** *vt* minimiser, banaliser
triza *nf* morceau *m*, lambeau *m*; **hacer algo ~s** réduire qch en miettes
trocar *vt* (*COM*) troquer; **~se** *vpr* se changer; **~ (en)** changer (en); **~se (en)** se changer (en)
trocear *vt* couper en morceaux
trocha (*AM*) *nf* sentier *m*
troche: **a ~ y moche** *adv* à tort et à travers
trofeo *nm* trophée *m*
tromba *nf* trombe *f*
trombón *nm* trombone *m*
trombosis *nf inv* thrombose *f*
trompa *nf* (*MÚS*) cor *m*; (*de elefante, insecto, fam*) trompe *f*; **cogerse una ~** (*fam*) prendre une cuite
trompada *nf*, **trompazo** *nm* coup *m*; (*puñetazo*) coup de poing; **darse un ~** se donner un coup
trompeta *nf* trompette *f* ♦ *nm/f* trompettiste *m/f*
trompicón: **a trompicones** *adv* par à-coups
trompo *nm* toupie *f*
tronar *vt* (*CAM, MÉX*: *fam*) tuer ♦ *vi*

(*METEOROLOGÍA*) tonner

tronchar *vt* (*árbol*) abattre; (*vida, esperanza*) briser, détruire; **~se** *vpr* se fendre, tomber

tronco *nm* tronc *m*

trono *nm* trône *m*

tropa *nf* troupe *f*

tropel *nm* (*desorden*) cohue *f*

tropezar *vi* trébucher; **~ con** (*fig*) tomber sur; **tropezón** *nm* faux pas *msg*

tropical *adj* tropical(e)

trópico *nm* tropique *m*

tropiezo *vb ver* **tropezar** ♦ *nm* (*error*) erreur *f*, bévue *f*; (*obstáculo*) difficulté *f*

trotamundos (*fam*) *nm/f inv* globe-trotter *m/f*

trotar *vi* trotter; **trote** *nm* trot *m*; (*fam*) activité *f*; **de mucho trote** solide, résistant(e)

trozo *nm* morceau *m*

trucha *nf* truite *f*

truco *nm* truc *m*

trueno *vb ver* **tronar** ♦ *nm* tonnerre *m*; (*estampido*) détonation *f*

trueque *vb ver* **trocar** ♦ *nm* échange *m*; (*COM*) troc *m*

trufa *nf* truffe *f*

truhán, -ana *nm/f* truand(e)

truncar *vt* tronquer; (*vida*) abréger; (*desarrollo*) retarder; (*esperanzas*) briser

tu *adj* ton (ta); **tus hijos** tes enfants

tú *pron* tu

tubérculo *nm* tubercule *m*

tuberculosis *nf* tuberculose *f*

tubería *nf* tuyau *m*; (*sistema*) tuyauterie *f*

tubo *nm* tube *m*; **~ de ensayo** éprouvette *f*, tube à essai; **~ de escape** pot *m* d'échappement

tuerca *nf* écrou *m*

tuerto, -a *adj, nm/f* borgne *m/f*

tuerza *etc vb ver* **torcer**

tuétano *nm* moelle *f*

tufo (*pey*) *nm* relent *m*

tul *nm* tulle *m*

tulipán *nm* tulipe *f*

tullido, -a *adj* estropié(e)

tumba *nf* tombe *f*

tumbar *vt* (*extender en el suelo*) allonger; (*en examen*) recaler, coller; (*en competición*) battre; **~se** *vpr* s'allonger; (*extenderse*) s'étendre

tumbo *nm* chute *f*; (*de vehículo*) cahot *m*

tumbona *nf* chaise *f* longue

tumor *nm* tumeur *f*

tumulto *nm* tumulte *m*

tuna *nf* petit orchestre *m* d'étudiants; *ver tb* **tuno**

> **Tuna**
>
> *Une* **tuna** *est un groupe musical constitué d'étudiants ou d'anciens étudiants qui portent les costumes de l'"Edad de Oro", l'âge d'or espagnol. Ces groupes se promènent dans les rues en jouant de la guitare, du luth et du tambourin. Ils chantent des sérénades aux étudiantes dans les résidences universitaires et font des apparitions improvisées dans les mariages et les soirées, où pour quelques pesetas, ils chantent des airs traditionnels espagnols.*

tunante *adj* coquin(e) ♦ *nm/f* coquin(e), garnement *m*; **¡~!** garnement!, vilain(e)!

tunda *nf* raclée *f*

túnel *nm* tunnel *m*

Túnez *n* Tunis

tuno *nm* membre *m* d'un orchestre d'étudiants

tupido, -a *adj* (*niebla, bosque*) épais(se); (*tela*) serré(e)

turba *nf* (*muchedumbre*) foule *f*

turbar *vt* (*paz, sueño*) troubler; (*preocupar*) inquiéter, troubler; (: *azorar*) gêner; **~se** *vpr* être gêné(e)

turbina *nf* turbine *f*

turbio, -a *adj, adv* trouble

turbulencia *nf* agitation *f*; (*fig*) turbulence *f*, agitation

turbulento, -a *adj* agité(e); (*fig*) agité(e), turbulent(e)

turco, -a *adj* turc (turque) ♦ *nm/f* Turc (Turque)

turismo *nm* tourisme *m*; (*coche*) voiture *f* (particulière); **turista** *nm/f*

touriste *m/f*
turístico, -a *adj* touristique
turnar *vi* alterner; **~se** *vpr* se relever; **turno** *nm* tour *m*
turquesa *adj, nf* turquoise *f*
Turquía *nf* Turquie *f*
turrón *nm* touron *m* (*sorte de nougat*)

> **Turrón**
>
> *Le* **Turrón** *est une sorte de nougat, d'origine orientale, fait avec du miel, des blancs d'oeufs et des noisettes. On le consomme pendant la période de Noël. Il peut être dur et contenir des amandes entières (Alicante), ou tendre, à base d'amandes pilées (Jijona).*

tutear *vt* tutoyer; **~se** *vpr* se tutoyer
tutela *nf* tutelle *f*; **tutelar** *adj* tutélaire ♦ *vt* avoir la tutelle de
tutor, a *nm/f* tuteur(-trice); (ESCOL) professeur *m* particulier
tuve *etc vb ver* **tener**
tuyo, -a *adj* ton (ta) ♦ *pron*: **el ~/la tuya** le tien/la tienne; **es ~** c'est à toi; **los ~s** (*fam*) les tiens
TV *sigla f* (= *televisión*)
TVE *sigla f* (= *Televisión Española*)

U, u

u *conj* ou
ubicar (*esp AM*) *vt* situer; (*encontrar*) trouver; **~se** *vpr* se trouver
ubre *nf* mamelle *f*
Ud(s) *abr* (= *usted(es)*) *ver* **usted**
UE *sigla f* (= *Unión Europea*) UE *f*
ufano, -a *adj* (*arrogante*) suffisant(e); (*satisfecho*) satisfait(e)
UGT *sigla f* (= *Unión General de Trabajadores*) *syndicat*
ujier *nm* (JUR) huissier *m*
úlcera *nf* ulcère *m*
ulcerar *vt* ulcérer; **~se** *vpr* s'irriter
últimamente *adv* dernièrement
ultimar *vt* finaliser; (*preparativos*) mettre la dernière main à; (*AM: asesinar*) abattre
ultimátum (*pl* **~s**) *nm* ultimatum *m*
último, -a *adj* dernier(-ière); **a la última** (*en moda*) à la dernière mode; (*en conocimientos*) au goût du jour; **el ~** le dernier; **en las últimas** (*enfermo*) à l'article de la mort; (*sin dinero, provisiones*) démuni(e); **por ~** enfin, en dernier lieu
ultra *adj, nm/f* (POL) ultra *m/f*
ultrajar *vt* outrager; **ultraje** *nm* outrage *m*
ultramar *nm*: **de ~** d'outre-mer
ultranza: **a ~** *adv* à outrance
ultrasónico, -a *adj* hypersonique
ultratumba *nf* outre-tombe *f*
ultravioleta *adj inv* ultraviolet(te), ultra-violet(te)
umbral *nm* seuil *m*

PALABRA CLAVE

un, una *art indef* **1** (*sg*) un(e); **una naranja** une orange; **un arma blanca** une arme blanche
2 (*pl*) des; **hay unos regalos para ti** il y a des cadeaux pour toi; **hay unas cervezas en la nevera** il y a des bières dans le frigo
3 (*enfático*): **¡hace un frío!** il fait un de ces froids!

unánime *adj* unanime; **unanimidad** *nf* unanimité *f*
undécimo, -a *adj, nm/f* onzième *m/f*; *ver tb* **sexto**
ungir *vt* oindre
ungüento *nm* onguent *m*
únicamente *adv* uniquement
único, -a *adj* unique
unidad *nf* unité *f*
unido, -a *adj* uni(e)
unificar *vt* unifier
uniformar *vt* uniformiser
uniforme *adj* uniforme; (*color*) uni(e) ♦ *nm* uniforme *m*; **uniformidad** *nf* uniformité *f*
unilateral *adj* unilatéral(e)
unión *nf* union *f*; (TEC) jointure *f*; **la U~ Soviética** l'Union Soviétique
unir *vt* (*piezas*) assembler; (*cuerdas*) nouer; (*tierras, habitaciones*) relier; (*esfuerzos, familia*) unir; (*empresas*) fusionner; **~se** *vpr* (*personas*) s'unir;

(*empresas*) fusionner; **~se a** se joindre à
unísono *nm*: **al ~** à l'unisson
universal *adj* universel(le)
universidad *nf* université *f*
universitario, -a *adj* universitaire ♦ *nm/f* étudiant(e)
universo *nm* univers *msg*

PALABRA CLAVE

uno, -a *adj* un(e); **unos pocos** quelques uns; **unos cien** une centaine; **el día uno** le premier
♦ *pron* **1** un(e); **quiero uno solo** je m'en veux qu'un; **uno de ellos** l'un d'eux; **uno mismo** soi-même; **de uno en uno** un à un
2 (*alguien*) quelqu'un; **conozco a uno que se te parece** je connais quelqu'un qui te ressemble; **unos querían quedarse** quelques-uns voulaient rester
3: **(los) unos ... (los) otros ...** certains *o* les uns ... les autres *o* d'autres; **se miraron el uno al otro** il se sont regardés l'un l'autre; **se pegan unos a otros** ils se battent entre eux
4 (*enfático*): **¡se montó una ...!** il y a eu une de ces pagailles!
♦ *nf* (*hora*): **es la una** il est une heure
♦ *nm* (*número*) un *m*

untar *vt* (*con aceite, pomada*) enduire; (*en salsa, café*) tremper; (*fig, fam*) graisser la patte à
uña *nf* (ANAT) ongle *m*; (*de felino*) griffe *f*
uranio *nm* uranium *m*
urbanidad *nf* courtoisie *f*
urbanismo *nm* urbanisme *m*
urbanización *nf* lotissement *m*
urbanizar *vt* urbaniser
urbano, -a *adj* urbain(e)
urbe *nf* grande ville *f*
urdimbre *nf* (*de tejido*) chaîne *f*
urdir *vt* ourdir
urgencia *nf* urgence *f*; **~s** *nfpl* (MED) urgences *fpl*; **urgente** *adj* urgent(e)
urgir *vi* être urgent(e); **me urge** j'en ai besoin rapidement
urinario *nm* urinoir *m*
urna *nf* urne *f*; (*de cristal*) vitrine *f*
urraca *nf* pie *f*
Uruguay *nm* Uruguay *m*
uruguayo, -a *adj* uruguayen(ne) ♦ *nm/f* Uruguayen(ne)
usado, -a *adj* usagé(e); (*ropa etc*) usé(e), usagé(e)
usar *vt* utiliser; (*ropa*) porter; (*derecho etc*) user de; **~se** *vpr* s'utiliser; **uso** *nm* usage *m*; (*aplicación*: *de objeto, herramienta*) utilisation *f*
usted *pron* (*sg*: *abr* Ud (*esp* AM) o Vd: *formal*) vous; **~es** (*pl*: *abr* Uds (*esp* AM) o Vds: *formal*) vous
usual *adj* habituel(-le)
usuario, -a *nm/f* usager *m*; (INFORM) utilisateur(-trice)
usura (*pey*) *nf* usure *f*
usurero, -a *nm/f* usurier(-ère)
usurpar *vt* usurper
utensilio *nm* instrument *m*; (*de cocina*) ustensile *m*
útero *nm* utérus *msg*
útil *adj* utile; **~es** *nmpl* outils *mpl*; **utilidad** *nf* utilité *f*; (*provecho*) avantage *m*; (COM) bénéfice *m*; **utilizar** *vt* utiliser
utopía *nf* utopie *f*
utópico, -a *adj* utopique
uva *nf* raisin *m*

V, v

v. *abr* (ELEC) (= *voltio*) V (= *volt*)
va *vb ver* **ir**
vaca *nf* vache *f*; (*carne*) bœuf *m*
vacaciones *nfpl* vacances *fpl*
vacante *adj* vacant(e) ♦ *nf* poste *m* vacant
vaciar *vt* vider; (ARTE) mouler; **~se** *vpr* se vider
vacilante *adj* vacillant(e); (*dudoso*) hésitant(e)
vacilar *vi* hésiter; (*mueble, lámpara*) chanceler; (*luz, persona*) vaciller; (*fam*: *bromear*) plaisanter
vacío, -a *adj* vide; (*puesto*) libre ♦ *nm* vide *m*
vacuna *nf* vaccin *m*; **vacunar** *vt* vacciner; **vacunarse** *vpr* se faire

vacciner
vacuno, -a *adj* bovin(e)
vacuo, -a *adj* vide
vadear *vt* passer à gué; **vado** *nm* gué *m*
vagabundo, -a *adj* vagabond(e); (*perro*) errant(e) ♦ *nm/f* vagabond(e)
vagamente *adv* vaguement
vagancia *nf* paresse *f*
vagar *vi* errer, vagabonder
vagina *nf* vagin *m*
vago, -a *adj* vague; (*perezoso*) fainéant(e) ♦ *nm/f* fainéant(e)
vagón *nm* wagon *m*
vaguedad *nf* vague *m*, manque *m* de précision; **~es** *nfpl*: **decir ~es** rester dans le vague
vaho *nm* vapeur *f*; (*aliento*) buée *f*
vaina *nf* (*de espada*) fourreau *m*; (*de guisantes, judías*) cosse *f*
vainilla *nf* vanille *f*
vainita (AM) *nf* haricot *m* vert
vais *vb ver* **ir**
vaivén *nm* va-et-vient *m inv*; **vaivenes** *nmpl* (*fig: de la vida*) vicissitudes *fpl*
vajilla *nf* vaisselle *f*
val *etc*, **valdré** *etc vb ver* **valer**
vale *nm* bon *m*; (*recibo*) reçu *m*; (*pagaré*) billet *m* à ordre
valedero, -a *adj* valable
valenciano, -a *adj* valencien(ne) ♦ *nm/f* Valencien(ne)
valentía *nf* bravoure *f*
valer *vt* valoir ♦ *vi* servir; (*ser válido*) être valable; (*estar permitido*) être permis(e); (*tener mérito*) avoir du mérite; **~se** *vpr*: **~se de** (*hacer valer*) faire valoir; (*servirse de*) se servir de; **~ la pena** valoir la peine; **~ (para)** servir (à); **¡vale!** d'accord!; **más vale (hacer/que)** mieux vaut (faire/que)
valga *etc vb ver* **valer**
valía *nf* valeur *f*
validez *nf* validité *f*
válido, -a *adj* valable
valiente *adj* (*soldado*) brave, courageux(-euse); (*niño, decisión*) courageux(-euse) ♦ *nm/f* brave *m/f*
valioso, -a *adj* de valeur
valla *nf* clôture *f*; (DEPORTE) haie *f*; **~ publicitaria** panneau *m* publicitaire;
vallar *vt* clôturer
valle *nm* vallée *f*; **~ de lágrimas** vallée de larmes
valor *nm* valeur *f*; (*valentía*) courage *m*; **~es** *nmpl* (ECON, COM) valeurs *fpl*, titres *mpl*; (*morales*) valeurs; **valorar** *vt* évaluer, estimer
vals *nm* valse *f*
válvula *nf* valve *f*
vamos *vb ver* **ir**
vampiro *nm* vampire *m*
van *vb ver* **ir**
vanagloriarse *vpr*: **~ (de)** se glorifier (de)
vandalismo *nm* vandalisme *m*
vándalo, -a *nm/f* (*pey*) vandale *m/f*
vanguardia *nf* avant-garde *f*
vanidad *nf* vanité *f*
vanidoso, -a *adj* vaniteux(-euse)
vano, -a *adj* vain(e) ♦ *nm* (ARQ) embrasure *f*; **en ~** en vain
vapor *nm* vapeur *f*; (*tb:* **barco de ~**) (bateau *m* à) vapeur *m*; **al ~** (CULIN) à la vapeur; **~ de agua** vapeur d'eau
vaporoso, -a *adj* vaporeux(-euse)
vapulear *vt* fustiger; (*reprender*) houspiller
vaquero *nm* (CINE) cow-boy *m*; (AGR) vacher *m*; **~s** *nmpl* (*pantalones*) jeans *mpl*
vaquilla *nf* (AM) génisse *f*
vara *nf* perche *f*; (*de mando*) bâton *m*
variable *adj*, *nf* variable *f*
variación *nf* changement *m*
variar *vt* (*cambiar*) changer; (*poner variedad*) varier ♦ *vi* varier
varices *nfpl* varices *fpl*
variedad *nf* variété *f*; **~es** *nfpl* (*espectáculo*) variétés *fpl*
varilla *nf* baguette *f*; (*de paraguas, abanico*) baleine *f*
vario, -a *adj* divers(e); **~s** plusieurs
varita *nf*: **~ mágica** baguette *f* magique
varón *nm* homme *m*; **hijo ~** enfant *m* mâle; **varonil** *adj* viril(e)
vas *vb ver* **ir**
vasco, -a *adj* basque ♦ *nm/f* Basque *m/f* ♦ *nm* (LING) basque *m*
vascongadas *nfpl*: **las V~** les provinces *fpl* basques

vaselina *nf* vaseline *f*
vasija *nf* pot *m*, récipient *m*
vaso *nm* verre *m*; (*ANAT*) vaisseau *m*
vástago *nm* (*BOT*) rejeton *m*; (*TEC*) tige *f*; (*de familia*) descendant *m*
vasto, -a *adj* vaste
Vaticano *nm* Vatican *m*
vatio *nm* watt *m*
vaya *vb ver* **ir** ♦ *excl* (*fastidio*) mince!, zut!; (*sorpresa*) eh bien!, tiens!; **¿qué tal? - ¡~!** ça va? - on fait aller!; **¡~ tontería!** quelle idiotie!; **¡~ mansión!** quelle maison!
Vd(s) *abr* (= *usted(es)*) *ver* **usted**
ve *vb ver* **ir**; **ver**
vecindad *nf* voisinage *m*
vecindario *nm* voisinage *m*, quartier *m*
vecino, -a *adj* voisin(e) ♦ *nm/f* voisin(e); (*residente: de pueblo*) habitant(e)
veda *nf* (*de pesca, caza*) défense *f*, interdiction *f*
vedar *vt* interdire, défendre; (*caza, pesca*) interdire
vegetación *nf* végétation *f*
vegetal *adj* végétal(e) ♦ *nm* végétal *m*
vehemencia *nf* impétuosité *f*; (*apasionamiento*) véhémence *f*; **vehemente** *adj* impétueux(-euse); (*apasionado*) véhément(e)
vehículo *nm* véhicule *m*
veinte *adj inv, nm inv* vingt *m inv*; *ver tb* **seis**
vejación *nf* brimade *f*
vejez *nf* vieillesse *f*
vejiga *nf* vessie *f*
vela *nf* bougie *f*; (*NÁUT*) voile *f*; **en ~** éveillé(e); (*velando*) à veiller
velar *vt* veiller; (*FOTO, cubrir*) voiler ♦ *vi* veiller; **~se** *vpr* (*FOTO*) se voiler; **~ por** veiller à
velatorio *nm* veillée *f*
veleidad *nf* inconstance *f*
velero *nm* (*NÁUT*) voilier *m*; (*AVIAT*) planeur *m*
veleta *nm/f* (*pey*) girouette *f* ♦ *nf* (*para el viento*) girouette
veliz (*MÉX*) *nm* valise *f*
vello *nm* duvet *m*
velo *nm* voile *m*
velocidad *nf* vitesse *f*; (*rapidez*) rapidité *f*
velocímetro *nm* compteur *m* de vitesse
veloz *adj* rapide
ven *vb ver* **venir**
vena *nf* veine *f*
venado *nm* grand gibier *m*
vencedor, a *adj* victorieux(-euse) ♦ *nm/f* vainqueur *m*
vencer *vt* vaincre; (*obstáculos*) surmonter ♦ *vi* vaincre; (*plazo*) expirer
vencido, -a *adj* vaincu(e); (*COM: letra*) arrivé(e) à échéance ♦ *adv*: **pagar ~** payer après échéance; **vencimiento** *nm* échéance *f*
venda *nf* pansement *m*; **vendar** *vt* bander
vendaval *nm* vent *m* violent
vendedor, a *nm/f* vendeur(-euse)
vender *vt* vendre; **~ al contado/al por mayor/al por menor/a plazos** vendre au comptant/en gros/au détail/à crédit; **"se vende"** "à vendre"
vendimia *nf* vendange *f*
vendré *etc vb ver* **venir**
veneno *nm* poison *m*
venenoso, -a *adj* (*seta*) vénéneux(-euse); (*producto*) toxique
venerable *adj* vénérable; **venerar** *vt* vénérer
venéreo, -a *adj* vénérien(ne)
venezolano, -a *adj* vénézuélien(ne) ♦ *nm/f* Vénézuélien(ne)
Venezuela *nf* Venezuela *m*
venga *etc vb ver* **venir**
venganza *nf* vengeance *f*; **vengar** *vt* venger; **vengarse** *vpr* se venger
vengativo, -a *adj* vindicatif(-ive)
venia *nf* permission *f*
venial *adj* véniel(le)
venida *nf* venue *f*
venidero, -a *adj* futur(e), à venir
venir *vi* venir; (*en periódico, texto*) être; (*llegar, ocurrir*) arriver; **~se** *vpr*: **~se abajo** s'écrouler; (*persona*) s'effondrer; **~ de** venir de; **~ bien/mal** convenir/ne pas convenir; **el año que viene** l'année prochaine
venta *nf* vente *f*; **estar a la/en ~** être

à la/en vente; **~ al contado** vente au comptant; **~ al detalle** vente au détail; **~ a plazos** vente à crédit; **~ al por mayor** vente en gros; **~ al por menor** vente au détail

ventaja *nf* avantage *m*

ventajoso, -a *adj* avantageux(-euse)

ventana *nf* fenêtre *f*; **ventanilla** *nf* guichet *m*

ventilación *nf* ventilation *f*, aération *f*; **ventilar** *vt* ventiler, aérer; (*ropa*) aérer; (*fig*) divulguer; (: *resolver*) éclaircir; **ventilarse** *vpr* s'aérer

ventisca *nf*, **ventisquero** *nm* bourrasque *f* de neige

ventrílocuo, -a *adj, nm/f* ventriloque *m/f*

ventura *nf* félicité *f*; (*suerte, destino*) fortune *f*; **a la (buena) ~** à l'aventure

ver *vt* voir; (*televisión, partido*) regarder; (*esp* AM: *mirar*) regarder ♦ *vi* voir; **~se** *vpr* se voir; (*hallarse*) se trouver; (AM: *fam*) avoir l'air; **(voy) a ~ que hay** je vais voir ce qu'il y a; **a ~** voyons voir; **no tener que ~ con** n'avoir rien à voir avec; **¡viera(n) qué casa!** (MÉX: *fam*) tu verrais la maison!; **¡hubiera(n) visto qué casa!** (MÉX: *fam*) si tu avais vu la maison!; **(ya) se ve que ...** on voit bien que ...; **te ves divina** (AM) tu es divine

vera *nf*: **a la ~ de** (*del camino*) au bord de; (*de algn*) auprès de

veracidad *nf* véracité *f*

veranear *vi* passer ses vacances d'été; **veraneo** *nm*: **ir de veraneo** partir en vacances d'été

veraniego, -a *adj* estival(e)

verano *nm* été *m*

veras *nfpl*: **de ~** vraiment

veraz *adj* véridique

verbal *adj* verbal(e)

verbena *nf* kermesse *f*

verbo *nm* verbe *m*

verdad *nf* vérité *f*; **¿~?** n'est-ce pas?; **de ~** vraiment; **¡es ~!** c'est vrai!; **la ~ es que ...** en fait ...

verdadero, -a *adj* véridique; (*antes del nombre*) vrai(e), véritable

verde *adj* (*tb* POL) vert(e); (*chiste*) cochon(ne) ♦ *nm* vert *m*; (*hierba*) verdure *f*; **viejo ~** vieux cochon *m*; **verdear**, **verdecer** *vi* verdir; **verdor** *nm* (*color*) couleur *f* verte, vert *m*

verdugo *nm* bourreau *m*

verdura(s) *nf(pl)* légumes *mpl*

vereda *nf* sentier *m*; (AM) trottoir *m*

veredicto *nm* verdict *m*

vergonzoso, -a *adj* (*persona*) timide; (*acto, comportamiento*) honteux(-euse)

vergüenza *nf* honte *f*; **me da ~ decírselo** j'ai honte de le lui dire; **¡qué ~!** quelle honte!

verídico, -a *adj* véridique

verificar *vt* vérifier

verja *nf* grille *f*

vermut (*pl* **~s**) *nm* vermouth *m*; (*esp* AND, CSUR: CINE) matinée *f*

verosímil *adj* vraisemblable

verruga *nf* (MED) verrue *f*

versado, -a *adj*: **~ en** versé(e) en

versátil *adj* (*material*) polyvalent(e); (*persona*) versatile

versión *nf* version *f*; **en ~ original** en version originale

verso *nm* vers *msg*

vértebra *nf* vertèbre *f*

verter *vt* verser; (*derramar*) répandre

vertical *adj* vertical(e); (*postura, piano*) droit(e)

vértice *nm* sommet *m*

vertiente *nf* versant *m*

vertiginoso, -a *adj* vertigineux(-euse)

vértigo *nm* vertige *m*

vesícula *nf* vésicule *f*

vestíbulo *nm* vestibule *m*; (*de teatro*) foyer *m*

vestido *nm* (*de mujer*) robe *f*

vestigio *nm* vestige *m*

vestimenta *nf* habillement *m*

vestir *vt* habiller; (*llevar puesto*) porter ♦ *vi* s'habiller; (*ser elegante*) habiller; **~se** *vpr* s'habiller; **ropa de ~** vêtements *mpl* habillés

vestuario *nm* garde-robe *f*; (TEATRO, CINE) costumes *mpl*; (*local*: TEATRO) loge *f*; **~s** *nmpl* (DEPORTES) vestiaires *mpl*

veta *nf* (*de mineral*) veine *f*, filon *m*;

(*en piedra, madera*) veine
vetar *vt* mettre son veto à
veterano, -a *adj* ancien(ne) ♦ *nm/f* vétéran *m*
veterinaria *nf* médecine *f* vétérinaire
veterinario, -a *nm/f* vétérinaire *m/f*
veto *nm* veto *m*
vez *nf* fois *fsg*; (*turno*) tour *m*; **a la ~** en même temps; **a su ~** à son tour; **una ~** une fois; **en ~ de** au lieu de; **a veces/algunas veces** parfois; **otra ~** encore (une fois); **una y otra ~** à maintes reprises; **de ~ en cuando** de temps en temps; **hacer las veces de** tenir lieu de, faire office de; **tal ~** peut-être
vía *nf* voie *f*; **por ~ judicial** par voie de droit; **por ~ oficial** par la voie officielle; **en ~s de** en voie de; **Madrid-Berlín ~ París** Madrid-Berlin via Paris; **~s aéreas** voies *fpl* aériennes; **V~ Láctea** Voie lactée; **~ pública** voie publique
viable *adj* viable
viaducto *nm* viaduc *m*
viajar *vi* voyager
viaje *nm* voyage *m*; **estar de viaje** être en voyage; **viaje de ida y vuelta** voyage aller-retour; **viaje de novios** voyage de noces
viajero, -a *adj, nm/f* voyageur(-euse)
vial *adj* (*AUTO*: *seguridad*) routier(-ière); (*marca*) au sol
víbora *nf* vipère *f*
vibración *nf* vibration *f*
vibrar *vi* vibrer
vicario *nm* vicaire *m*
vicepresidente *nm/f* vice-président(e)
viceversa *adv*: **y ~** et vice versa
viciado, -a *adj* (*corrompido*) dépravé(e); (*postura*) gauchi(e); (*aire, atmósfera*) vicié(e); **viciar** *vt* (*persona, costumbres*) pervertir; (*JUR, aire*) vicier; (*objeto, postura*) déformer; (*mecanismo, dicción*) fausser; (*deformarse*) se déformer; **viciarse con** (*persona*) devenir mordu(e) de
vicio *nm* vice *m*; (*mala costumbre*) mauvaise habitude *f*, défaut *m*
vicioso, -a *adj, nm/f* vicieux(-euse)
vicisitud *nf* vicissitude *f*
víctima *nf* victime *f*
victoria *nf* victoire *f*
victorioso, -a *adj* victorieux(-ieuse)
vid *nf* vigne *f*
vida *nf* vie *f*; **de por ~** de (toute) ma *etc* vie; **en la/mi** *etc* **~** (*nunca*) de la/ma *etc* vie; **estar con ~** être en vie; **ganarse la ~** gagner sa vie; **de ~ o muerte** de vie ou de mort
vídeo *nm* vidéo *f*; (*aparato*) magnétoscope *m*
videocámara *nf* caméra *f* vidéo
videocas(s)et(t)e *nm* vidéocassette *f*
videoclub *nm* club *m* vidéo
videojuego *nm* jeu *m* vidéo
vidrio *nm* verre *m*; **~s** *nmpl* (*objetos*) objets *mpl* en verre; **pagar los ~s rotos** payer les pots cassés
viejo, -a *adj* vieux (vieille); (*tiempos*) ancien(ne) ♦ *nm/f* vieux (vieille); **hacerse** *o* **ponerse ~** se faire vieux (vieille)
Viena *n* Vienne
viene *etc vb ver* **venir**
vienés, -esa *adj* viennois(e) ♦ *nm/f* Viennois(e)
viento *nm* vent *m*
vientre *nm* ventre *m*
viernes *nm inv* vendredi *m*; **V~ Santo** vendredi saint; *ver tb* **sábado**
Vietnam *nm* Vietnam *m*; **vietnamita** *adj* vietnamien(ne) ♦ *nm/f* Vietnamien(ne)
viga *nf* poutre *f*
vigencia *nf* (*de ley, contrato*) validité *f*; **estar/entrar en ~** être/entrer en vigueur; **vigente** *adj* (*ley etc*) en vigueur
vigésimo, -a *adj, nm/f* vingtième *m/f*
vigía *nm/f* guetteur(-euse)
vigilancia *nf* surveillance *f*
vigilante *adj* vigilant(e) ♦ *nm* gardien *m*
vigilar *vt* surveiller
vigilia *nf* veille *f*; (*REL*) vigile *f*
vigor *nm* vigueur *f*; **en ~** en vigueur; **entrar en ~** entrer en vigueur
vigoroso, -a *adj* vigoureux(-euse)
vil *adj* vil(e); **vileza** *nf* vilenie *f*
villa *nf* villa *f*; (*población*) ville *f*; **~ miseria** (*CSUR*) bidonville *m*

villancico *nm* chant *m* de Noël
vilo: **en ~** *adv* (*sostener, levantar*) en l'air; **estar en ~** (*fig*) être sur des charbons ardents
vinagre *nm* vinaigre *m*
vinagreta *nf* vinaigrette *f*
vincular *vt* rapprocher; (*por contrato, obligación*) lier; **~se** *vpr*: **~se (a)** se rapprocher (de); **vínculo** *nm* lien *m*
vinicultura *nf* viticulture *f*
vino *vb ver* **venir** ♦ *nm* vin *m*; **~ blanco** vin blanc
viña *nf* vigne *f*
viñedo *nm* vignoble *m*
violación *nf* (*de una persona*) viol *m*; (*de derecho, ley*) violation *f*
violar *vt* violer
violencia *nf* violence *f*; **violentar** *vt* forcer; (*persona*) violenter
violento, -a *adj* violent(e); (*embarazoso*) embarrassant(e); (*incómodo*) mal à l'aise *inv*
violeta *adj* violet(te) ♦ *nf* (BOT) violette *f* ♦ *nm* (*color*) violet *m*
violín *nm* violon *m*
viraje *nm* virage *m*
virgen *adj* vierge; **la (Santísima) V~** la (Sainte) Vierge
Virgo *nm* (ASTROL) la Vierge; **ser ~** être (de la) Vierge
viril *adj* viril(e); **virilidad** *nf* virilité *f*
virtud *nf* vertu *f*; **en ~ de** en vertu de
virtuoso, -a *adj* vertueux(-euse) ♦ *nm/f* (MÚS) virtuose *m/f*
viruela *nf* variole *f*
virulento, -a *adj* virulent(e)
virus *nm inv* virus *msg*
visa (AM) *nf*, **visado** *nm* visa *m*
víscera *nf* viscère *m*; **~s** *nfpl* viscères *mpl*
visceral *adj* viscéral(e)
viscoso, -a *adj* visqueux(-euse)
visera *nf* visière *f*; (*gorra*) casquette *f* à visière
visibilidad *nf* visibilité *f*; **visible** *adj* visible
visillo *nm* rideau *m*
visión *nf* vision *f*
visita *nf* visite *f*; **hacer una ~** rendre *o* faire une visite
visitar *vt* (*familia etc*) rendre visite à; (*ciudad, museo*) visiter
vislumbrar *vt* apercevoir, distinguer
viso *nm* (*de metal*) éclat *m*; (*de tela*) lustre *m*; (*aspecto*) luisant *m*
visón *nm* vison *m*
visor *nm* (FOTO) viseur *m*
víspera *nf* veille *f*; **la ~** *o* **en ~s de** (à) la veille de
vista *nf* vue *f*; **a primera** *o* **simple ~** à première vue, au premier abord; **hacer la ~ gorda** fermer les yeux; **está** *o* **salta a la ~ que** il saute aux yeux que; **conocer a algn de ~** connaître qn de vue; **en ~ de ...** vu ...; **en ~ de que** vu que; **¡hasta la ~!** à bientôt!; **con ~s a** (*al mar*) avec vue sur; (*al futuro, a mejorar*) dans le but de; **vistazo** *nm* coup *m* d'œil; **dar** *o* **echar un vistazo a** donner *o* jeter un coup d'œil à
visto, -a *vb ver* **vestir** ♦ *pp de* **ver** ♦ *adj*: **estar muy ~** être très en vue ♦ *nm*: **~ bueno** autorisation *f*; **está ~ que** il est clair que; **está bien/mal ~** c'est bien/mal vu; **~ que** vu que; **por lo ~** apparemment
vistoso, -a *adj* voyant(e)
visual *adj* visuel(le)
vital *adj* vital(e); (*persona*) plein(e) de vitalité
vitalicio, -a *adj* viager(-ère); (*cargo*) à vie
vitalidad *nf* vitalité *f*
vitamina *nf* vitamine *f*
viticultor, a *nm/f* viticulteur(-trice); **viticultura** *nf* viticulture *f*
vitorear *vt* acclamer
vitrina *nf* vitrine *f*
viudez *nf* veuvage *m*
viudo, -a *adj, nm/f* veuf (veuve)
viva *excl* vivat!; **¡~ el rey!** vive le roi!
vivacidad *nf* vivacité *f*
vivaracho, -a *adj* vivant(e)
vivaz *adj* vivace
víveres *nmpl* vivres *mpl*
vivero *nm* (HORTICULTURA) pépinière *f*; (*criadero*) vivier *m*
vivienda *nf* logement *m*, habitation *f*
viviente *adj* vivant(e)
vivir *vt, vi* vivre
vivo, -a *adj* vif (vive); (*ser, recuerdo, planta*) vivant(e); **en ~** (TV, MÚS) en

direct
vocablo *nm* mot *m*
vocabulario *nm* vocabulaire *m*
vocación *nf* vocation *f*; **vocacional** (*MÉX*) *nf* (*ESCOL*) collège *m* technique
vocal *adj* vocal(e) ♦ *nm/f* membre *m* ♦ *nf* (*LING*) voyelle *f*; **vocalizar** *vt* prononcer ♦ *vi* vocaliser
vocear *vi* vociférer; **vocerío** *nm* clameur *f*
vocero, -a (*AM*) *nm/f* porte-parole *m inv*
voces *pl de* **voz**
vociferar *vi* vociférer
vodka *nm* vodka *f*
vol *abr* (= *volumen*) vol. (= *volume*)
volandas: **en ~** *adv* en volant
volante *nm* volant *m*; (*MED*: *de aviso*) convocation *f*
volar *vt* faire exploser ♦ *vi* voler
volátil *adj* volatile
volcán *nm* volcan *m*
volcánico, -a *adj* volcanique
volcar *vt* (*recipiente*) vider; (*contenido*) verser; (*vehículo*) renverser; (*barco*) faire chavirer ♦ *vi* (*vehículo*) capoter; (*barco*) chavirer; **~se** *vpr* (*recipiente*) se renverser; (*esforzarse*): **~se para hacer algo/con algn** se donner beaucoup de mal pour faire qch/ avec qn
voleibol *nm* volley-ball *m*
volqué *etc*, **volquemos** *etc vb ver* **volcar**
voltaje *nm* voltage *m*
voltear *vt* faire tourner; (*persona*: *en el aire*) faire sauter en l'air; (*AM*) tourner; (: *volcar*) verser; **~se** *vpr* (*AM*) se retourner; **~ a hacer algo** (*AM*) recommencer (à faire) qch
voltereta *nf* (*rodada*) culbute *f*
voltio *nm* volt *m*
voluble *adj* volubile
volumen *nm* volume *m*; (*COM*) volume, chiffre *m*
voluminoso, -a *adj* volumineux(-euse)
voluntad *nf* volonté *f*
voluntario, -a *adj, nm/f* volontaire *m/f*
voluntarioso, -a *adj* volontaire
voluptuoso, -a *adj* voluptueux(-euse)
volver *vt* tourner; (*de atrás adelante*) ramener; (*transformar en*: *persona*) rendre ♦ *vi* (*regresar*) revenir; (*ir de nuevo*) retourner; **~se** *vpr* (*girar*) se retourner; (*convertirse en*) devenir; **~ la espalda** tourner le dos; **~ a hacer algo** recommencer (à faire) qch; **~ en sí** revenir à soi; **~se loco/insociable** devenir fou/asocial
vomitar *vt* vomir ♦ *vi* vomir; **vómito** *nm* vomissement *m*; (*lo vomitado*) vomi *m*
voraz *adj* vorace; (*hambre*) dévorant(e)
vos (*AM*) *pron* vous; (*esp CSUR*) tu
vosotros, -as *pron* vous; **entre ~** parmi vous
votación *nf* vote *m*; **por ~** par vote
votar *vt, vi* voter; **voto** *nm* vote *m*; (*REL*) vœu *m*; **hacer votos por** faire des vœux pour
voy *vb ver* **ir**
voz *nf* voix *fsg*; (*grito*) cri *m*; (*rumor*) bruit *m*; **dar voces** pousser des cris; **llamar a algn/hablar a voces** appeler qn en criant/crier; **a media ~** à mi-voix; **de viva ~** de vive voix; **en ~ alta/baja** à voix haute/basse; **~ de mando** ton *m* de commandement
vuelco *vb ver* **volcar** ♦ *nm* culbute *f*, chute *f*; (*de coche*) tonneau *m*, capotage *m*
vuelo *vb ver* **volar** ♦ *nm* vol *m*; (*de falda, vestido*) ampleur *f*; **cazar** *o* **coger al ~** attraper au vol; **~ libre** vol libre; **~ regular** vol régulier
vuelque *etc vb ver* **volcar**
vuelta *nf* tour *m*; (*regreso*) retour *m*; (*en carreras, circuito*) virage *m*; (*de camino, río*) méandre *m*; (*de papel*) verso *m*; (*de pantalón, tela, fig*) revers *msg*; (*dinero*) monnaie *f*; **a la ~** (*ESP*) au retour; **a la ~ (de la esquina)** au coin (de la rue); **a ~ de correo** par retour du courrier; **dar(se) la ~** (*coche*) faire demi-tour; (*persona*) se retourner; **dar la ~ a algo** retourner qch; (*de atrás adelante*) ramener qch; **dar ~s** tourner; **dar ~s a algo** (*comida*)

remuer qch; (*manivela*) tourner qch; **dar ~s a una idea** tourner et retourner une idée dans sa tête; **dar una ~** faire un tour; **~ ciclista** tour *f* (cycliste)

vuelto *pp de* **volver** ♦ *nm* (*AM*) monnaie *f*

vuelva *etc vb ver* **volver**

vuestro, -a *adj* votre ♦ *pron*: **el ~/la vuestra** le/la vôtre; **los ~s, las vuestras** les vôtres; **un amigo ~** un de vos amis; **¿son ~s?** c'est à vous?

vulgar *adj* (*pey*) vulgaire; (*no refinado*) grossier(-ière); (*gustos, uso*) commun(e); **vulgaridad** *nf* vulgarité *f*; (*de gustos, rasgos*) banalité *f*; (*grosería*) grossièreté *f*; **vulgarizar** *vt* vulgariser

vulgo *nm*: **el ~** (*pey*) le commun des mortels

vulnerable *adj* vulnérable; (*punto, zona*) sensible

vulnerar *vt* (*ley, acuerdo*) transgresser; (*derechos, reputación*) bafouer; (*intimidad*) violer

W, w

wáter *nm* waters *mpl*

whisky *nm* whisky *m*

windsurf *nm* windsurf *m*, planche *f* à voile

X, x

xenofobia *nf* xénophobie *f*

xilófono *nm* xylophone *m*

Y, y

y *conj* et

ya *adv* déjà; (*con presente*: *ahora*) maintenant; (: *en seguida*) tout de suite; (*con futuro*: *pronto*) bientôt ♦ *excl* OK! ♦ *conj* déjà; **~ que** puisque; **~ no vamos** nous ne partons plus; **~ lo sé** je sais; **~ veremos** on verra bien; **que ~, ya** mais oui, c'est ça; **¡~ voy!** j'arrive!, j'y vais!; **~ mismo** (*esp CSUR*) tout de suite; **desde ~** (*CSUR*) tout de suite; (: *claro*) évidemment; **~ vale (de hacer), ~ está bien** ça suffit

yacer *vi* gésir; **aquí yace** ci-gît

yacimiento *nm* gisement *m*

yanqui *adj* yankee ♦ *nm/f* Yankee *m/f*

yate *nm* yacht *m*

yazca *etc vb ver* **yacer**

yedra *nf* lierre *m*

yegua *nf* jument *f*

yema *nf* (*del huevo*) jaune *m*; (*BOT*) bourgeon *m*; **~ del dedo** bout *m* du doigt

yerga *etc*, **yergue** *etc vb ver* **erguir**

yermo, -a *adj* (*no cultivado*) inculte

yerno *nm* gendre *m*

yerre *etc vb ver* **errar**

yeso *nm* (*ARQ*) plâtre *m*

yo *pron (personal)* je; **soy ~** c'est moi

yodo *nm* iode *m*

yoga *nm* yoga *m*

yogur(t) *nm* yaourt *m*, yogourt *m*

yudo *nm* judo *m*

yugo *nm* joug *m*

Yugoslavia *nf* Yougoslavie *f*

yugular *adj, nf* jugulaire *f*

yunque *nm* enclume *f*

yunta *nf* attelage *m*

yuxtaponer *vt* juxtaposer; **yuxtaposición** *nf* juxtaposition *f*

Z, z

zafarse *vpr*: **~ de** se libérer de

zafio, -a *adj* rustre

zafiro *nm* saphir *m*

zaga *nf*: **a la ~** à la traîne

zaguán *nm* vestibule *m*

zaherir *vt* mortifier

zalamería *nf* cajolerie *f*

zalamero, -a *adj* cajoleur(-euse)

zamarra *nf* veste *f* en cuir

zambullirse *vpr* plonger

zampar (*fam*) *vt* engouffrer

zanahoria *nf* carotte *f*

zancada *nf* enjambée *f*

zancadilla *nf* croc-en-jambe *m*; **echar** *o* **poner la ~ a algn** barrer la route à qn

zanco *nm* échasse *f*

zancudo, -a *adj*: **ave ~** oiseau *m* aux longues pattes ♦ *nm* (*AM*) moustique *m*
zángano *nm* (*ZOOL*) faux bourdon *m*
zanja *nf* fossé *m*; **zanjar** *vt* trancher
zapata *nf* patin *m*
zapatear *vi* (*bailar*) danser le zapatéado
zapatería *nf* (*tienda*) magasin *m* de chaussures; (*oficio*) cordonnerie *f*
zapatero, -a *nm/f* cordonnier(-ière)
zapatilla *nf* (*para casa, ballet*) chausson *m*; (*para la calle*) chaussure *f* légère; **~ de deporte** chaussure *f* de sport
zapato *nm* chaussure *f*
zapping *nm* zapping *m*; **hacer ~** zapper
zarandear *vt* secouer
zarpa *nf* griffe *f*
zarpar *vi* lever l'ancre
zarza *nf* ronce *f*; **zarzal** *nm* fourré *m*
zarzamora *nf* (*fruto*) mûre *f*; (*planta*) mûrier *m*
zarzuela *nf* zarzuela *f*
zigzag *nm* zigzag *m*; **zigzaguear** *vi* zigzaguer
zinc *nm* zinc *m*
zócalo *nm* soubassement *m*
zodíaco *nm* zodiaque *m*
zona *nf* zone *f*
zoo *nm* zoo *m*
zoología *nf* zoologie *f*
zoológico, -a *adj* zoologique ♦ *nm* (*tb:* **parque ~**) zoo *m*
zoólogo, -a *nm/f* zoologue *m*
zoom *nm* zoom *m*
zopilote (*AM*) *nm* vautour *m*
zoquete (*fam*) *adj, nm/f* abruti(e)
zorro, -a *adj* rusé(e) ♦ *nm/f* renard(e)
zozobra *nf* angoisse *f*; **zozobrar** *vi* (*barco*) couler; (*fig: plan*) échouer
zueco *nm* sabot *m*
zumbar *vi* (*abeja*) bourdonner; (*motor*) vrombir; **zumbido** *nm* (*de abejas*) bourdonnement *m*; (*de motor*) vrombissement *m*
zumo *nm* jus *msg*
zurcir *vt* (*COSTURA*) raccommoder
zurdo, -a *adj* (*persona*) gaucher(-ère); (*mano*) gauche
zurrar *vt* (*fam: pegar*) tabasser

LOS VERBOS FRANCESES

1 Participe présent **2** Participe passé **3** Présent **4** Imparfait **5** Futur **6** Conditionnel **7** Subjonctif présent

acquérir 1 acquérant **2** acquis **3** acquiers, acquérons, acquièrent **4** acquérais **5** acquerrai **7** acquière

ALLER 1 allant **2** allé **3** vais, vas, va, allons, allez, vont **4** allais **5** irai **6** irais **7** aille

asseoir 1 asseyant **2** assis **3** assieds, asseyons, asseyez, asseyent **4** asseyais **5** assiérai **7** asseye

atteindre 1 atteignant **2** atteint **3** atteins, atteignons **4** atteignais **7** atteigne

AVOIR 1 ayant **2** eu **3** ai, as, a, avons, avez, ont **4** avais **5** aurai **6** aurais **7** aie, aies, ait, ayons, ayez, aient

battre 1 battant **2** battu **3** bats, bat, battons **4** battais **7** batte

boire 1 buvant **2** bu **3** bois, buvons, boivent **4** buvais **7** boive

bouillir 1 bouillant **2** bouilli **3** bous, bouillons **4** bouillais **7** bouille

conclure 1 concluant **2** conclu **3** conclus, concluons **4** concluais **7** conclue

conduire 1 conduisant **2** conduit **3** conduis, conduisons **4** conduisais **7** conduise

connaître 1 connaissant **2** connu **3** connais, connaît, connaissons **4** connaissais **7** connaisse

coudre 1 cousant **2** cousu **3** couds, cousons, cousez, cousent **4** cousais **7** couse

courir 1 courant **2** couru **3** cours, courons **4** courais **5** courrai **7** coure

couvrir 1 couvrant **2** couvert **3** couvre, couvrons **4** couvrais **7** couvre

craindre 1 craignant **2** craint **3** crains, craignons **4** craignais **7** craigne

croire 1 croyant **2** cru **3** crois, croyons, croient **4** croyais **7** croie

croître 1 croissant **2** crû, crue, crus, crues **3** croîs, croissons **4** croissais **7** croisse

cueillir 1 cueillant **2** cueilli **3** cueille, cueillons **4** cueillais **5** cueillerai **7** cueille

devoir 1 devant **2** dû, due, dus, dues **3** dois, devons, doivent **4** devais **5** devrai **7** doive

dire 1 disant **2** dit **3** dis, disons, dites, disent **4** disais **7** dise

dormir 1 dormant **2** dormi **3** dors, dormons **4** dormais **7** dorme

écrire 1 écrivant **2** écrit **3** écris, écrivons **4** écrivais **7** écrive

ÊTRE 1 étant **2** été **3** suis, es, est, sommes, êtes, sont **4** étais **5** serai **6** serais **7** sois, sois, soit, soyons, soyez, soient

FAIRE 1 faisant **2** fait **3** fais, fais, fait, faisons, faites, font **4** faisais **5** ferai **6** ferais **7** fasse

falloir 2 fallu **3** faut **4** fallait **5** faudra **7** faille

FINIR 1 finissant **2** fini **3** finis, finis, finit, finissons, finissez, finissent **4** finissais **5** finirai **6** finirais **7** finisse

fuir 1 fuyant **2** fui **3** fuis, fuyons, fuient **4** fuyais **7** fuie

joindre 1 joignant **2** joint **3** joins, joignons **4** joignais **7** joigne

lire 1 lisant **2** lu **3** lis, lisons **4** lisais **7** lise

luire 1 luisant **2** lui **3** luis, luisons **4** luisais **7** luise

maudire 1 maudissant **2** maudit **3** maudis, maudissons **4** maudissait **7** maudisse

mentir 1 mentant **2** menti **3** mens, mentons **4** mentais **7** mente

mettre 1 mettant **2** mis **3** mets, mettons **4** mettais **7** mette

mourir 1 mourant **2** mort **3** meurs, mourons, meurent **4** mourais **5** mourrai **7** meure

naître 1 naissant **2** né **3** nais, naît, naissons **4** naissais **7** naisse

offrir 1 offrant **2** offert **3** offre, offrons **4** offrais **7** offre

PARLER 1 parlant 2 parlé 3 parle, parles, parle, parlons, parlez,

parlent 4 parlais, parlais, parlait, parlions, parliez, parlaient 5 parlerai, parleras, parlera, parlerons, parlerez, parleront 6 parlerais, parlerais, parlerait, parlerions, parleriez, parleraient 7 parle, parles, parle, parlions, parliez, parlent *impératif* **parle! parlez!**

partir 1 partant **2** parti **3** pars, partons **4** partais **7** parte

plaire 1 plaisant **2** plu **3** plais, plaît, plaisons **4** plaisais **7** plaise

pleuvoir 1 pleuvant **2** plu **3** pleut, pleuvent **4** pleuvait **5** pleuvra **7** pleuve

pourvoir 1 pourvoyant **2** pourvu **3** pourvois, pourvoyons, pourvoient **4** pourvoyais **7** pourvoie

pouvoir 1 pouvant **2** pu **3** peux, peut, pouvons, peuvent **4** pouvais **5** pourrai **7** puisse

prendre 1 prenant **2** pris **3** prends, prenons, prennent **4** prenais **7** prenne

prévoir *como voir 5* prévoirai

RECEVOIR 1 recevant **2** reçu **3** reçois, reçois, reçoit, recevons, recevez, reçoivent **4** recevais **5** recevrai **6** recevrais **7** reçoive

RENDRE 1 rendant **2** rendu **3** rends, rends, rend, rendons, rendez, rendent **4** rendais **5** rendrai **6** rendrais **7** rende

résoudre 1 résolvant **2** résolu **3** résous, résolvons **4** résolvais **7** résolve

rire 1 riant **2** ri **3** ris, rions **4** riais **7** rie

savoir 1 sachant **2** su **3** sais, savons, savent **4** savais **5** saurai **7** sache *impératif* sache, sachons, sachez

servir 1 servant **2** servi **3** sers, servons **4** servais **7** serve

sortir 1 sortant **2** sorti **3** sors, sortons **4** sortais **7** sorte

souffrir 1 souffrant **2** souffert **3** souffre, souffrons **4** souffrais **7** souffre

suffire 1 suffisant **2** suffi **3** suffis, suffisons **4** suffisais **7** suffise

suivre 1 suivant **2** suivi **3** suis, suivons **4** suivais **7** suive

taire 1 taisant **2** tu **3** tais, taisons **4** taisais **7** taise

tenir 1 tenant **2** tenu **3** tiens, tenons, tiennent **4** tenais **5** tiendrai **7** tienne

vaincre 1 vainquant **2** vaincu **3** vaincs, vainc, vainquons **4** vainquais **7** vainque

valoir 1 valant **2** valu **3** vaux, vaut, valons **4** valais **5** vaudrai **7** vaille

venir 1 venant **2** venu **3** viens, venons, viennent **4** venais **5** viendrai **7** vienne

vivre 1 vivant **2** vécu **3** vis, vivons **4** vivais **7** vive

voir 1 voyant **2** vu **3** vois, voyons, voient **4** voyais **5** verrai **7** voie

vouloir 1 voulant **2** voulu **3** veux, veut, voulons, veulent **4** voulais **5** voudrai **7** veuille *impératif* veuillez

VERBES ESPAGNOLS

1 Gerundio **2** Imperativo **3** Presente **4** Pretérito perfecto **5** Futuro **6** Presente de subjuntivo **7** Imperfecto de subjuntivo **8** Participio pasado **9** Imperfecto

agradecer 3 agradezco **6** agradezca *etc*

aprobar 2 aprueba **3** apruebo, apruebas, aprueba, aprueban **6** apruebe, apruebes, apruebe, aprueben

atravesar 2 atraviesa **3** atravieso, atraviesas, atraviesa, atraviesan **6** atraviese, atravieses, atraviese, atraviesen

caber 3 quepo **4** cupe, cupiste, cupo, cupimos, cupisteis, cupieron **5** cabré *etc* **6** quepa *etc* **7** cupiera *etc*

caer 1 cayendo **3** caigo **4** cayó, cayeron **6** caiga *etc* **7** cayera *etc*

cerrar 2 cierra **3** cierro, cierras, cierra, cierran **6** cierre, cierres, cierre, cierren

COMER 1 comiendo **2** come, comed **3** como, comes, come, comemos, coméis, comen **4** comí, comiste, comió, comimos, comisteis, comieron **5** comeré, comerás, comerá, comeremos, comeréis, comerán **6** coma, comas, coma, comamos, comáis, coman **7** comiera, comieras, comiera, comiéramos, comierais, comieran **8** comido **9** comía, comías, comía, comíamos comíais, comían

conocer 3 conozco **6** conozca *etc*

contar 2 cuenta **3** cuento, cuentas, cuenta, cuentan **6** cuente, cuentes, cuente, cuenten

dar 3 doy **4** di, diste, dio, dimos, disteis, dieron **7** diera *etc*

decir 2 di **3** digo **4** dije, dijiste, dijo, dijimos, dijisteis, dijeron **5** diré *etc* **6** diga *etc* **7** dijera *etc* **8** dicho

despertar 2 despierta **3** despierto, despiertas, despierta, despiertan **6** despierte, despiertes, despierte, despierten

divertir 1 divirtiendo **2** divierte **3** divierto, diviertes, divierte, divierten **4** divirtió, divirtieren **6** divierta, diviertas, divierta, divirtamos, divirtáis, diviertan **7** divirtiera *etc*

dormir 1 durmiendo **2** duerme **3** duermo, duermes, duerme, duermen **4** durmió, durmieron **6** duerma, duermas, duerma, durmamos, durmáis, duerman **7** durmiera *etc*

empezar 2 empieza **3** empiezo, empiezas, empieza, empiezan **4** empecé **6** empiece, empieces, empiece, empecemos, empecéis, empiecen

entender 2 entiende **3** entiendo, entiendes, entiende, entienden **6** entienda, entiendas, entienda, entiendan

ESTAR 2 está **3** estoy, estás, está, están **4** estuve, estuviste, estuvo, estuvimos, estuvisteis, estuvieron **6** esté, estés, esté, estén **7** estuviera *etc*

HABER 3 he, has, ha, hemos, han **4** hube, hubiste, hubo, hubimos, hubisteis, hubieron **5** habré *etc* **6** haya *etc* **7** hubiera *etc*

HABLAR 1 hablando **2** habla, hablad **3** hablo, hablas, habla, hablamos, habláis, hablan **4** hablé, hablaste, habló, hablamos, hablasteis, hablaron **5** hablaré, hablarás, hablará, hablaremos, hablaréis, hablarán **6** hable, hables, hable, hablemos, habléis, hablen **7** hablara, hablaras, hablara, habláramos, hablarais, hablaran **8** hablado **9** hablaba, hablabas, hablaba, hablábamos, hablabais, hablaban

hacer 2 haz **3** hago **4** hice, hiciste, hizo, hicimos, hicisteis, hicieron **5** haré *etc* **6** haga *etc* **7** hiciera *etc* **8** hecho

instruir 1 instruyendo **2** instruye **3** instruyo, instruyes, instruye, instruyen **4** instruyó, instruyeron **6** instruya *etc* **7** instruyera *etc*

ir 1 yendo **2** ve **3** voy, vas, va, vamos, vais, van **4** fui, fuiste, fue, fuimos, fuisteis, fueron **6** vaya, vayas, vaya, vayamos, vayáis, vayan **7** fuera *etc* **9** iba, ibas, iba, íbamos, ibais, iban

jugar 2 juega **3** juego, juegas, juega, juegan **4** jugué **6** juegue *etc*

leer 1 leyendo **4** leyó, leyeron **7** leyera *etc*

morir 1 muriendo **2** muere **3** muero, mueres, muere, mueren **4** murió, murieron **6** muera, mueras, muera, muramos, muráis, mueran **7** muriera *etc* **8** muerto

mover 2 mueve **3** muevo, mueves, mueve, mueven **6** mueva, muevas, mueva, muevan

negar 2 niega **3** niego, niegas, niega, niegan **4** negué **6** niegue, niegues, niegue, neguemos, neguéis, nieguen

ofrecer 3 ofrezco **6** ofrezca *etc*

oír 1 oyendo **2** oye **3** oigo, oyes, oye, oyen **4** oyó, oyeron **6** oiga *etc* **7** oyera *etc*

oler 2 huele **3** huelo, hueles, huele, huelen **6** huela, huelas, huela, huelan

parecer 3 parezco **6** parezca *etc*

pedir 1 pidiendo **2** pide **3** pido, pides, pide, piden **4** pidió, pidieron **6** pida *etc* **7** pidiera *etc*

pensar 2 piensa **3** pienso, piensas, piensa, piensan **6** piense, pienses, piense, piensen

perder 2 pierde **3** pierdo, pierdes, pierde, pierden **6** pierda, pierdas, pierda, pierdan

poder 1 pudiendo **2** puede **3** puedo, puedes, puede, pueden **4** pude, pudiste, pudo, pudimos, pudisteis, pudieron **5** podré *etc* **6** pueda, puedas, pueda, puedan **7** pudiera *etc*

poner 2 pon **3** pongo **4** puse, pusiste, puso, pusimos, pusisteis, pusieron **5** pondré *etc* **6** ponga *etc* **7** pusiera *etc* **8** puesto

preferir 1 prefiriendo **2** prefiere **3** prefiero, prefieres, prefiere, prefieren **4** prefirió, prefirieron **6** prefiera, prefieras, prefiera, prefiramos, prefiráis, prefieran **7** prefiriera *etc*

querer 2 quiere **3** quiero, quieres, quiere, quieren **4** quise, quisiste, quiso, quisimos, quisisteis, quisieron **5** querré *etc* **6** quiera, quieras, quiera, quieran **7** quisiera *etc*

reír 2 rie **3** río, ríes, ríe, ríen **4** rio, rieron **6** ría, rías, ría, riamos, riáis, rían **7** riera *etc*

repetir 1 repitiendo **2** repite **3** repito, repites, repite, repiten **4** repitió, repitieron **6** repita *etc* **7** repitiera *etc*

rogar 2 ruega **3** ruego, ruegas, ruega, ruegan **4** rogué **6** ruegue, ruegues, ruegue, roguemos, roguéis, rueguen

saber 3 sé **4** supe, supiste, supo, supimos, supisteis, supieron **5** sabré *etc* **6** sepa *etc* **7** supiera *etc*

salir 2 sal **3** salgo **5** saldré *etc* **6** salga *etc*

seguir 1 siguiendo **2** sigue **3** sigo, sigues, sigue, siguen **4** siguió, siguieron **6** siga *etc* **7** siguiera *etc*

sentar 2 sienta **3** siento, sientas, sienta, sientan **6** siente, sientes, siente, sienten

sentir 1 sintiendo **2** siente **3** siento, sientes, siente, sienten **4** sintió, sintieron **6** sienta, sientas, sienta, sintamos, sintáis, sientan **7** sintiera *etc*

SER 2 sé **3** soy, eres, es, somos, sois, son **4** fui, fuiste, fue, fuimos, fuisteis, fueron **6** sea *etc* *7* fuera *etc* **9** era, eras, era, éramos, erais, eran

servir 1 sirviendo **2** sirve **3** sirvo, sirves, sirve, sirven **4** sirvió, sirvieron **6** sirva *etc* *7* sirviera *etc*

soñar 2 sueña **3** sueño, sueñas, sueña, sueñan **6** sueñe, sueñes, sueñe, sueñen

tener 2 ten **3** tengo, tienes, tiene, tienen **4** tuve, tuviste, tuvo, tuvimos, tuvisteis, tuvieron **5** tendré *etc* **6** tenga *etc* **7** tuviera *etc*

traer 1 trayendo **3** traigo **4** traje, trajiste, trajo, trajimos, trajisteis, trajeron **6** traiga *etc* **7** trajera *etc*

valer 2 val **3** valgo **5** valdré *etc* **6** valga *etc*

venir 2 ven **3** vengo, vienes, viene,

vienen **4** vine, viniste, vino, vinimos, vinisteis, vinieron **5** vendré *etc* **6** venga *etc* **7** viniera *etc*

ver 3 veo **6** vea *etc* **8** visto **9** veía *etc*

vestir 1 vistiendo **2** viste **3** visto, vistes, viste, visten **4** vistió, vistieron **6** vista *etc 7* vistiera *etc*

VIVIR 1 viviendo **2** vive, vivid **3** vivo, vives, vive, vivimos, vivís, viven **4** viví, viviste, vivió, vivimos, vivisteis, vivieron **5** viviré, vivirás, vivirá, viviremos, viviréis, vivirán **6** viva, vivas, viva, vivamos, viváis, vivan **7** viviera, vivieras, viviera, viviéramos, vivierais, vivieran **8** vivido **9** vivía, vivías, vivía, vivíamos, vivías, vivían

volver 2 vuelve **3** vuelvo, vuelves, vuelve, vuelven **6** vuelva, vuelvas, vuelva, vuelvan **8** vuelto

LES NOMBRES		LOS NÚMEROS
un(e)	**1**	un(o)(-a)
deux	**2**	dos
trois	**3**	tres
quatre	**4**	cuatro
cinq	**5**	cinco
six	**6**	seis
sept	**7**	siete
huit	**8**	ocho
neuf	**9**	nueve
dix	**10**	diez
onze	**11**	once
douze	**12**	doce
treize	**13**	trece
quatorze	**14**	catorce
quinze	**15**	quince
seize	**16**	dieciséis
dix-sept	**17**	diecisiete
dix-huit	**18**	dieciocho
dix-neuf	**19**	diecinueve
vingt	**20**	veinte
vingt et un(e)	**21**	veintiun(o)(-a)
vingt-deux	**22**	veintidós
trente	**30**	treinta
trente et un(e)	**31**	treinta y uno(-a)
trente-deux	**32**	treinta y dos
quarante	**40**	cuarenta
cinquante	**50**	cincuenta
soixante	**60**	sesenta
soixante-dix	**70**	setenta
soixante et onze	**71**	setenta y uno(-a)
soixante-douze	**72**	setenta y dos
quatre-vingts	**80**	ochenta
quatre-vingt-un(e)	**81**	ochenta y uno(-a)
quatre-vingt-dix	**90**	noventa
quatre-vingt-onze	**91**	noventa y uno(-a)
cent	**100**	cien(to)
cent un(e)	**101**	ciento un(o)(-a)
cent cinquante-six	**156**	ciento cincuenta y seis
deux cents	**200**	doscientos(-as)
trois cent un(e)	**301**	trescientos(-as) uno(-a)
cinq cents	**500**	quinientos(-as)
mille	**1 000**	mil
cinq mille	**5 000**	cinco mil
un million	**1 000 000**	un millón

LES NOMBRES	LOS NÚMEROS
premier (première), 1er (1ère)	primer(o)(-a), 1^{o}(1^{a})
deuxième, 2e, 2ème	segundo(-a), 2^{o}(2^{a})
troisième, 3e, 3ème	tercer(o)(-a), 3^{o}(3^{a})
quatrième	cuarto(-a)
cinquième	quinto(-a)
sixième	sexto(-a)
septième	séptimo(-a)
huitième	octavo(-a)
neuvième	noveno(-a)
dixième	décimo(-a)
onzième	undécimo(-a)
douzième	duodécimo(-a)
treizième	decimotercero(-a)
quatorzième	decimocuarto(-a)
quinzième	decimoquinto(-a)
seizième	decimosexto(-a)
dix-septième	decimoséptimo(-a)
dix-huitième	decimoctavo(-a)
dix-neuvième	decimonoveno(-a)
vingtième	vigésimo(-a)
vingt et unième	vigésimo primero(-a)
vingt-deuxième	vigésimo segundo(-a)
trentième	trigésimo(-a)
centième	centésimo(-a)
cent-unième	centésimo primero(-a)
millième	milésimo(-a)